Marion
Zimmer Bradley
Mildred Downey Broxon
Joanna Russ

Mythische Welten

Drei Romane von drei Top-Autorinnen

© Droemersche Verlagsanstalt Th. Knaur Nachf. München 1985
Umschlaggestaltung Franz Wöllzenmüller
Umschlagillustration Janny Wurts
Druck und Bindung Clausen & Bosse, Leck
Printed in Germany · 1 · 35 · 885
ISBN 3-426-05824-3

1. Auflage

Marion Zimmer Bradley

Herrin der Stürme

Fantasy-Roman

Das dunkle Zeitalter ist angebrochen ... Krieg und Intrigen beherrschen den Planeten Darkover, der eine sterbende Sonne umkreist. Seine Bewohner sind Nachkommen eines vor 1000 Jahren gestrandeten irdischen Kolonistenschiffes. Die Darkoveraner haben ihre Herkunft vergessen und sind in eine feudalistische Geschichtsepoche zurückgefallen. Den Mangel an Technologie machen sie mittels hochentwickelter Geisteskräfte wett. Mit Hilfe von Matrix-Kristallen, den sogenannten »Sternensteinen«, die die Ausstrahlung des menschlichen Gehirns verstärken und ihm übersinnliche Kräfte verleihen, hat sich eine Kaste etabliert, die Darkover beherrscht – die Comyn. Als die Ära des Chaos über Darkover hereinbricht und die Machthungrigen sich der Sternensteine bedienen, sieht sich die Familie Hastur gezwungen, Allart Hastur, der aus Angst vor seinen übermächtigen Geisteskräften in der Abgeschiedenheit eines Klosters lebt, zurückzuholen. Und Hastur begegnet Dorilys, der »Herrin der Stürme« ...

Marion Zimmer Bradley, geboren 1930 in Albany/New York, entdeckte die phantastische Literatur im Alter von sechzehn Jahren. 1953 veröffentlichte sie die ersten Kurzgeschichten in dem renommierten »Magazine of Fantasy & Science Fiction«. Sie gilt als Tolkien-Expertin und betont wie die meisten ihrer Kolleginnen die abenteuerlich-romantische Komponente der phantastischen Literatur.

© Droemersche Verlagsanstalt Th. Knaur Nachf.
München/Zürich 1979
Titel der Originalausgabe »Stormqueen!«
Copyright © 1978 by Marion Zimmer Bradley
Aus dem Amerikanischen von Bernd Holzrichter

ISBN 3-426-05824-3   1000

Für Catherine L. Moore
First Lady der Science Fiction

Ich habe, so hoffe ich, mit der Nachahmung aufgehört, von der man sagt, sie sei die offenste Form der Schmeichelei. Ich werde dennoch, so hoffe ich, nie darüber hinauswachsen, ihr nachzueifern; und ebensowenig über die Bewunderung, die Zuneigung und die Begeisterung, die sie in jeder Frau erzeugt hat, die Science Fiction und Fantasy schreibt – wie auch in den meisten Männern!

MZB

Vorbemerkung der Autorin

Seit dem dritten oder vierten *Darkover*-Roman haben mir meine erstaunlich treuen Leser geschrieben und gefragt: »Warum schreiben Sie keinen Roman über das Zeitalter des Chaos?«
Lange Zeit war ich unschlüssig, zögerte, diesem Wunsch nachzukommen. Der Kern der *Darkover*-Romane schien mir folgender zu sein: das Zusammentreffen der Zivilisationen von Darkover und Terra. Hätte ich den Bitten, über die Zeit »vor der Ankunft der Terraner« zu schreiben, nachgegeben, wäre – so meinte ich – dieser Kern verlorengegangen; was übriggeblieben wäre, hätte große Ähnlichkeit mit tausend anderen Science-Fantasy-Romanen gehabt, die sich mit fremden Welten befassen, deren Bewohner seltsame Kräfte und andere Interessen haben.
Es waren meine Leser, die mich letztendlich dazu überredet haben, dies doch in Angriff zu nehmen. Wenn jeder, der einem Autor schreibt, nur ein Hundertstel von denen repräsentiert, die es *nicht* tun (und mir wurde gesagt, das Verhältnis sei noch höher), müssen es bislang mehrere *tausend* sein, die an der Zeit interessiert sind, die als Zeitalter des Chaos bekannt ist; jene Zeit, bevor die Comyn das Bündnis ihrer sieben großen Häuser etabliert hatten, um über die Reiche zu herrschen; und auch die große Zeit der Türme und der merkwürdigen Technologie, die als »Sternenstein« bekannt ist und später zur Wissenschaft der Matrix-Technik wurde.
Leser des Buches »The Forbidden Tower« werden wissen wollen, daß »Herrin der Stürme« sich mit einer Zeit befaßt, *bevor* Varzil, der Bewahrer von Neskaya, der auch als »der Gute« bekannt ist, die Techniken vervollkommnete, die es Frauen gestatteten, als Bewahrer in den Türmen der Comyn zu dienen.
In »*Die Amazonen von Darkover*« sagt Lady Rohana:
»Es gab eine Zeit in der Geschichte der Comyn, in der wir die selektive Fortpflanzung einsetzten, um diese Gaben in unserem Rassenerbe festzuschreiben. Es war eine Zeit großer Tyrannei, an die wir nicht gerade mit Stolz zurückdenken.«
Dies hier ist die Geschichte der Männer und Frauen, die unter dieser Tyrannei lebten; eine Geschichte darüber, wie diese Tyrannei ihr Leben und das jener, die nach ihnen kamen, beeinflußte.

Marion Zimmer Bradley

1

Mit dem Sturm stimmte etwas nicht.
Anders konnte Donal ihn nicht einschätzen ... *es stimmte etwas nicht.*
In den Bergen, die man die Hellers nannte, war Hochsommer, und eigentlich dürfte es außer den endlosen Schneegestöbern auf den weiten Höhen über der Baumgrenze und den seltenen wilden Gewittern, die durch die Täler schossen, von Wipfel zu Wipfel sprangen und entwurzelte Bäume und manchmal Brände in den Schneisen ihrer Blitze zurückließen, keine Stürme geben.
Aber obwohl der Himmel blau und wolkenlos war, grollte leiser Donner in der Ferne, und die Luft schien von der Spannung eines Sturms erfüllt. Donal kauerte sich hoch auf den Zinnen zusammen, hielt den Falken in seiner Armbeuge, streichelte den unruhigen Vogel mit einem Finger und summte ihm fast unbewußt eine Melodie vor. Er wußte, daß der in der Luft liegende Sturm und die elektrische Spannung den Falken ängstigten. Er hätte ihn heute nicht aus dem Vogelgatter nehmen dürfen – es würde ihm recht geschehen, wenn der alte Falkner ihn prügelte, und vor einem Jahr noch hätte dieser das auch ohne viel nachzudenken getan. Aber jetzt waren die Verhältnisse anders. Donal war erst zehn, aber in seinem kurzen Leben hatte es bereits viele Veränderungen gegeben.
Die herausragendste davon war, daß im Verlauf weniger Monde die Falkner, Hauslehrer und Reitknechte aufgehört hatten, ihn als ›den Bengel‹ zu bezeichnen und ihn statt dessen mit ›junger Herr‹ ansprachen. Und außerdem hatten sie aufgehört, ihm mit Knüffen, Stößen oder sogar Schlägen Respekt einzubläuen.
Gewiß war das Leben für Donal jetzt leichter, aber das Ausmaß der Veränderung bereitete ihm Unbehagen; denn es war keine Folge seines eigenen Tuns. Es hatte etwas mit der Tatsache zu tun, daß seine Mutter, Aliciane von Rockraven, nun das Bett mit Dom Mikhail, dem Lord von Aldaran, teilte und ihm schon bald ein Kind gebären würde.
Ein einziges Mal, vor langer Zeit (seitdem waren zwei Mittsommerfeste ins Land gegangen), hatte Aliciane zu ihrem Sohn darüber gesprochen.
»Hör mir genau zu, Donal, denn ich werde dies nur ein einziges Mal und dann nie wieder sagen. Das Leben ist nicht leicht für eine schutzlose Frau.« Donals Vater war in einem der kleinen Kriege gestorben, die sich zwischen den Vasallen der Gebirgsfürsten entzündet hatten, und so besaß er keinerlei Erinnerung an ihn; ihr gemeinsames Leben hatte sich

seitdem als unbeachtete Beziehung in den Heimen immer anderer Verwandter abgespielt. Donal hatte die abgelegte Kleidung dieses oder jenes Cousins getragen, war immer auf dem schlechtesten Pferd aus den Stallungen geritten, hatte unbeachtet herumgelungert, wenn Cousins und männliche Familienmitglieder die Waffenkunst erlernten, und versucht, möglichst viel durch Zuhören aufzuschnappen.

»Ich könnte dich in Pflege geben. Dein Vater hat Verwandte in den Hügeln, und du könntest dort aufwachsen, um bei einem von ihnen in den Dienst zu treten. Nur gäbe es dann für mich nichts, außer Küchenmädchen oder Näherin zu sein, oder im besten Fall Sängerin im Haushalt eines Fremden. Aber ich bin zu jung, um dies Los erträglich zu finden. Daher bin ich als Sängerin in die Dienste Lady Deonaras getreten; sie ist schwächlich und gealtert, und hat keine lebenden Kinder geboren. Man sagt von Lord Aldaran, er habe ein Auge für die Schönheit der Frauen. Und ich bin schön, Donal.«

Donal hatte Aliciane heftig umarmt; sie war wirklich sehr schön, eine schlanke, mädchenhafte Frau mit flammend hellem Haar und grauen Augen, die für die Mutter eines achtjährigen Burschen zu jung aussah.

»Was ich im Begriff bin zu tun, tue ich zumindest teilweise für dich, Donal. Meine Verwandtschaft hat mich dafür verstoßen; verdamme mich nicht, wenn die, die das nicht verstehen, schlecht von mir sprechen.«

Es sah in der Tat anfangs so aus, als hätte Aliciane es eher zum Besten ihres Sohnes, als zu ihrem eigenen getan; Lady Deonara war zwar freundlich, zeigte aber die Reizbarkeit aller chronisch Kranken. Aliciane war bescheiden und zurückhaltend geblieben, hatte Deonaras Strenge und den boshaften Neid der anderen Frauen gutmütig und gelassen auf sich genommen. Aber Donal besaß nun zum ersten Mal in seinem Leben maßgeschneiderte Kleidung, ein eigenes Pferd, einen eigenen Falken und lernte bei den Hauslehrern und Waffenmeistern von Lord Aldarans Schützlingen und Pagen.

In diesem Sommer war Lady Deonara erneut von einem totgeborenen Sohn entbunden worden; woraufhin Mikhail, Lord von Aldaran, Aliciane von Rockraven zur *Barragana* genommen und ihr geschworen hatte, daß ihr Kind – ob männlich oder weiblich – gesetzlich anerkannt und so lange als Erbe seiner Linie gelten solle, bis er eines Tages Vater eines ehelichen Kindes werden würde. Sie war die anerkannte Favoritin Lord Aldarans – selbst Deonara, die sie für ihres Fürsten Bett ausgewählt hatte, liebte sie – und Donal konnte von ihrer hervorragenden Stellung profitieren. Einmal hatte Lord Mikhail, grauhaarig und furchteinflößend, ihn sogar zu sich rufen lassen und ihm mitgeteilt, daß Hauslehrer und Waffenmeister Gutes über ihn berichteten. Dann hatte er ihn in eine freundliche Umarmung gezogen. »Ich wünschte in der Tat, du seist von meinem Blut, Pflegesohn. Wenn deine Mutter mir solch einen Sohn gebiert, werde ich sehr zufrieden sein.«

Donal hatte gestammelt, »Ich danke Euch, Verwandter«, ohne jedoch den Mut zu haben, den alten Mann »Pflegevater« zu nennen. Jung wie er war, wußte er doch, daß er – sollte seine Mutter Lord Aldaran ein lebendes Kind gebären – der Halbbruder von Aldarans Erbe sein würde. Die Änderung seines Status war bereits außergewöhnlich und bemerkenswert gewesen.

Aber der drohende Sturm ... er erschien Donal wie ein böses Omen für die bevorstehende Geburt. Er schauderte; ein Sommer seltsamer Stürme lag hinter ihnen, mit Blitzstrahlen aus dem Nirgendwo und nie verstummendem Grollen und Krachen. Ohne zu wissen warum, verband Donal den Sturm mit *Ärger* – dem Ärger seines Großvaters Lord Rockraven, als dieser von der Entscheidung seiner Tochter erfahren hatte. Verloren in einer Ecke kauernd hatte Donal mit anhören müssen, wie Lord Rockraven sie als *Flittchen* und *Hure* beschimpfte. Er hatte seine Mutter mit Namen belegt, die Donal noch weniger verstand. An diesem Tag war die Stimme des alten Mannes vom Donner fast verschluckt worden, während er in der Stimme seiner Mutter das Krachen zorniger Blitze vernahm, als sie zurückgeschrien hatte: »Was soll ich denn tun, Vater? Zuhause warten, meine Wäsche stopfen und mich und meinen Sohn von deiner erbärmlichen Ehre ernähren? Soll ich mit ansehen, wie Donal aufwächst, um ein gedungener Söldner zu werden? Oder in deinem Garten nach seinem Brei graben? Du verschmähst Lady Aldarans Angebot ...«

»Nicht *Lady* Aldaran ist es, die ich verschmähe«, schnaubte ihr Vater, »aber sie ist es nicht, der du dienen wirst, und das weißt du so gut wie ich!«

»Hast du ein besseres Angebot für mich gefunden? Soll ich einen Hufschmied oder einen Köhler heiraten? Lieber bin ich die *Barragana* Aldarans, als die Ehefrau eines Kesselflickers oder Lumpensammlers!«

Donal wußte, daß er von seinem Großvater nichts zu erwarten hatte. Rockraven war nie ein reiches oder mächtiges Haus gewesen; es war verarmt, weil der alte Lord für vier Söhne und drei Töchter sorgen mußte, von denen Aliciane die jüngste war. Einmal hatte sie voll Bitterkeit gesagt, wenn ein Mann keine Söhne habe, sei dies eine Tragödie; besäße er aber zuviele, dann sei es um so schlimmer für ihn, denn er müsse dann mitansehen, wie sie sich um seinen Besitz stritten.

Als letztes seiner Kinder war Aliciane mit einem jungen Mann ohne Titel verheiratet worden, der knapp ein Jahr nach ihrer Heirat gestorben

war und Aliciane und den gerade geborenen Donal zurückgelassen hatte, der nun im Haus eines Fremden aufgezogen werden mußte.
Jetzt, als er auf den Zinnen von Burg Aldaran kauerte und den klaren, von unerklärlichen Blitzen erfüllten Himmel betrachtete, weitete Donal sein Bewußtsein nach außen – er konnte die Linien der Elektrizität und das merkwürdige Schimmern im Magnetfeld des Sturms beinahe *sehen*. Gelegentlich war er fähig gewesen, den Blitz zu rufen; einmal, als ein Sturm wütete, hatte er sich damit vergnügt, den großen Blitzschlag dorthin zu lenken, wo er ihn haben wollte. Es gelang ihm nicht immer, und er konnte es nicht allzuoft tun, sonst würde er krank und schwach werden. Einmal, als er (ohne zu wissen wie) durch die Haut gefühlt hatte, daß der nächste Blitz in den Baum, unter dem er stand, einschlagen würde, hatte er etwas in seinem Innern *ausgestreckt*. Ein unsichtbares Körperglied hatte die Kette explodierender Kraft ergriffen und sie in eine andere Richtung geschleudert. Der Blitz war zischend in einen Strauch eingeschlagen, hatte ihn zu einem Haufen geschwärzter Blätter verschmolzen und eine kreisförmige Grasfläche versengt, während Donal schwindlig und mit trübem Blick zu Boden gesunken war. Der Schmerz hatte seinen Kopf beinahe in Stücke bersten lassen, und er war tagelang nicht in der Lage gewesen, richtig zu sehen. Aliciane hatte ihn daraufhin umarmt und ermahnt.
»Mein Bruder Caryl konnte das auch, aber er starb in jungen Jahren«, sagte sie zu ihm. »Es gab eine Zeit, da die *Leroni* in Hali versuchten, die Fähigkeit der Sturmkontrolle in unser *Laran* hineinzuzüchten, aber es war zu gefährlich. Ich kann die Donnergewalten zwar ein wenig *sehen*, aber nicht beeinflussen. Sei auf der Hut, Donal. Nutze diese Gabe nur, um Leben zu retten. Ich möchte meinen Sohn nicht von den Blitzen, die zu beherrschen er anstrebt, verbrannt sehen.« Und sie hatte ihn mit ungewöhnlicher Herzlichkeit erneut umarmt.
Laran. Gespräche über die Gabe der außersensorischen Kräfte, denen sich die Bergfürsten – ja, sogar auch die weit draußen in den Tiefländern lebenden – so intensiv widmeten, hatten seine Kindheit stets begleitet. Wenn er wirklich eine außergewöhnliche Gabe, etwa die der Telepathie, oder die Fähigkeit, Falken, Hunden oder Eichelhähern seinen Willen aufzuzwingen, besäße, wäre er in die Zuchtlisten der *Leroni* aufgenommen worden, jener Zauberinnen, die Aufzeichnungen über die Elternschaften derjenigen anfertigten, in denen das Blut von Hastur und Cassilda, den legendären Vorfahren der begabten Familien, floß. Aber er besaß keine. Er konnte ein wenig Sturm-Sehen und spürte, wenn Gewitter sich zusammenbrauten oder Waldbrände zuschlugen. Eines Tages, wenn er etwas älter war, würde er seinen Platz als Feuerwächter einnehmen. Es würde hilfreich für ihn sein, zu wissen, wohin sich das Feuer als

nächstes bewegte. Aber seine Fähigkeit war nur eine mindere Gabe und keiner Fortzüchtung wert. Selbst in Hali hatte man schon vor Generationen davon abgelassen, und Donal wußte – ohne sich darüber im klaren zu sein, woher –, daß dies ein Grund für das Nichtweiterblühen der Rockraven-Familie war.

Aber dieser Sturm lag weit jenseits seiner Kräfte. Irgendwie schien er sich, ohne von Wolken oder Regen begleitet zu sein, über der Burg zu sammeln. *Mutter*, dachte er, *es hat mit meiner Mutter zu tun.* Er wünschte sich, den Mut zu haben, durch die erschreckende und zunehmende Bewußtheit des Sturms zu ihr zu laufen, sich zu vergewissern, daß mit ihr alles in Ordnung war. Aber ein Junge von zehn Jahren konnte nicht wie ein kleines Kind zu seiner Mutter rennen, um auf ihrem Schoß zu sitzen. Außerdem war Aliciane, die sich wenige Tage vor ihrer Niederkunft befand, schwerfällig und unbeholfen geworden. Es würde unmöglich sein, sie jetzt mit seinen Ängsten und Sorgen zu behelligen.

Besonnen nahm er den Falken wieder auf und trug ihn die Treppenstufen hinab. In einer Luft, von Blitzen und diesem merkwürdigen und unerhörten Sturm erfüllt, konnte er ihn nicht frei fliegen lassen. Der Himmel war blau (es sah nach einem guten Tag für Falken aus), aber Donal konnte die schweren und drängenden magnetischen Ströme in der Luft und das mächtige Knistern der Elektrizität *fühlen*.

Ist es meiner Mutter Angst, die die Luft mit Blitzen füllt, so wie es bisweilen der Zorn meines Großvaters tat? Plötzlich wurde er von seiner eigenen Angst überwältigt. Er wußte wie jedermann, daß Frauen manchmal während einer Geburt starben. Er hatte sich Mühe gegeben, nicht daran zu denken, aber jetzt, von der Angst um seine Mutter überwältigt, konnte er das Knistern seiner eigenen Angst im Blitzschlag fühlen. Noch nie hatte Donal sich so jung und hilflos gefühlt. Er wünschte sich sehnlichst an den ärmlichen Hof von Rockraven zurück. Selbst die in Lumpen gekleidete und unbeachtete Existenz als armer Cousin in der Festung irgendeines Verwandten wäre ihm jetzt recht gewesen. Zitternd brachte er den Falken zu den Käfigen zurück. Den Tadel des Falkners akzeptierte er mit solcher Ergebenheit, daß der alte Mann glaubte, der Junge müsse krank sein.

Weit weg, in den Räumen der Frauen, hörte Aliciane das unablässige Grollen des Donners; undeutlicher als Donal spürte sie das Merkwürdige an diesem Sturm. Und sie fürchtete sich.

Die Rockravens waren aus dem intensiven Zuchtprogramm für die *Laran*-Gaben ausgesondert worden. Wie die meisten ihrer Generation hielt Aliciane dieses Zuchtprogramm für eine abscheuliche Tyrannei. In

diesen Tagen würde kein freies Bergvolk erdulden, daß man Menschen im Hinblick auf wünschenswerte Eigenschaften wie Vieh heranzüchtete.
Und doch hatte sie ihr Leben in zwanglosen Gesprächen über tödliche Gene, rezessive Merkmale und Blutlinien, die das erwünschte *Laran* in sich trugen, verbracht. Wie konnte eine Frau ein Kind ohne Angst gebären? Aber hier war sie nun in Erwartung der Geburt eines Kindes, das Aldarans Erbe werden konnte, und im Bewußtsein, daß sein Grund, sie zu wählen, weder ihrer Schönheit – wenngleich sie ohne Eitelkeit wußte, daß sie es ihrem Aussehen verdankte, daß sein Blick auf sie gefallen war – noch der vorzüglichen Stimme, die sie zu Lady Deonaras bevorzugter Balladensängerin gemacht hatte, zuzuschreiben war. Aldaran wußte, daß sie einen kräftigen, mit *Laran* begabten Sohn geboren, damit ihre Fruchtbarkeit unter Beweis gestellt hatte und die Geburt eines Kindes überleben konnte.
Oder besser: Ich habe sie einmal überlebt. Aber beweist das mehr, als daß ich Glück hatte?
Als reagiere es auf ihre Angst, strampelte das ungeborene Kind heftig. Aliciane ließ eine Hand über die Saiten der *Rryl*, einer kleinen Harfe, die sie im Schoß hielt, gleiten und hielt das Instrument mit der anderen fest. Sie spürte die beruhigende Wirkung der Schwingungen. Als sie zu spielen begann, spürte sie Unruhe unter den Frauen, die zu ihrem Beistand anwesend waren. Lady Deonara liebte ihre Sängerin aufrichtig und hatte in diesen letzten Tagen ihre geschicktesten Ammen und Kammerzofen geschickt. Mikhail, Lord Aldaran, kam in ihr Zimmer. Er war ein großer Mann in der Blüte seines Lebens, wenn auch sein Haar vor der Zeit ergraut und er weit älter war als Aliciane, die erst im letzten Frühjahr ihren vierundzwanzigsten Geburtstag gefeiert hatte. Sein Schritt klang schwer in diesem ruhigen Raum, er hörte sich eher nach dem Tritt genagelter Schuhe auf dem Schlachtfeld an.
»Spielst du zu deinem eigenen Vergnügen, Aliciane? Ich hatte geglaubt, eine Musikantin gewänne ihre größte Freude aus dem Applaus, und doch finde ich dich hier, für dich und deine Frauen spielend«, sagte er lächelnd und zog einen zierlichen Stuhl heran, um sich neben sie zu setzen. »Wie steht es um dich, mein kostbarer Schatz?«
»Ich fühle mich wohl, aber auch müde«, sagte sie lächelnd. »Es ist ein unruhiges Kind, und ich spiele zum Teil deshalb, weil die Musik eine beruhigende Wirkung auf es ausübt. Vielleicht überträgt sich *meine* Beruhigung aber auch nur auf das Kind.«
»Das mag wohl sein«, sagte er und fuhr, als sie die Harfe zur Seite legte, fort: »Nein, Aliciane, singe nur, falls du nicht zu müde bist.«
»Wie du wünschst, mein Fürst.« Sie entlockte den Saiten der Harfe

einige Akkorde und sang mit weicher Stimme ein Liebeslied aus den weiten Hügeln:

> »Wo bist du jetzt?
> Woher zieht mein Geliebter?
> Nicht über die Hügel, nicht am Ufer des Meeres,
>   nicht weit draußen über die See,
> Liebster, wo bist du jetzt?
>
> Dunkel die Nacht, und ich bin so müde,
> Liebster, wann kann ich die Suche beenden?
> Dunkelheit überall, über und unter mir,
> Wo weilt er, mein Liebster?«

Mikhail beugte sich zu der Frau hinunter, seine schwere Hand fuhr sachte über ihr leuchtendes Haar. »Ein grämliches Lied«, sagte er sanft, »und so deprimierend. Ist Liebe für dich wirklich eine Sache der Traurigkeit, meine Aliciane?«
»Nein, das ist sie nicht«, widersprach Aliciane und täuschte eine Fröhlichkeit vor, die sie nicht fühlte. Ängste und Zweifel waren für verwöhnte Ehefrauen da, nicht für eine *Barragana*, deren Stellung davon abhing, daß sie ihren Fürsten entspannte und mit Charme und Schönheit bei guter Laune hielt. Für sie zählte ihre Kunstfertigkeit als Unterhalterin. »Aber die schönsten Liebeslieder singen nun einmal von Kummer und Liebe, mein Fürst. Würde es dich mehr erfreuen, wenn ich Lieder vom Lachen und der Kühnheit sänge?«
»Mich erfreut alles, was du singst, mein Schatz«, sagte Mikhail freundlich. »Wenn du erschöpft oder bekümmert bist, brauchst du mir keine Fröhlichkeit vorzuspielen, *Carya*.« Er sah das Aufflackern von Mißtrauen in ihren Augen und dachte: *Zu meinem eigenen Vorteil bin ich zu feinfühlig. Es muß angenehm sein, sich der Gedanken der anderen nie zu bewußt zu sein. Liebt Aliciane mich aufrichtig? Oder schätzt sie nur ihre Stellung als meine anerkannte Favoritin? Und selbst wenn sie mich liebt: Ist es um meiner selbst willen, oder nur, weil ich reich und mächtig bin und ihr Sicherheit geben kann?* Er gab den Frauen einen Wink, und sie zogen sich ans entgegesetzte Ende des langen Zimmers zurück, um ihn mit seiner Mätresse allein zu lassen. Zwar waren sie weiterhin anwesend, um der Anstandsregel, daß eine Frau, die im Begriff war, ein Kind zur Welt zu bringen, nie ohne Beistand sein sollte, Genüge zu tun, befanden sich aber außer Hörweite.
»Ich traue nicht allen diesen Frauen«, sagte er.
»Lady Deonara hat mich aufrichtig gern, glaube ich. Sie würde niemals

jemanden in meine Nähe lassen, der mir oder meinem Kind etwas Übles will«, sagte Aliciane.

»Deonara? Nein, wahrscheinlich nicht«, sagte Mikhail und dachte daran, daß sie nun zweimal zehn Jahre Lady von Aldaran war und seinen brennenden Wunsch nach einem Kind, dem künftigen Erben seines Besitzes, teilte. Sie konnte ihm jetzt nicht einmal mehr die Hoffnung darauf versprechen. Und so hatte sie die Nachricht begrüßt, daß er gewillt war, Aliciane, die zu ihren eigenen Günstlingen gehörte, in Herz und Bett aufzunehmen. »Aber ich habe Feinde, die nicht zu diesem Haushalt gehören, und nur zu einfach ist es, einen Spion mit *Laran* einzuschmuggeln, der alles, was hier geschieht, dem enthüllen kann, der mir Böses will. Ich habe Verwandte, die viel dafür geben würden, die Geburt eines lebenden Erben meiner Linie zu verhindern. Ich wundere mich nicht, daß du bleich aussiehst, mein Schatz. Es ist sehr schwer, eine Verderbtheit als gegeben anzunehmen, die einem kleinen Kind schaden würde, aber ich bin mir nie sicher gewesen, ob Deonara nicht das Opfer von jemandem war, der die ungeborenen Kinder in ihrem Leib tötete. Das ist gar nicht so schwer; selbst eine geringe Kunstfertigkeit mit der Matrix oder dem *Laran* kann die schwache Verbindung des Kindes zum Leben zerreißen.«

»Jeder, der mir etwas antun wollte, Mikhail, müßte von deinem Versprechen, daß mein Kind gesetzlich anerkannt wird, wissen und sein böses Handeln auch gegen mich richten«, sagte Aliciane besänftigend, »und doch habe ich dieses Kind ohne Krankheit getragen. Deine Furcht ist grundlos, Liebster.«

»Mögen die Götter geben, daß du recht hast! Aber ich habe Feinde, die vor nichts zurückschrecken. Bevor dein Kind geboren wird, werde ich eine *Leronis* bitten, alle auf die Probe zu stellen. Ich wünsche bei deiner Niederkunft die Anwesenheit keiner Frau, die nicht unter dem Wahrheitszauber schwören kann, daß sie dir gutgesonnen ist. Ein böser Wunsch kann dem Kampf eines neugeborenen Kindes um das Leben ein plötzliches Ende geben.«

»Gewiß ist diese Kraft des *Laran* selten, mein Fürst.«

»Nicht so selten, wie ich es wünschte«, sagte Mikhail. »Und seit kurzem habe ich merkwürdige Gedanken. Ich halte diese Gaben für eine Waffe, die meine Hand abschneiden können. Ich habe Zauberei benutzt, um Feuer und Chaos auf meine Feinde zu schleudern; jetzt fühle ich, daß sie die Kraft dazu besitzen, sie auch gegen mich zu richten. Als ich jung war, empfand ich das *Laran* als eine Gabe der Götter; als hätten sie mich berufen, dieses Land zu beherrschen und mir diese Gabe verliehen, um meine Herrschaft zu stärken. Aber jetzt, da ich älter werde, halte ich es für einen Fluch, nicht für einen Segen.«

»So alt bist du nicht, mein Fürst, und sicher würde niemand deine Herrschaft bedrohen.«

»Offen wagt es niemand, Aliciane. Aber ich bin allein unter denen, die darauf warten, daß ich kinderlos sterbe. Ich werde noch manchen Kampf auszufechten haben ... Mögen die Götter geben, daß dein Kind ein Sohn ist, *Carya*.«

Aliciane begann zu zittern. »Und wenn nicht ... mein Fürst ...«

»Nun, dann, Schatz, wirst du mir ein weiteres gebären«, sagte Lord Aldaran freundlich. »Selbst, wenn du das nicht tust, werde ich eine Tochter haben, deren Begabung mein Vermögen sein wird und mir starke Verbündete verschafft. Selbst ein weibliches Kind würde meine Stellung stärken. Und *dein* Sohn wird ihr Pflegebruder und Friedensstifter sein, ein Schild im Streit und ein starker Arm. Ich liebe deinen Sohn aufrichtig, Aliciane.«

»Ich weiß.« Wie konnte sie auf diese Weise in eine Falle geraten ... herauszufinden, daß sie den Mann liebte, den sie zuerst nur mit den Vorzügen ihrer Stimme und ihrer Schönheit zu betören gedachte? Mikhail war freundlich und ehrenhaft, er hatte ihr den Hof gemacht, als er sie als gesetzmäßiges Opfer hätte nehmen können, und ihr ungefragt versichert, daß Donals Zukunft gesichert sei, selbst wenn es ihr mißlingen sollte, ihm einen eigenen Sohn zu schenken. Bei ihm fühlte sie sich sicher. Sie hatte ihn lieben und um ihn zu fürchten gelernt.

In meiner eigenen Falle gefangen!

Beinahe lachend sagte sie: »So viele Versicherungen benötige ich nicht. Ich habe nie Zweifel an dir gehegt.«

Er akzeptierte es mit der lächelnden Höflichkeit eines Telepathen.

»Aber Frauen sind in solchen Tagen furchtsam, und jetzt ist es gewiß, daß Deonara mir kein Kind mehr gebären wird, selbst wenn ich sie nach so vielen Tragödien darum bäte. Weißt du, wie es ist, Aliciane, wenn du die Kinder, nach denen du dich sehntest und die du schon liebtest, bevor sie geboren wurden, sterben siehst, noch ehe sie einen Atemzug getan haben? Als wir verheiratet wurden, habe ich Deonara nicht geliebt. Ich hatte ihr Gesicht nie gesehen, denn wir wurden einander wegen eines Familienbündnisses versprochen. Aber wir haben zusammen viel ertragen, und auch wenn es dir merkwürdig erscheint, mein Kind: Liebe kann aus geteiltem Leid ebensogut entstehen, wie aus geteilter Freude.«

Sein Gesicht verdüsterte sich. »Ich liebe dich sehr, *Carya Mea*, aber es lag weder an deiner Schönheit noch der Pracht deiner Stimme, daß ich dich erwählte. Wußtest du, daß Deonara nicht meine erste Frau ist?«

»Nein, mein Fürst.«

»Zum ersten Mal wurde ich verheiratet, als ich ein junger Mann war; Clariza Leynier gebar mir zwei Söhne und eine Tochter, alle gesund und

stark ... Schwer ist es, Kinder bei der Geburt zu verlieren, aber es ist noch schwerer, Söhne und Töchter zu verlieren, die fast zu Erwachsenen herangereift sind. Und doch verlor ich sie – einen nach dem andern, als sie heranwuchsen. Ich verlor alle drei beim plötzlichen Einsetzen des *Laran* – sie starben an Krämpfen, der Geißel unseres Geschlechts. Ich selbst war kurz davor, an tiefer Verzweiflung zu sterben.«
»Mein Bruder Caryl ist so gestorben«, flüsterte Aliciane.
»Ich weiß. Aber er war nur einer aus eurer Linie, und dein Vater hatte viele Söhne und Töchter. Du selbst hast mir gesagt, daß dein *Laran* nicht während der Pubertät zum Vorschein kam, sondern daß du von Kindesbeinen an langsam in es hineingewachsen bist, wie viele vom Geschlecht der Rockraven. Und ich weiß, daß dies in deiner Familie dominant ist. Donal ist kaum zehn Jahre alt, und wenn ich auch nicht glaube, daß sein *Laran* schon voll entwickelt ist, besitzt er doch viel davon und wird zumindest nicht auf der Schwelle sterben. Ich wußte, daß ich mich um deine Kinder nicht zu ängstigen brauche. Auch Deonara entstammt einer Blutlinie, in der das *Laran* früh einsetzte, aber keines der Kinder, die sie mir geboren hat, lebte lange genug, daß man erkennen konnte, ob es *Laran* besaß oder nicht.«
Alicianes Gesicht zeigte deutliche Bestürzung, und Lord Aldaran legte seinen Arm zärtlich um ihre Schulter. »Was ist, mein Liebes?«
»Mein Leben lang habe ich Abscheu davor empfunden – Menschen wie Vieh zu züchten!«
»Der Mensch ist das einzige Tier, das nicht daran denkt, seine Rasse zu verbessern«, sagte Mikhail leidenschaftlich. »Wir kontrollieren das Wetter, bauen Burgen und Straßen mit der Kraft unseres *Laran*, erforschen immer größere Gaben des Geistes – sollten wir nicht danach streben, uns ebenso zu verbessern, wie unsere Welt und unsere Umgebung?« Dann wurde sein Gesichtsausdruck weich. »Aber ich verstehe, daß eine Frau, die so jung ist wie du, nicht in Kategorien von Generationen und Jahrhunderten denkt. Solange man jung ist, denkt man lediglich an sich und seine Kinder, aber in meinem Alter ist es natürlich, auch all jene mit einzubeziehen, die nach uns kommen werden, wenn wir und unsere Kinder seit Jahrhunderten dahingegangen sind. Aber solche Dinge sollten erst dann etwas für dich sein, wenn du an sie denken möchtest. Jetzt denk an deine Tochter, Liebes, und daran, daß wir sie bald in unseren Armen halten werden.«
Aliciane zuckte zusammen und fragte leise: »Dann weißt du also, daß ich ein Mädchen gebären werde. Und du bist nicht böse?«
»Ich sagte dir, daß ich nicht böse sein würde. Wenn ich betrübt bin, dann nur deshalb, weil du mir nicht genügend vertrautest und es mir nicht gleich sagtest, als du es erfuhrst«, sagte Mikhail, aber seine Worte waren

dabei so sanft, daß sie kaum einen Vorwurf offenbarten. »Komm, Aliciane, vergiß deine Befürchtungen: Wenn du mir keinen Sohn schenkst, so hast du mir doch einen starken Pflegesohn gegeben – und deine Tochter wird eine mächtige Kraft sein, um mir einen Schwiegersohn zu bringen. Und sie wird *Laran* haben.«
Aliciane lächelte und erwiderte seinen Kuß; aber sie war immer noch ängstlich gespannt, als sie das ferne Knistern des ungewöhnlichen Sommerdonners hörte, der mit den Wellen ihrer Angst zu kommen und zu gehen schien. *Kann es sein, daß Donal sich vor dem, was dieses Kind für ihn bedeutet, fürchtet?* fragte sie sich. In diesem Augenblick wünschte Aliciane sich leidenschaftlich, die Gabe der Zukunftsschau zu besitzen, das *Laran* des Aldaran-Clans, um wirklich zu *wissen*, daß alles gut werden würde.

2

»Hier ist die Verräterin!«
Aliciane zitterte vor dem Zorn in Lord Aldarans Stimme, als er wütend in ihr Zimmer trat und mit beiden Händen eine Frau vor sich her stieß. Hinter ihm erschien eine *Leronis*, die Zauberin seines Haushalts, die die Matrix – einen blauen Sternenstein – trug, die die Kräfte ihres *Laran* verstärkte. Sie kam auf Zehenspitzen; eine zerbrechliche, hellhaarige Frau, deren blasse Gesichtszüge von dem durch sie entfachten Aufruhr verzerrt waren.
»Mayra«, sagte Aliciane bestürzt, »ich hielt dich für meine Freundin und die Lady Deonaras. Was ist dir widerfahren, daß du statt dessen meine Feindin und die meines Kindes bist?«
Mayra – sie war eine von Deonaras Ankleidefrauen, eine stämmige Frau mittleren Alters – stand furchtsam und dennoch trotzig zwischen Lord Aldarans kräftigen Händen. »Von dem, was diese Zauberhexe über mich sagt, weiß ich nichts. Ist sie vielleicht auf meine Stellung eifersüchtig, da sie selbst nichts zu tun hat, als sich in den Geist der Privilegierten einzuschleichen?«
»Es wird dir nicht von Nutzen sein, mich mit Schimpfnamen zu belegen«, sagte die *Leroni* Margali. »Ich habe all diesen Frauen nur eine Frage gestellt, und zwar mit Hilfe des Wahrheitszaubers, damit ich es in meinem Kopf hören konnte, falls sie logen: ›Gilt deine Treue Mikhail, Lord Aldaran, oder der *Vai Domna*, seiner Lady Deonara?‹ Erwiderten sie *Nein*, oder sagten sie mit Zweifel oder einer Verneinung ihrer Gedanken *Ja*, fragte ich sie – und das wieder unter dem Wahrheitszauber –, ob ihre Treue dem Ehemann, dem Vater, oder dem Hausherrn gelte. Im

Falle dieser Frau bekam ich keine ehrliche Antwort, sondern nur die Erkenntnis, daß sie alles verschleierte. Und daher teilte ich Lord Aldaran mit, daß – vorausgesetzt, es gibt eine Verräterin unter den Frauen – nur sie diese sein könne.«

Mikhail ließ die Frau los und drehte sie, ohne unsanft dabei zu werden herum, daß sie ihm ins Gesicht blickte. Er sagte: »Es ist wahr, daß du lange in meinen Diensten gestanden hast, Mayra. Deonara behandelte dich stets mit der Freundlichkeit einer Pflegeschwester. Bin ich es, dem du Böses willst, oder meiner Lady?«

»Meine Lady ist immer freundlich zu mir gewesen, und ich bin erbost, sie für eine andere beiseite geschoben zu sehen«, sagte Mayra mit zitternder Stimme. Die *Leronis* hinter ihr sagte in leidenschaftslosem Tonfall: »Nein, Lord Aldaran, auch jetzt spricht sie nicht die Wahrheit. Sie hegt weder Liebe für Euch, noch für Eure Lady.«

»Sie lügt!« Mayras Stimme wurde fast zu einem Kreischen. »Sie lügt! Ich wünsche euch nichts Übles, Fürst, außer dem, was Ihr selbst über Euch brachtet, indem Ihr die Hündin von Rockraven in euer Bett genommen habt. Diese Viper ist es, die eure Männlichkeit verhext hat!«

»*Ruhe!*« Lord Aldaran bebte. Es schien, als wolle er die Frau schlagen, aber sein Wort allein genügte. Jeder in Reichweite wurde von Stummheit ergriffen, und Aliciane zitterte. Nur ein einziges Mal hatte sie Mikhail die – wie es in der Sprache des *Laran* hieß – Befehlsstimme gebrauchen hören. Es gab nicht viele Menschen, die genügend Kontrolle über ihr *Laran* besaßen, um sie anzuwenden; sie war keine angeborene Gabe, sondern erforderte sowohl Talent als auch ein ausgeklügeltes Training. Und wenn Mikhail, Lord Aldaran, mit dieser Stimme *Ruhe* anordnete, war niemand in Hörweite dazu in der Lage, ein Wort herauszubringen.

Die Stille im Zimmer war so extrem, daß Aliciane die leisesten Geräusche hören konnte: Kleine Insekten, die im Holzwerk der Wände knisterten, das furchtsame Atmen der Frauen, das weit entfernte Rollen des Donners. *Es scheint,* dachte sie, *daß wir den ganzen Sommer über Donner hatten. Mehr als je zuvor ... An was für einen Unsinn ich doch denke, wo vor mir eine Frau steht, die meinen Tod hätte bedeuten können, hätte man sie an meinem Kindbett dienen lassen ...*

Mikhail blickte die Frau, die zitternd dastand und sich an der Lehne eines Stuhls aufrechthielt, an. Dann sagte er zu der *Leronis:* »Hilf Lady Aliciane. Hilf ihr, sich zu setzen, oder sich aufs Bett niederzulegen, wenn sie sich dadurch besser fühlt ...« Aliciane spürte, wie Margalis kräftige Hände sie stützten, ihr in den Stuhl halfen und schüttelte sich ärgerlich, voller Haß auf die physische Schwäche, die sie nicht zu kontrollieren vermochte.

Dieses Kind zehrt an meiner Kraft, wie Donal es nie getan hat ... Warum bin ich so geschwächt? Ist es der böse Wille dieser Frau, ihre Zaubersprüche ...? Margali legte ihre Hände auf Alicianes Stirn, und sie spürte die besänftigende Ruhe, die sie ausstrahlten. Sie versuchte, sich unter der Berührung zu entspannen, gleichmäßig zu atmen und die heftige Unruhe, die sie in den Bewegungen des Kindes in ihrem Leib spürte, zu besänftigen. *Arme Kleine ... auch sie ist geängstigt, und kein Wunder ...*

Lord Aldarans Stimme sagte: »Mayra, sage mir, warum du mir Böses willst und versuchst, Lady Aliciane oder ihrem Kind Schaden zu bringen!«

»Ich soll *Euch* das sagen?«

»Du weißt, daß du das tun wirst«, sagte Mikhail von Aldaran. »Du wirst uns sogar mehr sagen, als du selbst je geglaubt hast – ob freiwillig und ohne Schmerzen zu erleiden – oder unter anderen Bedingungen. Ich liebe es nicht, wenn man Frauen foltert, Mayra, aber ich bin ebenso wenig bereit, in meinem Zimmer eine Skorpion-Ameise zu beherbergen! Erspare uns diesen Konflikt.« Mayra sah ihn stumm und trotzig an. Mikhail zuckte kaum merklich die Achseln. Eine Starre, die Aliciane kannte – und der sich zu widersetzen sie nicht gewagt hätte –, erfaßte sein Gesicht. Er fuhr fort: »Du entscheidest es selbst Mayra. Margali, bring deinen Sternenstein. Nein, es ist besser, wenn du *Kirizani* holen läßt.«

Aliciane zitterte, obwohl Mikhail sich auf seine eigene Art gnädig erwies. *Kiriseth* war eine aus einem halben Dutzend Drogen und den Harzen der Kirisethblume, deren Pollen den Wahnsinn brachten, wenn der Geisterwind durch die Hügel blies, destillierte Mixtur. *Kirizani* war jener Bestandteil des Harzes, der die Schranken gegen einen telepathischen Kontakt niederriß und die Gedanken für jeden, der in sie eindrang, bloßlegte. Die Droge war weniger schlimm als die Folter, und doch ... Sie schrak zurück, als sie die wütende Entschlossenheit auf Mikhails Gesicht und den lächelnden Trotz der Frau Mayra sah. Als das *Kirizani* gebracht wurde – eine helle Flüssigkeit in einer durchsichtigen Ampulle –, standen alle schweigend da.

Mikhail entkorkte sie und sagte ruhig: »Wirst du es ohne Widerstand nehmen, Mayra, oder sollen die Frauen dich festhalten und es in deine Kehle gießen, so wie man einem Pferd eine Arznei einflößt?«

Das Blut schoß in Mayras Wangen; sie spuckte ihn an. »Ihr glaubt, Ihr könntet mich mit Hexerei und Drogen zum Sprechen bringen, Lord Mikhail? Ha – ich verachte Euch! Ihr bedürft meines üblen Willens nicht – in Eurem Haus und im Leib Eurer verfluchten Mätresse lauert schon genug! Der Tag wird kommen, an dem Ihr darum betet, kinderlos gestorben zu sein – aber trotzdem wird es keine weiteren mehr geben! Ihr werdet keine andere mehr mit ins Bett nehmen, sondern genauso weiterleben, wie seit dem Tage, an dem Ihr die Hündin von Rockraven mit ihrer Hexen-Tochter schwanger machtet! Meine Arbeit ist getan, *Vai Dom*!« Sie schleuderte ihm den respektvollen Ausdruck mit höhnischem Spott entgegen. »Mehr Zeit brauche ich nicht! Von diesem Tag an werdet Ihr weder eine Tochter noch einen Sohn zeugen können. Eure Lenden werden leer sein wie ein vom Winter getöteter Baum! Und Ihr werdet weinen und beten ...«

»Bringt diese Todesfee zum Schweigen!« sagte Mikhail. Margali löste sich von der kraftlosen Aliciane und hob ihre Juwelen-Matrix, aber die Frau spuckte ein zweitesmal aus, lachte hysterisch, keuchte und stürzte zu Boden. Während die anderen fassungslos schwiegen, ging Margali auf sie zu und legte mechanisch eine Hand auf ihre Brust.

»Lord Aldaran, sie ist tot! Man muß sie dazu konditioniert haben, bei einem Verhör zu sterben.«

Bestürzt und mit unbeantworteten Fragen auf den Lippen starrte Aldaran auf den leblosen Körper der Frau. Er sagte: »Jetzt werden wir weder erfahren, was sie getan hat, noch wer der Feind ist, der sie hierher geschickt hat. Ich nehme es auf meinen Eid, daß Deonara nichts von ihr wußte.«

Als enthielten seine Worte eine Frage, legte Margali ihre Hand auf das blaue Juwel und sagte bedachtsam: »Bei meinem Leben, Lord Aldaran, Lady Deonara hegt keine bösen Wünsche gegen Lady Alicianes Kind. Oft genug hat sie mir gesagt, wie sehr sie sich für Euch und Aliciane freut. Und ich weiß, wann ich die Wahrheit höre.«

Mikhail nickte, aber Aliciane bemerkte, daß die Linien um seinen Mund ausgeprägter wurden. Wenn Deonara, eifersüchtig auf Lord Aldarans Hingabe, Aliciane hätte schaden wollen, wäre es zumindest verständlich gewesen. Aber wer, so fragte sie sich in ihrer geringen Kenntnis über die Fehden und Machtkämpfe von Aldaran, konnte einem Mann, der so edel wie Mikhail war, Böses wollen? Wer konnte eine Spionin in die Reihen der Kammerfrauen seiner Frau einschleusen, um dem Kind einer *Barragana* Schaden zuzufügen oder *Laran*-verstärkte Flüche gegen seine Männlichkeit zu schleudern?

»Bringt sie fort«, sagte Aldaran schließlich. Er hatte seine Stimme noch nicht völlig unter Kontrolle. »Hängt ihre Leiche an die Zinnen der Burg, damit die *Kyorebni* sie zerfetzen können. Sie hat die Bestattungsfeier einer treuen Dienerin nicht verdient.« Er wartete regungslos das Erscheinen der hochgewachsenen Wächter ab, die kamen, um Mayras toten Körper wegzutragen, auszukleiden und aufzuhängen, damit die großen Raubvögel ihn auseinanderrissen. Aliciane hörte in der Ferne das

Krachen des immer näher kommenden Donners. Aldaran trat zu ihr, seine Stimme war weich vor Zärtlichkeit.
»Hab keine Furcht mehr, mein Schatz; sie ist dahingegangen, und mit ihr ihr böser Wille. Wir werden weiterleben und ihre Flüche verlachen, mein Liebling.« Er sank in einen neben ihr stehenden Sessel und nahm mit zärtlichem Griff ihre Hand. Durch die Berührung spürte Aliciane, daß er besorgt und erschreckt war. Aber sie war nicht stark genug, ihn wieder zu beruhigen. Sie fühlte sich wie vor einer erneuten Ohnmacht. In ihren Ohren hallten Mayras Flüche wie die zurückgeworfenen Echos in den Canyons rund um Rockraven, in die sie als Kind, aus Freude daran, die eigene Stimme tausendfach vermehrt aus allen Windrichtungen zurückkommen zu hören, hineingeschrien hatte.
Ihr werdet weder Sohn noch Tochter zeugen ... Eure Lenden werden leer sein wie ein vom Winter getöteter Baum ... Der Tag wird kommen, an dem Ihr darum betet, kinderlos gestorben zu sein ... Die widerhallenden Laute schwollen an und überwältigten sie. Aliciane lag tief in ihrem Sessel, nahe daran, das Bewußtsein zu verlieren.
»Aliciane, Aliciane ...« Sie spürte seine starken Arme, wurde aufgehoben und zu Bett getragen. Er legte sie auf die Kissen nieder, setzte sich neben sie und streichelte sanft ihr Gesicht.
»Du darfst dich nicht vor einem Schatten erschrecken, Aliciane.«
Zitternd sagte sie das erste, was ihr in den Sinn kam: »Sie hat deine Männlichkeit mit einem Fluch belegt, mein Fürst.«
»Ich fühle mich nicht sehr gefährdet«, gab Mikhail mit einem Lächeln zurück.
»Aber ... ich habe es selbst bemerkt und mich gewundert ... du hast, seitdem ich so schwer bin, keine andere in dein Bett genommen, wie du es sonst zu tun pflegtest.«
Ein schwacher Schatten fuhr über sein Gesicht, und in diesem Moment waren sich ihre Gedanken so nahe, daß Aliciane ihre Worte bedauerte. Sie hätte nicht an seiner eigenen Angst rühren dürfen. Er erwiderte mit fester Stimme, Furcht mit Herzlichkeit verdrängend: »Was das angeht, Aliciane, so bin ich nicht mehr ein so junger Mann, daß ich nicht einige Monde enthaltsam leben könnte. Deonara bedauert es nicht, von mir frei zu sein, glaube ich; meine Umarmungen haben ihr mehr eine Pflicht bedeutet – und sterbende Kinder. Und heutzutage scheinen mir, du natürlich ausgenommen, die Frauen nicht mehr so schön zu sein, wie in den Zeiten meiner Jugend. Es war für mich keine Anstrengung, nicht um das zu bitten, was dir zu geben keine Freude gewesen wäre – aber wenn unser Kind geboren ist und du wieder wohlauf bist, wirst du sehen, ob die Worte dieser Närrin eine Auswirkung auf meine Männlichkeit hatten. Wenn du mir keinen Sohn mehr schenken wirst, Ali-

ciane, werden wir zumindest noch viele freudvolle Stunden zusammen verbringen.«

Immer noch zitternd erwiderte sie: »Möge der Herr des Lichts es so einrichten.« Er beugte sich vor und küßte sie sanft, aber die Berührung seiner Lippen brachte sie nicht nur nahe zusammen, sondern trieb ihr auch Angst und plötzlichen Schmerz in die Glieder.

Abrupt richtete er sich auf und rief nach den Frauen. »Helft meiner Lady.«

Aliciane klammerte sich an seine Hände. »Mikhail, ich habe Angst«, wisperte sie und fing seinen Gedanken auf. *Es ist tatsächlich kein gutes Omen, wenn sie, die Flüche dieser Hexe noch im Ohr, in die Wehen kommen sollte* ... Ebenso spürte sie die starke Beherrschung, mit der er sich zügelte und seine Gedanken sofort wieder unter Kontrolle brachte. Er wollte vermeiden, daß ihre Furcht größer wurde. Auf keinen Fall durfte sie sich jetzt in etwas hineinsteigern. Mit sanftem Befehlston sagte er: »Du mußt versuchen, nur an unser Kind zu denken, Aliciane, und ihm Stärke zu verleihen. Denk nur an unser Kind – und an meine Liebe.«

Es ging auf Sonnenuntergang zu. Wolken ballten sich auf den Höhen jenseits von Burg Aldaran, mächtige Sturmwolken, die sich höher und höher türmten. Aber dort, wo Donal in die Höhe stieg, war der Himmel blau und unbewölkt. Sein schlanker Körper lag auf einem Gestell aus leichten Hölzern ausgestreckt, zwischen weiten Schwingen aus dünnstem Leder, das auf einen schmalen Rahmen gezogen war. Von Luftströmungen getragen stieg er empor, die Hände nach beiden Seiten ausgestreckt, um die starken Böen von links oder rechts auszubalancieren. Es war die Luft, die ihn nach oben trug, und das kleine Matrix-Juwel, das am Kreuzstück befestigt war. Er hatte den Schwebegleiter selbst gebaut, mit nur wenig Hilfe von den Stallknechten. Viele Jungen des Haushalts bauten sich ein solches Spielzeug, sobald sie im Gebrauch der Sternensteine so geübt waren, daß sie ihre Schwebekünste ohne allzu große Gefahr praktizieren konnten. Aber die meisten der Burschen nahmen jetzt am Unterricht teil. Donal hatte sich zu den Höhen der Burg davongemacht und war alleine emporgestiegen, obwohl er wußte, daß man ihm zur Strafe den Gebrauch des Gleiters vielleicht für Tage verbieten würde. Er konnte die Spannungen und die Angst überall in der Burg spüren.

Eine Verräterin war entdeckt worden, die gestorben war, bevor man Hand an sie hatte legen können. Ein Todeszauber hatte sie, nachdem sie Lord Aldarans Männlichkeit mit einem Fluch belegt hatte, niedergestreckt.

Wie ein Buschfeuer hatte sich der Klatsch auf Burg Aldaran ausgebreitet, entfacht von den wenigen Frauen, die tatsächlich in Alicianes Zimmer gewesen waren und alles verfolgt hatten. Sie hatten zuviel gesehen, um stumm zu bleiben, aber zu wenig, um in der Lage zu sein, einen wahren Bericht abzugeben.
Flüche waren gegen die kleine *Barragana* geschleudert worden, und Aliciane von Rockraven war in die Wehen gekommen. Die Verräterin hatte Lord Aldarans Männlichkeit mit einem Fluch belegt – und es traf zu, daß er, der vorher bei jedem Mondwechsel eine neue Frau zu sich holte, keine andere mehr in sein Bett nahm. Eine neue, heimliche Frage in den Klatschgesprächen ließ Donal frösteln. Hatte die Lady von Rockraven seine Männlichkeit so verzaubert, daß er keine andere mehr wollte, damit sie ihren Platz in seinem Arm und seinem Herz behielt?
Einer der Männer, ein ungehobelter Kämpe, hatte ein tiefes, andeutungsvolles Lachen ausgestoßen und gesagt: »Die braucht keine Zaubersprüche. Wenn Lady Aliciane mir ein Auge zuwürfe, würde ich meine Männlichkeit mit Freuden verpfänden.« Aber der Waffenmeister hatte streng erwidert: »Sei still, Radan. Solche Reden ziemen sich nicht vor jungen Burschen. Achte gefälligst darauf, wer zwischen ihnen steht. Geh an deine Arbeit. Du bist nicht hier, um schmutzige Reden zu führen!« Als der Mann ging, sagte der Waffenmeister freundlich: »Solches Gerede ist ungebührlich, aber es ist nur scherzhaft gemeint, Donal. Er ist nur betrübt, weil er selbst keine Frau hat, und würde von jeder anständigen Frau so reden. Auf keinen Fall wollte er deine Mutter herabsetzen. Im Gegenteil – auf Aldaran wird es viel Freude geben, wenn Aliciane von Rockraven unserem Herrn einen Erben schenkt. Du darfst über das gedankenlose Gerede nicht zornig sein. Wenn du jedem bellenden Hund zuhörst, hast du keine Muße mehr, um Weisheit zu erlernen. Geh zum Unterricht, Donal, und verschwende keine Zeit damit, darüber nachzugrübeln, was unwissende Männer über Menschen reden, die ihnen überlegen sind.«
Donal war gegangen, aber nicht zum Unterricht. Er hatte seinen Gleiter auf die Zinnen getragen und war in die Luftströmungen aufgestiegen, auf denen er jetzt ritt und die sorgenvollen Gedanken, ganz im Rausch des Steigens gefangen, hinter sich ließ. Er fühlte sich wie ein Vogel, der nach Norden schoß und sich dann wieder nach Westen wendete, wo die große, blutrote Sonne dicht über den Gipfeln hing.
So muß sich ein schwebender Falke fühlen ... Unter seinen gefühlvollen Fingerspitzen neigte sich der Holz-und-Leder-Flügel leicht abwärts. Er sank in das Zentrum des Luftstroms und ließ sich von ihm abwärts tragen. Sein Gehirn versank in der Hyper-Bewußtheit des Juwels, sah den Himmel nicht als blaue Leere, sondern als großes Netzwerk aus

Feldern und Strömen, die man zum Gleiten nutzen konnte. Er schwebte so lange abwärts, bis es ihm so vorkam, als würde er auf eine große Felsspitze zurasen und zerschmettern. In letzter Sekunde ließ er sich von einem Aufwind fortreißen, schwebte mit dem Wind ... Er trieb dahin, ohne Gedanken, aufsteigend, in Ekstase gehüllt.

Der grüne Mond Idriel stand tief am sich rötenden Himmel. Die Silbersichel Mormollars war der bleichste der Schatten, und der violette Liriel – der größte der Monde – begann gerade, langsam vom östlichen Horizont emporzuschweben. Ein leises Krachen aus den massiven Wolken, die hinter der Burg hingen, ließen Donals Befürchtungen erneut erwachen. Vielleicht würde man ihn in einer Zeit wie dieser wegen seiner Drückebergerei vor dem Unterricht nicht einmal züchtigen – aber wenn er bis nach Sonnenuntergang ausblieb, würde er bestimmt bestraft werden. Bei Sonnenuntergang kamen stets starke Winde auf, und vor etwa einem Jahr war ein Page aus dem Schloß abgestürzt, hatte seinen Gleiter zerschmettert und sich auf den Felsen den Ellbogen gebrochen. Er hatte Glück gehabt, daß er dabei nicht umgekommen war. Aufmerksam blickte Donal auf die Mauern der Burg und suchte nach einem Aufwind, der ihn in die Höhen tragen konnte. Fand er keinen, mußte er nach unten auf die Böschung zuschweben und den Gleiter, der zwar leicht, aber sehr sperrig war, den ganzen Weg hinauftragen. Durch die Wahrnehmungsfähigkeit der Matrix wurde seine eigene vervielfacht. Er spürte den leichtesten Lufthauch und erwischte schließlich einen Aufwind, der ihn – vorausgesetzt, er schwebte vorsichtig – über die Burg hinaus tragen würde. Es wäre dann kein Problem mehr, auf eines der Dächer hinabzugleiten.

Von hier oben aus konnte er mit einem Frösteln den aufgedunsenen, nackten Frauenleib sehen, der an den Zinnen hing. Das Gesicht war schon von den herumfliegenden *Kyorebni* zerfetzt worden. Die Frau war bereits nicht mehr zu erkennen. Donal schauderte. Auf ihre Art war Mayra stets freundlich zu ihm gewesen. Hatte sie wirklich seine Mutter verflucht? Er erschauerte. Zum ersten Mal wurde er sich wirklich des Todes bewußt.

Menschen sterben. Sie sterben wirklich und werden von Raubvögeln in kleine Stücke zerhackt. Auch meine Mutter könnte bei dieser Geburt sterben ... In plötzlichem Entsetzen zuckte sein Körper zusammen und er spürte, wie die zerbrechlichen Schwingen des Gleiters – von der Kontrolle seines Verstandes und Körpers befreit – flatterten und nach unten glitt, fielen ... Rasch meisterte er die Situation, brachte den Gleiter wieder unter Kontrolle und schwebte dahin, bis er wieder eine Strömung fand. Er konnte die schwache Spannung, die sich aufbauende Statik, jetzt deutlich in der Luft spüren.

Über ihm krachte der Donner; ein Blitzstrahl raste auf die Spitze von Burg Aldaran zu und hinterließ in Donals Nase den Geruch von Ozon und Verbranntem. Während des betäubenden Donners sah er das Flakkern der Blitze in den geballten Wolken über der Burg und dachte, von plötzlicher Angst erfüllt: *Ich muß nach unten, ich muß hier raus. Es ist nicht ungefährlich, in einem aufkommenden Sturm zu fliegen* ... Wieder und wieder war ihm gesagt worden, sorgsam den Himmel nach Lichtblitzen in den Wolken abzusuchen, bevor er den Gleiter startete.
Ein plötzlicher, heftiger Abwind erfaßte ihn und schickte das zerbrechliche Gerät aus Holz und Leder senkrecht nach unten. Donal, jetzt wirklich verängstigt, klammerte sich fest an die Handgriffe, war aber vernünftig genug, nicht zu früh dagegen anzukämpfen. Es sah aus, als würde es ihn auf die Felsen schmettern, aber er zwang sich, steif auf den Stützbalken liegenzubleiben, während sein Verstand nach der Gegenströmung suchte. Genau im richtigen Moment spannte er den Körper, vertiefte sich in die Bewußtheit der Matrix, spürte, wie er schwebte und die Gegenströmung ihn wieder aufwärtstrug.
Jetzt. Schnell und vorsichtig. Ich muß auf die Höhe der Burg hinauf, dann die erste Strömung erwischen, die nach unten zieht. Ich darf keine Zeit vergeuden ... Aber jetzt fühlte die Luft sich dick und schwer an, und Donal konnte sie nicht nach Strömungen absuchen. Mit wachsender Angst sandte er sein Bewußtsein in alle Richtungen, spürte aber nur die starken magnetischen Ladungen des zunehmenden Sturms.
Mit diesem Sturm stimmt etwas nicht! Er ist wie der von gestern. Es ist überhaupt kein richtiger Sturm, es ist etwas anderes. Mutter! Oh, Mutter! Dem verängstigten Jungen, der sich an die Streben des Gleiters klammerte, schien es, als könne er Aliciane voller Entsetzen aufschreien hören: »Oh, Donal, was wird aus meinem Jungen werden!« Er spürte, daß sein Körper entsetzt zusammenzuckte, fühlte, wie der Gleiter seiner Kontrolle entglitt, wie er fiel ... fiel ... Wäre er weniger leicht gewesen und hätte weniger breite Flügel gehabt, wäre er auf den Felsen zerschmettert worden, aber die Luftströme trugen ihn, auch wenn Donal sie nicht lesen konnte. Nach wenigen Augenblicken endete der Sturz, und er begann seitwärts abzudriften. Jetzt, da er das *Laran* – die Kraft zu Schweben, die Körper und Verstand dem Matrix-Juwel entnahmen – einsetzte, und sein geübtes Bewußtsein durch die magnetischen Stürme nach Strömungsspuren forschte, begann Donal, um sein Leben zu kämpfen. Er zwang die beinahe hörbare Stimme seiner Mutter mit einer solchen Kraft aus sich hinaus, daß sie vor Entsetzen und Schmerz aufschrie. Er zwang die Angst, die ihn seinen Körper bereits in Stücke gerissen auf den Felsspitzen sehen ließ, fort, tauchte ganz in das verstärkte *Laran* ein, ließ die Flügel aus Holz und Leder zu Erweiterungen

seiner ausgestreckten Arme werden und spürte die an ihnen zerrenden, rüttelnden Strömungen, als träfen sie seine eigenen Hände und Beine.
Jetzt ... Bring ihn nach oben ... Nur so weit ... Versuche, ein paar Längen nach Westen zu gewinnen ... Er zwang sich, ganz schlaff zu werden, als ein weiterer Blitzschlag hinter ihm aus der Wolke zuckte. *Keine Kontrolle ... Er nimmt gar keine Richtung ... Hat kein Bewußtsein ...* Er dachte an die Regeln der freundlichen *Leronis*, der er seine geringen Kenntnisse verdankte: *Ein geübter Geist kann jedwede Naturgewalt meistern ...* Geradezu feierlich rief Donal sich dies ins Gedächtnis.
Ich brauche weder Wind, noch Sturm, noch Blitz zu fürchten, der geübte Geist kann immer ... Aber da Donal erst zehn Jahre alt war, fragte er sich aufgebracht, ob Margali je während eines Gewitters einen Gleiter geflogen hatte.
Ein ohrenbetäubendes Krachen schaltete seinen Verstand einen Moment lang aus. Er spürte einen plötzlichen Regenguß auf seinem fröstelnden Körper und strengte sich an, das Zittern zu stoppen, das sich anschickte, seinem Verstand die Kontrolle über die flatternden Schwingen zu entwinden.
Jetzt. Stetig. Abwärts und abwärts, entlang der Strömung ... Auf den Erdboden zu, den Hang entlang ... Keine Zeit, einen anderen Aufwind zu nutzen. Hier unten werde ich vor den Blitzen sicher sein ...
Seine Füße berührten fast den Boden, als ein erneuter heftiger Aufwind die Schwingen erfaßte und ihn wieder nach oben trug, fort von der Sicherheit der Hänge. Schluchzend, im Kampf mit dem Apparat, bemühte Donal sich, ihn wieder nach unten zu zwingen, indem er sich über die Kante warf und senkrecht herabhängend die Streben über seinem Kopf ergriff, während die Schwingen seinen trudelnden Fall bremsten. Durch die Haut fühlte er einen Blitzschlag und sandte alle Kraft aus, ihn abzulenken und *sonstwohin* zu schleudern. Seine Hände klammerten sich krampfhaft an die Streben über seinem Kopf, als er den Blitz und den ohrenbetäubenden Donnerschlag hörte und mit verschwommenem Blick einen der großen, aufrechtstehenden Felsen auf dem Hang unter krachendem Aufbrüllen in Stücke splittern sah. Donals Füße berührten den Boden. Er stürzte schwer, überschlug sich mehrmals, spürte, wie die Streben des Gleiters in Stücke brachen und splitterten. Als er fiel, schoß ein Schmerz durch seine Schulter, aber er besaß noch genügend Kraft und Geistesgegenwart, den Körper schlaff werden zu lassen, wie man es ihm bei den Waffenübungen beigebracht hatte. Er mußte ohne den Widerstand der Muskeln, der die Knochen brechen lassen konnte, hinfallen. Schluchzend – mit Prellungen und Quetschungen –, aber lebend lag er wie betäubt auf dem felsigen Hang und spürte,

wie die Ströme des Blitzes ziellos umherfuhren, während sich das Donnergrollen von Felsspitze zu Felsspitze fortpflanzte.
Als er wieder zu Atem gekommen war, rappelte er sich auf. Beide Flügelstreben des Gleiters waren zerbrochen, konnten aber noch repariert werden. Donal konnte von Glück reden, daß dies nicht auch mit seinen Armen geschehen war. Der Anblick des zersplitterten Felsens machte ihn benommen, sein Kopf dröhnte. Aber ihm wurde bewußt, daß er bei all dem noch das Glück hatte, am Leben zu sein. Er las das zerbrochene Spielzeug auf, ließ die zersplitterten Schwingen herabhängen und begann, sich langsam den Hang zu den Burgtoren hinaufzuschleppen.

»Sie haßt mich«, rief Aliciane entsetzt. »Sie will nicht geboren werden!«
Durch die Dunkelheit, die ihr Gehirn zu umgeben schien, fühlte sie, wie Mikhail ihre bebenden Hände ergriff und festhielt.
»Meine Liebste, das ist töricht«, sagte er leise und drückte die Frau, seine eigenen Ängste fest unter Kontrolle haltend, an sich. Auch er spürte die Fremdartigkeit der Blitze, die rund um die hohen Fenster flackerten und krachten, und Alicianes Entsetzen verstärkte seine eigene Angst. Jemand anders schien im Zimmer zu sein, außer der geängstigten Frau, außer der ruhigen Margali, die mit gesenktem Kopf dasaß, niemanden anschaute, ihr Gesicht vom Schimmer des Matrixsteins blau erleuchtet. Mikhail konnte die besänftigenden Wellen der Ruhe spüren, die Margali bei dem Versuch, sie alle damit zu umgeben, ausstrahlte. Er unternahm den Versuch, Körper und Geist dieser Ruhe hinzugeben, sich in ihr zu entspannen und begann mit den tiefen, rhythmischen Atemzügen, die man ihn gelehrt hatte. Schon bald spürte er, daß auch Aliciane ruhiger wurde.
Woher nur, woher das Entsetzen, der Kampf ...
Sie ist es, die Ungeborene ... Es ist ihre Angst, ihr Widerstreben ...
Geburt ist eine Schicksalsprüfung des Entsetzens; es muß jemanden geben, sie zu trösten, jemanden, der sie mit Liebe erwartet ... Aldaran hatte bei der Geburt all seiner Kinder assistiert; er hatte die gestaltlose Angst und Erregung des ungeformten Verstandes gespürt, die Kräfte hervorriefen, die dieser Verstand nicht begreifen konnte. Jetzt, während er in seinen Erinnerungen forschte (War eins von Clarizas Kindern so stark gewesen? Von Deonaras Babys war keines fähig gewesen, um sein Leben zu kämpfen. Arme kleine Schwächlinge ...), suchte er nach den ungezielten Gedanken des sich sträubenden Kindes, die durch die Wahrnehmung des Schmerzes und der Angst seiner Mutter hin- und hergerissen wurden. Er versuchte, besänftigende Gedanken von Liebe und Zärtlichkeit auszusenden; er formte die geistigen Worte nicht für das

Kind – denn das Ungeborene besaß noch keine Kenntnis der Sprache –, sondern für sich und Aliciane, um ihrer beider Gefühle darauf zu konzentrieren, ihm das Gefühl von Wärme und Willkommenheit zu vermitteln.
Du darfst keine Angst haben, Kleine. Bald wird es vorüber sein ... Du wirst frei atmen, und wir werden dich in unseren Armen halten und lieben ... Du wirst seit langem erwartet und innig geliebt ... Er bemühte sich, Liebe und Zärtlichkeit auszustrahlen, und die furchteinflößenden Gedanken an jene Söhne und Töchter aus seinem Geist zu verbannen, die er verloren hatte. All seine Liebe hatte ihnen nicht in die Dunkelheit zu folgen vermocht, die das sich entwickelnde *Laran* auf ihren Geist geschleudert hatte. Er versuchte, die Erinnerungen an die schwachen und mitleiderregenden Anstrengungen von Deonaras Kindern, die nie lange genug gelebt hatten, um auch nur zu atmen, auszulöschen ... *Habe ich sie genug geliebt? Hätten ihre Kinder stärker ums Leben gefochten, wenn ich Deonara mehr geliebt hätte?*
»Zieht die Vorhänge zu«, sagte er einen Moment später, und eine der Kammerfrauen ging auf Zehenspitzen zum Fenster und schloß den dunkler werdenden Himmel aus. Aber der Donner grollte weiterhin, und das Aufflackern des Blitzes war selbst durch die zugezogenen Vorhänge zu sehen.
»Sieh nur, wie sie sich müht, die Kleine«, sagte die Amme. Margali stand ruhig auf, trat näher, legte behutsam die Hände um Alicianes Körper und versenkte ihr Bewußtsein in die Frau, um ihr Atmen und den Fortgang der Geburt zu steuern. Eine Frau mit *Laran*, die ein Kind gebar, konnte weder körperlich untersucht noch berührt werden, da die Gefahr bestand, das Ungeborene durch eine fahrlässige Berührung zu verletzen oder zu ängstigen. Das muß die *Leronis* tun, indem sie die Wahrnehmungsfähigkeit der Telepathie und ihre psychokinetischen Kräfte nutzte. Aliciane spürte die besänftigende Berührung. Ihr angstverzerrtes Gesicht entspannte sich, aber als Margali sich zurückzog, schrie sie vor Angst auf.
»Oh, Donal, Donal – was wird aus meinem Jungen werden?«
Lady Deonara Ardais-Aldaran, eine schlanke alternde Frau, kam auf Zehenspitzen näher und nahm Alicianes schmale Hand in die ihre. Beruhigend sagte sie: »Hab um Donal keine Furcht, Aliciane. Avarra möge verhüten, daß es notwendig ist, aber ich schwöre dir, daß ich ihm von diesem Tag an eine solch liebevolle Pflegemutter sein werde, als sei er einer meiner eigenen Söhne.«
»Du bist freundlich zu mir gewesen, Deonara«, sagte Aliciane, »und ich habe versucht, dir Mikhail wegzunehmen.«
»Kind, Kind – das ist nicht die Zeit, daran zu denken. Wenn du Mikhail

geben kannst, wozu ich nicht im Stande bin, dann bist du meine Schwester, und ich werde dich lieben, wie Cassilda Camilla liebte, das schwöre ich.« Deonara beugte sich vor und küßte die bleiche Wange Alicianes.
»Sei ganz ruhig, *Breda*; denk nur an die Kleine, die in unsere Arme kommt. Auch sie werde ich lieben.«
Sanft umarmt vom Vater ihres Kindes und der Frau, die geschworen hatte, ihr Kind wie ein eigenes in Empfang zu nehmen, wußte Aliciane, daß man sie trösten wollte.
Und doch, als der Blitz auf den Höhen flackerte und der Donner um die Mauern der Burg grollte, fühlte sie sich von Angst durchdrungen. *Ist es die Angst des Kindes oder meine?* Ihr Geist schwamm in die Dunkelheit hinein, während die *Leronis* sie besänftigte und Mikhail, Liebe und Zärtlichkeit ausströmend, ihr beruhigende Gedanken zusandte. *Ist es für mich, oder nur für das Kind?* Es schien keine Bedeutung mehr zu haben; sie konnte nicht weiter sehen. Vorher hatte sie immer ein schwaches Gespür für das, was folgte, gehabt, aber jetzt schien es, als gäbe es nichts in der Welt außer ihrer Furcht und der des Kindes, der gestaltlosen, wortlosen Erregung. Ihr schien, daß die Erregung sich mit dem Donner verband, daß die sie quälenden Wellen der Geburtsschmerzen mit dem Kommen und Gehen der Blitze identisch waren ... Als sei der Donner nicht dort draußen auf den Höhen, sondern in ihrem gequälten Körper existent. Entsetzen und Erregung dehnten sich in ihr aus ... Die Blitze brachten Nervosität und Schmerzen. Sie rang nach Atem und schrie auf, und fast mit Erleichterung sank ihr Geist ins Dunkel, in die Stille, ins Nichts ...
»Ai! Sie ist ein wenig ungestüm«, sagte die Amme, die behutsam das sich sträubende Kind hielt. »Du mußt sie beruhigen, *Domna*, bevor ich ihr Leben von dem ihrer Mutter trenne, sonst wird sie sich wehren und zuviel Blut verlieren – aber sie ist eine kräftige, gesunde Frau!«
Margali beugte sich über den kreischenden Säugling. Das Gesicht war dunkelrot, verzerrt in einem Aufschrei voller Wildheit; die Augen, zusammengekniffen und fast geschlossen, waren von strahlendem Blau. Der runde, kleine Kopf war von dichtem rotem Flaum bedeckt. Margali legte ihre mageren Hände auf den nackten Körper des Säuglings und stimmte eine beruhigende Melodie an. Unter ihrer Berührung beruhigte sich das Kind ein wenig und stellte den Kampf ein; die Hebamme trennte die Nabelschnur und band sie ab. Aber als die Frau den Säugling nahm und in eine warme Decke wickelte, begann er wieder zu kreischen und zu strampeln. Erschreckt die Hand zurückziehend, legte sie ihn nieder.
»Ai! Evanda sei gnädig, sie ist eine von *denen!* Nun, wenn es groß ist, braucht sich das kleine Mädchen vor Räubern nicht zu fürchten, wenn es

schon jetzt mit *Laran* zuschlagen kann. Ich habe bei einem so kleinen Kind noch nie davon gehört!«
»Du hast sie erschreckt«, sagte Margali. Aber als sie das Kind nahm, schwand ihr Lächeln. Wie alle Damen Deonaras hatte auch sie die anmutige Aliciane geliebt. »Armes Kind, eine so liebevolle Mutter zu verlieren, und so früh.«
Mikhail von Aldaran, das Gesicht in großem Schmerz verzerrt, kniete neben dem Körper der Frau, die er geliebt hatte, nieder. »Aliciane! Aliciane, meine Liebste«, sagte er. Dann hob er den Kopf. Sein Gesicht zeigte Bitterkeit. Deonara hatte Margali den in eine Decke gewickelten Säugling abgenommen und hielt ihn mit dem Heißhunger verhinderter Mutterschaft an ihre schmächtige Brust gepreßt.
»Du bist nicht unzufrieden darüber, Deonara – daß keiner mit dir wetteifern wird, diesem Kind Mutter zu sein, nicht wahr?«
»Solche Worte sind deiner nicht würdig, Mikhail«, erwiderte Deonara, Alicianes Kind eng an sich drückend. »Ich habe Aliciane geliebt. Möchtest du, daß ich ihr Kind jetzt von mir weise? Kann ich meine Liebe nicht am besten dadurch zeigen, daß ich es so liebevoll aufziehe, als sei es mein eigenes? Sonst nimm sie, mein Gatte, bis du eine andere Geliebte findest.« So sehr sie sich auch mühte – Lady Aldaran konnte die Bitterkeit in ihrer Stimme nicht zurückhalten. »Sie ist dein einziges Kind. Und wenn sie jetzt schon *Laran* besitzt, wird sie viel Fürsorge brauchen. Meine armen Babys haben nicht einmal so lange gelebt.« Sie legte das Kind in Dom Mikhails Arme, der es mit unendlicher Zärtlichkeit und Sorge ansah.
Maryas Fluch hallte in seinem Kopf wider: Du wirst keine andere in dein Bett nehmen ... Deine Lenden werden leer sein wie ein vom Winter getöter Baum. Als teile sich sein Entsetzen dem Säugling in seinen Armen mit, begann dieser erneut zu strampeln und zu schreien. Hinter dem Fenster tobte der Sturm.
Dom Mikhail schaute in das Gesicht seiner Tochter. Dem kinderlosen Mann erschien sie unendlich kostbar; und das würde sie um so mehr sein, falls der Fluch sich bewahrheiten sollte. Steif lag sie in seinem Arm und schrie. Ihr kleines Gesicht war verzerrt, als versuche sie, die winzigen rosa Fäuste voll Zorn geballt, die Wut des Sturms zu übertreffen. Er konnte in ihrem Gesicht schon ein verschwommenes Miniaturbild Alicianes erkennen – die geschwungenen Brauen, die hohen Wangenknochen, die Augen von strahlendem Blau, der Flaum aus rotem Haar.
»Aliciane starb, um mir dieses große Geschenk zu machen. Sollen wir dem Kind zur Erinnerung den Namen seiner Mutter geben?«
Deonara schreckte zurück. »Willst du deiner einzigen Tochter den Na-

men einer Toten verleihen, mein Fürst? Du solltest einen suchen, der besseres verheißt!«
»Wie du wünschst. Gib ihr einen Namen, der dir gefällt, *Domna*.«
Zögernd sagte Deonara: »Ich wollte unsere erste Tochter Dorilys nennen, hätte sie lange genug gelebt, um einen Namen zu bekommen. Sie soll diesen Namen tragen, als Zeichen dafür, daß ich ihr eine Mutter sein werde.« Sie berührte die rosige Wange des Kindes mit dem Finger. »Wie gefällt dir dieser Name, kleine Frau? Schau – sie schläft. Sie ist vom vielen Schreien erschöpft ...«
Hinter den Fenstern verebbte der Sturm und erstarb, und kein Geräusch war zu hören, außer dem verhaltenen Trommeln der letzten Regentropfen.

3

Elf Jahre später

Es war die dunkle Stunde vor der Morgendämmerung. Leise fiel Schnee auf das Kloster von Nevarsin, das unter tiefem Schnee begraben war.
Obwohl es keine Glocke gab, die sie morgens weckte, erwachten in jeder Zelle und jedem Schlafraum die Brüder, Novizen und Schüler aus dem Schlaf, als hätten sie ein unhörbares Signal gehört.
Allart Hastur von Elhalyn wachte abrupt auf. Auch in seinem Kopf war etwas erklungen, für das er empfänglich war. In den ersten Jahren seines Hierseins hatte er oft darüber hinweggeschlafen. In diesem Kloster würde niemand einen anderen wecken; es war ein Bestandteil der Ausbildung, daß die Novizen das Unhörbare hörten und das Unsichtbare sahen.
Die Kälte spürte er nicht, obwohl er vorschriftsmäßig nur mit einem Umhang bedeckt war; inzwischen hatte er seinen Körper so weit unter Kontrolle, daß er genug Wärme erzeugte, um ihn während des Schlafs nicht frieren zu lassen. Ohne ein Licht anzuzünden stand er auf, zog den Umhang über die einfache Unterkleidung, die er bei Tag und Nacht trug, und glitt mit den Füßen in die strohgeflochtenen Sandalen. Er steckte das kleine Gebetbuch, den Federkasten und das versiegelte Tintenhorn, die Schale und einen Löffel in seine Taschen. Damit war er mit allem ausgestattet, was ein Mönch benutzen und besitzen durfte. Dom Allart Hastur war noch kein vollvereidigter Bruder von Sankt-Valentin-im-Schnee von Nevarsin. Es würde noch ein Jahr dauern, bis er die letzte Brücke, die ihn von der unter ihm liegenden Welt trennte, hinter sich würde abbrechen können. Es war eine beunruhigende Welt, an die er

sich jedesmal erinnerte, wenn er die Lederriemen seiner Sandalen anzog; denn in der Welt der Güter galt das Wort *Sandalenträger* als äußerste Beleidigung für einen Mann und unterstellte weibisches Benehmen oder noch Schlimmeres. Selbst jetzt, als er den Riemen befestigte, sah sich Allart gezwungen, seinen Geist aufgrund der Erinnerung zu beruhigen. Er machte drei leichte Atemzüge – Pause – wiederholte sie und murmelte dazu ein Gebet gegen die Ursache seiner Erregung. Er war sich der Ironie, die darin lag, schmerzlich bewußt.
Bete ich für den Frieden meines Bruders, der mir diese Beleidigung zugefügt und mich um meiner Gesundheit willen hierher getrieben hat?
Als er merkte, daß er noch immer Ärger und Groll verspürte, wiederholte er das rituelle Atmen, verbannte den Bruder entschlossen aus seinen Gedanken und rief sich die Worte des Vorstehers ins Gedächtnis.
»Du hast keine Macht über die Welt oder ihre Dinge, mein Sohn; du hast jedwedem Wunsch nach ihr entsagt. Die Macht, die zu erwerben du hierher kamst, ist die Macht über die Dinge im Innern. Friede wird nur dann einkehren, wenn du dir voll bewußt wirst, daß deine Gedanken nicht von außen kommen. Sie kommen von innen und sind dadurch gänzlich dein. Es sind die einzigen Dinge in diesem Universum, über die man gerechterweise vollkommene Macht haben darf. Du, nicht deine Gedanken und Erinnerungen, beherrschst deinen Geist. Du – und niemand anders – bist es, der sie kommen und gehen heißt. Der Mann, der seinen eigenen Gedanken erlaubt, ihn zu quälen, ist wie der Mann, der eine Skorpion-Ameise an seine Brust drückt und ihr befiehlt, ihn wiederholt zu beißen.«
Allart wiederholte die Übung. Sobald er sie beendet hatte, war die Erinnerung an seinen Bruder aus seinen Gedanken verschwunden. *Für ihn gibt es hier keinen Platz, nicht einmal in meinen Gedanken und Erinnerungen.* Beruhigt, mit weißen Atemwolken vor dem Mund, verließ er die Zelle und bewegte sich leise den langen Gang hinunter.
Die Kapelle, zu erreichen durch einen kurzen Weg im herabfallenden Schnee, war der älteste Teil des Klosters. Vor vierhundert Jahren war die erste Gruppe von Brüdern hierher gekommen, um hoch über der Welt, der sie zu entsagen wünschten, ihr Kloster aus dem Fels des Bergs zu graben. Sie hatten die kleine Nische ausgehöhlt, in der der Sage nach Sankt-Valentin-im-Schnee sein Leben aushauchte. Um die sterblichen Überreste des Eremiten herum war die Stadt gewachsen: Nevarsin, die Schneestadt.
Jetzt gab es hier mehrere Gebäude, von denen jedes einzelne, ungeachtet der Hilfsmittel dieser Zeit, durch die Hände aller Mönche entstanden war. Die Brüder waren stolz darauf, nicht einen einzigen Stein mit Hilfe

einer Matrix bewegt, sondern alles mit Händen und Geist geschaffen zu haben.
Die Kapelle war dunkel. Ein einzelnes kleines Licht glühte in jenem Schrein, in dem die Statue des Heiligen Lastenträgers über der letzten Ruhestätte des Heiligen stand. Mit ruhigen Bewegungen und geschlossenen Augen, wie es die Regeln verlangten, wandte Allart sich seinem Platz in den Bankreihen zu. Wie ein Ganzes kniete die Bruderschaft nieder. Allart, dessen Augen noch immer vorschriftsmäßig geschlossen waren, hörte das Fußrascheln und das gelegentliche Straucheln eines Novizen, der sich noch auf den äußeren, statt auf den inneren Blick verlassen mußte, um seinen ungeschickten Körper durch die Dunkelheit des Klosters zu bewegen. Die Schüler, noch nicht vereidigt und ohne geringste Ausbildung, stolperten in der Dunkelheit. Sie verstanden noch nicht, weshalb die Mönche Licht weder erlaubten noch benötigten. Flüsternd, einander anrempelnd, stolperten sie und fielen manchmal hin, aber schließlich befanden sich alle auf den ihnen zugewiesenen Plätzen. Ohne ein wahrnehmbares Signal erhoben sie sich in einer einzigen, kontrollierten Bewegung, als folgten sie einem unsichtbaren Signal des Pater Vorsteher. Ihre Stimmen erhoben sich zur Morgenhymne:

> »Eine einzige Macht schuf
> Himmel und Erde,
> Berge und Täler,
> Dunkel und Licht;
> Mann und Frau,
> Mensch und Nichtmensch.
>
> Diese Macht ist nicht zu sehen,
> Ist nicht zu hören,
> Ist nicht zu ermessen.
> Von nichts außer dem Geist, der teilhat an dieser Macht.
> Ich nenne sie göttlich ...«

Das war der Augenblick eines jeden Tages, in dem Allarts innere Fragen, Sehnsüchte und Sorgen völlig verschwanden. Wenn er die Stimmen seiner Brüder singen hörte, alte und junge, kindlich schrill oder altersrauh, wenn seine eigene Stimme sich in dem großen Konsens verlor, dann sah er sich nicht mehr in dem Gefühl einer getrennt suchenden und fragenden Einheit. Schwebend ruhte er in dem Wissen, daß er der Teil eines Größeren war, ein Teil der großen Macht, die die Bewegung der Monde, Sterne, der Sonne und des dahinterliegenden unbekannten Universums aufrechterhielt; daß er hier einen wahrhaften Platz in der

Harmonie besaß; daß er, wenn er verschwand, ein Loch von Allart-Größe in einem universellen Geist hinterließ; daß er etwas war, das nicht ersetzt oder verändert werden konnte. Wenn er den Gesang hörte, war er ganz in Frieden versunken. Der Klang seiner eigenen Stimme, ein ausgebildeter Tenor, erweckte Freude in ihm, aber nicht mehr, als der Klang jeder anderen. Ihm gefiel selbst die rauhe und unmelodiös zitternde Stimme des neben ihm stehenden Bruders Fenelon. Immer, wenn er mit seinen Brüdern sang, fielen Allart die ersten Worte ein, die er über Sankt-Valentin-im-Schnee gelesen hatte, Worte, die ihn während der Jahre seiner größten Qual erreicht, und ihm zum ersten Mal, seit er der Kindheit entwachsen war, Frieden gegeben hatten.

»Jeder von uns ist wie eine einzelne Stimme in einem großen Chor, eine Stimme wie keine zweite. Jeder von uns singt einige Jahre in diesem großen Chor, dann ist seine Stimme für immer verstummt. Andere nehmen dann ihren Platz ein. Aber jede Stimme ist einzigartig, keine ist schöner als die andere, keine kann das Lied einer anderen singen. Nichts nenne ich Sünde, außer dem Unterfangen, das Lied eines anderen oder mit eines anderen Stimme zu singen.«

Und Allart war beim Lesen dieser Worte klargeworden, daß er seit seiner Kindheit auf Befehl seines Vaters und seiner Brüder, der Hauslehrer, Waffenmeister und Stallknechte, der Untergebenen und Vorgesetzten eine Melodie zu singen versucht hatte – mit einer Stimme, die seiner eigenen nicht entsprach. Er war ein *Cristofero* geworden, was man bei einem Hastur für unziemlich hielt; immerhin war er ein Nachkomme von Hastur und Cassilda, ein Nachkomme von Göttern, einer, der *Laran* besaß – ein Hastur von Elhalyn, aus der Nähe der heiligen Stätten von Hali, in denen die Götter einst gewandelt waren. Seit undenklichen Zeiten beteten die Hasturs den Herrn des Lichts an. Und doch war Allart ein *Cristofero* geworden, hatte seine Brüder verlassen und auf sein Erbe verzichtet. Er war hierher gekommen, um Bruder Allart zu sein; seine Herkunft war unter den Brüdern von Nevarsin fast vergessen.

Sich selbst vergessend, und doch seines individuellen und einzigartigen Platzes in Chor, Kloster und Universum völlig bewußt, sang Allart die langen Hymnen. Später ging er, noch immer nüchtern, an die ihm zugewiesene Morgenarbeit, die darin bestand, daß er den Novizen und Schülern des äußeren Refektoriums das Frühstück brachte. Er trug die dampfenden Kannen mit Tee und heißem Bohnenbrei zu ihnen und goß das Essen in Schalen und Krüge, wobei er bemerkte, wie sich die kalten Hände der Jungen an die Hitze schmiegten und versuchten, sich zu wärmen. Die meisten der Kleinen waren zu jung, um die Technik der inneren Erwärmung schon zu beherrschen, und Allart wußte, daß einige

von ihnen unter ihren Umhängen in Decken gewickelt waren. Er spürte eine unbefangene Sympathie für sie und erinnerte sich an seine eigenen frühen Kältequalen. Damals, als sein Verstand noch nicht gelernt hatte, den Körper zu erwärmen, war ihm nicht anders gewesen. Sie aber bekamen heißes Essen und schliefen mit Extradecken. Je mehr sie die Kälte spürten, desto eher würden sie sich bemühen, sie zu besiegen.
Allart blieb stumm (obwohl er wußte, daß er sie hätte tadeln sollen), als sie über die Schlichtheit des Essens maulten. Hier, in den Quartieren der Kinder, wurde ein im Vergleich reichliches, üppiges Essen serviert. Er selbst hatte, seit er der vollen mönchischen Lebensweise beigetreten war, nur zweimal eine warme Mahlzeit erhalten; und der Grund dafür war gewesen, daß er in den tiefen Pässen besonders gute Arbeit bei der Rettung eingeschneiter Reisender geleistet hatte. Pater Vorsteher war der Meinung gewesen, die Unterkühlung seines Körpers habe einen Punkt erreicht, die seine Gesundheit bedrohe. Deswegen hatte er ihm befohlen, warme Nahrung zu essen und einige Tage unter zwei Extradecken zu schlafen. Unter gewöhnlichen Bedingungen hatte Allart sich dermaßen unter Kontrolle, daß Sommer und Winter ihm nichts bedeuteten. Sein Körper zog aus jeder Nahrung, ob heiß oder kalt, vollen Nutzen.
Ein betrübter kleiner Bursche, ein verwöhntes Kind von einem der Tiefland-Güter, mit sorgfältig geschnittenem, sich um sein Gesicht kräuselndem Haar, zitterte – obwohl in Umhang und Decke gehüllt – so heftig, daß Allart, als er ihm eine zweite Portion Brei gab (die heranwachsenden Jungen konnten essen, soviel sie wollten) freundlich sagte: »Bald wirst du die Kälte nicht mehr spüren. Das Essen wird dich wärmen. Und du bist warm gekleidet.«
»Warm?« sagte das Kind ungläubig. »Ich habe keinen Pelzumhang mehr. Ich glaube, ich werde vor Kälte sterben!« Er war den Tränen nahe, und Allart legte mitfühlend eine Hand auf seine Schulter.
»Du wirst nicht sterben, kleiner Bruder. Du wirst lernen, daß dir ohne Kleidung warm sein kann. Weißt du, daß die Novizen ohne Decke und Umhang nackt auf dem Stein schlafen? Und bisher ist hier noch niemand vor Kälte gestorben. Auch Tiere tragen keine Kleider. Ihre Körper sind an das Wetter, in dem sie leben, angepaßt.«
»Tiere haben ein Fell«, protestierte das Kind mürrisch. »Ich habe nur meine Haut.«
Allart lachte und sagte: »Und das ist der Beweis dafür, daß du keinen Pelz brauchst; denn bräuchtest du einen, um dich warm zu halten, wärst du mit einem Fell auf die Welt gekommen, kleiner Bruder. Dir ist kalt, weil dir seit deiner Kindheit erzählt wurde, daß man im Schnee friert. Und dein Verstand hat diese Lüge geglaubt; aber die Zeit wird kommen,

noch vor dem Sommer, und du wirst barfuß durch den Schnee laufen und keinerlei Unbehagen fühlen. Jetzt glaubst du mir noch nicht, aber denke an meine Worte, Kind. Iß jetzt deinen Brei und achte darauf, wie er im Brennkessel deines Körpers zu arbeiten beginnt, um deinen Gliedern Wärme zu bringen.« Er tätschelte die tränenbenetzte Wange des Jungen und fuhr mit seiner Arbeit fort.
Auch Allart hatte einst gegen die strenge Disziplin der Mönche aufbegehrt; aber er hatte ihnen getraut, und ihre Versprechungen waren ehrlich gewesen. Nun hatte er seinen Frieden. Er hielt seinen Geist unter Kontrolle und lebte nur einen Tag zur gleichen Zeit, ohne den quälenden Druck der Vorausschau. Sein Körper war ihm ein williger Diener geworden und tat, was ihm aufgetragen wurde, ohne mehr zu verlangen, als er für sein Wohlergehen und seine Gesundheit brauchte.
Über die Jahre hatte Allart vier Gruppen dieser Kinder ankommen sehen. Sie hatten vor Kälte geweint, sich über das karge Essen und die kalten Betten beklagt, waren verzogen und anspruchsvoll gewesen – und in ein, zwei oder drei Jahren würden sie weggehen, fürs Überleben ertüchtigt, mit viel Wissen über ihre Geschichte und fähig, die eigene Zukunft zu beurteilen. Und das würde auch für diese hier gelten, einschließlich des verzogenen kleinen Jungen, der Angst hatte, ohne Fellumhang vor Kälte zu sterben. Sie würden abgehärtet und ertüchtigt davongehen. Unwillkürlich bewegte sich Allarts Geist in die Zukunft, er versuchte zu sehen, was aus dem Kind werden würde, versuchte, sich selbst zu bestätigen. Er hatte es gewußt – seine Strenge zu dem Jungen war gerechtfertigt ...
Allart zuckte plötzlich zusammen. Seine Muskeln versteiften sich, wie sie es seit dem ersten Jahr hier nicht mehr getan hatten. Automatisch atmete er, um sie zu entspannen, aber die Angst blieb.
Ich bin nicht hier. Ich kann mich im nächsten Jahr nicht in Nevarsin sehen ... Bedeutet das meinen Tod? Oder werde ich fortgehen? Heiliger Lastenträger, gib mir Kraft ...
Das war es, was ihn hierher gebracht hatte. Er war nicht, wie manche anderen Hasturs, ein *Emmasca* – weder Mann noch Frau, dafür aber langlebig und steril. Obwohl es in diesem Kloster Mönche gab, die tatsächlich so geboren worden waren, und nur hier mit dem, was in dieser Zeit als Heimsuchung galt, zu leben gelernt hatten. Nein, Allart hatte seit seiner Kindheit gewußt, daß er ein Mann war. Und er war so ausgebildet worden, wie es dem Sohn einer königlichen Linie, der an fünfter Stelle vom Thron des Reiches stand, angemessen war. Aber schon als Kind hatte er eine andere Sorge gehabt.
Er hatte angefangen, die Zukunft zu sehen, ehe er sprechen konnte. Einmal, als sein Onkel gekommen war, um ihm ein Pferd zu bringen,

hatte er den Mann erschreckt, indem er ihm sagte, daß er sich freue, das Schwarze statt des Grauen zu bekommen, mit dem er zuerst aufgebrochen sei.

»Woher weißt du, daß ich zuerst mit dem Grauen aufgebrochen bin?« hatte der Mann gefragt.

»Ich habe gesehen, wie du mir den Grauen brachtest,« hatte Allart erwidert, »und dann habe ich gesehen, wie du das schwarze Pferd nahmst, dein Bündel herunterfiel und du umkehrtest und überhaupt nicht kamst.«

»Bei der Gnade des Aldones«, hatte der Mann geflüstert. »Es stimmt. Beinahe hätte ich mein Bündel im Paß verloren. Wäre es so gekommen, hätte ich wegen ungenügender Vorräte für die Reise umkehren müssen.«

Nur allmählich war Allart die Natur seines *Laran* bewußt geworden. Er sah nicht nur die wirkliche, sondern *jede* mögliche Zukunft. Sie breiteten sich fächerförmig vor ihm aus, und jede seiner Bewegungen erzeugte ein Dutzend neuer Alternativen. Mit fünfzehn, als er zum Mann erklärt wurde und vor den Rat der Sieben trat, um mit dem Zeichen seines Hauses tätowiert zu werden, wurden ihm die Tage und Nächte zur Qual, denn er konnte bei jedem Schritt ein Dutzend Straßen und hundert Alternativen, von denen jede mehrere neue hervorbrachte, vor sich sehen, bis er paralysiert war und sich aus Angst vor dem Bekannten und Unbekannten nicht mehr zu bewegen wagte. Er wußte nicht, wie er es abschalten konnte, und konnte nicht damit leben. Bei den Waffenübungen war er stets wie gelähmt, denn bei jedem Hieb sah er ein Dutzend seiner eigenen Bewegungen, die den anderen verstümmeln oder töten konnten. Jeder auf ihn gezielte Hieb barg drei Möglichkeiten, zu treffen oder danebenzugehen. Die Waffenübungen wurden für ihn zu einem solchen Alptraum, daß er schließlich unbeweglich vor dem Waffenmeister stand, zitternd wie ein verschrecktes Mädchen und unfähig, auch nur das Schwert zu heben. Die *Leronis* seiner Familie hatte versucht, in seinen Verstand einzudringen und ihm einen Ausweg aus diesem Labyrinth zu zeigen, aber Allart war von den verschiedenen Richtungen, in die ihre Versuche abzielten, ebenfalls wie gelähmt. Mit der zunehmenden Empfindsamkeit Frauen gegenüber hatte er sehen können, wie er sie packte und würgte.

Schlußendlich hatte er sich in seinem Zimmer verborgen, sich einen Feigling und Narren schelten lassen und sich geweigert, eine Bewegung oder einen einzigen Schritt zu tun, aus Angst vor dem, was geschehen konnte. Er hatte sich für einen Sonderling, einen Verrückten gehalten ...

Als er schließlich soweit gewesen war, die lange, schreckliche Reise hinter sich zu bringen, hatte er hinter jedem Schritt einen falschen gesehen, der ihn in den Abgrund stürzen konnte, wo er tot oder schwer verletzt tagelang auf den Felsen unterhalb des Pfades lag. Er hatte sich fliehen und umkehren sehen. Dann hatte der Pater Vorsteher ihn begrüßt, sich seine Geschichte angehört und gesagt: »Du bist weder ein Sonderling noch ein Verrückter, Allart, aber du leidest. Ich kann nicht versprechen, daß du hier deinen wahren Weg finden oder geheilt werden wirst, aber vielleicht können wir dich lehren, damit zu leben.«

»Die *Leronis* glaubt, ich könne es mit einer Matrix kontrollieren, aber ich war zu ängstlich«, hatte Allart gestanden, und zum ersten Mal das Gefühl verspürt, frei von Angst zu sprechen. Angst war eine verbotene Sache, Feigheit eine Untugend. Ein Hastur sprach nicht über solche Dinge.

Pater Vorsteher hatte genickt und gesagt: »Du hast recht gehandelt, die Matrix zu fürchten. Sie hätte dich durch deine Angst kontrollieren können. Vielleicht können wir dir einen Ausweg zeigen. Wenn es mißlingt, kannst du vielleicht lernen, *mit* deinen Ängsten zu leben. Als erstes mußt du lernen, daß du sie selbst erzeugst.«

»Das habe ich immer gewußt. Ich habe mich ihretwegen hinreichend schuldig gefunden ...« protestierte Allart, aber der alte Mönch hatte gelächelt.

»Nein. Wenn du wirklich geglaubt hast, sie seien *dein*, würdest du weder Schuld noch Ablehnung oder Verdruß fühlen. Was du siehst, kommt von außerhalb deines Ichs und befindet sich jenseits deiner Kontrolle. Aber deine Ängste sind dein, und nur dein; wie deine Stimme, deine Finger oder deine Erinnerungen, und daher ist es an dir, sie zu kontrollieren. Wenn du dich der Angst gegenüber machtlos fühlst, hast du noch nicht zugegeben, daß sie dein ist und du mit ihr nach deinem Willen verfahren kannst. Kannst du die *Rryl* spielen?«

Von diesem Gedankensprung verblüfft, bestätigte Allart, daß man ihn unterrichtet hatte, die kleine Handharfe leidlich zu bedienen.

»Wenn die Saiten am Anfang nicht die von dir gewünschten Töne hervorbrachten, hast du dann das Instrument verflucht oder deine ungeschickten Hände? Irgendwann, vermute ich, kam die Zeit, als deine Finger auf deinen Willen reagierten. Verfluche nicht dein *Laran*, solange dein Geist nicht geschult wurde, es zu kontrollieren.« Er ließ Allart einen Moment darüber nachdenken und sagte dann: »Die Wege der Zukunft, die du siehst, kommen von außen. Sie werden weder von Erinnerungen noch von Furcht erzeugt. Aber die Furcht entsteht in dir und lähmt deine Fähigkeit, dich inmitten verschiedener Wege zu bewegen. Du bist es, der die Furcht erschafft. Wenn du lernst, deine Angst zu kontrollieren, kannst du furchtlos einen Blick auf die vielen Pfade, die du

betreten kannst, werfen und auswählen, welchen du einschlagen willst. Deine Angst ist wie die ungelernte Hand auf der Harfe, die den Klang verzerrt.«
»Aber wie kann ich vermeiden, ängstlich zu sein? Ich *will* mich nicht fürchten.«
»Dann sag mir«, sagte Pater Vorsteher milde, »welche der Götter die Angst wie einen Fluch in dich legen?« Beschämt war Allart verstummt, und der Mönch sagte ruhig: »Du sprichst davon, ängstlich zu *sein*. Doch Angst ist etwas, das du aus Mangel an geistiger Kontrolle in dir erzeugst. Du wirst lernen, es zu verstehen, wenn du dich entscheidest, ängstlich zu sein. Das erste, was du tun mußt, ist zu lernen, daß die Angst dein ist, und daß du sie kommen und gehen heißen kannst. Fange damit an: Immer wenn du die Angst spürst, die eine Entscheidung verhindert, sage dir selbst: ›Was macht mich ängstlich? Warum habe ich mich entschieden, Angst zu spüren, die meine Entscheidung verhindert, statt die Freiheit der Entscheidung zu wählen?‹ Angst ist ein Weg, dir selbst zu verbieten, frei zu wählen, was du als nächstes tun wirst; ein Weg, die Reflexe deines Körpers, keinesfalls jedoch die Bedürfnisse des Geistes für dich entscheiden zu lassen. Und wie du mir berichtetest, hast du in letzter Zeit meist beschlossen, nichts zu tun, damit nichts von dem, das du fürchtest, über dich kommen kann. Also wurden die Entscheidungen nicht von dir, sondern von deiner Angst getroffen. Damit fang an, Allart. Ich kann nicht versprechen, dich von ihr zu befreien, nur daß die Zeit kommen wird, da du ihrer Herr wirst. Und dann wird sie dich nicht länger lähmen.« Dann hatte er gelächelt und gesagt: »Du bist doch deswegen hierher gekommen, oder?«
»Ich hatte mehr Angst zu bleiben, als zu kommen«, erwidert Allart und schüttelte sich.
Pater Vorsteher hatte aufmunternd gesagt: »Immerhin konntest du zwischen einer größeren und einer geringeren Angst wählen. Du mußt jetzt lernen, sie zu kontrollieren und über sie hinwegzuschauen. Es wird ein Tag kommen, an dem du weißt, daß sie dein Diener ist, der sich deinem Willen unterwirft.«
»Mögen die Götter es geben«, hatte Allart zitternd erwidert.
So hatte sein Leben hier begonnen ... und währte nun sechs Jahre lang. Langsam, Schritt für Schritt, hatte Allart die Ängste und Forderungen seines Körpers gemeistert. Er hatte gelernt, unter den verwirrenden, fächerförmig ausgebreiteten Möglichkeiten der Zukunft die am wenigsten schädliche auszuwählen. Nach und nach war seine Zukunft enger geworden. Und jetzt sah er sich nur noch hier, erlebte nur einen Tag zur gleichen Zeit und tat, was er mußte ... Nicht mehr und nicht weniger.
Und nun, nach sechs Jahren, wurde das, was er vor sich sah, plötzlich zu

einem verwirrenden Strom von Bildern: Er sah eine Reise, Felsen und Schnee; eine fremde Burg, seine Heimat, das Gesicht einer Frau ...
Allart bedeckte das Gesicht mit den Händen, befand sich erneut im Griff der alten, lähmenden Angst.
Nein! Nein! Ich will nicht! Ich will hier bleiben, für mein eigenes Ziel leben, niemandes andern Lied singen, und nicht mit eines anderen Stimme ...
Sechs Jahre lang war er seiner Bestimmung überlassen gewesen und nur den Zukunftsmöglichkeiten eigener Entscheidungen unterworfen. Jetzt brach das Draußen wieder über ihn herein. Traf außerhalb des Klosters jemand Entscheidungen, die ihn auf die eine oder andere Art berührten? All die Angst, die er in den vergangenen Jahren unterdrückt hatte, stieg in ihm wieder auf. Und langsam, indem er atmete, wie es ihm gelehrt worden war, meisterte er sie wieder.
Die Angst ist mein. Ich verfüge über sie, und ich allein kann wählen ...
Erneut versuchte er unter den bedrängenden Bildern einen Pfad zu sehen, auf dem er Bruder Allart bleiben und im Frieden seiner Zelle auf seine Art für die Zukunft der Welt arbeiten konnte ...
Aber einen solchen Zukunftspfad gab es nicht, und das machte ihm eines klar: Welche Entscheidung von außen auch immer über ihn hereinbrach, sie würde so sein, daß er sich ihr nicht entziehen konnte. Lange Zeit kämpfte er mit sich, kniete auf dem kalten Steinboden der Zelle und versuchte sowohl seinen widerstrebenden Körper als auch den Geist zu zwingen, diese Erkenntnis zu akzeptieren. Es gelang ihm schließlich, seine Angst zu meistern. Er wußte jetzt, daß er die Macht dazu hatte. Wenn die Herausforderung kam, würde er ihr furchtlos begegnen.

Um die Mittagszeit hatte Allart genug von den sich endlos verzweigend vor ihm ausbreitenden Zukunftsmöglichkeiten gesehen, um zumindest einen Teil dessen, was ihm bevorstand, zu erkennen. Er hatte das Gesicht seines Vaters – zornig, schmeichelnd, entgegenkommend – in diesen Visionen nun häufig genug gesehen, um wenigstens teilweise zu wissen, welche Prüfung ihm als erste bevorstand.
Als Pater Vorsteher ihn zu sich rufen ließ, konnte er dem alten Mönch mit Ruhe und leidenschaftsloser Selbstkontrolle gegenübertreten.
»Dein Vater ist gekommen, um mit dir zu sprechen, mein Sohn. Du kannst ihn im Nord-Gästezimmer treffen.«
Allart senkte den Blick; als er ihn wieder hob, sagte er: »Pater, *muß* ich mit ihm sprechen?« Seine Stimme war ruhig, aber der Pater Vorsteher kannte ihn zu gut, um diese Ruhe als echt hinzunehmen.
»Ich habe keinen Grund, ihn zurückzuweisen, Allart.«
Allart hatte das Gefühl, eine zornige Erwiderung zurückgeben zu müs-

sen. »Aber ich!« Doch er war zu gut ausgebildet, um sich an die Unvernunft zu klammern. Schließlich sagte er beherrscht: »Ich habe einen großen Teil des Tages damit verbracht, mich auf diese Begegnung vorzubereiten. Ich will Nevarsin nicht verlassen. Ich habe hier Frieden gefunden. Helft mir, einen Weg zu finden, Pater Vorsteher.«
Der alte Mann seufzte. Seine Augen waren geschlossen – wie meistens, da er mit dem inneren Blick deutlicher sah –, aber Allart wußte, daß sie ihn klarer denn je erblickten.
»Ich wünschte tatsächlich – um deinetwillen, Sohn –, daß ich einen solchen Weg erkennen könnte. Du bist hier zu Zufriedenheit und soviel Glück, wie ein Mann, der deinen Fluch trägt, nur finden kann, gelangt. Aber ich fürchte, die Zeit der Zufriedenheit ist nun beendet. Du mußt dir vergegenwärtigen, Junge, daß viele Menschen nie in den Genuß einer solchen Ruhe gelangen, um Selbsterkenntnis und Disziplin zu erlernen. Sei dankbar für das, was dir gegeben wurde.«
Oh, ich bin dieses frommen Geredes vom Akzeptieren und den uns auferlegten Lasten überdrüssig. Allart unterdrückte die auflehnenden Gedanken, aber der Pater Vorsteher hob den Kopf. Seine Augen, farblos wie ein unbekanntes Metall, begegneten Allarts rebellischem Blick.
»Du siehst, mein Junge, du besitzt nicht wirklich die Fähigkeiten eines Mönchs. Wir haben dir etwas Kontrolle über deine natürlichen Neigungen vermittelt, aber von Natur aus bist du rebellisch und begierig, zu verändern, was du verändern kannst. Aber Veränderungen können nur *dort unten* durchgeführt werden.« Seine Armbewegung umfaßte die ganze weite Welt außerhalb des Klosters. »Du wirst dich weder damit begnügen, deine Welt selbstzufrieden hinzunehmen, noch dich damit bescheiden, nicht in blinder Auflehnung, die aus deinem Leid herrührt, auszuschlagen. Du mußt gehen, Allart, und die Veränderungen, die du bewerkstelligen kannst, in deiner Welt durchführen.«
Allart bedeckte das Gesicht mit den Händen. Bis zu diesem Augenblick hatte er immer noch geglaubt – *Wie ein Kind, wie ein gläubiges Kind!* –, daß der alte Mönch die Macht besaß, ihm zu helfen, damit er dem Unvermeidlichen entgehen konnte. Er wußte, daß ihm sechs Jahre Kloster nicht geholfen hatten, darüber hinwegzukommen. Er fühlte den letzten Funken seiner Kindheit schwinden und hatte den Wunsch, zu weinen.
Der Pater Vorsteher sagte mit einem sanften Lächeln: »Bekümmert es dich, daß du in deinem dreiundzwanzigsten Lebensjahr kein Kind mehr bleiben kannst, Allart? Sei dankbar, daß du nach all diesen Jahren des Lernens darauf vorbereitet bist, ein Mann zu sein.«
»Ihr hört Euch an wie mein Vater!« warf Allart ihm zornig entgegen. »Genau das wurde mir morgens und abends mit dem Haferbrei aufge-

tischt – daß ich noch nicht Manns genug sei, meinen Platz in der Welt auszufüllen. Fangt Ihr nicht auch an, so zu sprechen, Pater, sonst müßte ich annehmen, daß meine Jahre hier unnütz waren.«

»Ich meine nicht das, was dein Vater meint, wenn ich sage, daß du bereit bist, dem Kommenden als Mann zu begegnen«, sagte der Pater Vorsteher. »Ich glaube, du weißt schon, was *ich* mit Männlichkeit meine. Oder war ich im Irrtum, als ich dich heute morgen ein weinendes Kind beruhigen und ermutigen hörte? Tu nicht so, als würdest du den Unterschied nicht kennen, Allart.« Die strenge Stimme wurde weicher. »Bist du zu zornig, um für meinen Segen niederzuknien, Kind?«

Allart fiel auf die Knie. Er spürte die Berührung des alten Manns in seinem Geist.

»Der Heilige Lastenträger wird dich für das, was kommen muß, stärken. Ich liebe dich sehr, aber es wäre selbstsüchtig, dich hierzubehalten. Ich glaube, du wirst in der Welt, der du entsagt hast, zu dringend gebraucht.« Als Allart aufstand, zog der Pater Vorsteher ihn in eine kurze Umarmung, küßte ihn und ließ ihn wieder los.

»Du hast meine Erlaubnis, zu gehen und dich in weltliche Gewänder zu kleiden, wenn du willst, bevor du deinem Vater entgegentrittst.« Erneut, zum letzten Mal, berührte er Allarts Gesicht. »Mein Segen sei immer bei dir. Wir mögen uns nicht wiedersehen, Allart, aber du wirst in den kommenden Tagen oft in meinen Gebeten sein. Sende eines Tages deine Söhne zu mir, wenn du es wünschst. Geh jetzt.« Er setzte sich, ließ seine Kapuze über das Gesicht gleiten, und Allart wußte, daß er aus den Gedanken des alten Mannes ebenso deutlich wie aus seiner Gegenwart entlassen worden war.

Er machte von der Erlaubnis, die Kleidung zu wechseln, keinen Gebrauch. Ärgerlich dachte er: *Ich bin ein Mönch. Und wenn mein Vater das nicht sehen will, ist das sein Problem und nicht meins.* Ein Teil seiner Auflehnung rührte jedoch von der Tatsache her, daß er, wenn er vorrausschaute, sich nicht mehr im Umhang eines Mönchs sah, und auch nicht hier in Nevarsin. Würde er nie wieder zur Schneestadt zurückkehren?

Während er zum Gästezimmer ging, versuchte er, um ruhig zu werden, seine Atmung zu kontrollieren. Was sein Vater ihm auch immer zu sagen hatte, durch einen schon zu Beginn ihrer Begegnung stattfindenden Streit mit dem alten Mann würde sich nichts bessern. Er öffnete die Tür und trat in den Raum mit dem steinernen Boden ein.

Neben dem Feuer saß in einem geschnitzten Stuhl ein alter Mann, aufrecht und verbissen, die Finger um die Stuhllehne geklammert. Sein Gesicht trug die arroganten Züge der Tiefland-Hasturs.

Als er hörte, wie Allarts Umhang sachte über den Boden strich, sagte er

gereizt: »Noch eins von diesen Gespenstern im Talar? Schickt mir meinen Sohn!«
»Euer Sohn ist hier, um Euch zu dienen, *Vai Dom*.«
Der alte Mann starrte ihn an. »Götter im Himmel, bist du das, Allart? Wie kannst du es wagen, mir in diesem Aufzug entgegenzutreten!«
»Ich trete auf, wie ich bin, Sir. Seid Ihr gastfreundlich aufgenommen worden? Laßt mich Speisen oder Wein bringen, wenn Ihr es wünscht.«
»Damit bin ich bereits versorgt worden«, sagte der alte Mann mit einer Kopfbewegung zu dem Tablett und der Karaffe auf dem Tisch. »Ich brauche nichts als ein Gespräch mit dir, denn das war der Zweck der scheußlichen Reise, die ich unternommen habe.«
»Und ich wiederhole, ich bin hier und zu Euren Diensten, Sir. Hattet Ihr eine beschwerliche Reise? Was hat Euch veranlaßt, eine solche Reise im Winter zu machen, Sir?«
»Du!« knurrte der alte Mann. »Wann wirst du bereit sein, dorthin zurückzukommen, wo du hingehörst, um deine Pflicht gegenüber Clan und Familie zu erfüllen?«
Allart senkte den Blick. Er ballte die Fäuste, bis seine Fingernägel tief in die Handflächen schnitten und sie zum Bluten brachten. Was er, einige Minuten von hier entfernt, in diesem Zimmer sah, entsetzte ihn. In mindestens einer der Zukunftsentwicklungen, die sich von jedem seiner Worte ableiten ließ, lag Stephen Hastur, Lord Elhalyn, der jüngere Bruder des auf dem Thron von Thendara sitzenden Regis II., mit gebrochenem Genick auf dem steinernen Fußboden. Allart wußte, daß der ihn überflutende Zorn, die Wut, die er seinem Vater gegenüber empfunden hatte, solange er denken konnte, nur zu leicht in einer solch mörderischen Attacke enden konnte. Sein Vater hatte wieder zu sprechen begonnen, aber Allart hörte ihn in seinem Kampf, Geist und Körper zur Gelassenheit zu zwingen, nicht.
Ich will nicht über meinen Vater herfallen und ihn mit meinen Händen töten! Ich tue es nicht, Ich-tue-es-nicht! Und ich werde es nicht! Erst als er ruhig und ohne Ärger sprechen konnte, sagte er: »Es tut mir leid, Sir, Euch zu enttäuschen. Ich habe gedacht, Ihr wüßtet, daß ich mein Leben als Mönch und Heilkundiger in diesen Mauern verbringen will. In diesem Sommer erhielt ich die Erlaubnis, meine letzten Gelübde abzulegen, meinem Namen und meinem Erbe zu entsagen und den Rest meines Lebens hier zu wohnen.«
»Ich weiß, daß du dies einmal gesagt hast, in der Krankheit deiner Jugend«, erwiderte Dom Stephen Hastur, »aber ich habe gedacht, es würde vorübergehen, wenn deine Gesundheit an Geist und Körper wieder hergestellt ist. Wie steht es um dich, Allart? Du siehst gesund und

kräftig aus. Es scheint, daß diese *Cristofero*-Irren dich nicht hungern lassen und mit Entsagungen zum Wahnsinn getrieben haben – noch nicht.«

Allart sagte liebenswürdig: »Das haben sie in der Tat nicht, Sir. Mein Körper ist, wie Ihr sehen könnt, stark und gesund, und mein Geist hat Frieden gefunden.«

»Stimmt das, Sohn? Dann werde ich die Jahre, die du hier verbracht hast, nicht bedauern. Und ganz gleich, mit welchen Methoden sie dieses Wunder vollbracht haben: Ich werde ihnen immer dankbar sein.«

»Dann setzt Eurer Dankbarkeit die Krone auf, *Vai Dom*, indem Ihr mir die Erlaubnis gebt, hier, wo ich glücklich und in Frieden lebe, den Rest meines Lebens zu bleiben.«

»Unmöglich! Wahnsinn!«

»Darf ich fragen warum, Sir?«

»Ich hatte vergessen, daß du es nicht wußtest«, gab Lord Elhalyn zurück. »Dein Bruder Lauren ist vor drei Jahren gestorben. Er hatte dein *Laran*, nur in noch schlimmerer Form, denn er schaffte es nicht, zwischen Vergangenheit und Zukunft zu unterscheiden. Als es in voller Stärke über ihn kam, zog er sich in sich selbst zurück und hat nie mehr ein Wort gesprochen oder auf irgend etwas von außen reagiert. Und so ist er gestorben.«

Allart fühlte sich bekümmert. Lauren war für ihn das reinste Kind und beinahe ein Fremder gewesen, als er sein Zuhause verlassen hatte. Der Gedanke an die Leiden des Jungen betrübte ihn. Wie knapp er doch selbst diesem Los entronnen war! »Vater, es tut mir leid. Wie schade, daß Ihr ihn nicht hierher schicken konntet. Man wäre vielleicht in der Lage gewesen, auch zu ihm vorzudringen.«

»Einer war genug«, sagte Dom Stephen. »Wir brauchen keine Schwächlinge als Söhne. Lieber jung sterben, als eine solche Schwäche in unser Blut gelangen zu lassen. Seine Hoheit, mein Bruder Regis, hat nur einen einzigen Erben; sein ältester Sohn starb in der Schlacht gegen die Eindringlinge bei Serrais, und sein einzig verbliebener Sohn, Felix, der seinen Thron erben wird, ist von schwächlicher Gesundheit. Ich bin an nächster Stelle und dann folgt dein Bruder Damon-Rafael. Du bist vier Plätze vom Thron entfernt, und der König ist im achtzigsten Lebensjahr. Du hast keinen Sohn, Allart.«

Mit plötzlich aufwallender Heftigkeit sagte Allart: »Würdest du wollen, daß ich einen Fluch, wie ich ihn trage, an einen anderen weitergebe? Du hast mir berichtet, daß er Lauren das Leben gekostet hat!«

»Und doch brauchen wir diese Vorausschau«, erwiderte Stephen Hastur, »und du hast sie bewältigt. Die *Leronis* von Hali hat einen Plan, um sie ohne die Instabilität, die deine Gesundheit bedroht und Lauren getötet

hat, in unserer Linie zu verankern. Ich habe versucht, mit dir darüber zu sprechen, bevor du uns verlassen hast, aber du warst nicht in der Verfassung, an die Bedürfnisse des Clans zu denken. Wir haben mit dem Aillard-Clan – wegen einer Tochter aus ihrer Linie – ein Abkommen geschlossen. Ihre Gene sind in der Form modifiziert worden, daß sie dominieren werden. Auf diese Weise werden deine Kinder *den Blick* und die Sicherheit, ihn ohne Gefahr zu nutzen, haben. Du wirst dieses Mädchen heiraten. Zudem hat sie zwei *Nedestro*-Schwestern, und die *Leroni* vom Turm haben eine Technik entwickelt, die dir die Sicherheit geben, daß du von ihnen allen nur Söhne bekommen wirst. Wenn das Experiment gelingt, werden deine Söhne den Vorausblick und auch die Kontrolle darüber besitzen.« Er sah den Widerwillen auf Allarts Gesicht und sagte aufbrausend: »Bist du denn nichts anderes als ein empfindlicher Knabe?«
»Ich bin ein *Cristofero*. Die erste Maxime des Credo der Reinheit ist, keine Frau *gegen ihren Willen* zu nehmen.«
»Das ist gut und schön für einen Mönch, aber nicht für einen Mann! Keine von ihnen wird abgeneigt sein, wenn du sie nimmst, das versichere ich dir. Wenn du willst, werden die beiden, die nicht deine Ehefrau sind, nicht einmal deinen Namen erfahren. Wir besitzen jetzt Drogen, die zur Folge haben, daß sie nur die Erinnerung an ein angenehmes Intermezzo behalten. Und jede Frau hat den Wunsch, ein Kind der Linie von Hastur und Cassilda zur Welt zu bringen.«
Allart zog eine Grimasse der Abscheu. »Ich will keine Frau, die mir unter Drogen bewußtlos ausgeliefert wird. *Gegen ihren Willen* heißt nicht nur, daß sie sich aus Angst vor Vergewaltigung wehrt; es bedeutet auch, daß die Fähigkeit einer Frau, ihre Zustimmung frei zu geben oder zu verweigern, durch Drogen zerstört worden ist!«
»Ich wollte es nicht erwähnen«, sagte der alte Mann zornig, »aber du hast deutlich geäußert, daß du nicht bereit bist, die Pflicht, die deiner Kaste und dem Clan zukommt, aus freiem Willen zu erfüllen! In deinem Alter hatte Damon-Rafael ein Dutzend *Nedestro*-Söhne von ebensovielen willigen Frauen! Aber du, ein Sandalenträger ...«
Allart senkte den Kopf und bekämpfte den Reflex des Zorns, der ihn antrieb, den dünnen, alten Hals zwischen seine Hände zu nehmen und das Leben aus ihm herauszuquetschen. »Damon-Rafael hat seine Meinung über meine Männlichkeit häufig genug geäußert, Vater. Muß ich das auch von Euch hören?«
»Was hast du denn getan, um mir eine bessere Meinung von dir zu vermitteln? Wo sind *deine* Söhne?«
»Ich stimme nicht mit Euch überein, daß Männlichkeit allein an den Söhnen gemessen werden muß, Sir; aber über diesen Punkt will ich jetzt

nicht mit Euch streiten. Ich will den Fluch meines Blutes nicht weitergeben. Ich weiß einiges über das *Laran*. Ich spüre, daß Ihr falsch handelt, wenn Ihr versucht, größere Kraft in diesen Gaben heranzuzüchten. An mir – und noch mehr an Lauren – könnt Ihr sehen, daß der menschliche Geist nie dazu vorgesehen war, ein solches Gewicht zu tragen. Wißt Ihr, was ich damit meine, wenn ich von *rezessiven* und *tödlichen Genen* spreche?«
»Bist du dabei, mich in meinem eigenen Fach zu unterrichten, Jüngling?«
»Nein, aber bei allem Respekt, Vater, ich will daran keinen Anteil haben. Wenn ich je Söhne haben sollte ...«
»Da gibt es kein *wenn*. Du *mußt* Söhne haben.«
Die Stimme des alten Mannes klang entschlossen, und Allart seufzte auf. Sein Vater hörte einfach nicht zu. Oh, natürlich fingen seine Ohren die Worte auf. Aber er hörte nicht zu; sie gingen durch ihn hindurch, weil das, was Allart sagte, nicht mit dem festgelegten Glauben von Lord Elhalyn übereinstimmte – daß es die allererste Pflicht seines Sohnes sei, Söhne heranzuzüchten, die die legendären Gaben von Hastur und Cassilda, das *Laran*, weitertragen würden.
Laran war Zauberei; Psi-Kraft, die ihren Familien eine bevorzugte Stellung bei der Handhabung der Matrixsteine, die die verborgenen Kräfte des Geists verstärkten, gab; was ihnen die Möglichkeit verschaffte, die Zukunft zu kennen, den Geist anderer Menschen zu unterjochen, unbeseelte Gegenstände zu manipulieren und den Geist von Säugetier und Vogel zu beherrschen. *Laran* war jenseits aller Vorstellungskraft der Schlüssel zur Macht, und seit Generationen hatte man Menschen dafür herangezüchtet.
»Vater, hört mich an, ich bitte Euch.« Allart war jetzt weder zornig noch streitsüchtig, sondern ernsthaft verzweifelt. »Ich sage Euch, es kann sich nichts als Böses aus diesem Zuchtprogramm entwickeln, das aus Frauen schiere Instrumente macht, um Geistes-Monster ohne Menschlichkeit zu züchten. Ich habe ein Gewissen; ich kann es nicht tun.«
Sein Vater schnaubte: »Liebst du etwa Männer, daß du unserer Kaste keine Söhne geben willst?«
»Das tue ich nicht«, sagte Allart, »aber ich habe noch keine Frau gehabt. Wenn ich mit dieser bösen Gabe des *Laran* verflucht bin ...«
»Schweig! Du lästerst unsere Vorväter und den Herrn des Lichts, der uns das *Laran* gab!«
Jetzt wurde Allart wieder zornig: »Ihr seid es, der lästert, Sir, wenn Ihr glaubt, die Götter könnten auf diese Weise menschlichen Zielen unterworfen werden!«
»Du unverschämter ...« Sein Vater sprang auf, hielt aber mit enormer

Anstrengung seine Wut unter Kontrolle. »Mein Sohn, du bist jung und von diesen Mönchs-Ansichten irregeleitet. Komm zurück zu dem Erbe, für das du geboren bist, und du wirst eines besseren belehrt. Was ich von dir verlange, ist rechtens und nützlich, wenn die Hasturs gedeihen sollen. Nein ...« Mit einer Armbewegung gebot er, als Allart etwas sagen wollte, Schweigen. »... von diesen Dingen weißt du noch immer nichts, deine Ausbildung muß vervollständigt werden. Eine männliche Jungfrau« – obwohl er sich bemühte, konnte Lord Elhalyn die Verachtung nicht aus seiner Stimme verbannen – »ist nicht befähigt, darüber zu urteilen.«

»Glaubt mir«, sagte Allart, »der Charme der Frauen ist mir nicht gleichgültig. Aber ich will den Fluch meines Blutes nicht weitergeben. Und ich werde es nicht.«

»Das steht nicht zur Diskussion«, sagte Dom Stephen mit einem drohenden Unterton in der Stimme. »Du wirst mir den Gehorsam nicht verweigern, Allart. Ich würde es zwar als Schande empfinden, wenn mein Sohn, mit Drogen betäubt, wie eine widerstrebende Braut, Söhne zeugen müßte, aber es gibt Dinge, die dich dazu bringen, wenn du uns keine Wahl läßt.«

Heiliger Lastenträger, hilf mir! Wie soll ich davon ablassen, ihn zu töten, wenn er sich weiterhin so aufführt?

Ruhiger fuhr Dom Stephen fort: »Es ist jetzt nicht die Zeit für einen Streit, mein Sohn. Du mußt uns Gelegenheit geben, dich zu überzeugen, daß deine Bedenken unbegründet sind. Ich bitte dich: Geh jetzt und kleide dich, wie es einem Mann und Hastur geziemt, und bereite dich darauf vor, mit mir zu reisen. Du wirst gebraucht, mein lieber Sohn, und ... weißt du nicht, wie sehr ich dich vermißt habe?«

Die aufrichtige Liebe in seiner Stimme ließ Allarts Herz schmerzen. Tausend Kindheitserinnerungen tauchten in ihm auf und vermischten mit ihrer Zartheit Vergangenheit und Zukunft. Er war für den Stolz und das Erbe seines Vaters eine Schachfigur, sicher, aber ungeachtet dessen liebte Lord Elhalyn alle seine Söhne innig und war aufrichtig um seine geistige und körperliche Gesundheit besorgt gewesen – sonst hätte er ihn nicht ausgerechnet zu einem *Cristofero*-Kloster geschickt. Allart dachte: *Ich kann ihn nicht einmal hassen. Es würde viel leichter sein, wenn ich es könnte!*

»Ich komme mit, Vater. Glaube mir, ich habe nicht den Wunsch, dich zu erzürnen.«

»Und ich will dir nicht drohen, Junge.« Dom Stephen hielt die Arme ausgebreitet. »Ist dir bewußt, daß wir uns noch nicht wie Verwandte begrüßt haben? Fordern diese *Cristofero* dich auf, die Verwandtschaftsbande aufzugeben, Sohn?«

Allart umarmte seinen Vater; bestürzt spürte er die knochige Zerbrechlichkeit im Körper des alten Mannes, und ihm wurde klar, daß sein zorniges Auftreten die fortschreitende Schwäche und das Alter nur kaschieren sollten. »Alle Götter mögen verhüten, daß ich das tue, solange du lebst, Vater. Laß mich gehen und mich auf die Reise vorbereiten.«
»Geh nur, mein Sohn. Denn es mißfällt mir mehr, als ich es sagen kann, dich in einer Tracht zu sehen, die für einen Mann unangebracht ist.«
Allart gab darauf keine Antwort, sondern verbeugte sich und ging davon, um die Kleider zu wechseln. Er würde mit seinem Vater gehen, jawohl, und als pflichtgetreuer Sohn auftreten. Mit gewissen Einschränkungen würde er das. Jetzt wußte er, was der Pater Vorsteher gemeint hatte. Veränderungen waren in seiner Welt notwendig, und hinter Klostermauern konnte er sie nicht bewirken.
Er konnte sich fortreiten und einen großen, am Himmel schwebenden Falken sehen, das Gesicht einer Frau ... einer Frau. Er wußte sowenig von Frauen. Und jetzt wollten sie ihm nicht nur eine, sondern gleich drei zuführen, mit Drogen betäubt und willfährig ... *dagegen* würde er bis zum Ende seiner Willenskraft und seines Gewissens kämpfen; er würde kein Teil des monströsen Zuchtprogramms der Reiche werden. *Niemals*. Das Mönchsgewand abgelegt, kniete er zum letzten Mal kurz auf den kalten Steinen seiner Zelle.
»Heiliger Lastenträger, gib mir Kraft, daß ich meinen Anteil am Weltgewicht tragen kann ...« murmelte er. Dann stand er auf und legte die gewöhnliche Kleidung eines Edlen der Reiche an. Zum ersten Mal seit sechs Jahren trug er nun wieder ein Schwert.
»Gebenedeiter Sankt-Valentin-im-Schnee, gewähre, daß ich es gerecht verwende ...« Allart seufzte und sah sich zum letzten Mal in seiner Zelle um. Bekümmert und von innerer Gewißheit erfüllt wußte er, daß er sie nie wiedersehen würde.

4

Das *Chervine*, das kleine Hirsch-Pony der Darkovaner, wählte seinen Weg auf dem Pfad sorgfältig; gegen den neuen Schneefall protestierend schüttelte es seine Geweihstangen. Sie hatten die Berge jetzt hinter sich gelassen, Hali war nicht mehr als drei Tagesritte entfernt. Für Allart war es eine lange Reise gewesen, länger als die sieben Tage, die sie tatsächlich gedauert hatte. Er fühlte sich, als wäre er Jahre gereist, endlose Wegstunden, hinweg über tiefe Abgründe der Veränderung. Und er war erschöpft.
Es erforderte die ganze Disziplin seiner Jahre in Nevarsin, um sich sicher

durch die Wirrnis, die er jetzt sah, zu bewegen. Legionen möglicher Zukunftsentwicklungen verzweigten sich mit jedem Schritt vor ihm, wie verschiedene Straßen, die er hätte nehmen können, neue Möglichkeiten, die von jedem Wort, jeder Handlung erzeugt wurden. Als sie durch die gefährlichen Gebirgspässe ritten, konnte Allart jeden möglichen falschen Schritt sehen, der ihn über Abgründe führte, die ihn zerschmettern konnten; ebenso sah er jeden sicheren Schritt, den er tatsächlich tat. In Nevarsin hatte er gelernt, sich den Weg durch die Angst zu bahnen, aber die Anstrengung machte ihn schwach und müde.

Und immer tat sich ihm eine andere Möglichkeit auf. Immer wieder während ihrer Reise hatte er seinen Vater gesehen, tot zu seinen Füßen liegend, in einem unbekannten Zimmer.

Ich will mein Leben außerhalb des Klosters nicht als Vatermörder beginnen! Heiliger Lastenträger, gib mir Kraft ...! Er wußte, daß er seinen Zorn nicht leugnen konnte; in ihm lag die gleiche Lähmung wie in der Angst, keinen Schritt zu tun, aus Furcht, er würde zur Katastrophe führen.

Der Zorn ist mein, ermahnte er sich diszipliniert. *Ich kann entscheiden, was ich mit meinem Zorn mache, und ich kann mich entscheiden, nicht zu töten.* Aber es beunruhigte ihn, in dieser fremdartigen Szene, die ihm während der Reise immer vertrauter wurde, die Leiche seines Vaters zu sehen, wie sie in einem Zimmer mit grünen, gold umrandeten Vorhängen lag, am Fuß eines Sessels, dessen Schnitzereien er hätte nachziehen können, so oft hatte er sie mit dem Blick seines *Laran* gesehen.

Wenn er in das Gesicht seines Vaters sah, war es schwer, ihn nicht mit dem Bedauern und dem Entsetzen anzuschauen, das er beim Anblick des Toten empfinden würde. Und es strengte ihn an, Lord Elhalyn nichts davon zu zeigen.

Sein Vater hatte während der Reise die verächtlichen Worte für Allarts mönchische Standhaftigkeit nicht wiederholt und gänzlich aufgehört, mit ihm darüber zu streiten. Er sprach ausschließlich freundlich mit seinem Sohn, meist von seiner Kindheit in Hali (bevor der Fluch über Allart gekommen war), von ihrer Verwandtschaft und den Aussichten der Reise. Er sprach von Hali und den Minenarbeiten, die im Turm von den Leuten des Matrix-Kreises getan wurden, um Kupfer-, Eisen- und Silbererz an die Erdoberfläche zu bringen; von Falken und *Chervines*, und von den Zuchtexperimenten mit zell-tiefen Veränderungen, die sein Bruder angestellt hatte. Er sprach von regenbogenfarbenen Falken und *Chervines* mit phantastischen, juwelenbunten Geweihsprossen, die den sagenhaften Tieren aus der Legende glichen.

Von Tag zu Tag stieß Allart auf mehr von jener Kindheitsliebe, die er für seinen Vater empfand. Er erinnerte sich an jene Tage, bevor ihn das

Laran und sein *Cristofero*-Glaube von ihm getrennt hatten, und erneut fühlte er Schmerzen der Trauer, wenn er das verfluchte Zimmer mit den grün-goldenen Vorhängen sah, den großen geschnitzten Sessel, und das Gesicht seines Vaters, weiß und starr und voller Überraschung.
Auf dieser Straße hatten immer wieder andere Gesichter versucht, aus der Verschwommenheit des Unbekannten in die mögliche Zukunft zu kommen. Die meisten von ihnen ignorierte Allart, wie er es im Kloster gelernt hatte, aber zwei oder drei tauchten wiederholt auf und machten ihm klar, daß es sich nicht um Gesichter von Leuten handelte, die er treffen *konnte*, sondern um die derjenigen, die in sein Leben treten *würden*. Eins, das er verschwommen erkannte, war das seines Bruders Damon-Rafael, der ihn einen Sandalenträger und Feigling genannt hatte und froh gewesen war, den Rivalen loszuwerden, damit er allein Elhalyns Erbe sein konnte.
Ich wünschte, mein Bruder und ich könnten Freunde sein und einander lieben, wie Brüder es sollten. Doch unter den möglichen Zukunftsentwicklungen sehe ich nirgendwo eine Chance ...
Und da was das Gesicht einer Frau, das regelmäßig vor seinen geistigen Augen auftauchte, obwohl er sie nie zuvor gesehen hatte. Eine kleine Frau, von angenehmem Äußeren, mit von dunklen Wimpern beschatteten Augen, einem blassen Gesicht und mit Haaren, die aus gesponnenem schwarzen Glas zu sein schienen. Er sah sie in seinen Visionen – ein ernstes, bekümmertes Gesicht, dessen dunkle Augen ihm mit quälendem Flehen zugewandt waren.
Wer bist du? fragte er sich. *Dunkles Mädchen meiner Visionen, warum marterst du mich auf diese Weise?*
Nach den Jahren im Kloster schien es Allart seltsam, daß er anfing, auch erotische Visionen von dieser Frau zu haben; er sah sie lachen, liebevoll, ihr Gesicht im Verlangen nach Zärtlichkeit dem seinen entgegengehoben, die Augen in der Verzückung eines Kusses geschlossen. *Nein!* dachte er. Ganz gleich, wie sehr ihn sein Vater mit der Schönheit dieser Frau verlocken sollte, er würde an seinem Entschluß festhalten und kein Kind zeugen, das den Fluch seines Blutes zu tragen hatte! Aber die Anwesenheit des Gesichts dieser Frau blieb im Träumen und Wachen, und er wußte, daß sie eine von jenen war, die sein Vater für ihn als Braut wählen würde. Allart fragte sich, ob die Möglichkeit bestand, daß er ihrer Schönheit nicht zu widerstehen vermochte.
Ich bin schon halb verliebt in sie, dachte er, *und ich kenne nicht einmal ihren Namen!*
Eines abends, als sie in ein weites grünes Tal hinabritten, begann sein Vater erneut von der Zukunft zu sprechen.
»Unter uns liegt Syrtis. Die Leute von Syrtis sind seit Jahrhunderten

Hastur-Vasallen gewesen; wir werden unsere Reise dort unterbrechen. Du wirst froh sein, wieder in einem Bett zu schlafen, nehme ich an.«
Allart lachte. »Das ist mir egal, Vater. Während dieser Reise habe ich weicher geschlafen als jemals in Nevarsin.«
»Vielleicht hätte ich solche mönchische Zucht erfahren sollen, bevor meine alten Knochen eine solche Reise machten! Ich jedenfalls werde über eine Matratze froh sein, wenn du es schon nicht bist! Wir sind jetzt nur noch zwei Tagesritte von Zuhause entfernt und könnten an sich schon etwas für deine Heirat planen. Mit zehn Jahren wurdest du mit deiner Verwandten Cassandra Aillard verlobt, erinnerst du dich?«
So sehr er es auch versuchte, Allart konnte sich nur an ein Fest erinnern, zu dem er einen neuen Anzug bekommen hatte und stundenlang herumstehen und lange Ansprachen der Erwachsenen anhören mußte. Das sagte er seinem Vater, und Dom Stephen erwiderte, erneut sehr liebenswürdig: »Das überrascht mich nicht. Vielleich war das Mädchen nicht einmal da; ich glaube, es war damals nur drei oder vier Jahre alt. Ich bekenne auch, daß ich an dieser Verbindung meine Zweifel hatte. Die Aillards haben *Chieri*-Blut und die üble Angewohnheit, dann und wann Töchter zu gebären, die *Emmasca* sind – sie sehen wie wunderschöne Frauen aus, aber sie werden nie reif zur Vereinigung und gebären auch keine Kinder. Ihr *Laran* ist nichtsdestoweniger stark, deshalb habe ich die Verlobung riskiert. Und als das Mädchen zur Frau wurde, ließ ich sie in Anwesenheit ihrer Amme von unserer eigenen *Leronis*, die ihre Überzeugung äußerte, daß sie Kinder gebären könnte, untersuchen. Ich habe sie seitdem nicht mehr gesehen, aber man hat mir berichtet, sie sei zu einer anmutigen Jungfrau herangewachsen. Und sie ist eine Aillard. Ihre Familie ist ein starker Verbündeter unseres Clans, den wir sehr benötigen. Hast du nichts dazu zu sagen, Allart?«
Allart zwang sich, ruhig zu sprechen.
»Du kennst meine Einstellung zu dieser Sache, Vater. Ich will nicht mit dir darüber streiten, aber ich habe meine Meinung nicht geändert. Ich habe nicht den Wunsch, zu heiraten, und werde auch keine Söhne zeugen, die den Fluch unseres Blutes weitertragen. Mehr habe ich nicht zu sagen.«
Erneut tauchten vor seinem geistigen Auge das Zimmer mit den grüngoldenen Vorhängen und das tote Gesicht seines Vaters auf; mit solcher Deutlichkeit, daß er heftig blinzeln mußte, um den Vater wieder neben sich reiten zu sehen.
»Allart«, sagte sein Vater mit freundlicher Stimme, »während der Tage unserer gemeinsamen Reise habe ich dich zu gut kennengelernt, um dir das zu glauben. Immerhin bist du mein Sohn, und wenn du in die Welt zurückgekehrt bist, in die du gehörst, wirst du diese Mönchs-Ansichten

nicht lange behalten. Wir wollen nicht mehr darüber sprechen, *Kihu Caryu*, bis die Zeit dafür reif ist. Die Götter wissen, daß ich nicht mit dem jüngsten Sohn, den man mir gelassen hat, streiten will.«
Allart fühlte seine Kehle sich vor Kummer zusammenziehen.
Ich kann nicht anders. Ich habe meinen Vater lieben gelernt. Wird er dadurch schließlich meinen Willen brechen? Nicht mit Gewalt, sondern mit Freundlichkeit? Und wieder blickte er in das tote Gesicht und das grün- und goldverhängte Zimmer, und das Gesicht des dunklen Mädchens aus seinen Visionen tauchte vor seinen flimmernden Augen auf.

Das Herrschaftshaus von Syrtis bestand aus einem alten, steinernen Bergfried, einem Burggraben mit Zugbrücke, großen Außengebäuden aus Holz und Stein, und einem gestalteten Innenhof mit glasähnlicher Überdachung in vielen Farben.
Der Boden bestand aus farbigen Steinen, die mit einer solchen Präzision zusammengesetzt waren, die kein Arbeiter hätte erlernen können. Allart schloß daraus, daß die Syrtis-Leute zu den Neu-Reichen gehörten, die aus der ornamentalen und schwierig zu handhabenden Matrix-Technologie vollen Nutzen schöpfen konnten, um solch schöne Dinge herzustellen. *Wie kann man so viele Laran-Begabte finden, um seinen Willen auszuführen?*
Der alte Lord Syrtis war ein rundlicher, weichlicher Mann, der selbst in den Innenhof kam, um seinen Großfürsten zu begrüßen, und mit schmeichlerischer Höflichkeit auf die Knie fiel. Er erhob sich mit einem Lächeln, das fast zur hämischen Grimasse wurde, als Dom Stephen ihn in eine brüderliche Umarmung zog. Er umarmte auch Allart, der vor dem Kuß des Mannes auf seine Wange zurückwich.
Ugh, er ist wie eine einschmeichelnde Hauskatze!
Dom Marius führte sie in die große, mit verschwenderischem Luxus gefüllte Halle, komplimentierte sie auf kissenübersäte Diwans und rief nach Wein. »Das ist ein neues Erfrischungsgetränk, aus unseren Äpfeln und Birnen hergestellt; ihr müßt es probieren ... Ich habe eine neue Zerstreuung und werde euch davon erzählen, wenn wir gegessen haben«, sagte Dom Marius von Syrtis, während er sich in die wogenden Kissen zurücklehnte. »Und das ist dein jüngster Sohn, Stephen? Ich hatte ein Gerücht gehört, daß er sich von Hali losgesagt und ein Mönch bei den *Cristoferos* geworden sei, oder irgend so einen Unsinn. Ich freue mich, daß das eine bösartige Lüge ist; manche Leute erzählen einfach *alles*.«
»Ich gebe dir mein Wort, Cousin, Allart ist kein Mönch«, erwiderte Dom Stephen. »Ich gab ihm die Erlaubnis, in Nevarsin zu wohnen, um seine Gesundheit wiederherzustellen. In seiner Jugend litt er sehr unter

der Schwellenkrankheit. Aber er ist gesund und stark, und nun ist er nach Hause gekommen, um verheiratet zu werden.«
»Aha, so ist das also«, sagte Dom Marius und betrachtete Allart mit seinen zwinkernden, in dicke Fettpolster eingebetteten Augen. »Ist die glücklich zu preisende Jungfrau mir bekannt, mein Junge?«
»Genausowenig wie mir«, erwiderte Allart mit widerwilliger Höflichkeit. »Man hat mir gesagt, es sei meine Cousine Cassandra Aillard; ich habe sie nur ein einziges Mal gesehen, und da war sie ein kleines Mädchen.«
»Aah, die *Domna* Cassandra! Ich habe sie in Thendara gesehen, als sie beim festlichen Ball auf Burg Comyn zugegen war«, sagte Dom Marius mit einem Seitenblick.
Angewidert dachte Allart: *Er will uns nur wissen lassen, daß er bedeutend genug ist, um dort eingeladen zu werden!*
Dom Marius trug den Dienern auf, Speisen zu bringen. Was seine nichtmenschlichen Lakaien anbetraf, entpuppte sich Dom Marius als Anhänger der jüngsten Modelaune. Er hielt sich *Cralmac*, künstlich aus den harmlosen Schweifern der Hellers gezüchtete, mit Matrix-modifizierten Genen und menschlicher Befruchtung gezeugte Wesen. Allart erschienen diese Geschöpfe häßlich, weder Mensch noch Schweifer. Die Schweifer, obwohl fremdartig und mönchgleich, besaßen ihre eigene fremde Schönheit. Aber die *Cralmac* zeichneten sich für Allart nur durch die Widerwärtigkeit von etwas Unnatürlichem aus, auch wenn einige von ihnen recht ansehnlich wirkten.
»Ja, ich habe die dir versprochene Braut gesehen. Sie ist so anmutig, daß sie selbst einen überzeugten Mönch dazu bringen würde, seine Gelübde zu brechen«, kicherte Dom Marius. »Du wirst dem Kloster keine Träne nachweinen, wenn du dich mit ihr hinlegst, auch wenn all diese Aillard-Mädchen unglückliche Frauen sind. Einige sind so steril wie *Riyachiyas*, und andere so zerbrechlich, daß sie kein Kind austragen können.«
Er ist auch einer von denen, die gerne Katastrophen voraussagen, dachte Allart. »Ich habe keine große Eile, einen Erben zu bekommen. Mein älterer Bruder lebt, ist bei bester Gesundheit und hat *Nedestro*-Söhne gezeugt. Ich werde nehmen, was die Götter mir geben.« Darauf bedacht, das Thema zu wechseln, fragte er: »Habt Ihr die *Cralmac* auf Euren eigenen Gütern gezüchtet? Während der Reise erzählte mein Vater mir von den Experimenten meines Bruders, der durch Matrix-Modifikationen Zier-*Chervines* gezüchtet hat. Eure *Cralmac* sind kleiner und hübscher als die in Hali gezüchteten, die, wie ich mich erinnere, nur zum Stallausmisten und anderen schweren Arbeiten taugen. Man überläßt ihnen Dinge, mit denen man einen menschlichen Vasallen nicht beauftragen könnte.«

Mit plötzlicher Beklemmung – *Wie schnell ich doch vergesse!* – fiel ihm ein, daß man ihn in Nevarsin gelehrt hatte, daß es keine Arbeit gab, die die Würde des Menschen untergrub. Aber seine Worte hatten Dom Marius die Gelegenheit zu neuen Prahlereien gegeben.

»Ich habe eine *Leronis* der Ridenows in einer Schlacht gefangen. Sie ist in solchen Dingen sehr geschickt. Sie glaubte, ich hätte Gutes mit ihr vor, als ich ihr zusicherte, sie nie gegen ihr eigenes Volk zu verwenden – aber wie sollte ich ihr nach einer solchen Schlacht noch trauen? –, und sie widersetzte sich nicht, einige Aufträge für mich zu erledigen. Sie hat mir die *Cralmac* gezüchtet, und sie sind wirklich hübscher und ansehnlicher als alle, die ich vorher hatte. Ich könnte dir ein Zuchtpärchen zum Hochzeitsgeschenk machen, wenn du willst, Dom Allart; deine Gattin würde ansehnliche Diener zweifellos begrüßen. Die *Leronis* hat für mich auch eine neue Rasse von *Riyachiyas* gezüchtet. Möchtest du sie sehen, Cousin?«

Lord Elhalyn nickte, und als sie das Mahl beendet hatten, wurden die versprochenen *Riyachiyas* hereingebracht. Allart sah sie mit einem Gefühl von Abscheu an: exotische Spielzeuge für übersättigte Geschmäkker. Von Gestalt waren sie schlanke Frauen mit anmutigen Gesichtern und ebenmäßigen Brüsten, die die durchsichtigen Falten ihrer Gewänder hoben. Aber ihre Taillen waren zu schmal und ihre Beine zu lang, um aus ihnen echte Frauen zu machen. Es waren vier, zwei hellhaarig, zwei dunkel; sonst waren sie identisch. Sie knieten sich Dom Marius zu Füßen, bewegten schlangengleich die schlanken Hälse. Als sie sich verbeugten, wirkten sie wie holde Schwäne, und Allart fühlte hinter seiner Abscheu ein ungewohntes Verlangen.

Zandrus Hölle! Aber sie sind schön, so schön und unnatürlich wie Dämonenhexen!

»Würdest du vermuten, Cousin, daß sie in *Cralmac*-Leibern geboren wurden?« fragte Dom Marius. »Sie sind von meinem Samen und dem der *Leronis*, so daß ein penibler Mann – wenn sie menschlich wären – sagen könnte, sie seien meine Töchter, und dieser Gedanke gibt dem Ganzen in der Tat ein kleines ... ein kleines Etwas«. Er kicherte. »Es sind Zwillingspärchen ...« Er wies auf das hellhaarige Paar und fuhr fort: »Lella und Rella; die Dunklen sind Ria und Tia. Sie werden euch nicht allzusehr mit Reden belästigen, obwohl sie sprechen und singen können. Ich habe sie tanzen, die *Rryl* spielen, und Speisen und Getränke zu servieren gelehrt. Aber ihre hauptsächlichen Talente dienen natürlich dem Vergnügen. Sie sind selbstverständlich unter Matrix-Bann ... Wie ich sehe, Stephen, kannst du deine Augen nicht von ihnen nehmen. Ebensowenig« – Dom Marius gluckste – »wie dein Sohn.«

Allart schreckte auf und wandte sich ärgerlich von den schrecklich verlockenden Gesichtern und Körpern der unmenschlich schönen, seine Begierde anstachelnden Geschöpfen ab.

»Oh, ich bin nicht kleinlich; du kannst sie heute nacht haben«, sagte Dom Marius mit einem geilen Kichern. »Eine oder zwei, ganz wie du willst. Und da du, Allart, sechs Jahre der Frustration in Nevarsin verbracht hast, mußt du ihre Dienste dringend benötigen. Ich werde dir Lella schicken; sie ist meine eigene Favoritin. Oh, was diese *Riyachiya* alles kann! Selbst ein eingefleischter Mönch würde sich ihrer Berührung hingeben.« Seine Beschreibungen wurden detaillierter, und Allart wandte sich ab.

»Ich bitte Euch, Onkel«, sagte er, versuchend den Widerwillen zu verbergen, »Euch nicht selbst Eurer Favoritin zu berauben.«

»Nein?« Dom Marius verdrehte seine in Fett gepolsterten Augen mit gespielter Sympathie. »So steht es also? Nach so vielen Jahren im Kloster bevorzugst du die Freuden, die unter Brüdern zu finden sind? Ich selbst begehre selten einen *Ri'chiyu*, aber ich halte einige aus Gastfreundschaft, und manche Gäste brauchen dann und wann eine Abwechslung. Soll ich dir Loyu schicken? Er ist wahrhaftig ein schöner Knabe, und ich habe sie alle so modifizieren lassen, daß sie auf Schmerzen kaum reagieren. Du kannst ihn, wenn du willst, auf jede gewünschte Art benutzen.«

Dom Stephen, der sah, daß Allart jeden Moment explodieren konnte, warf hastig ein: »Die Mädchen werden uns genügen. Mein Kompliment für das Geschick deiner *Leronis*, sie zu züchten.«

Nachdem Marius sie zu den vorbereiteten Räumen gebracht hatte, sagte Dom Stephen aufgebracht: »Du wirst uns nicht die Schande bereiten, diese Höflichkeit zurückzuweisen! Ich will nicht, daß man hier rumtratscht, daß mein Sohn kein ganzer Mann ist!«

»Er ist wie eine große, fette Kröte! Vater, spiegelt es meine Männlichkeit wider, daß der Gedanke an soviel Schmutz mich mit Abscheu erfüllt? Ich würde seine dreckigen Geschenke gern in sein Kichergesicht schleudern!«

»Du ermüdest mich mit deinen mönchischen Skrupeln, Allart. Die *Leroni* haben nie etwas besseres zustande gebracht, als uns die *Riyachiyas* zu züchten. Deine zukünftige Frau wird es dir nicht danken, wenn du ablehnst, eine in deinem Haushalt zu haben. Bist du so unwissend, daß du nicht weißt, daß eine Schwangere eine Fehlgeburt haben kann, wenn du dich zu ihr legst? Es ist ein Teil des Preises, den wir für das *Laran* zahlen, das wir mit so großen Schwierigkeiten in unsere Linie hineingezüchtet haben, daß unsere Frauen schwach sind und für Fehlgeburten anfällig. Deshalb müssen wir sie schonen, wenn sie ein Kind tragen. Wenn du dein Verlangen nur auf eine *Riychiya* richtest, dann braucht sie nicht eifersüchtig zu sein, als hättest du deine Zuneigung einem richtigen Mädchen gegeben, das einen gewissen Anspruch auf deine Gedanken hätte.«

Allart wandte das Gesicht ab. In den Tiefländern galt diese Art von Gespräch zwischen den Generationen als Gipfel des Unanständigen. Das war so seit der Zeit, als Gruppenhochzeiten noch die Regel gewesen waren und jeder Mann im rechten Alter ebenso der Vater eines Menschen, wie jede Frau, die alt genug war, seine Mutter sein konnte. Seitdem war das sexuelle Tabu zwischen den Generationen absolut.

Entschuldigend sagte Dom Stephen: »Ich hätte mich nie so sehr vergessen, Allart, aber du bist nicht bereit gewesen, deiner Pflicht unserer Kaste gegenüber Genüge zu tun. Aber ich bin sicher, daß du als mein Sohn Manns genug bist, mit einer Frau in deinen Armen leben zu können!« Grob fügte er hinzu: »Du brauchst keine Skrupel zu haben; diese Geschöpfe sind steril.«

Krank vor Abscheu dachte Allart: *Vielleicht warte ich gar nicht auf das Zimmer mit den grünen und goldenen Vorhängen. Ich kann ihn hier und jetzt töten.* Aber sein Vater hatte sich umgedreht und war in sein Zimmer gegangen.

Aufgebracht dachte er, während er sich auf die Nachtruhe vorbereitete, daran, wie verderbt sie geworden waren. *Wir, geheiligte Nachfahren des Herrn des Lichts, das Blut von Hastur und Cassilda in unseren Adern – oder ist das auch nur ein hübsches Märchen?* Waren die *Laran*-Gaben der von Hastur abstammenden Familien nur das Werk anmaßender Sterblicher, vermischt mit Gen-Stoff und Hirnzellen, eine Hexerei mit dem Matrix-Juwel, das Protoplasma modifizierte, wie es Dom Marius' *Leronis* mit diesen *Riyachiys* angestellt hatte, indem sie exotische Spielzeuge für lasterhafte Männer produzierte?

Den Göttern selbst – wenn es wirklich Götter gibt – muß es bei unserem Anblick übel werden!

Das warme, luxuriöse Zimmer machte ihn krank; er wünschte sich nach Nevarsin, in die weihevolle Nachtstille zurück. Als er das Licht gelöscht hatte, hörte er fast geräuschlose Schritte. Das Mädchen Lella näherte sich ihm vorsichtig in einem dünnen Gewand.

»Ich bin zu deiner Befriedigung hier, *Vai Dom*.«

Ihre Stimme war ein heiseres Murmelr.; einzig ihre Augen enthüllten, daß sie nicht menschlich war, denn es waren dunkelbraune Tieraugen, groß, weich und merkwürdig unerklärlich.

Allart schüttelte den Kopf.

»Du kannst wieder gehen, Lella. Ich werde heute Nacht allein schlafen.«

Sexuelle Bilder quälten ihn, all die Dinge, die er tun *könnte*, all die möglichen Zukunftsentwicklungen, ein unendlich großes Bündel von Wahrscheinlichkeiten, die von diesem Augenblick abhingen. Lella saß auf dem Bettrand; ihre weichen, schlanken Finger, so anmutig, daß sie keine Knochen zu haben schienen, legten sich behutsam in die seinen. Flehend murmelte sie: »Wenn ich dich nicht erfreue, *Vai Dom*, werde ich bestraft. Was, wünscht du, soll ich tun? Ich kenne viele, viele Arten, Freude zu bereiten.«

Er wußte, daß sein Vater auf diese Situation hingesteuert hatte. Die *Riyachiyas* wurden gezüchtet, ausgebildet und ausgewählt, um unwiderstehlich zu sein. Hatte Dom Stephen erhofft, sie würde Allarts Hemmungen niederreißen?

»Mein Herr wird wirklich sehr zornig sein, wenn es mir nicht gelingt, dir Freude zu schenken. Soll ich nach meiner Schwester schicken, die so dunkel ist, wie ich hellhaarig bin? Und sie ist sogar noch geschickter. Oder würde es dir Freude machen, mich zu schlagen, Herr? Ich habe es gern, geschlagen zu werden, wirklich.«

»Still, still!« Allart fühlte sich krank. »Niemand würde sich eine Schönere wünschen als dich.« Und der wohlgeformte junge Körper, das entzückende kleine Gesicht, das lose duftende Haar, das über seinen Körper fiel, waren tatsächlich verführerisch. Sie strömte einen süßen, moschusartigen Duft aus; bevor er sie berührt hatte, hatte er irgendwie geglaubt, sie würde wie ein Tier, nicht wie ein Mensch riechen.

Ich bin in ihrem Bann, dachte er. Wie sollte er widerstehen können? Mit einem Gefühl tödlicher Müdigkeit dachte er, als er ihre schmalen Fingerspitzen eine Linie über seinen nackten Hals vom Ohrläppchen zur Schulter ziehen fühlte: *Was macht es schon aus? Ich habe beschlossen, frauenlos zu leben und den Fluch, den ich trage, niemals weiterzugeben. Aber dieses arme Geschöpf ist steril, ich kann mit ihr kein Kind zeugen, selbst, wenn ich wollte. Vielleicht wird Vater geneigt sein, mich nicht mehr zu verletzen oder mich einen halben Mann zu nennen, wenn er weiß, daß ich hierbei seinem Willen gefolgt bin. Heiliger Lastenträger, gib mir Kraft! Ich gebrauche nur Entschuldigungen für das, was ich tun will. Warum sollte ich nicht? Warum muß ich allein das ablehnen, was jedem Mann meiner Kaste zu Recht gegeben ist?* In seinem Kopf drehte es sich. Tausend verschiedene Zukunftsmöglichkeiten rotierten vor ihm dahin: in einer packte er das Mädchen und würgte ihren Hals; in einer anderen sah er sich und das Mädchen in zärtlicher Umklammerung. Und dieses Bild wuchs, trieb das Bewußtsein der Begierde in seinen Körper. In einer weiteren Vision sah er das dunkle Mädchen tot vor sich liegen ... *So viele Zukunftsmöglichkeiten, so viel Tod und Verzweiflung ...* Krampfhaft, verzweifelt, die vielfache Zukunft auszulöschen versuchend, nahm er das Mädchen in die Arme und zog es aufs Bett nieder.

Selbst als seine Lippen sich auf die ihren senkten, dachte er an Verzweiflung und Leere. *Was macht das aus, wenn nur Untergang vor mir liegt ...?*
Wie aus dem Nichts kommend hörte er ihre kurzen Freudenschreie und dachte in seinem Elend: *Wenigstens ist sie nicht unwillig.* Und dann dachte er überhaupt nicht mehr. Es war eine große Erleichterung.

5

Als er aufwachte, war das Mädchen fort, und Allart lag einen Moment lang völlig bewegungslos, von Übelkeit und Selbstverachtung überwältigt. *Wie soll ich mich davon abhalten, den Mann zu töten, der das über mich gebracht hat ...?* Aber als das tote Gesicht seines Vaters in dem vertrauten Zimmer mit grünen und goldenen Vorhängen vor ihm auftauchte, erinnerte er sich streng: *Mein war die Wahl; er hat nur für die Gelegenheit gesorgt.*
Trotzdem fühlte er eine überwältigende Verachtung gegen sich selbst, während er durch das Zimmer ging und sich für die Reise fertigmachte. In der vergangenen Nacht war ihm etwas über sich selbst klargeworden, das er lieber nicht gewußt hätte.
In seinen sechs Jahren in Nevarsin hatte er keine Schwierigkeiten gehabt, im frauenlosen Bereich des Klosters zu leben, ohne einen Gedanken an sie zu verschwenden; sie hatten ihn nie gelockt, nicht einmal beim Mittsommerfest, wenn auch die Mönche frei waren, sich an den Lustbarkeiten zu beteiligen, Liebe oder ihr trügerisches Abbild in der unteren Stadt zu suchen. So war er nie in die schwierige Situation geraten, um seinen Entschluß kämpfen zu müssen – nicht zu heiraten und keine Kinder zu zeugen, die den monströsen Fluch des *Laran* trugen. Und doch, trotz der Abscheu und des Ekels für das Ding, das Lella war, waren bei der Berührung der auf obszöne Art weichen Fingerspitzen der *Riyachiya* sechs Jahre selbstauferlegten Zölibats in Minuten weggeworfen worden.
Was soll jetzt aus mir werden? Wenn ich meinem Entschluß nicht eine einzige Nacht treu bleiben kann ... In den verschiedenen Zukunftsmöglichkeiten, die er vor seinem nächsten Schritt sah, gab es eine neue, und sie mißfiel ihm zutiefst: daß er eine Kreatur wie Dom Marius werden könnte, die Hochzeit tatsächlich hinnahm, um seine Gelüste später mit diesen unnatürlichen gezüchteten Freudenmädchen zu befriedigen.
Er war dankbar, daß ihr Gastgeber nicht zum Frühstück erschien. Es war schon schwer genug, seinem Vater gegenüberzutreten, und die Vision seines toten Gesichts wischte die wirkliche, lebendige Präsenz des alten

Mannes, der wohlgelaunt über Brot und Haferbrei saß, beinahe aus. Dem unausgesprochenen Verdruß seines Sohnes spürend (Allart fragte sich, ob er von den Dienern oder Lella erfahren hatte, ob sein Sohn zu den Männern gezählt werden konnte), blieb Dom Stephen stumm, bis sie ihre Reitmäntel überzogen. Dann sagte er: »Wir werden die Reittiere hier lassen, Sohn. Dom Marius hat uns einen Luftwagen angeboten, der uns direkt nach Hali bringt, und die Diener können sie in einigen Tagen nachbringen. Du bist nicht mehr mit einem Luftwagen geflogen, seit du ganz klein warst, nicht wahr?«

»Ich kann mich nicht erinnern, überhaupt jemals mit einem geflogen zu sein«, erwiderte Allart, der gegen seinen Willen Interesse verspürte. »Damals waren sie gewiß noch nicht sehr verbreitet?«

»Nein, sie waren sehr selten, und natürlich sind sie Spielzeuge für die Begüterten, da sie einen geschickten *Laran*-Fahrer erfordern«, sagte Lord Elhalyn. »In den Bergen sind sie nutzlos; Böen und Winde würden jedes Fahrzeug, das schwerer als Luft ist, gegen die Felsen schleudern. Aber hier im Tiefland sind sie ausgesprochen sicher, und ich habe gedacht, so ein Flug würde dich ablenken.«

»Ich gestehe, daß ich neugierig bin«, sagte Allart. Er überlegte, daß Dom Marius von Syrtis wohl kein Opfer scheute, um sich bei seinem Großfürsten einzuschmeicheln. Erst stellte er ihnen seine bevorzugten Freudenmädchen zur Verfügung – und jetzt das! »Aber ich habe in Nevarsin gehört, daß diese Apparate auch im Tiefland nicht sicher sind. Wenn zwischen Elhalyn und Ridenow Kriege toben, könnte man uns allzuleicht angreifen.«

Achselzuckend sagte Dom Stephen: »Wir haben alle *Laran* und könnten mit jedem Angreifer kurzen Prozeß machen. Nach sechs Jahren Kloster sind deine Kampffertigkeiten ohne Zweifel eingerostet, falls es zu einem Gefecht kommen sollte, aber ich hege keine Zweifel, daß du jeden, der uns aus der Luft angreift, schlagen kannst. Ich habe Feuer-Talismane.« Verschmitzt schaute er seinen Sohn an und fuhr fort: »Oder willst du mir etwa erzählen, daß die Mönche einen solchen Mann des Friedens aus dir gemacht haben, daß du nicht dein Leben und das deiner Verwandten verteidigen würdest, Allart? Mir scheint, ich erinnere mich, daß du als Junge keine Lust zu kämpfen hattest.«

Nein, denn bei jedem Hieb sah ich für mich oder einen anderen Tod oder Verderben, und es ist grausam von dir, meine kindliche Schwäche zu verspotten, die nicht mein Fehler war, sondern eine Folge des verfluchten Erbes deines Blutes ... Laut jedoch sagte Allart, der sich zwingen mußte, das tote Gesicht, das ständig vor seinen Augen erschien und das lebendige Gesicht seines Vaters verschwimmen ließ, zu ignorieren: »Solange ich lebe, werde ich meinen Vater und Fürsten bis zum letzten

Blutstropfen verteidigen, und die Götter mögen mir gnädig sein, wenn ich dabei versage oder zögere.«

Erregt und von irgend etwas in Allarts Stimme entzückt, streckte Lord Elhalyn die Arme aus und umarmte seinen Sohn. Zum ersten Mal, solange Allart zurückdenken konnte, sagte der alte Mann zu ihm: »Vergib mir, mein Sohn. Es war unter meiner Würde. Ich sollte dich nicht grundlos beschuldigen.« Und Allart fühlte Tränen in seine Augen schießen.

Die Götter mögen mir vergeben. Er ist nicht grausam, und wenn er es doch ist, dann nur aus Angst um mich ... Er hat den aufrichtigen Wunsch, freundlich zu sein ...

Der Luftwagen war lang und glatt. Er bestand aus glänzendem, glasähnlichem Material mit Zierstreifen aus Silber an den Seiten, einer langen Kanzel mit vier Sitzen und war zum Himmel hin offen. *Cralmac* rollten ihn aus dem Schuppen und auf das Schmuckpflaster des Innenhofs, und der Fahrer, ein schlaksiger junger Mann mit rotem Haar, das ihn als einen der geringeren Edlen aus den Killgard-Hügeln auswies, näherte sich ihnen mit einer knappen Verbeugung. Es war eine rein mechanische Geste der Ehrerbietung; ein bestens ausgebildeter Experte, ein *Laranzu* dieser Art brauchte niemandem gegenüber untertänig zu sein, nicht einmal dem Bruder des Königs von Thendara.

»Ich bin Karinn, *Vai Dom*. Ich habe den Auftrag, Euch nach Hali zu bringen. Bitte nehmt Eure Sitze ein.«

Er überließ es den *Cralmac*, Dom Stephen in den Sitz zu heben und die Gurte festzuzurren, aber als Allart seinen Platz einnahm, zögerte er einen Moment und fragte: »Seid Ihr je in einem dieser Luftwagen geflogen, Dom Allart?«

»Nicht, daß ich wüßte. Wird er von einer Matrix angetrieben, die Ihr allein handhaben könnt? Das wäre kaum zu glauben.«

»Nicht ganz. Dort drinnen« – Karinn zeigte auf den Luftwagen – »ist eine Batterie, um die Turbinen anzutreiben. Es würde in der Tat mehr Energie erfordern, als ein Mann zu seiner Verfügung hat, einen solchen Apparat in die Höhe zu heben und zu bewegen, aber die Batterien werden von Matrix-Kreisen aufgeladen, und deswegen wird mein *Laran* nur benötigt, um das Fahrzeug zu führen und zu steuern – und auf Angreifer zu achten und ihnen auszuweichen.«

Sein Gesicht war ernst. »Ich würde mich meinem Großfürsten nie widersetzen, und es ist meine Pflicht, zu tun, was mir aufgetragen wird, aber ... habt Ihr *Laran*?«

Während Karinn sprach, löste sich die Unruhe in Allart mit einer plötzlichen, scharfen Vision auf. Er sah den Luftwagen auseinanderbersten, explodieren, wie einen Stein vom Himmel fallen. War das nur eine

entfernte Wahrscheinlichkeit, oder lag sie wirklich vor ihnen? Er hatte keine Möglichkeit, das zu erfahren.
»Ich besitze genügend *Laran*, um Unbehagen darüber zu fühlen, daß ich mich diesem merkwürdigen Apparat anvertraue. Vater, man wird uns angreifen. Weißt du das?«
»Dom Allart«, sagte Karinn, »dieser merkwürdige Apparat, wie Ihr ihn nennt, ist das sicherste Transportmittel, das je von der Matrix-Technologie ersonnen wurde. Zwischen hier und Hali würdet Ihr, solltet Ihr drei Tage zu Pferd reisen, angreifbar sein. Mit dem Luftwagen werdet Ihr vormittags schon dort sein, und man müßte einen Angriff äußerst exakt vorausplanen. Darüber hinaus ist es leichter, sich gegen *Laran* zu verteidigen, als gegen solche Waffen, die man Euch mit Männern entgegenschicken könnte. Es wird der Tag kommen, an dem alle Großen Häuser sich solcher Erfindungen bedienen, um sich gegen mißgünstige Rivalen oder aufständische Vasallen zu schützen. Dann wird es keine Kriege mehr geben, denn kein vernünftiger Mensch wird *diese* Art von Tod und Zerstörung riskieren. Sicher mögen solche *merkwürdigen* Apparate wie dieser, *Vai Dom*, jetzt nur teure Spielzeuge für die Reichen sein, aber irgendwann werden sie uns in ein Friedenszeitalter führen, wie Darkover es noch nicht erlebt hat.«
Er sprach mit einer solchen Überzeugung und Begeisterung, daß Allart seine eigene aufkeimende Vision der schrecklichen Kriegsführung mit noch gräßlicheren Waffen anzweifelte. Karinn mußte Recht haben. Solche Waffen mußten vernünftige Menschen einfach davon abhalten, Krieg zu führen. Wer solche Dinge erfand, arbeitete unbewußt für den Frieden.
Seinen Sitz einnehmend sagte Allart: »Aldones, der Herr des Lichts, möge geben, daß Ihr mit wahrer Voraussicht sprecht, Karinn. Und jetzt wollen wir dieses Wunder sehen.«
Ich habe viele Möglichkeiten zukünftiger Ereignisse gesehen, die nie eingetreten sind. Ich habe an diesem Morgen herausgefunden, daß ich meinen Vater liebe, und ich werde mich an die Überzeugung klammern, daß ich nie Hand an ihn legen werde, ebensowenig, wie ich in der letzten Nacht den Hals jener armen, harmlosen Riyachiya drosseln wollte. Ich werde keinen Angriff fürchten, aber ich werde wachsam sein, während ich mich an dieser neuen Art zu reisen erfreue. Allart ließ sich von Karinn zeigen, wie man die Gurte, die ihn im Sitz halten sollten, falls die Luft turbulent würde, befestigte; er ließ sich auch das Gerät erklären, das seinen Sitz hinter eine große Glasscheibe schwenkte, damit er sofort jeden Angreifer und jede Bedrohung ins Blickfeld bekam.
Aufmerksam lauschte er, als der *Laranzu* seinen Sitz einnahm, sich anschnallte und den Kopf in wacher Aufmerksamkeit vorbeugte. Die

batteriegetriebenen Turbinen fingen an zu brüllen. Als Junge hatte Allart oft die winzigen Gleiter benutzt, die von einer kleinen Matrix hochgehoben wurden, und war auf den Luftströmen rund um den See von Hali geflogen. Er wußte um die grundlegenden Prinzipien des Schwererals-Luft-Flugs, aber es erschien ihm unglaublich, daß ein Matrix-Kreis – eine Gruppe eng verbundener telephatischer Gehirne – eine Batterie stark genug aufladen konnte, um solch mächtige Turbinen mit Energie zu versorgen. Aber das *Laran* konnte mächtige Kräfte hervorrufen, und eine Matrix die elektrischen Ströme von Gehirn und Körper außerordentlich verstärken. Er fragte sich, wie viele Gehirne es erforderte, und wie lange sie arbeiten mußten, um solche Batterien mit laut summender Energie aufzuladen. Er hätte Karinn gern gefragt – wollte aber die Konzentration des *Laranzu* nicht stören –, warum solch ein Gefährt nicht für den Bodentransport verwendet werden konnte, aber sofort fiel ihm ein, daß für jedes Bodenfahrzeug Wege und Straßen notwendig waren. Vielleicht würden Straßen eines Tages möglich sein, aber auf dem unebenen Gelände im Norden der Killgard-Hügel mußte der Bodenverkehr wahrscheinlich immer auf die Füße von Mensch und Tier beschränkt bleiben.

Die summende Energie ließ sie schnell über eine ebene Startbahn gleiten, deren glasähnliches Material auch mit Matrix-Kraft gegossen sein mußte. Dann wurden sie in die Luft getragen, erhoben sich schnell über Baumwipfel und Wälder und bewegten sich mit einer solch erregenden Geschwindigkeit, daß sie Allart den Atem nahm, in die Wolken hinein. Dies hier war mehr als ein Segelflug mit einem Gleiter. Dieser Apparat war dem Spielzeug seiner Kindertage so überlegen, wie ein Gleiter dem Trott des *Chervine*. Karinn machte eine Handbewegung. Der Luftwagen wandte seine Schwingen nach Süden und flog über die Wälder der Sonne entgegen.

Sie waren eine beträchtliche Zeit geflogen, als Allart anfing, die Gurte als einengend zu empfinden und wünschte, er könne sie ein wenig lokkern. Plötzlich spürte er Erregung, Alarmbereitschaft und Angst in sich.

Wir werden beobachtet, verfolgt – man wird uns angreifen! Schau nach Westen, Allart ...

Allart blinzelte ins Licht. Kleine Punkte tauchten dort auf, einer, zwei, drei – waren es Gleiter? Falls es zutraf, konnte so ein Luftwagen sie schnell abhängen. Und Karinn wendete das Fahrzeug tatsächlich mit flinken Handbewegungen, um den Verfolgern zu entkommen. Einen Moment lang schien es, daß man ihnen nicht folgte. Einer der gleitenden Punkte – *Das sind keine Gleiter! Sind es Falken?* – segelte aufwärts, flog über ihnen dahin, höher und höher. Es war tatsächlich ein Falke, aber

Allart konnte menschliche Intelligenz und ein Bewußtsein spüren, das sie mit böswilliger Absicht beobachtete. Kein natürlicher Falke hatte jemals Augen gehabt, die glitzerten wir große Juwelen! *Nein, das ist kein normaler Vogel!* Voller Unruhe beobachtete er den schwebenden Flug des Tieres, das immer höher stieg und sich mit weiten, schnellen Flügelschlägen in den Himmel erhob ...
Plötzlich löste sich ein schlanker, glänzender Gegenstand von dem Vogel, fiel senkrecht nach unten und schoß wie ein Pfeil auf den Luftwagen zu. Allarts Vision vermittelte ihm, bevor er einen Gedanken fassen konnte, das Wissen um das, was geschehen würde, wenn dieses lange, tödliche, wie Glas glänzende Ding den Luftwagen traf: Er würde explodieren, jedes Stück von schrecklichem Haftfeuer bedeckt, das hängen blieb an allem, was es berührte und unlöschbar weiterbrannte, durch Metall und Glas, durch Fleisch und Knochen.
Allart griff nach der Matrix, die er um den Hals trug, zerrte sie mit zitternden Fingern aus der schützenden Seide. *Ich habe wenig Zeit ...*
Sich in die Tiefen des Edelsteins versenkend, veränderte er sein Zeitbewußtsein, sah das glasartige Ding immer langsamer fallen und konzentrierte sich so auf seinen Brennpunkt, als nähme er es zwischen unsichtbare, energetische Finger ... Langsam, langsam, vorsichtig ... Er durfte nicht riskieren, es zu zerstören, solange es in den Luftwagen fallen und Teile des Haftfeuers Fleisch und Wagen zerstören konnten. Das verlangsamte Bewußtsein wirbelte beschleunigte Zukunftsvisionen durch seinen Geist – er sah den Luftwagen in Stücken auseinanderfliegen, seinen Vater vornübersinken, mit Haftfeuer im Haar auflodern, Karinn wie eine Fackel aufflammen, und den Luftwagen außer Kontrolle geraten, während er abstürzte, schwerer als ein Stein ... Aber von diesen Möglichkeiten durfte sich keine ereignen!
Mit unendlicher Feinfühligkeit versenkte sich Allarts Geist in die pulsierenden Lichter der Matrix, und mit geschlossenen Augen schob er das glasartige Ding vom Luftwagen weg. Er spürte Widerstand, wußte, daß der, der den Apparat führte, mit ihm um die Kontrolle kämpfte. Er kämpfte stumm, ihm war, als versuchten seine wirklichen Hände ein schlüpfriges, sich windendes, lebendes Ding zu halten, während *andere* sich mühten, es ihm zu entwinden und auf ihn zu schleudern.
Karinn, schnell, bring uns höher, wenn du kannst, damit es unter uns zerbricht ...
Er fühlte, wie sein Körper gegen die Gurte schleuderte, als der Luftwagen abrupt nach oben kurvte; sah mit einem Teil seines Verstandes seinen Vater zusammenbrechen und dachte mit jähem Selbstbewußtsein: *Er ist alt, gebrechlich, sein Herz kann es nicht vertragen ...* Aber der Hauptteil seines Verstandes war noch immer in den energetischen

Fingern, die mit dem sich windenden Apparat, der sich unter der Kontrolle seines Geistes zu krümmen schien, kämpften. Jetzt waren sie beinahe weit genug ...
Die Explosion kam mit einem wilden Krachen. Sie schien Raum und Zeit zu erschüttern, und Allart spürte einen beißenden, brennenden Schmerz in den Händen. Schnell zog er sein Bewußtsein aus der Nähe des explodierten Apparats zurück, aber das Brennen blieb. Er öffnete die Augen und sah, daß das Ding tatsächlich unter ihnen detoniert war, und Bruchteile des Haftfeuers in einem geschmolzenen Schauer nach unter fielen, um die unter ihnen liegenden Wälder in Flammen zu setzen. Ein Stück der gläsernen Hülle war nach oben geschleudert worden, über den Rand des Luftwagens hinaus.
Dünnes Feuer breitete sich am Rand der Kanzel aus und griff mit flammenden Fingern nach der Stelle, wo sein Vater vornübergebeugt und bewußtlos lag.
Allart kämpfte seinen ersten Impuls nieder – sich vorzulehnen und das Feuer mit den Händen auszuschlagen. Auf diese Weise konnte Haftfeuer nicht gelöscht werden. Jedes Stück, das seine Hände berührte, würde durch seine Kleider und sein Fleisch bis auf die Knochen durchbrennen, solange es Nahrung fand. Erneut versenkte er sich in die Matrix – er hatte keine Zeit, den Feuer-Talisman, den Karinn ihm gegeben hatte, herauszuholen; er hätte ihn bereit halten sollen! – rief seine eigenen Flammen und setzte sie dem Haftfeuer entgegen. Sie loderten kurz empor, dann erstarb das Haftfeuer mit einem letzten Lichtfleckchen und war verschwunden.
»Vater!« schrie Allart. »Bist du verletzt?«
Sein Vater streckte ihm zitternde Hände entgegen. Die äußere Kante und der kleine Finger waren versengt, geschwärzt, aber soweit Allart erkennen konnte, hatte er keine schwereren Verletzungen. Mit schwacher Stimme sagte Dom Stephen: »Die Götter mögen mir vergeben, daß ich deinen Mut in Frage gestellt habe, Allart. Du hast uns alle gerettet. Ich fürchte, ich bin zu alt für einen solchen Kampf. Aber du hast das Feuer sofort besiegt.«
»Ist der *Vai Dom* verletzt?« rief Karinn von den Kontrollen her. »Seht! Sie sind geflohen.« Tatsächlich, tief am Horizont konnte Allart die abziehenden Punkte sehen. Hatten sie richtige Vögel mit dem Zauber der Matrix belegt, damit sie ihre scheußlichen Waffen trugen? Oder handelte es sich um monströse, herangezüchtete Mutationen, die ebensowenig Vögel, wie die *Cralmac* Menschen waren? Oder hatte man einen schrecklichen, mechanischen Apparat mit Matrix-Energien ausgestattet, und ihn ausgeschickt, um tödliche Waffen gegen sie anzuwenden? Allart wußte es nicht, und sein Vater befand sich in einem solchen Zustand,

daß er eine Verfolgung der Angreifer nicht einmal in Gedanken erwog.
»Er hat einen Schock und geringfügige Verbrennungen«, rief er Karinn besorgt zu. »Wie lange wird es dauern, bis wir da sind?«
»Nur noch wenige Augenblicke, Dom Allart. Ich kann schon den Glanz des Sees erkennen. Da, dort unten ...«
Der Luftwagen kreiste, und Allart konnte die Uferlinie und den schimmernden See sehen, der wie ein Meer von Edelsteinen an den Küsten von Hali lag ... *Die Legende sagt, daß jeder Sand, auf dem Hastur, der Sohn des Lichts, wandelt, zu Edelsteinen wird* ... Und da waren die merkwürdigen Heller-als-Wasser-Wellen, die sich unaufhörlich am Ufer brachen. Im Norden standen glänzende Türme, das Herrenhaus von Elhalyn, und am entfernten Ende des Sees der Turm von Hali, in sanftem Blau schimmernd. Als Karinn abwärts steuerte, löste Allart die beengenden Gurte und kletterte neben seinen Vater, nahm die verbrannten Hände in seine und versenkte sich in die Matrix, um mit dem geistigen Auge zu sehen und das Ausmaß der Verletzungen festzustellen. Die Wunde war in der Tat nur geringfügig; sein Vater litt nur unter einem Schock. Und sein Herz raste mehr aus Angst, als vor Schmerz.
Unter sich konnte Allart Diener in den Hastur-Farben sehen. Sie rannten auf das Landefeld, als der Luftwagen sich heruntersenkte. Allart hielt die Hände seines Vaters in den seinen und versuchte, alles, was er voraussehen konnte, auszulöschen. *Visionen, keine von ihnen ist wahr ... Der Luftwagen ist nicht in einem Flammenmeer explodiert ... Was ich sehe, muß nicht notwendigerweise eintreten – es handelt sich nur um das, was kommen kann, aus meinen Ängsten geboren ...*
Der Luftwagen berührte den Boden. Allart schrie: »Holt die Leibdiener meines Vaters! Er ist verwundet. Ihr müßt ihn hineintragen!« Er hob seinen Vater hoch, ließ ihn in die wartenden Arme der Diener gleiten und folgte ihnen, als sie die gebrechliche Gestalt hineintrugen.
Von irgendwo sagte eine vertraute Stimme, die ihm vor Jahren verhaßt gewesen war: »Was ist mit ihm geschehen, Allart? Seid ihr in der Luft angegriffen worden?« Sie gehörte seinem älteren Bruder, Damon-Rafael.
Er beschrieb kurz die Begegnung, und nickend sagte Damon-Rafael: »Das ist die einzige Art, mit diesen Waffen umzugehen. Sie haben also die Falken-Dinger benutzt? Sie haben sie uns schon ein- oder zweimal geschickt, aber bisher nur eine Baumwiese verbrannt. Deswegen waren in diesem Jahr die Nüsse knapp.«
»Im Namen aller Götter, Bruder, wer sind diese Ridenows? Sind sie vom Blut von Hastur und Cassilda, daß sie solche *Laran*-Waffen gegen uns senden können?«

»Sie sind Aufsteiger«, sagte Damon-Rafael. »Am Anfang waren sie Trockenstadt-Banditen, dann sind sie nach Serrais gezogen und haben die alten Familien gezwungen – oder sie eingeschüchtert –, ihnen ihre Töchter zu Frauen zu geben. Die Serrais hatten starkes *Laran,* einige von ihnen jedenfalls, und jetzt kannst du das Ergebnis sehen. Sie werden stärker. Sie reden von Waffenstillstand, und ich glaube, wir müssen mit ihnen verhandeln, denn die Kämpfe können nicht mehr lange so weitergehen. Aber sie werden keine Kompromisse akzeptieren. Sie wollen den Besitz von Serrais und erheben den Anspruch, daß sie mit ihrem *Laran* das Recht dazu haben ... Aber das ist nicht die Zeit, um über Krieg und Politik zu sprechen, Bruder. Wie steht es um unseren Vater? Er schien nicht sehr schlimm verletzt, aber wir müssen ihm sofort eine Heilkundige schicken. Komm.«

Man hatte Dom Stephen in der Großen Halle auf eine gepolsterte Bank gelegt. Eine Heilkundige stand neben ihm, strich Salben auf seine verbrannten Finger und verband sie mit weichen Stoffen. Eine andere Frau hielt einen Weinbecher an die Lippen des alten Fürsten. Er streckte eine Hand nach seinen auf ihn zueilenden Söhnen aus, und Damon-Rafael kniete neben ihm nieder. Als er seinen Bruder anblickte, kam es Allart vor, als schaue er in einen Zerrspiegel. Sieben Jahre älter, war Damon-Rafael ein wenig größer und schwerer als er selbst, hellhaarig und grauäugig wie alle Hasturs von Elhalyn, und sein Gesicht zeigte erste Anzeichen zunehmenden Alters.

»Die Götter seien gepriesen, daß Ihr uns erhalten geblieben seid, Vater!«

»Dafür mußt du deinem Bruder danken, Damon. Er war es, der uns gerettet hat.«

»Und wenn es nur dafür wäre, würde ich ihn zuhause willkommen heißen«, sagte Damon-Rafael, wandte sich um und zog seinen Bruder in eine herzliche Umarmung.

»Willkommen, Allart. Ich hoffe, du bist gesund und ohne die krankhaften Launen, die du als Junge hattest, zu uns zurückgekehrt.«

»Bist du verletzt, mein Sohn?« fragte Dom Stephen mit einem besorgten Blick auf Allart. »Ich habe gesehen, daß du Schmerzen hattest.«

Allart zeigte ihm seine Hände. Er war von dem Feuer in keiner Weise körperlich berührt worden, aber er hatte den Feuer-Apparat mit der Berührung seines Geistes bewegt, und die Schwingungen waren bis in seine Hände vibriert. Überall auf den Handflächen waren rote Brandmale, die sich bis zu den Handgelenken erstreckten, aber der Schmerz war – wenn auch heftig – traumhaft, und ging von seinem Geist und nicht von dem verletzten Fleisch aus. Er konzentrierte sein Bewußtsein. Der Schmerz ging zurück. Die rötlichen Male begannen langsam zu verschwinden.

Damon-Rafael sagte: »Laß mich dir helfen, Bruder.« Er nahm Allarts Finger in seine Hände und konzentrierte sich intensiv auf sie. Unter seiner Berührung wurden die roten Male weiß. Lord Elhalyn lächelte.
»Ich freue mich sehr«, sagte er. »Mein jüngerer Sohn ist zu mir zurückgekehrt, stark und ein Krieger, und meine Söhne stehen als Brüder zusammen. Die Arbeit dieses Tages ist gut getan, wenn er auch gezeigt hat ...«
»Vater!« Allart sprang zu ihm, als die Stimme mit erschreckender Abruptheit abbrach. Die Heilkundige kam schnell heran, als der alte Mann nach Atem rang. Sein Gesicht wurde unter dem Blutandrang dunkler; dann sank er vornüber, glitt auf den Boden und blieb regungslos liegen.
Damon-Rafaels Gesicht war von Schrecken und Kummer verzerrt. »Vater ...« flüsterte er. Allart, der in Entsetzen und Verzweiflung neben ihm stehend, blickte sich zum ersten Mal in der Großen Halle um und sah was er in der ersten Verwirrung gar nicht wahrgenommen hatte: die grünen und goldenen Vorhänge, der große, geschnitzte Sessel am anderen Ende des Raumes.
Es war also die Große Halle meines Vaters, in der er tot lag, und ich habe es erst gesehen, als es zu spät war ... Meine Vorausschau war richtig, aber ich habe ihre Ursache falsch gedeutet ... Selbst das Wissen um die vielen Möglichkeiten verhindert nicht ...
Damon-Rafael senkte weinend das Haupt. Die Arme ausstreckend sagte er zu Allart: »Er ist tot; unser Vater ist ins Licht gegangen.« Die Brüder umarmten sich. Allart zitterte immer noch vor Entsetzen über das plötzliche Eintreffen der Zukunft, die er vorhergesehen hatte.
Um sie herum knieten die Diener einer nach dem anderen nieder und wandten sich den Brüdern zu. Damon-Rafael riß sich, obwohl sein Gesicht von Kummer verzerrt war und sein Atem stoßweise kam, zusammen, als sie die traditionellen Worte sprachen.
»Unser Fürst ist tot. Lang lebe unser Fürst.« Und kniend streckten sie ihre Hände aus, um Damon-Rafael zu huldigen.
Allart kniete nieder. Er war, wie es Recht und Gesetz entsprach, der erste, der dem neuen Großfürsten von Elhalyn, Damon-Rafael, Gehorsam gelobte.

6

Stephen, Lord Elhalyn, wurde in der traditionellen Grabstätte an den Ufern von Hali zur letzten Ruhe gebettet. Die ganze Hastur-Verwandtschaft der Tiefland-Reiche, von den Aillards auf den Ebenen von Valeron, bis zu den Hasturs von Carcosa, war gekommen, um ihm die letzte Ehre zu erweisen. Selbst König Regis, gebeugt und greisenhaft, zum Reiten fast schon zu gebrechlich, hatte, gestützt auf den Arm seines einzigen Sohnes, am Grab seines Halbbruders gestanden.

Prinz Felix, Erbe des Throns von Thendara und der Krone der Reiche, war gekommen, um Allart und Damon-Rafael zu umarmen, wobei er sie »teure Cousins« nannte. Felix war ein schmächtiger, weichlicher junger Mann mit vergoldetem Haar und farblosen Augen, und er hatte das lange, schmale Gesicht und die Hände der *Chieri*-Blütigen. Als die Begräbniszeremonien beendet waren, gab es eine große Feier. Dann wurde der alte König, der auf sein hohes Alter und seine schwache Gesundheit hinwies, von seinen Höflingen nach Hause gebracht, aber Felix blieb, um den neuen Lord von Elhalyn, Damon-Rafael, zu ehren.

Selbst der Ridenow-Fürst hatte einen Abgesandten vom fernen Serrais geschickt, der unaufgefordert einen Waffenstillstand für zweimal vierzig Tage anbot.

Allart, der die Gäste in der Halle begrüßte, erblickte plötzlich ein Gesicht, das er kannte – obwohl er es nie mit eigenen Augen gesehen hatte. Dunkles Haar, wie eine Wolke aus Dunkelheit unter einem blauen Schleier; graue Augen, aber von so dunklen Wimpern überschattet, daß sie einen Augenblick lang so dunkel wie die eines Tieres wirkten. Allart fühlte, als er auf das Gesicht der dunklen Frau blickte, deren Gesicht ihn so viele Tage verfolgt hatte, ein merkwürdiges Stechen in der Brust.

»Cousin«, sagte sie höflich, und er konnte den Blick nicht, wie es der Brauch vor einer unverheirateten, ihm fremden Frau verlangte, von ihr abwenden.

Ich kenne dich gut. Du hast mich im Traum und Wachzustand verfolgt, und ich bin bereits mehr als nur halb in dich verliebt ... Erotische Visionen stürmten, unpassend in dieser Umgebung, auf ihn ein. Er versuchte gegen sie anzukämpfen.

»Cousin«, sagte sie noch einmal, »warum starrst du mich auf so unziemliche Weise an?«

Allart spürte das Blut in seinen Kopf steigen; es war tatsächlich unhöflich, fast schon unverschämt, eine Frau, die ihm fremd war, so anzustarren, und er errötete bei dem Gedanken, daß sie *Laran* besitzen könnte und die Visionen, die ihn quälten, möglicherweise bemerkte. Schließlich fand er seine Stimme wieder.

»Aber ich bin kein Fremder für dich, *Damisela*. Und es ist auch keine Unhöflichkeit, daß ein Mann seiner Braut direkt ins Gesicht schaut. Ich bin Allart Hastur. Ich werde bald dein Gatte sein.«

Sie hob den Kopf und erwiderte offen seinen Blick, aber ihre Stimme verriet Spannung. »Ah, das ist es also? Aber ich kann schwerlich glauben, daß du mein Bild in dir getragen hast. Wir haben uns zum letzten Mal gesehen, als ich ein Mädchen von vier Jahren war. Ich habe gehört, Dom Allart, du solltest dich nach Nevarsin zurückgezogen haben, daß du krank warst, ein Mönch sein und dein Erbe aufgeben wolltest. War das alles nur müßiges Geschwätz?«

»Es stimmt, daß ich eine Zeitlang solche Pläne hatte. Ich habe sechs Jahre bei den Brüdern von Sankt-Valentin-im-Schnee gewohnt, und wäre gerne dort geblieben.«

Wenn ich diese Frau liebe, werde ich sie zerstören ... Ich werde Kinder zeugen, die Monster sind ... Und sie wird sterben, wenn sie sie zur Welt bringt ... Gebenedeite Cassilda, Urmutter der Reiche, laß mich nicht so viel von meinem Schicksal sehen. Ich kann so wenig tun, um es abzuwenden ...

»Ich bin weder krank noch verrückt, *Damisela*. Du brauchst mich nicht zu fürchten.«

»Tatsächlich«, sagte die junge Frau – und wieder begegneten sich ihre Blicke – »du scheinst keineswegs geisteskrank zu sein. Aber du siehst besorgt aus. Ist es der Gedanke an unsere Heirat, der dir Sorgen macht, Cousin?«

Nervös lächelnd erwiderte Allart: »Sollte ich nicht sehr zufrieden sein, zu sehen, welche Schönheit und Anmut die Götter meiner Braut gegeben haben?«

»Oh!« Ungeduldig bewegte sie ihren Kopf. »Das ist nicht die Zeit für hübsche Reden und Schmeicheleien, Cousin! Bist du einer von denen, die glauben, eine Frau sei ein törichtes Kind, das man mit ein oder zwei höflichen Komplimenten entläßt?«

»Glaub mir, ich wollte nicht unhöflich zu dir sein, Lady Cassandra«, sagte Allart, »aber man hat mich gelehrt, daß es ungebührlich ist, die eigenen Sorgen und Ängste mit anderen zu teilen, solange sie noch keine konkrete Gestalt angenommen haben.«

Erneut der schnelle, direkte Blick aus den wimpernbeschatteten Augen. »Ängste, Cousin? Aber ich bin harmlos und ein Mädchen! Ein Fürst der Hasturs fürchtet sicherlich gar nichts, und ganz gewiß nicht die ihm versprochene Braut!«

Vor ihrem Sarkasmus wich er zurück. »Willst du die Wahrheit hören? Ich besitze eine seltene Form des *Laran*; sie besteht nicht nur aus der Vorausschau. Ich sehe nicht nur die Zukunft, die sein *wird*, sondern *alle* Möglichkeiten, die sie bieten könnte. Ich sehe die Dinge, die sich bei Fehlschlägen ereignen könnten – und es gibt Momente, in denen ich weder sagen kann, welche davon durch Ursachen der Gegenwart hervorgerufen, noch, welche aus meiner Angst geboren werden. Ich bin nach Nevarsin gegangen, um dies zu bewältigen.«

Er hörte, wie sie überrascht einatmete.

»Avarras Gnade, welch ein Fluch, den du trägst! Und hast du ihn bewältigt, Cousin?«

»Irgendwie schon, Cassandra. Aber wenn ich besorgt oder unsicher bin, kommt er wieder über mich, so daß ich nicht allein die Freude sehe, die die Heirat mit einer Frau wie dir mir bringen könnte.« Wie körperlichen Schmerz in seinem Herzen spürte Allart das bittere Bewußtsein all der Freuden, die sie kennenlernen *könnten*, vorausgesetzt, er schaffte es, sie dazu zu bringen, seine Liebe zu erwidern. Er dachte an die künftigen Jahre, die hell und freundlich sein können ... Dann schlug er heftig die innere Tür zu und verschloß seinen Geist vor allem. Cassandra war keine *Riyachiya*, die man für ein kurzes Vergnügen – ohne nachzudenken – nehmen konnte!

Barsch, ohne zu merken, wie der Schmerz seine Stimme rauh und seine Worte kalt machte, sagte er: »Aber ich sehe ebenso alle Sorgen und Katastrophen, die kommen können. Und bevor ich meinen Weg durch die falschen Möglichkeiten, die meinen eigenen Ängsten entstammen, nicht sehen kann, kann ich dem Gedanken an eine Heirat keine Freude abgewinnen. Aber das soll keine Unhöflichkeit gegen dich sein.«

Cassandra erwiderte: »Ich bin froh, daß du mir das gesagt hast. Du weißt sicher, daß meine Verwandten verärgert sind, weil unsere Hochzeit nicht vor zwei Jahren, als ich das gesetzliche Alter erreichte, stattfand. Sie meinten, du hättest mich beleidigt, indem du in Nevarsin bliebst. Und sie wünschen jetzt, daß du ohne weitere Verzögerung deinen Anspruch auf mich erhebst.« Ihre Augen funkelten ironisch. »Nicht etwa, daß sie sich ein *Sekal* um mein Eheglück scheren, aber sie hören einfach nicht auf, mich daran zu erinnern, wie nahe du dem Thron stehst, wie glücklich ich mich schätzen kann, und wie ich dich mit meinem Charme umgarnen muß, damit du mir nicht entkommen wirst. Sie haben mich wie eine Modepuppe gekleidet, mein Haar mit Netzen aus Kupfer und Silber geschmückt und mich mit Edelsteinen beladen, als würdest du mich auf dem Markt kaufen wollen. Ich hatte beinahe erwartet, daß du mir den Mund aufmachst, meine Zähne untersuchst, und dich vergewisserst, daß meine Lenden und Fesseln kräftig sind!«

Allart konnte ein Lachen nicht unterdrücken. »Was das betrifft, braucht deine Verwandtschaft keine Befürchtungen zu haben. Sicher könnte kein lebender Mann irgendeinen Makel an dir finden.«

»Oh, aber es gibt einen«, sagte sie offen. »Sie haben gehofft, daß du ihn nicht bemerkst, aber ich werde nicht versuchen, es vor dir zu verbergen.« Sie spreizte ihre schlanken, ringgeschmückten Hände. Die schmalen Finger waren mit Edelsteinen überladen, aber es waren *sechs,* und als sein Auge auf den überzähligen fiel, wurde Cassandra tiefrot und ver-

suchte, sie unter dem Schleier zu verbergen. »Dom Allart, ich bitte dich, nicht auf meine Mißbildung zu starren.«
»Sie erscheint mir nicht als Mißbildung«, sagte er. »Spielst du die *Rryl*? Ich vermute, du kannst die Akkorde viel müheloser anschlagen.«
»Ja, so ist es ...«
»Dann wollen wir es nie mehr als einen Mangel oder eine Mißbildung betrachten, Cassandra«, sagte er, nahm die schlanken, sechsfingrigen Hände in die seinen und preßte seine Lippen auf sie. »In Nevarsin habe ich Kinder mit sechs oder sieben Fingern gesehen. Ihre Extrafinger waren knochenlos oder ohne Sehnen, und konnten weder bewegt, noch gebeugt werden. Aber wie ich sehe, kannst du sie völlig kontrollieren. Ein wenig kann ich auch musizieren.«
»Wirklich? Liegt das daran, daß du ein Mönch warst? Die meisten Männer haben keine Geduld für solche Dinge, oder wenig Zeit, sie neben der Kriegskunst zu erlernen.«
»Ich wäre lieber Musiker als Krieger«, sagte Allart und drückte ihre schlanken Finger erneut gegen seine Lippen. »Die Götter mögen uns in unserem Leben genug Frieden gewähren, um Lieder zu machen, anstatt Kriege zu führen.« Als sie ihn, ihre Hand noch immer an seinen Lippen, anlächelte, bemerkte er, daß Ysabet, Lady Aillard, sie beobachtete, und ebenso sein Bruder Damon-Rafael. Sie sahen so selbstzufrieden aus, daß es ihm Übelkeit bereitete. Sie manipulierten ihn trotz seiner Ablehnung, ihrem Willen Genüge zu tun! Er ließ Cassandras Hand los, als hätte er sich verbrannt.
»Darf ich dich zu deinen Verwandten führen, *Damisela?*«

Als der Abend bei der dezenten, aber nicht trüben Feier fortschritt – der alte Fürst war würdig zur Ruhe getragen, und er besaß einen geeigneten Erben, so daß sein Reich ohne Zweifel aufblühen würde –, suchte Damon-Rafael seinen Bruder auf. Allart bemerkte, daß er trotz des Festes ziemlich ernst war.
»Morgen reiten wir nach Thendara, wo ich zum Lord des Reiches ernannt werde. Du mußt, als Wächter und auserwählter Erbe Elhalyns mit uns reiten, Bruder. Ich habe keine ehelichen, sondern nur *Nedestro*-Söhne. Und man wird keinen von ihnen als meinen Erben anerkennen, bis nicht sicher ist, daß Cassilde mir keinen schenken wird.« Er blickte mit einem kalten, festen Blick durch den Raum zu seiner Frau hinüber. Cassilde Aillard-Hastur war eine blasse, schmächtige Frau von blassem und abgespanntem Aussehen.
»Das Reich wird in deinen Händen sein, Allart, und in einem gewissen Sinn bin ich auf deine Gnade angewiesen. Wie heißt doch das Sprichwort? ›Dein Rücken ist entblößt ohne Bruder.‹ «

Allart fragte sich, wie – bei allen Göttern – Brüder zu Freunden werden konnten, wenn solche Erbgesetze galten. Allart hatte keinerlei Ehrgeiz, seinen Bruder als Haupt des Reiches zu ersetzen – aber würde Damon-Rafael das jemals glauben? Er sagte: »Ich hätte es wirklich lieber, wenn du mich im Kloster gelassen hättest, Damon.«

Damon-Rafaels Lächeln war zweifelnd, als fürchte er, die Worte seines Bruders würden lediglich ein zwielichtiges Komplott verbergen. »Wirklich? Ich habe dich mit der Aillard-Frau sprechen sehen, und mir schien es offensichtlich zu sein, daß du die Trauungszeremonie kaum erwarten kannst. Es ist wahrscheinlich, daß du eher als ich einen ehelichen Sohn haben wirst. Cassilde ist schwächlich, und deine Braut sieht kräftig und gesund aus.«

Mit mühsam unterdrückter Wut erwiderte Allart: »Mich drängt es nicht, zu heiraten!«

Damon-Rafaels Blick war düster. »Aber der Rat wird einen Mann deiner Jahre nicht als Erben anerkennen, wenn du nicht zustimmst, sofort zu heiraten. Es ist schändlich, daß ein Mann in den Zwanzigern noch immer unverheiratet und ohne eigene Söhne ist.« Er blickte Allart scharf an. »Ist es möglich, daß ich mehr Glück habe, als ich erwarte? Bist du vielleicht ein *Emmasca*? Oder gar ein Männerfreund?«

Allart grinste gezwungen. »Ich bedaure, dich enttäuschen zu müssen. Aber was den *Emmasca* angeht: Du hast gesehen, wie ich ausgezogen und dem Rat vorgeführt wurde, als ich ins Mannesalter kam. Und wenn du gewollt hast, daß ich ein Männerfreund werde, hättest du verhindern sollen, daß ich zu den *Cristoferos* kam. Aber ich werde zum Kloster zurückkehren, wenn du möchtest.«

Einen Moment lang dachte er fast mit Heiterkeit daran, daß dies die beste Lösung seiner Qual und Konfusion sein würde. Damon-Rafael wollte nicht, daß er Söhne zeugte, die Rivalen der seinen waren; und so konnte er vielleicht dem Fluch entrinnen, Kinder in die Welt zu setzen, die sein tragisches *Laran* weiterverbreiten würden. Wenn er nach Nevarsin zurückkehrte ... Der Schmerz, den dieser Gedanke ihm bereitete, überraschte ihn.

Cassandra nie wiederzusehen ...

Nicht ohne Bedauern schüttelte Damon-Rafael den Kopf. »Ich wage nicht, die Aillards zu erzürnen. Sie sind unsere stärksten Verbündeten in diesem Krieg. Und sie sind verärgert, daß Cassilde das Bündnis nicht zementiert hat, indem sie mir einen Erben vom Blut der Elhalyn und Aillard schenkte. Wenn du auf die Heirat verzichtest, werde ich noch einen Feind haben, und daß dies die Aillards werden, kann ich mir nicht leisten. Sie fürchten bereits jetzt, daß ich eine bessere Partie für dich gefunden habe. Ich weiß, daß unser Vater zwei *Nedestro*-Halbschwe-

stern mit modifizierten Genen für dich ausgesucht hat. Was würdest du tun, wenn du von allen dreien Söhne bekommen solltest?«
Wie beim ersten Mal, als Dom Stephen davon gesprochen hatte, spürte Allart Widerwillen in sich aufsteigen. »Ich habe meinem Vater gesagt, daß ich das nicht wünsche.«
»Ich hätte es lieber, wenn alle Söhne von Aillard-Blut die meinen wären«, sagte Damon-Rafael, »aber ich kann das dir versprochene Mädchen nicht nehmen. Ich habe selbst eine Frau und kann eine Lady eines so hervorragenden Clans nicht zu meiner *Barragana* machen. Es würde den Anlaß zu einer Blutfehde geben! Wenn Cassilde bei der Geburt eines Kindes stürbe, wie es in den letzten zehn Jahren fast jedes Mal zu erwarten war, und künftig wieder geschehen kann, dann ...« Sein Blick wanderte zu Cassandra, die bei ihren weiblichen Verwandten stand und musterte ihren Körper abschätzend vom Scheitel bis zur Sohle. Allart fühlte einen überraschenden Zorn. Wie konnte Damon-Rafael es wagen, so zu reden? Cassandra war *sein!*
Damon-Rafael fuhr fort: »Fast bin ich geneigt, deine Heirat für ein Jahr hinauszuzögern. Sollte Cassilde bei der Geburt des Kindes, das sie jetzt trägt, sterben, besäße ich die Freiheit, Cassandra zu *meiner* Frau zu machen. Ich vermute, die Aillards würden sogar dankbar sein, wenn sie den Thron mit mir teilen könnte.«
»Deine Rede ist Verrat«, sagte Allart, der jetzt wirklich schockiert war. »König Regis sitzt noch auf dem Thron. Felix ist sein ehelicher Sohn und wird ihm nachfolgen.«
Damon-Rafael zuckte verächtlich die Schultern. »Der alte König? Er wird kein Jahr mehr leben. Ich stand heute neben ihm an Vaters Grab. Und auch ich besitze ein wenig vom Vorausblick der Hasturs von Elhalyn. Er wird vor dem nächsten Jahreszeitenwechsel ebenfalls dort liegen. Und was Felix angeht – nun, ich habe die Gerüchte gehört, und du zweifellos auch. Er ist *Emmasca*. Einer der Ältesten, die ihn ausgezogen gesehen haben, war bestochen, sagt man, und ein anderer hatte schlechte Augen. Was immer auch stimmen mag, er ist seit sieben Jahren verheiratet, und seine Frau macht nicht den Eindruck, als sei sie im Ehebett gut behandelt worden. Es hat bisher noch nicht einmal das Gerücht gegeben, daß sie schwanger sei. Nein, Allart, Verrat oder nicht, ich sage dir, daß ich innerhalb von sieben Jahren auf dem Thron sein werde. Sieh mit deiner eigenen Vorausschau in die Zukunft.«
Allart sagte ganz ruhig: »Du wirst auf dem Thron sitzen oder tot sein, mein Bruder.«
Damon-Rafael sah in feindselig an und sagte: »Die weibischen alten Männer des Rates könnten den ehelichen Sohn eines jüngeren Bruders dem *Nedestro* des älteren vorziehen. Wirst du deine Hand in die Flamme

Halis legen und geloben, daß du den Anspruch meines Sohnes unterstützen wirst, sei er nun ehelich oder nicht?«
Allart mühte sich, durch die vielen Bilder den richtigen Blick zu finden: ein Königreich in Flammen, ein Thron in seinem Griff, Stürme, die über die Hellers tobten, eine wankende Festung, als werde sie von einem Erdbeben erschüttert – *nein!* Er war ein Mann des Friedens. Er hatte nicht die Absicht, mit seinem Bruder um einen Thron zu kämpfen und die Reiche sich durch das Blut eines schrecklichen Bruderkrieges töten zu sehen. Allart beugte sein Haupt.
»Die Götter haben bestimmt, Damon-Rafael, daß du als ältester Sohn meines Vaters geboren wurdest. Ich werde jeden Eid schwören, den du forderst, mein Bruder und Fürst.«
In Damon-Rafaels Blick vermischte sich Triumph mit Verachtung. Allart wußte, daß er, wenn ihre Positionen vertauscht gewesen wären, bis zum Tod für sein Erbe hätte kämpfen müssen.
Sein Körper spannte sich vor Abneigung, als Damon-Rafael ihn umarmte und sagte: »Ich werde also deinen Eid haben, und deine starke Hand, um meine Söhne zu bewachen. Dann stimmt das alte Wort vielleicht doch, und ich brauche meinen Rücken weder entblößt noch mich bruderlos zu fühlen.«
Erneut blickte er bedauernd zu der in ihren blauen Schleier gehüllten Cassandra hinüber. »Ich schlage vor – nein, du mußt deine Braut nehmen. Alle Aillards wären beleidigt, machte ich sie zur *Barragana*, und ich kann euch auch angesichts der Möglichkeit, daß Cassilde sterben und ich frei sein könnte, mich erneut zu vermählen, nicht unverheiratet lassen.«
Cassandra in den Händen Damon-Rafaels, der sie nur als Schachfigur einer politischen Allianz sah, die ihm die Unterstützung ihrer Verwandten sicherte? Der Gedanke machte ihn krank. Doch Allart rief sich seinen eigenen Entschluß ins Gedächtnis: keine Frau zu nehmen und keine Söhne zu zeugen, die den Fluch seines *Laran* trugen. Er sagte: »Als Gegenleistung für meine Unterstützung, Bruder, erspare mir diese Hochzeit.«
»Ich kann nicht«, erwiderte Damon-Rafael bedauernd, »obwohl ich Cassandra nur zu gerne selbst nehmen würde. Aber ich wage es nicht, die Aillards auf diese Weise zu beleidigen. Mach dir nichts daraus, vielleicht wird sie dir nicht lange eine Last sein. Sie ist jung, und viele von den Aillard-Frauen sind bereits gestorben, als sie ihr erstes Kind zur Welt brachten. Es ist wahrscheinlich, daß auch ihr das widerfährt. Oder vielleicht ist sie wie Cassilde: zwar fruchtbar, aber nicht fähig, lebende Kinder zu gebären. Wenn du dafür sorgst, daß sie mehrere Jahre hintereinander schwanger wird und Fehlgeburten hat, würden meine Söhne

sicher sein, und niemand könnte behaupten, daß du nicht das Beste für unseren Clan getan hättest. Es würde *ihre* Schuld sein, nicht deine.«
»Ich würde eine Frau nicht so behandeln wollen!« warf Allart ein.
»Bruder, mir ist es völlig gleichgültig, wie du sie behandelst, wenn du sie nur heiratest, mit ins Bett nimmst und die Aillards durch verwandtschaftliche Bande an uns gefesselt sind. Ich habe nur einen Weg vorgeschlagen, wie du sie loswerden kannst, ohne deine eigene Männlichkeit in Mißkredit zu bringen.« Er zuckte die Achseln und wechselte das Thema. »Aber genug davon. Morgen werden wir nach Thendara reiten. Wenn die Erbschaftsangelegenheit erledigt ist, werden wir zu deiner Hochzeit hierher zurückkehren. Trinkst du mit mir?«
»Ich habe genug getrunken«, log Allart, von dem Wunsch beseelt, jeden weiteren Kontakt mit seinem Bruder zu vermeiden. Sein Vorausblick hatte richtig gesehen. In keiner der Welten der Wahrscheinlichkeit stand irgendwo festgeschrieben, daß er und Damon-Rafael Freunde sein würden, und wenn Damon-Rafael auf den Thron gelangen sollte – und sein *Laran* sagte ihm, daß das sehr gut möglich war –, konnte es sein, daß er sein Leben und das seiner Söhne schützen mußte.
Heiliger Lastenträger, gib mir Kraft! Ein weiterer Grund, weswegen ich keine Söhne zeugen darf, die mir nachfolgen. Ich müßte wegen meines Bruders auch um sie fürchten!

7

Voller Liebenswürdigkeit und beseelt von dem Wunsch, seinen jungen Verwandten auszuzeichnen, hatte Seine Gnaden Regis II. die Zustimmung erteilt, die Hochzeitszeremonie durchzuführen. Sein runzliges Gesicht strahlte Freundlichkeit aus, als er die zeremoniellen Worte sprach und die getriebenen Kupfer-Armreife, die *Catenas*, zuerst um Allarts und dann um Cassandras Handgelenke legte.
»Sichtbar getrennt«, sagte er, während er die Armreifen aufschloß, »mögt ihr es nie im Geiste und im Herzen sein.« Sie küßten sich, und er fuhr fort: »Mögt ihr für immer eins sein.«
Allart spürte, wie Cassandra zitterte, als sie vor dem König standen, die Hände durch das kostbare Metall verbunden.
Sie hat Angst, dachte er, *und das ist nicht verwunderlich. Sie weiß nichts von mir. Ihre Verwandten haben sie an mich verkauft, wie einen Falken oder eine Zuchtstute.*
In früheren Zeiten (Allart hatte in Nevarsin einiges über die Reichsgeschichte gelesen) waren Trauungen wie diese undenkbar gewesen. Es wäre Frauen als eine Form von Selbstsucht ausgelegt worden, hätten sie

nur einem Mann allein Kinder geboren, und die Gen-Auswahl war ausgeweitet worden, indem man die Anzahl der möglichen Verbindungen erhöhte. Allart wunderte sich flüchtig, ob dadurch das verdammenswerte *Laran* in ihre Rasse hineingezüchtet worden war. Oder stimmte es etwa doch, daß sie von den Götterkindern abstammten, die nach Hali gekommen waren und Söhne gezeugt hatten, um über ihren Stamm zu herrschen? Und stimmten die Geschichten der Kreuzungen mit den nichtmenschlichen *Chieri,* die ihrer Sippe sowohl die geschlechtslosen *Emmasca,* als auch die Gabe des *Laran* beschert hatten?

Was immer auch geschehen war, diese längst vergangenen und beinahe vergessenen Zeiten der Gruppenehe waren in dem Moment verschwunden, als die Familien anfingen, Macht zu erwerben. Erbfragen und das Zuchtprogramm hatten die genaue Kenntnis der Vaterschaft notwendig gemacht. *Heute wird ein Mann nur an seinen Söhnen gemessen, und eine Frau an der Fähigkeit, Söhne zu gebären – und sie weiß, daß sie mir aus diesem Grund gegeben worden ist!*

Die Zeremonie näherte sich dem Ende, und Allart fühlte die Hand seiner Frau kalt und zitternd in der seinen, als er sich vorbeugte, um ihre Lippen kurz für den rituellen Kuß zu berühren. Er führte sie in eine Explosion von Gratulationen, guten Wünschen und Beifall der versammelten Verwandten und Edlen zum Tanz hinaus. Hypersensibel, wie er war, spürte Allart die harschen Untertöne der Glückwünsche und dachte, daß nur wenige von ihnen Wohlwollen beinhalteten. Sein Bruder Damon-Rafael meinte seine guten Wünsche wahrscheinlich ernst. Allart hatte an diesem Morgen vor den heiligen Reliquien von Hali gestanden, seine Hand in das kalte Feuer gelegt, das nur dann zu brennen begann, wenn der Sprecher wußte, daß er einen Meineid schwor, und seine Ehre als Hastur dafür verpfändet, seines Bruders Führerstellung im Clan und die Nachfolge seiner Söhne auf den Thron zu unterstützen. Die anderen Verwandten gratulierten ihm, weil er eine politisch mächtige Allianz mit dem starken Clan der Aillards von Valeron geschlossen hatte. Vielleicht aber hofften sie auch nur, sich durch weitere Hochzeiten mit den Söhnen und Töchtern, die diese Vermählung hervorbringen konnte, selbst mit ihm zu verbünden. Aber vielleicht machte ihnen der Anblick einer Vermählung auch nur Freude, ebenso wie das Trinken, die Tänze und die Ausgelassenheit, was eine willkommene Unterbrechung der offiziellen Trauer um Dom Stephen darstellte.

»Du bist so still, mein Gatte«, sagte Cassandra.

Allart schreckte auf. Er hatte einen flehenden Unterton in ihrer Stimme gehört. *Für sie ist es noch schlimmer. Das arme Mädchen. Ich wurde – irgendwie – bei dieser Eheschließung berücksichtigt; ihr ist es noch nicht einmal erlaubt gewesen, ja oder nein zu sagen. Warum tun wir das*

unseren Frauen an? Sie sind es doch, durch die wir die kostbaren Erbeigenschaften, die uns inzwischen soviel bedeuten, erhalten!
Sanft sagte er zu ihr: »Mein Schweigen hat nichts mit dir zu tun, *Damisela*. Dieser Tag hat mir viel nachzudenken gegeben, das ist alles. Aber ich bin ein Flegel, in deiner Gegenwart so versunken zu grübeln.«
Ihre sanften Augen, von Wimpern so dicht überschattet, daß sie dunkel wirkten, begegneten den seinen mit einem humorvollen Funkeln. »Du behandelst mich schon wieder wie ein Mädchen, das man mit einem netten Kompliment zum Verstummen bringen kann. Ich nehme mir heraus, dich daran zu erinnern, daß es kaum geziemend ist, mich *Damisela* zu nennen, wenn ich deine Frau bin.«
»Oh Gott, ja«, sagte er zerknirscht. Sie blickte ihn an, und ein schwaches Runzeln stahl sich über ihre glatten Augenbrauen.
»Bist du so sehr abgeneigt, vermählt zu werden? Ich wurde seit meiner Kindheit mit dem Wissen erzogen, daß ich so heiraten müßte, wie meine Verwandten es von mir verlangten. Ich habe geglaubt, ein Mann könne freier wählen.«
»Ich glaube, kein Mann ist frei, zumindest in den Reichen nicht.« Er fragte sich, ob es deshalb soviel Lustbarkeiten bei einer Hochzeit gab – so viele Tänze und Getränke – um die Söhne und Töchter von Hastur und Cassilda vergessen zu lassen, daß sie um des verfluchten *Laran* willen, das ihrem Geschlecht Macht gab, wie Zuchthengste und Stuten herangezogen wurden!
Aber wie konnte er es vergessen? Allart befand sich wieder im Griff seines unscharf eingestellten Zeitgefühls, dem Fluch seines *Laran*. Genau in diesem Augenblick verzweigten sich wieder verschiedene Zukunftsentwicklungen: das Land, lodernd im Krieg und Kampf, schwebende Falken wie jene, die das Haftfeuer auf den Luftwagen geworfen hatten; große Gleiter mit weiten Flügeln, an denen Männer hingen; in den Wäldern aufflackernde Brände; merkwürdige schneebedeckte Gipfel aus den Gebieten jenseits von Nevarsin, die er noch nie gesehen hatte; das Gesicht eines Kindes, umgeben vom fahlen Glanz der Blitze ... *Sind das alles Dinge, die tatsächlich in mein Leben treten, oder nur solche, die möglich sind?*
Hatte er überhaupt eine Kontrolle über irgendeine dieser Zukünfte, oder würde ein unerbittliches Schicksal ihm alle auferlegen? So wie es ihm Cassandra Aillard, die Frau, die jetzt vor ihm stand, vorgesetzt hatte ...
Ein Dutzend Cassandras, nicht nur eine, die zu ihm aufblickten – erhitzt von Liebe und Leidenschaft, die er, wie er wußte, erregen konnte, verzerrt vor Haß und Abscheu (ja, auch die konnte er erregen), schlaff vor Erschöpfung, mit einem Fluch auf den Lippen in seinen Armen

sterbend ... Allart schloß die Augen in dem vergeblichen Versuch, die Gesichter seiner Frau zu verbannen.
Spürbar erregt sagte Cassandra: »Mein Gatte! Allart! Sag mir, was mit dir nicht in Ordnung ist, ich bitte dich!«
Er wußte, daß er sie erschreckt hatte und versuchte, die auf ihn einstürmenden Zukunftsvisionen unter Kontrolle zu bekommen, die Techniken, die er in Nevarsin gelernt hatte, anzuwenden, das Dutzend Frauen, zu dem sie geworden war – werden konnte, werden *würde* – auf die eine zu reduzieren, die jetzt vor ihm stand.
»Es hat nichts mit dir zu tun, Cassandra. Ich habe dir gesagt, daß ich einen Fluch trage.«
»Gibt es nichts, das dir helfen kann?«
Ja, dachte er erregt, *die beste Hilfe wäre gewesen, wenn keiner von uns je geboren worden wäre; wenn unsere Vorfahren – sie mögen in Zandrus schwärzester Hölle frieren – sich hätten zurückhalten können, diesen Fluch in unser Geschlecht hineinzutragen!* Er sprach es nicht aus, aber sie fing den Gedanken auf, und ihre Augen weiteten sich voll Bestürzung.
Aber dann brachen die Familienmitglieder in ihr sekundenlanges Alleinsein ein. Damon-Rafael beanspruchte Cassandra mit einem arroganten »Sie wird schon früh genug ganz dein sein, Bruder!« für einen Tanz, und irgend jemand schob ein Glas in seine Hand und verlangte, daß er sich an dem Fest beteiligte, das schließlich zu seinen Ehren gegeben werde.
Im Versuch, inneren Aufruhr und Auflehnung zu verhehlen – schließlich konnte er seine Gäste nicht für alles verantwortlich machen –, ließ er sich überreden, zu trinken und mit jungen Mädchen zu tanzen, die offensichtlich so wenig mit seiner Zukunft zu tun hatten, daß ihre Gesichter beständig eines blieben und nicht von den sich überschneidenden Wahrscheinlichkeiten des *Laran* verändert wurden. Er sah Cassandra erst wieder, als Damon-Rafaels Frau Cassilde und ihre Cousine sie aus der Halle zur traditionellen Gute-Nacht-Zeremonie führten.
Der Brauch verlangte, daß die Braut und der Mann in der Gegenwart der versammelten Edlen zu Bett gebracht wurden, als Beweis, daß die Eheschließung gebührend vollzogen worden war. Allart hatte in Nevarsin gelesen, daß es kurz nach der Einführung der Heirat zu Zwecken der Vererbung eine Zeit gegeben hatte, in der auch der öffentliche Verkehr üblich gewesen war. Glücklicherweise wußte er, daß das nicht von ihm gefordert wurde. Es war ihm ohnehin unklar, wie jemand das hatte schaffen können.
Es dauerte nicht mehr lange, und sie führten ihn im Tumult der üblichen Scherze zu seiner Braut. Der Brauch verlangte ebenfalls, daß das

Nachtgewand einer Braut offenherziger war als alles, was sie je zuvor getragen hatte – oder danach tragen würde. Das hatte den Zweck, dachte Allart sarkastisch, daß alle sehen konnten, daß sie keinen verborgenen Makel besaß, der ihren Wert als Zuchtobjekt beeinträchtigen könnte.
Mögen die Götter geben, daß man sie nicht mit Drogen willfährig gemacht hat ... Aufmerksam sah er sie an, und versuchte zu erkennen, ob ihre Pupillen durch Drogenanwendung geweitet waren oder ob man ihr Aphrodisiaka eingegeben hatte. Er nahm an, daß dies für ein Mädchen, das sich gegen einen völlig Fremden sträubte, barmherzig war; niemand, vermutete Allart, konnte das Herz besitzen, ein verängstigtes Mädchen zur Unterwerfung zu zwingen.
Und wieder einander widersprechende Zukunftsvisionen, gegensätzliche Möglichkeiten und Bindungen, die sich in seinem Geist zusammen mit Bildern der Begierde sammelten, und die anderen Möglichkeiten, die sie tot in seinen Armen liegend zeigten, verdrängen wollten. Was hatte Damon-Rafael gesagt? Daß alle ihre Schwestern bei der Geburt ihres ersten Kindes gestorben waren ...
Mit einem Chor von Glückwünschen zogen die Verwandten sich zurück und ließen sie allein. Allart stand auf und warf den Riegel des Schlosses nach unten. Als er zurückkam, sah er die Furcht in ihrem Gesicht und die tapfere Anstrengung, sie zu verbergen.
Fürchtet sie, daß ich wie ein wildes Tier über sie herfalle? Laut sagte er: »Haben sie dich mit Aphrosone oder einem anderen Trank betäubt?«
Sie schüttelte den Kopf. »Ich habe es abgelehnt. Meine Pflegemutter wollte, daß ich es trinke, aber ich habe ihr gesagt, daß ich keine Angst vor dir habe.«
Allart fragte: »Warum zitterst du dann?«
Mit dem Anflug von Gewitztheit, den er schon vorher an ihr bemerkt hatte, sagte sie: »In diesem Gewand, das mich halbnackt läßt, und auf dem sie bestanden haben, ist mir *kalt.*«
Allart lachte. »Es scheint, daß ich nur besser dran bin, weil ich einen Pelz trage. Bedeck dich damit. Das Gewand wäre nicht nötig gewesen, um meine Begierde zu wecken – aber ich vergaß, daß du Komplimente und Schmeicheleien nicht magst.« Er trat näher und setzte sich auf den Rand des Bettes. »Darf ich dir etwas Wein einschenken, *Domna*?«
»Danke.« Sie nahm das Glas, und als sie daran nippte, sah er die Farbe in ihr Gesicht zurückkehren. Dankbar zog sie den Fellumhang über die Schultern. Er schenkte sich auch etwas ein, und während er den Stiel des Kelchs zwischen den Fingern drehte, versuchte er darüber nachzudenken, wie er das, was gesagt werden mußte, sagen konnte, ohne sie zu beleidigen. Erneut drohten die vielfältigen Entwicklungen und Möglichkeiten, ihn zu überwältigen. Er sah sich seine eigenen Skrupel ignorie-

ren, sie mit der ganzen aufgestauten Leidenschaft seines Lebens in die Arme nehmen. Wie sie mit Leidenschaft und Liebe zum Leben erwachte, die gemeinsamen Jahre voller Freude ... Und dann wieder das Gesicht einer anderen Frau, goldbraun und lachend, von dichtem, kupferfarbenem Haar umgeben. Auf verwirrende Weise ließ es das Gesicht der Frau und die Situation vor ihm verschwimmen ...
»Cassandra«, sagte er, »hast du diese Heirat gewollt?«
Sie sah ihn nicht an. »Ich bin durch diese Heirat *geehrt*. Wir wurden miteinander verlobt, als ich zu jung war, um mich noch daran zu erinnern. Für dich muß es anders sein, du bist ein Mann und hast die Möglichkeit zur Wahl. Ich nicht. Was ich als Kind auch tat, ich hörte immer nur, daß dieses oder jenes nicht angebracht sei, wenn man Allart Hastur von Elhalyn heiraten will.«
Seine Worte kamen gepreßt, als er sagte: »Welche Freude muß es sein, solche Gewißheit zu haben, nur eine Zukunft zu sehen, statt Dutzender, Hunderter, Tausender ... Wenn man seinen Weg nicht wie ein Akrobat, der beim Jahrmarkt auf dem Hochseil tanzt, ausbalancieren muß.«
»Daran habe ich nie gedacht. Ich dachte nur, daß ein Leben freier als meines ist, wenn man wählen darf ...«
»Frei?« Er lachte amüsiert. »Mein Schicksal war so festgelegt wie das deine. Aber wir können noch immer unter den künftigen Möglichkeiten, die ich sehe, wählen, wenn du dazu bereit bist.«
Leise erwiderte sie: »Was ist uns jetzt noch zu wählen geblieben? Wir wurden vermählt und zu Bett gebracht. Mir scheint, daß nun keine weitere Wahl mehr möglich ist. Nur dies: Du kannst mich grausam oder sanft behandeln, und ich kann alles mit Geduld ertragen – oder meiner Sippe Schande machen, indem ich mich gegen dich zur Wehr setze und dich, wie der Geprellte in einem obszönen Lied, zwinge, die Zeichen meiner Nägel und Zähne zu tragen. Das allerdings«, schloß sie, wobei ihre Augen lachend aufblitzten, »würde ich auch für schändlich halten.«
»Die Götter mögen verhindern, daß du einen Grund dazu haben wirst,« sagte Allart. Einen Moment waren die Bilder, die sich aus seinen Worten ergaben, so scharf, daß alle anderen Zukunftsvisionen tatsächlich wie weggewischt erschienen.
Sie war seine Frau, ihm mit ihrem Einverständnis, sogar mit ihrem Willen gegeben worden, und ihm ganz ausgeliefert. Er konnte sie sogar dazu bringen, ihn zu lieben.
Warum fügen wir uns dann nicht gemeinsam unserem Schicksal, meine Liebe ...?
Doch er zwang sich zu sagen: »Es bleibt noch eine dritte Möglichkeit. Du kennst das Gesetz. Ganz abgesehen von der Zeremonie: Dies ist

solang keine Ehe, bis wir sie dazu machen, und die *Catenas* können geöffnet werden, wenn wir darum bitten.«

»Wenn ich meine Familie so erzürne und den Zorn der Hasturs gegen sie aufbringe, würde das Band der Bündnisse, auf dem die Herrschaft der Hasturs gegründet ist, zerreißen. Wenn du danach strebst, mich zu meiner Familie zurückzuschicken, weil ich kein Wohlgefallen bei dir fand, wird es für mich keinen Frieden und kein Glück mehr geben.« Ihre Augen waren weit geöffnet und schauten betrübt.

»Ich habe nur gedacht ... es könnte ein Tag kommen, an dem du jemandem begegnen wirst, den du mehr magst, mein Mädchen.«

Scheu erwiderte sie: »Wie kommst du darauf, daß ich jemanden finden will, den ich mehr mag?«

Mit plötzlicher Furcht wurde ihm klar, daß das Schlimmste geschehen war. Aus Angst, sie könne einem gefühllosen Rohling gegeben werden, der sie nur als Zuchtstute betrachtete, und mit der Erfahrung, daß er statt dessen als Gleichgestellte mit ihr sprach, war sie bereit, ihn gern zu haben!

Wenn er auch nur ihre Hand berührte – das wußte er –, würde sein Entschluß nichtig werden. Er würde sie mit Küssen bedecken, sie in seine Arme ziehen – und sei es nur, um die zahlreichen Zukunftsvisionen, die er sich von diesem kritischen Moment an aufbauen sah, wegzuwischen, sie alle in einem einzigen Augenblick mit *irgendeiner* entschiedenen Handlung auszulöschen, egal wie sie auch aussehen mochte.

Seine Stimme klang gepreßt, selbst für seine eigenen Ohren. »Du kennst meinen Fluch. Ich sehe nicht nur die wirkliche Zukunft, sondern ein Dutzend, und jede von ihnen kann eintreffen oder mich narren. Ich hatte beschlossen, nie zu heiraten, um diesen Fluch nie einem meiner Söhne zu übertragen. Ich wollte auf mein Erbe verzichten und ein Mönch werden. Ich kann nur zu deutlich sehen, was die Heirat mit dir in Gang setzen könnte. Bei den Göttern dort oben«, schrie er, »glaubst du, du seist mir gleichgültig?«

»Sind deine Visionen immer zutreffend, Allart?« fragte sie flehentlich.

»Warum sollten wir unser Schicksal verleugnen? Wenn diese Dinge bestimmt sind, werden sie geschehen, ganz gleich, was wir jetzt tun; und wenn nicht, können sie uns nicht bekümmern.« Sie kniete sich hin und schlang ihre Arme um ihn. »Ich bin nicht unwillig, Allart. Ich ... ich ... ich liebe dich.«

Im ersten Augenblick konnte Allart nicht anders, als seine Arme um sie zu schließen. Doch dann, gegen die beschämende Erinnerung ankämpfend, wie er der Verlockung der *Riyachiya* erlegen war, packte er sie bei den Schultern und stieß sie mit aller Kraft fort. Er hörte seine eigene Stimme, hart und kalt, als gehörte sie jemand anderem, sagen: »Erwartest du immer noch, daß ich dir glaube, sie hätten dich nicht mit Aphrodisiaka aufgeputscht?«

Cassandras Körper wurde starr, Tränen des Zorns und der Demütigung schossen ihr in die Augen. Wie nie zuvor im Leben wollte er sie wieder an sich ziehen und an sein Herz drücken.

»Vergib mir«, bat er. »Versuch doch zu verstehen. Ich kämpfe darum ... einen Weg aus der Falle zu finden, in die man uns geführt hat. Weißt du nicht, was ich gesehen habe? Alle Straßen führen dorthin, scheint es – daß ich tue, was von mir erwartet wird: Daß ich Monster zeugen muß, Kinder, die vom *Laran* schlimmer gequält werden als ich, die sterben, wie mein jüngerer Bruder, oder, noch schlimmer, leben werden, um uns dafür zu verfluchen, daß sie je geboren wurden. Und weißt du, was ich für dich am Ende einer jeden Straße sehe, mein armes Mädchen? Deinen Tod, Cassandra, deinen Tod bei der Geburt meines Kindes.«

Ihr Gesicht war weiß, als sie flüsterte: »Zwei meiner Schwestern sind so gestorben.«

»Doch du fragst dich warum. Ich stoße dich nicht zurück, Cassandra. Ich versuche, das schreckliche Schicksal zu vermeiden, das ich für uns beide gesehen habe. Gott weiß, es wäre leicht genug ... An den meisten Linien meiner Zukunft sehe ich ihn, den Weg, der am einfachsten einzuschlagen wäre: Daß ich dich liebe, daß du mich liebst, daß wir Hand in Hand in diese schreckliche Tragödie schreiten, die die Zukunft für uns enthält. Eine Tragödie für dich, Cassandra. Und für mich. Ich ...« Allart schluckte, versuchte, seine Stimme zu bändigen. »Ich will nicht die Schuld an deinem Tod auf mich laden.«

Sie begann zu schluchzen. Allart wagte nicht, sie zu berühren; er schaute auf sie hinab, sein Herz zog sich zusammen. »Versuche, nicht zu weinen«, sagte er mit rauher Stimme. »Ich kann es nicht ertragen. Die Versuchung, das Einfachste zu tun und darauf zu vertrauen, daß das Glück uns hindurchführt, ist immer da; oder, wenn alles scheitert, zu sagen: ›Es ist unser Los, und kein Mensch kann gegen das Schicksal ankämpfen.‹ Denn es gibt andere Wahlmöglichkeiten. Du könntest unfruchtbar sein, eine Geburt überleben, unser Kind könnte dem Fluch unseres vereinigten *Laran* entrinnen. Es gibt so viele Möglichkeiten, so viele Versuchungen! Und ich habe mich entschlossen, daß diese Ehe keine sein soll, bis ich meinen Weg deutlich vor mir sehe. Ich bitte dich, dem zuzustimmen.«

»Es scheint, daß ich keine Wahl habe«, sagte sie und blickte betrübt zu ihm auf. »Aber es gibt in unserer Welt auch kein Glück für eine Frau, die nicht das Wohlgefallen ihres Mannes findet. Meine Tanten und Cousinen werden mir keine Ruhe lassen, bis ich schwanger bin. Auch sie haben *Laran*, und wenn diese Ehe nicht vollzogen wird, werden sie es

früher oder später erfahren, und wir werden die gleichen Sorgen erleben, die wir vorausgesehen haben, hätten wir die Ehe zurückgewiesen. In jedem Fall, mein Gemahl, scheint es, daß wir das Wild sind, das in der Falle stecken bleibt oder in den Kochtopf wandern kann; jeder Weg bedeutet Verderben.«
Beruhigt von der Ernsthaftigkeit, mit der sie über ihre mißliche Lage nachzudenken suchte, sagte Allart: »Ich habe einen Plan, falls du einwilligst, Cassandra. Die meisten unserer Verwandten machen, bevor sie mein Alter erreichen, ihren Dienst in einem Turm, wo sie ihr *Laran* in einem Matrix-Kreis einsetzen, der unseren Leuten Energie, Macht und ein gutes Leben gibt. Ich bin wegen meiner schwächlichen Gesundheit von dieser Pflicht entbunden worden, aber eigentlich sollte ich sie jetzt nachholen. Zudem ist das Leben am Hof nicht das beste für eine Frau, die ...« Er drohte an den Worten zu ersticken. »Die schwanger sein könnte. Ich werde um die Erlaubnis bitten, dich mit zum Turm von Hali zu nehmen, wo wir unseren Teil an der Arbeit des Matrix-Kreises beitragen werden. Auf diese Weise werden wir deinen Verwandten und meinem Bruder nicht begegnen und können fern von ihnen wohnen, ohne Gerede hervorzurufen. Vielleicht finden wir einen Ausweg aus diesem Dilemma, während wir dort sind.«
Cassandras Stimme klang unterwürfig. »Es soll sein, wie du wünschst. Aber unsere Verwandtschaft wird es merkwürdig finden, daß wir uns dazu während der ersten Tage unserer Ehe entschließen.«
»Mögen sie denken, was sie wollen«, gab Allart zurück. »Ich halte es nicht für ein Verbrechen, Dieben falsche Münzen zu geben, oder zu lügen, wenn man über alle Höflichkeit hinaus verhört wird. Wenn ich von jemandem, der Recht auf eine Antwort hat, befragt werde, sage ich, daß ich während meiner frühen Mannesjahre dieser Pflicht aus dem Wege gegangen bin und sie jetzt erfüllen will, damit du und ich zusammen weggehen können, ohne daß unerfüllte Verpflichtungen unser Leben überschatten. Du kannst ihnen sagen, was du möchtest.«
Ihr Lächeln strahlte ihn an; Allart spürte einen Stich durchs Herz.
»Nun, ich werde überhaupt nichts sagen. Ich bin deine Frau, und ich gehe dorthin, wo du hinzugehen entscheidest, das bedarf keiner weiteren Erklärung! Ich sage nicht, daß ich diesen Brauch mag, und auch nicht, daß ich ohne Hader gehorche, wenn du es von mir verlangst. Ich bezweifle, daß du in mir eine unterwürfige Frau vorfindest, Dom Allart. Aber ich werde diesen Brauch nutzen, wenn er meinen Zwecken dient!«
Lastenträger, warum konnte das Schicksal mir keine Frau geben, die ich mit Freuden verstoßen hätte, statt dieser einen, die zu lieben mir so leicht gefallen wäre! Erschöpft vor Erleichterung beugte er seinen Kopf vor, nahm ihre schmalen Hände und küßte sie.

Sie sah die Erschöpfung in seinem Gesicht und sagte: »Du bist sehr abgespannt, mein Gatte. Willst du dich nicht niederlegen und schlafen?«

Erneut marterten ihn die erotischen Bilder, aber er schüttelte sie ab. »Du weißt nicht viel von Männern, nicht wahr, *Chiya?*« Sie schüttelte den Kopf. »Wie sollte ich auch? Jetzt scheint es, daß es nicht mein Los ist«, sagte sie und sah so traurig aus, daß Allart bei aller Entschiedenheit ein fernes Bedauern fühlte.

»Leg dich nieder und schlafe, wenn du möchtest, Cassandra.«

»Wirst du denn nicht schlafen?« fragte sie unschuldig. Er mußte lachen.

»Ich werde auf dem Boden schlafen. Ich habe an schlimmeren Orten gelegen, und nach den Steinzellen von Nevarsin ist das der reinste Luxus«, sagte Allart. »Gesegnet seist du, Cassandra, daß du meine Entscheidung akzeptierst.«

Sie schenkte ihm ein schwaches Lächeln. »Oh, man hat mich gelehrt, daß es die Pflicht einer Frau ist, zu gehorchen. Auch wenn es ein anderer Gehorsam ist, als ich vorausgesehen habe, bin ich doch noch immer deine Frau und werde tun, was du befiehlst. Gute Nacht, mein Gatte.«

Die Worte waren von zarter Ironie. Auf den weichen Matten des Zimmers ausgestreckt, faßte Allart die ganze Disziplin seiner Jahre in Nevarsin zusammen und schaffte es schließlich, aus seinem Geist die Bilder einer zur Liebe erweckten Cassandra auszulöschen. Nichts blieb, nur der Augenblick und sein Entschluß. Einmal jedoch, vor dem Morgendämmern, glaubte er, eine Frau weinen zu hören, ganz leise, als würden die Laute von Stoffen und Laken gedämpft.

Am nächsten Tag reisten sie zum Hali-Turm ab. Dort blieben sie ein halbes Jahr.

8

Früher Frühling in den Hellers. Donal Delleray, genannt Rockraven, stand auf den Zinnen von Burg Aldaran und sinnierte müßig, ob die Aldaran-Vorfahren diesen hohen Gipfel für ihre Festung gewählt hatten, weil er einen großen Bereich des Umlands beherrschte. Es neigte sich zu den fernen Ebenen und erhob sich dahinter zu den weiten, unpassierbaren Gipfeln, auf denen nichts menschliches, sondern nur die Schweifer und halblegendären *Chieri* von den fernen Hellers in ihren vom ewigen Schnee umgebenen Festen wohnten.

»Man sagt«, meinte er laut, »daß es hinter dem letzten dieser Berge, so weit im Schneegebiet, daß selbst der erfahrenste Bergsteiger scheitern

würde, ehe er einen Weg durch Felsspitzen und Gletscherschluchten fände, ein Tal mit nie endendem Sommer gibt, und dorthin haben sich die *Chieri* zurückgezogen, seit die Kinder von Hastur gekommen sind. Deshalb sehen wir sie heutzutage nicht mehr. Dort wohnen die *Chieri* für immer, unsterblich und schön, und sie singen ihre fremdartigen Lieder und träumen unsterbliche Träume.«
»Sind die *Chieri* wirklich so schön?«
»Ich weiß es nicht, kleine Schwester. Ich habe nie eine gesehen«, antwortete Donal. Er war jetzt zwanzig, hochgewachsen und gertenschlank, dunkelhäutig, mit dunklen Brauen, ein aufrechter und ernster junger Mann, der älter aussah, als er tatsächlich war. »Aber als ich ganz klein war, hat meine Mutter mir einmal erzählt, daß sie eine *Chieri* in den Wäldern hinter einem Baum gesehen hat, und daß sie die Schönheit der Gesegneten Cassilda besaß. Man sagt auch, daß ein Sterblicher, der sich seinen Weg zum Tal der *Chieri* bahnt, von ihren Speisen ißt und ihren Zauberwassern trinkt, ebenfalls mit Unsterblichkeit versehen wird.«
»Nein«, sagte Dorilys. »Jetzt erzählst du mir Märchen. Ich bin zu alt, um solche Sachen zu glauben.«
»Oh ja, du bist so alt«, neckte Donal. »Täglich warte ich darauf, wie sich dein Rücken beugt und dein Haar grau wird.«
»Ich bin alt genug, um verlobt zu werden«, sagte Dorilys würdevoll. »Ich bin elf Jahre alt, und Margali sagt, ich sähe aus, als sei ich fünfzehn.«
Donal widmete seiner Schwester einen langen, abwägenden Blick. Es stimmte. Mit elf war Dorilys schon größer als viele Frauen, und ihr geschmeidiger Körper zeigte durchaus schon Andeutungen hübscher Rundungen.
»Ich weiß nicht, ob ich verlobt werden will«, sagte sie plötzlich mißgelaunt. »Ich weiß gar nichts von meinem Cousin Darren! Kennst du ihn, Donal?«
»Ich kenne ihn«, sagte Donal, und sein Gesicht zeigte einen unfreundlichen Ausdruck. »Er ist hier aufgezogen worden, zusammen mit vielen anderen Knaben, als ich ein Junge war.«
»Sieht er gut aus? Ist er freundlich und wohlgelitten? Magst du ihn, Donal?«
Donal öffnete den Mund, um zu antworten, und schloß ihn wieder. Darren war der Sohn von Lord Aldarans jüngerem Bruder Rakhal. Mikhail, Lord Aldaran, hatte keine Söhne, und diese Heirat würde bedeuten, daß ihre Kinder die beiden Ländereien erben und festigen würden; auf diese Art wurden große Reiche aufgebaut. Es würde sinnlos sein, Dorilys wegen irgendwelcher Streitigkeiten unter Jungen gegen ihren versprochenen Gatten einzunehmen.

»Danach mußt du nicht urteilen, Dorilys. Wir waren Kinder, als wir einander kannten, und wir stritten, wie Jungen es tun. Aber jetzt ist er älter, und ich bin es auch. Ja, er sieht ziemlich gut aus, nehme ich an, so wie Frauen das beurteilen.«

»Mir scheint das kaum gerecht«, sagte Dorilys. »Du bist meinem Vater mehr als ein Sohn gewesen. Jawohl, das hat er selbst gesagt! Warum kannst du nicht seine Ländereien erben, wenn er keinen eigenen Sohn hat?«

Donal zwang sich ein Lachen ab. »Diese Dinge wirst du besser verstehen, wenn du älter bist, Dorilys. Ich bin mit Lord Aldaran nicht blutsverwandt, auch wenn er mir ein liebevoller Pflegevater war, und ich kann nicht mehr als den Anteil eines Pflegesohns an seinen Ländereien erwarten – und das auch nur, weil er meiner Mutter – und deiner – gelobt hat, gut für mich zu sorgen. Ich erwarte keine andere Erbschaft als diese.«

»Das ist ein dummes Gesetz«, beharrte Dorilys heftig, und Donal, der die Anzeichen zorniger Erregung in ihren Augen sah, sagte schnell: »Sieh dort unten, Dorilys! Schau doch, zwischen den Öffnungen der Hügel kannst du die Reiter und die Fahnen sehen. Das wird Lord Rakhal und sein Gefolge sein, die zur Burg hinauf reiten, um zu deiner Verlobung zu kommen. Du solltest zu deiner Zofe gehen und dich für die Zeremonie schön machen lassen.«

»Eine gute Idee«, sagte Dorilys abgelenkt, aber sie schaute finster drein, als sie auf die Treppe zuging. »Wenn ich ihn nicht mag, werde ich ihn nicht heiraten. Hörst du mich, Donal?«

»Ich höre dich«, erwiderte er, »aber das sind die Worte eines kleinen Mädchens, *Chiya*. Wenn du eine Frau bist, wirst du vernünftiger sein. Dein Vater hat sorgfältig gewählt, um eine angemessene Heirat in die Wege zu leiten; er würde dich nicht verheiraten, wenn er nicht sicher wäre, daß es das beste für dich ist.«

»Oh, das habe ich immer wieder gehört, von Vater und von Margali. Sie sagen alle dasselbe; daß ich tun muß, was man mir sagt, und daß ich verstehen werde, warum ich das muß, wenn ich älter bin! Aber wenn ich meinen Cousin Darren nicht mag, werde ich ihn nicht heiraten, und du weißt, daß es niemanden gibt, der mich dazu bringen kann, etwas zu tun, das ich nicht will!« Sie stampfte mit dem Fuß auf, ihr rosiges Gesicht errötete vor plötzlichem Ärger, und dann lief sie zur Treppe, die hinunter ins Schloß führte. Wie ein Echo ihrer Worte grollte ein leiser, weit entfernter Donner.

Donal blieb an der Brüstung stehen, in ernstes Nachdenken versunken. Dorilys hatte mit der unbewußten Arroganz einer Prinzessin gesprochen, wie die verzogene kleine Tochter von Lord Aldaran. Aber sie war

mehr als nur das, und selbst Donal fühlte eine böse Vorahnung des Grauens, wenn Dorilys so bestimmt sprach.
Es gibt niemanden, der mich dazu bringen kann, etwas zu tun, das ich nicht will. Das war nur allzu wahr. Eigensinnig von Geburt an, hatte es niemand gewagt, wegen des seltsamen *Laran,* mit dem sie zur Welt gekommen war, ihr allzu ernst zu widersprechen. Niemand kannte annähernd die Reichweite dieser seltsamen Kraft; niemand hatte je gewagt, sie bewußt zu provozieren. Selbst als sie noch nicht entwöhnt war, hatte jeder, der sie gegen ihren Willen berührte, die Kraft gespürt, die sie auf einen schleudern konnte – damals nur als schmerzlichen Schock –, aber das Gerede der Diener und Kindermädchen hatte ihre Wirkung übertrieben und schreckenserregende Geschichten verbreitet. Wenn sie – schon als Baby – vor Wut, Hunger oder Schmerz schrie, hatten Blitze und Donnerschläge um die Höhen der Burg gekracht; nicht nur die Diener, sondern auch die im Schloß aufgezogenen Kinder hatten gelernt, ihren Zorn zu fürchten. Einmal, als sie fünf gewesen war und Fieber sie ins Bett gefesselt hatte, hatte sie tagelang im Delirium gelegen, phantasiert, und nicht einmal Donal oder ihren Vater erkannt. Damals hatten Blitzschläge Tag und Nacht gekracht und waren unberechenbar, schreckenerregend nahe bei den Türmen der Burg eingeschlagen. Donal, der die Blitze selbst ein wenig kontrollieren konnte (wenn auch nicht auf diese Art), hatte sich gefragt, welche Gespenster und Alpträume sie in ihrem Delirium verfolgten, daß sie so heftig gegen sie wütete.
Glücklicherweise hatte sie, als sie älter wurde, nach Anerkennung und Zuneigung zu streben begonnen, und Lady Deonara, die Dorilys wie ihre eigene Tochter liebte, war in der Lage gewesen, sie einiges zu lehren. Das Kind besaß Alicianes Schönheit und ihre angenehmen Umgangsformen, und war in den letzten ein oder zwei Jahren weniger gefürchtet und besser gelitten. Aber die Diener und Kinder fürchteten sie noch immer und nannten sie, wenn sie es nicht hören konnte, Hexe und Zauberin. Nicht einmal das kühnste der Kinder wagte es, sie offen zu beleidigen. Dorilys hatte sich nie gegen Donal, ihren Vater und ihre Ziehmutter Margali, jene *Leronis,* die sie auf die Welt gebracht hatte, gewandt; ebensowenig hatte sie sich, solange Lady Deonara noch lebte, gegen deren Willen aufgelehnt.
Aber seit Deonaras Tod, überlegte Donal betrübt (denn auch er hatte die sanfte Lady Aldaran geliebt), *hat nie jemand Dorilys widersprochen.* Mikhail von Aldaran betete seine hübsche Tochter an und schlug ihr nichts ab, ob es nun vernünftig war oder nicht, so daß die Elfjährige die Edelsteine und Spielsachen einer Prinzessin besaß. Die Diener taten es nicht, weil sie ihren Zorn und die Kraft fürchteten, die vom Geschwätz

so übertrieben aufgebauscht waren. Die anderen Kinder taten es auch nicht; zum Teil, weil sie unter ihnen die Ranghöchste, zum Teil, weil sie eine eigensinnige kleine Tyrannin war, die nie davor zurückschreckte, ihre herrschende Stellung mit Schlägen, Kniffen und Ohrfeigen zu erzwingen.
Es ist für ein kleines Mädchen – ein hübsches, verzogenes Mädchen – gar nicht so schlecht, über alle Vernunft eigensinnig zu sein – und daß jedermann sie fürchtet und ihr alles gibt, was sie will. Aber was wird geschehen, wenn sie zu einer Frau heranwächst, wenn sie nicht lernt, daß sie nicht alles haben kann, was sie will? Und wer wird sie das lehren, da alle ihre Macht fürchten?
Besorgt schritt Donal die Treppe hinunter und ging hinein, denn auch er mußte bei der Verlobung und den bevorstehenden Feierlichkeiten anwesend sein.

In seinem gewaltigen Empfangszimmer erwartete Mikhail Aldaran seine Gäste. Der Aldaran-Fürst war seit der Geburt seiner Tochter gealtert. Ein großer, schwerer Mann, jetzt gebeugt und ergrauend, hatte er noch immer etwas vom Aussehen eines alten, sich mausernden Falken; und wenn er seinen Kopf hob, ähnelte er einem angejahrten Vogel, der auf seinem Sitzklotz aufschreckte – mit gesträubtem Gefieder, einer Andeutung versteckter Kraft, die er zwar zurückhielt, aber nicht verloren hatte.
»Donal? Bist du es? In diesem Licht kann man schlecht sehen«, sagte Lord Aldaran. Donal, der wußte, daß sein Pflegevater nicht gerne zugab, daß seine Augen nicht mehr so scharf wie einst waren, trat zu ihm.
»Ich bin es, mein Fürst.«
»Komm her, teurer Junge. Ist Dorilys für die Zeremonie vorbereitet? Glaubst du, sie ist mit dem Gedanken an diese Heirat zufrieden?«
»Ich glaube, sie ist zu jung, um zu wissen, was sie bedeutet«, erwiderte Donal. Er hatte einen verzierten Anzug aus gefärbtem Leder und hohe Hausstiefel mit eingeritzten Mustern und Fransen angelegt. Sein Haar wurde von einem edelsteinbesetzten Band gehalten; an seinem Hals blitzte ein Feuerstein karminrot auf. »Aber sie ist sehr neugierig. Sie hat mich gefragt, ob Darren ansehnlich und wohlgelitten sei, und ob ich ihn mag. Ich habe ihr eine knappe Antwort darauf gegeben, fürchte ich, aber ich sagte ihr, daß sie einen Mann nicht an den Streitigkeiten von Jungen messen darf.«
»Genausowenig wie du, mein Junge«, sagte Aldaran, aber er sagte es freundlich.
»Pflegevater – ich habe eine Gunst von Euch zu erbitten«, sagte Donal.

Aldaran lächelte und sagte: »Du weißt längst, Donal, jedes Geschenk, das ich dir geben kann, ist deins, wenn du nur darum bittest.«
»Dieses wird Euch nichts kosten, Fürst, außer etwas Wohlwollen. Wenn Lord Rakhal und Lord Darren heute vor Euch treten, um über Dorilys' Mitgift zu diskutieren, würdet Ihr mich der Gruppe mit dem Namen meines Vaters vorstellen, und nicht als Donal von Rockraven, wie Ihr es gewöhnlich tut?«
Lord Aldarans kurzsichtige Augen zwinkerten und ließen ihn mehr denn je wie einen gigantischen, vom Licht geblendeten Raubvogel aussehen. »Warum das, Pflegesohn? Willst du den Namen deiner Mutter verleugnen, oder ihre Stellung hier? Oder etwa die deine?«
»Das mögen die Götter verhüten«, sagte Donal.
Er trat näher und kniete sich neben Aldaran. Der alte Mann legte eine Hand auf seine Schulter, und bei dieser Berührung wurde ihnen beiden die unausgesprochenen Worte verständlich: *Nur ein Bastard trägt den Namen seiner Mutter. Ich bin eine Waise, aber kein Bastard.*
»Vergib mir, Donal«, sagte der alte Mann schließlich. »Ich habe einen Tadel verdient. Ich wollte ... Ich wollte nicht daran erinnert werden, daß Aliciane je einem anderen Mann gehört hat. Selbst als sie ... mich verließ, konnte ich nicht ertragen, daran zu denken, daß du in Wahrheit nicht mein eigener Sohn bist.« Es klang wie ein Schmerzensschrei. »Ich habe mir so oft gewünscht, du wärest es.«
»Ich auch«, sagte Donal. Er konnte sich an keinen anderen Vater erinnern und wünschte sich auch keinen. Aber Darrens einschüchternde Stimme von vor zehn Jahren klang in seinen Ohren, als wäre es erst gestern gewesen: »Donal von Rockraven. Ja, ich weiß, der Balg der *Barragana*. Weißt du überhaupt, wer dich gezeugt hat, oder bist du ein Sohn des Flusses? Hat deine Mutter während eines Geisterwindes im Wald gelegen und ist danach mit einem Niemands-Sohn in ihrem Bauch nach Hause gekommen?« Donal hatte sich auf ihn gestürzt wie eine Todesfee, kratzend und tretend, und sie mußten auseinandergezogen werden, wobei sie noch immer heulende Drohungen gegeneinander ausgestoßen hatten. Selbst heute war es nicht angenehm, an den Blick des jungen Darren und seine höhnischen Bemerkungen zu denken.
In Aldarans Stimme klang eine späte Entschuldigung mit: »Wenn ich dir aus meiner Begierde, dich meinen Sohn zu nennen, Unrecht getan habe – glaube mir, ich habe nie beabsichtigt, Zweifel an der Ehrenhaftigkeit deines Geschlechts zu äußern. Ich glaube, an dem, was ich heute abend zu tun beabsichtige, wirst du sehen, daß ich dich aufrichtig schätze, Sohn.«
»Mehr als das brauche ich nicht«, sagte Donal und setzte sich auf eine niedrige Fußbank neben ihn.

Aldaran griff nach seiner Hand, und so saßen sie dort, bis ein Diener mit Leuchtern kam und ankündigte: »Lord Rakhal Aldaran von Scathfell, und Lord Darren.«

Rakhal von Scathfell war, wie sein Bruder es vor zehn Jahren gewesen war, ein großer, herzlicher Mann in der Blüte seines Lebens und einem offenen, jovialen Gesicht, das jene freundschaftliche Herzlichkeit ausstrahlte, die unaufrichtige Männer oft vorgeben, um zu zeigen, daß sie nichts zu verbergen haben. Darren war genauso, hochgewachsen und breitschultrig, mit sandrotem Haar, das aus einer hohen Stirn zurückfloß. Donal dachte auf den ersten Blick: *Ja, er ist ansehnlich, so wie Mädchen diese Dinge einschätzen. Dorilys wird ihn mögen...* Er sagte sich, daß das schwache Gefühl böser Vorahnung nicht mehr als das Mißfallen daran war, daß er seine Schwester aus seinem ausschließlichen Schutz in den Gewahrsam eines anderen übergeben mußte.

Ich kann nicht erwarten, daß Dorilys immer bei mir bleibt. Sie ist Erbin eines großen Reiches. Ich bin ihr Halbbruder, nicht mehr, und ihr Wohlergehen muß in anderen Händen als den meinen liegen.

Lord Aldaran erhob sich aus dem Sessel und ging einige Schritte auf seinen Bruder zu, um dessen Hände mit einer herzlichen Geste zu ergreifen.

»Ich grüße dich, Rakhal. Es ist sehr lange her, seit du das letzte Mal bei mir in Aldaran warst. Wie steht es in Scathfell? Und was macht Darren?« Er umarmte seine Verwandten und forderte sie auf, sich neben ihn zu setzen. »Du kennst meinen Pflegesohn, den Halbbruder deiner Braut, Darren. Donal Delleray, Alicianes Sohn.«

Ihn wiedererkennend zog Darren die Augenbrauen hoch und sagte: »Wir haben unter anderem zusammen Waffenunterricht erhalten. Irgendwie hatte ich gedacht, sein Name sei Rockraven.«

»Kinder verfallen leicht solchen Mißverständnissen« sagte Lord Aldaran fest. »Du mußt damals sehr jung gewesen sein, Neffe, und Herkunft bedeutet jungen Burschen nicht viel. Donals Großeltern waren Rafael Delleray und seine Gattin *di Catenas* Mirella Lindir. Donals Vater ist früh gestorben, und seine verwitwete Mutter kam als Sängerin hierher. Sie hat mein einziges lebendes Kind geboren. Deine Braut, Darren.«

»Tatsächlich?« Rakhal von Scathfell blickte Donal mit höflichem Interesse an, aber Donal vermutete, daß es – ebenso wie seine gute Laune – geheuchelt war.

Und er fragte sich, warum es ihm etwas ausmachen sollte, was der Scathfell-Clan von ihm hielt.

Darren und ich werden Schwäger sein. Das ist keine Verwandtschaft, nach der ich mich gesehnt hätte. Er, Donal, war ehrenhaft geboren und ebenso in einem Großen Haus als Pflegekind aufgezogen worden; das hätte genügen sollen. Aber ein Blick auf Darren sagte ihm, daß das niemals ausreichen würde. Andererseits fragte er sich, weswegen Darren Aldaran, der Erbe von Scathfell, sich damit abgeben sollte, den Halbbruder der ihm versprochenen Frau, den Pflegesohn ihres Vaters, zu hassen und abzulehnen?

Dann, als er Darrens falsches Lächeln sah, wußte er plötzlich die Antwort. Er war kaum telepathisch veranlagt, aber Darren hätte es ihm ebensogut entgegenschreien können.

Zandrus Hölle, er fürchtet meinen Einfluß auf Lord Aldaran! Die Gesetze der Vererbung des Blutes sind in den Bergen noch nicht so gefestigt, daß er sicher sein kann, was geschehen wird. Es wäre nicht das erste Mal, daß ein Adeliger danach trachtet, seinen ehelichen Erben zugunsten eines anderen, den er für würdiger hält, zu enterben. Und er weiß, daß mein Pflegevater mich als Sohn und nicht als Mündel betrachtet.

Um Donal gerecht zu werden: Dieser Gedanke war ihm vorher noch nie gekommen. Er hatte seine Stellung – Lord Aldaran durch Zuneigung, nicht durch Blut, verbunden – gekannt und akzeptiert. In diesem Bewußtsein, das daraus resultierte, daß die Männer von Scathfell ihn provoziert hatten, fragte er sich, wieso es *nicht* so kommen sollte. Warum konnte der Mann, den er Vater nannte, dem er ein ergebener Sohn gewesen war, nicht einen Erben seiner Wahl benennen? Die Scathfell besaßen *dieses* Erbe. Warum sollten sie ihre Güter fast zur Größe eines Königreichs anwachsen lassen, indem sie Aldaran ihren Ländereien hinzufügten?

Lord Rakhal hatte sich von Donal abgewandt und sagte herzlich: »Und jetzt werden wir durch diese Heirat zusammengebracht, damit die jungen Leute, wenn wir nicht mehr sind, unsere vereinigten Länder als doppeltes Erbteil halten. Können wir das Mädchen sehen, Mikhail?«

Lord Aldaran gab zurück: »Sie wird kommen, um die Gäste zu begrüßen, aber ich hielt es für passender, den geschäftlichen Teil unseres Treffens ohne ihr Dabeisein zu erledigen. Sie ist ein Kind und nicht dazu geneigt, zuzuhören, wenn Graubärte Angelegenheiten wie Mitgift, Hochzeitsgeschenke und Erbschaften erledigen. Sie wird kommen, um ihr Gelöbnis abzulegen, Darren, und mit dir bei der Feier tanzen. Aber bitte, denke daran, daß sie noch sehr jung ist, und von einer wirklichen Heirat für die nächsten vier Jahre keine Rede sein kann.«

Rakhal kicherte. »Väter glauben selten, daß ihre Töchter reif für die Ehe sind, Mikhail.«

»Aber in diesem Fall«, erwiderte Aldaran mit fester Stimme, »ist es so, daß Dorilys nicht älter als elf ist. Die Heirat *di Catenas* darf nicht eher als in vier Jahren stattfinden.«

»Na, komm. Mein Sohn ist bereits ein Mann. Wie lange soll er noch auf seine Braut warten?«

»Vier Jahre muß er warten können«, sagte Aldaran entschieden, »oder sich anderswo eine suchen.«

Darren zuckte die Achseln. »Wenn ich warten muß, bis das kleine Mädchen heranwächst, bleibt mir wohl nichts anderes übrig. Es ist ein barbarischer Brauch, einem erwachsenem Mann ein Mädchen zu versprechen, das noch nicht einmal seine Puppen weggelegt hat.«

»Zweifellos«, sagte Rakhal von Scathfell in der ihm eigenen herzlichen und jovialen Art, »aber seit Dorilys geboren wurde, habe ich immer gefühlt, wie wichtig diese Heirat ist. Ich habe während der letzten zehn Jahre oft mit meinem Bruder darüber gesprochen.«

Darren fragte: »Wenn mein Onkel bisher so sehr dagegen war, warum gibt er dann jetzt sein Einverständnis?«

Mit bekümmertem Schulterzucken antwortete Lord Aldaran: »Ich vermute, weil ich alt werde und mich endlich dem Wissen gefügt habe, daß ich keinen Sohn mehr haben werde. Und ich will Aldaran lieber in die Hände eines Verwandten, als die eines Fremden übergehen sehen.«

Warum, fragte Aldaran sich, mußte er ausgerechnet in diesem Augenblick, nach zehn Jahren, an den Fluch denken, den eine seit vielen Jahren tote Zauberin ihm entgegengeschleudert hatte? *Von diesem Tag an sollen deine Lenden leer sein.* Es traf zu, daß er seit Alicianes Tod nie ernsthaft daran gedacht hatte, eine andere Frau in sein Bett zu nehmen.

»Natürlich könnte eingewandt werden«, sagte Rakhal von Scathfell, »daß *mein* Sohn ohnehin der gesetzliche Erbe von Aldaran ist. Die Gesetzgeber könnten sehr wohl einwenden, daß Dorilys nicht mehr als ein Heirats-Erbteil zusteht, und daß ein ehelich geborener Neffe in der Erbfolge vor der Tochter einer *Barragana* steht.«

»Ich bestreite das Recht der sogenannten Gesetzgeber, in dieser Angelegenheit zu urteilen.«

Scathfell zuckte die Achseln. »In jedem Fall wird diese Ehe es ohne Anrufung des Gesetzes erledigen, da die beiden, die ihre Ansprüche anmelden, heiraten. Die Fürstentümer werden vereint werden. Ich bin bereit, Scathfell dem ältesten Sohn Dorilys' zu vermachen, und Darren soll Schloß Aldaran als Wächter Dorilys' erhalten.«

Aldaran schüttelte den Kopf.

»Nein. Im Heiratsvertrag ist vorgesehen, daß Donal Wächter seiner Schwester sein soll, bis sie fünfundzwanzig ist.«

»Das ist unsinnig«, protestierte Scathfell. »Weißt du keinen anderen Weg, das Nest deines Pflegekindes zu polstern? Wenn er schon kein Vermögen von Vater oder Mutter hat, kannst du ihm nicht etwas anderes vermachen?«

»Das habe ich bereits getan«, sagte Aldaran. »Als er in das Alter kam, habe ich ihm das Pachtgut Felsnadel gegeben. Es ist heruntergekommen, da die, denen es gehörte, die Zeit damit verbrachten, ihre Nachbarn zu bekriegen, anstatt es zu bewirtschaften. Aber Donal, glaube ich, kann es wieder zum Blühen bringen. Es bleibt nur noch, eine passende Frau für ihn zu finden, was noch geschehen wird. Aber dennoch soll er Dorilys' Wächter sein.«

»Es sieht so aus, als trautet Ihr uns nicht, Onkel«, protestierte Darren. »Glaubt Ihr wirklich, wir würden Dorilys ihres rechtmäßigen Erbes berauben?«

»Selbstverständlich nicht«, erwiderte Aldaran. »Und da ihr solche Gedanken nicht hegt – was kann es euch da ausmachen, wer Wächter ihres Vermögens ist? Nur wenn ihr tatsächlich solche Absichten hättet, müßtet ihr Donals Wahl ablehnen. Ein bezahlter Mietling könnte bestochen werden, ein Bruder gewiß nicht.«

Donal hörte das alles voll Verwunderung an. Er hatte nicht gewußt, daß Aldaran das Gut für *ihn* bestimmt hatte, als er ihn ausgeschickt hatte, über das Anwesen Felsnadel Bericht zu erstatten. Er hatte ehrlich über die Arbeit berichtet, die nötig sein würde, um es in Ordnung zu bringen, und über die vorzüglichen Möglichkeiten die es bot, ohne jedoch zu glauben, daß Aldaran ihm ein Gut wie dieses vermachen würde. Und ebensowenig hatte Donal vermutet, daß er diesen Heiratsvertrag nutzen würde, ihn zu Dorilys' Wächter zu ernennen.

Als er darüber nachdachte, erschien es ihm vernünftig. Dorilys bedeutete den Aldarans von Scathfell nichts – außer, daß sie ein Hindernis auf dem Weg zu Darrens Erbschaft war. Sollte Lord Aldaran morgen sterben, könnte nur er, als Wächter, Darren daran hindern, Dorilys trotz ihrer Jugend sofort zu seiner Frau zu machen und ihren Besitz nach Gutdünken zu verwenden. Es wäre nicht das erste Mal, daß eine Frau stillschweigend beseitigt wurde, wenn das Erbe einmal sicher in den Händen ihres Gatten war. Sie konnten auch warten, bis sie ein Kind zur Welt brachte, um es rechtmäßig aussehen zu lassen. Jedermann wußte, daß junge Frauen häufig bei Geburten starben, und je jünger sie waren, desto eher waren sie diesem Schicksal ausgesetzt. Es war natürlich tragisch, aber nicht ungewöhnlich.

Mit Donal als Wächter – und das, bis Dorilys fünfundzwanzig, und nicht nur alt genug war, zu heiraten und Kinder zu gebären – wäre er, selbst wenn sie sterben sollte, der Hüter aller ihrer eventuellen Kinder, und ihr Vermögen würde nicht widerspruchslos in Darrens Hände fallen.

Er dachte: *Mein Pflegevater hat die Wahrheit gesprochen, als er sagte, ich würde am heutigen Abend erfahren, wie sehr er mich schätzt. Es kann sein, daß er mir vertraut, weil er keinen anderen hat. Zumindest*

weiß er, daß ich Dorilys' Interessen vor meinen eigenen schützen werde.
Scathfell freilich hatte das noch immer nicht friedlich akzeptiert; er diskutierte weiter über diesen Punkt und ließ erst davon ab, als Aldaran ihn daran erinnerte, daß drei andere Bergfürsten um Dorilys geworben hatten, und sie jederzeit mit jedem, den ihr Vater auswählte, verlobt werden konnte, selbst mit einem der Tiefland-Hasturs oder der Altons.
»Sie war tatsächlich schon einmal versprochen, da Deonaras Verwandtschaft begierig darauf war, sie mit einem ihrer Söhne zu verloben. Sie meinten, sie hätten den ersten Anspruch, da Deonara mir nie einen lebenden Sohn schenkte. Aber der Junge starb kurz darauf.«
»Er starb? Wie ist er gestorben?«
Aldaran zuckte die Achseln. »Irgendein Unfall, habe ich gehört. Ich kenne die Einzelheiten nicht.«
Donal kannte sie ebensowenig. Dorilys hatte zu dieser Zeit ihre Ardais-Verwandtschaft besucht und war, schockiert vom Tod ihres versprochenen Ehemannes, nach Hause gekommen, obwohl sie ihn kaum gekannt und nicht besonders gemocht hatte. Zu Donal sagte sie: »Er war ein großer, grober und rüder Junge, und er hat meine Puppe kaputt gemacht.« Er hatte ihr damals keine Fragen gestellt. Jetzt wunderte er sich. So jung er auch sein mochte, Donal wußte, daß ein Kind, das einer vorteilhaften Allianz im Wege stand, sehr bald sein Leben beenden konnte.
Und dasselbe könnte man von Dorilys sagen ...
»In diesem Punkt steht meine Meinung fest«, sagte Lord Alderan mit einem Anflug von bestimmter Herzlichkeit. »Donal, und nur Donal, wird Wächter seiner Schwester sein.«
»Das ist eine Beleidigung für deine Verwandten, Onkel«, protestierte Darren, aber Lord Scathfell brachte seinen Sohn zum Schweigen.
»Wenn es sein muß, muß es sein«, sagte er. »Wir sollten dankbar sein, daß das Mädchen, das dabei ist, ein Mitglied unserer Familie zu werden, einen so vertrauenswürdigen Verwandten zu ihrem Schutz hat. Ihre Interessen sind natürlich die unseren. Es soll sein, wie du wünschst, Mikhail.« Aber der Blick, den er Donal zuwarf, war verschleiert und nachdenklich und erregte die Wachsamkeit des jungen Mannes.
Ich muß auf mich achtgeben, dachte er. Wahrscheinlich besteht keine Gefahr, bis Dorilys erwachsen und die Heirat vollzogen ist, denn wenn Aldaran noch lebt, könnte er einen anderen Wächter benennen. Sollte er aber sterben, und Dorilys, einmal vermählt, nach Scathfell gebracht werden, wären meine Chancen, lange zu leben, nicht sehr groß.
Er verspürte den plötzlichen Wunsch, Aldaran daran zu hindern, mit

seinen Verwandten zu verhandeln. Hätte er dies mit Fremden getan, wäre eine *Leronis* hinzugezogen worden, deren Wahrzauber Lügen oder Doppelzüngigkeit unmöglich gemacht hätte. Aber Aldaran konnte – auch wenn er seinen Verwandten nicht allzusehr traute – sie nicht dadurch beleidigen, daß er darauf bestand, eine Zauberin einzusetzen, um den Handel zu besiegeln.
Schließlich bekräftigten sie ihn mit einem Händedruck und unterzeichneten den vorbereiteten Vertrag – auch Donal wurde zum Unterzeichnen aufgefordert –, und damit war die Angelegenheit erledigt. Man tauschte brüderliche Umarmungen aus und ging in den Saal hinunter, wo die anderen Gäste sich versammelt hatten, um das Ereignis dieses Tages mit Bankett, Tanz und Lustbarkeiten zu feiern.
Aber Donal, der Darrens Augen auf sich gerichtet sah, dachte erneut: *Ich muß auf der Hut sein. Dieser Mann ist mein Feind.*

9

Als sie in die große Halle kamen, empfing Dorilys, zusammen mit ihrer Pflegemutter, der *Leronis* Margali, dort ihre Gäste. Zum ersten Mal war sie nicht wie ein kleines Mädchen, sondern wie eine Frau gekleidet und trug ein langes blaues Kleid, das an Halsöffnung und Ärmeln mit goldenen Stickereien verziert war. Ihr leuchtendes, kupferfarbenes Haar war zu einem Zopf geflochten und wurde von einer Schmetterlings-Spange gehalten.
Sie sah weit älter aus, als sie tatsächlich war und hätte durchaus fünfzehn oder sechzehn sein können. Donal war von ihrer Schönheit wie vor den Kopf geschlagen, aber er war nicht *nur* erfreut, diese plötzliche Veränderung zu sehen.
Seine Vorahnung bestätigte sich, als Darren, der Dorilys vorgestellt wurde, sie blinzelnd ansah. Er war offensichtlich hingerissen, neigte sich über ihre Hand und sagte galant: »Cousine, es ist mir eine Freude. Dein Vater hat mich glauben gemacht, daß ich mit einem kleinen Mädchen verlobt werde, und plötzlich sehe ich eine liebenswerte Frau, die mich erwartet. Es ist genauso, wie ich dachte: Kein Vater glaubt, daß seine Tochter jemals reif zur Heirat ist.«
Donal verspürte plötzlich eine böse Ahnung. Warum hatte Margali das getan? Aldaran hatte mit Absicht in den Heiratsvertrag geschrieben, daß es keine Vermählung geben sollte, bevor Dorilys nicht fünfzehn war. Er hatte deutlich betont, daß sie nur ein kleines Mädchen sei, und jetzt hatte man diese Behauptung Lügen gestraft, indem man Dorilys vor allen versammelten Gästen wie eine erwachsene Frau präsentierte. Als

Darren – immer noch Schmeicheleien flüsternd – Dorilys zum ersten Tanz führte, blickte Donal ihnen besorgt hinterher.
Er fragte Margali, aber sie schüttelte den Kopf.
»Ich habe das nicht gewollt, Donal, es war Dorilys' Wille. Ich wollte ihr nicht widersprechen, da sie sich so sehr darauf versteift hatte. Du weißt so gut wie ich, daß es nicht klug ist, Dorilys zu reizen, wenn sie etwas haben *will*. Das Kleid gehörte ihrer Mutter, und wenn es mir auch leid tut, mein kleines Mädchen so erwachsen zu sehen, so ist sie nun einmal in es hineingewachsen ...«
»Aber das ist sie *nicht*«, unterbrach Donal. »Mein Pflegevater hat beträchtliche Zeit damit verbracht, Lord Scathfell zu überzeugen, daß Dorilys noch ein Kind ist und viel zu jung, um verheiratet zu werden. Margali, sie ist wirklich nur ein kleines Kind, du weißt es so gut wie ich!«
»Ja, ich weiß es, und ein ausgesprochen kindliches dazu«, sagte Margali, »aber ich konnte am Abend eines Festes nicht mit ihr streiten. Sie hätte ihr Mißvergnügen alle deutlich spüren lassen! Ich kann sie manchmal dazu bringen, in wichtigen Fragen meinen Willen zu erfüllen. Aber wenn ich versuchen würde, ihn ihr bei kleinen Dingen aufzuzwingen, würde sie mir nicht mehr zuhören, wenn ich versuchte, ihr in ernsteren Angelegenheiten Anordnungen zu geben. Macht es wirklich etwas aus, welches Kleid sie bei ihrer Verlobung trägt, da doch Lord Aldaran in den Heiratsvertrag aufgenommen hat, daß sie nicht vermählt werden soll, ehe sie fünfzehn ist?«
»Ich vermute nicht, solange mein Pflegevater noch gesund und kräftig genug ist, seinen Willen durchzusetzen«, sagte Donal. »Aber die Erinnerung daran könnte später Ärger verursachen, wenn in den nächsten Jahren etwas passieren sollte.«
Margali würde ihn nicht verraten (sie war seit seiner frühesten Kindheit nett zu ihm und außerdem eine Freundin seiner Mutter gewesen), aber dennoch war es unklug, so vom Fürsten eines Reiches zu sprechen. Er senkte seine Stimme: »Lord Scathfell würde keine Skrupel kennen, das Kind seiner ehrgeizigen Pläne wegen in eine Ehe zu zwingen und Aldaran festzusetzen; das gleiche gilt für Darren. Wäre sie heute als Kind aufgetreten, könnte die öffentliche Meinung solchen Absichten einen Dämpfer – und sei er noch so klein – aufsetzen. Jetzt werden die, die sie heute abend in den Kleidern einer Frau sehen und für erwachsen halten, keine Veranlassung sehen, sich nach ihrem wirklichen Alter zu erkundigen. Sie werden sich nur an eine erwachsene Frau erinnern und annehmen, daß die Scathfells das Recht auf ihrer Seite haben.«
Jetzt sah Margali ebenfalls besorgt aus, aber sie versuchte, es mit einem Schulterzucken abzutun. »Ich glaube, du steigerst dich grundlos in Alp-

träume hinein, Donal. Es gibt keinen Grund anzunehmen, daß Lord Aldaran nicht noch viele Jahre lebt. Sicherlich wird er lang genug unter uns sein, um seine Tochter davor zu bewahren, verheiratet zu werden, bevor sie alt genug ist. Und du weißt, Donal, daß sie ein launisches Geschöpf ist. Heute mag es ihr gefallen, mit den Kleidern und Edelsteinen ihrer Mutter die Dame zu spielen. Morgen wird das vergessen sein. Dann spielt sie wieder Bockspringen und Murmeln mit den anderen Kindern, und keine Menschenseele wird sie für etwas anderes halten, als das Kind, das sie in Wahrheit ist.«

»Gnädiger Avarra, gebe, daß es so ist«, sagte Donal ernst.

»Nun, ich sehe keinen Grund, daran zu zweifeln, Donal ... Aber jetzt mußt du deine Pflicht den Gästen deines Vaters gegenüber erfüllen. Hier sind viele Frauen, die darauf warten, mit dir zu tanzen. Ebenso wie Dorilys, die sich vermutlich wundert, warum ihr Bruder sie nicht zum Tanz führt.«

Donal versuchte zu lachen, als er Dorilys, die neben Darren von der Tanzfläche zurückkehrte, von einer Gruppe junger Männer umringt sah. Es handelte sich um den niederen Adel aus den Hügeln, Aldarans Gefolgsleute. Es mochte stimmen, daß sich Dorilys damit vergnügte, die Dame zu spielen, aber sie machte ein sehr erfolgreiches Spiel daraus, lachend und flirtend und allzu offensichtlich Schmeicheleien und Bewunderung genießend. *Vater wird sie nicht zurechtweisen. Sie sieht ihrer Mutter allzu ähnlich. Und er ist auf seine schöne Tochter stolz. Warum sollte ich mich sorgen, oder Dorilys ihr Vergnügen mißgönnen? Inmitten unserer Verwandten kann ihr bei einer Tanzveranstaltung nichts geschehen. Morgen wird es ohne Zweifel so sein, wie Margali vorhergesehen hat. Dorilys wird mit dem bis zu den Knien hochgebundenem Rock und einem langen Pferdeschwanz wieder wie ein Wildfang herumtollen, und Darren wird erkennen, daß die wirkliche Dorilys ein Kind ist, das lediglich Spaß daran hat, sich in das Gewand seiner Mutter zu kleiden. Sie ist noch weit entfernt davon, eine Frau zu sein.*

Donal versuchte, seine Befürchtungen zur Seite zu schieben, wandte sich seinen Pflichten als Gastgeber zu, plauderte höflich mit einigen älteren Witwen, tanzte mit jungen Frauen, die irgendwie vergessen oder vernachlässigt worden waren und trat unauffällig zwischen Lord Aldaran und die aufdringlichen Schmarotzer, die ihm Verdruß bereiten konnten, indem sie unpassende Bittgesuche an ihn richteten, die er nicht zurückweisen konnte, weil man sie in aller Öffentlichkeit äußerte. Jedesmal, wenn sein Blick Dorilys fand, sah er sie von immer wiederkehrenden Wellen junger Männer umringt. Sie genoß ihre Beliebtheit sehr deutlich.

Der Abend war weit fortgeschritten, als Donal endlich die Gelegenheit

bekam, mit seiner Schwester zu tanzen. Sie schürzte die Lippen und schmollte wie ein Kind, als er auf sie zutrat.
»Ich hatte schon gedacht, du würdest überhaupt nicht mit mir tanzen, Bruder, und mich all diesen Fremden überlassen.«
Ihr Atem roch süß, und so fragte er mit einem leichten Stirnrunzeln: »Dorilys, wieviel hast du getrunken?«
Schuldbewußt senkte sie den Blick. »Margali hat mir gesagt, ich solle nicht mehr als einen Becher Wein trinken, aber ich finde es traurig, wenn ich bei meiner eigenen Verlobung wie ein kleines Mädchen behandelt werde, das mit Einbruch der Nacht zu Bett gebracht wird.«
»Ich glaube allerdings, daß du nichts anderes bist«, sagte Donal, der über das beschwipste Mädchen beinahe lachen mußte. »Ich werde Margali sagen, sie soll dich zu deiner Zofe bringen. Dir wird übel werden, Dorilys, und dann wird dich niemand mehr für eine Dame halten.«
»Ich fühle mich nicht übel, nur glücklich«, sagte sie, legte dabei ihren Kopf in den Nacken und lächelte zu ihm auf. »Komm, Donal, schimpf mich nicht aus. Den ganzen Abend habe ich darauf gewartet, mit meinem Bruder zu tanzen; willst du es überhaupt?«
»Wie du wünschst, *Chiya*.« Er führte sie auf die Tanzfläche. Sie war eine vorzügliche Tänzerin, aber mitten im Tanz stolperte sie über den ungewohnt langen Rock ihres Gewandes und fiel schwer gegen ihn. Er hielt sie, um sie vor einem Sturz zu bewahren, fest, und sie warf ihre Arme um seinen Hals und legte lachend den Kopf an seine Schulter.
»Oh, oh, vielleicht habe ich doch zuviel getrunken. Aber alle meine Partner haben mich nach dem Tanz gebeten, mit ihnen zu trinken, und ich wußte nicht, wie ich zugleich höflich sein und sie abweisen konnte. Ich muß Margali fragen, was unter diesen Umständen höf... höffisch ist.« Ihre Zunge strauchelte über das Wort, und sie kicherte. »Ist es so, wenn man sich betrunken fühlt, Donal, schwindlig und als wären alle meine Glieder aus zusammengebundenen Kügelchen gemacht, wie die Puppen, die die alten Frauen auf dem Markt von Caer Donn verkaufen? Wenn es so ist, dann mag ich es, glaube ich.«
»Wo ist Margali?« fragte Donal und spähte rund um die Tanzfläche nach der *Leronis*. Innerlich faßte er den Beschluß, mit der Dame einige harte Worte zu sprechen. »Ich werde dich sofort zu ihr bringen, Dori.«
»Oh, arme Margali«, sagte Dorilys mit unschuldigem Blick. »Ihr geht es nicht gut. Sie sagte, ihre Kopfschmerzen wirkten so heftig auf ihre Augen, daß sie nichts sehen könne, und ich habe sie dazu gebracht, sich hinzulegen und auszuruhen.« Mit abwehrendem Trotz fuhr sie fort: »Ich hatte genug davon, daß sie mit diesem vorwurfsvollen Blick herumstand, als sei *sie* Lady Aldaran, und ich nur eine Dienerin! Ich lasse mich von Dienern nicht herumkommandieren!«

»Dorilys!« meinte Donal zornig. »So darfst du nicht reden. Margali ist eine *Leronis* und Edelfrau. Und sie ist eine Verwandte deines Vaters. Sie ist keine Dienerin! Dein Vater hat recht daran getan, dich in ihre Obhut zu geben, und es ist deine Pflicht, ihr zu gehorchen, bis du alt genug bist, für dich selbst verantwortlich zu sein! Du bist ein ungezogenes kleines Mädchen! Du solltest deiner Pflegemutter weder Kopfschmerzen bereiten noch grob mit ihr sprechen. Sieh doch – du hast dir selbst Schande gemacht, indem du in Gesellschaft beschwipst bist, als wärst du ein Bauernmädchen aus den Ställen! Und Margali ist nicht hier, um dich unter ihre Fittiche zu nehmen!« Er war bestürzt. Donal selbst, ihr Vater und Margali waren die einzigen Menschen, gegen die Dorilys ihren Eigensinn noch nie durchgesetzt hatte. *Wenn sie nicht länger zuläßt, von Margali angeleitet zu werden, was sollen wir dann mit ihr anstellen? Sie ist verzogen und unkontrollierbar, aber ich hatte gehofft, Margali könnte sie im Zaum halten, bis sie erwachsen ist.*

»Ich schäme mich wirklich für dich, Dorilys, und Vater wird sehr verärgert sein, wenn er erfährt, was du mit Margali, die immer nett und freundlich zu dir gewesen ist, angestellt hast.«

Ihr störrisches kleines Kinn reckend sagte sie: »Ich bin Lady Aldaran, und ich kann tun, was ich will.«

Bestürzt schüttelte Donal den Kopf. Dieses Mißverhältnis traf ihn: Daß sie wie eine erwachsene Frau aussah – und eine sehr hübsche zudem – und redete und handelte wie das verwöhnte, hitzige Kind, das sie in Wirklichkeit war. *Ich wünschte, Darren könnte sie jetzt sehen. Ihm würde klar werden, welches Kind sie trotz des Gewandes und der Edelsteine einer Dame ist.*

Und doch, überlegte Donal, war sie nicht nur ein Kind; ihr *Laran,* schon so stark wie seins, hatte ihr ermöglicht, Margali heftige Kopfschmerzen zu verursachen. *Vielleicht sollten wir uns glücklich schätzen, daß sie nicht danach trachtet, Donner und Blitz über uns zu bringen. Das könnte sie sicher, wenn sie wirklich erzürnt ist!* Er dankte den Göttern, daß Dorilys trotz ihres seltenen *Laran* keine Telepathin war und seine Gedanken nicht lesen konnte.

Schmeichelnd sagte er: »Du solltest nicht hier in der Gesellschaft bleiben, wenn du betrunken bist, *Chiya.* Laß mich dich nach oben bringen. Es ist schon spät, und unsere Gäste werden bald zu Bett gehen. Laß uns gehen, Dorilys.«

»Ich will nicht zu Bett gehen«, sagte Dorilys schmollend. »Ich habe erst diesen einen Tanz mit dir gehabt, und Vater hat überhaupt noch nicht mit mir getanzt. Außerdem mußte ich Darren versprechen, daß ich später noch einmal mit ihm tanze. Schau – da kommt er, um mich zu holen.«

Verzweifelt flüsternd drängte Donal: »Aber du bist nicht in der Verfassung zu tanzen, Dorilys. Du wirst über deine eigenen Füße fallen.«
»Nein, das werde ich nicht, wirklich ... Darren«, sagte sie und ging, einen listigen Blick in den Augen, der erwachsen wirkte, auf ihren Verlobten zu. »Tanz mit mir; Donal hat mich ausgeschimpft, weil er als älterer Bruder das Recht dazu zu haben glaubt, und ich bin es leid, ihm zuzuhören.«
Donal sagte: »Ich habe versucht, meine Schwester zu überzeugen, daß das Fest für ein junges Mädchen wie sie lange genug gedauert hat. Vielleicht ist sie eher bereit, sich von dir, ihrem künftigen Gatten, belehren zu lassen, Darren.«
Wenn er betrunken ist, dachte Donal, *werde ich sie nicht in seine Obhut geben, selbst wenn ich mich mit ihm in aller Öffentlichkeit streiten muß.*
Aber Darren schien sich ganz in der Hand zu haben. Er sagte: »Es ist tatsächlich schon spät, Dorilys. Was hältst du davon ...«
Plötzlich erklang am anderen Ende der Halle ein Aufschrei.
»Großer Gott!« rief Darren, der sich dem Lärm zuwandte. »Lord Storns jüngster Sohn und dieser junge Bursche von Darriel Forst. Sie werden sich schlagen. Sie werden ihre Waffe ziehen.«
»Ich muß gehen«, sagte Donal bestürzt. Er erinnerte sich an die Pflichten, die ihm als Protokollchef des offiziellen Gastgebers oblagen. Er blickte Dorilys besorgt an. Mit ungewöhnlicher Freundlichkeit sagte Darren: »Ich werde mich um Dorilys kümmern, Donal. Geh und kümmere dich um sie.«
»Danke«, sagte Donal hastig. Darren war nüchtern, und es lag in seinem ureigensten Interesse, seine Verlobte davon abzuhalten, sich in der Öffentlichkeit aufsehenerregend zu verhalten. Donal eilte auf die Stelle zu, an der die beiden jüngsten Mitglieder zweier rivalisierender Familien in einen lauten und wütenden Streit verwickelt waren. Er war für solche Situationen geschult, gesellte sich zu ihnen, schaltete sich in ihre Auseinandersetzung ein und überzeugte jeden der beiden Streitenden davon, daß er auf *seiner* Seite stand. Dann brachte er sie taktvoll auseinander. Lord Storn nahm sich seines streitbaren Sohns an, und Donal nahm den jungen Padreik Darriel in seine Obhut. Es dauerte einige Zeit, bis der junge Mann besonnener wurde, sich entschuldigte und nach seinen Verwandten suchte, um sich zu verabschieden. Danach schaute sich Donal im Ballsaal nach seiner Schwester und Darren um. Als er keine Spur von ihnen entdeckte, fragte er sich, ob es Darren gelungen war, seine Schwester zu überreden, die Tanzfläche zu verlassen und zu ihrer Zofe zu gehen.
Wenn er Dorilys beeinflussen kann, sollten wir vielleicht sogar dankbar

dafür sein. Einige der Aldarans besitzen die Befehlsstimme. Vater hatte sie, als er jünger war. Hat Darren es geschafft, sie Dorilys gegenüber anzuwenden?
Suchend hielt er nach ihm Ausschau, aber erfolglos. Ein vages Gefühl böser Vorahnungen beschlich ihn. Wie zur Bestärkung seiner Ängste hörte er ein schwaches, entferntes Donnergrollen. Er ermahnte sich, sich nicht selbst lächerlich zu machen. Es war die Jahreszeit für Stürme in den Bergen. Und trotzdem fürchtete er sich. Wo war Dorilys?

Sobald Donal zu den streitenden Gästen geeilt war, legte Darren seine Hand unter Dorilys' Arm und sagte zu ihr: »Deine Wangen sind gerötet, *Damisela*. Ist es die Hitze des Ballsaals mit den vielen Leuten, oder bist du vom Tanzen erschöpft?«
»Nein«, sagte Dorilys und drückte die Hand an ihr erhitztes Gesicht, »aber Donal meint, ich hätte zuviel Wein getrunken, und deshalb hat er mit mir geschimpft. Als wäre ich ein kleines Mädchen, auf das er noch immer aufpassen muß, wollte er mich zu Bett schicken.«
»Mir scheint nicht, daß du ein Kind bist«, sagte Darren lächelnd, und sie ging näher auf ihn zu.
»Ich wußte, daß du mir recht geben würdest.«
Darren dachte: Warum haben sie mir erzählt, sie sei ein kleines Mädchen? Er musterte den schlanken Körper, dessen Konturen von dem langen, enganliegenden Kleid betont wurden, von oben bis unten. *Sie ist kein Kind! Und doch glauben sie, sie könnten mich noch länger vertrösten! Hat dieser alte Bock von meinem Onkel vor, mit mir eine Zeitlang zu spielen, in der Hoffnung, eine vorteilhafte Ehe zu arrangieren, oder um sich Zeit zu verschaffen, den Bastard von Rockraven zu seinem Erben zu erklären?*
»Wirklich, es ist heiß hier«, sagte Dorilys und trat noch näher auf Darren zu. Ihre Finger, warm und schweißbedeckt, legten sich auf seinen Arm, und er lächelte zu ihr hinab.
»Dann komm! Gehen wir auf den Balkon, wo es kühler ist«, drängte Darren, während er sie zu einer der vorhanggeschützten Türen zog.
Dorilys zögerte, denn sie war von Margali sorgsam erzogen worden und wußte, daß es für eine junge Frau nicht als schicklich galt, den Tanzboden mit jemand anderem als einem Verwandten zu verlassen. Aber störrisch dachte sie: *Darren ist mein Cousin und mir als Ehemann versprochen.*
Dorilys spürte die kühle Luft, die von den Bergen her über Schloß Aldaran wehte, und tat, gegen die Balkonbrüstung gelehnt, einen tiefen Atemzug.
»Oh, es war so heiß dort drinnen. Danke, Darren. Ich bin froh, aus dem

überfüllten Saal herauszukommen. Du bist so nett zu mir«, sagte sie mit solcher Unschuld, daß Darren die junge Frau stirnrunzelnd und überrascht anschaute.
Wie kindlich sie für ein Mädchen war, das so offensichtlich erwachsen schien! Flüchtig fragte er sich, ob sie dumm oder sogar schwachsinnig sein konnte. Aber was machte das schon? Sie war Erbin des Reiches von Aldaran. Er mußte nur noch ihre Zuneigung gewinnen, dann würde sie sich schon von allein auflehnen, wenn ihre Verwandten nach einem Grund suchten, ihn seines Anspruchs zu berauben. Je eher die Hochzeit stattfand, desto besser. Es war eine Schande, daß sein Onkel ihn vier Jahre warten lassen wollte! Das Mädchen war offensichtlich heiratsfähig, und das Bestehen auf Aufschub schien ihm völlig unvernünftig zu sein.
Wenn sie so kindisch war, machte das seine Aufgabe leichter! Er drückte die Hand, die sie vertrauensvoll in seine legte, und sagte: »Kein Mann dieser Welt würde auch nur einen Moment zögern, dir solche *Nettigkeit* zu erweisen, Dorilys – sich einen Augenblick mit seiner versprochenen Braut zurückzuziehen! Und wenn sie schön ist wie du, dann ist diese Nettigkeit eher Vergnügen als Pflicht.«
Dorilys fühlte, wie sie bei diesem Kompliment erneut errötete. Begierig fragte sie: »Bin ich schön? Margali sagte mir, ich sei es, aber sie ist nur eine alte Frau, und ich glaube nicht, daß sie so etwas beurteilen kann.«
»Du bist in der Tat außerordentlich schön, Dorilys«, sagte Darren, und in dem düsteren Licht, das in Streifen aus dem Ballraum schien, sah sie sein Lächeln.
Sie dachte: *Er meint es tatsächlich. Er ist nicht nur nett zu mir!* Sie fühlte die erste kindliche Erregung des Bewußtseins ihrer Macht, der Macht der Schönheit über die Männer. Sie sagte: »Man hat mir gesagt, meine Mutter sei schön gewesen. Sie starb, als ich geboren wurde. Vater sagte, ich sähe wie sie aus. Hast du sie einmal gesehen, Darren?«
»Nur, als ich ein Junge war«, erwiderte Darren. »Aber es stimmt. Aliciane von Rockraven wurde für eine der schönsten Frauen von Kadarin bis zur Mauer um die Welt gehalten. Es gab Leute, die sagten, sie hätte deinen Vater verzaubert, aber sie brauchte keine Hexerei außer ihrer eigenen Schönheit. Du bist wirklich wie sie. Besitzt du auch ihre Singstimme?«
»Ich weiß nicht«, antwortete Dorilys. »Ich kann zwar gut singen, wie meine Erzieherin sagt, aber sie meint auch, ich sei zu jung, als daß man jetzt schon schließen könne, ob ich eine schöne Stimme haben werde oder nur die Liebe zur Musik und einige Kunstfertigkeit. Magst du Musik, Darren?«
»Ich verstehe ein wenig davon«, sagte er lächelnd und rückte näher an

sie heran, »und es bedarf keiner schönen Stimme, um eine Frau in meinen Augen liebenswert zu machen. Komm – ich bin dein Cousin und versprochener Ehemann. Willst du mich küssen, Dorilys?«
»Wenn du es wünschst«, sagte sie entgegenkommend und wandte ihm ihre Wange zu. Darren, der sich erneut fragte, ob das Mädchen ihn aufzog oder blöde war, nahm ihr Gesicht zwischen seine Hände, schlang beide Arme um sie und küßte sie auf die Lippen.
Dorilys, die sich dem Kuß hingab, spürte durch die alkoholbeeinflußte Verschwommenheit ihrer Gefühle eine schwache Mahnung zur Vorsicht. Margali hatte sie gewarnt. *Oh, Margali versucht dauernd, mir den Spaß zu verderben!* Sie lehnte sich an Darren, ließ sich von ihm fest an sich ziehen, genoß die Berührung und öffnete seinen wiederholten Küssen den Mund. Dorilys war kein Telepath, aber sie besaß *Laran*, und sie erfaßte den verschwommenen Fleck einer in ihm aufsteigenden Empfindung. *Vielleicht ist es doch gar nicht so schlecht.* Sie fragte sich, wieso ihn das überraschen konnte. Nun, schließlich, vermutete sie, muß es für einen jungen Mann ärgerlich sein, wenn man ihm sagt, daß er mit einer Cousine verheiratet wird, die er nicht kennt. Sie fühlte sich irgendwie glücklich, weil Darren sie für schön hielt. Er fuhr fort sie zu küssen, langsam, regelmäßig, und spürte, daß sie sich ihm nicht widersetzte. Dorilys war zu betrunken, zu unaufmerksam, um sich klarzumachen, was geschah, aber als seine Finger ihr Mieder öffneten, hineinglitten, und sich über ihre bloßen Brüste legten, fühlte sie plötzlich Scham und stieß ihn zurück.
»Nein, Darren, das ziemt sich nicht. Wirklich, das darfst du nicht«, protestierte sie und merkte, wie schwer ihre Zunge geworden war. Zum ersten Mal wurde sie sich bewußt, daß Donal vielleicht Recht gehabt hatte: Sie hätte nicht soviel trinken sollen. Darrens Gesicht war gerötet. Er schien nicht willens, sie loszulassen. Sie nahm seine Hände fest zwischen ihre kleinen Finger und schob sie weg.
»Nein, Darren, nicht!« Ihre Hände fuhren nach oben, um die entblößten Brüste zu bedecken. Mit unsicheren Händen bemühte sie sich die Schnüre wieder zuzuknüpfen.
»Nein, Dorilys«, sagte Darren mit solch schwerer Zunge, daß Dorilys sich fragte, ob auch er zuviel getrunken hatte. »Es ist alles in Ordnung. Es ist nicht unziemlich. Wir können verheiratet werden, sobald du willst. Du wärst doch gern mit mir verheiratet, oder?« Er zog sie an sich und küßte sie erneut, fest und bestimmt. Er murmelte: »Dorilys, hör mir zu. Wenn du möchtest, nehme ich dich jetzt, dann muß dein Vater erlauben, daß die Hochzeitszeremonie sofort stattfindet.«
Jetzt begann Dorilys vorsichtig zu werden. Sie entzog ihm den Mund, trat einen Schritt zurück und begann sich, wie durch einen geistigen

Nebel, zu fragen, warum sie überhaupt allein mit ihm hinausgegangen war. Sie war immer noch unschuldig genug, um nicht ganz sicher zu sein, was er von ihr wollte, aber sie wußte, daß es das war, was sie nicht tun durfte, und – was noch schwerer wog – er wirklich nicht verlangen sollte. Während sie mit zitternden Händen versuchte, ihr Mieder zuzuschnüren, sagte sie: »Mein Vater – Margali sagt, ich sei noch nicht alt genug, um zu heiraten.«

»Ach, die *Leronis*. Was weiß eine alte Jungfer von Liebe und Ehe?« wandte Darren ein. »Komm und küß mich, meine kleine Geliebte. Nein, bleib ruhig in meinen Armen. Laß mich dich noch einmal küssen . . .«

Sie spürte die Bestimmtheit, die in seinem Kuß lag, jetzt auf erschreckende Weise. Sein Gesicht war das Gesicht eines Fremden, aufgedunsen, dunkel vor Entschlossenheit, und seine Hände nicht mehr sanft, sondern stark und fordernd.

»Darren, laß mich los«, bat sie. »Wirklich, wirklich, das darfst du nicht!« Ihre Stimme zitterte vor Angst. »Mein Vater wird es nicht mögen. Ich bitte dich, Cousin!« Sie stieß ihn fort, aber sie war ein Kind und noch halb betrunken, und Darren ein erwachsener Mann, nüchtern und eiskalt. Ihr trübes *Laran* erfaßte seine Entschlossenheit, seine Absicht und den dahinterliegenden Anflug von Grausamkeit.

»Nein, wehr dich nicht gegen mich«, murmelte er. »Wenn es vorbei ist, wird dein Vater nur zu froh sein, dich mir sofort zu geben. Es wird dir nicht mißfallen; nicht wahr, meine Kleine, meine Schöne? Hier, ich halte dich fest.«

Dorilys begann sich in plötzlichem Schrecken zu wehren. »Laß mich los, Darren! Laß mich los! Mein Vater wird sehr wütend sein; Donal wird wütend auf dich sein. Laß mich los, Darren, oder ich schreie um Hilfe!«

Sie sah in seinen Augen plötzlich Furcht und öffnete den Mund, um ihre Drohung wahrzumachen. Darren erkannte ihre Absicht sofort, und seine Hand legte sich fest und entschlossen über ihren Mund und dämpfte den Schrei, indem er sie enger an sich zog. Die Angst machte in Dorilys plötzlicher Wut Platz. *Wie kann er es wagen!* In zunehmender Erregung streckte sie ihre *Kräfte* aus, (so wie sie es als Kleinkind schon getan hatte, wenn jemand sie gegen ihren Willen berührte) und *schlug zu . . .*

Darrens Hände ließen sie los. Er stieß einen gedämpften Schmerzensschrei aus. »Oh, du kleiner Teufel, wie kannst du es wagen!« Er holte aus und schlug ihr so heftig auf die Wange, daß sie fast ohnmächtig wurde. »Das macht keine Frau der Welt mit mir! Du bist nicht unwillig; du willst nur umworben und umschmeichelt werden! Das ist jetzt vorbei. Dafür ist es zu spät!«

Als sie zu Boden fiel, kniete er sofort neben ihr nieder und zerrte an ihren Kleidern. Dorilys, in wildem Zorn und voll Entsetzen, *schlug* erneut zu, hörte das Krachen des Donners durch ihren eigenen Aufschrei und sah das gleißende Licht, das Darren traf. Mit verzerrtem Gesicht rollte er zurück und fiel schwerfällig über sie. Erschreckt stieß sie ihn fort und rappelte sich auf, keuchend, erschöpft. Darren lag bewußtlos am Boden, ohne eine Bewegung. Nie, noch nie hatte sie so fest zugeschlagen, ... *Oh, was habe ich getan!*
»Darren«, flehte sie, während sie neben der bewegungslosen Gestalt kauerte, »Darren, steh auf! Ich wollte dich nicht verletzen, du darfst nur nicht so grob mit mir umgehen! Das mag ich nicht. Darren! Darren! Habe ich dich wirklich verletzt? Cousin, sprich mit mir!« Aber er war stumm, und in plötzlichem Entsetzen und ohne einen Gedanken an ihr zerzaustes Haar und das zerrissene Kleid zu verschwenden, rannte sie auf die Tür zum Ballsaal zu.
Donal! war ihr einziger Gedanke. *Donal wird wissen, was zu tun ist! Ich muß ihn finden!*
Donal war durch den Angstschrei seiner Schwester aufgeschreckt worden. Er hatte in seinem Kopf widergehallt, obwohl er im Ballsaal nicht zu hören gewesen war. Mit einer hastigen Entschuldigung an die Freunde seines Großvaters, die mit ihm sprechen wollten, hatte er sich von ihnen gelöst und befand sich nun, geführt von Dorilys' lautlosem Schrei, auf der Suche.
Dieser Bastard Darren! Er öffnete die Balkontür, und Dorilys fiel mit aufgelöstem Haar und dem am Hals geöffneten Kleid in seine Arme.
»Dorilys! *Chiya*, was ist passiert?« fragte er. Sein Herz klopfte. Die Kehle war ihm vor Angst wie zugeschnürt. Oh, Gott, hatte Darren sich erdreistet, Hand an ein elfjähriges Kind zu legen?
»Komm, *Bredilla*. In diesem Zustand darf dich keiner sehen. Komm, ordne dein Haar, *Chiya*. Und schließe dein Mieder, schnell«, drängte er sie und überlegte, wie er es anstellen sollte, sie an ihrem Vater vorbeizubekommen. Lord Aldaran würde sich mit seinen Verwandten von Scathfell auseinandersetzen. Donal kam überhaupt nicht auf den Gedanken, daß ein solcher Streit ihm selbst zum Vorteil gereichen konnte. »Weine nicht, kleine Schwester. Er war sicher betrunken und wußte nicht, was er tat. Jetzt siehst du, warum eine junge Frau nicht so viel trinken darf: Um nicht die Kontrolle über sich zu verlieren. Nur so verhindert sie, daß junge Männer auf solche Ideen kommen. Komm, Dorilys, weine nicht«, flehte er.
Mit bebender Stimme sagte sie: »Darren ... Ich habe ihn verletzt. Ich weiß nicht, aber etwas ist passiert. Er liegt da und spricht nicht mit mir. Zuerst wollte ich, daß er mich küßte, aber dann wurde er grob. Ich habe

ihm Einhalt geboten, da schlug er mich. Ich wurde wütend und – habe den Blitz kommen lassen. Aber ich wollte ihn nicht verletzen, wirklich, das wollte ich nicht. Bitte, Donal, bleib hier und sieh dir an, was mit ihm los ist.«

Avarra, gnädige Gottheit! Donal, dessen Atem in Stößen kam, folgte seiner Schwester auf den dunklen Balkon, kniete neben Darren nieder und wußte im gleichen Moment, was er entdecken würde. Darren, das Gesicht zum dunklen Himmel gerichtet, lag bewegungslos, sein Körper wurde schon kalt.

»Er ist tot, Dorilys. Du hast ihn getötet«, sagte er und zog sie schützend in seine Arme. Er spürte, daß ihr Körper wie ein Baum im Wind zitterte. Um die Höhen von Burg Aldaran krachten und grollten Donnerschläge, die allmählich verstummten.

10

»Und jetzt«, sagte Lord Scathfell düster, »hören wir, wenn die Götter es wollen, die Wahrheit über diese schreckliche Angelegenheit.«

Die Gäste waren verabschiedet und auf ihre Zimmer oder zu den Pferden gebracht worden. Über den Höhen von Schloß Aldaran zeigte die blutige, rote Sonne durch schwere Wolken die ersten Anzeichen ihres Gesichts. Man hatte Darrens Körper in die Burgkapelle gebracht, und obwohl sie nicht miteinander befreundet gewesen waren, hatte Donal ein Gefühl des Bedauerns nicht unterdrücken können, als er den jungen Mann starr und erstaunt, mit unordentlicher Kleidung, den Kopf in einem Krampf von Schmerz und Entsetzen zurückgeworfen, dort liegen sah. *Er hat ein unwürdiges Ende gehabt,* war sein erster Gedanke gewesen. Es drängte ihn, die Kleidung des jungen Manns in Ordnung zu bringen; doch dann wurde ihm klar, daß dies alle Spuren von Dorilys einziger Verteidigung beseitigen würde.

Blutschuld auf einem so jungen Kind, hatte er schaudernd gedacht, war von dem Leichnam zurückgetreten und in Lord Aldarans Empfangszimmer gegangen.

Margali war aus dem tiefen Schlaf geweckt worden, der sie übermannt hatte, als ihre Schmerzen aufhörten. Mit einem dicken Schal über dem Nachtkleid saß sie da, während Dorilys in ihren Armen schluchzte. Das Mädchen sah jetzt wie ein erschöpftes Kind aus, ihr Gesicht vom langen Weinen fleckig, ihr Haar in strähnigen Locken herabfallend, die geschwollenen Augenlider schläfrig über die Augen gesenkt. Einmal hatte sie beinahe aufgehört, aber immer wieder schüttelte ein neues, krampfhaftes Schluchzen ihre schmalen Schultern. Ungeachtet der Tatsache, daß ihre Beine den Boden berührten, wirkte sie auf Margalis Schoß wie ein kleines Kind. Ihr kunstvolles Kleid war beschmutzt und zerknittert.

Über den Kopf des Kindes hinweg sah Margali Lord Mikhail von Aldaran an und sagte: »Ihr wollt also den Wahrzauber, mein Fürst? Gut, aber laßt mich wenigstens die Zofe rufen und das Kind zu Bett bringen. Sie ist die ganze Nacht wach gewesen, und Ihr könnt sehen –« Mit einer Kopfbewegung wies sie auf die aufgelöst weinende Dorilys, die sich an sie klammerte.

»Es tut mir leid, *Mestra*, aber Dorilys muß bleiben«, sagte Aldaran. »Wir müssen, fürchte ich, auch hören, was sie zu sagen hat, und zwar unter Wahrzauber ... Dorilys« – seine Stimme war sanft – »laß deine Pflegemutter los, mein Kind, und setz dich neben Donal. Niemand wird dir weh tun. Wir wollen nur wissen, was geschehen ist.«

Widerstrebend löste Dorilys ihren Griff von Margalis Hals. Sie war steif, von Entsetzen gepackt. Donal mußte an ein kleines Kaninchen denken, das vor einem Raubtierrudel in den Bergen saß. Sie setzte sich auf die niedrige Bank neben ihn. Er streckte seine Hand nach ihr aus, und ihre kleinen Finger ergriffen sie und packten sie mit schmerzendem Druck. Sie wischte ihr verschmiertes Gesicht mit dem Ärmel ihres Gewandes ab.

Margali nahm die Matrix aus dem um ihren Hals hängenden seidenen Beutel, blickte einen Augenblick in den blauen Edelstein, und dann war ihre leise, klare Stimme in der Stille des Empfangszimmers deutlich zu hören – obwohl sie beinahe flüsterte.

»Im Licht des Feuers dieses Edelsteins, laß die Wahrheit den Raum, in dem wir stehen, erhellen.«

Donal, der die Anwendung des Wahrzaubers viele Male gesehen hatte, war mit Ehrfurcht erfüllt. Der kleine Edelstein begann zu glühen. Das Licht überschwemmte langsam das Gesicht der *Leronis*, kroch in den Raum hinein und stahl sich nach und nach auf jedes Gesicht. Donal spürte, wie der Schimmer auch ihn erfaßte, sah ihn auf dem fleckigen Gesicht des neben ihm sitzenden Kindes, auf den Zügen Rakhal Scathfells, und denen des Friedensmannes, der bewegungslos hinter ihm stand.

In dem blauen Licht sah Mikhail von Aldaran mehr denn je wie ein alter, bewegungslos auf seinem Klotz hockender Raubvogel aus. Als er den Kopf hob, waren die Kraft und die Bedrohung wieder da, still, aber vorhanden.

Margali sagte: »Es ist getan, mein Fürst. Allein die Wahrheit möge hier gesprochen werden, solange dieses Licht andauert.«

Donal wußte: Wenn unter dem Wahrzauber die Unwahrheit gesprochen wurde, verschwand das Licht vom Gesicht des Sprechers und zeigte sofort an, daß er log.

»Jetzt«, sagte Mikhail von Aldaran, »mußt du uns sagen, was du weißt, Dorilys. Wie ist Darren zu Tode gekommen?«

Dorilys hob den Kopf. Sie sah bedauernswert aus. Erneut wischte sie ihre Nase an den kunstvollen Ärmeln ihres Gewandes ab. Sie klammerte sich so fest an Donals Hand, daß er ihr Zittern spüren konnte. Aldaran hatte die Befehlsstimme noch nie zuvor bei seiner Tochter angewandt. Nach einem Augenblick sagte sie: »Ich habe nicht gewußt, daß er tot ist.« Ihre Augenlider klapperten heftig, als wolle sie wieder zu weinen anfangen.

Rakhal von Scathfell sagte: »Er ist tot. Mein ältester Sohn ist tot. Daran gibt es keinen Zweifel, du ...«

»Still!« Beim Klang der Befehlsstimme ließ selbst Lord Scathfell seine Stimme ersterben. »Und jetzt, Dorilys, erzähle uns, was zwischen dir und Darren vorgefallen ist. Wie kam es, daß der Blitz ihn traf?«

Allmählich gewann Dorilys die Gewalt über ihre Stimme wieder. »Wir waren vom Tanzen erhitzt. Er sagte, wir sollten auf den Balkon hinausgehen. Er begann mich zu küssen, und ...« Unkontrolliert bebte ihre Stimme. »Er hat mein Mieder aufgeschnürt und mich angefaßt, und wollte nicht aufhören, als ich ihn darum bat.« Sie blinzelte heftig, aber das Wahrlicht auf ihrem Gesicht schwankte nicht. »Er sagte, ich solle zulassen, daß er mich nimmt, damit Vater die Heirat nicht verzögern könne. Und er hat mich sehr grob geküßt und mir wehgetan.« Sie bedeckte das Gesicht mit den Händen und wurde erneut von einem Schluchzen geschüttelt.

Aldarans Gesicht war wie versteinert. Er sagte: »Hab keine Angst, meine Tochter; aber du mußt unseren Verwandten dein Gesicht sehen lassen.«

Donal griff nach Dorilys' Hand. Er konnte die Qual der Angst und des Entsetzens so deutlich spüren, als pulsiere sie durch ihre kleinen Hände.

Stammelnd, dem nichtflackernden Schein des Wahrlichts ausgesetzt, sagte Dorilys: »Er ... er hat mich geschlagen, als ich ihn zurückstieß. Er hat mich niedergeschlagen. Und dann kniete er neben mir am Boden, und ich hatte ... ich hatte Angst und habe ihn mit dem Blitz geschlagen. Ich wollte ihm nicht weh tun. Ich wollte nur, daß er seine Hände von mir nimmt!«

»Du! Du hast ihn also umgebracht! Du hast ihn mit deinem Hexenblitz getroffen, du Satan aus der Hölle!« Scathfell stand auf, ging auf sie zu, die Hand wie zum Schlag erhoben.

»Vater! Laß nicht zu, daß er mir weh tut!« schrie Dorilys entsetzt. Ein blauer Blitzstrahl zuckte auf, und Rakhal von Scathfell stoppte mitten im Schritt zurück, taumelte und faßte sich ans Herz. Der Friedensmann kam hinzu und stützte den schwankenden Fürsten, bis er wieder in seinem Sessel saß.

Donal sagte: »Meine Herren, wenn Dorilys ihn nicht niedergestreckt hätte, hätte ich ihn gefordert! Ein elfjähriges Mädchen zu vergewaltigen!« Seine Hand umklammerte das Schwert, als stünde der tote Mann vor ihm.

Aldarans Stimme drückte Kummer und Bestürzung aus, als er sich Lord Scathfell zuwandte. »Nun, mein Bruder, du hast es gesehen. Ich bedauere es mehr, als ich ausdrücken kann. Aber du hast das Wahrlicht auf dem Gesicht des Kindes gesehen, und in ihr scheint keine Falschheit zu sein. Wie kam dein Sohn dazu, etwas so Ungebührliches auf seiner eigenen Verlobung zu versuchen – seine künftige Braut zu vergewaltigen?«

»Ich hätte nie gedacht, daß es soweit kommen würde«, sagte Scathfell zornbebend. »Ich war es, der ihm riet, sich ihrer zu versichern. Hast du wirklich geglaubt, wir würden jahrelang warten, während du nach einer vorteilhaften Heirat suchst? Ein Blinder konnte sehen, daß das Mädchen heiratsfähig ist, und das Gesetz ist eindeutig: Wenn ein verlobtes Paar miteinander schläft, ist die Ehe von diesem Moment an legal. Ich war es, ich habe meinem Sohn geraten, sich seiner Braut zu versichern.«

»Ich hätte es wissen sollen«, sagte Aldaran bitter. »Du hast mir nicht getraut, Bruder? Aber hier steht die *Leronis*, die meine Tochter ans Licht der Welt gebracht hat. Unter Wahrzauber, Margali: Wie alt ist Dorilys?«

»Es stimmt«, bestätigte die *Leronis* im blauen Wahrlicht. »Ich selbst habe sie vor elf Sommern von Alicianes totem Körper entbunden. Aber selbst, wenn sie im heiratsfähigen Alter gewesen wäre, Lord Scathfell: Wie hättet Ihr dulden können, daß Eurer eigenen Nichte Gewalt angetan wird?«

»Ja, das sollten wir auch noch erfahren«, sagte Mikhail von Aldaran. »Warum, mein Bruder? Warst du nicht fähig, den Verpflichtungen des Blutes zu trauen?«

»Du bist es, der sie vergessen hat«, schleuderte Scathfell ihm entgegen. »Mußt du noch fragen, Bruder? Du wolltest Darren doch dazu bringen, Jahre zu warten, während du hintenherum eine Methode aushecktest, alles dem Bastard von Rockraven, den du deinen Pflegesohn nennst, zu geben! In Wirklichkeit ist er doch einer deiner Bastarde, die du nicht einmal anerkennst.«

Ohne nachzudenken, erhob sich Donal von seinem Platz und nahm drei

Schritte hinter Mikhail von Aldaran den Platz des Friedensmannes ein. Seine Hand schwebte wenige Zentimeter über dem Griff seines Schwertes. Lord Aldaran sah sich nicht nach Donal um, aber seine Worte kamen gequält.

»Gäben doch die Götter, daß deine Worte wahr sind! Wäre jener Donal doch nur von meinem Blut geboren, ob ehelich oder nicht! Kein Mann könnte von einem Verwandten und Sohn mehr erwarten! Aber leider, leider – ich sage es voll Gram und im Licht des Wahrzaubers –, Donal ist nicht mein Sohn.«

»Nicht dein Sohn? Wirklich?« Scathfells Stimme war vor Erregung verzerrt. »Warum sonst würde ein alter Mann seine Blutspflichten vergessen, wenn er nicht in diesen Jungen vernarrt wäre? Wenn er nicht dein Sohn ist, dann muß er dein Geliebter sein!«

Donals Hand fuhr zum Schwertgriff. Aldaran, der seine Absicht spürte, griff zu und packte Donals Handgelenk mit stählernen Fingern. Er drückte so lange zu, bis Donals Hand sich löste und er das Schwert in die Scheide zurückgleiten ließ.

»Nicht unter diesem Dach, Pflegesohn. Er ist immer noch unser Gast.« Er ließ das Handgelenk los, trat auf Scathfell zu, und Donal dachte erneut an einen Falken, der über seinem Opfer schwebte. »Hätte ein anderer Mann als mein Bruder dies gesagt – ich würde ihm die Lüge aus der Kehle reißen. Pack dich! Nimm den Leichnam dieses widerlichen Schänders, den du deinen Sohn nanntest, deine Lakaien, und verschwinde aus meinem Haus, bevor ich tatsächlich meine verwandtschaftlichen Pflichten vergesse!«

»Dein Haus, in der Tat. Aber nicht mehr lange, mein Bruder«, sagte Scathfell gepreßt. »Ich werde Stein um Stein rund um deinen Kopf niederreißen, ehe es an den Bastard von Rockraven geht.«

»Und ich werde es über meinem Kopf niederbrennen, bevor es an einen Scathfell geht«, gab Lord Aldaran zurück. »Verlasse mein Haus vor der Mittagsstunde, sonst werden meine Diener dich mit Peitschen hinaustreiben! Geh zurück nach Scathfell und schätze dich glücklich, daß ich dich nicht auch von dieser Feste treibe, die du dank meiner Gunst besitzt. Ich habe Nachsicht wegen deines Kummers, sonst würde ich für das, was du gesagt und getan hast, Rache im Blut deines Herzens suchen! Mach dich nach Scathfell davon, oder wohin du immer willst, aber wage dich nicht mehr in meine Nähe und nenne mich Bruder!«

»Weder Bruder noch Großfürst«, sagte Scathfell erregt. »Den Göttern sei Dank habe ich noch andere Söhne, und der Tag wird kommen, an dem ich Scathfell aus eigenem Recht besitze, und nicht durch deine Erlaubnis und Gnade. Der Tag wird kommen, an dem wir auch Aldaran besitzen –, und jene mörderische Zauberin da, die sich hinter der Maske eines weinenden Mädchens verbirgt, wird mit ihrem Blut Rechenschaft abgeben! Von nun an, Mikhail von Aldaran, paß auf dich und deine Hexentochter auf, und auch auf den Bastard Rockraven, der niemals dein Sohn sein wird! Die Götter allein wissen, welchen Einfluß er auf dich hat! Irgendeinen üblen Zauberbann der Hexerei! Ich will die Luft dieses Ortes nicht länger atmen, die von ekligen Zaubereien verschmutzt ist!«

Sich umwendend, seinen Friedensmann im Schlepptau, verließ Lord Scathfell ruhigen und gemessenen Schrittes das Empfangszimmer. Sein letzter Blick galt Dorilys, und er war mit soviel Abscheu erfüllt, daß Donal schauderte.

Wenn Brüder sich streiten, treten Feinde auf, um diesen Spalt zu vertiefen, dachte Donal. Jetzt hatte sein Pflegevater sich mit der gesamten Verwandtschaft überworfen. *Und ich, der allein noch zu ihm steht – bin nicht einmal sein Sohn!*

Als die Leute von Scathfell gegangen waren, sagte Margali bestimmt: »Jetzt, mein Fürst, mit Eurer Erlaubnis, werde ich Dorilys zu Bett bringen.«

Aldaran, der aus brütender Apathie aufschreckte, erwiderte: »Ja, ja, bring das Kind weg. Aber komm zu mir zurück, sobald es schläft.«

Margali brachte Dorilys hinaus. Aldaran saß bewegungslos, mit gesenktem Kopf, in Gedanken versunken.

Donal vermied es, ihn zu stören, aber als Margali zurückkehrte, fragte er: »Soll ich gehen?«

»Nein, nein, Junge, das betrifft auch dich«, sagte Aldaran. Seufzend blickte er zu der *Leronis* auf. »Kein Vorwurf gegen dich, Margali, aber was sollen wir jetzt tun?«

Kopfschüttelnd erwiderte Margali: »Ich kann sie nicht mehr kontrollieren, mein Fürst. Sie ist stark und eigenwillig, und schon bald wird sie der Belastung der Pubertät ausgesetzt sein. Ich bitte Euch, Dom Mikhail, sie jemandem anzuvertrauen, der stärker ist als ich, und besser geeignet, sie zu lehren, ihr *Laran* zu kontrollieren. Sonst kann Schlimmeres als dies geschehen.«

Donal fragte sich: *Was könnte schlimmer sein als dies?*

Als griffe er die unausgesprochene Frage auf, sagte Aldaran: »Jedes andere Kind, das ich gezeugt habe, ist im jugendlichen Alter an der Schwellenkrankheit gestorben. Das ist der Fluch unseres Geschlechts. Muß ich auch das noch für sie fürchten?«

Margali erwiderte: »Habt Ihr schon einmal daran gedacht, sie zu den *Vai Leronis* des Tramontana-Turms zu schicken? Sie würden sich um Dorilys kümmern und sie lehren, das *Laran* zu benutzen. Wenn irgend

jemand sie unbeschadet durch die Jugend bringen kann, dann die Mitglieder einer Turmgemeinschaft.«
Donal dachte: *Das ist mit Sicherheit die richtige Lösung.* »Ja, Vater«, sagte er eifrig. »Ihr werdet Euch erinnern, wie freundlich sie jedesmal waren, wenn wir dorthin gingen. Sie waren erfreut, mich unter sich zu haben, wenn Ihr mich entbehren konntet, haben mich immer als Gast und Freund willkommen geheißen, und mich viel über die Anwendung meines *Laran* gelehrt. Sie hätten mir mit Freuden mehr beigebracht. Schickt Dorilys zu ihnen.«
Fast unmerklich hatte sich Aldarans Gesicht aufgehellt. Plötzlich blickte er wieder finster. »Nach Tramontana? Willst du mich vor meinen Nachbarn beschämen, Donal? Soll ich meine Schwäche zeigen, damit sie allen Leuten in den Hellers davon berichten? Soll ich mich zur Zielscheibe von Klatsch und Spott machen lassen?«
»Vater, ich glaube, Ihr tut den Leuten von Tramontana Unrecht«, widersprach Donal, aber er wußte, daß es sinnlos war. Er hatte nicht mit Dom Mikhails Stolz gerechnet.
Margali sagte: »Wenn Ihr sie nicht euren Nachbarn in Tramontana anvertrauen wollt, Dom Mikhail, bitte ich Euch, sie nach Hali oder Neskaya zu schicken, oder zu einem der Türme im Tiefland. Ich bin weder jung noch stark genug, sie Selbstkontrolle zu lehren. – Die Götter wissen, daß ich nicht wünsche, von ihr getrennt zu werden. Ich liebe sie, als wäre sie mein eigenes Kind, aber ich kann mit ihr nicht mehr fertigwerden. In einem Turm hingegen ist man dafür ausgebildet.«
Aldaran dachte eine Weile darüber nach. Schließlich sagte er: »Ich glaube, sie ist zu jung, um zu einem Turm geschickt zu werden. Aber zwischen Aldaran und Elhalyn gibt es alte Freundschaftsbande. Um dieser alten Freundschaft willen, vielleicht wird der Fürst von Elhalyn eine *Leronis* vom Hali-Turm schicken, die sich um Dorilys kümmert. Das würde zumindest keine Gerüchte aufbringen, da jeder Haushalt mit *Laran* solch eine Person braucht, um die jungen Leute auszubilden. Willst du dich aufmachen, Donal, und darum bitten, daß jemand nach Aldaran kommt, um hier zu wohnen und deine Schwester zu unterrichten?«
Donal stand auf und verbeugte sich. Der Gedanke, Dorilys sicher unter seinen Freunden im Tramontana-Turm zu wissen, hatte ihn angezogen; aber vielleicht hatte er von seinem Pflegevater zuviel verlangt, seine Schwäche den Nachbarn bekannt zu machen. »Ich werde noch heute reiten, wenn Ihr wollt, sobald ich eine Eskorte zusammengestellt habe, die Eurem Rang und Eurer Würde angemessen ist.«
»Nein«, sagte Aldaran bedächtig. »Du wirst allein reiten, Donal, wie es sich für einen Bittsteller geziemt. Ich habe gehört, daß zwischen Elhalyn

und Ridenow ein Waffenstillstand existiert. Du wirst sicher sein. Und wenn du allein gehst, wird ihnen klar sein, daß ich um ihre Hilfe ersuche.«

»Wie Ihr wünscht«, sagte Donal. »Ich kann morgen reiten. Oder noch heute.«

»Morgen wird zeitig genug sein«, sagte Aldaran. »Warte erst ab, bis die Leute von Scathfell zuhause sind. Ich will nicht, daß sich das in den Bergen herumspricht.«

11

Am entgegengesetzten Ende des Sees von Hali erhob sich der Turm, ein schlankes, hohes Gebäude aus blassem, durchschimmerndem Stein. Der größte Teil der wichtigeren Arbeit des Matrix-Kreises wurde bei Nacht getan. Zuerst hatte Allart das nicht verstanden und es für Aberglaube oder einen bedeutungslosen Brauch gehalten. Erst nach einiger Zeit war ihm allmählich klar geworden, daß die Nachtstunden, während der die meisten Menschen schliefen, am freiesten von störenden Gedanken – den Zufallsvibrationen anderer Hirne – waren. In den einsamen Nachtstunden waren die Kreismitarbeiter frei, ihren miteinander verbundenen Geist in die Matrixkristalle zu senden, die die elektronischen und energetischen Schwingungen des Gehirns verstärkten und ihre Kraft in Energie umsetzten.

Mit der ungeheuerlichen Kraft der verknüpften Gehirne und den gigantischen künstlichen Matrixgittern, die die Techniker errichteten, konnten diese geistigen Energien tief im Erdboden verborgene Metalle in einem reinen Schmelzfluß an die Erdoberfläche bringen. Sie konnten Batterien für den Betrieb von Luftwagen oder großer Generatoren, die die Burgen von Elhalyn und Thendara mit Licht versorgten, aufladen. Ein solcher Kreis hatte auch die glänzend weißen Türme der Burg Thendara aus dem Felsgestein des Berggipfels hochgezogen. Aus vielen Türmen, die diesem glichen, floß die gesamte Energie und Technologie von Darkover, und es waren die Männer und Frauen der Turm-Kreise, die sie erzeugten.

Jetzt saß Allart Hastur in der abgeschirmten Matrixkammer – nicht nur durch ein Tabu, die Tradition und Isolation von Hali abgeschirmt, sondern auch von Kraftfeldern, die einen Eindringling zu Tode bringen oder zum Wahnsinn treiben konnten – vor einem niedrigen runden Tisch. Seine Hände und sein Geist waren mit den sechs anderen des Kreises verbunden. Sämtliche Energien von Körper und Geist waren in einem einzigen Fluß auf den Bewahrer des Kreises konzentriert. Der Bewahrer war ein schlanker, kräftiger junger Mann. Sein Name war Coryn. Er war ein Cousin Allarts, von etwa gleichem Alter, und faßte, vor einem künstlichen Kristall sitzend, die gewaltigen Energieströme der sechs Personen zusammen. Er ließ sie durch die komplizierten inneren Kristallgitter fließen und dirigierte den Strom der Energie in die Batteriereihen, die vor ihnen auf dem niedrigen Tisch standen. Coryn sprach und bewegte sich nicht, aber sobald er mit seiner schmalen Hand auf die Batterien wies, ergossen die ausdruckslos blickenden Mitglieder des Kreises jedes Atom ihrer zusammengefaßten Energie in die Matrix, durch den Körper des Bewahrers, und sandten dadurch enorme Energieladungen in eine Batterie nach der anderen.

Allart war eiskalt, verkrampft, aber er spürte davon nichts. Er war sich seines Körpers nicht bewußt. Alles was er fühlte, war der fließende Strom der Energie, der durch ihn hindurchraste. Verschwommen, ohne einen echten Gedanken, erinnerte ihn dieses Gefühl an die ekstatische Vereinigung der Gehirne und Stimmen während der Morgenhymnen von Nevarsin. Es war ein Gefühl einmaliger Harmonie, als habe man seinen Platz in der Musik des Universums gefunden.

Außerhalb des Kreises saß eine weißgekleidete Frau, das Gesicht in den Händen vergraben. Außer den herabfallenden Fluten ihres langen, kupferfarbenen Haars war von ihrem Gesicht nichts zu sehen. Ihr Geist bewegte sich ohne Unterlaß im Kreis herum und kontrollierte nacheinander die bewegungslosen Gestalten der anderen. Hier lockerte sie die Spannung eines Muskels, bevor er die Konzentration mindern konnte, dort milderte sie einen plötzlichen Krampf oder ein Jucken. Sie stellte sicher, daß die Atmung der sechs nicht schwankte und kümmerte sich um die kleinen, unwillkürlichen Bewegungen, die die vernachlässigten Körper stabil hielten: das rhythmische Augenzwinkern, um der Belastung zu entgehen; das schwache Verändern der Stellung. Die aneinandergeketteten Mitglieder des Kreises waren sich ihrer eigenen Körper nicht bewußt, und das schon seit mehreren Stunden. Alles was sie spürten, war die Verknüpfung ihrer Gehirne, die innerhalb der lodernden Energie schwebten, die sie in die Batterien gossen. Die Zeit hatte für sie in einem endlosen Augenblick stärkster Vereinigung angehalten, und nur die Überwacherin war sich der verstreichenden Stunden bewußt. Jetzt, als sie zwar nicht sah, aber fühlte, daß die Stunde des Sonnenaufgangs noch einige Zeit entfernt war, spürte sie innerhalb des Kreises eine Spannung, die es eigentlich nicht geben durfte.

Sie sandte ihren fragenden Geist nacheinander jedem der sechs entgegen.

Coryn. Der Bewahrer, jahrelang geistig und körperlich ausgebildet, um diese Belastung auszuhalten ... Nein, er war nicht in Bedrängnis. Er war

verkrampft, und sie untersuchte seine Blutzirkulation. Sein Körper war kalt, aber er spürte nichts davon. Seine Verfassung hatte sich seit den frühen Nachtstunden nicht verändert. Wenn sein Körper einmal verbunden und in eine wohlabgewogene Position gebracht war, konnte er stundenlang unbeweglich bleiben. Um ihn stand es gut.
Mira? Nein, die alte Frau, die vor Renata Überwacherin gewesen war, war ruhig und ohne Bewußtsein. Sie schwebte friedlich in den Energienetzen, konzentriert auf Energieausflüsse, Zufallsträume, Glückseligkeit.
Barak? Der stämmige, dunkelhäutige Mann, der Techniker, der das künstliche Matrixgitter den Anforderungen des Kreises entsprechend gebaut hatte, war verkrampft. Automatisch sank Renata in sein Körper-Bewußtsein und lockerte einen Muskel, ehe der Schmerz Barak in seiner Konzentration stören konnte. Sonst mangelte es ihm an nichts.
Allart? Wie schaffte es dieser Neuankömmling nur, sich dermaßen unter Kontrolle zu halten? War es die Ausbildung von Nevarsin? Seine Atmung war tief und langsam, ohne jede Schwankung, der Fluß des Sauerstoffs zum Herzen und zu den Gliedern regelmäßig. Er hatte sogar den schwierigsten Kunstgriff des Kreises erlernt: die stundenlange Unbeweglichkeit ohne übermäßigen Schmerz und Verkrampfung.
Arielle? Sie war an Jahren die jüngste des Kreises, hatte mit sechzehn aber volle zwei Jahre hier in Hali verbracht und den Rang einer Mechanikerin erworben. Renata untersuchte sie sorgfältig: Atmung, Herzschlag, die Stirnhöhlen, die Arielle manchmal wegen der Feuchtigkeit des Sumpflandes Sorgen bereiteten. Arielle stammte aus den südlichen Ebenen. Da sie keinen Fehler fand, suchte Renata weiter. Nein, keine Probleme, nicht einmal eine gefüllte Harnblase, die Anspannung erzeugte. Renata dachte: *Ich habe mich gefragt, ob Coryn sie geschwängert hat, aber das trifft nicht zu. Ich habe sie sorgfältig untersucht, bevor sie in den Kreis eingetreten ist, aber dazu ist Arielle zu klug...*
Dann muß es der andere Neuling sein, Cassandra... Sorgfältig horchend untersuchte sie Herz, Atmung, Kreislauf. Cassandra war verkrampft, ohne aber große Schmerzen zu haben. Renata spürte in Cassandras Bewußtsein eine leichte innere Erregung. Sie sandte einen schnellen, besänftigenden Gedanken aus, um sie zu beruhigen, damit sie die anderen nicht störte. Für Cassandra war diese Arbeit neu, und sie hatte noch nicht gelernt, das routinemäßige Eindringen einer Überwacherin in Körper und Geist mit völliger Selbstverständlichkeit hinzunehmen. Es kostete Renata einige Sekunden, Cassandra zu beruhigen, bevor sie zu einen tieferen Horchen übergehen konnte.
Jawohl, es ist Cassandra. Es ist ihre Belastung, an der wir alle teilhaben. Sie hätte nicht in den Kreis kommen sollen, jetzt, wo ihre Periode

bevorsteht. Ich hätte sie für klüger gehalten ... Aber Renata dachte keinesfalls daran, Cassandra einen Vorwurf zu machen. *Ich hätte mir darüber Gewißheit verschaffen sollen.* Renata wußte, wie schwer es war, in den ersten Tagen des Lernens Schwächen einzugestehen oder Beschränkungen zuzugeben.
Sie ging eine enge Verbindung mit Cassandra ein, versuchte, ihre Spannung zu lockern und mußte feststellen, daß sie noch nicht in der Lage war, mit ihr in dieser absoluten Dichte zusammenzuarbeiten. Sie sandte Coryn einen vorsichtigen, warnenden Gedanken zu, der nicht mehr als eine sanfte Berührung war.
Wir müssen bald aufhören ... Sei bereit, wenn ich das Zeichen gebe.
Ohne daß der Energiefluß stockte, sagte ihr Coryns äußerliches Zittern: *Noch nicht. Eine ganze Reihe der Batterien muß noch aufgeladen werden.* Dann sank er harmonisch in die Verbindung des Kreises zurück.
Jetzt war Renata besorgt. Das Wort des Bewahrers war in dem Kreis Gesetz; doch es lag in der Verantwortlichkeit der Überwacherin, auf das Wohlbefinden der Mitglieder zu achten. Bisher hatte sie ihre Betroffenheit vor ihnen allen abgeschirmt, aber nun spürte sie irgendwo ein schwaches Bewußtsein, das dem Kreis Energie entzog. *Allart ist sich Cassandras zu sehr bewußt. Auf diese Art mit dem Kreis verbunden, dürfte er sie nicht mehr wahrnehmen als jeden anderen.* Bis jetzt war es nur ein Flackern, das sie auffing, indem sie Allarts Bewußtsein sanft auf seinen Energiebrennpunkt hinwies. Sie versuchte, Cassandra aufrechtzuhalten, als hätte sie der anderen Frau auf einer steilen Treppe den Arm zur Stütze gereicht. Aber da die Intensität der Konzentration einmal unterbrochen war, schwankte etwas in dem Strom der Energien und wellte sich wie eine vom Wind gekräuselte Wasseroberfläche. Sie spürte, wie die Störung durch den Kreis wanderte. Es war zwar nur ein leichtes Flackern, konnte auf dieser Ebene der Konzentration aber zerstörerisch wirken. Baraks Körper wankte unruhig, Coryn hustete, Arielle schniefte, und Renata spürte, wie Cassandras Atem schwankte und schwer wurde. Entschiedener sandte sie eine zweite Warnung:
Wir müssen unterbrechen. Es ist bald soweit ...
Diesmal war die Reaktion eindeutig erregt und hallte in den miteinander verbundenen Köpfen wie eine Alarmglocke wider. Allart hörte den Klang, wie er die lautlosen Glocken von Nevarsin gehört hatte, und begann langsam, seinen unabhängigen Brennpunkt zurückzuerlangen. Coryns Gereiztheit war wie ein Stechen. Er spürte es wie das Verdrehen eines inneren Fadens, als er Cassandras Bewußtsein schwinden fühlte. Einer nach dem anderen zog sich aus dem Kreis zurück und löste ihn auf, aber nicht wie früher sanft, sondern in einem schmerzlichen Auseinanderfallen. Er hörte Miras angestrengtes Keuchen. Arielle schnüffelte, als

werde sie gleich zu weinen beginnen. Barak ächzte und streckte ein schmerzhaft verkrampftes Bein. Allart war erfahren genug, sich am Anfang nicht zu schnell zu bewegen. Er versuchte es mit langsamen, behutsamen Bewegungen, als erwache er aus einem tiefen Schlaf. Aber er war besorgt und bekümmert. Was war mit dem Kreis geschehen? Ihre Arbeit war mit Sicherheit nicht vollständig getan ...
Nach und nach kamen auch die anderen aus den Tiefen der Matrixtrance hervor. Coryn sah bleich und verstört aus. Er sagte kein Wort, aber die Intensität seines auf Renata gerichteten Zorns war schmerzlich für sie alle.
Ich habe gesagt: Noch nicht! Jetzt werden wir das alles noch einmal machen müssen, denn weniger als ein Dutzend Batterien ... Warum hast du gerade jetzt unterbrochen? War irgend jemand im Kreis zu schwach, um noch länger durchzuhalten? Sind wir Kinder, die Murmeln spielen, oder ein verantwortungsvoller Kreis von Mechanikern?
Aber Renata schenkte ihm keine Aufmerksamkeit. Allart, der nun völlig erwacht war, sah Cassandra zur Seite fallen. Ihr langes schwarzes Haar breitete sich auf der Tischplatte aus. Er stieß seinen Stuhl zurück, aber Renata war vor ihm bei ihr.
»Nein«, sagte sie, und mit einem Aufflackern von Bestürzung hörte Allart die Befehlsstimme gegen sich gerichtet. »*Faß sie nicht an!* Das ist meine Verantwortung!« In seiner extremen Empfänglichkeit erfaßte Allart den Gedanken, den Renata nicht laut ausgesprochen hatte: *Du hast bereits genug angerichtet. Für dies hier bist du verantwortlich ...*
Ich? Heiliger Lastenträger, gib mir Kraft! Ich, Renata?
Renata kniete sich hin. Ihre Fingerspitzen lagen auf Cassandras Nacken und berührten ihr Nervenzentrum. Cassandra bewegte sich, und Renata sagte besänftigend: »Alles in Ordnung, Liebes. Du bist jetzt wieder in Ordnung.«
Cassandra murmelte: »Mir ist so kalt, so kalt.«
»Ich weiß, in wenigen Minuten wird das vorbei sein.«
»Es tut mir so leid. Ich wollte nicht ... Ich war sicher ...« Benommen blickte Cassandra umher, sie war den Tränen nahe. Vor Coryns zornigem Blick fuhr sie zurück.
»Laß sie in Ruhe, Coryn. Es ist nicht ihre Schuld«, sagte Renata ohne aufzusehen.
Mit einer Geste tiefer Ironie sagte Coryn: »*Z'par Servu, Vai Leronis ...* Haben wir deine Erlaubnis, die Batterien zu testen? Während du unserer Braut Hilfe leistest?«
Cassandra unterdrückte mühsam ein Schluchzen. Renata tröstete sie: »Kümmere dich nicht um Coryn. Er ist so müde wie wir alle. Er hat es nicht so gemeint, wie es sich anhörte.«

Arielle ging zu einem Nebentisch, nahm ein metallenes Instrument – die Matrixkreise besaßen den ersten Anspruch auf alle knappen Metalle von Darkover – und eilte, ihre Hand in nichtleitendes Material hüllend, zu den Batterien, die sie eine nach der anderen, um den Funken hervorzulocken, der anzeigte, daß sie voll geladen waren, berührte. Die anderen erhoben sich behutsam und streckten ihre verkrampften Körper. Renata kniete noch immer neben Cassandra. Schließlich zog sie ihre Hände von den Pulsstellen ihres Halses zurück.

»Versuche jetzt aufzustehen. Bewege dich hin und her, wenn du kannst.«

Cassandra rieb ihre dünnen Hände. »Mir ist so kalt, als hätte ich die Nacht in Zandrus kältester Hölle zugebracht. Danke, Renata. Woher hast du es gewußt?«

»Ich bin eine Überwacherin. Es ist meine Pflicht, solche Dinge zu wissen.« Renata Leynier war eine schlanke junge Frau mit gelbbrauner Hautfarbe und dichtem, kupfer-goldenem Haar. Aber um eine Schönheit zu sein, war ihr Mund zu breit, ihre Zähne ein wenig zu schief, und ihre Nase mit zu vielen Sommersprossen übersät. Ihre Augen allerdings waren groß, grau und schön.

»Wenn du ein wenig mehr Übung hast, Cassandra, wirst du es selbst spüren und kannst uns sagen, wenn du dich nicht wohl genug fühlst, um einem Kreis anzugehören. In dieser Zeit – und ich hatte gedacht, du weißt das – verläßt die psychische Energie deinen Körper mit dem Blut, und du benötigst all deine Kraft für dich selbst. Geh jetzt zu Bett und ruhe dich ein oder zwei Tage aus. Mit Sicherheit darfst du nicht wieder im Kreis arbeiten oder irgendeine Arbeit tun, die soviel Anstrengung und Konzentration erfordert.«

Besorgt trat Allart zu ihnen. »Bist du krank, Cassandra?«

Renata antwortete: »Überarbeitet, das ist alles. Sie braucht Essen und Ruhe.« Mira brachte etwas von den Speisen- und Weinvorräten, die in einem Schrank aufbewahrt wurden, damit der Kreis sich sofort von den enormen Energieverlusten seiner Arbeit erholen konnte. Renata suchte aus den Vorräten einen langen Riegel honigverklebter, gepreßter Nüsse heraus. Sie steckte ihn Cassandra in die Hand, aber die dunkelhaarige Frau schüttelte den Kopf.

»Ich mag keine Süßigkeiten. Ich warte auf ein richtiges Frühstück.«

»Iß das«, sagte Renata mit Befehlsstimme. »Du brauchst die Kraft.«

Cassandra brach ein Stück der klebrigen Süßspeise ab, steckte es in den Mund, verzog das Gesicht zu einer Grimasse, kaute es aber gehorsam weiter. Arielle gesellte sich zu ihnen, legte das Instrument weg und nahm eine Handvoll getrockneter Früchte, die sie gierig in den Mund steckte. Als sie wieder deutlich sprechen konnte, sagte sie: »Das letzte

Dutzend der Batterien ist nicht aufgeladen, und die letzten drei, bei denen wir aufhörten, haben keine volle Kapazität.«
»Wie ärgerlich!« Coryn blickte Cassandra an.
»Laß sie in Ruhe!« beharrte Renata. »Wir haben uns alle wie Anfänger verhalten!«
Coryn schenkte sich etwas Wein ein und nahm einen Schluck. »Es tut mir leid«, sagte er schließlich und lächelte Cassandra an. Seine gute Laune kehrte zurück.
Arielle wischte ihre von den honiggetränkten Früchten klebenden Finger ab. »Falls es eine ermüdendere Arbeit zwischen Dalereuth und den Hellers gibt, als Batterien aufzuladen, kann ich mir sie nicht vorstellen.«
»Besser das, als Metall fördern«, sagte Coryn. »Immer wenn ich mit Metall arbeite, bin ich einen halben Mond erschöpft. Ich bin froh, daß es dieses Jahr keine Arbeit mehr zu tun gibt. Jedesmal, wenn wir zum Fördern in die Erde gehen und ich ins Bewußtsein zurückkehre, fühle ich mich, als hätte ich jedes Gramm mit meinen eigenen Händen hochgeholt.«
Allart, durch die Jahre mühseligen körperlichen und geistigen Trainings in Nevarsin abgehärtet, war weniger erschöpft als die anderen, aber seine Muskeln schmerzten vor Spannung und der langen Bewegungslosigkeit. Cassandra brach noch ein Stück des klebrigen Honig-Nuß-Naschwerks ab und zog, als sie es in den Mund steckte, eine weitere Grimasse. Sie standen noch immer in enger Verbindung, und er spürte ihren Widerwillen vor dem übersüßen Stoff, als äße er ihn selbst.
»Iß es nicht, wenn du es nicht magst. Sicher steht auf den Regalen etwas, das dir besser schmeckt«, sagte er und ging hinüber, um sie zu durchstöbern.
Cassandra zuckte die Schultern. »Renata meint, das würde mich eher als alles andere wiederherstellen. Mir macht es nichts aus.«
Allart nahm sich ein Stück. Barak, der an einem Kelch Wein genippt hatte, stellte ihn ab und kam zu ihnen hinüber.
»Bist du erholt, Cousine? Die Arbeit ist in der Tat ermüdend, wenn sie einem neu ist, und hier gibt es keine passenden Stärkungsmittel.« Er lachte laut. »Vielleicht solltest du einen Löffel Kireseth-Honig nehmen. Es ist das beste Stärkungsmittel nach erschöpfender Arbeit, und besonders du solltest ...« Unvermittelt hustete er und wandte sich ab, wobei er vorgab, sich am letzten Schluck aus seinem Glas verschluckt zu haben. Dennoch vernahm jeder seine Gedanken, als hätte er sie laut ausgesprochen. *Besonders du solltest solche Stärkungsmittel nehmen, weil du erst seit kurzem verheiratet bist und sie um so nötiger brauchst ...* Noch ehe die Worte seiner Zunge entschlüpfen konnten, war Barak eingefallen, was alle kannten, die in enger telepathischer Verbindung mit Allart

und Cassandra standen: den tatsächlichen Stand der Beziehungen zwischen den beiden.
Er konnte den geschmacklosen Scherz nur abschwächen, indem er sich abwandte und so tat, als seien die Worte ebenso ungedacht wie ungesagt. In der Matrixkammer herrschte momentan Schweigen, dann fingen alle an, sehr laut und gleichzeitig über irgend etwas anderes zu sprechen. Coryn nahm das Metallgerät und untersuchte selbst ein paar Batterien. Mira rieb ihre kalten Hände und sagte, sie wolle ein heißes Bad und eine Massage nehmen.
Renata legte ihren Arm um Cassandras Taille.
»Das solltest du auch, Herzchen. Du bist kalt und verkrampft. Geh jetzt hinunter. Laß dir ein ordentliches Frühstück bringen und nimm ein heißes Bad. Ich werde dir meine Badefrau schicken. Sie ist in der Massage ausgebildet und wird deine verkrampften Muskeln und Nerven lockern, damit du schlafen kannst. Fühl dich nicht schuldig. Wir alle haben uns in unserer Anfangszeit überarbeitet, und niemand gibt seine Schwäche gern zu. Wenn du eine warme Mahlzeit, ein Bad und eine Massage gehabt hast, leg dich zum Schlafen hin. Man soll dir heiße Ziegelsteine an die Füße legen und dich gut zudecken.«
Cassandra sagte: »Ich beraube dich nicht gern der Dienste deiner Badefrau.«
»*Chiya*, ich lasse mich nicht mehr in solch einen Zustand bringen. Geht jetzt. Sag Lucetta, ich hätte den Auftrag gegeben, daß sie dich pflegt wie mich, wenn ich aus dem Kreis komme. Tu, was man dir sagt, Cousine. Es ist meine Aufgabe, zu wissen, was du brauchst, selbst wenn du es nicht weißt«, sagte sie. Allart fiel auf, wie mütterlich sie klang, obwohl sie nicht älter war als Cassandra.
»Ich werde auch hinuntergehen«, sagte Mira. Coryn zog Arielle am Arm, und zusammen gingen sie hinaus. Allart wollte ihnen folgen, als Renata eine federleichte Hand auf seinen Arm legte.
»Allart, wenn du nicht zu müde bist, möchte ich mich mit dir ein wenig unterhalten.«
Allart war in Gedanken zwar schon in seinem wohlausgestatteten Zimmer im untersten Stockwerk und einem kalten Bad, aber er war nicht wirklich müde. Er sagte es ihr, und Renata nickte.
»Wenn das eine Folge der Ausbildung der Nevarsin-Brüder ist, sollten wir sie vielleicht in unsere Kreise einführen. Du bist ebenso ausdauernd und frisch wie Barak. Du solltest uns etwas über deine Geheimnisse lehren! Oder haben die Brüder dich zur Verschwiegenheit verpflichtet?«
Allart schüttelte den Kopf. »Es ist nur die Beherrschung der Atmung.«

»Komm. Sollen wir nach draußen in den Sonnenschein gehen?«
Zusammen gingen sie zum Erdgeschoß hinab und traten durch das Kraftfeld, das den Turmkreis vor Störungen schützte, solange sie bei der Arbeit waren, in den zunehmenden Glanz des Morgens hinaus. Schweigend ging Allart neben Renata her. Er war nicht übermäßig müde, aber seine Nerven waren durch die Anspannung und die lange Zeit ohne Schlaf gespannt. Wie immer, wenn er es sich erlaubte, ließ sein *Laran* ein Gewebe einander widersprechender Zukunftsentwicklungen um ihn herum entstehen.
Schweigend gingen sie nebeneinander am Ufer entlang. Liriel, der violette Mond, der gerade sein volles Stadium überschritten hatte, ging verschwommen über dem See unter. Der grüne Idriel, die blasseste der Sicheln, hing hoch und bleich über dem weit entfernten Gebirgskamm.
Allart wußte – es war ihm klar geworden, als er Renata zum ersten Mal gesehen hatte –, daß sie die zweite der beiden Frauen war, auf die er wieder und wieder in den verzweigten Zukunftsentwicklungen seines Lebens gestoßen war. Vom ersten Tag im Turm an war er ihr gegenüber wachsam gewesen, hatte kaum mehr als die unerläßlichsten Höflichkeiten mit ihr ausgetauscht und sie gemieden, so weit man jemanden in den begrenzten Quartieren des Turms meiden konnte. Er hatte ihre Fähigkeit als Überwacherin respektieren und ihr schnelles Lachen und ihre gute Laune schätzen gelernt. Die Freundlichkeit, mit der sie sich um Cassandra kümmerte, berührte ihn. Aber bis zu diesem Augenblick hatte er mit ihr kein einziges Wort außerhalb der Grenzen ihrer Pflichten gewechselt.
Seine Übermüdung hinderte ihn daran, Renata so zu sehen, wie sie wirklich war – freundlich, unpersönlich, zurückgezogen, eine im Turm ausgebildete Überwacherin, die über Berufsangelegenheiten sprach –, sondern wie sie in irgendeiner der sich fächerförmig ausbreitenden Möglichkeiten der Zukunft sein würde, die *möglicherweise* in Erfüllung gehen konnten. Obwohl er sich selbst dagegen abgeschirmt und sich nie gestattet hatte, solche Gedanken freizusetzen, hatte er sie von Liebe erwärmt gesehen, die Zärtlichkeit, zu der sie fähig war, erfahren, sie wie in einem Traum besessen. Es überschattete den wirklichen Stand ihrer Beziehungen und verwirrte ihn, als stünde er einer Frau gegenüber, die ihn in erotische Träume versetzte, die er vor ihr verbergen mußte. Nein. Keine Frau außer Cassandra spielte in seinem Leben irgendeine Rolle, und sogar bei ihr stand fest, wie beschränkt diese Rolle war. Er wappnete sich gegen jeden Angriff auf diese Schranken und sah Renata mit dem kalten, unpersönlichen, fast feindseligen Blick des Nevarsin-Mönchs an.

Sie gingen nebeneinander her und hörten den flüsternden Klang der weichen Wolkenwellen. Allart war an den Ufern von Hali aufgewachsen und hat diesen Klang sein Leben lang gehört, aber jetzt erschien er ihm durch Renatas Ohren völlig neu.

»Ich werde dieses Klangs nie müde. Er ist dem Wasser gleichsam ähnlich und unähnlich. Ich nehme an, daß niemand in diesem See schwimmen kann?«

»Du würdest sinken. Langsam zwar, das stimmt, aber du würdest sinken. Er wird dich nicht tragen. Aber man kann ihn atmen, also macht es nichts, wenn man sinkt. Als Junge bin ich unzählige Male über den Grund des Sees gegangen, um die merkwürdigen Dinge in ihm zu beobachten.«

»Man kann ihn atmen? Und man ertrinkt nicht?«

»Nein, nein, er besteht überhaupt nicht aus Wasser – ich weiß nicht, was es ist. Wenn man ihn zulange einatmet, fühlt man sich schwach und müde und verliert die Lust, überhaupt noch Luft zu holen. Es besteht dann die Gefahr, daß man ohnmächtig wird und stirbt, weil man das Atmen vergißt. Aber eine kurze Zeitlang ist es anregend. Und es gibt merkwürdige Lebewesen dort. Ich weiß nicht, ob ich sie Fische oder Vögel nennen soll und könnte auch nicht sagen, ob sie in der Wolke schwimmen oder durch sie fliegen, aber sie sind sehr schön. Man sagt gewöhnlich, daß es ein langes Leben gibt, die Wolke des Sees zu atmen, und daß die Hasturs deshalb so langlebig sind. Man sagt auch, daß Hastur, der Sohn des Herrn des Lichts, denen, die dort wohnten, als er an die Ufer von Hali fiel, Unsterblichkeit gab, und wir Hasturs diese Gabe wegen unseres sündigen Lebens verloren. Aber das sind alles Märchen.«

»Glaubst du das, weil du ein *Cristofero* bist?«

»Das glaube ich, weil ich ein Mensch der Vernunft bin«, erwiderte Allart lächelnd. »Ich kann mir keinen Gott vorstellen, der sich in die Gesetze der Welt, die er erschaffen hat, einmischt.«

»Aber die Hasturs sind doch wirklich langlebig.«

»In Nevarsin hat man mir gesagt, daß alle vom Blut Hasturs *Chieri*-Blut in sich haben. Und die *Chieri* sind nahezu unsterblich.«

Renata seufzte. »Ich habe aber auch gehört, daß sie *Emmasca* sind, weder Mann noch Frau, und frei von der Gefahr, eins von beiden zu werden. Ich glaube, darum beneide ich sie.«

Allart fiel ein, daß Renata unermüdlich von ihrer eigenen Kraft gab. Aber es gab niemanden, der sich um sie kümmerte, wenn sie selbst erschöpft war.

»Geh jetzt zur Ruhe, Cousine. Was immer du mir sagen willst: Es kann nicht so dringend sein, daß es nicht warten kann, bis du die Mahlzeit

und die Ruhe, die du meiner Frau so schnell verordnetest, selbst genossen hast.«
»Ich würde es lieber sagen, solange Cassandra schläft. Einem von euch muß ich es sagen, auch wenn ich weiß, daß es für dich eine Einmischung bedeutet. Aber du bist älter als Cassandra und wirst besser ertragen, was ich sagen muß. Aber genug der Entschuldigung und Vorrede ... Du hättest erst nach dem Vollzug deiner Ehe hierherkommen sollen.«
Allart öffnete den Mund, um etwas zu sagen, aber sie bedeutete ihm mit einer Handbewegung zu schweigen. »Denk daran, ich habe dich gewarnt, daß du es als Einmischung in deine Privatsphäre einschätzen würdest. Ich bin im Turm, seit ich vierzehn war und kenne die höfliche Zurückhaltung bei solchen Dingen. Aber ich bin als Überwacherin auch für das Wohlergehen aller verantwortlich. Alles, was störend ist – nein, laß mich ausreden, Allart –, alles, was deine Arbeit beeinträchtigt, zerbricht auch uns. Du warst noch keine drei Tage hier, da wußte ich, daß deine Frau noch Jungfrau ist, aber ich habe mich nicht eingeschaltet. Ich dachte, ihr seid vielleicht aus politischen Gründen miteinander verheiratet worden und liebtet euch nicht. Aber jetzt, nach einem halben Jahr, ist offenkundig, wie verliebt ihr seid. Die Spannung zwischen euch zersplittert uns und macht Cassandra krank. Sie ist so angespannt, daß sie nicht einmal den Zustand ihrer Nerven und ihres Körpers überwachen kann, und dazu sollte sie jetzt eigentlich in der Lage sein. Ich kann ein wenig für sie tun, wenn du im Kreis bist, aber nicht die ganze Zeit über. Und ich sollte nicht für sie tun, was sie lernen muß, um für sich selbst zu sorgen. Nun, ich bin sicher, daß ihr gute Gründe hattet, in diesem Zustand hierher zu kommen, aber welche es auch waren: Ihr habt zuwenig davon gewußt, wie ein Turmkreis arbeitet. Du kannst es ertragen; du verfügst über das Nevarsin-Training und kannst auch dann zufriedenstellend arbeiten, wenn du unglücklich bist. Cassandra kann es nicht. Es ist so einfach, wie es klingt.«
Entschuldigend sagte Allart: »Ich habe nicht gewußt, daß Cassandra so unglücklich ist.«
Renata blickte ihn an und schüttelte den Kopf. »Wenn du es nicht weißt, dann nur deshalb, weil du es dir nicht erlaubt hast. Das Klügste würde sein, sie fortzubringen, bis die Dinge zwischen euch bereinigt sind. Sie könnte zurückkehren, wann sie will. Wir brauchen ständig ausgebildete Arbeiter, und deine Ausbildung in Nevarsin ist sehr wertvoll. Was Cassandra angeht, glaube ich, daß sie das Talent hat, eine Überwacherin zu werden, oder sogar eine Technikerin, wenn die Arbeit sie interessiert. Aber nicht jetzt. Jetzt ist es an der Zeit, daß ihr beide euch trennt und uns nicht mit unerfüllten Bedürfnissen zersplittert.«
Bestürzt hörte Allart ihr zu. Sein eigenes Leben war so lange einer

eisernen Disziplin unterworfen gewesen, daß ihm nie der Gedanke gekommen war, seine eigenen Bedürfnisse oder Cassandras Unglück könnten den Kreis auch nur im entferntesten stören. Aber er hätte es natürlich wissen müssen.

»Nimm sie, Allart. Heute abend wäre nicht zu früh.«

Sich elend fühlend sagte Allart: »Ich würde meinen ganzen Besitz hergeben, wenn ich die Freiheit dazu hätte. Aber Cassandra und ich haben einander versprochen ...«

Er wandte sich ab. Aber die Gedanken in seinem Kopf waren so deutlich, daß Renata ihn bestürzt ansah.

»Cousin, was konnte dich zu einem so vorschnellen Gelübde veranlassen? Ich spreche nicht nur von deiner Pflicht den Verwandten und dem Clan gegenüber.«

»Nein«, gab Allart zurück, »sprich nicht davon, Renata. Nicht einmal in Freundschaft. Davon habe ich allzuviel gehört, und ich brauche niemanden, um mich daran zu erinnern. Du weißt, welches *Laran* ich besitze, und welchem Fluch ich unterworfen war. Ich wollte es nicht in Söhnen und Enkeln fortleben lassen. Das Zuchtprogramm der Familien, das dich veranlaßt, von Pflicht gegenüber Verwandten und Clan zu sprechen, ist falsch. Es ist ein Übel. Ich werde es nicht weitergeben!« Er sprach heftig und versuchte, den Anblick von Renatas Gesicht wegzuwischen – nicht das, das von freundschaftlicher Betroffenheit zeugte, sondern das andere, mitleidsvolle, zärtliche und leidenschaftliche.

»Ein Fluch, in der Tat, Allart! Auch ich bin wegen des Zuchtprogramms voller Angst und Zweifel. Ich glaube nicht, daß irgendeine Frau in den Reichen frei von ihnen ist. Aber Cassandras Unglück, und deines, ist sinnlos.«

»Da ist noch mehr, und Schlimmeres«, sagte Allart verzweifelt. »Am Ende jeder Straße, die ich, wie es scheint, voraussehen kann, stirbt Cassandra, wenn sie mein Kind zur Welt bringt. Selbst wenn ich es mit meinem Gewissen vereinbaren könnte, ein Kind zu zeugen, das möglicherweise diesen Fluch trägt, könnte ich dieses Los nicht über sie bringen. Deshalb haben wir uns gelobt, getrennt zu leben.«

»Cassandra ist sehr jung und sie ist Jungfrau«, sagte Renata. »Das mag eine Entschuldigung dafür sein, daß sie es nicht besser weiß; aber mir scheint es verderblich, eine Frau in Unwissenheit über das zu halten, was ihr Leben so entscheidend beeinflussen kann. Sicher ist die Entscheidung, die ihr getroffen habt, zu extrem, denn selbst Außenstehenden ist offenbar, daß ihr einander liebt. Du kannst dir kaum im Umklaren darüber sein, daß es Wege gibt ...« Sie wandte ihr Gesicht verlegen ab. Selbst zwischen Ehemann und Ehefrau wurde über solche Dinge nicht oft gesprochen. Auch Allart war verlegen.

Sie kann nicht älter als Cassandra sein! Im Namen aller Götter, wie kommt eine junge Frau, wohlbehütet aufgezogen, aus guter Familie und noch unverheiratet, dazu, über solche Dinge Bescheid zu wissen?
Der Gedanke in seinem Kopf war deutlich, und Renata konnte nicht anders, als ihn aufzugreifen. Trocken erwiderte sie: »Du bist ein Mönch gewesen, Cousin, und einzig aus diesem Grund bin ich bereit zuzugestehen, daß du die Antwort auf diese Frage wirklich nicht kennst. Vielleicht glaubst du immer noch, daß es nur die Männer sind, die solche Bedürfnisse haben, und daß die Frauen immer dagegen sind. Ich will dich nicht schockieren, Allart, aber Frauen im Turm brauchen – und können – nicht nach den närrischen Gesetzen und Sitten dieser Zeit, die so tun, als seien sie nicht mehr als Spielzeuge, die den Begierden der Männer dienen, ohne eigene Wünsche außer dem, Söhne für ihre Clans zu gebären, leben. Ich bin keine Jungfrau, Allart. Jeder von uns – ob Mann oder Frau – muß nach kurzer Zeit im Kreis lernen, sich über seine eigenen Bedürfnisse und Wünsche klar zu sein, sonst können wir nicht all unsere Kraft in unsere Arbeit stecken. Wenn wir es dennoch versuchen, passieren solche Dinge wie heute morgen – wenn nicht noch viel, viel Schlimmeres.«
Verlegen blickte Allart von ihr weg. Sein erster, beinahe automatischer Gedanke war eine reine Reaktion seiner Kindheitserziehung. *Die Männer der Reiche wissen das und lassen trotzdem ihre Frauen hierher kommen?*
Renata zuckte die Achseln.
»Das ist der Preis, den sie für die Arbeit zahlen, die wir tun – daß wir Frauen in gewissem Ausmaß für unsere Aufgabe von den Gesetzen, die Vererbung und Aufzucht betonen, befreit werden. Ich glaube, die meisten von ihnen ziehen es vor, sich nicht zu genau zu erkundigen. Und es ist für eine Frau, die in einem Kreis arbeitet, nicht ungefährlich, ihren Dienst durch eine Schwangerschaft zu unterbrechen.« Einen Moment später fügte sie hinzu: »Wenn du wünschst, kann Mira Cassandra aufklären – oder ich. Vielleicht würde sie es von einem Mädchen in ihrem eigenen Alter leichter aufnehmen.«
Hätte mir während meiner Zeit in Nevarsin jemand erzählt, daß es eine Frau gibt, mit der ich mich über solche Dinge offen unterhalten kann, und daß diese Frau weder mit mir verheiratet noch eine Blutsverwandte ist, hätte ich das nie geglaubt. Ich hätte nie gedacht, daß es zwischen Mann und Frau eine solche Aufrichtigkeit geben kann.
»Das hat unsere ärgsten Befürchtungen tatsächlich ausgeräumt, solange wir im Turm wohnten. Vielleicht können wir – immerhin so viel haben. Es stimmt, wir haben darüber gesprochen, ein wenig.« Cassandras Worte hallten in seinem Kopf wieder, als wären sie erst Sekunden vor-

her und nicht schon vor einem halben Jahr gesagt worden: »So wie die Dinge jetzt liegen, kann ich es ertragen, Allart, aber ich weiß nicht, ob ich diesem Entschluß treu bleiben kann. Ich liebe dich, Allart. Ich kann mir selbst nicht trauen. Früher oder später würde ich dein Kind wollen, und so ist es leichter, ohne die Möglichkeit und die Versuchung ...«
Renata, die die Worte in seinem Geist hörte, sagte empört: »Leichter für *sie*, vielleicht ...« Sie unterbrach sich. »Verzeih mir, ich habe kein Recht dazu. Auch Cassandra hat Anspruch auf ihre eigenen Bedürfnisse und Wünsche, nicht auf das, was sie nach deiner oder meiner Meinung fühlen *sollte*. Wenn einem Mädchen, sobald es alt genug ist, beigebracht wird, daß der Sinn des Lebens darin besteht, dem Clan ihres Mannes Kinder zu gebären, ist es nicht leicht, das zu ändern oder einen anderen Lebenszweck zu finden.« Sie verstummte, und Allart fand, daß Renatas Stimme angesichts ihrer Jugend zu bitter klang. Er fragte sich, wie alt sie wohl war, aber sie befanden sich schon in so enger Verbindung, daß Renata die unausgesprochene Frage beantwortete.
»Ich bin nur ein oder zwei Monate älter als Cassandra. Ich bin nicht ganz frei von dem Wunsch, eines Tages ein Kind zur Welt zu bringen, aber meine Sorgen über das Zuchtprogramm ähneln den deinen. Natürlich sind es nur die Männer, denen es erlaubt ist, solche Sorgen und Zweifel zu äußern. Von den Frauen erwartet man, daß sie nicht an solche Dinge denken. Manchmal habe ich das Gefühl, daß man von uns erwartet, daß wir überhaupt nicht denken! Aber mein Vater war mir gegenüber sehr nachgiebig, und ich habe ihm das Versprechen abgerungen, nicht verheiratet zu werden, bis ich zwanzig und in einem Turm ausgebildet worden bin. Ich habe viel gelernt. Zum Beispiel folgendes, Allart: Wenn du und Cassandra beschließen solltet, ein Kind zu haben, könnte man mit Hilfe einer Überwacherin das Ungeborene tief im Keimplasma untersuchen. Sollte das Kind das *Laran*, vor dem du dich fürchtest, oder sonst ein rezessives Merkmal tragen, das Cassandra bei der Geburt töten könnte, würde sie es nicht zur Welt bringen müssen.«
Heftig entgegnete Allart: »Es ist übel genug, daß wir Hasturs uns damit befassen, *Riyachiyas* und andere Abscheulichkeiten durch genetische Manipulationen unseres Samens zu züchten! Aber das mit meinen eigenen Söhnen und Töchtern tun? Willkürlich ein Leben zerstören, das ich selbst gegeben habe? Der Gedanke daran macht mich krank!«
»Ich bin nicht der Bewahrer deines Gewissens, oder Cassandras«, sagte Renata. »Das ist nur eine Möglichkeit. Es wird andere geben, die dir besser gefallen. Aber ich halte sie für das kleinere Übel. Ich weiß, daß ich eines Tages zur Heirat gezwungen und verpflichtet werde, meiner Kaste Kinder zu gebären. Ich werde mich dann vor zwei Alternativen gestellt sehen, die mir fast gleichermaßen grausam erscheinen: meiner Kaste

Monster zu gebären, oder sie noch in meinem Leib zu vernichten.«
Allart konnte ihr Entsetzen sehen.
»Ich bin Überwacherin geworden, um nicht unwissentlich zu diesem Zuchtprogramm beizutragen, das diese Monströsitäten in unser Volk gebracht hat. Jetzt, da ich *weiß*, was ich tun muß, ist es noch weniger erträglich geworden. Ich bin kein Gott, daß ich bestimmen könnte, wer leben und wer sterben wird. Vielleicht haben du und Cassandra letztlich doch richtig gehandelt, indem ihr kein Leben gebt, das ihr später wieder entziehen müßtet.«
»Und während wir auf diese Wahlmöglichkeiten warten«, sagte Allart bitter, »laden wir Batterien auf, damit Müßiggänger mit Luftwagen spielen können. Wir erleuchten ihre Häuser, damit sie sich die Hände nicht mit Harz schmutzig zu machen brauchen. Wir fördern Metalle, um anderen die Arbeit zu ersparen, sie zutage zu bringen, und schaffen immer schrecklichere Waffen, mit denen man Leben vernichtet, über die wir nicht den Schatten eines Rechts haben.«
Renata erblaßte. »Nein! *Das* habe ich nicht gehört. Allart, ist das dein Vorausblick, wird wieder Krieg ausbrechen?«
»Ich habe es gesehen und unbedacht ausgesprochen«, sagte Allart und schaute sie verzweifelt an. Die Klänge und Bilder des Krieges waren schon da und verwischten die Gegenwart. Er dachte: *Vielleicht werde ich im Gefecht getötet und davor bewahrt, weiterhin mit dem Schicksal oder meinem Gewissen zu hadern!*
»Es ist dein Krieg und nicht meine Angelegenheit«, sagte Renata. »Mein Vater hat mit Serrais keinen Streit und keinen Bündnisvertrag mit Hastur. Wenn der Krieg erneut ausbricht, wird er nach mir schicken und verlangen, daß ich nach Hause zurückkehre und heirate. Oh, gnädiger Avarra, da gebe ich dir Ratschläge, wie du und deine Frau eure Ehe führen sollt, und habe selbst weder den Mut noch die Vernunft, meiner eigenen entgegenzusehen! Ich wünschte, ich hätte deinen Vorausblick, Allart, um zu wissen, welche der Wahlmöglichkeiten mir das geringste Übel bringt.«
»Ich wünschte, ich könnte es dir sagen«, entgegnete er und ergriff einen Augenblick lang ihre Hände. Sein *Laran* zeigte jetzt deutlich, daß Renata und er zusammen nach Norden ritten ... wohin? Zu welchem Zweck?
Das Bild verblaßte und wurde durch einen Wirbel von neuen ersetzt: dem schwebenden Flug eines großen Vogels – war es wirklich ein Vogel? –, dem entsetzten Gesicht eines Kindes, erstarrt im Glanz von Blitzen. Ein Regen herabfallenden Haftfeuers, ein großer Turm, der zusammenbrach, zermalmt wurde, zu Schutt zerschmettert. Renatas Gesicht, von Zärtlichkeit entflammt, ihr Körper unter seinem ... Von den wirbelnden

129

Bildern benommen, versuchte Allart, die sich anhäufenden Zukunftsmöglichkeiten zu verdrängen.
»Vielleicht ist *das* die Antwort«, meinte Renata mit plötzlicher Heftigkeit. »Ungeheuer zu züchten und sie auf unser Volk loszulassen, immer schrecklichere Waffen zu bauen, unser verfluchtes Volk wegzuwischen und die Götter ein neues erschaffen zu lassen, das nicht den entsetzlichen Fluch des *Laran* trägt!«
Es war plötzlich so still, daß Allart die Morgengeräusche erwachender, zirpender Vögel und die weichen, feuchten Laute der Wolkenwellen an den Ufern von Hali hören konnte. Renata zog zitternd den Atem ein. Aber als sie weitersprach, war sie wieder ruhig, ganz die disziplinierte Überwacherin.
»Aber das ist weit entfernt von dem, was mir dir zu sagen auferlegt worden ist. Um unserer Arbeit willen, du und Cassandra dürft nicht wieder im selben Matrixkreis arbeiten, bis mit euch alles in Ordnung ist; bis ihr Liebe gegeben und empfangen habt und euch einig seid, ohne Wankelmut und Begehren Freunde sein zu können. Im Moment könnt ihr vielleicht in verschiedenen Kreisen untergebracht werden. Immerhin gibt es hier achtzehn, und ihr könntet getrennt arbeiten. Aber wenn ihr uns nicht zusammen verlaßt, muß zumindest einer von euch gehen. Selbst in getrennten Kreisen würde es, da ihr zusammen unter einem Dach wohnt, zu Spannungen kommen. Ich glaube, du solltest gehen, Allart. Du hast in Nevarsin gelernt, dein *Laran* zu beherrschen, aber Cassandra nicht. Aber du mußt selbst darüber entscheiden. Das Gesetz hat dich zu Cassandras Herrn gemacht, und auch zum Wahrer ihres Willens und Gewissens, wenn du dieses Recht ausüben willst.«
Er überhörte die Ironie. »Wenn du glaubst, es wäre besser für meine Ehefrau, zu bleiben«, sagte er, »dann wird sie bleiben, und ich werde gehen.« Trostlosigkeit überfiel ihn. In Nevarsin hatte er Glück gefunden, aber er war dort weggegangen, um nie mehr zurückzukehren. Sollte er nun auch von hier fortgehen?
Gibt es auf dieser Welt keinen Platz für mich? Muß ich für immer, heimatlos, von den Winden der äußeren Bedingung getrieben werden?
Er amüsierte sich auf merkwürdige Art über sich selbst: Er beklagte sich, weil das *Laran* ihm zuviele Zukunftsmöglichkeiten zeigte, und jetzt war er betrübt, weil er keine sah. Auch Renata wurde von Entscheidungen getrieben, die nicht ihrer Kontrolle unterlagen.
»Du hast die ganze Nacht gearbeitet, Cousine«, sagte er, »und bist hier geblieben, um dich mit meinen und den Sorgen meiner Frau zu plagen, anstatt dich selbst auszuruhen.«
Ihre Augen lächelten, ohne daß ihre Lippen sich bewegten. »Oh, es hat mich erleichtert, an andere Sorgen als die meinen zu denken, wußtest du

das nicht? Die Lasten anderer sind leichter zu tragen. Aber ich werde jetzt schlafen gehen. Und du?«
Allart schüttelte den Kopf. »Ich bin nicht müde. Ich glaube, ich werde eine Zeitlang im See spazierengehen, mir die merkwürdigen Fische oder Vögel anschauen und mir darüber klarzuwerden versuchen, was sie tatsächlich sind. Ich frage mich, ob unsere Vorväter sie gezüchtet haben. Vielleicht werde ich Frieden finden, wenn ich etwas betrachte, das meine Sorgen nicht betrifft. Sei gesegnet, Cousine für deine Freundlichkeit.«
»Warum? Ich habe nichts gelöst. Ich habe dir mehr Sorgen verschafft, das ist alles«, sagte Renata. »Aber ich werde schlafen gehen und vielleicht eine Antwort auf unsere Sorgen träumen. Ich frage mich, ob es ein solches *Laran*, gibt.«
»Wahrscheinlich«, erwiderte Allart. »Aber es ist zweifellos jemandem gegeben worden, der es nicht zu seinem eigenen Besten anwenden kann. So sind die Dinge in dieser Welt nun einmal. Wären sie anders, könnten wir den Weg aus allen Sorgen heraus finden und wie eine Spielfigur sein, die es schafft, sich vom Brett zu lösen, ohne gefangen zu werden. Geh schlafen, Renata. Die Götter mögen verhüten, daß du die Last unserer Ängste und Sorgen sogar noch im Traum trägst.«

12

Als Allart sich an diesem Abend in der unteren Halle zu den Mitgliedern seines Kreises gesellte, war dort ein aufgeregtes Gespräch im Gange. Alle waren anwesend, nicht nur die sechs, mit denen er an diesem Morgen gearbeitet hatte. Er fing Renatas Blick auf. Sie war blaß vor Angst. Er fragte Barak, der am Rande der Gruppe stand: »Was ist los? Was ist passiert?«
»Wir haben Krieg. Die Ridenows haben mit Bogenschützen und Haftfeuer-Pfeilen einen Angriff auf Burg Hastur gestartet und belagern die Kilghard-Hügel mit Luftwagen. Jeder taugliche Mann der Hasturs und Aillards ist ausgerückt, um das in den Wäldern wütende Feuer zu bekämpfen oder die Burg zu verteidigen. Wir haben es von den Verstärkern in Neskaya erfahren. Arielle war in den Verstärkernetzen und hat gehört ...«
»Alle Götter!« entfuhr es Allart. Cassandra erschien und blickte besorgt zu ihm auf.
»Wird Lord Damon-Rafael nach dir schicken, mein Gatte? Mußt du in den Krieg ziehen?«
»Ich weiß es nicht«, erwiderte Allart. »Ich war lange im Kloster, und mein Bruder wird möglicherweise glauben, daß ich in Kriegsführung

und Strategie zu wenig geübt bin. Vielleicht macht er einen seiner Friedensmänner zum Kommandanten.« Er schwieg nachdenklich. *Wenn einer von uns gehen muß, ist es vielleicht besser, wenn ich es bin. Wenn ich nicht zurückkehre, wird Cassandra frei sein. Wir würden dann dieser hoffnungslosen Situation entkommen.* Mit tränenerfülltem Blick sah Cassandra zu ihm auf, aber sein Gesicht blieb kalt und gefühllos. Er sagte: »Warum ruhst du nicht? Renata sagte, du seist krank. Solltest du nicht besser das Bett hüten?«

»Ich habe das Gerede über den Krieg gehört und Angst bekommen«, antwortete sie und versuchte, seine Hand zu nehmen. Allart zog sie behutsam zurück und wandte sich Coryn zu.

Der Bewahrer sagte: »Ich hielte es für besser, wenn du hierbliebst, Allart. Du besitzt die Kraft, die unsere Arbeit erleichtert. Zweifellos wird man uns bald auffordern, Haftfeuer herzustellen. Und da wir Renata verlieren werden...«

»Wird sie uns verlassen?«

Coryn nickte. »Sie ist in diesem Krieg neutral. Ihr Vater hat uns wissen lassen, daß sie mit einem Geleitschutz nach Hause geschickt werden soll. Er wünscht, daß sie den Kampfbereich sofort verläßt. Es tut mir immer leid, eine gute Überwacherin zu verlieren,« sagte er, »aber ich glaube, Cassandra wird nach einiger Übung ebenso geschickt sein. Die Überwachertätigkeit ist nicht schwer, aber Arielle ist als Technikerin besser. Glaubst du Renata, daß du genug Zeit hast, Cassandra in der Technik des Überwachens zu unterrichten, bevor du gehst?«

»Ich werde es versuchen«, sagte Renata, die gerade zu ihnen trat. »Solange ich kann, werde ich hierbleiben. Ich will den Turm nicht verlassen...« Sie warf Allart einen hilfesuchenden Blick zu. Er erinnerte sich daran, was sie ihm erst an diesem Morgen erzählt hatte.

»Mir würde es leid tun, dich gehen zu sehen, Cousine«, sagte er, und nahm ihre Hände sanft in die seinen.

»Ich würde lieber bei euch bleiben«, sagte Renata. »Wäre ich doch nur ein Mann und könnte frei wählen!«

»Ach, Renata«, erwiderte Allart, »auch uns steht es nicht frei, dem Krieg oder den Gefahren auszuweichen. Ich kann als Hastur-Fürst ebenso gegen meinen Willen in die Schlacht geschickt werden, wie der rangniedrigste Vasall meines Bruders.«

Sekundenlang standen sie mit verschränkten Händen, ohne zu sehen, daß Cassandras sie ansah und die Halle verließ. Schließlich gesellte sich Coryn wieder zu ihnen.

»Wie wir dich brauchen werden, Renata! Lord Damon-Rafael hat uns bereits beauftragt, einen neuen Vorrat an Haftfeuer anzulegen, und ich habe eine neue Waffe entwickelt, die ich unbedingt ausprobieren will.«

Er nahm so unbefangen und vergnügt im Fensterbogen Platz, als entwickele er eine neue Sportart oder ein Gesellschaftsspiel. »Es ist eine Vorrichtung, die zu ihrem Ausgangspunkt zurückkehrt. Sie ist auf eine Fallen-Matrix eingestellt und so gerichtet, daß sie nur einen bestimmten Feind tötet, dem es nichts nützt, wenn sich Friedensmänner schützend vor ihn werfen. Selbstverständlich ist es unerläßlich, ein Gedankenmuster des Opfers zur Hand zu haben, vielleicht Schwingungen eines erbeuteten Kleidungsstückes oder ein Schmuckstück, das er am Körper getragen hat. Eine solche Waffe kann keinem anderen schaden, da sie von dem besonderen Muster *seines* Verstandes ausgelöst wird.«
Renata schauderte. Allart streichelte geistesabwesend ihre Hand.
»Haftfeuer ist zu schwierig herzustellen«, sagte Arielle. »Ich wünschte, man könnte eine bessere Waffe erfinden. Zuerst müssen wir den roten Stoff aus der Erde fördern und ihn Atom für Atom trennen, indem wir ihn bei großer Hitze destillieren. Das ist sehr gefährlich. Als ich das letzte Mal damit arbeitete, ist einer der gläsernen Behälter explodiert. Zum Glück trug ich Schutzkleidung, aber selbst damit ...« Sie streckte eine Hand aus, damit man die häßliche, vernarbte Wunde, die einen tiefen Eindruck in ihrem Fleisch hinterlassen hatte, sehen konnte. »Nur ein Körnchen, aber es brannte bis auf den Knochen und mußte herausgeschnitten werden.«
Coryn hob die Hand des Mädchens an seine Lippen und küßte sie. »Du trägst eine ehrenvolle Kriegsnarbe, *Preciosa*. Das können nicht viele Frauen von sich sagen. Ich habe Kessel entwickelt, die auch bei größter Hitze nicht zerbrechen. Wir haben einen Bindezauber über sie gelegt, der sie am Zerplatzen hindert, ganz gleich, was passiert. Selbst wenn sie zerbrechen, wird der Bindezauber sie zusammenhalten, daß sie ihre Form behalten, anstatt auseinanderzufliegen und die Umherstehenden zu verletzen.«
»Wie ist dir das gelungen?« fragte Mira.
»Das war einfach«, erwiderte Coryn. »Man stellt ihr Muster auf eine Matrix ein, damit sie keine andere Form annehmen können. Sie können splittern, und ihr Inhalt kann ausfließen, aber sie können nicht auseinanderbrechen. Zerschmettert man sie, werden die Bruchstücke früher oder später sachte zu Boden gleiten – wir können die Schwerkraft nicht ganz ausschalten –, aber sie besitzen dann nicht mehr genug Energie, um jemanden zu schneiden. Aber um mit einer Matrix auf der Neuner-Ebene zu arbeiten, wie es bei der Herstellung von Haftfeuer notwendig ist, brauchen wir einen Kreis von neun Mitgliedern und einen Techniker oder Bewahrer, um den Bindezauber über die Kessel aufrechtzuerhalten. Ich frage mich«, fuhr Coryn mit einem Blick auf Allart fort, »ob du mit etwas Übung nicht Bewahrer werden könntest.«

»Ich habe keinerlei Ehrgeiz in dieser Richtung.«
»Aber es würde dich vom Krieg fernhalten«, sagte Coryn offen. »Wenn er dir Gewissensbisse bereitet, denke daran, daß du hier nützlicher bist und durchaus nicht ungefährdet. Keiner von uns ist ohne Narben.« Er hob seine Hände, die tiefe, längst verheilte Brandwunden aufwiesen. »Ich habe einmal einen Rückfluß auffangen müssen, als ein Techniker zauderte. Die Matrix war wie glühende Kohle. Ich dachte, sie würde wie Haftfeuer bis auf meine Knochen brennen. Und was das Leiden angeht – wenn wir in Neuner-Kreisen Tag und Nacht Waffen herstellen – nun, das werden wir haben, und ebenso unsere Frauen.«
Arielle wurde rot, als die umherstehenden Männer leise zu lachen begannen. Sie wußten alle, was Coryn meinte: Bei Männern war der wesentliche Nebeneffekt der Matrix-Arbeit langanhaltende Impotenz. Als er Allarts gezwungenes Lächeln sah, kicherte Coryn erneut.
»Vielleicht sollten wir alle Mönche und dafür geübt sein, *das* zusammen mit Kälte und Hunger zu ertragen«, meinte er lachend. »Allart, sag mir: Ich habe gehört, daß du auf dem Weg von Nevarsin von einem explodierenden Haftfeuer-Gerät angegriffen wurdest und es schafftest, es abzuwehren. Erzähl mir davon.«
Allart berichtete von dem Zwischenfall, soweit er sich daran erinnern konnte. Coryn nickte ernst. »An solch ein Geschoß hatte ich gedacht. Man müßte es hochzerbrechlich konstruieren und mit Haftfeuer oder gewöhnlichen Brandstoffen füllen. Ich habe eines, das einen ganzen Wald in Brand setzt, daß man Männer vom Kampf abziehen muß, um das Feuer zu bekämpfen. Und ich habe eine Waffe, die den ausgefallenen Ohrringen ähnelt, die unsere Handwerker herstellen. Man kann mit Hämmern auf sie einschlagen und Tiere können auf ihnen herumtrampeln, ohne daß sie zerbrechen. Aber die kleinste Berührung eines langen Glasschwanzes reicht aus, um sie in tausend Stücke zersplittern zu lassen. Man kann diese Waffe nicht wie jene, die man gegen deinen Vater ausschickte, vorzeitig zur Explosion bringen. Absolut nichts wird sie detonieren lassen, außer den auslösenden Gedanken desjenigen, der sie ausgeschickt hat. Mit tut es nicht leid, daß der Waffenstillstand beendet ist. Wir müssen eine Möglichkeit haben, diese Waffen irgendwo auszuprobieren!«
»Würden sie doch für immer unerprobt bleiben!« sagte Allart schaudernd.
»Ah, da spricht der Mönch«, meinte Barak. »Einige weitere Jahre werden dich von solch verräterischem Unsinn kurieren, mein Junge. Die Ridenow-Usurpatoren, die in unser Reich eindringen, sind zahlreich und fruchtbar – einige sogar Väter von sechs oder sieben Söhnen –, und sie sind alle hungrig nach Land. Von den sieben Söhnen *meines* Vaters

starben zwei bei der Geburt und ein dritter, als das *Laran* über ihn kam. Dennoch scheint es mir fast noch schlimmer zu sein, viele Söhne zu haben, die das Mannesalter erreichen. Denn dann muß jeder Besitz in Stückchen geschnitten werden, um sie alle zu unterstützen. Oder sie müssen ausziehen, wie es die Ridenows getan haben, um sich Land zu erobern, über das sie herrschen können.«
Coryn lächelte ohne Heiterkeit. »Das ist wahr«, bekräftigte er. »Ein Sohn ist notwendig, so notwendig, daß man alles tun wird, um sein Überleben sicherzustellen. Wenn man aber zwei hat, ist es schon zuviel. Ich war der jüngere Sohn. Mein älterer Bruder ist hocherfreut, daß ich hier als Bewahrer lebe, machtlos in den großen Geschehnissen unserer Tage. *Dein* Bruder ist liebevoller, Allart – zumindest hat er dich in die Ehe gegeben.«
»Ja«, gab Allart zurück, »aber ich habe geschworen, seinen Anspruch auf den Thron zu unterstützen, wenn König Regis – lang möge seine Herrschaft währen – etwas zustoßen sollte.«
»Seine Herrschaft dauert schon zu lange«, sagte ein Bewahrer aus einem der anderen Kreise. »Aber ich freue mich nicht gerade auf das, was geschehen wird, wenn dein Bruder und Prinz Felix anfangen, um den Thron zu streiten. Krieg mit Ridenow ist übel genug, aber ein Bruderkrieg im Hastur-Reich wäre weit schlimmer.«
»Prinz Felix ist ein *Emmasca*, habe ich gehört«, sagte Barak. »Ich glaube nicht, daß er um den Erhalt seiner Krone kämpfen wird – Eier können gegen Steine nichts ausrichten.«
»Nun, er ist einigermaßen sicher, solange der alte König lebt«, warf Coryn ein. »Aber danach ist es nur eine Frage der Zeit, bis er herausgefordert und öffentlich vorgeführt wird. Wen, frage ich mich, haben sie bestochen, um ihn als ersten Erben zu benennen? Aber vielleicht hast du Glück gehabt, Allart, denn dein Bruder braucht deine Unterstützung dringend genug, daß er eine Frau für dich wählte, die in der Tat liebenswürdig und einnehmend ist.«
»Ich glaubte sie noch vor einem Augenblick gesehen zu haben«, sagte der andere Bewahrer, »aber jetzt ist sie fort.«
Allart blickte suchend umher. Er war plötzlich von einer namenlosen Angst erfüllt. Eine Gruppe jüngerer Frauen des Turms tanzte am anderen Ende des langen Raums; er hatte sie unter ihnen vermutet. Erneut sah er sie tot in seinen Armen liegen ... und verscheuchte das Bild als eine Illusion, die seiner Angst und geistigen Unruhe entsprang.
»Vielleicht ist sie wieder auf ihr Zimmer gegangen. Renata hat ihr empfohlen, das Bett zu hüten, denn sie fühlte sich nicht wohl. Ich war überrascht, daß sie überhaupt heruntergekommen ist.«
»Aber in ihrem Zimmer ist sie nicht«, sagte Renata, die sich ihnen

näherte. Allarts Gedanken aufgreifend wurde sie blaß. »Wo kann sie hingegangen sein, Allart? Ich bin hinaufgegangen, sie zu fragen, ob ich sie als Überwacherin einweisen solle, aber sie ist überhaupt nicht im Turm.«

»Gnädiger Avarra!« Plötzlich brachen die sich verzweigenden Zukunftsmöglichkeiten wieder über ihn herein, und Allart wußte, wohin Cassandra gegangen war. Ohne ein Wort der Erklärung wandte er sich von den Männern ab, eilte hinaus, ging durch Hallen und Flure und verließ durch das Kraftfeld den Turm.

Die Sonne, eine große rote Kugel, hing wie Feuer auf den fernen Hügeln und bedeckte den See mit Flammen.

Sie hat mich bei Renata gesehen. Ich wollte ihre Hand nicht berühren, obwohl sie weinte – aber Renata habe ich vor ihren Augen geküßt. Es war rein freundschaftlich gemeint, wie man einer Schwester gegenüber zärtlich ist, und nur, weil ich Renata ohne diese Qual aus Liebe und Schuld berühren kann. Cassandra hat zugesehen, aber nichts verstanden ...

Er rief Cassandras Namen, bekam aber außer den weichen, plätschernden Lauten des Wolkenwassers keine Antwort. Allart warf den Umhang ab und fing an zu laufen. Am äußersten Rand des Ufersandes sah er zwei kleine, hochhackige Sandalen, blau gefärbt. Cassandra hatte sie nicht achtlos ausgezogen, sondern mit äußerster Gewissenhaftigkeit nebeneinander gestellt, als sei sie zaudernd hier niedergekniet. Allart zog hastig seine Stiefel aus und rannte in den See hinein.

Die merkwürdigen Wolkenwasser hüllten ihn trübe und fremdartig ein. Das dichte, neblige Gefühl umgab ihn. Er atmete, spürte die merkwürdige anregende Wirkung und konnte ziemlich deutlich sehen, wie durch den dünnen Nebel glänzende Gestalten – Fische oder Vögel? – an ihm vorbeiglitten. Das schimmernde Orange und Grün ähnelte keiner Farbe, die er je gesehen hatte, außer den Lichtern hinter seinen Augen, wenn er eine Dosis der telepathischen Droge Kirian eingenommen hatte, die das Gehirn öffnete ... Allart spürte, wie leicht sich seine Füße auf dem pflanzenbewachsenen Grund bewegten, als er anfing, durch den See zu laufen.

Irgend etwas war hier vorbeigekommen, ganz sicher. Die Fischvögel sammelten sich in Gruppen, die in den Wolkenströmen umhertrieben. Allart spürte, wie seine Füße langsamer wurden. Das schwere Gas fing nun an, ihn zu bedrücken. Er sandte einen verzweifelten Schrei aus: »*Cassandra!*« Aber die Wolke schien keinen Laut weiterzuleiten. Es war wie auf dem Grund eines tiefen Brunnens, dessen Stille ihn verschlang. Selbst in Nevarsin hatte er solche Ruhe nie erfahren. Lautlos trieben die Fisch-Vögel an ihm vorbei. Ihre leuchtenden Farben erzeugten in sei-

nem Gehirn Reflexionen. Er war benommen, fühlte sich schwindlig. Er zwang sich zu atmen, als ihm einfiel, daß in dieser seltsamen Wolke das Element, das den Atemreflex in seinem Gehirn auslöste, nicht vorhanden war. Er mußte mit Mühe und Willenskraft Luft holen.
»*Cassandra!*«
Ein schwaches, fernes Flackern ...
»*Geh weg* ...« Und schon war es wieder fort.
Atmen! Allart begann zu ermüden. Die Pflanzen wuchsen hier tiefer und dichter, und er mußte sich seinen Weg durch sie erkämpfen. *Atmen! Ein und aus, denk daran, zu atmen* ... Er spürte wie sich ein langer, schleimiger Pflanzenarm um seinen Knöchel legte, bückte sich und löste ihn. *Atmen!* Er zwang sich vorwärts, selbst als die leuchtend gefärbten Fisch-Vögel sich um ihn scharten und ihre Farben vor seinen Augen zu verschwimmen begannen. Sein *Laran* überfiel ihn, wie immer, wenn er besorgt oder ermüdet war, und er sah sich selbst hinabsinken, hinab in Gas und Schlick, sah sich still und zufrieden dort liegen, in glücklichem Frieden ersticken, weil er vergessen hatte, wie man atmete ... *Atmen!* Allart kämpfte, zog noch einen feuchten Atemzug des Gases ein und erinnerte sich daran, daß es sein Leben verlängerte. Die einzige Gefahr bestand darin, daß man das Atmen vergaß. Hatte Cassandra diesen Punkt schon erreicht? Lag sie schon, einen schmerzlosen, ekstatischen Tod sterbend, auf dem Grunde des Sees?
Sie wollte sterben, und ich bin schuldig ... *Atmen! Denk jetzt an nichts anderes, denk nur ans Atmen* ...
Er sah sich eine stille, leblose Cassandra aus dem See tragen. Ihr langes Haar lag schwarz und tropfend über seinem Arm ... Sah, wie er sich über sie beugte, während sie in den wogenden Gräsern des Sees lag; sah sich sie in die Arme nehmend, neben ihr niedersinken ...
Die Fisch-Vögel bewegten sich hektisch. Vor seinen Füßen sah er ein blasses Blau aufflackern, eine Farbe, die auf dem Grund des Sees nie zu sehen war. War es der lange Ärmel von Cassandras Gewand? *Atmen* ...
Allart beugte sich über sie. Sie lag auf der Seite, ihre Augen waren offen und regungslos. Ein schwaches, erfreutes Lächeln war auf ihren Lippen, aber sie war zu weit fort, um ihn zu sehen. Sein Herz zog sich zusammen, als er sich über sie beugte. Leicht hob er sie in seine Arme. Sie war bewußtlos, schwach, ihr Körper lehnte sich in der wogenden Umgebung schlaff gegen ihn. *Atmen! Atme in ihren Mund. Es ist das Gas unseres ausgestoßenen Atems, das den Vorgang auslöst* ... Allart verstärkte den Griff der Arme, legte seine Lippen auf die ihren und zwang seinen Atem in ihre Lungen. Wie im Reflex holte sie Luft, ein langer, tiefer Atemzug, und war wieder reglos.
Allart hob sie hoch. Er begann sie über den Grund des Sees zu tragen,

durch das trübe wolkige Licht, das jetzt von der untergehenden Sonne rötlich gefärbt wurde, und plötzlich packte ihn Entsetzen. *Wenn es dunkel wird, wenn die Sonne untergeht, werde ich den Weg zum Ufer niemals finden. Wir werden hier zusammen sterben.* Er beugte sich wieder über sie und zwang seinen ausgestoßenen Atem in ihren Mund. Erneut spürte er, wie sie sich regte. Aber der automatische Atmungsmechanismus Cassandras war verschwunden. Er wußte nicht, wie lange sie ohne ihn überleben konnte, selbst mit dem Sauerstoff der reflexhaften Atemzüge, die er sie alle zwei oder drei Schritte zu nehmen zwang. Er mußte sich beeilen, bevor das Licht verschwand. Allart kämpfte sich mit ihr durch die zunehmende Dunkelheit und mußte alle zwei oder drei Schritte anhalten, um ihr wieder Leben einzuatmen. Ihr Herz schlug. Wenn sie doch nur Luft holte ... Wenn er sie doch nur weit genug aus der Ohnmacht holen konnte, damit ihr klar wurde, daß sie atmen mußte ...

Die letzten Schritte waren wie ein Alptraum. Cassandra war eine schlanke, zarte Frau, aber Allart war auch kein übermäßig großer Mann. Als der Nebel niedriger wurde, gab er schließlich den Versuch auf, und zerrte sie weiter, indem er sich hinabbeugte und ihr unter die Achseln griff. Alle zwei oder drei Schritte blieb er stehen, um seinen Atem in ihre Lungen zu zwingen. Endlich stieß sein Kopf wieder auf Sauerstoff, den er zitternd, mit rasselnden Lungen, einatmete. Allart zerrte Cassandra mit letzter Mühe hoch, hielt ihren Kopf aus dem nebelhaften Gas heraus, taumelte wie betäubt aufs Ufer zu und brach neben ihr auf dem Gras zusammen. Er lag da, atmete in ihren Mund und drückte ihre Rippen, bis Cassandra anfing zu keuchen und einen klagenden Schrei ausstieß, der dem eines neugeborenen Kindes, dessen Lungen sich mit dem ersten Atemzug füllten, nicht unähnlich war. Schließlich atmete sie wieder normal. Obwohl sie noch immer bewußtlos war, spürte er nach kurzer Zeit in der zunehmenden Dunkelheit, wie ihre Gedanken die seinen berührten. Dann flüsterte sie, noch immer geschwächt: »Allart? Bist du es?«

»Ich bin hier, mein Liebes.«

»Mir ist so kalt.«

Allart hob seinen Umhang auf und wickelte sie ein. Er hielt sie fest umarmt und murmelte endlose Koseworte.

»*Preciosa ... Bredhiva* ... Mein Schatz, mein Geliebtes, warum ... Wie ... Ich dachte, ich hätte dich für immer verloren. Warum wolltest du mich verlassen?«

»Dich verlassen?«, flüsterte sie. »Nein. Aber es war so friedlich im See, und ich wollte nicht mehr, als für immer in der Stille zu bleiben, keine Furcht mehr zu haben und nicht mehr zu weinen. Ich glaubte, dich nach mir rufen zu hören, aber ich war so müde ... Ich habe mich nur hingelegt, um ein wenig auszuruhen. Ich war schläfrig und konnte nicht mehr aufstehen. Ich konnte plötzlich nicht mehr atmen und hatte Angst ... Und dann bist du gekommen ... Aber ich weiß, daß du mich nicht liebst.«

»Ich soll dich nicht lieben? Nicht wollen? Cassandra ...« Allart merkte, daß er nicht sprechen konnte. Er zog sie fest an sich und küßte ihre kalten Lippen.

Später nahm er sie wieder auf die Arme und trug sie in den Turm. Die Mitglieder der Matrixkreise, die dort versammelt waren, starrten ihn erschreckt und überrascht an, aber in Allarts Blick war etwas, das sie davon abhielt, zu reden oder sich dem Paar zu nähern. Er fühlte, daß Renata ihn beobachtete und die Neugier und das Entsetzen aller. Ohne darüber nachzudenken, sah er sich, wie sie in ihren Augen erscheinen mußten: durchnäßt und mit verschmutzten Kleidern, ohne Stiefel, Cassandras aufgeweichte Kleider, die den um sie gewickelten Umhang durchnäßten, ihr langes schwarzes Haar, aus dem Feuchtigkeit strömte. Der ernste Ausdruck seines Gesichts ließ sie, als er durch die Halle und die lange Treppe hinauf schritt, zur Seite treten. Allart brachte sie zu seinem eigenen Zimmer, zog die Tür hinter sich zu und verschloß sie. Er kniete neben Cassandra hin, zog ihr mit zitternden Händen die durchnäßte Kleidung aus und wickelte sie warm ein. Sie war still wie der Tod, lag bleich und bewegungslos auf dem Kissen, ihr feuchtes Haar hing leblos herab.

»Nein«, flüsterte sie, »du willst den Turm verlassen und hast mir nicht einmal davon erzählt. Ich wäre besser gestorben, als allein mit all den andern hierzubleiben, die mich verspotten, weil sie wissen, daß ich verheiratet, aber keine Ehefrau bin und du mich weder liebst noch begehrst.«

»Ich soll dich nicht lieben?« flüsterte Allart. »Ich liebe dich, wie mein gesegneter Ahnherr vor Jahrhunderten Robardins Tochter an den Ufern von Hali liebte. Und ich soll dich nicht begehren, Cassandra?« Er drückte sie an sich, bedeckte sie mit Küssen, und spürte, wie er Leben in sie hauchte, wie der Atem seiner Lungen ihr in den Tiefen des Sees Leben gegeben hatte. Er war fast jenseits aller Vernunft, jenseits der Erinnerung an das Gelöbnis, das sie einander gemacht hatten, aber ein letzter verzweifelter Gedanke durchzuckte seinen Verstand, bevor er die Decken beiseite zog.

Ich darf sie nie fortlassen, nicht jetzt. Gnädiger Avarra, habe Erbarmen mit uns!

13

Allart saß neben Cassandra und betrachtete ihr Gesicht. Nach dem Erlebnis im See ging es ihr körperlich nicht allzu schlecht. Selbst jetzt war er nicht sicher, ob es sich um einen echten Selbstmordversuch oder einen aus Verzweiflung, gepaart mit Krankheit und Erschöpfung geborenen Impuls gehandelt hatte. In den letzten Tagen war er kaum noch von ihrer Seite gewichen. Wie nahe war er doch daran gewesen, sie zu verlieren!

Die anderen hatten sie meist allein gelassen. Da sie um den Zustand ihrer Beziehung gewußt hatten, spürte er nun eine eingetretene Veränderung, aber das schien keine Rolle mehr zu spielen.

Es mußte eine Entscheidung gefällt werden, sobald Cassandra in der Lage war, aufzustehen. Sollte er mit ihr den Turm verlassen, und sie an einen sicheren Ort bringen? (Wenn man hier Waffen herstellte, konnte der Turm angegriffen werden.) Oder sollte er alleine fortgehen und Cassandra zur *Laran*-Ausbildung hierlassen, die sie brauchte?

Sein eigenes *Laran* hatte ihm immer wieder Visionen gezeigt, in denen er – mit Renata an der Seite – in den Norden ritt. Daß Cassandra in diesen Visionen fehlte, jagte ihm Angst ein. Was würde aus ihr werden? Er sah fremde Flaggen über sich, Krieg, das Klirren von Schwertern, das Krachen fremdartiger Waffen, Feuer und Tod. *Vielleicht würde es das Beste für uns beide sein ...*

Es war unmöglich, die disziplinierte Ruhe aufrechtzuerhalten, die er in Nevarsin gelernt hatte. Cassandra war in seinem Verstand ewig anwesend, seine Gedanken und Gefühle waren für sie ebenso hyperempfindlich wie sein Körper.

Das Gelöbnis, das sie einander gemacht hatten, war gebrochen.

Nach sieben Jahren in Nevarsin bin ich immer noch schwach und werde statt durch Vernunft von Gefühlen getrieben. Ich habe sie gedankenlos genommen, als sei sie eines von Dom Marius' Freudenmädchen.

Allart hörte das leise Klopfen an der Tür, und bevor seine Ohren es registrierten, wußte er – *es war soweit*. Er beugte sich vor, küßte die schlafende Frau mit einem schmerzlichen Gefühl des Abschieds, ging dann zur Tür und öffnete sie so rasch, daß Arielle ihn überrascht anblinzelte.

»Allart«, flüsterte sie, »dein Bruder, Lord Elhalyn, ist in der Fremdenhalle und verlangt dich zu sprechen. Ich werde bei deiner Frau bleiben.«

Allart ging in die Fremdenhalle hinunter. Es war der einzige Raum, den Leute von draußen betreten durften. Damon-Rafael erwartete ihn, während sein Friedensmann bewegungslos hinter ihm stand.

140

»Du erweist uns große Ehre, Bruder. Womit kann ich dir dienen?«
»Ich nehme an, du hast vom Ende des Waffenstillstands gehört?«
»Bist du gekommen, mich zu den Waffen zu rufen?«
Damon-Rafael erwiderte mit einem verächtlichem Lachen: »Nimmst du wirklich an, ich würde dafür selbst herkommen? Du würdest mir hier weitaus besser dienen. Nach all den Jahren, die du in mönchischer Abgeschiedenheit verbrachtest, habe ich wenig Vertrauen in deine Waffenkunst oder irgendwelche anderen männlichen Fertigkeiten. Nein, Bruder, es gibt eine andere Aufgabe für dich, falls du sie annimmst.«
Es kostete Allart ziemliche Beherrschung, diesen Hohn hinzunehmen und sich daran zu erinnern, daß er seinem Bruder und Großfürsten untertan war.
»Du hast jenseits des Kadarin gelebt. Bist du je in den Ländern der Aldarans bei Caer Donn gewesen?«
»Nie. Nur in Ardais und Nevarsin.«
»Dennoch mußt du wissen, daß dieser Clan übermächtig wird. Er hält Schloß Aldaran bei Caer Donn, ebenso Sain Scarp und Scathfell. Und er schließt mit allen anderen Bündnisse: mit Ardais, Darriel und Storn. Sie sind von Hastur-Blut, aber Lord Aldaran ist weder zu meiner Einführung als Lord von Elhalyn gekommen noch seit vielen Jahren beim Mittsommerfest in Thendara erschienen. Jetzt, wo der große Krieg erneut ausbricht, sitzt er wie ein mächtiger Falke, der bereit ist, auf die Tiefländer herabzustürzen, im Bergland. Wenn alle, die Aldaran Bündnistreue schulden, auf einmal über uns herfallen, könnte selbst Thendara nicht gehalten werden. Ich kann den Tag voraussehen, an dem alle Reiche von Dalereuth bis zu den Kilghard-Hügeln unter Aldarans Herrschaft liegen werden.«
Allart sagte: »Ich wußte nicht, daß du Vorausschau besitzt, Bruder.«
Damon-Rafael bewegte den Kopf mit einer schnellen, ungeduldigen Geste. »Vorausschau? Es erfordert nicht einmal viel Überlegung. *Wenn Verwandte im Streit sind, treten Feinde auf, um den Spalt zu vertiefen.* Ich versuche, einen neuen Waffenstillstand auszuhandeln – es bringt uns nichts, das Land in Brand zu stecken –, aber solange unsere Cousins von Burg Hastur belagert werden, ist das nicht leicht. Unsere Botenvögel fliegen Tag und Nacht mit geheimen Depeschen. Wir verfügen auch über *Leroni*, die in Verstärkernetzen arbeiten, um Botschaften auszusenden, aber natürlich können wir ihnen keine Geheimnisse anvertrauen. Was eine weiß, wissen alle, die *Laran* haben. Aber kommen wir zu dem Gefallen, um den ich dich bitten möchte, Bruder.«
»Ich höre«, sagte Allart knapp.
»Es ist lange her, seit ein Hastur einen Verwandten in diplomastischer Mission nach Aldaran gesandt hat. Aber wir brauchen ein Band wie

dieses. Die Storns halten Ländereien bis zum Westen von Caer Donn, und sie könnten es für zweckmäßig halten, sich den Ridenows anzuschließen. Dadurch könnten alle Bündnispartner der Hellers in den Krieg einbezogen werden. Glaubst du, du könntest Lord Aldaran davon überzeugen, sich und seine Lehnsleute in diesem Krieg neutral zu verhalten? Ich glaube nicht, daß er auf unserer Seite in ihn eingreifen würde, aber es besteht die Möglichkeit, daß er sich ganz aus ihm heraushält. Du hast die Nevarsin-Ausbildung und kennst die Sprache der Hellers gut. Bist du bereit, in meinem Namen Lord Aldaran darum zu bitten, nicht in diesen Krieg einzugreifen?«

Allart musterte das Gesicht seines Bruders. Diese Mission schien zu einfach. Plante Damon-Rafael einen Verrat, oder wollte er ihn einfach nur aus dem Weg haben, damit die Hasturs von Elhalyn ihre Loyalität nicht zwischen zwei Brüder aufteilen mußten?

»Ich stehe unter deinem Befehl, Damon-Rafael, aber ich bin unerfahren in Diplomatie dieser Art.«

»Du wirst Briefe von mir mitnehmen«, sagte Damon-Rafael, »und geheime Depeschen schreiben, die mir Botenvögel überbringen. Du wirst auch offene Depeschen schreiben, die die Spione beider Seiten sicher lesen werden. Die geheimen wirst du unter einem Matrix-Verschluß schicken, den keiner außer mir öffnen oder lesen kann. Sicher kannst du einen Verschlußzauber herstellen, der die Botschaften, wenn ein fremdes Auge auf sie fällt, zerstört?«

»Das ist ziemlich einfach«, erwiderte Allart. Jetzt verstand er. Es gab sicher nicht viele Menschen, denen Damon-Rafael freiwillig das Muster seines Gehirns auszuhändigen bereit war, um einen Matrix-Verschluß anzufertigen. Ein solcher Verschluß in den Händen eines Attentäters ...

Ich bin also eine der zwei oder drei Personen, denen Damon-Rafael diese Macht über sich geben würde. Weil ich durch einen Schwur gebunden bin, ihn und seine Söhne zu verteidigen.

»Ich habe in die Wege geleitet, daß du einen Vorwand für deine Mission hast«, fuhr Damon-Rafael fort. »Wir haben einen Kurier Aldarans abgefangen, von dem wir befürchteten, er sei zu den Ridenows unterwegs. Aber als meine *Leronis* ihn im Schlaf untersuchte, berichtete er uns, daß er sich auf einer persönlichen Mission Lord Aldarans befände. Ich kenne nicht alle Einzelheiten, aber es hat nichts mit dem Krieg zu tun. Sein Gedächtnis ist matrix-gelöscht, und wenn er mit eurem Bewahrer spricht – was er, wie ich annehme, bald tun wird –, wird er nicht mehr wissen, daß er gefangengenommen und untersucht wurde. Ich habe mit unserem Cousin Coryn arrangiert, daß du vorgeblich für die Waffenstillstandsfahne verantwortlich bist, die Aldarans Gesandten nach Nor-

den begleiten soll. Niemandem wird es auffallen, wenn du bei ihm bleibst und mit nach Aldaran reitest. Genügt das?«
Welche Wahl habe ich schon? Seit Tagen weiß ich, daß ich nach Norden reiten werde. Ich wußte nur nicht, daß es nach Aldaran geht. Aber was hat Renata damit zu tun? Laut sagte er: »Es scheint, du hast an alles gedacht.«
»Bei Sonnenuntergang wird mein Friedensmann dir Dokumente überbringen, die dich als meinen Botschafter ausweisen. Er gibt dir auch Instruktionen, wie man Botschaften schickt.« Sich erhebend sagte er: »Wenn du wünschst, werde ich deiner Gattin einen Höflichkeitsbesuch abstatten. Es soll so aussehen, als wäre ich zu einem reinen Familienbesuch hier.«
»Danke«, gab Allart zurück, »aber Cassandra geht es nicht gut. Sie hütet das Bett. Ich werde ihr deine Empfehlungen übermitteln.«
»Tu das auf jeden Fall«, sagte Damon-Rafael, »obwohl, wie ich annehme, es keinen Grund gibt, Glückwünsche auszusprechen, seit du dich entschieden hast, mit ihr im Turm zu wohnen. Ich kann mir nicht vorstellen, daß sie schon dein Kind trägt.«
Jetzt noch nicht, und vielleicht auch nie ... Erneut spürte Allart den Ansturm der Hoffnungslosigkeit. Laut sagte er: »Nein, wir hatten bisher dieses Glück noch nicht.« Damon-Rafael konnte weder vom wirklichen Zustand ihrer Beziehungen noch von ihrem gemeinsamen Gelöbnis und den Umständen, unter denen es gebrochen worden war, etwas wissen. Er hatte nur auf den Busch geklopft. Zwar war es unsinnig, Zorn auf die Boshaftigkeit seines Bruders zu verschwenden, aber Allart war dennoch wütend.
Und er war immer noch gebunden, ihm als dem Großfürsten von Elhalyn zu gehorchen. Wenn die Nordmänner aus den Hellers in diesen Krieg eingriffen, würde es Zerstörung und Verderben geben.
Ich sollte dankbar sein, dachte er, *daß die Götter mir einen so ehrenwerten Weg gewiesen haben, in diesem Krieg zu dienen. Wenn ich die Aldarans zur Neutralität überreden kann, werde ich in der Tat zum Wohl aller Vasallen von Hastur beitragen.*
Als Damon-Rafael sich zum Abschied erhob, sagte Allart: »Ich danke dir aufrichtig, Bruder, daß du mir diese Mission anvertraut hast.« Seine Worte kamen aus einem so vollen Herzen, daß Damon-Rafael ihn überrascht anblickte.
Als er Allart zum Abschied umarmte, lag ein Hauch von Wärme in seiner Geste. Obwohl sie nie Freunde sein würden, waren sie sich in diesem Augenblick näher als seit Jahren, das gestand Allart sich betrübt ein – und näher, als sie es je wieder sein würden.

Am Abend wurde er wieder in die Fremdenhalle gerufen; diesmal, wie er annahm, um Damon-Rafaels Boten zu treffen, der die Sicherheitsvorschriften und Depeschen mitbrachte.

Coryn sprach ihn vor der Tür an.

»Allart, sprichst du die Sprache der Hellers?«

Allart nickte. Er fragte sich, ob Damon-Rafael Coryn ins Vertrauen gezogen hatte.

»Mikhail von Aldaran hat uns einen Boten gesandt«, sagte Coryn, »aber es ist ungewiß, ob er unsere Sprache beherrscht. Kommst du und sprichst mit ihm in seiner eigenen?«

»Mit Freuden«, sagte Allart und dachte: *Also nicht Damon-Rafaels Agent, sondern Aldarans Kurier. Damon-Rafael sagte, seine Gedanken seien untersucht worden. Ich halte das für Unrecht, aber schließlich ist Krieg.*

Als er zusammen mit Coryn die Fremdenhalle betrat, erkannte er das Gesicht des Kuriers. Sein *Laran* hatte es ihm immer wieder gezeigt, obwohl er nie gewußt hatte, warum. Es war ein jugendliches Gesicht mit dunklem Haar und ebensolchen Brauen, das ihn mit unbefangener Freundlichkeit anblickte. Allart begrüßte den Mann in der formellen Redeweise der Hellers. »Du erweist uns Ehre, *Siarbinn*«, sagte er, die besondere Betonung benutzend, die dem archaischen Wort die Bedeutung *noch-unbekannter-Freund* verlieh. »Wie kann ich dir dienen?«

Der junge Mann stand auf und verbeugte sich.

»Ich bin Donal Delleray, Pflegesohn und Friedensmann von Mikhail, Lord Aldaran. Ich überbringe seine Worte, nicht die meinen, den *Vai Leroni* des Hali-Turms.«

»Ich bin Allart Hastur von Elhalyn. Dies hier ist mein Cousin Coryn, *Tenerézu* von Hali. Sprich offen.«

Er dachte: *Es ist sicher mehr als ein zufälliges Zusammentreffen, daß Aldaran im gleichen Moment, in dem mein Bruder seinen Plan ausarbeitet, einen Boten schickt. Oder hat er den Plan extra deswegen entwickelt, um die Ankunft des Boten auszunutzen? Die Götter mögen mir Kraft geben – ich sehe überall Komplotte und Intrigen!*

Donal sagte: »Als erstes, *Vai Domyn*, bitte ich Euch, Lord Aldaran Verzeihung dafür zu gewähren, daß er mich an seiner Stelle schickte. Er hätte nicht gezögert, selbst als Bittsteller zu kommen, aber er ist alt und kaum in der Lage, die lange Reise zu bewältigen. Zudem kann ich schneller reiten als er. Eigentlich hatte ich vorgehabt, in einem Acht-Tage-Ritt hier anzukommen, aber ich scheine auf dem Weg einen Tag verloren zu haben.«

Damon Rafael und seine verdammte Gedanken-Untersuchung. Allart schwieg. Er wartete darauf, daß Donal sein Anliegen vortrug.

Coryn sagte: »Es ist uns eine Freude, Lord Aldaran gefällig zu sein. Was ist seine Bitte?«
»Lord Aldaran hat mir aufgetragen, zu berichten, daß seine Tochter, sein einzig lebendes Kind und Erbe, an einem *Laran* leidet, das bisher unbekannt war. Die alte *Leronis*, die sich seit ihrer Geburt um sie gekümmert hat, weiß nicht mehr, was sie tun soll. Das Kind ist in einem Alter, in dem, wie mein Vater fürchtet, die Schwellenkrankheit es zerstören kann. Daher kommt er als Bittsteller, um die *Vai Leroni* zu bitten, jemanden zu schicken, der sich während dieser kritischen Periode um sie kümmerte.«
Es war nicht ungewöhnlich, daß eine im Turm ausgebildete *Leronis* einen jungen Erben anleitete und sich während der unruhigen Jahre des Heranwachsens um ihn kümmerte, wenn die Schwellenkrankheit einen solchen Tribut erforderte. Ein *Laranzu* vom Arilinn-Turm hatte Allart zum Beispiel geraten, Asyl in Nevarsin zu suchen. Wenn Aldaran wegen einer solchen Vergünstigung an Hali gebunden war, mußte er um so eher bereit sein, die Elhalyns zu unterstützen, indem er nicht in diesen Krieg eintrat.
Allart sagte: »Die Hasturs von Elhalyn und die im Hali-Turm Arbeitenden werden erfreut sein, Lord Aldaran in dieser Angelegenheit zu dienen.« In seiner eigenen Sprache fragte er Coryn: »Wen sollen wir schicken?«
»Ich hatte an dich gedacht«, erwiderte Coryn. »Du bist doch nicht sonderlich begierig, hierzubleiben und in den Krieg verwickelt zu werden.«
»Ich werde auf Geheiß meines Bruders sowieso gehen«, sagte Allart. »Aber es ist nicht ziemlich, daß ein *Laranzu* die Ausbildung eines Mädchens übernimmt. Es sollte eine Frau sein, die sie anleitet.«
»Aber wir können niemanden entbehren«, sagte Coryn. »Jetzt, wo ich Renata verliere, brauche ich Mira als Überwacherin. Cassandra ist für die Überwachertätigkeit noch nicht genügend ausgebildet. Und noch weniger ist sie dazu geeignet, ein junges Mädchen zu lehren, seine Gabe zu kontrollieren.«
»Könnte Renata diese Aufgabe nicht erfüllen?« fragte Allart. »Es würde sie sowohl aus der Kampfzone entfernen, als auch nach Neskaya zurückbringen.«
»Ja, Renata ist vielleicht die richtige Wahl«, bestätigte Coryn. »Aber sie soll nicht nach Neskaya gehen. Hast du es noch nicht gehört? Nein«, beantwortete er selbst seine Frage, »solange Cassandra krank war, hast du dich bei ihr aufgehalten und die Nachrichten nicht gehört. Dom Erlend Leynier hat ausrichten lassen, daß sie nicht zu den Neskaya-Türmen, sondern zu ihrer Trauung nach Hause zurückkehren soll. Sie

ist bereits zweimal aufgeschoben worden. Ich glaube nicht, daß sie noch eine Verzögerung auf sich nimmt, um in einem gottverlassenen Winkel der Hellers irgendein barfüßiges Bergmädchen darin zu unterrichten, wie es mit seinem *Laran* fertig wird.«

Allart schaute besorgt auf den jungen Donal. Hatte er die beleidigende Bemerkung verstanden? Donal blickte starr, wie es sich für einen Boten geziemte, geradeaus und schien ihnen nicht zuzuhören. Ob er genug von der Tieflandsprache verstand, um Coryns Worte zu begreifen oder genug *Laran* besaß, ihre Gedanken zu lesen, würden weder Coryn noch Allart je erfahren.

»Ich glaube nicht, daß Renata allzu versessen auf eine Heirat ist,« wandte Allart ein.

Coryn kicherte. »Ich glaube, daß *du* es nicht eilig hast, daß Renata verheiratet wird, Cousin.« Als er den Zorn in Allarts Augen aufsteigen sah, fügte er hastig hinzu: »Ich habe nur gescherzt. Sag dem jungen Delleray, daß wir *Damisela* Renata fragen werden, ob sie die Reise nach Norden auf sich nimmt.«

Allart wiederholte für Donal die formellen Sätze. Dieser verbeugte sich und erwiderte: »Sagt der *Vai Domna*, daß Lord Aldaran sie diesen Dienst nicht unbelohnt tun läßt. Er wird ihr, wenn die Zeit ihrer Heirat kommt, eine Mitgift geben, die der einer jüngeren Tochter entspricht.«

»Das ist großzügig«, sagte Allart, und das war es tatsächlich. Das *Laran* konnte nicht wie eine gewöhnliche Dienstleistung gekauft oder verkauft werden. Die Tradition verlangte, daß es lediglich der Kaste oder dem Clan zur Verfügung stand und nicht vermietbar war. Die Leyniers waren zwar wohlhabend, besaßen aber nicht die Reichtümer der Aldarans. Nun würde Renata die Mitgift einer Prinzessin erhalten.

Nach einigen weiteren Floskeln führten sie Donal auf das Zimmer, in dem er warten sollte. Als er mit Allart durch das Kraftfeld in den Hauptteil des Turms trat, sagte Coryn bedauernd: »Vielleicht hätte ich Arielle vorschlagen sollen. Sie ist zwar eine Di Asturien, aber *Nedestro*, und ihre Mitgift nicht der Rede wert. Selbst wenn mein Bruder mir die Erlaubnis zur Heirat gäbe, würde er mir nicht gestatten, ein armes Mädchen zu ehelichen.« Er lachte bitter. »Aber egal ... Selbst wenn sie alle Juwelen von Carthon zur Mitgift erhielte, könnte ein Hastur von Carcosa nicht mit einer *Nedestro* von Di Asturien verheiratet werden. Hätte Arielle eine solche Mitgift – ihr Vater würde sie sicher einem anderen anbieten, anstatt sie mir zu geben.«

»Du bist schon zu lange unverheiratet«, sagte Allart. Coryn zuckte die Achseln.

»Mein Bruder ist nicht wild darauf, daß ich einen Erben habe. Ich besitze genügend *Laran* und habe für ihr verfluchtes Zuchtprogramm ein halbes

Dutzend Söhne gezeugt. Ich habe nie versucht, sie zu sehen, auch wenn man sagte, daß sie *Laran* haben. Es ist besser, sie gar nicht erst liebzugewinnen. Soweit ich weiß, hat jeder Versuch, die Hastur-Gabe mit denen der Aillards oder Ardais' zu kreuzen, zur Folge gehabt, daß die armen kleinen Bälger an der Schwellenkrankheit starben. Es ist schon schwer genug für ihre Mütter – ich habe nicht die Absicht, auch noch davon betroffen zu sein.«

»Wie kannst du das so beiläufig hinnehmen?«

Einen Augenblick lang zerbrach Coryns Maske der Gleichgültigkeit. Er blickte Allart in echter Verzweiflung an.

»Was kann ich sonst tun, Allart? Kein Sohn von Hastur verfügt über ein eigenes Leben, solange die *Leroni* dieses verdammten Zuchtdienstes, den man unsere Kaste nennt, unsere Eheschließungen in die Wege leiten und die Zeugung unserer Bastarde arrangieren. Es sind nicht alle in der Lage, wie du das Leben eines Mönchs zu ertragen!« Sein Gesicht versteinerte sich wieder, wurde leidenschaftslos. »Nun, immerhin ist es keine unerfreuliche Pflicht, die ich meinem Clan gegenüber erfülle. Solange ich hier als Bewahrer lebe, gibt es genug Zeiten, in denen ich für keine Frau zu verwenden bin. Und das ist fast genauso, wie ein Mönch zu sein ... Arielle und ich wollen nehmen, was wir können, wenn die Gelegenheit es erlaubt. Ich bin nicht wie du, ein Romantiker auf der Suche nach der großen Liebe«, fügte er rechtfertigend hinzu und wandte sich ab. »Willst du Renata fragen, ob sie geht, oder soll ich es tun?«

»Frag du sie«, meinte Allart. Er wußte, was sie sagen würde. Sie würden zusammen nach Norden reiten. Immer wieder hatte er es gesehen. Es führte kein Weg daran vorbei.

War es unvermeidlich, daß er Renata lieben und seine Liebe und sein Versprechen gegenüber Cassandra vergessen würde?

Ich hätte Nevarsin nie verlassen sollen, dachte er. *Hätte ich mich doch von der höchsten Felsspitze gestürzt, statt ihnen zu erlauben, mich fortzutreiben!*

14

An der Zimmertür zögerte Renata. Schließlich trat sie, wissend, daß Cassandra ihre Anwesenheit wahrgenommen hatte, ohne anzuklopfen ein.

Cassandra lag zwar nicht mehr im Bett, sah aber noch immer blaß und erschöpft aus. Sie hatte eine Stickarbeit in der Hand und setzte kleine, präzise Stiche in das Blatt einer umstickten Blume. Als Renatas Blick auf die Arbeit fiel, wurde Cassandra rot und legte sie beiseite.

»Ich schäme mich, mit einer solch dummen Zerstreuung meine Zeit zu verschwenden.«

»Warum?« fragte Renata. »Auch mir wurde beigebracht, die Hände nie müßig sein zu lassen, damit mein Verstand sich entspannen kann, anstatt nur über meinen eigenen Problemen und Sorgen zu brüten. Aber meine Stiche waren nie so fein wie deine. Fühlst du dich jetzt besser?«

Cassandra seufzte. »Ja, mir geht es wieder gut. Ich glaube, daß ich meinen Platz wieder einnehmen kann. Ich nehme an ...« Renata wußte, daß Cassandras Kehle sich zuschnürte, unfähig, die Worte auszusprechen. *Ich nehme an, daß man weiß, was ich versucht habe. Sie verachten mich alle ...*

»Es gibt keinen unter uns, der für dich etwas anderes als Sympathie empfindet – und Kummer, daß du unglücklich unter uns warst, und niemand versuchte, deinen Schmerz zu lindern«, sagte Renata freundlich.

»Und doch höre ich Geflüster um mich herum. Ich kann nicht erkennen, was geschieht. Was verbergt ihr vor mir, Renata?«

»Du weißt, daß Krieg ausgebrochen ist«, sagte Renata.

»Allart wird in den Krieg ziehen!« Es war ein Schmerzensschrei. »Und er hat mir nichts gesagt.«

»Wenn er dabei zauderte, es dir zu sagen, *Chiya*, dann sicher nur aus Furcht, die Verzweiflung würde dich erneut überwältigen und zu überstürztem Handeln verleiten.«

Cassandra senkte den Blick. So freundlich sich die Worte auch anhören mochten – in ihnen klang ein wohlverdienter Vorwurf mit.

»Nein, das wird nicht noch einmal geschehen. Jetzt nicht.«

»Allart wird nicht in den Krieg ziehen«, sagte Renata besänftigend. »Er wird aus dem Kampfbereich herausgeschickt. Von Caer Donn ist ein Bote gekommen, dem Allart mit der Waffenstillstandsflagge als Begleiter mitgegeben wird. Lord Elhalyn hat ihn mit einem Auftrag zu den Bergbewohnern geschickt.«

»Werde ich mit ihm gehen?« Cassandra hielt den Atem an. Ihr Gesicht wurde von einem Ausdruck solcher Freude überzogen, daß Renata zögerte, weiterzusprechen.

Schließlich sagte sie behutsam: »Nein, Cousine. Das ist dir jetzt nicht bestimmt. Du mußt hierbleiben. Du brauchst dringend eine Ausbildung, die dich dein *Laran* kontrollieren läßt. Ich werde den Turm verlassen, und du wirst hier als Überwacherin gebraucht. Mira wird sofort anfangen, dich zu unterrichten.«

»Ich? Überwacherin? Wirklich?«

»Ja. Du hast lange genug im Kreis gearbeitet, und dein *Laran* und deine Begabung sind uns bekannt. Coryn meint, aus dir könne eine geschickte

Überwacherin werden. Man wird dich sehr bald brauchen. Wenn Allart und ich abreisen, wird es kaum genug Arbeiter geben, um zwei Kreise zu bilden, geschweige denn genügend ausgebildete Überwacher.«

«Aha.« Sekundenlang schwig Cassandra. »Zumindest habe ich ein leichteres Los zu ertragen als andere Frauen meines Clans, denen nichts anderes übrigbleibt, als zuzuschauen, wie ihre Männer in die Schlacht oder den Tod reiten. Hier wartet nützliche Arbeit auf mich. Allart braucht nicht zu befürchten, mich mit einem Kind zurückzulassen.« Als sie Renatas fragenden Blick sah, fuhr sie fort: »Ich schäme mich, Renata. Vielleicht weißt du nicht ... Allart und ich haben einander gelobt, daß unsere Ehe unvollzogen bleibt. Ich ... ich habe ihn dazu verführt, dieses Gelübde zu brechen.«

»Cassandra, Allart ist weder ein Kind noch ein unerfahrener Junge. Er ist ein erwachsener Mann und durchaus in der Lage, eine solche Entscheidung selbst zu treffen.« Renata unterdrückte den Impuls zu lachen. »Ich bezweifle, daß ihm der Gedanke schmeicheln würde, daß du ihn gegen seinen Willen vergewaltigt hast.«

Cassandra wurde rot. »Dennoch, wäre ich stärker und fähig gewesen, mein Verlangen zu unterdrücken ...«

»Cassandra, es ist geschehen und kann nicht rückgängig gemacht werden. Alle Schmiede in Zandrus Schmiedewerkstätten können ein zerbrochenes Ei nicht wieder heil machen. Du bist nicht der Hüter von Allarts Gewissen. Jetzt kannst du nur nach vorn blicken. Vielleicht ist es ganz gut, daß er dich eine Weile verlassen muß. Es wird euch beiden die Gelegenheit geben zu entscheiden, was ihr in Zukunft tun wollt.«

Cassandra schüttelte den Kopf. »Wie kann ich allein eine Entscheidung treffen, die uns beide angeht? Es ist an Allart zu sagen, was danach geschieht. Er ist mein Ehemann und mein Fürst!«

Renata wirkte plötzlich gereizt. »Diese Einstellung ist es, die die Frauen dahin gebracht hat, wo sie jetzt sind! Im Namen der Seligen Cassilda, Kind, hältst du dich immer noch für eine Gebärmaschine und ein Spielzeug der Begierde? Wach auf, Mädchen! Glaubst du, Allart begehrt dich nur aus diesen Gründen?«

Cassandra blinzelte verblüfft. »Was kann eine Frau sonst sein?«

»Du bist keine Frau!« sagte Renata zornig. »Du bist noch ein Kind! Jedes Wort, das du sagst, bezeugt das! Hör mir zu, Cassandra. Als erstes bist du ein menschliches Wesen, ein Kind der Götter, eine Tochter deines Clans, die *Laran* besitzt. Glaubst du, du hättest es nur, um es an deine Söhne weiterzugeben? Glaubst du ernsthaft, du besäßest für Allart keinen anderen Wert, als den, sein Bett zu teilen und ihm Kinder zu schenken? Mein Gott, Mädchen, das könnte er von einer Konkubine haben, oder einer *Riyachiya* ...«

Cassandras Wangen erglühten in zornigem Rot. »Es ziemt sich nicht, über solche Dinge zu reden!«

»Sondern nur, sie zu *tun*?« erwiderte Renata wutentbrannt. »Die Götter haben uns als denkende Geschöpfe erschaffen. Meinst du, sie hätten die Frauen nur als Zuchttiere ausersehen? Wenn das so ist – warum haben wir dann einen Verstand, *Laran*, und Zungen, um unsere Gedanken zu äußern? Man hätte uns dann doch nur hübsche Gesichter, Geschlechtsorgane, Bäuche, um die Kinder auszutragen, und Brüste, um sie zu ernähren, zu geben brauchen. Glaubst du, die Götter hätten nicht gewußt, was sie tun?«

»Ich glaube nicht, daß es überhaupt Götter gibt«, gab Cassandra zurück, und die Bitterkeit in ihrer Stimme war so groß, daß Renatas Zorn verrauchte. Auch sie hatte diese Art von Bitterkeit erfahren. Sie war noch immer nicht ganz frei davon.

Sie legte ihre Arme um das Mädchen und sagte sanft: »Cousine, wir haben keinen Grund, uns zu streiten. Du bist jung und unerfahren. Wenn du lernst, dein *Laran* zu benutzen, wirst du vielleicht anders über das denken, was du bist – nicht nur als Allarts Frau. Möglicherweise wirst du eines Tages Herrin deines eigenen Willens und Gewissens sein, und dich nicht darauf verlassen, daß er die Entscheidungen für euch beide trifft. Und du wirst ihm auch nicht mehr die Bürde deiner Sorgen zusätzlich zu den seinen auferlegen.«

»Daran habe ich nie gedacht«, gestand Cassandra und barg ihr Gesicht an Renatas Schultern. »Wäre ich stärker gewesen, hätte ich ihm diese Bürde nicht auferlegen müssen. Ich habe ihm die Schuld an meiner Verzweiflung, die mich in den See getrieben hat, gegeben. Dabei hat er nicht mehr getan, als seinem Empfinden zu folgen. Wird man mich lehren, stark zu sein, Renata? So stark wie du?«

»Stärker, hoffe ich, *Chiya*«, sagte Renata und küßte sie auf die Stirn. Aber ihre Gedanken waren finster. *Für sie habe ich Ratschläge, aber mit meinem eigenen Leben werde ich nicht fertig. Jetzt flüchte ich zum dritten Mal vor der Ehe und stürze mich auf diese unbekannte Arbeit in Aldaran, wo es um ein Mädchen geht, das ich nicht kenne und mich nicht im geringsten interessiert. Ich sollte hierbleiben und meinem Vater den Gehorsam verweigern, statt nach Aldaran zu gehen und einer Unbekannten beizubringen, das Laran zu steuern, mit dem ihre närrischen Vorfahren sie beglückt haben. Was bedeutet mir dieses Mädchen, daß ich mein eigenes Leben vernachlässige, um ihr zu helfen?*

Aber sie konnte sich ihrem Status nicht entziehen. Sie war eine *Leronis*, mit der Begabung geboren, und konnte sich glücklich schätzen, die Turmausbildung erhalten zu haben. Schon deswegen war sie verpflichtet, alles in ihrer Macht stehende zu tun, um anderen, die weniger Glück

gehabt hatten, zu helfen, mit ihrer ungewünschten Gabe fertigzuwerden.
Cassandra war jetzt wieder ruhig. Sie sagte: »Allart wird doch nicht gehen, ohne mir Lebewohl zu sagen ...?«
»Nein, nein, natürlich nicht, mein Kind. Coryn hat ihm bereits die Erlaubnis gegeben, sich vom Kreis zurückzuziehen, damit ihr die letzte Nacht gemeinsam verbringen und euch voneinander verabschieden könnt.« Sie sagte Cassandra nicht, daß sie selbst Allart auf seinem Ritt nach Norden begleiten würde. Das war seine Aufgabe, die er zur passenden Zeit erledigen mußte. Sie sagte nur: »Jedenfalls sollte, so wie die Dinge zwischen euch stehen, einer von euch gehen. Du weißt, daß du allein und keusch bleiben mußt, wenn die ernste Arbeit im Kreis anfängt.«
»Das verstehe ich nicht«, wandte Cassandra ein. »Coryn und Arielle ...«
»... arbeiten schon seit über einem Jahr zusammen. Sie kennen die Grenzen dessen, was erlaubt und was gefährlich ist«, fiel Renata ein. »Der Tag wird kommen, an dem du es auch weißt, aber in deiner jetzigen Verfassung würde es schwierig sein, sie einzuhalten. Jetzt ist es an der Zeit zu lernen, ohne Zerstreuungen, und Allart würde« – sie lächelte das andere Mädchen schelmisch an – »eine solche für dich sein. Oh, diese Männer, daß wir mit ihnen nicht in Frieden leben können – und ohne sie auch nicht!«
Cassandras Lachen dauerte nur Augenblicke. Dann zuckte ihr Gesicht wieder, weil sie dem Weinen nahe war. »Ich weiß, daß deine Worte richtig sind, aber trotzdem kann ich nicht ertragen, daß Allart mich verläßt. Hast du nie geliebt, Renata?«
»Nein, nicht so, wie du es meinst, *Chiya*.« Renata hielt Cassandra an sich gedrückt. Das empathische *Laran* der anderen schüttelte sie. Der Schmerz war peinigend, als Cassandra hilflos an ihrer Brust schluchzte.
»Was kann ich tun, Renata? Was kann ich nur tun?«
Renata schüttelte den Kopf und starrte trostlos vor sich hin. *Werde ich je erfahren, wie es ist, auf diese Weise zu lieben? Will ich es überhaupt wissen? Oder ist eine solche Liebe nur eine Falle, in die die Frauen sich freiwillig begeben, so daß sie nicht mehr die Kraft haben, ihr eigenes Leben zu bestimmen? Sind die Frauen der Comyn auf diese Weise zu schieren Gebärerinnen von Söhnen und Spielzeugen der Begierde geworden?* Aber Cassandras Schmerz war für sie sehr echt. Schließlich sagte sie zögernd, voll Scheu vor den tiefen Empfindungen der anderen: »Du könntest es ihm unmöglich machen, dich zu verlassen, Cousine, wenn du so traurig bist. Er würde sich zu sehr um dich sorgen und

Schuldgefühle bei dem Gedanken, dich in solcher Verzweiflung alleinzulassen, entwickeln.«

Cassandra unterdrückte mühsam ihr Schluchzen. Schließlich sagte sie: »Du hast recht. Ich darf Allarts Kummer nicht noch meinen eigenen hinzufügen. Ich bin weder die erste noch die letzte Frau eines Hastur, die ihren Mann wegreiten sieht, ohne zu wissen, wann er zurückkehrt. Aber seine Ehre und der Erfolg seiner Mission liegen in meiner Hand. Ich darf das nicht leichtfertig ausnutzen. Irgendwie« – trotzig reckte sie ihr kleines Kinn – »werde ich die Kraft finden, ihn fortzuschicken. Wenn er schon nicht fröhlich geht, kann ich zumindest sicherstellen, daß meine Angst die seine nicht verstärken wird.«

Es war eine kleine Gruppe, die am nächsten Tag von Hali aus nach Norden ritt. Donal war als Bittsteller allein gekommen. Allart wurde nur von dem Bannerträger – der ihm als Erben von Elhalyn zustand – begleitet. Nicht ein einziger Leibdiener ritt mit ihnen. Auch Renata hatte auf die übliche Begleitung verzichtet. In Zeiten des Krieges, hatte sie gesagt, brauchten solche Feinheiten nicht beachtet zu werden. Ihre Begleitung bestand lediglich aus ihrer Amme Lucetta, die ihr seit der Kindheit diente. Renata selbst hätte auch auf diese Begleitung verzichtet, aber für eine unverheiratete Frau ziemte es sich nicht, ohne weibliche Bedienung zu reisen.

Allart ritt schweigend und abseits von den anderen dahin, gequält von der Erinnerung an Cassandra und dem Moment des Abschieds. Ihre Augen waren mit Tränen gefüllt gewesen, aber sie hatte tapfer mit sich gekämpft, um keine zu vergießen. Wenigstens war sie nicht schwanger zurückgeblieben; insoweit waren die Götter gnädig.

Falls es überhaupt Götter gab, die es kümmerte, was der Menschheit widerfuhr ...

Vor sich konnte er Renata vergnügt mit Donal plaudern hören. Sie schienen beide so jung zu sein. Allart wußte, daß er nur drei oder vier Jahre älter als Donal war, aber irgendwie kam es ihm vor, als sei er nie so jung gewesen. *Da ich sehe, was sein wird, sein kann und nie sein wird, scheine ich mit jedem Tag, der vergeht, eine ganze Lebensspanne zu leben*. Er beneidete die Jungen.

Sie ritten durch ein Land, das die Narben des Krieges trug: geschwärzte Felder mit den Spuren des Feuers, abgedeckte Häuser, verlassene Höfe. Auf der Straße begegneten ihnen so wenig Reisende, daß sich Renata nach dem ersten Tag nicht einmal mehr die Mühe machte, den Schleier über ihr Gesicht zu legen.

Einmal flog ein Luftwagen dicht über ihnen dahin, machte einen Bogen, tauchte hinab, um sie näher in Augenschein zu nehmen, wendete wieder

und flog nach Süden zurück. Der Gardist mit der Waffenstillstandsflagge ließ sich zurückfallen, bis er neben Allart ritt.
»Flagge oder nicht, *Vai Dom*, ich wünschte, Ihr hättet einer Eskorte zugestimmt. Diese Ridenow-Bastarde könnten sich leicht dazu entscheiden, darauf zu pfeifen. Und wenn sie Euer Banner sehen, könnte ihnen leicht der Gedanke kommen, von welchem Wert es wäre, den Elhalyn-Erben gefangenzunehmen und von seiner Hastur-Verwandtschaft freikaufen zu lassen. Es wäre nicht das erste Mal, daß so etwas geschieht.«
»Wenn sie die Fahne nicht ehren«, sagte Allart gemessen, »wird es uns auch nichts nützen, sie in diesem Krieg zu schlagen, denn dann würden sie auch die Kapitulationsbedingungen nicht achten. Ich glaube, es wird uns nichts anderes übrig bleiben, als von ihnen zu erwarten, daß sie an den Kriegsregeln festhalten.«
»Ich habe wenig Vertrauen zu den Regeln, Dom Allart, seit ich zum ersten Mal sah, wie ein Dorf mit Haftfeuer in Schutt und Asche gelegt wurde. Dabei kamen nicht nur Soldaten, sondern Greise, Frauen und Kinder um. Ich würde es vorziehen, den Regeln des Krieges nur mit einer kräftigen Eskorte im Rücken zu trauen!«
Allart erwiderte: »Ich habe mit meinem *Laran* nicht vorausgesehen, daß wir angegriffen werden.«
Trocken gab der Gardist zurück: »Dann seid Ihr glücklich, *Vai Dom*. Ich habe nicht den Trost der Vorausschau oder sonstwelcher Zauberei«. Anschließend verfiel er in hartnäckiges Schweigen.
Am dritten Tag ihrer Reise überquerten sie einen Paß, der zum Kadarin-Fluß hinabführte. Er trennte das Tieflandterritorium von den Ländern, die dem Bergvolk gehörten – Aldaran, Ardais und den niederen Fürsten der Hellers. Bevor sie die Straße hinabritten, drehte Renata sich um, um über das Land zu schauen, aus dem sie gekommen waren. Der größte Teil der Reiche lag vor ihnen ausgebreitet. Renata sah auf die entfernten Hochebenen und schrie plötzlich entsetzt auf – ein Waldbrand wütete in den südlichen Kilghard-Hügeln.
»Seht nur, das Feuer!« schrie sie auf. »Es wird auf die Alton-Ländereien übergreifen.« Allart und Donal, die beide Telepathen waren, verstanden ihre Gedanken: *Wird auch mein Zuhause in Flammen liegen, in einem Krieg, der nicht der unsere ist?* Laut sagte sie mit bebender Stimme: »Jetzt wünschte ich, ich hätte deine Vorausschau, Allart.«
Das Panorama der Landschaft unter ihnen verschwamm vor Allarts Augen, die er in dem vergeblichen Bemühen, den sich verzweigenden Zukunftsentwicklungen seines *Laran* zu entgehen, verschloß. Wenn der mächtige Clan der Altons durch einen Angriff in den Krieg hineingezogen wurde, wäre keine Siedlung, kein Gut in den Reichen mehr sicher.

Für die Altons spielte es keine Rolle, ob ihre Häuser durch ein vorsätzlich gelegtes Feuer oder einen außer Kontrolle geratenen Brand in Flammen aufgingen.
»Wie können sie es wagen, einen Waldbrand als Waffe einzusetzen«, schimpfte Renata, »wenn sie wissen, daß man ihn nicht kontrollieren kann, da er von den Winden abhängt.«
»Nein«, machte Allart einen Versuch, sie zu besänftigen. »Einige der *Leroni* – das weißt du – können durchaus ihre Kräfte dazu einsetzen, um Wolken und Regen zu erzeugen, die ein Feuer eindämmen oder zum Verlöschen bringen.«
Donal lenkte sein Reittier an Renata heran. »Wo liegt dein Heim?«
Sie zeigte es ihm. »Dort, zwischen den Seen von Miridon und Mariposa. Es liegt hinter den Hügeln, aber du kannst die Seen erkennen.«
Donals dunkles Gesicht wirkte konzentriert, als er sagte: »Hab keine Angst, *Damisela*. Sieh – das Feuer wird sich diesen Kamm entlang nach oben fortpflanzen.« Er zeigte mit dem Finger darauf. »Dort werden es die Winde zurücktreiben. Vor dem morgigen Sonnenuntergang wird es ausbrennen.«
»Ich bete, daß du recht hast«, sagte Renata. »Aber das ist sicher nur eine Vermutung.«
»Nein. Du wirst es selbst sehen können, wenn du dich beruhigst. Als im Turm Ausgebildete dürfte dir nicht entgehen, in welcher Richtung die Luftströme ziehen und wo der Wind aufkommt. Du bist eine *Leronis*. Du mußt das erkennen.«
Allart und Renata blickten Donal verwundert und erstaunt an. Schließlich sagte Renata: »Einmal, als ich das Zuchtprogramm studierte, las ich etwas von einem *Laran*, das dazu fähig sein soll, aber man rückte, weil es nicht kontrolliert werden konnte, davon ab. Aber diese Fähigkeit besaß weder die Hastur-Sippe noch die der Delleray. Bist du vielleicht mit den Storns oder Rockravens verwandt?«
»Aliciane von Rockraven – die vierte Tochter von Lord Vardo – war meine Mutter.«
»Tatsächlich!« Renata blickte ihn mit deutlicher Neugier an. »Ich dachte, dies *Laran* sei ausgelöscht. Gewöhnlich tötete es die Mutter, die solch ein Kind zur Welt brachte. Hat deine Mutter deine Geburt überlebt?«
»Das hat sie«, bestätigte Donal, »aber sie starb bei der Geburt meiner Schwester Dorilys, die du in deine Obhut nehmen sollst.«
Renata schüttelte den Kopf. »Hat das verfluchte Zuchtprogramm der Hastur-Sippe seine Spuren also auch in den Hellers hinterlassen? Besaß dein Vater irgendein *Laran*?«
»Ich weiß es nicht. Ich kann mich nicht einmal erinnern, ob ich ihm je

ins Gesicht geblickt habe«, erwiderte Donal. »Aber meine Mutter war keine Telepathin, und Dorilys – meine Schwester – kann überhaupt keine Gedanken lesen. Die Fähigkeit, die ich besitze, muß die Gabe meines Vaters sein.«

»Hast du dein *Laran* schon seit der Kindheit, oder kam es ganz plötzlich, als du heranwuchst?«

»Ich kann Luftströmungen und Stürme spüren, seit ich denken kann«, antwortete Donal. »Ich habe es damals nicht für *Laran* gehalten, nur für ein Gespür, das mehr oder weniger jeder hat, wie beispielsweise ein Ohr für Musik. Als ich älter wurde, konnte ich ein wenig die Blitze kontrollieren.«

Er erzählte, wie er als Kind einen Blitzschlag abgelenkt hatte, der auf einen Baum zielte, unter dem er mit seiner Mutter gestanden war. »Aber ich kann es nur selten tun, und wenn es dringend erforderlich ist, sonst macht es mich krank. Daher versuche ich nur, diese Kräfte zu erkennen, nicht, sie zu kontrollieren.«

»Das ist das Klügste«, bekräftigte Renata. »Alles, was wir über weniger gewöhnliches *Laran* wissen, hat uns gelehrt, wie gefährlich es ist, mit diesen Gewalten zu spielen. Regen an einem Ort bedeutet Dürre an einem anderen. Ein weiser Mann sagte einmal: ›Es ist ein schlechtes Unterfangen, einen Drachen anzuketten, um sein Fleisch zu braten.‹ Aber ich sehe, daß du einen Sternenstein trägst.«

»Einen kleinen, nur für Spielereien. Ich kann einen Gleiter heben und ähnliche Dinge. Kleinigkeiten, die mir unsere Haushalt-*Leronis* beibrachte.«

»Bist du seit deiner Kindheit ein Telepath?«

»Nein. die Kraft kam zu mir, als ich über fünfzehn war und es schon nicht mehr erwartete.«

»Hast du stark unter der Schwellenkrankheit gelitten?« fragte Allart.

»Nicht sonderlich. Benommenheit und Orientierungsschwierigkeiten, vielleicht ein halbes Jahr lang. Am meisten betrübte es mich, daß mein Pflegevater mir in dieser Zeit den Gleiter verbot!« Er lachte, aber Allart und Renata konnten seine Gedanken lesen: *Ich habe nie gewußt, wie sehr mein Pflegevater mich liebte, bis ich spürte, wie sehr er sich ängstigte, mich zu verlieren, als die Schwellenkrankheit kam.*

»Keine Krämpfe?«

»Gar nichts.«

Renata nickte. »Einige Erblinien haben es schwerer als andere. Du scheinst die relativ geringere zu haben, und Lord Aldarans Familie die tödliche Form. Bist du vom Blut der Hasturs?«

»*Damisela*, ich habe nicht die geringste Ahnung«, antwortete Donal steif, und die anderen spürten seinen Widerwillen, als hätte er die Worte

laut ausgesprochen: *Bin ich ein Renn*-Chervine *oder ein Zuchttier, das man nach seinem Stammbaum beurteilt?*
Renata lachte laut. »Vergib mir, Donal. Vielleicht habe ich zu lange in einem Turm gewohnt und nicht überlegt, für wie beleidigend ein anderer eine solche Frage halten könnte. Ich habe so viele Jahre damit zugebracht, diese Dinge zu studieren! Allerdings, mein Freund, wenn ich mich um deine Schwester kümmern soll, muß ich ihre Erblinie und ihren Stammbaum so gewissenhaft untersuchen, als sei sie ein Renntier oder ein edler Falke, um herauszufinden, wie dieses *Laran* in ihre Linie kam, und welche tödlichen und rezessiven Merkmale es tragen könnte. Selbst wenn sie sich jetzt ruhig verhalten, könnten sie Ärger verursachen, wenn sie zur Frau wird. Aber vergib mir. Ich wollte dich nicht beleidigen.«
»Ich sollte dich um Vergebung bitten, *Damisela*, weil ich so tölpelhaft bin – während du nach Wegen suchst, meiner Schwester zu helfen.«
»Dann wollen wir uns gegenseitig vergeben, Donal – und Freunde sein.«
Allart spürte, während er sie beobachtete, plötzlich bitteren Neid auf diese jungen Leute, die lachen, flirten und das Leben genießen konnten, selbst wenn sie mit drohendem Verderben beladen waren. Dann schämte er sich plötzlich seiner selbst. Renata trug keine leichte Last. Sie hätte ihre Verantwortung auf Vater oder Ehemann abladen können – dennoch arbeitete sie seit ihrer Kindheit daran, zu erfahren, wie man mit der Verantwortung am besten fertig wurde. Selbst wenn es hieß, das Leben eines ungeborenen Kindes zu zerstören und den Makel einer unfruchtbaren Frau zu tragen. Auch Donal hatte keine unbeschwerte Jugend gehabt. Er mußte mit dem Wissen um sein eigenes *Laran* leben, das ihn und seine Schwester zerstören konnte.
Allart fragte sich, ob jedes menschliche Wesen tatsächlich so nahe wie er an einem Abgrund entlang durchs Leben ging. Er machte sich klar, wie er sich verhalten hatte: als trüge er allein einen unerträglichen Fluch, und alle anderen seien heiter und sorgenfrei. Er beobachtete, wie Renata und Donal lachten und scherzten, und dachte – es war ein neuer und fremder Gedanke – *Vielleicht hat Nevarsin mir eine zu übertrieben ernsthafte Einstellung zum Leben gegeben. Wenn sie mit ihren Lasten leben und dennoch heiter sein und sich an dieser Reise erfreuen können, sind sie vielleicht klüger als ich.*
Als er schneller ritt, um sich ihnen anzuschließen, lächelte er.

Sie erreichten Aldaran am späten Nachmittag eines trüben, regnerischen Tages, der Wind, Regen und kleine Hagelkörnchen mit sich trieb. Renata hatte den Umhang über das Gesicht gezogen und ihre Wangen mit

einem Schal geschützt. Der Bannerträger hatte die Fahne in eine schützende Hülle gesteckt und ritt mit ernstem Blick, in seinem dicken Mantel vermummt. Allart bemerkte, daß die zunehmende Höhe sein Herz heftiger schlagen ließ. Er fühlte sich ein wenig benommen. Aber Donal schien mit jedem Tag mehr die Sorgen abzuwerfen und fröhlicher auszusehen, als seien die Höhe und die sich verschlechternde Witterung nur ein Zeichen der Heimkehr. Er ritt selbst durch den Regen barhäuptig, hatte die Kapuze seines Reitmantels zurückgeworfen und achtete nicht auf den Hagel, der sein von Wind und Kälte gerötetes Gesicht traf.
Am Fuß des langen Hanges, der zur Burg hinauf führte, hielt er an und gab lachend und winkend ein Zeichen. Renatas Amme grollte: »Sollen wir mit normalen Reittieren diesen Ziegenpfad hinaufreiten, oder glaubt man, daß wir Falken sind und fliegen können?« Selbst Renata wirkte angesichts des letzten steilen Pfades ein wenig geängstigt.
»*Das* ist die Aldaran-Feste? Sie scheint so unzugänglich wie Nevarsin!«
Donal lachte. »Nein, aber in den alten Zeiten, als die Vorfahren meines Pflegevaters sie mit Waffengewalt verteidigen mußten, machte dieser Hang sie unverwundbar – meine Dame«, fügte er mit plötzlichem Selbstbewußtsein an. Während der Dauer der Reise waren sie füreinander Allart, Renata und Donal geworden. Donals plötzliche Rückkehr zu formeller Höflichkeit machte ihnen klar, daß – was immer auch passierte – die Periode der Sorglosigkeit vorüber war, und die Last ihrer voneinander getrennten Schicksale sich wieder auf sie legten.
»Ich vertraue darauf, daß die Soldaten auf den Mauern wissen, daß wir nicht als Angreifer kommen«, meinte der Gardist, der die Waffenstillstandsflagge trug, düster.
Donal lachte und erwiderte: »Nein, ich glaube, für ein Kriegskommando sind wir zu klein. Schaut – dort auf den Zinnen sind mein Pflegevater und meine Schwester. Offenbar wußte er von unserer Ankunft.«
Allart sah, wie sich der leere Blick über Donals Gesicht legte – der Blick des Telepathen, der mit anderen außer Hörweite Kontakt aufnahm.
Einen Augenblick später lächelte Donal vergnügt und sagte: »Der Pferdepfad ist nicht gar so steil. Auf der anderen Seite der Burg sind Stufen in den Fels geschnitten, zweihundertachtundneunzig insgesamt. Würdet Ihr vielleicht lieber diesen Weg erklimmen? Oder Ihr, *Mestra*?« fragte er die Amme, die einen Laut des Entsetzens ausstieß. »Kommt, mein Pflegevater erwartet uns.«
Während des langen Ritts hatte Allart die in Nevarsin erlernten Techniken angewandt, um die auf ihn eindringenden Zukunftsmöglichkeiten fernzuhalten. Da er sie nicht beeinflussen konnte, wußte er, daß es eine Form der Schwäche war, wenn er sich mit ihnen abgab. Dieser Schwäche

durfte er nicht nachgeben. Er mußte sich mit dem befassen, was kam – und durfte nur dann vorausschauen, wenn sich eine vernünftige Möglichkeit bot, zu entscheiden, welche mögliche Entwicklung durch eine Entscheidung, die tatsächlich seiner Kontrolle unterlag, verstandesmäßig beeinflußt werden konnte. Aber als sie die Spitze des steilen Hanges erreicht hatten, aus Hagel und Wind in einen geschützten Hof gelangten, und Diener sich um sie scharten, um ihnen die Pferde abzunehmen, wußte er, daß er diese Szene schon einmal erlebt hatte. Durch die momentane Orientierungslosigkeit vernahm er den Aufschrei einer schrillen, kindlichen Stimme, und es schien ihm, als sähe er Blitze aufflakkern. Er fuhr zurück, noch bevor er sie tatsächlich *hörte*. Es entpuppte sich schließlich alles als ganz einfach: keine Gefahr, kein Aufzucken merkwürdiger Blitze, nichts als die Stimme eines fröhlichen Kindes, das Donals Namen rief. Mit fliegenden Zöpfen rannte ein kleines Mädchen aus dem Schutz eines Bogenganges und umschlang ihn mit beiden Armen.

»Ich wußte, daß du es warst – mit den Fremden. Ist das die Frau, die meine Lehrerin sein soll? Wie heißt sie? Magst du sie? Wie ist es in den Tiefländern? Blühen die Blumen dort wirklich das ganze Jahr über? Hast du auf der Reise irgendwelche nichtmenschlichen Wesen gesehen? Hast du mir Geschenke mitgebracht? Was sind das für Leute? Was sind das für Tiere, die sie reiten?«

»Sachte, sachte, Dorilys«, meinte eine tiefe Stimme vorwurfsvoll. »Unsere Gäste werden uns tatsächlich für Bergbarbaren halten, wenn du wie ein schlecht erzogenes *Gallimak* daherplapperst. Laß deinen Bruder los und begrüße unsere Gäste wie eine Dame!«

Donal ließ zwar zu, daß das Mädchen seine Hand umklammerte, als er sich seinem Pflegevater zuwandte, ließ sie aber los, als Mikhail von Aldaran ihn in eine enge Umarmung zog.

»Junge, ich habe dich sehr vermißt. Willst du uns nicht unsere ehrenwerten Gäste vorstellen?«

»Renata Leynier, *Leronis* vom Hali-Turm«, sagte Donal. Renata machte einen tiefen Knicks vor Lord Aldaran.

»Verehrte Dame, Ihr erweist uns Gnade. Wir sind hochgeehrt. Erlaubt mir, meine Tochter und Erbin vorzustellen: Dorilys von Rockraven.«

Dorilys senkte scheu die Augen, als sie einen Knicks machte.

»*S'dia shaya, Domna*«, sagte sie schüchtern.

Dann stellte Lord Aldaran Margali vor. »Das ist die *Leronis*, die sich seit ihrer Geburt um sie kümmert.«

Renata blickte die alte Frau forschend an. Trotz der blassen, zerbrechlichen Gesichtszüge, des ergrauten Haars und der Altersfurchen ihres Gesichts trug sie noch immer den undefinierbaren Stempel der Kraft.

Renata dachte: *Wenn sie seit ihrer Geburt in der Obhut einer* Leronis *war, und Aldaran fühlt, daß sie stärkere Fürsorge und Kontrolle braucht – was, im Namen aller Götter, befürchtet er für dieses kleine Mädchen?*
Donal stellte Allart seinem Pflegevater vor. Allart, der sich vor dem alten Mann verbeugte, hob die Augen, um in das Falkengesicht von Dom Mikhail zu blicken und wußte sofort, daß er es in Träumen der Vorausschau vorher gesehen hatte. Er spürte ein Gefühl aus Zuneigung und Angst. Irgendwie war dieser Bergfürst der Schlüssel zu seinem Schicksal – aber er konnte nur einen Gewölberaum sehen, weißen Stein wie in einer Kapelle, flackernde Flammen, und Verzweiflung. Er versuchte die unwillkommenen, verwirrenden Bilder niederzukämpfen, bis er eine verstandesmäßige Entscheidung zwischen ihnen treffen konnte.
Mein Laran *ist ohne Nutzen*, dachte er, *außer, daß es mich ängstigt!*
Als sie durch das Schloß zu ihren Zimmern geführt wurden, sah sich Allart erregt nach dem Gewölbe aus seiner Vision um, nach dem Ort der Flammen und der Tragödie. Aber er sah ihn nicht und fragte sich, ob er überhaupt irgendwo auf Burg Aldaran war. Er konnte in der Tat überall sein – *oder*, dachte er bitter, *nirgendwo*.

15

Renata wachte auf, als sie die Anwesenheit eines Fremden spürte. Dann sah sie Dorilys' hübsches, kindliches Gesicht hinter einen Vorhang hervorspähen.
»Es tut mir leid«, sagte Dorilys. »Habe ich Euch aufgeweckt, *Domna?*«
»Ich glaube schon.« Renata blinzelte, erinnerte sich verschwommen an Bruchteile eines schwindenden Traumes, an Feuer, die Schwingen eines Gleiters, Donals Gesicht. »Nein, es macht nichts, Kind. Lucetta hätte mich ohnehin bald geweckt, damit ich zum Essen nach unten gehe.«
Dorilys kam hinter dem Vorhang hervor und setzte sich auf den Bettrand. »War die Reise sehr ermüdend, *Domna?* Ich hoffe, Ihr werdet Euch von der Anstrengung bald erholen.«
Über die Mischung aus Kindlichkeit und erwachsener Höflichkeit mußte Renata lächeln. »Du sprichst sehr gut *Casta*, Kind. Wird es hier viel gesprochen?«
»Nein«, antwortete Dorilys, »aber Margalis wurde in Thendara ausgebildet und sagt, ich solle lernen, es gut zu sprechen, damit es niemanden gibt, der mich eine Wilde aus den Bergen nennt, wenn ich einmal dorthin komme.«

»Dann hat Margali gute Arbeit geleistet. Deine Aussprache ist sehr gut.«
»Ihr wurdet auch in einem Turm ausgebildet, *Vai Leronis?*«
»Ja. Aber es ist nicht nötig, daß du so förmlich bist«, sagte Renata, die sich spontan für das Mädchen erwärmte. »Nenn mich Cousine oder Verwandte, ganz wie du willst.«
»Für eine *Leronis* siehst du sehr jung aus, Cousine«, sagte Dorilys, die das persönlichere der beiden Worte wählte.
Renata erwiderte: »Ich habe ungefähr in deinem Alter angefangen.« Dann zögerte sie, denn für die vierzehn oder fünfzehn Jahre, nach denen sie aussah, wirkte Dorilys sehr kindlich. Wenn sie sie als Tochter eines Adeligen erziehen sollte, mußte sie dem ein schnelles Ende setzen, daß ein so großes Mädchen mit wehendem Haar über den Hof tobte und wie ein Kleinkind umherrannte und schrie. Sie fragte sich, ob Dorilys vielleicht geistig etwas zurückgeblieben war. »Wie alt bist du ... fünfzehn?«
Dorilys kicherte und schüttelte den Kopf. »Jeder sagt, daß ich so aussehe, und Margali langweilt mich Tag und Nacht damit, mir zu sagen, daß ich zu alt und zu groß bin, dies oder jenes zu tun. Ich bin erst elf Jahre alt. In der Zeit der Sommerernte werde ich zwölf.«
Renata revidierte sofort ihre Einschätzung. Sie war also nicht die kindliche und schlechterzogene junge Frau, nach der sie aussah, sondern ein ausgesprochen frühreifes Mädchen. Vielleicht war es ihr Unglück, daß sie älter aussah, denn jeder erwartete von Dorilys Erfahrung und Urteilskraft, die sie in diesem Alter schwerlich besitzen konnte.
Dorilys fragte: »Bist du gern eine *Leronis* geworden? Was ist eine Überwacherin?«
»Das wirst du herausfinden, wenn ich dich überwache. Das muß ich tun, ehe ich dich in *Laran* unterrichte«, antwortete Renata.
»Was hast du im Turm getan?«
»Viele Dinge«, erwiderte Renata. »Metalle an die Erdoberfläche gebracht, damit die Schmiede mit ihnen arbeiten konnten. Batterien für Lampen und Luftwagen aufgeladen; in den Verstärkern gearbeitet, um ohne Stimme mit den Bewohnern anderer Türme zu sprechen – damit das, was in einem Reich geschah, allen bekannt wurde, viel schneller, als ein Bote reiten kann ...«
Dorilys lauschte und ließ schließlich einen langen, faszinierten Seufzer vernehmen. »Und wirst du mich lehren, diese Dinge zu tun?«
»Vielleicht nicht alle, aber du wirst jene Dinge lernen, die du als Fürstin eines großen Reiches wissen mußt. Und darüber hinaus solche, die alle Frauen wissen sollten, wenn sie ihr Leben und ihren Körper unter Kontrolle haben wollen.«

»Wirst du mir beibringen, Gedanken zu lesen? Donal, Vater und Margali können Gedanken lesen, und ich kann es nicht, und sie können sich unterhalten, und ich kann es nicht hören, und das macht mich zornig, weil ich weiß, daß sie über mich sprechen.«
»Das kann ich dir nicht beibringen, aber wenn du die Begabung hast, kann ich dir beibringen, sie zu nutzen. Du bist noch zu jung, daß man wissen kann, ob du sie hast oder nicht.«
»Werde ich eine Matrix bekommen?«
»Wenn du lernen kannst, sie zu benutzen«, sagte Renata. Sie fand es merkwürdig, daß Margali das Kind noch nicht geprüft und gelehrt hatte, sich auf eine Matrix einzustimmen. Nun, Margali war alt an Jahren. Vielleicht fürchtete sie das, was ihr Zögling – dickköpfig und reifer Urteilsfähigkeit ermangelnd – mit der enormen Kraft der Matrix anstellen würde. »Weißt du, welcher Art dein *Laran* ist, Dorilys?«
Das Kind senkte den Blick. »Ein wenig. Du weißt, was bei meiner Verlobung geschah ...«
»Nur, daß dein dir versprochener Ehemann plötzlich starb.«
Plötzlich fing Dorilys zu weinen an. »Er ist gestorben – und alle sagten, ich hätte ihn umgebracht, aber das habe ich nicht, Cousine. Ich wollte ihn nicht umbringen – ich wollte ihn nur dazu bringen, die Hände von mir zu nehmen.«
Der Anblick des schluchzenden Kindes erzeugte in Renata den spontanen Impuls, die Arme um Dorilys zu legen und sie zu besänftigen. *Natürlich hat sie ihn nicht umbringen wollen! Wie grausam, ein so junges Mädchen Blutschuld ertragen zu lassen!* Aber in dem Augenblick, in dem sie sich bewegen wollte, hielt ein intuitiver Gedankenblitz sie zurück.
Wie jung sie auch war, Dorilys besaß ein *Laran*, das töten konnte. Dieses *Laran*, in der Hand eines Kindes, das zu jung war, ein vernünftiges Urteil darüber zu fällen ... allein der Gedanke daran ließ Renata schaudern. Wenn Dorilys alt genug war, dieses schreckliche *Laran* zu besitzen, dann war sie auch alt genug – sie *mußte* einfach alt genug sein –, Kontrolle und angemessene Anwendung zu erlernen.
Die Kontrolle des *Laran* war nicht leicht. Niemand wußte besser als Renata, wie schwierig die harte Arbeit und Selbstbeherrschung, die schon im frühesten Stadium erforderlich waren, sein konnte. Wie sollte ein verzogenes und verwöhntes kleines Mädchen, dessen Wort für ihre Kameraden und die sie anbetende Familie immer Gesetz gewesen war, die Disziplin und innere Motivation finden, diesen schwierigen Pfad zu verfolgen? Vielleicht würde sich auf lange Sicht der Tod, den sie verursacht hatte, im Zusammenhang mit ihren Schuldgefühlen als Glück erweisen. Renata setzte bei ihrem Unterricht nicht gerne Angst ein, aber

im Moment wußte sie noch nicht genug über Dorilys, um nicht jeden kleinsten Vorteil in Anspruch zu nehmen, den sie bei der Ausbildung des Mädchens haben konnte.

Also berührte sie Dorilys nicht, sondern ließ sie weinen und betrachtete sie mit einer abgelösten Zärtlichkeit, auf die ihr ruhiges Gesicht und ihr Verhalten nicht den mindesten Hinweis gaben. Schließlich sagte sie – und sprach dabei die erste Lektion aus, die man ihr am Anfang des Unterrichts im Hali-Turm gegeben hatte: »*Laran* ist eine entsetzliche Gabe und eine entsetzliche Verantwortung. Es ist nicht leicht zu beherrschen. Es liegt an dir, ob du es kontrollieren willst, oder ob es *dich* kontrolliert. Wenn du bereit bist, hart zu arbeiten, wird der Tag kommen, an dem du die Anweisungen gibst – und nicht deine Kraft. Darum bin ich hier, um dich zu unterrichten, daß solche Dinge nicht wieder passieren.«

»Du bist hier in Aldaran mehr als willkommen«, sagte Lord Aldaran, während er sich in seinem hohen Stuhl nach vorn beugte und Allart in die Augen blickte. »Es ist lange her, seit ich die Freude hatte, mich mit jemandem aus unserer Tiefland-Verwandtschaft zu unterhalten. Ich bin sicher, es wird dir hier gefallen. Aber ich rede mir nicht ein, daß der Erbe von Elhalyn eine Aufgabe auf sich nahm, die jeder Friedensmann oder Bannerträger hätte erledigen können, nur um mir eine Ehre zu erweisen, wenn die Elhalyns sich im Krieg befinden. Entweder willst du oder das Elhalyn-Reich etwas von mir, was keineswegs dasselbe sein muß. Willst du mir nicht den Grund deiner wahren Mission nennen, Verwandter?«

Allart wägte ein Dutzend Antworten ab und beobachtete dabei das Spiel des Feuers auf dem Gesicht des alten Mannes. Er wußte, daß es seine Gabe war, die das Gesicht hundert verschiedene Züge tragen ließ: Güte, wilde Wut, verletzten Stolz, Ärger. Hatte seine Mission allein das Ziel, diese Reaktionen in Lord Aldaran hervorzurufen, oder sah er jetzt etwas, das sich später zwischen ihnen ereignen würde?

Schließlich sagte er, jedes Wort abwägend: »Mein Fürst, was Ihr sagt, trifft zu, obwohl es eine Ehre war, mit Eurem Pflegesohn nach Norden zu reiten. Allerdings habe ich es nicht bedauert, in einiger Entfernung von diesem Krieg zu sein.«

Aldaran runzelte die Brauen und sagte: »Ich hätte vermutet, daß du in Kriegszeiten nicht den Wunsch hast, euer Reich zu verlassen. Bist du nicht der Erbe deines Bruders?«

»Sein Regent und Bewacher, Sir, aber ich bin durch Eid gebunden, den Anspruch seiner *Nedestro*-Söhne zu unterstützen.«

»Mir scheint, du hättest für dich besseres als das tun können«, sagte

Dom Mikhail. »Sollte dein Bruder im Feld sterben, solltest du besser geeignet sein, das Reich zu regieren, als irgendein Haufen kleiner Jungen, seien sie nun legitime Söhne oder Bastarde, und ohne Zweifel würde es dein Volk lieber haben. Es gibt ein wahres Sprichwort: Wenn die Katze aus dem Haus ist, tanzen die Mäuse auf dem Tisch! So geht es auch mit einem Reich: In Zeiten wie diesen ist eine starke Hand vonnöten. In Kriegszeiten kann ein jüngerer Sohn – oder einer, dessen Elternschaft ungewiß ist – sich eine Machtstellung erarbeiten, wie zu keiner anderen.«

Allart dachte: *Aber ich habe nicht den Ehrgeiz, ein Land zu beherrschen.* Allerdings wußte er, daß Lord Aldaran das nie glauben würde. Für Männer seines Schlages war Ehrgeiz für einen Mann, der einem Herrscherhaus angehörte, die einzige legitime Empfindung. *Und das ist es, was unsere Welt im Bruderkrieg erzittern läßt ...* Aber er sagte nichts. Hätte er es getan, hätte Aldaran sofort den Schluß gezogen, er sei weibisch – oder noch schlimmer, ein Feigling. »Mein Bruder und Großfürst meinte, ich könnte meinem Reich mit dieser Mission besser dienen, Sir.«

»Wirklich? Sie muß wichtiger sein, als ich gedacht habe«, sagte Aldaran mit ernstem Blick. »Nun, berichte mir, Verwandter, wenn deine Mission von so großer Bedeutung für Aldaran ist, daß dein Bruder seinen engsten Rivalen schickt!« Er wirkte verärgert und wachsam, und Allart wußte, daß er keinen guten Eindruck gemacht hatte. Als er jedoch zur Sache kam, entspannte Aldaran sich langsam und lehnte sich in seinem Sessel zurück. Als Allart endete, nickte er und stieß mit einem langen Seufzer die Luft aus.

»Es ist nicht so schlimm, wie ich befürchtet hatte«, sagte er. »Ich habe ein bißchen Vorausschau und konnte deine Gedanken ein wenig lesen. Nicht viel; wo hast du gelernt, sie so abzuschirmen? Ich wußte, daß du gekommen bist, um mit mir über den Krieg zu sprechen und hatte schon gefürchtet, ihr wolltet mich wegen der alten Freundschaft, die zwischen deinem Vater und mir bestand, drängen, auf eurer Seite in die Kämpfe einzugreifen. Obwohl ich deinen Vater sehr schätzte, wäre ich *diesem* Wunsch sehr abgeneigt gewesen. Ich wäre vielleicht bereit, bei der Verteidigung Elhalyns zu helfen, würde man euch hart bedrängen, hätte es aber vermieden, gegen die Ridenows vorzugehen.«

»Solch eine Bitte habe zwar ich nicht geäußert, Sir«, bemerkte Allart, »aber würdet Ihr mir dennoch Euren Grund nennen?«

»Den Grund? Du fragst nach dem Grund? Nun, dann sage mir, Junge«, erwiderte Aldaran, »welchen Groll du gegen die Ridenows hegst?«

»Ich persönlich? Keinen, Sir, außer, daß sie einen Luftwagen angriffen, in dem ich mit meinem Vater fuhr, und damit seinen Tod verursacht haben. Die anderen Reiche der Tiefländer sind gegen die Ridenows, seit sie das alte Serrais an sich rissen und sich alle Frauen einverleibt haben.«

»Ist das so schlimm?« frage Aldaran. »Haben die Frauen von Serrais eure Hilfe gegen diese Eheschließungen erbeten oder euch bewiesen, daß sie gegen ihren Willen verheiratet worden sind?«

»Nein, aber ...« Allart hielt inne. Er wußte, daß es den Frauen von Hastur nicht erlaubt war, aus ihrer Sippe herauszuheiraten. Als ihm dieser Gedanke kam, griff Aldaran ihn auf und sagte: »Wie ich es mir dachte. Es ist so, daß ihr die Frauen für euch selbst und eure nächste Verwandtschaft wollt. Ich habe gehört, daß die männliche Linie von Serrais ausgelöscht ist; daß es die Inzucht war, die sie vernichtete. Ich weiß genug über sie, um vorherzusagen, daß das *Laran* der Frauen von Serrais keine hundert Jahre überleben wird, wenn sie wieder in die Hastur-Sippe einheirateten. Sie *brauchen* neues Blut in dieser Familie. Die Ridenows sind gesund und fruchtbar. Den Serrais-Frauen könnte nicht besseres geschehen, als daß die Ridenows sie nehmen.«

Allart wußte, daß sein Gesicht seine Abscheu verriet, obwohl er sie zu verbergen suchte. »Wenn Ihr ein offenes Wort vergebt, Sir, ich halte es für abstoßend, über die Beziehungen zwischen Männern und Frauen nur in den Begriffen dieses verfluchten Zuchtprogramms zu sprechen.«

Aldaran schnaubte. »Aber du findest es angebracht, die Serrais-Frauen immer wieder an Hasturs, Elhalyns und Aillards zu verheiraten? Heißt das nicht auch, sie wegen ihres *Laran* zu züchten? Wieviel fruchtbare Söhne sind den Serrais in den letzten vierzig Jahren geboren worden? Komm, komm, glaubst du, die Fürsten von Thendara dächten auch nur daran, zu versuchen, die Reinheit der Serrais' zu erhalten? Du bist jung, aber so naiv kannst du kaum sein. Die Hastur-Sippe würde Serrais eher aussterben lassen, als zu gestatten, daß Fremde sich in die Fortpflanzung einschalten. Aber die Ridenows haben nun einmal andere Vorstellungen. Und das ist für Serrais die einzige Hoffnung – ein paar neue Gene! Wenn ihr klug wärt, würdet ihr sie willkommen heißen und durch Ehebande an eure eigenen Töchter binden.«

Allart war schockiert. »Die Ridenows – in die Hastur-Sippe einheiraten? Sie haben keinen Anteil am Blut von Hastur und Cassilda.«

»Ihre Söhne werden ihn haben«, sagte Aldaran barsch, »und mit neuem Blut kann das alte Serrais-Geschlecht überleben, statt sich in die Unfruchtbarkeit hineinzuzüchten, wie es die Aillards in Valeron tun, und wie einige der Hasturs es schon getan haben. Wie viele *Emmasca* sind in den letzten hundert Jahren bei den Hasturs von Carcosa geboren worden, oder bei denen von Elhalyn oder Aillard?«

»Zu viele, fürchte ich.« Gegen seinen Willen mußte Allart an die Knaben denken, die er im Kloster gekannt hatte: *Emmasca*, weder männlich noch vollständig weiblich; steril, manche mit anderen Mängeln. »Aber ich habe dieses Gebiet nicht gründlich studiert.«

»Aber du maßt dir an, dir eine Meinung darüber zu bilden?« Aldaran runzelte erneut die Brauen. »Ich habe gehört, du hast eine Aillard-Tochter geheiratet. Wie viele gesunde Söhne und Töchter habt ihr? Warum frage ich überhaupt danach? Hättest du welche, wärst du kaum bereit, den Bastarden eines anderen Mannes Gefolgstreue zu schwören.«

Verletzt gab Allart zurück: »Meine Frau und ich sind vor weniger als einem halben Jahr miteinander verheiratet worden.«

»Wie viele gesunde, legitime Söhne hat dein Bruder? Komm, komm, Allart, du weißt so gut wie ich: Wenn eure Gene überleben, tun sie es im Blut eurer *Nedestro*-Kinder, genau wie die meinen. Meine Frau war eine Ardais und hat mir nicht mehr lebende Kinder geboren, als deine Aillard-Frau dir wahrscheinlich schenken wird.«

Allart senkte den Blick und dachte in einer Aufwallung von Kummer und Schuldbewußtsein: *Es ist kein Wunder, daß sich die Männer unseres Geschlechts Riyachiyas und ähnlichen Perversionen zuwenden. Zwischen dem Schuldgefühl über das, was wir ihnen antun, und der Angst davor, was ihnen passieren kann, können wir an unseren Frauen wenig Freude haben.*

Aldaran sah den Widerstreit der Gefühle auf dem Gesicht des jungen Mannes und besänftigte ihn: »Schon gut, es gibt keinen Grund zu streiten, Verwandter. Ich wollte dich nicht beleidigen. Aber wir haben in der Sippe von Hastur und Cassilda ein Zuchtprogramm verfolgt, daß unser Blut mehr in Gefahr gebracht hat, als irgendwelche räuberischen Emporkömmlinge es könnten – und Heilmittel können merkwürdige Gestalten annehmen. Mir scheint, die Ridenows werden das Heilmittel der Serrais' sein – wenn deine Leute in Elhalyn sie nicht daran hindern. Aber das hilft uns jetzt nicht weiter. Sag deinem Bruder, daß ich, selbst wenn ich es wünschte, in keiner Weise in den Krieg eingreifen könnte. Ich stehe selbst unter Druck. Ich habe mich mit meinem Bruder Scathfell überworfen, und mir macht es Sorgen, daß er bislang noch keine Rache gesucht hat. Was heckt er aus? Ich habe hier in Aldaran noch einen schweren Kampf auszufechten, und manchmal scheint es mir, daß die übrigen Bergfürsten wie *Kyorebni* sind – sie kreisen, warten ab ... Ich bin alt. Ich habe keinen rechtmäßigen Erben, überhaupt keinen lebenden Sohn, nicht ein einziges Kind von meinem Fleisch und Blut außer meiner Tochter.«

Allart sagte: »Aber sie ist ein hübsches Kind – und auch gesund, wie es scheint –, und sie besitzt *Laran*. Wenn Ihr keinen Sohn habt, werdet Ihr

gewiß irgendwo einen Schwiegersohn finden, der Euren Besitz erben wird.«
»Das hatte ich gehofft«, sagte Aldaran. »Inzwischen glaube ich, es könnte sogar gut sein, sie mit einem von den Ridenows zu verheiraten, aber *das* würde die ganze Elhalyn- und Hastur-Familie aufbringen. Es hängt auch davon ab, ob deine Verwandte ihr helfen kann, die Schwellenkrankheit zu überleben. Ich habe drei erwachsene Söhne und eine Tochter auf diese Weise verloren. Als ich versuchte, in ein Geschlecht einzuheiraten, dessen *Laran* sehr schnell über seine Mitglieder kam, starben die Kinder vor der Geburt oder im Säuglingsalter. Dorilys hat Geburt und Säuglingsalter überlebt, aber mit ihrem *Laran*, so fürchte ich, wird sie die Jugend nicht überstehen.«
»Die Götter mögen verhüten, daß sie auf diese Weise stirbt! Meine Cousine und ich werden alles tun, was wir können. Heutzutage gibt es viele Methoden, den Tod in der Jugend zu verhindern. Ich selbst bin ihm sehr nahe gewesen.«
»Wenn das so ist«, sagte Aldaran, »bin ich dein demütiger Bittsteller. Was mein ist, steht dir zur Verfügung. Aber ich bitte dich: Bleibt und bewahrt mein Kind vor diesem Schicksal!«
»Ich stehe zu Euren Diensten, Lord Aldaran. Mein Bruder hat mich beauftragt zu bleiben, solange ich Euch von Nutzen sein kann, oder solange, wie es nötig ist, Euch zu überreden, in diesem Krieg neutral zu bleiben.«
»Das verspreche ich dir«, erwiderte Aldaran.
»Dann mögt Ihr über mich verfügen, Lord Aldaran.« Allarts Verbitterung brach plötzlich mit ihm durch. »Wenn Ihr mich nicht zu sehr verachtet, weil ich nicht begierig darauf bin, aufs Schlachtfeld zurückzukehren, der Euch als passender Ort für junge Männer meines Clans erscheint!«
Aldaran beugte sein Haupt. »Ich habe im Zorn gesprochen. Vergib mir. Aber ich habe nicht den Willen, an diesem törichten Krieg in den Tiefländern teilzunehmen, auch wenn ich meine, daß die Hasturs die Ridenows auf die Probe stellen sollten, ehe sie sie in ihre Sippe hineinlassen. Wenn die Ridenows nicht überleben können, verdienen sie es vielleicht gar nicht, im Geschlecht derer von Serrais aufzugehen. Vielleicht wissen die Götter, was sie tun, wenn sie Krieg unter die Menschen schicken und die alten Blutlinien, von Luxus und Dekadenz verweichlicht, aussterben und neue die Oberhand gewinnen oder sich mit den alten vereinen. Vielleicht entsteht daraus neues genetisches Material mit Eigenschaften, deren Überlebensfähigkeit erprobt ist.«
Allart schüttelte den Kopf. »Das mag in den alten Zeiten wahr gewesen sein«, sagte er, »als der Krieg noch wirklich eine Erprobung von Kraft

und Mut war, in dem Schwächere nicht überleben und sich fortpflanzen konnten. Ich kann nicht glauben, daß es *heute* so ist, mein Fürst, wenn Dinge wie Haftfeuer Starke und Schwache gleichermaßen umbringen, und sogar Frauen und Kinder, die sich an den Auseinandersetzungen der Fürsten nicht beteiligen ...«

»*Haftfeuer!*« wisperte Lord Aldaran. »Stimmt es also, daß sie angefangen haben, Haftfeuer zu benutzen? Aber sie können es sicher nur in geringem Umfang einsetzen. Das Rohmaterial ist schwer aus der Erde zu fördern und verottet sehr schnell, sobald es der Luft ausgesetzt ist.«

»Es wird von Matrix-Kreisen in den Türmen hergestellt, mein Fürst. Das ist ein Grund dafür, daß ich begierig war, die Kriegszone zu verlassen. Ich wäre nicht ins Gefecht geschickt worden, aber sie hätten mich dazu gebracht, den teuflischen Stoff herzustellen.« Allart schloß die Augen, als wolle er das Unerträgliche ausschließen.

»Sind sie denn alle verrückt unterhalb des Kadarin? Ich hatte gedacht, schiere Vernunft würde sie vor Waffen zurückschrecken lassen, die Eroberer und Bezwungene gleichermaßen zerstören! Ich kann schwerlich jemanden für einen Ehrenmann halten, der solch entsetzliche Waffen auf seine Verwandten losläßt«, sagte Aldaran. »Bleib hier, Allart. Die Götter mögen es unterbinden, daß ich einen Mann zu solch ehrloser Kriegsführung zurücksende.« Sein Gesicht verzog sich. »Vielleicht, wenn die Götter gnädig sind, werden sich alle, die Krieg führen, sich gegenseitig auslöschen, wie die Drachen aus der Legende, von denen sich jeder im Feuer des anderen verzehrte und es seinen Opfern überließ, auf dem verbrannten Boden neu zu bauen.«

16

Mit gesenktem Kopf eilte Renata über den Innenhof von Aldaran. In Gedanken versunken lief sie gegen jemanden, murmelte eine Entschuldigung und wollte weitereilen. Plötzlich spürte sie, wie sie festgehalten wurde.

»Warte einen Moment! Ich habe dich kaum gesehen, seit ich hier bin«, sagte Allart.

Renata blickte auf und sagte: »Bereitest du dich auf die Rückkehr in die Tiefländer vor, Cousin?«

»Nein, Fürst Aldaran hat mich zum Bleiben eingeladen, damit ich Donal etwas von dem beibringe, was ich in Nevarsin gelernt habe«, erwiderte Allart. Dann, als er ihr voll ins Gesicht blickte, zog er bestürzt den Atem ein. »Cousine, was macht dir Sorgen? Was ist denn so entsetzlich?«

Renata sah ihn verwirrt an und antwortete: »Wieso ... Ich weiß nicht,

wovon du sprichst.« Als sie in engste Verbindung mit ihm trat, sah sie sich durch seine Augen. Sie war angespannt und bleich, ihr Gesicht in Kummer und Besorgnis verzogen.
Bin ich so, oder werde ich so sein? In plötzlicher Angst klammerte sie sich an ihn, und Allart beruhigte sie sanft.
»Verzeih mir, Cousine, daß ich dich so erschreckt habe. Allmählich spüre ich, daß vieles von dem, was ich sehe, tatsächlich nur in meinen Ängsten existiert. Sicher gibt es hier nichts Erschreckendes, oder? Oder ist die *Damisela* Dorilys wirklich so ein Ungeheuer, wie die Diener erzählen?«
Renata lachte, sah aber immer noch besorgt aus. »Nein, wirklich nicht. Sie ist das liebste, süßeste Kind, und hat mir bisher nur ihre fügsamste und liebevollste Seite gezeigt. Aber – oh, Allart, es stimmt! Ich ängstige mich um sie. Sie hat ein wirklich schreckliches *Laran*, und ich fürchte mich vor dem, was ich ihrem Vater sagen muß! Ich kann gar nicht anders, als ihn zornig stimmen.«
»Ich habe sie nicht mehr als ein paar Minuten gesehen«, sagte Allart. »Donal erklärte mir, wie er die Spielzeug-Gleiter kontrolliert, und sie kam herunter und bettelte, mit uns fliegen zu dürfen. Donal sagte, sie müsse Margali fragen, er würde nicht die Verantwortung dafür übernehmen, sie mitmachen zu lassen. Sie war sehr verärgert und ging verdrossen davon.«
»Aber sie hat sich ihm nicht widersetzt?«
»Nein«, antwortete Allart. »Sie zog einen Schmollmund und sagte, daß er sie nicht liebe, aber sie gehorchte ihm. Ich würde sie auch nicht fliegen lassen, ehe sie nicht eine Matrix kontrollieren kann, aber Donal sagte, ihm hätte man schon mit neun Jahren eine gegeben, und er habe es ohne Schwierigkeiten gelernt. Offenbar kommt das *Laran* schon in frühen Jahren zu den Angehörigen der Delleray-Sippe.«
»Oder zu denen von Rockraven«, bemerkte Reanata. Sie wirkte noch immer besorgt. »Ich würde Dorilys jetzt noch keine Matrix anvertrauen; vielleicht niemals. Aber darüber werde ich später sprechen. Lord Aldaran will mich empfangen. Und ich darf ihn nicht warten lassen.«
»Nein, das darfst du wirklich nicht«, bestätigte Allart, und Renata überquerte grübelnd den Hof.
Vor dem Empfangszimmer von Lord Aldaran stieß sie auf Dorilys. Das Mädchen sah heute beherrschter und zivilisierter aus. Ihr Haar war sorgsam zu Zöpfen geflochten, und sie trug eine bestickte Schürze.
»Ich möchte hören, was du meinem Vater über mich sagst, Cousine«, sagte sie und ließ ihre Hand vertrauensvoll in die Renatas gleichten.
Renata schüttelte den Kopf. »Es ist für kleine Mädchen nicht gut, den Beratungen der Älteren zuzuhören«, sagte sie. »Ich muß viele Dinge

sagen, die du nicht verstehen würdest. Ich gebe dir mein Wort, daß dir alles, was dich betrifft, erzählt werden wird, wenn es an der Zeit ist. Aber jetzt ist es noch nicht so weit, Dorilys.«
»Ich bin kein kleines Mädchen«, sagte Dorilys und schürzte die Lippen.
»Dann solltest du dich auch nicht so benehmen, und weder schmollen noch mit dem Fuß aufstampfen, als seist du erst fünf Jahre alt! Das wird mich sicher nicht davon überzeugen, daß du alt genug bist, um Gesprächen über deine Zukunft zuzuhören.«
Dorilys wirkte aufsässiger denn je. »Was glaubst du, wer du bist, daß du so mit mir sprichst? Ich bin eine Lady Aldaran!«
»Du bist ein Kind, das eines Tages die Lady Aldaran sein wird«, bemerkte Renata nüchtern, »und ich bin die *Leronis*, die dein Vater für geeignet hält, mit der Pflicht betraut zu werden, dir das Benehmen beizubringen, das deinem hohen Rang angemessen ist.«
Dorilys zog ihre Hand zurück und starrte trotzig zu Boden. »Ich will nicht, daß man so mit mir spricht! Ich werde mich bei meinem Vater über dich beschweren, und er wird dich wegschicken, wenn du nicht freundlich zu mir bist!«
»Du kennst die Bedeutung des Wortes Unfreundlichkeit nicht«, sagte Renata milde. »Als ich als Novizin in den Turm von Ḥali eintrat, um die Kunst einer Überwacherin zu erlernen, durfte vierzig Tage lang niemand mit mir sprechen und mir in die Augen blicken. Das diente dazu, die Verläßlichkeit meines *Laran* zu stärken.«
»Damit hätte ich mich nicht abgefunden«, sagte Dorilys. Renata lächelte.
»Dann hätte man mich mit dem Wissen nach Hause geschickt, daß ich nicht die Kraft und Selbstdisziplin besäße, das zu lernen, was ich lernen mußte. Ich werde nie unfreundlich zu dir sein, Dorilys, aber du mußt, bevor du anderen Befehle erteilen kannst, erst einmal lernen, dich selbst zu beherrschen.«
»Aber bei mir ist das anders«, wandte Dorilys ein. »Ich bin eine Lady Aldaran, und befehle schon jetzt allen Frauen im Schloß – und auch den meisten Männern. Du bist nicht die Lady deines Reiches, nicht wahr?«
Renata schüttelte den Kopf. »Nein, aber ich bin eine Turm-Überwacherin. Und selbst ein Bewahrer wird so erzogen. Du bist dem Freund deines Bruders, Allart, begegnet. Er ist Regent von Elhalyn, und doch schlief er in Nevarsin drei Winter nackt auf Stein und hat in der Gegenwart eines ihm übergeordneten Mönchs nie ein Wort gesagt.«
»Das ist *schrecklich*!« Dorilys verzog das Gesicht.
»Oh nein. Wir unterwerfen uns diesen Übungen freiwillig, weil wir wissen, daß sie nötig sind, Körper und Geist dahingehend zu erziehen, uns zu gehorchen, damit das *Laran* uns nicht zerstört.«

»Wenn ich dir gehorche«, fragte Dorilys verschmitzt, »wirst du mir dann eine Matrix geben und mich lehren, sie zu benutzen, damit ich mit Donal fliegen kann?«

»Das werde ich, sobald ich glaube, daß man sie dir anvertrauen kann, *Chiya*«, antwortete Renata.

»Aber ich will sie *jetzt*«, beharrte Dorilys.

Renata schüttelte den Kopf. »Nein«, sagte sie. »Und jetzt geh auf dein Zimmer zurück, Dorilys. Ich werde zu dir kommen, wenn ich mit deinem Vater fertig bin.«

Sie sprach bestimmt, und Dorilys schien ihr zu gehorchen. Aber dann, nach wenigen Schritten, wirbelte sie herum und stampfte zornig mit dem Fuß auf.

»Du wirst die Befehlsstimme nicht noch einmal gegen mich benutzen!«

»Ich werde tun, was ich für angemessen halte«, sagte Renata unbewegt. »Dein Vater hat dich mir anvertraut. Muß ich ihm erzählen, daß du ungehorsam bist, und ihn bitten, dir zu befehlen, daß du mir in allen Fragen gehorchst?«

Dorilys fuhr zurück. »Nein, bitte – erzähl Vater nicht davon, Renata!«

»Dann gehorche mir sofort«, wiederholte Renata und benutzte noch einmal die Befehlsstimme. »Geh zurück und sag Margali, daß du ungehorsam gewesen bist, und bitte sie, dich zu bestrafen.«

Dorilys' Augen füllten sich mit Tränen. Sie verließ zögernd den Hof, und Renata atmete erleichtert auf.

Wie hätte ich sie zu gehorchen gezwungen, wenn sie sich geweigert hätte? Der Tag wird kommen, an dem sie sich weigert – und ich muß darauf vorbereitet sein!

Mit aufgerissenen Augen starrte eine Dienerin, die den kleinen Wortwechsel beobachtet hatte, sie an. Unwillkürlich nahm Renata die Gedanken der Frau auf: *Ich habe meine kleine Lady nie so gehorchen sehen... ohne ein Wort des Widerspruchs.*

Also ist es das erste Mal, daß sie gegen ihren Willen gehorcht hat, dachte Renata. Margali – das wußte sie – würde Dorilys nur milde bestrafen und ihr auftragen, lange und uninteressante Säume an Röcken und Unterröcken zu nähen, während sie die Stickrahmen nicht anrühren durfte. *Es wird unserer kleinen Lady nicht schaden, zu lernen, daß es Pflichten zu erledigen gibt, zu denen man weder Lust noch Begabung hat.*

Aber die Auseinandersetzung hatte Renatas Willen für das gestärkt, was bei diesem schwierigen Treffen mit Lord Aldaran bevorstand. Sie war dankbar, daß er zugestimmt hatte, sie in dem kleinen Studio zu empfan-

gen, wo er seine Briefe schrieb und den *Coridom* über die Geschäfte seiner Ländereien prüfte, statt in dem formellen Empfangszimmer.
Er diktierte gerade seinem Privatsekretär, hörte aber auf, als sie eintrat, und schickt den Mann hinaus. »Nun, *Damisela,* wie kommt Ihr mit meiner Tochter zurecht? Ist sie folgsam und gehorsam? Sie ist dickköpfig, aber sehr süß und liebevoll.«
Renata lächelte schwach. »In diesem Augenblick ist sie nicht sehr liebevoll, fürchte ich«, sagte sie. »Ich mußte sie bestrafen und zu Margali schicken, damit sie eine Weile über ihren Nähsachen sitzt und zu denken lernt, bevor sie redet.«
Lord Aldaran seufzte. »Ich vermute, kein Kind kann ohne ein gewisses Maß an Strafe aufgezogen werden«, sagte er. »Ich habe Donals Hauslehrern die Erlaubnis gegeben, ihn zu schlagen, wenn es sein mußte, aber ich war weniger streng mit ihm, als mein Vater mit mir, denn ich verbot ihnen, ihn so zu schlagen, daß er blaue Flecken davonträgt. Als ich ein Junge war, wurde ich oft so geschlagen, daß ich tagelang nicht sitzen konnte. Aber Ihr werdet es nicht nötig haben, meine Tochter zu schlagen, hoffe ich.«
»Ich würde lieber darauf verzichten«, erwiderte Renata. »Ich war immer der Ansicht, daß einsame Meditation über einer langwierigen und langweiligen Aufgabe Strafe genug für schlechtes Benehmen ist. Und doch wünschte ich, Ihr würdet Dorilys einmal sagen, was Ihr mir gesagt habt, mein Fürst. Sie scheint zu glauben, daß ihr Rang sie von Bestrafung und Disziplin befreit.«
»Ihr würdet es gern sehen, wenn ich ihr erzähle, daß meine Hauslehrer die Erlaubnis hatten, mich zu schlagen, als ich ein Junge war?« Lord Aldaran lachte glucksend. »Sehr gut, ich werde es tun, um sie auf diese Weise daran zu erinnern, daß selbst ich lernen mußte, mich zu beherrschen. Aber seid Ihr nur deswegen gekommen, Lady? Ich hatte gedacht, Ihr hättet das ohnehin vorausgesetzt, als ich sie in Eure Obhut gab.«
»Das tat ich auch«, sagte Renata. »Aber ich habe mit Euch etwas weit Ernsteres zu besprechen. Ihr habt mich hierher geholt, weil Ihr die Stärke des *Laran* Eurer Tochter fürchtet, nicht wahr? Ich habe sie sorgfältig überwacht, Körper und Gehirn; sie steht noch einige Monate vor der Pubertät, schätze ich. Bevor sie eintritt, möchte ich die Erlaubnis erbitten, Euch zu untersuchen, mein Fürst, und Donal ebenso.«
Lord Aldaran hob neugierig die Brauen. »Darf ich fragen, warum, *Damisela?*«
»Margali hat mir bereits alles berichtet, an was sie sich in bezug auf Alicianes Schwangerschaft und Niederkunft erinnern kann«, gab Renata zur Antwort. »Also weiß ich einiges von dem, was Dorilys von ihrer Mutter erbte. Aber auch Donal trägt die Erbschaft der Rockravens, und

ich würde gerne erfahren, welche rezessiven Merkmale Dorilys möglicherweise besitzt. Es ist einfacher, Donal zu untersuchen, als ins Protoplasma zu dringen. Das gleiche gilt für Euch, mein Fürst, da Dorilys nicht nur Eure, sondern auch die Erbschaft Eures gesamten Geschlechts trägt. Ich würde gern Zutritt zu Euren Ahnentafeln haben, damit ich erkennen kann, ob es in *Eurem* Geschlecht Spuren bestimmter Arten von *Laran* gibt.«

Lord Aldaran nickte. »Ich kann verstehen, daß Ihr mit solchem Wissen gewappnet sein solltet«, stimmte er zu. »Ihr könnt dem Kustos der Aldaran-Archive sagen, daß ich Euch Zugang zu allen Aufzeichnungen gewähre. Glaubt Ihr, daß sie die Schwellenkrankheit überleben wird?«

»Das werde ich Euch sagen, wenn ich mehr von dem weiß, was in ihren Genen und ihrer Erbschaft enthalten ist«, antwortete Renata. »Ich werde für sie tun, was ich kann, und Allart ebenso. Aber ich muß wissen, was mir bevorsteht.«

»Nun, ich habe eigentlich keine Einwendungen dagegen, untersucht zu werden«, sagte Lord Aldaran, »obwohl es sich um eine Technik handelt, mit der ich nicht vertraut bin.«

»Untersuchungsmethoden dieser Art wurden für die auf höheren Ebenen arbeitenden Matrixkreise entwickelt«, erklärte Renate. »Als wir sie für diesen Zweck angewandt hatten, fanden wir heraus, daß sie auch anderen Nutzen haben.«

»Was muß ich also tun?«

»Nichts«, erwiderte Renata. »Macht Euren Geist einfach so ruhig und entspannt, wie Ihr könnt, und versucht, an gar nichts zu denken. Vertraut mir. Ich werde nicht in Eure Gedanken eindringen, sondern nur in Euren Körper und seine tieferliegenden Geheimnisse.«

Aldaran zuckte die Schultern. »Wann immer Ihr wollt«, meinte er lakonisch.

Renata streckte ihre geistigen Fühler aus und begann den langsamen Überwachungsprozeß. Zuerst kontrollierte sie seine Atmung, seinen Kreislauf, dann ging sie immer tiefer in die Zellen des Körpers und Gehirns. Nach einem langen Zeitraum zog sie sich behutsam zurück und dankte ihm, aber sie sah besorgt und geistesabwesend dabei aus.

»Wie lautet das Urteil, *Damisela*?«

»Ich würde lieber warten, bis ich die Archive gesehen und Donal untersucht habe«, sagte Renata, verbeugte sich vor ihm und verließ das Zimmer.

Einige Tage später ließ Renata Lord Aldaran fragen, ob er sie noch einmal empfangen könne.

Als sie ihn diesmal traf, verschwendete sie keine Worte.

»Mein Fürst, ist Dorilys Euer einziges lebendes Kind?«
»Ja, das habe ich Euch doch gesagt.«
»Ich weiß, daß sie das einzige Kind ist, das ihr anerkennt. Aber ist das nur so dahingesagt, oder ist es die buchstabengetreue Wahrheit? Habt Ihr irgendwelche nicht anerkannten Bastarde, uneheliche Kinder, überhaupt irgendein Kind von Eurem Blut?«
Betrübt schüttelte Aldaran den Kopf.
»Nein«, sagte er. »Nicht eines. Ich hatte aus meiner ersten Ehe einige Kinder, aber sie starben in den Jugendjahren an der Schwellenkrankheit. Und Deonaras Babys starben alle, bevor sie entwöhnt waren. In meiner Jugend habe ich da und dort ein paar Söhne gezeugt, aber keiner überlebte seine Kindheit. So weit ich weiß, trägt auf der Oberfläche dieser Welt allein Dorilys mein Blut.«
»Ich will Euch nicht erzürnen, Lord Aldaran«, sagte Renata, »aber Ihr solltet sofort einen anderen Erben bekommen.«
Er blickte sie an, und sie sah Bestürzung und Furcht in seinen Augen.
»Wollt Ihr mich davor warnen, daß auch Dorilys die Jugend nicht überlebt?«
»Nein«, sagte Renata. »Es gibt guten Grund zu hoffen, daß sie sie überleben wird. Sie kann sogar ein wenig telepathisch werden. Aber Euer Erbe sollte nicht allein auf ihr ruhen. Sie könnte – wie Aliciane – die Geburt eines einzelnen Kindes überleben. Ihr *Laran* ist, soweit ich erkennen kann, geschlechtsspezifisch; es gibt nur wenige Gaben, die das sind. In Jungen ist es rezessiv. Donal besitzt die Fähigkeit, Luftströme und Luftdruck zu erkennen, die Winde zu fühlen und die Bewegungen des Sturms zu spüren. Er kann sogar Blitze ein wenig kontrollieren, auch wenn er sie nicht anziehen oder erzeugen kann. Aber diese Gabe ist in weiblichen Wesen dominant. Dorilys könnte die Geburt eines Sohnes überleben. Aber nicht die Geburt einer Tochter, die schon vor der Geburt mit einem solchen *Laran* begabt ist. Auch Donal sollte ermahnt werden, nur Söhne zu zeugen, es sei denn, er wollte ihre Mütter vom *Laran* ihrer ungeborenen Töchter zerschmettert sehen.«
Aldaran dachte einige Zeit darüber nach. Schließlich sagte er, das Gesicht grau vor Pein: »Wollt Ihr damit sagen, daß Dorilys Aliciane getötet hat?«
»Ich hatte gedacht, Ihr wüßtet das. Das ist ein Grund dafür, weswegen die Rockraven-Gabe aus dem Zuchtprogramm herausgelassen wurde. Einige ihrer Töchter, die selbst nicht die volle Kraft dieses *Laran* besaßen, müssen es an *ihre* Töchter weitergegeben haben. Ich glaube, daß Aliciane eine von diesen war. Und Dorilys hat das volle *Laran* ... Während ihrer Geburt – sagt mir – gab es da einen Sturm?«
Aldaran spürte, wie sein Atem stockte, als er sich ins Gedächtnis rief,

wie Aliciane voll Entsetzen aufgeschrien hatte: »Sie haßt mich! Sie will nicht geboren werden!«
Dorilys hat ihre Mutter getötet! Sie hat mein Liebstes, meine Aliciane getötet ... Verzweifelt um ein gerechtes Urteil bemüht sagte er: »Sie war ein neugeborenes Kind! Wie könnt Ihr ihr eine Schuld vorwerfen?«
»Schuld? Wer spricht von Schuld? Die Emotionen eines Kindes sind unkontrolliert. Sie haben keine Übung, und die Geburt ist entsetzlich für ein Kind. Wußtet Ihr das nicht, mein Fürst?«
»Natürlich! Ich war jedesmal anwesend, wenn Deonaras Babys zur Welt kamen«, sagte er, »aber ich konnte sie in gewissem Maße beruhigen.«
»Aber Dorilys war stärker als die meisten Säuglinge«, sagte Renata, »und in ihrer Angst und in ihrem Schmerz schlug sie zu – und Aliciane starb. Sie weiß das nicht; ich hoffe, sie wird es nie erfahren. Aber da Ihr es wißt, könnt Ihr verstehen, warum es unsicher ist, sich allein auf sie zu verlassen, um Euer Blut an künftige Generationen weiterzugeben. Für Dorilys würde es in der Tat sicherer sein, nie zu heiraten. Auch wenn ich sie, sobald sie eine Frau wird, lehren werde, auf welche Weise man nur Söhne empfängt.«
»Hätte Aliciane doch dieses Wissen gehabt«, sagte Lord Aldaran mit tiefer Bitterkeit. »Ich habe nicht gewußt, daß man das steuern kann.«
»Die Technik wird nicht allgemein gelehrt«, sagte Renata, »obwohl die, die *Riyachiyas* züchten, wissen, wie man ausschließlich weibliche Nachkommen erzeugt. Man hat das aus Angst vor den nur auf Söhne spekulierenden Fürsten großer Reiche gelehrt, um zu verhindern, daß das Gleichgewicht der Natur dadurch umgestoßen wird, daß zu wenig Mädchen geboren werden. Aber ich glaube, in einem Fall wie diesem, wo ein so schreckliches *Laran* die Ungeborenen treffen kann, ist es gerechtfertigt. Ich werde Dorilys unterrichten, und auch Donal, wenn er möchte.«
Der alte Mann senkte das Haupt. »Was soll ich tun? Sie ist mein einziges Kind.«
»Lord Aldaran«, sagte Renata ruhig, »ich hätte gern Eure Erlaubnis, Dorilys' *Laran* noch in der Jugend auszubrennen, wenn ich es für nützlich halte, und ihre Psi-Zentren im Gehirn zu zerstören. Es könnte ihr Leben retten – oder ihren Verstand.«
Entsetzt starrte er sie an. »Würdet Ihr ihren Geist zerstören?«
»Nein. Aber sie wäre frei von *Laran*«, antwortete Renata.
»Ungeheuerlich! Ich weigere mich absolut!«
»Mein Fürst«, sagte Renata mit verzerrtem Gesicht, »ich beschwöre Euch. Wäre Dorilys ein Kind meines eigenen Leibes, würde ich Euch um dasselbe bitten. Wißt Ihr, daß sie dreimal getötet hat?«

»Dreimal? *Dreimal?* Aliciane und Darren, den Sohn meines Bruders – aber das geschah zu Recht. Er versuchte, sie zu vergewaltigen!«
Renata nickte. Dann sagte sie: »Sie war vorher schon einmal verlobt. Und der Junge ist gestorben, oder nicht?«
»Ich dachte, es sei ein Unfall gewesen.«
»Nun, das war es auch«, sagte Renate. »Dorilys war noch nicht einmal sechs Jahre alt. Sie wußte nur, daß er ihre Puppe kaputt gemacht hatte. Sie hat es aus ihrem Geist verdrängt. Als ich sie zwang, sich daran zu erinnern, hat sie so erbärmlich geweint, daß es Zandrus Herz hätte zum Schmelzen bringen können. Bisher schlägt sie nur in wilder Angst zu. Ich glaube, sie hat nicht einmal den Verwandten, der sie zu vergewaltigen versuchte, bewußt getötet. Sie hatte keine Kontrolle über sich. Dorilys konnte nicht betäuben, nur töten. Und das wird sie vielleicht wieder tun. Ich weiß nicht, ob irgendein Mensch ihr ausreichende Kontrolle über dieses *Laran* beibringen kann. Ich würde sie nicht mit Schuld beladen, wenn sie in einem Augenblick der Panik erneut zuschlägt.«
Renata zögerte. Schließlich fuhr sie fort: »Es ist bekannt, daß Macht den Charakter verdirbt. Schon jetzt weiß sie, daß niemand wagt, ihr den Gehorsam zu verweigern. Sie ist starrköpfig und eingebildet. Vielleicht gefällt ihr, zu wissen, daß jeder sie fürchtet. Ein Kind an der Schwelle zur Jugend hat viele Sorgen. In dieser Zeit mögen Mädchen weder ihr Gesicht noch ihren Körper oder die Farbe ihres Haars. Sie glauben, daß die anderen sie nicht mögen, weil sie von Ängsten geplagt werden, die sie nicht lokalisieren können. Wenn Dorilys sich mit dem Wissen um ihre Macht für diese Ängste entschädigt – nun, ich weiß, *ich* hätte unter diesen Umständen Angst vor ihr!«
Aldaran starrte auf den Boden des Zimmers. Er war schwarz und weiß und zeigte ein eingelegtes Vogelmosaik. »Ich kann nicht einwilligen, daß ihr *Laran* zerstört wird, Renata. Sie ist mein einziges Kind.«
»Dann, mein Fürst«, sagte Renata nüchtern, »solltet Ihr wieder heiraten und Euch einen anderen Erben verschaffen, ehe es zu spät ist. In Eurem Alter solltet Ihr keine Zeit verlieren.«
»Glaubt Ihr etwa, ich hätte es nicht versucht?« fragte Aldaran. Dann erzählte er zögernd von seinem Fluch.
»Mein Fürst, gewiß weiß ein Mann von Eurer Intelligenz, daß ein solcher Fluch auf Eurem Geist und nicht auf Eurer Männlichkeit liegt.«
»Das habe ich mir auch gesagt. Aber noch Jahre nach Alicianes Tod habe ich keine Frau begehrt. Nachdem Deonara starb, und mir klar war, daß ich nur ein einziges überlebendes *Nedestro*-Kind hatte, nahm ich andere in mein Bett. Aber keine erregte mich. Später habe ich dann geglaubt, daß dieser Fluch mich schon getroffen hatte, ehe die Zauberin ihn aussprach, denn auch während Alicianes Schwangerschaft nahm ich keine

andere. Für mich war es etwas völlig Neues, ein halbes Jahr lang ohne eine Frau zu verbringen.« Entschuldigend schüttelte er den Kopf. »Verzeiht mit, *Damisela*. Es ziemt sich nicht, zu einer Frau Euren Alters so zu sprechen.« .

»Wenn von solchen Dingen gesprochen wird, bin ich keine Frau, sondern eine *Leronis*, mein Fürst. Macht Euch darum keine Sorgen. Hat man Euch nie geprüft, Lord Aldaran?«

»Ich habe nicht gewußt, daß so etwas möglich ist.«

»Ich werde es tun, wenn Ihr wollt«, sagte Renata sachlich. »Oder wollt Ihr lieber ... Margali gehört zu Eurer Familie und steht Euch an Jahren näher ... Wenn es Euch weniger beunruhigen würde ...«

Der Mann starrte auf den Boden »Ich würde mich vor einer Fremden weniger schämen, glaube ich«, sagte er leise.

»Wie Ihr wollt.« Renata wurde ganz ruhig und sank tief in die Überwachung von Körper und Gehirn.

Nach einiger Zeit sagte sie bedauernd: »Ihr tragt in der Tat einen Fluch, mein Fürst. Euer Samen trägt keinen Lebensfunken.«

»Ist so etwas möglich? Wußte diese Frau das bereits, oder hat sie verursacht, daß ich ... ich ...« Seine Stimme erstarb in Zorn und Entsetzen.

Renata sagte ruhig: »Darüber kann ich nichts erfahren, mein Fürst. Es ist möglicherweise anzunehmen, daß Euch das irgendein Feind angetan hat. Obwohl niemand in den Türmen, der eine Matrix trägt, zu so etwas fähig wäre. Wir haben viele Eide gegen den Mißbrauch unserer Kräfte geschworen.«

»Kann es rückgängig gemacht werden? Können die Kräfte der Zauberei nicht wieder verbannen, was sie heraufbeschworen haben?«

»Ich fürchte nein, Sir. Vielleicht, wenn es unmittelbar erkannt worden wäre ... aber nach so vielen Jahren ist es, fürchte ich, unmöglich.«

Aldaran beugte das Haupt. »Dann muß ich zu den Göttern beten, daß sie Dorilys ohne Schaden durch ihre Jugend bringen. Sie allein trägt das Erbe von Aldaran.«

Renata bedauerte den alten Mann. Er hatte heute einige schmerzliche und erniedrigende Wahrheiten erfahren müssen. Sanft sagte sie: »Mein Fürst, Ihr habt einen Bruder, und Euer Bruder hat Söhne. Selbst wenn Dorilys nicht überleben sollte – ich bete wirklich darum, daß Avarra sie vor allem Schaden bewahren möge –, wird das Aldaran-Erbe nicht gänzlich verloren sein. Ich bitte Euch, Sir, versöhnt Euch mit Eurem Bruder.«

Aldarans Augen blitzten in plötzlichem wildem Zorn auf.

»Seid vorsichtig, mein Mädchen! Ich bin dankbar für alles, was Ihr für mein Kind getan habt und tun werdet, aber es gibt einige Dinge, die nicht einmal Ihr mir sagen könnt! Ich habe geschworen, daß ich diese Burg Stein für Stein abtragen werde, bevor sie an einen Sohn Scathfells fällt. Nach mir wird Dorilys hier regieren, oder niemand!«

Grausamer, eingebildeter alter Mann! dachte Renata unwillkürlich. *Es würde dir Recht geschehen, wenn es tatsächlich einträfe! Sein Stolz ist stärker als seine Liebe zu Dorilys, sonst würde er ihr dies schreckliche Schicksal ersparen!*

Sie verbeugte sich. »Dann ist nichts weiter zu sagen, mein Fürst. Ich werde für Dorilys tun, was ich kann. Aber bitte denkt daran: Die Welt geht weiter, wie sie will, und nicht, wie Ihr oder ich sie weitergehen lassen wollen.«

»Ich bitte Euch, seid nicht zornig. Ich bitte Euch ebenfalls, daß Euer Ärger über einen scharfzüngigen alten Mann die Freundschaft zu meiner Tochter nicht verringert.«

»Nichts könnte das bewirken«, sagte Renata, gegen ihren Willen vom Charme des alten Mannes besänftigt. »Ich liebe Dorilys, und werde sie schützen, so gut ich kann, auch vor sich selbst.«

Als sie Aldaran verlassen hatte, ging sie lange Zeit besorgt durch die Wehranlagen. Sie hatte ein ernstes ethisches Problem zu bewältigen. Dorilys konnte eine Geburt wahrscheinlich nicht überleben. Konnte sie es mit ihrem eigenen strengen Kode in Übereinstimmung bringen, das Mädchen zur Frau werden zu lassen, ohne daß es von diesem schrecklichen Fluch erfuhr? Sollte sie Dorilys vor dem, was ihr bevorstand, warnen?

Erneut erzürnt dachte sie, daß Lord Aldaran lieber ihren Tod akzeptierte, als die Erkenntnis, sein Bruder Scathfell könne sein Reich erben.

Cassilda, gesegnete Mutter des Hastur-Geschlechts, dachte sie. *Alle Götter seien gepriesen, daß ich nicht Fürst eines Reiches bin.*

17

Der Sommer war schön in den Hellers. Der Schnee wich bis auf die höchsten Gipfel zurück, und selbst am Abend regnete oder schneite es nur wenig.

»Eine wunderschöne Jahreszeit, aber gefährlich, Cousin Allart«, sagte Donal, auf der Spitze der Burg stehend. »Wir haben weniger Brände als die Tieflandreiche, denn bei uns bleibt der Schnee länger liegen. Aber unsere Feuer wüten wegen der Harzbäume länger, und in der Hitze dieser Tage geben sie Öle ab, die sich schnell entzünden, wenn die Sommerblitzstürme toben. Und wenn die Harzbäume in Flammen aufgehen...« Er zuckte die Achseln, breitete die Arme aus, und Allart verstand. Auch er hatte gesehen, wie die leicht brennbaren Bäume Feuer fingen, wie Fackeln auflohderten und dabei Funkenregen von sich warfen, die wie ein flüssiger Regen fielen und den ganzen Wald in Brand setzten.

»Es ist ein Wunder, daß es überhaupt noch Harzbäume gibt, wenn das Jahr für Jahr passiert.«

»Wahrhaftig. Ich glaube, wenn sie weniger schnell wüchsen, würden diese Hügel kahl und die Hellers vom Kadarin bis zur Mauer um die Welt eine Wüste sein. Aber sie wachsen schnell, und die Hügel haben sich nach einem Jahr erholt.«

Während er die Bänder der Fluggurte um seine Taille schnallte, sagte Allart: »Seit ich ein Junge war, habe ich so ein Ding nicht mehr geflogen. Ich hoffe, ich habe es nicht verlernt.«

»Das vergißt man nie«, erwiderte Donal. »Als ich fünfzehn war und an der Schwellenkrankheit litt, konnte ich fast ein Jahr lang nicht fliegen. Ich war benommen und hatte Orientierungsschwierigkeiten. Als ich wieder gesund war, glaubte ich, das Fliegen verlernt zu haben. Aber mein Körper erinnerte sich, sobald ich in die Luft gehoben wurde.«

Allart zog die letzte Schnalle fest. »Müssen wir weit fliegen?«

»Wenn wir ritten, wäre es weiter, als die meisten Tiere in zwei Tagen schaffen können. Es geht über Pfade, die fast ausschließlich auf und ab führen. Aber wenn wir wie die *Kyorebni* fliegen, ist es nur mehr als eine Stunde entfernt.«

»Wäre es nicht einfacher, einen Luftwagen zu nehmen?« Allart fiel ein, daß er in den Hellers keinen gesehen hatte.

Donal antwortete: »Das Volk von Darriel hat mit diesen Dingen experimentiert. Aber unter den hiesigen Gipfeln gibt es zu viele Querströmungen und Böen. Selbst mit einem Gleiter muß man einen Tag zum Fliegen sorgfältig aussuchen und vor Stürmen und Windwechseln auf der Hut sein. Einmal mußte ich stundenlang in einer Felsspalte sitzen und darauf warten, daß ein Sommersturm abklang.« Er lachte in der Erinnerung daran. »Ich kam nach Hause, zerzaust und trübselig wie ein Karnickel, das seinen Bau einem Baumdachs überlassen muß! Aber heute, glaube ich, werden wir nicht solchen Ärger haben. Allart, du bist doch in einem Turm ausgebildet. Kennst du die Leute von Tramontana?«

»Ian-Mikhail von Storn ist dort Bewahrer«, sagte Allart, »und ich habe mit ihnen von Zeit zu Zeit über die Verstärker gesprochen, als ich in Hali war. Aber ich bin nie selbst in Tramontana gewesen.«

»Man hat mich dort immer freundlich aufgenommen. Sie sind, glaube ich, immer froh über Besucher, sitzen wie Falken in ihrem Horst und

sehen niemanden zwischen dem Mittsommerfest und der Mittwinternacht. Es wird ihnen ein Vergnügen sein, dich zu begrüßen, Cousin.«
»Und mir auch«, sagte Allart. Tramontana war der entfernteste und am weitesten nördlich gelegene der Türme. Er war fast völlig von den anderen isoliert, obwohl seine Arbeiter Botschaften über die Verstärkernetze sandten und Informationen über die Arbeit austauschten, die sie bei der Entwicklung neuer Verwendungszwecke der Matrixwissenschaft geleistet hatten. Ihm fiel ein, daß es die Arbeiter von Tramontana gewesen waren, die die Chemikalien zur Brandbekämpfung entwickelt und erkundet hatten, wo sie in den tiefen Höhlen unter den Hellers gefunden werden konnten und wie sie zu verfeinern waren. Mit den Künsten der Matrix hatten sie neue Verwendungsmethoden entwickelt.
»Haben sie nicht bis zur fünfundzwanzigsten Ebene mit der Matrix gearbeitet?«
»Ich glaube schon, Cousin. Immerhin sind sie dreißig Personen. Tramontana ist vielleicht der am weitesten entfernte Turm, aber nicht der kleinste.«
»Wie sie die Chemikalien beherrschen, ist brillant«, bestätigte Allart, »obwohl ich glaube, daß ich Angst hätte, einiges von dem zu tun, was sie getan haben. Aber ihre Techniker sagen, daß eine Sechsundzwanzig-Ebenen-Matrix nicht gefährlicher als eine der vierten Ebene sei, wenn man einmal die Gitternetze beherrscht. Ich weiß nicht, ob ich mich der Konzentration von fünfundzwanzig anderen Leuten anvertrauen würde.«
Donal lächelte wehmütig. »Ich wünschte, ich wüßte mehr von diesen Dingen. Ich weiß nur, was Margali mir beigebracht hat. Der Tramontana-Kreis hat immer nur wenig Zeit, und ich habe nur selten die Erlaubnis erhalten, mehr als einen Tag dort zu bleiben.«
»Ich glaube, aus dir wäre wirklich ein guter Mechaniker oder Techniker geworden«, sagte Allart. Ihm fiel ein, wie schnell der Junge auf seinen Unterricht angesprochen hatte. »Aber du hast nun mal eine andere Bestimmung.«
»Wahrhaftig. Ich würde meinen Vater und meine Schwester auch nicht verlassen. Sie brauchen mich hier«, gestand Donal. »Schon deswegen wird es viele Dinge geben, die ich nie mit einer Matrix tun werde, weil sie die Sicherheit eines Turms erfordert. Aber ich freue mich, soviel wie möglich gelernt zu haben, und nichts stimmt mich froher als das«, setzte er hinzu, während er die Gurte des aus Leder und Holz konstruierten Gleiters berührte. »Sind wir so weit, Cousin?«
Er trat an den Rand der Brustwehr, schlug mit den langen Lederklappen der Gleiterschwingen, um den Luftstrom zu fassen, trat dann in die Luft hinaus und flog aufwärts. Allart konnte mit ausgestreckten Sinnen ge-

rade den Randbereich des Stromes erfassen. Er trat an die Brustwehrkante und spürte eine innere Verkrampfung, die von der Höhe und dem Anblick des furchterregenden Abgrundes hervorgerufen wurde. Aber wenn ein Junge wie Donal ohne Angst in dieser Höhe fliegen konnte ...
Er konzentrierte sich auf die Matrix, trat vor, spürte die plötzliche Benommenheit des langen Abwärtsfluges und den Ruck des Stromes, der ihn nach oben trug. Sein Körper fand schnell das Gleichgewicht, paßte sich dem Griff der Gurte an und lehnte sich in die eine und andere Richtung, um die Balance des Spielzeugs zu halten. Er sah Donals Gleiter falkengleich über sich dahinschweben und erwischte einen Aufwind, der ihn hochtrug, bis sie Seite an Seite flogen.
In den ersten Minuten war Allart so mit der Kontrolle des Gleiters beschäftigt, daß er überhaupt nicht nach unten schaute. Sein gesamtes Bewußtsein wurde von der feinen Balancearbeit in Anspruch genommen, vom Druck der Luft und den Energieströmen, die er verschwommen überall um sich fühlen konnte. Irgendwie ließ ihn das an seine Tage in Nevarsin denken, als er zum ersten Mal sein *Laran* gemeistert und gelernt hatte, menschliche Wesen als Wirbel und Energienetze fließender Ströme zu sehen. Und jetzt spürte er, daß die substanzlose Luft mit den gleichen Energieströmen erfüllt war. *Wenn ich Donal viel beigebracht habe, hat er mir als Gegenleistung nicht weniger gegeben, indem er mich die Kontrolle der Luftströmungen und der Energieströme lehrte, die Luft, Land und Wasser durchdringen* ... Allart hatte diese Luftströmungen vorher nie wahrgenommen; jetzt konnte er sie beinahe *sehen*, unter ihnen wählen, und auf ihnen reiten, bis zu einer Höhe hinauf, in der die Winde gegen den zerbrechlichen Gleiter knallten, konnte einen wilden Luftstrom entlangjagen, sich einen passenden Strom aussuchen, um wieder hinabzutauchen. Im Gurtzeug liegend und nur einen Bruchteil seines Bewußtseins darauf verwendend, den Gleiter zu kontrollieren, schaute er auf das Bergpanorama hinab.
Unter ihm erstreckte sich eine ruhige Berglandschaft. Hügel um Hügel war von dunklem Wald bedeckt. Hier und da machte er schräg plazierten Baumreihen Platz, die geradlinig über einen Hügel hinwegwuchsen – Nußfarmen oder Pilzplantagen, die inmitten des Waldes lagen. Wo Herden grasten, hatte man den Wald abgeholzt, um Wiesen zu schaffen. Sie waren mit kleinen Hütten übersät, in denen die Hüter lebten, und ab und zu entdeckte er am Lauf eines dahinrasenden Bergstromes ein Wasserrad, mit dessen Kraft man Käse herstellte, oder die Fasern, die – dank der Matrix-Verstärker – aus der Milch gewonnen wurden, nachdem Molke und Quark aus ihr herausgepreßt worden waren. Allart schnupperte den merkwürdigen Geruch einer Filzmühle und den einer anderen, in der Abfall aus der Holzverarbeitung zu Papier gepreßt wurde. Auf

einem felsigen Hügel sah er den Eingang eines Höhlensystems, in dem das Schmiedevolk lebte, und den Schein ihrer Feuer, deren fliegende Funken keine Wälder oder bevölkerte Gebiete gefährden konnten.
Während sie weiterflogen, wurden die Hügel höher und öder. Allart fühlte, wie Donal seine Gedanken berührte. Der Junge war dabei, sich zu einem kunstfertigen Telepathen zu entwickeln, der Aufmerksamkeit erregen konnte, ohne einen zu beunruhigen. Allart folgte ihm an einem langen Luftstrom entlang hinunter zwischen zwei Hügel, wo die weiße Säule des Tramontana-Turms im Licht der Mittagssonne funkelte. Ein Wächter auf der Turmspitze hob die Hand zum Gruß. Als Donal hinabjagte, die Flügel seines Gleiters zusammenfaltete, auf den Füßen landete, federnd in die Knie sank, sich mit der gleichen Bewegung aufrichtete und die Schwingen wie einen langen Schweif abstreifte, folgte Allart ihm.
Er selbst schien für dieses Spiel allerdings weniger Geschicklichkeit zu besitzen und wurde in einem Wirrwarr aus Gurten und Leinen zu Boden geworfen. Lachend kam Donal auf ihn zu.
»Macht nichts, Cousin. Ich bin selbst viele Male so gelandet«, sagte er, und Allart fragte sich, wie viele Jahre vergangen sein mochten, seit das zum letzten Mal geschehen war. »Komm, Arzi wird deinen Gleiter nehmen und ihn bis zu unserer Rückkehr sicher aufbewahren«, fügte Donal hinzu und wies auf den alten, gebeugten Mann, der neben ihm stand.
»Master Donal«, sagte der alte Mann in einem so breiten Dialekt, daß selbst Allart, der die meisten Hellers-Dialekte kannte, Schwierigkeiten hatte, ihm zu folgen, »es ist mir wie immer eine Freude, Euch bei uns begrüßen zu dürfen. Ihr erweist uns eine Ehre, *Dom'yn*«, setzte er hinzu und schloß Allart in seine ungelenke Verbeugung ein.
Donal sagte: »Das ist mein alter Freund Arzi, der dem Turm schon diente, ehe ich geboren wurde, und mich hier drei- oder viermal im Jahr begrüßte, seit ich zehn Jahre alt wurde. Arzi – mein Cousin, Dom Allart Hastur von Elhalyn.«
»*Vai Dom.*« Arzis Verbeugung wirkte – tief und ehrerbietig wie sie war – beinahe komisch. »Lord Hastur erweist uns eine Ehre. Ah, das ist ein glücklicher Tag – die *Vai Lernyn* werden wirklich glücklich sein, Euch begrüßen zu können, Lord Hastur.«
»Nicht Lord Hastur«, sagte Allart freundlich, »nur Lord Allart, mein guter Mann, aber ich danke dir für die Begrüßung.«
»Ah, es ist viele, viele Jahre her, seit ein Hastur zum letzten Mal bei uns war«, sagte Arzi. »Bitte folgt mir, *Vai Dom'yn.*«
»Sieh, was der Wind uns gebracht hat«, rief eine fröhliche Stimme. Ein junges Mädchen, groß und schlank, mit Haaren so bleich wie der Schnee auf den weit entfernten Gipfeln, kam auf Donal zugelaufen und hielt

seine Hände zur Begrüßung ausgestreckt. »Donal, wie wir uns freuen, dich wiederzusehen! Du hast uns einen Gast mitgebracht?«
»Ich freue mich, wieder hier zu sein, Rosaura«, sagte Donal und umarmte das Mädchen, als sei es eine langvermißte nahe Verwandte. Das Mädchen streckte eine Hand aus, um Allart zu begrüßen. Sie schenkte ihm die schnelle Berührung der Telepathen, für die dies natürlicher als die Berührung von Fingerspitzen war. Allart hatte natürlich gewußt, wer sie war, bevor Donal ihren Namen ausgesprochen hatte, aber als sie einander berührten, erhellte ihr Gesicht sich erneut mit einem schnellen Lächeln.
»Oh, du bist doch Allart, der ein halbes Jahr in Hali war. Ich habe natürlich gehört, daß du in den Hellers bist, aber ich hatte keine Ahnung, daß das Schicksal dich zu uns bringen würde, Verwandter. Bist du hergekommen, um mit dem Tramontana-Turm zu arbeiten?«
Donal beobachtete die Begegnung verblüfft. »Aber du bist doch noch nie hier gewesen, Cousin«, sagte er zu Allart.
»Das stimmt«, erklärte Rosaura. »Bis zu dieser Stunde hat keiner von uns das Gesicht unseres Verwandten erblickt, aber wir haben ihn in den Verstärkern berührt. Das ist ein glücklicher Tag für Tramontana, Allart! Komm und lerne die anderen kennen.« Rosaura nahm sie mit hinein, und bald waren sie von mehr als einem Dutzend junger Männer und Frauen umringt – einige der anderen waren in den Verstärkern an der Arbeit, andere schliefen nach einer arbeitsreichen Nacht –, die Donal wie einen der ihren begrüßten.
Allarts Gefühle waren gemischt. Er hatte es geschafft, nicht zuviel darüber nachzudenken, was er im Hali-Turm zurückgelassen hatte, und jetzt begegnete er – von Angesicht zu Angesicht – den Leuten, mit denen er durch die Verstärker in Berührung gekommen war. Die ihm bisher lediglich in der schwer zu erfassenden, körperlosen Berührung des Geistes bekannten Personen nahmen nun Gestalt an.
»Kommst du nach Tramontana, um zu bleiben, Cousin? Wir können einen guten Techniker gebrauchen.«
Bedauernd schüttelte Allart den Kopf. »Ich bin woanders verpflichtet, obwohl mich nichts mehr erfreuen würde, denke ich. Aber ich bin lange in Aldaran gewesen, ohne Nachrichten aus der Welt draußen. Was macht der Krieg?«
»Es ist alles beim alten«, sagte Ian-Mikhail, ein schlanker, dunkler, junger Mann mit gelocktem Haar. »Es gab das Gerücht, daß Alaric Ridenow, den sie den Rotfuchs nennen, getötet worden sei, aber es stellte sich als falsch heraus. König Regis ist schwer erkrankt. Prinz Felix hat den Rat einberufen. Sollte er sterben, wäre während der Krönung von Prinz Felix ein weiterer Waffenstillstand nötig – falls er jemals

gekrönt werden sollte. Und von deiner eigenen Familie, Allart, kam die Nachricht, daß die Gattin deines Bruders in der ersten Dekade des Rosenmonats einen Sohn geboren hat. Dem Jungen geht es gut, aber Cassilde hat ihre Kräfte noch nicht wiedergewonnen und kann ihn nicht selbst nähren. Man fürchtet, daß sie sich nicht erholen wird. Aber der Junge ist zum Erben deines Bruders ernannt worden.«
»Den Göttern sei Dank. Evanda, die Gnadenreiche, möge über dem Kind lächeln.« Allart sagte den zeremoniellen Satz mit wirklicher Erleichterung.
Jetzt hatte Damon-Rafael einen legitimen Sohn. Es war keine Frage, daß der Rat einem legitimen Bruder den Vorzug vor einem *Nedestro*-Sohn gegeben hätte.
Und doch sah sich Allart in den auf ihn einstürmenden Möglichkeiten der Zukunft selbst in Thendara gekrönt. Ärgerlich versuchte er, die Tür vor seinem *Laran* und den unwillkommenen Möglichkeiten zuzuschlagen. *Besitze ich etwa doch den Ehrgeiz meines Bruders?*
»Und ich«, sagte Rosaura, »habe erst vor drei Tagen in den Verstärkern mit deiner Gattin gesprochen.«
Allarts Herz schien sich schmerzhaft zusammenzupressen. Cassandra! Wie lange war es her, seit er sich ihr Bild vorgestellt hatte? »Wie geht es ihr?«
»Sie scheint wohlauf und zufrieden«, sagte Rosaura. »Du hast wohl gewußt, daß sie zur Überwacherin von Coryns Kreis in Hali ernannt worden ist, oder?«
»Nein, ich habe es nicht gehört.«
»Sie ist eine kraftvolle Telepathin in den Verstärkernetzen. Ich frage mich, wie du es über dich bringen konntest, sie zurückzulassen. Ihr seid noch nicht lange verheiratet, nicht wahr?«
»Nicht einmal ein Jahr«, antwortete Allart. *Nein, nicht lange, eine schmerzlich kurze Zeit, um eine geliebte Frau zu verlassen* ... Er hatte vergessen, daß er sich unter den geübten Telepathen eines Turm-Kreises befand. Einen Moment lang senkten sich die Trennwände seines Geistes, und er sah seinen eigenen inneren Schmerz überall reflektiert.
Er sagte: »Das Schicksal des Krieges, nehme ich an. Die Welt wird weitergehen, wie sie will, und nicht, wie du oder ich es gerne hätten.« Er fühlte sich würdevoll und geziert, als er das Klischee aussprach, und die anderen spielten ihm den höflichen, nichtsenthüllenden Nicht-Kontakt vor, das geistige Sich-Abwenden – ganz das höfliche Verhalten unter Telepathen, wenn unbekannte Wahrheiten sich durch Zufall enthüllen. Allart fand erst dann seine Fassung wieder, als Donal von ihrem Auftrag berichtete.
»Mein Vater schickt mich, damit die ersten Feuerchemikalien zur Sta-

tion im Harzbaumwaldes gebracht werden. Die anderen können mit Packtieren geschickt werden. Wir bauen auf dem Gipfel eine neue Feuerstation.« Das Gespräch wandte sich allgemein der Feuerbekämpfung, der Jahreszeit und den frühen Stürmen zu.

Eine der *Leroni* nahm Donal mit, um ein Chemikalienpaket zu schnüren, das sie auf den Gleitern transportieren konnten. Rosaura zog Allart zur Seite.

»Ich bedaure die Notwendigkeiten, die dich so früh von deiner Braut getrennt haben, Verwandter – aber wenn du möchtest, und Cassandra in den Verstärkern ist, kannst du mit ihr sprechen.«

Mit dieser Möglichkeit konfrontiert, fühlte Allart, wie sein Herz sich zusammenkrampfte. Er hatte sich gefügt, hatte sich gesagt, daß sie zumindest die grausamste der Zukunftsentwicklungen, die er gesehen hatte, vermeiden würden, wenn er Cassandra nie wiedersah. Aber die Möglichkeit, mit ihr zu sprechen, durfte er nicht übergehen.

Die Matrixkammer war wie jede andere: Sie lag unter einem gewölbten Dach und besaß blaue Oberlichter, die eine weiche Strahlung einließen. Allarts Blick fiel auf den Überwachungsschirm, das große Verstärkernetz. Eine junge Frau im weiten Gewand einer Matrixarbeiterin kniete davor. Ihr Gesicht, leer und ruhig, zeigte den abwesenden Blick einer Matrixtechnikerin, deren Geist auf etwas anderes eingestimmt und deren Gedanken in den Verstärkernetzen gefangen waren, die alle Telepathen in den Türmen Darkovers miteinander verbanden.

Allart nahm neben dem Mädchen Platz. Im Innersten war er noch immer beunruhigt.

Was soll ich ihr sagen? Wie kann ich ihr wieder begegnen, selbst auf diese Weise?

Aber die alte Disziplin der rituellen Atemzüge, die den Geist beruhigten, wirkte. Allarts Körper nahm eine mühelose Stellung ein, die er ohne allzu große Ermüdung unendlich lange würde aufrechthalten können.

Er warf sich in die weite, wirbelnde Dunkelheit hinein und fühlte sich wie ein Gleiter über einem tiefen Abgrund. Gedanken wirbelten wie weitentferntes Gerede in einem überfüllten Raum an ihm vorbei. Es war ohne Bedeutung für ihn, da er ihren Ursprung und Zusammenhang nicht wahrnahm. Dann, als er sich des Verstärkernetzes bewußter wurde, spürte er eine wahrnehmbare Berührung: Rosauras Stimme.

Hali ...

Wir sind hier, was wünscht ihr?

Wenn die Lady Cassandra Aillard-Hastur unter euch ist – ihr Mann ist bei uns in Tramontana und möchte mit ihr sprechen ...

Allart, bist du das? So erkennbar wie ihr helles Haar und ihr fröhliches mädchenhaftes Lächeln berührte er Arielle. *Ich glaube, daß Cassandra*

gerade schläft, aber für dich wird sie sich gerne wecken lassen. Bring meiner Cousine Renata Grüße von mir. Ich denke oft an sie. Ich werde Cassandra für dich wecken.
Arielle war fort. Allart befand sich wieder in der schwebenden Stille, Botschaften glitten an ihm vorbei, ohne auf irgendeinen Teil seines Geistes überzugreifen, der sich an sie erinnern oder sie registrieren konnte. Dann, ohne Vorwarnung, war sie *da*, neben ihm, um ihn herum, eine fast körperliche Anwesenheit ... *Cassandra!*
Allart, mein Geliebter ...
Das Zusammenwirken von Tränen, Erstaunen, Unglauben, Wiedervereinigung. Ein zeitloser Moment (drei Sekunden? drei Stunden?) von absoluter, ekstatischer Begegnung, wie eine Umarmung. Es war wie damals, als er sie zum ersten Mal besessen hatte. Er fühlte, wie die Trennwände fielen, fühlte ihren Geist in den seinen eindringen und sich mit ihm vermischen. Die Begegnung wurde zu einer wechselseitigen Hingabe, die noch stärker als die Vereinigung ihrer Körper war. Wortlos, aber vollständig. Allart versank in ihr und fühlte, wie auch Cassandra sich verlor.
Auf dieser Ebene konnte der Kontakt nicht lange aufrechterhalten werden. Allart fühlte, wie er dahinschwand, sich auf normales Denken und normalen Kontakt reduzierte.
Allart, wie bist du nach Tramontana gekommen?
Mit dem Pflegesohn von Aldaran, um die ersten feuerbekämpfenden Chemikalien abzuholen, da die Jahreszeit der Brände bevorsteht. In den Hellers machen sie einem schwer zu schaffen. Er übermittelte ihr ein Bild des langen, ekstatischen Flugs, zeigte ihr das Dahinjagen der Gleiter und wie der Wind an Kopf und Körper vorbeiraste.
Wir haben hier auch Brände gehabt. Der Hali-Turm ist mit Luftwagen und Brandbomben angegriffen worden. Er sah Flammen am Ufer wüten, einen abstürzenden, wie einen Meteor glühenden Luftwagen, den die miteinander verbundenen Hirne von elf Hali-Bewohnern zur Explosion gebracht hatten, die Todesschreie des Piloten, der unter Drogen stand und kaum wußte, was er tat ...
Aber du bist in Sicherheit, meine Geliebte?
Ich bin in Sicherheit, auch wenn wir alle erschöpft sind und Tag und Nacht arbeiten ... Ich habe viel erlebt, Allart. Ich werde dir viel zu erzählen haben. Wann kommst du zurück?
Das liegt in der Hand der Götter, Cassandra, aber ich werde nicht länger bleiben, als ich muß ... Als er die Wort-Gedanken formte, wußte er, daß sie zutrafen. Vielleicht war es klüger, sie nie wiederzusehen. Aber schon konnte er einen Tag voraussehen, an dem er sie wieder in den Armen hielt – und wußte plötzlich, daß er sich nicht von ihr abwenden

würde, selbst wenn das seinen Tod bedeutete ... und sie würde es auch nicht.
Allart, müssen wir den Eintritt der Aldarans in den Krieg fürchten? Seit du in die Hellers aufgebrochen bist, haben wir das mehr als alles andere gefürchtet.
Nein, Aldaran wird von Streitigkeiten in seiner eigenen Familie in Atem gehalten. Er ergreift für keine Seite Partei. Ich bin hier, um Lord Aldarans Pflegesohn Laran-Unterricht zu erteilen, während Renata sich um seine Tochter kümmert ...
Ist sie sehr schön? In Cassandras Gedanken spürte er – unausgesprochen, aber eindeutig – Ärger und Eifersucht. Galten sie Renata oder der ihr unbekannten Tochter Aldarans? Er hörte die unausgesprochene Antwort: *Beiden ...*
Sehr schön, ja ... Allart übermittelte heitere, vergnügte Gedanken. *Sie ist elf Jahre alt ... und keine Frau der Welt, nicht einmal die selige Cassilda in ihrem Schrein, ist auch nur halb so schön wie du, meine Geliebte ...* Es folgte ein weiterer Augenblick glückseliger, ekstatischer Begegnung, als seien sie mit allen Sinnen eins. Er mußte es unterbrechen. Cassandra würde es, wenn sie als Überwacherin arbeitete, nicht lange aushalten. Langsam und widerwillig ließ er den Kontakt schwinden, aber Geist und Körper waren noch immer von ihr erfüllt, als könne er die Berührung ihres Kusses auf seinem Mund fühlen.
Benommen und erschöpft kehrte Allart ins Bewußtsein der Matrixkammer und seines verkrampften und zitternden Körpers zurück. Nach einer langen Zeit bewegte er sich langsam, stand auf und verließ die Kammer auf Zehenspitzen, um die Arbeiter in den Verstärkernetzen nicht zu stören. Während er die Wendeltreppe hinunterging, fragte er sich, ob er für die Möglichkeit, mit ihr zu sprechen, dankbar sein sollte oder nicht.
Es hat ein neues Band geschmiedet, das besser zerrissen worden wäre. In der langen Begegnung hatte er viele Dinge aufgefangen, die sein Bewußtsein nicht wirklich verstand, aber er fühlte, daß auch Cassandra auf ihre Weise versucht hatte, das Band zu zerreißen. Er war nicht aufgebracht deswegen. Sie waren noch immer verbunden, stärker denn je, durch die Bande der Begierde und Enttäuschung.
Und Liebe? *Und Liebe?*
Was ist überhaupt Liebe? Allart war nicht sicher, ob das sein eigener Gedanke war, oder einer, den er irgendwie aus dem verstörten Geist seiner Frau aufgefangen hatte.
Am Fuß der Treppe traf er Rosaura. Wenn sie seinen verwirrten Blick und die Tränenspuren überhaupt bemerkt hatte, ging sie zumindest darüber hinweg. Unter Turm-Telepathen, wo man keine starke Empfin-

dung verbergen konnte, gab es bestimmte Höflichkeitsrituale. Sie sagte ziemlich sachlich: »Nach einem Kontakt über solch eine Entfernung wirst du erschöpft und ausgelaugt sein. Komm, Cousin, erfrische dich.«

Donal stieß beim Essen zu ihnen, wie auch ein halbes Dutzend Turm-Arbeiter, die sich ausruhten. Die Aufhebung der Belastung und das seltene Vergnügen, an ihrem isolierten Aufenthaltsort auf Besucher zu stoßen, hatte alle ein wenig euphorisch gemacht. Allarts Kummer und seine wiederbelebte Sehnsucht nach Cassandra wurden auf einer Welle von Scherzen und Gelächter fortgeschwemmt. Die Speisen waren ihm zwar fremd, aber gut: Es gab süßen, weißen Bergwein, auf ein Dutzend verschiedener Arten zubereitete Pilze und Schwämme, weiche, weiße gekochte Knollen oder Wurzeln, zu kleinen Kuchen gebacken und in duftendem Öl geröstet, aber keinerlei Fleisch. Rosaura erklärte ihm, daß man beschlossen hatte, mit einer Diät ohne Tierfleisch zu experimentieren, um zu sehen, ob das ihre Wahrnehmungsfähigkeit sensibilisierte. Allart erschien das merkwürdig und ein wenig dumm, aber er hatte jahrelang mit einer solchen Diät in Nevarsin gelebt.

»Bevor du gehst: Wir haben eine Nachricht für deinen Pflegevater, Donal«, sagte Ian-Mikhail. »Scathfell hat Botschaften nach Sain Scarp, Storn, Ardais, Scaravel und Castamir gesandt. Ich habe keine Ahnung, um was es sich handelt, aber als oberster Lehnsherr von Scathfell sollte Lord Aldaran davon wissen. Scathfell wollte die Botschaften den Verstärkern nicht anvertrauen, daher fürchte ich, daß es um eine geheime Verschwörung geht. Wir haben Gerüchte über einen Bruch zwischen deinem Vater und Lord Scathfell gehört. Lord Aldaran sollte gewarnt werden.«

Donal wirkte besorgt. »Ich danke dir im Namen meines Pflegevaters. Natürlich wußten wir, daß solche Dinge geschehen würden, aber unsere *Leronis* ist alt und war von meiner Schwester sehr in Anspruch genommen, vielleicht haben wir deswegen so wenig von Scathfells Plänen gehört.«

»Geht es deiner Schwester gut?« fragte Rosaura. »Wir hätten sie gerne zur Untersuchung hier in Tramontana gehabt.«

»Renata Leynier ist von Hali gekommen, um sich um sie zu kümmern«, sagte Donal, und Rosaura lächelte.

»Renata von Hali? Ich kenne sie aus den Verstärkern. Deine Schwester wird bei ihr gut aufgehoben sein, Donal.«

Es wurde Zeit, sich auf die Rückkehr vorzubereiten. Eine der Überwacherinnen brachte sorgfältig verschnürte Pakete mit Chemikalien, die – mit Wasser oder anderen Flüssigkeiten vermischt – sich beträchtlich ausdehnen und, zu weißem Schaum geworden, eine große Fläche jedweden Feuers bedecken konnten. Sobald ein Landkonvoi zusammengestellt werden konnte, würde man noch mehr schicken. Donal ging den steilen Pfad hinter dem Turm hinauf und musterte von dort aus den Himmel. Als er zurückkam, sah er ernst aus.

»Vor Sonnenuntergang kann es zu Stürmen kommen«, sagte er. »Wir sollten keine Zeit verlieren, Cousin.«

Diesmal zauderte Allart beim Übertreten der Kante nicht. Auf einem steigenden Luftstrom schwebend und die Kraft der Matrix ausnutzend, stieg er auf, höher und höher. Dennoch konnte er sich dem Vergnügen des Erlebnisses nicht völlig hingeben.

Der Kontakt mit Cassandra – so schön er gewesen war – hatte ihn erschöpft und besorgt gemacht. Er versuchte, diese Gedanken beiseitezuschieben. Das Fliegen erforderte die Konzentration auf die Matrix. Die Beschäftigung mit anderen Gedanken war ein Luxus, den er sich nicht leisten konnte. Und doch sah er immer wieder Gesichter, die sein *Laran* erzeugte: einen großen, freundlichen Mann, der auf merkwürdige Art Dom Mikhail von Aldaran ähnelte; Cassandra, die einsam in ihrem Zimmer in Hali weinte, dann aufstand und sich für die Arbeit in den Verstärkern zusammennahm; Renata, die Dorilys mit zorniger Gebärde gegenüberstand ... Mit Willenskraft brachte er sich wieder in die Höhe, die aufsteigende Luft jagte an seinem Gleiter vorbei, die Luftströme zerrten schmerzlich in seinen ausgestreckten Fingerspitzen, als wäre jeder einzelne die Flügelspitze eines auffliegenden Falken. Er jagte, weder Mensch noch Vogel, auf der Luft daher. Allart wußte, daß er in diesem Augenblick an Donals inneren Phantasien teilhatte.

»Vor uns gibt es Stürme«, warnte Donal. »Es tut mir leid, daß ich dich so weit von unserem Kurs abbringen muß, aber wir müssen sie umgehen. Es ist nicht ungefährlich, so nahe an einem Sturm zu fliegen. Folge mir, Cousin.« Er erwischte einen nahen Luftstrom und ließ sich mit Matrixhilfe von dem geraden Kurs nach Aldaran wegtreiben.

Allart konnte den Sturm vor ihnen sehen und spürte mehr, als er sie sah, die elektrischen Entladungen, die von Wolke zu Wolke sprangen. Sie kreisten in einer langen, langsamen Spirale fast bis zum Boden. Er fühlte Donals Ärger.

Sollen wir irgendwo landen und den Sturm abwarten? Ich würde es riskieren, aber Allart ist das Fliegen nicht gewohnt ...

Ich werde riskieren, was du riskierst, Donal.

Dann folge mir. Es ist, als weiche man einem Pfeilregen aus, aber ich habe es mehr als einmal getan ... Er senkte seine Flügel, schoß auf einer schnellen Strömung nach oben und jagte dann schnell zwischen zwei Wolken hindurch. *Schnell! Gerade hat sich ein Blitz entladen. Es wird nicht lange dauern, bis sich der nächste aufbaut.*

Allart spürte ein merkwürdiges schrilles Klingeln, und erneut flogen sie wie bei einem Spießrutenlauf durch die zuckenden Blitze. Normalerweise hätte er sich zurückfallen lassen, aber er vertraute der Führung Donals, der wußte, wo und *wann* der Blitz zuschlagen würde. Allart fühlte dennoch, wie kalte Tropfen ihn trafen. Sie durchflogen einen plötzlich auftauchenden kleinen Regenschauer, und er klammerte sich, durchnäßt und frierend, an die Gurte des Gleiters. Seine feuchten Kleider ließen die Haut eiskalt werden. Er folgte Donal auf dem langen, Übelkeit verursachenden Sturzflug eines Abwinds, erwischte in letzter Sekunde eine Aufwärtsströmung, die ihn höher und höher trug, bis sie kreisend über den Hügeln von Burg Aldaran schwebten.

Donal, nur eine Stimme in Allarts Kopf, sagte: *Wir können nicht sofort hinunter. Auf den Gleitern und unseren Kleidern ist zuviel Ladung. Sobald wir den Fuß auf den Boden setzten, würde sie uns bewußtlos machen. Wir müssen eine Weile kreisen. Schwebe und spreize die Hände, um sie allmählich abzubauen ...*

Allart, den Anweisungen folgend, trieb in gemächlichen, träumerischen Kreisen. Er wußte, daß Donal wieder in der Falken-Rolle war, sich in den Geist und die Gedanken eines großen Vogels projizierte. Während sie über der Burg dahinzogen, hatte Allart genug Zeit, auf Aldaran hinabzublicken. In den vergangenen Monaten war es ihm eine zweite Heimat geworden, aber nun sah er mit einem Gefühl böser Vorahnung eine lange Reiterkarawane, die sich den Toren näherte. Er sandte einen wortlosen Warnschrei zu Donal, als der Führer der Karawane sein Schwert zog. Der Klang des geistigen Schreis war für Allart, der hoch über den Zinnen und dem steil hinabstürzenden Wasserfall dahinflog, beinahe hörbar.

»Aber da ist doch niemand«, sagte Donal besorgt. »Was fehlt dir? Was hast du gesehen? Wirklich, dort ist niemand.«

Allart blinzelte verwirrt, ein plötzliches Schwindelgefühl ließ seine Schwingen flattern, und automatisch kippte er ab, um das Gleichgewicht wiederzufinden. Die Straße nach Aldaran lag leer und verlassen im zunehmenden Zwielicht. Er sah weder Reiter noch bewaffnete Männer, noch Banner. Sein *Laran* hatte ihm wieder einmal gezeigt, was geschehen konnte. Die Vision war verschwunden.

Donal flatterte, flog seitwärts. Seine erregte Warnung drängte Allart, ihm schnell zu folgen. »Wir müssen hinunter, selbst wenn wir dabei die Besinnung verlieren«, schrie er und sandte ihm einen flüchtigen, erregten Gedanken zu: *Ein neuer Sturm kommt auf.*

Aber ich sehe keine Wolken.

Dieser Sturm braucht keine Wolken, dachte Donal bestürzt. *Das ist der Zorn meiner Schwester, der Blitze erzeugt. Die Wolken werden noch*

kommen. Sie würde uns nicht wissentlich treffen, aber wir müssen dennoch so schnell wie möglich nach unten.
Er ließ sich auf einer schnellen Strömung hinabsinken, verlagerte sein Gewicht auf den Gleiter, daß er senkrecht in ihm hing, und setzte es ein, um das Gefährt nach unten zu bringen. Allart, vorsichtiger und weniger erfahren, folgte einer normalen Abwärtsspirale, aber dennoch spürte er den Schlag schmerzender Elektrizität, als seine Füße den Boden berührten. Donal, der sein Gurtzeug losschnallte und den Gleiter in einem Durcheinander von Leinen dem Diener zuwarf, der herbeigeeilt kam, murmelte: »Was kann das sein? Was ist geschehen, daß Dorilys so erregt oder geängstigt ist?« Mit einer knappen Entschuldigung an Allart eilte er davon.

18

Ohne darüber nachzudenken hörte auch Renata das Rollen des Sommerdonners, als sie sich durch die Flure des Schlosses auf den Weg zu Dorilys' Räumen machte, um den Nachmittagsunterricht zu geben.
Weil Dorilys jünger war als die Novizen eines Turms – und auch, weil sie diese Ausbildung weder aus freiem Willen gewählt noch gelobt hatte, die Unbequemlichkeiten und Schwierigkeiten der Arbeit ohne Klagen zu ertragen –, hatte Renata versucht, den Unterricht locker und vergnüglich zu gestalten, Spiele und kleine Späße zu ersinnen, die das *Laran* des Mädchens entwickeln konnten, ohne es langwierigen, ermüdenden Übungen zu unterwerfen. Dorilys war noch zu jung, um vorschriftsmäßig auf telepathische Fähigkeiten untersucht zu werden, die sich selten vor Einsetzen der Pubertät entwickelten. Renata schätzte, daß Dorilys beträchtliche Begabung zum Hellsehen besaß und wahrscheinlich zusätzlich zu ihrer schwer zu handhabenden Gabe, Blitze zu erzeugen, einige telekinetische Kraft. Also hatte sie sie mit einfachen Spielen unterrichtet, Süßigkeiten und Spielzeuge versteckt, und Dorilys sie mit ihrem *Laran* finden lassen. Sie hatte ihre Augen verbunden, sie den Weg durch komplizierte Hinderniskurse aus Möbelstücken und unvertraute Teile des Schlosses suchen lassen und ihr die Aufgabe gestellt, mit verbundenen Augen ihre eigenen Besitztümer aus einem Wirrwarr ähnlicher Gegenstände herauszufinden, indem sie den Magnetismus, der ihnen anhaftete, »fühlte«. Dorilys war eine gelehrige Schülerin und fand an den Unterrichtsstunden so viel Gefallen, daß es Margali bei zwei oder drei Gelegenheiten tatsächlich gelungen war, ihren aufsässigen Zögling mit der Drohung zur Räson zu bringen, den Unterricht ausfallen zu lassen.

Soweit Renata feststellen konnte, fehlten Dorilys die beiden Gaben, die sie zu einer Turm-Arbeiterin machen könnten, völlig: Telepathie, definiert als die Fähigkeit, bewußtes Denken zu lesen oder aufzugreifen; und Empathie, die darin bestand, die Gefühle oder körperlichen Empfindungen eines anderen im eigenen Geist oder Körper zu spüren. Aber beide Fähigkeiten konnten sich noch in den Jugendjahren ausbilden, und wenn sie dann einige Kontrolle über ihre Energieströme besaß, würde die gefürchtete Schwellenkrankheit weniger Gefahr für sie heraufbeschwören.

Wenn es sich doch nur früher entwickeln ließe – oder später! Es war die Geißel aller *Laran* besitzenden Familien, daß diese Sorgen erzeugenden Anlagen sich gleichzeitig dann entwickelten, wenn das Kind die körperlichen und seelischen Umwälzungen der Pubertät durchlief. Viele von denen, die diese Gaben trugen, erfuhren erst dann, daß das plötzliche Einsetzen der Psi-Kräfte, die sich entwickelnde Sexualität und die hormonale und gemütsmäßige Labilität dieser Periode für Körper und Geist eine zu schwere Belastung waren. Man wurde enormen Umwälzungen unterworfen, denen Krisen, Krämpfe und sogar der Tod folgte. Renata hatte selbst einen Bruder durch die Schwellenkrankheit verloren. Keine *Laran*-Familie überlebte ohne solche Verluste.

Dorilys hatte das Aldaran-Blut der Vaterseite in den Adern, nicht das relativ stabile der Delleray, das dem der Hasturs ähnlich war. Was Renata von den Erblinien der Aldaran und Rockraven wußte, machte sie nicht übermäßig hoffnungsvoll, aber je mehr Dorilys von den Energieströmen ihres Körpers, den Nerven- und Energieflüssen wußte, um so wahrscheinlicher konnte sie diese Umwälzungen ohne allzu große Schwierigkeiten überleben.

Während sie sich Dorilys' Räumen näherte, spürte sie die Untertöne von Zorn, erschöpfter Geduld (Renata hielt die alte *Leronis* für eine Heilige, da sie mit dem verzogenen kleinen Mädchen fertig wurde) und Überheblichkeit, was bedeutete, daß etwas nicht nach Dorilys' Willen ging. Renata gegenüber hatte sie diese kindliche Seite selten gezeigt, denn sie bewunderte die junge *Leronis* und buhlte um ihre Anerkennung und Sympathie. Aber weil sie nie streng erzogen worden war, fand sie es schwierig zu gehorchen, wenn ihre Empfindungen ihr eine andere Richtung wiesen. Ihre Aufgabe wurde keineswegs dadurch leichter, daß Margali, die seit dem Tod Darren Scathfells Angst vor ihrem Zögling hatte, dies nicht verbergen konnte.

Auch ich habe Angst vor ihr, dachte Renata, *aber sie weiß es nicht. Wenn ich sie es je wissen lasse, werde ich nie mehr in der Lage sein, sie irgend etwas zu lehren.*

Hinter der Tür hörte sie Dorilys Stimme – ein gereiztes Grollen. Sie

erhöhte ihre Wahrnehmungsfähigkeit, um Margalis Antwort zu hören.
»Nein, Kind. Deine Stickerei ist eine Schande. Es gibt keinen Musikunterricht und keinen Unterricht mit Lady Renata, ehe du nicht all diese unbeholfenen Stiche aufgetrennt und neugemacht hast.« In schmeichelndem Tonfall setzte sie hinzu: »So unbeholfen bist du doch nicht. Du bemühst dich einfach nicht. Du kannst sehr schön nähen, wenn du willst, aber heute hast du offenbar beschlossen, nichts zu tun und verpfuschst absichtlich alles. So, und jetzt trenn' die Stiche auf – nein, benutze das richtige Trennwerkzeug, Kind! Versuche nicht, sie mit den Fingern aufzutrennen, sonst wirst du den Stoff zerreißen! Dorilys, was ist heute mit dir los?«
Dorilys gab zurück: »Ich mag nicht nähen. Wenn ich Lady Aldaran bin, werde ich ein Dutzend Näherinnen haben. Es gibt keinen Grund, daß ich es lerne. Und Lady Renata wird meinen Unterricht nicht ausfallen lassen, weil *du* es sagst.«
Der barsche und verächtliche Ton ihrer Worte bestimmte Renatas Entscheidung. Das Nähen war nicht von Bedeutung, aber die Selbstdisziplin – sorgfältig und gewissenhaft an einer Aufgabe zu arbeiten, für die sie weder Begabung noch Neigung besaß – war wichtig. Renata, die ausgebildete Empathin und Überwacherin, spürte beim Öffnen der Tür den heftig brennenden Schmerz auf Margalis Stirn und sah die Linien der Erschöpfung im Gesicht der alten Frau. Dorilys wandte wieder ihren alten Trick an und versorgte Margali, die nicht tat, was sie wollte, mit Kopfschmerzen. Sie saß über dem verhaßten Nähzeug und sah lieb und folgsam aus, aber im Gegensatz zu Margali konnte Renata, als sie durch die Tür trat, das triumphierende Lächeln auf ihrem Gesicht sehen. Dorilys warf das Nähzeug zu Boden, sprang auf und eilte auf Renata zu.
»Ist es Zeit für meinen Unterricht, Cousine?«
Renata sagte kalt: »Heb dein Nähzeug auf und leg es ordentlich in die Schublade – oder noch besser: Setz dich und beende die Arbeit.«
»Ich will nicht nähen lernen«, erwiderte Dorilys schmollend. »Mein Vater will, daß ich die Dinge lerne, die *du* mir beibringen kannst!«
»Was ich dir am besten beibringen kann«, sagte Renata bestimmt, »ist das zu tun, was unerläßlich ist – und wann du es tust, ob du willst oder nicht. Mir ist es egal, ob du exakt nähst oder deine Stiche wie ein von Fallobst trunkenes *Chervine* schwanken« – Dorilys ließ ein kurzes, triumphierendes Kichern hören – »aber du wirst den Unterricht mit mir nicht dazu ausnutzen, deine Pflegemutter auszuspielen oder zu ignorieren, was sie dir aufträgt.« Sie blickte Margali, die bleich vor Schmerzen war, an und kam zu dem Schluß, daß es zu einem Zweikampf kommen würde.

»Verursacht sie dir wieder Kopfschmerzen?«
Margali sagte schwach: »Sie weiß es nicht besser.«
»Dann wird sie es besser lernen«, sagte Renata mit eisiger Stimme. »Was du auch mit ihr anstellst, Dorilys, du wirst deine Pflegemutter sofort davon befreien. Du wirst niederknien und sie um Vergebung bitten. Dann werde ich *vielleicht* mit dem Unterricht fortfahren.«
»*Sie* um Vergebung bitten?« fragte Dorilys ungläubig. »Das werde ich nicht!«
Irgend etwas in der Haltung des Kindes ließ Renata plötzlich an Lord Aldaran denken, obwohl man von Dorilys behauptete, sie ähnele ihrer verstorbenen Mutter. *Sie hat ihres Vaters Stolz*, dachte sie, *aber sie hat noch nicht gelernt, ihn mit Höflichkeit, zweckdienlicher Verbindlichkeit und Charme zu kaschieren. Sie ist noch jung, und wir können diese Eigenwilligkeit in ihrer ganzen Häßlichkeit sehen. Ihr ist es schon gleichgültig, wem sie weh tut, solange es nach ihrem Kopf geht. Und Margali ist für sie nichts besseres als eine Dienerin. Das gilt auch für mich. Sie gehorcht mir, weil es ihr gefällt.*
Sie sagte: »Ich warte, Dorilys. Bitte Margali um Verzeihung.«
»Nur, wenn sie mir verspricht, mich nie mehr herumzukommandieren«, beharrte Dorilys trotzig.
Renata kniff die Lippen zusammen. Es würde also tatsächlich auf einen Zweikampf hinauslaufen. *Wenn ich zurückstecke, wenn ich ihr gestatte, eigene Bedingungen zu setzen, wird sie mir nie mehr gehorchen. Dabei kann diese Lehre ihr Leben retten. Ich will keine Macht über sie, aber wenn ich sie unterrichten soll, muß sie gehorsam sein und lernen, sich so lange auf mein Urteil zu verlassen, bis sie ihrem eigenen trauen kann.*
»Ich habe dich nicht gefragt, unter welchen Bedingungen du sie um Verzeihung bittest«, sagte Renata. »Ich habe dir nur gesagt, du sollst es tun. Ich warte.«
»Renata«, begann Margali.
Aber Renata unterbrach sie ruhig: »Nein, Margali. Halte dich da raus. Du weißt so gut wie ich, was sie als erstes lernen muß.« Zu Dorilys sagte sie mit der geübten Befehlsstimme: »Knie dich sofort hin und bitte deine Pflegemutter um Verzeihung!«
Automatisch sank Dorilys auf die Knie. Plötzlich stieß sie einen schrillen Schrei aus und sprang auf: »Ich habe dir gesagt, du sollst nie die Befehlsstimme gegen mich anwenden! Ich werde es nicht zulassen, und mein Vater auch nicht! *Er* würde mich nicht erniedrigt sehen wollen, indem ich *sie* um Verzeihung bitte!«
Dorilys, dachte Renata, *hätte gründlich versohlt werden sollen, ehe sie stark genug war, solch übersteigerte Ideen über ihre eigene Bedeutung*

zu entwickeln. Aber jeder hatte Angst vor ihr und wollte ihr nicht in die Quere kommen. Ich mache ihnen keinen Vorwurf. Auch ich habe Angst vor ihr.
Sie wußte, daß sie einem zornigen Kind gegenüberstand, dessen Zorn schon einmal getötet hatte. *Aber noch habe ich die Oberhand. Sie ist ein Kind, das weiß, daß es Unrecht hat, aber ich bin eine geübte Turm-Technikerin und Überwacherin. Ich muß ihr beibringen, daß ich stärker bin als sie. Denn der Tag wird kommen, an dem sie erwachsen ist und niemand stark genug sein wird, sie zu kontrollieren. Bevor es soweit ist, muß sie in der Lage sein, sich zu beherrschen.*
Ihre Stimme war wie eine Peitsche: »Dorilys, dein Vater hat mir in allen Bereichen die Aufsicht über dich gegeben. Er hat mir gesagt, ich hätte seine Erlaubnis, dich zu schlagen, wenn du ungehorsam bist. Du bist ein großes Mädchen, und ich würde dich nicht gerne auf *diese* Art demütigen. Aber eines sage ich dir: Wenn du mir nicht sofort gehorchst und deine Pflegemutter um Verzeihung bittest, werde ich tun, als seist du ein Baby und zu jung, auf die Stimme der Vernunft zu hören. Tu, was ich dir sage, und zwar sofort!«
»Nein, das werde ich nicht!« schrie Dorilys. »Und du kannst mich auch nicht dazu zwingen!« Wie als Echo ihrer Worte war von draußen ein rauhes Donnerrollen zu hören. Dorilys war zu erregt, um es zu hören, aber sie spürte es und fuhr zurück.
Renata dachte: *Gut. Sie fürchtet sich immer noch ein wenig vor ihrer eigenen Macht. Sie will nicht noch einmal töten* ...
Plötzlich spürte sie auf ihrer Stirn den brennenden Schmerz eines enger werdenden Bandes... Nahm sie das mit empathischer Kraft von Margali auf? Nein. Ein schneller Blick zeigte ihr, daß Dorilys angespannt und in zähneknirschendem Zorn konzentriert war. Sie tat mit ihr das gleiche wie mit Margali.
Diese kleine Teufelin! dachte Renata, hin- und hergerissen zwischen Zorn und unwillkürlicher Bewunderung für die Kraft und den Geist des Kindes. *Wenn man diese Stärke und diesen Trotz einem sinnvollen Zweck zuführen könnte – welch eine Frau würde sie sein!* Sich auf ihre Matrix konzentrierend – was sie in Dorilys Gegenwart noch nie getan hatte, außer um sie zu überwachen –, begann Renata, dagegen anzukämpfen und die Energie auf Dorilys zurückzuspiegeln. Langsam verschwand der Schmerz, und sie sah das Gesicht des Mädchens vor Anstrengung bleich werden. Mit Mühe hielt sie ihre Stimme ruhig.
»Siehst du? So kannst du nicht mit mir umspringen, Dorilys. Ich bin stärker als du. Ich will dir nicht weh tun, und das weißt du auch. Jetzt gehorche mir, und dann machen wir mit dem Unterricht weiter.«
Sie spürte, wie Dorilys zornig ausholte. Alle ihre Kraft zusammenneh-

mend, packte und hielt sie das Kind, als hätte sie es körperlich mit den Armen umfangen.
Sie fesselte Körper und Geist, Stimme und *Laran*. Dorilys versuchte »Laß mich los!« zu schreien, und entdeckte entsetzt, daß weder die Stimme ihr gehorchte noch daß sie eine einzige Bewegung machen konnte ... Renata, sensitiv und empathisch wie sie war, spürte Dorilys Entsetzen als sei es ihr eigenes.
Sie muß wissen, daß ich stark genug bin, um sie vor ihren eigenen Trieben zu schützen, daß sie mich nicht gedankenlos niederstrecken kann, wie sie es mit Darren getan hat. Sie muß wissen, daß sie bei mir sicher ist; daß ich nicht zulasse, daß sie sich selbst oder irgendeinem anderen wehtut.
Jetzt hatte Dorilys wirklich Angst. Einen Moment lang, als sie die hervortretenden Augen und krampfhaften behinderten Bewegungen ihrer Muskeln sah, fühlte Renata soviel Mitleid, daß sie es nicht ertragen konnte. *Ich will ihr nicht weh tun oder ihren Geist brechen, ich will ihr nur beibringen ... sich vor ihrer eigenen schrecklichen Kraft zu schützen! Eines Tages wird sie es verstehen, aber jetzt ist sie so geängstigt. Armes kleines Mädchen ...*
Sie sah, wie sich die kleinen Muskeln an Dorilys' Hals bewegten, wie sie sich zu sprechen bemühte und lockerte den Griff. In Dorilys' Augen standen Tränen.
»Laß mich los, laß mich los!«
Margali blickte Renata flehentlich an. Auch sie litt, als sie das Mädchen so hilflos sah.
Die alte *Leronis* flüsterte: »Befreie sie, Renata. Sie wird brav sein, nicht wahr, mein Kleines?«
Renata sagte sehr freundlich: »Du siehst, Dorilys, daß ich immer noch stärker bin als du. Ich werde nicht zulassen, daß du jemandem wehtust, nicht einmal dir selbst. Ich weiß, daß du aus dem Zorn des Augenblicks heraus niemandem wirklich schaden willst.«
Dorilys begann zu schluchzen. Noch immer hing sie bewegungslos im Griff von Renatas *Laran*.
»Laß mich los, Cousine, bitte. Ich werde brav sein. Ich verspreche es. Es tut mir leid.«
»Du mußt dich nicht bei mir entschuldigen, Kind, sondern bei deiner Pflegemutter«, erinnerte Renata sie freundlich und löste den Griff völlig.
Dorilys sank auf die Knie und schluchzte unter Mühen: »Es tut mir leid, Margali. Ich wollte dir nicht wehtun. Ich war nur wütend.« Dann brach sie weinend zusammen.
Margalis dünne, vom Alter knotige Finger streichelten sanft Dorilys'

Wange. »Das weiß ich, Liebes. Du wolltest nie jemandem wehtun. Du denkst nur nicht darüber nach.«
Dorilys wandte sich Renata zu und flüsterte mit vor Entsetzen geweiteten Augen: »Ich hätte ... ich hätte dir antun können, was ich mit Darren getan habe – und ich liebe dich, Cousine, ich liebe dich.« Sie warf ihre Arme um Renata, die immer noch zitternd ihre Arme um das schmächtige, zitternde Kind legte.
»Weine nicht mehr, Dorilys. Ich werde nicht zulassen, daß du jemandem schadest, das verspreche ich«, sagte sie, das Mädchen fest an sich drückend. Sie zog ein Tuch heraus und trocknete Dorilys' Augen. »Jetzt leg dein Nähzeug ordentlich weg, und dann kommen wir zu unserem Unterricht.«
Sie weiß jetzt, zu was sie fähig ist und wird allmählich klug genug, um sich vor ihrer Kraft zu fürchten. Wenn ich es nur schaffe, sie zu steuern, bis sie weit genug ist, es selbst zu tun!
Draußen war der Sturm in einem fernen Rollen erstorben.

Stunden darauf stieß Renata, vor unterdrückter Anspannung und Angst zitternd, auf Allart.
»Ich war stärker als sie – aber nicht genug«, flüsterte sie. »Ich war so geängstigt!«
Er sagte nüchtern: »Erzähl mir davon. Was sollen wir mit ihr tun?«
Sie saßen im Salon der kleinen, luxuriösen Suite, die ihr auf Befehl Lord Aldarans zur Verfügung gestellt worden war.
»Allart, ich habe es gehaßt, sie auf diese Weise zu ängstigen! Es sollte eine bessere Methode als Angst geben, sie zu unterrichten!«
»Ich weiß nicht, ob du eine andere Wahl hattest«, besänftigte Allart sie nüchtern. »Sie muß lernen, ihre eigenen Triebe zu fürchten. Es gibt mehr als eine Art der Angst.« Das Gespräch verstärkte viele seiner eigenen alten Ängste. Er dachte an den Kontakt mit Cassandra, den langen Flug mit Donal, und die Umgebung des Turms in Tramontana. »Ich selbst trug einst einen Kampf der Angst aus, die mich lähmte und am Handeln hinderte. Ich fand kaum etwas Gutes an ihr. Ehe ich sie meisterte, konnte ich nichts tun. Aber mir scheint, daß Dorilys zu wenig über die Vorsicht weiß. Die Angst mag ihr gerecht werden, bis sie die Vorsicht erlernt.«
Renata wiederholte, was sie während der Schlacht des Geistes gedacht hatte: »Wenn es nur einen Weg gäbe, diese Stärke nutzbar zu machen; was könnte sie für eine Frau sein!«
»Nun«, meinte Allart, »deshalb sind wir ja schließlich hier. Laß dich nicht entmutigen, Renata. Sie ist noch sehr jung, und du hast Zeit.«
»Aber nicht genug«, wandte Renata ein. »Ich fürchte, daß ihre Pubertät

vor dem Ende des Winters eintritt, und weiß nicht, ob die Zeit ausreicht, ihr das, was sie wissen muß, beizubringen, ehe diese entsetzliche Belastung über sie kommt.«

»Mehr als dein Bestes kannst du nicht tun«, sagte Allart. Er fragte sich, ob die Bilder in seinem Verstand – das Gesicht eines Kindes, von Blitzen umrahmt; Renata, weinend in einem gewölbten Zimmer, ihr Körper durch eine Schwangerschaft angeschwollen – wirklich oder nur Verkörperungen seiner Ängste waren. Wie konnte er zwischen dem was geschehen konnte, geschehen mußte, und dem, was vielleicht nie geschehen würde, unterscheiden?

Die Zeit ist mein Feind ... Jedem anderen bietet sie nur einen Weg – aber für mich windet und krümmt sie sich und zieht in ein Land, wo das Nie so wirklich wie das Jetzt ist ...

Er verbannte Selbstmitleid und Grübelei aus seinen Gedanken und blickte in Renatas bekümmerte Augen. Sie erschien ihm sehr jung, war kaum mehr als ein Mädchen, und war doch schon mit solch entsetzlicher Verantwortung beladen! Um sie in ihrer Angst aufzuheitern, sagte er: »Ich habe durch die Verstärker mit Hali gesprochen. Ich soll dir von Arielle liebe Grüße ausrichten.«

»Die teure Arielle«, sagte Renata. »Ich vermisse sie auch. Welche Neuigkeiten gibt es von Hali, Cousin?«

»Mein Bruder hat einen Sohn, von seiner Frau geboren und daher rechtmäßig«, berichtete Allart. »Unser König ist schwer erkrankt, Prinz Felix hat den Rat einberufen. Viel mehr weiß ich nicht. Hali ist mit Brandbomben angegriffen worden.«

Renate zitterte. »Wurde jemand verletzt?«

»Nein, ich glaube nicht. Cassandra hätte es mir sicher gesagt. Aber sie sind alle übermüdet, da sie Tag und Nacht arbeiten«, sagte Allart. Dann sprach er das, was seinen Verstand beschäftigte, seit er mit seiner Frau gesprochen hatte, aus: »Es belastet mich, daß ich in Sicherheit bin, während Cassandra solchen Gefahren ausgesetzt ist. Ich sollte mich um sie kümmern und sie schützen, aber ich kann es nicht.«

»Du bist deinen eigenen Gefahren ausgesetzt«, sagte Renata ernst. »Mißgönne ihr nicht die Kraft, den ihren entgegenzutreten. Sie ist jetzt also Überwacherin? Ich wußte, daß sie die Begabung hat.«

»Aber sie ist immer noch eine Frau, und ich bin besser geeignet, Gefahren und Entbehrungen auszuhalten.«

»Was macht dir Sorgen? Fürchtest du dich davor, daß sie nicht mehr von dir abhängig ist? Oder daß sie sich von dir abwenden könnte?«

Ist es nur das? Bin ich wirklich eifersüchtig, daß ich sie mir schwach und kindlich wünsche, damit sie sich mir auf der Suche nach Kraft und Schutz zuwendet? Während ihrer langen, intensiven Verbindung hatte er aus Cassandras Geist viele Dinge aufgeschnappt, die sie ihm nicht bewußt mitgeteilt hatte. Jetzt kehrten sie allmählich in sein Bewußtsein zurück. Aus dem furchtsamen, kindgleichen Mädchen, das von seiner Liebe und Fürsorge ganz und gar abhängig gewesen war, war eine starke Überwacherin geworden, eine geschickte *Leronis*. Sie liebte ihn noch immer tief und leidenschaftlich – die Verbindung hatte daran keinen Zweifel gelassen –, aber er war für sie nicht länger die einzige Sache der Welt. Ihre Liebe hatte jetzt einen Platz unter vielem, das sie antrieb, gefunden und war nicht das einzige, auf das sie reagierte.

Es war schmerzlich für Allart, sich das klarzumachen; und noch schmerzlicher war es, zu erfahren, wie unglücklich dieser Gedanke ihn machte.

Hätte ich sie wirklich gerne in diesem Zustand gehalten: verschüchtert, jungfräulich, nur zu mir gehörend, die Welt nur durch meine Augen sehend, nur das wissend, was ich sie wissen lassen wollte, nur das darstellend, was ich an einer Frau begehre? Überkommener Brauch, die Tradition seiner Kaste und sein Familienstolz schrien laut: *Ja, ja!* Aber alles andere drängte ihn dazu, sich dafür zu schämen.

Allart lächelte bekümmert. Er dachte daran, daß es nicht das erste Mal war, daß Renata sich für seine Frau eingesetzt hatte. Jetzt gab es für Cassandra andere Straßen als die eine, die er am Ende ihrer Liebe gesehen hatte: daß sie bei der Geburt ihres Kindes unausweichlich starb. Wie konnte er sich gegen etwas widersetzen, das diesen andauernden Schrecken aus seinem Verstand entfernt hatte?

»Es tut mir leid, Renata! Du bist zu mir gekommen, um Trost zu finden, und wie gewöhnlich ist es darauf hinausgelaufen, daß du *mich* getröstet hast. Ich wünschte wirklich, mehr über Dorilys' *Laran* zu wissen, damit ich dir einen Ratschlag geben könnte, aber ich stimme mit dir überein, daß es zur Katastrophe kommt, wenn wir sie nicht rechtzeitig ausbilden. Ich habe Donal heute in Aktion gesehen, und es ist äußerst beeindruckend – noch beeindruckender als damals, als er erkannte, welchen Weg das Feuer nehmen würde. Jetzt, da die Jahreszeit der Brände bevorsteht, könntest du sie vielleicht zur Feuerstation auf den Gipfeln mitnehmen und Donal versuchen lassen, ihr ein wenig beizubringen, wie man diese Fähigkeit einsetzt. Er weiß mehr darüber als du und ich.«

»Ich glaube, das sollte ich tun«, stimmte Renata ihm zu. »Auch Donal hat die Schwellenkrankheit überlebt, das mag ihr die Zuversicht geben, daß sie es ebenfalls kann. Ich bin froh, daß sie meine Gedanken nicht liest. Ich will nicht, daß sie von dem, was ihr widerfahren kann, verschreckt wird. Aber andererseits muß sie darauf vorbereitet sein ... Mehr als alles andere will sie fliegen lernen, wie es die Jungen im Schloß tun. Margali sagt, es gehört sich nicht für ein Mädchen, aber da *Laran* mit den Elementen zu tun hat, sollte sie lernen, aus nächster Nähe mit ihnen vertraut zu werden.« Renata lachte und gab zu: »Ich würde es auch gern lernen. Wirst du ganz förmlich und mönchisch aufstehen und mir sagen, daß das für eine Frau genauso unpassend wie für ein junges Mädchen ist?«

Allart lachte und machte die Geste eines Fechters, der einen Treffer anerkennt: »Sind meine Nevarsin-Jahre immer noch so deutlich erkennbar, Cousine?«

»Dorilys wird glücklich sein, wenn ich ihr das sage«, sagte Renata lachend, und Allart wurde plötzlich erneut bewußt, wie jung sie doch war. Sie besaß die selbstauferlegte Würde und das nüchterne Verhalten einer Überwacherin, hatte das förmliche Benehmen und die Selbstdisziplin, die zur Erziehung Dorilys' erforderlich waren – aber in Wirklichkeit war sie selbst noch ein junges Mädchen, das sich ebenso heiter und unbeschwert geben konnte.

»Dann wird Donal es euch beiden beibringen«, sagte Allart. »Ich werde mit ihm sprechen, während du sie die Matrix zu meistern und die Kunst, mit ihr zu schweben, lehrst.«

Renata bestätigte: »Ich glaube, sie ist alt genug, um den Gebrauch einer Matrix zu erlernen. Sie wird bald sehr schnell begreifen, anstatt ihre Energien darauf zu verschwenden, mich auf die Probe zu stellen.«

»Es wird leichter sein, zur Feuerstation zu fliegen«, sagte Allart. »Der Ritt ist schwierig, und viele der dort arbeitenden Männer, die die Brände überwachen, finden es einfacher, zu den Gipfeln zu fliegen.« Befangen blickte er in die sich hinter den Fenstern ausbreitende Nacht hinaus. »Ich muß gehen, Cousine, es ist sehr spät.«

Er stand auf; ihre Hände berührten sich mit dem Fingerspitzengruß der Telepathen, der irgendwie intimer als ein Händedruck war. Sie standen in loser Verbindung, und als er auf ihr erhobenes Gesicht blickte, sah er es leidenschaftlich aufglühen. Er war sich ihrer, was er eigentlich hatte vermeiden wollen, wieder völlig bewußt. Der enge Kontakt mit Cassandra, ohne jede Barriere, hatte die Fassade mönchischer Strenge und Gleichgültigkeit, die er so fest aufrechterhielt, Frauen gegenüber zerbrochen.

In dieser kurzen Berührung verschwamm sie zu einem Dutzend Frauen, sein *Laran* zeigte ihm das Mögliche und Wahrscheinliche, das Bekannte und Unmögliche. Beinahe gegen seinen Willen, ehe er sich völlig darüber klar wurde, was er tat, hatte er sie in seine Arme gezogen und preßte sie atemlos an sich.

»Renata, Renata ...«

Mit einem bekümmerten Lächeln erwiderte sie seinen Blick. Sie befanden sich in so engem Kontakt, daß es unmöglich war, seine plötzliche

Bewußtheit und sein Begehren zu verbergen, und ebensowenig ihre unmittelbare und rückhaltlose Erwiderung.
»Cousin«, sagte sie sanft, »was willst du eigentlich? Wenn ich dich ohne Absicht erregt habe, tut es mir leid. Wissentlich, nur um meine Macht über dich zu beweisen, hätte ich das nicht getan. Oder ist es nur, daß du sehr einsam bist und dich nach irgend jemand sehnst, der dir Trost und Zuneigung geben kann?«
Verwirrt, aber betroffen von ihrer Ruhe und dem völligen Mangel an Scham oder Verwirrung, löste er sich von ihr. Er wünschte sich, ebenso ruhig zu sein wie sie.
»Es tut mir leid, Renata, verzeih mir.«
»Verzeihen?« fragte sie, wobei ein Lächeln tief in ihren Augen glühte. »Ist es eine Beleidigung, mich begehrenswert zu finden? Wenn das so ist, hoffe ich, noch viele Male auf diese Weise beleidigt zu werden.« Ihre kleine Hand schloß sich um die seine. »Es ist keine so schwerwiegende Sache, Cousin. Ich wollte nur wissen, wie ernsthaft deine Absichten sind, das ist alles.«
Allart murmelte kläglich: »Ich weiß es nicht.« Verwirrung, Treue zu Cassandra, die Erinnerung an Scham und Abscheu, weil er unfähig war, der Verlockung der *Riyachiya* zu widerstehen, die sein Vater in seine Arme gestoßen hatte, überwältigten ihn. Hatte *das* ihn dazu gebracht, Renata zu umarmen? Die Erkenntnis, daß sie seine Aufwallung von Bedürfnissen und Gefühlen teilte, brachte ihn erneut völlig durcheinander.
Eine Frau, die er ohne Furcht lieben konnte, die nicht völlig von ihm abhängig war ... Dann tauchte ein beschämender Gedanke auf: *Oder tue ich es, weil Cassandra mir nicht mehr völlig gehört?*
Ihn anlachend sagte sie: »Warum lehnst du für dich selbst eine Freiheit ab, die du ihr gegeben hast?«
Allart stotterte: »Ich will dich nicht ... für meine Bedürfnisse benutzen, als wärst du eine *Riyachiya*.«
»Oh nein, Allart«, sagte sie mit leiser Stimme und klammerte sich an ihn. »Auch ich bin einsam und brauche Trost. Nur habe ich gelernt, daß es nicht beschämend ist, das auszusprechen und anzuerkennen. Du hast das nicht gelernt, das ist alles ...«
Was Allart in ihrem Gesicht sah, schockierte ihn. Er drückte sie fest an sich und wurde sich plötzlich bewußt, daß sie bei all ihrer Stärke und ihrer unverwundbaren Geschicklichkeit und Klugheit ein ängstliches Mädchen war, das wie er selbst vor Problemen stand, die ihre Fähigkeit, sie zu lösen, weit überschritten.
Was haben die Männer und Frauen der Reiche einander angetan, daß zwischen uns alles in Angst und Schuldgefühle für das, was war oder

sein kann, gehüllt werden muß? Es ist so selten, daß zwischen uns einfache Zärtlichkeit oder Freundschaft bestehen kann.
Renata fest in den Armen haltend und den Kopf zu einem sanften Kuß senkend, sagte er: »Dann wollen wir einander Trost geben, Cousine«, und führte sie in das innere Zimmer.

19

Dorilys, völlig erregt, plapperte wie ein fünfjähriges Kind. Sie wurde ein wenig verlegen, als Margali sie in die Kleidung steckte, die sie von einem der Pagen geliehen hatte. Auch Margali war skeptisch.
»War das nötig, Renata? Sie ist doch jetzt schon ein richtiger Lausbub, auch ohne in Jungenkleidung herumzutollen!«
Sie blickte Renata, die sich vom fünfzehnjährigen Sohn des Haushofmeisters ein Paar Breeches ausgeliehen hatte, mit einem mißbilligendem Stirnrunzeln an.
Renata erwiderte: »Sie muß lernen, mit ihrem *Laran* umzugehen, und für diesen Zweck muß sie den Elementen dort begegnen, wo sie sind, und nicht, wo wir sie gern hätten. Sie hat sehr hart gearbeitet, um die Matrix zu meistern. Deshalb habe ich ihr versprochen, daß sie mit Donal fliegen darf.«
»Aber ist es wirklich nützlich, diese unpassenden Reithosen zu tragen? Das scheint mir nicht schicklich.«
Renata lachte: »Zum Fliegen? Wie schicklich würde es deiner Meinung nach sein, wenn sich ihr Umhang wie ein großes Segel im Wind blähen und über ihren Kopf fliegen würde? Diese unpassenden Breeches scheinen mir die schicklichste Bekleidung zu sein, die es beim Fliegen überhaupt gibt.«
»Daran habe ich nicht gedacht«, gestand die alte *Leronis* lachend. »Ich habe mich als junges Mädchen auch danach gesehnt, fliegen zu dürfen. Ich wünschte, ich könnte mit euch kommen.«
»Dann komm mit«, lud Renata sie ein. »Sicher bist du geschickt genug, die Kontrolle der Schweber zu erlernen.«
Margali schüttelte den Kopf. »Nein, meine Knochen sind zu alt. Es gibt eine Zeit, um diese Dinge zu lernen, doch wenn man sie verpaßt, ist es zu spät. Aber geht nur, Renata, genießt es – und auch du, Liebes«, setzte sie hinzu und küßte Dorilys auf die Wange. »Sitzt dein Umhang fest? Hast du einen warmen Schal? Auf den Höhen wird es sicher kalt sein.«
Trotz ihrer tapferen Worte fühlte Renata sich unwohl. Seit sie fünf Jahre alt war, hatte sie ihre Beine nirgendwo in der Öffentlichkeit ge-

zeigt. Als sie im Innenhof auf Allart und Donal stieß, schienen auch sie verlegen zu sein und schauten weg.

Renata dachte: *Ich hätte Allart für vernünftiger gehalten. Ich habe das Bett mit ihm geteilt, und doch blickt er überall hin, nur nicht auf mich, als hätte es ihn völlig überrascht, daß ich Beine habe wie jeder andere. Wie lächerlich Traditionen doch sind!*

Aber Dorilys zeigte kaum irgendwelche Befangenheit. Sie stolzierte in ihren Breeches umher und forderte die Aufmerksamkeit und Bewunderung der anderen geradezu heraus.

»Sieh nur, Donal! Jetzt werde ich genauso wie ein Junge fliegen können.«

»Hat Renata dir beigebracht, mit der Matrix Gegenstände zu bewegen, bevor du es mit dir selbst versuchst?«

»Ja, und ich bin sehr gut darin. Hast du das nicht gesagt, Renata?«

Renata lächelte. »Ja, ich glaube, sie besitzt eine Begabung, die ein wenig Übung in wirkliche Kunstfertigkeit verwandeln kann.«

Während Donal seiner Schwester den Mechanismus der Gleiter-Spielzeuge zeigte, trat Allart zu Renata, um ihr mit den Gurten zu helfen. Nebeneinander stehend beobachteten sie Dorilys und ihren Bruder. Die zusammen verbrachte Nacht hatte ihre Freundschaft zementiert und gefestigt, nicht aber ihre Natur verändert. Dankbar für seine Hilfe lächelte Renata zu Allart auf. Freudig wurde sie sich bewußt, daß sie wie immer über ihn dachte – er war ein Freund, nicht ihr Geliebter. *Ich weiß nicht, was Liebe ist. Ich glaube nicht, daß ich es wirklich wissen will...*

Sie mochte Allart. Sie hatte ihm gerne Freude geschenkt. Aber beide waren zufrieden gewesen, es dabei zu belassen: ein einzelner gemeinsamer Impuls der Einsamkeit, den sie nicht zu etwas aufbauen wollten, was er nicht war. Dafür waren ihre Bedürfnisse zu grundlegend verschieden.

Donal erklärte Dorilys, wie man die Luftströmungen analysierte und den Brennpunkt der Matrix benutzte, um sie zu verstärken und für die Sinne wahrnehmbar zu machen. Renata hörte aufmerksam zu. Wenn die Jungen in den Hellers diese Kniffe beherrschten, bevor sie zehn Jahre alt waren, konnte es eine ausgebildete Matrix-Arbeiterin sicherlich auch!

Donal ließ sie alle auf dem flachen, windgepeitschten Stück hinter dem Schloß eine Weile üben, hieß sie mit den Winden laufen, sich auf den Strömungen zu erheben, aufwärts zu fliegen und zu kreisen und wieder hinabjagen. Schließlich war er zufrieden und zeigte auf einen Gipfel weit über ihnen, wo die Feuerstation Ausblick über das ganze Tal jenseits von Caer Donn gab.

»Glaubst du, du kannst so weit fliegen, kleine Schwester?«
»Aber ja!« Dorilys war aufgeregt und atemlos. Kleine Locken kupferfarbenen Haars stahlen sich aus dem langen Zopf in ihrem Nacken, ihre Wangen waren vom peitschenden Wind tiefrot. »Ich liebe es. Ich würde gern für immer fliegen!«
»Dann komm. Aber bleib nahe bei mir. Hab keine Angst. Du kannst nicht abstürzen; nicht solange du deine Aufmerksamkeit auf die Luftströmungen richtest. Also, heb deine Flügel, so... «
Er beobachtete sie, während sie ausschritt und auf einer langen, steigenden Strömung hinaufflog und immer höher über eine lange Wolkenkluft stieg. Renata folgte ihr. Sie spürte, wie der Windzug sie erfaßte und an ihr zerrte und sah Allart hinter sich aufsteigen. Dorilys benutzte einen Abwind und kreiste wie ein Falke, aber Donal bedeutete ihr, weiterzufliegen.
Höher und höher flogen sie, stiegen durch eine feuchte weiße Wolke empor, tauchten über ihr auf. Jetzt schwebten und drehten sie sich und flogen abwärts, bis sie auf dem Gipfel zur Ruhe kamen. Die Feuerwachstation war ein uraltes Gebäude aus Bruchstein und Holzwerk. Der Förster, ein Mann in den mittleren Jahren, von hagerer Gestalt, mit blaßgrauen Augen und wettergegerbtem Aussehen, kam überrascht und erfreut zu ihrer Begrüßung.
»Master Donal! Hat Dom Mikhail Euch mit einer Botschaft zu mir gesandt?«
»Nein, Kyril. Ich wollte nur meiner Schwester zeigen, wie die Feuerstation verwaltet wird. Das sind Lord Allart Hastur und Lady Renata Leynier, *Leronis* von Hali.«
»Ihr seid herzlich willkommen«, sagte der Mann höflich, aber ohne übermäßige Unterwürfigkeit. Als ausgebildeter Experte schuldete er niemandem Ehrerbietung. »Seid Ihr vorher schon einmal auf dem Gipfel gewesen, kleine Lady?«
»Nein. Vater meinte, es sei zum Reiten zu weit. Und außerdem sagt er, Ihr wäret während der Feuer-Jahreszeit zu beschäftigt, um euch um Gäste zu kümmern.«
»Nun, da hat er recht«, bestätigte Kyril, »aber ich werde Euch gerne so viel zeigen, wie ich kann. Tretet ein, meine Liebe.«
Im Innern der Station waren Reliefkarten des gesamten Tals und eine Miniaturkopie des vollen Panoramas, das man rundherum durch die Fenster des Gebäudes sehen konnte. Der Förster wies sie auf die Wolkendecke über einigen Teilen des Tals und die auf der Karte markierten Gebiete hin, die während der letzten Jahreszeit verbrannt waren: die empfindlichen Harzbäume, die sorgfältig auf Funkenflug überwacht werden mußten.

»Was ist das aufblitzende Licht dort, Master Kyril?« fragte Dorilys.
»Oh, Ihr habt scharfe Augen. Es ist ein Signal, das ich beantworten muß.« Er nahm ein mit Spiegelglas bedecktes Gerät mit einer kleinen Klappe, die schnell geöffnet und geschlossen werden konnte und fing an, bestimmte Signale ins Tal hinab zu blitzen. Nach einem Moment setzte das Lichtsignal im Tal wieder ein. Dorilys wollte eine Frage stellen, aber Kyril hieß sie mit einer Handbewegung schweigen, beugte sich über seine Karte, markierte sie mit Kreide und wandte sich dann wieder um.
»Jetzt kann ich es Euch erklären. Der Mann hat mir signalisiert, daß er dort ein Feuer zum Kochen vorbereitet, während die Hirten auf sein Vieh aufpassen. Es handelt sich um eine vorbeugende Maßnahme, damit ich nicht denke, ein Waldbrand hätte sich entfacht, und Männer zu seiner Bekämpfung zusammenrufe. Außerdem weiß ich, wenn der Rauch länger bleibt, als es für das Kochfeuer eines Hirten vernünftig erscheint, daß es außer Kontrolle ist. Ich kann dann jemanden zu Hilfe schicken, ehe es sich zu weit ausbreitet. Ihr seht,« – er beschrieb mit dem Arm einen Kreis rund um den Feuerturm – »daß ich in jedem Moment wissen muß, wo in diesem Gebiet Rauch ist, und was ihn verursacht.«
»Habt Ihr die Chemikalien von Tramontana schon?« fragte Donal.
»Die erste Lieferung hat mich gerade rechtzeitig erreicht, um einen ernsten Brand dort im Bachbett zu bremsen«, sagte Kyril und zeigte die Stelle auf der Karte. »Gestern wurde eine weitere Lieferung gebracht; die anderen sind am Fuß des Berges gelagert. Es ist ein trockenes Jahr und ziemlich gefährlich, aber wir hatten nur einen schlimmen Brand; drüben am Gipfel des Toten Mannes.«
»Warum heißt er Gipfel des Toten Mannes?« fragte Dorilys.
»Tja, ich weiß es nicht, kleine Dame. Er wurde schon zu Zeiten meines Vaters und Großvaters so genannt. Vielleicht hat man dort einmal einen toten Mann gefunden.«
»Aber warum sollte jemand dort zum Sterben hingehen?« fragte Dorilys weiter, während sie zu den entfernten Bergspitzen aufschaute. »Für mich sieht es eher wie ein Falkennest aus.«
»Dort hat es einmal Falken gegeben«, sagte Kyril, »denn als ich ein junger Mann war, bin ich hinaufgestiegen, um einige zu fangen. Aber das ist lange, lange her.« Er schaute auf den weitentfernten See aus Rauch und Flammen, der den anderen durch die Entfernung verschwommen schien. »Seit Jahren hat es dort keine Falken mehr gegeben ...«
Renata unterbrach das Zwiegespräch: »Dorilys, kannst du uns sagen, wohin sich das Feuer auf jenem Hang als nächstes bewegen wird?«
Dorilys blinzelte, ihr Gesicht schien ausdruckslos, als sie in die Ferne

blickte. Einen Moment später machte sie einige Handbewegungen, und Allart registrierte erstaunt, daß sie so schnell sprach, daß es sich wie das reinste Kauderwelsch anhörte.

»*Was* ist, Kind?« fragte Renata, und Dorilys wurde sich ihrer Umgebung wieder bewußt.

Sie sagte: »Es ist schwer, alles mit Worten auszudrücken, wenn ich *sehe*, wo das Feuer war, wo es ist und wohin es sich bewegt, vom Anfang bis zum Ende.«

Gnädiger Avarra, dachte Allart. *Sie sieht es in allen drei Dimensionen der Zeit – Vergangenheit, Gegenwart und Zukunft. Kein Wunder, daß es uns schwerfällt, uns mit ihr zu verständigen!* Der zweite Gedanke, der ihn hart traf, war, daß sie vielleicht etwas von seiner eigenen merkwürdigen Gabe besaß – oder von seinem Fluch!

Dorilys wurde ruhiger. Sie suchte mühsam nach Worten, um mitzuteilen, was sie sah.

»Ich kann sehen, wo es angefangen hat, dort, aber die Winde haben es den Wasserlauf hinabgetrieben und gedreht, in den ... seht doch ... in den ... ich kann es nicht sagen! In die Netzsachen am Rand des Windstroms. Donal«, appellierte sie an ihren Bruder, »*du* siehst es, nicht wahr?«

Donal trat neben sie ans Fenster. »Nicht ganz so wie du es siehst, Schwester. Ich glaube, niemand kann das. Aber kannst du sehen, wohin es sich als nächstes wendet?«

»Es hat sich bewegt – ich meine, es wird sich *dorthin* bewegen, wo sich die Männer gesammelt haben, um es zu bekämpfen«, sagte Dorilys. »Aber es wird nur deshalb dorthin kommen, weil *sie* kommen. Ich kann spüren – Nein, das stimmt nicht! Es gibt keine Worte dafür.« Ihr Gesicht zuckte. Sie sah aus, als wolle sie in Tränen ausbrechen. »Mein Kopf schmerzt«, sagte sie klagend. »Kann ich einen Schluck Wasser haben?«

»Hinter der Tür ist eine Pumpe«, sagte Kyril. »Das Wasser ist gut, es kommt aus einem Brunnen hinter der Station. Aber achtet darauf, die Tasse wieder aufzuhängen, wenn Ihr getrunken habt, kleine Lady.« Als Dorilys hinausging, wechselten Renata und Donal einen erstaunten Blick.

Renata dachte: *Ich habe jetzt in wenigen Minuten mehr über ihr Laran erfahren, als in einer halben Jahreszeit. Ich hätte eher daran denken sollen, hierher zu kommen.*

Kyril sagte leise: »Ihr wißt natürlich, daß jetzt niemand das Feuer bekämpft. Sie haben es unter Kontrolle gebracht und lassen es an den niedrigeren Gipfeln ausbrennen. Trotzdem hat Dorilys sie gesehen. So etwas habe ich nicht mehr erlebt, seit die Zauberin Alarie mit einem

Feuertalisman herkam, um einen großen Brand unter Kontrolle zu bringen. Damals war ich ein junger Mann. Ist denn das Kind eine Zauberin?«

Renata, in ihrer Abneigung gegen das Wort, das soviel Aberglaube enthielt, sagte: »Nein. Aber sie besitzt ein *Laran,* daß sie diese Dinge sehen läßt, und wir versuchen, sie zu trainieren. Sie hat den Gleiter gesteuert wie ein junger Vogel.«

»Ja«, bestätigte Donal. »Ich habe viel länger gebraucht, ihn zu beherrschen. Vielleicht sieht sie die Strömungen deutlicher als ich. Soweit wir wissen, sind sie für Dorilys fest. Manchmal kann sie sie fast berühren. Ich meine, Dorilys sollte lernen, einen Feuertalisman zu benutzen. Die Schmiedeleute benutzen sie, um Metalle aus der Erde zu ihren Schmieden zu bringen.«

Renata hatte davon gehört. Die Schmiedeleute hatten besonders bearbeitete Matrices, die sie zur Metallförderung benutzten. Diese Technik war gleichzeitig primitiver und entwickelter als die hochtechnisierten Fördermethoden der Türme. Trotzdem war ihr das typische Mißtrauen der Turmtechnikerin vor Matrix-Methoden zu eigen, die ohne Theorie, auf rein pragmatische Weise im Freistil-Verfahren entwickelt wurden.

Kyril sah ins Tal hinab und sagte: »Das Kochfeuer ist aus.« Er wischte das Kreidezeichen von der Karte. »Eine Sorge weniger. Das Tal ist trocken wie Zunder. Kann ich Euch eine Erfrischung anbieten, Sir? Meine Dame?«

»Wir haben unser Essen mitgebracht«, sagte Allart. »Wir wären geehrt, wenn Ihr mit uns eßt.« Er begann die Pakete mit Trockenfrüchten, altbackenem Brot und getrocknetem Fleisch auszupacken.

»Ich danke Euch«, sagte Kyril. »Ich habe Wein hier, falls ich Euch einen Becher anbieten kann, und etwas frisches Obst für die kleine Dame.«

Sie setzten sich nahe ans Fenster, damit Kyril weiter Wache halten konnte. Dorilys fragte: »Seid Ihr die ganze Zeit alleine hier?«

»Nein, nein. Ich habe einen Lehrling zu meiner Unterstützung, aber er ist heute ins Tal gegangen, um seine Mutter zu besuchen, deshalb bin ich tagsüber allein. Ich hatte nicht damit gerechnet, Gäste begrüßen zu können.« Kyril zog ein Klappmesser aus seinem schweren Stiefel. Er schälte einen Apfel, indem er die Schale zu einer hübschen Spirale schnitt. Fasziniert sah Dorilys ihm zu, während Renata und Allart die Wolken beobachteten, die sich weit unter ihnen langsam über das Tal hinweg bewegten und merkwürdige Schatten warfen. Donal kam und stellte sich hinter sie.

Leise fragte Renata ihn: »Kannst du auch spüren, wohin die Stürme sich bewegen?«

»Ein bißchen, weil sie sich jetzt vor mir ausgebreitet haben. Ich glaube, daß ich mich ein wenig außerhalb der Zeit bewege, wenn ich einen Sturm beobachte. Deswegen kann ich ihn von Anfang bis Ende sehen, wie Dorilys das ganze Feuer.« Er blickte sich nach Dorilys um, die ihren Apfel aß und dabei mit dem Förster plapperte. »Aber irgendwie sehe ich gleichzeitig die Abfolge der Blitze, einen nach dem andern, und weiß, wo sie einschlagen werden, weil ich das Muster sehen kann, in dem sie sich *durch* die Zeit bewegen. Deshalb kann ich sie manchmal kontrollieren – aber nur ein bißchen. Ich kann sie nicht *veranlassen*, irgendwo einzuschlagen, wie es meine Schwester tut«, fügte er hinzu und senkte die Stimme, damit das Mädchen ihn nicht hören konnte. »Ich kann sie nur ab und zu ablenken, damit sie *nicht* dort einschlagen, wo sie hinwollen.«

Stirnrunzelnd hörte Allart zu und dachte an die wahrnehmbaren Aufteilungen der Zeit, die seine Gabe vornahm. Donal, der seine Gedanken aufgriff, sagte: »Ich glaube, das muß ein wenig deiner Gabe ähneln, Allart. Du bewegst dich auch außerhalb der Zeit, nicht wahr?«

Bekümmert antwortete Allart: »Ja, aber nicht immer in die *wirkliche* Zeit hinein. Manchmal gerate ich in eine Wahrscheinlichkeitszeit, die nie geschehen wird und von den Entscheidungen vieler Leute abhängt, die alle einander widersprechen. Deshalb sehe ich nur einen kleinen Teil des Musters dessen, was sein wird oder sein *kann*. Ich glaube nicht, daß ein menschlicher Verstand je lernen kann, all das auseinanderzuhalten.«

Donal wollte ihn fragen, ob Allart seine Gabe jemals unter *Kirian*, einer der telepathischen Drogen, die in den Türmen zur Anwendung kam, getestet hatte, denn es war wohlbekannt, daß *Kirian* die Grenzen zwischen den Bewußtseinen verwischte, so daß die Telepathie viel leichter und Zeit nicht mehr so starr war. Aber Renata verfolgte ihre eigene Fragenkette, da sie sich schon wieder mit ihrem Zögling beschäftigte.

»Ihr habt gesehen, wie das Feuer sie beunruhigt hat«, sagte sie. »Ich frage mich, ob das damit zu tun hat, wie sie ihre Gabe benutzt – oder zuschlägt. Wenn sie zornig oder verwirrt ist, sieht sie kein Zeitmuster mehr deutlich; dann gibt es für sie nichts außer dem Augenblick der Wut, des Zorns oder der Angst... Sie kann ihn nicht als einen einzigen aus einer Abfolge von Momenten sehen. Du hast von einem Fieber gesprochen, das sie als Kind hatte, als tagelang Stürme um die Burg tobten, und dich gefragt, welche Träume oder welches Delirium sie hervorrief. Vielleicht hat ihr Gehirn einen Schaden erlitten. Fieberanfälle beeinträchtigen das *Laran* häufig.« Einen Augenblick grübelte sie, während sie das unaufhaltsame Dahintreiben der Sturmwolken beobachtete, die jetzt einen beträchtlichen Teil des Talbodens verbargen.

Dorilys kam zu ihnen hinüber und schlang ihre Arme um Renata, wie ein zärtliches Kätzchen, das auf einen Schoß zu klettern versucht.
»Sprecht ihr über mich? Schau dort hinunter, Renata! Siehst du das Blitzen in der Wolke?«
Renata nickte, da sie wußte, daß der Sturm gerade dabei war, genug elektrische Energie aufzubauen, um Entladungen hervorzurufen; sie selbst hatte allerdings noch keinen Blitz gesehen.
»Und es sind sogar Blitze in der Luft, wenn weder Wolken noch Regen da sind«, sagte Dorilys. »Kannst du sie nicht sehen, Renata? Wenn ich sie steuere, dann *bringe* ich sie nicht, sondern *benutze* sie einfach.« Sie wirkte scheu und schuldbewußt, als sie fortfuhr: »Als ich Margali die Kopfschmerzen bereitete und das gleiche mit dir versuchte, habe ich Blitze benutzt, die ich nicht *sehen* konnte.«
Gnädige Götter, dachte Renata, *dieses Kind versucht, ohne die Worte dafür zu kennen, mir zu erzählen, daß es das elektrische Energiefeld des Planeten anzapft!* Donal und Allart, die den Gedanken erfaßten, warfen ihr erschreckte Blicke zu, die Renata, die plötzlich schauderte, nicht sah.
»Ist dir kalt, Cousine?« fragte das Kind besorgt. »Es ist so warm ...«
Allen Göttern zugleich sei gedankt, daß sie wenigstens keine Gedanken lesen kann ...
Kyril war zum Fenster gekommen. Er blickte mit konzentrierter Aufmerksamkeit in die geronnene graue Masse des Sturmzentrums, in dem sich gerade die ersten Blitze zeigten. »Ihr habt nach meiner Arbeit gefragt, kleine Lady. Das hier ist ein Teil davon: zu beobachten, wohin sich das Sturmzentrum bewegt und festzustellen , ob es sich irgendwo entlädt. Viele Feuer werden durch Blitzschlag gelegt, obwohl man manchmal lange Zeit danach keinerlei Rauch sehen kann.« Mit einem scheuen Blick auf die Edelmänner und Renata fügte er hinzu: »Ich glaube, daß mir vielleicht ein unbekannter Vorfahr ein bißchen Voraussicht mitgegeben hat, denn manchmal, wenn ich einen großen Blitzschlag sehe, weiß ich, daß es später auflodern wird. Und dann beobachte ich die Stelle einige Stunden mit besonderer Sorgfalt.«
Renata sagte: »Ich würde gerne über Eure Vorfahren Erkundigungen einziehen, um herauszufinden, wie diese Spur von *Laran* in Euer Blut kam.«
»Oh, *das* weiß ich«, sagte Kyril fast schuldbewußt. »Meine Mutter war eine *Nedestro* des Bruders des alten Lord Rockraven – nicht von dem, der jetzt regiert, sondern dem vor ihm.«
Wie kann ich dann sagen, daß es irgendeine Laran-*Gabe gibt, die schlecht und ohne möglichen Nutzen zum Guten ist?* dachte Renata. Kyril hatte seine ererbte Gabe zu einem nützlichen, erprobten und unschädlichen Beruf gemacht.

Donal hing seinen eigenen Gedanken nach.
»Wenn das so ist, Kyril – dann sind wir ja miteinander verwandt.«
»Tatsächlich, Master Donal, aber ich habe mich nie bemüht, die Rockravens das wissen zu lassen. Mit Verlaub, sie sind ein stolzes Volk, und meine Mutter war zu anspruchslos für sie. Und ich habe kein Bedürfnis nach irgend etwas, das sie mir geben könnten.«
Dorilys ließ ihre Hand vertrauensvoll in Kyrils gleiten. »Dann sind wir ja auch verwandt«, sagte sie. Er lächelte und tätschelte ihre Wange.
»Du bist wie deine Mutter, Kleines. Sie hatte deine Augen. Wenn die Götter wollen, hast du ihre liebliche Stimme geerbt, so wie du jetzt schon ihre freundlichen Umgangsformen hast.«
Renata dachte: *Sie bezaubert jeden, wenn sie nicht gerade hochnäsig oder störrisch ist! Auch Aliciane muß diese Liebenswürdigkeit besessen haben.*
»Komm her, Dorilys«, sagte sie. »Sieh dir den Sturm an. Kannst du sehen, wohin er gehen wird?«
»Ja, natürlich.« Dorilys' Augen wurden schmal. Sie verzog ihr Gesicht. Allart sandte Renata einen Blick zu, der beinhaltete, ob er ihre Schülerin befragen dürfe.
»Seine Bahn ist also festgelegt und kann überhaupt nicht verändert werden?«
Dorilys antwortete: »Es ist *fürchterlich* schwer zu erklären, Verwandter. Der Sturm könnte diesen oder jenen Verlauf nehmen, wenn der Wind sich ändert, aber ich kann nur eine oder zwei mögliche Windrichtungen sehen ...«
»Aber sein Weg ist festgelegt?«
»Es sei denn, ich versuchte ihn zu ändern«, sagte sie.
»Könntest du ihn ändern?«
»Nicht, daß *ich* ihn bewegen könnte.« Dorilys blickte ernst und konzentriert, als sie nach Worten suchte, die ihr nie beigebracht worden waren, und von denen sie nicht wußte, daß es sie gab. »Aber ich kann alle Bahnen sehen, in denen er sich bewegen *könnte*.«
Allart, der eine behutsame Verbindung mit ihrem Geist aufnahm, fing an, die grauen, sich auftürmenden Sturmwolken zu fühlen und zu sehen wie sie: überall zur gleichen Zeit. Aber er konnte aufspüren, wo der Sturm sich aufhielt, wo er gewesen war, und sah mindestens vier Möglichkeiten, wo er hingehen *konnte*.
»Aber was sein wird, kann nicht verändert werden, nicht wahr, kleine Cousine? Er folgt seinen eigenen Gesetzen, oder? Du hast nichts damit zu tun.«
Sie sagte: »Es gibt Stellen, an die ich ihn dirigieren könnte, und solche, wo mir dies nicht gelingt, weil die Bedingungen nicht dafür vorhanden

sind. Es ist wie der Lauf des Wassers. Wenn ich Steine hineinwerfe, würde es um sie herumfließen. Aber ich könnte es nicht dazu bringen, aus dem Flußbett zu springen oder bergauf zu fließen.« Dorilys schien nach einer passenderen Erklärung zu suchen. Sie fuhr fort: »Das macht mir Kopfschmerzen. Ich werde es euch zeigen. Seht dorthin.« Sie wies auf die mächtige, amboßförmige Sturmmasse unter ihnen. Allarts Einfühlungsvermögen wurde mit dem ihren deckungsgleich. Plötzlich sah er mit seiner eigenen Gabe die wahrscheinliche Bahn des Sturms und die weniger wahrscheinlichen, wo er ins Nichts völliger Unwahrscheinlichkeit und hinter den äußersten Grenzen seiner Wahrnehmungsfähigkeiten verschwand. Dann war Dorilys' seltsame Gabe seiner eigenen ähnlich – aber ausgedehnt, verändert und auf fremdartige Weise verschieden. Aber im Grunde dieselbe: Sie konnte alle *möglichen* Zukunftsentwicklungen sehen – die Stellen, die der Sturm treffen, und jene, die er aus sich selbst heraus *nicht* treffen konnte ...
Und wie er selbst konnte sie wegen der Kräfte, die jenseits ihrer Kontrolle lagen und Einfluß auf sie nahmen, nur in einem sehr beschränkten Maß zwischen diesen Möglichkeiten wählen ...
So wie ich meinen Bruder binnen sieben Jahren auf dem Thron sah – oder tot. Es gab nicht die dritte Möglichkeit, daß er als Lord Elhalyn zufrieden sein würde – das ginge gegen seine Natur ...
Allart fühlte sich von seinem plötzlichen Einblick in die Natur der Zeit, der Wahrscheinlichkeit und seines *Laran* überwältigt. Aber Renata war viel nüchterner.
»Du kannst ihn also wirklich kontrollieren, Dorilys? Oder kannst du nur sagen, wohin er sich wendet?« Allart folgte ihrem Gedanken. Handelte es sich hier um pures Hellsehen, um Vorhersehen, oder bewegte sie – wie beim Schweben – einen unbeseelten Gegenstand?
»Ich kann den Sturm überall dort hinschicken, wohin er sich auch von selbst bewegen *könnte*«, sagte Dorilys. »Er könnte sich dorthin wenden, oder dorthin« – sie wies mit einem Finger in zwei Richtungen – »aber nicht *dorthin*, weil der Wind sich nicht so schnell drehen könnte. Seht ihr?« Sich an Kyril wendend fragte sie: »Kann jetzt ein Feuer entstehen?«
»Ich hoffe nicht«, antwortete der Mann ernst. »Aber wenn der Sturm auf die Hohen Klippen, auf denen dicht die Harzbäume wachsen, hinabfährt, würden wir einen bösen Brand haben.«
»Dann werden wir nicht zulassen, daß er dort hingelangt«, sagte Dorilys lachend. »Es wird niemandem schaden, wenn der Blitz in der Nähe des Gipfels des Toten Mannes, wo sowieso schon alles abgebrannt ist, einschlägt, oder?«
Während sie dies sagte, sprang ein blauweißer Blitz von der Wolke zur

Erde und traf den Gipfel des Toten Mannes mit einem solch brennenden Glanz, daß er auf ihren Augen aufstrahlende Funken hinterließ. Ein oder zwei Sekunden danach hörten sie wildes Donnergrollen.

Dorilys lachte erfreut. »Das ist besser als die Feuerspielzeuge, die die Schmiedeleute für uns im Winter in die Luft jagen!« rief sie. Erneut wölbte sich das Aufflammen des Blitzes über den Himmel, und noch einmal, während sie aufgeregt lachte – erfreut über die neue Fähigkeit, mit ihrer Gabe anstellen zu können, was sie wollte –, benutzte sie ihre Fähigkeit. Immer wieder zuckten blauweiße und grünweiße Blitze auf den Gipfel des Toten Mannes nieder. Dorilys kreischte hysterisch und lachte.

Kyril starrte sie mit erschreckten und ängstlichen Augen an. »Zauberin«, wisperte er. »Die Herrin der Stürme ...«

Die Blitze erstarben, das Donnergrollen schwand dahin. Dorilys, deren Augen in dunklen Höhlen lagen und von Erschöpfung gezeichnet waren, schwankte und lehnte sich gegen Renata. Sie war wieder ein erschöpftes Kind, blaß und abgespannt. Kyril hob sie sachte hoch und trug sie einen kurzen Treppengang hinab. Renata folgte ihm. Er legte das Mädchen auf sein Bett.

»Laßt die Kleine schlafen«, sagte er.

Als Renata sich über sie beugte, um ihr die Schuhe auszuziehen, lächelte Dorilys müde und fiel sofort in tiefen Schlaf.

Als Renata wieder zu ihnen hinauf kam, blickte Donal sie fragend an.

»Sie schläft schon«, sagte Renata. »In ihrer jetzigen Verfassung könnte sie nicht fliegen. Sie hat sich verausgabt.«

»Wenn Ihr wollt«, sagte Kyril zaghaft, »könnt Ihr und die kleine Lady mein Bett haben, *Vai Domna*. Morgen, wenn die Sonne aufgeht, kann ich ein Signal hinunterstrahlen, damit man Reittiere bringt. Dann könntet Ihr auf diesem Wege zurückkehren.«

»Nun, wir werden sehen«, sagte Renata. »Vielleicht hat sie sich ausreichend erholt, um nach Aldaran zurückzufliegen, wenn sie eine Weile geschlafen hat.« Sie trat hinter Kyril ans Fenster und sah, daß er besorgt die Augenbrauen runzelte.

»Seht. Der Blitz ist in jenen trockenen Cañon eingeschlagen.« Er zeigte mit dem Finger auf die Stelle. Auch mit ihrer ganzen ausgeweiteten Wahrnehmungsfähigkeit konnte Renata nicht den kleinsten Rauchfetzen sehen, aber sie bezweifelte nicht, daß Kyril es sah. »Die Sonne ist weg. Ich kann jetzt kein Signal mehr hinunterstrahlen. Wenn sie wieder herauskommt, kann sich das Feuer dort schon festgesetzt haben. Aber wenn ich jemanden erreichen könnte ...«

Allart dachte: *Wir sollten Telepathen auf diese Wachttürme postieren. Sie könnten in solchen Situationen jene, die weiter unten stationiert*

sind, erreichen. Wenn jemand mit einer Matrix im nächstgelegenen Dorf bereitstünde, könnte Kyril ihm Signale geben, damit das Feuer gelöscht wird.
Donal jedoch dachte an die augenblicklichen Erfordernisse. »Wir haben die Feuerchemikalien, die ich von Tramontana mitgebracht habe. Ich werde mit meinem Gleiter aufsteigen und sie einsetzen, wo der Blitz eingeschlagen hat. Das wird das Feuer ersticken, noch ehe es richtig begonnen hat.«
Der alte Förster sah ihn besorgt an. »Lord Aldaran wäre alles andere als erfreut, wenn ich zuließe, daß sein Pflegesohn sich solch einer Gefahr aussetzt.«
»Die Frage, ob du etwas zuläßt, alter Freund, existiert nicht mehr. Ich bin ein erwachsener Mann und als Haushofmeister meines Pflegevaters für das Wohlergehen all dieser Leute verantwortlich. Sie werden durch das Feuer keinen Schaden erleiden, wenn ich es verhindern kann.« Donal drehte sich um, rannte die Treppe hinab und durchquerte das Zimmer, in dem Dorilys noch immer in tiefem Schlaf lag. Kyril und Renata eilten ihm nach. Er schnallte sich schon die Fluggurte an.
»Gib mir die Chemikalien, Kyril.«
Widerstrebend händigte ihm der Förster die versiegelten Wasserzylinder und das Päckchen mit den Chemikalien aus. Miteinander vermischt würden sie sich zu einem Schaumteppich ausdehnen, der beträchtliche Flammen ersticken konnte.
Als er ins Freie trat, hielt Renata ihn an, ehe er abheben konnte.
»Donal, laß mich mitfliegen!« Konnten sie ihn sich wirklich allein einer solchen Gefahr aussetzen lassen?
»Nein«, sagte er sanft. »Du bist im Fliegen zu wenig geübt, Renata. Und es ist tatsächlich ein wenig gefährlich.«
Sie wußte, daß ihre Stimme zitterte, als sie laut erwiderte: »Ich bin keine Hofdame, die vor jeder Gefahr beschirmt werden muß, sondern eine ausgebildete Turmarbeiterin, die daran gewöhnt ist, an allen sichtbaren Gefahren teilzuhaben.«
Er streckte die Arme aus, nahm sanft ihre Schultern zwischen die Hände und sagte weich: »Das weiß ich. Aber du hast im Fliegen keine Erfahrung. Ich würde behindert sein, weil ich mich ewig versichern müßte, daß du nichts falsch machst. Aber jetzt ist Eile geboten. Laß mich gehen, Cousine.« Seine Hände griffen fester zu, und er zog sie in eine schnelle, impulsive Umarmung.
»Die Gefahr ist nicht so groß wie du glaubst – nicht für mich. Warte auf mich, *Carya*.« Hastig küßte er sie.
Sie stand da und spürte noch immer die Berührung seiner Lippen, während sie zusah, wie er auf den Rand des Felshanges zulief, die Flügel

gekippt, um den Wind einzufangen. Donal hob ab. Sie beschattete ihre Augen gegen die Helligkeit, als sie den Gleiter erst zur Größe eines Falken, dann eines Spatzen und schließlich zu einer Nadelspitze, die hinter den Wolken verschwand, zusammenschrumpfen sah. Als Donal außer Sicht gelangte, blinzelte sie angestrengt, drehte sich um und ging in die Feuerstation zurück.

Allart stand am Fenster und blickte angespannt nach draußen. Als sie zu ihm trat, sagte er: »Seit Dorilys mir gezeigt hat, was sie sieht, bin ich irgendwie besser in der Lage, meine Vorausschau zu kontrollieren. Es handelt sich darum, die Wahrnehmung aller Zeiten zu verschieben – und zu erkennen, welche die realste ist ...«

»Das freut mich, Cousin«, sagte Renata. Und so meinte sie es auch, denn sie wußte, wie leidvoll Allart mit dem ihm auferlegten Fluch gerungen hatte. Doch trotz ihres aufrichtigen Mitempfindens für Allart, der ihr Verwandter, Liebhaber und Freund war, entdeckte sie, daß sie jetzt keine Zeit hatte, an ihn zu denken. Ihre gesamte emotionale Spannung war nach außen auf den kleinen, fernen Punkt gerichtet, der Donals Gleiter war. Er schwebte noch über dem Tal, tauchte langsam hinab und glitt am Rand des Sturm-Musters entlang. Und plötzlich schwemmte ihr ganzes Empfinden, das gesamte empathische *Laran* einer turmausgebildeten Überwacherin, in sein Bewußtsein und seine Identität hinein, und sie *war* Donal. Sie ...

... flog hoch über dem Tal, spürte das straffe Energienetz, das Strömungen über den Himmel spannte, als handele es sich um Fahnen, die von den Höhen der Burg hinabflogen, im Winde flatterten und Energien hinter sich herzogen. Er spreizte die Finger, um das schrille Klingeln der Elektrizität abzuschütteln. Seine ganze Aufmerksamkeit war auf den Punkt am Waldboden konzentriert, den Kyril ihm gezeigt hatte.

Ein dünner, gekräuselter Rauchfetzen, halb verborgen von Blättern und den langen, graugrünen Nadeln des Immergrüns, die Frost und Sonne zerfasert hatten ... Dort konnte es tagelang unbemerkt schwelen, ehe es zu einem Brand auflöderte, der das ganze Tal verwüstete ... Es war gut gewesen, hierher zu fliegen. Die Gefahr lag viel zu nah an jenem Gut, das sein Pflegevater ihm gegeben hatte.

Ich bin ein armer Mann. Ich habe Renata nichts anzubieten, selbst wenn sie meine Frau werden wollte ... Nichts außer diesem armseligen Gut hier im Feuerland, das ständig von Bränden bedroht ist. Ich hatte gedacht, es reicht aus, um zu heiraten und einen Haushalt zu gründen. Doch jetzt scheint es mir zu gering, um es einer Lady anzubieten. Wieso glaube ich überhaupt, daß sie mich haben will?

(Frierend und angespannt stand Renata an den großen Fenstern. Sie

zitterte, war in Wirklichkeit überhaupt nicht *dort*. Allart, der sie ansprechen wollte, sah es und ließ sie in Ruhe.)
Während Renatas Bewußtsein sich erneut mit dem seinen vermischte, sank Donal tiefer und tiefer und ließ sich von den Streben des Gleiters herabhängen. Er umkreiste die kleine Rauchfahne, musterte sie genau und bemerkte nicht, wie der Sturm sich über ihm bewegte, dahintrieb und grollte. Der Gleiter sank jetzt rasch hinab. Die ausgebreiteten Schwingen bremsten seinen Fall, so daß er auf den Füßen landen konnte. Donal stürzte nach vorn und bremste den Sturz mit ausgestreckten Händen und hielt sich gar nicht damit auf, das Gurtzeug des Gleiters zu lösen, als er den versiegelten Wasserzylinder von seinem Platz unter den Streben holte. Nachdem er ihn mit den Zähnen geöffnet hatte, steckte Donal ihn unter den Arm und riß das kleine Päckchen mit den Chemikalien auf. Anschließend schüttelte er sie in das Wasser und hielt den biegsamen Zylinder über die schmale Rauchfahne. Er sah zu, wie der grüne Schaum herausquoll und sich schäumend ausdehnte, sich über den Waldboden ergoß und in der Erde versickerte. Der Rauch war weg, nur die letzten Reste des in den Boden eindringenden Schaums waren noch zu sehen. Wie alle Feuerbekämpfer war auch Donal darüber erstaunt, wie schnell ein Feuer, das man einmal an seinem Ursprungsort unter Kontrolle bekam, verschwinden konnte, als sei es nie dagewesen.
Das launischste der Elemente: leicht herbeizurufen und äußerst schwierig zu kontrollieren ... Die Worte kamen von nirgendwo aus seinem Kopf und waren schnell wieder verschwunden. Donal faltete den schlaffen Sack, der eben noch ein Wasserzylinder gewesen war, zusammen. Das undurchlässige Material roch noch immer schwach nach dem chemischen Schleim. Donal steckte ihn unter einen der Gurte seines Fluggeschirrs.
Es war doch wirklich einfach. Warum hatte Renata überhaupt Angst um mich? Mit einem Blick zum Himmel wußte er es. Die Wolken hatten sich wieder um ihn gesammelt, und jetzt war es sicherlich kein Wetter mehr zum Fliegen. Zwar regnete es noch nicht, aber die Luft war schwer, drückend und dick. Und über ihm, auf den Hängen des Gipfels des Toten Mannes, tobte der Sturm. Schwere Regengüsse und schwarze Wolken wurden regelmäßig von Blitzen erleuchtet, die aus einer Wolke zum wartenden Erdboden zuckten. Donal hatte nicht wirklich Angst, schließlich flog er schon, seit er ein kleiner Junge war. Einen Moment stand er stirnrunzelnd da, musterte den Himmel, die Luftströmungen, das Muster des Sturms und die Winde. Er versuchte die günstigste Chance auszurechnen, um mit einem Minimum an Gefahr und Schwierigkeiten zur Feuerstation zurückzukehren.

Wenigstens hat der Sturm beim Toten Mann die letzten Feuerspuren ausgelöscht ... Aufmerksam den Himmel beobachtend, streifte Donal das Gurtzeug ab und klemmte sich den Apparat mit zusammengefalteten Flügeln unter den Arm. Mit hinterhergezogenen Flügeln weite Wege zu gehen, wäre sehr anstrengend, und außerdem bestand die Gefahr, daß sie sich irgendwo verhakten und beschädigt wurden. Er stieg einen kleinen, steilen Hügel hinauf, auf dem er, wie er wußte, einen günstigen Wind packen konnte, schnallte sich wieder in das Fluggeschirr und versuchte abzuheben. Aber die Winde waren zu launisch. Zweimal nahm Donal einen kurzen Anlauf, aber jedes Mal drehte sich der Wind und schickte ihn – einmal mit einem schmerzhaften Purzelbaum – zu Boden.
Sich mit blauen Flecken wieder aufrappelnd, fluchte er. Spielte Dorilys etwa schon wieder mit den Winden und Luftströmungen? Bewegte sie die magnetischen Felder, ohne zu wissen, daß er hier unten war? Nein, Renata und Allart würden sie sicher davon abhalten, solche Dinge zu versuchen. Angenommen, sie schlief und war von den Aufregungen des Tages noch immer aufgewühlt. Konnte ihr träumender Geist willkürlich Winde und Luft beeinflussen?
Ohne Begeisterung betrachtete er den fernen Gipfel der Feuerstation. Mußte er etwa zu Fuß dort hinaufklettern? Er würde es vor Einbruch der Dunkelheit kaum schaffen, obwohl der Weg ziemlich gut war, über den man an jedem Zehntag Vorräte zur Feuerstation brachte. Donal hatte gehört, er sei zu Zeiten von Dom Mikhails Großvater mit Matrixhilfe geschaffen worden. Aber er hatte trotzdem keine Lust, hinaufzusteigen. Das Beste, was man über die Straße sagen konnte, war, daß sie weniger Anstrengungen erforderte, als einen felsigen Hügel hochzukraxeln. Aber wenn er mit Hilfe seines Matrix-Kristalls keinen Wind fassen konnte, der beständig genug war, ihn in die Höhe zu bringen, würde ihm nichts anderes übrig bleiben, als sich, den Gleiter unter dem Arm, die Straße hinaufzuschleppen.
Erneut blickte er in den Himmel und erhöhte seine Empfänglichkeit für Wind und Luft. Der einzige Wind, der beständig genug war, ihn zu tragen, wehte gleichförmig auf den Sturm über dem Gipfel des Toten Mannes zu. Wenn er ihn nehmen konnte und irgendwo eine Querströmung erwischte, die ihn zurück zur Feuerstation trug ... Es war ein Risiko, gewiß. Wenn der Wind zu schnell war, würde er ihn in den Sturm hineintragen.
Andererseits: Wenn er sich die Zeit nahm, den ganzen Weg hinaufzusteigen, würde es dunkel und gefährlich werden. Er mußte es mit dem zum Gipfel blasenden Wind riskieren. Donal nahm sich ein wenig mehr Zeit als gewöhnlich, um festzustellen, daß die Gurte sicher saßen, inspi-

zierte die Streben, ihre Befestigungen und warf schließlich die Kunststoffhülle des Wasserbehälters fort. Man könnte sie ein andermal holen. Selbst das kleinste Zusatzgewicht konnte das ihm bevorstehende, ziemlich waghalsige Flugmanöver erschweren. Sich auf die Matrix konzentrierend, lief er auf die Kante des Hügels zu und ließ sich vom Wind der Schwebekraft nach oben tragen. Mit Erleichterung spürte er, wie der Wind in die breiten Rand-Tragflächen des Gleiters griff und ihn auf der aufsteigenden Strömung eines beständigen Luftzugs höher trug.
Er stieg hinauf und raste mit solcher Kraft auf dem Wind dahin, daß jede Strebe und Leine des Gleiters bebte und er über dem an seinen Ohren vorbeifahrenden Toben des Windes einen höheren, singenden Ton hörte. Donal spürte eine merkwürdig kalte, erregende Angst. Seine Sinne, erfüllt mit dem Vergnügen, auf dem Wind daherzujagen, waren bis an ihre Grenzen belastet. *Wenn ich stürze, könnte ich zerschmettert werden – aber ich werde nicht stürzen!* Er kreiste wie ein Falke in seinem heimischen Element, blickte hinab auf das Tal, auf die zackigen Risse in den Wolken über der Feuerstation und die hochaufgetürmten, mit Blitzen erfüllten Sturmwolken über dem Gipfel des Toten Mannes. Erneut kreisend erwischte er eine Querströmung, die ihn in die Richtung der Feuerstation bringen würde. Er kippte die Flügel wie ein Vogel, hatte alle Sinne in die Ekstase des Fluges getaucht. Er war sich nicht bewußt, daß Renatas Geist mit dem seinen verbunden war, aber er ertappte sich bei dem Gedanken: *Ich wünschte, Renata könnte es sehen, wie ich es sehe.* Irgendwie verknüpfte er in seinen Gedanken die Ekstase des schwebenden langen Gleitfluges und das Vorbeirasen des Windes mit dem allzu kurzen Augenblick, als er sie gehalten und ihren Mund auf dem seinen gespürt hatte ...
Ein Blitz knisterte unheilverkündend. Die Metallklammern am Ende der Streben glühten plötzlich in bläulichem Licht auf. Donal, vor nicht entladener Elektrizität prickelnd, machte sich klar, daß der Sturm sich zu bewegen begann und rasch auf die Feuerstation zuhielt. Er konnte jetzt nicht hinab. Mit der elektrischen Auflading seines Körpers konnte er den Boden nicht berühren, ohne getötet zu werden. Er mußte kreisen, bis die Auflading sich ableitete. Das plötzliche Donnern machte ihm bewußt, wieviel Angst er hatte. Der Sturm bewegte sich in die falsche Richtung. Er hätte am Gipfel des Toten Mannes vorbeitreiben müssen, und jetzt drehte er sich zurück. Plötzlich fiel ihm der Tag von Dorilys' Geburt ein, der Todestag seiner Mutter. Damals war der Sturm auch falsch gewesen! Dorilys, im Schlaf Träume von Schrecken und Kraft träumend, streckte ihre Fühler aus, um die Mächte des Sturms anzutippen. Aber warum wollte sie sie gegen ihn richten, selbst im Schlaf?
Weiß sie, daß sie nicht länger das einzige weibliche Geschöpf in meinen

Gedanken und meinem Herzen ist? Er kämpfte darum, trotz des hartnäckigen Abwindes, der ihn hinunter auf das offene Feld hinter der Feuerstation tragen wollte, in der Luft zu bleiben. Er mußte noch einmal kreisen. Erneut betäubte ihn das Donnerkrachen. Schauer kalten Regens ließen Donal frösteln. Und wieder einmal fühlte er, wie der Blitz sich um ihn herum bewegte. Mit jedem Atom seines *Laran* griff er hinaus, *drehte* etwas und schleuderte es *woanders* hin ...
Es war fort. Donner knisterte durch seinen Körper. Er fiel wie ein Stein. Mit letzter Kraft erwischte Donal eine Strömung, die ihn knapp an den Rand des freien Feldes hinter der Feuerstation bringen konnte. Würde er es verfehlen, die Bergwand hinunterstürzen und zerschmettert tief unten enden? Halb bewußtlos sah er, wie jemand unter ihm dahinlief, auf die Stelle zu, an der er landen würde.
Er fiel schwer und taumelnd. Seine Füße berührten den Boden und Renata fing ihn in ihren Armen auf und hielt ihn, durchnäßt und bewußtlos, einen Moment an sich gepreßt, bis sein Gewicht sie umwarf. Zusammen stürzten sie hin.
Erschöpft drückte Renata den bewußtlosen Donal an ihre Brust. Sein Gesicht war vom Regen kalt, und einen schrecklichen Moment lang wußte sie nicht, ob er noch am Leben war. Dann spürte sie die Wärme seines Atems, und die Welt begann sich wieder zu bewegen.
Jetzt weiß ich, wie es ist, zu lieben. Nichts vor einem zu sehen, außer dem einen ... zu wissen, da ich hier knie und er in meinen Armen liegt, daß ich in einem sehr realen Sinn auch hier gestorben wäre, hätte er dies nicht überlebt ... Ihre Finger zerrten an den Gurten und lösten Donal aus dem wie durch ein Wunder unbeschädigten Gleiter. Seine Augen öffneten sich. Er zog sie zu sich hinab, und ihre Lippen trafen sich in einer plötzlichen, tiefen Stille. Sie nahmen Allart und Kyril, die sie beobachteten, nicht wahr. Ein für alle Male, jetzt und für immer, wußten sie, daß sie zueinander gehörten. Was auch immer später geschehen würde: Es wäre nur die Bestätigung dessen, was sie schon wußten.

20

Solange sie lebte, wußte Renata, würde nichts in ihrem Geist und ihrer Erinnerung die Schönheit dieser Jahreszeit je übertreffen – Hochsommer in den Hellers und Donal an ihrer Seite. In ihren Gleitern flogen sie gemeinsam die langen Täler entlang, schwebten von Gipfel zu Gipfel, verbargen sich vor den Sommerstürmen unter Felsklippen oder lagen nebeneinander in versteckten Cañons. Stunde um Stunde betrachteten

sie die am Himmel entlanggleitenden Wolken und wandten ihre Blicke der grünen Erde und dann einander zu.
Dorilys näherte sich von Tag zu Tag immer mehr der Beherrschung ihrer seltenen Gabe, und Renata begann immer optimistischer zu werden. Vielleicht würde alles gut werden. Wahrscheinlich sollte Dorilys niemals riskieren, ein Kind zur Welt zu bringen – mit Gewißheit zumindest nie ein weibliches –, aber die Pubertät konnte sie unbeschadet überleben. In der Flut ihrer eigenen Liebe spürte Renata, daß sie es nicht würde ertragen können, Dorilys dieses Versprechens und dieser Hoffnung zu berauben.
Und ich habe mich über Cassandra lustig gemacht! Avarra, wie jung und unwissend ich doch war!
An einem der langen, strahlenden Sommernachmittage lagen sie verborgen in einem grünen Tal und schauten zu den Höhen hinauf, wo Dorilys mit einigen Jungen aus dem Schloß wie ein Vogel schwebte und auf Aufwinden kreiste.
Donal sagte: »Ich bin mit dem Gleiter ziemlich geschickt, aber ich könnte nie wie sie auf den Winden reiten. Ich würde es nie wagen. Keiner der Jungen ist auch nur halb so geschickt oder furchtlos.«
»Keiner von ihnen hat ihre Gabe«, stellte Renata fest. Als sie in die betäubend violetten Tiefen des Himmels blickte, blinzelte sie, da ihr plötzlich Tränen kamen. Manchmal schien ihr in diesem ersten und letzten Sommer der Liebe, daß Dorilys ihr eigenes Kind geworden war – das Kind, von dem sie wußte, das sie es ihrem Geliebten nie gebären würde. Aber Dorilys gehörte ihnen, und an ihnen war es, sie auszubilden, zu unterrichten und zu lieben.
Donal beugte sich plötzlich über Renata und küßte sie. Dann berührte er sachte ihre Augenwimpern mit dem Finger. »Tränen, Liebes?«
Renata schüttelte den Kopf. »Ich habe zu lange in den Himmel geschaut, als ich sie beobachtete.«
»Wie seltsam das doch alles ist«, sagte Donal, während er ihre Hände ergriff und die schlanken Finger küßte. »Ich hätte nie gedacht ...« Seine Stimme erstarb, aber sie standen in so enger Verbindung, daß Renata seine unausgesprochenen Gedanken verfolgen konnte.
Ich hätte nie gedacht, daß die Liebe auf diese Weise zu mir kommt. Ich wußte, daß mein Pflegevater eines Tages, früher oder später, eine Frau für mich auswählen würde, aber so zu lieben... Es scheint so unwirklich. Irgendwie muß ich den Mut finden, es ihm zu sagen, irgendwann... Mit einiger Anstrengung versuchte Donal sich vorzustellen, wie er gegen Brauch und gesittetes Benehmen verstieß, wenn er ins Arbeitszimmer seines Pflegevaters trat und sagte: »Sir, ich habe nicht abgewartet, bis Ihr mir eine Braut auswählt. Es gibt eine Frau, die ich

heiraten möchte ...« Er fragte sich, ob Dom Mikhail sehr verärgert über ihn sein – oder, noch schlimmer, er Renata Vorwürfe machen würde.
Aber wenn er wüßte, daß es nie mehr im Leben irgendein Glück für mich gäbe, außer mit Renata ... Er fragte sich, ob Dom Mikhail je erfahren hatte, wie es war, zu lieben. *Seine* Ehen waren ordnungsgemäß von seiner Familie in die Wege geleitet worden. Was konnte er überhaupt von den Gefühlen wissen, die ihn und Renata bewegten? Donal spürte den Wind kalt über seinen Körper fahren und zitterte, als er den fernen, warnenden Atemhauch des Donners spürte.
»Nein«, sagte Renata. »Sie kennt die Sturmströmungen zu gut und befindet sich in keiner Gefahr. Sieh nur! Jetzt folgen ihr alle Jungen –« Sie deutete nach oben auf die Reihe von Kindern, die im Wind ihre Kreise zogen und wie ein Schwarm wilder Vögel auf die hohen Klippen Aldarans zujagten. »Komm, Geliebter. Die Sonne wird bald untergehen. Die Winde werden bei Sonnenuntergang sehr heftig. Wir müssen zurückkehren und uns ihnen anschließen.«
Seine Hände zitterten, als er ihr half, die Gurte ihres Gleiters anzulegen.
Renata flüsterte: »Von all den Dingen, die du mit mir geteilt hast, Donal, ist das vielleicht das herrlichste. Ich weiß nicht, ob je eine Frau in den Hellers in der Lage gewesen ist, zu fliegen.« Im wachsenden Purpur der Sonne sah Donal das Flackern einer Träne auf ihren Wimpern. Aber sie entzog sich sacht seinen Gedanken, neigte die Flügel ihres Gleiters und lief das langgestreckte Tal hinab. Sie erwischte eine schnelle Luftströmung und schwebte aufwärts, immer höher und fort von ihm, auf einem langen Luftstrom, bis er sie einholte.
An diesem Abend, als Dorilys allen gute Nacht gesagt hatte und fortgeschickt worden war, bedeutete Aldaran Allart und Renata mit einer Handbewegung, in der Halle zu bleiben. Die Musikanten spielten, und einige der Schloßbewohner tanzten zu den Klängen der Harfen, aber Dom Mikhail runzelte die Stirn, als er einen Brief ausbreitete.
»Seht her. Ich habe eine Botschaft nach Storn gesandt, um Verhandlungen über eine Hochzeit mit Dorilys zu eröffnen. Im letzten Jahr wollten sie von nichts anderem sprechen, aber dieses Jahr erhalte ich nur die Antwort, daß wir später darüber reden sollten: Dorilys sei noch zu jung, und wir sollten abwarten, bis sie ins heiratsfähige Alter kommt. Ich frage mich ...«
Donal sagte unverblümt: »Dorilys ist zweimal verlobt gewesen, und in beiden Fällen starb ihr Bräutigam kurz darauf einen gewaltsamen Tod. Sie ist intelligent und schön und ihre Mitgift Schloß Aldaran, aber es wäre überraschend, wenn unbeachtet bliebe, daß die, die sie heiraten wollen, nicht lange leben.«

»Wenn ich Ihr wäre, Lord Aldaran«, sagte Allart, »würde ich den Gedanken an eine Heirat aufschieben, bis Dorilys die Pubertät überwunden hat und frei von der Gefahr der Schwellenkrankheit ist.«
Den Atem anhaltend fragte Aldaran: »Allart, habt Ihr etwas vorausgesehen? Wird sie wie die Kinder aus meiner ersten Ehe an dieser Krankheit sterben?«
Allart erwiderte: »Ich habe nichts dergleichen gesehen.« Tatsächlich hatte er sich angestrengt bemüht, *nicht* in die Zukunft zu schauen, denn es schien, daß zur Zeit nichts zu erblicken war als Katastrophen, von denen viele weder zeitlich noch örtlich bestimmbar waren. Immer wieder hatte er Schloß Aldaran belagert gesehen: fliegende Pfeile, bewaffnete Männer im Kampf, und Blitze, die aufflammten und in die Festung einschlugen. Allart hatte versucht, dasselbe zu tun wie in Nevarsin: Alles aus seinem Geist zu verbannen, *nichts* zu sehen, denn das meiste waren eh nur Trugbilder und bedeutungslose Ängste.
»Hierfür ist Vorausschau nutzlos, mein Fürst. Auch wenn ich hundert verschiedene Möglichkeiten sähe, würde doch nur eine davon eintreten. Also ist es sinnlos, in die Zukunft zu schauen und sich vor den übrigen neunundneunzig zu fürchten. Wenn es unvermeidlich wäre, daß Dorilys an der Schwellenkrankheit stirbt, könnte ich nicht *vermeiden*, das zu sehen. Aber ich habe nichts dergleichen festgestellt.«
Dom Mikhail bedeckte das Gesicht mit den Händen und sagte: »Ich wünschte, ich hätte eine Spur Eurer Gabe, Allart! Mir scheint, daß dies ein deutlicher Beleg dafür ist, daß die Leute von Storn mit meinem Bruder Scathfell in Verbindung stehen. Sie wollen ihn nicht erzürnen, weil er immer noch hofft, Aldaran auf irgendeine Weise zu erringen, wenn ich ohne den Schwiegersohn sterbe, der es für mich erhält.« Er bewegte den Kopf mit einer schnellen, falkengleichen Bewegung: »Und *das* wird nie geschehen, solange die vier Monde am Himmel stehen und Schnee im Mittwinter fällt.«
Sein Blick fiel auf Donal und wurde sanft. Jeder wußte, was er dachte: Daß es höchste Zeit wurde, wenigstens Donal zu verheiraten. Donal verkrampfte sich. Er wußte, daß jetzt nicht die Zeit war, zu reden und Aldaran zu widersprechen. Dom Mikhail sagte: »Geht, Kinder und leistet den Tanzenden in der Halle Gesellschaft, wenn ihr wollt. Ich muß über das nachdenken, was ich meinen Verwandten in Storn erwidere.«
Donal atmete auf.
Später am Abend sagte er: »Wir dürfen nicht länger zögern, Renata. Sonst wird der Tag kommen, an dem er mich zu sich ruft und ›Donal, hier ist deine Braut‹ sagt, und dann werde ich Schwierigkeiten haben, ihm zu erklären, warum ich sie nicht heiraten kann, ganz gleich, welche von den geistlosen Töchtern seiner Vasallen er für mich ausgesucht hat.

Renata, soll ich zu den Kilghard Hills reiten und mich in meinem eigenen Namen um deine Hand bewerben? Was glaubst du? Würde Dom Erlend seine Tochter einem armen Mann geben, der nicht mehr hat als ein kleines Gut? Du bist die Tochter eines mächtigen Reiches, deine Verwandten würden sagen, ich wäre lediglich an deiner Mitgift interessiert.«

Renata lachte. »Ich habe selbst nur eine kleine Mitgift. Ich habe drei ältere Schwestern. Und mein Vater ist so verärgert, daß ich ohne seine Einwilligung hierher gekommen bin, daß er mir sogar diese verweigern könnte! Meine Mitgift wird von Dom Mikhail kommen, und ihm dürfte es kaum leid tun, wenn sie in der eigenen Familie bleibt.«

»Aber er ist großzügiger zu mir gewesen, als mein leiblicher Vater es hätte sein können. Er verdient Besseres als diese Doppelzüngigkeit. Und außerdem will ich nicht, daß deine Verwandten glauben, ich hätte dich verführt, während du unter dem Dach meines Pflegevaters lebtest – vielleicht nur um dieser Mitgift willen.«

»Oh, diese lumpige Mitgift! Ich weiß, daß sie dir nicht wichtig ist, Donal.«

»Wenn es nötig ist, mein Liebes, gebe ich jedweden Anspruch auf sie auf und nehme dich mit dem, was du auf dem Leibe trägst«, sagte er ernsthaft.

Renata lachte und zog seinen Kopf zu sich herab. »Das solltest du wirklich besser tun«, neckte sie ihn. Sie liebte es, wenn er errötete wie ein Junge.

Sie hatte nie geglaubt, daß sie allem außer ihrer Liebe so entsagen könnte. *Trotz all meiner Jahre im Turm, trotz aller Liebhaber, die ich hatte – ich hätte ebensogut ein Kind in Dorilys' Alter sein können! Sobald ich wußte, was Liebe sein kann, bedeutete alles andere nichts mehr, überhaupt nichts, und noch weniger ...*

»Und doch, Renata«, warf Donal ein und brachte das Gespräch wieder auf den Ausgangspunkt, »sollte mein Pflegevater es erfahren.«

»Er ist ein Telepath. Ich bin sicher, er weiß es. Aber ich glaube, er hat noch nicht entschieden, wie er sich verhalten soll«, sagte Renata. »Es wäre sehr unfreundlich von uns, seine Aufmerksamkeit zu erzwingen!«

Donal mußte damit zufrieden sein, aber es blieben einige Fragen offen: Wie hätte Dom Mikhail je denken können, daß er sich auf diese Weise den Traditionen widersetzen und unerlaubt seine Gedanken auf eine heiratsfähige Frau richten würde, ohne die Einwilligung ihrer Familie zu haben? Er fühlte sich merkwürdig entfremdet von dem Weg, den sein Leben hätte nehmen sollen.

Als Renata das besorgte Gesicht ihres Geliebten sah, seufzte sie. In den einsamen Auseinandersetzungen mit ihrem Gewissen im Turm war ihr klar geworden, daß sie sich unausweichlich von den traditionellen Mustern lösen mußte, die einer Frau ihres Clans bestimmt waren. Bis jetzt hatte Donal nie die Notwendigkeit einer Änderung gespürt.

»Dann werde ich meinem Vater eine Nachricht schicken, damit es zu spät für ihn wird, vor Mittwinter noch zu antworten. Ich werde ihm mitteilen, daß wir in der Mittwinternacht heiraten werden – falls du mich noch willst.«

»Falls ich dich noch will? Liebste, wie kannst du das fragen?« sagte Donal vorwurfsvoll. Der Rest ihrer Unterhaltung wurde nicht mit Worten geführt.

Der Sommer ging dahin. Die Blätter begannen sich zu verfärben, Dorilys feierte ihren Geburtstag, und die erste Ernte wurde eingebracht. Eines Tages waren alle Bewohner von Aldaran hinausgegangen, um die großen Wagen zu bestaunen, die, mit Säcken voller Nüsse und Krügen mit gepreßtem Öl beladen, in eine der weiter draußen liegenden Scheunen gebracht wurden. An diesem Tag traf Allart in einem abgelegenen Teil des Innenhofs Renata.

»Wirst du den Winter über bleiben, Cousin? Ich werde Dorilys nicht allein lassen, bis sie die Pubertät sicher überstanden hat, aber was ist mit dir?«

»Donal hat mich gebeten, zu bleiben. Und Dom Mikhail ebenso. Ich bleibe, bis mein Bruder mich rufen läßt.« Hinter seinen Worten spürte Renata Erschöpfung und Resignation. Allart sehnte sich schmerzlich nach Cassandra; in einer geheimen Depesche hatte er die Erlaubnis zur Rückkehr erbeten, die Damon-Rafael aber nicht gestattete.

Renata lächelte ironisch. »Jetzt, da dein Bruder einen legitimen Sohn hat, scheint es ihm nicht mehr wichtig, daß du deine Frau wiedersiehst und vielleicht Söhne zeugst, die seinen Anspruch auf das Reich streitig machen.«

Allart seufzte. Für einen jungen Mann wie ihn, dachte Renata, klingt es ein wenig zu abgespannt. »Cassandra wird mir keine Kinder gebären«, sagte Allart. »Ich werde sie dieser Gefahr nicht aussetzen. Und ich habe bei den Feuern von Hali geschworen, daß ich den Anspruch der Söhne meines Bruders – seien sie nun legitim oder *Nedestro* – auf das Reich unterstütze.«

Renata fühlte jetzt ihre seit Tagen nahe der Oberfläche befindlichen Tränen aufwallen und in ihren Augen überfließen. Um Allart zurückzuhalten, ließ sie ihre Stimme herb und ironisch klingen. »Auf das Reich – ja, das hast du geschworen. Aber auf die Krone, Allart?«

»Ich will keine Krone«, erwiderte Allart.

»Oh, das glaube ich dir.« Renatas Stimme klang scharf. »Aber wird dein Bruder das jemals glauben?«

»Ich weiß es nicht.« Allart seufzte erneut. Glaubte Damon-Rafael wirklich, daß er der Verlockung nicht widerstehen konnte, das Reich – oder die Krone – seinen Händen zu entwinden? Oder wollte er wirklich nur den mächtigen Fürsten Aldaran an Elhalyn verpflichten? Damon-Rafael würde Verbündete brauchen, wenn er sich dazu entschloß, mit Prinz Felix um den Thron von Thendara zu streiten.

Aber dies würde noch eine Weile auf sich warten lassen. Der alte König Regis klammerte sich noch ans Leben, und der Rat würde ihn auf dem Totenbett nicht behelligen. Aber wenn er neben seinen Vorvätern in einem schmucklosen Grab von Hali lag, wie es Sitte war, *dann* würde der Rat nicht zögern, Prinz Felix aufzufordern, seine Tauglichkeit unter Beweis zu stellen.

»Ein *Emmasca* könnte zwar einen guten König abgeben«, sagte Renata, die seinen Gedanken mühelos folgte, »aber er kann keine Dynastie gründen. Felix wird nicht Erbe werden. Ich habe die letzte Depesche gelesen. Cassilde hat sich nach der Geburt ihres Sohnes nicht richtig erholt und ist wenige Dekaden später gestorben. Dein Bruder hat also einen legitimen Sohn, sucht aber jetzt nach einer Frau. Nun bedauert er sicher schon, daß er es so eilig hatte, dich mit Cassandra zu vermählen.«

Allarts Mund verzog sich angewidert. Ihm fiel ein, was Damon-Rafael über dieses Thema bemerkt hatte: »Wenn Cassilde stirbt – und sie war dem Tod in den vergangenen Jahren bei jeder Geburt sehr nahe –, werde ich frei sein, um Cassandra selbst zu heiraten.« Wie hatte sein Bruder nur auf diese Weise über die Frau sprechen können, die ihm ein Dutzend Kinder geboren hatte?

Allart sagte: »Vielleicht ist es besser so«, aber es klang so verzweifelt, daß Renata ihre Tränen nicht zurückhalten konnte. Behutsam legte er eine Hand unter ihr Kinn. »Was ist, Cousine? Du bist immer begierig darauf, meine Sorgen zu zerstreuen, aber du hast nie von deinen eigenen gesprochen. Was quält dich?« Seine Arme umfingen sie, aber es war die liebevolle Berührung eines Bruders und Freundes, nicht die eines Liebhabers, und Renata wußte es. Sie schluchzte, und Allart hielt sie sanft in seinen Armen.

»Sag's mir, *Chiya*«, sagte er so sanft, als sei sie in Dorilys' Alter. Renata kämpfte gegen ihre Tränen an.

»Ich habe es Donal nicht gesagt. Ich wollte sein Kind haben. Wenn es so um mich stände, dachte ich, könnte mein Vater mich nicht zwingen, nach Edelweiß heimzukehren und einen Mann zu heiraten, den er für mich aussucht ... Und so bin ich schwanger geworden. Aber nach ein

223

paar Tagen, als ich mich selbst überwachte, entdeckte ich, daß das Kind weiblich war. Und daher habe ich ...« Sie schluckte. Allart konnte ihren Schmerz fühlen, als sei er sein eigener. »Ich konnte es nicht leben lassen. Ich ... ich bereue es nicht. Wer könnte das, mit dem Fluch der Rockravens? Und dennoch – ich schaue Dorilys an und denke, ich habe etwas zerstört, das *so* hätte werden können – schön und ... und ...« Ihre Stimme brach und dann schluchzte sie hilflos gegen Allarts Brust.
Und ich habe gedacht, ich könnte Cassandra eine Entscheidung wie diese aufzwingen ... Es gab nichts, was Allart sagen konnte. Er hielt Renata in seinen Armen und ließ sie weinen.
Schließlich wurde sie ruhiger und murmelte: »Ich weiß, daß ich richtig gehandelt habe. Ich mußte es tun. Aber trotzdem – ich konnte es Donal nicht sagen.«
Was, im Namen aller Götter, tun wir unseren Frauen an? Was haben wir in unserem Blut und unseren Genen hervorgerufen, daß wir das über sie bringen? Heiliger Lastenträger, ist es dein Segen oder dein Fluch, daß ich von Cassandra getrennt bin ...
Selbst als er sprach, schien er Cassandras von Angst gemartertes Gesicht zu sehen. Im Versuch, es zu verdrängen, verstärkte er den Griff seiner Arme und sagte sanft: »Aber du weißt, daß du richtig gehandelt hast, und dieses Wissen wird dir Kraft geben, hoffe ich.«
Dann erzählte er ihr, langsam und nach Worten suchend, von dem Augenblick der Vorausschau, als er sie hochschwanger, entsetzt und verzweifelt erblickt hatte. »Das habe ich in letzter Zeit in meinen Visionen nicht mehr gesehen«, versicherte Allart. »Wahrscheinlich existierte diese Möglichkeit nur während der kurzen Zeit, in der du tatsächlich schwanger warst, und danach ... danach hörte diese Zukunft einfach auf zu existieren – denn du hast das getan, was sie verhindern konnte. Du brauchst es nicht zu bedauern.«
Und doch war er unsicher. Er hatte in letzter Zeit *gar nichts* gesehen. Er hatte sich angestrengt bemüht, *jegliche* Anwendung seiner Vorausschau und ihrer schrecklichen drängenden Zukunftsmöglichkeiten auszuschalten. Traf es jetzt, da das von Renata empfangene weibliche Kind zerstört war, zu, daß es keinen Grund gab, sich zu ängstigen? Aber er hatte sie besänftigt. Sie wirkte jetzt ruhiger, und er wollte sie nicht wieder beunruhigen.
»Ich *weiß*, daß ich richtig gehandelt habe«, sagte Renata. »Aber in der letzten Zeit ist Dorilys so liebenswert, so folgsam und sanft geworden. Jetzt, da sie ihr *Laran* einigermaßen beherrscht, scheinen die Stürme nicht mehr zu wüten.«
Ja, dachte Allart. *Es ist lange her, seit mein Schlaf oder mein Wachen von diesen gräßlichen Visionen des Gewölberaums gestört wurden; von*

den Visionen eines Kindergesichts, das schaurige Blitze umrahmten ... Waren auch diese Tragödien aus dem Bereich des Möglichen geschwunden, da Dorilys ihre schreckliche Gabe zu meistern gelernt hatte?
»Dennoch macht es das auf eine Art schlimmer«, fuhr Renata fort. »Zu wissen, daß es ein anderes Kind wie sie hätte geben können, das jetzt nie leben wird ... Nun, vielleicht sollte ich in Dorilys einfach eine Tochter sehen, die ich nie wagen werde zu haben ... Allart, sie hat ihren Vater und Donal eingeladen, ihr heute beim Spielen und Singen zuzuhören. Kommst du auch? Sie hat begonnen, eine wirklich schöne Singstimme zu entwickeln. Kommst du, um sie zu hören?«
»Mit Vergnügen«, sagte Allart aufrichtig.

Donal war bereits da, und ebenso Lord Aldaran und einige der Frauen aus dem Haushalt, einschließlich Dorilys' Musiklehrerin, eine junge Adelige aus dem Haus Darriel. Sie war eine dunkle Schönheit mit schwarzem Haar und ebenso beschatteten Augen und erinnerte Allart flüchtig an Cassandra, obwohl sie sich nicht wirklich ähnlich waren. Doch als Lady Elisa mit gesenktem Kopf über der *Rryl* saß und die Saiten zum Klingen brachte, sah er, daß auch sie sechs Finger hatte. Ihm fiel ein, was er bei der Hochzeit zu Cassandra gesagt hatte: »Mögen wir in einer Zeit leben, in der wir Lieder, und nicht Kriege machen können!« Wie kurz diese Hoffnung doch gewesen war! Sie lebten in einem Land, das vom Krieg geschüttelt wurde. Cassandra in einem Turm, bedroht von Luftwagen und Brandbomben, Allart in einem Land in Flammen, mit Waldbränden und zuckenden Blitzen, die wie Pfeile einschlugen. Aufgeschreckt blickte er sich in dem stillen Zimmer um, sah zum ruhigen Himmel und den Hügeln hinauf. Nichts deutete auf Krieg hin, gar nichts. Es war wieder die verfluchte Vorausschau, denn nichts von alldem war in dem stillen Zimmer, in dem Lady Elisa die Saiten der Harfe berührte und sagte: »Sing, Dorilys.«
Die Stimme des Kindes, lieblich und klagend, setzte zu einem alten Lied aus den fernen Hügeln an:

»*Wo bist du jetzt?*
Wohin lenkt mein Geliebter seinen Schritt?«

Allart hielt solch ein Lied von hoffnungsloser Liebe und Sehnsucht auf den Lippen eines jungen Mädchens für fehl am Platze, aber er war von der Lieblichkeit der Stimme gefangen. Dorilys war in diesem Herbst beträchtlich gewachsen. Sie war größer geworden, und ihre Brüste, auch wenn sie noch klein waren, schienen unter ihrer kindlichen Bluse schon wohlgestaltet, während ihr junger Körper ansehnliche Rundungen auf-

wies. Sie war immer noch langbeinig und linkisch – sie würde eine hochgewachsene Frau werden. Schon jetzt war sie größer als Renata.
Als sie ihr Lied beendete, sagte Dom Mikhail: »Es scheint in der Tat, mein Liebling, daß du die hervorragende Stimme deiner Mutter geerbt hast. Wirst du mir etwas weniger Trauriges singen?«
»Gerne.« Dorilys übernahm die *Rryl* Lady Elisas und stimmte sie ein wenig nach. Dann begann sie wie beiläufig die Saiten zu zupfen und setzte zu einer lustigen Ballade aus den Hügeln an. Allart hatte sie oft in Nevarsin gehört, wenn auch nicht im Kloster. Ein Rüpel-Lied über einen Mönch, der, wie es einem guten Mönch geboten war, alle seine Besitztümer in den Taschen trug.

»In den Taschen, den Taschen,
Fro' Domenicks Taschen.
Die prächtigen Taschen in seinem Gewand,
Die er stopft' jeden Morgen mit eiliger Hand;
Alles, was er besaß, wenn der Tag begann,
Stopfte er in die Taschen und ging sein Tagwerk an.«

Bald lachten die Zuhörer kichernd über den immer weiter zunehmenden und lächerlichen Katalog der Besitztümer, die in den Taschen des legendären Mönchs steckten.

»Alles, was er besaß, wenn der Tag begann,
Stopfte er in die Taschen und ging sein Tagwerk an.
Eine Schüssel, ein Löffel, zum Beten ein Buch,
Zum Schutz vor der Kälte ein wärmendes Tuch,
Ein Federkasten, damit schreibt er Traktätchen hin,
Ein molliges Kissen, um beim Beten zu knien,
Ein Nußknacker, ganz aus Kupfer und Gold ...«

Dorilys mußte sich selbst anstrengen, das Gesicht regungslos zu halten, als die Zuhörer zu kichern begannen, und ihr Vater in schallendes Gelächter über die Unsinnigkeit solcher Zeilen ausbrach.

»Die Taschen, die Taschen,
Fro' Domenicks Taschen ...«

Sie war an dem Vers angelangt, der aufzählte:

»Ein Sattel und Zaumzeug, ein Paar Sporen, ein Zügel,
Das braucht er fürs Chervine zum Ritt durch die Hügel,
Ein goldenes Becken, ein Rasierer aus ...«

Unsicher brach Dorilys ab, als die Tür sich öffnete. Lord Aldaran wandte sich ärgerlich seinem Friedensmann zu, der mit solchem Mangel an Höflichkeit eingetreten war.
»Varlet, wie könnt Ihr es wagen, so in das Zimmer Eures jungen Fräuleins einzudringen?«
»Ich bitte die junge Lady um Verzeihung, aber die Sache ist äußerst dringend. Lord Scathfell ...«
»Kommt, kommt«, sagte Lord Aldaran gereizt. »Selbst wenn er mit hundert bewaffneten Kriegern vor unseren Toren stünde, guter Mann, würde es solchen Mangel an Höflichkeit nicht entschuldigen.«
»Er hat Euch eine Botschaft gesandt. Sein Bote spricht von einer Forderung, mein Fürst.«
Einen Moment darauf erhob sich Mikhail von Aldaran. Er verbeugte sich vor Lady Elisa und seiner Tochter mit einer Höflichkeit, als sei Dorilys' kleines Unterrichtszimmer ein Empfangsraum.
»Ladies, vergebt mir. Ich hätte Eure Musik nicht willkürlich unterbrochen. Aber ich fürchte, ich muß um die Erlaubnis bitten, mich zurückzuziehen, Tochter.«
Einen Moment lang gaffte Dorilys ihn an. Er erbat *ihre* Erlaubnis, zu kommen und zu gehen? Das war eindeutig das erste Mal, daß er seine formelle Erwachsenen-Höflichkeit ihr gegenüber zeigte. Aber jetzt kam ihr das gute Benehmen, das Margali und Renata sie gelehrt hatten, zu Hilfe. Sie machte einen so tiefen Knicks vor ihm, daß sie fast auf die Knie sank.
»Ihr seid frei, nach eigenem Belieben zu kommen und zu gehen, Sir, aber ich bitte Euch zurückzukehren, wenn Eure Verpflichtung beendet ist.«
Aldaran beugte sich über ihre Hand. »Das werde ich tatsächlich, meine Tochter. Ladies, verzeiht«, fügte er hinzu und bezog Margali und Renata in seine Verbeugung ein. Dann sagte er kurz: »Donal, begleite mich!«
Donal stand auf und eilte hinter ihm her.
Als sie gegangen waren, versuchte Dorilys, ihr Lied wieder aufzunehmen, aber die Stimmung war zerstört, und so brach sie nach kurzer Zeit ab. Allart ging auf den Hof hinunter, wo die Reittiere in die Stallungen gebracht wurden und die Begleitmannschaft der Diplomaten sich versammelte. Er konnte unter ihnen die Abzeichen weiterer Berg-Clans sehen, und daß bewaffnete Männer eintrafen und in den Hof kamen. Aber ihre Bewegungen waren wie die des Wassers, und als er erneut hinblickte, waren sie fort. Er wußte, daß sein *Laran* für ihn Halluzinationen von Dingen malte, die vielleicht nie geschahen. Er versuchte, sich seinen Weg durch sie zu bahnen, in die Zeit zu sehen, aber er war nicht ruhig genug. Was er spürte – er las nicht bewußt die Gedanken der

Männer, die Scathfells Forderung gebracht hatten, aber sie sendeten ihre Empfindungen über den gesamten Landstrich –, war nicht dazu geeignet, ihn zu beruhigen.

Krieg? Hier? Schmerzlich spürte er die Trauer über den langen, schönen Sommer, der jetzt unwiderruflich zerstört war. *Wie kann ich hier in Frieden sitzen, während meine Leute im Krieg sind und mein Bruder sich vorbereitet, um eine Krone zu ringen? Was habe ich getan, daß ich solchen Frieden verdiene, wenn sogar meine geliebte Frau Gefahr und Schrecken ausgesetzt ist?* Er ging auf sein Zimmer und versuchte sich zu beruhigen, indem er die Nevarsin-Atemtechnik anwandte. Aber angesichts der Augen und Geist bedrängenden Visionen von Krieg, Stürmen und Aufruhr konnte er sich nicht konzentrieren. Er war dankbar, nach einiger Zeit in Aldarans Empfangsraum gerufen zu werden.

Er hatte erwartet, der Gesandtschaft Scathfells entgegenzutreten, wie er sie so oft in seiner Vision gesehen hatte, aber er stieß auf niemanden außer Aldaran, der düster auf den Boden vor seinem hohen Sessel starrte – und Donal, der nervös auf und ab ging.

Als Allart eintrat, blickte Donal ihn dankbar und zugleich flehend an.

»Tritt ein, Cousin«, sagte Dom Mikhail. »Jetzt benötigen wir tatsächlich den Rat von Verwandten. Willst du dich nicht setzen?«

Allart wäre lieber stehengeblieben oder wie Donal hin- und hergegangen, aber er nahm Platz. Brütend saß der alte Mann da, das Kinn auf die Hände gestützt. Schließlich sagte er: »Du setzt dich auch, Donal! Du machst mich wahnsinnig, wenn du wie ein von einem tollwütigen Wolf besessener Berserker umherläufst.« Er wartete, bis sein Pflegesohn neben Allart Platz genommen hatte. »Rakhal von Scathfell – die Bezeichnung Bruder gebe ich ihm nicht – hat mir einen Gesandten mit solch schamlosen Forderungen geschickt, daß ich sie nicht länger ruhig hinnehmen kann. Er hält es für richtig, von mir zu verlangen, daß ich ohne Verzögerung, am liebsten noch vor Mittwinter, einen seiner jüngeren Söhne wähle. Ich nehme an, daß ich mich geehrt fühlen soll, daß er mir die Wahl darüber überläßt, welchen seiner verdammten Welpen ich haben will. Er soll formell als mein Erbe adoptiert werden, da ich keinen legitimen Sohn habe und auch, wie Scathfell sagt, in meinem Alter wohl keinen mehr bekommen werde.« Er hob ein Stück Papier auf, das, wie er es fortgeschleudert hatte, auf dem Sitz lag, und zerknüllte es erneut in der Faust. »Er sagt, ich solle alle Männer einladen, Zeuge zu sein, wenn ich einen Sohn Scathfells zu meinem Erben erkläre. Und dann – hört euch die Unverschämtheit dieses Mannes an! – sagt er, *dann magst du die wenigen Jahre, die dir noch bleiben, in dem Frieden verleben, den dir deine anderen Taten zugestehen.*« Er quetschte den beleidigenden Brief in der Faust, als sei es der Hals seines Bruders.

»Sag mir, Cousin, was soll ich mit diesem Mann anstellen?«
Allart starrte ihn bestürzt an. *Im Namen aller Götter*, dachte er, *was meint er damit, mich zu fragen? Glaubt er ernsthaft, ich sei in der Lage, ihm in solch einer Angelegenheit Ratschläge zu erteilen?*
Aldaran nickte – freundlicher und auch drängender: »Allart, du bist in Nevarsin geschult worden, du kennst unsere Geschichte und unser Gesetz. Sag mir, Cousin: Gibt es überhaupt keine Möglichkeit, meinen Bruder Scathfell davon abzuhalten, nach meinem Besitz zu greifen, noch ehe mein Körper im Grab erkaltet ist?«
»Mein Fürst, ich verstehe nicht, wie man Euch zwingen könnte, den Sohn Eures Bruders zu adoptieren. Aber ich weiß nicht, wie Ihr Lord Scathfells Söhne davon abhalten wollt, Euch zu beerben. Das Gesetz spricht sich über weibliche Kinder nicht eindeutig aus.« *Und wenn es doch so wäre*, dachte er beinahe verzweifelt, *ist Dorilys wirklich zum Herrschen geeignet?* »Wenn einem weiblichen Nachkommen die Erb-Erlaubnis gegeben wird, dann gewöhnlich deshalb, weil alle Betroffenen meinen, daß ihr Gatte einen geeigneten Großfürsten abgeben wird. Niemand wird Euer Recht bestreiten, Aldaran an Dorilys' Ehemann zu geben.«
»Aber trotzdem«, sagte Aldaran, der den zerknitterten Brief jetzt sorgfältig glättete. »Sieh nur – die Siegel derer von Storn, Sain Scarp und selbst von Lord Darriel hängen an diesem Brief, als sollten sie diesem ... diesem Ultimatum, das er mir geschickt hat, Kraft verleihen. Kein Wunder, daß Lord Storn mir keine Antwort gab, als ich seinen Sohn für Dorilys aussuchte. Jeder von ihnen fürchtet es, sich mit mir zu verbünden, aus Angst, von allen anderen isoliert zu werden. Jetzt wünschte ich in der Tat, daß die Ridenows nicht in den Krieg gegen deine Familie verwickelt wären, – dann könnte ich Dorilys dort anbieten.« Nachdenklich schwieg er einen Moment. »Ich habe geschworen, Aldaran über meinem eigenen Kopf anzuzünden, ehe es an meinen Bruder geht. Hilf mir, einen Ausweg zu finden, Allart.«
Der erste Gedanke, der durch seinen Kopf zuckte – und später war Allart dankbar, daß er vernünftig genug gewesen war, ihn abzublocken, damit Aldaran ihn nicht lesen konnte –, war dieser: *Mein Bruder hat erst vor kurzem seine Frau verloren.* Aber allein der Gedanke füllte seinen Geist mit Visionen von Schrecken und Elend. Die Anstrengung, sie zu kontrollieren, ließ ihn schweigen. Gleichzeitig fiel ihm Damon-Rafaels Voraussage ein, die ihn hierher gebracht hatte: »Ich fürchte den Tag, an dem unsere ganze Welt von Dalereuth bis zu den Hellers sich der Macht von Aldaran beugen wird.«
Als er sein Schweigen bemerkte, sagte Dom Mikhail: »Ich bedaure es tausendfach, daß *du* verheiratet bist, Cousin. Ich würde *dir* meine Toch-

ter anbieten ... Aber du kennst meinen Willen. Sag mir, Allart: Gibt es keine Möglichkeit, daß ich Donal zu meinem Erben erklären lassen kann? Er ist schon immer der wahre Sohn meines Herzens gewesen.«
»Vater«, schaltete Donal sich ein, »streite mit deiner Verwandtschaft nicht über mich. Warum das Land in einem nutzlosen Krieg in Brand setzen? Wenn du zu deinen Vorvätern gegangen bist – möge dieser Tag fern von dir sein –, was macht es dir dann aus, wer Aldaran erhält?«
»Es macht etwas aus«, sagte der alte Mann, dessen Gesicht wie eine steinerne Maske wirkte. »Allart, bei deiner ganzen Kenntnis des Gesetzes: Gibt es kein Schlupfloch, durch das ich Donal zu seiner Erbschaft bringen kann?«
Allart dachte darüber nach. Schließlich sagte er: »Keines, glaube ich, das Ihr nutzen könntet, aber die Gesetze über die Blutvererbung sind noch längst nicht stark genug. Nur sieben oder acht Generationen früher hättet Ihr, Eure Brüder und deren Frauen zusammengelebt. Und der älteste, oder euer gewählter Führer, hätte den Sohn zum Erben gewählt, der am geeignetsten und fähigsten erschien – nicht den ältesten Sohn des ältesten Bruders, sondern den *besten*. Die Gewohnheit, nicht das Gesetz, hat die Regel des Erstgeburtsrechts und der anerkannten Vaterschaft auf den Plan gebracht. Aber wenn Ihr einfach erklärt, daß Ihr Donal nach dem alten und nicht nach dem neuen Gesetz erwählt habt, wird es Krieg geben, mein Fürst. Jeder älteste Sohn in den Bergen wird wissen, daß seine Position in Gefahr ist und sein jüngerer Bruder oder seine entfernten Verwandten mehr als jetzt seine Feinde sind.«
»Es wäre einfacher«, sagte Aldaran mit grober Bitterkeit, »wenn Donal ein herrenloses Kind oder eine Waise wäre und nicht der Sohn meiner geliebten Aliciane. Dann könnte ich ihn mit Dorilys vermählen. Und ich wüßte meine Tochter geschützt und meinen Besitz in den Händen desjenigen, der ihn am besten kennt und am ehesten dazu geeignet ist, sich um ihn zu kümmern.«
Allart sagte: »Das könnte noch immer geschehen, mein Fürst. Es wäre eine gesetzliche Fiktion – wie damals, als Lady Bruna Leynier, die Schwester eines in einer Schlacht getöteten Erben, die Witwe ihres Bruders und sein ungeborenes Kind in einer Freipartner-Ehe unter ihren Schutz nahm, damit der Witwe keine andere Eheschließung aufgezwungen werden konnte, die die Rechte des Kindes beseitigt hätte. Man sagt, sie hätte anstelle ihres Bruders auch die Garden befehligt.«
Aldaran lachte: »Ich habe das nur für eine lustige Erzählung gehalten.«
»Nein«, widersprach Allart, »es ist tatsächlich geschehen. Die Frauen lebten zwanzig Jahre zusammen, bis das ungeborene Kind zum Mann herangewachsen war und seine Rechte in Anspruch nehmen konnte.

Vielleicht war es verrückt, aber die Gesetze konnten es nicht verbieten. Solch eine Ehe hat zumindest einen gesetzlichen Status – Halbbruder und Halbschwester können heiraten, wenn sie wollen. Renata hat mir gesagt, für Dorilys sei es das Beste, keine Kinder zu gebären. Donal könnte einen *Nedestro*-Erben zeugen, der seine Nachfolge übernimmt.«

Er dachte an Renata, aber Mikhail von Aldaran hob den Kopf mit einer schnellen, entschiedenen Bewegung. »Zum Teufel mit der gesetzlichen Fiktion«, sagte er. »Dann ist das unsere Antwort, Donal. Allart irrt sich in bezug auf Renatas Aussage. Ich erinnere mich gut daran! Sie sagte, Dorilys solle keine *Tochter* gebären, und es sei gefahrloser für sie, einen Sohn zur Welt zu bringen. Und in ihren Adern fließt Aldaran-Blut. Das heißt, Donals Sohn wäre ein Aldaran-Nachfahr und dadurch befähigt, nach ihnen zu erben. Jeder Tierzüchter weiß, daß die beste Methode, eine bestimmte Eigenschaft der Linie zu fixieren, die Rückzüchtung mit dem gleichen genetischen Material ist. Dorilys wird ihrem Halbbruder den Sohn gebären, den Aliciane *mir* hätte geben sollen – Renata wird wissen, wie man in dieser Sache sicher geht –, und die Begabungen der Kontrolle von Feuer und Blitz werden doppelt so stark sein. Wir müssen darauf achten, daß einige Generationen lang keine Töchter geboren werden. Das ist nicht schlimm. Dadurch wird die Linie aufblühen.«

Donal starrte seinen Pflegevater bestürzt an: »Das könnt Ihr unmöglich ernst meinen, Sir!«

»Wieso nicht?«

»Aber Dorilys ist meine Schwester – und nur ein kleines Mädchen.«

»Halbschwester«, korrigierte Aldaran, »und so klein ist sie nun auch wieder nicht. Margali ist sicher, daß sie irgendwann in diesem Winter zur Frau wird. Es dauert also gar nicht mehr so lange, bis wir verbreiten lassen können, daß ein wahrer Aldaran-Nachfahre mein Erbe wird.«

Benommen starrte Donal Aldaran an. Allart spürte, daß er an Renata dachte, aber der Lord war mit seinen eigenen Absichten zu sehr beschäftigt, um auch nur eine Spur von *Laran* dafür zu erübrigen, die Gedanken seines Pflegesohns zu lesen.

Aber als Donal den Mund zum Sprechen öffnete, sah Allart deutlich, wie sich das Gesicht des alten Manns verdunkelte, verzerrte und sein Gehirn dröhnte, vom Schlag getroffen. Allart umklammerte das Handgelenk Donals und zwang ihm das Bild von Aldarans Anfall auf. Seine Gedanken waren scharf wie die Befehlsstimme. *Im Namen aller Götter, Donal, streite jetzt nicht mit ihm! Es wäre sein Tod!* Donal fiel in seinen Sessel zurück, die Worte blieben unausgesprochen. Das Bild des vom Schlag getroffenen Lords verschwand in die Rumpelkammer jener Dinge, die sich nicht mehr ereignen würden. Allart sah, wie das Bild sich

verflüchtigte und völlig verschwand. Er war erleichtert und doch beunruhigt.
Ich bin kein Überwacher, aber wenn er dem Tod so nahe ist, müssen wir es Renata sagen. Sie sollte ihn untersuchen ...
»Na, komm«, sagte Aldaran sanft. »Deine Skrupel sind närrisch, mein Sohn. Du hast seit vielen Jahren gewußt, daß Dorilys heiraten muß, sobald sie erwachsen ist. Und wenn das geschehen muß, ehe sie ganz gereift ist, wird es dann nicht leichter für sie sein, jemanden zu nehmen, den sie gut kennt und gerne mag? Würdest du nicht sanfter mit ihr umgehen als irgendein Fremder? Dies ist der einzige Weg, den ich sehe: So wie die Dinge stehen, solltest du Dorilys heiraten und einen Sohn mit ihr zeugen.« Bei den letzten Worten ließ er ein leichtes Stirnrunzeln erkennen.
Aufgeschreckt und schockiert machte Allart sich bewußt, daß es für Dorilys wahrscheinlich einen Vorteil darstellte, daß Lord Aldaran sehr alt und der Meinung war, über das Alter hinaus zu sein, um selbst einen Erben zu zeugen.
»Und was dies hier angeht«, sagte Aldaran, während er Scathfells Brief erneut zerknüllte und zu Boden warf, »werde ich das Papier wohl benutzen, um mir den Hintern damit abzuwischen, und meinem Bruder zurückschicken. Das demonstriert ihm, was ich von seinem Ultimatum halte! Zugleich werde ich ihn einladen, Zeuge eurer Trauung zu sein.«
»Nein«, flüsterte Donal, »Vater, ich bitte dich ...«
»Kein Wort mehr, mein Sohn. Ich habe mich entschieden.« Aldaran stand auf und umarmte Donal. »Seit Aliciane dich in dieses Haus brachte, warst du mein Sohn. Und das wird die Angelegenheit rechtmäßig werden lassen. Willst du mir das abschlagen, mein Junge?«
Hilflos und unfähig zum Widerspruch stand Donal vor ihm. Wie konnte er in diesem Augenblick die Liebe und Sorge seines Pflegevaters zurückweisen?
»Ruft mir einen Schreiber«, verlangte Lord Aldaran. »Es wird mir ein Vergnügen sein, einen Brief an Lord Scathfell zu diktieren, mit dem ich ihn zur Vermählung meiner Tochter und Erbin mit dem von mir gewählten Sohn einlade.«
Donal machte einen letzten Versuch: »Du weißt, Vater, daß dies eine Kriegserklärung ist? Sie werden mit Gewalt gegen uns vorgehen.«
Aldaran wies zum Fenster hin. Draußen verschwammen die grauen Wolken im fallenden Schnee des Tages, dem ersten in diesem Jahr. »Sie werden nicht kommen«, sagte er. »Der Winter steht bevor. Vor der Frühlingsschmelze werden sie nicht kommen. Und dann ...« Er warf den Kopf zurück und lachte.

Allart fühlte ein Frösteln den Rücken hinunterlaufen. Aldarans Gelächter erinnerte ihn an den heiseren Schrei eines Raubvogels. »Sollen sie nur kommen. Sollen sie kommen, wann sie wollen. Wir werden bereit sein.«

21

»Aber es gibt wirklich keine Frau in der Welt, die ich heiraten möchte«, beteuerte Donal, »außer dir, Liebste.« Bevor Renata in sein Leben trat, hatte er nie geglaubt, in dieser Frage je eine Wahl zu haben – und eigentlich hatte er sie auch gar nicht gewollt, vorausgesetzt, seine Braut in spe war weder krank noch eine Xanthippe. Zudem vertraute er seinem Pflegevater und war sicher, daß dieser das verhindern würde. Donal hatte wenig Gedanken an diese Frage verschwendet.
Renata sah den fast unbewußten Widerwillen in ihm, daß er mit dieser außerordentlichen Veränderung seines Lebensmusters konfrontiert wurde, und griff nach seiner Hand. »Eigentlich trifft mich die Schuld, Liebster. Ich hätte deinem Wunsch folgen und dich sofort heiraten sollen.«
»Niemand spricht von Schuld, *Carya mea*, aber was sollen wir jetzt tun? Mein Pflegevater ist alt, und heute fürchtete ich wirklich, er würde einen Schlag erleiden, wenn ich es ihm gesagt hätte. Allart hinderte mich daran. Die Götter mögen mir vergeben, Renata, aber ich mußte einfach daran denken ... Wenn er stürbe, wäre ich von dieser Sache, um die er mich bittet, entbunden.« Donal bedeckte sein Gesicht. Renata wußte, während sie ihn betrachtete, daß sie für die gegenwärtige Umwälzung verantwortlich war. Sie hatte ihn angeregt, sich gegen die Wünsche seines Pflegevaters aufzulehnen.
Mit einiger Anstrengung hielt sie ihre Stimme ruhig und sagte schließlich: »Donal, mein Liebster, du mußt tun, was du für richtig hältst. Die Götter mögen verhindern, daß ich dich dazu überrede, gegen dein Gewissen zu handeln. Wenn du es für falsch hältst, gegen den Willen deines Pflegevaters anzugehen, dann mußt du ihm gehorchen.«
Er hob den Kopf. Mit Mühe kämpfte er gegen den drohenden Zusammenbruch an. »Im Namen der gnadenreichen Götter, Renata, wie könnte ich wünschen, ihm zu gehorchen? Glaubst du, ich *will* meine Schwester heiraten?«
»Nicht einmal mit Aldaran als Mitgift?« fragte sie. »Du kannst mir nicht erzählen, du hättest nicht den Wunsch, das Reich zu erben.«
»Wenn ich es verdient hätte! Aber nicht auf diese Art, Renata, nicht auf diese Art! Ich möchte mich ihm widersetzen, aber ich kann nicht das

Wort aussprechen, das ihn umbringt, wie Allart befürchtet! Und das Schlimmste ist ... wenn du mich jetzt verläßt, wenn ich dich verlieren sollte ...«

Rasch ergriff sie seine Hände. »Nein, nein, mein Liebster. Ich werde dich nicht verlassen, ich verspreche es! Das habe ich nicht gemeint! Ich habe nur gemeint, daß man die gesetzliche Fiktion in Anspruch nehmen kann, die er wünscht, wenn du in diese Ehe gezwungen wirst.«

Donal schluckte schwer. »Wie könnte ich darum bitten? Eine Edelfrau deines Rangs kann keine *Barragana* werden. Das würde bedeuten, daß ich dir nie bieten kann, was du in Ehren haben solltest: die *Catenas* und die ehrenhafte Anerkennung als meine Frau. Meine eigene Mutter war eine *Barragana*. Ich weiß, welches Leben das für unsere Kinder wäre. Jeden Tag haben sie mich verhöhnt, mich Wechselbalg, Bastard und noch weit Unerfreulicheres genannt. Wie könnte ich meinen eigenen Kindern so etwas antun? Gnadenreicher Ecanda, es gab Zeiten, da haßte ich meine eigene Mutter, weil sie mich solchen Dingen aussetzte!«

»Ich würde lieber für dich *Barragana* sein, als für einen anderen die *Catenas* zu tragen, Donal.«

Er wußte, daß sie die Wahrheit sagte, aber Verwirrung und Widerwillen ließen ihn auffahren. »Wirklich? Meinst du damit, daß du lieber die *Barragana* des Aldaran als die Frau des armen Bauern wärst, den ich ohne dieses Erbe darstellen würde?«

Bestürzt sah sie ihn an. *Es hat uns schon zum Streiten gebracht!*

»Du verstehst mich nicht, Donal. Ich würde lieber *dein* sein, als Ehefrau, Frei-Partnerin oder *Barragana*, als irgendeinen Mann zu heiraten, den mein Vater ohne mein Wissen und ohne meine Zustimmung ausgewählt hat – selbst wenn dieser Mann Prinz Felix auf seinem Thron in Thendara wäre. Mein Vater wird erzürnt sein, wenn er erfährt, daß ich ganz offen als *Barragana* in deinem Haus lebe. Aber das heißt gleichzeitig, daß er mich nicht einem anderen Mann geben kann, denn die anderen würden mich unter solchen Bedingungen nicht mehr nehmen. Aber ich bin außerhalb des Bereichs seines Zorns – oder Ehrgeizes!«

Donal fühlte sich schuldbewußt. Er wußte, daß *er* sich seinem Pflegevater nicht so widersetzen könnte. Und jetzt, da sie *ihrer* Familie getrotzt hatte, konnte Renata nirgendwo anders hingehen. Er fragte sich, warum er nicht so mutig war, warum er Lord Aldarans Anordnung nicht zurückwies und darauf bestand, Renata sofort zu heiraten, selbst wenn sein Pflegevater ihn enterben und davonjagen sollte.

Er fühlte sich elend. *Aber ich kann nicht mit ihm streiten. Es ist nicht um meinetwillen, doch ich würde ihn nicht der Gnade der Scathfells und der anderen Bergfürsten überlassen, die wie die Geier darauf warten, sich auf ihn zu stürzen, sobald sie ihn hilflos sehen!* Wie könnte er ihn

allein lassen? Und doch schien es, als würde seine Ehre gerade das fordern.
Erneut bedeckte er sein Gesicht.
»Ich fühle mich in Stücke zerrissen, Renata! Treue zu dir – und Treue zu meinem Vater. Ich frage mich, ob deshalb die Eheschließungen von der Familie arrangiert werden – damit diese schrecklichen Konflikte nicht entstehen können?«

Als würden Donals quälende Selbstzweifel durch Schloß Aldaran widerhallen, war auch Allart besorgt und schritt in seiner Kammer unruhig auf und ab.
Er dachte: *Ich hätte Donal reden lassen sollen. Wenn der Schock der Erkenntnis, daß er nicht immer seinen Willen durchsetzen kann, Dom Mikhail umgebracht hätte, dann können wir gut auf solche Tyrannen verzichten, die immer bestrebt sind, anderen gegen deren Gewissen ihren Willen aufzuzwingen*... Er war bereit, alle Wut und Abscheu, die er gegen seinen eigenen Vater empfunden hatte, über Lord Aldaran zu ergießen.
Doch dann fing er an – wenn auch verspätet –, gerechter zu urteilen. Er dachte: *Nein, es ist nicht nur Dom Mikhails Fehler. Auch Donal müssen Vorwürfe gemacht werden, weil er nicht sofort zu ihm ging, als er sich in Renata verliebte. Er hätte darum bitten sollen, sie heiraten zu dürfen. Und ich muß mir Vorwürfe gefallen lassen, weil ich Aldarans Verlangen nach einem gesetzlichen Schlupfloch zugehört habe. Ich war es, der ihm den Gedanken eingab, daß Donal und Dorilys miteinander verheiratet werden können – und sei es nur als gesetzliche Fiktion. Und meine verfluchte Vorausschau hat mich dazu gebracht, Donal am Weitersprechen zu hindern! Erneut bin ich von einem Ereignis beeinflußt worden, das vielleicht nie geschehen wäre!*
Mein Laran hat das alles über uns gebracht. Jetzt muß ich irgendwie schaffen, es zu kontrollieren; meinen Weg zu bahnen und durch die Zeit zu blicken; zu entdecken, was bei den vielen Zukunftsmöglichkeiten, die ich sehe, geschehen wird.
Er hatte es zu lange abgeblockt. Seit vielen Monaten hatte Allart einen beträchtlichen Teil seiner emotionalen Energie bei dem Versuch verbraucht, *nichts* zu sehen, im Augenblick zu leben wie die anderen und sich nicht von den wechselnden, verlockenden Möglichkeiten der Zukunftsentwicklungen beeinflussen zu lassen. Der Gedanke, seinen Geist für sie alle zu öffnen, war das reine Entsetzen, eine Angst, die fast körperlich war. Und doch mußte er genau das tun.
Er schloß die Tür, damit niemand eindringen konnte, und traf seine Vorbereitungen in aller Ruhe, der er fähig war. Schließlich streckte er

sich auf dem Steinboden aus, schloß die Augen und atmete ruhig in der in Nevarsin erlernten Art, um sich selbst zu beruhigen. Dann, gegen seine panische Angst ankämpfend – er *konnte* das nicht tun, er hatte sieben Jahre in Nevarsin damit verbracht, zu lernen, wie man es *nicht* tat –, senkte er die selbstauferlegten Barrieren und griff mit seinem *Laran* hinaus ...
Einen Moment lang – zeitlos, ewig, wahrscheinlich nicht viel länger als eine halbe Sekunde, aber in seinen aufschreienden Sinnen scheinbar eine Million Jahre – stürzte die ganze Zeit auf ihn ein, Vergangenheit und Gegenwart, alle Handlungen seiner Vorfahren, die in diesen Augenblick mündeten. Er sah eine Frau am See von Hali entlanggehen, eine Frau von vergehender Schönheit mit den farblosen grauen Augen und dem Mondscheinhaar einer *Chieri*. Er fing Erinnerungen an Wälder und Berggipfel ein, sah andere Planeten und Sterne, eine Welt mit gelber Sonne und einem einzigen bleichen Mond am Himmel. Er blickte in die schwarze Nacht des Alls, starb im Schnee, im All, im Feuer. Tausend Tode wurden in einen einzigen Moment gepreßt. Er sah sich selbst sterben, zusammengekrümmt in der Haltung des Fötus und sich in sich selbst jenseits allen Denkens zurückziehend, wie er es im Alter von vierzehn Jahren beinahe getan hätte. In einem einzigen schrillenden Moment lebte er hunderttausend Leben und erlebte seinen Körper, wie er in Krämpfen des Entsetzens zuckte und starb ... Er hörte sich in wildem Schmerz aufschreien und wußte, daß er wahnsinnig war, daß er nie zurückkehren würde ... Einen Moment lang kämpfte er, um die Tore zuzuschlagen, die er geöffnet hatte und wußte, daß es zu spät war ...
Und dann war er wieder der Allart, der wußte, daß er nur dieses einzige Leben hatte. Die anderen waren unwiderruflich vergangen, mußten es sein. Aber in diesem einzigen Leben (wie eng es doch wirkte nach diesen Jahrhunderten des Sekundenbruchteil-Bewußtseins) waren vor ihm immer noch hundert neue Möglichkeiten ausgebreitet, die sich mit jeder Bewegung unendlich vervielfachten, während andere für immer erloschen. Jetzt konnte er sehen, wie jede Bewegung, die er seit seiner Kindheit gemacht hatte, entweder Möglichkeiten eröffnet oder andere Wege für alle Zeit verschlossen hatte. Er hätte den Weg des Stolzes voll Stärke und in Waffen nehmen, hätte sich bemühen können, Damon-Rafael beim Schwertkampf und im Gefecht auszustechen, seines Vaters meistbenötigter Sohn zu werden ... Er hätte es irgendwie in die Wege leiten können, Damon-Rafael in der Kindheit sterben zu lassen und selbst seines Vaters Erbe zu werden ... Er hätte, für immer enterbt, in den sicheren und geschützten Mauern von Nevarsin bleiben können ... Er hätte in die neuentdeckte Welt der Sinne eintauchen können, in die

unendliche Verlockung, die die Arme einer *Riyachiya* boten ... Er hätte in seinem gedemütigten Stolz das Leben seines Vaters ersticken können ... Durch die andrängenden Vergangenheiten konnte Allart langsam die Unvermeidlichkeit der Entscheidungen sehen, die ihn zu diesem Augenblick, zu diesem Scheideweg geführt hatten ...
Jetzt war er *hier*, an diesem kritischen Augenblick, wohin seine vergangenen Entscheidungen, ob willentlich oder unwillentlich, geführt hatten. Jetzt mußten seine zukünftigen Entscheidungen im vollen Wissen dessen, was sie hervorrufen konnten, getroffen werden. In diesem überlasteten Augenblick völliger Bewußtheit akzeptierte er die Verantwortung dessen, was gewesen war und sein würde, und begann vorsichtig vorwärtszuschauen.
Dorilys' Worte zuckten durch seinen Kopf: »Es ist wie der Lauf des Wassers. Wenn ich Steine hineinwerfe, würde es um sie herumfließen. Aber ich könnte es nicht dazu bringen, aus dem Flußbett zu springen oder bergauf zu fließen ...«
Langsam begann er mit der merkwürdig ausgedehnten Wahrnehmungsfähigkeit zu sehen, was vor ihm lag. Die wahrscheinlichste Entwicklung unmittelbar vor ihm, fächerten sich die anderen an den Rändern seines Bewußtseins zu den wildesten Möglichkeiten auf. Direkt vor sich sah er die Möglichkeiten, daß Donal akzeptierte; sich widersetzte; daß er Renata nahm und Aldaran verließ; daß er Dorilys nehmen und mit Renata *Nedestro*-Kinder zeugen würde. Er sah, daß Dom Erlend Leynier als Vergeltung für die Beleidigung seiner Tochter seine Truppen mit Scathfell gegen Aldaran vereinigte. (Er sollte Renata davor warnen – aber würde es sie kümmern?) Immer wieder sah er die sich oft wiederholende Vision von Scathfells bewaffneten Männern, die im Frühling gegen Aldaran zogen, daß Aldaran wieder einmal mit Waffengewalt gehalten werden mußte. Er sah auch entferntere Möglichkeiten: Die, daß der Lord tatsächlich von einem schweren Schlaganfall niedergestreckt wurde, daß er starb oder monate- und jahrelang hilflos darniederlag, und Donal, mit der ungewollten Herrschaft beladen, für seine Schwester focht ... daß Lord Aldaran sich erholte und Scathfell mit seiner überlegenen bewaffneten Macht vertrieb ... daß er sich auf irgendeine Weise mit seinem Bruder versöhnte ... Er sah Dorilys an der Schwellenkrankheit sterben, während sie zur Frau heranwuchs ... und während sie das Kind zur Welt brachte, das nie zu zeugen Donal geschworen hatte ... Er sah sie überleben, um Donal einen Sohn zu schenken, der nur das Aldaran-*Laran* erbte und dann als Kind an der Schwellenkrankheit starb ...
Schmerzhaft und mit äußerster Sorgfalt zwang Allart sich, einen Weg durch all die Möglichkeiten zu bahnen. *Ich bin kein Gott! Wie kann ich*

entscheiden, welche dieser Entwicklungen für alle das Beste ist? Ich kann nur sagen, welche für Donal und Renata am wenigsten schmerzlich ist ...
Jetzt begann er gegen den eigenen Willen, seine eigene Zukunft zu sehen. Er würde zu Cassandra zurückkehren ... er würde nicht zurückkehren, sondern für immer in Nevarsin leben, oder wie Sankt-Valentin-im-Schnee allein in einer einsamen Höhle in den Hellers hausen, bis zu seinem Tode ... er würde eine ekstatische Wiedervereinigung mit Cassandra erleben ... oder von Damon-Rafaels Verrat fürchtender Hand sterben ... Cassandra würde für immer im Turm leben ... oder bei der Geburt seines Kindes sterben ... sie würde in die Hände Damon-Rafaels fallen, der immer noch bedauerte, sie Allart gegeben zu haben, statt sie zu seiner eigenen *Barragana* zu machen ... Das rüttelte Allart völlig aus der Träumerei auf ihn einstürmender Möglichkeiten und Wahrscheinlichkeiten. *Diese* eine wollte er näher betrachten.
Damon-Rafaels Frau war tot, und sein einziger legitimer Sohn würde sterben, bevor er entwöhnt war ... Das hatte Allart nicht gewußt. Aber stimmte es oder widerspiegelte dies nur eine Furcht, die auf dem Wissen um Cassandra und Damon-Rafaels skrupellosem Ehrgeiz basierte? Plötzlich flutete in seinen Geist zurück, was sein Vater gesagt hatte, als er von seiner Verlobung mit Cassandra gesprochen hatte:
»Du wirst eine Frau des Aillard-Clans heiraten, deren Gene modifiziert wurden, um ein spezielles *Laran* zu kontrollieren ...« Allart hatte seinen Vater zwar gehört, ihm aber nicht zugehört. In ihm war nur die Stimme seiner eigenen Angst gewesen. Aber Damon-Rafael *hatte* es gewußt. Es wäre nicht das erste Mal, daß der mächtige und ehrgeizige Herrscher eines Reiches die Frau seines jüngeren Bruders nahm ... *oder seine Witwe. Wenn ich zurückkehre, um mein Recht auf Cassandra geltend zu machen, wird Damon-Rafael mich umbringen.* Mit einem krampfhaften Schmerz fragte Allart sich, wie er dieses Schicksal vermeiden konnte, das er jetzt überall zu sehen schien.
Ich werde zum Kloster zurückkehren und das Gelübde ablegen, nie mehr nach Elhalyn zurückzukehren. Dann wird Damon-Rafael Cassandra zur Frau nehmen und den Thron von Thendara den zaudernden Händen des jungen Emmasca, der jetzt dort sitzt, entreißen. Cassandra wird um mich trauern, aber wenn sie Königin von Thendara ist, wird sie vergessen ... Und Damon-Rafael, sein Ehrgeiz befriedigt, wird zufrieden sein.
Allart packte das Entsetzen, als er sah, welche Art von König sein Bruder abgeben würde. Tyrannei – die Ridenows völlig ausgelöscht, die Frauen von Serrais mit der Linie der Elhalyns verbunden. Die Hasturs von Hali und Valeron gingen in der Linie von Elhalyn auf; man würde so viele

Bündnisse schließen, daß die Reiche nur noch Vasallen der Hasturs von Elhalyn waren, die ihrerseits von Thendara aus regierten. Damon-Rafaels gierige Hände würden sich ausstrecken, um die gesamte bekannte Welt von Dalereuth bis zu der Hellers in das Reich von Elhalyn einzuschließen. All das würde geschehen, um angeblich Frieden zu bringen ... Frieden unter der Gewaltherrschaft Damon-Rafaels und der Söhne von Hastur!

Inzucht, Sterilität, Schwäche, Dekadenz, das Eindringen von Barbaren aus den Trockenstädten und dem Hügelland ... Verwüstung, Plünderung, Zerstörung, Tod ...

Ich will keine Krone. Aber diesem Land könnte nichts Schrecklicheres geschehen als die Herrschaft meines Bruders ...

Mit größter Energie stoppte Allart den Fluß der Bilder. Irgendwie mußte er verhindern, daß das geschah. Jetzt gestattete er sich zum ersten Mal, ernsthaft an Cassandra zu denken. Wie beiläufig wäre er beinahe beiseite getreten, hätte sie zurückgelassen, um Damon-Rafaels Opfer zu werden – als Spielzeug der Begierde und des Ehrgeizes. Königin oder nicht, mehr als das würde eine Frau nie für Damon-Rafael sein. Damon-Rafael hatte Cassilde den sicheren Tod beschert. Ihn hatte es nicht gekümmert, solange sie ihm einen legitimen Sohn gebar. Er würde nicht zögern, Cassandra genauso zu benutzen.

In Allart wallte plötzlich etwas hoch, das er unterdrückt und mit Füßen getreten hatte. *Nein! Er wird sie nicht haben!*

Hätte sie Damon-Rafael gewollt, wäre sie je begierig auf die Krone gewesen, hätte er beiseitetreten können, wenn auch in unmeßbarem Schmerz. Aber dafür kannte er sie zu gut. Es war seine Verantwortung – und sein Recht, sein *unangefochtenes* Recht –, sie zu schützen und für sich selbst zu beanspruchen.

Genau in diesem Moment könnte mein Bruder seine Hand ausstrecken, um sie zu nehmen ...

Allart konnte vor sich alle Möglichkeiten der Zukunft sehen, aber nicht, was jetzt tatsächlich in der Ferne geschah – nicht ohne die Hilfe der Matrix. Langsam, die verkrampften Muskeln streckend, stand er auf und blickte in der Kammer umher. Die Nacht war vorüber, und auch der Schneefall; rote Morgendämmerung brach draußen über die Hellers, ließ die schneebedeckten Gipfel im roten Sonnenlicht aufblitzen. Mit der Wetterkenntnis der Berge, die er in Nevarsin erlernt hatte, wußte er, daß der Sturm vorbei war, zumindest für einige Zeit.

Mit dem Sternenstein in der Hand konzentrierte er sich angestrengt auf seine Gedanken, die die Matrix über die weiten Zwischenräume hinweg enorm verstärkte. *Was geht in Elhalyn vor? Was geschieht in Thendara?*

Langsam, nadelspitzengroß, als blicke er umgekehrt durch eine Linse, winzig, scharf umrissen und glänzend, tat sich ein Bild vor seinen Augen auf.

An der Ufern von Hali, wo die nie endenden Wellen, die kein Wasser waren, für immer brandeten, wand sich eine Prozession mit Trauer-Bannern und -Fahnen. König Regis wurde zur Begräbnisstätte an den Ufern von Hali getragen, um dort, wie es der Brauch verlangte, bei den früheren Königen und Herrschern der Reiche in einem schmucklosen Grab zu liegen. In der Prozession blitzte Gesicht nach Gesicht vor Allarts Augen auf, aber nur zwei hinterließen einen Eindruck in ihm; das schmale, blasse, geschlechtslose von Prinz Felix, trauernd und furchtsam. Es würde nicht lange dauern, das wußte Allart, als er auf die gierigen Gesichter der Adeligen seines Gefolges blickte, bis man ihn entkleiden würde. Man würde ihn zwingen, seine Krone demjenigen zu geben, der Blut, Gene und das kostbare *Laran* weitergeben konnte. Das andere Gesicht gehörte Damon-Rafael von Elhalyn, dem nächstfolgenden Erben der Krone von Thendara. Als koste er bereits seinen Sieg aus, ritt Damon-Rafael mit einem grimmigen Lächeln dahin. Das Bild verschwamm vor Allarts Augen – und wurde zu dem, was daraus in Zukunft erwuchs. Er sah Damon-Rafaels Krönung in Thendara, Cassandra, gekleidet und geschmückt wie eine Königin, an seiner Seite. Und die mächtigen Fürsten von Valeron, durch Blutsverwandtschaft in ein enges Bündnis geschmiedet, standen hinter dem neuen König ...

Krieg, Niedergang, Verfall, Chaos ... Plötzlich wußte Allart, daß er am Kreuzweg einer Linie von Ereignissen stand, die die gesamte Zukunft Darkovers für immer verändern konnten.

Ich wünsche meinem Bruder nichts Böses. Aber ich kann nicht zulassen, daß er unsere Welt in den Ruin führt. Es gibt keine Reise, die nicht mit einem einzelnen Schritt beginnt. Ich kann nicht verhindern, daß Damon-Rafael König wird. Aber er kann das Aillard-Bündnis nicht dadurch zementieren, daß er meine Frau zu seiner Königin macht.

Allart legte die Matrix beiseite, schickte nach seinen Dienern und ließ sich Speisen bringen. Er aß und trank ohne zu schmecken, um sich für das zu stärken, das – wie er wußte – kommen mußte. Danach suchte er Lord Aldaran auf. Er fand ihn bei guter Laune.

»Ich habe eine Botschaft an meinen Bruder Scathfell geschickt und ihn zur Vermählung meiner Tochter und meines geliebten Pflegesohnes eingeladen«, sagte er. »Es ist ein Geniestreich. Es gibt keinen anderen Mann, in dessen Hände ich meine Tochter so gerne geben würde, damit sie ein Leben lang sicher und geschützt ist. Ich werde ihr heute sagen, was wir vorhaben, und ich glaube, auch sie wird dankbar sein, daß sie nicht in die Hände eines Fremden kommt ... Du bist für diese großartige

Lösung verantwortlich, mein Freund. Ich wünschte, ich könnte dir das mit einem ähnlichen Freundschaftsdienst zurückzahlen. Wie gern wäre ich eine Fliege an der Wand, wenn Scathfell den Brief liest, den ich ihm geschickt habe!«

Allart sagte: »Ich bin tatsächlich gekommen, Dom Mikhail, um Euch um einen großen Gefallen zu bitten.«

»Es wäre mir ein Vergnügen, dir alles zu gewähren, was du erbittest, Cousin.«

»Ich will nach meiner Frau schicken, die im Hali-Turm wohnt. Würdet Ihr sie als Gast aufnehmen?«

»Mit Freuden«, erwiderte Dom Mikhail. »Ich werde meine eigene Garde als Eskorte schicken, wenn du willst, aber in dieser Jahreszeit ist die Reise riskant – ein Zehntageritt durch die Tiefländer, und die Winterstürme setzen allmählich ein. Vielleicht könntest du die Zeit einsparen, die meine Männer brauchen, um zum See von Hali zu reisen und sie abzuholen, wenn du vom Tramontana-Turm aus eine Botschaft durch die Verstärker sendest, daß sie sofort aufbrechen soll. Ich könnte Männer schicken, die ihr entgegenreiten und sie eskortieren. Ich nehme an, von Elhalyn aus könnte sie ihre eigene Eskorte mitnehmen.«

Allart sagte mit besorgtem Blick: »Ich will sie meinem Bruder nicht anvertrauen. Und ich will vermeiden, daß ihre Abreise bekannt wird.«

Dom Mikhail blickte ihn scharf an. »Steht es so? Dann schlage ich vor, daß du sofort mit Donal nach Tramontana aufbrichst und sie zu überreden versuchst, daß man sie sofort durch die Turm-Verstärker herbringt. Das wird heutzutage nicht mehr oft gemacht – der Energieverbrauch übersteigt jedes vernünftige Maß –, es sei denn, es ist wirklich sehr dringend. Und wenn es so wichtig ist ...«

Allart unterbrach ihn: »Ich habe nicht gewußt, daß es überhaupt noch möglich ist.«

»Oh ja, die Ausrüstung befindet sich noch immer im Turm. Vielleicht könnte man die Besatzung mit deiner Hilfe überreden. Ich würde allerdings vorschlagen, daß ihr reitet statt zu fliegen, das Wetter ist in dieser Jahreszeit nicht sehr günstig ... Aber sprich erst mit Donal. Er weiß alles über das Fliegen in den Hellers zu jeder Jahreszeit.« Er stand auf und entließ den jungen Mann förmlich.

»Es wird mir ein Vergnügen sein, deine Frau als meinen Gast aufzunehmen, Cousin. Sie wird Ehrengast bei der Vermählung meiner Tochter sein.«

»Ja, natürlich können wir dorthin fliegen«, sagte Donal mit einem Blick zum Himmel. »Wir werden mindestens einen Tag ohne Schnee haben. Natürlich können wir nicht sofort zurückkehren. Wenn du in den Ver-

stärkern arbeiten mußt, wirst du erschöpft sein – und deine Gattin ebenso. Ich schlage vor, daß wir so schnell wie möglich nach Tramontana aufbrechen. Ich werde anordnen, daß man uns Reittiere nachschickt, und auch eines für deine Frau.«
Noch an diesem Morgen brachen sie auf. Allart sprach nicht von Donals bevorstehender Heirat, da er fürchtete, auf einen schmerzenden Punkt zu stoßen, aber er kam von selbst auf das Thema. »Vor der Mittwinternacht kann es nicht geschehen«, sagte er. »Renata hat Dorilys untersucht und sie sagt, daß sie vorher nicht reifen wird. Und sie hat soviel Unglück mit Verlobungen gehabt, daß sogar Vater zögert, sie noch einmal einer solchen Zeremonie auszusetzen.«
»Hat man es ihr gesagt?«
»Ja – Vater«, erwiderte Donal zögernd, »und ich habe kurz danach mit ihr gesprochen ... Sie ist wirklich noch ein Kind. Sie hat nur ganz vage Vorstellungen davon, was eine Ehe bedeutet.«
Allart war sich nicht sicher, aber schließlich war es Donals und Renatas Angelegenheit, nicht seine. Donal drehte sich gegen den Wind, kippte die Gleiterflügel und schwebte auf einer langen Luftströmung aufwärts.
Einmal in der Luft, verzogen sich die Sorgen der Welt wie immer aus Allarts Gedanken. Er gab sich dem Flug ohne Nachdenken hin, trieb in einer Art Ekstase auf der schmerzend kalten Luft, matrix-getragen, falkenfrei. Es tat ihm beinahe ein wenig leid, als der Tramontana-Turm in Sicht kam. Aber dort lag schließlich sein Weg zu Cassandra.
Als er Arzi seinen Gleiter gab, dachte er darüber nach. Vielleicht sollte er nach Hali zurückkehren und seinem Bruder entgegentreten, anstatt sie hierher in eine erbärmliche Sicherheit zu bringen. Nein! Eins wußte er mit kühler innerer Gewißheit: Wenn er sich in Damon-Rafaels Reichweite wagte, war sein Leben weniger wert als das kleinste Geldstück.
Im Innern beklagte er diesen Zweifel. *Wie sind wir, mein Bruder und ich, dahin gekommen?* Aber er verdrängte den Kummer und brachte sich wieder in die Gewalt, um dem *Tenerézu* des Turms mit seiner Bitte gegenüberzutreten.
Ian-Mikhail runzelte die Stirn, und Allart glaubte, er würde es kurzerhand ablehnen. »Die Energie ist vorhanden«, sagte er, »oder kann zusammengebracht werden. Aber ich bin sehr abgeneigt, Tramontana in die Angelegenheiten der Tiefländer zu verwickeln. Bist du ganz sicher, daß deine Frau in Gefahr ist, Allart?«
Allart fand in seinem Geist nur das gesicherte Wissen, daß Damon-Rafael nicht zögern würde, sie festzusetzen, wie er Donal festgesetzt hatte. Donal, der ganz in der Nähe war und diesen Gedanken las, errötete vor Zorn.

»*Das* habe ich bis zu diesem Augenblick nicht gewußt. Lord Elhalyn kann von Glück reden, daß mein Pflegevater es nicht wußte.«
Ian-Mikhail seufzte. »Hier sind wir im Frieden. Wir stellen keine Waffen her und nehmen an keinen Kriegen teil. Aber du bist einer von uns, Allart. Wir müssen deine Frau vor Schaden bewahren. Ich kann es mir nicht vorstellen. Ich bin auch in Nevarsin unterrichtet worden und würde lieber mit einem Leichnam oder *Cralmac* zusammenliegen, als mit einer unwilligen Frau. Aber ich habe gehört, daß dein Bruder ein erbarmungsloser Mann ist und über alle Maßen ehrgeizig. Geh, Allart. Setz dich durch die Verstärker mit Cassandra in Verbindung. Ich werde den Kreis für heute abend zusammenrufen.«
Allart ging in die Matrix-Kammer, zwang sich zur Ruhe für die bevorstehende Arbeit, warf sich in die wirbelnde Dunkelheit der Verstärker und trieb auf dem Gewebe elektrischer Energien, wie er an diesem Morgen auf den Luftströmen des Winterhimmels getrieben war. Dann fühlte er ohne Vorwarnung die vertraute Berührung in seinem Geist. Solch ein Glück hatte er nicht zu erhoffen gewagt: Cassandra war selbst in den Verstärkern.
Allart? Bist du es, Liebster?
Erstaunen und Überraschung, die sie den Tränen nahezubringen schienen ... *Du bist in Tramontana? Du weißt, daß wir hier alle um den alten König trauern?*
Allart hatte es gesehen, wenn auch niemand daran gedacht hatte, ihn förmlich davon zu unterrichten.
Allart, ehe du anfängst zu erzählen, was dich nach Tramontana gebracht hat – ich habe ... Ich will dich nicht beunruhigen, aber ich habe Angst vor deinem Bruder. Er hat mir einen Höflichkeitsbesuch abgestattet und gesagt, die eingeheirateten Verwandten sollten einander kennen. Und als ich mein Mitgefühl über Cassildes Tod und den Tod seines jungen Sohnes aussprach, redete er von einer vergangenen Zeit, als Brüder und Schwestern alle Frauen gemeinsam hatten und sah mich dabei so merkwürdig an. Ich fragte ihn, was er damit meinte, und er sagte, es würde eine Zeit kommen, in der ich es verstehen würde, aber ich konnte seine Gedanken nicht lesen ...
Bis zu diesem Augenblick hatte Allart gehofft, es handele sich um angstgeborene Phantasien. Jetzt wußte er, daß seine Vorausschau richtig war.
Deshalb bin ich hier, Liebste. Du mußt Hali verlassen und zu mir in die Berge kommen.
In dieser Jahreszeit dorthin reiten? In die Hellers?
Er konnte ihre Angst spüren. In Nevarsin ausgebildet, hatte Allart keine Angst vor dem mörderischen Wetter der Hellers, aber er wußte, daß

ihre Furcht echt war. *Nein. In diesem Augenblick versammelt sich der Kreis, um dich durch die Schirmgitter hierher zu bringen. Du hast doch keine Angst davor, Liebste?*
Nein ... Aber die ferne Verneinung klang nicht sehr sicher.
Es wird nicht mehr lange dauern. Aber jetzt geh und bitte die anderen, zu kommen.
Ian-Mikhail, jetzt im scharlachroten Gewand eines Bewahrers, trat in die Matrix-Kammer. Hinter ihm konnte Allart das Mädchen Rosaura, dem er vorher schon begegnet war, und ein halbes Dutzend von den anderen sehen. Die weißgekleidete Überwacherin arbeitete mit den Regulatoren und richtete sie auf die Ankunft eines Außenstehenden ein. Sie setzte die Energiesperre in Gang, die es für jeden unmöglich machen würde, körperlich oder geistig in den Raum und die Zeit einzudringen, wo sie arbeiteten. Dann spürte Allart die vertraute Körper-Geist-Berührung und wußte, daß er wegen seiner Teilnahme am Kreis überwacht wurde. Er war ihnen dankbar dafür, daß sie die Anwesenheit jemandes von außerhalb ihres engen Kreises duldeten; aber er wußte nicht, wie er seinen Dank ausdrücken sollte. Doch er war nicht vollständig ein Außenstehender; er hatte sie mehr als einmal bei der Arbeit in den Verstärkernetzen berührt. Er war ihnen *bekannt*, und fühlte deswegen eine merkwürdige Behaglichkeit.
Ich habe meinen Bruder verloren. Damon-Rafael ist mein Feind. Und doch werde ich nie mehr völlig bruderlos sein, da ich in den Verstärkern gearbeitet und die Berührung von Geist zu Geist über die ganze Welt erlebt habe. Ich habe Schwestern und Brüder in Hali und Tramontana, und in Arilinn und Dalereuth und überall in den Türmen ...
In solch einem Sinne waren Damon-Rafael und ich nie Brüder.
Ian-Mikhail versammelte jetzt den Kreis und wies jedem seinen Platz zu. Allart zählte neun Personen. Er trat näher und setzte sich in den Ring vereinter Körper, die sich nirgendwo berührten, aber einander nahe genug waren, um die anderen als elektrische Felder zu spüren. Er sah die inneren Wirbel in Kraftfeldern, die die anderen waren. Er sah, wie sich das Feld um Ian-Mikhail aufzubauen begann, als der Bewahrer die ungeheuren Energien der verknüpften Matrixsteine ergriff und anfing, sie zu drehen und in einen Kraftkern auf dem Schirmgitter vor ihnen zu lenken. Bisher hatte er nur mit Coryn als Bewahrer gearbeitet, und dessen geistige Berührung war sanft und kaum wahrnehmbar. Im Gegensatz dazu spürte Allart, wie Ian-Mikhail ihn ergriff, beinahe brutal an ihm zerrte und ihn in den Kreis plazierte. Aber in seiner Stärke lag keinerlei Bosheit. Es war nur die entschiedene Art, in der er arbeitete; jeder benutzte seine Psi-Kräfte auf besondere Art und Weise.
Einmal im Kreis, in den Verstandesring eingeschlossen, schwand das

persönliche Denken und machte dem summenden Bewußtsein eines vereinten, konzentrierten *Zwecks* Platz. Allart konnte die Kraft, die sich im Innern des Schirms aufbaute, spüren – eine ungeheuer ausgedehnte singende Stille. Durch die Entfernung getrübt, berührte er den vertrauten Geist der anderen: Coryn, wie ein flüchtiger Händedruck; Arielle ein schneller Lufthauch, schwankend, wahrnehmbar; Cassandra ... Sie waren *dort*, sie waren *hier* – dann wurde er von der sengenden Überladung, dem Geruch von Ozon, dem ungeheuren Aufblitzen, den brennenden Energien, die wie ein Blitz auf den Höhen einschlugen, blind und taub.
Schlagartig zerbrach das Muster, und sie waren wieder einzelne, voneinander getrennte Individuen; Cassandra kniete bleich und benommen auf den Steinen vor dem Kreis.
Sie wankte, drohte zu stürzen, aber Rosaura ergriff sie und gab ihr Halt. Dann war Allart bei ihr und hob sie in seine Arme. Sie sah ihn an, voller Erschöpfung und Entsetzen.
Mit einem dünnen Lachen sagte Ian-Mikhail: »Du bist so erschöpft wie nach einem Zehntageritt. Es mußte eine bestimmte Menge Energie verwendet werden, aber es ist gelungen. Jetzt komm mit uns. Wir müssen essen und unsere Kräfte erneuern. Erzähl uns alle Neuigkeiten von Hali, wenn du willst.«
Allart war geschwächt und spürte den ungeheuren Hunger des Energieentzugs. Zum ersten Mal aß er die gesüßten Speisen in der Matrix-Kammer ohne Übelkeit oder Widerwillen. Er war nicht genug Techniker, um den Prozeß zu verstehen, der Cassandra durch den Raum über die Strecke eines Zehntageritts teleportiert hatte. Aber sie war da, ihre Hand in seiner verschränkt, und das war ihm genug.
Die weißgekleidete Überwacherin kam und bestand darauf, beide zu untersuchen. Sie widersprachen nicht.
Während sie aßen, berichtete Cassandra die Neuigkeiten von Hali. Der Tod und das Begräbnis des alten Königs; der Rat war zusammengerufen, um Prinz Felix zu untersuchen – er war noch nicht gekrönt, würde wahrscheinlich nie gekrönt werden; die Aufregung unter den Leuten von Thendara, die den verbindlichen jungen Prinzen unterstützten. Es hatte einen erneuten Waffenstillstand mit den Ridenows gegeben, und der Hali-Turm war gezwungen worden, ihn dazu zu nutzen, Haftfeuer-Vorräte zu schaffen. Cassandra zeigte Allart eine der charakteristischen Verbrennungen an ihrer Hand.
Allart hörte voller Erstaunen zu. Seine Frau. Und doch fühlte er, daß er sie vorher nie gesehen hatte. Beim letzten Mal war sie kindlich, unterwürfig, immer noch krank als Reaktion auf ihre selbstmörderische Verzweiflung gewesen. Jetzt, knapp ein halbes Jahr danach, schien sie Jahre

älter zu sein. Ihre Stimme und ihre Bewegungen waren fester, entschiedener. Das war kein verängstigtes Mädchen, sondern eine Frau. Ausgeglichen, zuversichtlich, selbstsicher. Sie sprach zwanglos und sachkundig mit den anderen Überwachern über die beruflichen Anforderungen ihrer präzisen Arbeit.
Was kann ich einer Frau wie dieser geben? fragte Allart sich. *Damals hat sie sich an mich geklammert, weil ich stärker war und sie meine Kraft brauchte. Aber jetzt, da sie mich nicht mehr braucht, wird sie mich da noch lieben?*
»Komm, Cousine«, sagte Rosaura. »Ich muß dir ein paar Kleidungsstücke suchen. In den Sachen, die du jetzt trägst, kannst du nicht reisen.«
Cassandra lachte und blickte an dem lockeren, warmen Gewand der Überwacherin hinunter, das ihre einzige Bekleidung darstellte.
»Ich danke dir, Cousine. Ich bin sehr eilig hierher gekommen und hatte keine Zeit, meine Habseligkeiten zu packen.«
»Ich werde dir Kleider für die Reise zusammensuchen, und etwas Unterbekleidung«, sagte Rosaura. »Wir haben etwa die gleiche Größe. Wenn du Burg Aldaran erreichst, kann man dir sicher passende Kleidungsstücke geben.«
»Gehe ich mit dir nach Aldaran, Allart?«
Ian-Mikhail schaltete sich ein. »Es sei denn, du würdest lieber hier bei uns bleiben ... Wir brauchen immer sachkundige Überwacher und Techniker.«
In der Art, wie sie seine Hand drückte, war etwas von der alten, kindgleichen Cassandra.
»Ich danke dir, aber ich werde mit meinem Gatten gehen.«
Die Nacht war weit fortgeschritten. Der Schnee tobte wild um die Höhen des Turms. Rosaura zeigte ihnen ein Zimmer, das im unteren Stockwerk vorbereitet worden war.
Als sie allein waren, fragte Allart sich erneut: *Was kann ich einer Frau wie dieser geben? Sie ist nicht länger auf meine Kraft angewiesen!* Aber als er sich ihr zuwandte, fühlte er, wie die Barrieren eine nach der anderen sanken, und sich ihr Geist traf, ehe er sie berührte. Er wußte: Zwischen ihnen gab es nichts Trennendes.

Im grauen Licht der Dämmerung wurden sie von einem plötzlichen Klopfen an der Tür geweckt. Es war nicht laut, hatte aber irgendwie einen drängenden Klang und barg eine Erregung, die Allart hochfahren ließ. Wild blickte er sich nach einem Grund um, der hinter dieser heftigen Störung liegen mochte. Cassandra richtete sich auf und sah ihn in dem trüben Licht ängstlich an.

»Was ist das? Oh, was ist das?«
»Damon-Rafael«, antwortete Allart, bevor er sich klar machte, daß das verrückt war. Damon-Rafael war zehn Tagereisen entfernt in den Tiefländern, und es gab keinen Weg für ihn, hier einzudringen. Und doch war der Anblick von Rosauras bleichem, geängstigtem Gesicht ein Schock für ihn, als er die Tür öffnete. Hatte er *wirklich* erwartet, seinen Bruder zu sehen, bewaffnet für einen Kampf oder um zu töten, bereit, in den Raum einzudringen, wo er – mit seiner Frau wieder vereint – schlief?
»Es tut mir leid, daß ich euch störe«, sagte Rosaura, »aber Coryn von Hali ist in den Verstärkern. Er sagt, er muß sofort mit dir sprechen, Allart.«
»Um diese Zeit?« Allart fragte sich, wer da wohl verrückt geworden war, denn die Dämmerung ging am Rand des Himmels gerade erst in Rosa über. Trotzdem kleidete er sich hastig an und eilte die lange Treppe zur Matrix-Kammer hinauf, weil er sich zu verwirrt fühlte, um sich dem Steigschacht anzuvertrauen.
Ein junger Techniker, den Allart nicht kannte, war in den Verstärkern.
Bist du Allart Hastur von Elhalyn? Coryn hat darauf bestanden, daß du geweckt wirst.
Allart nahm einen Platz in dem Verstärkerkreis ein. Als er seine Gedanken hinausstreckte, fühlte er Coryns Berührung auf seinem Geist.
Cousin? Zu einer solchen Stunde? Was kann in Hali geschehen sein?
Ich mag es genausowenig wie du. Aber vor wenigen Stunden kam Damon-Rafael wütend an die Tore von Hali und verlangte, daß wir ihm deine Frau übergeben – als Geisel gegen einen Verrat von deiner Seite. Ich wußte nicht, daß in unserer Familie der Wahnsinn grassiert, Allart!
Nicht Wahnsinn, aber eine Spur von Laran, *und ein kleines bißchen meiner eigenen Vorausschau,* sandte Allart als Antwort zurück. *Habt ihr ihm gesagt, daß ihr sie hierher geschickt habt?*
Ich hatte keine Wahl, erwiderte Coryn. *Jetzt hat er verlangt, daß wir den Tramontana-Turm mit unseren Kräften angreifen, wenn sie nicht schnell einwilligen, sie zurückzusenden – und vor allem auch dich ...*
Allart entfuhr ein bestürzter Pfiff. Hali war durch Gesetz und Brauch verpflichtet, seine Kräfte für den Elhalyn-Lehnsherren einzusetzen. Man konnte Tramontana mit psychischen Blitzschlägen bombardieren, bis die Arbeiter im Turm tot oder irre waren. Hatte er seinen Freunden hier, die Cassandra zu ihm gebracht hatten, den Untergang gebracht? Wie hatte er sie nur in seine Familiensorgen verwickeln können? Jetzt war es zum Bedauern zu spät.

Coryn fuhr fort: *Wir haben es natürlich abgelehnt, und er hat uns einen Tag und eine Nacht gegeben, unsere Antwort zu erwägen. Wenn er wiederkommt, müssen wir in der Lage sein, ihm zu berichten, daß keiner von euch sich mehr in Tramontana befindet und daß ein solches Bombardement sinnlos wäre. Unsere Antwort muß auch seine eigene Leronis zufrieden stellen.*
Ihr könnt ganz sicher sein, daß wir vor Tagesanbruch Tramontana verlassen haben, versicherte Allart ihm und ließ den Kontakt abbrechen.

22

Sie brachen bei Tagesanbruch auf. Zu Fuß. Tramontana hielt keine Reittiere, und ihre Eskorte hatte sich auf jeden Fall gestern zur selben Zeit wie Donal und Allart in ihren Gleitern auf den Weg gemacht. Es gab nur eine Verbindungsstraße, und irgendwann an diesem Tag würden sie der Gruppe, die von Aldaran kam, begegnen.
Das Wichtigste war, Tramontana zu verlassen, damit Hali sich berechtigterweise weigern konnte, den anderen Turm zu bombardieren. *Wir können keine Katastrophe über unsere Brüder und Schwestern von Tramontana bringen; nicht, wenn sie sich um unseretwillen angreifbar gemacht haben.*
Cassandra blickte zu ihm auf, als sie den steilen Pfad nebeneinander hinabstiegen. Allart erschien es, als offenbare ihr Blick geradezu schreckliche Verletzlichkeit. Erneut war er in Leben und Tod für diese Frau verantwortlich. Er sagte nichts, blieb aber ganz nahe bei ihr.
»Allen Göttern sei Dank für das prächtige Wetter«, sagte Donal. »Wir sind für eine Reise von mehr als einem Tag durch diese Hügel äußerst dürftig ausgerüstet. Aber die Gruppe, die uns entgegenkommt, hat Zelte, Decken und Nahrung. Wenn wir sie erst einmal getroffen haben, können wir, falls nötig, einige Tage ein Lager aufschlagen, wenn ein Sturm uns überrascht.« Seine geübten Augen musterten den Himmel. »Aber es erscheint mir unwahrscheinlich, daß es dazu kommt. Wenn wir sie kurz nach Mittag auf der Straße treffen – und das werden wir sehr wahrscheinlich –, können wir Aldaran irgendwann morgen nachmittag erreichen.«
Während er sprach, traf Allart ein kleiner Schock innerer Angst. Einen Augenblick schien es, daß er durch wirbelnde Schneeflocken und tosenden Wind schritt, und Cassandra war nicht mehr an seiner Seite ... Nein! Es war vorüber. Kein Zweifel, Donals Worte hatten in ihm die Angst vor einer der entfernt möglichen Zukunftsentwicklungen aufsteigen lassen, die wahrscheinlich nie eintreten würden. Als die Sonne über

einer Schicht tiefroter Wolken auf den fernen Gipfeln aufging, streifte er die Kapuze seines Reiseumhangs zurück – er hatte ihn von Ian-Mikhail geliehen, da er im Gleiter keine schweren Kleidungsstücke tragen konnte, und seine gesamte Ausrüstung für kaltes Wetter war bei der Begleitgruppe, die von Aldaran aufgebrochen war. Sie hatten natürlich erwartet, bequem in Tramontana warten zu können, bis die Eskorte dort anlangte. Donal war ebenfalls mit einem geliehenen Umhang beladen – denn obwohl das Wetter für diese Jahreszeit unglaublich schön schien, wagte niemand, ohne sturmfeste Kleidung, ganz gleich, wie unwahrscheinlich er auch sein mochte, in die Hellers aufzubrechen. Cassandra trug von Rosaura geliehene Kleidungsstücke, die für sie ein wenig zu kurz waren. Die Farben, auf die zartgebräunte Rosaura abgestimmt, ließ ihre zarte, dunkle Schönheit blaß und farblos wirken, und der kurze Rock enthüllte ihre Knöchel ein wenig mehr, als es eigentlich ziemlich war, aber sie nahm es von der lustigen Seite.
»Das ist viel besser für diese steilen Pfade!« Sie rollte Rosauras hellgrünen Reiseumhang zusammen und packte ihn achtlos unter den Arm. »Er ist viel zu warm. Ich würde lieber nicht mit ihm belastet sein«, sagte sie lachend.
»Du kennst unsere Berge nicht«, sagte Donal sachlich. »Wenn auch nur ein kleiner Wind aufkommt, wirst du froh über den Umhang sein.«
Aber als die Sonne in den Himmel stieg, wuchs Allarts Zuversicht. Nach einem Marsch von über einer Stunde war Tramontana ihrem Blick entschwunden. Allart fühlte sich erleichtert. Jetzt hatten sie den Turm wirklich verlassen. Wenn Damon-Rafael nach Hali kam und verlangte, daß sie zu ihm gebracht werden sollten, konnte der Kreis aufrichtig erklären, daß sie außer Reichweite waren.
Würde er dann seine Wut am Hali-Kreis auslassen? Höchstwahrscheinlich nicht. Er brauchte dessen Bereitschaft für den Krieg, den er gegen die Ridenows führte, und um Waffen herzustellen, die ihm taktische und militärische Vorteile gaben. Und Coryn war ein begabter Waffenerfinder. *Viel zu begabt*, dachte Allart. *Wäre das Reich in meinen Händen, würde ich sofort Frieden mit den Ridenows schließen, und einen Waffenstillstand, der lang genug wäre, um unsere Differenzen auf sinnvolle Weise beizulegen. Aldaran hat Recht: Wir haben keinen Grund, gegen die Ridenows in Serrais Krieg zu führen. Wir sollten sie bei uns aufnehmen und dankbar sein, wenn das* Laran *der Frauen von Serrais, die sie geheiratet haben, am Leben bleibt.*
Nach einigen Stunden Fußmarsch, als die Sonne die Mittagsposition erreichte, hatten auch Donal und Allart ihre schweren Umhänge und selbst die Über-Tunika ausgezogen. Die Leute von Tramontana hatten ihnen ausreichend Speisen für eine oder zwei Mahlzeiten mitgegeben –

»Für den Fall«, hatten sie gesagt, »daß eure Eskorte auf der Straße irgendwie aufgehalten wird. Reittiere könnten lahmen, oder Steinschlag die Straße eine Zeitlang unpassierbar machen.« Sie setzten sich auf einige Felsen neben der Straße und aßen flache Brotkuchen, getrocknete Früchte und Käse.

»Gnädiger Avarra«, sagte Cassandra, als sie die Reste der Mahlzeit zusammenpackte, »es scheint, sie haben uns genug für eine Dekade mitgegeben. Es hat sicher keinen Sinn, all das mitzuschleppen.«

Allart zuckte die Schultern und steckte die Päckchen in eine der Taschen seiner Über-Tunika. Irgend etwas an dieser Bewegung erinnerte ihn an den Tagesbeginn in Nevarsin, wo er die wenigen Dinge, die zu besitzen ihm erlaubt war, in den Taschen seines Gewands verstaut hatte.

Donal, der die übrigen Nahrungsmittel nahm, schien einen Teil des Witzes mitzubekommen. »Ich fühle mich wie Fro' Domenick mit seinen vollgestopften Taschen«, sagte er und pfiff eine kleine Melodie aus Dorilys' Lied.

Vor etwas mehr als einem Jahr, dachte Allart, *hatte ich mich damit abgefunden, den Rest meines Lebens innerhalb der Mauern eines Klosters zu verbringen.* Er sah Cassandra an, die ihre Röcke fast bis zu den Knien schürzte und eine kleine Steinmauer hinaufstieg, um ein Rinnsal zu erreichen, das klar und kalt von den Höhen hinabtröpfelte. Sie bückte sich, um das Wasser in ihrer Hand zu fangen und zu trinken. *Ich dachte, ich könnte mein ganzes Leben als Mönch verbringen und keine Frau würde mir je etwas bedeuten. Aber es würde mich auseinanderreißen, von ihr getrennt zu werden.* Er kletterte über die Mauer und bückte sich, um ebenfalls zu trinken. Als ihre Hände sich berührten, wünschte Allart sich plötzlich, Donal würde nicht bei ihnen sein. Dann lachte er beinahe über sich selbst. Sicher hatte es im vergangenen Sommer Stunden gegeben, in denen Renata und Donal unter *seiner* Gegenwart gelitten hatten – ebenso unwillig, wie er jetzt Donals Begleitung erduldete.

Sie saßen eine Zeitlang neben der Straße, ruhten sich aus und spürten die Wärme der Sonne auf ihren Köpfen. Cassandra erzählte ihm von der Ausbildung als Überwacherin und ihrer Arbeit als Mechanikerin. Allart berührte die knochentiefe Haftfeuer-Narbe auf ihrer Hand mit einem Anflug von Schaudern, plötzlich froh darüber, daß sie außer Reichweite des Krieges war. Dann berichtete er von Dorilys' merkwürdiger Gabe, erwähnte dabei oberflächlich das Entsetzen der Todesfälle, die ihren Verlobungen gefolgt waren, und berichtete von ihren Sturmflügen.

»Du solltest es auch versuchen, Cousine«, sagte Donal, »wenn der Frühling kommt.«

»Ich wünschte, ich könnte es. Aber ich weiß nicht, ob ich gerne Reithosen tragen würde – selbst dafür.«

»Renata tut es«, sagte Donal.
Cassandra lachte vergnügt. »Sie war schon immer mutiger als ich.«
Plötzlich bedrückt, sagte Donal: »Allart ist mein treuer Cousin und Freund, und ich habe keine Geheimnisse vor seiner Frau. Renata und ich wollten Mittwinter heiraten. Aber jetzt hat mein Vater andere Wünsche.« Langsam erzählte er ihr von Aldarans Plan, daß er und Dorilys heiraten sollten, damit er Aldaran legal erben konnte. Cassandra sah ihn mit freundlichem Mitgefühl an.
»Ich habe Glück gehabt. Meine Familie gab mich an Allart, den ich noch nie gesehen hatte, aber in ihm fand ich einen Mann, den ich lieben konnte«, sagte sie. »Aber ich weiß, daß das nicht immer so ist – noch nicht einmal sehr häufig. Und mir ist klar, was es bedeutet, von dem geliebten Menschen getrennt zu sein.«
»Ich werde von Renata *nicht* getrennt werden«, sagte Donal leise und grimmig. »Diese Farce einer Vermählung mit Dorilys wird nicht mehr als eine Fiktion sein. Sie wird nur solange dauern, wie mein Vater lebt. Dann werden wir Dorilys – wenn sie will – einen Ehemann suchen. Renata und ich werden dann fortgehen. Wenn Dorilys nicht heiratet, werde ich als ihr Wächter bleiben. Sollte es ihr Wunsch sein, einen meiner *Nedestro*-Söhne als ihren Erben zu adoptieren: schön und gut. Falls nicht, ist das auch nicht schlimm. Ich werde mich zwar nicht gegen meinen Vater auflehnen, ihm aber auch nicht gehorchen. Nicht, wenn er will, daß ich meine Halbschwester ins Bett nehme und mit ihr einen Sohn zeuge.«
»Ich würde meinen, das sollte sich nach Dorilys' Wünschen richten, Cousin. Die Fürstin von Aldaran kann keinen Skandal entfachen, indem sie sich Gardisten oder Söldner ins Bett nimmt, wenn sie gesetzlich mit einem anderen verheiratet ist ... Vielleicht wünscht sie es nicht, ohne Liebe und kinderlos zu leben.«
Donal blickte von ihr weg. »Sie mag tun, was sie wünscht, aber wenn sie Söhne bekommen sollte, dann werden sie nicht von mir sein. Allart hat mir genug davon erzählt, was das Zuchtprogramm und die damit verbundene Inzucht unter unserem Volk angerichtet hat. Meine Mutter hat diese bittere Frucht geerntet, und ich werde nicht mehr davon aussäen.«
Vor der Schärfe seiner Worte schrak Cassandra zurück. Allart, der ihr Unbehagen fühlte, hob ihren Umhang auf und sagte: »Ich schlage vor, wir gehen weiter. Die Eskorte kann sich schneller als wir bewegen, aber selbst eine Stunde Fußmarsch ihnen entgegen wird die Zeit verkürzen, die wir morgen auf der Straße verbringen müssen.«
Der Pfad war jetzt weniger steil, aber der Sonnenschein wurde von Schatten getrübt, als lange, federgleiche Spuren grauer Wolken am

Himmel entlangtrieben. Donal zitterte und blickte nervös zu den Höhen, die von grauen Massen verdunkelt wurden. Aber er sagte nichts, zog nur seinen Umhang am Hals fester.
Allart, der seine Befürchtungen wahrnahm, dachte: *Es wäre gut, wenn wir die Eskorte sobald wie möglich treffen.*
Wenige Minuten später war der ganze Himmel mit Wolken bedeckt. Allart spürte, wie eine Schneeflocke sein Gesicht streifte. Sie schwebten langsam herab, fielen in langgezogenen Spiralen. Cassandra fing sie mit den Händen ein und bewunderte ihre Größe wie ein Kind. Allart, der in Nevarsin gelebt hatte, wußte einiges über die Stürme in den Hellers.
So kommt Damon-Rafael vielleicht doch noch zu seinem Willen. Indem er uns im Winter aus der Sicherheit des Tramontana-Turms vertreibt, wenn es sehr wahrscheinlich zu Stürmen kommt, kann er sich möglicherweise ohne Mühe eines gefährlichen Rivalen entledigen ... Wenn ich in diesem Sturm sterbe, gibt es niemanden, der seinem Willen zur Macht entgegensteht. Erneut begann das *Laran* ihn zu überwältigen, bescherte ihm quälende Bilder von Zerfall und Entsetzen, von tobenden Kriegen, zerstörtem und brennendem Land, von einem Zeitalter des Chaos über ganz Darkover, von Dalereuth bis zu den Hellers.
»Allart!« sagte Cassandra, als sie einige Bilder von Zerfall und Chaos aus seinem Geist aufgriff. »Was stimmt nicht?«
Und ich muß Cassandra schützen. Nicht nur vor meinem Bruder, sondern auch vor den wütenden Elementen.
»Wird es zu einem Blizzard kommen?« fragte sie plötzlich ängstlich. Allart blickte auf den dichter werdenden Schneefall.
»Ich bin nicht sicher«, antwortete er und sah zu, wie Donal einen angefeuchteten Finger in den Wind hob und ihn langsam drehte, um herauszufinden, woher er kam. »Aber es besteht schon einige Gefahr, wenn auch nicht unmittelbar. Wir können die Eskorte auf dem Weg treffen, ehe es schlimmer wird. Sie hat Lebensmittel, Kleidung und Schutzausrüstungen, und dann brauchen wir nichts mehr zu fürchten.«
Während er sprach, begegnete er Donals Blick und wußte, daß es schlimmer war, als er angenommen hatte. Der Sturm kam aus der Richtung von Aldaran. Deshalb hatte er die Eskorte wahrscheinlich schon zum Anhalten gezwungen. Vermutlich hatten sie ein Lager aufgeschlagen, weil sie nicht mehr in der Lage waren, die Straße zu sehen. Die Tiere konnten sich in dem schweren Schnee keinen Weg mehr bahnen. Die Eskorte traf keine Schuld; sie mußte glauben, daß Allart, Donal und Cassandra sicher unter den Freunden im Turm weilten.
Wie konnte man erwarten, daß sie mit Damon-Rafaels Bosheit rechnete?
Cassandra wirkte entsetzt. *Kein Wunder, wenn sie meine Gedanken*

liest, dachte Allart und machte sich daran, ihre Ängste zu zerstreuen. Er hatte zuviel Achtung vor ihr, um beruhigende Lügen zu offerieren, aber andererseits war ihre Lage nicht so schlimm, wie Cassandra fürchtete.
»Eins der ersten Dinge, die ich in Nevarsin lernte, war, einen Schutz an unwirtlichen Orten zu finden und plötzliche Stürme ohne Schaden zu überstehen. Donal«, fuhr er fort, »ist bei der Eskorte jemand mit etwas *Laran,* damit du und ich ihn erreichen und die Gruppe von unserer mißlichen Lage unterrichten könnten?«
Donal blieb stehen, um darüber nachzudenken. Schließlich sagte er bedauernd: »Ich fürchte nein, Cousin. Aber ein Versuch kann nicht schaden. Einige Männer können Gedanken empfangen, obwohl sie keine senden können und es nicht für *Laran* halten.«
»Dann versuche, sie zu erreichen«, wies Allart ihn an. »Sie haben keinen Grund, uns nicht sicher in Tramontana zu vermuten und sollten wissen, daß dem nicht so ist. Inzwischen...« Er ließ seine Blicke auf der Suche nach einer Schutzmöglichkeit schweifen, versuchte die Straße entlang nach vorn zu denken, um zu sehen, ob es irgendein altes Gebäude gab, ein Kotten, eine verlassene Scheune, vielleicht sogar ein bewohnter Platz, wo sie Schutz finden konnten.
Aber soweit er mit seiner Hellsicht blicken konnte, gab es nichts dergleichen. Der Landstrich, den sie durchwanderten, hätte für alle Zeit von menschlichen Füßen unberührt sein können, denn hier vergingen alle Spuren der Menschheit. Seit der kleinen Steinmauer, an der sie ihr Mittagsmahl zu sich genommen hatten, war kein Anzeichen einer Wohnstätte aufgetaucht.
Es war Jahre her, daß Allart sein Überlebenstraining für die Berge hatte einsetzen müssen. Das letzte Mal in seinem dritten Jahr in Nevarsin, als er – mit bloßen Händen und nur mit der Mönchskutte bekleidet – in die schlimmste Jahreszeit hinausgeschickt worden war, um den Beweis zu erbringen, daß er für die nächste Stufe des Trainings geeignet sei. Der alte Mönch, der ihn unterrichtet hatte, hatte gesagt: »Nach einer verlassenen menschlichen Wohnstätte ist der nächstbeste Schutz ein Dickicht aus nahe beieinanderstehenden Bäumen. Danach eine Felsleiste, die vom Wind abgewandt ist und etwas Vegetation trägt.« Allart runzelte die Stirn, versuchte sich zu erinnern und suchte den vor ihm liegenden Weg ab.
Haben wir Zeit, nach Tramontana zurückzukehren? Seine Schritte geistig zurückverfolgend, sah er an dieser Wahrscheinlichkeitslinie nur ihre drei toten Körper, verkrümmt und erfroren am Rand der Straße.
Zum ersten Mal in seinem Leben war er dankbar für sein *Laran,* das ihm ermöglichte, jede Entscheidung, die sie treffen mochten, deutlich vorauszusehen. Denn von den Entscheidungen, die sie jetzt trafen, hing mit

Sicherheit ihr Leben ab. Auf dem Weg, der direkt vor ihnen lag, sah er, daß der Pfad enger wurde. Dort konnten sie, geblendet vom immer dichter werdenden Schneefall, einen Fehltritt tun und eine viele Meter tiefe Felsspalte hinabstürzen, wo man ihre Körper nie finden würde. Sie durften diesen Weg nicht weitergehen. Seiner deutlichen Warnung folgend, blieben Cassandra und Donal stehen und erwarteten seine Anweisungen. Sie waren im dichter fallenden Schnee jetzt nur noch verschwommene Gestalten. Von den Höhen hatte ein heftiger Wind eingesetzt, der heulend hinabfuhr.

Ein kurzes Wegstück vor ihnen führte ein Pfad zu einer Felsgruppe hinauf. Die dicht gruppierten Felsen boten fast ebensoviel Schutz wie ein Gebäude. Allart wollte sie gerade dorthin führen. Dann zögerte er und untersuchte mit seinem *Laran* diese Wahrscheinlichkeitslinie. In panischem Schrecken fuhr er zurück. Die Felsformation war das Nest von Todesvögeln, den schrecklichen, flugunfähigen Fleischfressern, die oberhalb der Baumgrenze lebten und durch einen unfehlbaren Tropismus von allem angezogen wurden, das die Körperwärme des Lebens besaß. *Diesen* Weg durften sie nicht nehmen!

Sie konnten nicht hier bleiben. Der Wind war stark genug, um sie über die Felskante zu schleudern, und der Schnee um sie herum wurde immer dichter. Cassandra zitterte schon. Zurück nach Tramontana konnten sie nicht. Sie konnten nicht zu den Todesvögeln hinauf und auch nicht den Weg weitergehen, wo der Pfad sich über dem Abgrund verengte. Aber hierbleiben konnten sie auch nicht. Gab es noch eine andere Alternative als den Tod? War es ihr vorbestimmtes Schicksal, in diesem Blizzard zu sterben?

Heiliger Lastenträger, gib mir Kraft! Hilf mir, einen Weg zu sehen, betete Allart. Seit er vom Kloster weg war, hatte er fast verlernt zu beten. Angst um sich selbst hätte ihn nicht dazu gebracht, aber Cassandra, die zitternd in seinem Arm lag, veranlaßte ihn, jeden möglichen Weg zu probieren.

Sie konnten nicht nach Tramontana zurückkehren, aber ein kurzes Wegstück zurück war die Steinmauer. Sie war lange verlassen und im Zerfall begriffen, würde aber einen besseren Schutz als der offene Pfad bedeuten. Und hinter ihr – jetzt sah er es sowohl in der Erinnerung als auch mit dem *Laran* – befand sich ein dichter Busch immergrüner Pflanzen.

»Wir müssen dorthin zurück, wo wir unser Mittagsmahl genommen haben«, sagte er, sorgsam darauf bedacht, das Heulen des Windes zu übertönen.

Langsam und einander festhaltend, weil der Schnee unter ihren Füßen naß und rutschig war, suchten sie den Weg zurück durch ihre Fußspuren. Es war ein langsamer, mühseliger Marsch. Donal, der sein ganzes Leben in diesen Bergen verbracht hatte, trat so sicher auf wie eine Bergkatze, aber Allart war vor Jahren zum letzten Mal in den Klippen von Nevarsin gewesen, und Cassandra solche Wege überhaupt nicht gewohnt. Einmal rutschte sie aus und fiel der Länge nach in den Schnee. Das dünne, geborgte Kleid rutschte bis über die Knie, ihre Hände schabten über Felsen unter dem Schneekleid. Sie lag frierend und vor Schmerzen schluchzend auf dem Boden. Mit entschlossenem Blick hob Allart sie auf. Sie hatte sich beim Sturz den Knöchel und das Knie verrenkt, und Donal und Allart mußten sie die letzten paar hundert Schritte bis zu der Steinmauer fast tragen, sie hinüberheben und ihr helfen, in das dichte Gebüsch der Pflanzen zu gelangen. Als sie sich endlich sicher wähnten, schrie Allarts *Laran* ihm entgegen, daß dies der Ort seines Todes war. Er sah ihre Körper, nach Wärme suchend aneinander geklammert, erfroren und todesstarr, und mußte sich in die natürliche, aus Bäumen gebildete Einfriedung zwingen.

Knorrig und alt, seit einem halben Jahrhundert oder länger von der Gewalt der Bergstürme gepeitscht, waren die Bäume dicht miteinander verwachsen. Innerhalb des Dickichts war der Wind schwächer, obwohl sie ihn draußen heulen hörten. Ein Flecken des Bodens war nicht von dichtem Schnee bedeckt. Allart legte Cassandra auf den Boden, faltete ihr Gewand so, daß es einen Großteil der Kälte von ihr abhielt, und fing an, ihr verletztes Bein zu untersuchen.

»Es ist nichts gebrochen«, sagte er nach einem Augenblick unsicher. Ihm fiel ein, daß sie eine ausgebildete Turm-Überwacherin war, geübt, ihren Körper und die anderer zu durchdringen, um festzustellen, was in ihnen nicht stimmte. »Der Knöchel schmerzt, hat aber keinen Schaden erlitten. Nur eine Sehne ist ein bißchen gezerrt ... Aber die Kniescheibe ist aus ihrer normalen Lage heraus.«

Als Allart seine Aufmerksamkeit dem Knie zuwandte, sah er, daß die Kniescheibe zur Seite gerenkt war und die Stelle schnell anschwoll und sich dunkel färbte.

Erschreckt einatmend sagte sie: »Donal, du mußt meine Schulter halten, und du, Allart, mußt mein Knie und den Knöchel so packen ...« Sie zeigte es ihm. »Nein! Weiter unten, mit dieser Hand – und zieh feste! Mach dir keine Sorgen, ob du mir weh tust. Wenn sie nicht sofort an die normale Stelle gedreht wird, kann ich ein Leben lang gelähmt sein.«

Allart faßte sich, um ihren Anweisungen folgen zu können. Cassandra war gefaßt und angespannt, aber trotz ihres Mutes entfuhr ihr ein Schrei, als er die ausgerenkte Stelle anfaßte und sie fest in die alte Position drehte. Er spürte das schabende Geräusch, als die Kniescheibe in die Gelenkpfanne zurückglitt. Cassandra sank in Donals Arme zurück, und einen Moment lang schien es, als sei sie in Ohnmacht gefallen. Aber ihre Augen waren geschlossen. Sie untersuchte erneut ihren Körper, um zu sehen, was passiert war.

»Noch nicht ganz. Du mußt meinen Fuß zu dieser Seite drehen – ich kann ihn nicht bewegen –, dann wird sie sich ganz einrenken. Ja«, sagte sie mit zusammengebissenen Zähnen, als Allart ihrer Anweisung folgte. »So wird es gehen. Jetzt ziehe meinen Unterrock aus und bandagiere damit straff das Knie.« Tränen stiegen ihr in die Augen, nicht nur vor Schmerz, sondern auch aus Verlegenheit, als Allart sie anhob, um ihre Unterkleidung zu entfernen, obwohl Donal sich diskret abwandte.

Als das Knie mit Streifen aus dem Kleidungsstück verbunden war und Cassandra, blaß und zitternd, in ihren Umhang gehüllt dasaß, wog Allart nüchtern ihre Chancen ab. Der Sturm draußen hatte noch nicht einmal seinen Höhepunkt erreicht, und die Nacht, schätzte er, würde bald hereinbrechen, obwohl es jetzt schon dunkel war; ein undurchdringliches, dichtes Zwielicht, das über die tatsächliche Tageszeit nichts aussagte. Sie besaßen nur noch die Reste ihrer Wegzehrung, die für ein paar spärliche Mahlzeiten ausreichen würde. Die Stürme dauerten manchmal zwei, drei Tage oder sogar noch länger an. Unter normalen Umständen hätte jeder von ihnen auf einige Mahlzeiten verzichten können, aber das würde bei dieser strengen Kälte nicht möglich sein.

Sie konnten es wahrscheinlich zwei oder drei Tage aushalten, aber falls der Sturm viel länger dauerte oder die Straßen unpassierbar wurden, standen ihre Chancen sehr schlecht. Wäre Allart allein gewesen, hätte er sich in seinen Umhang gewickelt, einen möglichst gut geschützten Fleck gesucht und sich in Tranceschlaf versenkt. Er hätte seinen Herzschlag verlangsamt, die Körpertemperatur gesenkt und alle Bedürfnisse des Körpers – Nahrung, Schlaf, Wärme – ausgeschaltet. Aber er war für seine Frau und den jungen Donal verantwortlich. Keine außer ihm hatte diese Ausbildung erhalten. Er war der Älteste und Erfahrenste.

»Dein Umhang ist der dünnste, Cassandra, und am wenigsten geeignet, uns zu wärmen. Breite ihn auf dem Boden aus, damit er die von der Erde aufsteigende Kälte abhält«, wies er sie an. »Jetzt unsere beiden Umhänge über uns drei! Cassandra ist die Kälte der Berge am wenigsten gewohnt, deshalb werden wir sie zwischen uns nehmen.« Als sie hintereinandersitzend zusammengekauert waren, konnte er fühlen, wie Cassandras Zittern ein wenig abklang.

»Und jetzt«, sagte Allart sanft, »ist es das beste, wenn wir schlafen – falls wir es können. Vor allem verschwendet keine Energie mit Reden.«

Außerhalb ihrer geschützten Stelle heulte der Wind. Der Schnee fiel endlos in weißen Streifen, die sich gegen den schwarzen Nachthimmel

abhoben. Innen fuhren nur hin und wieder Windstöße durch die dicht verflochtenen Zweige. Allart ließ sich in eine leichte Trance treiben. Er hielt Cassandra fest umarmt, damit er merkte, falls sie sich bewegte oder irgend etwas brauchte. Schließlich merkte er, daß zumindest Donal schlief. Aber Cassandra blieb wach, obwohl sie ruhig in seinen Armen lag. Es war der heftige Schmerz ihres verletzten Beins, der sie nicht schlafen ließ. Schließlich wandte sie ihm das Gesicht zu. Allart drückte sie fest.
Sie flüsterte: »Allart, werden wir hier sterben?«
Es wäre leicht gewesen, sie zu beruhigen – und falsch. Was auch geschah, zwischen ihnen mußte Aufrichtigkeit herrschen, wie vom Augenblick ihrer ersten Begegnung an. Er tastete in der Dunkelheit nach ihren schlanken Fingern und sagte: »Ich weiß es nicht, *Preciosa*. Ich hoffe, nicht.«
Sein *Laran* zeigte ihm nur Dunkelheit. Durch die Berührung ihrer Hände spürte er den sie quälenden Schmerz. Behutsam versuchte Cassandra ihr Gewicht zu verlagern, ohne Donal zu wecken, der sich eng an ihren Körper kauerte. Allart kniete hin und hob sie ein wenig, um ihre Körperstellung zu verändern. »Ist es jetzt leichter?«
»Ein wenig.« Aber es war nicht viel, was er in ihrem beengten Schutzraum tun konnte. Das war bei all ihrem Unglück das Schlimmste: Selbst wenn das Wetter umschlug, konnten sie jetzt keinen besseren Schutz suchen, denn Cassandra war wahrscheinlich einige Tage lang nicht in der Lage, zu gehen. Könnte man sie pflegen, in ein heißes Bad stecken und von der matrix-geübten *Leronis* massieren und behandeln lassen, damit die Schwellung und Blutung im Gelenk aufhörte, würde es nicht allzu ernst werden. Aber lange der Kälte ausgesetzt und zur Bewegungslosigkeit verurteilt, war auf eine schnelle Heilung nicht zu hoffen. Selbst unter besseren äußeren Umständen besaß Allart nur wenig Übung in solchen Fertigkeiten. Eine oberflächliche und schnelle erste Hilfe konnte er geben, aber nichts, was kompliziertere Kenntnisse erforderte.
»Ich hätte dich in Hali lassen sollen«, flüsterte er. Cassandra berührte in der Dunkelheit sein Gesicht.
»Dort gab es für mich keine Sicherheit, mein Gatte. Nicht solange dein Bruder vor meiner Tür stand.«
»Aber ich habe dich in den sicheren Tod geführt ...«
»Es hätte ebensogut meinen Tod bedeuten können, wenn ich dort geblieben wäre«, sagte sie. Verwundert hörte er unter diesen extremen Bedingungen einen Schimmer von Lachen in ihrer Stimme. »Hätte Damon-Rafael versucht, mich gegen meinen Willen zu nehmen, hätte er keine willige Frau in seinem Bett gefunden. Ich habe ein Messer und weiß, wie – und wo – man es benutzt.« Ihre Stimme wurde härter. »Ich bezweifle,

daß er mich am Leben gelassen hätte, um die Geschichte seiner Erniedrigung zu verbreiten.«

»Ich glaube nicht, daß er hätte Gewalt anwenden müssen«, sagte Allart rauh. »Es ist wahrscheinlicher, daß man dich mit Drogen gefügig gemacht hätte, damit du keinen Widerstandsgeist mehr aufbringst.«

»Oh nein«, sagte Cassandra. Ihre Stimme war mit einem Gefühl erfüllt, das Allart nicht deuten konnte. »In diesem Fall hätte ich gewußt, wohin ich die Klinge wende.«

Allart fühlte einen Klumpen in der Kehle, der ihm eine Erwiderung unmöglich machte. Was hatte er geleistet, eine solche Frau zu verdienen? Hatte er sie jemals für furchtsam, ängstlich und kindlich gehalten? Er drückte sie fest an sich. »Versuche zu schlafen, meine Liebe. Lehne dich gegen mich, wenn das leichter ist. Ist es dir nicht zu kalt?«

»Nein, es ist nicht schlimm. Nicht, wenn ich so nahe bei dir bin«, erwiderte sie und schwieg. Langsam und gleichmäßig atmete sie ein und aus.

Habe ich ihr die Freiheit gegeben? Oder nur die Wahl, sich eine andere Todesart auszusuchen?

Die Nacht kroch dahin, eine Ewigkeit. Als der Tag anbrach, ließ die Dunkelheit nur ein wenig nach. Für die drei in der Höhle, verkrampft und ohne ausreichenden Schlaf, war es eine Qual. Allart ermahnte Donal, der wegen eines menschlichen Bedürfnisses nach draußen kroch, sich vom Dickicht nicht weiter als einen oder zwei Schritte zu entfernen. Als er wieder zu ihnen hereintaumelte, mitgenommen und schneebedeckt, sagte er, daß der Wind draußen so heftig sei, daß er ihn kaum habe aushalten können. Allart mußte Cassandra tragen – sie konnte den Fuß nicht auf den Boden setzen. Später teilte er den größten Teil der Lebensmittel vom Vortag aus. Der Schneefall zeigte kein Zeichen von Nachlassen. Soweit Allart feststellen konnte, endete die Welt außerhalb ihres Baumdickichts nach einer Armlänge im trüben Weiß eines Nichts aus Schnee.

Behutsam tastete sich sein *Laran* vor. Er sah ihr Leben fast in jedem Fall *hier* enden, aber es mußte andere Möglichkeiten geben. Wenn es ihr vorbestimmtes Schicksal war, hier zu sterben, und wenn es unausweichlich zu seinem und ihrem Tod führen mußte, Cassandra von Hali wegzubringen: Warum hatte ihm sein *Laran* nie eine Spur davon gezeigt – in keiner Wahrscheinlichkeitslinie, die er bis jetzt vorhergesehen hatte?

»Donal«, sagte Allart. Der junge Mann schreckte auf.

»Cousin ...?«

»Du besitzt mehr von der Wetter-Gabe als ich. Kannst du den Sturm untersuchen und feststellen, wie weit er sich ausdehnt, und wie lange es dauert, bis er an uns vorüberzieht?«

»Ich werde es versuchen.« Donal versank in sein inneres Bewußtsein. Allart, in schwacher Verbindung mit ihm, sah erneut die merkwürdig ausgedehnte Wahrnehmung der Spannungen und Kräfte wie Energienetze auf der Erdoberfläche und in der darüberliegenden dünnen Lufthülle. Zum Oberflächenbewußtsein zurückkehrend, sagte Donal schließlich nüchtern: »Zu weit, fürchte ich. Und er bewegt sich sehr träge. Ich wünschte, ich hätte die Gabe meiner Schwester und könnte die Stürme kontrollieren und nach meinem Willen hierhin oder dorthin bewegen.«

Plötzlich, als er wieder nach vorn zu sehen begann, wußte Allart, daß dies die Antwort war. Sein *Laran* war wirklich Vorausschau, ganz gewiß. Er konnte die Zeit verlagern und außerhalb von ihr stehen, aber sie wurde von seiner Interpretation beschränkt. Aus diesem Grund war seine Gabe als einziger Führer seiner Handlungen unzuverlässig. Er durfte sich nie mit einer für ihn offensichtlichen Zukunft zufriedengeben, denn es bestand immer die Wahrscheinlichkeit – so gering sie auch sein mochte –, daß das Zusammenwirken mit jemandem, dessen Handlungen er nicht vorhersehen konnte, sie über seine Wahrnehmungsfähigkeit hinaus verändern konnte. Er konnte seine Gabe beherrschen, aber wie beim Matrix-Juwel durfte er sich nie von ihr beherrschen lassen. Gestern hatte er sie benutzt, um Sicherheit zu finden und die offensichtlichsten Arten des Todes zu vermeiden. Sie hatte erfolgreich ihren nächstliegenden Tod abgewendet, bis er irgendeine andere Wahrscheinlichkeit erforschen konnte.

»Wenn wir irgendwie mit Dorilys Verbindung aufnehmen könnten...«

»Sie ist kein Telepath«, sagte Donal zweifelnd. »Ich habe sie noch nie mit meinen Gedanken erreichen können.« Dann hob er den Blick und fuhr fort: »Renata, Renata ist Telepathin. Wenn wir beide es schaffen könnten, sie zu erreichen...«

Ja, denn Renata war der Schlüssel zur Kontrolle über Dorilys' Kraft.

Allart sagte: »*Du* versuchst, sie zu erreichen, Donal!«

»Aber... ich bin kein so starker Telepath.«

»Trotzdem. Liebende können häufig eine Verbindung herstellen wie kein anderer. Berichte ihr von unserer Lage. Vielleicht kann Dorilys den Sturm richtig einschätzen – oder ihn dazu bringen, schneller an uns vorüberzuziehen!«

»Ich werde mein bestes tun«, sagte Donal. Die Umhänge noch immer um sich gelegt, richtete er sich auf. Er zog die Matrix heraus und konzentrierte sich. Allart und Cassandra, die sich unter dem verbliebenen

Stoff aneinanderklammerten, konnten die leuchtenden, sich ausbreitenden Kraftlinien beinahe sehen. Donal schien ein festes Netzwerk aus wirbelnden Energien, Kraftfeldern zu sein ... Dann flammte urplötzlich der Kontakt auf. Allart und Cassandra, beide Telepathen, konnten sich dieser engen Verbindung nicht entziehen.
Renata!
Donal! Die Freude und Glut des Kontakts ergoß sich über Cassandra und Allart, als berühre und umarme Renata auch sie.
Ich hatte Angst bei diesem Sturm! Seid ihr sicher? Ihr seid also in Tramontana geblieben? Als der Sturm ausbrach, fürchtete ich schon, die Eskorte würde zur Rückkehr gezwungen. Sind sie schon auf euch getroffen?
Nein, meine Geliebte. Schnell, in raschen geistigen Bildern, skizzierte Donal ihre prekäre Lage. Er unterbrach Renatas entsetzte Reaktion. *Nein, Liebes, verschwende jetzt keine Zeit und Energie. Hör zu, was du tun mußt.*
Natürlich, Dorilys kann uns helfen. Eine rasche Berührung, Bewußtheit. *Ich werde sie sofort suchen und ihr sagen, was sie tun muß.*
Der Kontakt war fort. Die Kraftlinien schwanden. Donal stand zitternd unter dem doppeltgelegten Umhang.
Allart reichte ihm den Rest der Lebensmittel. Als Donal abwehrte, sagte er: »Deine Energie ist von der Arbeit mit der Matrix erschöpft, du brauchst deine Kraft.«
»Aber deine Frau ...« protestierte Donal. Cassandra schüttelte den Kopf. Im grauen Schneelicht wirkte sie bleich und ausgelaugt.
»Ich bin nicht hungrig, Donal. Du brauchst es weit dringender als ich. Mir ist kalt, so kalt ...«
Allart wußte sofort, was sie meinte und was ihr jetzt bevorstand. »Wie steht es um das Bein?« fragte er.
»Ich werde es untersuchen, um mich zu vergewissern«, sagte sie. Der Anflug eines Lächelns fuhr über ihr Gesicht, aber es sah gezwungen aus. »Ich wollte das Schlimmste nicht wissen, da ich es anscheinend nicht beheben kann, wie schlimm es auch sein mag.« Allart sah, wie ihr Blick abgelenkt wurde und sich nach innen konzentrierte. Schließlich sagte sie widerstrebend: »Es sieht nicht gut aus. Die Kälte, die erzwungene Inaktivität – und im unteren Teil des Beins ist die Blutzirkulation schon beeinträchtigt. Daher bin ich anfälliger für die Kälte.«
Allart konnte nur sagen: »Uns kann schon bald Hilfe erreichen, mein Liebes. In der Zwischenzeit ...« Er zog seine Über-Tunika aus und wickelte sie um das verletzte Knie. Dann hüllte er Cassandra in seinen zweiten Umhang. Damit blieben ihm noch die Unter-Tunika und die Breeches. Auf ihren entsetzten Protest sagte er mit einem Lächeln: »Oh,

du vergißt, daß ich sechs Jahre lang ein Mönch war und nackt in noch schlechterem Wetter geschlafen habe.«
In der Tat kamen ihm jetzt die alten Lektionen zugute. Als die Kälte seine ungeschützte Haut traf, begann Allart automatisch mit der Atmungstechnik, die den Körper mit innerer Wärme überflutete. Er sagte: »Bestimmt, mir ist nicht kalt. Fühl nur ...«
Cassandra streckte die Hand aus und wunderte sich: »Es stimmt! Du bist warm wie ein Heizofen!«
»Ja«, sagte Allart, nahm ihre frierenden Finger in die seinen und legte sie unter seinen Arm. »Hier, laß mich deine Hände wärmen.«
Donal sagte voll Erstaunen: »Ich wünschte, du könntest mir diesen Kniff beibringen, Cousin.«
Die plötzliche Wärmeflut erzeugte in Allart unermeßliche Heiterkeit. Er erwiderte: »Es erfordert wenig Unterricht. Wir bringen es den Novizen bei, wenn sie im ersten Quartal bei uns sind. Nach wenigen Dekaden tollen sie schon halbnackt im Schnee herum. Kinder, die in den ersten Tagen noch vor Kälte weinen, fangen schon bald an im Hof herumzurennen, ohne auch nur einen Gedanken an ihre Kapuze zu verschwenden.«
»Ist es ein Geheimnis eurer *Cristofero*-Religion?« fragte Donal argwöhnisch.
Allart schüttelte den Kopf. »Nein, nur ein Kniff des Verstands. Man braucht nicht einmal eine Matrix. Das erste, was wir ihnen erzählen ist, daß Kälte aus *Angst* geboren wird; daß sie mit Fell oder Federn zur Welt gekommen wären, wenn sie Schutz vor der Kälte bräuchten; daß die Kräfte der Natur sogar die Früchte mit Schneehülsen schützen, wenn sie es brauchen; aber der Mensch, nackt geboren, braucht keinen Schutz vor dem Wetter. Wenn sie erst einmal glauben, daß der Mensch Kleider trägt, weil er es will, aus Schamgefühl oder Zierde, aber nicht als Schutz gegen das Wetter, dann ist das Ärgste vorüber. Sie können ihre Körper schon bald willkürlich auf Kälte oder Hitze einstimmen.« Er lachte und wußte, daß die Euphorie des zusätzlichen Sauerstoffs, den er in seinen Körper nahm, auf ihn zu wirken begann und in Wärme umgewandelt wurde. »Mir ist weniger kalt, als letzte Nacht unter den Umhängen und mit eurer Körperwärme.«
Cassandra versuchte, sein Atmen zu imitieren. Aber sie hatte heftige Schmerzen, was ihre Konzentration beeinträchtigte, während Donal völlig ungeübt war.
Draußen tobte der Sturm noch wilder. Allart legte sich zwischen die beiden und versuchte, sie an seiner Wärme teilhaben zu lassen. Er hatte verzweifelte Angst um Cassandra. Wenn sie noch mehr Schmerzen und Kälte erleiden mußte, würde ihr Knie lange Zeit nicht heilen und viel-

leicht nie wieder völlig in Ordnung kommen. Er versuchte, seine Befürchtung vor ihr zu verbergen, aber die dichte Nähe, die auch Donal befähigt hatte, Renata zu erreichen – ohne ein Turm-Schirmgitter, nur durch einen offenen Matrix-Kontakt –, bedeutete, daß er und Cassandra ähnlich miteinander verbunden waren. Besonders bei dieser körperlichen Nähe konnte keiner vor dem anderen eine solch heftige Angst verbergen.

Sie griff nach seiner Hand und murmelte: »Hab' keine Angst. Der Schmerz ist nicht mehr so schlimm. Er ist es wirklich nicht.«

Nun, sobald sie Aldaran erreichten, würden Margali und Renata sie pflegen. Jetzt gab es nichts, was sie tun konnten. In dem trüben Licht hielt Allart ihre schmale, sechsfingrige Hand und betastete die knotige Narbe der Haftfeuer-Brandwunde. Cassandra hatte vor diesem Geschehen hier Krieg, Angst und Schmerzen ausgehalten, und er hatte sie nicht aus einem friedvollen Leben heraus in Gefahr gebracht. Wenn er auch nur eine Gefahr durch eine andere ersetzt hatte, wußte er doch, daß es sich um jene handelte, die sie einer anderen vorzog – und das war alles, was ein menschliches Wesen in diesen Tagen verlangen konnte. Ein wenig beruhigt zog er sich eine Zeitlang zurück, um in ihren Armen zu schlafen.

Als Allart wach wurde, war ein Schrei Cassandras zu hören.

»Seht! Der Sturm hat sich aufgeklärt!« Benommen blickte er zum Himmel empor. Es hatte völlig zu schneien aufgehört, die Wolken zogen in wildem Tempo am Himmel entlang.

»Dorilys!« sagte Donal. »Kein Sturm hat diese Hügel je in solchem Tempo überquert.« Er nahm einen langen, zitternden Atemzug. »Ihre Kraft, die Kraft, die wir alle so sehr gefürchtet haben, hat uns das Leben gerettet.«

Allart sandte sein *Laran* in der Umgebung aus. Er stellte fest, daß die Eskorte das Unwetter auf der anderen Seite der Felsnase überstanden hatte. Jetzt würde Hilfe kommen und sie mit Nahrung, Schutz und Pflege versorgen. Es konnte nicht mehr lange dauern, bis die Männer ihre Reittiere um die Felskante dirigierten.

Nicht allein Dorilys' *Laran* war für ihre Rettung verantwortlich, überlegte er nüchtern. Seine eigene Gabe, die er für einen Fluch gehalten hatte, hatte nun auch ihren Wert bewiesen – und ihre Grenzen.

Ich kann es nicht ignorieren. Aber ich darf mich auch nicht völlig auf sie verlassen. Aber ich brauche mich nicht mehr entsetzt vor ihr zu verbergen, wie während der Jahre in Nevarsin. Ich darf nur nicht zulassen, daß sie meine Handlungen beherrscht.

Vielleicht fange ich an, ihre Grenzen zu erkennen, dachte Allart. Plötzlich fiel ihm auf, daß er Donal als sehr jung, beinahe kindlich eingeschätzt hatte. Ihm wurde plötzlich bewußt, daß er selbst nur zwei Jahre älter war. Mit einer völlig neuen Demut, die zum ersten Mal in seinem Leben frei von Selbstmitleid war, dachte er: *Ich bin selbst noch sehr jung. Und vielleicht ist mir nicht genug Zeit gegeben, Weisheit zu erlernen. Aber wenn ich weiterlebe, finde ich vielleicht heraus, daß einige meiner Probleme nur daherrührten, daß ich zu jung war – und zu dumm, um es zu wissen.*

Vor Schmerz und Erschöpfung blaß, lag Cassandra auf seinem Umhang. Er wandte sich ihr zu und war gerührt, daß sie versuchte, zu lächeln und tapfer zu wirken. Jetzt konnte er sie aufrichtig beruhigen und trösten, ohne seine Angst zu verbergen. Hilfe war unterwegs und würde sie bald erreichen. Sie mußten nur noch ein wenig warten.

23

Donal Delleray, genannt Rockraven, und Dorilys, Erbin von Aldaran, wurden in der Mittwinternacht formell durch die *Catenas* verheiratet.

Es war keine besonders fröhliche Feier. Wie so oft in den Hellers verhinderte das Wetter, daß über Aldarans nächste Nachbarn hinaus jemand eingeladen werden konnte. Und von den Eingeladenen entschieden sich viele, nicht zu kommen. Aldaran sah darin – berechtigt oder unberechtigt – ein Zeichen, daß sie sich entschlossen hatten, mit seinem Bruder Scathfell ein Bündnis einzugehen. So fand die Vermählung in der Gegenwart des unmittelbaren Haushalts allein statt, aber selbst unter diesen Gästen gab es Getuschel.

Die Heirat von Halbbruder und Halbschwester war in den frühen Tagen des Fortpflanzungsprogramms alltäglich gewesen, vor allem in den großen Adelshäusern der Reiche. Wie alle derartigen Sitten, war auch diese von den untergeordneten Häusern nachgeahmt worden. Jetzt war sie ungebräuchlich geworden und wurde als ein wenig anstößig betrachtet.

»Sie haben es nicht gern«, sagte Allart zu Cassandra, als sie die große Halle betraten. Dort würde das Festmahl, die Zeremonie und anschließend der Tanz für den Haushalt stattfinden. Cassandra stützte sich schwer auf seinen Arm, immer noch zog sie ein Bein nach: Ein Andenken an ihr gefährliches Erlebnis, trotz der besten Pflege, die Margali und Renata ihr geben konnten. Es würde wohl mit der Zeit heilen, aber es war noch schwierig für sie, ohne Hilfe zu gehen.

»Sie haben es nicht gern«, wiederholte er. »Hätte jemand anders als Dom Mikhail den Befehl dazu gegeben, hätten sie sich ihm widersetzt, glaube ich.«

»Was haben sie nicht gern? Daß Donal Aldaran erben soll, auch wenn er nicht von Hasturs und Cassildas Blut ist?«

»Nein«, erwiderte Allart. »Soweit ich aus meinen Gesprächen mit Aldarans Vasallen und Haushalts-Rittern schließen kann, freut sie das mehr als alles andere. Keiner von ihnen hat für Scathfell etwas übrig. Sie möchten ihn nicht hier herrschen sehen. Hätte Dom Mikhail Donal als seinen Nedestro-Sohn ausgegeben und ihn als Erben eingesetzt, hätten sie ihn bis zum letzten Blutstropfen unterstützt. Selbst mit dem Wissen, daß es nicht stimmt. Was sie nicht gern haben, ist eine Heirat von Bruder und Schwester.«

»Aber es ist auch eine gesetzliche Fiktion,« widersprach Cassandra.

Allart entgegnete: »Dessen bin ich mir nicht sicher. Und sie sind es auch nicht. Ich fühle mich immer noch schuldig, daß meine unüberlegten Worte diese verrückte Idee in Dom Mikhails Kopf setzten. Und diejenigen, die ihn dabei unterstützen – nun, sie tun so, als ließen sie einem Verrückten seinen Willen. Ich bin nicht sicher, ob sie Unrecht haben«, fügte er nach einem Moment hinzu. »Nicht alle Verrückten phantasieren, haben Schaum vor dem Mund und jagen Schmetterlinge im Mittwinterschnee. Stolz und Besessenheit wie bei Dom Mikhail kommen dem Wahnsinn recht nahe, selbst wenn sie in Vernunft und Logik eingebettet sind.«

Da die Braut ein kleines Mädchen war, konnten die Gäste nicht einmal hoffen, die Feier mit den Witzen und rauhen Scherzen aufzulockern, die eine Trauung gewöhnlich begleiteten. Sie endeten meist in dem ruppigen Scherz, Braut und Bräutigam gemeinsam ins Bett zu stecken. Dorilys war nicht einmal voll ausgewachsen, noch weniger war sie im gesetzlichen Alter, um verheiratet zu werden. Niemand wollte in ihr irgendwelche bitteren Erinnerungen an die letzte Verlobung entstehen lassen. Daher stand es außer Frage, ob sie als erwachsene Frau präsentiert werden sollte. In ihrem kindlichen Kleid, das kupferfarbene Haar in langen Locken bis auf die Schulter hängend, sah sie weniger einer Braut ähnlich, als einem Kind des Haushalts, dem man erlaubt hatte, für die Festlichkeiten aufzubleiben. Und was den Bräutigam anbetraf: Obwohl er den Versuch machte, dem Anlaß entsprechend Lippendienste zu leisten, sah er grimmig und unfroh aus.

Ehe sie in die Halle gingen, beobachteten die Gäste, daß er zu einer Gruppe von Dorilys' Hofdamen hinüberging, Renata Leynier zur Seite rief und einige Minuten heftig mir ihr redete. Einige von den Haushaltsmitgliedern und die meisten Bediensteten kannten den wirklichen Stand der Beziehung zwischen Donal und Renata und schüttelten den Kopf über die Taktlosigkeit eines Mannes, der im Begriff war, verheiratet zu werden. Andere, die die kleine Braut, umringt von ihren Zofen und

Gouvernanten ansahen, verglichen sie im Geist mit Renata und tadelten ihn nicht.

»Was er auch sagt, was für einen Mummenschanz er auch mit den *Catenas* anstellt: Das ist nicht mehr als eine Verlobung und keine gesetzliche Vermählung. Laut Gesetz ist nicht einmal eine *Catenas*-Ehe legal, solange sie nicht vollzogen ist«, argumentierte Donal. Renata, die zuerst erwidern wollte, daß dieser Punkt vor dem Rat und den Gesetzgebern des Landes noch immer strittig war, wußte, daß er Trost brauchte, nicht Vernunft.

»Für mich wird das keinen Unterschied machen! Schwöre mir, daß es auch für dich keinen macht, Renata, sonst werde ich mich meinem Pflegevater hier und jetzt widersetzen, vor seinen ganzen Vasallen!«

Wenn du dich ihm widersetzen willst, dachte Renata verzweifelt, *hättest du es von Anfang an tun sollen, ehe die Dinge sich so weit entwickelten! Für öffentliche Auflehnung ist es zu spät. Ihr würdet euch beide zerstören!* Laut sagte sie nur: »Für mich würde das keinen Unterschied machen, Donal. Das weißt du zu gut, um irgendwelche Eide zu benötigen. Und jetzt ist weder der Ort, noch die richtige Zeit dafür. Ich muß zurück zu den Frauen.« Sie berührte leicht seine Hand. Ihr Lächeln dabei war beinahe jämmerlich.

Wir waren so glücklich in diesem Sommer! Wie ist es nur soweit gekommen? Auch mich treffen Vorwürfe. Ich hätte ihn sofort heiraten sollen. Um ihm Gerechtigkeit widerfahren zu lassen: Er hat es gewollt. Als Renata mit den Frauen in die Halle ging, waren ihre Gedanken in Aufruhr.

Dom Mikhail stand neben dem Kamin. Er wurde von dem Mittwinterfeuer bestrahlt, das man an diesem Tag mit Sonnenfeuer entzündet hatte – ein Symbol für die Rückkehr des Lichts nach dem dunkelsten Tag des Jahres. Er erwiderte den Gruß eines jeden seiner Gäste. Dorilys machte vor ihrem Vater einen höflichen Knicks, er beugte sich zu ihr hinab, küßte sie auf beide Wangen und ließ sie an seiner rechten Seite am Festtisch Platz nehmen. Dann begrüßte er die Frauen.

»Lady Elisa, ich möchte meine Dankbarkeit für die Arbeit ausdrücken, mit der Ihr die liebliche Stimme, die meine Tochter von ihrer Mutter erbte, ausgebildet habt«, sagte er mit einer Verbeugung. »Margali, in dieser Jahreszeit bin ich dir erneut dankbar, daß du für mein verwaistes Kind die Mutterstelle eingenommen hast. *Damisela*« – er beugte sich über Renatas Hand – »wie kann ich meine Freude über das ausdrücken, was Ihr für Dorilys tatet? Es ist mir eine besondere Freude, Euch in meiner ... an meiner Festtafel begrüßen zu können«, sagte er stotternd. Renata, als Telepathin in diesem Augenblick auf die höchste Sensivitätsstufe eingestimmt, wußte mit einem kurzen Schmerz, daß er hatte sagen

wollen »in meiner Familie«. Im letzten Moment war ihm eingefallen, wie es zwischen ihr und Donal stand. Er hatte es vermieden, diese Worte auszusprechen.
Er hat es schon immer gewußt, dachte Renata vor Schmerz blind. *Aber ihm bedeutet es mehr, seinen Plan in die Tat umzusetzen!* Jetzt bedauerte sie sogar die Skrupel, die sie daran gehindert hatten, sich von Donal schwängern zu lassen.
Wenn ich Donals Kind tragend zur Mittwinternacht gekommen wäre, hätte er auch dann die Stirn gehabt, ihn vor meinen Augen einer anderen zum Mann zu geben? Wenn er darauf besteht, daß ich für Dorilys die Rettung war? Hätte ich ihn so zwingen können? Von Tränen geblendet ging sie zu ihrem Sessel, in sich ein Durcheinander aus Bedauern und Ängsten.
Obwohl Aldarans Köche und Haushofmeister ihr Bestes getan hatten, die Feier bemerkenswert zu machen, war es keine fröhliche Versammlung. Dorilys schien nervös und drehte ihre langen Locken, rastlos und müde zugleich. Als das Mahl geschlossen wurde, bat Dom Mikhail mit einem Handzeichen um Aufmerksamkeit und rief Donal und Dorilys zu sich. Cassandra und Allart, die nebeneinander am anderen Ende der Festtafel saßen, sahen gespannt zu. Allart rechnete mit einem plötzlichen und unerwarteten Ausbruch; entweder von Donal, der hinter seiner starren Fassade von Höflichkeit zutiefst unglücklich war -- oder von einem der mürrischen Haushofmeister und Ritter an der Festtafel. Aber niemand unterbrach die Zeremonie. Als er Dom Mikhails Gesicht betrachtete, fiel Allart ein, daß niemand es wagen würde, ihn jetzt zu reizen.
»Das ist wirklich ein fröhlicher Anlaß für Aldaran«, sagte Dom Mikhail.
Allart, der kurz Donals Blick begegnete, fing einen Gedanken auf, der schnell wieder nach außen abgeschlossen wurde. *Es ist wie Zandrus Hölle!*
»An diesem Festtag ist es mir eine Freude, die Wächterschaft über mein Haus und meinen einzigen noch minderjährigen Erben, Dorilys von Aldaran, in die Hände meines geliebten Pflegesohnes Donal von Rockraven zu legen.«
Donal fuhr vor dem Namen, der ihn zum Bastard erklärte, zurück. Seine Lippen bewegten sich in unhörbarem Widerspruch.
»Donal Delleray«, korrigierte Dom Mikhail sich widerstrebend.
Allart dachte: *Selbst jetzt will er der Tatsache nicht ins Gesicht sehen, daß Donal nicht sein Sohn ist.*
Aldaran legte die Zwillingsarmreifen aus kunstfertig getriebenem Kupfer -- mit Gravuren und Filigranen versehen und auf der Innenseite mit

einer Goldschicht belegt, damit das kostbare Metall nicht die Haut wundrieb – um Donals rechtes und Dorilys' linkes Handgelenk. Allart hielt seine Hand mit einem Blick auf den eigenen Armreif Cassandra entgegen. Überall in der Halle taten die verheirateten Paare das gleiche, und Aldaran sprach die rituellen Worte.

»Wie die linke Hand mit der rechten, mögt ihr für immer eins sein. In Kaste und Clan, in Haus und Erbe, am Kamin und im Rat, alle Dinge miteinander teilend, zuhause und draußen, in Liebe und Treue, jetzt und für alle kommenden Zeiten«, sagte er, während er die Reife miteinander verschloß. Trotz seiner Unruhe lächelte Allart einen Moment, als er das Verbindungsstück seines eigenen in das seiner Frau einfügte. Sie verschränkten ihre Hände fest. Er fing Cassandras Gedanken auf: *Wenn es doch nur Donal und Renata wären ...* und spürte erneut eine Welle des Zorns über diese Travestie.

Aldaran schloß die Armreife auf und trennte sie voneinander. »Nach außen getrennt, mögt ihr im Herzen wie vor dem Gesetz vereint sein«, sagte er, »als Zeichen dafür fordere ich euch auf, einen Kuß auszutauschen.«

Überall in der Halle beugten sich die Paare zueinander, um ihre Bindung erneut zu erklären. Selbst die, von denen Allart wußte, daß sie normalerweise nicht gut miteinander auskamen. Er küßte Cassandra sanft, wandte aber die Augen ab, als Donal sich vorbeugte und Dorilys' Lippen kurz mit den seinen berührte.

Aldaran wiederholte: »Mögt ihr für immer eins sein.«

Allart fing Renatas Blick auf und dachte: *Traurig. Donal hätte ihr das nicht antun sollen ...* Er verspürte für sie noch immer ein Gefühl der Verbundenheit und Verantwortlichkeit und wünschte zu wissen, was er tun konnte. *Es ist ja nicht einmal so, daß Donal darüber glücklich ist. Sie sind beide unglücklich.* Er verdammte Aldaran für seine Besessenheit, und schwer lastete die Schuld auf ihm. *Das habe ich verursacht. Ich habe ihn auf den Gedanken gebracht.* Er wünschte aufrichtig, nie nach Aldaran gekommen zu sein.

Später fand der Tanz in der Halle statt. Dorilys führte ihn mit einer Gruppe ihrer Frauen an. Renata, die ihr geholfen hatte, ihn auszuarbeiten, tanzte die ersten Schritte mit Dorilys.

Allart beobachtete sie und dachte: *Sie sind keine Rivalinnen, sie beide sind Opfer.* Er sah, wie Donal sie beide beobachtete, wandte sich abrupt ab und ging zum Rand der Tanzfläche zurück, wo Cassandra, fürs Tanzen noch immer zu steif, bei einer Gruppe alter Frauen saß.

Die Nacht schlich dahin. Aldarans Vasallen und Gäste versuchten pflichtbewußt, der Feier etwas Ausgelassenheit zu verleihen. Ein Gaukler führte Zaubertricks vor, holte Münzen und kleine Tiere von den unmöglichsten Stellen und Tücher und Ringe aus dem Nichts. Zum Schluß holte er einen lebenden Singvogel aus Dorilys' Ohr, überreichte ihn ihr und zog sich mit einer Verbeugung zurück. Spielleute waren da, die alte Balladen sangen, und in der großen Halle wurde getanzt. Aber es war nicht wie eine Hochzeit, und auch nicht wie ein gewöhnliches Mittwinterfest. Ab und zu setzte jemand an, die Art von rauhen Scherzen zu machen, die für eine Hochzeit passend waren; dann fiel ihm der wirkliche Stand der Dinge ein, und er brach nervös mitten im Satz ab. Dorilys saß neben ihrem Vater in dem hohen Sessel, und Donal blieb lange Zeit neben ihr. Irgend jemand hatte einen Käfig für ihren Singvogel gebracht, und nun versuchte sie, ihn zum Singen zu ermuntern. Aber es war schon spät, und der Vogel hockte ermattet auf seiner Stange. Auch Dorilys schien müde zu werden. Donal, verzweifelt über die unmerkliche Spannung und die lustlose Gesellschaft, sagte schließlich: »Willst du mit mir tanzen, Dorilys?«

»Nein«, sagte Aldaran. »Es ziemt sich nicht, daß Braut und Bräutigam bei ihrer Hochzeit miteinander tanzen.«

Donal wandte seinem Pflegevater einen Blick voller Zorn und Verzweiflung zu. »Im Namen aller Götter, diese Heuchelei ...« begann er, seufzte dann schwer und verstummte. Nicht bei einem Fest, nicht vor den versammelten Hausleuten und ihren Vasallen. Mit offenkundiger Ironie sagte er: »Gott möge verbieten, daß wir etwas gegen die Traditionen tun – was in unserer Familie Skandale erregen könnte.« Er wandte sich ab und winkte Allart beiseite. »Cousin, führe meine Schwester bitte zum Tanz.«

Als Allart Dorilys auf die Tanzfläche führte, blickte Donal einmal verzweifelt zu Renata, verbeugte sich aber unter den Augen seines Vaters vor Margali. »Pflegemutter, bitte, gib mir die Ehre eines Tanzes.« Mit der alten Dame am Arm ging er davon.

Danach tanzte er pflichtgemäß mit einigen anderen von Dorilys' Damen: mit Lady Elisa und sogar deren alter, watschelnder Zofe. Allart fragte sich, ob er beabsichtigte, dies zu einer Situation zu führen, in der es für ihn regelrecht zwingend werden würde, auch mit Renata zu tanzen. Aber als Donal die alte Kathya zu den Frauen zurückbegleitete, stand er plötzlich Dorilys gegenüber, die mit dem *Caridom* ihres Gutes getanzt hatte.

Dorilys blickte liebevoll zu Donal auf, dann winkte sie Renata herbei. Mit weithin vernehmbarer Stimme, die von falscher, süßer Liebenswürdigkeit erfüllt war, sagte sie laut: »Du mußt mit Donal tanzen, Renata. Wenn du im Mittwinter mit einem Bräutigam tanzt, wirst du innerhalb eines Jahres selbst verheiratet sein, heißt es. Soll ich meinen Vater bitten, dir einen Gatten zu suchen, Cousine?« Ihr Lächeln war un-

schuldsvoll und gehässig, und Donal biß die Zähne zusammen, als er Renatas Hand nahm und sie auf die Tanzfläche führte.
»Man sollte ihr den Hintern versohlen!«
Renata war den Tränen nahe. »Ich dachte ... Ich dachte, sie hätte es verstanden. Ich hatte gehofft, sie würde mich mögen oder sogar liebhaben. Wie konnte sie ...«
Donal sagte: »Sie ist überanstrengt. Es ist spät, und für sie ein beschwerlicher Abend. Sie kann wohl nur daran denken, vermute ich, was bei ihrer Verlobung mit Darren Scathfell geschah ...« Wie um seinen Ärger zu betonen, schien er ein merkwürdig unheilverkündendes Donnergrollen zu hören. Er war sich nicht sicher, ob es Wirklichkeit war oder lediglich eine Erinnerung.
Renata dachte: *Dorilys hat sich in letzter Zeit gut benommen. Sie hat mit mir zusammengearbeitet, als es darum ging, den Sturm zu bewegen, der Allart, Cassandra und Donal bedrohte. Und jetzt ist sie stolz auf ihre Begabung; stolz, daß sie ihr Leben gerettet hat. Aber sie ist nur ein Kind, verzogen und eingebildet.*
Allart, der am entgegengesetzten Ende des Raums neben Cassandra saß, hörte den Donner ebenfalls. Einen Moment lang erschien es ihm wie die Stimme seines *Laran*, die ihn vor Stürmen warnte, die über Aldaran hereinbrechen konnten ... Dann schien er auf dem Hof der Festung zu stehen und die Donnerschläge über der Burg zu hören. Er sah Renatas Gesicht. Es war blaß und voller Bestürzung ... Als er die Schreie bewaffneter Männer hörte, schreckte Allart hoch und fragte sich, ob die Burg tatsächlich angegriffen wurde. Doch dann rief er sich ins Gedächtnis, daß es Mittwinternacht war.
Cassandra drückte vorsichtig seine Hand. »Was hast du gesehen?« flüsterte sie.
»Einen Sturm«, erwiderte er, »und Schatten. Schatten über Aldaran.« Seine Stimme erstarb zu einem Flüstern, als höre er den Donner erneut, obwohl er diesmal nur in seinem Geist existierte.
Als Donal zum Sessel seines Pflegevaters zurückkam, sagte er fest: »Sir, es ist schon spät. Da das Fest nicht wie eine traditionelle Hochzeit mit dem Zubettbringen endet, habe ich Befehl gegeben, den Gastpokal zu bringen und die Musikanten zu entlassen.«
In plötzlich aufflammendem Zorn verdunkelte sich Aldarans Gesicht.
»Du nimmst dir zuviel heraus, Donal! Ich habe keinen derartigen Befehl gegeben!«
Donal war verwirrt und verwundert über den wütenden Ausbruch. Während der letzten drei Mittwinterfeste hatte Dom Mikhail diese Dinge alle ihm überlassen. Sachlich sagte er: »Ich habe gehandelt, wie Ihr mich immer zu handeln geheißen habt, Sir. Und zwar nach eigenem

Urteil.« Er hoffte, seinen Pflegevater beruhigen zu können, indem er dessen eigene Worte zitierte.
Statt dessen beugte Dom Mikhail sich mit geballten Händen vor und fragte: »Bist du so begierig darauf, alles an meiner Stelle zu beherrschen, Donal? Daß du nicht auf ein Wort von mir warten kannst...«
Donal dachte verwirrt: *Ist er verrückt? Verliert er den Verstand?*
Dom Mikhail öffnete den Mund, um fortzufahren, aber die Diener waren schon eingetreten. Sie trugen den edelsteinbesetzten Pokal, der eine reiche Mischung aus Wein und Gewürzen enthielt. Er wurde Dom Mikhail angeboten, der ihn so lange bewegungslos zwischen den Händen hielt, daß Donal zu zittern begann. Schließlich siegte das höfische Benehmen. Dom Mikhail setzte den Pokal an die Lippen, verbeugte sich vor Donal und reichte ihn weiter. Als Donal an der Reihe war, schmeckte er die Mischung kaum, hielt den Pokal aber, damit Dorilys trinken konnte, und reichte ihn an Allart und Cassandra weiter.
Die mißlungene Szene hatte die Stimmung noch mehr gedämpft. Nacheinander machten die Gäste den traditionellen Schluck, verbeugten sich dabei vor Dom Mikhail und gingen. Dorilys begann plötzlich laut und kindlich zu weinen. Sie steigerte sich zu einem hysterischen Schreien.
Hilflos sagte Dom Mikhail: »Was ist, Dorilys, Kind?« Aber sie schrie noch lauter, als er sie berührte.
Margali kam, um das Kind in ihre Arme zu schließen. »Sie ist erschöpft, kein Wunder. Komm, komm, mein Kleines. Ich bringe dich zu Bett. Komm, mein Liebling, mein Vögelchen, weine nicht mehr«, sagte sie schmeichelnd.
Umringt von Margali, Elisa und der alten Kathya, wurde Dorilys fast aus der Halle getragen. Verlegen zogen sich die wenigen verbliebenen Gäste in ihre Schlafräume zurück.
Mit zornrotem Kopf packte Donal ein Weinglas, leerte es mit einem einzigen Schluck und füllte es erneut mit zorniger Entschlossenheit. Allart wollte mit ihm reden, seufzte dann und entfernte sich. Es gab nichts, was er jetzt für ihn tun konnte, und wenn Donal beschlossen hatte, sich zu betrinken, war das nur ein passender Abschluß dieses festlichen Fiaskos. Er traf Cassandra an der Tür und ging schweigend mit ihr durch den Flur zu ihren Räumen.
»Ich mache dem Kind keinen Vorwurf«, sagte Cassandra. Unter Schmerzen zog sie sich die Stufen hinauf und hielt sich dabei am Geländer fest. »Es kann nicht leicht sein, all diesen Leuten als Braut vorgeführt zu werden. Jeder gafft und ereifert sich über diese Hochzeit, und dann wird sie ins Kinderzimmer gebracht, als sei nichts geschehen. Welch eine Hochzeit für das Kind! Und welch eine Hochzeitsnacht!«
Allart nahm Cassandras Ellbogen, um ihr das Gehen zu erleichtern, und

sagte sanft: »Wie ich mich erinnere, Geliebte, hast du deine Hochzeitsnacht allein verbracht.«

»Ja«, sagte sie, wandte ihm den Blick zu und lächelte, »aber mein Bräutigam war auch nicht mit jemandem im Bett, den er lieber mochte. Glaubst du, Dorilys weiß nicht, daß Donal Renatas Bett teilt? Sie ist eifersüchtig.«

Allart meinte spöttisch: »Selbst wenn sie es weiß – kann es ihr in diesem Alter etwas bedeuten? Sie mag eifersüchtig sein, weil Donal sich mehr um Renata als um sie kümmert, aber er ist nur ihr älterer Bruder. Sicher bedeutet es für sie nicht das, was es für dich bedeutet hätte.«

»Ich bin nicht so sicher«, gab Cassandra zurück. »Sie ist nicht so jung, wie die meisten Leute glauben. An Jahren gemessen – ja, da ist sie sicher ein Kind. Aber niemand mit ihrer Gabe, niemand mit zwei Toten hinter sich, niemand mit der Ausbildung, die sie von Renata bekommen hat, ist wirklich ein Kind, ganz gleich, wie alt er sein mag. Gnädige Götter«, flüsterte sie, »was für Verwicklungen! Ich kann mir nicht vorstellen, wohin das noch führen soll!«

Allart, der es konnte, wünschte sich, es nicht zu wissen.

Spät in der Nacht wurde Renata in ihrem Einzelzimmer von einem Geräusch an der Tür geweckt. Sofort wußte sie, wer dort war. Sie öffnete die Tür und stand vor Donal, der betrunken schwankte.

»In dieser Nacht – ist das klug, Donal?« fragte sie. Aber sie wußte, daß ihn das nicht mehr kümmerte. Sie konnte seine Verzweiflung wie einen körperlichen Schmerz spüren.

»Wenn du mich jetzt fortschickst«, sagte er erregt, »werde ich mich noch vor dem Morgengrauen von den Zinnen stürzen.«

Sie streckte die Arme aus, um ihn leidenschaftlich an sich zu drücken. Dann zog sie ihn hinein und schloß die Tür.

»Sie können mich mit Dorilys verheiraten«, sagte Donal mit dem Ernst eines Betrunkenen, »aber sie wird nie meine Frau sein. Niemand außer dir soll meine Ehefrau sein!«

Gnädiger Avarra, was wird aus uns werden? dachte Renata. Sie war Überwacherin. Er hätte keinen ungünstigeren Zeitpunkt wählen können, zu ihr zu kommen. Aber sie wußte, als sie mit ihm alle Wut und Verzweiflung des erniedrigenden vergangenen Abends teilen mußte, daß sie ihm nichts verweigern konnte. Nichts, daß zumindest ein wenig von dem Schmerz, der ihm widerfahren war, lindern konnte. Und sie wußte, daß sie nach dieser Nacht seinen Sohn tragen würde.

24

Später in diesem Winter trug Allart Cassandra eines Tages an die Treppenflucht, die in den Südflügel von Schloß Aldran führte, wo die Frauen während dieser Jahreszeit viele Stunden in den die Sonne einfangenden Wintergärten verbrachten.
»Es ist ein klarer Tag«, sagte er. »Warum kommst du nicht mit und spazierst ein wenig mit mir im Hof? Ich sehe in diesen Tagen so wenig von dir!« Dann bremste er sich lachend. »Aber nein, du kannst nicht heute nachmittag ist in den Frauenquartieren ein Fest für Dorilys, nicht wahr?«
Jeder auf Burg Aldaran wußte, daß Dorilys in der letzten Dekade die ersten Zeichen der Reife gezeigt hatte – ein offizieller Anlaß für eine Feier. In den letzten drei Tagen hatte sie ihre Spielsachen, Puppen und bevorzugten Kinderkleider an die Kinder in der Burg verteilt. Der Nachmittag würde eine intime, quasi-religiöse Feier unter Frauen sein, die symbolisierte, daß Dorilys die Gemeinschaft der Kinder verließ und in die der Erwachsenen überwechselte.
»Ich weiß, daß ihr Vater ein besonderes Geschenk vorbereitet hat«, sagte Allart.
Cassandra nickte. »Und ich besticke einige Bänder für ihren neuen Lebensabschnitt«, sagte sie.
»Was geht eigentlich bei diesen Frauengeschichten so vor sich?« fragte Allart.
Cassandra lachte vergnügt. »Oh, das darfst du mich nicht fragen, mein Gatte«, sagte sie, und fuhr mit gespieltem Ernst fort: »Es gibt einige Dinge, die Männer besser nicht wissen.«
Allart lachte glucksend. »Das ist eine Redensart, die ich nicht mehr gehört habe, seit ich die Gemeinschaft der *Cristoferos* verließ. Und ich vermute, wir werden deine Anwesenheit auch beim Abendessen entbehren!«
»Richtig. Heute abend werden die Frauen aus Anlaß ihres Festes zusammen essen«, bestätigte Cassandra.
Allart beugte sich über ihre Hand und küßte sie. »Nun, dann richte Dorilys meine Glückwünsche aus«, sagte er und ging hinaus, während Cassandra, sich vorsichtig am Geländer festhaltend – ihr steifes Knie war etwas besser geworden, machte auf den Treppen aber immer noch Schwierigkeiten –, zum Wintergarten hinaufging.
Während des Winters verbrachten die Frauen dort einen Großteil ihrer Zeit, denn nur diese Räume wurden von der Wintersonne beschienen. Sie waren hell, Pflanzen blühten im Licht der Sonnenreflektoren, und während der letzten zehn Tage waren als Vorbereitung für die Feier Äste

mit Obstknospen hereingebracht worden. Mit Hilfe des Sonnenlichts hatte man sie dazu gebracht, die Festräume zu schmücken. Margali war als Haushalt-*Leronis* und Dorilys' Pflegemutter dazu ausersehen, die Festlichkeiten zu leiten. Die meisten Frauen des Schlosses waren anwesend: die Damen der Haushofmeister, Ritter und anderer Bediensteter, Dorilys' Hofdamen, ein paar Lieblingsdienerinnen, ihre Zofen, Gouvernanten und Lehrerinnen.

Zuerst hatte man sie zur Kapelle gebracht, wo eine Locke ihres Haars abgeschnitten und zusammen mit Früchten und Blumen auf den Altar Evandas gelegt worden war. Danach hatten Margali und Renata Dorilys gebadet – Cassandra war als die ranghöchste unter den Gästen eingeladen worden, bei dieser Zeremonie zu helfen – und völlig neu eingekleidet. Und man hatte ihr Haar zur Frisur einer Frau gelegt. Während sie ihren Zögling betrachtete, erinnerte Margali sich daran, wie anders Dorilys jetzt, kaum ein Jahr nach der Verlobung, als sie sich mit den Gewändern einer Frau verkleidet hatte, aussah.

In früheren Tagen hatten diese Feiern teilweise dem Zweck gedient, für das neue Mitglied der Frauengemeinschaft Dinge herzustellen, die sie als Erwachsene benötigte. Ein Überbleibsel einer härteren Zeit in den Bergen. Durch die Tradition war es noch immer ein Fest, zu dem alle Frauen ihr Nähzeug mitbrachten, und jede setzte zumindest einige Stiche in Gegenstände, die für den Ehrengast gedacht waren. Während sie stickten, ging die Harfe von Hand zu Hand. Von jeder Frau wurde erwartet, daß sie ein Lied sang oder eine Geschichte erzählte, um die anderen zu unterhalten. Elisa hatte die große Harfe aus dem Unterrichtsraum herbringen lassen und sang Balladen aus den Bergen. Verschiedene Leckerbissen waren als Erfrischung vorbereitet worden, einschließlich einiger Süßigkeiten, die Dorilys besonders gern mochte, aber Renata bemerkte, daß sie nur lustlos an ihnen knabberte.

»Was ist los, *Chiya?*«

Dorilys fuhr mit den Händen über ihre Augen. »Ich bin müde, und meine Augen tun mir ein bißchen weh. Mir ist nicht nach Essen zumute.«

»Nun komm schon, dafür ist es zu spät«, neckte eine von ihnen. »Vor zwei oder drei Tagen waren deine Kopfschmerzen an der Reihe und andere eingebildete Krankheiten dieser Art. Jetzt sollte es dir eigentlich wieder ganz gut gehen.« Sie untersuchte die Länge des Leinens in Dorilys' Schoß.

»Was machst du da, Dori?«

Dorilys antwortete mit Würde: »Ich besticke ein Feiertagshemd für meinen Mann« und bewegte ihr Handgelenk, um den *Catenas*-Armreif sichtbar werden zu lassen. Sie beobachtend, wußte Renata plötzlich nicht, ob sie lachen oder weinen sollte. Eine traditionelle Beschäftigung für eine Braut, und das Kind war in eine Ehe gegeben worden, die nie mehr als ein Blendwerk sein würde! Nun, sie war noch sehr jung, und es würde nicht schaden, wenn sie ein Hemd für den älteren Bruder bestickte, den sie liebte, und der in ihren Augen ihr Ehemann war.

Elisa beendete ihre Ballade und wandte sich Cassandra zu.

»Ihr seid an der Reihe. Wollt Ihr uns den Vorzug eines Liedes erweisen, Lady Hastur?« fragte sie ehrerbietig.

Cassandra zögerte. Dann machte sie sich klar, daß eine Weigerung als Beleg dafür aufgenommen werden konnte, daß sie sich selbst über die Festversammlung erhaben fühlte.

»Sehr gerne«, sagte sie, »aber ich kann auf der großen Harfe nicht spielen, Elisa. Wenn mir jemand eine *Rryl* leihen würde ...«

Nachdem sie das kleinere Instrument gestimmt hatte, sang Cassandra mit lieblicher Stimme zwei oder drei Lieder aus den weitentfernten Valeron-Ebenen. Da sie für die Bergfrauen neu waren, baten sie um mehr, aber Cassandra schüttelte den Kopf.

»Ein andermal, vielleicht. Jetzt ist Dorilys an der Reihe, für uns zu singen, und ich bin sicher, daß sie begierig ist, die neue Laute auszuprobieren«, sagte sie. Die Laute, kunstvoll vergoldet, bemalt und mit Bändern geschmückt, war Lord Aldarans Geschenk an seine Tochter. »Und ich bin sicher, daß sie eine Unterbrechung der Stickarbeit begrüßen wird.«

Dorilys blickte gleichgültig von dem auf ihren Knien liegenden Leinenstoff auf. »Mir ist nicht nach Singen zumute«, sagte sie. »Entschuldigt mich bitte.« Sie fuhr mit der Hand über die Augen und fing an, sie zu reiben. »Mein Kopf schmerzt. Muß ich noch mehr sticken?«

»Nur wenn du möchtest, Liebes, aber wir sticken alle hier«, sagte Margali. In ihrem Geist schuf sie eine freundlich-vergnügte Vorstellung, die Cassandra und Renata deutlich erkennen konnten: daß Dorilys nur allzu bereitwillig Kopfschmerzen entwickelte, wenn sie die verhaßte Näharbeit tun sollte.

»Wie kannst du es wagen, so etwas über mich zu sagen?« schrie Dorilys auf. Sie schleuderte das Hemd in einem verworrenen Knäuel zu Boden. »Ich bin wirklich krank, ich spiele euch nichts vor! Ich will nicht einmal singen, und dazu habe ich sonst *immer* Lust ...« Plötzlich fing sie an zu weinen.

Margali sah bestürzt und konsterniert drein. *Ich habe doch den Mund gar nicht geöffnet! Oh, Götter, ist das Kind auch Telepathin?*

Renata sagte sanft: »Komm her, Dorilys, setz dich zu mir. Deine Pflegemutter hat nichts gesagt. Du hast ihre Gedanken gelesen, das ist alles. Es gibt keinen Grund zur Besorgnis.«

Aber Margali war es nicht gewöhnt, ihre Gedanken vor Dorilys zu verschließen. Sie war im Laufe der Zeit zu der Überzeugung gekommen, daß ihr Zögling nicht eine Spur telepathischer Kraft besaß. Jetzt konnte sie den schnellen Gedanken, der sie durchfuhr, nicht verhindern.
Gnädiger Avarra! Das auch noch? Die älteren Kinder Lord Aldarans starben so, als sie heranreiften, und jetzt beginnt es auch bei ihr!
Bestürzt griff Renata ein und versuchte, die Gedanken abzuschirmen, aber es war zu spät. Dorilys hatte sie schon aufgenommen. Ihr Schluchzen erstarb. Sie sah Renata in schierem Entsetzen an.
Cousine, werde ich sterben?
Renata sagte fest und laut: »Nein, natürlich nicht. Warum, glaubst du, haben wir dich unterrichtet und trainiert, wenn nicht, um dich zu stärken? Ich hatte es nicht ganz so früh erwartet, das ist alles. Versuche jetzt, keine Gedanken mehr zu lesen. Dir fehlt die Kraft dazu. Wir werden dir beibringen, es auszuschalten und zu kontrollieren.«
Aber Dorilys hörte sie nicht. Sie starrte die Frauen in einem Alptraum aus panischer Angst und wilder Verzweiflung an; ihre Gedanken wurden im ersten, erschreckenden Augenblick der Überlastung auf sie zurückgespiegelt. Sie starrte wie ein gefangenes Tier, den Mund geöffnet, um sich. Ihre Augen waren vor Entsetzen so weit, daß rund um die verengten Pupillen das Weiße zu sehen war.
Margali stand auf, ging zu ihrem Pflegekind und versuchte, es in eine besänftigende Umarmung zu ziehen. Dorilys stand ganz starr und unbeweglich. Sie spürte die Berührung nicht, außer einem massiven Ansturm innerer Empfindungen konnte sie nichts wahrnehmen. Als Margali sie umarmen wollte, schlug Dorilys ohne es zu wissen zu und traf sie mit einem solch schmerzhaften Schlag, daß die alte Frau gegen die Wand geschleudert wurde. Elisa eilte Margali zu Hilfe und richtete sie auf. Die Frau blickte erschreckt und verwirrt.
Sich so gegen mich zu wenden ... gegen mich?
Renata sagte: »Sie weiß nicht, was sie tut, Margali. Sie weiß gar nichts. Ich kann sie halten.« Sie versuchte, das bewegungslose Mädchen so zu packen wie damals, als Dorilys sich ihr zum ersten Mal widersetzt hatte. »Aber es ist sehr schwer. Sie braucht etwas *Kirian*.«
Margali ging die Droge holen und Elisa bat auf Renatas Bitte hin die anderen Gäste, zu gehen. Zuviel Gedanken in der Nähe würden Dorilys noch mehr ängstigen und verwirren. In ihrer Nähe sollten nur diejenigen sein, denen sie traute. Als Margali mit dem *Kirian* zurückkam, blieben nur Renata, Cassandra und Margali selbst zurück.
Renata versuchte, mit dem entsetzten Mädchen, das jetzt hinter einer Barriere aus Angst isoliert war, Kontakt aufzunehmen. Nach einiger Zeit begann Dorilys leichter zu atmen, und ihre Augen lösten sich aus

der starrenden Stellung, die die Pupillen hatten unsichtbar werden lassen. Als Margali die Ampulle an ihre Lippen hielt, trank sie widerspruchslos. Sie legten Dorilys auf ein Sofa und zogen eine Decke über sie. Als Renata sich neben das Mädchen kniete, um es zu untersuchen, schrie Dorilys erneut in panischer Angst und plötzlichem Entsetzen auf.
»Nein, nein, rühr mich nicht an, tu's nicht!« Plötzlich krachte der Donner um die Höhen von Aldaran – ein rasselndes Rollen.
»*Chiya*. Ich werde dir nicht weh tun, wirklich. Ich will nur sehen...«
»Rühr mich nicht an, Renata!« kreischte Dorilys. »Du willst, daß ich sterbe, damit *du* Donal haben kannst!«
Erschreckt fuhr Renata zurück. Solch ein Gedanke war ihr nie in den Sinn gekommen. Oder war Dorilys auf eine Ebene gestoßen, die ihr selbst nicht bewußt war? Entschlossen die Schuldgefühle verbannend, streckte Renata die Arme nach dem Mädchen aus.
»Nein, Liebes, nein. Schau – du kannst, wenn du willst, meine Gedanken lesen und selbst sehen, welcher Unsinn das ist. Ich will nur, daß es dir wieder besser geht.«
Dorilys Zähne schlugen klappernd gegeneinander, und sie wußte, daß sie sich in einem Zustand befand, der sie der Vernunft nicht zugänglich machte. Cassandra trat heran und nahm Renatas Platz ein. Wegen ihres steifen Beines konnte sie nicht knien, daher setzte sie sich auf den Rand des Sofas.
»Renata würde dir niemals weh tun, *Chiya*, aber wir wollen auch nicht, daß du dich zu sehr erregst. Ich bin auch Überwacherin. Ich werde dich überwachen. Du hast doch keine Angst vor mir, oder?« Zu Renata meinte sie: »Wenn sie erst ruhiger ist, wird sie erfahren, was wahr ist.«
Renata entfernte sich. Sie war von Dorilys' plötzlichem Angriff noch immer so erschreckt, daß sie kaum einen vernünftigen Gedanken fassen konnte. *Hat sie den Verstand verloren? Ist Schwellenkrankheit auch ein Vorzeichen für den Wahnsinn?* Sie war darauf vorbereitet gewesen, daß Dorilys die normale Eifersucht einer Schwester zeigte, weil Donal nicht mehr gänzlich für sie da war. Aber einen solchen Gefühlsausbruch hatte sie nicht erwartet.
Fluch über den alten Mann, wenn er sie darin bekräftigt hat, daß es etwas anderes als eine gesetzliche Fiktion ist! Renata hatte gehofft, Donal schon bald enthüllen zu können, daß sie seinen Sohn trug, denn jetzt war sie sich sicher; sie hatte den Ungeborenen zellentief untersucht, um sich zu vergewissern, daß er keine tödlichen Gene trug. Jetzt wurde ihr bewußt, daß es noch länger ein Geheimnis bleiben mußte. Wenn Dorilys krank war, würde das sie noch schlimmer treffen.

Cassandra wickelte den Prozeß des Überwachens ab. Als die Wirkung des *Kirian* einsetzte und Dorilys' Abwehr gegen die neue Wahrnehmung, die sie so sehr erschreckt hatte, verringerte, beruhigte sie sich, ihr Atem ging regelmäßiger.

»Es hat aufgehört«, sagte sie schließlich. Ihr Gesicht war ruhig, ihr Herz raste nicht länger in panischer Angst. Nur die Erinnerung daran war geblieben. »Wird es ... wird es wieder anfangen?«

»Wahrscheinlich«, sagte Cassandra, beruhigte aber Dorilys sofort: »Es wird weniger qualvoll, wenn du dich daran gewöhnst. Jedesmal wird es leichter sein, und wenn du ganz ausgereift bist, kannst du es wie deine Augen benutzen, kannst nah und fern das sehen, was du auswählst, und alles abschalten, was du nicht sehen willst.«

»Ich habe Angst«, wisperte Dorilys, »laßt mich nicht allein.«

»Nein, mein Lämmchen«, sagte Margali, »ich werde, solange du mich brauchst, in deinem Zimmer schlafen.«

Renata sagte: »Ich weiß, Margali ist zu dir wie eine Mutter gewesen, und du willst sie bei dir haben. Aber wirklich, Dorilys, dafür bin ich besser ausgebildet. Ich könnte dir besser helfen, wenn es in den nächsten Nächten nötig sein sollte.«

Dorilys streckte die Arme aus, und Renata ließ sich umarmen. Das Mädchen barg sein Gesicht an ihrer Schulter. »Es tut mir leid, Renata. Ich habe es nicht so gemeint. Vergib mir, Cousine ... du weißt, daß ich dich liebhabe. Bitte, bleib bei mir.«

»Natürlich, Liebes«, sagte Renata und hielt Dorilys in tröstender Umarmung. »Ich weiß, ich weiß. Ich habe auch die Schwellenkrankheit gehabt. Du warst geängstigt, und alle möglichen wilden Einfälle fluteten auf einmal durch deinen Geist. Es ist schwer zu kontrollieren, wenn es einen so plötzlich überfällt. Von nun an müssen wir jeden Tag ein bißchen mit der Matrix arbeiten, damit du es zu kontrollieren lernst. Wenn es dich erneut überfällt, mußt du vorbereitet sein.«

Ich wünschte, wir hätten sie im Turm gehabt. Dort würde nicht nur sie, sondern auch wir alle sicherer sein, dachte sie. Sie fühlte Cassandra ihren Wunsch wiederholen, als der Donner wieder rollte und knisterte.

Allart hörte in der großen Halle den Donner, ebenso wie Donal, der bei jedem Gewitter sofort, ganz gleich wie oder wo, an Dorilys dachte. Und Dom Mikhail folgte seinen Gedanken offensichtlich ebenfalls.

»Jetzt, da deine Braut eine Frau geworden ist, kannst du dich daran machen, mit ihr einen Erben zu zeugen. Wenn wir wissen, daß es einen Sohn mit Aldaran-Blut gibt, werden wir bereit sein, Scathfell zu trotzen, wenn er anrückt – und der Frühling ist nicht mehr weit«, sagte Aldaran mit einem wilden Lächeln. Donals Gesicht zeigte deutliche Ablehnung. Dom Mikhail blickte ihn finster an.

»Zandrus Hölle, Junge! Ich erwarte doch nicht, daß ein so junges Kind dich als Geliebte zu sehr anzieht! Aber wenn du deine Pflicht dem Clan gegenüber getan hast, kannst du so viele Frauen haben, wie du willst. Niemand wird dir das verweigern! Jetzt ist die wichtigste Sache, dem Reich einen legitimen *Catenas*-Erben zu geben, gezeugt in gesetzlicher Ehe!«

Donal machte eine ablehnende Handbewegung. *Sind alle alten Leute so zynisch?* Im gleichen Moment fühlte er die Gedanken seines Pflegevaters die seinen in einer Art bekümmerter Zuneigung kreuzen.

Sind alle jungen Leute so närrisch und idealistisch?

Mikhail von Aldaran drückte die Hand seines Pflegesohnes.

»Mein lieber Junge, du solltest die Sache auf folgende Weise sehen: Im nächsten Jahr zu dieser Zeit wird Aldaran einen Erben haben, und du wirst der gesetzmäßige Regent sein«, sagte er.

Als er sprach, mußte Allart ein lautes Keuchen unterdrücken. Sein *Laran* zeigte ihm in diesem Moment eine Szene, die so deutlich war, als spiele sie sich tatsächlich vor seinen Augen ab: Dom Mikhail, älter aussehend, gebeugt, und gealtert, hielt ein in Decken gehülltes, gerade geborenes Kind hoch. Er sah nur das kleine rote Oval des Säuglingsgesichts in den Falten des flauschigen Tuches. Aldaran erklärte das Kind zu seinem Erben. Die Begeisterungsrufe waren so laut, daß Allart kaum glauben konnte, daß die anderen sie nicht auch wahrnahmen ... Dann waren die Bilder wieder fort, vorüber. Er fühlte sich tief erschüttert.

Würde Donal mit seiner kleinen Schwester tatsächlich ein Kind zeugen? Würde es der Erbe von Aldaran sein? Die Vorausschau war so deutlich und unwiderruflich gewesen. Donal las seine Gedanken und starrte ihn hilflos an. Eine Andeutung davon erreichte auch den alten Mann, der in wildem Triumph lächelte, als er in Allarts Geist den Erben sah, von dem er so besessen war.

In diesem Augenblick betraten Margali und Cassandra die Halle. Aldaran blickte sie wohlwollend an.

»Ich habe nicht gedacht, daß eure Lustbarkeit so bald enden würde, Ladies. Als die Tochter des Hallenverwalters in das Alter kam, wurde in den Frauenräumen bis nach Mitternacht getanzt und gesungen ...«

Abrupt brach er ab. »Margali, Cousine, was ist los?«

Aber er las die Wahrheit von ihrem Gesicht ab.

»Schwellenkrankheit! Gnädiger Avarra!«

Plötzlich war Aldaran nur noch ein besorgter Vater. Ehrgeiz und Paranoia schienen verschwunden. Mit zitternder Stimme sagte er: »Ich hatte gehofft, sie würde davon verschont bleiben. Alicianes *Laran* ist

früh über sie gekommen, und in der Pubertät hatte sie keine Krise, aber auf meinem Samen liegt ein Fluch. Meine älteren Söhne und Töchter sind so gestorben.« Er beugte das Haupt. »Ich habe seit Jahren nicht mehr an sie gedacht.«
Allart sah sie in seinem Geist, verstärkt noch durch die Erinnerung der alten *Leronis:* ein dunkler, lachender Junge; ein kleinerer, stämmiger Junge mit einem Schopf widerspenstiger Locken und einer dreieckigen Narbe am Kinn; ein hübsches, verträumt wirkendes, dunkles Mädchen, das in ihrer Art, den Kopf zu heben, auch Ähnlichkeit mit Dorilys hatte ... Allart spürte in sich den Kummer des Vaters, der miterlebt hatte, wie die Krankheit sie auszehrte, wie sie einer nach dem anderen starben, all ihre Verheißung und Schönheit wie weggewischt. Im Geist des älteren Mannes sah er ein schreckliches Bild, das niemand austilgen oder ihn vergessen machen konnte: Das Mädchen lag gekrümmt am Boden, zuckend, das lange Haar ausgebreitet, ihre Lippen durchbissen, das Gesicht mit Blut beschmiert. Es zeigte die verträumten Augen eines gequälten, wahnsinnigen Tieres ...
»Du darfst nicht verzweifeln, Cousin«, sagte Margali. »Renata hat sie darauf vorbereitet, es auszuhalten. Häufig ist der erste Anfall der schwerste. Wenn sie ihn überlebt, ist das Schlimmste vorbei.«
»Es ist oft so«, sagte Dom Mikhail, dessen Stimme immer noch entsetzt klang. »So war es mit Rafaella; den einen Tag lachte sie, tanzte und spielte Harfe, am nächsten war sie ein schreiendes, gemartertes Ding, das in meinen Armen unaufhörlich zuckte. Sie hat nie mehr die Augen geöffnet, um mich zu erkennen. Als ihr Todeskampf vorbei war, wußte ich nicht, ob ich traurig sein sollte, oder froh, daß ihre Qual ein Ende hatte ... Aber Dorilys hat überlebt.«
»Ja«, sagte Cassandra mitfühlend, »und sie hat nicht einmal eine Krisis gehabt, Dom Mikhail. Es gibt keinen Grund anzunehmen, daß sie stirbt.«
Donals Stimme war wild und zornig: »Weißt du jetzt, Vater, was ich im Sinn hatte? Bevor wir darüber sprechen, ihr ein Kind zu machen – sollten wir nicht wenigstens sicher sein, daß sie überhaupt eine Frau wird?«
Aldaran fuhr wie unter einem heftigen Schlag zurück. In dem ersterbenden Donner hinter den Fenstern war plötzlich ein Krachen und Rollen. Regen schlug auf die Scheiben, der sich prasselnd über sie ergoß; es klang wie der Schritt von Scathfells Armeen, die auf ihrem Marsch hierher waren.
Denn jetzt war Frühling in den Hellers, und der Krieg stand ihnen bevor.

Im ersten Mond des Frühlings regnete es unaufhörlich. Allart, der den Regen, weil er wußte, daß er die Straße für Scathfells Armeen unpassierbar machte, begrüßte, wurde noch immer von Unentschlossenheit gequält. Damon-Rafael hatte eine Botschaft gesandt, die freundschaftliche Teilnahme ausdrückte, für Allart aber erschien jede einzelne Zeile erlogen. Sie endete mit dem Befehl, sobald wie möglich zurückzukehren, wenn die Straßen wieder frei waren und er reisen konnte.

Wenn ich jetzt nach Hause zurückkehre, wird Damon-Rafael mich töten. So einfach ist es tatsächlich ... Verrat. Ich bin durch einen Eid gebunden. Ich habe geschworen, seine Herrschaft anzuerkennen, und jetzt werde ich es nicht tun. Mein Leben ist verwirkt, denn ich habe meinen Eid gebrochen, wenn auch nicht in der Tat, so doch in Gedanken ... Seine Unentschlossenheit ließ ihn in Aldaran bleiben. Er war froh über die Frühlingsregen, die ihn festhielten.

Damon-Rafael ist seiner Sache nicht sicher, noch nicht. Aber wenn die Straßen frei sind, und ich noch immer nicht komme – dann bin ich ein Verräter, mein Leben ist bedroht. Er fragte sich, was Damon-Rafael tun würde, wenn es keinen Zweifel mehr gab.

Inzwischen hatte Dorilys wiederholt einige Anfälle der Schwellenkrankheit gehabt, die aber nicht sehr schwer gewesen waren. Renata hatte ihr Leben keine Sekunde lang in Gefahr gesehen. Sie hatte unermüdlich an Dorilys' Seite gewacht – und einmal mit leicht gezwungenem Lächeln zu Cassandra gesagt: »Ich weiß nicht, ob sie wirklich will, daß ich bei ihr bleibe – oder ob sie fühlt, daß ich zumindest nicht bei Donal sein kann, wenn ich bei ihr bin.« Unausgesprochen wußten beide Frauen, daß da noch etwas anderes war.

Früher oder später muß sie erfahren, daß ich Donals Kind trage. Ich will ihr nicht weh tun oder ihr noch mehr Kummer bereiten.

Immer wenn Donal Dorilys sah – was sehr selten geschah, denn er organisierte die Verteidigung gegen den Angriff, den man im Frühjahr mit Sicherheit zu erwarten hatte –, war er freundlich und zuvorkommend, der gleiche liebevolle ältere Bruder, wie stets. Aber immer, wenn Dorilys »mein Gatte« sagte, antwortete er nur mit einem gutmütigen Lachen, als sei es tatsächlich ein kindliches Spiel, und ließ ihr dabei den Willen.

Während der Tage, an denen Dorilys das Ziel wiederholter Anfälle von Orientierungslosigkeit und plötzlichen Umwälzungen wurde – bei denen ihre telepatische Fähigkeit sie in einen Alptraum voller Schrecken und Überlastungen warf –, waren sie und Cassandra sich sehr nahe gekommen. Ihre gemeinsame Liebe für Musik festigte diese Bindung.

Dorilys war bereits eine talentierte Lautenspielerin. Cassandra brachte ihr bei, auch die *Rryl* zu spielen, und sie lernte von der älteren Frau einige Lieder aus Cassandras fernem Heimatland Valeron.
»Ich kann nicht verstehen, wie du das Leben in den Tiefländern aushalten kannst«, sagte Dorilys. »Ich könnte nicht ohne die Berggipfel leben. Es muß so trübselig und langweilig dort sein.«
Cassandra lächelte. »Nein, Liebes, es ist sehr schön. Manchmal fühle ich, wie die Berge mich so einschließen, daß ich kaum atmen kann – als wären ihre Gipfel die Gitterstangen eines Käfigs.«
»Wirklich? Wie seltsam! Cassandra, ich kann den Akkord am Schluß der Ballade nicht so wie du spielen.«
Cassandra nahm die *Rryl* aus Dorilys' Hand und machte ihr es vor.
»Aber du kannst sie nicht so anschlagen wie ich. Du mußt Elisa bitten, es dir zu zeigen«, sagte Cassandra und spreizte ihre Hand. Mit großen Augen starrte das Mädchen sie an.
»Oh, du hast sechs Finger! Kein Wunder, daß ich nicht so wie du spielen kann! Ich habe gehört, das sei ein Zeichen für *Chieri*-Blut, aber du bist keine *Emmasca*, wie es die *Chieri* sind, nicht wahr, Cousine?«
»Nein«, erwiderte Cassandra lächelnd.
»Ich habe gehört ... Vater hat mir erzählt, daß der König in den Tiefländern *Emmasca* ist, und daß sie ihn deshalb im Sommer vom Thron holen. Wie schrecklich für ihn. Hast du ihn einmal gesehen? Wie ist er?«
»Er war noch ein junger Prinz, als ich ihn zum letzten Mal sah«, antwortete Cassandra. »Er ist sehr still und hat ein trauriges Gesicht. Ich glaube, er hätte einen guten König abgegeben, wenn sie ihn hätten regieren lassen.«
Dorilys beugte sich über das Instrument und schlug den Akkord, der ihr Schwierigkeiten bereitete, versuchsweise immer wieder an. Schließlich gab sie es auf. »Ich wünschte, ich hätte auch sechs Finger«, sagte sie. »Ich kann so nicht richtig spielen! Ich frage mich, ob meine Kinder meine musikalische Begabung erben werden oder nur mein *Laran*.«
»Du bist sicher noch zu jung, um schon an Kinder zu denken«, sagte Cassandra lächelnd.
»In wenigen Monden werde ich gebärfähig sein. Du weißt, daß ein Sohn mit Aldaran-Blut dringend gebraucht wird.« Sie sprach so ernsthaft, daß Cassandra ein großes Bedauern in sich fühlte.
Das machen sie mit allen Frauen unserer Kaste! Dorilys hat kaum die Puppen weggelegt, und schon denkt sie an nichts anderes, als an ihre Pflicht gegenüber dem Clan! Nach einer langen Pause sagte sie zögernd: »Vielleicht ... Dorilys, vielleicht solltest du wegen deines *Laran* keine Kinder haben.«

»Wie ein Sohn unseres Hauses sein Leben im Krieg riskieren muß, muß die Tochter alles wagen, um ihrer Kaste Kinder zu geben.« Sie rezitierte den Spruch sachlich und entschieden. Cassandra seufzte.
»Ich weiß, *Chiya*. Seit ich ein Kind war, habe ich das jeden Tag gehört. Wer Dogmen anzweifelt, gilt als Ketzer, und so glaubte ich es ebenso wie jetzt du. Aber ich finde, du bist alt genug, das selbst zu entscheiden.«
»Ich *bin* alt genug, das zu entscheiden«, sagte Dorilys. »Du hast dieses Problem nicht, Cousine. *Dein* Ehemann ist nicht Erbe eines Reiches.«
»Hast du das nicht gewußt?« fragte Cassandra. »Allarts ältester Bruder wird König werden, wenn man den *Emmasca* in Hali entthront hat. Dieser Bruder hat keine legitimen Söhne.«
Dorilys starrte sie an. »Du könntest Königin werden«, sagte sie mit ehrfürchtigem Blick. Offenbar wußte sie gar nichts über Allarts Familie. Er war nur der Freund ihres Bruders. »Dann braucht auch Dom Allart dringend einen Erben, und du bist noch nicht schwanger.« In ihrem Blick lag die Andeutung eines Vorwurfs.
Zögernd berichtete Cassandra von ihrer gemeinsam getroffenen Entscheidung.
»Renata hat gesagt, ich solle keine Töchter zur Welt bringen«, sagte Dorilys. »Ich könnte sterben, wie meine Mutter, als sie mich zur Welt brachte. Aber ich bin nicht sicher, ob ich Renata noch trauen kann. Sie *liebt* Donal, und will nicht, daß ich Kinder bekomme.«
»Wenn das stimmt«, sagte Cassandra sehr behutsam, »dann nur deshalb, weil sie sich Sorgen um dich macht, *Chiya*.«
»Nun, in jedem Fall sollte ich zuerst einen Sohn haben«, sagte Dorilys, »und dann werde ich entscheiden. Vielleicht vergißt Donal Renata, wenn ich ihm einen Sohn schenke. Denn dann bin ich die Mutter seines Erben.« Ihre jugendliche Arroganz war so groß, daß Cassandra sich erneut Sorgen machte. Zweifel befielen sie.
Konnte sie ihre Bindung zu Allart dadurch festigen, daß sie ihm den Sohn gab, den er haben mußte, damit man ihm nicht – wie Prinz Felix – den Thron streitig machte? Sie hatten seit einiger Zeit nicht mehr ernsthaft darüber gesprochen.
Ich würde alles geben, um meiner selbst so sicher zu sein wie Dorilys! Entschlossen wechselte sie das Thema, nahm die *Rryl* wieder in den Schoß, legte Dorilys' Finger auf die Saiten und sagte: »Sieh nur. Wenn du sie so hältst, kannst du den Akkord vielleicht spielen, auch wenn du nur fünf Finger hast.«

Während die Tage vergingen, erwachte Allart immer wieder mit dem Bewußtsein, daß Aldaran unter Belagerung stand. Dann wurde ihm jedesmal bewußt, daß die Wirklichkeit noch nicht eingetreten war und er es nur seiner Vorausschau verdankte, daß sich das Unvermeidliche sichtbar vor ihm ausbreitete. Daß es so kommen würde, wußte er mit absoluter Gewißheit.

»Jetzt«, sagte Donal eines Morgens, »müßten die Stürme in den Tiefländern abgeklungen sein. Aber ich weiß nicht, wie das Wetter in Scathfell oder Sain Scarp aussieht, ob ihre Armeen marschieren können. Ich werde auf den Wachtturm steigen und Ausschau halten, ob es auf den Straßen irgend welche verdächtige Bewegungen gibt.«

»Nimm Dorilys mit«, empfahl Allart. »Sie kann das Wetter noch besser analysieren als du.«

Donal zögerte und sagte dann: »Mir widerstrebt es, Dorilys zu begegnen. Vor allem jetzt, wo sie meine Gedanken lesen kann. Ich bin alles andere als glücklich darüber, daß sie zur Telepathin geworden ist.«

»Aber wenn Dorilys fühlt, daß sie dir irgendwie nützlich sein kann, daß du ihr nicht gänzlich aus dem Weg gehst ...« meinte Allart.

Donal seufzte. »Du hast Recht, Cousin. Ich kann ohnehin nicht immer an ihr vorbeisehen.« Er schickte einen Diener zu ihr und dachte: *Würde es denn gar so schlecht sein, wenn ich Dorilys gebe, was mein Vater von mir verlangt? Vielleicht wird sie mir Renata nicht mehr mißgönnen, wenn sie bekommt, was sie will. Wir würden uns dann nicht mehr so anstrengen müssen, es vor ihr zu verbergen ...*

Dorilys sah wie der Frühling selbst aus: Sie trug eine mit Frühlingsblättern bestickte Tunika, ihr leuchtendes Haar war im Nacken geflochten und wurde von einer Schmetterlings-Spange gehalten. Allart konnte in Donals Geist das Mißverhältnis zwischen seinen Erinnerungen an das Kind und dem Anblick der hochgewachsenen, anmutigen jungen Frau sehen, die sie jetzt darstellte.

»Jetzt sehe ich, daß ich dich *meine Lady* nennen muß, Dorilys«, sagte er heiter und im Versuch, zu scherzen. »Es scheint, daß mein kleines Mädchen für immer gegangen ist. Ich benötige deine Begabung, *Carya*«, fügte er hinzu und erklärte, was er von ihr wollte.

Auf der höchsten Spitze von Schloß Aldaran ragte der Wachtturm ein oder zwei weitere Stockwerke empor. Eine erstaunliche Leistung der Ingenieurkunst, die Allart sich kaum erklären konnte. Sie mußte in Matrixarbeit mit einem großen Kreis geschaffen worden sein. Der hohe Turm beherrschte das ganze Umland in weiter Entfernung. Während sie ihn bestiegen, zeigte ihnen der Ausblick durch die Fensterschlitze, daß er ganz in Nebel und Wolken eingehüllt war. Aber als sie den höchsten Raum betraten, wurden sie bereits lichter und bewegten sich fort. Donal sah Dorilys erfreut und überrascht an. Sie lächelte und wirkte beinahe selbstzufrieden.

»Solchen Nebel zu vertreiben – ich glaube, selbst als Baby hätte ich *das* gekonnt«, sagte sie. »Und jetzt ist es gar nichts. Es erfordert nur einen ganz leichten Gedanken, wenn man ungehindert sehen will. Ich erinnere mich, Donal, daß du mich einst, als ich noch klein war, hierher brachtest und mich durch Vaters Ferngläser sehen ließest.«

Allart konnte die unter ihnen liegenden Straßen erkennen. Er machte Bewegungen aus. Im Bewußtsein, sich die Bewegungen nur einzubilden, zwinkerte Allart mit den Augen und schüttelte den Kopf. Er versuchte Gegenwart und Zukunft zu trennen. *Es stimmte!* Armeen bewegten sich auf der Straße, auch wenn sie noch nicht vor Aldarans Toren standen.

»Wir brauchen keine Angst zu haben«, sagte Donal und versuchte, Dorilys zu beruhigen. »Aldaran ist noch nie von Truppen eingenommen worden. Wir können diese Festung ewig halten, wenn wir genug Nahrung haben. Aber innerhalb einer Dekade werden sie vor unseren Toren stehen. Ich nehme mir einen Gleiter und versuche herauszufinden, aus welcher Richtung sie kommen. Vielleicht erfahre ich auch, wie viele Männer sie gegen uns in Marsch gesetzt haben.«

»Nein«, sagte Allart. »Wenn ich mir herausnehmen darf, dir einen Rat zu geben, Cousin: Du wirst nicht fliegen. Jetzt, da du den Oberbefehl hast, ist dein Platz hier, damit jeder Vasall, der sich mit dir beraten muß, dich sofort finden kann. Du kannst dein Leben nicht für eine Aufgabe aufs Spiel setzen, die jeder unserer Jungen für dich erledigen kann.«

Donal machte eine widerwillige Geste. »Es widerspricht meiner Natur, einen Mann in eine Gefahr zu bringen, der ich nicht selbst entgegentreten würde.« Allart schüttelte den Kopf.

»Du wirst noch genügend persönlichen Gefahren entgegentreten«, widersprach er, »aber es gibt Dinge, die Führer, und Aufgaben, die Gefolgsleute erledigen müssen. Sie sind nicht austauschbar. Von jetzt an, Cousin, sollte Fliegen für dich ein Freizeitvergnügen in Friedenszeiten sein.«

Dorilys berührte Donals Arm und sagte: »Jetzt, da ich eine Frau bin – darf ich da noch fliegen, Donal?«

»Ich sehe keinen Grund«, erwiderte Donal, »aus dem du es nicht tun solltest, wenn wir Frieden haben. Aber du mußt unseren Vater fragen, *Chiya* – und Margali.«

»Aber ich bin deine Frau«, sagte Dorilys, »und es ist an *dir*, mir Befehle zu geben.«

Zwischen Verärgerung und Zärtlichkeit gefangen, seufzte Donal auf. Dann sagte er: »Dann befehle ich dir, *Chiya,* Margalis Ratschlag einzuholen – und Renatas. Ich kann dir keinen geben.« Als sich bei der Erwähnung Renatas Dorilys' Gesicht unheildrohend verdunkelte, dachte Donal: *Eines Tages muß ich ihr ganz offen sagen, wie es zwischen mir und Renata steht.* Er legte zärtlich den Arm über ihre Schulter und sagte laut: »*Chiya*, als ich vierzehn war und *Laran* bekam, verbot man mir über ein halbes Jahr zu fliegen. Woher hätte ich auch wissen sollen, wie ich mich während eines Schwindelanfalls zu verhalten habe? Aus diesem Grund wäre es mir lieber, wenn du nicht eher fliegst, bis du sicher sein kannst, dich in einem solchen Fall richtig zu verhalten.«

»Ich werde tun, was du sagst, mein Gatte«, sagte Dorilys und blickte dabei mit einer solchen Bewunderung zu Donal auf, daß er zurückschrak.

Als sie fort war, blickte Donal Allart verzweifelt an. »Sie wirkt überhaupt nicht wie ein Kind, und ich kann sie nicht für ein solches halten«, sagte er. »Und dabei ist es mein einziger Schutz, sie für zu jung zu halten.«

Allart wurde schmerzlich an seinen eigenen Gefühlskonflikt über die *Riyachiyas* erinnert. Mit einem Unterschied: Sie waren steril und alles andere als menschlich. Was er auch mit ihnen tat – es konnte nur seine Selbsteinschätzung beeinflussen, jedoch nicht die der *Riyachiyas*. Aber Donal war die Rolle gegeben worden, den Gott im Leben einer wirklichen Frau zu spielen. Wie konnte er ihm einen Rat geben? Allart selbst hatte seine Ehe gegen seine eigene Einstellung vollzogen, und zwar aus den gleichen Gründen – weil das Mädchen sich danach gesehnt hatte.

Nüchtern sagte er: »Vielleicht wäre es besser, Dorilys nicht als Kind anzusehen, Cousin. Kein Mädchen mit ihrer Ausbildung kann noch ein Kind sein. Vielleicht solltest du allmählich in ihr die Frau sehen. Versuche, dich mit ihr zu verständigen, wie mit einer Frau, die alt genug ist, eigene Entscheidungen zu treffen. Und das wird sie, wenn die Schwellenkrankheit vorüber und sie frei von unerwarteten Trieben und Anfällen ist.«

»Du hast sicher recht.« Fast dankbar erinnerte Donal sich an seine Pflicht. »Aber jetzt komm – mein Vater muß erfahren, daß sich auf der Straße etwas tut. Jemand muß hinaus, um auszuspionieren, wo sie sind.«

Aldaran empfing die Nachricht mit einem wilden Lächeln. »Also ist es soweit!« sagte er. Allart dachte erneut an den alten Falken, der sein Gefieder öffnete und die Flügel spreizte – begierig auf einen letzten Flug.

Als bewaffnete Männer den Kadarin überquerten und nach Norden in die Hellers zogen, erkannte Allart – der sie mit seinem *Laran* sah – mit steigendem Erschrecken, daß einige von ihnen es auf *ihn* abgesehen hatten. Unter den Bewaffneten waren einige mit dem Koniferen-Zeichen der Hasturs von Elhalyn, der Krone, die sie von den Hasturs von Carcosa unterschied.

Täglich kehrte er mit Donal auf den Wachtturm zurück. Sie warteten auf die ersten Anzeichen, daß die Truppen sich unmittelbar der Burg näherten.

Aber ist das wirklich? Oder zeigt das Laran mir etwas, das vielleicht doch nie eintreten wird?

»Es *ist* wirklich, denn ich sehe es auch«, sagte Donal, der Allarts Gedanken las. »Mein Vater muß darüber informiert werden.«

»Er wollte nichts mit den Kriegen der Tiefländer zu tun haben«, sagte Allart. »Jetzt hat er sich jemanden zum Feind gemacht, weil er mich und meine Frau beschützt. Damon-Rafael macht mit Scathfell gemeinsame Sache gegen ihn.«

Als sie sich umwandten, um den Turm hinabzusteigen, dachte er: *Jetzt bin ich wirklich bruderlos ...*

Donal legte eine Hand auf seinen Arm. »Ich auch, Cousin«, sagte er.

Aus einer plötzlichen Regung heraus zogen sie ihre Dolche. Keiner von ihnen hatte den Anfang gemacht – sie handelten gleichzeitig. Allart lächelte, legte den Knauf seines Messers auf die Klinge Donals; dann ließ er dessen Waffe in seine Scheide gleiten. Es war ein uraltes Gelöbnis und bedeutete, daß keiner von ihnen jemals gegen den anderen die Waffe ziehen würde, gleich was auch geschehen mochte. Sie umarmten sich kurz und gingen Arm in Arm zu Dom Mikhail.

Allart, durch diese Geste erleichtert, empfand plötzlich Bedenken.

Vielleicht war es falsch. Ich muß vorsichtig mit meinen Bündnissen sein und darf nichts tun, das ich nur schwer zurücknehmen kann, sollte ich eines Tages auf dem Thron sitzen ... Unwillig brach er den Gedanken ab.

Jetzt denke ich schon, dachte er mit einem Aufflackern von Selbsthaß, *in Kategorien der Zweckdienlichkeit. Wie ein Politiker – wie mein Bruder!*

Als sie in den Hof kamen und ihn überqueren wollten, deutete ein Diener plötzlich nach oben.

»Da – da! Was ist das?«

»Das ist nur ein Vogel«, sagte jemand, aber der Mann schrie: »Nein, das ist *kein* Vogel!«

Die Augen mit der Hand beschattend, blickte Allart in die Sonne. Er sah dort *etwas* kreisen, in langsamen Spiralen herabkommen; ein langsames, unheilverkündendes Sinken. Angst und Schmerz packten ihn. *Das ist Damon-Rafaels Werk, ein Pfeil, den er auf mein Herz abfeuert,* dachte er wie gelähmt. Bestürzt fiel ihm ein: *Damon-Rafael besitzt das Muster meiner Matrix, meiner Seele. Er könnte eine von Coryns schrecklichen Waffen gegen mich schicken, ohne zu befürchten, daß sie einen anderen tötet.*

In diesem Moment fühlte er Cassandras Gedanken mit seinen eigenen verstrickt. Dann war ein flackernder Blitz am Himmel, ein Schrei aus Schmerz und Triumph, und das zerstörte Ding, das *kein* Vogel war, fiel wie ein Stein, verharrte mitten in der Luft und spritzte Feuer aus, vor dem die Diener entsetzt zurückwichen. Die Kleidung einer Frau war von dem schrecklichen Stoff erfaßt worden. Einer der Stallburschen packte sie und stieß sie in eines der am Rande des Hofes stehenden Waschfässer. Sie schrie vor Schmerzen und Angst, aber das Feuer zischte und erlosch. Allart blickte auf die Flammen und den zerstörten Vogel, der sich immer noch mit entsetzlichem Pseudo-Leben wand, als er näherkam. »Bringt Wasser und löscht es aus«, befahl er.

Als der Inhalt von zwei oder drei Waschfässern über dem Feuer ausgeschüttet und es völlig erloschen war, blickte er voller Abscheu auf das Ding, das sich noch immer schwach regte. Die Frau hatte sich inzwischen tropfnaß aus dem Gefäß befreit.

»Du hast Glück gehabt«, sagte Donal und fuhr, ehe sie widersprechen konnte, fort: »Ein Tropfen Haftfeuer hatte dich erfaßt, gute Frau. Er hätte dein Kleid verbrannt, sich durch Fleisch und Knochen gebohrt und so lange an dir gefressen, bis man das verbrannte Fleisch hätte abschneiden müssen.«

Allart trat so lange auf das zerstörte Ding aus Metallrohren, Rädern und Pseudo-Fleisch, bis es zu einem kleinen Häufchen wurde, das sich immer noch schwach bewegte.

»Nimm das«, wies er einen der Stallknechte an. »Lies es mit deiner Schaufel auf. Berühre es nicht mit den Händen und vergrabe es tief in der Erde.«

Eine der Wachen kam heran und sah kopfschüttelnd zu.

»Oh Götter! *Dem* müssen wir in diesem Krieg entgegentreten? Welcher Teufel hat das gegen uns geschickt?«

»Lord Elhalyn, der König über dieses Land sein will«, sagte Donal mit versteinertem Gesicht. »Könnte meine Schwester nicht den Blitzschlag steuern, würde mein Freund und Bruder jetzt brennend hier liegen!« Er drehte sich um und fühlte, daß Dorilys die Treppen hinabrannte. Cassandra folgte ihr, so schnell es ihr steifes Bein zuließ. Dorilys lief auf Donal zu und riß ihn in ihre Arme.

»Ich habe es gespürt! Ich habe gespürt, wie es über uns schwebte und habe es heruntergeschlagen!« rief sie. »Es hat weder dich noch Allart getroffen! Ich habe euch gerettet, ich habe euch beide gerettet!«

»Das hast du tatsächlich«, bestätigte Donal, der das Mädchen in den Armen hielt. »Wir sind dir dankbar, mein Kind, wir sind dir dankbar! Du bist wirklich, wie Kyril es damals auf der Feuerstation sagte – die Herrin der Stürme!«

Dorilys klammerte sich an ihn. Ihr Gesicht war von solcher Freude erfüllt, daß Allart plötzlich Furcht spürte. Ihm schien, als würden Blitze über die Burg hinwegzucken – obwohl der Himmel wieder ganz klar war. Die Luft schien mit Feuer geladen zu sein.
War es *das*, was ihnen in diesem Krieg bevorstand? Cassandra eilte auf ihn zu, hielt ihn fest, und er spürte ihre Angst wie seine eigene. Dann fiel ihm ein, daß sie den Schmerz der Haftfeuer-Verbrennungen bereits kennengelernt hatte.
»Weine nicht, meine Liebe, Dorilys hat mich gerettet«, sagte Allart. »Sie hat Damon-Rafaels schändliche Waffe zerstört, bevor sie mich erreichen konnte. Ich nehme an, daß er mich nun für tot hält. Es ist also nicht wahrscheinlich, daß er ein weiteres dieser Dinger gegen mich losschickt.«
Doch während er sie tröstete, war er selbst noch immer geängstigt. Dieser Krieg würde kein gewöhnlicher Bergkrieg werden, sondern etwas ganz Neues und Entsetzliches.

26

Hätte es in Allarts Gedanken noch Raum für Zweifel über den kommenden Krieg gegeben – jetzt gab es ihn nicht mehr. Auf allen Straßen, die zum Gipfel von Aldaran führten, sammelten sich Truppen. Donal regelte die Verteidigung. Rund um die tiefergelegenen Hänge hatte er bewaffnete Männer stationiert. Zum ersten Mal, seit Donal sich erinnern konnte, war Burg Aldaran wieder die gewappnete Festung, als die man sie erbaut hatte.
Ein Parlamentär war unter der Waffenstillstandsflagge in die Burg gekommen. Allart stand in Aldarans Empfangsraum und schaute den Lord, der ruhig, leidenschaftslos und drohend auf seinem hohen Sessel saß, an. Dorilys saß neben ihm, während Donal an ihrer Seite stand. Selbst Allart wußte, daß Dorilys' Anwesenheit nur eine Rückenstärkung Donals bedeutete.
»Mein Fürst«, sagte der Parlamentär und verbeugte sich, »hört nun die Worte von Rakhal Scathfell, der bestimmte Zusicherungen und Zugeständnisse Mikhail Aldarans fordert.«
Aldaran sagte überraschend sanft: »Ich bin es nicht gewohnt, Forderungen entgegenzunehmen. Mein Bruder Scathfell mag zu Recht all das beanspruchen, was seine Vasallen ihm als ihrem Lehnsherren traditionell schulden. Sag ihm daher, daß ich bestürzt darüber bin, daß er von *mir* etwas fordert, das er nur zu angemessenen Bedingungen zu beanspruchen hat.«

»So wird es gesagt werden«, sagte der Parlamentär. Allart wußte, daß er lediglich eine Stimme darstellte und ausgebildeter Sprecher war. Der Mann mußte in der Lage sein, bis zu zwei oder drei Stunden Rede und Gegenrede ohne die geringste Abweichung in Ausdruck und Betonung aufzuzeichnen. Allart war sicher, daß die Botschaft exakt in Aldarans Tonfall an Scathfell weitergereicht werden würde.

»Mit dieser Zusage, Fürst Aldaran, hört die Worte Rakhal Scathfells an seinen Bruder.« Haltung und Stimme des Parlamentärs änderten sich leicht, und obwohl er ein kleiner Mann mit heller Stimme war, wirkte die Illusion gespenstisch, als stünde Scathfell selbst vor ihnen. Als der Parlamentär sprach, benutzte er die gutmütig-poltrige Stimme seines Herrn.

»Da du, Bruder, in letzter Zeit gewisse ungesetzliche und ärgerniserregende Vorkehrungen getroffen hast, die das Erbe von Aldaran betreffen, erkläre ich, Rakhal von Scathfell, Wächter und gesetzlicher Erbe des Reiches von Aldaran, verpflichtet, das Reich zu verteidigen und zu schützen, wenn Krankheit, Gebrechlichkeit oder hohes Alter dich daran hindern, dich für senil, gebrechlich und unfähig, weitere Entscheidungen zu fällen, die das Reich betreffen. Daher bin ich, Rakhal von Scathfell, bereit, die Aufsicht über das Reich in deinem Namen zu übernehmen. Daher fordere ich« – Lord Aldarans Fäuste ballten sich bei der Wiederholung des Worts *fordern* – »daß du mir sofort den Besitz von Burg Aldaran und die Person deiner *Nedestro*-Tochter Dorilys von Rockraven übergibst, damit ich sie zum Besten des Reiches in eine angemessene Ehe geben kann. Was den Verräter Donal von Rockraven, genannt Delleray, angeht, der deinen kranken Geist gesetzwidrig dazu beeinflußt hat, diesem Reich Böses und Anstößiges widerfahren zu lassen, bin ich, Wächter von Aldaran, bereit, ihm Amnestie anzubieten. Vorausgesetzt, er verläßt Burg Aldaran vor Sonnenaufgang und geht, wohin er wünscht, um nie mehr zurückzukehren. Wenn er seinen Fuß erneut in die Grenzen des Reiches Aldaran setzt, ist sein Leben verwirkt, und er soll wie ein Tier von jedermann getötet werden können.«

Donal erstarrte, aber er blickte hart und entschlossen.

Er will Aldaran, dachte Allart. *Vielleicht ist er anfangs noch bereit gewesen, zugunsten von Aldarans Verwandtschaft beiseite zu treten, aber jetzt ist offensichtlich, daß er sich daran gewöhnt hat, sich selbst als Aldarans gesetzlichen Nachfolger und Erben zu sehen.*

Die Stimme fuhr fort, ihr Tonfall änderte sich leicht, die Haltung des Sprechers wurde irgendwie anders. Obwohl Allart diese Technik vorher schon gesehen hatte, war ihm jetzt, als stünde ein ganz anderer Mann vor ihm. Selbst seine Gesichtszüge änderten sich. Aber eins war in ihnen geblieben: Arroganz.

»Darüber hinaus fordere *ich*, Damon-Rafael von Elhalyn, rechtmäßiger König der Reiche, von Mikhail Aldaran, daß er sofort die Person des Verräters Allart Hastur von Elhalyn und seine Frau Cassandra Aillard an mich ausliefert, damit sie gebührend wegen Verschwörung gegen die Krone zur Rechenschaft gezogen werden; und daß du, Mikhail von Aldaran, vor mir erscheinst, um auszuhandeln, welchen Tribut Aldaran an Thendara zahlt, damit du fortfahren kannst, dich während meiner Regentschaft in deinem Reich in Frieden aufzuhalten.«

Erneut änderten sich Stimme und Haltung des Parlamentärs. Jetzt stellte er wieder Rakhal Scathfell dar.

»Solltest du, mein Bruder Aldaran, nur eine dieser Forderungen ablehnen, werde ich mich berechtigt fühlen, sie deiner Feste und dir selbst mit Waffengewalt aufzuzwingen.«

Der Parlamentär verbeugte sich zum vierten Mal und verstummte.

»Eine dreiste Botschaft«, sagte Aldaran schließlich. »Wenn man Gerechtigkeit walten ließe, müßte der, der sie ausgesprochen hat, an der höchsten Zinne dieser Burg aufgehängt werden. Als du in die Dienste meines Bruders tratst, wurdest du ebenso verpflichtet, seinem Lehnsherrn zu dienen – und der bin ich. Warum sollte ich dich also nicht wie einen Verräter behandeln?«

Der Parlamentär erbleichte, aber sein Gesicht enthüllte nicht die mindeste persönliche Reaktion, als er erwiderte: »Die Worte sind nicht die meinen, Fürst, sondern die Eures Bruders Scathfell und seiner Hoheit Elhalyn. Wenn die Worte Euch beleidigen, Sir, so bitte ich, ihre Urheber zu bestrafen, nicht den Parlamentär, der sie auf Befehl wiederholt.«

»Nun, du hast Recht«, sagte Aldaran milde. »Warum den Welpen schlagen, wenn der Hund mich mit seinem Gebell erzürnt? Überbringe *diese* Botschaft meinem Bruder: Sag ihm, daß ich nicht nur im Vollbesitz sämtlicher Sinne bin, sondern daß *er* durch seinen Eid zu meinen Untertanen zählt. Und daß ich, wenn ich Gerechtigkeit walten ließe, ihm seinen Besitz, den er aufgrund meiner Gunst verwaltet, nehmen müßte. Ich könnte ihn weiterhin, nachdem er sich dermaßen erdreistet hat, zum Gesetzlosen erklären. Sag meinem Bruder weiterhin, daß – was meine Tochter Dorilys angeht – sie bereits durch die *Catenas* vermählt ist und er sich keine Sorgen machen muß, wie er ihr anderswo einen Gatten findet. Und zu Lord Damon-Rafael von Elhalyn: Sag ihm, daß ich nicht weiß, wer die Tiefländer jenseits des Kadarin regiert, und daß es mich auch nicht kümmert. Denn in diesem Reich erkenne ich keine Herrschaft außer der meinigen an. Aber wenn er, der König von Thendara werden will, mich als Gleichgestellten einlädt, seiner Krönung beizuwohnen, werden wir bei dieser Gelegenheit den Austausch diplomatischer Höflichkeiten diskutieren. Was meinen Verwandten und Gast Allart Hastur betrifft: Er ist in meinem Haushalt willkommen und mag Lord Elhalyn selbst die Antwort geben, die er für richtig hält. – Oder überhaupt nicht antworten.«

Allart befeuchtete die Lippen. Zu spät fiel ihm ein, daß auch diese Geste unverfälscht von dem Botschafter, der vor ihm stand, wiederholt werden würde. Er wünschte, dieses kleine Zeichen von Schwäche nicht gezeigt zu haben.

Schließlich sagte er: »Sag meinem Bruder Damon-Rafael, daß ich als sein gehorsamer Untertan nach Aldaran ging und getreulich alles ausführte, was er mir aufgetragen hat. Jetzt, da meine Mission beendet ist, nehme ich das Recht in Anspruch, mein Domizil zu wählen, wie ich es will, ohne ihn um Rat zu fragen.« *Eine dürftige Antwort.* Er dachte über die beste Art weiterzusprechen nach. »Sag weiterhin, daß das Klima von Hali der Gesundheit meiner Frau nicht zuträglich war und ich sie um ihrer Gesundheit und Sicherheit willen von dort entfernt habe.« *Darüber soll Damon-Rafael nachdenken!*

»Sag ihm schließlich«, fuhr Allart fort, »daß ich ein treuer Untertan von Felix, dem Sohn des verstorbenen König, Regis, bin und weit davon entfernt, gegen die Krone zu intrigieren. Sollte Felix, der gesetzmäßige König von Thendara, mich irgendwann auffordern, seine Krone gegen Verschwörer zu verteidigen, stehe ich unter seinem Befehl.«

Jetzt, dachte er, *ist es getan, und unwiderruflich. Ich hätte meinem Bruder eine Botschaft der Unterwerfung schicken können, daß ich als Aldarans Gast nicht die Hand gegen ihn heben kann. Statt dessen habe ich mich zu seinem Widersacher erklärt.*

Allart widerstand der Versuchung, einen Blick in die Zukunft zu tun, um zu sehen, wie Damon-Rafael und Lord Scathfell die Botschaft aufnahmen. Es konnte hundert Möglichkeiten geben, von denen nur eine eintreffen würde. Es war unvernünftig, den Verstand mit den übrigen neunundneunzig zu plagen.

Es war still in dem Empfangsraum, während der Parlamentär die Botschaft in sich aufnahm. Dann sagte er: »Meine Lords – diejenigen, die mich entsandten, sahen eine Antwort wie diese voraus und trugen mir auf, darauf folgendes zu sagen: Donal von Rockraven, genannt Delleray, wird in diesem Reich zum Gesetzlosen erklärt. Jeder, der ihn tötet, kann das von diesem Tag an ohne Bestrafung tun.

Allart Hastur, dem Verräter, bieten wir nichts außer der Gnade seines Bruders, sollte er vor Sonnenuntergang dieses Tages kommen und sich unterwerfen.

Mikhail von Aldaran fordern wir auf, daß er sich mit allen, die sich in seiner Burg befinden, bis zur letzten Frau und zum letzten Kind, sogleich ergibt; oder wir werden kommen und sie einnehmen.«

Wieder kam es zu einem langandauernden Schweigen. Schließlich sagte Aldaran: »Ich habe nicht vor, mein Reich in der nahen Zukunft zu bereisen. Wenn mein Bruder Scathfell während der Saatzeit und der Ernte nichts besseres zu tun hat, als wie ein Hund vor meinen Toren zu sitzen, mag er so lange, wie es ihm gefällt, dort bleiben. Sollte er jedoch Mann oder Frau, Kind oder Tier, die gesetzmäßig unter meinem Schutz stehen, verletzen, oder die Reihen meiner bewaffneten Männer weiter als um den Durchmesser meines kleinsten Fingers übertreten, werde ich das zum Grund nehmen, ihn und seine Truppen zu vernichten und sein Lehen für verwirkt erklären. Was ihn selbst angeht, werde ich ihn hängen, wenn ich ihn auf meinem Grund festnehme.«

Stille. Als offensichtlich war, daß er nichts mehr zu sagen hatte, verbeugte sich der Parlamentär.

»Mein Fürst, die Botschaft wird im Wortlaut ihres Ausspruchs übermittelt werden,« sagte er. Dann entfernte er sich, die Waffenstillstandsflagge vor sich hertragend, aus dem Raum. Noch bevor er die Tür erreicht hatte, wußte Allart, daß es keinen Irrtum darüber gab, was die Zukunft bringen würde.

Krieg.

Aber darüber hatte er nie einen Zweifel gehegt.

Es dauerte nicht lange, bis sie losschlugen. Kaum eine Stunde nach dem Aufbruch des Parlamentärs flog ein Schwarm von Feuerpfeilen zu ihnen hinauf. Die meisten fielen ohne Schaden anzurichten auf den Steinboden, aber einige landeten auf Holzdächern oder in Futterballen, die man für die Tiere innerhalb des Hofes aufgestapelt hatte. Die Waschfässer wurden erneut eingesetzt, bevor das Feuer sich ausbreiten konnte.

Nachdem es gelöscht war, herrschte wieder Stille. Aber sie war unheilverkündend. *Der Unterschied*, dachte Allart, *zwischen drohendem und ausgebrochenem Krieg.* Donal ordnete an, alle Futterstapel mit Wasser aus den Schloßbrunnen zu tränken. Aber die Feuerpfeile waren nur die förmliche Antwort auf die Herausforderung gewesen. »... sollte er die Reihen meiner bewaffneten Männer weiter als um den Durchmesser meines kleinsten Fingers übertreten ...«

Im Hof war alles vorbereitet, einer Belagerung zu trotzen. Bewaffnete Männer waren am Ende eines jeden nach oben führenden Pfades postiert, für den Fall, daß jemand den äußeren Ring um den Berg durchbrechen sollte. Lebensmittel und Tierfutter hatte man schon seit langem eingelagert, und innerhalb der Umfriedung der Burg gab es mehrere Brunnen, die aus den Felsen sprangen. Es gab nichts zu tun als abzuwarten ...

Es dauerte drei Tage. Die Männer auf den Wachttürmen berichteten

über keinerlei Aktivität im Lager der Angreifer. Dann hörte Donal eines Morgens entsetzte Schreie aus dem Hof und eilte hinaus.
Die Wächter bereiteten ihre Morgenmahlzeit rund um die Feuer, die man auf Kaminplatten entzündet hatte. Aber die Köche und jene, die die Tiere zu tränken im Begriff waren, starrten voller Angst auf das aus den Leitungen fließende Wasser: Es war dick und zähflüssig und von einer Farbe, die nicht nur wie frisch geronnenes Blut aussah, sondern ebenso roch. Allart, der heraneilte, blickte in die geängstigten Gesichter der Soldaten und wußte, daß es ernst war. Die Erfolgsaussichten, eine Belagerung zu überstehen, hingen fast vollständig von der Wasserversorgung ab. Wenn Scathfell es geschafft hatte, die Brunnen zu verseuchen, konnten sie nicht länger als ein oder zwei Tage aushalten. Vor Sonnenuntergang würden die ersten Tiere sterben; daraufhin die Kinder. Dann gab es keine Alternative mehr, außer sich zu ergeben.
Allart betrachtete die Flüssigkeit. »Ist es nur dieser Brunnen? Oder ist der andere, der in die Burg läuft, auch verseucht?« fragte er.
Einer der Männer ergriff das Wort: »Ich war in den Küchenräumen, Dom Allart, und dort ist es genauso.«
Dom Mikhail, eilig herbeigerufen, beugte sich über das Naß, ließ es in seine Hand rinnen und verzog angesichts des Geruchs das Gesicht. Dann hob er die Hand zum Mund, um die Flüssigkeit probehalber zu schmecken. Nach einem Moment zuckte er die Achseln und spuckte sie aus.
»Ich frage mich, wie sie an die Brunnen gekommen sind. Die Antwort lautet: Sie sind es gar nicht! Es ist unmöglich.« Er berührte die Matrix an seinem Hals, nahm einen weiteren Schluck, und als er es wieder ausspuckte, rann die Flüssigkeit klar von seinen Lippen.
»Eine Illusion«, sagte er. »Eine bemerkenswert realistische und widerwärtige Illusion, aber nichtsdestotrotz eine Sinnestäuschung. Das Wasser ist rein und gesund. Sie haben es verzaubert, damit es wie Blut aussieht, schmeckt und – das Schlimmste von allem – auch so riecht.«
Allart bückte sich, um das Wasser zu probieren. Er spürte eine Welle von Übelkeit, denn von der äußeren Erscheinung her trank er von einem Strom frischen Blutes ... aber trotz des Übelkeit erregenden Geruchs und Geschmacks war es, wenn er seinen Sinnen trauen konnte, Wasser.
»Wird es also ein Hexenkrieg?« fragte der Wächter mit fassungslosem Kopfschütteln. »*Dieses* Zeug kann niemand trinken.«
»Ich sage euch, es ist Wasser, sehr gutes Wasser«, sagte Aldaran ungeduldig. »Sie haben es nur dazu gebracht, wie Blut *auszusehen*.«
»Jawohl, Fürst, und so zu riechen und zu schmecken«, sagte der Koch. »Ich sage *Euch*: Niemand wird davon trinken.«
»Ihr werdet es trinken oder verdursten«, sagte Donal unwillig. »Es ist

alles nur in deinem Kopf, Mann. Deine Kehle wird es als Wasser fühlen, ganz gleich, wie es aussieht.«
»Aber die Tiere werden es auch nicht trinken«, sagte einer der Männer. Tatsächlich konnte man den Lärm der beunruhigten Tiere aus den Scheunen und Ställen hören. Einige traten aus und bäumten sich auf.
Allart dachte: *Ja, das ist ernst. Alle Tiere fürchten den Blutgeruch. Darüber hinaus haben die Männer hier Angst, also müssen wir ihnen schnell zeigen, daß sie solche Dinge nicht zu fürchten brauchen.*
Seufzend sagte Aldaran: »Gut, gut, ich hatte gehofft, wir könnten es einfach ignorieren und sie denken lassen, ihr Zauber hätte keine Wirkung.« Aber selbst wenn sie die Männer überreden konnten, das Aussehen des Wassers zu ignorieren, würde diese Mühe ihre Moral schwächen. Und Tiere konnte man nicht überreden. Für sie waren Geruch und Geschmack tatsächlich die Realität. Sie würden trotz des Wassers in ihrer Umgebung eher verdursten, als ihre Instinkte zu vergewaltigen.
»Allart, ich habe nicht das Recht, dich um Hilfe bei der Verteidigung meiner Festung zu bitten.«
»Mein Bruder hat die Krone an sich gerissen und mit dem *Euren* gemeinsame Sache gemacht, Verwandter. Mein Leben ist verwirkt, wenn ich hier gefangengenommen werde.«
»Dann versuche herauszufinden, was in Zandrus sieben Höllen sie dort unten machen!«
»Dort gibt es mindestens einen *Laranzu*, der eine Matrix trägt«, sagte Allart, »und vielleicht noch mehr. Aber das ist ein einfacher Zauber. Ich will sehen, was ich tun kann.«
»Donal brauche ich hier für die Verteidiger der äußeren Mauern«, sagte Aldaran.
Allart nickte. »So sei es.« Er wandte sich einer der Dienerinnen zu, die das Wasser anstarrte, das immer noch wie frisches Blut in einem tiefroten Strom aus der Leitung floß. »Geh zu meiner Frau, Lady Renata und Margali, und bitte sie, mich – sobald sie können – im Wachtturm zu treffen.«
Sich an Dom Mikhail wendend fügte er hinzu: »Wenn Ihr erlaubt; er ist abgelegen genug, daß wir dort in Ruhe arbeiten können.«
»Befiehl ganz nach deinem Belieben«, sagte Aldaran.
Als die Frauen zu ihm in den Wachtturm kamen, fragte er: »Ihr wißt es schon?«
Renata verzog das Gesicht und antwortete: »Ich weiß es. Meine Zofe kam schreiend angelaufen, als sie mir ein Bad einlassen wollte. Sie sagte, es fließe Blut aus den Hähnen. Ich dachte sofort an eine Illusion, konnte sie aber nicht davon überzeugen.«
»Ich weiß es auch«, sagte Margali. »Obwohl mir klar war, es mit einer

Illusion zu tun zu haben, wollte ich lieber schmutzig bleiben, als in diesem Zeug zu baden, oder gar davon zu trinken. Dorilys war sehr erschreckt. Armes Kind, sie hat einen neuen Anfall der Schwellenkrankheit. Ich hoffte, sie hätte sie überstanden, aber bei dieser Aufregung ...«
»Nun, zuerst müssen wir sehen, wie es gemacht wird«, sagte Allart. »Cassandra, du bist Überwacherin, aber du Renata, hast die meiste Übung. Willst du in der Mitte arbeiten?«
»Nein, Allart. Ich ... ich wage es nicht«, sagte sie widerstrebend.
Cassandra verstand sofort, was Renata meinte. Sie legte ihren Arm um sie. »Ich habe ja nicht gewußt ... du bist schwanger, Renata!« sagte Cassandra erstaunt und bestürzt. Schließlich hatte Renata ihnen gesagt ... aber das war vorüber und jetzt kein Grund für eine Auseinandersetzung. »Sehr gut, du kannst außerhalb des Kreises überwachen, wenn du willst, obwohl ich nicht glaube, daß es hier nötig ist ... Margali?«
Ein blaues Licht begann von den drei Matrix-Steinen zu schimmern, als sie sich auf sie konzentrierten. Einen Moment später nickte Cassandra. Es war in der Tat der einfachste Zauber gewesen.
»Jetzt brauchen wir nichts mehr«, sagte sie. »Wir müssen nur die Natur verstärken. Dann wird das Wasser wieder Wasser sein, und nichts anderes.«
Vereint sanken sie in die sie umgebenden Energieströme und wiederholten die einfachste der Bewußtheiten, das alte elementare Muster: *Erde und Luft und Wasser und Feuer, Erdboden und Felsen und Wind und Himmel und Regen und Schnee und Blitzschlag ...* Als der Rhythmus der Natur sich in und über ihnen bewegte, spürte Allart, daß auch Renata in den einfachen Zauber einfiel ... er konnte für ihr ungeborenes Kind nur Gutes bedeuten, da er im Einklang mit der Natur stand, anstatt ihre Muster zu verzerren. Als sie die Struktur der Schwingung untersuchten, die die Illusion verursachte, wußten sie, daß jetzt aus allen Quellen, Hähnen und Leitungen klares Quellwasser floß. Als sie noch einen Moment in dem sanften, ruhenden Rhythmus der Natur verblieben, spürten sie auch Dorilys, Donal und Lord Aldaran – jeden im Schloß, der eine Matrix trug und *Laran* besaß. Alle waren durch diesen Rhythmus gestärkt und gekräftigt. Selbst jene, die dieses Bewußtsein nicht besaßen, spürten ihn – sogar die Tiere in den Höfen und Ställen. Selbst die Sonne schien einen Moment lang heller zu leuchten.
Die Natur ist eins, und dieses Eins ist Harmonie ... Für Cassandra, die Musikerin, war es wie ein großer Akkord, mächtig und friedvoll, der einen Moment verharrte und dann erstarb, aber irgendwo immer noch hörbar war ...
Vorsichtig trat Dorilys zu ihnen. Kurz darauf löste sich die enge Verbin-

dung ohne fühlbare Unterbrechung auf. Margali lächelte und streckte ihrer Pflegetochter die Hand entgegen.

»Du siehst wieder besser aus, Liebes.«

»Ja«, sagte Dorilys lächelnd. »Ich lag auf dem Bett und fühlte mich plötzlich – ich weiß nicht, wie ich es erklären soll – *gut*. Ich wußte, daß ihr hier arbeitet und wollte herkommen, um ganz bei euch zu sein.« Mit einem vertrauensvollen Lächeln schmiegte sie sich an ihre Pflegemutter. »Oh, Kathya sagte, ich sollte euch erzählen, daß das Wasser im Bad und den Leitungen wieder klar ist. Ihr könnt frühstücken, wenn ihr wollt.«

Allart wußte, daß der heilende Zauber vollendet war. Für Scathfells Horden mußte es schwer sein, Zauberei oder Matrix-Wissenschaft gegen sie einzusetzen, wenn sie sich gegen die Natur richteten. Man hatte den Halluzinationsangriff abgewehrt, ohne dem dafür verantwortlichen *Laranzu* auch nur ein Härchen zu krümmen. Für das Böse, das er versucht hatte, war ihm Gutes erwiesen worden.

Heiliger Lastenträger, gewähre, daß es damit genug ist, dachte Allart. Doch trotz des Glücksgefühls über den errungenen Sieg wußte er, daß das Gegenteil der Fall sein würde. Nach der Abwendung des ersten Angriffs mußten sich die von Scathfell und Damon-Rafael befehligten Truppen vorerst der mehr konventionellen Kriegsführung zuwenden.

Als er diese Meinung später am Tag gegenüber Dom Mikhail äußerte, machte dieser einen pessimistischen Eindruck.

»Burg Aldaran kann jede gewöhnliche Belagerung überstehen, das weiß mein Bruder Scathfell. Damit wird er sich nicht zufrieden geben.«

»Aber ich sehe voraus«, sagte Allart zögernd, »daß es für beide Seiten schwer wird, wenn wir uns auf die gewöhnliche Kriegsführung beschränken. Wenn man uns in eine Schlacht mit Matrix-Technologie hineinzieht, wird es mit Gewißheit zur Katastrophe kommen. Lord Aldaran, ich habe gelobt, alles in meinen Kräften stehende zu tun, um Euch zu helfen. Aber ich bitte Euch: Versucht, diesen Krieg auf die normalen Methoden zu beschränken, selbst wenn der Sieg auf diese Art schwerer zu erringen ist. Ihr habt selbst gesagt, daß diese Burg jeder gewöhnlichen Belagerung standhalten kann. Verhindert, daß sie uns zwingen, ihre Art Schlacht zu schlagen.«

Lord Aldaran bemerkte, daß er zitterte und sein Gesicht blaß war. Ein Teil von ihm verstand und akzeptierte völlig, was Allart sagte: jener, der sich abgestoßen gefühlt hatte, als Allart vom *Haftfeuer* sprach, das in den Tiefländern eingesetzt wurde. Aber sein zweites Ich, der ausgebildete Soldat und Veteran vieler Raub- und Kriegszüge in den Bergen, blickte Allart an und sah in ihm nur den Mann des Friedens, der sich vor den Verheerungen des Krieges fürchtete. Sein Mitgefühl war nicht frei von Verachtung – der Verachtung des Kriegers für den Pazifisten, des Soldaten für den Mönch. Er sagte: »Ich wünschte wirklich, daß wir uns auf die gesetzmäßigen Kriegswaffen beschränken könnten. Doch dein Bruder hat bereits diese schrecklichen Vögel und Haftfeuer gegen uns gesandt. Ich fürchte, er wird sich nicht damit begnügen, Katapulte auf uns zu richten und unsere Mauern mit Sturmleitern und bewaffneten Männern zu stürmen. Eines verspreche ich dir: Wenn er seine schrecklichen Waffen nicht gegen uns einsetzt, werde ich nicht der erste sein, der *Laran* gegen ihn anwendet. Aber ich habe keinen Turm-Kreis zur Verfügung, um immer gräßlichere Waffen gegen meine Feinde herzustellen. Wenn Damon-Rafael solche Kriegswerkzeuge mitgebracht hat, um sie dem Kommando meines Bruders zu unterstellen, kann ich ihn nicht für immer mit Soldaten, Pfeilen, Armbrüsten und Schwertern aufhalten.«

Das ist nur zu verständlich, dachte Allart verzweifelt. Würde er zulassen, daß Cassandra in Damon-Rafaels Hände fiel, bloß weil es ihm widerstrebte, Haftfeuer einzusetzen? Würde er zusehen, wenn Donal an der Burgmauer aufgehängt und Dorilys zum Bett eines Fremden getragen würde? Aber er *wußte* ohne einen Schatten des Zweifels, daß beim Einsatz von *Laran* – außer jenem einfachen Zauber, der nur die Tatsache bekräftigte, daß die Natur eins war, und nichts, was ihrer Harmonie entzogen wurde, lange existieren konnte –, daß dann ...

Allarts Ohren waren von den Schreien künftigen Wehklagens erfüllt ... Dom Mikhail stand vor ihm, gebeugt, weinend, in einer einzigen Nacht bis zur Unkenntlichkeit gealtert, und rief aus: »Ich bin verflucht! Wäre ich doch ohne Tochter oder Sohn gestorben.« Renatas Gesicht schwebte vor ihm, zuckend, in Angst, sterbend. Die schreckliche Flamme des Blitzes betäubte seine Sinne, und Dorilys' Gesicht tauchte leichenblaß im Leuchten des Sturms auf ... Er konnte diese möglichen Zukunftsentwicklungen nicht ertragen, aber er konnte sie auch nicht ausschließen. Ihr Gewicht erstickte seine Stimme, erstickte alles, außer seiner verzweifelten Angst ...

Mit einem verzweifelten Kopfschütteln ging er davon.

Aber eine Zeitlang schien es tatsächlich, als wären die Pläne der Angreifer vereitelt worden und sie seien nun gezwungen, sich gewöhnlicher Waffen zu bedienen. Den ganzen Tag und die ganze Nacht über schlugen die von Katapulten abgefeuerten Geschosse dumpf gegen die Burgmauern. Hin und wieder folgte ein Hagel von Feuerpfeilen. Donal hielt Männer mit Wasserfässern in ständiger Alarmbereitschaft. Selbst einige Frauen mußten auf die Feuer achten und Wasserfässer dorthin schleppen, wo sie sofort benutzt werden konnten, um Brände in den hölzernen Außengebäuden zu löschen. Kurz vor der Morgendämmerung, als die

meisten Burgwachen hin- und herhasteten und ein Dutzend kleiner Brände löschten, ertönte plötzlich ein Alarm, der jeden rüstigen Mann zu den Mauern rief, um einen Trupp auf Sturmleitern zurückzuschlagen. Die meisten wurden niedergemacht und von der Brustwehr gestürzt, aber einigen gelang der Durchbruch. Donal mußte sich ihnen mit einem halben Dutzend ausgesuchter Leute im ersten Kampf von Mann zu Mann im Innenhof entgegenstellen. Allart, der neben ihm focht, steckte eine leichte Hiebwunde am Arm ein, und Donal schickte ihn fort, sie pflegen zu lassen.
Er stieß dabei auf Cassandra und Renata, die gemeinsam mit den Heilerinnen arbeiteten.

»Allen Göttern sei gedankt, daß es nicht schlimmer ist«, sagte Cassandra erbleichend.
»Ist Donal verletzt?« wollte Renata wissen.
»Keine Sorge«, sagte Allart und verzog das Gesicht, als die Heilerin begann, seine Wunde zu nähen. »Er hat den Mann niedergestochen, der mir *das* zugefügt hat. Dom Mikhail hat für sich und Aldaran nie etwas Besseres getan, als Donal im Kriegshandwerk ausbilden zu lassen. So jung er auch ist, er hat trotzdem alles völlig unter Kontrolle.«
»Es ist still«, sagte Cassandra. »Welche Teufelei hecken die Leute dort unten jetzt aus?«
»Still, sagst du?« Allart blickte sie überrascht an. Dann wurde ihm bewußt, daß es tatsächlich still war – eine tiefe, unheilverkündende Stille drinnen und draußen. Das kreischende Geräusch der an der Burgmauer zersplitternden Geschosse hatte aufgehört. Jene, die er so deutlich hörte, waren in seinem Kopf: die möglichen und vielleicht nie eintreffenden Einsichten seines *Laran*. Im Moment war es tatsächlich still, aber die Geräusche, die er *beinahe* hören konnte, sagten ihm, daß es sich nur um eine kurze Unterbrechung handelte.
»Meine Liebste, ich wünschte, du wärst sicher in Hali oder Tramontana.«
»Ich bin lieber bei dir«, sagte Cassandra.
Die Heilerin hatte seinen Arm jetzt verbunden, legte ihn fest in eine Schlinge und reichte Allart eine Tasse mit einer rötlichen, klebrigen Flüssigkeit. »Trinkt das, das wird Eure Wunde vor dem Fieber bewahren«, sagte sie. »Schont den Arm soweit wie möglich; es gibt Leute genug, die ein Schwert in den Kampf tragen können.« Bestürzt fuhr sie zurück, als die Tasse aus Allarts plötzlich erschlaffender Hand fiel. Die rote Flüssigkeit rann wie Blut über den Steinboden.
»In Avarras Namen, mein Fürst!«
Im gleichen Moment, als sie sich bückte, um das verschüttete Getränk

aufzuwischen, hörte Allart vom Hof den gleichen Aufschrei, den er vorher durch sein *Laran* wahrgenommen hatte. Hastig stand er auf und rannte die inneren Treppen hinab. Aufgeregte Rufe waren zu hören. Im inneren Hof wichen die Leute vor einem zerborstenen Behälter zurück, der auf dem steinernen Boden lag und aus dem ein merkwürdig aussehender gelber Schleim sickerte. Wo er sich ausbreitete, qualmte und verbrannte der Stein und öffnete sich zu klaffenden Löchern. Er wurde wie kalte Butter weggeschmolzen.
»Zandrus Hölle!« brach es aus einer der Wachen heraus. »Was ist *das*? Noch mehr magisches Höllenwerk?«
»Ich weiß es nicht«, sagte Dom Mikhail ernüchtert. »So etwas habe ich bisher noch nie gesehen.«
Einer der Soldaten trat vor und versuchte, einige Bruchstücke des Behälters zur Seite zu schleppen. Unter qualvollen Schreien stürzte er zurück: Seine Hände waren versengt und geschwärzt.
»Weißt *du*, was es ist, Allart?« fragte Donal.
Allart preßte die Lippen zusammen. »Keine Zauberei, sondern eine von den Türmen entwickelte Waffe – eine Säure, die Stein schmilzt.«
»Können wir nichts dagegen unternehmen?« fragte Lord Aldaran. »Wenn sie noch mehr davon gegen unsere Außenmauern schleudern, werden sie uns die Burg über den Köpfen zerschmelzen! Donal, schick Männer aus, um die Grenzlinien zu kontrollieren.«
Donal zeigte auf einen Gardisten. »Du, und du und du – nehmt eure Friedensmänner und geht. Nehmt Strohschilde. Das Zeug beschädigt das Stroh nicht – seht, wo es auf die Futterballen gespritzt ist –, aber wenn es Metall berührt, werdet ihr an den Säuredämpfen ersticken.«
Allart sagte: »Wenn es Säure ist, nehmt das Aschenwasser, das ihr benutzt, um in der Meierei und den Ställen aufzuwischen; vielleicht wird es die Säure stoppen.« Zwar neutralisierte das starke Alkali die Säure tatsächlich, aber einige der Männer bekamen Spritzer von der starken Lauge ab. Dort, wo der Hof von der Säure zerfressen war, wurden selbst an den Stellen, die anschließend mit Laugenwasser behandelt wurden, Löcher in die Stiefel der Männer hineingefressen. Große Bereiche mußten abgezäunt werden, damit niemand sie betrat und verletzt wurde. Auf den Steinen der äußeren Mauer hatte es einige direkte Treffer gegeben. Der Stein bröckelte. Am schlimmsten war, daß sich der Vorrat an Laugenwasser bald erschöpfte. Man versuchte es mit Seife und dem Urin von Tieren, aber sie waren nicht stark genug.
»Das ist schrecklich«, sagte Dom Mikhail. »Sie werden unsere Mauern ziemlich schnell zerstört haben. Das ist sicher Lord Elhalyns Werk, Cousin. Meinem Bruder stehen solche Waffen nicht zur Verfügung. Was können wir tun? Hast du irgendwelche Vorschläge?«

»Zwei«, sagte Allart zögernd. »Wir können einen Bindezauber über den Stein legen, damit er von keiner unnatürlichen Substanz zerfressen werden kann. Er würde zwar einem Erdbeben nicht standhalten, aber sicher dieser unnatürlichen Waffe.«
Also nahm die turmausgebildete Gruppe erneut ihren Platz in der Matrix-Kammer ein. Dorilys gesellte sich zu ihnen, weil sie mithelfen wollte.
»Ich kann überwachen«, bat sie, »und Renata könnte dann mit euch in den Kreis gehen.«
»Nein«, sagte Renata schnell. Sie dankte den Göttern, daß Dorilys' telepathische Fähigkeiten noch ungeübt waren und nur sporadisch auftraten. »Ich glaube, du kannst einen Platz im Kreis einnehmen, wenn du willst, und ich werde von außen überwachen.«
Sie wollte um jeden Preis verhindern, daß Dorilys erfuhr, warum sie selbst jetzt nicht an ihm teilnehmen konnte.
Mir widerstrebt es, sie auf diese Art zu täuschen. Aber es wird der Tag kommen, an dem sie stark und gesund ist, und dann werden Donal und ich es ihr sagen, dachte Renata.
Glücklicherweise war Dorilys über die Erlaubnis so aufgeregt, daß sie Renata keine weiteren Fragen stellte; es war schließlich, abgesehen von der Betätigung im Gleiter, das erste Mal, daß sie ihre Matrix offiziell benutzte. Cassandra streckte die Hand aus, und das Mädchen nahm neben ihr Platz. Erneut sandten sie den Zauber aus, der nichts anderes tat, als die Kräfte der Natur zu stärken.
Der Felsen ist eins mit dem Planeten, auf dem er sich erhebt, und der Mensch hat ihn geformt, wie es vorherbestimmt war. Nichts soll ihn verändern. Der Felsen ist eins ... eins ... eins ...
Der Bindezauber war vollendet. Allart, dessen individuelles Bewußtsein hinter dem des Kollektivs verblaßte, war sich der geformten Felssteine der Burg und ihres festen Zusammenhalts bewußt; die Wucht der Granaten und des chemischen Schleims würden schadlos abprallen und abgestoßen werden. Der gelbe Schleim würde außen hinabrinnen und lange, scheußliche Streifen hinterlassen, aber zerbröckeln und schmelzen würde der Stein nicht.
Der Felsen ist eins ... eins ... eins ...
Von außerhalb des Kreises erreichte sie ein behutsamer Gedanke.
Allart?
Bist du es, Brédu?
Ich bin's, Donal. Ich habe Männer auf den äußeren Mauern postiert, um ihre Kanoniere mit Pfeilen abzuschießen, aber sie sind außer Reichweite. Könnt ihr über ihnen eine Dunkelheit entstehen lassen, damit sie nicht sehen, wohin sie schießen?

Allart zögerte. Es war eine Sache, den Zusammenhalt der Naturschöpfung zu festigen, indem man Wasser dazu zwang, unverfälscht Wasser zu bleiben, und Stein, für Dinge undurchdringlich zu sein, die die Natur nie dazu bestimmt hatte, Stein zu zerstören. Aber die Natur zu verfälschen, indem man während der Stunden des Tageslichts Dunkelheit schuf ...
Dorilys' Gedanken verwoben sich mit dem Kreis. *Es wäre mit den Kräften der Natur im Einklang, wenn dichter Nebel aufkäme. In dieser Jahreszeit geschieht das oft. Dann kann kein Mann auf dem Berghang weiter als eine Armlänge sehen!*
Allart suchte mit seinem *Laran* die vor ihnen liegende Zeit ab und kam zu dem Ergebnis, daß es tatsächlich sehr wahrscheinlich war, daß sich dichter Nebel erhob. Erneut konzentrierten sich die Arbeiter auf die vereinten Matrix-Steine, konzentrierten sich auf die Feuchtigkeit der Luft und die herannahenden Wolken. Der ganze Berghang wurde in einen dichten Vorhang gehüllt, der aus dem Fluß emporstieg, bis die ganze Burg Aldaran und die benachbarten Berggipfel in immer dichter werdendem Nebel lagen.
»Heute nacht wird er sich nicht mehr heben«, sagte Dorilys befriedigt.
Allart löste den Kreis auf und ermahnte die Gruppe, sich zur Ruhe zu begeben. Möglicherweise würde man sie schon bald wieder brauchen. Der Lärm der Geschosse hatte aufgehört, so daß Donals Männer die Gelegenheit besaßen, die gefährlichen Säure- und Laugenrückstände zu entfernen.
Renata, die die Körper-Geist-Berührung der Überwacherin über Dorilys gleiten ließ, wurde von einer völlig neuen Erscheinung überrascht.
Lag es nur an dem vorherigen Heil-Zauber? Dorilys schien ruhiger, fraulicher und nicht mehr wie ein Kind zu sein. Renata rief sich in Erinnerung, wie schnell sie selbst während des ersten Jahres im Turm erwachsen geworden war. Sie wußte, daß Dorilys einen ähnlichen Sprung in die Entwicklung zur Frau getan hatte und dankte innerlich den Göttern dafür.
Wenn sie sich stabilisiert hat und wir ihre kindlichen Ausbrüche nicht mehr fürchten müssen; wenn sie allmählich die Urteilskraft und Fertigkeit, ihrer Macht gewachsen zu sein, entwickelt – vielleicht wird dann alles bald vorüber sein, und Donal und mir winkt die Freiheit ...
In einem aufwallenden Gefühl von Zuneigung zog sie das Mädchen an sich und küßte es. »Ich bin stolz auf dich, *Carya mea*«, sagte sie. »Du hast dich wie eine Frau verhalten. Ruh dich jetzt aus und iß tüchtig, damit du deine Kraft nicht verlierst, wenn wir dich wieder brauchen.«
Dorilys glühte geradezu.

»So trage ich, wie Donal, meinen Teil dazu bei, mein Heim zu verteidigen«, rief sie aus, und Renata teilte ihren naiven Stolz.
Soviel Kraft, dachte sie, *und solche Fähigkeiten. Wird sie schließlich doch alles überstehen?*

Der dichte Nebel hüllte die Burg von Stunde zu Stunde mehr ein. Er schloß das, was die angreifenden Truppen unten taten, ins Dunkel. *Vielleicht*, dachte Allart, *warten sie darauf, daß der Nebel sich hebt und sie den Angriff wieder aufnehmen können.* Soweit es ihn persönlich betraf, war er vollauf zufrieden.
Nach den hektischen Anfangstagen der Belagerung wurde der Luft-Zauber von allen begrüßt. Als die Nacht hereinbrach und auch die Wache auf den Burgmauern wenig ausrichten konnte, aß Allart mit Cassandra in ihrem Zimmer zu Abend. In gemeinsamen Einvernehmen vermieden sie es, vom Krieg zu sprechen; es gab nichts, was sie daran ändern konnten. Cassandra ließ ihre *Rryl* bringen und sang ihm vor.
»Am Tag unserer Vermählung habe ich gesagt«, meinte sie und blickte von ihrem Instrument auf, »daß ich hoffe, wir können in Frieden leben und Lieder singen, statt Krieg zu führen. Ach, diese Hoffnung! Aber selbst im Schatten des Krieges kann es für uns noch Lieder geben.«
Er nahm ihre schmalen Finger in seine Hände und küßte sie.
»Wenigstens darin waren die Götter gut zu uns«, sagte er.
»Es ist so still, Allart! Vielleicht sind sie alle in der Nacht davongezogen? Es ist so ruhig dort unten.«
»Ich wünschte, ich wüßte, was Damon-Rafael tut«, sagte Allart, jetzt erneut beunruhigt. »Ich glaube nicht, daß er sich damit zufrieden gibt, am Fuß des Hügels zu sitzen, ohne eine neue Waffe in die Lücke zu werfen.«
»Es würde dir leichtfallen, es herauszufinden«, schlug sie vor, aber Allart schüttelte den Kopf.
»Ich werde in diesem Krieg kein *Laran* benutzen, es sei denn, man zwingt mich dazu. Damon-Rafael soll nicht mich als Rechtfertigung anführen, um seine schreckliche Art der Kriegsführung über dieses Land zu bringen.«

Etwa um Mitternacht begann der Himmel plötzlich aufzuklären. Der Nebel wurde dünner und dann in kleinen Fetzen fortgeblasen. Am Himmel schwebten glänzend und hell drei der vier Monde. Der violette Liriel stand voll und strahlend fast im Zenit. Der blaue Kyrrdis und der grüne Idriel hingen am Westrand des Gebirges. Cassandra schlief schon seit Stunden, aber Allart, von merkwürdiger Unruhe gepackt, schlüpfte leise aus dem Bett und in seine Kleider. Als er den Gang zur Halle hinabeilte,

sah er Dorilys in ihrem langen weißen Nachtgewand, das Haar offen über die Schultern. Sie war barfuß, ihr stupsnasiges Gesicht ein bleiches Oval im trüben Licht.
»Dorilys! Was denkt Margali sich dabei, dich um diese Zeit in deinem Schlafgewand herumwandern zu lassen?«
»Ich konnte nicht schlafen, Dom Allart, und ich war unruhig«, sagte das Mädchen. »Ich gehe hinab, um Donal an der äußeren Mauer Gesellschaft zu leisten. Ich wurde wach und spürte plötzlich, daß er in Gefahr ist.«
»Wenn er wirklich in Gefahr ist, *Chiya*, würde er bestimmt nicht wollen, daß du an seiner Seite bist.«
»Er ist mein Gatte«, sagte das Kind fest und hob den Kopf. »Mein Platz *ist* an seiner Seite, Sir.«
Von der Kraft ihrer fixen Idee gelähmt, konnte Allart nichts tun. Seit er wieder mit Cassandra vereint war, hatte seine Sensibilisierung für Einsamkeit stark zugenommen. In diesem Moment wurde ihm bewußt, daß Dorilys fast völlig allein war. Sie hatte zwar die Gemeinschaft der Kinder unwiderruflich verlassen, wurde unter den Erwachsenen jedoch noch nicht als gleichwertig angesehen. Er erhob keinen Einwand, sondern bewegte sich auf die Außentreppe zu. Hinter sich hörte er Schritte. Einen Augenblick später fühlte er ihre kleine Hand – die Hand eines Kindes – warm wie die Pfote eines Tieres, in die seine gleiten. Allart drückte sie. Zusammen eilten sie über den Hof zu Donals Standort an der Außenmauer.
Draußen war die Nacht hell und wolkenlos geworden. Nur am Horizont hing eine einzige, tiefe Wolkenbank. Die Monde schwebten hoch und klar in einem so hell erleuchteten Himmel, daß die Sterne verblaßten. Donal stand mit verschränkten Armen auf der Mauerkrone. Als Allart auf ihn zueilte, sagte jemand mit leiser, vorwurfsvoller Stimme: »Master Donal, ich bitte Euch, von der Mauer herabzukommen. Wenn Ihr dort steht, gebt Ihr ein gutes Ziel ab.« Donal tat, wie ihm geheißen.
Keinen Augenblick zu früh. Zischend raste ein Pfeil aus der Dunkelheit heran und durchstieß die Luft an der Stelle, an der er gerade gestanden hatte. Er flog vorbei, ohne Schaden anzurichten. Dorilys rannte auf Donal zu und umfaßte seine Taille.
»Du darfst dort nicht stehen, Donal. Versprich mir, daß du es nie wieder tun wirst!«
Er lachte lautlos, beugte sich hinab und gab ihr einen flüchtigen, brüderlichen Kuß auf die Stirn. »Oh, ich bin nicht in Gefahr. Ich wollte nur sehen, ob noch jemand dort unten ist. Bei dieser Stille und in diesem Nebel wäre das sehr gut möglich gewesen.«
Das war auch Allarts Gedanke – daß ihre Gegner zu ruhig waren und

irgendeine Teufelei bevorstand. Er fragte Donal: »Hat sich der Nebel von selbst gehoben?«

»Ich bin nicht sicher. Sie haben mehr als einen *Laranzu* dort unten, und der Nebel hat sich tatsächlich zu schnell gehoben«, antwortete Donal mit gerunzelter Stirn. »Aber in dieser Jahreszeit verflüchtigt er sich manchmal auf diese Weise. Ich weiß es nicht.«

Plötzlich war die Luft mit Schreien und explodierendem Feuer erfüllt. »Donal! Ruf die Wache!« schrie Allart. Noch ehe die Worte seinen Lippen entschlüpften, blitzte über ihnen ein Luftwagen auf. Einige kleine Gegenstände fielen langsam und träge wie Schneeflocken der Erde entgegen. Sie öffneten sich, noch während sie fielen, und ergossen flüssige Streifen aus Feuer auf Dächer und Burghof.

»*Haftfeuer!*« Donal sprang zur Alarmglocke. Schon loderten einige der Holzdächer auf. Das Feuer erleuchtete den ganzen Hof. Die Männer, die sich aus den Häusern ergossen, wurden schreiend von den Strömen der unlöschbaren Flammen gebremst. Zwei von ihnen brannten wie menschliche Fackeln; sie schrien so lange, bis ihre Stimmen erstarben und sie leblos auf dem Boden lagen. Donal sprang vor, um Dorilys unter einen überhängenden Steinsims zu stoßen, aber einige Tropfen des flüssigen Feuers lösten sich und erfaßten ihr Nachthemd, das hell auflöderte. Sie schrie vor Angst und Schmerzen, als er sie zu einem Wasserfaß zerrte und hineinstieß. Das Kleid zischte und erlosch, aber ein Tropfen des Haftfeuers war auf Dorilys' Haut gefallen und brannte nach innen. Sie schrie ohne Unterlaß. Es war ein wilder, fast unmenschlicher Klang, als würden die Schmerzen sie zum Wahnsinn treiben.

»Haltet euch zurück! Bleibt im Schutz des Gebäudes«, befahl Donal. »Über uns sind noch mehr.«

Von quälendem Schmerz beinahe wahnsinnig, wand Dorilys sich in seinem Griff. Über ihnen krachte plötzlich ein Donnerschlag, Blitze flammten auf und schlugen wild um sich... Plötzlich explodierte einer der Luftwagen in einem gewaltigen Flammenmeer und stürzte als loderndes Wrack ins Tal. Ein zweiter Blitzschlag traf den nächsten mitten in der Luft und ließ ihn in einem Feuerregen explodieren. Wassermassen prasselten plötzlich nieder und durchnäßten Allart bis auf die Haut. Erschreckt hatte Donal sich von Dorilys gelöst. In rasendem Zorn drohte das Kind dem Himmel mit der Faust, schlug mit mächtig zischenden Blitzen zu, hier, dort, überall. Der letzte Luftwagen wurde in einer gewaltigen Explosion zerrissen und fiel über den Unterkünften der Belagerer auseinander. Schreie und Schmerzgebrüll erklangen, als das Haftfeuer auf die hinabfiel, die es abgeschossen hatten. Dann war Stille. Nur das schwere, ununterbrochene Trommeln des Regens und Dorilys' durchbohrenden Schmerzensschreie waren zu hören, da das Haftfeuer

fortfuhr, sich in ihr Handgelenk zu fressen und zum Knochen vorzudringen.
»Laß mich sie nehmen«, sagte Renata, die barfuß im Nachtkleid herbeigeeilt war. Das Mädchen schluchzte und schrie und versuchte vergeblich, sie fortzustoßen. »Nein, Liebes, nein. Wehr dich nicht! Das muß gemacht werden, sonst wird es deinen Arm wegbrennen. Halt sie, Donal!«
Erneut schrie Dorilys vor Schmerzen, als Renata die letzten Reste des Haftfeuers aus dem verbrannten Fleisch kratzte. Dann brach sie in Donals Armen zusammen. Rund um den Innenhof versammelten sich die Männer in furchtsamem Schweigen. Renata zerriß Dorilys' versengtes Kleid, um ihren Arm zu verbinden. Donal hielt sie an sich gedrückt, tröstete sie und wiegte sie in seinen Armen.
»Du hast uns alle gerettet«, flüsterte er. »Hättest du sie nicht getroffen, hätte das Haftfeuer Aldaran über unseren Köpfen niedergebrannt.«
In der Tat, dachte Allart. Damon-Rafael und Scathfell hatten geglaubt, die Burg unvorbereitet auf diese Art einnehmen zu können. Hätte sie die Ladung der drei Luftwagen getroffen, wäre die gesamte Burg bis auf die Grundmauern niedergebrannt worden. War ihr Arsenal nun erschöpft? Hatte Dorilys sie mit diesem einen Schlag entscheidend besiegt? Allart warf einen Blick auf das Kind, das jetzt vor Schmerzen in Renatas Armen weinte.
Dorilys hatte sie alle gerettet. Und ihn hatte sie vorher vor Damon-Rafaels schrecklicher Vogel-Waffe bewahrt.
Aber er glaubte nicht, daß dies schon das Ende war.

27

Wo das Haftfeuer Gebäude in Brand gesetzt hatte, mußten noch immer Flammen gelöscht werden. Fünf Männer waren tot, und ein sechster starb, als Renata sich hinkniete, um ihn zu untersuchen. Weitere vier hatten so tiefe Verbrennungen, daß sie den Tag nicht überleben würden. Ein Dutzend hatte geringfügige Verbrennungen, die behandelt werden mußten; trotz der Schreie und der flehentlichen Bitte um Gnade mußte der kleinste Fetzen des'schrecklichen Stoffes weggekratzt werden. Cassandra kam und brachte Dorilys, deren Verbände man in Öl getränkt hatte, zu Bett. Als alles erledigt war, standen Donal und Allart auf der äußeren Mauer und blickten auf die Belagerer hinab, in deren Lager immer noch Brände hell auflodertem.
Sobald Dorilys ruhig war, ließ der Regen nach. Das war schlecht für die Belagerer, die lange, schwere Regenfälle benötigten, um die Flammen

des Haftfeuers zu löschen. Diesmal hatte Donal keine Angst vor Pfeilen aus der Dunkelheit. Von der Mauer steigend sagte er: »Scathfell und seine Leute werden heute nacht in ihrem Lager mehr als genug zu tun haben. Ich lasse nur eine kleine Wachmannschaft zurück. Wenn ich mich nicht irre, brauchen sie einen oder zwei Tage, um einen weiteren Angriff zu unternehmen.«

Er übergab einigen ausgeruhten Männern die Wache und ging ins Haus, um zu sehen, wie es Dorilys ging. Sie lag ruhelos im Bett, ihre Augen glänzten fiebrig, ihr Arm war frisch verbunden. Mit der freien Hand griff sie nach seinem Arm und zog ihn neben sich.

»Du bist gekommen, um nach mir zu sehen. Renata ist nicht grausam zu mir gewesen, Donal. Jetzt weiß ich, daß sie das Feuer weggekratzt hat, damit es meinen Arm nicht bis auf den Knochen verbrennt. Beinahe wäre es zu spät gewesen, weißt du«, sagte sie. »Cassandra hat es mir gesagt. Sie trägt eine Narbe, die ebenfalls vom Haftfeuer stammt.«

»Dann wirst auch du eine ehrenhafte Kriegsnarbe haben, die du bei der Verteidigung deines Heims davongetragen hast«, sagte Donal. »Du hast uns alle gerettet.«

»Ich weiß.« Ihre Augen flackerten, und er konnte die Schmerzen in ihnen sehen. Weit weg hörte er ein entferntes Donnergrollen. Er saß neben ihr und hielt die kleine Hand, die aus dem dicken Verband herausschaute.

»Donal«, fragte Dorilys, »jetzt, da ich eine Frau bin: Wann werde ich deine Gattin sein?«

Donal wandte den Blick ab, froh darüber, daß Dorilys eine noch recht unbeständige Telepathin war. »Jetzt, da wir alle ums Überleben kämpfen, ist nicht die Zeit, darüber zu sprechen, *Chiya*. Und du bist noch sehr jung.«

»So jung bin ich nicht«, beharrte sie. »Ich bin alt genug, in einem Matrixkreis zu arbeiten und gegen die zu kämpfen, die uns angreifen.«

»Aber, mein Kind ...«

»Nenn mich nicht so! Ich bin kein Kind!« sagte sie mit einem leichten Anflug von Ärger. Dann legte sie mit einem Seufzer, der alles andere als kindlich war, ihren Kopf gegen seinen Arm. »Jetzt, da wir in diesen Krieg verwickelt sind, Donal, sollte es einen Erben für Aldaran geben. Mein Vater ist alt, und der Krieg läßt ihn von Tag zu Tag älter werden. Und heute ...« Ihre Stimme begann plötzlich unbeherrscht zu zittern. »Ich glaube, ich habe bisher noch nicht daran gedacht, aber plötzlich wußte ich, daß du sterben könntest – oder ich, Donal, jung wie ich bin. Sollte das geschehen, bevor ich dir ein Kind geboren habe, kannst du von Aldaran vertrieben werden, da du kein Blutsverwandter bist. Wenn ...

wenn du stirbst, und ich dein Kind noch nicht empfangen habe, könnte ich in das Bett irgendeines Fremden gezwungen werden. Donal, *davor* habe ich Angst.«

Donal hielt ihre kleine Hand. Alles was sie sagte, entsprach der Wahrheit. Vielleicht war Dorilys der einzige Weg, die Burg zu halten, die von Kindheit an sein einziges Zuhause gewesen war. Und Dorilys war alles andere als unwillig. Nach den langen Tagen der Kämpfe und der Belagerung war auch er sich der Verletzlichkeit seines Körpers nur zu gut bewußt. Er hatte gesehen, daß Männer wie lebende Flammen auflohten und starben, der eine schnell, der andere langsamer. Und Dorilys war sein. Man hatte sie mit Einwilligung ihres Vaters gesetzlich in die Ehe gegeben. Sie war jung und entwickelte sich schnell, sehr schnell zur Frau ... Seine Hand verstärkte ihren Griff.

»Wir werden sehen, Dorilys«, sagte Donal und zog Dorilys an sich. »Wenn Cassandra der Meinung ist, du seist alt genug, ein Kind gefahrlos zur Welt zu bringen, soll es geschehen, wie du wünschst. Wenn du dann noch willst.«

Er beugte sich vor, um ihre Stirn zu küssen, aber Dorilys klammerte sich mit erstaunlicher Kraft an ihn und zog ihn herunter, so daß sich ihre Lippen trafen. Sie küßte ihn mit einer Leidenschaft, die alles andere als kindlich war. Als sie ihn schließlich losließ, fühlte Donal sich benommen. Er richtete sich auf und verließ schnell den Raum. Dennoch konnte er nicht verhindern, daß Dorilys mit ihrer unbeständigen und unzuverlässigen telepathischen Fähigkeit seinen Gedanken auffing: *Nein, Dorilys ist kein Kind mehr ...*

Stille. Auf Burg Aldaran war alles ruhig ... genauso wie im Lager der Angreifer. Den ganzen Tag über lag diese schreckliche Stille auf dem Land. Allart, der hoch oben im Wachtturm saß und einen neuen Bindezauber über die Burgmauern legte, fragte sich, welche neue Teufelei sich dahinter versteckte. Durch die andauernde Matrix-Kriegsführung war er so empfindlich geworden, daß er fast *spüren* konnte, daß sie etwas ausheckten – oder war es eine Illusion? Sein *Laran* zeigte ihm ununterbrochen Bilder der Burg, die zu Ruinen zerfiel. Er sah, wie die ganze Welt bebte. Gegen Mittag begannen überall auf der Burg, Männer zu schreien, obwohl nichts Sichtbares mit ihnen geschah. Allart, der sich mit Renata, Cassandra und der alten Zauberin Margali im Turmzimmer aufhielt – Dorilys hütete das Bett, da ihr Arm noch schmerzte und Margali ihr ein starkes Schlafmittel gegeben hatte –, spürte das erste alarmierende Warnzeichen, als Margali die Hände an den Kopf legte und zu weinen begann.

»Oh, mein Baby, mein Kleines, mein armes Lämmchen«, rief sie. »Ich muß zu ihr!« Sie rannte aus dem Zimmer. Fast im gleichen Moment griff sich Renata, als hätte sie ein Pfeil getroffen, ans Herz und rief: »Ah! Er ist tot!« Während Allart sie erstaunt ansah und die von Margali zugeschlagene Tür noch erzitterte, hörte er Cassandra aufschreien. Er hatte plötzlich den Eindruck, daß sie fort war und die Welt dunkel wurde; daß sie irgendwo hinter einer verschlossenen Tür einen Kampf auf Leben und Tod mit seinem Bruder ausfocht und er sie beschützen mußte. Allart war gerade aufgestanden und hatte, um sie vor dem Schänder zu retten, einen Schritt zur Tür getan, als er Cassandra auf der anderen Seite des Zimmers sah. Sie kniete von Schmerzen geschüttelt am Boden, zerrte an ihren Kleidern und stimmte eine Totenklage an, als läge vor ihr eine Leiche.

Ein winziger Rest von Vernunft kämpfte in Allart, wie es schien, stundenlang. *Cassandra bedarf keiner Rettung, wenn sie dort kniet und klagt, als läge ihr Liebster tot vor ihr* ... Aber in seinem Geist schien es immer noch, als höre er Schreie des Schreckens und der Angst, als riefe sie laut nach ihm.

Allart! Allart! Warum kommst du nicht zu mir? Allart, komm, komm schnell ... und ein langer, angsterfüllter Schrei voller Verzweiflung und Angst.

Renata war aufgestanden und ging schwankenden Schrittes zur Tür. Allart packte sie um die Hüfte.

»Nein!« sagte er. »Nein, Cousine, du darfst nicht gehen. Das ist Hexerei. Wir müssen dagegen ankämpfen. Wir müssen den Bindezauber anwenden.«

Sie wand sich wie eine Irre in seinen Armen, trat nach ihm und zerkratzte sein Gesicht mit den Fingernägeln, als sei er nicht Allart, sondern ein Feind und darauf aus, sie zu ermorden oder zu vergewaltigen. Ihre Augen waren in innerlichem Entsetzen verdreht, und Allart wußte, daß sie ihn weder sah noch hörte.

»Nein, nein, laß mich los! Es ist das Baby! Sie bringen unser Baby um! Kannst du nicht sehen, daß sie ihn gepackt haben und bereit sind, ihn von der Mauer zu stürzen? Ah, gnädiger Avarra ... Laßt mich los, ihr mörderischen Teufel! Nehmt mich zuerst!«

Ein eisiges Frösteln jagte Allarts Rücken hinab, als er sich bewußt wurde, daß auch Renata gegen eine innere Angst ankämpfte – daß sie Donal oder das noch gar nicht geborene Kind in einer tödlichen Gefahr sah ...

Während er sie festhielt, kämpfte er gegen die Überzeugung an, daß Cassandra irgendwo flehentlich seinen Namen herausschrie und ihn bat, zu ihr zu kommen ... Allart wußte: Wenn er sie nicht schnell zum Schweigen brachte, würde auch er der Kraft unterliegen und aufgeregt

die Treppen hinunterstürzen, um sie in jedem Zimmer der Burg zu suchen – obwohl sein Verstand ihm sagte, daß sie in absoluter Nähe war.
Er zog seine Matrix heraus und konzentrierte sich auf sie. *Wahrheit, Wahrheit, laß mich die Wahrheit sehen ... Erde und Luft und Wasser und Feuer ... laß die Natur sich von Illusionen befreien ... Erde und Luft und Wasser und Feuer ...* Er besaß nur die Kraft für den grundlegenden Zauber, das erste der Gebete. Er mühte sich, die nichtexistierenden Schreie Cassandras aus seinen Ohren zu vertreiben und das schreckliche Schuldgefühl abzuschütteln, daß er hier war, während sie irgendwo mit einem Schänder kämpfte ...
Ruhe breitete sich in seinem Geist aus. Es war die Stille des Heilzaubers, die Stille der Kapelle von Nevarsin. Er trat in sie hinein und wurde für einen zeitlosen Augenblick immun. Allart sah jetzt nur, was sich in dem Zimmer abspielte: Sein Blick fiel auf die beiden von einer angsterregenden Illusion gepackten Frauen. Zuerst konzentrierte er sich auf Renata und befahl ihr mit dem Rhythmus des Heilzaubers, ruhig zu werden. Langsam, ganz langsam fühlte er, wie der Zauber in ihren Geist eindrang und sie beruhigte. Sie hörte auf zu kämpfen und sah sich erstaunt um.
»Nichts davon ist wahr«, wisperte sie. »Donal ... Donal ist nicht tot. Unser Kind ... es ist noch nicht einmal geboren. Aber ich habe *gesehen*, Allart, ich habe gesehen, wie sie ihn festhielten und konnte ihn nicht erreichen.«
»Ein Angstzauber«, sagte Allart. »Ich glaube, jeder hat gesehen, was er am meisten fürchtet. Komm schnell, hilf mir, ihn zu brechen.«
Bebend, aber wieder bei Kräften, nahm Renata ihre Matrix. Sofort konzentrierten sie sich auf Cassandra. Einen Augenblick später hörten ihre erstickten Entsetzensschreie auf. Verwirrt und verzweifelt blickte sie zu ihnen hoch, blinzelte und erkannte, was geschehen war. Jetzt sandten sie, drei Gehirne und drei Matrix-Steine miteinander vereint, den Heilzauber durch die ganze Burg. Vom Keller bis zum Speicher und überall im Innenhof kamen Diener und Soldaten, Wachtposten und Stallburschen aus der Trance, in der sie die Schreie des am meisten geliebten Menschen gehört und blindwütig danach getrachtet hatten, ihn aus der Hand eines namenlosen Feindes zu retten.
Schließlich lag die gesamte Burg unter dem Rhythmus des Heilzaubers. Aber jetzt bebte Allart vor Grauen. Diesmal war nicht das Grauen einer namenlosen Verfolgung daran Schuld, sondern etwas, das allzu wirklich und angsterregend war.
Wenn sie anfangen, uns auf diese Weise zu bekämpfen, wie können wir sie dann in Schach halten? Innerhalb der Burg standen ihm lediglich die

beiden Frauen, die alte Margali, der noch ältere Dom Mikhail, und Donal (den er kaum aus der Organisationsmaschinerie gegen reale Feinde herausnehmen konnte) zur Verteidigung zur Verfügung. Allart befürchtete, daß genau dies die Taktik war, die der Gegner anwenden wollte: die kämpfenden Männer zu verwirren, während sie unter dem Schutz der projizierten Angst angriffen. Eilig suchte er Dom Mikhail auf, um Kriegsrat abzuhalten.

»Ihr wißt, wogegen wir ankämpfen mußten«, sagte er. Der alte Lord nickte. Sein Gesicht war düster, seine Augen falkenhell und drohend.

»Ich glaube, die von mir am meisten geliebten Menschen erneut sterben zu sehen«, sagte er. »Und ich hörte den Fluch einer Zauberin, die ich vor dreizehn Jahren an die Zinnen hängen ließ. Sie hatte mir höhnisch prophezeit, es werde der Tag kommen, an dem ich voller Gram die Götter anflehen würde, kinderlos zu sterben.« Dann schien er zu erwachen und schüttelte sich wie ein Falke auf der Stange. »Nun, sie ist tot, und ihre Boshaftigkeit mit ihr.«

Er dachte eine Weile nach.

»Wir müssen angreifen«, sagte er schließlich. »Sie können uns schnell zermürben, wenn wir Tag und Nacht gegen Angriffe dieser Art gewappnet sein müssen. Wir können nicht immer in der Defensive bleiben. Irgendwie müssen wir sie in die Flucht schlagen. Wir besitzen nur eine Waffe, die stark genug dazu ist.«

»Ich wußte nicht, daß dem so ist«, sagte Allart. »Wovon sprecht Ihr, mein Fürst?«

Dom Mikhail erwiderte: »Ich spreche von Dorilys. Sie kontrolliert die Blitze. Sie muß den Gegner mit einem Sturm überziehen und sein Lager gänzlich zerstören.«

Allart blickte ihn schockiert an.

»Lord Aldaran, Ihr müßt wahnsinnig sein!«

»Cousin!« sagte Aldaran scharf. Seine Augen entflammten in Ärger. »Ich glaube, du vergißt dich!«

»Wenn ich Euch erzürnt habe, Sir, bitte ich um Vergebung. Laßt meine Zuneigung zu Eurem Pflegesohn – ja, und auch zu Eurer Tochter – als Entschuldigung gelten. Dorilys ist noch ein Kind, und Lady Renata – wie auch meine Frau – haben ihr Äußerstes getan, sie zu lehren, ihre Gabe zu beherrschen und nicht unwürdig einzusetzen. Wenn Ihr sie jetzt bittet, Wut und Zerstörung gegen die feindlichen Truppen zu richten – seht Ihr nicht, mein Fürst, daß Ihr dann alles zerstört, was wir aufgebaut haben? Als Kleinkind hat sie zweimal getötet, als sie mit ihrer unkontrollierten Wut zuschlug. Seid Ihr unfähig zu erkennen, daß wenn Ihr sie auf diese Weise benutzt ...« Allart brach vor Erregung zitternd ab.

Dom Mikhail erwiderte: »Wir müssen jede Waffe nutzen, die uns zur Verfügung steht, Allart.« Er hob den Kopf und fuhr fort: »Du hast keinen Einwand erhoben, als sie den grauenhaften Vogel, den dein Bruder gegen dich sandte, herunterholte. Ebensowenig hast du gezögert, sie zu bitten, ihre Gabe einzusetzen, um den Sturm zu bewegen, der euch im Schnee gefangen hielt. Und sie hat die Luftwagen vom Himmel geholt, die genügend Haftfeuer verstreut hätten, um Burg Aldaran in Schutt und Asche zu legen.«

»Das alles trifft zu«, sagte Allart ernsthaft, »aber in all diesen Fällen verteidigte sie sich oder andere gegen die Gewalt eines dritten. Könnt Ihr den Unterschied zwischen Abwehr und Angriff nicht erkennen, Sir?«

»Nein«, sagte Aldaran, »denn mir scheint, in diesem Fall ist Angriff die einzige Verteidigung. Falls wir nicht angreifen, besteht die Möglichkeit, daß wir über kurz oder lang durch eine Waffe überwältigt werden, die noch schrecklicher ist als die, die man schon gegen uns in Gang gesetzt hat.«

Seufzend unternahm Allart einen letzten Versuch.

»Lord Aldaran, Dorilys hat sich noch nicht einmal von der Schwellenkrankheit erholt. Als wir uns in der Brandstation aufhielten, habe ich gesehen, wie krank und schwach sie der Einsatz ihres *Laran* macht. Und damals hatte sie noch nicht die Schwelle der Reife erreicht. Ich habe wirklich Angst vor den Möglichkeiten ihrer Kraft, wenn Ihr sie jetzt einer weiteren Belastung aussetzt. Wollt Ihr nicht so lange warten, bis uns keine andere Wahl mehr bleibt? Ein paar Tage, sogar ein paar Stunden ...«

Als er das angstverzerrte Gesicht Lord Aldarans sah, wußte Allart, daß er zumindest für den Augenblick einen Sieg errungen hatte.

»Cassandra und ich werden wieder zum Wachtturm gehen und darauf achten, daß man uns nicht erneut ahnungslos vorfindet. Ganz gleich, wie viele *Leroni* sie dort unten haben – nach dem letzten Angriff müssen sie ziemlich erschöpft sein. Ich nehme an, daß sie sich erst ausruhen müssen, ehe sie einen weiteren Zauber wie *diesen* – oder einen schlimmeren – versuchen.«

Allarts Voraussage erwies sich als zutreffend, denn während des ganzen Tages und der Nacht flogen nur ein paar Pfeilhagel gegen die Burgmauern.

Aber am nächsten Morgen wurde er, nachdem er sich ein paar Stunden Schlaf gegönnt und Cassandra als Wache im Turmzimmer zurückgelassen hatte, von einem unheilverkündenden Grollen geweckt. Allart versuchte, den Schlaf mit einigen Spritzern kalten Wassers zu vertreiben und bemühte sich verwirrt, den Klang zu identifizieren. Kanonen? Donner? War Dorilys wieder erzürnt oder verängstigt? Hatte Aldaran sein

Versprechen gebrochen, sie nur im Notfall zu benutzen? Oder was ging hier vor?

Er rannte die Treppen zum Turm empor. Die Stufen schienen unter seinen Füßen zu wanken, und er mußte sich am Geländer festhalten. Sein *Laran* offenbarte ihm plötzlich Risse in den Mauern und zeigte ihm, wie der Turm abbröckelte und zerfiel. Erbleichend stürzte er in das Turmzimmer. Cassandra, vor der Matrix sitzend, sah, seine Angst wahrnehmend, in plötzlichem Schrecken zu ihm auf.

»Komm mit hinunter«, sagte er schnell. »Komm hier raus, sofort!« Als sie die Treppen hinuntereilten, sah er erneut die Risse im Treppenaufgang und hörte das Grollen ... Hand in Hand jagten sie die Stufen hinab. Cassandra, die wegen ihres kranken Knies humpelte, kam kaum noch mit. Schließlich wandte Allart sich um, nahm sie auf die Arme und trug sie die letzten Stufen hinunter. Er hielt nicht einmal an, um Atem zu schöpfen, und hastete durch die Halle. Keuchend setzte er sie ab und klammerte sich an den Türrahmen. Cassandra hatte ihre Arme um ihn gelegt. Dann wankte und polterte der Boden unter ihren Füßen. Ein lautes Geräusch erklang, als würde die Welt auseinandergerissen, dann hob sich der Boden des Turms, den sie gerade verlassen hatten und beulte sich nach oben. Die Treppen brachen aus dem Mauerwerk, Steine fielen heraus, dann brach der ganze Turm auseinander und fiel. Er krachte mit gewaltigem Donnern auf die Dächer der Festung, Steine ergossen sich in den Hof, fielen in das unter ihnen liegende Tal und lösten Steinschläge und Erdrutsche aus ... Cassandra vergrub ihr Gesicht an Allarts Brust und klammerte sich angstbebend an ihn. Er fühlte, wie seine Knie nachgaben. Zusammen glitten sie auf den unter ihnen schwankenden und bebenden Boden. Schließlich erstarb der Lärm und hinterließ Stille – und merkwürdige, bedrohlich klingende knirschende Geräusche aus dem Erdboden unter ihnen.

Langsam kamen sie wieder auf die Beine. Cassandras Knie war bei dem Sturz erneut verletzt worden, und so klammerte sie sich an Allart, um stehen zu können. Gemeinsam starrten sie auf die große Lücke in der nebligen Dämmerung, an der sich einst ein hoher, dreistöckiger, durch Matrix-Technik erbauter Turm erhoben hatte. Jetzt gab es dort nur noch einen großen Steinhaufen und eine mächtige Lücke, durch die der Morgenregen fiel.

»Was, im Namen aller Götter, war *das*?« erkundigte sich Cassandra schließlich wie betäubt. »Ein Erdbeben?«

»Viel schlimmer, fürchte ich«, sagte Allart. »Ich weiß nicht, welche *Leroni* sie dort unten gegen uns einsetzen, aber ich fürchte, es handelt sich um eine Waffe, die so schlimm ist, daß nicht einmal Coryn sie einsetzen würde.«

Cassandra meinte: »*Das* könnte keine Matrix bewirken.«

»Eine einzelne nicht«, bestätigte Allart, »und kein Techniker. Aber wenn sie einen der großen Matrix-Schirme haben, könnten sie die ganze Welt in die Luft jagen.« Sein Geist schrie: *Würde Damon-Rafael es wagen, das Land, das er beherrschen will, zu verwüsten?* Die Antwort war niederschmetternd.

Damon-Rafael würde überhaupt nichts dagegen haben, seine Macht an einem Teil der Welt zu demonstrieren, für den er keinen dringenden Bedarf besaß und den er darüber hinaus noch für entbehrlich hielt. Wenn er seine Macht hier offen zur Schau stellte, würde es niemand mehr wagen, ihn herauszufordern.

Scathfell mochte boshaft und darauf versessen sein, die Stelle seines Bruders einzunehmen, aber diesmal war Damon-Rafael der Schuldige. Scathfell wollte auf Burg Aldaran herrschen, sie aber nicht zerstören.

Erst jetzt wurden sie sich der Schreie und Bewegungen bewußt, die sie durch die Lücke in der Burgmauer wahrnahmen. Allart erinnerte sich an seine Pflichten.

»Ich muß nachsehen, ob jemand durch herabstürzende Steine verletzt wurde und wie es Donal geht«, sagte er und eilte davon. Im gleichen Moment spürte er, wie die Burg erneut unter ihm erbebte und fragte sich, welche Teufelei ihnen diesmal bevorstand. Nun, Cassandra konnte die Frauen auch ohne seine Hilfe warnen. Er eilte in den Innenhof hinab, wo er ein unglaubliches Chaos vorfand. Eines der äußeren Gebäude lag vollständig unter den herabgestürzten Steinen des Turms begraben. Ein Dutzend Menschen und viermal soviel Tiere lagen tot in den Ruinen. Weitere hatten herabfallende Trümmer erschlagen.

Dom Mikhail stand da und stützte sich auf Donals Arm. Er trug ein pelzbesetztes Nachtgewand, und sein Gesicht wirkte grau und eingefallen. Allart wurde den Eindruck nicht los, als sei er in einer einzigen Nacht um zwanzig Jahre gealtert. Lord Aldaran klammerte sich an seinen Pflegesohn und bewegte sich vorsichtig durch die Trümmer des Innenhofes. Als er Allart sah, verzog sich sein dünner Mund zu einem entstellten Lächeln.

»Cousin, den Göttern sei gedankt. Ich hatte schon befürchtet, du und deine Frau wäret mit dem Turm gefallen und getötet worden. Ist Lady Cassandra in Sicherheit? Was, im Namen aller Dämonen Zandrus, haben sie diesmal mit uns gemacht? Es wird ein halbes Jahr dauern, dieses Chaos zu beseitigen. Die Hälfte der Milchtiere sind tot. Den Kindern wird es diesen Winter an Milch mangeln ...«

»Ich bin mir noch nicht sicher«, sagte Allart ernüchtert, »aber ich brauche alle Männer und Frauen dieser Festung, die fähig sind, eine Matrix zu handhaben, wenn ich irgendeine Verteidigung dagegen organisieren soll. Wir sind auf diese Art Kriegsführung äußerst schlecht vorbereitet, fürchte ich.«

»Bist du dir dessen sicher, Bruder?« fragte Donal. »In den Bergen hat es auch früher schon Erdbeben gegeben.«

»Das war kein Erdbeben! Darüber bin ich mir so sicher, als stünde Damon-Rafael neben mir und ich könnte sein hämisches Lachen hören.«

Dom Mikhail kniete neben dem Körper eines Getöteten. Nur die zerschmetterten Beine des Mannes ragten unter einem Steinblock hervor. »Armer Kerl«, sagte er. »Wenigstens ist sein Tod schnell eingetreten. Ich fürchte, daß die, die in den Ställen begraben sind, einen weit schrecklicheren hatten. Donal, die Wachen sollen die Toten begraben. Allart braucht dich jetzt nötiger. Ich werde jeden, der *Laran* besitzt, zu dir schicken, damit wir herausfinden, was man uns angetan hat.«

»Im Turm können wir uns jetzt nicht mehr treffen«, sagte Allart düster. »Wir müssen einen Raum haben, der vom Kummer und der Angst derjenigen, die die Trümmer wegräumen, isoliert ist, Lord Aldaran.«

»Nehmt den Wintergarten der Frauen. Vielleicht schafft der Frieden der blühenden Pflanzen dort eine Atmosphäre, die euch nützen wird.«

Als Donal und Allart die Burg betraten, konnte Allart durch seine Fußsohlen ein erneutes schwaches Beben spüren. Erneut fragte er sich, was geschehen war. Der Gedanke, wie nahe Cassandra dem Tode gewesen war, ließ sein Innerstes vor Angst zusammenkrampfen.

Donal sagte: »Ich wünschte, unsere Freunde von Tramontana wären hier. Sie würden wissen, wie man darauf reagiert.«

»Ich bin froh, daß sie nicht hier sind«, erwiderte Allart. »Es wäre nicht gut, wenn die Türme in die Kriege dieses Landes hineingezogen würden.«

Die Sonne brach gerade durch die Wolken, als sie den Wintergarten erreichten. Der ruhige Glanz des Sonnenlichts, das die Kollektoren verbreiteten, der schwache, angenehm feuchte Geruch von Gräsern und Blütenblättern erzeugten einen merkwürdigen Kontrast zu der Furcht, die Allart in den Männern und Frauen, die sich hier versammelten, fühlen konnte. Nicht nur Cassandra, Renata, Margali und Dorilys, sondern auch zwei oder drei Frauen, die er vorher noch nie gesehen hatte und ein halbes Dutzend Männer kamen. Jeder trug eine Matrix. Allart spürte, daß über die Hälfte von ihnen nur minimale Begabung besaß und gerade einen Matrix-Verschluß öffnen oder mit einem Gleiter umgehen konnte. Nach einer Weile erschien auch Dom Mikhail.

Allart blickte Cassandra an. Sie war länger als er in einem Turm gewesen und vielleicht geübter. Er war bereit, ihr die Führung bei dieser Sache zu überlassen. Aber sie schüttelte den Kopf.

»Du bist in Nevarsin ausgebildet worden. Du bist für Angst und Verwirrung weniger anfällig als ich.«

Allart war nicht sicher, ob das stimmte, aber er akzeptierte ihre Entscheidung und blickte im Kreis der Männer und Frauen umher.

»Ich habe nicht die Zeit, euch der Reihe nach zu untersuchen und den Grad eurer Ausbildung festzustellen. Ich muß euch vertrauen«, sagte er. »Renata, du warst vier Jahre lang Überwacherin. Du mußt einen Schutz um uns legen, denn wir entblößen uns denen, die versuchen, diese Burg und alles, was sich darin befindet, zu zerstören, und sind deswegen verwundbar. Ich will herausfinden, was sie gegen uns einsetzen, und ob es eine Abwehr dagegen gibt. Du mußt uns deine Kraft verleihen, denn unser aller Leben liegt in deiner Hand.«

Er blickte im Raum umher und sah die Männer und Frauen an, die bis zu einem gewissen Grad die Gabe der großen Familien teilten. Ob sie alle irgendwie von den Menschen abstammten, die weitläufig mit den Göttern verwandt waren? Stammten sie alle irgendwie durch das Zuchtprogramm von Hasturs und Cassildas Blut ab? Oder besaßen wirklich alle Menschen mehr oder weniger größere Teile dieser Kräfte? Bisher hatte Allart sich immer auf Ebenbürtige, auf seine Verwandten, verlassen. Jetzt mußte er mit Gemeinen zusammenarbeiten. Es ernüchterte und demütigte ihn gleichermaßen. Er fürchtete sich, ihnen zu trauen, aber er hatte keine Wahl.

Zuerst verband er seinen Geist mit Cassandra, dann mit Donal; dann mit den anderen im Kreis, einen nach dem anderen, und nahm dabei Spuren ihrer Empfindungen auf ... Angst, Zorn über das, was man gegen sie ausgeschickt hatte, Beunruhigung über die ungewöhnliche Handlung, Fremdheit ... Er fühlte, wie Dorilys in die Verbindung eintrat und spürte ihre wilde Wut auf die Angreifer, die es gewagt hatten, ihrem Heim etwas anzutun ... Nacheinander nahm er jeden Mann und jede Frau in den Kreis auf und in das vereinte Bewußtsein, bewegte sich immer weiter nach draußen, suchte, und prüfte ...

Beträchtliche Zeit schien vergangen zu sein, als er die Verbindung auseinanderfallen fühlte. Allart hob den Kopf. Er wirkte ernüchtert.

»Bei dem, was sie gegen uns einsetzen«, sagte er, »handelt es sich nicht um eine natürliche Matrix, sondern um eine von einem Turmtechniker künstlich erzeugte. Damit versuchen sie, die natürliche Schwingung im Felsgestein des unter uns liegenden Berges zu verändern.« Während er sprach, streckte er eine Hand aus und konnte das schwache Zittern der Mauern fühlen, die das tiefe Beben der Grundmauern, der Erzadern und alten Felsschichten unter ihnen reflektierte.

Dom Mikhail war unrasiert. Unter den ungepflegten Stoppeln des grauen Bartes war sein Gesicht leichenblaß. »Sie werden die Burg über

unseren Köpfen zum Einsturz bringen! Gibt es keine Abwehr, Allart?«
»Ich weiß nicht«, antwortete Allart. »Selbst wenn wir gemeinsam vorgingen, könnten wir einer Matrix dieser Größe kaum etwas entgegensetzen.« Gab es überhaupt eine Hoffnung, oder sollte Aldaran kapitulieren, ehe die ganze Burg zur Ruine wurde? »Wir könnten versuchen, einen Bindezauber über den Berg zu legen«, schlug er zögernd vor. »Ich weiß nicht, ob er halten würde, selbst wenn wir mit vereinten Kräften daran arbeiteten. Aber das scheint unsere einzige Hoffnung zu sein.«
Dorilys sprang auf. Sie war mit ihrer Matrix zum Wintergarten gekommen, ohne sich um ihre Bekleidung zu kümmern, und saß da in ihrem langärmeligen, kindlichen Nachtgewand. Das offene Haar ergoß sich wie eine Kaskade frischen Kupfers über ihre Schultern. »Ich habe eine bessere Idee«, rief sie. »*Ich* kann ihre Konzentration brechen, nicht wahr, Vater? Donal, komm mit mit!«
Fassungslos sah Allart zu, wie sie aus dem Raum eilte. Im Flüstern der Männer und Frauen hörte er wieder den Namen, den man ihr gegeben hatte.
»Sturmkönigin, Herrin der Stürme. Unsere kleine Lady, unsere kleine Zauberin. Sie kann einen Sturm entfachen und den Leuten dort unten wirklich etwas vorsetzen, das sie in Atem hält.«
Allart wandte sich flehend Dom Mikhail zu.
»Mein Fürst ...«
Langsam schüttelte Lord Aldaran den Kopf. »Ich sehe keine andere Möglichkeit, Cousin. Entweder das – oder sofortige Kapitulation.«
Allart senkte den Blick. Er wußte, daß Dom Mikhail die Wahrheit sprach.
Als er ihnen zu der hohen Brustwehr folgte, wo Dorilys mit Donal stand, konnte er sehen, daß sich die Wolken bereits sammelten und dichter wurden. Als Dorilys die Arme hob und einen wortlosen Schrei ausstieß, zuckte er zurück. Kraft schien aus ihr hervorzubrechen. Sie war nicht mehr länger nur eine junge Frau im Nachtgewand mit wehendem Haar. Über ihren Köpfen tobte der Sturm wie ein Explosivgeschoß los; ein gewaltiger Donnerschlag und aufflammende Blitze, die den Himmel auseinanderzureißen schienen. Ein Wolkenbruch ergoß sich, machte die unter ihnen liegende Szenerie unsichtbar. Dennoch spürte Allart durch den rollenden Lärm der Donnerschläge und den Glanz, der seinen Augen weh tat und die Himmel zerriß, was dort unten geschah.
Wasserfluten rasten auf das Lager am Fuß des Berges zu. Betäubendes Donnern, das Reittiere in Panik versetzte und sowohl in menschlichen wie nichtmenschlichen Lebewesen Angstzustände erzeugte. Ein Blitz

traf das Zelt, in dem die Matrix-Arbeiter über dem großen, unnatürlichen Stein saßen, und machte sie blind und taub. Einige wurden verbrannt oder getötet. Regen, heftiger, durchnässender, trommelnder Regen, schmetterte das Lager in Grund und Boden und versetzte jeden Fels und jeden Baum, der Schutz bot, in wilde Bewegung. Er reduzierte jedwedes Leben im Lager auf nackte, durchnäßte und animalische Erniedrigung. Und wieder kamen feuerentfachende Blitzschläge. Brände rasten wütend durch die Zelte und legten alles in Schutt und Asche.
Noch nie hatte Allart solch einen Sturm erlebt. Cassandra klammerte sich an ihn, barg ihren Kopf an seiner Brust und schluchzte voller Furcht. Dom Mikhails Gesicht zeigte wilden Triumph, als er zusah, wie der Sturm katastrophale Verwüstungen in den Lagern Scathfells und Damon-Rafaels anrichtete.
Schließlich, Stunden später, begann er wieder nachzulassen. Leises Donnergrollen blieb zurück und erstarb in bebenden Lauten auf den fernen Hügeln. Der Regen wurde allmählich schwächer. Als der Himmel sich zu weißlichen Wolkenfetzen aufklarte, blickte Allart ins Tal hinab. Zerstört und still lag es vor ihm. Im Lager wüteten noch ein paar Brände, dazwischen rasten die über ihre Ufer getretenen Flüsse dahin. Nirgendwo zeigte sich ein Anzeichen von Leben.
Dorilys – ihr Gesicht war weiß – wankte und fiel in einem Ohnmachtsanfall gegen Donal. Behutsam hob er sie hoch und trug sie hinein.
Sie hat uns alle gerettet, dachte Allart, *zumindest für den Augenblick. Aber zu welchem Preis?*

28

Es war Mittag, bevor es irgendein Lebenszeichen im Lager von Lord Scathfell gab. Hoch über ihnen grollte es immer noch, und der unheilverkündende Lärm des Donners war zu hören und krachte über den Gipfeln. Allart fragte sich, ob Dorilys im erschöpften Schlaf noch immer von dieser schrecklichen Schlacht träumte und das Donnern ihre Alpträume widerspiegelte.
Renata meint, daß Dorilys das Magnetfeld des Planeten anzapft, überlegte er. *Das kann ich mir gut vorstellen! Aber kann sie bei all der Energie, die durch ihren armen kleinen Körper und ihr Gehirn fließt, ohne Schaden zu nehmen, überleben?*
Er fragte sich, ob es für Aldaran auf lange Sicht nicht besser gewesen wäre, aufzugeben. Was war das für eine Vaterliebe, die ein geliebtes Kind einer solchen Gefahr auszusetzen bereit war?
Gegen Mittag erstarb der Donner. Cassandra, die man gerufen hatte, um

Dorilys zu überwachen, berichtete, sie sei aufgewacht, habe gegessen und sei wieder in einen normalen Schlaf gefallen. Doch Allart fühlte immer noch eine angsterfüllte Unruhe, und ihm schien, als zuckten die Blitze immer noch unaufhörlich um die Burg. Auch Donal wirkte sehr beunruhigt. Obwohl er die Aufsicht über die Totengräber übernommen hatte, kam er immer wieder zurück, stahl sich zur Tür von Dorilys' Zimmer und lauschte ihren Atemzügen. Renata sah ihn angsterfüllt an, aber er wich ihren Blicken aus.

Voller Angst fragte sie sich: *Hat ihn der Gedanke an die Macht korrumpiert? Was geht in Donal vor?* Aber auch sie hatte Angst um Dorilys und fragte sich, was die Anwendung jener sengenden Kraft dem Mädchen angetan hatte.

Ein oder zwei Stunden nach Mittag erschien ein Bote auf der zur Burg hinaufführenden Straße. Sie war ausgespült und zum Teil von Steinen blockiert, die beim Zusammenbruch des Turms hinuntergestürzt waren. Noch immer floß das Wasser in Rinnsalen auf ihr talwärts. Die Botschaft wurde Donal übersandt, der sie sofort zu Dom Mikhail brachte.

»Vater, dein Bruder hat einen Boten mit der Bitte um Friedensverhandlungen gesandt.«

Aldarans Augen blitzten wild auf, aber er sagte ganz ruhig: »Sag meinem Bruder Scathfell, ich werde mir anhören, was er zu sagen hat.«

Nach einiger Zeit kam der Führer der gegnerischen Armee zu Fuß den Pfad hinauf. Ihm folgten ein Friedensmann und zwei Wachen. Als er die Belagerungslinie überquerte, sagte er zu dem einzelnen dort postierten Mann: »Warte, bis ich zurückkehre.« Donal, der ihn zu Aldarans Empfangsraum begleiten wollte, wurde mit einem höchst verächtlichen Blick bedacht. Trotzdem, Scathfell wirkte geschlagen, und alle wußten, daß er gekommen war, um sich zu ergeben. Von seiner Armee war kaum etwas übriggeblieben – und von der Damon-Rafaels überhaupt nichts.

Lord Aldaran, der sich darauf vorbereitet hatte, seinen Bruder im Empfangszimmer zu begrüßen, betrat den Raum mit Dorilys am Arm. Donal dachte an das letzte Zusammentreffen. Scathfell sah älter und verbitterter aus als damals. Das drückende Gewicht der Niederlage hatte auch ihn sichtlich altern lassen. Er blickte Donal und Dorilys in ihrem blauen Gewand an. Ein ernster, abschätzender Blick traf Allart, als dessen Name genannt wurde. Obwohl man ihn als Verräter und Aufrührer gebrandmarkt hatte, blickte Scathfell ihn mit dem fast ehrfürchtigen Blick des niedrigeren Adeligen an.

»Also, mein Bruder«, sagte Aldaran schließlich. »Seit du das letzte Mal in diesen Raum tratest, ist viel zwischen uns geschehen. Ich hätte nie geglaubt, dich noch einmal hier zu sehen. Sag mir: Warum hast du um mein Erscheinen gebeten? Bist du gekommen, dich zu ergeben und für

deine Auflehnung gegen meine gesetzmäßigen Forderungen um Vergebung zu bitten?«
Scathfell schluckte schwer, ehe er sprechen konnte. Schließlich sagte er bitter: »Welche Wahl habe ich jetzt noch? Deine Hexen-Tochter hat meine Armee vernichtet und meine Männer getötet, wie sie meinen Sohn und Erben niederstreckte. Kein Mensch könnte solcher Zauberei widerstehen. Ich bin gekommen, um einen Kompromiß zu erbitten.«
»Warum sollte ich mit dir einen Kompromiß schließen, Rakhal? Warum sollte ich dich nicht der Ländereien, die du aufgrund meiner Gnade verwaltest, dich nicht deiner Ehre berauben und dich nackt wie einen getretenen Hund fortjagen? Oder dich an der Brustwehr meiner Burg aufhängen, um allen zu zeigen, wie ich fortan mit allen Aufrührern und Verrätern verfahre?«
»Ich stehe nicht allein«, sagte Scathfell. »Ich habe einen Verbündeten, der vielleicht noch mächtiger ist als du und dein Hexenbalg zusammen. Ich habe den Auftrag, zu erklären, daß Damon-Rafael seine Kräfte sammeln und diesen Berg unter dir zerspringen läßt, wenn ich vor Sonnenuntergang nicht zurückkehre. Dann wird Aldaran über deinem Kopf einstürzen. Ich glaube, du hattest heute bei Sonnenaufgang schon einen Vorgeschmack dieser Kraft. Männer und Armeen können zerschmettert und geschlagen werden, aber wenn du willst, daß dieses Land durch Zauberei in ein Dutzend Teile zerrissen wird, ist das deine Sache und nicht meine. Er hat allerdings nicht den Wunsch, dich zu vernichten, da du jetzt seine Macht kennst. Er bittet nur um die Erlaubnis, mit seinem Bruder zu sprechen; beide sollen sich unbewaffnet vor Sonnenuntergang zwischen unseren Stellungen treffen.«
»Allart Hastur ist mein Gast«, sagte Aldaran. »Soll ich ihn dem sicheren Verrat seines Bruders ausliefern?«
»Verrat? Zwischen Brüdern, die beide Hasturs sind?« fragte Scathfell. Sein Gesicht zeigte ehrliche Empörung. »Er wünscht mit seinem Bruder Frieden zu schließen, Mikhail, so wie ich mit dem meinen.« Unbeholfen beugte er ein Knie.
»Du hast mich geschlagen, Mikhail«, fuhr Scathfell fort. »Ich werde meine Truppen zurückziehen. Und glaube mir, es war nicht ich, der deinen Turm zerstörte. Wirklich, ich habe mich dagegen ausgesprochen, aber Lord Damon-Rafael wollte den Nordländern unbedingt seine Macht zeigen.«
»Ich glaube dir.« Aldaran sah seinen Bruder traurig an. »Geh heim, Rakhal«, sagte er, »geh in Frieden. Ich verlange nur, daß du es auf deinen Eid nimmst, den Gatten meiner Tochter als mir nachfolgenden Erben zu ehren und niemals – weder offen noch im Geheimen – Hand oder Schwert gegen ihn zu erheben. Wenn du diesen Eid im Licht des

Wahrzaubers schwörst, sollst du Scathfell auf immer besitzen, ohne daß du von mir oder den meinen behelligt wirst.«

Scathfell hob den Kopf. Wut und Verachtung wetteiferten auf seinem Gesicht.

Donal, der ihn beobachtete, dachte: *Das hätte er nicht von ihm erzwingen sollen! Glaubt er etwa, ich könnte Aldaran nach seinem Tod nicht halten?* Aber es sah ganz so aus, als würde Scathfell kapitulieren.

»Ruf deine *Leronis* und erstelle den Wahrzauber«, sagte er mit ernstem, beherrschtem Blick. »Nie hätte ich geglaubt, daß ich durch dich so weit kommen würde, Bruder, oder daß du solch eine Demütigung von mir forderst.« Unruhig von einem Fuß auf den anderen tretend wartete er ab, bis Margali gerufen wurde. Als die *Leronis* kam, tat er so, als wolle er vor Donal und Dorilys niederknien. Dann schrie er plötzlich: »Nein!« und sprang wieder auf.

»Ich soll einen Eid schwören, den Bastard von Rockraven und dein Höllenbalg nie anzufechten? Eher soll Zandru mich holen! Eher werde ich zustechen und die Erde von ihrer Zauberei befreien«, schrie er. Plötzlich lag ein Dolch in seiner Hand. Donal schrie auf und warf sich vor seine Schwester. Ein schriller Schrei aus Dorilys' Kehle, das blaue Aufflammen eines Blitzes im Zimmer, der die Luft weiß aufglühen ließ – und Scathfell stürzte nieder, zuckte in einem qualvollen Krampf kurz auf. Dann lag er still, sein Gesicht war geschwärzt und zur Hälfte verbrannt.

Im Zimmer war Stille, die Stille des Entsetzens und schieren Grauens. Dorilys schrie auf: »Er hätte Donal getötet! Er hätte uns beide umgebracht! Ihr habt den Dolch gesehen!« Sie bedeckte ihr Gesicht mit den Händen. Donal, der gegen eine Übelkeit ankämpfen mußte, löste den Umhang von seinem Hals und warf ihn über den verbrannten Körper Scathfells.

Mikhail von Aldaran sagte heiser: »Es ist nicht unehrenhaft, einen meineidigen Mann zu töten, der auf dem Boden der Kapitulation auf Mord aus ist. Dich trifft keine Schuld, Tochter.« Er stand auf, trat ins Zimmer hinab, kniete neben dem Körper seines Bruders nieder und zog den Umhang von dessen Gesicht zurück.

»Oh, mein Bruder, mein Bruder«, klagte er. Seine Augen funkelten, zeigten aber keine Tränen. »Wie sind wir so weit gekommen?« Er beugte sich vor und küßte die versengten Brauen. Dann zog er den Umhang sanft wieder über Scathfells Gesicht.

»Trag ihn zu seinen Männern hinunter«, sagte er zu Scathfells Friedensmann. »Du bist Zeuge, daß es keinen Verrat gab, außer dem seinen. Ich werde keine Rache üben, sein Sohn mag Scathfell behalten. Obwohl es nur gerecht wäre, wenn ich Donal als Entschädigung mit diesem Lehen beschenkte und Scathfells Erben nur das Gut, das ich einst für Donal bestimmte, gäbe.«

Der Friedensmann verbeugte sich in dem Bewußtsein, daß Aldaran die Wahrheit sprach.

»Es soll sein, wie Ihr sagt, Fürst. Sein ältester Sohn, Loran, ist siebzehn geworden und wird die Herrschaft über Scathfell antreten. Aber was soll ich Lord Hastur sagen?« Schnell ergänzte er: »Seiner Hoheit, König Damon-Rafael, den Herrscher über dieses Land?«

Plötzlich verließ Allart seinen Platz und sagte: »Meines Bruders Zorn betrifft mich, Lord Aldaran. Ich werde hinuntergehen und ihn treffen; unbewaffnet, wie er es verlangt hat.«

Cassandra schrie auf: »Allart, nein! Er plant Verrat!«

»Trotzdem muß ich ihn treffen«, sagte Allart. Er hatte verschuldet, daß das Haus Aldaran in den Tieflandkrieg verstrickt worden war. Damon-Rafael würde die Burg über ihren Köpfen zerstören, wenn er nicht zu ihm kam. »Er sagte, er wolle mit seinem Bruder in der gleichen Weise übereinkommen, wie Lord Scathfell mit *Euch*. Ich glaube, daß Scathfell in diesem Moment nichts als die Wahrheit sagte und nicht mit Vorbedacht gegen Donal vorging, sondern aus einem plötzlichem Antrieb. Er hat dafür bezahlt. Es kann sein, daß mein Bruder mich nur überzeugen will, daß er tatsächlich der rechtmäßige König dieses Landes ist, und daß er meine Unterstützung erbittet. Es trifft zu, daß ich versprach, ihn darin zu unterstützen, ehe ich wußte, was ich tat. Vielleicht hatte er Recht, mich einen Verräter zu nennen. Ich muß hinuntergehen und mit ihm sprechen.«

Cassandra umklammerte ihn und hielt ihn reglos fest.

»Ich werde dich nicht gehen lassen! Ich lasse es nicht zu! Er wird dich töten, und du weißt es!«

»Er wird mich nicht töten«, sagte Allart und schob sie mit größter Kraftanstrengung von sich. »Aber ich weiß, was ich tun muß, und ich verbiete dir, mich daran zu hindern.«

»Du verbietest es mir?« Erzürnt rückte sie von ihm ab. »Tu, was du tun zu müssen glaubst, mein Gatte«, sagte sie mit zusammengebissenen Zähnen, »aber sage Damon-Rafael, daß ich jeden Mann, jede Frau und jede Matrix in den Hellers gegen ihn aufbringen werde, wenn er dir etwas antut.«

Als er langsam den Berghang hinabging, schien Cassandras Gesicht ihn zu begleiten. Das *Laran* breitete Bilder des Schreckens vor ihm aus.

Damon-Rafael wird versuchen, mich zu töten, das ist so gut wie sicher. Ich muß ihn zuerst töten, wie ein tollwütiges Tier, das zubeißen will. Wenn er König über dieses Land wird, kommt es zu einer Katastrophe, wie sie die Reiche noch nie erlebt haben.

Ich habe mich nie als Herrscher gesehen und niemals nach Macht gestrebt. Ich habe keinerlei Ehrgeiz dieser Art. Ich wäre zufrieden damit gewesen, in den Mauern von Nevarsin zu leben, oder im Turm von Hali oder Tramontana. Aber jetzt, da mir mein Laran gezeigt hat, was mit Sicherheit eintritt, wenn Damon-Rafael den Thron besteigt, muß ich ihn daran hindern. Selbst, wenn ich ihn töten müßte!

Die Hand, die er in die Feuer von Hali gestreckt hatte, pochte, als wolle sie ihn an den Eid erinnern, den er geschworen hatte und jetzt brach.

Ich bin dabei, mitleidig zu werden. Aber ich bin ein Hastur, ein Nachkomme des Hastur, von dem man sagt, er sei Sohn eines Gottes gewesen. Und ich bin verantwortlich für das Wohlergehen dieses Landes und seiner Menschen. Ich werde Damon-Rafael nicht auf sie loslassen!

Es war nicht weit bis zum Lager, aber es schien so weit entfernt wie das Ende der Welt. Fortgesetzt zeigte sein *Laran* ihm Bilder von Geschehnissen, die sich ereignen würden oder konnten, wenn er nicht handelte. In allzu vielen dieser Zukunftsmöglichkeiten lag er leblos zwischen den von der Burg herabgestürzten Steinen und hatte Damon-Rafaels Messer in der Kehle. Und Damon-Rafael fuhr fort, die Mauern von Aldaran zu schleifen, die Nordländer und die Reiche in Besitz zu nehmen, als Tyrann viele Jahre zu regieren, alle verbliebenen Freiheiten der Menschen rücksichtslos zu beschneiden und ihre Verteidigungsanlagen mit noch mächtigeren Waffen dem Erdboden gleichzumachen. Schließlich drang er mit seinen *Leroni* in ihre Köpfe ein und machte sie alle zu gefügigen Sklaven seines Willens.

Allarts Herz schrie auf: *Ah, mein Bruder, mein Bruder, wie sind wir so weit gekommen?*

Damon-Rafael war kein schlechter Mensch. Aber er hatte Stolz und den Willen zur Macht; er glaubte ernsthaft zu wissen, was das Beste für die Menschen sei.

Er ist Dom Mikhail nicht unähnlich ... Allart schrak vor diesem Gedanken zurück. Erneut verlor er sich in der erschreckenden Vision, in der dieses Land unter der Tyrannei Damon-Rafaels lag. Eine Vision, die die Gegenwart auslöschte.

Aber mein Bruder ist nicht schlecht. Weiß er das überhaupt?

Schließlich hielt er an. Er sah, daß er auf einem ebenen Stück Straße stand, inmitten der herabgestürzten Trümmer des Turms. Am anderen Ende des ebenen Platzes stand Damon-Rafael und beobachtete ihn.

Wortlos verbeugte sich Allart.

Sein *Laran* schrie auf. *Das also ist der Ort meines Todes.* Aber Damon-Rafael war allein und schien unbewaffnet. Allart spreizte die Hände, um erkennen zu geben, daß auch er keine Waffe trug. Schritt für Schritt gingen die Brüder aufeinander zu.

Damon-Rafael sagte: »Du hast eine treue und liebevolle Frau, Allart. Es wird mir Kummer bereiten, sie dir wegzunehmen. Aber du warst so widerstrebend, sie zu heiraten, und noch widerstrebender, sie in dein Bett zu nehmen, daß ich annehme, es wird dich nicht sehr bekümmern, wenn ich sie nehme. Die Welt und das Königreich sind voll von Frauen, und ich werde dafür Sorge tragen, daß du mit einer vermählt wirst, die du ebenso gern magst. Aber Cassandra muß ich haben. Ich brauche die Unterstützung der Aillards. Ich habe entdeckt, daß ihre Gene vor der Pubertät modifiziert worden sind, so daß sie mir einen Sohn mit der Hastur-Gabe, in der die der Aillards dominiert, gebären kann.«

Allart räusperte sich und erwiderte: »Cassandra ist meine Frau, Damon-Rafael. Wenn sie dich liebte oder den Ehrgeiz hätte, Königin zu werden, würde ich euch beiden nicht im Wege stehen. Aber ich liebe sie, und sie liebt mich. Und du hast kein anderes Interesse an ihr, als dem an einer Schachfigur im Spiel um die politische Macht. Deshalb werde ich sie dir nicht überlassen. Eher werde ich sterben.«

Damon-Rafael schüttelte den Kopf. »Ich kann es mir nicht erlauben, sie über deine Leiche zu nehmen. Ich würde es vorziehen, nicht durch den Tod meines Bruders auf den Thron zu gelangen.«

Allart lächelte grimmig. Dann sagte er: »Dann kann ich dir also auf deinem Weg zum Thron Schwierigkeiten bereiten, und sei es durch meinen Tod!«

»Ich verstehe das nicht«, gab Damon-Rafael zurück. »Du hast mich gebeten, dir die Vermählung mit der Aillard-Frau zu ersparen, und jetzt sprichst du wie ein Romantiker von Liebe. Du hast geschworen, meinen Anspruch auf den Thron zu unterstützen, und jetzt verweigerst du mir deine Unterstützung und willst mich aufhalten. Was ist geschehen, Allart? Ist es das, was die Liebe zu einer Frau einem Mann antun kann? Wenn es das ist, bin ich froh, eine solche Liebe nie kennengelernt zu haben.«

»Als ich dir meine Unterstützung gelobte«, sagte Allart, »wußte ich noch nicht, was sich daraus entwickeln wird, wenn du König bist. Jetzt habe ich Prinz Felix Treue gelobt.«

»Ein *Emmasca* kann nicht König sein«, gab Damon-Rafael zurück. »Das ist eines unserer ältesten Gesetze.«

»Wärest du fähig, König zu sein«, erwiderte Allart, »wärest du nicht mit einer Armee unterwegs, um deine Herrschaft über die Nordländer auszuweiten. Du würdest warten, bis der Rat dir den Thron anbietet und seinen Ratschlag einholen.«

»Wie könnte ich meinem Königreich besser dienen, als dadurch, daß ich seine Macht auch über die Hellers ausweite?« fragte Damon-Rafael. »Komm, Allart, es gibt für uns keinen Grund zum Streiten ... Cassandra hat eine *Nedestro*-Schwester, die ihr so ähnlich ist wie ein Zwilling dem anderen. Du wirst sie zur Frau nehmen und mein oberster Berater sein. Ich werde jemanden mit deiner Vorausschau und Kraft brauchen. *Ohne Bruder ist dein Rücken bloß* ... Das sagt man, und glaube mir: Es stimmt. Wir wollen unsere Streitigkeiten beilegen, uns umarmen und Freunde sein.«

Dann ist es hoffnungslos, dachte Allart. In dem Moment, als Damon-Rafael seine Arme ausbreitete, um ihn zu umarmen, wurde Allart sich des Dolchs bewußt, den sein Bruder versteckt in der Hand hielt.

Er wollte mir nicht einmal offen entgegentreten, sondern mich umarmen und mein Herz durchbohren, dachte er. *Oh, mein Bruder* ... Als Allart sich ihm näherte, reichte er mit seinem in Nevarsin ausgebildeten *Laran* hinaus und ließ Damon-Rafael zur Bewegungslosigkeit erstarren; der Dolch, den er in der Hand hielt, wurde dabei sichtbar.

Damon-Rafael kämpfte gegen ihn an, konnte sich aber nicht rühren. Allart schüttelte traurig den Kopf.

»Du willst mich also gleichzeitig umarmen und erstechen, Bruder? Ist das die Art von Staatskunst, die dich deiner Meinung nach zum König macht?« In Damon-Rafaels Geist eindringend, schloß er den Kontakt. »Sieh, was für ein König du, der du das Band der Bruderschaft verleugnet hast, sein würdest.«

Er fühlte, wie sein *Laran* die Zukunft durch Damon-Rafaels Geist fließen ließ: Verwüstung, Blut und Plünderung, der unerbittliche Aufstieg zur Macht, der die Reiche verheeren würde, und ohnmächtige Unterwerfung, die man einen einseitigen Frieden nennen würde ... Der Geist der Menschen zu blindem Gehorsam gezwungen; das Land von Kriegen geschüttelt und zerrissen. Alle Menschen beugten sich einem König, der kein gerechter Herrscher und Beschützer seines Volkes, sondern ein Tyrann und Despot geworden war. Und man haßte ihn wie keinen Menschen zuvor ...

»Nein, nein«, wisperte Damon-Rafael und wand sich, den Dolch in der Hand. »Hör auf. Das bin nicht ich, den ich da sehe.«

»Nein, mein Bruder? Du besitzt das Hastur-*Laran*, das alle Entscheidungen sieht. Schau selbst, was für ein König du sein würdest«, sagte Allart. Er lockerte zwar den Griff, hielt seinen Bruder aber immer noch bewegungslos. »Erkenne dein eigenes Schicksal. Schau hinein.«

Er beobachtete Damon-Rafael und sah, wie sich der Blick der Angst und des Grauens auf seinem Gesicht ausbreitete. Er begriff, seine Überzeugung begann sich langsam zu verdichten.

Damon-Rafael befreite sich mit übermenschlicher Anstrengung aus Allarts Griff und hob den Dolch. Allart wich, obwohl er wußte, daß er im nächsten Augenblick vor seines Bruders Füßen liegen konnte, nicht

von der Stelle. Hatte Damon-Rafael sich selbst deutlich genug gesehen, um die Warnung zu erkennen?
»Solch ein König werde ich nicht werden«, flüsterte er gerade laut genug, daß Allart es verstehen konnte. »Ich sage dir, ich werde es verhindern.« Mit einer schnellen Bewegung hob er den Dolch und bohrte ihn tief in die eigene Brust.
Damon-Rafael stürzte zu Boden und flüsterte: »Selbst *deine* Vorausschau kann nicht jedes Ende sehen, kleiner Bruder.« Er hustete, ein Strom roten Blutes schoß aus seinem Mund. Allart fühlte, wie der Geist seines Bruders sich still auflöste.

29

Die Armeen im Tal waren abgezogen, aber noch immer rollte und knisterte der Donner über den Höhen, und vereinzelte Blitzschläge fuhren über das Gebirge. Als sie die untere Halle von Burg Aldaran betraten, warf Cassandra Allart einen ängstlichen Blick zu.
»Es hat nicht aufgehört zu donnern – nicht ein Mal, nicht einen Moment lang –, seit Dorilys Scathfell niedergestreckt hat. Und du weißt, daß sie Renata nicht an sich heran läßt.«
Donal saß da und hatte Dorilys' Kopf in seinem Schoß. Das Mädchen sah krank aus. Es hielt Donals Hand fest in der seinen und wollte sie nicht loslassen. Dorilys' blaue Augen waren geschlossen, und sie öffnete sie mühsam, als Cassandra neben ihr auftauchte.
»Das Gewitter tut meinem Kopf so weh«, flüsterte sie. »Ich kann es nicht aufhalten. Kannst du mir nicht helfen, die Blitze zu stoppen, Cassandra?«
Cassandra beugte sich über sie. »Ich werde es versuchen. Aber ich glaube, es liegt nur daran, daß du übermüdet bist, *Chiya*.« Sie nahm die schlaffen Finger in die ihren, zuckte mit einem Schmerzensschrei zurück, und Dorilys brach in heftiges Schreien aus.
»Das habe ich nicht absichtlich gemacht, wirklich nicht! Es passiert andauernd – ich kann es nicht aufhalten! Ich tue Margali weh; ich habe es Kathya angetan, als sie mich ankleidete. Oh, Cassandra, laß es aufhören, laß es aufhören! Kann niemand den Donner vertreiben?«
Dom Mikhail trat heran und beugte sich über sie. Sein Gesicht wirkte verzerrt und besorgt. »Still, still, mein kleiner Schatz, niemand macht dir Vorwürfe.« Er blickte Cassandra gequält an. »Kannst du ihr helfen? Donal, du besitzt doch auch diese Art *Laran*. Kannst du nichts für sie tun?«
»Ich wünschte wirklich, ich könnte etwas tun«, sagte Donal, während er

das Mädchen in den Armen wiegte. Dorilys entspannte sich. Erneut faßte Cassandra ihre Hand. Diesmal geschah nichts, aber sie fühlte sich geängstigt, als sie sich auf die ruhige Sachlichkeit einer Überwacherin vorbereitete.
Einmal blickte sie über Dorilys' Kopf hinweg zu Renata, und diese verstand ihre Gedanken: *Ich wünschte, sie würde erlauben, daß du es tust. Du hast viel mehr Erfahrung als ich.*
»Ich werde dir etwas geben, das dich schlafen läßt«, sagte sie schließlich. »Vielleicht brauchst du nur Ruhe, *Chiya.*«
Als Renata das Schlafmittel brachte, hielt Donal das Fläschchen an ihre Lippen. Dorilys schluckte die Medizin gehorsam, aber ihre Stimme klang kläglich, als sie sagte: »Ich habe Angst vor dem Einschlafen. Meine Träume sind schrecklich, und ich höre, wie der Turm einstürzt. Der Donner ist in mir. Die Stürme sind alle in meinem Kopf ...«
Donal stand auf. Er hielt Dorilys noch immer in seinen Armen. »Ich werde dich zu Bett bringen, Schwester«, sagte er, aber sie klammerte sich an ihn.
»Nein, nein! Oh, bitte, bitte, ich habe Angst davor, allein zu sein. Ich habe solche Angst. Bitte bleib bei mir, Donal! Laß mich nicht allein!«
»Ich bleibe bei dir, bis du eingeschlafen bist«, versprach Donal seufzend und gab Cassandra ein Zeichen, mit ihnen zu kommen.
Cassandra folgte ihm, als er Dorilys durch die Halle und die lange Treppe hinauftrug. Am Ende des Korridors war das Dach oberflächlich repariert worden, aber ein großer Haufen aus Steinen, Mörtel und Trümmern blockierte ihn noch immer. Cassandra dachte: *Es ist nicht sehr verwunderlich, daß sie es in ihren Alpträumen hört.*
Donal trug Dorilys in ihr Zimmer, legte sie auf das Bett und ließ ihre Damen rufen, die ihr die Kleider aufknöpfen und die Schuhe ausziehen sollten. Aber selbst als sie unter den Decken lag, wollte sie seine Hand nicht loslassen. Sie murmelte etwas, das Cassandra nicht verstehen konnte. Mit der freien Hand streichelte Donal sanft ihre Stirn.
»Jetzt ist nicht die richtige Zeit, darüber zu sprechen, *Chiya.* Du bist krank. Wenn du wieder gesund und kräftig bist und die Schwellenkrankheit ganz überwunden hast – dann ja, wenn du es wünschst. Ich habe es dir versprochen.« Er beugte sich vor, um sie sanft auf die Stirn zu küssen, aber sie zog seinen Kopf mit beiden Händen hinab, so daß ihre Lippen sich trafen. Der Kuß, den sie ihm gab, war alles andere als der eines Kindes oder einer Schwester. Donal zog sich verlegen zurück.
»Schlafe, Kind, schlafe. Du bist erschöpft. Heute abend mußt du für die Siegesfeier in der Großen Halle gesund und kräftig sein.«
Lächelnd lag sie auf ihren Kissen.
»Ja«, sagte sie schläfrig. »Zum ersten Mal werde ich als Fürstin von

Aldaran in dem Hohen Sessel sitzen ... und du neben mir ... als mein Gatte ...«

Das starke Schlafmittel ließ sie immer müder werden. Dorilys schloß die Augen, löste aber den Griff von Donals Hand nicht. Es dauerte einige Zeit, bis sich ihre Finger soweit entspannten, daß er sie freimachen konnte. Cassandra war verlegen, Zeugin dieser Szene geworden zu sein, obwohl sie genau wußte, daß Donal sie gerade deswegen hatte dabeihaben wollen.

Sie ist außer sich. Wir sollten ihr keine Vorwürfe für das machen, was geschieht, wenn sie solcher Belastung ausgesetzt ist. Das arme Kind.
Aber im Innern wußte Cassandra, daß Dorilys sich sehr wohl über ihre Beweggründe im klaren war.

An Jahren gemessen ist sie zu alt ...

Als sie in die Halle zurückkehrten, blickte Renata ihnen fragend entgegen, und Donal sagte: »Ja, sie schläft. Aber im Namen aller Götter, Cousine – was hast du ihr gegeben, daß es so schnell wirkte?«

Renata sagte es ihm, und er starrte sie bestürzt an.

»*Das?* Für ein Kind?«

Dom Mikhail sagte: »Das wäre sogar für einen Mann, der an der Schwarzfäule stirbt, eine zu große Dosis. War das nicht riskant?«

»Ich habe nicht gewagt, ihr weniger zu geben«, sagte Renata. »Hört doch!« Mit erhobener Hand bat sie um Ruhe. Über ihren Köpfen konnten sie das Knistern und Krachen des Donners hören. »Selbst jetzt träumt sie noch.«

»Selige Cassilda, sei gnädig!« sagte Dom Mikhail. »Was quält sie?«

Renata sagte sachlich: »Ihr *Laran* ist außer Kontrolle. Ihr hättet nie zulassen dürfen, daß sie es in diesem Krieg einsetzte, mein Fürst. Ihre Kontrolle zerbrach, als sie sich gegen die Armeen wandte. Ich sah es zum ersten Mal in der Feuerstation, als sie mit den Stürmen spielte. Sie erregte sich über alle Maßen. Und dann wurde ihr schwindlig. Erinnerst du dich, Donal? Damals war sie noch nicht im Besitz ihrer vollen Stärke. Und auch noch nicht so weit entwickelt. Jetzt ist die Kontrolle, die ich sie lehrte, aus ihrem Geist geschwunden. Ich weiß nicht, was ich für sie tun kann.« Sie wandte sich um und machte eine tiefe Verbeugung vor Aldaran.

»Mein Fürst, ich habe Euch schon einmal darum gebeten, und Ihr habt es abgelehnt. Jetzt, glaube ich, gibt es keine Wahl. Ich flehe Euch an: Laßt mich ihre Psi-Zentren ausbrennen. Vielleicht könnte es, solange sie schläft, doch noch getan werden.«

Aldaran sah Renata entsetzt an.

»Jetzt, nachdem ihr *Laran* uns alle gerettet hat? Was würde mit ihr geschehen?«

»Ich glaube ... ich *hoffe*«, sagte Renata, »daß es nur dazu führen würde, daß die Blitze, die sie so sehr quälen, verschwinden. Sie wäre ohne *Laran*, aber das wünscht sie sich momentan. Ich habe gehört, wie sie Cassandra bat, das Donnern abzuschalten. Sie wäre anschließend vielleicht nicht mehr – und nicht weniger – als eine gewöhnliche Frau ihrer Kaste. Ohne die Gabe des *Laran*, sicher, aber immer noch im Besitz ihrer Schönheit und ihrer anderen Begabungen. Sie könnte immer noch ...«
Sie zögerte, dachte über ihre Worte nach und fuhr mit einem fest auf Donal gerichteten Blick fort: »Sie könnte Eurem Clan immer noch einen Erben mit Aldaran-Blut schenken, der das *Laran* besäße, das ihre Gene enthalten. Sie dürfte zwar nie eine Tochter zur Welt bringen, aber sie könnte Aldaran durchaus einen Sohn geben.«
Donal hatte ihr von dem Versprechen, das er Dorilys während der Belagerung von Burg Aldaran gemacht hatte, berichtet.
»Das ist nur gerecht«, hatte Renata daraufhin gesagt.
Dorilys ist durch die Catenas in eine Ehe gebunden, die ihr aufgezwungen wurde, bevor sie alt genug war, um überhaupt etwas von Ehe und Liebe zu wissen. Sie hat in dieser Ehe zwar den Namen und die Würde einer Ehefrau, aber nicht die Liebe ihres Gatten. Unter diesen Umständen ist es unbedingt gerecht, daß sie etwas bekommt, das nur ihr gehört und das sie lieben und umsorgen kann. Ich mißgönne ihr ein Kind für Aldaran nicht. Es wäre zwar besser, sie würde einen anderen als Donal zum Erzeuger auswählen, aber da in ihrem Leben alles geordnet sein muß, ist es nicht wahrscheinlich, daß sie einen anderen Mann, der für diesen Zweck geeignet ist, kennenlernen wird. Und es ist Lord Aldarans Wille, daß Donals Sohn hier regieren soll, wenn er dahingegangen ist. Ich neide Dorilys Donals Kind nicht. Ich bin seine Frau, und wir alle wissen es oder werden es wissen, wenn die Zeit dafür reif ist.
Renata blickte flehend Lord Aldaran an. Allart erinnerte sich daran, in eben dieser Halle gesehen zu haben, wie die Vasallen Aldarans einem Kind zujubelten, das der Lord vor ihnen hochhielt und zum neuen Erben erklärte. Warum, fragte Allart sich, sollte seine Gabe ihm nur diesen einen Augenblick zeigen? Es schien, als verschwämme alles andere zu Alpträumen und Gewitterwolken. Die gesamten Telepathen sahen dies in Allarts Geist, und Aldaran sagte mit seinem charakteristisch grimmigen Blick: »Ich habe es euch gesagt!«
Donal senkte den Kopf. Er vermied es, Renatas Blick zu begegnen.
»Es erscheint schrecklich, ihr das anzutun, nachdem sie uns gerettet hat. Bist du sicher, daß es ihr nichts Schlimmeres zufügen würde, als nur die Psi-Zentren zu zerstören und den Rest unbeschädigt erhalten?« fragte Lord Aldaran.
Renata sagte widerstrebend: »Mein Fürst, das könnte keine *Leronis*

versprechen. Ich liebe Dorilys wie eine eigene Tochter und würde für sie das Äußerste meiner Kraft aufbringen. Aber ich weiß nicht, wie viele Sektionen ihres Gehirns von *Laran* durchdrungen sind oder von diesen Stürmen in Mitleidenschaft gezogen wurden. Ihr wißt, daß elektrische Entladungen *innerhalb* des Gehirns sich wie krampfartige Anfälle des Körpers äußern. Dorilys' *Laran* setzt die elektrischen Entladungen im Inneren ihres Gehirns irgendwie in Donner und Blitze um, wobei sie das Magnetfeld des Planeten anzapft. Dieser Vorgang ist jetzt außer Kontrolle. Sie sagte, die Gewitter seien jetzt *in* ihr. Ich weiß nicht, wieviel Schaden sie schon angerichtet haben. Es könnte sein, daß ich einen Teil ihres Gedächtnis oder ihrer Intelligenz auslöschen müßte.«

Donal erbleichte vor Angst. »Nein!« sagte er, und es klang wie ein Flehen. »Würde sie dann schwachsinnig sein?«

Renata wagte nicht, ihn anzublicken. Sehr leise sagte sie: »Ich kann nicht beschwören, daß diese Möglichkeit gänzlich ausgeschlossen ist. Ich würde mein Bestes für sie tun, aber es könnte tatsächlich so weit kommen.«

»Nein! Alle Götter mögen uns gnädig sein – nein, Cousine!« sagte Aldaran. Der alte Falke wurde lebendig. »Wenn auch nur die geringste Möglichkeit besteht – nein, ich kann es nicht wagen. Selbst wenn alles zum Besten für sie abläuft, Cousine, eine Frau, die Aldarans Erbin ist, kann nicht ohne *Laran* als Gemeine leben. Dann wäre sie besser tot.«

Renata verbeugte sich. Es war eine Geste der Unterwerfung. »Wir wollen hoffen, daß es nicht dahin kommt, mein Fürst.«

Lord Aldaran schaute alle Anwesenden der Reihe nach an. »Ich werde euch heute abend zur Siegesfeier in der Halle treffen«, sagte er. »Ich habe jetzt noch einige Dinge zu erledigen, damit alles meinen Wünschen gemäß erledigt wird.« Hocherhobenen Hauptes ging er aus der Halle.

Ihm nachblickend dachte Renata: *Das ist sein Augenblick des Triumphs. Jetzt ist Aldaran trotz der Zerstörungen durch den Krieg ohne Bedrohung in seiner Hand. Dorilys ist ein Teil dieses Triumphs. Er will sie an seiner Seite haben – als Bedrohung für die anderen – eine Waffe für die Zukunft.* Sie fröstelte als das Gewitter leise und ersterbend über die Burg hinwegrollte.

Dorilys schlief. Ihre Erregung wurde durch die Droge gemildert.

Aber sie würde aufwachen. Und was dann?

Am Abend, als die Sonne unterging, war der Donner noch immer leise zu hören. Allart und Cassandra standen auf dem Balkon ihrer Zimmerflucht und blickten ins Tal hinab.

»Ich kann es kaum glauben, daß der Krieg zu Ende ist«, sagte Cassandra.

Allart nickte. »Und wahrscheinlich auch der mit den Ridenows. Mein Vater und Damon-Rafael wollten sie angreifen und in die Trockenstädte zurücktreiben. Ich glaube nicht, daß es jemandem etwas ausmacht, wenn sie in Serrais bleiben. Den Frauen, die sie dort willkommen hießen, sicherlich nicht.«
»Was wird jetzt in Thendara geschehen, Allart?«
»Wie sollte ich das wissen?« Sein Lächeln wirkte trostlos. »Wir haben genug Beweise der Unzuverlässigkeit meiner Gabe erlebt. Höchstwahrscheinlich wird Prinz Felix regieren, bis der Rat seinen Nachfolger bestimmt. Und du weißt so gut wie ich, wen sie wahrscheinlich wählen.«
Mit leichtem Zittern sagte sie: »Ich will nicht Königin sein.«
»Genausowenig, wie ich König sein will, Liebes. Aber als wir in die großen Ereignisse dieser Zeit verwickelt wurden, war uns beiden klar, daß wir nichts daran ändern konnten.« Er seufzte. »Wenn es so kommt, wird es meine erste Handlung sein, Felix Hastur zu meinem Ersten Berater zu machen. Er ist in der Kunst des Herrschens ausgebildet worden. Er ist *Emmasca* und langlebig wie alle mit *Chieri*-Blut. Möglicherweise wird er zwei oder drei Herrscher überleben. Da er keinen Sohn haben kann, der mich verdrängen könnte, wird er der wertvollste und am wenigsten ehrgeizige aller Berater sein. Zusammen können wir so etwas wie ein König werden.«
Allart legte einen Arm um Cassandra und zog sie an sich. Damon-Rafael hatte ihn daran erinnert: Mit Cassandras modifizierten Genen konnte die Mischung aus Hastur und Aillard schließlich doch noch in einem gemeinsamen Kind sichtbar werden. Cassandra nahm seinen Gedanken auf und sagte: »Mit den Kenntnissen, die ich mir im Turm erwarb, kann ich sicherstellen, keinen Sohn zu empfangen, der mich bei der Geburt tötet oder Gene trägt, die ihn während der Pubertät vernichten können. Es wird immer ein gewisses Risiko geben . . .« Sie blickte zu ihm auf und lächelte. »Aber nach dem, was wir gemeinsam überlebt haben, könnten wir durchaus etwas riskieren, glaube ich.«
»Dafür haben wir Zeit«, sagte Allart, »aber wenn es nicht so glücklich enden sollte: Damon-Rafael hat ein halbes Dutzend *Nedestro*-Söhne. Zumindest einer von ihnen sollte das Zeug haben, einen guten König abzugeben. Ich glaube, seine Familie hat eine ausreichende Lektion über den Stolz erhalten, der einen Mann dazu treibt, eine Krone für die eigenen Söhne anzustreben.« Verschwommen und voller Schatten konnte er in der Zukunft das Gesicht eines Jungen sehen, der ihm auf dem Thron nachfolgen würde. Es war ein Kind von Hastur-Blut, aber er wußte nicht, ob es sein eigener oder ein Sohn seines Bruders war. Es interessierte ihn auch nicht.
Allart war erschöpft und über den Tod seines Bruders bekümmerter, als

er sich selbst eingestehen wollte. Er dachte: *Auch wenn ich mich dazu entschlossen hatte, ihn zu töten, wenn es nicht anders ging; auch wenn ich es war, der ihm den Spiegel seines Herzens zeigte und ihn dadurch zwang, das Messer gegen sich selbst zu richten, bin ich traurig.* Er wußte, er würde wegen dieser Entscheidung, die die erste bewußte Handlung seiner Herrschaft war, nie völlig frei von Kummer und Schuldgefühlen sein. Und er wußte, daß er nie zu trauern aufhören würde – nicht über den machthungrigen potentiellen Tyrannen, den er zum Selbstmord getrieben hatte, sondern über den älteren Bruder, den er geliebt und mit dem er am Grabe seines Vaters geweint hatte.
Aber *dieser* Damon-Rafael war vor langer, langer Zeit gestorben – falls es ihn überhaupt außerhalb Allarts Vorstellungskraft je gegeben hatte!
Ein schwaches Donnern rollte über ihnen dahin, und Cassandra schreckte hoch. Als ihr Blick auf den herabströmenden Regen fiel, der wie ein dunkler Streifen über dem Tal lag, sagte sie: »Ich glaube, es ist nur ein Sommersturm. Aber ich kann jetzt keinen Blitzschlag hören ...« Sie hielt inne. »Allart! Glaubst du, Renata hatte Recht? Hättest du Dom Mikhail überzeugen sollen, zuzulassen, daß Renata Dorilys' *Laran* zerstörte, solange sie schlief?«
»Ich weiß nicht«, erwiderte Allart besorgt. »Nach allem, was geschehen ist, will ich meiner eigenen Vorausschau nicht unbedingt trauen. Aber auch ich habe meine Gabe als Fluch empfunden, als ich ein Junge auf der Schwelle zum Mannesalter war. Hätte mir damals jemand eine solche Befreiung angeboten, ich glaube, ich hätte sie freudig angenommen. Und doch ... und doch ...« Er streckte seine Arme nach ihr aus und zog sie an sich. Ihm fielen die qualvollen Tage ein, in denen er sich wie gelähmt unter der Kraft des *Laran* geduckt hatte. Je älter er wurde, desto mehr stabilisierte es sich. Er wußte, daß er ohne die Kraft nur halb so lebendig gewesen wäre. »Wenn Dorilys zur Reife gelangt, findet vielleicht auch sie Stabilität und Kraft; vielleicht wird sie für diese Prüfungen gestärkt.«
Wie ich es war, und du, meine Liebste.
»Ich sollte zu ihr gehen«, meinte Cassandra beunruhigt. Allart lachte.
»Ah, das sieht dir ähnlich, Liebes – du, die zukünftige Königin, rennt an das Bett eines kranken Mädchens, das noch nicht einmal deine Untertanin ist.«
Cassandra hob stolz den Kopf.
»Ich war Überwacherin und Heilerin, ehe ich auch nur daran gedacht habe, Königin zu werden. Und ich hoffe, ich werde meine Fertigkeiten nie jemandem verweigern, der ihrer bedarf.«
Allart hob ihre Hand an seine Lippen und küßte sie.

»Die Götter mögen geben, Liebste, daß aus mir ein König wird, der dir in nichts nachsteht.«

In der Burg hörte Renata den Donner und dachte, während sie sich für die Siegesfeier vorbereitete, an Dorilys.
»Wenn du überhaupt irgendeinen Einfluß auf sie hast, Donal«, sagte sie, »solltest du versuchen, sie davon zu überzeugen, daß ich nur ihr Bestes will. Dann kann ich vielleicht weiter daran arbeiten, ihre Selbstkontrolle aufzubauen. Es würde leichter sein, auf das zurückzugreifen, was sie und ich gemacht haben, anstatt daß sie mit einer Fremden von vorne anfängt.«
»Ich werde es tun«, sagte Donal. »Ich ängstige mich nicht um sie. Sie hat sich noch nie gegen mich oder ihren Vater gewandt. Wenn sie sich in bezug auf uns genügend beherrschen kann, sollte sie auch lernen können, sich anderen gegenüber normal zu verhalten. Jetzt ist sie erschöpft und geängstigt und von der Schwellenkrankheit geplagt. Aber wenn sie wieder gesund ist, wird sie die Kontrolle wiedergewinnen. Dessen bin ich sicher.«
»Gott gebe, daß du recht hast«, sagte sie und versuchte, ihre Angst durch ein Lächeln zu verbergen.
Abrupt sagte Donal: »Bei der Siegesfeier will ich meinem Vater und Dorilys sagen, wie es mit uns steht, Liebste.«
Renata schüttelte heftig den Kopf. »Ich glaube nicht, daß Dorilys das schon ertragen kann.«
»Aber es widerstrebt mir«, sagte Donal stirnrunzelnd, »sie anzulügen. Ich wünschte, du hättest gesehen, wie sie sich an mich klammerte, als ich sie zu Bett trug. Ich will, daß sie weiß, daß ich sie immer gern haben und beschützen werde; aber nicht, daß sie das mißversteht oder einen falschen Eindruck davon bekommt, wie die Dinge zwischen uns stehen. Bei dieser Feier ... wenn sie an meiner Seite sitzt ...« Beunruhigt unterbrach er sich und dachte an den Kuß, den Dorilys ihm gegeben hatte.
Renata seufzte. Zumindest teilweise konnte man Dorilys' Schwierigkeiten auf die Schwellenkrankheit, die emotionale und körperliche Umwälzung, die jungen, in der Entwicklung befindlichen Telepathen häufig zu schaffen machte, zurückführen. Aldaran hatte auf diese Weise drei Kinder verloren. Renata wußte, daß ein wesentlicher Teil der Gefahr in der enormen Aufwallung telepathischer Kräfte lag, die sich mit der Belastung sich entwickelnder, noch nicht kontrollierter Sexualität vermischte. Auch Dorilys hatte dieses Stadium in jungen Jahren erreicht. Wie bei einer Treibhauspflanze hatte ihr *Laran* auch alle anderen Umwälzungen erzeugt. War es nicht verständlich, daß sie – erfüllt mit all

der neuen Kraft und Bewußtheit – sich dem älteren Jungen zuwandte, der seit ihren Kindertagen ihr besonderer Favorit, ihr Idol und Beschützer gewesen war – und jetzt, nach jener grausamen Farce, die sie nicht verstehen konnte, auch ihr Ehemann?

»Es stimmt, daß sie den ersten Anfall überlebte, auch wenn er oft der schlimmste ist. Vielleicht, wenn sie gesund und gefaßt aufwacht ... aber bei der Siegesfeier, Donal? Wenn sie zum ersten Mal an deiner Seite sitzt, als deine anerkannte Frau? Willst du ihr die Freude *daran* verderben?«

»Welcher Zeitpunkt wäre besser?« fragte Donal lächelnd. »Aber vorher will ich meinem Vater sagen, wie es zwischen uns steht. Er sollte wissen, daß du mein *Nedestro*-Kind trägst. Das ist zwar nicht der Erbe, den er sich für Aldaran wünscht, aber er sollte wissen, daß dieses Kind Schildarm und Friedensmann des Hauses Aldaran sein wird, so wie ich es war, seit meine Mutter mich hierher brachte. Wirklich, wir können es nicht länger geheimhalten. Mit der Schwangerschaft ist es wie mit der Blutfehde: Durch Geheimhalten wird sie nicht geringer. Man soll mich nicht für feige halten. Niemand soll denken, ich würde mich dessen schämen, was ich getan habe. Wenn das bekannt ist, Liebste, ist dein Sohn geschützt. Selbst Dorilys weiß, daß die Pflicht einer Gattin darin besteht, sich um das Wohlergehen jedes Kindes zu kümmern, das ihr Gatte zeugt. Dorilys wird jede Pflicht, die einer Gattin angemessen ist, gerne erfüllen.«

»Vielleicht hast du recht«, sagte Renata. Sie erinnerte sich daran, wie stolz Dorilys – die Näharbeiten ansonsten haßte – ein Feiertagshemd für Donal bestickt hatte.

Donal erinnerte sich, daß er dabei gewesen war – gerade zehn Jahre alt geworden –, wie Dom Mikhail Lady Deonora darüber informiert hatte, daß Aliciane von Rockraven mit seinem Kind schwanger sei. Deonara war aufgestanden, hatte Aliciane vor allen Haushaltsmitgliedern umarmt, sie von der Frauentafel zur Empore geführt und mit ihr aus dem selben Glas einen Schluck Wein getrunken – als Zeichen, daß sie das künftige Kind annahm. Renata lachte nervös, als sie sich vorstellte, dieses Zeremoniell mit Dorilys zu wiederholen.

»Du hattest sie doch immer sehr gern«, drängte Donal, »und ich glaube nicht, daß sie das vergessen hat. Und noch eins sollten wir bedenken: Dorilys ist zwar impulsiv und heftigen Launen unterworfen, aber sie ist sich durchaus ihrer Würde als Lady Aldaran bewußt. Wenn man sie einmal zwingt, bei einer formellen Gelegenheit wie dieser höflich zu dir zu sein, wird sie sich daran erinnern, wie freundlich du zu ihr gewesen bist. Nichts würde mich mehr freuen, als euch wieder versöhnt zu sehen. Sie wird wissen, daß ich sie liebe, achte und mich immer um sie

kümmern werde. Ich werde ihr sogar ein Kind geben, wenn sie es wünscht. Aber sie muß wissen, was sie von mir zu erwarten hat – und was nicht.«
Renata seufzte und ergriff seine Hände.
»Wie du willst, Liebster«, sagte sie. »Ich kann dir nichts abschlagen.«
Es ist noch nicht einmal ein Jahr her, als ich stolz darauf war, Cassandra Aillard zu sagen, nicht zu wissen, wie es ist, einen Mann zu lieben, und mein eigenes Urteil seinem Willen zu unterwerfen. Erleben das früher oder später alle Frauen? Und ich habe gewagt, sie dafür zu verurteilen!

Später am Abend, als Donal sie an der Tür zur Festhalle traf und sie zu ihrem Platz an der Frauentafel führte, dachte Renata, sie könne es ebensogut vor allen versammelten Haushaltsmitgliedern der Burg laut herausschreien. Es war ihr gleichgültig. Hätte alles seinen gerechten Gang genommen, wären sie und Donal zur Mittwinternacht verheiratet gewesen und trügen jetzt die *Catenas*. Aber Aldaran hatte Donal eine andere Ehe aufgezwungen. Dennoch würde sie nicht die erste und nicht die letzte Frau sein, die sich an einen Geliebten klammerte, der eine Zweckehe mit einer anderen eingegangen war.
Sie beobachtete Donal, als er seinen Platz auf der Empore einnahm. Selbst in den alten Rauhleder-Reithosen und dem verblichenen Wams, das er während der Belagerung getragen hatte, war er hübsch gewesen. Aber jetzt hatte er prächtige Kleidungsstücke angelegt: Feuersteine hingen blitzend an seinem Hals und ein juwelenbesetztes Schwert an seiner Seite. Donals Haar war gelockt, an seinen Fingern funkelten Ringe. Er sah stattlich und fürstlich aus. Dom Mikhail, in einem langen, pelzbesetzten, dunkelgrünen Umhang mit weiten Ärmeln und einem juwelenbesetzten Gürtel gekleidet, wirkte stolz, aber auch gütig. Dorilys' Sessel war leer und Renata fragte sich, ob sie immer noch schlief. Zweifellos würde der Schlaf ihr besser bekommen als die Feier. Neben Donal und Lord Aldaran saßen als ranghohe Ehrengäste nur Allart und Cassandra an der Tafel, und die *Leronis* Margali, die von hohem Adel und Dorilys' Pflegemutter war. Unter normalen Umständen hätte Renata als Dorilys' Gefährtin und Lehrerin selbst dort sitzen müssen, ebenso wie der *Coridom* oder Gutsverwalter, der Erste Haushofmeister, der Erste Kastellan, und drei oder vier offizielle Vertreter von Burg Aldaran. Aber bei formellen Festen wie diesen wurden nur die engsten Familienmitglieder und Gäste, die Lord Aldaran gleich- oder höhergestellt waren, auf der Empore plaziert. Die Edlen und Hofbeamten saßen entweder an der Frauentafel, wo Renata mit Lady Elisa und den anderen Hofdamen saß, oder mit den Rittern und anderen wichtigen Männern der Burg zusammen.

Die untere Halle war mit den Rangniederen, Soldaten, Gardisten, Dienern bis hin zu den Stallburschen und Melkerinnen gefüllt.
»Warum schaust du so auf Dorilys' leeren Sessel?« fragte Cassandra.
»Einen Augenblick glaubte ich, sie würde dort sitzen«, murmelte Allart beunruhigt. Er hatte das merkwürdige Aufflammen eines Blitzes gesehen und gedacht: *Ich bin übermüdet. Ich fahre immer noch wegen eines Schattens hoch. Vielleicht liegt es an den Nachwirkungen der Belagerung.*
Dom Mikhail beugte sich zu Margali hinüber und fragte sie, wo Dorilys bliebe. Einen Moment später nickte er, stand auf und sagte zu den in der großen Halle versammelten Leuten: »Laßt uns den Göttern Dank erweisen, daß die Truppen, die uns umzingelt hatten, besiegt und wieder heimgekehrt sind. Was sie zerstörten, wird wieder aufgebaut; was sie zerbrachen, wird geflickt werden.« Er hob seinen Pokal. »Zuerst wollen wir auf die Ehre jener trinken, die in diesem Krieg ihr Leben ließen.«
Allart erhob sich gemeinsam mit den anderen und trank.
»Und nun werde ich über die Lebenden sprechen«, fuhr Lord Aldaran fort. »Hiermit setze ich fest, daß die Kinder jedes Mannes, der während der Belagerung starb, in meinem oder dem Haushalt meiner Vasallen, entsprechend der rechtmäßigen Stellung ihres Vaters – mag er nun Gemeiner oder Edler gewesen sein – aufgenommen werden.«
Laute Dankesrufe würdigten die Großzügigkeit des Fürsten. Dann sprach er weiter.
»Weiter bestimme ich: Wenn ihre Witwen wieder heiraten wollen, werden meine Haushofmeister sich bemühen, geeignete Ehemänner für sie zu finden. Wenn nicht, wird für einen respektablen Lebensunterhalt Sorge getragen.«
Als die erneuten Dankesrufe erstarben, sagte er: »Jetzt laßt uns essen und trinken. Zuerst trinken wir zur Ehre dessen, der die Burg so gut verteidigt hat – mein Pflegesohn Donal von Rockraven, Ehemann meiner Tochter Dorilys, Lady von Aldaran.«
Während der begeisterten Zurufe sagte Cassandra: »Schade, daß Dorilys nicht hier ist, um zu erleben, wie sie geehrt wird.«
»Ich weiß nicht«, sagte Allart langsam. »Ich glaube, sie besitzt aufgrund ihrer eigenen Machtstellung vielleicht schon zuviel Stolz.«
Dom Mikhail blickte zu Allart und Cassandra hinüber. »Ich wünschte, du könntest hierbleiben, um mein Reich in Ordnung zu bringen, Cousin. Aber ich hege keinen Zweifel, daß es nicht lange dauern wird, bis sie dich nach Thendara rufen. Mit dem Tod deines Bruders bist du der Erbe von Elhalyn.« Mit plötzlicher Vorsicht blickte er Allart an. Dom Mikhail war sich bewußt geworden, daß er es nicht mehr mit einem einfachen Verwandten und Freund zu tun hatte, sondern mit einem künftigen

Herrscher, mit dem er bereits in wenigen Tagen behutsamen, von Taktik bestimmten diplomatischen Umgang pflegen mußte. Allart würde möglicherweise noch vor dem Mittsommertag auf dem Thron von Thendara sitzen.
Allart hatte den Eindruck, daß jedes Wort, das Dom Mikhail sprach, mit plötzlicher Vorsicht geäußert wurde.
»Ich hoffe, wir werden immer Freunde sein, Cousin.«
Allart erwiderte aufrichtig: »Ich hoffe wirklich, daß zwischen Thendara und Elhalyn immer Freundschaft bestehen wird.« Aber er fragte sich: *Kann ich überhaupt je wieder wirkliche Freundschaft und einfache persönliche Beziehungen erfahren?* Der Gedanke deprimierte ihn.
Dom Mikhail ergriff wieder das Wort: »Es wird uns ein halbes Jahr kosten, die Trümmer des Turms wegzuräumen, und vielleicht doppelt soviel Zeit, ihn wieder aufzubauen, wenn wir mit normalen Methoden vorgehen. Was meinst du, Donal – sollten wir nach einer Matrix-Mannschaft, vielleicht der von Tramontana, schicken und sie bitten, den Schutt wegzuräumen?«
Donal nickte. »Wir müssen an die Leute denken, die wegen der Truppen ihre Heime verließen. Die Frühjahrssaat hat sich schon verzögert, und wenn wir noch länger warten, wird zur Erntezeit Hunger herrschen.«
Dom Mikhail meinte zustimmend: »So ist es. Und sie können den Turm neu entwerfen und ihn mit Matrix-Hilfe wieder aufrichten. Das wäre zwar teuer und würde lange dauern, aber es würde der Burg zum Stolze gereichen. Wenn eure Kinder hier regieren, wirst du dir einen Aussichtspunkt wünschen, von dem aus du das ganze Umland übersehen kannst. Obwohl es sehr lange dauern wird, bis wieder jemand wagen wird, gegen die Festung Aldaran vorzugehen.«
»Möge dieser Tag weit entfernt sein«, dagte Donal. »Ich hoffe, du wirst noch viele Jahre auf diesem Hohen Stuhl sitzen, Vater.« Er stand auf und verbeugte sich. »Mit Eurer Erlaubnis, Sir«, sagte er und ging zur Frauentafel, wo Renata saß.
»Komm, Renata und sprich mit ihm. Dann wird er die Wahrheit wissen, und wenn Dorilys sich später zu uns gesellt, wird zwischen uns allen Aufrichtigkeit herrschen.«
Renata lächelte und ergriff die angebotene Hand. Ein Teil von ihr fühlte sich nackt und entblößt. Aber ihr war klar, daß dies der Preis war, den sie für ihre Liebe zahlen mußte. Sie hätte fortgehen und zu ihrer Familie zurückkehren können, als Donal eine andere heiratete. Eine konventionell erzogene Frau hätte das getan. Sie aber hatte sich entschieden, seine *Barragana* zu werden. Sie schämte sich dessen nicht. Warum sollte sie zögern, die wenigen Schritte zwischen der Frauentafel und dem Platz auf der Empore zurückzulegen und an Donals Seite zu sitzen?

Allart sah gespannt zu und fragte sich, was geschehen würde, wenn Renata und Dorilys sich gegenüberstanden. Nein ... Dorilys war nicht hier, sie war nicht in die Halle gekommen. Aber sein *Laran* zeigte ihm verzerrte, unscharfe Bilder von Dorilys' Gesicht und einer fassungslosen Renata. Er wollte zuerst aufstehen, doch dann machte sich verzweifelt klar, daß er nichts tun konnte. Er konnte nirgendwo anknüpfen, *noch* war nichts geschehen. Aber der Lärm und die Verwirrung in der Halle, die seine Gabe ihm offenbarten, lähmten ihn. Bestürzt blickte er umher – und sah nur die tatsächliche vorhandene große Halle, hörte nur den vergnügten Lärm der vielen Menschen, die laut aßen und tranken.

Renata sagte: »Ich habe Dorilys sehr gern. Um nichts in der Welt würde ich sie beleidigen wollen. Ich bin immer noch der Meinung, daß wir ihr nichts sagen sollten, bevor wir sicher sind, daß sie die Schwellenkrankheit überwunden hat.«

»Aber wenn sie es selbst herausfindet, wird sie wütend sein, und das mit Recht«, gab Donal zu bedenken, während er Renata zur Empore führte. »Wir sollten es Vater sagen, auch wenn es nicht nötig ist, daß Dorilys es sofort erfährt.«

»Was willst du Vater sagen, das ich nicht wissen soll, mein Gatte?«

Die helle, kindliche Stimme zerbrach die Stille wie klirrendes Glas. Dorilys, in ein blaues Festtagsgewand gekleidet, das Haar tief im Nacken in Locken gelegt und kindlicher denn je aussehend, schritt benommen, fast wie eine Schlafwandlerin, auf sie zu. Allart und Margali standen auf. Dom Mikhail streckte Dorilys eine Hand entgegen. »Mein liebes Kind«, sagte er, »ich freue mich, daß es dir gut genug geht, um an unserem Fest teilzunehmen.« Aber sie schenkte ihm keinerlei Aufmerksamkeit. Ihr Blick war auf Donal und Renata, die Hand in Hand vor ihr standen, gerichtet.

Plötzlich schrie sie auf: »Wie kannst du es wagen, so über mich zu sprechen, Renata?«

Renata konnte Überraschung und Schuldbewußtsein nicht verbergen. Aber sie sah Dorilys lächelnd an.

»Liebes Kind«, sagte sie, »ich habe nichts über dich gesagt, was nicht meine Liebe und Sorge um dich zeigt. Wenn es etwas gibt, was wir dir nicht sagten, dann nur, um dir Kummer zu ersparen, während du erschöpft und krank darniederlagst.« Aber ihre Zuversicht sank, als sie den düsteren Blick in Dorilys' Augen sah. Das Mädchen las jetzt wieder Gedanken. Nicht so deutlich, wie ein geübter Telepath, sondern mehr oder minder zufällig, mit unberechenbarer, wahlloser Unvollständigkeit. Dann schrie Dorilys in plötzlichem Erkennen wütend auf und wandte sich Donal zu.

»*Du!*« schrie sie hysterisch. »Du hast *ihr* gegeben, was du *mir* verweigert hast! Jetzt glaubst du ... Du willst es so einfädeln, daß sie den neuen Erben Aldarans zur Welt bringt!«

»Dorilys, nein«, widersprach Renata, aber Dorilys, völlig außer sich, wollte nicht hören.

»Glaubst du, ich kann es nicht erkennen? Glaubst du, ich weiß nicht, daß mein Vater immer plante, dein Kind zum Erben zu machen? Er wollte, daß du ein Kind bekommst, um *meines* zu verdrängen.«

Donal ergriff ihre Hände, aber sie entwand sich ihm.

»Du hast es versprochen, Donal«, schrie sie. »Du hast es versprochen und versucht, mich mit Lügen zu beschwichtigen, als sei ich ein Kind, das man tätschelt und dem man Märchen erzählt. Und während du mich belogst, hast du die ganze Zeit geplant, daß *sie* deinen ersten Sohn zur Welt bringen soll. Aber das wird sie nicht, ich schwöre es! Eher werde ich sie niederstrecken!«

Ein Blitz loderte in der Halle auf, ein Donnerschlag, laut und fast betäubend. Als er erstarb und erschreckte Stille hinterließ, stand Cassandra auf und machte einen hastigen Schritt auf Dorilys zu.

»Dorilys, komm zu mir.«

»Rühr mich nicht an, Cassandra!« kreischte Dorilys. »Du hast mich ebenfalls belogen. Du bist *ihre* Freundin, nicht meine. Du hast zusammen mit ihr intrigiert, du hast gewußt, was sie hinter meinem Rücken vorhatte. Ich bin allein, es gibt niemanden, der mich liebt.«

»Dorilys, es gibt niemanden hier, der dich *nicht* liebt«, sagte Donal.

Dom Mikhail stand ernst und zornig auf. Er hob eine Hand und sagt, indem er die Befehlsstimme einsetzte: »*Dorilys!* Ich sage: Sei still!«

Das Mädchen erstarrte und schwieg erschreckt.

»Es ist eine Frechheit!« sagte Lord Aldaran und baute sich vor seiner Tochter auf. »Wie kannst du es wagen, eine solch ungehörige Aufregung in ein Fest hineinzutragen? Wie kannst du es wagen, so mit unserer Verwandten zu sprechen? Setz dich auf deinen Platz und sei still!«

Dorilys trat einen Schritt auf die Tafel zu. Renata dachte mit einem Gefühl der Erleichterung: *Trotz all ihrer Stärke ist sie immer noch ein Kind. Sie ist daran gewöhnt, den Älteren zu gehorchen. Sie ist noch jung genug, ihrem Vater ohne Widerspruch zu folgen.*

Dorilys machte unter dem Druck der Befehlsstimme noch einen Schritt – dann riß sie sich los.

»Nein!« schrie sie, wirbelte herum und trat in der trotzigen Wut, die Renata während der ersten Tage auf der Burg so oft gesehen hatte, mit dem Fuß auf. »Ich will nicht! Ich will nicht auf diese Weise gedemütigt werden! Und du Renata, die du mich so aus lauter Stolz über das, was du von meinem Gatten bekamst, während ich nur leere Worte, Versprechungen und einen Kuß auf die Stirn bekam, beleidigt hast, wirst deinen

Bauch nicht vor mir zur Schau stellen!« Sie wirbelte herum. Ihr Gesicht leuchtete im Lodern des Blitzes auf.
Und Allart erinnerte sich an das, was er in dieser Halle einmal gesehen hatte: das Gesicht eines Kindes, von Blitzen umrahmt ...
Renata trat in panischer Angst zurück und stolperte über einen Stuhl. Donal schrie auf: »Dorilys, nein! Nicht sie!« Er stürzte sich zwischen die beiden. »Wenn du Wut hast, dann laß deinen Zorn an mir aus ...« Er brach mit einem unartikulierten Laut ab und taumelte, während sein Körper, im Lodern eines Blitzes gefangen, zusammenzuckte. Donal bäumte sich wild auf und fiel hin. Sein Körper war verstümmelt und versengt wie ein Holzklotz. Bereits tot, zuckte er noch einmal auf, und lag dann bewegungslos auf dem Steinboden.
Es war alles so schnell geschehen, daß viele der im unteren Teil der Halle sitzenden Gäste nur die Schreie und Anschuldigungen gehört hatten. Margali saß mit offenem Mund an der Tafel und starrte ihren Zögling fassungslos an. Sie konnte nicht glauben, was sie sah. Cassandra stand immer noch mit ausgebreiteten Armen da. Allart nahm sie in den Arm und hielt sie fest.
Dom Mikhail machte einen Schritt auf Dorilys zu. Er taumelte und blieb schwankend stehen. Er hielt sich aufrecht, indem er mit beiden Händen die Tischkante umklammerte. Das Blut war ihm ins Gesicht geschossen, er konnte kaum sprechen. Seine Stimme klang bitter.
»Das ist der Fluch«, sagte er. »Eine Zauberin hat diesen Tag vorausgesagt.« Mit langsamen Schritten, wie ein alter Falke mit gebrochenen Schwingen, ging er auf die Stelle zu, wo Donal lag, und sank neben ihm auf die Knie.
»Oh, mein Sohn«, flüsterte er. »Mein Sohn, mein Sohn ...« Er hob den Kopf. Sein Gesicht, zu Stein erstarrt, wandte sich Dorilys zu.
»Streck auch mich nieder, Mädchen. Worauf wartest du?«
Dorilys hatte sich nicht gerührt. Sie stand wie eine Statue da, als sei der Blitz, der Donal getötet hatte, auch in sie gefahren. Ihr Gesicht war eine grausige, tragische Maske, ihre Augen ausdruckslos und unbeweglich. Ihr Mund war wie zu einem lautlosen Schrei geöffnet, aber sie bewegte sich nicht.
Allart löste sich aus der Erstarrung und begann, auf Dom Mikhail zuzugehen. Plötzlich loderte ein mächtiger Blitz durch die Halle, und Dorilys verschwand in seiner Flamme. Vom Schock betäubt schrak Allart zurück. Blitzschlag auf Blitzschlag fuhr durch den Raum, und jetzt konnten sie Dorilys sehen; ihre Augen loderten im Wahnsinn. Im unteren Teil der Halle fuhr ein Mann hoch, bäumte sich auf und stürzte tot zu Boden. Nacheinander wichen die Leute Schritt für Schritt von der Stelle zurück, an der Dorilys, umgeben von irrwitzig blitzenden Flammen und

betäubt von den Donnerschlägen, stand. Ihr Gesicht war nicht mehr das eines Kindes. Es war überhaupt nicht mehr menschlich.
Nur Renata wagte sich auf das Blitzen zu. *Vielleicht,* dachte Allart in einer entsetzten Ecke seines Verstandes, *hat sie einfach nichts mehr zu verlieren.* Sie trat einen Schritt auf Dorilys zu; noch einen. Und noch einen. Zum ersten Mal, seit Donal gefallen war, bewegte sich Dorilys. Aber Renata blieb weder stehen noch zuckte sie zurück. Schritt für Schritt ging sie auf das Zentrum der entsetzlichen Blitzschläge zu, wo Dorilys wie eine Gestalt der legendären Hölle auflöderte.
Dom Mikhail sagte erschüttert: »Nein, Renata. Nein. Nein ... Bleib von ihr fort. Nicht auch du, Renata ... nicht auch du!«
Allart hörte in seinem Kopf einen Aufruhr, ein verwirrendes Stammeln, ein wildes Spiel verworrener Möglichkeiten. Er sah Renata langsam und ruhig auf Dorilys zugehen, bis sie über Donals Leiche stand. Er sah, wie sie getroffen niederstürzte; wie sie Dorilys mit ihrem eigenen *Laran* erfaßte und sie regungslos festhielt, wie damals, als Dorilys noch ein trotziges Kind gewesen war. Er hörte, wie Renata Dorilys verfluchte; wie sie sie anflehte, sie herausforderte. Er sah alles zugleich in einem wilden Ansturm zukünftiger Möglichkeiten.
Renata breitete ihre Arme weit aus. Ihre Stimme klang ängstlich, aber fest und war deutlich vernehmbar. »Dorilys«, sagte sie flüsternd. »Dorilys, mein kleines Mädchen, mein Liebling ...«
Sie stand auf, machte einen weiteren Schritt. Und noch einen. Dorilys kam in ihre Arme. Die Blitze erstarben. Plötzlich war Dorilys nichts mehr als ein kleines Mädchen, das von Renatas Armen umklammert wurde und heftig schluchzte.
Renata hielt sie fest, tröstete und streichelte sie, und murmelte zärtliche Worte der Zuneigung, während die Tränen über ihr Gesicht liefen. Dorilys blickte benommen um sich.
»Mir ist so übel, Renata«, flüsterte sie. »Was ist passiert? Ich dachte, hier sei eine Feier. Ist Donal sehr zornig auf mich?« Dann heulte sie auf. Es war ein langer schrecklicher Schrei des Entsetzens und der Erkenntnis. Sie fiel zusammen, ein schlaffes, leblos wirkendes Bündel in Renatas Armen.
Der Donner über ihnen wurde leiser, erstarb und war still.

30

»Es ist zu spät«, sagte Renata. »Ich weiß nicht, ob wir es riskieren können, sie jemals wieder aufwachen zu lassen.«
Über ihren Köpfen grollte hin und wieder der Donner, und Blitze

flammten um die Türme Aldarans auf. Allart fragte sich schaudernd, welche Träume Dorilys' Schlaf stören mochten. Sie mußten wahrlich fürchterlich sein.

In dem fassungslosen Moment, der Dorilys' Erkenntnis gefolgt war, hatte Renata es geschafft, sie dazu zu bringen, eine Dosis der Droge zu schlucken, die sie vorher schon einmal genommen hatte. Dorilys hatte sie kaum geschluckt, als der Ausdruck der Vernunft auch schon wieder aus ihren Augen wich und der schreckliche Mantel aus Blitzen sich wieder um sie legte. Aber die Droge war mit gnädiger Schnelligkeit wirksam geworden. Dorilys war in eine noch immer anhaltende unruhige Starre gesunken. Die Stürme tobten zwar über ihren Köpfen, näherten sich aber nicht.

»Wir können ihr die Droge nicht noch einmal geben«, wiederholte Renata. »Selbst wenn ich sie dazu bringen könnte – und ich bin mir nicht sicher, ob ich das kann –, würde sie fast mit Gewißheit sterben.«

Aldaran sagte mit schreckenerregender Bitterkeit: »Besser das, als wenn sie uns ebenso vernichtet wie meinen Jungen.« Seine Stimme brach, die glasige Helligkeit seiner Augen war schlimmer als Tränen. »Gibt es denn keine Hoffnung, Renata? Überhaupt keine?«

»Ich fürchte, es war bereits zu spät, als ich Euch zum ersten Mal fragte«, antwortete Renata. »Zu große Teile ihres Gehirns sind von den Blitzen zerstört worden. Es ist zu spät für Dorilys, mein Fürst. Ich fürchte, Ihr müßt das hinnehmen. Unsere einzige Sorge ist jetzt, sicherzustellen, daß sie, wenn sie stirbt, nicht die gesamte Umgebung zerstört.«

Aldaran schauderte. Schließlich sagte er: »Was können wir tun?«

»Ich weiß nicht, mein Fürst. Wahrscheinlich hat noch niemand mit dieser tödlichen Gabe lange genug gelebt, daß man hätte Erfahrungen sammeln können. Ich muß mich mit den Leuten im Tramontana-Turm oder denen in Hali beraten, um herauszufinden, wie wir sie am besten unschädlich machen, während ...« Renata schluckte, rang nach Beherrschung – »während der kurzen Zeit, die ihr noch bleibt. Sie kann das gesamte elektrische Potential des Planeten anzapfen, mein Fürst. Ich bitte Euch, den Schaden, den sie noch anrichten kann, wenn wir sie ängstigen, nicht zu unterschätzen!«

»Ich bin verflucht«, sagte Aldaran leise und bitter. »Ich bin seit dem Tag ihrer Geburt verflucht und wollte es nicht wahrhaben. Du hast versucht, mich zu warnen, und ich habe dir nicht zugehört. Ich bin es, der den Tod verdient, aber er hat nur meine unschuldigen Kinder genommen.«

»Laßt mich meine Kollegen in den Türmen zu Rate ziehen, Lord Aldaran.«

»Und die Nachricht über Aldarans Schande in Nah und Fern verbreiten? Nein, Lady Renata! Ich war es, der diesen schrecklichen Fluch auf unsere

Welt gebracht hat. Ohne Boshaftigkeit, und in Liebe, aber trotzdem war ich es. Jetzt werde ich ihn vernichten.«
Er zog seinen Dolch, erhob ihn über Dorilys' schlafender Gestalt und ließ ihn plötzlich niederfahren. Aber aus ihrem Körper fuhr eine blaue Flamme, und Aldaran stürzte zurück und wurde durch den halben Raum geschleudert. Als Allart ihn aufrichtete, rang er nach Luft. Einen Moment lang fürchtete Allart, Aldaran läge im Sterben.
Traurig schüttelte Renata den Kopf.
»Habt Ihr vergessen, mein Fürst? Sie ist Telepathin. Selbst im Schlaf kann sie Eure Absicht spüren. Obwohl ich glaube, daß sie gar nicht am Leben bleiben will, gibt es etwas in ihrem Gehirn, das sich selbst schützt. Ich glaube nicht, daß wir sie töten können. Ich muß nach Hali oder Tramontana gehen, mein Fürst.«
Lord Aldaran senkte den Kopf. »Wie du wünschst, Cousine. Willst du dich für die Reise bereit machen?«
»Dafür haben wir nicht genug Zeit – und es ist auch nicht nötig. Ich werde durch die Oberwelt gehen.«
Sie nahm ihre Matrix und sammelte sich. Einem Teil von ihr war sie dankbar für diese Unterbrechung; sie schob den Moment hinaus. Unaufgefordert trat Cassandra näher, um neben ihrem Körper zu wachen, während Renata die Reise durch das unfaßliche Reich des Geistes machte.
Es war, als schlüpfte sie aus einem plötzlich unvorstellbar groß gewordenen Kleid. In der gräulichen Umgebung der Schattenzone, die über der festen, stofflichen Welt lag, konnte Renata einen Moment lang ihren Körper sehen. Er sah ebenso leblos aus wie der von Dorilys und trug immer noch das kunstvolle Gewand, das sie zur Siegesfeier angelegt hatte. Cassandra stand bewegungslos neben ihr. Gedankenschnell dahinziehend stand sie plötzlich auf der höchsten Spitze des Tramontana-Turms und fragte sich, wie sie hierhergekommen war ... Sie sah Ian-Mikhail von Tramontana. Er trug das scharlachrote Gewand eines Bewahrers.
Er sagte sanft: »Donal ist also tot? Ich war sein Freund und Lehrer. Ich muß ihn in den Reichen des Jenseits aufsuchen, Renata. Wenn er plötzlich und durch äußere Gewalt gestorben ist, weiß er möglicherweise nicht, daß er tot ist. Sein Geist kann in der Nähe seines Körpers gefangen sein, und womöglich versucht er, wieder in ihn einzudringen. Ich war besorgt um ihn; aber ich wußte nicht, was passierte, bis ich dich sah, Cousine.«
In den nebelhaften Räumen der Oberwelt, wo körperliche Berührungen sich nur als Gedanken manifestieren konnten, tastete er sanft nach Renatas Hand.

»Wir teilen deinen Kummer, Renata. Wir haben ihn alle geliebt. Er hätte einer von uns werden sollen. Ich muß zu ihm.« Sie sah das schwache Flimmern der grauen Räume, das ankündigte, daß Ian-Mikhails Gedanken und seine Gegenwart sich von ihr entfernten. Sie klammerte sich mit einem verzweifelten Impuls, der die Oberwelt wie ein Schrei durchschnitt, an ihn.

»Was ist mit Dorilys? Was können wir für sie tun?«

»Ich weiß es nicht, Renata. Ihr Vater wollte sie uns nicht anvertrauen, und wir kennen sie nicht. Es ist bedauerlich. Wir hätten einen Weg finden können, ihr zu helfen, aber die Berichte über die Zuchtprogramme liegen in Hali und Arilinn. Vielleicht hat man dort einige Erfahrungen gemacht und kann dir einen Rat geben. Aber jetzt halte mich nicht länger auf, Schwester. Ich muß zu Donal.«

Renata sah zu, wie Ian-Mikhails Abbild zurückwich und sich entfernte. Er ging, um Donal zu suchen und sich zu vergewissern, daß er nicht in der Nähe seines nutzlosen Körpers weilte. Renata beneidete ihn. Sie wußte, daß der Kontakt zwischen den Toten und den Lebenden gefährlich und daher verboten war. Man durfte den Toten nicht erlauben, dem Kummer der Hinterbliebenen zu nahe zu sein. Und die Lebenden durften nicht in Bereiche gezogen werden, in denen sie nichts zu suchen hatten. Ian-Mikhail, von Jugend an zur Sachlichkeit eines Bewahrers erzogen, konnte seinem Freund allerdings diesen Dienst erweisen, ohne allzu sehr in Mitleidenschaft gezogen zu werden.

Erschöpft und unsicher, nur an Donal und ihren Verlust denkend, wandte Renata sich Hali zu. Sie bemühte sich, ruhig zu werden, denn ihr war klar, daß zu große Erregung sie aus der Ebene schleudern konnte; doch ihre Gefühle drohten, sie zu übermannen. Sie begriff, daß sie völlig zerbrechen würde, wenn sie die quälenden Erinnerungen nicht vertrieb.

Aber das Grau der Oberwelt schien endlos. Als sie den Turm von Hali verschwommen in der Ferne auftauchen sah, schienen ihr die Glieder nicht mehr zu gehorchen. Dasselbe geschah mit ihren Gedanken, obwohl sie versuchte, sich auf den Turm zu konzentrieren. Sie bewegte sich durch eine graue, unbewohnte geistige Öde ...

Dann schien es, als sähe sie weit in der Ferne eine vertraute Gestalt. Sie war jung und lachte, war aber zu weit weg, um sie zu erreichen ... Donal! Donal, so fern von ihr! Sie begann, hinter der sich zurückziehenden Gestalt herzueilen, ließ einen Freudenschrei ertönen.

Donal! Donal, ich bin hier! Warte auf mich, Geliebter ...

Aber er war zu weit entfernt. Er wandte sich nicht nach ihr um. Mit einem letzten Funken von Vernunft dachte sie: *Nein! Es ist verboten. Er ist dorthin gegangen, wohin niemand ihm folgen kann.*

Ich will nicht zu weit gehen. Aber ich muß ihn wiedersehen. Ich muß ihn sehen, nur dieses eine Mal und ihm den Abschiedsgruß sagen, um den man uns so grausam betrogen hat ... nur dieses eine Mal, und dann nie wieder ...
Sie eilte der zurückweichenden Gestalt nach. Ihre Gedanken schienen sie rasch durch das Grau der Oberwelt zu tragen. Als Renata sich umschaute, waren alle vertrauten Geländepunkte und der Ausblick auf den Hali-Turm verschwunden. Sie war allein in diesem Grau, in dem nichts existierte, als die kleine, zurückweichende Gestalt Donals am Horizont, die sich immer weiter von ihr entfernte ...
Nein! Das ist Wahnsinn! Es ist verboten. Ich muß umkehren, ehe es zu spät ist. Seit ihrem ersten Jahr im Turm wußte sie, daß die Lebenden nicht in das Reich der Toten eindringen konnten, es nicht *durften*. Und sie wußte auch, warum. Aber jetzt war fast jede Vorsicht von ihr gewichen. Verzweifelt dachte sie: *Ich muß ihn noch einmal wiedersehen, nur einmal, muß ihn küssen, ihm Lebewohl sagen ... Ich muß, oder ich kann nicht weiterleben! Sicher kann es nicht verboten sein, ihm nur Lebewohl zu sagen. Ich bin eine geübte Matrix-Arbeiterin. Ich weiß, was ich tue, und es wird mir die Kraft geben, ohne ihn weiterzuleben ...*
Ein letzter Hauch von Vernunft ließ sie sich fragen, ob es wirklich Donal war, der sich dort am Horizont bewegte und sie ins Nichts lockte. War es nur eine aus Kummer und Sehnsucht geborene Illusion, weil sich ihr Bewußtsein weigerte, die Unwiderruflichkeit seines Todes zu akzeptieren? Hier, im Reich der Gedanken, konnte ihr Geist eine Illusion von Donal erzeugen und ihr folgen, bis sie ihm begegnete.
Mir ist es gleichgültig! Mir ist es gleichgültig! Sie schien jetzt hinter der zurückweichenden Gestalt herzurennen. Dann verlangsamte sich ihre Geschwindigkeit, und sie blieb stehen. Zur Bewegung unfähig, sandte sie ihm einen letzten Verzweiflungsschrei nach:
Donal! Warte ...
Plötzlich lichtete sich das Grau und wurde dünner. Eine schattige Gestalt versperrte ihr den Weg. Jemand sagte ihren Namen. Es war eine vertraute, sanfte Stimme.
»Renata, Cousine – Renata, nein.«
Vor ihr stand Dorilys. Nicht die schreckenerregende, unmenschliche Flamme, nicht die Herrin der Stürme, sondern die frühere, kleine Dorilys aus dem Sommer ihrer Liebe. In dieser veränderlichen Welt waren alle Dinge so, wie der Geist sie hinmalte. Dorilys war wieder das kleine Mädchen von einst, dessen Haar zu einem langen Zopf geflochten war, während das kindliche Kleid ihr kaum bis zu den Knöcheln reichte.
»Nein, Renate, Liebste, es ist nicht Donal. Es ist eine aus deiner Sehn-

sucht entstandene Illusion. Du würdest ihr umsonst nachlaufen. Geh zurück. Man braucht dich *dort* ...«
Renata schaute in die Halle von Burg Aldaran, wo ihr lebloser Körper, bewacht von Cassandra, auf dem Boden lag.
Sie hielt inne, blickte Dorilys an.
Sie hatte Donal getötet ...
»Nicht ich, sondern meine Gabe«, sagte Dorilys. Ihr kindliches Gesicht wirkte tieftraurig. »Ich will nicht mehr töten, Renata. In meinem Stolz und meinem Eigensinn wollte ich nicht hören, und jetzt ist es zu spät. Du mußt zurückgehen und es den anderen sagen: Ich darf nie wieder aufwachen.«
Renata senkte den Kopf. Sie wußte, daß das Kind die Wahrheit sprach.
»Sie brauchen dich, Renata. Geh zurück. Donal ist nicht hier«, drängte Dorilys. »Ich selbst wäre beinahe auf die Illusion hereingefallen. Aber jetzt, da Stolz und Ehrgeiz mich nicht mehr blenden, kann ich deutlicher sehen. Ich weiß nun, was Donal ein Leben lang für mich war: eine Illusion. Mein eigener Glaube gaukelte mir das vor, was ich in ihm sehen wollte. Ich ...« Dorilys' Gesicht verschwamm, bewegte sich. Renata sah das Kind, das sie hätte sein können, die Frau, zu der sie geworden war, aber nun nie sein würde. »Ich weiß, daß er für dich bestimmt ist. Ich war zu selbstsüchtig, das zu akzeptieren. Und jetzt habe ich nicht einmal das, was er mir aus eigenem Willen zugestehen wollte.«
Sie winkte. »Geh zurück, Renata. Für mich ist es zu spät.«
»Aber was wird aus dir, mein Kind?«
»Du mußt deine Matrix benutzen«, sagte Dorilys, »und mich hinter einem Kraftfeld isolieren ... Du hast mir erzählt, daß die Leute von Hali Dinge, die zu gefährlich sind, auf diese Art abschirmen. Du kannst mich nicht töten, Renata. Meine Gabe arbeitet jetzt unabhängig von mir. Ich weiß nicht wie, aber *sie* wird zuschlagen, um meinen Körper zu schützen, wenn man mich angreift, auch wenn ich nicht mehr länger leben will. Renata, versprich mir, daß du nicht zuläßt, daß ich jene, die ich liebe, weiter zerstöre.«
Es könnte gehen, dachte Renata. *Man kann Dorilys nicht töten. Aber man könnte sie hinter einem Kraftfeld isolieren und ihre Lebenskräfte reduzieren.*
»Laß mich in Sicherheit so lange schlafen, bis keine Gefahr mehr besteht, mich wieder aufzuwecken«, sagte Dorilys. Renata zitterte. Wenn sie das taten, würde Dorilys in der Oberwelt allein hinter dem Kraftfeld, das selbst ihren Geist abschirmte, allein sein.
»Liebes, was wird dann mit dir geschehen?«
Dorilys' Lächeln war kindlich und weise zugleich.
»Nun, in dieser langen Zeit – obwohl, das weiß ich, *hier draußen* Zeit

nicht existiert – werde ich vielleicht endlich Klugheit erlernen, wenn ich weiterlebe. Und falls nicht« – sie zeigte ein merkwürdig entrücktes Lächeln –, »es gibt andere, die vor mir gegangen sind. Ich glaube nicht, daß Klugheit je verschwendet wird. Geh zurück, Renata. Laß nicht zu, daß ich noch jemanden töte. Donal ist meiner Reichweite entzogen – und auch der deinen. Aber du mußt zurückgehen und leben – seines Kindes wegen. Es verdient eine Chance.«
Danach fand Renata sich im Sessel der großen Halle von Burg Aldaran wieder. Über den Höhen der Burg brachen sich die Stürme ...

»Es könnte gehen«, sagte Allart schließlich bedachtsam. »Zu dritt könnten wir es schaffen. Dorilys' Lebenskräfte könnten so weit reduziert werden, daß sie keine Gefahr mehr darstellen. Vielleicht wird sie sterben. Vielleicht wird sie aber auch eines Tages wieder aufwachen. Aber es ist wahrscheinlicher, daß sie immer tiefer in ihre Geisteswelt hinabsinkt und eines Tages – vielleicht auch erst in Jahrhunderten – stirbt. In jedem Fall ist sie frei, und wir sind sicher ...«
Und so geschah es. Wie Allart es mit seinem *Laran* vorhergesehen hatte, lag sie reglos auf der Totenbahre in dem großen gewölbten Raum der Burgkapelle.
»Wir werden sie nach Hali tragen«, sagte Allart, »und sie dort für immer aufbahren lassen.«
Lord Aldaran nahm Renatas Hand. »Ich habe keinen Erben. Ich bin alt und allein. Es ist mein Wille, daß Donals Sohn hier regieren soll, wenn ich nicht mehr bin. Es wird nicht lange dauern, Cousine«, sagte er und blickte ihr in die Augen, »willst du mich durch die *Catenas* heiraten? Ich habe dir nichts anzubieten, außer diesem: Wenn ich dein Kind als meinen Sohn und Erben anerkenne, gibt es keinen Menschen, der mir das bestreiten kann.«
Renata verbeugte sich. »Um Donals Sohn willen. Es soll geschehen.«
Aldaran breitete die Arme aus, zog sie an sich, und küßte sie sanft und leidenschaftslos auf die Stirn. Mit dieser Geste brach er alle Barrieren. Zum ersten Mal seit Donals Tod begann Renata zu weinen.
Allart wußte endlich, daß dieser Tod nicht auch Renata treffen würde. Sie würde leben und sich eines Tages erholen. Es würde der Tag kommen, an dem Aldaran Donals Sohn in diesem Raum zu seinem Erben machte, wie er es vorausgesehen hatte ...
Bei Tagesanbruch machten sie sich auf den Weg nach Norden. Dorilys' Körper lag in einem Sarg und war mit einem Kraftfeld versiegelt; man würde sie nach Hali bringen, wo ihre letzte Ruhestätte war. Allart und Cassandra ritten neben ihr.
Hoch über ihnen beobachteten Renata und Dom Mikhail vom höchsten

Balkon der Burg, wie sie sich entfernten: schweigend, reglos, von Kummer gebeugt.

Während sie den Pfad hinabritten, dachte Allart, daß er nie zu trauern aufhören würde – um Donal, den auf der Höhe seines Sieges der Tod ereilt hatte; um Dorilys in ihrer Schönheit und ihrem Eigensinn; um den stolzen alten Mann, der gebrochen dort oben stand; und um die neben ihm ausharrende Renata.

Auch ich bin gebrochen. Ich werde König sein, obwohl ich nicht regieren will. Und doch kann nur ich dieses Reich vor dem Zerfall bewahren. Ich habe keine Wahl. Er ritt mit gesenktem Kopf und nahm Cassandra kaum wahr, bis sie schließlich nach ihm griff und ihre schlanke, sechsfingrige Hand um die seine schloß.

»Mein Liebster, es wird eine Zeit kommen«, sagte sie, »in der wir endlich Lieder singen, statt Krieg zu führen. Ich habe nicht dein *Laran*. Aber ich sehe es voraus.«

Allart dachte: *Ich bin nicht allein ... und um sie muß ich nicht trauern.* Er hob den Kopf und blickte der Zukunft entschlossen entgegen. Er winkte noch einmal zu der Burg hinauf, die er nie wiedersehen würde, aber es war auch ein Abschiedsgruß für Renata, von der er sich, wie er wußte, nur eine kurze Weile trennte.

Sie folgten der Prozession, die die Herrin der Stürme zu ihrem letzten Ruheplatz trug, den Pfad von Burg Aldaran hinab. Allart bereitete sich darauf vor, den Männern zu begegnen, die ihm in diesem Moment entgegenritten, um ihm die ungewollte Krone anzubieten. Der Himmel über ihnen war grau und still. Als hätte kein Gewitter diesen ruhigen Ort jemals erschüttert.

Mildred Downey Broxon

Im Bann der Grünen Insel

Fantasy-Roman

Der irische Barde Tadhg MacNiall verfällt dem Zauber der Sidhe, des mystischen Seevolks der grünen Insel. Fortan lebt er in ihrer unterseeischen Stadt. Maire, seine Frau, will ihn jedoch nicht aufgeben. Als Tadhg nach langer Wartezeit nicht zurückkehrt, macht sie sich selbst zum See Lough Neagh auf, unter dessen Wellen sich die kristallne Welt der Sidhe befindet. Auch wenn Tadhg das Feenreich nicht verlassen will, weil er die Königin der Sidhe liebt, so möchte die Heilerin Maire ihm doch so nahe wie möglich sein.

Als 1400 Jahre später der Zauber der Sidhe schwindet und Lough Neaghs Wasser sich rot färben, tauchen Tadhg und Maire im Nordirland unserer Tage auf – inmitten von Gewalt und blutigen Kämpfen. Und wieder sind die beiden getrennt, denn als Verkörperung alter irischer Gottheiten müssen sie gegeneinander kämpfen, und der Ausgang dieses Konfliktes wird Irlands Schicksal bestimmen ...

Mildred Downey Broxon, 1948 in Atlanta/Georgia geboren, schreibt seit Mitte der siebziger Jahre Fantasy und Science Fiction. Unter anderem verfaßte sie zusammen mit Poul Anderson einen Fantasy-Roman unter dem Titel »The Demon of Scatterey« und eine Fortsetzung zu H. Rider Haggards Saga von »Eric Brighteyes«, die unter Pseudonym erschien. »Im Bann der Grünen Insel« ist ihr erstes großes und eigenständiges Werk. Anne McCaffrey, Poul Anderson und Joan D. Vinge haben diesem Roman höchstes Lob gezollt.

© Droemersche Verlagsanstalt Th. Knaur Nachf. München 1983
Titel der Originalausgabe »Too long a Sacrifice«
Copyright © 1981 by Mildred Downey Broxon
Aus dem Amerikanischen von Marcel Bieger

Für meinen Vater,
der mir von Irland erzählte.

1

An den Ufern des dunklen, träumenden Lough Neagh im Königreich Ulaídh lebten, als Conn Sléaghéar über die Cruthiner herrschte, Tadhg MacNiall und seine Frau Maire ní Donnall zusammen in Frieden und Eintracht. Anmutig war sie, ein hübscher Bursche er, und beide waren noch jung. Das Volk im Land mochte sie sehr, denn Tadhg war Harfner, und Maire besaß gute Kenntnisse als Heilerin.

Wie es unter vornehmen Familien Brauch war, hatten Tadhgs Geburtseltern ihren Sohn schon in früher Jugend anderen Clan-Mitgliedern in Pflege gegeben, damit er dort alles lernen konnte, was ein junger Mann wissen mußte, und damit die Bande zwischen den Familien fest und dauerhaft wurden. Tadhgs Pflegevater war Harfner, und so wurde der Junge bald schon mit diesem Instrument vertraut. Sein Pflegebruder Fionn, der Sohn des Hauses, war ein fröhlicher Junge. Er und Tadhg verübten manche Possen und Streiche zusammen.

Als Tadhg älter wurde, gaben die Pflegeeltern ihn in die Lehre zu einem Barden, denn längst konnte der Pflegevater ihm nichts mehr beibringen. Und so zog der Junge für einige Zeit fort.

Zur Zeit des Lugnasad kehrte Tadhg zu seinem Pflegeheim zurück. Er schwang die Harfe fröhlich, als er singend durch den Sommerwald schritt. Über ihm fielen die Vögel in sein Lied ein. Der Himmel war blau und wolkenlos, sanft fielen die Pfeile des Sonnenlichts durch die leise rauschenden Zweige und Äste. Ein Stück voraus schimmerte der Lough Neagh, und süß und schwer roch die Luft nach Blättern, nach Gras und nach Erde.

Das *Rath* der Pflegeeltern war eine große Feste, umgeben von einem Erdwall, auf dessen Kamm eine Palisade aus angespitzten Stämmen errichtet worden war. Innerhalb des Erdwalles befanden sich strohgedeckte Hütten, Koppeln und Gehege für Groß- und Kleinvieh, Vorratsgebäude, Häuser fürs Spinnen, fürs Butterkneten und fürs Weben, ein Koch- und Backhaus und die Große Halle,

deren geschnitzte und bemalte Holzsäulen im frühen Sonnenlicht glänzten. Zu dieser Morgenstunde war wenig Volk im *Rath* auf den Beinen, eigentlich nur jene, die das Vieh zu melken hatten.
Wie schön, dachte sich Tadhg, *dann kann ich sie mit der Sonne begrüßen.* Er rieb sich das Kinn und überlegte. Tadhg liebte das sanfte Hügelland und freute sich am Anblick des anbrechenden Morgens. Er hob seine Harfe und schlug eine Saite an.

> *Sei gegrüßt mir, Heim,*
> *Denn zurück kehrt schon*
> *Euer weitgereister Harfner,*
> *Euer lieber Pflegesohn.*

Da öffnete sich die Tür, und Tadhgs Pflegemutter trat zu ihm heraus. Sie umarmte ihn und besah ihn sich dann. Sie staunte, wie groß er geworden war, und hieß ihn herzlich willkommen. Wie stets war die Pflegemutter reich und vornehm gekleidet in besticktes Linnen und geschmückt mit goldenen Armreifen. Aber traurige Linien verdüsterten ihr Gesicht. *Sie war alt geworden.*
»So ist mir doch ein Sohn geblieben«, sagte sie.
Tadhg wollte sie schon fragen, was sie damit meinte, aber da schlurfte Fionn aus der Tür, und er begriff. Die beiden Jungen waren im gleichen Alter, und auch Fionn war hoch aufgeschossen, wenn auch ziemlich hager. Und der erste Schatten eines Bartes zeigte sich auf seinem Gesicht. Doch während Tadhgs Augen vor Lebensfreude strahlten, konzentrierte sich Fionns Blick auf etwas, das nur er erkennen konnte. Er starrte in die Luft und lächelte. Erst danach fiel ihm ein, Tadhg zu begrüßen.
»Willkommen, Pflegebruder.« Kein Gefühl und kein wacher Geist schwangen im Klang seiner Stimme mit, und er hielt den Kopf schief, als höre er etwas, das anderen Menschen verborgen blieb. Er strich über Tadhgs Harfe und lachte. »Messingsaiten! Messing, um auf dem Mondlicht zu spielen!«
Tadhg fragte sich, ob Fionn schon so früh am Morgen betrunken

sein mochte. Aber nein, etwas anderes ging von dem Jungen aus, wie er nun spürte. Die Pflegemutter schüttelte nur den Kopf und führte die beiden Jungen hinein.

Fionn war schon seit einigen Monaten so, erklärte die Pflegemutter, und täglich glitt er ein Stück weiter vom Leben und Streben normaler Menschen fort. Er schlief nur wenig, und wenn er sprach, blieb der Sinn seiner Worte dunkel. Während sie ihm von Fionn erzählte, saß der Pflegevater am Herdofen und starrte in die Kohlen. Er hatte sein Leben lang meistens geschwiegen.
»Er ist nie ein Wechselbalg gewesen«, sagte die Pflegemutter weinend, »er war immer ein normaler Junge... Du und er, ihr habt doch immer zusammen gespielt...« Tadhg legte ihr unbeholfen eine Hand auf die Schulter. Am anderen Ende des Raumes stand Fionn und starrte in die Dunkelheit. Ein schwaches Lächeln bog seine Lippen.
»Habt ihr nach einem Heiler geschickt?« fragte Tadhg.
»Ja, das haben wir. Die Heilerin wohnt nicht weit von hier. Sie kam und brachte ihr Pflegekind mit, ein anmutiges Mädchen. Aber nichts, was sie unternahmen, brachte Abhilfe, und schließlich zogen sie voller Kummer wieder fort... Manchmal sieht Fionn mich so sonderbar an, daß ich fürchten muß, er kennt seine eigene Mutter nicht mehr.«
Fionn hieb gegen die Wand, drehte sich um und schlurfte hinaus. Tadhg entschuldigte sich bei den Pflegeeltern und folgte ihm.
Das Mondlicht färbte die Baumwipfel silbern und schimmerte auf den sanften Wellen des Lough Neagh. Ein Wind blies suchend durch den Wald. Fionn marschierte träge auf den Gipfel eines Hügels, blieb dort stehen und starrte hinab in eine Senke. Die Sterne spiegelten sich im sumpfigen Wasser – dort, wo die Schilfrohre leise zitterten.
»Was ist mit dir, Fionn?« Tadhg trat sehr nahe an ihn heran, ohne ihn jedoch zu berühren.
»Augen.« Fionn zeigte auf das sternenfunkelnde Sumpfwasser. »Augen, die mich anziehen, die mich locken...« Er wandte den Kopf ab und spuckte aus. »Du, du und all deine Studien. Wie

könnten die Druiden dich die Magie lehren, die einem Barden innewohnt? Aus dir wird höchstens ein Harfner, der lediglich alte Geschichten und Stammbaumlieder vorzutragen weiß – mehr nicht. Du kannst nicht die Kraft erlernen, mit der man Ernten verdirbt, Geschwüre auf Menschengesichter bringt oder Frauen mit Unfruchtbarkeit schlägt, ganz gleich, wie lange du auch lernen magst, Tadhg. Du wirst nie auch nur einen Zipfel Magie erhaschen. Aber die Magie hat mich berührt. Man kann sie nämlich nicht erlernen. Und jetzt laß mich in Ruhe!« Blanker Haß schlug aus seiner Stimme, und er hob einen Arm, als wollte er zuschlagen.
Tadhg fuhr zurück und hielt seinen wachsenden Zorn im Zaum. Er verspürte nicht den Wunsch, mit seinem Bruder zu kämpfen. Besser war es in diesem Augenblick, sich zurückzuziehen und nachzugeben. »Bitte, wie du wünschst.«

Wieder im *Rath*, schlief Tadhg schlecht und hatte furchtbare Träume. Ein gehörnter Mann schwang seinen Speer und lachte wild. Schweißgebadet wachte Tadhg auf. Aber nichts war um ihn bis auf die Nacht und das ruhelose Atmen seines Pflegebruders. Warum hatte ihn das Bild des Gehörnten geplagt?
Lange bevor die Lugnasad-Feiern zu Ende waren, verließ Tadhg schon wieder sein Heim, um die Studien fortzusetzen. Im Herbst erzählten sich die Leute, Fionn sei ertrunken im Sumpfwasser gefunden worden. Keine Wunde oder Verletzung war an seinem Körper zu entdecken. Selbstmord, raunten sich die Leute zu. Danach sprach niemand mehr über diese Schande, und der Name seines Pflegebruders kam Tadhg nie wieder über die Lippen.
Und Tadhg MacNiall wuchs zum Mann heran. Bald kannte er all die großen Legenden, und Conn Sléaghéar, der König, fand Gefallen an ihm. Für seine Lieder schenkten die Leute ihm Armreife, wunderbare Mäntel, Vieh und Waren aller Art. Trotz Fionns Worten war Tadhg nun ein gefeierter Barde. Magie lag in seinen Worten, die Macht zu segnen oder zu verfluchen. Als seine Pflegeeltern starben, fiel das *Rath* ihm zu, denn die beiden hatten keine leiblichen Nachkommen mehr.

Maire ní Donnall, die Pflegetochter der Heilerin, wuchs zur Frau heran, und sie und Tadhg sahen einander mit Freude im Herzen an. Beim Imbolc-Fest an einem kühlen, nebligen Morgen gingen die beiden über das Feuer aufeinander zu, und man legte für die Dauer eines Jahres ein Band um ihre Hände. Als die Zeit herum war, gingen Tadhg und Maire nicht auseinander. Und so begann für sie eine Zeit des Friedens.

Die Monate bis zur warmen Jahreszeit verstrichen. Die Winterstürme ermatteten und starben, und die Sonne weckte wiederum das Leben aus der Erde, und alles drängte hinaus. Die Zeit für die große Wende stand an, für den Ausklang des alten und den Beginn des neuen Jahres.
Er und sie sahen sich an. Er auf seinem mageren, erprobten und bewährten Roß, dessen Mähne Wind und dessen Hufe Hagel waren. Sie hatte noch Schlaf in den Augen und breitete die Arme wie zarte Sprößlinge aus. Er nickte. »Dieses Jahr gehört dir«, sagte er. »Ich will es auf dem Samhain beanspruchen.« Und dann ritt er langsam davon.

Zur Bealtaine-Nacht ging es auf dem ganzen Hof geschäftig zu, und überall wurden Vorbereitungen getroffen. Aber dennoch, als ein alter Bettelmann die Nachricht brachte, daß es mit Brigids Neugeborenem nicht zum besten stehe, gab Maire ní Donnall ihrem Gesinde Anweisungen, wie die weitere Arbeit des Tages zu erledigen sei, packte ihre Kräutertasche zusammen und verließ das Kühlhaus. Sie trat durch das Tor im äußeren Verteidigungswall und machte sich zu Fuß auf den Weg. Staub und Kiesel knirschten unter ihren Sandalen, und der Umhang wehte hinter ihr her. Der Morgen war bereits recht warm.
Maire mochte weder Brigid noch ihren Mann Seamus sonderlich gut leiden. Die Höflichkeit hätte ihnen geboten, das Kind zu ihr zu bringen, statt einen Ruf zu senden. Aber Maire war in dieser Gegend die Heilerin, und sie hatte Brigid bei der Geburt beigestanden. Daher band sie allein schon die Ehre. Der Tag war angenehm

für einen Fußmarsch. Göttinnenwetter herrschte, ja. Der Duft der Blumen und Gräser hing schwer in der Luft, und die Sonne wärmte Maires Haut. Sie merkte sich Stellen, an denen Kräuter wuchsen, die sie vielleicht morgen pflücken würde, nachdem ein heiliger, ein Göttinnentag, ihnen noch mehr Kraft gegeben hatte.

Beim Fußmarsch kühlte ihr Ärger ab. Immerhin ging es ja um das Kind. Das Kind brauchte sie, und der arme Wurm sollte nicht für die Trägheit seiner Eltern zu leiden haben. Wäre der Säugling von vornehmer Geburt, hätte er hoffen dürfen, in ein paar Jahren zur Pflege außer Haus gegeben zu werden. Doch wie die Dinge um seine Abstammung nun einmal lagen, würde er genauso träge werden wie seine Eltern, standen ihm doch keine anderen Vorbilder zur Verfügung.

Der Weg zur kleinen, mit Rasenstücken bedeckten Hütte war nicht weit. Um den Dunghaufen vor dem Haus schwirrten die Fliegen. Maires Nasenflügel bebten, als der Gestank sie überkam.

Brigid schlurfte zur Tür. Ihr einstmals safrangelbes Kleid war nun am Saum, wo es durch den Dreck schleifte, braun und verschmutzt und vorne an der Brust besudelt mit Essensresten. Die Frau hatte eine unglaubliche Leibesfülle mit einem so gewaltigen Bauch wie damals, als sie das Kind getragen hatte. Das lange Haar hing wirr und verknotet herab, und ihre Haut war rußverschmiert. Brigid grunzte zur Begrüßung und trat beiseite. Maire folgte ihr in die Hütte.

Zuerst machte die Dunkelheit im Innern sie blind. Sie stolperte über Kehricht und Abfall auf dem festgetretenen Erdboden. Dann hörte Maire aus der Ecke einen Schrei. Als ihre Augen sich an das trübe Licht gewöhnt hatten, sah sie das Kind, das nackt auf einem verkrusteten Schafsfell lag.

»Er will nicht trinken«, erklärte Brigid, »und er schlägt immer so um sich...« Noch während sie sprach, durchlief ein Zucken den Säugling. Er bog den Rücken weit durch und stieß ein lautes Blöken aus. Seine kleinen Fäustchen ballten sich, und die Augen rollten zurück, bis nur noch das Weiße zu sehen war. Einige

Augenblicke lang hörte er auf zu atmen, dann begann er zu keuchen.
Die Hände in die Hüften gestemmt, baute sich Brigid vor Maire auf. »Meine anderen haben sich nie so aufgeführt, auch die nicht, die gestorben sind.«
Maire sah hinab auf den abgezehrten Körper. Sie erinnerte sich, daß seine Geburt sich für Brigids Verhältnisse, die sonst mit der Gleichmäßigkeit und Leichtigkeit einer Kuh gebar, ungewöhnlich lange hingezogen hatte. Zu Anfang hatte Maire schon befürchtet, dieses Kind würde nie zu atmen beginnen. Aber dann hatte er es doch getan und auch ganz den Eindruck gemacht, als sei er stark genug, um am Leben zu bleiben. Doch nun, knapp neun Tage später... Nein, keines von Brigids Kindern hatte sich je so aufgeführt. Krankheiten hatten sechs dahingerafft, aber die übrigen drei waren frisch und munter. Jetzt spielten sie draußen im Dreck. Maire hörte den Lärm, den sie veranstalteten.
Die Heilerin setzte die Kräutertasche ab und berührte das Kind. Es fühlte sich zu warm an, selbst für diese Tageszeit. Und statt voller Weichheit und Spannkraft, wie es bei einem Säugling eigentlich hätte sein sollen, fühlte sich die Haut dieses Knaben trocken und lose an. Und er war viel zu dünn. Dieses Wesen war abartig, wirkte wie ein verrückter Hohn auf einen Menschen. Das Kind, das auf die Welt zu bringen sie mitgeholfen hatte, war nicht das, das hier vor ihr lag. Übelkeit stieg in Maire hoch, als sie sagte: »Ich fürchte, sie haben dein Kind geholt, Brigid, und du ziehst jetzt ein untergeschobenes Kind auf.«
Die Frau kreischte und stürzte sich auf die Heilerin. Maire umklammerte ihre fetten Fäuste und hinderte ihre klauenartigen Nägel daran, ihr das Gesicht zu zerkratzen, bis Brigid schluchzend zusammenbrach. »Ach, ich werde alt. Das Alter gewinnt Macht über mich, und dieser hier mag mein letzter gewesen sein, warum sollten sie da... Warum sollten sie da... Seamus wird mir vorwerfen, daß ich ihn nicht habe taufen lassen, wie die Mönche es uns stets anraten... Aber nein, du mit all deiner feinen Weisheit, deinen Eingebungen und deinem besonderen Wissen, *du* sagtest ja, wir sollten den Mönchen keine Beachtung schenken. Seamus

wird mich verlassen, er wird mich...« Rasch, so wie der Wind über das Wasser fährt, schlug ihre Stimmung von Kummer und Klage in Zorn um. »Ich *verfluche* dich, Maire ní Donnall, belege dich mit dem Mutterfluch, und möge die Göttin meine Worte vernehmen! Du, die du meinen Sohn nicht heilen kannst, du, die du mir meine Kinder stets geneidet hast, du sollst fortan mit Unfruchtbarkeit geschlagen sein! Du, die du in einem schönen Haus mit deinem Mann, dem Barden, lebst, möge er weit fortwandern, und mögest du ihn suchen über viele Jahre!«

Maire hielt mit einer starken Hand beide Gelenke Brigids und schlug ihr mit der anderen ins aufgedunsene Gesicht. »Hüte deine Zunge, und achte auf deine Worte, Weib! Dein Kummer raubt dir die Sinne, sonst würdest du das, was du herabbeschwörst, mehr zu fürchten wissen. Ich kann keinen Wechselbalg zurücktauschen. Kein Heiler kann das. Schenk diesem Bankert deine Liebe im Wissen darum, daß dein richtiger Sohn sicher im Feenland weilt.«

Die Mutter verfiel wieder in Schluchzen und Leid. »Aber es war doch mein Kind. Ich habe es ausgetragen. Sie hatten kein Recht dazu...«

»Die Alten brauchen dazu kein *Recht*«, entgegnete Maire. »Ich sage es dir noch einmal, hüte deine Zunge! Und was diesen armen kleinen Wurm betrifft, so sollst du ihn waschen und ihm einen in Met getunkten Lappen zum Saugen geben. Das wird ihn ruhiger machen und vielleicht auch seine Anfälle beenden. Und nun kehre ich heim und vergesse die Worte, die du mir gerade entgegengeschleudert hast.« Maire ging zur Tür. Hinter sich hörte sie nur Jammern und Schluchzen.

Grau war inzwischen der Tag geworden, und der Himmel schien schwer und drückend auf dem Land zu liegen. Auf dem Weg nach Hause entdeckte sie Kamille und Leberblümchen, die sie am folgenden Tag zu pflücken gedachte, aber im Augenblick stand ihr der Sinn nicht nach Heilen oder Kräutersammeln. Das sonderbare Kind nagte an ihrem Geist, mehr noch als Brigids Fluch, denn welche Macht, bis auf die einer Mutter, vermochte Brigid schon auszuüben? *Aber die Macht einer Mutter wird sich mir niemals in die Hand geben.* Dann fügte sie, um nicht selbst Unheil auf ihr

Haupt herabzurufen, ihren Gedanken einen neuen hinzu: *Zumindest ist mir solche Macht bis jetzt noch nicht verliehen worden.*
Einmal hätte ihr Leib fast einem Kind das Leben geschenkt, einem Kind, empfangen von Tadhg. Nach langen Monaten hatte sie, die Heilerin, sich von niedrigeren Frauen pflegen lassen müssen. Damals hatte sie erfahren, warum Mütter schreien. Sie selbst hatte sich nicht dagegen wehren können, laut aufzuschreien, als die Schmerzen immer häufiger und heftiger gekommen waren. Aber die Schmerzen hatten nicht vergehen wollen, hielten nicht mehr inne, bis eine der niedrigeren Frauen verzweifelt mit ihren schmutzigen Händen in ihren Leib gegriffen und das Kind in eine andere Lage gebracht hatte, um ihm die Geburt zu ermöglichen.
Das Kind hatte nicht geschrien. *Gebt ihm einen Klaps, begießt es mit kaltem Wasser, tut doch etwas, um es zum Schreien zu bringen!* Aber Maire war zu schwach, um es selbst zu tun. Als sie versuchte, sich aufzurichten, hielten die anderen Frauen sie nieder. Blutbespritzt von der Geburt, kämpfte sich Maire von ihnen frei und streckte die Arme nach ihrem Kind aus. Aber es lag nur blau angelaufen und still da. Ein Knabe. Sie hatte einen Knaben zur Welt gebracht. Sie wollte ihn nach dem Vater Tadhg nennen.
Die Frauen murmelten die üblichen Trostworte: Welche Seele auch immer dem Knaben innegewohnt habe, sie sei noch nicht bereit zur Rückkehr auf die Erde gewesen. Sie sei doch noch eine junge Frau, sie werde weitere Kinder auf die Welt bringen. Und was der im Grunde trostlosen Worte mehr waren. Maire erhob sich, stand blutverschmiert da, begann hemmungslos zu weinen und brach dann zusammen. Die Frauen flößten ihr ein Gebräu ein, das sie selbst zuvor zubereitet hatte, damit sie lange schlafen und wieder Kräfte sammeln konnte. Aber in der Nacht, als niemand mehr bei ihr war, erwachte sie von den Schmerzen in den Brüsten. Da schlich sie sich aus dem Haus und wankte zum Ufer des Sees.
Tadhg fand sie dort, wie sie auf das Wasser zukroch, wie sie sich anstrengte, es zu erreichen und sich in ihm zu ertränken. Er hielt sie auf, sang ihr sanfte Weisen und trug sie nach Hause.

Maire zitterte bei der Erinnerung. Es war nicht gut, daran zurückzudenken. Denn ihr Leben war so voller Freude. Tadhg war ein guter Mann, und nicht einmal hatte Maire ihrer beider Entscheidung in Imbolc, damals vor vier Jahren, bedauert. Nie waren sie seit ihrer Handbindung auseinandergegangen, obwohl andere zu gewissen Zeiten in ihren Betten gelegen hatten, wie es das Recht der Freien war. Doch seit jener Totgeburt hatte Maire nie wieder ein Kind empfangen.

Sie dachte an Brigid, die jedes Jahr von ihrem stumpfsinnigen Mann empfing und gebar. *Göttin, Du gibst nach Deinem Willen, und mir steht es nicht zu, an Dich Forderungen zu stellen.* Maire beschleunigte ihre Schritte.

Sie trat durch das Tor im Erdwall um ihr *Rath*, ließ sich von ihren Bediensteten und ihrem Gesinde grüßen und gelangte endlich in ihr langes und kühles Haus mit den vielen Säulen. Sie setzte die Kräutertasche ab, genoß die Kühle im Haus und trat in die Große Halle.

Tadhg saß vor dem Herdofen, in dem kein Feuer brannte. Wegen der Hitze der Jahreszeit trug er seinen wollenen Umhang nicht. Sein Leinengewand hing in Falten, sein langes braunes Haar war gekämmt und der Bart getrimmt. Goldene Reife hingen an seinem Hals und an seinen Handgelenken. Und um die Hüfte trug er einen bernsteinverzierten Gürtel.

Tadhg schlug eine Saite an seiner Harfe an. Wie stolz er auf das Instrument war, denn schließlich hatte er es selbst gebaut. Vom Holzschneiden, Holzbearbeiten und der Schnitzarbeit bis zum Beziehen mit den Messingsaiten hatte er alles selbst vollbracht. Tadhg erhob sich, als sie in den Raum kam, legte seine Harfe beiseite und umarmte seine Frau herzlich. »Maire! Man sagte mir, Brigids Sohn gehe es schlechter...«

Maire verbarg ihr Gesicht an seiner Schulter. »Ein untergeschobenes Kind. Ein Wechselbalg. Ich kann nichts dagegen tun.« Sie spürte, wie er zurückschreckte, und verschwieg die nächste Mitteilung: *Die Mutter hat mich mit einem Fluch belegt.*

Tadhg atmete tief durch. »Die Festlichkeiten beginnen morgen, und heute abend findet eine große Feier statt.« Seine Arme waren

muskulös, und der Körper war hart und fest. »Meinst du, uns bleibt noch die Zeit, uns ins Schlafgemach zurückzuziehen?«
Maire roch seinen frischen Männerduft und den sonnigen Duft von frisch gereinigtem Leinen. Sie spürte seine starken, zärtlichen Hände an ihrer Hüfte, und es war angenehm.
Tadhg wird mich niemals verlassen, Brigids Fluch kann uns nichts anhaben.
Sie befahlen den Bediensteten, sie nicht zu stören, begaben sich ins Herrenzimmer und zogen die Vorhänge vor.

»Wie schön du bist«, sagte Tadhg, »wieviel schöner noch als die Musik und sicher auch von mehr Substanz als sie.« Er stützte sich auf dem Ellenbogen auf und betrachtete sie.
Dunkel war es in ihrem schmalen Schlafgemach, denn die Fensterläden waren geschlossen. Leinenlaken bedeckten die von Federn prallen Matratzen, und die wollenen Decken lagen zu einem Haufen zusammengeknüllt am Bettrand.
Maire küßte Tadhg auf die Brust und ließ ihre Finger über seinen ganzen Körper wandern. »Würde die Zeit es zulassen«, reizte sie ihn, »und würdest du noch über mehr Manneskraft verfügen« – er packte sie fest in gespieltem Zorn –, »aber wir müssen uns sputen und auf den Weg machen, wenn wir vor dem Sonnenuntergang das königliche *Rath* erreichen wollen.«
»Conn Sléaghéar will in dieser Nacht sicher seinen scharfen Speer schwingen«, neckte Tadhg sie lachend, »denn ich habe gesehen, daß er ein Auge auf dich geworfen hat.«
»Warum sollte er auch nicht. Außerdem hege ich keinen Zweifel daran, daß Königin Deirdre dir huldvoll zulächeln wird.«
Tadhg fuhr zurück, und Maire bedauerte ihre Worte. Tadhg war es gewesen, der mit seinen Liedern den Mut in den Herzen der Krieger geweckt hatte, damals in jener Schlacht, in der Deirdre, die Seite an Seite mit ihrem Mann focht, verwundet worden war. So vorsichtig Maire hernach auch die Wunden genäht hatte, auf der Wange und auf der Brust der Königin waren weiße Schwertnarben zurückgeblieben. Nie mehr konnte sie ein Kind säugen. Conn hatte seiner Königin das Haupt des Feindes gebracht. Sie

behielt es und konservierte es in Öl, damit es immer bei ihr sein konnte.
»Es wird sicher kalt in dieser Nacht.« Tadhg zog aus einem Bord über ihren Köpfen einen feingewebten, grünen Umhang. Maire selbst hatte ihn gemacht.
»Wagen oder Pferd?« fragte die Heilerin. »Sollen wir gemeinsam oder getrennt zurückkehren?«
»Den Wagen«, sagte Tadhg. »Es ist nicht gut, in dieser Nacht allein zu fahren.« Sie zogen sich wieder an, kämmten ihr Haar und befahlen den Bediensteten, die Pferde anzuschirren.
Noch bevor die Sonne unterging, trieb man die Viehherden zwischen den beiden geweihten Feuern von Bealtaine hindurch, um sie für das neue Jahr zu reinigen. Als die Nacht hereinbrach, begaben sich die Geladenen in die Große Halle von Conn Sléaghéar, dem König der Cruthiner. Der Feuerschein spiegelte sich in den geschnitzten Holzsäulen wider, und die Gäste ließen sich gemäß ihrem Rang an der Tafel nieder.
Leuchtend und prächtig waren die Gewänder, wunderbar gearbeitet der Wand- und Tafelschmuck und fröhlich und lebendig die Gespräche und Scherzworte. Conn brachte einen Trinkspruch auf den Sommer aus, auf die Übergabe des Jahres vom Gehörnten Gott an die Göttin. Dann erhob sich Tadhg, der als Barde einen Ehrenplatz einnahm, und sang:

Bealtaine: Der Blüten neue Pracht tragen die Hügel,
Ihr' Gunst schenkt die Göttin und weckt das Jahr aus Schlummer.
Hinfort nun, schwarzer Hauch, packt euch, dunkle Mächte,
und nehmt mit euch den Winter, die Furcht und auch den Kummer.

Leider ist dem nicht so, sagte sich Maire. Ob Göttin oder nicht, gestorben und gelitten wurde im Sommer genauso viel und oft wie im Winter. Doch nun Schluß mit der Trübsal! Dies hier war schließlich ein Fest. Sie hob ihren Becher, als die Menge jubelte und auf Tadhg trank. Der Barde lächelte, doch dann blickte er zu

Boden und zupfte leiser die Harfe. Die dunkle Stimmung war wieder in ihn eingekehrt. Sie kam fast immer ohne Vorankündigung wie aus heiterem Himmel, und dann klimperte Tadhg noch verbissener auf seinem Instrument, mühte sich, mehr als nur Musik der Harfe zu entlocken, zu etwas zu gelangen, von dem nur er wußte. *Der Wechselbalg*, kam es Maire in den Sinn, *ich hätte ihm nichts davon sagen sollen.*

Jetzt setzte Tadhg die Harfe ab und nahm einen silbernen Kelch. Er trank einen großen Schluck und wartete dann, bis der Mundschenk den Kelch wieder füllte.

Vor dem Lied hatte der König Maire zugelächelt, und sie hatte zurückgelächelt. Er war wirklich ein schmucker Mann, warmherzig und gut aussehend. Maire hielt ihn für attraktiv. Aber dann traf sie seinen Blick, runzelte die Stirn und nickte in Richtung Tadhg. Conn wirkte zunächst verwirrt, nickte dann aber verstehend. Auch er wußte nur zu gut von der Trübsal, die seinen Barden immer wieder befiel. Der König stand auf und hob sein Glas. »Auf Tadhg MacNiall, in dessen Musik Magie ist!« Er streifte einen schweren Armreif aus Gold ab und reichte ihn dem Harfner. »Nicht vergleichen kann sich dieses Gold mit deinem Gesang, aber Gold ist alles, das ich zu vergeben habe.« Tadhg verbeugte sich und streifte sich den Reif über den Arm.

»Dank Euch für das Lob. Hätte ich nur wahre Magie in meiner Musik, doch auch ich bin nur ein Mensch.« Er setzte sich wieder, nahm die Harfe auf und stimmte ein uraltes, recht unzüchtiges Lied über Maeve von Connaught und ihr *wahres* Interesse am braunen Bullen von Cuailnge an. Die Menge der Geladenen tobte, und Tadhg hieb sich ein weiteres gewaltiges Stück vom gebratenen Schwein ab. Doch Maire hatte ihn die ganze Zeit über beobachtet. Die Finsternis in seinen Gedanken löste sich nicht so rasch auf. Und seine Trübsal saß so tief, daß ihre schmerzstillenden Kräuter ihn nicht heilen konnten.

Das Feiern und das Gelage zogen sich lange hin. Die meisten Gäste hatten vor, die Nacht auf dem *Rath* des Königs zu verbringen, aber Tadhg wollte nach Hause. Als er mit seiner Frau aufbrach, küßte Conn Maire zum Abschied und sagte: »Dann bis auf ein anderes

Mal, wenn deinen Gatten keine Sorgen plagen und ihm Schmerzen bereiten?«
Maire lächelte. »Ich will mein Bestes tun, ihn aufzuheitern, und zwar rasch.« Sie beugte ihr Haupt vor der Königin und zuckte beim Anblick des einstmals schönen, nun vernarbten Gesichts innerlich zusammen. »Eine ungewöhnliche Stimmung beseelt Euren Gatten heute abend, Herrin.«
Deirdre lachte. »An seiner Seite ist solche Stimmung nicht mehr so ungewöhnlich.« Sie legte einen Arm um seine Hüfte und lächelte zu ihm hinauf.
Glücklicherweise ist die Narbe nur auf ihrer Haut, dachte Maire, *und Conn ist als Mann erhaben genug, um keine unnötigen Gedanken daran zu verschwenden. Ein Mann von schwächerem Charakter hätte sie vielleicht verstoßen, auch wenn der König und nicht die Königin rein und ungezeichnet vor das Volk treten mußte.* Maire wünschte sich, sie verstünde sich besser auf die Wundbehandlung. Aber was konnte man andererseits bei tiefen Schnitten mehr tun? Um eine Wunde zu schließen, mußte man sie nähen, und das ließ auch auf dem Gesicht Narben zurück. Die Königin konnte noch von Glück sagen, daß die Wunden nicht verschmutzt oder gar vereitert gewesen waren. Nachdem das Gesicht verheilt war, hatte Deirdre Maire ihren Spiegel geschenkt, ein schönes Stück aus hochpolierter Bronze und auf der Rückseite reich mit silbernen Wirbeln verziert. Maire hatte ihn dankbar angenommen, aber das Wissen darum, daß die Königin damit zum Ausdruck gab, nie mehr ihr eigenes Gesicht sehen zu wollen, versetzte ihrem Herzen einen tiefen Stich. *Bald schon, und ich versinke in eigener Trübsal, und das wird eindeutig zuviel, wenn wir beide, Tadhg und ich, unserer düsteren Stimmung frönen.* Sie verabschiedete sich von den anderen und verließ dann zusammen mit Tadhg rasch die Große Halle.

Auf der Heimfahrt sprach Tadhg kein einziges Wort. Er gab den Pferden die Zügel, als sie an dem Sumpfgebiet vorbeikamen, wo der Nebel im Mondlicht glühte. Maire erahnte die Gedanken ihres Gatten und zog den Umhang fester zusammen. *Er ist besessen von*

Fionns Ideen. Eines Nachts wird er dorthingehen, und dann kann ich ihn nicht aufhalten, denn er ist ein freier Mann. Doch die Gefahren, die dort auf ihn lauern, so große Gefahren... Andererseits bringt seine trübe Stimmung auch einiges an Gefahr mit sich.

Als sie ihr Heim erreichten, hatten die Bediensteten bereits den Weg zur Haustür mit Blumen bestreut. Alle schienen für Bealtaine bereit zu sein. Maire hätte am liebsten die ganze Nacht über an Tadhgs Seite gewacht, aber sie war zu erschöpft, und immer wieder fielen ihr die Augen zu. Tadhg ließ sich schweigend auf der Bank am Herdofen nieder, nahm seine Harfe und spielte unentwegt die gleiche Melodie. Schließlich küßte Maire ihn auf die Stirn. »Ich gehe zu Bett, denn ich bin schrecklich müde. Bald schon kommt der Morgen, und dann muß das erste Brunnenwasser geholt werden. Wenn du mir vor dem Zubettgehen noch etwas sagen möchtest, so macht es mir nichts aus, geweckt zu werden.« Tadhg lächelte, aber seine Finger ließen nicht von den Messingsaiten ab.

Klappern und Schwatzen weckte Maire. Die Sonne war längst aufgegangen. Sie mußte sich beeilen, das Brunnenwasser zu holen, damit das Glück nicht vom Haus genommen wurde. Maire streckte einen Arm nach Tadhg aus und fuhr dann tief erschrocken im Bett hoch. Die Decken und Laken an ihrer Seite waren unberührt. Sie warf sich das Leinenkleid über, das sie in der letzten Nacht getragen hatte, und stolperte in die Halle. Dort war Tadhg auch nicht. Maire befragte die Bediensteten, aber sie hatten beim Aufstehen ihren Herrn nirgends gesehen und geglaubt, er liege nach dem langen Fest noch im Bett. Einige Bedienstete sahen ihre besorgte Herrin sonderbar an. *Sie denken, er ist mit einer anderen Frau zusammen. Wenn es doch nur so wäre.* Maire fürchtete vielmehr, den Ort zu kennen, zu dem sein Grübeln ihn getrieben hatte.

Golden färbte die Sonne die grünen Hügel, die neblige Täler säumten, aber Maire hatte jetzt keine Augen für die Schönheiten der Natur. Barfuß und ungekämmt rannte sie aus dem Haus.

Steine stießen ihre Füße, und Nesseln stachen ihre Beine. *Sie haben ihn geholt, denn letzte Nacht ging er hinaus, um die Musik der Sídhe zu hören.*
Sie wählte den Pfad durch das sumpfige Tiefland, über dem sich immer Nebel ausbreitete, auch an den wärmsten Tagen. Diejenigen, die sich in mondbeschienenen Nächten an diesen Ort gewagt hatten, behaupteten, ganze Armeen dürrer Hügelzwerge gesehen zu haben, wie sie aus ihren Gräbern krochen. Sie sprachen auch vom Schein der Bronzewaffen, mit denen sich die Sumpflegionen in die Schlacht stürzten. Kein Klirren von Waffen und kein Schreien von Verwundeten sei dabei ertönt, und das habe die Szene noch unheimlicher gemacht. Erst im Morgengrauen seien die Kämpfer wieder in ihre Gräber gekrochen, um zu ruhen.
Torfschneider hatten im Sumpf einmal eine goldene Halskette gefunden, aber jene, die sie berührt hatten, waren schon bald darauf gestorben. So hatte man die Kette wieder in das schwarze Sumpfwasser zurückgeworfen. Seit jener Zeit hatte niemand mehr an diesem verwunschenen Ort gearbeitet.
An diesem Morgen roch es hier süßlich und scharf nach Torf. Die Sonne strahlte silbern auf der Nebeldecke, und der Grund darunter lag wie unter einem Schleier. Ein Nebelarm kroch an dem nächstliegenden Hügel hinauf. Als Maire dessen Gipfel erreichte, hielt sie inne. Nie zuvor hatte sich der Nebel so stark ausgebreitet. Die Toten regten sich und streckten ihre Glieder aus. Auch die nächste Senke war von dem kalten Weiß angefüllt. Nur der Feenhügel mit seinem einzigen Weißdornstrauch erhob sich aus dem Dunst.
Maire spürte, wie sie erblaßte. Sie hatte das erwartet, vielmehr befürchtet – und jetzt wußte sie, daß es wahr war. Auf dem Feenhügel lag Tadhg. Der grüne Umhang lag weit ausgebreitet da und die Harfe neben ihm. Tadhg hielt sein Ohr an den Boden gepreßt, als lausche er angestrengt. Maire zögerte zunächst und trat dann in den Nebel hinab. Sie zwang sich dazu, nicht daran zu denken, was im weißen Dunst an ihren Fersen zerren und sie hinabziehen konnte... Tadhg hatte ihre Musik gehört.

Sie kniete sich ins nasse Gras und berührte ihn an der Wange. Seine Haut fühlte sich sehr kühl an, gar nicht so wie das Fleisch eines lebenden Menschen. Maire schüttelte ihn, aber er reagierte nicht darauf. Sie schüttelte ihn wieder, diesmal fester, und diesmal öffnete er die Augen.
Seine Augen.
Blau waren sie gewesen und hell, doch nun waren sie milchig und trüb wie die der Alten oder der Blinden. Er sah sie gar nicht. Mit einer bebenden, fließenden Bewegung setzte er sich auf. Seine Finger vergruben sich in den Boden, und die Knöchel wanden sich um die Wurzeln des Weißdornbusches.
Maire ließ ab von seiner Schulter, denn die Kälte brannte sich in ihre Hand ein. »Tadhg?« Sie erhielt keine Antwort, hatte auch keine erwartet.
Verwirrt sah er sie mit seinen gealterten neuen Augen an. Einen Augenblick saß er da, so als könne er etwas Besonderes hören, dann nahm er seine Harfe auf. Maire half ihm hoch und führte ihn nach Hause.

Sie gab ihm Hainampfer und verbrannte Vergißmeinnicht-Büschel, aber weder als Dämpfe noch als Tee, noch als besondere Mixtur änderten sie etwas an seinem Zustand. Mit Heilkraft allein konnte man einen Wechselbalg nicht zurücktauschen. Selbst Diancecht, der Arzt, hätte in diesem Fall nicht helfen können, und war er nicht doch einer der Tuatha Dé Danann? Lange, schlaflose Nächte hindurch beobachtete sie Tadhg, wie er kalt und träumend dalag. Nicht einmal streckte er die Hand aus, um sie zu berühren. Maire weinte, lautlos und unentwegt.
Während des ganzen Monats Bealtaine, in dem der Frühling das schlafende Land weckte, kauerte Tadhg am Feuer. Er sprach mit keinem reisenden Gast und nahm an keiner Jagd teil. Auch gab er keine Befehle an die Viehtreiber, obwohl der Tag schon längst verstrichen war, an dem die Herden auf die Sommerweiden geführt werden sollten. Tags wie nachts schüttelte er sich vor Kälte und spielte dabei seltsame Melodien auf den Messingsaiten seiner

Harfe. Seine Fingernägel brachen ab, und seine Hände waren zerschnitten und blutig, aber dennoch konnte er nicht von seiner Musik ablassen.

Maire sah den blassen Schatten ihres geliebten Tadhg mit wachsender Verzweiflung. Sie konnte weder zu seinen noch zu ihren Leuten um Hilfe schicken, denn was hätten sie ausrichten können? Er war verloren, so verloren wie damals sie in jener schrecklichen Zeit, als sie eine Totgeburt erlitten hatte.

Damals hatte ihr Leben lange Zeit nur aus Dunkelheit, düsteren Träumen und wandelnden Alptraumgestalten bestanden. Da hatte Tadhg zu ihr gesungen, hatte sie mit seinen Liedern aus ihrem grauen Trübsalland zurückgerufen. Mit seiner Harfe war er der schönsten Worte fähig. Als sie sich körperlich wieder erholt hatte, war er mit ihr über die Hügel gewandert, bei Sonnenschein und bei Sturm, bis schließlich die Wucht von Regen und Wind ihr nichts mehr anhaben konnten und sie wieder reden konnte, sogar lachen. Und wieder daran dachte, anderen mit ihren Heilkünsten zu helfen.

Aber jener Tadhg damals war nicht dieses Wesen gewesen, das da jetzt fröstelnd selbst an den warmen Sommertagen am Feuer saß und mit leeren Augen vor sich hinstierte. Tadhg hatte sie zurückgeholt, konnte sie da nicht das gleiche für ihn vollbringen? Maire erinnerte sich an Brigids Fluch: *Möge er weit fortwandern, und mögest du ihn suchen über viele Jahre.* Maire wußte nicht, wo sie ihn suchen sollte, aber sie hatte eine Vorstellung, wo sie beginnen konnte.

Die Christen beanspruchten derzeit den geweihten See Lough Neagh für sich und behaupteten, ein Heiliger habe sich dort niedergelassen – was auch immer das für ein Heiliger sein mochte. Maire hatte diesen Ort seit einem Jahr oder länger nicht mehr besucht. Sie fragte sich, ob die heilige Forelle noch wohlbehalten leben konnte.

Aber sie hätte sich keine Sorgen darum zu machen brauchen. Der See lag still und klar da, nur der Pfad dorthin war enger geworden, wurde vom wuchernden Gras fast völlig zugedeckt. Aber ob eng oder nicht, der Pfad war mehrere Jahrhunderte lang von Pilgerfüßen betreten worden, und an dem Baum hingen immer noch als Beweise dafür Überbleibsel, darunter auch ein Stoffstreifen von Maires bestem Mantel, den sie dort aufgehängt hatte, damals, als sie um ein zweites Kind flehte. Die rote Wolle des Streifens sah nun verschlissen aus. Sonne, Wind und Regen hatten sie ausgelaugt. Doch auch heute besaß sie keine Antwort auf ihr Flehen. Kinder kamen oder kamen nicht, und es stand ihr nicht zu, Forderungen zu stellen. Maire bemühte sich, nicht an Brigids Fluch zu denken. Dann hatte sie den See erreicht und kniete nieder.

Doch dieses fordere ich! Tadhg ist jenseits aller Heilkunst, und diese Last ist zu groß, als daß ich sie tragen könnte.

Der See war nicht tief. Weiße Steine glänzten auf seinem Grund. Durch ineinanderverhakte Zweige sah Maire, wie ein Windzug über den See fuhr, doch das Wasser selbst blieb ruhig. Über die Wasseroberfläche lief ein kleines Insekt und drückte mit seinen haarfeinen Beinchen winzige Gruben hinein. Ein Schatten tauchte auf, und das Insekt verschwand.

Maire beugte sich vor. Niemals bei all den Malen, die sie hierhergekommen war, hatte sie die heilige Forelle gesehen. Doch nun bog sie sich seitlich heran. Ihre Augen waren nicht die flachen, schwarzsilbernen Scheiben normaler Fische, sondern sie glühten bernsteinfarben und zeigten keine Furcht.

Tonlos sprach der heilige Fisch. »Du bist also Maire ní Donnall?«

»Ja, die bin ich.«

»Du suchst Tadhg MacNiall, deinem Gatten, zu helfen.« Die Forelle hielt sich mühelos im Wasser. Die Kiemen öffneten und schlossen sich, und eine Wellenbewegung ging durch ihre Flossen.

»Es will mir so scheinen, als sei er nicht länger mein«, antwortete Maire. »Er schlief auf dem Feenhügel, um die Musik der Sídhe zu hören. Seit jener Nacht hat er sich verändert, und es gibt für mich keine Möglichkeit, ihn zu heilen.«

»Er hat vor Conn, dem König der Cruthiner, gespielt. Und er

wünschte sich, vor dem Hochkönig in Emain Macha zu spielen«, erklärte die Forelle. »Doch nun spielt er für die Herrscherin der Sídhe, während ein anderer in seine Gestalt geschlüpft ist. Die Königin der Sídhe ist eine sehr schöne Frau. Vielleicht hat dein Gatte dich im Palast unter dem See vergessen.«
»Vier Jahre sind wir zusammengewesen, in Freude und in Leid. Schönheit allein bringt ihn nicht dazu, mich zu vergessen.« Maire wurde ärgerlich. War Tadhg ein Mann oder ein Bulle, der einfach von einer Götterkönigin eingefangen werden konnte? »Ich will ihm auf seinem Weg folgen.«
»Dann kehre jetzt wieder zurück«, sagte die Forelle. »Und komm mit deinem falschen Mann wieder hierher.« Der Fisch schwamm rasch einen Bogen und war dann verschwunden. Maire hatte nicht gesehen, wohin die Forelle geschwommen war. Sie erkannte nur, daß der See jetzt leer war.

In dieser Nacht führte sie Tadhg ins Bett, denn freiwillig verließ er die Feuerstelle nie, und blieb wach neben ihrem falschen Mann liegen. Die Nacht war warm, und durch die offenen Fensterläden sah Maire, wie die silbernen Baumwipfel im Wind zitterten und die Wolkenbäusche über den Himmel zogen. Tadhg war kaum dazu zu bewegen, den Herd zu verlassen – wie konnte sie da hoffen, ihn bis an den See zu locken?
»Ein Bernsteinschatz liegt am Seeufer«, flüsterte sie ihm zu und dachte dabei an die Augen der heiligen Forelle. »Komm mit mir, damit ich ihn dir zeigen kann.«
Tadhg rollte auf die Seite, weiter weg von ihr.
Maire sah zu, wie die Sterne über den Himmel wanderten, blaß und hell und so schlaflos wie sie selbst. Nach einer langen Weile sagte Maire und dachte dabei an das Wasser: »Ich habe Musik am Ufer des Sees gehört. Komm mit mir, damit wir sie uns anhören können.« Tadhg aber bedeckte seine Ohren und schlief weiter.
Als die Schwärze am Himmel verblaßte und der Morgen graute, sagte Maire: »Die, die unter den Hügeln schlafen, bitten dich, für sie zu spielen. Ihre Nächte sind so lang und traumlos. Bring du ihnen Träume.«

Und erst dann stieg Tadhg aus ihrem Bett. Nackt und blaß stand er da im grauen Morgenlicht. Willenlos ließ er sich von ihr ankleiden.

Maire nahm ihn bei der Hand und führte ihn, denn er duckte sich und verbarg sein Gesicht vor dem Sonnenlicht und versuchte ständig, in den Schatten zu gelangen. Seine verschwommenen Augen zwinkerten so lange, bis er sie schloß und sich wie ein Blinder führen ließ. Er konnte nicht wissen, wohin Maire ihn brachte, aber dennoch hielt er seine Harfe mit einer blutigen Hand fest umklammert.

Etwas von Tadhg war wohl immer noch in ihm, sofern die Feen ihn nicht gegen einen anderen Harfner ausgetauscht hatten.

Baumgeister ragten schemenhaft aus dem Nebel auf, als Maire und Tadhg sich dem See näherten. Die heilige Forelle erwartete sie schon.

»Wohl getan, Maire ní Donnall«, grüßte sie. Tadhg setzte sich mit leeren Augen ins Gras. »Ich kann dich nun zum Palast im See führen, wenn du immer noch gewillt bist zu gehen.«

»Andere haben etwas unter dem Wasser gesehen, aber mir ging es nicht so. Mir fehlt das besondere Auge dafür«, sagte Maire.

»Der Palast steht dennoch dort unten, und dort hält sich auch dein Mann auf. Doch wenn du dich dorthin wagst, darfst du nichts essen und nichts trinken, sonst mußt du für ewig im Palast bleiben.« Die bernsteinfarbenen Augen der heiligen Forelle glitzerten.

»Wenn ich in den Lough Neagh hinabtauche, bleibe ich doch auf ewig in ihm, denn ich muß ertrinken«, erklärte Maire. »Ob ich nun mit der heiligen Forelle zusammen bin oder nicht; ich kann schließlich kein Wasser atmen.«

»Tod und Alter gelangen nie in den Kristallpalast hinein.« Die Forelle schwamm ungeduldig im Kreis herum. »Komm nun, Maire, oder kehre nach Hause zurück.«

Aber Maire zögerte noch, weil sie an den falschen Tadhg denken mußte. »Was wird aus ihm? Er ist doch unbeholfen wie ein kleines Kind, und ich führte ihn nur durch eine List hierher.«

»Folge mir«, sagte der Fisch nur und verschwand.

Maire sah lange Zeit auf den leeren See und drehte sich dann zu Tadhg um. Sie konnte ihn doch nicht einfach hier zurücklassen. Dieses Wesen besaß die Gestalt von Tadhg, und etwas von ihrem Gatten lebte in ihm fort. Maire nahm den Ausgewechselten bei der Hand und führte ihn an eine Stelle, wo ein Boot ans Ufer gezogen war. Sie setzte ihn in den Schatten eines großen Felsens, deutete auf die Hügel in der Nähe und sagte: »Die Schläfer möchten, daß du ihnen Träume vorsingst. Spiel nun, fang an. Ich fahre währenddessen auf den See hinaus.«
Das Wesen nahm die Harfe auf und schlug die eigentümliche Melodie an, die sie in den letzten Monaten so oft zu hören bekommen hatte. Auf sonderbare Weise verlieh ihr das Wiederhören neue Stärke für ihren Entschluß.
Das Boot war klobig und schwer, gehauen aus einem Stamm. Es stank nach Fisch, und schillernde Schuppen bedeckten überall den groben Boden des Bootes, das anderthalbmal so lang war wie Maire hoch. Unter Aufbietung aller Kräfte gelang es ihr endlich, das Boot in den See zu schieben. Einmal im Wasser, ruckte es leicht und wendig und fühlte sich offensichtlich in seinem Element. Maire schob es noch ein Stück weiter, watete in den See und kletterte dann ins Boot.
Einmal noch drehte sie sich um und sah zu dem Felsen, wo Tadhg saß und wieder und wieder dieselbe Melodie spielte. Das Boot glitt voran, und bald konnte sie ihn im Schatten kaum noch ausmachen. Maire griff sich die Riemen und begann zu rudern.
Das Wasser war nicht tief, und auf dem braunen Grund sah Maire weiße Kieselsteine leuchten. Auch einige faulende Äste lagen starr und tot dort, aber nichts fand sich im See, das sie nicht in anderen Gewässern auch gesehen hatte. Dabei war der Lough Neagh der größte See Irlands. Sie ruderte fort vom Ufer und konnte nach einiger Zeit den Grund nicht mehr sehen. Sie ruderte, sah immer wieder hinab und machte doch nichts aus.
Weit lag das Ufer nun hinter ihr. Die Sonne verbrannte ihr Gesicht und ihre Hände, da hörte sie ein Plätschern und sah, wie eine

silberne Forelle durch die Luft sprang. Nein, es war nicht irgendeine, sondern *die* Forelle, der heilige Fisch, wie Maire an den bernsteinfarbenen Augen erkannte. Die Forelle kam näher und schwamm längsseits zum Boot.
»Sieh zurück zum Ufer, Maire. Was erblickst du dort?«
Sie drehte sich um. »Nichts außer Steinen und Sträuchern«, antwortete sie, »und eine Harfe, in der sich das Sonnenlicht widerspiegelt.«
Der falsche Tadhg war verschwunden, war vergangen.
»Was hören deine Ohren, Maire?«
»Nichts als den Wind in den Bäumen, plätscherndes Wasser und die Musik von einer Harfe.«
Die Musik hörte nicht auf.
»Sieh hinab in den See, Maire«, sagte der Fisch. »Was siehst du dort unten?«
Sie beugte sich über den Bootsrand. Vom tiefsten Grund leuchtete der Glaspalast im Wasser.
»Geh zu deinem Gatten«, sagte die Forelle, »geh und finde ihn im Palast unter dem See.«
Verzeih mir, Fischer, daß ich dein Boot leer auf dem See treiben lasse. Der Umhang würde sie nur belasten. Sie zog ihn aus und legte ihn zusammengefaltet unter die Ruderbank. Darauf legte sie Gürtel und Messer. *Was werden sie denken, wenn sie meine Sachen im leeren Boot finden? Daß ich aus Scham ins Wasser gegangen bin?* Sie legte auch die schweren Goldketten und Armreife ab. Tadhg hatte sie ihr geschenkt, und die Erinnerung daran schmerzte sie sehr. Aber wozu sollte sie sich ängstigen – gehörte sie denn nicht zu denen, die mit der Forelle zusammen waren? Maire sprang ins Wasser.

Als das kalte Grün sie vollständig umgab, würgte und spuckte sie und trat wild um sich, denn sie konnte nicht schwimmen. Die Forelle schwamm zu ihr heran. »Kämpfe nicht dagegen an«, sagte der Fisch. »Ströme mit dem Wasser, so lange, bis es für dich nichts anderes mehr ist als Luft.«
Maire war bereits zu tief hinabgesunken, um noch zur Oberfläche

vorstoßen zu können. Über ihrem Kopf glitzerte die Welt in weiter, weiter Ferne. Maire keuchte, und das Seewasser brannte in ihren Lungen. Sie wollte husten und würgen, doch da tauchte die Forelle wieder vor ihr auf und winkte mit den Kiemen. Maire sah hinab auf den Grund zu der Stelle, wo der Palast stand. Und mit einemmal fühlte sie sich leicht wie eine Schneeflocke, tauchte wie eine Feder nach unten. Von da an benötigte sie keine Luft mehr zum Atmen.

Gemächlich sank sie durch das Wasser, und allmählich wurde das gläserne Gebilde vor ihr deutlicher. Die Wände wirkten wie aus einem besonderen Glas – nicht wie der unregelmäßige beste Kelch von Conn Sléaghéar mit den weißen Streifen und Schlieren als Ganzes, aber so klar wie die wenigen, winzigen Stellen des Kelches, durch die man den Wein sehen konnte.

Die Palastwände strahlten grün und rot und gelb. Nicht weit davon entfernt hielten sich goldhaarige Wesen in reichgeschmückten Gewändern auf, die Maire ansahen und dabei lachten. Ihr Lachen war hell und klar wie der Klang von Glocken.

Neben der Palastmauer kam Maire auf. Hinter ihr breitete sich der Seegrund mit seinen Steinen, Ästen und Schlingpflanzen aus. Maire hatte einige Mühe, auf diesem Boden einen festen Halt zu finden. Einer unbändigen Wolke gleich trieb ihr langes Haar nach oben. Hier unten, auf dem Grund des Sees, wirkte Maires Kleid eintönig und fad, und sie selbst empfand es als grob und formlos, obwohl es ihr doch auf dem Land noch sehr gut gefallen hatte. Aber hier unten war sie nur ein Mensch, und jene, die an diesem Ort lebten, waren nicht von ihrer Art. Alterslose, unveränderliche Unsterbliche: In ihren weißlichen Gesichtern waren milchigblaue Augen, und ihre Körper waren gekleidet in Mondlicht und Nebel. Maire wagte nicht, sie allzu offen anzusehen, damit ihre Schönheit sie nicht ihre Aufgabe vergessen ließ, vielleicht sogar, wer sie war. Mit gesenktem Blick trat Maire auf den Palast zu.

Nirgendwo in der Feenschar konnte Maire Tadhg entdecken. Auch fand sie unter ihnen weder Alte, die abends am Feuer Geschichten und Sagen erzählen konnten, noch Kinder, die ihnen zuhören wollten. Alle Feenwesen waren im gleichen Alter, und dieses Alter war zeitlos.

Maire stand auf einer goldenen Straße. Grüne Türme ragten hoch und höher hinauf, und Feenglocken ertönten an ihren Spitzen. Ihre Melodie nahm Maires Herz gefangen. Sie begriff nun, wie Tadhg in die Falle gegangen war. Durch kleine Fenster schwammen Fischschwärme hinein in den Palast und wieder heraus. Aber eine Tür besaß das Gebäude nicht. Die Feenwesen schmolzen einfach wie Eis im Wasser durch die Mauern und Wände.

Als die letzte Sídhe sich in den Palast begeben hatte, versuchte auch Maire, einfach durch die Mauer zu treten, aber das Glas blieb fest und undurchdringlich. Maire trat einen Schritt zurück und rieb sich die Nase. *Wollen sie denn Gästen den Eintritt verwehren?* Maire klopfte an. Ihre Hand kam durch das Wasser nur halb so gut voran, und das Klopfgeräusch erklang gedämpft, aber in der grünen Glaswand öffnete sich eine Tür zu einem perlengeschmückten Raum – einer gigantischen Muschelschale. In einer Wand glänzte ein Silberstreif. Fische glitten an der Decke vorbei, und an den Wänden strahlten Fackeln blaues Licht ab. Maire trat in den Raum. Da schloß die Tür sich wieder und verschwand.

Maire stand etwas unschlüssig in dem gerundeten, muschelartigen Raum. Da öffnete sich auf ihre bloße Berührung hin eine silberne Tür. Sie trat hindurch und gelangte in einen silbernen Raum, dessen Fackeln silbernes Licht verstrahlten. An der gegenüberliegenden Wand winkte ihr eine reichverzierte, goldene Pforte zu. Maire hielt die Verzierungen für Worte, aber sie ähnelten in nichts den Kantenkerbzeichen der Ogham-Schrift. Diese Buchstaben wanden und schlängelten sich über das Gold der Pforte wie Strömungen im Wasser. Maire besah sie sich, wollte sie entziffern und bekam nur Schwindelanfälle davon.

Mit einiger Mühe riß sie sich aus ihrer Benommenheit. »Genug«, sprach sie. »Bin ich so weit gereist, um derart behandelt zu werden? Ist dies die Gastfreundschaft der Guten Alten?« Nach diesen Worten wurde ihr angst, denn die goldene Pforte schwang auf und öffnete sich zu einem grün beleuchteten Saal. Und in diesem saßen die Sídhe.

Klar und grün erhob sich das Kuppeldach der Großen Halle über den Anwesenden, aber es ließ dennoch die am langen Tisch Feiernden nicht klein und winzig erscheinen. Alle weißen Gesichter wandten sich Maire zu. Sie fröstelte jetzt mehr als in dem Augenblick, da sie ins kalte Wasser gesprungen war. Maire fürchtete sich davor, die Feenwesen anzusehen, aber ihr blieb keine andere Wahl.
Beladen mit kristallenen Früchten und schimmerndem Wein, erstreckten sich Tafeln bis zurück in das Dunkel auf ein grün flammendes, kalt brennendes Feuer zu. Am Kopfende der Tafel saßen zwei, deren Sternenkronen den Schein der Flammen verblassen ließen: ein Mann und eine Frau. Beide trugen eine goldene Kette um den Hals – Feengold, Sumpflandgold. Maire zitterte. Und hinter ihnen hockte, saß...
Die Königin erhob sich, und ihre Augen waren blau und wild wie ein Sturm. Ihr Gewand war Mondschein, und ihr Haar besaß die Farbe des Himmels vor Aufgang der Sonne. »Was willst du hier, Menschenfrau? Was hat dich hierhergeführt?«
Gelächter wogte an der Tafel auf, aber kein Lächeln zeigte sich auf den Lippen. »Königin der Sídhe«, sprach Maire, »ich bin auf der Suche nach meinem Gatten an diesen Ort gelangt, auf der Suche nach Tadhg MacNiall, dem Barden.«
Die Königin setzte ihren goldenen Becher ab. Der König neben ihr lehnte sich auf seinem Thron zurück. Die Augen der Königin waren nun wie heiße Milch, aber ihre Stimme klang wie Honig. »Frau«, sagte sie, »ist dies hier dein Gatte?« Sie ließ sich auf ihrem Thron nieder und zeigte auf das grüne Feuer.
Der, der dort saß, trug Tadhgs Züge, wie Maire sofort erkannte. Unverzüglich schlug er die Saiten an:

Im kalten Silber des Mondenlichts ruhen sie nach der Schlacht,
Und ihre uralten Träume schützt der Hügel Grün.
Sie schlafen Äonen lang, bis einst in dunkler Nacht
Sie rühren sich wieder, denn unbegreiflich ist ihr Ruh'n und kühn.

Das waren Tadhgs ureigene Stimme und Tadhgs ureigenes Spiel. Die Sídhe lauschten ihm still.

»Ein besonderer Harfner«, sagte die Königin. »Er ist mir einer der liebsten Diener.« Jetzt lächelte sie, und ihre Zähne waren wie frostige Grasspeere am Morgen. »Komm, setz dich zu uns, und lausche eine Weile der Musik.«

Wieder erhob sich Gelächter an der Tafel. Maire beugte das Haupt und durchschritt die Halle. Ihr safrangelbes Kleid war schmutzbesudelt, und sie selbst, die Menschenfrau, kam sich plump in dieser Gesellschaft vor. Aber sie war schon zu weit gekommen, um jetzt aus Scham zu weichen.

»Setz dich zu mir«, sagte die Königin. Sie machte eine Handbewegung, und eine Bank erschien. Mit schlanker Hand zog sie ihr Gewand an den Körper, damit die Nähe Maires es nicht beschmutze.

Die Menschenfrau ließ sich nieder und hatte nur Augen für Tadhg.

Der Barde saß auf seinem Ehrenplatz und spielte für den Feenhof. Als er sein Lied beendet hatte, blickte er auf und schaute mit müden Augen nach Maire.

»Möchtest du einen Becher Wein, Kind?« fragte die Königin. Während sie sprach, sah Tadhg nach ihr, und Maire erkannte an seinem Gesicht, wie es um die beiden stand.

Die Königin warf ihr einen kurzen Blick zu, lächelte und goß Wein in einen silbernen Becher, den sie Maire anbot.

Maire griff danach. Da ließ Tadhg seine Harfe krachend zu Boden fallen. »NEIN!« Er sprang auf und riß Maire den Becher aus der Hand. Blutrot färbte der Wein das Tischtuch. Die Königin lachte wieder, doch diesmal klang es etwas zu schrill.

Tadhg sah seiner Frau fest ins Gesicht. »Geh, Maire, solange dir noch Zeit dazu bleibt.« Doch schon nach den ersten Worten suchte sein Blick wieder die Königin, die sich aber viel mehr für ihr Gewand zu interessieren schien. Es war vom Wein verschont geblieben. Der König dagegen schwieg.

Gehen und Tadhg hier gefangen zurücklassen? »Und was geschieht, wenn ich bleibe?«

»Dann bist du auf ewig an diesen Ort gebunden«, antwortete Tadhg, »so wie ich.« Er sah die durchlässigen Wände und den Boden an. Dann aber kehrte sein Blick wieder zur Königin zurück.
Die Königin lächelte Maire zu.
»Mylady, vergebt mir, ich scheine meinen Wein vergossen zu haben.« Maire hielt ihren Becher hin, doch es war der König und nicht die Königin, der ihn ein zweitesmal bis zum Rand füllte. Maire setzte ihn an die Lippen und sah niemanden an, bis sie ihn geleert hatte. Als sie den Becher wieder absetzte, gab es keine Furcht mehr in ihr.
»Spiel auf, Harfner«, sagte die Königin und atmete auf. Tadhg sang vom Mondschein auf den Hügeln und vom Schimmer der Sterne auf dem Wasser. Und alle Anwesenden verfielen in Schweigen. Dann verschwanden mit einemmal alle wie der Mond hinter einer Wolkenbank und ließen nur das grüne Feuer in der Großen Halle zurück. Maire und Tadhg blieben allein zurück. Auch die Tische und Bänke waren verschwunden, und in der Halle war es finster, unheimlich und kalt.
»Sie kommen wie der Wind und gehen wie der Wind«, sagte Tadhg. »Irgend etwas hat ihr Interesse erregt, und da sind sie fortgezogen, um sich daran zu ergötzen. Wer will erkennen, aus welchem Grund sie fortgehen oder bleiben?« Tadhg stellte die Harfe auf dem Boden ab, sah Maire aber keinen Augenblick lang an. »Von Übel war die Nacht, in der ich ihre Musik hörte, und von Übel war es auch, daß du mir gefolgt bist. Warum hast du ihren Wein getrunken? Nun mußt du auf ewig hierbleiben.« Er nahm die Harfe wieder auf und strich über die Saiten. Musik wirkte stets beruhigend auf ihn.
»Sollte ich denn an Land ein Leben ohne dich führen?« klagte sie.
»Sollte ich das Bett mit dem armen, geistlosen Falschling teilen, den sie an deiner Stelle zurückgelassen haben? Oder hätte ich mich von dir scheiden lassen sollen, ohne daß du je davon erfahren hättest?«
»Du hättest ein neues Leben beginnen können«, sagte Tadhg. »Aber nun bist du hier gefangen, und du hast die Königin

verärgert.« Er sprach mit besonders zärtlicher Betonung von seiner neuen Herrin.
Einige Zeit gab Maire keine Antwort. Wohl mochte sie ihn endlich gefunden haben, aber er gehörte ihr nicht länger. »Ich würde diesen Ort gern besser kennenlernen«, sagte sie schließlich, »wenn ich denn schon hierbleiben muß.«
Tadhg lächelte, aber das Lächeln galt nicht ihr. »Dann komm mit. Dieser Ort ist voller Pracht.«

Als sie durch die schimmernden Räume schritten, fiel Maire auf, daß hier nichts gleichblieb, alles sich wandelte. Wenn sie zurücksah zu einer Stelle, an der sie gerade vorbeigekommen war, so hatten sich dort bereits wieder die Formen und Farben verändert.
Der Palast besaß weniger Dauer als eine Woge im Wasser oder treibende Wolken.
Maire zitterte wieder. An einem solchen Ort konnte man sich leicht verirren.
»Wieviel Zeit ist verstrichen, wie lange ist es her?« wollte Tadhg wissen. Sie standen in einem Raum aus grünem Glas. Bernstein-, Amethyst- und Granatwellen jagten einander über die Wände. Fenster und Türen erschienen und zerschmolzen wieder. Und der Boden war mal Silber, dann Perlmutt und dann wieder Karneol.
»Ein Monat war seit Bealtaine vergangen, als ich kam«, sagte Maire. »Doch hier«, sie sah auf die wogenden Wände, »wer will hier schon messen, wieviel Zeit vergeht?«
»Hier gibt es weder Tage noch Nächte, weder Monate noch Jahre«, sagte Tadhg. »Keine Sonne und keine Sterne verbreiten ihren Schein. Vor den Banketten verspürt niemand Hunger, und danach fühlt niemand sich gesättigt. Und auch den Schlaf kennen diese Leute nicht, denn sie brauchen keine Träume.«
Glocken ertönten hoch über ihnen, und ein Lied klang zu ihnen herab. »Das ist ihre Musik«, sagte Tadhg. Unendliches Verlangen strömte aus seinen Worten. »Wenn ich nur über ihre Gabe verfügte...«

»Aber sie bewundern doch dein Spiel«, entgegnete Maire. Und fügte dann, weil es ihrem Herzen so schmerzte, hinzu: »Oder zumindest tut dies doch die Königin.«
»Vielleicht lachen sie auch nur über mich.«
Maire erinnerte sich an die lauschenden Mienen in den weißen Gesichtern und die ehrfurchtsvolle Stille an der Tafel. »Nein«, erklärte sie ihm, »du teilst ihnen etwas mit, und sie hören dir zu.« Sie wußte, daß es so sein mußte. Tadhgs Musik berührte selbst die Sídhe.
»Dann frage ich mich nur, was ich ihnen mitzuteilen habe.«
Wieder erklangen die Glocken, diesmal näher. Tadhg sah hinauf, und ein Leuchten war in seinen Augen. Die Feenwesen kehrten zurück. Tadhg eilte zurück in die Große Halle.
Weiß und schlank standen sie dort, die hohen Herren und Damen, alle gleich silbern gekleidet, und ihre goldenen Locken flossen mit der Strömung. Sie sahen so aus, als würden sie wartend lauschen. Ihre blauweißen Augen waren leer, und sie hatten die schlanken, blutlosen Hände vor sich verschränkt. Keine Freude war jetzt in ihren Reihen zu finden, aber sie wirkten auch nicht hoffnungslos, waren nur eine Spur zu traurig.
Die Königin rührte sich als erste. Sie durchschritt die ganze Halle und warf sich mißmutig auf ihren Thron. »Spiel, Harfner!« rief sie mit ungewöhnlich lauter Stimme. »Erfülle die Halle mit deiner Musik!« Sie sah kurz zur Decke und schüttelte den Kopf, während sie sich ein Glas Wein einschenkte.
Hatte Maire sich das nur eingebildet, oder war tatsächlich mit dem Licht eine Veränderung vor sich gegangen?
Tadhg trat vor und spielte, spielte unvergleichlich, und doch brauchten die Feenwesen heute lange, um sich darauf einzustimmen. Und der Königin entglitt von Zeit zu Zeit kurz das Lächeln. In solchen Augenblicken wirkte sie alt und kummervoll. Der König war auf halbem Wege durch die Halle stehengeblieben. Mit seinem Gefolge verharrte er reglos. Maire erkannte in diesem Moment, daß der König seinen Blick auf ihr ruhen ließ. Sie wagte nicht, diesen Blick zu erwidern.
»Spiel etwas Fröhlicheres«, befahl die Königin und erhob sich zum

Tanz. Die anderen Sídhe folgten ihrem Beispiel, begannen sich durch die Halle zu drehen, erhoben sich bald vom Boden und wirbelten endlich unter der Decke dahin, während Tadhg schneller und schneller spielte, bis der rasende Bann gebrochen war und alle wie Distelwolle zu ihren Plätzen an der Tafel herabschwebten. Das Bankett nahm wieder seinen gewohnten Gang.
Nein, nicht ganz wie gewohnt. Die Königin saß auf ihrem Thron und klammerte sich an die Lehnen. Sie hielt sich krampfhaft aufrecht, so als leide sie große Schmerzen. Der König, der sich nun neben ihr niedergelassen hatte, aß und trank nur wenig. Auch er warf immer wieder einmal einen Blick nach oben, senkte danach jedoch stets rasch wieder die Augen.
Maire bediente sich der Speisen, obwohl ihr das Essen seltsam geschmacklos vorkam und es dem Wein an dem nötigen Feuer fehlte. Paar um Paar verließen die Feenwesen die Tafel und schwebten davon, bis außer Tadhg, Maire und den Herrschern der Sídhe niemand mehr in der Halle war.
Erst dann erhob sich die Königin und streckte eine Hand nach Tadhg aus. An den König und Maire gewandt sagte sie: »Laßt uns allein.«
Maire sah Tadhg an, aber der achtete gar nicht auf sie, sondern hatte nur Augen für die Königin. Er erhob sich und kniete vor ihrem Thron nieder. Maire fuhr ruckartig herum und floh durch die nächste Tür, ohne zu wissen, wohin diese führte.
Sie gelangte in einen Raum, dessen Wände gleich ihrem Herzschlag purpurn pulsierten. *Wäre ich doch nur an Land, dort hätte ich Soldaten an meiner Seite, die mit mir kämpften, Soldaten aus der Schule meiner Mutter, und ich könnte ihr in offener Schlacht begegnen. Aber hier stehe ich allein gegen ihre Waffen, erfahre keine Unterstützung durch meinen Clan, nicht einmal durch Tadhg.* Ihr Zorn verebbte. Die Wände färbten sich langsam ins Violette und hielten schließlich im Pulsieren inne. *Er steht unter einem Bann und kann sich selbst nicht daraus befreien. Aber kann ich es denn?* Kurz wünschte sie sich, sie hätte ihn nie gefunden. *Ich bin eine gute Heilerin, und prächtige Herden gehören mir. Ich hätte mich von Tadhg trennen können, und viele andere Män-*

ner hätten mit Freuden um meine Hand angehalten. Aber einen anderen Mann könnte ich nie lieben. Ich will nur Tadhg.
Blind stolperte sie durch eine Reihe sich wandelnder Räume. Einen Augenblick blieb sie an einem Ort stehen, der wie der Vorraum voller Perlen aussah, wie der Eingang zum Palast. Doch nirgends war in den Wänden eine Tür zu entdecken. Als sie vom Wein getrunken hatte, hatte sie damit ihre Entscheidung getroffen. Nun gab es für sie keinen Weg mehr zurück zum *Rath*.
Sie schritt zurück durch die silberne Tür und durch die goldene Pforte, bis sie sich wieder in der Großen Halle befand. Alle waren nun fort, Feenvolk und Königspaar und auch Tische, Throne und Speisen. Nichts war mehr in der Halle, bis auf das blasse, grüne Feuer. Doch irgendwo im Palast war Tadhg nun mit der Königin zusammen.
Maire rannte durch die Granat- und Amethysträume, bis sie eine Tür fand, die nicht in eine andere Zimmerflucht des Palastes führte, sondern in einen umfriedeten Garten.
Die Pflanzen, die hier gediehen, läuteten wie Glocken, und ihre Blüten waren aus Kristall. Leuchtende Fischschwärme schossen durch die messerscharfen Blätter. Maire setzte sich auf eine fein gearbeitete Bank und sah zu, wie die Mauern des Palastes wankten – oder handelte es sich dabei lediglich um Strömungen im Wasser? Im grünen Licht wirkte alles gleich trüb und unwirklich. Maire sah nach oben, dorthin, wo sie die Oberfläche des Sees vermutete, erblickte aber nur Schwärze. War es hier vorher auch schon so schwarz gewesen?
Ein Stück weiter im Garten sah sie eine schimmernde, mannshohe Gestalt. Als sie näher kam, erkannte Maire in ihr den König. Respektvoll erhob sie sich vor ihm, denn er war ein bedeutender Herrscher. Doch selbst der König starrte immer wieder in die Schwärze über ihnen.
Er war viel größer als Tadhg, und sein Bart und seine Haare waren weiß. Seine Sternenkrone leuchtete durch die Trübe, und die silbernen Gewänder flossen um seinen Leib. Schweigend stand er da, den Blick nach oben gerichtet, und ballte die Fäuste.

Als er sich endlich Maire zuwandte, stand Traurigkeit in seinen weißblauen Augen. »Weit bist du gereist, Weib.« Seine Stimme klang wie der Wind in den Wipfeln der Bäume, weich und dennoch stark genug, um Blätter und Zweige zu beugen. »Zu weit, um allein zu sein, zu kühn war deine Tat.« Er berührte sie an der Schulter.

Maire nahm nichts anderes mehr wahr, nur noch seine Hand. Kalt war sie und brannte dennoch durch ihr Kleid. Wollte der Herr der Sídhe sie verhöhnen?

Er ragte über ihr auf. Aus seinen Augen voller Nebel und Mondlicht strömte eine Wolke, die sich über Maires Gedanken legte. »Du bist aus der Welt der Sterblichen gekommen.« Wieder richtete er seinen Blick nach oben. »Warum willst du wieder zurück... warum nur *dorthin?*« Sein Gesicht verzerrte sich, dann gewann die Ruhe wieder die Oberhand über seine Miene. »Immer wünscht ihr euch sehnlichst, wieder zurückzukehren, ihr Geholten, ihr alle, ohne Ausnahme. Warum nur?«

Maire konnte nicht mehr sprechen. Und als sie versuchte, sich Tadhgs Gesicht ins Gedächtnis zurückzurufen, wollte es ihr ebenfalls nicht gelingen. Der Herr der Sídhe stand vor ihr, und sie konnte nichts anderes mehr sehen. Am Hals trug er die goldene Kette, die die Grabbewohner aus dem Sumpfland angefertigt hatten.

Maire zitterte.

Der König zog sie an sich und hielt sie fest.

Sein Fleisch war nicht so kalt, wie sie befürchtet hatte, sondern vielmehr angenehm warm. Freude und Verlangen fuhren durch ihren Körper. Wie lange war es her, seit sie zum letztenmal ein Mann in den Armen gehalten hatte...? *Doch dies hier war kein Mann!* Seine kühlen, weißen Finger spielten in ihrem Haar und berührten zärtlich ihr Gesicht und ihre Lippen. Er küßte ihre Lider, und sie vergaß das drohende Dunkel über dem Palast. Er ließ sie kurz los, um sich die Kette vom Hals zu nehmen und sie ihr umzuhängen. *Wie kalt, wie tot!* rief ein Teil von ihr, bevor auch er in Schweigen entglitt. Seine Arme schlossen sich wieder um sie, und er legte sie sanft auf den Boden. Die spröden Grashalme fügten ihr keine Verletzungen zu, und als ihre Finger eine Blume berührten, fühlte diese sich weich und lebendig an. Nur Schönheit, Freude und Licht waren um sie herum. Maire lag in den Armen des Königs und vergaß, wer sie war und aus welchem Grund sie diesen Ort aufgesucht hatte.

Als Maire zur Tafel zurückkehrte, war sie, auch wenn sie nun in Mondlicht gekleidet war wie die Frauen der Sídhe, doch keine von ihnen geworden. Ihre Gewänder aus Mariengarn ließen ihr sterbliches Fleisch stumpf und unansehnlich erscheinen. Sie fuhr erschrocken zurück, als die Königin auf ihre goldene Halskette blickte. Aber die Feenherrscherin beließ es dabei und sagte nichts.
Maire mochte nicht an den Tänzen teilnehmen und wagte auch nicht den Versuch, sich neben den König zu setzen. Dankbar war sie dafür, sich zu seinen Füßen niederzulassen. Maire war keine Bardin und hatte daher keinen Anspruch auf einen Ehrenplatz. Und diese unsterblichen Wesen brauchten ganz sicher keine Heilerin. Hier galt Maire nichts.
Als die Feengesellschaft sich anderen Lustbarkeiten zuwandte und Maire und Tadhg allein in der Großen Halle zurückließ, saßen sie beide nur da und gaben sich ihren eigenen Träumen hin. Tadhg griff nach seiner Harfe und sang:

Die Hügel des Königreichs werden keine Schlacht mehr seh'n,
Noch sollen je die alten Flüsse sich rot ins Meer ergießen,
Denn das Volk aus Ebene und Hügelland legt zum Schlummer sich,
Um träumend die Augen in den Armen der Sídhe zu schließen.

Maire fragte sich einen Augenblick lang, wovon Tadhg da sang. Sie beide hatten einst auf dem Land gelebt. Warum hatte sie eigentlich mit dem Harfner der Königin zusammengelebt? Einen sehr kurzen Moment lang erinnerte sich Maire an Liebe und Schmerz. Fast hätte sie auch einem Kind das Leben geschenkt. Nach dem Verlust des Knaben war Maires Gatte mit ihr durch die

Hügel gewandert, hatte sie von der Finsternis ins Sonnenlicht zurückgeholt... Die Wände des Palastes trübten sich. Maire versuchte, sich an ihren Feenliebhaber zu erinnern, aber einen kalten Augenblick lang blieb das Bild des Königs ihrem Gedächtnis fern. Auch Tadhg wirkte verblüfft, so als sei er halb wieder erwacht.
»Maire, wie lange ist es her?« flüsterte er ihr zu.
Sie schüttelte den Kopf, denn sie wußte es nicht. Hell klingelnde Glocken und fröhliche Stimmen zeigten an, daß die Feenschar zurückkehrte.

»Und was hast du mitgebracht, um deinen Anspruch auf das Jahr zu erhärten?« Die Stimme klang wie hartes Silber, und Frost glitzerte in den Blättern ihrer Krone.
»Einen, der mir folgt«, sagte er. Breitbeinig saß er auf seinem gewaltigen Roß. Blitze schossen ihm aus den Augen, und kalter Dampf stieg aus seinen Hufen. »Ein Wesen der Wildheit, ein Wesen, das vom Land stammt.«
»Dann gehört es nicht mir«, sagte sie.
»Deshalb folgt es auch mir.« Er ritt ein Stück heran und streckte fordernd eine Hand aus. Sie fühlte sich schwach. Ihr Haar war grau durchwirkt, und leer sackten ihre Brüste herab.
»Dann nimm es.« Sie breitete aufgebend die Arme aus. Hinter dem Gehörnten stieß das Roß ein wütendes Schnauben aus. Seine Augen glühten rot, und sie sank zu Boden.

Maire entdeckte ein im Garten sitzendes Kind. Der Junge trug eine zerlumpte, schwarze Hose und ein weißes Hemd. Die Füße und die Beine bis zum Knie waren nackt, das Haar hing in Strähnen herunter. Mit zusammengefalteten Händen und aneinandergepreßten Füßen saß er da, das Gesicht verzerrt. Seine großen blauen Augen folgten jeder Welle in der Mauer und jedem Fischschwarm.
Wie eine Maus, die Angst hat, sich zu regen. Maire trat so vorsichtig wie möglich an ihn heran, weil sie den Jungen nicht erschrecken wollte. Er duckte sich dennoch vor ihr und hielt die

Hände schützend vors Gesicht. Seine Finger waren voller Blasen und die Knöchel gerötet.
»Ein herzliches Willkommen, junger Mann«, grüßte Maire und lächelte. Wenn sie auch verzaubert war, so erinnerte sich doch ein Teil von ihr an Kinder. Und dieser Knabe sah nicht älter als sieben aus. Der Schrecken in seinen Augen hätte jedoch von einem Erwachsenen stammen können.
»Du bist keine von ihnen«, rief er.
Seine Sprache klang merkwürdig. Maire fragte sich, ob sie bereits die menschliche Sprache vergaß. »Nein, ich gehöre nicht zu den Sídhe.« Doch das Herz tat ihr weh. »Wenn du möchtest, bringe ich dich gern zu ihnen. Wie nennt man dich denn, mein Junge, und wie bist du an diesen Ort gelangt?«
Der Junge sah sie mißtrauisch an. »Bist du vielleicht eine Schottin? Du redest so komisch.«
»Nein, ich bin in diesem Land hier geboren«, antwortete Maire, »obwohl meine Leute vor Zeiten im Land der Skoten gelebt haben. Wenn wir beide etwas langsamer sprechen, müßten wir uns eigentlich besser verstehen, was?«
»Dann bist du etwa eine Protestantin?« Der Junge rutschte deutlich von ihr weg.
Die Angst in seinem Gesicht war echt und unübersehbar. Was mochte nur an Land vor sich gehen? »Kind«, sagte Maire so sanft, wie sie nur konnte, »ich verstehe nicht die Hälfte von dem, was du sagst.«
»Ja, gibt es denn tatsächlich einen Menschen«, sagte er erstaunt, »der noch nichts vom Morden, Brennen und Schießen gehört hat, das Cromwells Männer allerorten veranstalten?«
Maire schüttelte den Kopf. »Ich kam in einer Zeit des Friedens hierher. Hat denn jemand die Cruthiner angegriffen? Ist Conn Sléaghéar, unser König, etwa tot oder gefallen? Was ist denn aus unserem Volk geworden?«
Der Knabe begann zu weinen. »Es gibt keinen König mehr in Irland. Meine Mutter verhungerte auf der Landstraße, nachdem sie meinen Vater erschlagen hatten. Ich habe niemanden mehr, kein Volk und keine Familie.«

»Komm, mein Junge«, sagte Maire, »ich führe dich zu den Bewohnern dieses Palastes.«
Der Junge stand brav auf, wollte aber nicht ihre Hand nehmen. »Was ist das denn für eine eigentümliche Blume?« Er berührte eine der Kristallblumen. Sie zerbrach unter seinem Griff und zerschnitt ihm die Finger. Ein welliger Blutfaden sprang ins grüne Zwielicht. Schweigend sah der Knabe zu.
Maire führte ihn zum Palast der Träume in die Große Halle, wo er von der Königin willkommen geheißen wurde. Der Junge rannte sofort auf sie zu und vergrub sein Gesicht in ihrem Schoß.
»Nachdem meine Mutter gestorben war, sagte mir die Forelle, ich solle hierhergehen. Das habe ich dann getan. Möchtest du nicht meine Mutter sein?«
Die Königin krauste ihm das strähnige Haar. »Das will ich gern, mein Kind.«
Maire erinnerte sich, daß die Sídhe immer schon eine besondere Vorliebe für Menschenkinder gehabt hatten. Doch als sie fragte, was die Worte des Knaben über das Land zu bedeuten hatten, gab ihr niemand eine Antwort.
Der Knabe durfte an der Seite der Königin sitzen, und die Feenwesen kümmerten sich sehr um ihn. Man kleidete ihn in Silber und schmückte ihn mit Kristallblumen. Und die Feenwesen nahmen ihn bei sich auf, er wurde ihr Pflegekind und schien bald ganz vergessen zu haben, daß er von menschlicher Geburt war. Wenn die Sídhe ihn allein ließen, weil sie durch die Lüfte tanzten, dann blieb er klein und verloren auf seiner Bank sitzen und wartete artig auf ihre Rückkehr. Kaum sah er die Königin wieder, da rannte er schon auf sie zu.
Maire beneidete die Feenherrscherin darum, denn auch sie hätte gern ein Kind gehabt.

Die Zeit verging ungestört von Tagen, Monaten oder Jahren, und das grüne Zwielicht verwandelte sich langsam in Schwärze. Die Sídhe gingen bald nicht mehr so häufig fort, besuchten immer seltener das Land mit seinen Sterblichen. Und wenn sie doch einmal zu den Menschen gingen, dann kehrten sie nicht sternengetränkt zurück wie vorher, sondern blasser und weniger strahlend. Maire begriff, daß sich oben auf dem Land die Zeiten und die Zustände änderten, daß ein Wandel zum Schlechteren hin stattfand.

Schließlich war es dann soweit: Das Feenvolk hatte sich in der Großen Halle an der Tafel versammelt, und Tadhg spielte auf seiner Harfe. Die immer ungestümere Schwärze wurde so dick, daß nur noch das sonderbare grüne Feuer Licht spendete. Maire sah nach oben und schluckte. Eine dünne, rote Ranke schlängelte sich durch ein Fenster und wand sich an der Decke entlang. Das Harfenlied erstarb. Die Sídhe hielten sich so fest die Ohren zu, als wollten sie sie vor einem mörderischen Getöse schützen.

Die Finger der Königin zerbrachen den Stiel ihres goldenen Kelches. Obwohl das Metall sich sofort wieder zusammensetzte, war die Reinheit des Kelches dahin. Eine häßliche Narbe zerstörte den Schein der Oberfläche. Die Gesellschaft erstarrte, als sich weitere Rotranken zeigten und sich durch die Halle wanden. Maire warf sich vor dem König zu Boden. »Was hat das zu bedeuten, o Herr?«

Er blickte nach oben, und als er wieder nach unten sah, waren seine blaunebligen Augen leer. »Das ist das Blut des Landes.«

Der Junge kreischte auf und rannte zum Schoß der Königin. Sie strich ihm über das Haar und sah zu, wie die Schandranken sich auf der Kristalldecke ausbreiteten. Sobald ein Fischschwarm in die Nähe einer solchen Ranke kam, floh er in größter Unordnung.

Maire beobachtete die Gesichter der Nichtmenschen. Entdeckte sie Furcht in ihnen, Trauer oder irgendein namenloses Gefühl, zu dem nur übernatürliche Wesen fähig waren? Ihre milchigen Augen waren weit aufgerissen, und aus ihren glänzenden Zügen waren fahle Masken geworden. Der Zauber verging, und sie vergingen mit ihm.

Maire und Tadhg sahen einander an. Der Harfner ergriff zuerst das Wort. »Was geschieht hier?« Alles Träumende war aus seinen Augen verschwunden. Er sprang auf, und seine goldene Harfe fiel zu Boden, ohne ein Geräusch zu verursachen.

Auch Maire erhob sich. Was sollte sie länger vor dem König auf

dem Bauch liegen? Sie sah den Herrscher auf dem Thron an, ihn, der immer fahler wurde und allmählich verging. Die Feenwesen waren durchsichtig wie Geister. Wo war ihr Vergnügen, wo ihre endlose Freude?
»Dann war es also nur ein Traum«, sagte Tadhg. »Die Geschichten sind wahr. Auch ich ... ich bin ein Geholter.« Er fuhr zum Thron herum, wo die Königin wie festgefroren mit dem Kind auf dem Schoß saß. »Und ich ... ich habe *dich* geliebt!«
Maire fühlte schwer und kalt die Kette des Königs am Hals. *Ein Sumpflandschatz!*
Tadhg und Maire berührten sich. Warmes, menschliches Fleisch waren die Hände des anderen. »Alles vergeht«, sagte Tadhg, »nur wir bleiben übrig.«
Vom Thron sprach der König, und seine Stimme klang matt: »Dies ist das Ende von allem, was wir kennen. Der Haß hat das Land vergiftet, und die Magie muß sterben.«
Voller Blut war die Decke nun, und die Ranken begannen, sich herabzuwinden. »Gibt es denn nichts, das wir tun können?« Maires Fleisch blieb fest, so wie das von Tadhg und dem Knaben. »Ihr vergeht, aber wir Menschen bleiben. Laßt uns zu unserer Welt und zu unseren eigenen Leuten zurückkehren.«
»Eure Leute sind schon seit vielen, vielen Jahren tot«, erklärte die Königin, »und eure Welt hat sich sehr verändert. Ihr würdet sie nicht wiedererkennen.«
»Aber dennoch ist sie *unsere* Welt. Wollt ihr denn, daß wir hier sterben, hilflos unter *diesen* Umständen?« Tadhg zeigte auf die sich immer weiter ausbreitenden Ranken. »Was auch immer oben auf dem Land geschehen sein mag, die Musik ist sicher nicht untergegangen.«
»Und die Menschen bedürfen immer noch der Heilung.« Maires Hände hatten viel zu lange Zeit in Untätigkeit verbracht. Frei vom Zauber der Feen, verlangten sie nach einer Tätigkeit, sehnten sich sogar nach ehrlicher Plackerei. »Laßt uns gehen.«
Die Gesichter von König und Königin waren traurig. »Die Menschen haben mehr Mut als wir, mein Gatte, wenn sie dem zu begegnen wünschen, was heute das Land überzieht. Gut, ihr beide

sollt frei sein.« Die Königin hielt jedoch das Kind fest und sah wieder nach oben, woraufhin sie erschauderte. Der König legte seine Hand auf die ihre. Zum erstenmal seit Äonen fanden ihre Finger wieder zueinander.

»Was getan ist, kann nicht wieder rückgängig gemacht werden«, sagte der König, »doch sollt ihr zurückkehren zu dem, was ihr dort oben vorfindet.« Er hielt inne. Dann wandte er sich an die Königin: »Auch der Knabe ist ein Mensch. Laß ihn ebenfalls ziehen.«

»Nein«, entgegnete die Königin entschlossen, »laß ihn selbst entscheiden. Er hat sich schließlich freiwillig in unseren Schutz begeben.« Sie strich ihm zärtlich über das Haar und sagte: »Öffne die Augen, kleiner Freund. Wo möchtest du hin, in die Welt der Menschen oder in die unsere?«

»Du kannst gerne mit uns kommen«, sagte Maire.

Der Knabe schüttelte den Kopf. »Ich habe genug von der Welt der Menschen gesehen. Jetzt habe ich kein anderes Heim als dieses hier, keine andere Familie als diese hier.«

»Wenn du bei uns bleibst, Junge«, sagte der König, »dann wisse, daß wir hier unter dem See nicht wissen, was geschehen mag.« Er sah wieder auf zu der blutroten Decke und bedeckte dann seine Ohren. Seine Hände waren fast zur Gänze durchsichtig. »Das Land schreit laut von seinen Qualen. Das müßt ihr doch auch hören! Wie können Menschen überhaupt leben, wenn sie doch immerzu wissen, daß sie sterben müssen? Ich vergehe nun, ich, der ich unsterblich war. Aber dennoch, Junge, du gehörst zu den Deinen.«

Der Knabe klammerte sich an die Königin. »*Ihr* seid die Meinen ... Nie mehr will ich zurück.«

»Er hat seine Entscheidung getroffen«, erklärte die Königin. Dann wandte sie sich an Tadhg und Maire. »Wir können euch hier nicht halten. Doch sollten wir euch wieder nach oben ans Land gehen heißen ...« Sie schüttelte den Kopf. »Die Jahre und die Rhythmen der Natur haben sich verschoben. Ich weiß nicht, wie ihr dort überleben wollt.« Sie winkte Tadhg zu, der langsam auf sie zutrat. »Die wenigen Gaben, die ich jetzt noch besitze, will ich dir geben.«

Sie berührte seine Augen. »Ich gebe dir die Sicht, die Bedeutung von allem zu erkennen, und ebenso das, was sonderbar und verborgen ist.« Danach berührte sie seine Lippen. »Die Sprechweise der Menschen hat sich verändert, deshalb gebe ich dir die Sprache, damit du verstehst, sowohl die Toten wie die Lebendigen, und von ihnen verstanden wirst.« Sie sah ihn lange an. »Als letztes gebe ich dir die Gabe der Unsichtbarkeit, denn in dieser neuen Welt wirst du gezwungen sein, dich zu verstecken. Die Musik, deine größte Gabe, kann ich dir nicht geben, denn die hast du schon immer besessen.«

Tadhg trat zurück, und der König winkte Maire. »Dir will ich auch die Sicht, die Sprache und die Unsichtbarkeit geben. Sie werden dir sicher bei deiner Arbeit als Heilerin nützlich sein, denn dein Land und seine neuen Bewohner bedürfen deiner Künste dringend.«

Maire blieb einige Momente stehen, dann zog sie die schwere Goldkette von ihrem Hals. »Eine andere Gabe will ich dir zurückgeben«, sagte sie, »denn ich brauche sie nicht mehr.« Er streckte ihr nicht die Hand entgegen. Maire legte das Stück in seinen Schoß und beobachtete, wie es durch ihn hindurchsank, so als sei er gar nicht vorhanden.

Maire trat zurück zu ihrem Gatten. »Dann sind wir jetzt frei und können gehen?« Das Herrscherpaar nickte, und Tadhg und Maire eilten rasch aus dem Saal. Einmal sah Maire zurück: Die Sídhe waren nur noch fahle Schatten, und das Menschenkind saß mit fest geschlossenen Augen im Dunkel.

Die Königin hob sich halb aus ihrem Vergehen. »Tadhg...« rief sie. Ihre Stimme klang nur noch wie stumpfes, mattes Silber. »Tadhg... bleib! Ich fürchte das, was dich erwartet!«

Der König legte eine Hand auf ihren Arm. Sie sank in ihren Thronsessel zurück. »Laß sie doch ziehen«, sagte er, »laß sie beide ziehen. Sie sind gerufen von denen, die mächtiger sind als wir.« Danach herrschte nur noch Schweigen. Die Feengesellschaft verging.

»Wir dürfen wieder leben«, sagte Maire zu Tadhg. »Wir können wieder lachen, wieder lieben und auch Kinder bekommen.« Aber

tief in ihrem Innern beunruhigten sie die Abschiedsworte des Königs.
Sie traten durch die goldene Pforte in den silbernen Raum und durch die silberne Tür in den Perlenraum, bis die Palastmauer vor ihnen auftauchte und sich öffnete. Sie traten hinaus auf die goldene Straße, die nun sehr alt und verwittert wirkte, und das Wasser, das sie nun umgab, war ungemütlich kalt. Und mit einemmal drohte der Mangel an Luft Maire die Kehle zuzuschnüren. Ein gutes Stück voraus sah sie etwas aufblitzen und trat darauf zu.
Tadhg blieb stehen. »Meine Harfe«, sagte er. »Ich habe meine Harfe vergessen!« Er kehrte zum Palast zurück.
»Nein, Tadhg!« rief Maire ihm nach. »Dafür bleibt uns keine Zeit mehr!« Aber es war, als sei eine Mauer zwischen ihnen entstanden. Sie konnte sich nicht mehr von der Stelle bewegen, und er schien sie nicht hören zu können. Schwankend verschwand seine Gestalt auf dem Weg zum Hort der Feen. Maire sah, daß das aufblitzende Etwas näher kam, und erkannte in ihm die heilige Forelle. Die Augen des Fisches glühten, und Maire flehte ihn an: »Warte... mein Gatte...« Doch ohne darauf zu achten, trieb der Fisch hinauf zur Wasseroberfläche. Maire starrte zurück ins Dunkel, aber von Tadhg war nichts mehr zu erkennen. Und sie selbst befand sich unter Wasser, konnte nicht atmen und drohte über kurz oder lang zu ertrinken! Die Forelle war auch schon fast aus ihrer Sicht verschwunden. Im allgegenwärtigen Dunkel wußte Maire nicht mehr, wohin sie sich wenden sollte, um an die Oberfläche zu kommen. »Tadhg?« Sie mußte husten und bemühte sich verzweifelt, kein Wasser zu schlucken. Dann folgte sie der Forelle. Maire wußte nicht, ob sie sich auf dem richtigen Weg zur Oberfläche befand oder nicht, bis sie mit brennenden Lungen plötzlich die sternenlose Nacht sah.
Sie konnte nicht schwimmen und schlug aus Angst mit Armen und Beinen um sich. Wo mochte nur Tadhg sein? Sie hörte ein Geräusch in einiger Entfernung und strampelte darauf zu. Ein dunkler Schatten zeichnete sich tief unter dem Nachtglühen am Himmel ab.
»He da! Wer ist denn da?« Ruder glitten durch das Wasser. Ein

helles Licht fuhr wie ein Zauberstab über die Wasserfläche und blieb schließlich an Maires Gesicht hängen. »Was tun Sie denn so weit draußen, Miss? Warum haben Sie sich so weit vom Land entfernt?« rief eine Stimme. »Sie können dabei ja ertrinken. Hierher, kommen Sie, halten Sie sich an der Bootswand fest.«
Sie klammerte sich am Rand des hölzernen Bootes fest. »Kommen Sie, ich helfe Ihnen hinein«, sagte der Mann im Boot. Er zog Maire an Bord. »Großer Gott, Sie sind ja völlig durchgefroren in diesem dünnen Nachthemd.« Er zog sich eine grobe Wolljacke aus und reichte sie Maire. »Was war'n los, Miss? Is' das Boot gekentert, oder wollten Sie nur schwimmen gehen und haben gar nicht gemerkt, daß Sie zu weit raus geraten sind?« Er suchte mit seinem Licht die Wasseroberfläche ab. »Wenn Sie wirklich mit 'nem Boot unterwegs war'n, dann liegt es jetzt wohl irgendwo auf dem Grund. Da haben Sie aber mächtig Glück gehabt, daß ich noch vorbeigekommen bin.«
Maire saß da und keuchte.
»Nich' sehr redselig, was? Na, auch nicht schlimm.« Der Mann setzte das Licht ab und griff nach einer Angel, die unter der Sitzbank festgemacht war. Die Spitze der Angelrute zuckte und ruckte. »Ich schätze, ich hab' endlich doch noch was gefangen. Scheint mir 'n ganz schön Dösiger zu sein.« Er spulte die Leine ein. Am anderen Ende versuchte sich vergeblich eine Forelle zu befreien. Ein silberner Fisch, dessen Augen bernsteinfarben im Dunkel der Nacht glühten. »Oho, das scheint mir aber 'n fetter Brocken zu sein.«
»Nein«, rief Maire, »lassen Sie ihn am Leben!« Sie beugte sich über den Bootsrand, zerriß mit beiden Händen die Schnur und schnitt sich dabei die Finger auf. Die Forelle verschwand rasch unter Wasser. »Lebe wohl, Forelle.«
Der Fischer sah sie mit großen Augen an. »Soso, Sie reden also mit Fischen. Das war eine der schönsten Forellen, die ich mein Lebtag gesehen habe, und Sie haben mir den Fang vermasselt, von Köder und Haken gar nicht zu reden.«
Maire gab keine Antwort. Sie starrte nur über das dunkle Wasser und verspürte den Wunsch zu heulen.

»Sie sehen mir wirklich wie'n Häufchen Elend aus, Miss«, sagte der Fischer. Weitab an Land entstand ein dunkelroter Blitz, dem ein gewaltiges Krachen folgte. Der Fischer zuckte zusammen. »Sie können einfach keine Ruhe geben, diese verdammten IRA-Schweinehunde.« Er nahm die Ruder in die Hand und pullte mit langen, wütenden Zügen zurück. »Haben meinem Bruder das Bein abgesprengt, als er gerade auf dem Weg zum Briefkasten war. Hat den ganzen Krieg über gekämpft, und is' ihm nie was passiert. Und dann erwischt's ihn in seiner eigenen Straße mit 'ner blöden Bombe in 'nem geparkten Auto.« Er hielt mit dem Rudern inne. »Wo kommen Sie eigentlich her, Miss, und wo wollten Sie bloß hin?«
Maire räusperte sich. »Von hier.« Das Wort kam seltsam von ihrer Zunge. »Ich habe hier lange gelebt.« Sie hätte nicht sagen können, wie lange.
»Dann haben Sie doch sicher Familie hier, oder?«
Maire schüttelte den Kopf. Nein, in dieser Zeit hatte sie niemanden mehr.
Vom Land kam ein langanhaltendes, stakkatoartiges Knattern. »Jetzt müssen die auch noch ballern«, sagte der Fischer. »Hoffe nur, wir erwischen mehr von ihnen als sie von uns.« Das Boot glitt knirschend über Steine. »War 'ne schlechte und harte Woche. Sie wollen mich jetzt sicher für 'ne Weile zu Haus' behalten. Meine Frau kriegt es in der letzten Zeit immer mehr mit der Angst zu tun ... Wo wollen Sie denn hin?«
Maire half ihm, das Boot ans Ufer zu ziehen. Nach so langer Zeit stand sie endlich wieder auf festem Boden. Ein kühler Wind blies.
»Behalten Sie die Jacke mal, Miss«, sagte der Fischer. »Die brauchen Sie jetzt nötiger als ich.« Er zögerte. »Wo wollen Sie denn die Nacht verbringen?«
Maire starrte ins Dunkel. Mit ihrer neuen Sicht erkannte sie bald, warum die Sídhe so fahl geworden waren. Über dem Land hing dichter roter Nebel aus Haß, Blut und Verrat. Alles hier schrie nach einer Linderung, nach Ruhe und Frieden, aber nur Maire konnte das hören.

Der Fischer sah sie sonderbar an. »Hören Sie, Miss, ist mit Ihnen auch wirklich alles in Ordnung?« Maire schüttelte nur den Kopf, denn ihr wollten die passenden Worte einfach nicht einfallen. »Schätze, Sie haben so was wie 'nen Schock erlitten«, bemerkte der Fischer. »Am besten kommen Sie mit mir, damit sich meine Frau um Sie kümmern kann, bis wir herausgefunden haben, wo sich Ihre Leute aufhalten.«
Ich habe keine Familie mehr, dachte Maire. Alle, die ich kannte, sind mittlerweile tot. Wo Tadhg ist, weiß ich nicht. Ich bin ganz allein. Etliche Jahrhunderte Geschichte drückten auf das Land. Sídhe oder Feenwesen, die früher durch Wälder und Flüsse huschten und schimmerten, waren nicht mehr. Staub und Asche bestimmten die Nacht, wurden genährt aus der Glut in den Kohlen des Hasses.
»Nun kommen Sie schon mit mir nach Hause, Miss«, forderte der Fischer sie erneut auf und nahm sie wie ein kleines Kind bei der Hand. Maire ging willig mit. Sie wußte nicht, wohin sonst sie sich hätte wenden sollen.

Der Wind heulte unter starr leuchtenden Sternen. Zur Unzeit trafen sich die zwei. Der eine zischte und schleuderte einen Vogelschwarm wie einen Donnerkeil zum Mond. Der andere blies eine wilde, stampfende Jagd und ein heulendes Ungetüm hinauf.
Als die beiden Mächte aufeinandertrafen, fiel roter Regen auf das Land hinunter und tränkte den Boden. Ein vielstimmiger Seufzer erhob sich von den Gräsern, den Bäumen und den zarten Blumen, von zerbrechlichen Flugtieren, von flinken Fischen und von samtweichen Mäusen.
Und immer noch fochten die zwei. Endlich warfen sie einen Blick nach unten, hinunter auf den sternenbeschienenen See, hinab auf weitere zwei. Dann lachten sie, zeigten grinsend ihre mächtigen Hauer und Giftzähne und verschwanden dann in der Erde.
Und der Wind blies grausam und wild unter den Sternen.

3

Meine Harfe, schoß es Tadgh durch den Kopf. *Ich kann meine Harfe nicht zurücklassen.* Schwach und wie aus weiter Ferne hörte er Maire nach ihm rufen, konnte sie aber in der Finsternis nicht mehr ausmachen. Er zögerte einen Moment und trieb dann zurück zum Palast. *Nur einen kleinen Augenblick...*
Die Mauern des Palastes wogten grün und durchsichtig. Tadhg fuhr mit einer Hand über die glasartige Fläche, suchte nach einem Eingang. Doch unter seinen Fingern verging der Palast, und seine Hände fuhren nur durch Wasser. Er drohte auf einem schlammigen Seegrund zu ertrinken. Statt auf einer goldenen Straße stand er mitten zwischen bemoosten Steinen und faulenden Hölzern. Panik durchfuhr Tadgh, als seine Lungen nach Luft lechzten. Mit der ganzen Kraft seines Willens zwang er sich dazu, nicht den Mund zu öffnen und einzuatmen. Er stieß sich kräftig vom Grund ab.
Sein Kopf durchstieß die Wasseroberfläche. Luft fuhr sanft um sein Gesicht. Er atmete sie gierig ein, roch das Wasser des Sees und verschiedene starke Gerüche, die vom Land kommen mußten. Tadhg ruderte mit Armen und Beinen im Wasser, um nicht unterzugehen. Nicht allzuweit voraus sah er trotz der Finsternis eine schwarze Masse – Land. Er schwamm hastig darauf zu, schluckte zuviel Wasser und spuckte es wieder aus. Endlich berührten seine Füße festen Boden. *Wo steckt bloß Maire?* Er hörte nichts außer seinen eigenen Geräuschen. Kaum einen Augenblick war es her, als Maire noch neben ihm gestanden hatte. War sie verloren? Ertrunken im See? Aber da war doch diese Forelle gekommen und hatte sie geführt. Er konnte nur das schwache Leuchten eines Himmelsglühens sehen und nur das Anschlagen der kleinen Wellen hören. Die Nacht brachte alles zum Schweigen.
Dann hörte er ganz schwach etwas: Vom Boden und von den Felsen, vom Land selbst stiegen Schreie und Klagen auf. Schlachtgeschrei mischte sich mit dem Schmerz der Witwen, Flüche verbanden sich mit hilflosem Schluchzen – die Stimme der

Jahrhunderte. Tadhg zitterte, aber es war nicht die Kälte des Windes, die ihn frösteln ließ, sondern das, was der Wind mit sich brachte und ihm zuflüsterte. Nirgends rührte sich in der Nacht ein Lebewesen. Wer litt denn dann nicht zu lindernde Pein? Und wo war Maire? Keine der Stimmen um ihn herum gehörte ihr.

Tadhgs Augen gewöhnten sich an die Dunkelheit. Bald konnte er durch den schwachen Schein des bedeckten Himmels ein gutes Stück der Küste erkennen. Neben einem großen Felsen blitzte etwas auf. Und daneben glitzerte schwach und fahl eine sonderbare Gestalt.

Er marschierte darauf zu, um nachzusehen. Und dort lag seine Harfe aus Weidenholz mit den Messingsaiten. Nicht das goldene Instrument, das ihm die Königin der Sídhe geschenkt hatte, sondern die Harfe, die er sich selbst geschnitzt und gebaut hatte. Und was sich neben dem Instrument befunden hatte, verschwand urplötzlich; Tadhg konnte gerade noch erkennen, daß diese Gestalt sein Gesicht gehabt hatte.

Welche Zeit nun auch immer herrschen mochte, seine Harfe konnte nicht all die Jahre am Seeufer unbemerkt gelegen haben. Jemand mußte sich also um sie gekümmert, sie bewacht haben. Tadhg hob sein Instrument auf und strich zärtlich über die Saiten. Die Harfe war schrecklich verstimmt. Tadhg zog die Saiten nach und sah dann hinaus auf den See, auf die Stelle, wo einst der Palast gestanden hatte. Ob irgendwer von den Alten ihn noch hören konnte? Laut sagte er: »Vielen Dank euch, denn ohne meine Harfe...« Er spielte eine Melodie an. Beim Klang seines Instruments verfiel die Nacht in Schweigen, alles Klagen und alles Murmeln verstummte.

Während tränenreiche Leben erschlagen auf den Hügeln liegen
Und verblaßt wie Phantome die Sídhe nicht mehr wandeln...

Seufzend erhob sich ein Schaudern vom Land. Kein Mensch war in der Nähe. Tadhg war allein, und ihm war kalt. Wo mochte Maire nur hingegangen sein? Er suchte das Ufer ab und rief

immer wieder ihren Namen. Niemand antwortete ihm, niemand, bis auf den Wind.
Schließlich blieb Tadhg müde und mit hängendem Kopf stehen, als habe sich eine schwere Last auf seine Stirn gesenkt. Lange hatte er gesucht und doch keine Spur von Maire gefunden. In ihm flüsterte eine Stimme: *Belfast*. Er riß den Kopf wieder hoch und sah sich um, aber niemand war da. Dann mußte Belfast ein Ort sein. Doch wie ihn erreichen? Er blieb noch einige Zeit unentschlossen am Seeufer stehen. Nein, jetzt wollte er noch nicht das Klagelied für Maire anstimmen.

Da er ohnehin nicht wußte, wohin er sich wenden sollte, betrat er einfach den breitesten Pfad, der vom See fortführte. Durch die Finsternis stolperte er auf ein Gebäude zu. Er streckte eine Hand aus, bis sie an die Mauer stieß. Sie war nicht aus Steinen und auch nicht aus Holz gebaut, das Material war eher eben. Das Gebäude ragte so hoch wie die Große Halle aus Tadhgs *Rath* auf, doch kein Volk wohnte in ihm. Ein Stück Weges weiter geriet er an etwas, das eine Straße sein mußte, doch war sie viel zu breit für Pferdewagen oder Fußgänger, und die Oberfläche war glatt und sehr hart. Stechende, unangenehme Gerüche gingen von ihr aus. Aber jede Straße führte irgendwohin. Also marschierte er auf ihr weiter.
Hinter ihm brüllte die Nacht auf, und plötzlich gleißte ein helles Licht. Tadhg sprang rasch beiseite, als etwas vorbeiheulte. Ein abscheulicher Wind kam mit ihm, der Tadhg wie ein Schlag ins Gesicht traf. Das Etwas raste die Straße hinab. Das letzte, was Tadhg von ihm sah, waren zwei rotglühende Punkte, wie Dämonenaugen. Was mochte das für ein Ungeheuer gewesen sein? Und hatte es ihn gesehen?
Wieder sprach die unsichtbare Stimme. Tadhg fühlte, daß er nicht allein war. *Das war kein lebendes Wesen, sondern ein Gefährt dieser Zeit. Obwohl es sich aus eigener Kraft bewegt, wird es doch von Menschen gelenkt.*
Als das nächste Gefährt vorbeirauschte, drückte sich Tadhg in ein Gebüsch, zwang sich aber dazu, das Ding anzusehen. Es war aus

getriebenem Metall angefertigt, wie Tadhg sah, und glatt wie ein Kessel oder ein Schild. Und im Innern machte er ein menschliches Wesen aus. War es verschlungen worden? Aber der Mann im Innern zeigte keine Anzeichen von Leid oder Pein.
Weitere Gefährte donnerten vorüber. Tadhg fühlte sich bald mutiger und versteckte sich nicht mehr vor ihnen. Schließlich hielt eines dieser Gefährte sogar an. An einer Seite tat sich eine Öffnung auf, und eine Männerstimme rief: »Wollen Sie mitgenommen werden?« Obwohl die Worte seltsam klangen, verstand Tadhg doch ihre Bedeutung.
»Vielen Dank, ja.« Doch zuerst blieb Tadhg unschlüssig stehen, weil er nicht wußte, wie er dieses Gefährt besteigen sollte. Der Fahrer beugte sich schließlich quer über seinen Sitz und öffnete eine Tür an der anderen Seite.
»Na, wohin soll es denn gehen?« Der fremde Mann schien dem gewöhnlichen Volk zu entstammen und trug ein merkwürdiges Gebilde vor den Augen – es schien aus Glas und Metall zu sein – und seine Kleider waren aus einem für Tadhgs Geschmack zu groben und dunklen Gewebe. Doch waren seine Jacke und Beinkleider von traditionellem bäuerlichen Zuschnitt, und sein Schuhwerk wirkte schwerer und war sicher auch haltbarer als Tadhgs Sandalen. *In meinem Leinengewand muß ich auf ihn wohl einen sonderbaren Eindruck machen.*
Und tatsächlich sah ihn der Mann mit einiger Verwunderung an.
»Sie sind ja klatschnaß, Mann! Sind Sie in den See gefallen?«
Tadhg nickte.
»Und da sind Sie nur mit einem Nachthemd bekleidet in die Nacht hinausgegangen? Mein lieber Mann, da haben Sie aber sicher eine lange Geschichte zu erzählen! Wissen Sie was, im Kofferraum habe ich noch ein paar Sachen liegen, sonst holen Sie sich ja den Tod. Ein strammes Windchen bläst heute, aber immerhin haben wir ja Oktober. Da sollten Sie sich lieber was Wärmeres anziehen.« Er stieg aus, hantierte am hinteren Teil des Wagens herum, erzeugte rumpelnde Geräusche und kehrte mit einem Bündel Kleidungsstücke auf dem Arm zurück. Tadhg stellte sich zwischen Wagen und Böschung und zog die Sachen an. Er hatte einige

Mühe, Hose und Hemd zuzubekommen. Die Sandalen behielt er daher lieber an, obwohl es ihm an den Füßen doch kalt war.
»So, das sieht ja schon besser aus«, sagte der Fahrer, nachdem Tadhg eingestiegen war. Dann wiederholte er seine Frage: »Wo wollen Sie denn hin?«
»Ich habe kein...« begann Tadhg, besann sich dann aber, als ihm etwas einfiel, anders. »Nach Belfast.«
»Oh, da haben Sie aber Glück, dort will ich nämlich auch hin. Wo kommen Sie denn her... ich meine, wenn Sie im Nachthemd bei Dunkelheit durch die Gegend laufen und dabei noch in den See fallen?«
Tadhg zuckte die Achseln. »Wahrscheinlich sagt Ihnen der Name meines Heimatortes nichts. Ich bin Ihnen aber dankbar für die Kleidung.« Die Stücke gehörten dem Mann, und bald schon begannen sie, zu Tadhg zu reden: Der Mann arbeitete für einen anderen und erhielt dafür einen Lohn. Er hatte in einer Molkerei zu tun, wo sie irgend etwas mit Milch und Butter machten, obwohl keine Kühe dort waren. Der Mann lebte in einem kleinen Zimmer, das sich dicht gedrängt neben anderen Zimmern und Häusern befand. Ein Weib nannte er nicht sein eigen, obwohl in den Erzählungen der Kleidungsstücke immer wieder das Bild einer bestimmten Frau auftauchte. Hatte Tadhg richtig verstanden, daß sie Papier beschrieb? War sie eine Schreiberin oder eine Chronistin? Auf jeden Fall übte sie sich nicht in etwas Künstlerischem. Alle Informationen über sie strömten ungeordnet auf ihn ein, und er hatte Mühe, sie zu ordnen.
»Sie sind aber nicht gerade sehr redselig«, bemerkte der Fahrer nach einer Weile.
»Ja, ich bin sehr ruhig«, gab Tadhg zu. »Außerdem bin ich etwas durcheinander.«
»Das sind wir alle«, sagte der Lenker, »in diesen Zeiten sind wir das alle.« Plötzlich bremste er das Gefährt ab. »So naß, wie Sie waren, hoffe ich nur, daß Sie Ihren Ausweis aus dem Wasser retten konnten. Wir sind nämlich an einen Kontrollpunkt gekommen.« Der Lenker kurbelte das Seitenfenster herunter und ließ das Gefährt ausrollen.

Ein verängstigter, pickelgesichtiger junger Mann stand draußen. Er trug wie seine Kameraden, die sich ebenfalls an dieser Stelle aufhielten, einen schlecht sitzenden Anzug, der nach einem seltsamen Muster mit grünen und braunen Flecken und Streifen versehen war.
Der Lenker reichte dem jungen Mann eine Karte, die er sich intensiv ansah. Dann nickte er: »Und Ihr Beifahrer?« Er trat ungeduldig von einem Fuß auf den anderen.
Der Lenker drehte sich zu Tadhg um. »Nun holen Sie schon Ihren Ausweis heraus; wir halten hier alles auf. Und bis Belfast ist es noch ein weiter Weg.«
Tadhg zuckte zusammen. Er besaß keinen »Ausweis« und hatte auch keine Ahnung, was das sein konnte. Der Soldat runzelte die Stirn und hob ein Gerät, bei dem es sich unzweifelhaft um eine Waffe handelte.
Ich gebe dir die Unsichtbarkeit, hörte er die Stimme der Sídhe-Königin wieder. Tadhg atmete tief ein. Das Gesicht des Soldaten wurde wieder leer, und er öffnete eine Sperre. »Weiterfahren.«
Der Lenker sagte während der ganzen Fahrt kein Wort mehr, und nicht einmal warf er einen Blick auf den Beifahrersitz, wo Tadhg sich noch befand.
Wie hatten sie ihn so plötzlich vergessen? Tadhg sah an sich hinab und konnte seinen Körper nicht mehr ausmachen. Er streckte seine Hand aus und sah doch nur Luft. Die Königin hatte seine Schwierigkeiten vorausgesehen. *Du wirst dich verstecken müssen.*
Der Wagen schoß weiter durch die Nacht. So rasch war Tadhg noch nie gefahren. Der Weg führte durch eine ländliche Gegend mit Feldern und Koppeln. Es war sehr dunkel, aber hin und wieder zeigten leuchtende Flecke Zusammenballungen von Häusern. Der Gestank und das Gedränge in diesen Zusammenballungen waren unerträglich. Wie konnten Menschen nur so dicht aufeinander leben? Tadhg konnte ins Innere dieser Häuser sehen und die Gedanken der in ihnen Wohnenden hören: Ängste, wenig konkrete Sehnsüchte und Ärger. Das Geld, die Glotze, die Miete, die Altersvorsorge und die Steuern. Der Frust allgemein. Das Spiel am

Samstag und die neuen Bierpreise – Tadhg kam sich verloren und fremd in dieser Welt vor.
Was hatte ihm Belfast eingeflüstert? Was sollte er dort suchen und wo? Würde er Maire dort finden? Am besten würde er sich zunächst einmal unters Volk mischen und feststellen, ob die Leute immer noch gern Lieder und Geschichten hörten.
Am nächsten Kontrollpunkt schlüpfte Tadhg – immer noch unsichtbar – aus dem Wagen und sah ihm nach, als er passieren konnte. Der Lenker würde sich sicher bald wundern, wo die letzten Stunden der Fahrt geblieben waren, an die er sich nicht mehr erinnern konnte. Tadhg trug immer noch die Kleider des Mannes, und er schämte sich, denn er hatte eine Gabe entgegengenommen, ohne etwas dafür zurückgeben zu können.
Die jungen Soldaten kontrollierten mit übernächtigten Gesichtern die herankommenden Wagen. Ihre Furcht und innere Anspannung waren fast körperlich spürbar. In jeder dunklen Ecke mochte sich ein Heckenschütze verbergen. Tadhg hielt sich nahe beim Kontrollpunkt auf und beobachtete die Posten und jene, die angehalten wurden.
Verfluchte Tommies, ich wette, sie filzen die Prots nicht halb so streng... Hat sich da drüben nicht etwas bewegt, Sergeant?... Sieh sich einer nur diese Typen mit ihren Knarren an, mit denen sie sich stark fühlen – ein Sprengsatz würde denen...
Diese Straßenecke führte Tadhg sicher nicht zu dem, was er suchte. Er schulterte seine Harfe und machte sich durch aneinandergepreßte Häuserreihen auf den Weg. Was auch immer ihn nach Belfast geführt hatte: Er war nun da.

Er erkannte, daß es der richtige Ort war, als er vor ihm stand: ein Gasthof, obwohl man ihn hier *Pub* nannte. Die Tür schwang weit auf. Tadhg trat ein und war von Licht und Geplapper umgeben. Die Luft war von Rauch, Bier, nassen Kleidern und scharfem Alkoholgeruch zum Schneiden dick. Stimmen und Gelächter mischten sich mit Musik. In einer Ecke des Schankraums spielten auf einer erhöhten Plattform drei junge Leute auf einer Gitarre, einem Akkordeon und einer Fiedel.

Tadhg wunderte sich, daß plötzlich die Namen der Instrumente in seinem Bewußtsein waren, denn er hatte noch nie eines davon gesehen. Die Musik klang fremd und eigenartig, aber der Rhythmus gefiel ihm sehr gut. Unbemerkt sah er sich in dem großen Raum um.
Flaschen glitzerten an einer Wand hinter einem langen und hohen Anrichtetisch. Und soviel Glas! Tadhg war ergriffen. Im Schankraum befand sich viel junges Volk, Mädchen wie Jungen, die sich um kleine Tischchen drängten und sich unterhielten oder der Musik lauschten, manchmal auch beides. Ihre Kleider waren an den Ellenbogen durchgerieben und insgesamt recht plump und grob. Wie ganz anders sie doch als die vornehmen Sídhe waren! Aber die Feen gab es nun nicht mehr. Diese groben, kräftigen Sterblichen hatten sie überlebt.
Tadhg suchte sich einen Platz in der Nähe des Podiums. Manche Gäste erblickten ihn nun und runzelten die Stirn. *Wer ist denn das? Den haben wir hier noch nie gesehen... Was trägt er denn dort an der Schulter?... Ach, eine Harfe... Sie basteln noch keine Bomben, die wie eine Harfe aussehen, oder?... Komische Type, sieh sich einer doch nur mal seinen Gesichtsausdruck an...*
Das Lied der Musiker war zu Ende. Einer von ihnen, ein junger, blasser Mann mit schwarzen Haaren und blauen Augen, näherte sich Tadhg. Er trug eine braune Lederjacke und grobe blaue Beinkleider. Er blieb am Ende der Plattform stehen und deutete auf Tadhgs Harfe. »Ein hübsches Stück. Ist wohl noch von einem alten Meister gemacht, oder?«
»Ist es«, gab Tadhg zurück.
»Ich habe natürlich schon die Brian-Ború-Harfe in der Bibliothek vom Dreieinigkeits-College gesehen«, versuchte der Junge das Gespräch fortzusetzen, von dem Tadhg kaum ein Wort verstand, »und auch eine O'Carolan im Nationalmuseum. Aber eine Harfe wie die Ihre ist mir noch nie zu Gesicht gekommen. Haben Sie sie selbst gebaut?«
»Ja, die habe ich gemacht«, erklärte Tadhg nicht ohne Stolz. »Habe auch das Holz geschnitten und geschnitzt.«

»Ich bin Padraig Byrne«, sagte der junge Mann, »und mit diesen beiden dort bilde ich die Gruppe *The Three Bards*.«
»Barden, aha«, sagte Tadhg und lächelte. Nicht alles hatte sich also verändert. »Ich heiße Tadhg MacNiall.«
Ein zweiter Musiker trat an den Rand. »Ich bin Thomas O'Brien«, sagte er. »Wir haben Sie nicht zufällig schon einmal gesehen, oder?«
»Das glaube ich kaum«, sagte Tadhg, »denn ich stamme nicht aus dieser Gegend.«
»Dann kommen Sie wohl aus der Republik, was?« fragte Padraig.
»Ich komme vom Lough Neagh.« Tadhg beließ es bei dieser Auskunft.
»Oh, vom Antrim-County. Wenn ich recht gehört habe, hat es dort vor einigen Stunden etwas Ärger gegeben.« Einige von den Umstehenden begannen zu lächeln. Tadhg sah hoch aufschießende rote Flammen und hörte gräßliche Schreie. Eine Gänsehaut lief ihm über den Rücken. Die, die jetzt lächelten, schienen sich über das Blutbad zu freuen ... Hatten vielleicht sogar daran teilgenommen.
Der dritte Musiker, der Gitarrenspieler, trat heran und stellte sich vor: »Ich bin Rory White und komme aus Dublin, wo ich diese beiden Dorfjungs aus dem Westen getroffen habe. Unser Tom hier, der Fiedler, kommt vom Clare-County. Er hat für Touristen bei den Burgfestspielen gefiedelt, bevor er in die Hauptstadt ging, um dort sein Glück zu machen. Und er steht kurz davor, es zu finden. Unser Padraig schließlich kommt aus dem Mayo-Gotterbarm-County, wo sein Vater jedes Jahr aufs neue wieder eine reiche und gute Felsbrockenernte in die Scheuer fährt.«
»Oh, die Arbeit auf dem Bauernhof ist ehrliche Arbeit«, sagte Padraig, »sie tut nur den Händen nicht so gut. Ich hab' sicher meiner Mutter das Herz gebrochen, als ich von zu Hause fortgegangen bin. Aber inzwischen dürfte die Wunde durch das Geld, das ich regelmäßig nach Hause schicke, wieder geschlossen sein.«
Er sah den Harfner an. »So, jetzt bist du also hier, Tadhg vom Lough Neagh, mit deiner Harfe und deiner schweigsamen Art.

Hättest du nicht Lust, ein Glas mit uns zu leeren und dann mit uns ein Liedchen zu spielen?«
Tadhg nickte.
»Guinness?« Tadhg hielt plötzlich ein hohes, schweres Glas mit einer schwärzlichen Flüssigkeit und Schaum obenauf in der Hand. »Eine rauchen?« Tadhg sah auf ein Päckchen, das ihm hingehalten wurde, erkannte, daß er nicht die geringste Ahnung hatte, worum es sich dabei handeln mochte, und schüttelte den Kopf. »Dann komm mit hinauf«, sagte Padraig und streckte ihm eine Hand entgegen. Tadhg hielt sich an ihr fest, als er auf das Podest stieg. Padraig sorgte mit einigen Handbewegungen für Ruhe im Pub. »Wir haben heute abend einen guten Freund hier. Er kommt aus dem friedlichen, gesegneten Antrim-County« – bitteres Gelächter kam in der Menge auf – »und wird für uns auf seiner Harfe spielen. Einer, der eine Harfe in den Händen hält, ist immer ein Freund von uns. Hier ist er also, Tadhg MacNiall vom Lough Neagh!«
Tadhg sah auf die Gesichter hinab, die sich ihm zugewandt hatten und nun viel freundlicher wirkten. Was für ein Lied mochten sie hören wollen? Ein sanftes Liebeslied? Ein Wiegenlied? Nein, Tadhg spürte Anspannung, Gefahr und Wut in der Menge. Dann also ein Schlachtlied, das einem Mut machte und das Blut in Wallung brachte. Conn Sléaghéar, der König der Cruthiner, war sicher schon seit vielen Jahren tot, und vielleicht war auch sein Königreich in Vergessenheit geraten, aber damals hatten Tadhgs Lieder bei ihm nie ihre Wirkung verfehlt. Tadhg sang zum Angedenken an Conn ein gälisches Lied:

Der erste in der Schlacht, stürmt unser König voran,
Ins dicht'ste Getümmel stürzt sich sein Streitwagen,
Den gold'nen Schild am Arm, werden seine tapf'ren,
wilden Krieger
heut' die Köpfe der Feinde als Beute heimtragen.

Tadhg schwieg. Der König hatte ihm ein goldenes Armband für dieses Lied geschenkt. In der nächsten Schlacht waren viele von Tadhgs Freunden gefallen, und noch mehr waren zum Krüppel

geworden. Die Königin selbst hatte den entstellenden Schwertstreich erhalten. Aber bei Schlacht- und Kampfliedern wurde nie von den tragischen Seiten gesungen. Dafür waren die Klagelieder da.
Tadhg sang von weiteren Heldentaten, obwohl sein Herz von Bitterkeit und Furcht voll war. Die Anspannung und Erregung der Zuhörer erschienen ihm irgendwie ungehörig. Und ihm war klar, daß nur die wenigsten von ihnen seine gälischen Lieder verstehen konnten. Was brachte sie so in Wallung? Er sang die letzte Strophe.
Padraig sah ihn mit unverhohlener Verwunderung an. »Ich habe mein Gälisch nicht nur in der Schule gelernt«, erklärte er, »sondern auch durch mein Studium unserer Folklore. Das muß ein sehr altes Lied gewesen sein, das du da eben gesungen hast. Wo hast du es gelernt?«
Tadhg zuckte die Achseln. »Hab's auf einer Reise aufgeschnappt.«
Er trank einen kleinen Schluck. Das Guinness war stark und bitter, schmeckte aber gut. Er setzte sich auf den Boden und hörte den *Three Bards* zu, die jetzt allein aufspielten. Ihre Musik erschien ihm fremd. Sie wiederholte sich fortwährend, und die Worte kamen ihm noch unverständlicher vor. Zweifellos hatte man inzwischen neue Musikformen entwickelt; alles andere hatte sich ja auch geändert.
Die drei Musiker legten eine Pause ein. »So, jetzt wollen wir unseren Fingern etwas Ruhe gönnen«, erklärte Padraig, »und unseren aufgerauhten Kehlen Linderung verschaffen.« Er rieb sich den Hals und röchelte: »Trocken wie Staub. Meine Zunge klebt mir wie ein Stoffetzen am Gaumen.«
Drei randvolle Gläser standen kurz darauf bereit. Padraig winkte dem Wirt zu, stieg vom Podest, nahm sich ein Glas und leerte es auf einen Zug. Dann wandte er sich an Tadhg: »Du bist also neu in der Stadt?«
Tadhg nickte. »Bin erst heute abend angekommen.«
»Hast du schon einen Platz für die Nacht?«
Tadhg zuckte die Achseln.
»Na hör mal, Mann, du kannst doch nicht nach der Sperrstunde

durch die Stadt wandern. Und wenn ich mir dich mal genauer in Augenschein nehme, dann hast du sicher nicht genug Geld bei dir, um dir ein Zimmer zu mieten. Wir haben noch Zimmer bekommen, aber die Pension ist leider voll. Paß mal auf, unser Lieferwagen ist ganz in der Nähe geparkt. Wenn es dir nichts ausmacht, kannst du gern hinten drin schlafen. Bist du hier eigentlich noch länger beschäftigt, oder hättest du Lust, mit uns morgen nach Dublin zu fahren?«

Wo liegt denn Dublin? Tadhg hatte nicht die geringste Vorstellung davon, wo es liegen konnte und wie weit es entfernt war. Die Stimme hatte ihm gesagt, er solle nach Belfast gehen, aber hier konnte er Maire nirgends ausmachen. Sie mußte wohl im See ums Leben gekommen sein. Ihm blieb nun nichts anderes übrig, als sich den Bestimmungen des Schicksals zu fügen. Davon abgesehen – wo hätte er auch sonst hingehen sollen? Tadhg nickte Padraig zu.

Der Musiker wandte sich an seine beiden Freunde. »Am *Ceilidh*-Samstag wird er mit seiner Harfe und seinen alten Liedern sicher Beifall ernten. Ich würde ihn nur ungern hier in Six-County-Land zurücklassen, er strahlt soviel Unschuld aus.«

Seine beiden Gefährten stimmten ihm zu. »Nehmen wir ihn doch mit«, sagte Tom, »wenn er mitkommen will. Wo steht denn dein Gepäck?«

»Die Kleider, die ich am Leibe trage, und die Harfe sind mein ganzes Gepäck.«

»Gut, dann ist es also abgemacht. Komm, erst schlucken wir noch ein Glas, und dann spielen wir ein paar Lieder.« Padraig klopfte ihm auf die Schulter, stellte ein volles Glas vor ihn hin und sprang aufs Podest.

4

Maire schlief an Tadhgs Seite. Ruhig ging ihr Atem. Tadhg streckte eine Hand aus, um ihre Schulter zu berühren, aber seine Finger trafen nur kaltes Metall. Er erwachte in einem Raum, in dem sich Kisten stapelten. Von draußen hörte er ein undefinierbares Rumpeln. Dann setzte die Erinnerung wieder ein: Er hatte die Nacht in Belfast in einem Lieferwagen verbracht, und Maire war tot. Tadhg starrte in die Dunkelheit, hörte den Lärm der erwachenden Stadt, drehte sich wieder um und bedeckte mit den Händen sein Gesicht. Als er wieder eingeschlafen war, hatte er merkwürdige Träume voller durcheinandergewürfelter Formen und Farben: ein grüner Palast, graue Gebäude, Wasser und Rauch und gelbe Lichter.

Bald nach Sonnenaufgang wurde die Luft im Lieferwagen unerträglich. Tadhg bekam nach einiger Mühe die Hintertür auf. Im Tageslicht sah er sich um: überall graue Wände, in denen nur hin und wieder ein zerschmettertes Fenster oder eine eingetretene Tür für Abwechslung sorgten. Seine drei neuen Freunde waren nirgends zu entdecken.

Auf den Straßen rollten Wagen, und einige wenige Frühaufsteher schlenderten über die Bürgersteige. Tadhg rieb sich die Augen und gähnte, während er zusah, wie ein sehr großer Wagen um eine Ecke fuhr. Etwas fiel hinten herunter und zerplatzte auf der Straße.

Ein Mann warf sich sofort auf die Straße, und eine Frau schrie gellend auf. Andere drückten sich in Hauseingänge. In der Stille, die folgte, erkannte Tadhg die Ursache des Geräusches: eine Milchflasche war von dem Wagen gefallen. Nach einer Weile klopften sich die Leute den Dreck aus den Kleidern und gingen bestürzt und verlegen ihrer Wege.

Sonderbar. Für was hatten sie das Geräusch der zerplatzenden Flasche gehalten? Tadhg bemerkte, daß er großen Durst hatte und ein fauliger Geschmack in seinem Mund war. Er brauchte etwas zu essen und zu trinken. Und er hatte das dringende Bedürfnis, sich zu waschen.

Da kam Padraig um die Ecke und trug ein Bündel in den Händen.
»Hallo, Tadhg. Ich bin schon lange vor diesen beiden Schlafmützen aufgewesen und dachte mir, daß du sicher Appetit auf ein Frühstück hast. Hier sind Brot und Butter und ein paar Scheiben Speck. Die stammen von dem, was die Wirtin uns vorgesetzt hat. Das Spiegelei habe ich lieber dagelassen, das hätte den Weg hierher sicher nicht heil überstanden. Wie hast du denn geschlafen?«
»Nicht besonders«, sagte Tadhg und gähnte. Er schlug die Decke zurück, unter der sich sein Frühstück befand. »Vielen Dank, ich hatte schon befürchtet, ich würde nie wieder etwas zu essen bekommen.« Hastig verschlang er Brot und Speck.
Padraig sah ihm zu. »Wie ich es mir schon gedacht habe, in deiner Brieftasche sucht man Geld vergebens.«
»Stimmt, ich habe absolut nichts«, antwortete Tadhg. Und damit hatte er bestimmt nicht gelogen, denn er wußte nicht einmal, was Geld war. *Etwas zum Tauschen von Waren und Gütern,* erklärte seine innere Stimme.
»Wenn du erst einmal 'ne Zeitlang mit uns durch die Lande gezogen bist, wird es dir an nichts mehr mangeln. Wir sind zwar nicht stinkreich, aber am Hungertuch brauchen wir auch nicht zu nagen. Und bei deinem Können verdienst du garantiert bald dein eigenes Geld. Ich frage mich sowieso, warum du das nicht längst schon getan hast. Ich habe noch nie jemanden erlebt, der so gespielt hat wie du. Etwa alles beim Windhundrennen verloren? Na ja, wenn du etwas zu trinken möchtest, Guinness oder, Gott bewahre, Wasser, dann sieh mal hier hinten nach, da muß noch etwas sein.« Er stöberte in einer der Kisten herum und zog schließlich eine braune Flasche und einen zerbeulten Metallbehälter heraus. »Hier, such dir was aus.« Tadhg beschloß, das Guinness zu trinken und sich mit dem Wasser Hände und Gesicht zu waschen. Padraig lachte. »Ah, solchen Geist lobe ich mir! Wir haben hier in der Stadt noch etwas zu erledigen, bevor wir nach Dublin aufbrechen können. Tom und Rory müßten jeden Augenblick hier aufkreuzen, sobald sie endlich die Augen auf und den Hintern hochbekommen haben. Man könnte fast denken, die

beiden seien reiche Playboys, die vor dem Mittag überhaupt nicht ans Aufstehen zu denken pflegen... Aha, da kommen sie ja endlich!«
Blaß und zerzaust wankten die restlichen Mitglieder der *Three Bards* zum Lieferwagen, wo sie ächzend ihr Gepäck abluden. »Wer zu solch unchristlicher Zeit schon so fröhlich ist, kann kein menschliches Wesen sein«, murmelte Rory.
»Das hat er von seinem verdammten Bauernhof her«, meinte Tom, »wo sie immer in aller Herrgottsfrühe hinaus und die heißgeliebten Felsbrocken füttern mußten. Ich schätze, wir stehen mitten im grellen Schein der aufgehenden Sonne.«
»Zu dieser Stunde wohl kaum, eher schon in der grellen Sonne der Mittagsstunde. Nun aber mal rein mit euch, wir müssen vor der Abfahrt nach Dublin noch eine Nachricht abholen, und das wißt ihr beide genau. Je eher wir in der Republik sind, desto wohler wird mir. Tom, du fährst vorne mit mir, damit ich einen habe, der Ausschau hält und mich früh genug warnen kann. Dafür mußt du aber die Augen aufhalten!«
Rory kroch in den Gepäckraum, quetschte sich zwischen die Kisten und war sofort eingeschlafen. Padraig setzte sich hinters Steuer, und Tom ließ sich murrend auf dem Beifahrersitz nieder. »Warum muß ich nach vorne, warum nicht Rory? Er ist viel wacher als ich.«
»Er ist vorher noch nie in Belfast gewesen, und du kannst damit etwas von der Last deiner Sünden abtragen.« Padraig ließ donnernd den Motor an, und der Wagen fuhr langsam durch die Straßen.
Tadhg hätte sich gern den Ort im Tageslicht angesehen, bekam dazu aber wenig Gelegenheit, weil im Rückteil des Kleinbusses keine Fenster eingelassen waren. Hin und wieder erhaschte er einen Blick durch die Frontscheibe und sah lange Reihen trauriger, elender Häuser, die sich eng aneinanderdrängten, sah Sprüche, die in fremden Buchstaben auf die Ziegelsteine gemalt waren, sah Stacheldrahtbarrieren, die gefährlich und grausam wirkten, sah herumliegende, verstreute und hinter Bretterwänden zusammengetragene Trümmer. Inmitten all dieser Unordnung, dieses Zer-

falls spielten Kinder, gingen Männer zur Arbeit und Frauen zum Einkaufen. Aber ihre Augen waren wachsam, schossen unablässig hin und her. Und die Kinder trugen Knüppel und Eisenstangen.

Der Bus kam stotternd zum Stehen. Rory kroch zwischen den Kisten hervor. Diese Gegend war die mit Abstand schauderhafteste. Abfall flog, vom Wind getrieben, über die Straße, und die meisten Türen und Fenster waren mit Brettern vernagelt. »Tadhg, du bleibst hier.« Padraig zögerte. »Und bleib im Wagen. Wenn einer dich fragt, sag auf keinen Fall, wohin wir gegangen sind. Wir bleiben nicht lange, höchstens fünfzehn Minuten. Am besten setzt du dich vorn hin, damit die Patrouillen wissen, daß der Wagen hier nicht stehengelassen wurde.«

Tadhg kam der Aufforderung nach und setzte sich auf die vordere Bank. Padraig, Tom und Rory verschwanden in einem der gesichtslosen Gebäude. Irgend etwas war in der Atmosphäre, das Tadhg nervös machte. Wie in den Minuten vor der Schlacht, nur fehlte die Erregung, die für gewöhnlich alle Furcht bannte. Er sah hinaus auf die Straße und versuchte, einen Sinn in den aufgemalten Parolen zu erkennen. Mit den Gaben der Feenkönigin vermochte er die fremden Buchstaben zu entziffern, aber was sie zu bedeuten hatten, blieb obskur. Was bedeutete *Macht mit bei den Provos* oder *Es lebe die IRA*?

Die drei Musikanten kehrten zurück. Padraig hatte einen großen, braunen Umschlag in der Hand. »Verschwinde wieder nach hinten, Tadhg«, sagte er, »und beeil dich. Jeden Augenblick kann hier die Patrouille auftauchen, und ich möchte mich ungern im Stadtteil Falls erwischen lassen. Rory, leg das hier irgendwo zwischen die Instrumente. Eine Fiedel oder so ist der letzte Platz, an dem sie nachsehen.« Er gab ihm den Umschlag, und schon fuhr der Kleinbus los.

Obwohl Padraig rasch nach Süden fuhr, entging Tadhg nicht, daß er Zeit mit Umwegen um bestimmte Gebiete herum verlor.

»Wir fahren bis nach Newry, überqueren die Grenze und halten dann im wunderbaren Dundalk, wo uns Freunde erwarten. Bist du dort jemals gewesen, Tadhg?«

»Nein«, antwortete er, »bis zum heutigen Tag bin ich nicht sehr weit herumgekommen.«
»Aber du hast doch deinen Ausweis dabei, oder? Ach was, du wärst nie so weit gekommen, wenn du ohne...«
»Ich werd' schon zurechtkommen«, erklärte Tadhg und hoffte es sehr. In dieser merkwürdigen Zeit stand ihm nichts außer den Feengaben zur Verfügung, und er war noch sehr unsicher, wie er mit ihnen umzugehen hatte.
Es wurde eine lange Fahrt. Nachdem sie die Vororte von Belfast hinter sich gelassen hatten, klarte der Himmel auf. Die drei jungen Männer wurden lockerer und entspannter und begannen fröhlich, Kampflieder zu singen. Tadhg verstand die Texte ebensowenig wie die Parolen an den Wänden, aber die Melodien waren hübsch und mitreißend, und immerhin befand er sich unter seinesgleichen.
Immer wieder einmal fuhren sie durch einen kleineren Ort, aber die meiste Zeit ging es über offenes Land, wo halbhohe Steinmauern winzige Felder abgrenzten. Eine Landschaft wie ein Flickenteppich. »Wir wollten nicht noch eine Nacht in Belfast verbringen«, erklärte Padraig. »Heute nacht bleiben wir wahrscheinlich bei Freunden in Dundalk. Und morgen früh geht es wieder weiter, oder noch früher, wenn es sein muß. Morgen abend findet nämlich in Dublin ein *Ceilidh* statt.«
Tadhg fühlte sich immer noch müde. Er preßte die Harfe an seine Brust und versuchte einzuschlafen, aber zu viele Gedanken gingen in seinem Kopf herum, und das Schaukeln des Wagens ließ ihn erst recht nicht zur Ruhe kommen. *Dublin. Die Republik. Six-County-Land...* Endlich nickte er ein. Halb wachte er wieder auf, als Padraig gerade sagte: »Jetzt sind wir in Newry, nur noch sieben Meilen bis zur Grenze. Und dann auf einer freien Straße in Richtung Heimat, dem Himmel sei Dank.«
Tadhg nickte für kurze Zeit wieder ein.
»Jesus, Maria und Joseph!« rief Padraig. Es hörte sich nicht wie ein Gebet an. »Das können sie doch nicht wagen, am hellichten Tag und so nahe an der Grenze! *Runter mit euch!* Ein Morris steht quer auf der Straße, aber es sieht ganz und gar nicht nach einem Unfall aus. Einen von den Burschen erkenne ich wieder. Mist, es

gibt keine Möglichkeit, an ihnen vorbeizukommen, und die Straße ist zum Wenden leider zu eng.«

Tadhg hörte, wie Rory neben ihm schwer schluckte. Dann sah er, wie der andere zwischen den Kisten herumhantierte. »Wir hätten die Knarren nicht so gut verstecken sollen.«

»Sie kommen auf uns zu«, sagte Padraig. »Drei Mann und alle bewaffnet. Sie müssen wohl auf uns gewartet haben.«

»O Jesus, jetzt sind auch noch drei Kisten umgekippt ...« Rory ließ von den Kisten ab, als die Hintertür des Kleinbusses aufgerissen wurde. Im gleichen Augenblick wurden Padraig und Tom von den Vordersitzen gezogen. Tadhg hielt den Atem an – anscheinend konnte ihn niemand sehen. Er stieg leise aus dem Wagen und blieb draußen stehen. Die Harfe hielt er mit beiden Händen am Körper.

Drei Männer mit Geräten, die nichts anderes als Waffen sein konnten, standen auf der Straße. »Gegen den Wagen, los! Hände aufs Dach und die Beine auseinander. Aber ein bißchen plötzlich!« Einer hielt die Musikanten mit seiner Waffe in Schach, während ein anderer sie abklopfte. Der dritte stieg in den Gepäckraum des Busses und begann, in den Kisten herumzuwühlen.

Tadhg hatte keine Ahnung, was hier vor sich ging. Und noch weniger wußte er, was er nun tun sollte.

»Wir sind nur harmlose Musikanten«, erklärte Padraig. »Wir heißen *The Three Bards*, vielleicht haben Sie schon von uns gehört. Letzte Nacht hatten wir einen Auftritt in Belfast, und morgen sollen wir auf dem *Ceilidh* in Dublin spielen ...«

»Und heute nacht wolltet ihr in Dundalk bleiben, was?« gab einer der Bewaffneten grimmig zurück.

Ein Ruf ertönte aus dem Gepäckraum des Wagens. »Wie wir uns das gedacht haben, drei Pistolen unter dem Boden. Wirklich ganz harmlose Musikanten!«

»Sicher, aber was mögen sie sonst noch alles mit sich herumtragen?« sagte der, der die drei in Schach hielt. »Sicher wolltet ihr nicht nur die drei Knarren aus dem Norden herausschmuggeln. Also, was habt ihr noch dabei?«

Keiner der drei Musikanten antwortete. Der zweite Bewaffnete

stieß Padraig so hart, daß er auf die Straße fiel. Langsam kam er wieder hoch. Der Bewaffnete schlug ihm über den Mund. »Ich fragte, was habt ihr noch dabei?«
Padraig spuckte Blut, aber kein Wort kam über seine Lippen.
»Hat letzte Nacht in Antrim etwas Ärger gegeben, und da finden wir euch drei mit ebenso vielen Pistolen im Wagen. Aber ihr seid ja sowieso Dreck aus der Republik.« Er wandte sich an seinen Kollegen im Bus. »Hast du noch etwas gefunden?«
Bücher und Papiere regneten auf die Straße. »Nur einen Haufen Noten und anderen Dreck.«
»Dann habt ihr die Botschaft wohl im Kopf, was, ihr dreckigen Rebellenschweine!«
Tadhg stand wie versteinert da. Diese Männer beleidigten Barden, und die Barden wehrten sich nicht dagegen! Die fremden Männer trugen weder Speere noch Bögen, nur seltsame Metallstangen. Wie konnten sie es nur wagen, einen Barden so zu berühren?
Einer von den Männern hob seine Waffe. Kurz spuckte sie etwas aus. Tadhg konnte nicht erkennen, womit sie getroffen worden waren, nur daß Thomas, Rory und Padraig auffuhren und dann auf der Straße zusammenbrachen. Die Waffe stotterte ein zweites Mal, dieses Mal länger. Blut spritzte aus den Jacken der jungen Männer und lief auf die Straße. Ein drittes Mal knatterte die Metallstange, und dann regten sich die drei am Boden nicht mehr. Ein Blutrinnsal lief aus Thomas' Mundwinkel, und irgend etwas Merkwürdiges war mit Rorys Hinterkopf geschehen. Was mochte das für eine Waffe sein, die solches vollbringen konnte? Padraig, Tom und Rory konnten doch nicht tot sein, nicht so rasch jedenfalls. Selbst bei einem kräftigen Schwerthieb dauerte es länger.
Der Anführer der drei zog Rorys Gitarrenkasten aus dem Wagen. »Hier ist auch nichts.« Er warf das Instrument auf den Boden und zertrat es mit dem Absatz. Thomas' Fiedel wurde der gleichen Prozedur unterzogen. Padraigs Akkordeon gab klagende Laute von sich, als es auf die Straße krachte und zerstampft wurde.
Tadhg hielt immer noch seine Harfe umklammert. Er hatte sich die ganze Zeit über nicht von der Stelle gerührt. Alles war so

Das Schwarze Auge©

HABEN SIE 3 MINUTEN ZEIT?
Dann stellen Sie sich vor, Sie könnten tatsächlich aus Ihrer Haut schlüpfen und in einer anderen Rolle ein neues Leben beginnen.

Zum Beispiel als – Prinz Eisenherz.

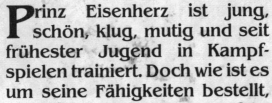

Prinz Eisenherz ist jung, schön, klug, mutig und seit frühester Jugend in Kampfspielen trainiert. Doch wie ist es um seine Fähigkeiten bestellt, wenn er der Gefahr Auge in Auge gegenübersteht? Dies alles wird sich zeigen, wenn der edle Ritter durch Sie zum Leben erwacht.

Spätestens jetzt werden Sie gemerkt haben, daß wir auf etwas hinauswollen. Wir wollen Ihnen erklären, was es mit dem Fantasie-Rollenspiel „Das Schwarze Auge" auf sich hat:

Sie sind ein Spieler und schlüpfen in eine neue Identität, die Rolle Ihres „Helden", z. B. Prinz Eisenherz. Und wie im wahren Leben der Zufall eine entscheidende Rolle spielt, so spielt er auch bei der Erschaffung Ihres „Helden" kräftig mit. Denn sein Charakter, seine Fähigkeiten und sein Vermögen, mit dem er für seine Abenteurerkarriere ausgestattet ist, werden durch den Würfel ermittelt.

Prinz Eisenherz stürzt sich also ins Abenteurerleben. Doch dieses steckt voller Gefahren und um diese Gefahren mit heiler Haut überstehen zu können, braucht er zunächst eine geeignete Bewaffnung, eine Rüstung und Proviant. Auf dem Bazar Aventuriens feilscht er um ein kleines Schwert und ein Messer, denn zu Beginn seiner Abenteurerlaufbahn sind seine finanziellen Mittel noch beschränkt. Nachdem er alles Nötige beisammen hat, sucht er sich einige Gefährten, die ihn auf seinen Abenteuern in das phantastische Reich Aventuriens begleiten.

Die Gefährten sind seine Mitspieler, denn das Fantasie-Rollenspiel „Das Schwarze Auge" ist ein Gruppenspiel. Jeder Teilnehmer ist in die Identität eines „Helden" geschlüpft, hat ihn mit Eigenschaften und Vermögen ausgestattet, und ihn zum Kauf seiner Abenteuerausrüstung in den Bazar geschickt. Also sind jetzt außer Prinz Eisenherz drei bis fünf andere wackere Mitstreiter und Mitstreiterinnen gerüstet für unbekannte, aufregende Abenteuer.

Jetzt machen unsere Helden Bekanntschaft mit dem „Meister des Schwarzen Auges", dem Spieleleiter. Er ersinnt und beschreibt den Rahmen des Abenteuers, das die „Helden" gemeinsam zu bestehen haben. Unzählige Anregungen bieten ihm hier die Abenteuer-Bücher, die zu dem Spiel zusätzlich erhältlich sind. Ferner achtet er auf die Regeln, bewertet die einzelnen Kämpfe und beherrscht die Gesetze der Magie. Er kennt jede Spielfigur, ihre Stärken und Schwächen und beschreibt genau die Handlungsorte, die nach seinen Angaben von den Spielern in den „Plan des Schicksals" eingetragen werden.

Der „Meister des Schwarzen Auges" erzählt: „Eine Prinzessin wurde von den Monstern Aventuriens entführt und in ein dunkles Verlies verschleppt. Außerdem haben die Monster den sagenumwobenen Kronschatz gestohlen. Euch winkt Ruhm und Gold, wenn ihr die Prinzessin befreit und den Kronschatz zurückbringt. Die Ungeheuer sind in östliche Richtung geflohen. Spione vermuten, daß die Prinzessin in einem unterirdischen Gewölbe gefangen gehalten wird. Dieses Gewölbe kann nur durch einen schmalen Felsspalt betreten werden, den es jetzt zu finden gilt.

Prinz Eisenherz berät sich mit seinen Gefährten, ob sie sich gemeinsam diesem Abenteuer stellen wollen und wie sie am geschicktesten vorgehen könnten.

Plötzlich steht Eisenherz vor dem gesuchten Felsspalt. Aus dem dunklen Inneren strömt modriger Geruch. Alles wirkt sehr unheimlich. Schemenhaft zeichnet sich die Treppe ab, die in die Tiefe führt. „Auf!" ruft er seinen Gefährten zu, „Laßt uns hinabsteigen! Hat jemand eine Fackel dabei?" Mit einem Male erhellt ein spärlicher Lichtschein die Treppe.

Prinz Eisenherz und seine Gefährten beschließen, erst einmal vorsichtig hinabzusteigen. Sicherheitshalber nimmt Eisenherz sein neues Schwert fest in die Hand, als sich knarrend kurz vor ihnen, wie von unbekannter Hand, eine schwere Eisentür knarrend eine Handbreit öffnet. Langsam betritt er als erster den dahinterliegenden Raum – da schlägt die Tür genauso plötzlich hinter ihm zu. Er ist allein, abgeschnitten von den anderen. Der Raum, in dem er sich befindet, ist hell und leer – beängstigend leer.

Was wird Prinz Eisenherz nun wohl als erstes tun? Er wird versuchen, die Tür zu öffnen. Also fragt er den „Meister des Schwarzen Auges": „Gibt es an dieser Türe einen Griff?" „Ja", antwortet der, „es gibt einen Griff und sogar ein Schloss, aber beide sind alt und verrostet." „Gut, ich will versuchen, die Tür mit meinem Schwert gewaltsam zu öffnen." Doch der „Meister" warnt: „Versuche es lieber nicht, denn dein Schwert würde dabei abbrechen und die Tür bliebe trotzdem verschlossen."

Mißmutig stellt Prinz Eisenherz sein Schwert ab und sieht sich im Raum um. Da entdeckt er in einer Ecke eine schmale Öffnung, die in einen dunklen Gang führt. „Hallo – ist da jemand?" ruft er hinein, als er plötzlich in der Ferne schlurfende Schritte vernimmt, die näher zu kommen scheinen. Eisenherz läuft ein kalter Schauer über den Rücken. „Das sieht ganz nach einer Falle aus", denkt er und zückt sein Messer, bereit zum Kampf.

Was der „Meister des Schwarzen Auges" da auf den Plan schickt, ist ein Oger, eines der widerlichsten Monster Aventuriens, den er so beschreibt: „Herein stürmt ein etwa 3 Meter großes Untier, mit dem Äußeren eines Neandertalers, nackt bis auf den Lendenschurz. Die fahle Haut ist mit ranzigem Schmalz eingefettet. Da sich ein Oger wie ein Raubtier verhält, wird er sich sofort auf dich stürzen."

Prinz Eisenherz weiß, jetzt kann nur Glück und Geschicklichkeit helfen. Da seine Gewandtheit groß ist (sein Spieler hat hier die höchste Punktzahl erwürfelt), vertraut er seinem Geschick. Als der Oger sich auf ihn stürzen will, springt er behende zur Seite. Das Monster stürzt, heult auf und setzt zu einem neuen Angriff an. Ein wilder Kampf auf Leben und Tod beginnt.

Auch diese Kampfszene spielt sich, wie fast alles in diesem Spiel, nur in der Fantasie der Teilnehmer ab. Der Spieler sagt, was sein „Held" vorhat – der Meister entscheidet, ob dies durchführbar ist und welche Folgen es hat. Dabei werden auch größere Kämpfe gegen mehrere Teilnehmer dramatisch ausgefochten und nachvollzogen. Auch hier ermittelt der Würfel, ob eine Attacke (Angriff) oder eine Parade (Abwehr) geglückt ist.

Das Spiel ist natürlich noch längst nicht zu Ende. Der Oger wird sterben, Prinz Eisenherz schwer verwundet. Vielleicht taucht ein Magier mit einem stärkenden Trunk auf, der Eisenherz die verlorene Lebensenergie wieder zurückgibt. Oder alles spielt sich ganz anders ab...

Denn „Das Schwarze Auge" ist immer wieder anders, immer wieder neu. Neue Abenteuer müssen gemeistert werden, das Geschehen läuft jedesmal anders ab und neue Monster bringen unerwartete Gefahren. Gespielt wird zunächst nach dem „Buch der Abenteuer", das zur Grundausrüstung gehört, später nach den weiteren „Abenteuer-Büchern", die einzeln erhältlich sind. Oder Sie erfinden Ihr Abenteuer selbst — wie wir es hier getan haben. Der Fantasie sind keine Grenzen gesetzt! Und „Das Schwarze Auge" entführt Sie in eine neue vielfältige Erlebniswelt. Das ist der unbegrenzte Spaß an diesem Spiel.

Neugierig geworden?

Fragen Sie Ihren Buchhändler nach dem

"Schwarzen Auge"

schnell vonstatten gegangen. *Gewehre,* erklärte die innere Stimme. *Todbringende Waffen, schneller und von weiterer Reichweite als Speere oder Pfeile. Gewehre sind die häufigsten Waffen dieser Zeit. Du mußt lernen, dich mit ihnen vertraut zu machen.*
Die drei Männer traten den Toten in die Gesichter und marschierten zu ihrem Morris zurück. Der Wagen setzte zurück, wendete und brauste mit hoher Fahrt in nördlicher Richtung davon, wobei er einen riskanten Bogen um den Kleinbus machte.
Tadhg kniete neben den Körpern der drei Freunde nieder. Das Leben war aus ihnen gewichen, während er ohnmächtig danebengestanden hatte. Er warf einen Blick auf die zerschmetterten Instrumente. Diese Straßenräuber hatten *Barden* ermordet! Wer konnte es wagen, die Hand gegen einen zu erheben, der mit Ehren überhäuft war? Selbst die Beleidigung eines Barden konnte mit einem schrecklichen Fluch geahndet werden. Tadhg rollte Padraigs Leichnam auf den Rücken. Gebrochene Augen starrten in den Himmel. Der Mund stand offen, und hinter den Zähnen quoll Blut hervor. Tadhg mußte schwer schlucken. Erst wurde ihm speiübel, dann packte ihn der Zorn.
Dies war nicht der rechte Augenblick für Klagen, sondern vielmehr für Rache. Er war Zeuge einer Tat geworden, die nach einem Fluch verlangte, wie er noch nie zuvor ausgesprochen worden war. Tadhg stand im Sonnenlicht neben den Leichen und schlug eine Saite seiner Harfe so kräftig an, daß alle, die die Lüfte bewohnten, und auch die, die unter der Erde lebten, das hören mußten. »Die, die auf dem Wind reiten, die, die in den uralten Hügeln wohnen, Soldaten, erschlagen im ehrlichen Kampf, hört den Ruf von Tadhg McNiall, dem Barden, der Rache fordert für seine gefallenen Freunde. Möge der Fluch des Sängers lange auf denen ruhen, die dies getan haben. Möge ihr Land so schwarz und verdorrt werden wie ihre Herzen. Mögen ihre unfruchtbaren Weiber sie der Impotenz zeihen und sie deswegen verhöhnen...« Für einen kurzen Augenblick fiel ihm Maire wieder ein. »... Mögen ihre Bastarde von Kindern den Namen ihrer Väter schmähen, und mögen ihre Vorfahren aus ihren Gräbern steigen, um sie mit ihrem schreck-

lichen Atem zu bedecken. Mögen sie sich noch lange vor ihrem Sterben ihren Tod wünschen. Und wenn sie verstorben sind, mögen sie allein und unter Qualen über die Erde wandeln, verstoßen von denen, die auf und unter der Erde leben. Ich, Tadhg McNiall, belege sie mit diesem Fluch, und es ist mein fester Wille, daß es so geschehe!«

Am strahlend blauen Himmel kroch eine düstere Wolke vor die Sonne, und ein noch leichter Wind beunruhigte die Heckenreihen. Mit seinen Feengaben hörte Tadhg, wie die Toten sich in ihrem Schlaf regten. *Wie viele Tote mögen unter diesem blutgetränkten Boden liegen?* Rostige Waffen schlugen aneinander, und fleischlose Schädel ratterten in ihren Helmen. Tadhg spürte einen Moment lang Panik in sich aufsteigen. Hier im Tageslicht drohten die Schrecken der Nacht über ihn zu kommen. Was hatte er nur geweckt, als er die Toten in ihrer Ruhe gestört hatte? *Nein,* sagte eine Stimme, *dies war dein Recht und deine heilige Pflicht. Die verletzte Ehre schreit nach Rache.* Die Stimme klang fern und kalt.

»Ich werde dich rufen, wenn ich deiner bedarf«, flüsterte Tadhg. »Bis dahin sei wachsam.« Aus dem Aneinanderschlagen und Rattern wurden Seufzer, und der Wind legte sich. Der Tag zeigte sich wieder von seiner schönsten Seite. Ein paar verspätete Herbstfliegen drängten sich auf dem noch frischen Blut der Leiber.

Seine Freunde hatten von Dundalk gesprochen und gesagt, sie müßten eine Nachricht überbringen. Die Mörder hatten sie nicht entdecken können. Stand die Nachricht vielleicht in den Papieren, die Padraig aus diesem trostlosen Haus in Belfast geholt hatte? Tadhg durchstöberte den Inhalt der ausgekippten Kisten. Der Großteil bestand aus Notenblättern, aber dann fand Tadhg den braunen Umschlag. Wenn seine Freunde lieber den Tod erlitten hatten, als sie den Mördern zu geben, dann wollte er eben die Nachricht überbringen. Und dabei vermochte er auch ihrem Clan Bescheid zu geben, wo sie die Leichen zur Beerdigung finden konnten.

Tadhg schulterte seine Harfe, stopfte die Papiere in seine Jacke und

marschierte zu Fuß die Straße hinab. Es hatte keinen Sinn, den eben erst Gefallenen einen Gruß nachzusenden, denn anders als die alten Toten konnten sie sein Lied noch nicht vernehmen.
Und selbst in diesem hellen Sonnenlicht schien sich ein dunkler, kalter Schatten über Tadhg gelegt zu haben. Ein Stück entfernt begann ein Vogel zu singen und hielt dann urplötzlich inne. Dieser Tag war nicht gemacht für Lieder.

Er schlüpfte unsichtbar an den Grenzposten vorbei, traf immer wieder auf Soldaten und noch mehr Gewehre. Dieser Krieg, wenn er denn überhaupt einer war, war so ganz anders als die Kriege, die er kannte. Conn und seine Feinde waren es gewohnt, ihre Kräfte zu messen, ihre Heere aufeinanderprallen zu lassen. Aber da bestimmte man vorab Zeit und Ort und stellte bei Sonnenuntergang das Fechten ein, um ein Mahl abzuhalten und die Verwundeten zu versorgen. Es war keine Ehre mehr in einem Land, in dem nicht einmal mehr die Barden heilig waren.
Was mochte nur über dieses Land gekommen sein? Tadhg roch den Gestank der vergangenen Jahrhunderte: Fauliges Blut und Rauch waren darin mit dem furchtbaren Geruch von Enge und Unterdrückung vermischt. Und doch glänzte das grüne Gras auf den Hügeln, graste friedlich das Vieh und blies frisch der Herbstwind.
Seit seiner Zeit hatten so viele Menschen auf diesem Land gelebt, diese Luft geatmet, Felder bestellt, gebaut, gezeugt, gekämpft und den Tod gefunden – und doch wollte Tadhg deren Leben nicht besser als das seine vorkommen, sondern im Gegenteil viel mühseliger und schrecklicher. Tadhg war erschöpft. Wie lange war er das nicht mehr gewesen? Ja, wie lange war das eigentlich her? Wagen, die selbst fuhren, Waffen, die aus der Ferne zuschlugen, Soldaten, die zwischen aneinandergepreßten Häusern herumschlichen, ermordete Barden – und Maire war nicht mehr bei ihm. Tadhg stolperte und hatte Mühe, die Augen offenzuhalten. Zuviel war geschehen. Er wußte nicht einmal, welcher Monat nun war. Zum letzten Mal war er am Bealtaine-Abend auf der Erde

gewesen, doch wie viele Jahre waren seitdem vergangen? Und Maire hatte gesagt, sie sei ihm erst nach einiger Zeit gefolgt. *Maire*. Nun roch der Wind nach Herbst. Wie oft hatten seitdem Samhain und Bealtaine das Jahr geteilt? War jetzt die Zeit der Göttin oder die des Reitenden Jägers?

Zur Linken von Tadhg führte eine *Boreen* von der großen Straße ab. Der Geruch der neuen Zeit lag schwächer über dieser Gegend. Tadhg entschloß sich, die Straße zu verlassen.

Unbemerkt wanderte Tadhg über den Hof eines kleinen Gasthofes und dann einen Hügel hinauf. Der Weg war steil, aber trotz seiner Müdigkeit setzte Tadhg einen Fuß vor den anderen. Oben auf dem Hügel spürte er etwas Vertrautes, obwohl er hier noch nie gewesen war.

Auf dem Gipfel ragte ein graues Hünengrab in den Himmel, und dahinter schäumte die See. Auch zu seiner Zeit hatte Tadhg solche Gebilde gekannt, und damals waren sie schon uralt gewesen. Drei gewaltige, flechtenüberzogene Steine, die einen noch riesigeren vierten trugen, bildeten einen Eingang zum Feenreich. Das Gebilde stand rauh, fest und wie für die Ewigkeit gemacht da. Tadhg verneigte das Haupt. Der Stein fühlte sich warm an seiner Wange an. Tadhg hielt den Atem an, aber keine Musik war zu hören.

Nein, die Sídhe sind vergangen. Tadhg mochte der letzte sein, der sich ihrer noch erinnerte, jetzt, da Maire nicht mehr war. Tadhg sank zu Boden und lehnte sich an einen der aufrecht stehenden Steine. Müßig zupfte er an seiner Harfe, während er mit dem Rücken zur schäumenden See das gequälte Land übersah. Sollten die Töne sich doch selbst ihre Ohren suchen. Baumwipfel raschelten, und totes Laub eilte über den steinigen Weg.

Ein paar weitere Töne kamen von der Harfe. Die Musik beruhigte Tadhg, genauso wie die flüsternden Blätter und die sanfte Brise. Hörte sein Ohr da jemanden im Stein? Tadhg hielt inne im Spiel.

»Spiel weiter, Harfner. So lang ist's her, daß Musik uns verwöhnte.« Schauder und Klappern mischten sich mit raspelndem Wispern. »Spiel, denn trocken und einsam ist das Grab. Nichts haben wir gehört denn uns selbst seit viel zu vielen Jahren.«

Tadhg sah mit großen Augen auf das Monument. »Wer seid ihr? Man nennt dies einen Eingang zum Feenreich, aber ihr sprecht nicht wie die Sídhe.« *Wer sollte besser als ich wissen, wie ihre Zunge klingt?* Die Erinnerung an ihren Gesang kam ihm wieder in den Sinn, und ihr folgte tiefer Gram.
»Die Sídhe?« Gelächter hallte aus dem Grab wider. »Man hat dir gesagt, *unsere Gräber* stünden am Heim der Sídhe? Spiel weiter Harfner, so spiel doch! Die einzige Musik, die wir hier zu hören bekommen, ist das Klappern der Kieselsteine, die Wandersleute auf unseren Schlußstein werfen, damit es ihnen Glück bringe. Aber niemand singt uns ein Lied, und niemand erinnert sich daran, wer wir einst waren.«
»Wer seid ihr dann? Monumente wie dieses galten schon zu meiner Zeit als uralt. Sagt, seid ihr denn noch älter als die Sídhe?«
»Zu welcher Zeit *lebtest* du denn?« Eine fragende Stimme übertönte die anderen. »Du lebst doch jetzt. Du wanderst jetzt über das Land, und du spielst jetzt auf der Harfe. Wir hingegen sind tot, sind gefangen in diesem Haus aus Stein. Vorfahren zusammen mit Nachkömmlingen sind wir ein einziger Haufe aus Familie, Clan und Knochen. Wir wissen nichts über die Sídhe. Wir haben hier gelebt und sind hier gestorben, und man hat uns unter solchen Monumenten begraben, auf daß wir nicht in Vergessenheit gerieten. An einem Tag in jedem Jahr, zur Wintersonnenwende, wärmt die Sonne die Kammer unseres Grabes. Und dies ist unsere einzige Möglichkeit, den Gang der Zeit zu messen.«
Knochen schlugen aneinander, und Stimmen klagten: »Vergeßt mich nicht! Ich war einst ein großer Krieger in der Schlacht und ein gewaltiger Jäger, bis ich eines Tages stürzte und der Heiler mir ein Bein abnahm. Ich lag dann einige Zeit in Schmerz und Pein, bis die Götter entschieden, sich meiner zu erbarmen. Mein schwärender Leib wurde verbrannt, und seitdem bin ich nur noch Knochen und Asche...« »Ich war die Schönste, die je das Auge eines Mannes erblickte, und heiratete den Sohn des Häuptlings. Doch starb ich bei der Geburt unseres ersten Kindes. Ich

wurde verbrannt und zusammen mit meinem toten Kind ins Grab gelegt. In späteren Jahren kam der Häuptlingssohn ebenfalls hierher, aber nach den vier weiteren Weibern, die er sich nahm, konnte er sich nicht einmal mehr an meinen Namen erinnern...«
»Ich bin eine alte Frau, gebar zwanzig Kinder, von denen fünf überlebten, und ich erreichte sechsunddreißig Sommer, bevor meine Glieder anschwollen und aus meinen Zähnen schwarze Stummel wurden...«
Während sie redeten, konnte Tadhg sie sehen: den jungen Krieger, der viel kleiner und dunkler war als er; die junge Frau, fast schon eine Zwergin; das alte Mütterchen, das mit ihren sechsunddreißig Jahren weder heute noch zu Tadhgs eigener Zeit als alt gegolten hätte. »Wann habt ihr gelebt?«
»Als über uns der König...« »Zur Zeit der großen...« »Als der Fisch zwei Winter lang knapp war...« Aus dem schrecklich anzuhörenden Sturm der Antworten konnte Tadhg lediglich entnehmen, daß sie nicht wußten, aus welcher Zeit sie stammten – und wenn doch, daß sie keine Möglichkeit hatten, es ihm mitzuteilen. »Wißt ihr denn vielleicht, welche Zeit jetzt ist?«
»Eine dunkle Zeit, für die meisten jedenfalls. Seltsame Geräusche umgeben uns, wenn wir in dieser Zeit erwachen.«
»Was wißt ihr von dem Kampf, der hier geführt wird?«
»Was für ein Kampf? In diesem Land wird ständig ein Kampf geführt.« Die alte Frau hatte zu ihm gesprochen.
Tadhg klimperte noch etwas auf seiner Harfe und lauschte den Toten, deren uralte Knochen sich rasselnd wieder schlafen legten. Um Frieden zu finden...

Die Sonne schien in sehr niedrigem Winkel und wärmte ihm das Gesicht. Hinter geschlossenen Lidern konnte Tadhg ihr rotes Glühen sehen, und mit geöffneten Augen sah er zwischen den Bäumen das Westlicht. Seine Muskeln waren steif. Er saß angelehnt an ein Hünengrab, und neben ihm lag seine Harfe. Er durfte nicht in der Nähe von Hünengräbern einschlafen, denn diese waren die Tore zum Feenreich! Dann setzte die Erinnerung ein –

Hünengräber waren lediglich die Orte, an denen ein uraltes, einfältiges Volk seine Toten bestattet hatte. Und das Feenvolk war vergangen.

Dundalk. Er mußte nach Dundalk, denn er trug eine Nachricht bei sich. Tadhg kehrte auf die große Straße zurück und marschierte nach Süden. Erster Bodennebel sammelte sich in den Niederungen. Tadhg erinnerte sich, daß dieser Dunst zu seiner Zeit als verwunschen gegolten hatte. Aber nun fürchtete er ihn und die Toten in ihm nicht mehr.

Tadhg trat kräftiger aus, um sich selbst aufzuwärmen und die Strecke rascher zu bewältigen. Etliche Fahrzeuge fuhren auf der Straße an ihm vorbei. Ein Fahrer hielt sogar an und fragte ihn, ob er mitgenommen werden wolle. Aber Tadhg lehnte ab. Er wußte nicht mehr, wem er hier vertrauen konnte.

Die Ausläufer von Dundalk lagen golden im niedrigen Sonnenlicht. Kleine Häuschen säumten die Straßen. Hunde sonnten sich in den Gossen, und auf einem Fenstersims wusch sich eine orangefarbene Katze. Blauer Torfrauch kräuselte aus den Schornsteinen. Dieser Geruch war Tadhg vertraut und ließ ihn sich gleich heimischer fühlen.

Tadhg fragte sich, wohin er sich wenden sollte. Ganz in der Nähe umgab ein Friedhof ein großes Steinhaus. Er trat durch das Tor. Viele Tote lagen hier, aber ihr Todesdatum lag viel zu nahe an dieser Zeit. Tadhg blieb an einem schiefen Grabstein stehen. Die Inschrift war nahezu unlesbar, und Flechtenbewuchs bedeckte den Großteil der Oberfläche. Er schlug eine Saite auf seiner Harfe an und hörte kurz darauf ein Seufzen. »Ich bin erwacht. Wer ruft mich?« Die Stimme gehörte einer Frau.

»Ich komme aus dem Feenreich und weiß nicht, in welche Zeit ich gelangt bin«, antwortete Tadhg. »Sag es mir.«

»Es ist eine wahrhaft traurige und bedrückende Zeit.« Die Stimme klang matt und weit entfernt. »Der Hunger liegt schwer auf dem Land, und die Leute verhungern in den Straßen, noch während sie versuchen, Cork zu erreichen, um dort eine Passage nach Amerika zu bekommen. Aber die Kosten dafür sind gewaltig. Und jene, die nicht am Hunger sterben, erwischt der Aussatz. Mein Mann ist

mir davongelaufen, und ich blieb zurück mit zwei kleinen Kindern und einem Baby. Wir hatten keine Nahrung und auch keine Milch, um den Säugling zu füttern. Heute bin ich mit Fieber aufgewacht und konnte mich nicht rühren. Das Baby an meiner Seite rührt sich auch nicht... WO BIN ICH? BIN ICH TOT?« Und dann ein Schrei. »ES IST SO DUNKEL HIER. HABEN DIE PRIESTER UNS BELOGEN?« Die Stimme jammerte nur noch schrill.
Tadhg spielte wieder auf der Harfe, diesmal ein Schlaflied. »Nun schlafe ein, und wache nie mehr auf.« Das Jammern verebbte. Tadhg blieb noch eine Weile vor dem Grab stehen. Wie grausam es doch war, die Toten zu wecken. Besser, er suchte sich seine Antworten bei den Lebenden.
Er drehte sich um und trat auf das Steinhaus zu. Es mußte sich um einen Tempel handeln.
Die Türen des Hauses öffneten sich, und eine alte Frau trat heraus. Sie war klein und gebeugt. Ihr abgegriffenes schwarzes Kleid hing ihr bis zur Mitte der Waden herab, und ihre Schuhe waren verkratzt. Über dem Kopf und den Schultern trug sie ein schwarzes Tuch, und mit den Fingern umklammerte sie eine Perlenschnur.
Die alte Frau sah zu Tadhg hinauf.
»Gottes Segen auf Sie, junger Mann«, sagte sie. Kummer stand in ihrem Gesicht.
Tadhg grüßte mit einem Nicken zurück. »Ich bin hier fremd und möchte gern eine Auskunft von Ihnen haben. Denn ich suche Freunde von jenen, die sich selbst *The Three Bards* nennen. Kennen Sie sie? Sie heißen Padraig Byrne, Thomas O'Brien und Rory White.«
Die alte Frau wurde blaß. »Großer Gott im Himmel, wollen Sie damit sagen, daß den dreien etwas zugestoßen ist?«
Tadhg nickte. »Es tut mir wirklich leid, schlechte Nachrichten überbringen zu müssen.«
Die alte Frau reckte schwach die Hände zum Himmel und wehklagte. »Ohh... und sie haben doch so schöne Musik gemacht. Was waren das doch für fröhliche Burschen. Aber sie *mußten* sich ja einmischen... Es war, nachdem sie Rorys Bruder

in der Schule ermordet hatten. Da hat es dann plötzlich bei ihnen ausgesetzt.«
Sie schwieg kurz und sah Tadhg ins Gesicht. »Was ist denn geschehen? Wann und wo?«
»Vor einigen Stunden war es, jenseits der Grenze.«
»Aber woher wissen Sie überhaupt davon? Sie sagten doch, Sie seien hier fremd...«
»Ich habe sie auf ihrer Fahrt begleitet. Sie mochten das Spiel meiner Harfe.«
Ihre Augen wurden schmal und traten enger zusammen. »Wie kam es denn, daß Sie entkommen konnten und sie nicht?«
Tadhg zuckte die Achseln. »Das weiß ich selbst nicht. Mir ist nur klar, daß ich von ihrem Tod künden muß, damit ihre Leute einen Preis zur Wiederherstellung ihrer Ehre aussetzen können.«
Das Lachen der alten Frau klang bitter. »Ja, da wird sicher ein Preis ausgesetzt, und was für einer! Ich persönlich habe natürlich nichts mit den Provos zu tun... jetzt, wo sogar schon der Pfarrer gegen sie predigt. Aber ich kenne einige von den Jungen, die dabei sind, und ich kann Sie gern zu ihnen führen, wenn Sie das möchten.«
Sie sah sich Tadhg noch genauer an. »Sie sehen mir recht ausgehungert aus. Sind Sie den ganzen Weg bis hierher zu Fuß gelaufen?«
Tadhg nickte.
»Dann kommen Sie mit in mein Haus, und ich mache Ihnen einen Tee. Liebe Jungen, ja das waren sie, ein bißchen wild zwar, aber von guter Gesinnung und warmherzigem Gemüt. Oh, was werden wir sie vermissen! Aber Sie waren ihr Freund, und Sie haben eine Nachricht zu überbringen. Also kommen Sie bis zum Einbruch der Dunkelheit mit zu mir... und dann führe ich Sie zu den anderen.«
Tadhg folgte ihr die Straße hinab bis zu ihrem Haus. Endlich hatte er auch in dieser Zeit jemanden gefunden, der ihm zumindest ein Stück weiterhelfen konnte.

5

Der Fischer führte Maire durch die Dunkelheit. Die Luft brannte ihr in den Lungen, und in einiger Entfernung hörte sie Krachen und Schmerzensstöhnen. Erschüttert stolperte Maire mehrmals auf dem Weg, und sie war froh, daß es nicht mehr weit war bis zum Haus des Fischers. Der Mann brachte sie zu einem kleinen Steinanwesen, das sich gar nicht so sehr von denen aus ihrer Zeit unterschied. Aber im Inneren erwartete sie nicht flackernder Flammenschein, sondern das Licht vieler Lampen, das hell wie die Sonne erstrahlte. Maire, die aus der Dunkelheit kam, sah im ersten Moment nichts mehr. Sie hörte nur, wie an der Rückfront des Hauses eine Tür geschlossen wurde.
»Bist du das, Jack?« Eine Frau kam in den Raum und wischte sich die Hände an der Schürze ab. Sie war fett, hatte graues Haar und trug ein verblichenes Kleid. Ihre Stirn zog sich kraus. »Ich habe die Explosion gehört. Hörte sich dieses Mal wie eine besonders große Bombe an.« Sie blieb stehen und sah Maire an, von deren Kleidung unablässig Wasser auf den Fußboden tropfte.
»Ich habe einen Findling mitgebracht«, erklärte Jack. »Hab' das Mädchen vorm Ertrinken gerettet. Mitten im See trieb sie. Ich hab' keine Ahnung, wie sie dort hineingeraten ist, und sie hat mir auch nichts darüber gesagt.«
Die Hausfrau nahm Maire genauer in Augenschein. »Sie sind ja naß bis auf die Knochen, mein Kind, und dann auch nur so ein dünnes Hemdchen am Leib. Sie hätten sich den Tod holen können, wissen Sie das? Der Oktober ist ein bißchen spät, um noch ein Bad im See zu nehmen.« Sie sah das Mädchen abwartend an.
Die Frau schien nett zu sein. Maire glaubte, ihr ihre Geschichte erzählen zu könnnen. »Ich war nicht schwimmen ... ich mußte der heiligen Forelle folgen, als der Palast verging. Dann ging Tadhg noch einmal zurück, und ich habe ihn nicht mehr wiedergefunden.«
Die Frau warf ihrem Mann einen kurzen, aber bezeichnenden Blick zu und schüttelte dann den Kopf. »Heilige Forelle? Palast? Ich verstehe kein Wort. Und wer soll denn dieser Tadhg sein?«

»Tadhg ist mein Gemahl«, erklärte Maire. »Er ging hinaus, um der Musik des Feenvolkes zu lauschen und wurde *geholt*. Ich bin ihm gefolgt, bis hinab in den Palast. Er konnte dort nicht wieder fort, also bin ich auch geblieben. Und wir beide haben dann unter dem See zusammengelebt, bis die Sídhe...« Die verblaßten Gestalten und der vergangene Palast tauchten wieder vor ihrem geistigen Auge auf. »Ich habe den König geliebt.« Maire verzog ihr Gesicht. »Aber sie sind nun nicht mehr da, sie alle, König, Königin und Feenvolk – und auch Tadhg.«
»Ich denke, ich mache Ihnen erst einmal eine Tasse Tee.« Die Frau verließ den Raum, und ihr Mann folgte ihr. Draußen unterhielten sie sich flüsternd, aber Maire konnte dennoch jedes Wort verstehen.
»Die hat doch einen Klaps, Jack. Hast du jemals solch ein Gefasel gehört?«
»Ich denke mir, sie hat einen großen Schock erlitten und ist noch nicht wieder ganz bei sich.«
»Ach was, heutzutage kann man sich an jeder Straßenecke einen Schock holen. Was sollen wir nur mit ihr anfangen? Hat sie denn keine Anverwandten? Oder meinst du, sie ist gar aus einer Anstalt entsprungen?«
»Wie ich dir schon erklärt habe: Sie hat so gut wie kein Wort mit mir gesprochen. Ich habe sie mit ins Haus gebracht, weil sie abzutreiben und zu ertrinken drohte. Die Barmherzigkeit gebot mir doch schon, sie aus dem See zu ziehen, nicht wahr? Allerdings habe ich auch schon hin und wieder sonderbare Geschichten über den See gehört.«
»Pah, Jack, wenn du weiter so schwätzt, hörst du dich bald genauso irre an wie das Mädchen. Das sind doch alles Geschichten, um damit kleine Kinder zu erschrecken! Schäm dich, so was von einem erwachsenen Mann!«
Sie wissen also nichts von den Sídhe, sagte sich Maire, *und halten mich für irrsinnig. Aber vielleicht habe ich vor langer Zeit ähnlich gedacht.* Maire fragte sich, wie die Leute dieser Zeit sich merkwürdige Vorkommnisse zu erklären pflegten. Sollte es denn wahr sein, daß die Sídhe nicht mehr existierten? *Nein,* antwortete eine innere

Stimme, *sie leben noch, aber sie sind sehr schwach*. Maire fuhr zusammen und hielt sich die Ohren zu. Wessen Stimme war das? Hatte sie wirklich den Verstand verloren?
Das Paar kehrte in den Raum zurück. Die Frau reichte Maire eine dampfende Tasse.
»Hier ist Ihr Tee, Miss. Wie, sagten Sie doch gleich, war Ihr Name?«
Maire trank einen kleinen Schluck und verzog das Gesicht. Das Getränk war bitter und sehr heiß. »Maire ní Donnall, so nennt man mich.« *Wer sollte mich so nennen? Hier kennt mich ja doch keiner.* Mit einemmall fühlte sie sich sehr müde und allein in einer Welt, die sie nicht verstand. Ihre Beine drohten nachzugeben, und sie stellte lieber die Tasse ab.
»Ist alles mit Ihnen in Ordnung, Miss?« Die Frau faßte Maire am Arm.
Maire schüttelte den Kopf. »Tadhg ist sicher tot, die ganze Welt hat sich so verändert, und ich höre, wie das Land in seinem Schmerz aufschreit. Ich weiß nicht, wohin ich gehen soll, und kenne hier niemanden.«
Die Frau streichelte Maire an der Schulter. »Na, na, Sie haben eine schlimme Zeit hinter sich, was immer sich dort auch zugetragen haben mag, aber nun sind Sie ja erst einmal im Warmen. Kommen Sie mit mir nach oben, und dann mache ich Ihnen ein Bett zurecht. Nach einer Nacht voller Schlaf sieht die Welt am nächsten Morgen meist schon ganz anders aus.«

Das Bett war warm, und das Haus schien Sicherheit zu bieten. Aber jedesmal wenn Maire eingeschlafen war, verbog sich ihr Körper, und sie wachte keuchend wieder auf, fürchtete sich vor der Dunkelheit. Sie war sich sicher, daß Augen sie beobachteten, und ein riesiges Gewicht hatte sich auf ihrer Brust niedergelassen.
Am Morgen brachte die Frau ihr Kleider und etwas zu essen. Maire mußte sich bei den ungewohnten Kleidern von ihr helfen lassen und fand sich auch im Haus und in der Küche nicht zurecht. Die Frau sah ihr nur mitleidig nach. »Ich fahre jetzt mit Ihnen zum Arzt, Miss. Keine Bange, es wird sicher nicht weh tun.«

Der örtliche Heiler war ein ruhiger, grauhaariger Mann mit müden Augen. Seine Arbeitsstätte war mit seltsamen Instrumenten und Objekten angefüllt, deren Funktionen Maire nicht einmal im Traum erraten hätte. Der Arzt untersuchte sie und stellte keine körperlichen oder organischen Schäden fest. Nur ihre Zähne versetzten ihn in Erstaunen. »Heutzutage trifft man kaum noch Leute ohne Löcher in den Zähnen«, bemerkte er. »Wahrscheinlich liegt es am vielen Zucker.« Dann fragte er Maire nach ihrer Geschichte, und sie wußte nicht, was sie anders tun sollte, als die Wahrheit zu erzählen. Sie begann damit, indem Sie verriet, daß sie selbst ebenfalls Heiler war, und sprach dann von Tadhg, von den vergangenen Sídhe und davon, wie sie Tadhg erneut verloren hatte.
Der Arzt nickte von Zeit zu Zeit. »Ich kann nicht behaupten, daß ich aus Ihrer Geschichte schlau geworden bin, Miss, aber ich kann mir sehr gut vorstellen, wie Sie sich jetzt fühlen müssen. Wir leben in einer angsterregenden Welt, und es gibt Tage, da würde ich mich selbst am liebsten irgendwo unter den See verkriechen.« Er rieb sich ausgiebig die Augen. »Verzeihen Sie, aber ich war die ganze Nacht auf den Beinen und habe Verletzte versorgt. Zwei sind leider gestorben. Ich konnte nichts mehr für sie tun, und wohl auch sonst niemand in der Welt. Wann ist endlich genug damit?« Er schrieb etwas auf dünnes Pergament – Maire sah ihm dabei fasziniert zu – und reichte das Stück dann der Frau des Fischers. »Vielleicht kann man ihr in Belfast helfen. Solche Fälle haben sie dort sicher häufiger. Auf jeden Fall wird man sich das Mädchen aber ansehen wollen. Können Sie sie nach Belfast ins Stadtkrankenhaus begleiten?«
Die Frau nickte und steckte den Zettel ein. »Ich bring' sie mit dem Zug hin, das arme Ding.«
Belfast. Maire hatte diesen Namen noch nie zuvor gehört, wußte aber sofort, daß das der Ort war, den sie aufsuchen mußte. Sie erhob sich und verbeugte sich vor dem Heiler. »Ich danke Ihnen, und mag Ihre Arbeit gedeihen. Sobald ich in der Lage bin, Sie zu entlohnen...«
Der Arzt lächelte und schüttelte den Kopf. »Darum machen Sie

sich mal keine Sorgen. Das erledigt schon die Nationale Gesundheitsfürsorge.«

Der Bahnhof erinnerte an eine Höhle voll aufwallendem Dampf und Rauch. Ein Zug kam kreischend und ruckend zum Stehen. Maire fuhr zurück – sicher wollte dieses Ungeheuer sie verschlingen. Aber dann sah sie die anderen Leute. Nicht einmal die kleinen Kinder schienen vor dem Monstrum Angst zu haben. Ein weiterer Schrecken dieser Zeit, aus dem sich niemand mehr etwas machte. Sie zwang sich dazu, in das große Ding zu steigen. In welchen Mirakeln die Leute dieser Zeit sich aufhielten! Dann versuchte Maire, wieder einen klaren Kopf zu bekommen: Trotz des furchtbaren Aussehens handelte es sich bei diesem Ding lediglich um ein Fahrzeug.
Der Zug setzte sich schwerfällig in Bewegung und verließ den Bahnhof. Als Maire durch das Glasfenster – *Glas!* – ihres Abteils blickte, sah sie, daß die Landschaft sich deutlich von der vielfach unberührten Wildheit ihrer Zeit unterschied, in der nur selten ein Hof zu finden gewesen war. Hier drängten sich Häuser aneinander, einige allerdings mit geborstenen Mauern und zerfetzten Türen. Maire stieß die Fischersfrau leise an und zeigte nach draußen.
»Das kommt von den Bomben«, sagte die Frau.
Maire erhielt vor ihrem geistigen Auge ein Bild von Explosionen, die alles im Umkreis zerstörten, und blutrotem Schmerz. Bis zu diesem Augenblick hätte sie sich solche Greueltaten nicht einmal vorstellen können.
Die schäbigen Wände waren über und über bekritzelt, Kinder spielten in ausgebrannten Metallhüllen, toten Fahrzeugen. In einigen Straßen waren Barrikaden errichtet. Um die Bewohner dahinter zu schützen, wie die Fischersfrau erklärte.
Maire verfluchte die Sicht, die die Feenwesen ihr geschenkt hatten, denn diese zwang sie, mit anzusehen, wie das Land heimgesucht wurde. Graue Geistererscheinungen huschten über alte Schlachtfelder, und sie hörte das Jahrhunderte währende Wehklagen der Verwundeten und vom Tod Getroffenen. Aber

noch etwas war dort draußen: Über das blutgetränkte Land kroch ein schreckliches Wesen, ein Untier, das sich vom Haß nährte und das längst jene überdauert hatte, die es einst gerufen hatten. Maire konnte es deutlich sehen, wie es sich mit nebligen, blutroten Augen hinter Barrikaden verkroch. Wie ein Wolf rannte es hinter Gruppen spielender Kinder her, die mit Stangen und Knüppeln herumfuchtelten und Krieg spielten. Ein geschmeidiges Tier mit großen Fängen, das niemand sehen konnte – bis auf die, die von seiner Existenz wußten.
Während Maire noch zu ihm hinsah, fing das Untier ihren Blick auf und begann zu knurren. Hastig zog sich Maire vom Fenster zurück. *Dies ist dein Feind.* Die merkwürdige innere Stimme hatte ein zweites Mal zu ihr gesprochen. *Es wird dich umbringen, sobald es dich erwischt.* Ja, sie mußte von nun an dem Tod ins Auge sehen.
Selbst hier, wo sie von festem Stahl umgeben war, fühlte sie sich nun nicht mehr sicher. Zauberformeln boten keinen Schutz gegen dieses Ungeheuer. Es stammte weder aus dem Feenreich, noch war es dessen Gesetz unterworfen. Es kam von einem anderen Ort, und es sah Maire und wußte sofort, wer sie war.

Belfast erwartete sie mit Getöse und Gestank. Tutend und hupend schob sich der Verkehr durch die Straßen, und die Leute hasteten in verwirrender Konfusion vorüber. Maire wußte, daß das Haßtier durch die grauen Straßen schlich, sich im Unrat der Gassen verbarg und hinter den mit Brettern zugenagelten Häusern lauerte.
Die Frau des Fischers führte Maire durch unzählige Straßen. Maire folgte ihr wie im Traum. Die vielen Menschen, die neuen Gerüche und der Überfluß an dem, was es alles für ihre Augen zu sehen gab, waren einfach zuviel für sie. Endlich erreichten sie ein Gebäude, an dessen Front »Städtisches Krankenhaus Belfast« stand. Maire war überrascht, daß sie die Schrift lesen konnte, denn die Buchstaben und Worte waren ihr fremd. Sie traten durch eine Tür. Maires Begleiterin blieb vor einer Art Tisch stehen und reichte das Stück Pergament hinüber.

Eine weißgekleidete Frau las es, nickte und sagte dann: »Nehmen Sie doch bitte einstweilen Platz. Der Doktor kommt jeden Moment zu Ihnen.«

Die Fischersfrau führte Maire zu einer Bank, wo sie zusammen mit einigen anderen Leuten warteten. Maire sah sich um und wunderte sich über die merkwürdigen Kleider, die seltsam gefärbten Stoffe auf den Tischen und die allgemeine Hektik, deren Sinn sie nicht ergründen konnte.

Endlich erschien eine andere weißgekleidete Frau und führte sie in ein leeres Zimmer. Wieder mußten sie warten, bis ein Mann eintrat und Maire Fragen stellte. Sie antwortete ihm nach bestem Wissen, zumindest bei den Fragen, die sie verstand. Aber eine ganze Reihe Fragen waren für sie ohne erkennbare Bedeutung, und bei manchen konnten ihr auch die Feengaben nicht mehr helfen. Doch wurde ihr klar, daß man sie hier für geistesgestört hielt. Die Augen des Mannes machten es Maire überdeutlich klar.

Du wirst bald deine Aufgabe finden, sehr bald schon. Wieder die sonderbare Stimme. Sie klang weise, und den Worten wohnte eine unwiderstehliche Kraft inne.

Maire zwang ihre Aufmerksamkeit in die jetzige Realität zurück. Sie lief im Moment über einen hellgrünen Korridor. Es war nicht das glühende, leuchtende Grün des Feenpalastes, und diese Wände hier waren glatt und tot. Maire folgte einer Frau, die auch wieder diese weiße Kleidung trug. Sie hörte, wie andere sie »Schwester« riefen.

Die Schwester blieb vor einer Eisentür stehen – einen kurzen, schmerzlichen Augenblick mußte Maire wieder an das goldene Portal zur Festhalle denken – und drückte auf einen Knopf. Die Tür schwang auf. Eine andere weißgekleidete Frau streckte eine Hand aus und lächelte.

»Sie müssen Maire ní Donnall sein und möchten ein Weilchen bei uns bleiben. Ich heiße übrigens Margaret. Und jetzt zeige ich Ihnen Ihr Zimmer. Wir sind hier völlig sicher. Sie haben hier drinnen nichts zu befürchten, ganz gleich, was sich draußen alles tun mag.«

Der »Tagesraum« wirkte nicht sehr freundlich. Jemand hatte versucht, ihm mit Bildern eine heitere Note zu geben, aber sie konnten den Eindruck, den die Drahtgitter vor den Fenstern, die gräßliche Einrichtung und die graubraun gestrichenen Wände hinterließen, nicht zunichte machen.

Maire wurde den anderen Patienten vorgestellt. Acht Personen saßen in dem Raum, sowohl Männer als auch Frauen. Sie bemerkte unter ihnen drei verwirrte Wechselbälger, alle in verschiedenem Alter, zwei *Gealta* – von der schlimmen, der gewalttätigen Art –, ein traurig dreinblickendes junges Mädchen, einen alten Mann, dessen rotfleckiges Gesicht und zittrige Finger von jahrelanger Trunksucht kündeten, und *ihn*.

Ein noch ziemlich junger Mann saß aufrecht da und preßte schutzsuchend den Rücken an die Wand. Er registrierte jede noch so kleine Bewegung in dem Zimmer. Aber er trug weder den Ausdruck eines Wechselbalges noch die gehetzte Intensität eines *Gealt* im Gesicht. Sein pickliges, vernarbtes Gesicht zeigte vielmehr Angst, und seine Augen waren die des Haßtieres.

Maire stand vor ihm, hielt aber genügend Abstand zu ihm, um in ihm nicht das Gefühl einer Bedrohung zu erwecken. Seine eingefallenen Wangen waren voller schwarzer Stoppeln, und schwarze Ringe zeigten sich unter seinen Augen. Maire konnte nicht von seinen Händen auf seine Arbeit schließen. Was immer es auch gewesen sein mochte, er war dieser Tätigkeit schon lange nicht mehr nachgegangen, und wenn sie sich seine Finger jetzt besah, so wußte sie, saß er sie nie wieder würde aufnehmen können.

Lange, unbequeme Augenblicke starrte er Maire an, dann fuhr er sich mit der Zunge über die Lippen. »Hau ab, oder ich bringe dich um.«

Maire zog sich ein Stück zurück, aber nicht sehr weit. Der Mann ließ seinen Blick wieder durch das Zimmer wandern, als wollte er für alle Fälle sichergehen. Dann fiel sein Blick erneut auf Maire. Er ballte seine verkrüppelten Finger, zog sie dann mit großer Vorsicht gerade und streichelte einen nach dem anderen. Seine Hände waren übersät mit roten Narben.

Wer sind Sie?« Seine Stimme war nur ein Flüstern. »Wer hat Sie geschickt, um mich zu töten?«
»Ich soll Sie töten wollen, ich, die ich Heilerin bin?« Maire war empört. »Kein Zwist liegt zwischen Ihrem und meinem Clan.«
Er beobachtete Maire mit Mißtrauen. Seine blaßblauen Augen waren eingefallen, und eine hellgraue Linie zog sich um die Pupillen, was ihnen einen gespenstischen Ausdruck verlieh. »Jeder hier hat vor, mich zu ermorden – Schwestern, Ärzte und natürlich die anderen Gefangenen hier. Vielleicht wollen Sie mein Essen vergiften, vielleicht auch die Medizin, die sie mich zwingen einzunehmen. Oder aber sie schleichen sich in der Nacht herein, um mich zu erwürgen. Ich zwinge mich dazu, nicht zu schlafen.« Einmal zwinkerten diese umheimlichen Augen. »Aber ich bin so schrecklich müde.« Er setzte sich noch aufrechter hin. »Sie habe ich noch nie gesehen. Wo sind Sie denn zur Schule gegangen?«
»Das ist schon das zweite Mal heute, daß einer mich das fragt«, antwortete Maire, »und es verwirrt mich, warum das jemanden interessieren sollte. Meine Mutter hat Krieger ausgebildet, und mein Vater war Häuptling. Mit sieben Jahren wurde ich einer Heilerin und ihrem Mann, dem Waffenschmied, als Pflegekind übergeben. Alles, was ich weiß, haben mir Colin der Barde und meine Pflegemutter beigebracht. Aber wen sollte das schon interessieren?«
Der Mann sah sie verwundert an. »Warum ... weil ich wissen will, auf welcher Seite Sie stehen.« Er zog mit der Hand einen großen Bogen, in den er alle anderen Patienten einbezog. »Spione, alles Spione, die nur darauf lauern, ihre Informationen nach draußen weitergeben zu können. Und das ist auch der Grund, warum sie mich bisher am Leben gelassen haben. Aber, wer weiß«, sagte er und lachte, »ob uns allen nicht eine Bombe den Rest gibt, ihnen wie mir?«
Maire sah ihn verständnislos an. »Ich komme leider bei Ihren Worten nicht ganz mit.«
Wieder lachte der Mann. »Nun, dann sind Sie wirklich *unschuldig!* Draußen ist Ihr Leben in jedem Augenblick in Gefahr, und

hier drinnen gehen die Leute auch nicht vornehmer in ihrer Mordlust vor.« Wieder sah er sich ängstlich im Zimmer um.
»Ich muß keine Blutrache fürchten«, sagte Maire, »und die Leute aus meinem Clan sind schon lange tot.«
»Wenn Sie nur durch die Stadt gehen und atmen, sind Sie schon in eine Blutrache verwickelt. Denn sie hoffen, uns alle niedermachen zu können, aber unsere Sache ist gerecht, und wir sind stark. Ulster wird niemals untergehen.«
Wieder entdeckte Maire in diesen unheimlichen Augen das Haßtier. Sie spürte, daß die Gedanken des Mannes offen waren und keine Falschheit in ihnen herrschte. Und sie spürte dort eine neue Form des Wahnsinns auf. Maire schüttelte den Kopf und wandte sich von ihm ab.
Eine alte Frau, eine Geholte, glitt nahe an sie heran. »Sie gehören zu *ihnen*, nicht wahr?«
»Zu wem?« gab Maire zurück. Sie hatte früher schon Wechselbälger gesehen, die verlorenen unsteten Seelen. Tadhgs Bruder Fionn war einer von ihnen gewesen. Niemand konnte ihnen helfen, denn sie waren anders als die Menschen. Nun aber konnte Maire mit der Feengabe des Verstehens zumindest die verwirrten Gedanken der alten Frau lesen. Fragmente von Gedankengängen und Vorstellungen wirbelten in ihrem Gehirn herum, und von dort aus war die Sicht auf die Außenwelt verzerrt. Die Gedanken der Geholten waren schlimmer als ein Fiebertraum, und nichts in ihnen erinnerte an die Sídhe. Konnte es denn sein, daß die Wechselbälger nicht vom Feenvolk kamen? Waren sie etwa immer schon Menschen gewesen, allerdings solche, die mißglückt waren?
»Eine von *denen*«, sagte die alte Frau wieder und nickte zur Tür. »Sie gehören nicht hierher.«
Gar nicht mal falsch, ich gehöre nirgendwohin.
»Doch auch an Ihnen ist etwas Ungewöhnliches«, fuhr die Geholte fort. »Ich habe Wesen von Ihrer Art schon früher in den Krankenhäusern gesehen. Es sind die Verlorenen, die von der falschen Welt.«
Wechselbälger plapperten manchmal, ohne es zu wissen, Wahrheiten heraus. Ob es wirklich noch andere wie sie gab?

Die alte Frau lachte, wohl über nichts, denn Maire konnte keinen Grund dafür erkennen. Dann schlurfte sie davon und starrte eine Wand an.

Maire versuchte ihren Geist von den Gedanken zu reinigen, die die Geholte hervorgerufen hatte. Waren die Wechselbälger etwa nicht Ersatzpersonen für die Geholten? Warum wurden Menschen geboren, die mißglückt waren? Was war mit Brigids Kind geschehen? Aber Tadhg war doch wirklich geholt worden, und ein Wechselbalg war an seiner Stelle zurückgeblieben. Und Tadhg war nicht schon von Geburt an seltsam gewesen. Über Nacht hatte sein Geist ihn verlassen, und Maire selbst hatte ihn am Ort seiner Gefangenschaft aufgespürt. Und dann hatte sie ihn erneut verloren ... Sie durfte nicht daran denken, weil sie sonst in Tränen ausgebrochen wäre.

Maire sah auf den jungen Mann in der Ecke. Er lebte in ständiger Todesangst, aber die Leute hier im »Hospital« wirkten nett und freundlich, gehörten ganz sicher nicht zu der Sorte, die jene quälten, die ihnen ausgeliefert waren. Vielleicht wurde der junge Mann hier auf Grund einer Abmachung als Pfand festgehalten ... oder seine Leute hatten ihm abgeschworen.

Sie ging langsam auf ihn zu und blieb wieder vor ihm stehen. »Sind Sie denn ein Pfand oder eine Geisel? Und wenn ja, in welchem Krieg?«

»Ich bin kein Pfand und keine Geisel, sondern ein politischer Gefangener.« Er zeigte auf eine Narbe an seiner Wange. An seiner Hand fehlten die Kuppen des zweiten und dritten Fingers, und die Handfläche war größtenteils von Wunden jüngeren Datums rosafarben. »Ich habe nur einen kleinen Job verrichtet. Sie hatten gerade zwei von unseren Jungs ermordet, und wir durften das natürlich nicht auf uns sitzenlassen, mußten ...«

»Sie?«

»Die Katholiken. Die Schweine von der IRA.« Er empfand Maires Zwischenfrage als störend und wurde recht ungeduldig. »Ich war also auf dem Weg, um einen kleinen Knaller anzubringen. Aber dummerweise war der Zeitzünder nicht in Ordnung. Die Bombe ging zu früh hoch. Als sie mich fanden, war ich noch nicht tot, und

da haben sie mich ins Krankenhaus gebracht. Ziemlich lange mußte ich unter der Treppe auf einer Bahre liegen, mit Nadeln, Röhrchen und Spionagegeräten im Leib. Aber ich wollte niemanden von diesen Schweinen an mich heranlassen, deswegen haben sie mich hierhertransportiert. Die Leute hier sind natürlich auch alles Spione, aber jetzt, wo sie mir den Verband von dem Gesicht genommen haben, kann ich sie wenigstens im Auge behalten.« Die unheimlichen, blassen Augen verengten sich. »Warum interessieren Sie sich eigentlich dafür? Etwa, um mich verraten zu können?«
»Nein«, antwortete Maire. »Ich finde nur die Welt, in der Sie leben, so befremdlich. Sind Sie sich denn ganz sicher, daß diese Leute hier Ihnen Übles wollen?«
Er lachte brüllend los. »Wo kommen Sie denn her, wenn Sie an diesem Tag, zu dieser Zeit nichts von den Kämpfen hier wissen? Hier herrschen doch schon seit Jahren Unruhen. Jeden Tag steht etwas darüber in den Zeitungen, und jeden Abend sieht man davon in der Glotze. Sie wollen uns loyale Ulsterianer kaputtmachen, überziehen uns mit Bomben und Terror. Was sollten wir denn anderes tun, als unser Land zu verteidigen? Diese dreckigen Katholiken, deren Huren von Weibern jedes Jahr einen neuen Balg in die Welt setzen. Die sind doch alle aus der Republik geschickt, um uns unsere Jobs zu stehlen oder zumindest die uns zustehende Unterstützung abzukassieren. Diese nutzlosen und versoffenen Bastarde würden am liebsten Ulster von Großbritannien abschneiden und der Republik einverleiben. Und uns alle unter ihren dreckigen Papst zwingen. Aber uns soll immer in ehrendem Andenken bleiben, daß wir sie 1690 in der Schlacht am Boyne geschlagen haben, und das sollen sie uns nie vergessen...«
»Ich habe kaum ein Wort verstanden«, sagte Maire.
»Dann müssen Sie ja noch dämlicher sein, als Sie aussehen«, gab der Mann zurück. »Oder sind Sie etwa Katholikin?«
»Auch das sagt mir nichts. Was ist denn ein Katholik?« Im Geist des Mannes sah Maire einen betrunkenen, dummköpfigen Tölpel, der Anhänger irgendeiner bizarren Religion war, die von irgendeinem verbrecherischen »Papst« angeführt wurde, dem seine

sklavischen Anhänger die Füße küßten.« »Nein«, sagte Maire danach, »ich glaube nicht, daß ich Katholikin bin.«
»Sie würden schon anders reden, wenn Sie eine wären. Ach, es ist jetzt fast dreihundert Jahre her, seit unser guter König William diese Schweine und ihren König Jacob am Boyne verdroschen hat. Und ebenso seit fast dreihundert Jahren verschwören sie sich gegen uns, schmieden finstere Pläne gegen uns ...«
Sie glaubte, nicht richtig gehört zu haben. »*Dreihundert Jahre?*«
»Ja, und auch in der Zeit davor hat dieses undankbare Pack immer wieder gegen die Krone rebelliert, als ob wir nicht unser Bestes gegeben hätten, ihnen Zivilisation und Moral zu bringen.«
Maire versuchte, sich eine Spanne von dreihundert Jahren vorzustellen. Wie viele Leben, wie viele Generationen waren das? Die Geschichte des Mannes mußte also eine große Legende sein, wie etwa das *Táin*, nur enthielt sie keine Poesie. »Dann müssen Sie ein Barde sein, wenn Sie die alte Geschichte kennen, oder?«
»Bah!« fuhr der Mann auf. »Man lehrte uns in der Schule, das Richtige vom Falschen, den Protestantismus vom Papismus zu unterscheiden. Ich bin kein Barde, sondern ein Schweißer in der Schiffswerft – beziehungsweise ich war Schweißer bis zu meinem Unfall. Doch nun fort mit Ihnen, die Schwester kommt, und ich möchte nicht, daß sie das niederschreiben kann, was ich hier sage. Denn darauf warten sie nur, um es gegen mich zu verwerten. Und passen Sie ja auf, nichts von meinen Worten zu erzählen.«
Maire ging zum Fenster. Noch mehr Glas – wo bekamen sie nur das viele Glas her? –, doch hinter dem Maschendraht war das Fenster schmutzverschmiert und voller Schlieren. Durch dieses Glas wirkte der Himmel traurig und grau. Maire hakte ihre Finger in die Maschen des Drahtes und sah, soweit ihr das möglich war, nach unten.
Unten befand sich ein Hof. Eine Mauer umgab ihn, auf deren Krone ein Draht mit spitzen Dornen gespannt war, und am Tor stand eine Wache. Auf der Straße dahinter rollten unentwegt Fahrzeuge vorbei. Maire fragte sich, ob sie sich jemals an diese merkwürdigen Gefährte gewöhnen und sie sogar einmal lenken

könnte. Ihr blieb wohl kaum etwas anderes übrig, denn diese Wagen schienen wirklich überall zu sein.

Sie war wirklich in eine fremdartige, alptraumhafte Zeit gelangt. Doch obwohl Maire im Hospital gewiß geborgen war, wollte sie doch unbedingt in die Freiheit hinaus... *Ich habe einen Auftrag zu erfüllen.*

Sie wandte sich wieder dem Raum zu, durchschritt ihn bis zum jenseitigen Ende und bemühte sich dort, die Eisentür zu öffnen. Aber sie gab keinen Millimeter nach. *Eingeschlossen!* Aber sie hatte hier doch nichts gegessen und nichts getrunken, und diese Leute hier waren nicht die Sídhe. Oder doch? Nein, sie waren normale Menschen, auch wenn sie in einer Zeit der Wunder lebten.

Eine Schwester stand plötzlich neben ihr. »Diese Tür ist verschlossen, Maire. Nun kommen Sie schon fort von ihr.«

»Würden Sie wohl so nett sein und sie für mich öffnen? Ich möchte jetzt gerne gehen.«

»Sie müssen noch eine Weile bei uns bleiben, Maire«, sagte die Schwester, »bis Sie sich wieder besser fühlen.«

»Aber ich möchte *jetzt* gehen.« Warum hielt man sie hier gegen ihren Willen fest? Sie war doch keine Geisel.

Die Schwester nahm sie am Arm. »Sie können uns nicht verlassen, Maire.« Dann rief sie in eine andere Richtung. »Margaret! Fünfzig Einheiten für die Neue!«

Maire sah ihr fest ins Gesicht. »Bitte nehmen Sie Ihre Hand da weg.«

Eine weitere Schwester erschien, jene, die Maire vor kurzem freundlich lächelnd in Empfang genommen hatte. Sie trug eine gläserne Tasse mit einer purpurnen Flüssigkeit in der Hand.

»Trinken Sie das hier«, sagte sie. »Es wird Sie beruhigen. Der Doktor meinte, Sie könnten es gut gebrauchen.«

Die Flüssigkeit erinnerte Maire an den Wein der Sídhe. Sie hatte keine Lust, für immer hierbleiben zu müssen. »Vielen Dank, aber ich habe keinen Durst.«

»Sie müssen es aber trinken, Maire.« Schwester Margaret hielt ihr die Tasse nahe an den Mund.

»Ich möchte Sie keinesfalls verletzen, aber trotzdem nein, vielen Dank.« Margaret hielt ihr die Tasse an die Lippen. Mit einem Ruck ihres Kopfes stieß Maire sie fort. Die purpurrote Flüssigkeit landete auf Margarets weißem Kleid.
»Wärter!« Zwei Männer kamen herbeigerannt. Maire wehrte sich nur kurz und ließ dann die Arme herabhängen. Es hatte ja doch keinen Sinn.
»Ich komme freiwillig mit, aber Ihren Wein werde ich nicht trinken.«
Sie brachten Maire zu einem kleinen Zimmer. Margaret öffnete die Tür. »Wenn Sie Ihre Medizin nicht trinken wollen, dann bekommen Sie eben eine Spritze.«
Maire antwortete nicht und legte sich, wie ihr befohlen, auf den Bauch. Schwester Margaret zog die Rückseite von Maires Kleid hoch und das seltsame Kleidungsstück, das die Frau des Fischers ihr unbedingt hatte anziehen wollen, herunter. Maire spürte zuerst Kälte an ihrer entblößten Haut, dann einen scharfen Stich und schließlich einen Schmerz, der sich rund um die Einstichstelle ausbreitete. Maire biß ins Laken des Bettes, auf dem sie lag. Sie war zu stolz, um aufzuschreien.
Margaret richtete Maires Kleidung wieder her. »Am besten bleiben Sie erst einmal für einige Zeit ruhig liegen. Wahrscheinlich sind Sie nicht an Chlorpromazin gewöhnt und fühlen sich gleich etwas schwindelig. Wir sehen später noch einmal bei Ihnen herein.«
Steif und empört blieb Maire liegen, bis alle den Raum verlassen hatten und sie hörte, wie draußen der Schlüssel im Schloß umgedreht wurde. *Bis jetzt habe ich noch nichts von dem freiwillig zu mir genommen, was sie mir zu essen und zu trinken angeboten haben.* Ihr Hinterteil schmerzte noch immer, und während sie dalag und über ihre wenig beneidenswerte Lage nachdachte, bemerkte sie, daß ihr Mund ausgetrocknet war. Sie fühlte sich benommen und konnte den Kopf nicht mehr anheben. *Was haben sie mit mir angestellt?* Allmählich sank sie in eine Art Dämmerzustand ab.

Man weckte sie zum Essen. Als Maire sich weigerte, etwas zu sich zu nehmen, wollten sie sie dazu zwingen. Sie warf das Tablett durch das ganze Zimmer. Danach kamen sie wieder und fügten ihr erneut einen stechenden Schmerz zu. Sie schlief ein zweites Mal ein, und diesmal kamen auch Träume.

Sie haben dich vielleicht schon ihrem Willen unterworfen, Maire ní Donnall, oder zumindest deinen Körper. Doch sie wissen noch nicht, auf wen sie sich da eingelassen haben. Denn ich brauche dich in Freiheit.

»Wer bist du?« flüsterte Maire in die Dunkelheit. Ihre Lippen waren rissig und ihre Zunge war angeschwollen. Maire erhielt keine Antwort und schlief kurz darauf wieder ein.

Am Morgen weckten sie sie wieder und boten ihr erneut den purpurroten Wein an. Sie sagten auch, Maire solle ihr Frühstück zu sich nehmen oder wenigstens ein Glas Wasser trinken. Maire war nun wie ausgedörrt, aber sie wußte, daß sie in ihrem Bemühen nicht nachlassen durfte. *Nimm nichts von diesem Ort zu dir, sonst mußt du auf ewig bleiben.*

Bald begannen ihre Hände zu zittern, und die Nackenmuskeln schmerzten. Ihre Augen konnten sich auf nichts mehr konzentrieren, und als sie ihr aufhalfen, um sie auf die Bettpfanne zu setzen, wäre sie fast ohnmächtig geworden. Später kam Margaret noch einmal zu ihr, allein und offensichtlich besorgt. »Sie müssen etwas zu sich nehmen, Maire. Gibt es vielleicht etwas, worauf Sie besonders Appetit haben? Ich kann es Ihnen unter Umständen besorgen.«

Maire schüttelte den Kopf, und der Raum drehte sich um sie. Diese Frau versuchte, nett zu ihr zu sein, aber konnte sie sie denn nicht verstehen?

Die weißgestrichenen Wände des Zimmers schwankten und wogten, genauso wie im Palast der Sídhe, aber keine Regenbögen spannten sich über diese hier. Maire sah auf den Winkel zwischen Wand und Decke. Die Sonne schien durch das Drahtgitter und warf Muster an die Wand, die sie an die Wasseroberfläche des Lough Neagh erinnerten. Maire begann zu treiben, schaukelte sanft auf angenehmen Wellen...

Stimmen drangen von draußen durch die Tür. »Wenn sie nicht essen will, dann müssen wir sie eben dazu zwingen.« Die Stimme eines Mannes. »Aber zunächst versuchen wir, sie im guten dazu zu bewegen. So geht es auf jeden Fall mit ihr nicht weiter.«
Die Tür wurde aufgesperrt – für Maire hatte dieses Geräusch längst nichts Ungewohntes mehr an sich –, und fünf Personen traten ein: Margaret, eine weitere Frau mit einem Papier in der Hand, einer von den Wärtern, die sie aufs Bett gezwungen hatten, und zwei ältere Männer, die hier offensichtlich etwas zu sagen hatten.
»Das ist Maire ní Donnall«, erklärte die zweite Frau, die Maire noch nicht kannte. »Man hat sie gefunden, wie sie mitten in der Nacht im Lough Neagh schwamm. Sie hat eine sehr wirre Geschichte erzählt. Doktor O'Farrell aus der Stadt Antrim hat sie hierher überwiesen. Er diagnostizierte bei ihr mögliche Schizophrenie oder aber einen schweren und akuten Schock. Sie hat sich geweigert, oral Medikamente einzunehmen, und bat darum, entlassen zu werden. Seit ihrer Einlieferung am Freitagnachmittag hat sie weder etwas gegessen noch getrunken.«
Einer der beiden älteren Männer trat an den Rand ihres Bettes. »Wie fühlen Sie sich heute morgen, Maire?«
Sie wandte ihr Gesicht ab. Ihre Zunge raschelte über ausgedörrte Lippen. »Ich möchte gehen. Sie haben kein Recht, mich hier festzuhalten. Ich bin eine freie Frau.«
»Haben Sie denn keine Verwandten, Maire?« fragte der Mann weiter.
»Nein, keine mehr. Sie sind alle tot, und Tadhg muß auf dem Grund des Sees den Tod gefunden haben, als der Palast sich auflöste.«
»Sie weigern sich, etwas zu essen und Ihre Medizin einzunehmen.«
»Selbstverständlich.«
»Wir können aber nicht zulassen, daß Sie sich durch Nahrungsverweigerung das Leben nehmen wollen. Wenn Sie nicht freiwillig essen wollen, müssen wir Sie eben künstlich ernähren.«

Ich werde euer Zeug nicht anrühren! hallte die Stimme in ihr wider. Das war nicht aus Maires Mund gekommen. Sie richtete sich mit einem Ruck im Bett auf. *Wißt ihr denn nicht, wer ich bin? Wie könnt ihr es wagen, mich hier festzuhalten!*
Der ältere Mann fuhr einen Schritt zurück. Maire erkannte Furcht in seinem Gesicht.
Im Kopf schwamm ihr alles, und der ganze Raum schien immer rascher zu pulsieren. Etwas – nicht sie selbst, sondern das, was in ihr steckte – gebot dem Zimmer Ruhe. Die fünf Leute waren wie festgefroren. Die Zeit schien stillzustehen.
Was immer sie ihr gegeben hatten, wurde nun aus ihrem Körper gezwungen. Maire erhob sich und ging zur Tür. Ein Wärter versuchte lahm, sie aufzuhalten. Maire starrte nur auf seine Hand, und schon verbog und verknotete sie sich, bis sie wie verkrüppelt aussah. Maire trat hinaus auf den Korridor.
Sie fürchtete nichts mehr. Die Patienten drückten sich schweigend gegen die Wände.
Patienten. Ach ja. Der Teil von ihr, der jetzt Maire war, erinnerte sich an diesen panikerfüllten Mann im Aufenthaltsraum, der nicht von seiner Meinung abzubringen gewesen war, hier als Gefangener gehalten zu werden. Und es war nicht auszuschließen, daß er damit recht hatte.
Maire warf einen Blick in den Aufenthaltsraum. Ja, dort war er, drückte sich in die gleiche Ecke und sah sich ängstlich um, sah sich immer und immer wieder um. Maire trat auf ihn zu. »Wenn Sie hier heraus wollen, dann kann ich Ihnen behilflich sein.« Er duckte sich, sah sie von unten her an und rollte sich zu einem Ball zusammen. Sie blieb vor ihm stehen und sah auf ihn hinab, er aber wich konstant ihrem Blick aus.
Die Tür ließ sich jetzt leicht öffnen, nachdem sie ihren Willen dazu einzusetzen wußte. Auf halbem Weg die Treppe hinunter, erinnerte sie sich daran, wer sie war: nur Maire ní Donnall. Sie lehnte sich gegen die Wand und zupfte an der abblätternden Farbe. *Ich vergaß die Gabe der Unsichtbarkeit. Dem jungen Mann hätte ich nicht die Hand zu verkrüppeln brauchen, er hat ja nur seine Arbeit getan. Ich hätte unsichtbar*

fliehen können. Was immer da gerade aufgetreten war, es war nicht Maire gewesen. Und es verfügte über Kräfte, die ihr nicht von den Königen der Sídhe verliehen waren.
Doch nun war sie wieder nur Maire. Sie streckte eine Hand aus, hielt sie sich vors Gesicht und zwang sich kraft ihres Willens, unsichtbar zu werden. Als sie ihre Hand nicht mehr sehen konnte, sondern nur noch die Wand und die Treppe, lief sie weiter nach unten. Am Wächter vorbei trat sie endlich hinaus auf die dröhnende, qualmerfüllte Straße. Maire wußte nicht, wohin sie sich wenden sollte, sondern nur, daß sie jetzt frei war.

6

Der Verkehr heulte und tutete durch rußgeschwärzte Straßenschluchten. Der Sonnenschein glitzerte von metallenen Fensterbrüstungen, und der Gestank, der über der Stadt lag, trieb ihr das Wasser in die Augen. Menschenmengen schoben sich über verdreckte Bürgersteige und verschwanden in Gebäuden, von deren Sinn und Zweck Maire keine Vorstellung hatte. Zwischen den anderen Fahrzeugen rollte ein gepanzerter Wagen. Drei Soldaten saßen in ihm. Einige Fußgänger blieben stehen und sahen ihm mit finsteren Mienen nach. Die Soldaten, schmächtige und unterernährte junge Burschen, schauten nervös nach allen Seiten. Sie trugen weder Speere noch Bögen, erkannte Maire, sondern hielten etwas anderes in Händen, das aber ohne Zweifel als Waffe diente.
Die Stimme meldete sich wieder: *Du bist gekommen zu heilen, und du sollst dich dem Feind entgegenstellen.* Aber wo steckte in diesem Gewimmel der Feind? Sicher sollte sie nicht diesen drei verängstigten Jungen entgegentreten.
Unter den Auspuffdämpfen lag der schwere, primitive Blutgeruch. Maire kannte ihn vom Schlachtfeld und den Stellen, wo die Verwundeten gesammelt wurden. Immer war er gleichzeitig vermischt mit dem Geruch der Furcht. Auch hier roch Maire Angst, obwohl nirgendwo ein Verwundeter lag.

Aus ihren Erinnerungen wußte Maire, daß dieser Geruch Elend und Schmerz verkündete: von der fehlgegangenen Geburt und der Frau, die erschöpft auf ihrem Bett lag, deren Gesicht feucht vom Schweiß war, die ihre Augen vor Furcht weit aufgerissen hatte, die wußte, daß ihre Zeit gekommen war, viel zu früh doch! Vom umgestürzten Wagen, wo die Pferde wie von Sinnen schrien, weil sie nur wußten, daß ihre Beine sich nicht mehr bewegen ließen, und wo der Fahrer, der sich den Schädel an einem Stein eingeschlagen hatte, ganz in der Nähe reglos und mit ausgestreckten Gliedern lag. Oder von der Zeit nach der Schlacht, wo die niedergestreckten Leiber auf Wiesen und Feldern verstreut lagen und Raben sich zwischen ihnen niederließen, um den noch Lebenden die Augen auszupicken...
Maire spürte die Präsenz von Schmerz und Furcht, ihren alten Feinden. Hier fühlte sie sie fast körperlich, und auch der Haß war darunter, hatte sich in die Steine der Häuser eingesaugt, rann in den Rinnsteinen und schnatterte lockend in dunklen Ecken. Der Haß lebte, und er beobachtete Maire.
Sie mußte diesen Ort des Übels verlassen. Der dahinrauschende Verkehr folgte einem bestimmten Muster und Regelwerk. Sie blieb noch etwas stehen und sah zu, und als eine Gruppe Fußgänger dazu ansetzte, eine Straße zu überqueren, schloß Maire sich ihnen an.
Auf halbem Weg über die öligschwarze, glatte Fläche hörte sie ein Knurren und spürte heißen Atem an ihrem Nacken. Sie fuhr herum, doch sah sie nur noch einen davonhuschenden Schatten, eine behende, purpurrote Gestalt. Maire lief ein Schauder über den Rücken. Hatte sie soeben ihrem eigenen Tod ins Auge gesehen?
Ein Wagen bog um eine Ecke und fuhr auf die Fußgänger zu. Maire sah das erblassende, erschrockene Gesicht des Lenkers, bemerkte, wie seine Hände sich verzweifelt um das Lenkrad klammerten. Die Menge rannte auseinander, nur Maire blieb stehen. Ihre Füße wollten sich nicht von der Stelle bewegen. Wieder hörte sie das höhnische Knurren. Aber statt Furcht war

nur noch Zorn in ihr. *Du feiger Aasfresser! Du wagst es nicht, deinem Gegner ins Gesicht zu sehen!* Sie sprach die Worte nicht laut aus, aber der Spott ihrer Schmähung hing deutlich in der Luft. Dann sprang sie auf den Bürgersteig, brachte sich aus der Gefahrenzone. *Gut, eben ein anderes Mal.*
Kreischend kam der Wagen zum Stehen. Die rechte Tür öffnete sich, und ein Mann trat mit schwankenden Beinen auf sie zu.
»Ist alles mit Ihnen in Ordnung, Miss? Ich weiß auch nicht, wie es dazu kommen konnte. Das Pedal muß sich irgendwie verklemmt haben... die Bremsen wollten einfach nicht greifen, und das Lenkrad hat sich verkeilt, was weiß ich, wie... Großer Gott im Himmel, um ein Haar hätte ich Sie umgebracht!« Seine Stimme versagte.
Maire stand wieder auf. Sie war mit Knien und Händen aufgekommen, die jetzt blutig und aufgerissen waren. Aber immerhin hatte sich das Haßtier verkrochen.
»Gott sei Dank sind wir ja direkt in der Nähe vom Städtischen Krankenhaus, Miss«, stammelte der Mann. »Kommen Sie, ich bringe Sie hinein, damit sie dort feststellen können, ob Sie nicht doch verletzt sind.«
Maire hatte wenig Lust, noch einmal dieses Gebäude zu betreten. »Mit mir ist schon alles in Ordnung«, erklärte sie. »Machen Sie sich keine Sorgen um mich.« Sie wollte sich zurückziehen.
»Aber Miss!« Der Mann wollte sie nicht gehen lassen. »Schließlich war es meine Schuld, und Sie ins Krankenhaus zu bringen, ist das mindeste, was ich tun kann. Tut mir leid, aber ich weiß selbst nicht, was eigentlich geschehen ist... Der Wagen ist doch vor nicht einmal einem Monat generalüberholt worden.« Er streckte eine Hand aus, um Maire zu berühren, als sei er noch immer nicht völlig davon überzeugt, daß sie überlebt hatte. Maire fuhr jedoch vor ihm zurück.
»NEIN« Sie mußte fort von diesem Ort, wo der Tod – ihr eigener Tod! – in der Luft hing.
Maire floh in die nächste Gasse.
Ihr Kleid war zerrissen und ihr Haar zerzaust. Ohne Ziel irrte sie

durch die Seitenstraßen und Hinterhöfe der Stadt, lief durch Schutt und Abfall. Seit zwei Tagen hatte sie nichts mehr gegessen. Sie suchte in den Mülltonnen nach Eßbarem, obwohl der entsetzliche Gestank, der ihnen entströmte, ihr fast den Magen umdrehte. Die Scham brannte mit heißer Flamme in ihr. Sie, Heilerin und freie Frau, war so tief gesunken, in Abfällen und Aas herumzustöbern!

Müll rollte an ihr vorbei, vorangetrieben von einem kühlen Herbstwind. War es diese Bö, oder war es die Furcht in ihr, die ihr eine Gänsehaut bescherte? Sie wußte, daß etwas ihr folgte, das nicht menschlich war und auch nicht dem Feenreich entstammte.

Immer noch wird die uralte Schlacht geschlagen, der Kampf zwischen Leben und Zerstörung. Ruhig, aber eindringlich sprach die innere Stimme. Maire schüttelte den Kopf. Sie ließ sich inmitten von Glasscherben und Abfällen nieder und hörte dem Trappeln und Rascheln der Ratten zu. An Schmutz war sie gewöhnt, kannte ihn genau von den Bauernhöfen, aber der Dreck an diesem Ort erinnerte sie an einen allein gelassenen Raum voller Verwundeter, in dem das Leiden hilfloser Patienten die Luft erfüllte.

Es war einer Maire ni Donnall nicht würdig, sich wie eine Bettlerin im Kehricht zu verkriechen. Sie erhob sich, klopfte ihre Kleider ab und bemerkte angewidert, daß sie seit Tagen nicht mehr gebadet hatte.

Irgendwo in dieser grauen, unfreundlichen Stadt mußte sich doch ein Ort finden lassen, der ihr Sicherheit und Geborgenheit bot. Trotz allem mußte es Menschen geben, die sich ihre Freundlichkeit bewahrt hatten.

Maire wanderte durch ein Labyrinth ineinander verwobener Straßen und Gassen. Die schlechte Stadtluft raubte ihr den Atem. Wie konnte jemand an einem solchen Ort leben? Dann nahm sie aus dem Augenwinkel über sich eine Bewegung wahr. Ein Zaunkönig! »Warte!«

Der Vogel flatterte herab und landete unweit ihrer Füße auf dem

Pflaster. Maire ging in die Hocke und sagte: »Ich bin hier verloren, kleiner Druidenvogel.« Der Zaunkönig sah sie einen Moment lang an und flog dann wieder los. Maire rannte durch Mauerschluchten und Straßen dem einzigen hinterher, das sie an ihr Zuhause erinnerte.

Sie roch das lebendige Grün schon, bevor sie es sehen konnte. Die Grünfläche war nicht besonders groß, aber überreich mit Wachstum gesegnet. Viele der Pflanzen hier kannte Maire nicht, obwohl sie doch das Studium der Kräuter, Rinden und Blätter betrieben hatte. Was waren das für Büsche mit den dornenartigen Stengeln und den hellen, vielblättrigen Blüten? Sie beugte sich hinab, um daran zu riechen, und der Duft war angenehm, auch wenn man diese Pflanzen grausam beschnitten und getrimmt hatte.

Dem eigentlichen Gras hatte man nicht erlaubt, aufzusprießen und zu gedeihen, sondern es sehr kurz geschnitten. Sie bückte sich, um die federnde Oberfläche der Wiese zu berühren. Sie fühlte sich weich an, und das Gehen darauf mußte angenehm sein.

Maire streifte ihre festen Schuhe ab und spielte vergnügt mit den nackten Zehen im Gras. Hier gab es weder Steine noch Nesseln, nichts bis auf die weiche Grasfläche. Einen Augenblick lang bewunderte sie diese Einrichtung, doch dann bemerkte sie, wie traurig das Gras war. Es streckte sich seit jeher, die Sonne zu erreichen, seinen Samen auszuwerfen und danach zu sterben. Aber hier wurde es immer wieder beschnitten, wurde sein Lebenszweck zunichte gemacht. Maire streichelte voll Mitleid die verkümmerten, stoppelartigen Halme.

Inmitten des Grases spiegelte ein Weiher den Himmel wider. Dies war nicht einer der grün überzogenen Tümpel mit den morastigen Gründen, die immer wieder auf Feldern und in Wäldern anzutreffen waren. Dieses stille Wasser war künstlich hergestellt. Sein Ufer war steinern, war aus einem harten, grauen Material gemacht, und ein Eisenrohr führte ihm klares Wasser zu. Kein Kleinstleben tummelte sich in ihm. Maire schöpfte mit beiden Händen Wasser aus dem Weiher und ließ es sich über das Gesicht laufen.

Nur wenige Leute spazierten an diesem Spätherbstnachmittag durch den Park. Die Sonne warf goldene Tupfer durch funkelnde Blätter. Muster aus hell und dunkel zogen über den Rasen und die kieselbestreuten Wege. Der schwere Duft der letzten Blumen, der leichte Hauch frisch gemähten Grases und der schläfrige Geruch entlaubter Bäume verdeckten zu einem Teil den vielfältig zusammengesetzten, fremdartigen Gestank der Stadt.
Maire setzte sich auf eine Steinbank. Sie war glatt und ohne die verschnörkelten Verzierungen der Bänke bei den Sídhe, und selbst die verschlungenen Muster fehlten ihr, mit denen Maires Leute ihre Sitze verschönt hatten. Aber der Stein war von der Sonne erwärmt, und einige Augenblicke lang spürte Maire Frieden.
Maire sah, wie ein gutes Stück weiter eine Frau einen Wagen vor sich herschob. Sie hörte, wie die Räder über die Kieselsteine knarrten, und lauschte kurz den Liebkosungen der Mutter. Auf dem sonnenbetupften Weg schlenderten ein junger Mann und ein Mädchen Hand in Hand. Maire saugte die Wärme der Sonne in sich auf und lächelte. Selbst hier, in einer solchen Stadt, ging das Leben immer noch weiter.
Das Pärchen blieb nicht weit von ihr entfernt an einer Bank stehen. Sie sahen sich erst nach allen Richtungen um und setzten sich dann eng nebeneinander hin. Und obwohl sie sich nur flüsternd unterhielten, konnte Maire doch jedes Wort verstehen.
Das Mädchen beugte sich vor. Ihr langes, dunkles Haar hing glänzend herunter. »Michael«, sagte die junge Frau, »ich fürchte, Mutter verdächtigt mich immer noch, mich heimlich mit dir zu treffen. Ihr persönlich würde es sicher nicht so sehr viel ausmachen, wohl aber den Nachbarn, und da vor allem Mrs. O'Shaugnessy... Du weißt doch, als sie ihre Cathleen erwischt haben, wie sie mit einem Soldaten zusammen war. Da hat ihre eigene Mutter die Schere genommen, und...« Sie schüttelte den Kopf. »Ich möchte nicht, daß man mir die Haare schert und mich danach teert und federt. Und ich muß ja nicht nur das fürchten, was sie mir

dann antun – denk doch auch mal daran, was sie mit dir machen werden!«

»Ach, Rita, du sollst dir nicht immer solche Sorgen machen. Deine Mutter ist doch eine vernünftige Person. Sie würde ganz sicher nicht ihrer eigenen Tochter ein Leid zufügen wollen.« Michael war groß und schmal. Sein sandbraunes Haar ringelte sich wild über die hohe Stirn, und die hellblauen Augen kamen nie zur Ruhe. Er beobachtete das Spiel von Licht und Schatten vor ihm, so als würden sich dort irgendwo Heckenschützen verbergen.

Was war das nur für ein Ort, wo selbst Liebende in ständiger Angst leben mußten?

»Als sie erfuhr, daß du ein britischer Soldat bist, hat Mutter sich sehr aufgeregt, und ich mußte versprechen, dich nie wiederzusehen. Und dieser Mrs. O'Shaughnessy entgeht einfach nichts.« Rita hielt sich an Michaels Arm fest. Ein Baumschatten verlagerte sich rasch. Rita zuckte zusammen und zog ihre Hand zurück.

Michael packte sie am Handgelenk. »Es sind nur noch drei Monate, Rita, bis ich wieder nach Hause kann ... Ich möchte dich mitnehmen.«

»Was, in die Slums von London soll ich, zwischen Ratten und Flöhen?« Ritas Worte klangen sehr hart. Sie wandte ihr Gesicht ab, und Maire erkannte Tränen auf ihren Wangen.

»Ich kehre nicht in die Slums zurück. Denn von der Armee erhalte ich eine hübsche Abfindung. Außerdem habe ich einiges von meinem Sold gespart, und ich bekomme sicher einen vernünftigen Job. Und wenn du nicht willst, brauchen wir auch nicht nach London zu ziehen.«

Rita drehte sich wieder zu Michael um. »Und was werden deine Freunde und Bekannten denken, wenn du mit einer Nordirin zurückkommst? Ich habe da einige Geschichten von Leuten gehört, die nach England gefahren sind. Sobald die Engländer unseren Akzent hören, denken sie, wir hätten die Handtaschen voller Bomben. Außerdem halten sie uns Iren alle für Trottel und für Schlimmeres!«

»Und was hast du hier für eine Zukunft, als katholisches Mädchen im protestantischen Belfast?«

»Ich habe einen Job, mit dem ich zufrieden sein kann, und das ist mehr, als andere haben. Und wenn ich dich heirate, wäre ich keine Katholikin mehr. Die Kirche würde mich verstoßen, und meine Eltern würden mich enterben.«

Michael legte seine Arme um sie. »Ach komm, Rita, wir wollen uns nicht streiten. Uns steht nur noch wenig Zeit zur Verfügung, dann muß ich schon wieder zum Dienst.«

»Ich möchte hier aber nicht länger sitzen«, sagte Rita. »Hier können wir zu leicht gesehen werden. Das Museum hat samstags neuerdings auch geöffnet. Laß uns lieber dorthin gehen, dort scheint es mir sicherer zu sein.«

Die beiden erhoben sich und gingen fort. Maire fragte sich, worin ihr Problem bestehen konnte. Gehörten sie rivalisierenden Clans an? Etwas flatterte vorbei. Maire sah hinab zum Boden. Ein Vogel hüpfte auf sie zu, derselbe Zaunkönig, der sie hierhergeführt hatte.

Er blieb ein Stück vor ihr stehen und sah sie mit seinen schwarzen Augen streng an. »Maire...«

Maire sprang auf. Konnten Zaunkönige denn sprechen?

»Maire, folge diesen jungen Leuten dort. Verliere das Mädchen nicht mehr aus den Augen.«

Maire dachte an den Tod und den Schrecken in den Straßen der Stadt. »Ich möchte lieber hierbleiben. Hier ist alles so friedlich, hier fühle ich mich so geborgen.«

»Du bist nirgendwo vor dem sicher, das dir hinterherschleicht. Vergiß nicht, daß du einen Auftrag zu erfüllen hast. Also tu, was ich dir sage.« Der Zaunkönig sah sie noch einen Moment an und flog dann davon.

Maire verließ den Park kurz nach dem Pärchen. Sie kam an einigen Geschäften vorbei und blieb stehen, um einen Blick in die Schaufenster zu werfen. Was es hier alles zu kaufen gab! Wer hatte denn soviel Zeit, um das alles herzustellen – und zu benutzen?

Der Weg zum Museum war nicht weit. Ein großes Steingebäude erhob sich etwas zurückversetzt von der Straße. Als Maire näher kam, hörte sie das raschelnde, schattenhafte Wispern uralter

Gegenstände. In diesem Gebäude war die Vergangenheit zu Hause. Hier mochte sie unter Umständen etwas aus ihrer eigenen Zeit finden.

Sie trat durch doppelte Glastüren in das Museum. Ein Wächter kramte in Ritas Geldbörse herum und hielt dann eine Art Zauberstab über sie und ihren Freund. Maire bekam mit, daß dieser Stab bei Metall aufheulte, woraufhin Michael seine Taschen zu leeren hatte.

Maire selbst trug kein Metall am Leib. Ihr Gürtelmesser hatte sie vor langer, langer Zeit in dem treibenden Boot auf dem See zurückgelassen. Der Wächter untersuchte auch sie und sah scheel auf ihre schäbige Kleidung, bevor er sie passieren ließ.

Mit einigem Abstand schlenderte Maire dem Pärchen hinterher, denn sie wollte vermeiden, von den beiden entdeckt zu werden. Und davon abgesehen steckte das Museum randvoll mit Schätzen, die ihre Neugierde weckten.

Maire kam an einer Art Tresen vorbei, an dem Bücher feilgeboten wurden. Beschriebenes Papier! Maire blieb stehen und fragte sich, ob sie diese Texte mit ihrer Feensicht zu lesen vermochte. Die Schrift war sonderbar und fremd – Maire erinnerte sich, wie sehr sie der Heiler verwirrt hatte, als er etwas niederschrieb –, aber sie konnte einige Worte entziffern. Etliche ergaben jedoch für sie keinen Sinn – was hatte zum Beispiel »Archäologie« zu bedeuten? Danach mußte sie sich etwas beeilen, um nicht das Pärchen aus den Augen zu verlieren. Die beiden waren vor einem Kasten stehengeblieben, der uralten goldenen Schmuck enthielt. Dort befand sich ein *Torc*! Maire sah auf die Halskette mit ihren geflochtenen massiven Golddrähten, deren Enden zu Tierköpfen geformt waren, und ihre Kehle zog sich zusammen, als würde sie von eiskalten Totenhänden gewürgt. Ein Sumpflandschatz! Der König der Sídhe hatte ihr ein solches *Torc* um den Hals gelegt, und sie hatte die Kette gern und mit Stolz getragen, zumindest eine Zeitlang. Unwillkürlich griff sich Maire an den Hals, doch er war nackt und frei. In dem Kasten schimmerte die Kette, ungetrübt vom Lauf der Zeit. Dieses *Torc* war schon zu Lebzeiten Mairens uralt gewesen – aber sie lebte ja immer noch, korrigierte sie sich.

Als sie wieder von dem Kasten aufsah, hatte sich das Pärchen längst weiterbewegt. Maire kam an einer Ausstellung bronzener Speerspitzen vorüber, die ebenfalls viel älter waren als ihre eigene Zeit. Ihre Zeitgenossen hatten längst Eisen für ihre Waffen verarbeitet. Maire stieg eine Treppe hinauf und fand Rita und Michael wieder. Die beiden bewunderten eine Sammlung von geschliffenem Kristall.

Sosehr sich Maire mittlerweile auch an den Überreichtum an Glas in dieser Zeit gewöhnt hatte – diese glitzernden Kristallfacetten hatten für sie nichts von ihrer Faszination verloren. Nicht einmal der Palast der Sídhe hatte mit soviel Schönheit aufwarten können. Maire trat näher heran. Fließende, runde Zeichen verzierten die unbearbeiteten Oberflächen einiger Stücke. Zunächst hielt Maire sie für die Buchstaben einer anderen Sprache, weil sie sich so sehr von denen in den Büchern auf dem Tresen unten unterschieden, aber dann erkannte sie, daß es sich dabei nur um einen anderen Schriftstil handelte. Doch wiederum ergaben die einzelnen Wörter für Maire nur selten einen Sinn.

Michael und Rita standen ein Stück entfernt vor einem anderen Kasten. »Warum wird auf den Schildern unter all diesen Stücken irgendeine verdammte *Orange Lodge*[1] erwähnt?« fragte Michael. »Man könnte fast meinen, es gebe sonst nichts auf der ganzen Welt.«

Rita lachte bitter. »Nun, wir befinden uns hier eben in Belfast, wo selbst die Kunst unter politischen Gesichtspunkten gesehen wird. Wenn du Kristall ohne politische Deklarationen bewundern willst, mußt du schon ins Nationalmuseum von Dublin gehen.«

Michael kam ihr sehr nahe. »Ich würde mich sehr freuen, wenn du mich dorthin führen würdest.«

Rita fuhr zurück. »Und wie sollte ich dann meiner Mutter erklären, wo ich zwei Tage lang gewesen bin? Denn so lange dauert es sicher schon, wenn wir nur ins Museum wollen.«

---

[1] *Orange Lodge:* 1795 gründete sich als Organisation der Anhänger des politischen Protestantismus in Nordirland die *Orange Society*, deren Mitglieder sich *Orangemen* nennen und sich in Logen *(Lodges)* zusammentun. Man beruft sich auf Wilhelm III. von Oranien (im Englischen *Orange*). (Anm. d. Übers.)

Michael seufzte. »Ach was, ich würde sowieso nicht gerade dann Urlaub bekommen, wenn du frei hättest. An jedem Wochenende, an dem du dienstfrei hast, muß ich in der Kaserne bleiben. Die Herren oben denken wahrscheinlich, je eher wir hier unseren Dienst in Ulster abgerissen haben, desto besser für alle. Und wenn wir schon einmal Urlaub bekommen, gibt es doch für uns Tommies ohnehin nichts, was wir unternehmen könnten.« Er sah auf etwas an seinem Handgelenk. »Himmel noch mal, ich muß sofort zurück!«

»Dann geh«, sagte Rita leise. »Geh du voraus. Besser, wir werden beim Verlassen des Gebäudes nicht zusammen gesehen.« Sie drückte fest seine Hand und sah ihm nach, wie er verschwand. Als sie ihn nicht mehr sehen konnte, senkte sie den Kopf und seufzte. Mit kummervoller Miene warf sie einen letzten Blick auf das Kristall und ging dann in den nächsten Raum. Maire folgte ihr.

Tiere hockten in durchsichtigen Wandkästen. Zunächst glaubte Maire, sie seien lebendig, aber dann bemerkte sie, daß sie sich nicht bewegten. Warum aber wirkten ihre Augen so echt? Maire erkannte etliche der leblosen Vögel und blieb dann vor einer riesigen Forelle stehen, die mitten im Sprung festgehalten und eingefroren war. Die Augen des Fisches waren jedoch ohne Besonderheit, wiesen keine Bernsteinfärbung auf. Und endlich fiel Maires Blick auf das, was im Zentrum des Raumes aufragte.

Handelte es sich hierbei um einen Spuk aus dem Sumpfland? Tote Wesen konnten doch nicht aufrecht stehen. Das Skelett ragte hoch über ihr auf. Sein gewaltiges Geweih war mindestens zweimal so breit, wie Maire groß war.

Rita schlenderte unbekümmert an diesem Knochengerüst vorbei und schenkte ihm nur einen flüchtigen Blick. Also war dieses Gebilde nichts Ungewöhnliches. Als sie näher kam, erkannte Maire, daß das Skelett mit Drähten von der Decke aus festgehalten wurde. Es vermochte demnach nicht aus eigener Kraft zu stehen. Doch sie hatte schon merkwürdigere Dinge erlebt. Maire erkannte jetzt auch, wie die großen Knochen zusammengefügt waren und wo man fehlende Rippen durch anderes Material ersetzt hatte. Der Sumpf hatte einmal einen solchen Schädel ausgeworfen, und die

Leute hatten geglaubt, es handele sich dabei um eine Reliquie des Gehörnten. Man hatte ihn an Ort und Stelle liegenlassen, und niemand hatte gewagt, ihm nahe zu kommen. Doch dieses Gebilde hier im Museum war viel größer als das aus dem Sumpf, obwohl es ebenfalls an einen Hirsch erinnerte. Sollte das hier einst der König der Hirsche gewesen sein? Oder gar der Gehörnte selbst in tierischer Verkleidung?

Maire trat noch näher heran und sah hinauf zu dem Schädel. Das Alter hatte ihn sumpfig-braun gefärbt, und die Augenhöhlen wirkten unermeßlich tief. Maire streckte eine Hand aus und berührte die glatte, trockene Oberfläche eines Knochens. »Was warst du?« Sie erwartete keine Antwort, doch eine erschöpfte Klage drang leise an ihr Ohr.

... *Der Sumpf war kalt und naß, und trügerisch war der Boden. Schlamm platschte glucksend durch gespaltene Hufe und saugte sie hinab, bis das Tier knietief im Sumpf steckte. Und noch so machtvoll mochte es dagegen ankämpfen, es konnte sich nicht daraus befreien. Sein Geweih, einst stolz hochgereckt, zeigte sich nun als grausam hinderliche Last. Der Kopf wurde von diesem Gewicht hinuntergedrückt, bis brackiges Wasser in die Schnauze floß, bis die Nüstern Brühe einsogen. In Todesfurcht riß das Tier den mächtigen Kopf ein letztes Mal in die Höhe und stieß sich ab. Doch keinen Grund fanden die Hufe, und die Kälte des Morasts ließ seinen Leib erzittern.*

... *Trockener, fester Boden erstreckte sich nicht allzuweit entfernt. Und dort stand die frohlockende Schar der Jäger, die sich den Sumpf zunutze gemacht hatte. Speere trugen sie, von deren Spitzen die blasse Sonne golden widerschien. Weiß waren die Gesichter der Jäger, milchig-trüb und fremd ihre Augen. Das Tier schloß die Augen und senkte, sich ergebend, tief das Haupt. So tief, bis die Schnauze unter die Oberfläche des Sumpfwassers gesunken war.*

Maire zog die Hand zurück. Der Gehörnte war als gejagtes Tier gestorben. Aber wer waren jene gewesen, die ihn gestellt hatten? Die Sídhe? Maire war sich sicher, daß es nicht ihre Leute gewesen sein konnten. Niemand hatte zu ihrer Zeit jemals ein solches

Wesen zu Gesicht bekommen, und nicht einmal die alten Geschichten wußten davon zu erzählen.
Rita verließ den Raum. Maire durfte sie nicht verlieren. Über gewundene Treppen hinab lief sie, vorbei an dem Tresen, wo die Bücher auf ihre Käufer warteten, und durch die doppelte Glastür hinaus ins vergehende Tageslicht.
Rita lief mit den lockeren und leichten Bewegungen von jemandem, der lange Fußmärsche gewohnt ist. Als ein Wagen voller Soldaten vorbeirumpelte, sah sie kurz hin und wandte dann rasch den Blick wieder ab.
Der Weg durch die Stadt wurde lang. Rita blieb von Zeit zu Zeit stehen, um letzte Blumen zu pflücken, die verborgen in Ritzen und Spalten gediehen. Bald trug sie einen ganzen Strauß in der Hand. Rita und Maire kamen an Häusern in den verschiedensten Stadien des Verfalls vorbei. Endlich gerieten sie in eine Gegend, wo die Straßen eng und die Gebäude armselig und in erbärmlichem Zustand waren. Stacheldrahtrollen krönten hier viele der Wände.
Fast auf jeder Mauer stand etwas geschrieben. Die Parolen verwirrten Maire sehr. *Es lebe die IRA. Macht mit bei den Provos.* Diese Worte hatten etwas mit dieser eigentümlichen Atmosphäre aus Furcht und Haß zu tun, auch wenn Maire ihre Bedeutung wiederum nicht ergründen konnte.
Ein Trupp schreiender junger Burschen stürmte um eine Straßenecke. Als Maire den nächsten Straßenkreuzungspunkt erreichte, sah sie, daß die Jugendlichen Steine auf einen gepanzerten Wagen warfen. Einer von ihnen schleuderte schließlich einen Topf Farbe auf das Gefährt, und dann suchten alle Burschen Deckung. Rita blieb stehen und schüttelte den Kopf, bevor sie loszurennen begann. Maire bemerkte aus dem Augenwinkel kurz etwas schemenhaft Rotes, das sich entlang einer böse zugerichteten, grauen Wand davonschlich. Als sie genauer hinsah, war es verschwunden. Maire fuhr eine Gänsehaut über den Rücken. Dieses Etwas hatte Maire zuvor schon bemerkt. Sie wußte jetzt, daß sie verfolgt wurde.
Rita rannte immer noch und sah stur geradeaus. Die Hände hatte

sie an die Seiten gepreßt. Der Strauß schlenkerte mit. Sie gerieten in eine nicht ganz so heruntergekommene Gegend. Bis auf Rita und Maire ließ sich niemand auf der Straße blicken. Maire hörte in einiger Entfernung ein Rumpeln. Rita hörte es ebenfalls und blieb unvermittelt stehen.
Ein gepanzerter Transportwagen kam um die Ecke gefahren, und dann geschah alles zugleich. Maire hörte ein hartes Krachen und sah, wie Funken von einer der Metallplatten des Wagens stoben. Dem ersten Knall folgten rasch weitere. Aus einer Nebenstraße näherten sich Männer. Sie trugen Gesichtsmasken und die gleichen Waffen in den Händen wie die Soldaten. Die Männer krochen in Hauseingänge und hinter Mülltonnen, dann eröffneten alle das Feuer.
Gewehre. Mit einemmal begriff Maire, wie diese Waffen funktionierten. Sie warf sich flach auf den Boden, eine knappe Sekunde nach Rita.
Aus dem bewaffneten Transporter wurde das Feuer erwidert. Kugeln kreischten über Kopfsteinpflaster, prallten von Steinwänden ab und brachten Glasfenster zum Zerplatzen. Maire wußte instinktiv, daß sie verwundet oder gar tot sein würde, wenn eine Kugel sie traf – eine Waffe, die auf solche Entfernung mit solch winzigen Geschossen zuschlug! Die maskierten Männer ließen sich nicht lange bitten und feuerten weiter. Schließlich erschien ein zweiter gepanzerter Wagen auf der Bildfläche.
»Achtung, sie haben Verstärkung herbeigerufen!« übertönte ein Mann mit einem Schrei das Getöse.
Staubig drückte sich das Kopfsteinpflaster gegen Maires Wange. Sie hob vorsichtig den Kopf und senkte ihn dann hastig wieder, als eine weitere Kugel vorbeisauste. Maire wurde klar, daß sie fort von dieser Straße mußte, irgendwo in ein Haus hinein, weg von diesem Wahnsinn...
Rita hatte sich seit einiger Zeit nicht mehr gerührt. Wieder hob Maire vorsichtig den Kopf. Nein, Rita hatte Arme und Beine nicht zum Aufspringen bereit angezogen. Sie lag vielmehr reglos da. Ein dünnes Blutrinnsal tröpfelte zum Rinnstein. Maires erster Impuls war, sich selbst in Sicherheit zu bringen, aber zu tief saß in ihr die

Ausbildung als Heilerin. Zentimeterweise schob sie sich vorwärts. Sie schabte über Kopfsteinpflaster und Müll und machte sich jedesmal so flach wie möglich, wenn die Kugeln nah an ihr vorbeipfiffen. Die kämpfenden Parteien schienen sich nicht darum zu scheren, ob sie mit ihrem Feuer auch unbeteiligte Passanten trafen.

Maires Kopf war nun auf der Höhe von Ritas Knöchel. Sie mußte sich aus der relativen Sicherheit des Rinnsteins begeben und ein Stück bis zur Mitte der Straße kriechen, um längsseits zu dem verletzten Mädchen zu kommen. Ritas Atem ging nur schwach, war aber wahrnehmbar. Maire entdeckte, daß sie am Nacken getroffen war. Ihr langes, schwarzes Haar war blutverklebt. Neben ihr lag der Blumenstrauß verstreut im Rinnstein. *Ihr Götter*, rief Maire in Gedanken, *was soll ich nur tun?* Hier an diesem Fleck befand sie sich selbst in tödlicher Gefahr. Aber wenn sie Rita hier zurückließ, würde sie wahrscheinlich verbluten oder womöglich von einer weiteren Kugel getroffen werden. *Aber ich soll sie doch nicht aus den Augen lassen.*

»*Pst! Hier herein!*« Eine Tür öffnete sich einen Spaltbreit und schloß sich dann rasch wieder. Maire erkannte, wo das war, packte Rita an den Knöcheln und kroch los. Schwer war ihre Last, und es gestaltete sich unglaublich schwierig, den bewußtlosen Körper den Bordstein hinaufzuziehen. Der Bürgersteig kam ihr auf einmal breit wie ein Acker vor. Endlich stieß sie gegen die Tür, die sich sofort öffnete. So rasch wie möglich zog sie Rita an sich hoch, bis sie an ihrer Hüfte war, drängte hinein und schleppte das Mädchen mit. Keuchend und zitternd blieb sie im trüben Licht des Hauses liegen. Endlich bemerkte sie vor sich zwei große Füße mit dicken Knöcheln und feisten Unterschenkeln. Maire zog sich an der Wand hoch und sah ihre Wohltäterin an.

»Ich bin Mrs. O'Shaughnessy«, erklärte die Frau. »Wenn Rita sich nicht ständig mit Gott weiß wem herumtreiben würde, wüßte sie, wann eine größere Sache ansteht, und bliebe dann im Haus, wo sie eigentlich hingehört.« In ihren Worten schwang unverhohlen das Gefühl verletzten Anstandes mit. Maire sah

Mrs. O'Shaughnessy genauer an und erschrak. Ihre Ähnlichkeit mit Brigid war wirklich unheimlich.
»Sie ist verwundet«, erklärte Maire, »und hat das Bewußtsein verloren. Haben Sie vielleicht etwas Wasser?«
Mrs. O'Shaughnessy sog vernehmlich Luft ein. »Natürlich habe ich Wasser im Haus, aber was geht das Sie an? Schließlich ist es Rita, die mit ihrer Anwesenheit im Krankenhaus die Patienten beglückt.« Sie bedachte Maires Kleider mit gerümpfter Nase.
Maire stellte sich aufrecht hin und klopfte sich ab. Ihre Knie waren weich wie Butter. »Ich würde mir gern ihre Wunde ansehen«, sagte sie so sanft wie möglich.
»Meinetwegen. Sobald die dort draußen von ihrer Ballerei genug haben, helfe ich Ihnen, sie nach Hause zu bringen, auch wenn das nur ein Haus weiter ist.« Sie legte den Kopf schief. »Die hören schon auf, bevor noch mehr Verstärkungen eintreffen. Diese Kleinkrawalle dauern nie länger als ein paar Minuten... Aber diese Rita hat doch wirklich ein Talent dafür, sich immer wieder in Schwierigkeiten zu bringen. Gestern noch habe ich zu ihrer Mutter gesagt, also wenn das so weitergeht...«
Maire folgte der Frau in die Küche und drehte sich nur einmal zu dem schlaffen Körper des Mädchens um. Auf der Straße erstarb das Gewehrfeuer.

7

In einer ruhigen Straße in den Ausläufern von Dundalk stand Tadhg vor dem Haus der alten Frau. Die klaren, durchsichtigen Glasfenster waren neu für ihn, aber das strohgedeckte Dach erinnerte ihn wieder an seine Zeit.
»Was ist, wollen Sie hereinkommen oder lieber draußen Maulaffen feilhalten?« Die alte Frau stand auf der Schwelle und hielt ihm die Tür auf.
»Möge das Glück nie dieses Heim verlassen.« Tadhg trat über die Schwelle. Die Einrichtung der Häuser hatte sich seit seiner Zeit enorm verändert. Die alte Frau führte ihn in den hinteren Teil, wo

er zu seiner großen Überraschung eine Koch- und Backstelle innerhalb des Wohnhauses vorfand. Im Gegensatz zu den Feuerstellen seiner Zeit waren diese hier mit Metallplatten bedeckt. Tadhg hielt das für eine wirkliche Verbesserung, denn dadurch verringerten sich sicher die Verbrennungsgefahren. Er besah sich die verschiedenen fremdartigen Küchengeräte, die von den weißgeschrubbten Wänden hingen oder auf den Arbeitsflächen herumlagen. Während er sich noch umsah, war die Frau schon damit beschäftigt, eine Mahlzeit zuzubereiten. Tadhg verstand ein wenig vom Kochen und sah ihr deshalb mit Interesse zu.
Endlich setzte sie ihm einen dampfenden Teller vor, auf dem sich dick geschnittener gebratener Speck, Rührei und Brot befanden. Solch reichliche Kost schien ihm doch etwas anderes zu sein als die eher ätherischen Speisen der Sídhe. Er hatte einige Schwierigkeiten mit dem ungewohnten Werkzeug, das ihm die Frau zur Verfügung stellte, schaffte es aber schließlich, seinen Teller leer zu essen.
»Sie scheinen mir ja dem Verhungern nahe gewesen zu sein. Aber essen Sie mal tüchtig, es macht mir Freude, einen hungrigen Mann zu verkostigen. So schrecklich viele Jahre sind bereits vergangen, seit ich meinem eigenen Mann etwas kochen konnte. Doch wenigstens schauen die Jungen schon einmal bei mir herein und haben dann immer Hunger.« Die Stimme der alten Frau verhallte, und sie sah Tadhg mit den überraschend jungen, blauen Augen im verrunzelten Gesicht an. »Woher kannten Sie denn diese drei?« Sie wischte sich eine Träne aus dem Auge.
»Ich kannte sie nicht sehr lange.« Tadhg strich Butter auf eine zweite Scheibe Brot. »Erst gestern abend habe ich sie kennengelernt, in einem Pub in Belfast, wo sie auftraten. Irgendwie schienen sie mich zu mögen, vielleicht auch nur wegen meiner Harfe hier. Schließlich fragten sie mich, ob ich Lust hätte, mit ihnen nach Dublin zu fahren.«
»Und wie kam es, daß Sie nicht mit ihnen zusammen ermordet wurden?«
Tadhg zuckte mit den Achseln. »Weiß nicht, vielleicht haben sie mich einfach nicht bemerkt.« Er sah ihren ungläubigen Blick und

fügte rasch hinzu: »Oder sie hatten nur vor, die drei zu ermorden.« Wieder tauchten die Leichen der jungen Männer vor seinem geistigen Auge auf, Fliegen summten um ihre Köpfe. Mit einemmal wurde ihm übel, und er mußte die Scheibe Brot auf den Teller zurücklegen. »Sie kennen doch ihre Leute«, sagte er, »die, die sie hier in Dundalk treffen wollten. Können Sie mich zu ihnen bringen? Ich habe eine Botschaft für sie, und außerdem muß ihre Verwandtschaft den Blutpreis festsetzen, damit die Fehde ein Ende findet.«

»Sie machen mir wirklich einen sonderbaren Eindruck, und wie merkwürdig Sie reden. Wo sind denn Ihre Leute eigentlich zu Hause?«

In der fernen Vergangenheit, fürchte ich. Laut sagte Tadhg: »Am Lough Neagh, einfache Landleute.« Und das war zumindest nicht gelogen.

»Sehr geschwätzig sind Sie ja gerade nicht veranlagt«, meinte die alte Frau. »Hier, nehmen Sie noch eine Tasse Tee, und ich gehe mal schauen, ob ich nicht was Besseres als diese Lumpen, die Sie da am Leibe tragen, für Sie zum Anziehen finden kann. Ihre Sachen sehen aus, als hätten Sie damit im Rinnstein geschlafen. Wo kommen Sie bloß her, mit Fetzen auf dem Leib und einer Harfe in der Hand? Nun denn, ich habe die Sachen von meinem verstorbenen Mann aufgehoben, habe sie eingepackt, damit sie möglicherweise später noch einmal Verwendung finden. Die Jungs, nach denen Sie suchen, werden kaum vor dem Dunkelwerden herauskommen und sind jetzt sicher damit beschäftigt, ihre nächtlichen Unternehmungen vorzubereiten. Je weniger ich davon weiß, desto besser. Kommen Sie mit mir nach oben, und dann sehe ich mal nach, was Ihnen passen könnte. Obwohl Sie den Teller leer gegessen haben, sehen Sie immer noch abgekämpft und spitzgesichtig aus. Waren wohl die ganze Nacht auf den Beinen, würde ich sagen, oder haben sich irgendwo im Feld zum Schlafen gelegt. Na ja, wenn Sie möchten, können Sie auch hier ein Nickerchen machen.«

Tadhg lag auf einem weichen Bett und schlief. Die Dämmerung war schon hereingebrochen, als er erwachte, und er fühlte sich frisch und ausgeruht genug, um sich allem zu stellen, was da kommen mochte. Er zog sich die wollenen Kleider des Verstorbenen an. Sie strömten einen etwas strengen Geruch aus wie alles, was sich mit ihnen zusammen in dem Kleidersack befunden hatte, aber die Sachen paßten ihm, und der Stoff war dick und warm.
Beim Hinuntergehen sah er die alte Frau, wie sie neben der Herdstelle schlummerte. Eine getigerte Katze hatte sich auf ihrem Schoß zusammengerollt. Die Frau saß mit dem Gesicht zur Tür, als wollte sie sie bewachen. Beim Geräusch seiner Schritte fuhr sie wie ein Blitz hoch und hielt sich eine Hand vor den Mund. Die Katze suchte das Weite. »Heilige Maria, im ersten Augenblick habe ich doch wirklich geglaubt, *er* sei wieder lebendig geworden. Ihre Figur war es wohl, und Sie haben auch die gleiche Gesichtsfarbe. Als Sie da in der Tür standen, in seinen Sachen...« Sie hielt inne. »Aber Sie wollen sicher jetzt los. Ihr jungen Leute seid immer so schrecklich in Eile. Ich bringe Sie in den Pub und genehmige mir dort ein Glas Stout. Hab' ja schließlich einiges mitgemacht heute.«
Tadhg holte aus einer Ecke seine Harfe.
»Müssen Sie die denn mitnehmen?« Die Stimme der Frau klang traurig. »Hier wäre sie gut aufgehoben, und vielleicht bleiben Sie ja noch ein Weilchen bei mir wohnen, wenn Sie sonst nichts finden. Platz genug ist hier jedenfalls.«
Ihre Angst vor dem Alleinsein berührte Tadhg ebenso wie die Botschaft der Kleider. Lange schon hatten sie sich nach einem Körper gesehnt, den sie umhüllen konnten, oder zumindest nach der Berührung einer darüberfahrenden Hand. Sie waren so viele Jahre eingemottet gewesen, seit die Frau schon in jungen Jahren zur Witwe geworden war. Ihre Tränen benetzten sie immer noch. Früher einmal hatten die Stücke einem braven Mann gehört. Er hatte sie beiseite gelegt und eine Uniform angezogen. Und er war nie wieder nach Hause zurückgekehrt. Tadhg vernahm, wie der rauhe Tweedstoff rief, hörte, wie die Schuhe sich nach einer langen Wanderung sehnten. So freundlich wie möglich antwor-

tete er endlich der Frau: »Vielleicht brauche ich das Instrument noch. Ich möchte es lieber nicht irgendwo zurücklassen. Wer weiß schon, wohin ich heute abend noch gelange oder wann ich in dieses Haus zurückkehre?«
Die alte Frau zuckte die Achseln, setzte dennoch ein Lächeln auf und führte ihn hinaus in die Dunkelheit.

Als Tadhg in das Pub trat, kam ihm das so vor, als sei er in eine Höhle geraten. Das Braun der Wände, der Decke und der Einrichtung saugte alles Licht bis auf das auf, das von den Flaschen glitzerte oder vom reichlich mit Emblemen beklebten Spiegel reflektiert wurde. Die Luft in diesem Raum setzte sich aus Dünsten von Whiskey, Bier, Rauch und Schweiß zusammen.
Am anderen Ende der Theke standen zwei junge Männer vor halbvollen Gläsern. Sie schienen aber kein Interesse an ihrem Bier zu haben, sondern unterhielten sich leise mit dem Schankwirt. Alle drei sahen auf, als die alte Frau und Tadhg hereinkamen.
»Guten Abend, Missus O'Carroll«, sagte der kleinere der beiden jungen Männer. Er trug eine braune Lederkappe mit Rand und hatte sie sich tief ins Gesicht gezogen. Das Haar, das wirr darunter hervortrat, war schwarz, und seine weißliche Haut war voller Narben und Pickel. Sein Blick glitt sofort weiter zu Tadhg. Er ruckte hoch und stieß seinen Kumpanen in die Seite.
»Furchtbarer Tag heute, Jungs«, sagte die alte Frau. »Habt ihr schon die Nachrichten gehört?«
Beide jungen Männer nickten. Der andere – er war etwas größer, hatte hellbraunes, lockiges Haar und Sommersprossen im Gesicht – sagte: »Ah, es war eine schmutzige Angelegenheit.« Er hob sein Glas.
Der Schankwirt, ein rotgesichtiger, aufgedunsener Mann in den Vierzigern, marschierte hinter der Bar auf die beiden Neuankömmlinge zu und begann damit, übertrieben sorgfältig Gläser zu polieren.
Der kleinere, dunkelhaarige Mann wandte sich wieder an die alte Frau. »Was führt Sie denn an diesem Abend hierher, Missus O'Carroll? Und wen haben Sie uns denn da mitgebracht?« Seine

Stimme klang höflich, aber als sein Blick wieder auf Tadhg fiel, griff er so fest an den Rand der Theke, daß die Fingerknöchel weiß hervortraten.

Mrs. O'Carroll bestieg einen freien Barhocker. »Ich nehme ein Guinness, Kevin«, sagte sie, »und das gleiche für meinen jungen Gast hier. Und ich möchte es hier trinken, nicht bei mir zu Hause. Ich muß nämlich mit den Jungs reden, und weil die offensichtlich die ganze Zeit die Tür im Auge behalten müssen, bleibe ich hier.«

Mit fast schon künstlerischer Gebärde plazierte der Wirt ein Halbliterglas unter den Zapfhahn und ließ es mit einer schaumigen, braunen Flüssigkeit vollaufen. Dabei sah er den Schaumflocken zu, wie sie herumwirbelten und schließlich zur Ruhe kamen, als sei das die interessanteste Sache der Welt.

»Mein junger Freund hier«, bemerkte die alte Frau wie beiläufig, »behauptet nämlich, der letzte zu sein, der Padraig Byrne, Thomas O'Brien und Rory White lebend gesehen hat.«

Mit einem flachen Messer wischte der Wirt die Schaumkrone über dem Rand des Glases fort. Mrs. O'Carroll griff in ihre Tasche und hatte dann einige Münzen in der Hand.

Der dunkelhaarige Kleine warf eine Handvoll Geld auf die Theke. »Sie werden entschuldigen, Missus, aber ich schätze, ich sollte Ihnen einen ausgeben, Ihnen und Ihrem Freund. Wie haben Sie denn den da kennengelernt?« Er zeigte auf Tadhg, und seine Vorsicht war ihm immer noch anzumerken.

»Ich kam gerade aus der Kirche, und es ist wohl schon einige Zeit her, seit man euch beide da drinnen gesehen hat.« Mrs. O'Carroll nahm erst einmal einen Schluck Guinness.

Auch Tadhg probierte das bittere, gehaltvolle Gebräu. Er war sich mehr als sicher, daß er hier die gesuchten Männer vor sich hatte, aber aus irgendeinem Grund trauten sie ihm nicht. Angst ließ sie die Schultern zusammenziehen, und bei jedem Geräusch wandten sich ihre Gesichter der Tür zu.

»Dann waren Sie also letzte Nacht mit ihnen zusammen?« wandte sich der Dunkelhaarige direkt an Tadhg. »Wie ist denn Ihr Name?«

»Tadhg MacNiall«, antwortete er höflich, obwohl er den Tonfall des anderen für grob ungehörig hielt.
»Ich heiße Connor Lynch«, stellte sich der Dunkelhaarige vor, »und das hier ist Liam MacMahon.« Er zeigte auf seinen größeren Freund, der Tadhg nur zunickte, aber kein Wort fallenließ. »Wie kam es denn, daß Sie mit Padraig, Thomas und Rory zusammentrafen?«
Tadhg erzählte, wie sie sich kennengelernt hatten, am Morgen aufgebrochen und dann in einen Hinterhalt geraten waren.
»Haben Sie die Angreifer erkannt?« fragte Connor sofort nach.
Tadhg schüttelte den Kopf. »Sie waren maskiert, aber ich würde vielleicht ihre Stimmen wiedererkennen.«
»Wie kam es denn, daß Sie nicht auch erschossen wurden?« meldete sich zum erstenmal Liam zu Wort. Er drehte sich zu Tadhg um und stand sprungbereit da.
Tadhg hob die Schultern. »In der allgemeinen Verwirrung haben sie mich vielleicht übersehen. Oder sie wollten nur die drei, nicht aber einen Fremden umbringen. Wer vermag schon zu sagen, wie es im Geist von den Männern aussieht, die herumziehen und Barden ermorden? Es kann sich bei ihnen nur um *Gealt* handeln!«
Die beiden jungen Männer sahen ihn verwirrt an. In diesem Augenblick öffnete sich die Tür, und alle Blicke fuhren in diese Richtung.
Der Neue sah sich erst einmal um. Er stand mit dem Rücken zum Licht, so daß man wenig mehr von ihm erkennen konnte, als daß er von mittlerer Größe war. Dann trat er breitbeinig ein, die Hände in den Hosentaschen vergraben. »Ihr müßt ja zweifelsohne gut vorangekommen sein, wenn ihr Zeit habt, hier herumzusitzen.«
Er durchquerte den Schankraum und ließ sich an einem kleinen, runden Tisch nieder, nicht an der Theke. Ungefragt setzte ihm der Wirt ein kleines Glas mit Whiskey vor.
Der mittelgroße Mann nahm einen kleinen Schluck und lehnte sich dann auf seinem Stuhl zurück. »Nun? Drei unserer Kameraden liegen tot auf der Straße, und ihr macht es euch in der Kneipe bequem, wahrscheinlich weil man hier Morde am besten sühnen

kann. Sagt mir doch: Glaubt ihr, daß Guinness oder Jameson's die Mörder für euch finden? Oder habt ihr vielleicht schon bei Bushmill's nachgefragt? Auf ihn würde ich ja persönlich tippen, denn immerhin hat er den Geist des Nordens.« Er legte seine Füße auf einen anderen Stuhl. »Schönen guten Abend, Mrs. O'Carroll. Waren Sie heute wie jeden Tag wieder in der Kirche, um für unsere Sünden zu beten?«

»Eines Tages werden Sie sich wünschen, daß ein ganzer Haufen Leute für Sie betet, Sean O'Rourke, und dann können Sie froh sein, wenn ich mich noch an Sie erinnere!«

»Wenn Sie schon darum beten, daß ich von meinen Sünden gereinigt werde, dann können Sie doch genausogut darum beten, daß unser Land von fremden Eindringlingen gereinigt wird.« Sean trank sein Glas aus. Der Wirt wollte ihm ein zweites hinstellen, aber Sean winkte ab. »Für die Arbeit heute nacht brauche ich einen klaren Kopf, genauso wie diese Jungs. Geben Sie ihnen heute nichts mehr.« Er drehte kurz den Kopf in Richtung Tadhg. »Wen haben wir denn da?«

»Ich bin Tadhg MacNiall der Barde. Ich war Zeuge des Mordes an Ihren Freunden und bin gekommen, um ihre Angehörigen davon in Kenntnis zu setzen.«

Sean O'Rourke setzte sich aufrecht hin. »Was, Sie haben den Mord gesehen?«

»Das habe ich doch gesagt. Aber was das für Leute sein müssen, die so etwas tun, vermag ich nicht zu sagen. Meine Freunde sagten mir, sie wollten in Dundalk jemanden treffen, aber das können Sie nicht sein.« Tadgh hätte von den Freunden der Barden entschieden bessere Manieren erwartet und bückte sich nun, um seine Harfe aufzunehmen.

Sean blickte flüchtig auf Connor und Liam, die bislang nichts zu seinen Vorwürfen gesagt hatten und jetzt die Achseln zuckten. Nach einer Weile meldete sich Connor zu Wort: »Er meint, er könnte die Mörder an ihren Stimmen identifizieren.«

Sean zog einen Stuhl unter seinem Tisch heraus. »Tadhg, setzen Sie sich doch. Ich denke, wir haben uns über einiges zu unterhalten. Wo, sagten Sie, kommen Sie her?«

Tadhg blieb einen Moment unschlüssig stehen, hin und her gerissen zwischen Stolz und Pflichtgefühl. Dann siegte letzteres, und er erzählte zum drittenmal seine Geschichte. Als er fertig war, legte er den Umschlag mit den Papieren auf den Tisch. Sean sah sie sich an, las sie durch und steckte sie dann weg. Sein Interesse an Tadhg war nun deutlich erwacht, und er sah ihn freundlicher an.
»Ist es auch in Ihrem Interesse, die Morde zu rächen?«
»Aber ja«, antwortete Tadhg, »allein schon die Ehre erfordert dies.«
»Nun, dann passen Sie mal auf«, sagte Sean in leisem Verschwörerton, »wir befinden uns nämlich in einer Blutfehde, und da geht es um Leben und Tod. Wenn Sie uns helfen wollen, dann kommen Sie heute nacht mit.«
Tadhg erkannte, daß der andere ihn für nicht ganz richtig im Kopf hielt, ja, sich sogar lustig über ihn machte. Tadhg hatte ihm und seinen Freunden nicht alles erzählt, was er wußte, aber auch sie hatten nicht unbedingt die Wahrheit gesprochen. Der Geruch von Blut und Gewalt lag schwer in der Luft.
»Connor und Liam, bringt ihn über unseren Spezialweg zum Haus und versorgt ihn dort mit einem Paß und dunkler Kleidung. Nicht auszuschließen, daß wir ihn noch gut gebrauchen können. Wir treffen uns bei Mondaufgang wieder.« Sean erhob sich.
»Ach, er ist doch so ein Unschuldslamm«, sagte Mrs. O'Carroll schneidend scharf, »und ihr laßt ihn mit euren verruchten Schandtaten in den Tod rennen.«
»Wäre es Ihnen lieber, Ihr Gatte wäre für nichts und wieder nichts gestorben? Gute Frau, etwas mehr Angedenken an einen gefallenen Soldaten, wenn ich bitten darf.« Sean verließ das Pub.
Connor und Liam erhoben sich, um dem Befehl Seans nachzukommen. Tadhgs Blick fiel auf die alte Frau. Sie war vor Kummer zusammengesunken, und ihre Finger malten Kreuze auf die nasse Thekenoberfläche. Sie murmelte etwas, das Tadhg nicht verstehen konnte, murmelte es dann ein zweites Mal. Eine Zauberformel? Tadhg nahm seine Harfe und strich Mrs. O'Carroll mit der Hand über das schwarze Tuch an der Schulter. »Vielen Dank, Mrs. O'Carroll, für Ihre Gastfreundschaft. Mögen wir uns wiedersehen.«

Dann folgte er den beiden jungen Männern hinaus in die dunkel gewordenen Straßen.

Schwarz war die Nacht, und weit oben leuchteten nur die Sterne. Erst ein Tag und eine Nacht waren vergangen, seit Tadhg dem See entstiegen war, und doch schien das unendlich lange her zu sein. Wie viele Jahre mochten die Sterne auf die Erde hinabgeschaut haben, während er im Palast gelebt hatte? Die Sterne bekamen in ihrem langen Leben soviel zu sehen, und sie waren schon so uralt. Tadhg fühlte sich unbehaglich, weil er sich von diesen blinkenden Augen am Himmel beobachtet fühlte.

Das Haus, zu dem Connor und Liam ihn geführt hatten, war eher eine Hütte und hatte etwas von einer Räuberhöhle an sich. Die gläsernen Fenster waren dreckig und verschmiert, und im Innern bedeckten reichlich Schimmel und Pilze das Holz. Kartons und zusammengeknüllte Schlafsäcke türmten sich in den staubigen Ecken. Nur selten schien hier gekocht zu werden, und seit viel zu langer Zeit hatte kein Lachen mehr das Innere aufgehellt. Statt dessen verströmten die Wände nur den Gestank von Schweiß und Wut.

Connor hielt einen Arm ausgestreckt und fummelte an etwas herum, das von der Decke hing. Plötzlich ließ sonnenhelles Licht Tadhg fast erblinden. Nie hatte er den gleißenden Sonnenschein sonderlich geliebt, und wer hätte je glauben können, daß man diesem auch in der Nacht begegnen konnte und dazu auch noch im Innern einer Hütte? Tadhg fand eine freie Stelle auf dem Boden und ließ sich darauf nieder.

»Nun, dann wollen wir mal nach Papieren für Sie sehen. Ob Sie mit diesem Paß hier durchkommen?« murmelte Connor. Liam rumorte in einem zweiten Raum dieser Hütte herum.

»Papiere?« Tadhg hatte diesen Ausdruck schon vorher gehört, wußte aber immer noch nicht, was es damit auf sich hatte.

Liam kam wieder zu ihnen. »Ich sag' doch, er hat sie nicht alle auf der Reihe. Und Sean muß den Verstand verloren haben, so einen mitnehmen zu wollen.«

»Du würdest dich nie trauen, ihm das ins Gesicht zu sagen«, gab Connor zurück. Dann wandte er sich an Tadhg und sagte ganz langsam: »Papiere. Einen Ausweis. Eine Arbeitskarte.«
Tadhg schüttelte den Kopf. »So etwas besitze ich nicht.«
»Haben Sie die verloren oder ... ach, ist ja auch egal.«
Connor rief etwas in den Raum, in den Liam wieder gegangen war. »He! Such ihm mal Papiere raus!« Er wischte sich über die Stirn. »Mann, wie haben Sie es bloß geschafft, so weit zu kommen?«
Nach einer Weile kehrte Liam mit einem verknitterten Päckchen zurück und gab es Tadhg. »Stecken Sie sich das gut ein«, erklärte er. »Wenn man Sie nach Ihrem Ausweis fragt, dann zeigen Sie die Papiere in dem Päckchen vor. Sie heißen William Francis, arbeiten in einem Hüttenwerk in Belfast und sind Protestant. Und Gott möge Ihnen beistehen, wenn Sie je auch nur in die Nähe eines Hüttenwerks kommen sollten. Wahrscheinlich haben Sie so eine Anlage in Ihrem ganzen Leben noch nicht gesehen, da möchte ich drauf wetten.« Er schüttelte den Kopf. »So geht's nicht, Connor.« Und damit verschwand er wieder im Nebenraum.
Verwirrt fragte Tadhg: »Was nun? Wollen wir die Ermordeten rächen?«
»Noch nicht.« Connor klang ungeduldig. Tadhg nahm seine Harfe auf und schlug ein paar Saiten an, aber er wußte nicht, was er in diesem Augenblick hätte singen sollen.
Die Zeit verstrich. Endlich schien silbern der Mond durch die verschmierten Glasscheiben. »Es wird Zeit«, sagte Connor. Er hatte Tadhg einen schwarzen Mantel zum Anziehen und eine Stoffrolle gegeben, die auseinandergerollt eine schwarze Gesichtsmaske ergab. »Heben Sie das gut auf, vielleicht brauchen Sie es noch.«
Die drei verließen die Hütte und traten hinaus ins Licht des Mondes. Hinter ihnen fiel die Tür ins Schloß. Alles war ruhig. Tadhg hielt seine Harfe. Connor und Liam trugen etwas Längliches, mit Stoff Umhülltes in den Händen, wahrscheinlich Gewehre. Schuß für Schuß, das war doch nur gerecht, wenn diese Blutfehde schon so weit gediehen war.

Tadhg fragte sich, ob er das anstehende Unternehmen fürchten oder sich darauf freuen sollte.

Ein Wagen wartete an einer besonders dunklen Stelle. Tadhg konnte in den silberschwarzen Schatten nur wenig ausmachen, aber er erkannte Seans Stimme. »Na, das wurde aber auch Zeit. Habt ihr euch inzwischen gut amüsiert?«
»Na, es sind noch nicht einmal zwanzig Minuten seit Mondaufgang verstrichen«, bemerkte Liam.
»Ich sprach vorhin nicht von zwanzig Minuten *nach* Mondaufgang, sondern präzise von seinem Erscheinen. Wir müssen über die Grenze, dann unsere Leute finden und wieder zu Hause sein, bevor die anderen sich gegen uns zusammenrotten können.« Sean startete den Wagen, und die drei Männer stiegen ein. »Ich hoffe, ihr habt Tadhg wenigstens mit Papieren versorgt.«
»Haben wir«, sagte Connor. »Heute nacht heißt er William Francis und ist ein ehrbarer Schweißer aus Belfast.«
Sean kicherte. »Da bekommen die Bullen aber sicher was zum Nachdenken.« Der Wagen fuhr rasch über eine nur stellenweise vom Mond beschienene Straße. Tadhg, der sich immer noch nicht an diese Form des Fahrens gewöhnt hatte, schwieg die ganze Zeit über und hielt sich mit beiden Händen am Sitz fest. Und irgend etwas ging von diesen drei Männern aus – vielleicht eine besondere Form der Hinterlist –, das sein Unbehagen nur noch verstärkte. Ihre Gedanken drehten sich kaum um etwas Ehrenhaftes.

An einer Grenzstation wurden sie aufgehalten. »Ach, hören Sie, wir *müssen* am Morgen wieder zu Hause sein. Eine Sonderschicht steht an, und wenn wir dort nicht pünktlich erscheinen, verlieren wir womöglich noch unseren Job«, erklärte Sean bittend und höflich. Der Soldat runzelte die Stirn. Sean reichte ihm seine Papiere, und Liam, Connor und Tadhg folgten seinem Beispiel.
Der Soldat sah sich die Ausweise an und gab sie dann zurück. »Sie können passieren. Sie sind wohl spät dran, haben es aber sicher nicht mehr so weit. Beim nächsten Mal aber...«
»Nächstes Mal wollen wir uns etwas pünktlicher auf die Socken

machen. Aber es liegt an diesen verdammten Straßen; man könnte fast meinen, die hätten noch nie etwas von Automobilen gehört. Mag auch sein, daß ihr Papst das Auto noch nicht gesegnet hat. Stellen Sie sich vor, wir haben uns einen Reifen aufgeschlitzt, weil da ein Stein auf der Straße lag. Also, der war mindestens so groß...«
»Nun fahren Sie schon weiter.« Der Soldat winkte sie durch.
Nachdem sie die Grenze hinter sich gelassen hatten, knurrte Sean: »Diese Drecksäcke! Jetzt müssen wir auch noch unser eigenes Land verleugnen.« Er steckte seine Papiere wieder ein. »Ich hab' da einen heißen Tip bekommen, wo unsere feinen Freunde sitzen, und Tadgh hier – ich sollte wohl besser William sagen – kann sie identifizieren, hab' ich das richtig gehört? Drei Männer in einem kleinen Morris?«
»Das hat Padraig gerufen, als er sie sah«, antwortete Tadhg. »Ich konnte nichts erkennen, weil ich hinten in dem großen Wagen saß.«
»Waren bestimmt die MacIvers«, brummte Sean. »Ganz sicher. An einem Freitagabend sitzen sie wahrscheinlich nicht in ihrer Loge, müssen nicht der heiligen Enthaltsamkeit frönen. Nein, heute abend werden sie sich vollaufen lassen und sich gegenseitig ihre Heldentaten erzählen. Und sich totlachen über das, was sie getan haben.«
Widerlich, dachte Tadhg. *Haben sie denn keine Achtung vor ihren Feinden? Welche Ehre lag dann darin, sie zu erschlagen?* »Genug! Sind wir hier, um Rache zu nehmen oder um zu schwatzen?«
Sean atmete scharf ein und setzte zu einer Entgegnung an. Tadhg spürte, wie Worte äußersten Zorns in Seans Kehle saßen. Dann trat er fest mit dem Fuß auf den Wagenboden, und das Gefährt machte einen Satz nach vorn.

Ihr Ziel war ein ländliches Pub, eingebettet zwischen Feldern und Äckern. Sie fuhren auf ein Abstellgelände, wo bereits einige Wagen standen und das Sternenlicht widerspiegelten. Bis auf den Mondschein spendete hier nur noch die gelbe Beleuchtung Licht, die aus den Türen und den Fenstern des Pubs drang. Jedesmal

wenn sich die Eingangstür öffnete, hörten sie rauhes Gelächter und Lieder. Und jedesmal hörte Tadhg genau hin, ob er nicht eine der Stimmen erkannte. Endlich rief jemand:
»MacIver, du bist wieder mal stockbesoffen!« Großes Gelächter folgte dieser Bemerkung.
Eine andere Stimme brüllte: »Du auch, MacIver, du genauso!«
Tadhg fuhr zusammen. Es war verächtlich, einen Betrunkenen zu töten, aber er mußte seinen neuen Kumpanen die Wahrheit sagen. »Das sind die Männer. Ich habe ihre Stimmen erkannt.« Ihm war es zumindest ein Trost, daß er damit keine ehrenhaften Männer zum Untergang verdammte.
Sean warf den Motor des Wagens wieder an. Und der Motor des Wagens, an den Tadhg sich genau erinnerte – Padraig hatte ihn »Morris« genannt –, wurde in diesem Augenblick ebenfalls gestartet, und seine Lichter flammten auf. Sean setzte sich vor ihn, gab Gas und bog etwas später in eine kleine Seitenstraße ein. »Raus mit euch!« befahl er. Tadhg griff seine Harfe und trat hinaus in die Nacht. Connor und Liam nahmen ihre stoffumhüllten Waffen und folgten ihm.
Der Morris kam kurz darauf. Er fuhr Schlangenlinien und bog dann in eine Kurve. Seine Lampen leuchteten durch die Hecken am Straßenrand. Tadhg hatte gerade noch Gelegenheit, die feinen Rippen eines Blattes direkt vor seinem Gesicht zu bewundern, bevor die Gewehre das Feuer eröffneten.
Kugeln fauchten und heulten über das Metall des Wagens. Ein Schrei ertönte, und dann fuhr der Morris in den Straßengraben. Drei Männer sprangen heraus. Wieder krachten die Gewehre, und die drei fielen auf die Straße. Still lagen sie da.
Recht geschehen, sie haben schließlich Barden ermordet. Sean drückte Tadhg eine Waffe in die Hand. »Nichts wie weg hier ... Wir lassen ihn mit dem Gewehr zurück – ihn mit seinem protestantischen Paß!«
Tadhg hielt verwundert die unvertraute Waffe in der Hand. Sie tötete auf größere Entfernungen, aber *wie?* Auf der Straße regte sich einer der MacIvers. Er hielt etwas in der Hand, hob es hoch

und zielte. Tadgh hörte, wie eine Kugel über seinem Kopf durch die Luft pfiff, und warf sich rasch auf die Erde. Dann hörte er einen Schrei. Es war Seans Stimme, es war der Todesschrei eines Kriegers. Tadgh glaubte, die schwere Eisenwaffe würde in seinen Händen glühen, und ließ sie rasch fallen. Er suchte nach seiner Harfe und erhob sich wieder.
Tadhg schlug eine Saite an. In der Dunkelheit stiegen Dinge aus der aufgebrochenen Erde. Trockene Schädel klapperten in rostigen Helmen, Zähne bissen in fleischlosen Kiefern aufeinander. Ein Barde hatte den Tod zur Rache gerufen, und voller Furcht schwieg die Nacht.

8

Maire folgte Mrs. O'Shaughnessy in ihre Küche. Der Raum war unglaublich schmutzig: Vertrocknete Essensreste klebten auf übereinandergestapelten Tellern, Fliegen saßen überall oder schwirrten durch die Luft, und aus jeder Ecke und Ritze drang der säuerliche Gestank von Fäulnis.
Was für eine Schlamperei, dachte Maire. *Warum läßt sie ihrem Gesinde das nur durchgehen...* Aber dies war keine Frau von vornehmer Geburt. Sicher besaß sie überhaupt keine Knechte und Mägde. Diese Frau war liederlich, genau wie Brigid. Auch äußerlich ähnelte sie Brigid sehr, nur das Haar war kürzer und das Kleid dunkler, aber... *Welche Macht mag eine solche Krähe besitzen?*
Maire bemerkte, daß die Frau sie scheel ansah, als wollte sie eventuelle Vorhaltungen parieren. Maire setzte eine gleichgültige Miene auf, bemühte sich, den Gestank zu ignorieren, und suchte die am wenigsten verschmutzte Schüssel heraus. Verwundert stand sie vor einem tropfenden, am Ende gebogenen Rohr, das aus der Wand kam, bis Mrs. O'Shaughnessy mit einer ungeduldigen Geste daran drehte. Wasser strömte in die Schüssel. Maire rieb den Dreck ab und wartete, bis sie gefüllt war. »Haben Sie saubere Handtücher?« Sie achtete darauf, das Wort »sauber« nicht zu sehr

zu betonen. Die Frau riß eine Schublade auf und reichte ihr ein Tuch. Es war recht verschlissen, aber immerhin frisch gewaschen.

»Vielen Dank.« Maire trug die Schüssel ins Wohnzimmer. Rita lag immer noch auf dem Boden, aber wenigstens hatte sie schon die Augen geöffnet. Sie hob den Kopf, als sie jemanden kommen hörte.

»Was ist geschehen? Da war dieser Aufruhr auf der Straße, und... Wer sind Sie denn?« sagte sie und starrte Maire an. Schließlich bemerkte sie auch Mrs. O'Shaughnessy und zuckte sofort zusammen.

»Ins Haus gezogen hat man dich, wie einen Sack Kartoffeln. Diese fremde Dame hier war's«, verkündete Mrs. O'Shaugnessy. »Und da hast du es eigentlich nur deinem Dusel zu verdanken, daß du jetzt nicht tot im Rinnstein liegst.«

»Ich heiße Maire ní Donnall«, stellte sie sich vor, »und ich würde mir gern einmal Ihre Wunde ansehen.« Rita fuhr zurück. »Keine Angst, ich bin Heilerin.« Rita beobachtete ihre Bewegungen mit weit aufgerissenen Augen. Maire tauchte das Tuch ins Wasser und begann damit, das getrocknete Blut abzuwischen. Als sie das Tuch ein zweites Mal in die Schüssel tauchte, färbte sich das Wasser rot. Wortlos reichte sie das Gefäß Mrs. O'Shaughnessy, die zwar brummte, aber dennoch davonschlurfte, um frisches Wasser einzulassen.

Rita sah sich Maire genau an. »Hab' ich Sie nicht schon im Museum gesehen, heute nachmittag? Sind Sie mir gefolgt?« Sie preßte die Augen zu. »Oh, in meinem Kopf müssen tausend Teufel sitzen, die mit beiden Händen zweitausend Hämmer pausenlos niederkrachen lassen.«

Mrs. O'Shaugnessy kehrte zurück und stellte unsanft die Schüssel ab. Maire fuhr fort, die Wunde zu reinigen.

»Ist nicht so schlimm, wie es aussieht.« Vorsichtig fuhr sie mit den Fingern über die Wunde. »Bloß eine Schnittwunde, aber Wunden an Kopf und Hals bluten nun einmal besonders stark. Ich würde sie ja nähen, aber ich habe leider meinen Kräuterbeutel nicht dabei.« Und plötzlich wurde ihr klar, daß nicht nur ihr Kräuterbeutel,

sondern auch alles andere, was sie besaß, schon vor langer Zeit zu Staub zerfallen war. Kräuter, Messer, Nadeln und Garn. Was sollte sie nur ohne ihre Hilfsmittel anfangen?
Du brauchst keine Hilfsmittel, denn dir wohnt die Kraft des Heilens inne. Maire hörte diese innere Stimme nicht zum erstenmal, aber immer noch erschreckte sie sie. Kraft des Heilens? Die Kraft, eine Wunde ohne Nadel und Garn zu schließen? Und selbst wenn sie das ohne ihre Kräuter vollbringen sollte, wie konnte sie dann die rote Schwellung verhindern, die Schmerzen bereitete und Narben hinterließ?
Sie sah auf Ritas Kopf, und das Licht verfärbte sich grau. Sie *schaute:* der gerade Schnitt, die gerissenen Blutbahnen und unter Haut und Muskelfleisch das Schimmern des Knochens. *Heile denn, wenn ich die Kraft dazu besitze.* Sie sah zu, wie die winzigen Blutröhren sich zusammenfügten, wie die Haut sich regenerierte und wie die Blutung stoppte. Nichts blieb mehr zurück bis auf eine dünne Linie aus getrocknetem Blut. Maire zog ihre Hand vom Kopf des Mädchens. Die Wunde war verheilt, und dazu hatte es nur Maires Willen bedurft.
Rita fuhr sich über Kopf und Nacken. Erstaunt sah sie, daß ihre Finger nicht blutverschmiert waren. »Was haben Sie getan?«
Maire war immer noch wie betäubt. »Habe ich nicht gesagt, ich sei Heilerin?«
»Doch, aber wo haben Sie so etwas gelernt?« Rita mühte sich hoch, bis sie aufrecht saß.
Maire gab keine Antwort. Sie sah nur auf ihre rechte Hand. Dann ließ sie das blutverschmierte Tuch ins Wasser fallen und half Rita, auf die Füße zu kommen.
Wortlos stand Mrs. O'Shaughnessy daneben. »Ich bringe die junge Frau nach Hause«, erklärte Maire. Die alte Frau bückte sich, hob die Schüssel mit dem blutroten Wasser auf und schlurfte damit in die Küche.

Ritas Zuhause, das sich direkt nebenan befand, war vom Haus der Mrs. O'Shaughnessy nur durch eine dünne Wand getrennt. *Wie können Menschen nur so dicht aufeinander wohnen?* Jedes

Geräusch aus dem Nachbarhaus mußte zu hören sein, es konnte keine Heimlichkeiten und keine Zurückgezogenheit geben.
Rita öffnete die Haustür, lehnte sich einen Moment gegen den Türpfosten und trat dann auf schwankenden Beinen ins Haus. Eine magere, grauhaarige Frau nahm sie sofort in die Arme. »Heilige Mutter Gottes«, rief sie, »was ist denn nun geschehen? Bist du auf der Straße von einer Kugel getroffen worden? Dein ganzes Kleid ist voller Blut, und erst die Bluse...«
»Die Wunde ist nicht schlimm«, sagte Maire rasch, um einem hysterischen Anfall bei der Mutter zuvorzukommen. Die Frau umarmte Rita und drückte sie fest an sich. Sie schluchzte. Ihre Gesichter ähnelten einander, nur war die Mutter eine gute Handbreit kleiner als die Tochter. Ihr Kleid hing bis zu den Knien herab und war von graugelber Farbe. Überall warf es Falten, weil es für den fleischlosen Körper zu weit war.
Maire sah sich um. Sie stand in einer Art Vorraum, ähnlich dem im Haus von Mrs. O'Shaughnessy; nur war hier alles sauber und aufgeräumt.
Die Mutter schien ihr eine Frau zu sein, die sich zu viele Sorgen machte und heimlich zu viele Tränen vergoß. Sie hatte sich mittlerweile Seele und Herz aus dem Körper geweint, war wie ein reingewaschenes Land nach langem Regenguß. Nichts war mehr von ihr übrig bis auf das steinharte Gerüst.
Maire fragte sich, wo die Ursache ihres Leids liegen mochte. Kummer hielt dieses Haus in Bann, ein Kummer, der schon vor langer Zeit entstanden war, aber wie eine Wunde weiterschwärte und täglich neu geöffnet wurde.
Die Mutter streichelte und drückte ihr Kind unentwegt, und die Tochter bückte sich, senkte den Kopf, bis sie kleiner war als ihre Mutter. Maire ließ den Geist des Hauses auf sich einströmen und spürte jene, die zu ihrer Zeit hier verkehrt und gewohnt hatten.
Da war einst ein junger Mann gewesen, John mit Namen. Er wollte studieren... so etwas wie die Heilkunst? Vier Jahre war er älter als seine Schwester Rita, und sie hatte ihn verehrt.
Sonnenstrahlen beschienen einen See. Eine Brise kräuselte sanft das Wasser. Das Ruderboot schaukelte auf den kleinen Wellen,

und John, ein gerade gewachsener, gutaussehender Achtzehnjähriger, saß an den Riemen. Er legte seinen Kopf schief, um in den Himmel zu sehen.

»Oh, das wird großartig, nächsten Herbst in die Uni von London, und es gibt keinen vernünftigen Grund für dich, es mir nicht nachzutun, sobald du alt genug bist. Immerhin studieren heute eine ganze Reihe von Frauen Medizin, und Ärztinnen sind keine Ausnahmen mehr. Und du hast die Begabung dazu, ganz gleich, was dir die Nonnen einreden mögen: wo der Platz einer Frau zu sein hat und so. Denk doch nur daran, wie du dich immer um die kleinen Tiere kümmerst, die du zu Hause anschleppst. Aber ich, ich werde einer der bedeutendsten Chirurgen.« Er hielt inne und schaute über den See. »Natürlich nur, wenn ich geschickt genug mit den Händen umgehen kann. Doch heute wollen wir uns darüber nicht den Kopf zerbrechen, sondern lieber ein paar Forellen fangen. Hast du denn auch immer brav deine Hausaufgaben gemacht, Schwesterlein?«

Da schöpfte Rita eine Handvoll Wasser aus dem See und sah zu, wie es glitzernd im Sonnenlicht auf Johns Gesicht zerspritzte.

Das war die letzte lebendige Erinnerung. Maire entdeckte eine Vase mit verwelkten Blumen.

Sie schämte sich, in dem Haus herumspioniert zu haben, während Mutter und Tochter noch in Sorge waren und sich gegenseitig beruhigten. Aber sie, Maire, war bisher noch nicht in das Gespräch einbezogen worden.

Der gleiche Gedanke schien auch den beiden Frauen gekommen zu sein.

Ritas Mutter musterte die fremde Frau und ihr heruntergekommenes Äußeres.

Maire ergriff als erste das Wort. »Es passierte, als ich gerade über die Straße ging.«

Rita sah ihr scharf ins Gesicht. Kaum merklich schüttelte Maire den Kopf und fuhr dann fort: »Und da hat die junge Dame dort wohl etwas abbekommen. Ich habe mich dann um sie gekümmert. Mrs. O'Shaughnessy...« – Mutter und Tochter fuhren beide zusammen – »... hat ihre Tür geöffnet und mich gerufen.

Da ich nicht wußte, wohin ich mich sonst hätte wenden können, bin ich dorthin gegangen.«
»Sie hat bestimmt die ganze Zeit über hinter der Gardine gestanden«, sagte Rita, »um mich bei irgend etwas erwischen zu können, wenn es nicht vielmehr ihre Vorliebe für Gewalttätigkeiten war, die ihr keine Ruhe mehr gelassen hat.«
»Na, na, na, so spricht man doch nicht über seine Nachbarschaft«, tadelte die Mutter. »Auch unter ihrer rauhen Schale schlägt ein weiches Herz, wie bei fast allen von uns.«
»Oh ja, und was für ein weiches Herz, wenn sie so ihre eigene Cathleen behandelt hat!« Rita zog ihre Mutter aus der Diele ins Wohnzimmer. »Leute von ihrer Art sind es, die dieses Blutvergießen so endlos machen.«
Im Wohnzimmer befand sich ein stuckverzierter Kaminsims, auf dem bemalte Karten lagen – *Götter und Göttinnen*, sagte sich Maire –, und zwischen ihnen stand in einem schwarzen Rahmen das Bildnis von John. *John, der auf dem sonnenbeschienenen See ruderte und seine kleinere Schwester neckte.* Vor dem Bild stand eine Vase mit Feldblumen, die mittlerweile verwelkt waren. Die frischen Blumen, die Rita gepflückt hatte, lagen draußen verstreut im Rinnstein.

Rita sah Maire verwundert an, aber Maire schüttelte den Kopf und warf einen kurzen Blick auf die Mutter. Rita nickte und ließ sich etwas härter als nötig in einen Sessel plumpsen. Dann legte sie eine Hand an die Stirn.
»Möchtest du eine Tasse Tee, mein Liebling?« fragte die Mutter. Rita nickte matt. Die Mutter eilte trippelnd davon.
Als sie allein waren, beugte sich Rita vor. »Also, da ist etwas an Ihnen, über das ich nicht reden darf. Was könnte das wohl sein?«
Erzähl ihr die Wahrheit. »Es ist eine seltsame Geschichte, und ich brauche lange, um sie zu erzählen. Im Gegenzug könnten Sie mir das erklären, was ich unbedingt über diese Zeit wissen muß, denn ich stamme nicht von hier.« Maire hielt inne und dachte nach. »Besser gesagt, ich stamme nicht aus ihr. Und das ist sicher nicht

einfach zu glauben, auch das nicht, was noch folgt. Ihre Zeit unterscheidet sich doch sehr von der meinen, und deshalb wird meine Geschichte wahrscheinlich in Ihren Ohren so klingen wie das Gebrabbel einer Wahnsinnigen.«
Rita sah sie an, schüttelte den Kopf und lehnte sich in ihrem Sessel zurück. »Ich habe schon eine ganze Menge Verrückte gesehen, aber Sie machen mir nicht den Eindruck. Ich hoffe, Sie bleiben zum Tee und übernachten wenigstens heute bei uns, oder? In meinem Zimmer steht noch ein zweites Bett, und heute nacht können Sie mir ja Ihre ganze Geschichte erzählen.«
Klapperndes Geschirr kündigte die Rückkehr der Mutter an. Rita sprach plötzlich lauter. »Da ich ja bewußtlos war, benötige ich alle zwei Stunden einen neurologischen Check, und damit möchte ich meine Eltern nicht unbedingt behelligen. Wenn Sie keine anderen Pläne haben, Maire...«
»Ich möchte ja nicht stören«, sagte Maire, »aber wenn meine Anwesenheit sich als nützlich erweisen könnte...«
Die Mutter trat ein und trug ein Tablett mit einer Kanne und Tassen aus Porzellan in den Händen.
»Wir sollten ein drittes Gedeck auf den Tisch stellen, Mutter. Maire hier kann in der Nacht nach mir sehen, um sicherzugehen, daß ich keine ernsthaftere Verletzung davongetragen habe. Sie hat Erfahrung und kennt sich mit so was aus.«
»Ob wir dich nicht besser ins Krankenhaus bringen?« meinte die Mutter besorgt.
»Ach was, ich brauche jetzt nur viel Ruhe.«
»Dann solltest du dich auch hinlegen. Ich bringe das Tablett in dein Zimmer.«
»Nein, das brauchst du nicht«, sagte Rita. »Aber ich würde mich gern umziehen, aus diesen Sachen hier kommen...« Sie zeigte auf ihre blutverschmierten Kleider.
»Warte, ich helfe dir die Treppe hinauf.« Die Mutter setzte das Tablett auf dem Tisch ab.
»Das ist nicht nötig, Maire wird mir helfen. Sicher möchte sie sich auch etwas frisch machen. Und ihr Kleid ist wohl nicht mehr zu retten, fürchte ich.«

Rita fühlte sich doch noch recht schwach und blieb auf der Treppe stehen. »In meinem Kopf ist die Hölle los, aber ich weiß nicht, ob ich etwas einnehmen darf.« Schweißperlen bildeten sich auf ihrer Oberlippe. »So, wir sind da.« Sie befanden sich im zweiten Stock. Fünf Türen reihten sich in einem schmalen Flur aneinander.
»Das ist das Schlafzimmer meiner Eltern.« Rita zeigte auf die erste Tür. »Und daneben liegt...« Sie atmete schwer ein. »Möge er in Frieden ruhen, der arme John. Die erste Tür hinter der Diele führt zu meinem Zimmer, dann kommt das WC, und dahinter liegt das Bad.«
»WC?«
Rita sah sie an. »Habt ihr denn ein anderes Wort dafür? Nun, man kann auch sagen: die Toilette.« Sie runzelte kurz die Stirn. »In meinem Zimmer befindet sich auch ein Waschbecken. Also, nichts wie hinein, damit Sie mir Ihre Geschichte erzählen können.«
Abgesehen von vier gräßlichen Wandmustern und einem grotesken Gemälde von einem verstümmelten Mann gefiel Maire das Zimmer. Rita bemerkte, wie Maire auf das Bild starrte. »Ach das, das ist das Herz Jesu. Ganz schöner Kitsch, was? Mutter hat es dort aufgehängt, und es würde ihr das Herz brechen, wenn ich es entfernte. Also lasse ich es um der christlichen Barmherzigkeit willen an der Wand. Mit der Zeit achtet man gar nicht mehr drauf, übersieht es einfach.«
Maire fragte sich, wie sie das wohl anstellte.
Rita ging in eine Ecke ihres Zimmers und ließ Wasser über ein Tuch laufen. Sie sah in den Spiegel. Nichts verzerrte ihr Abbild. *Ihre Spiegel sind so klar.* Maires Spiegel, der, den die Königin ihr geschenkt hatte, gab ihr Bild nur trüb wieder. Der See hatte da bessere Dienste geleistet, und das galt sogar für einen Weiher. Sehnsucht und Kummer ergriffen sie plötzlich, und sie schloß die Augen, um die Kontrolle über sich zu bewahren. *Fort und tot, das ist alles, das sind alle. Und auch Tadhg –* TADGH*!*
»Ich sehe aus, als hätte ich mit einem Bär gerungen«, sagte Rita, »oh, das geht natürlich nicht gegen Sie, Maire.« Sie wischte sich mit dem nassen Tuch den Nacken ab. »Autsch! Ich sollte mir lieber meinen Schmerz für die armen Seelen im Fegefeuer

aufheben, würde Mutter jetzt sagen.« Maire öffnete gerade noch rechtzeitig die Augen, um mitzubekommen, wie Rita kalkweiß wurde und sich mit beiden Händen am Rand des Waschbeckens festhalten mußte.
»Sie legen sich besser hin.« Maire führte die junge Frau an eines der schmalen Betten. »Höchste Zeit, daß ich mit meiner Geschichte beginne, und derweil legen Sie sich hin und ruhen sich aus.«
Rita legte sich auf das Bett, rollte sich zu einer Kugel zusammen und schluchzte kurz. »Michael, Michael«, sagte sie, »der Schreck raubt ihm sicher den Verstand, wenn er von dieser Verwundung hört. Der Ärmste hat sowieso schon Sorgen genug am Hals.« Sie rollte sich noch enger zusammen und hielt sich den Kopf. »Ich weiß nie, ob ich ihn je wiedersehe, von einem Tag auf den anderen... aber... aber ich will ihn doch nicht verlieren!« Rita streckte sich und lag dann gerade. Ihr Atem ging jetzt gleichmäßiger. »Tut mir leid, aber von Zeit zu Zeit bekomme ich diese hysterischen Anfälle. Aber jetzt will ich Ihnen zuhören, ganz bestimmt, auch wenn meine Augen geschlossen sind. Doch halt, eins muß ich noch klären. Haben Sie eigentlich eine Ahnung, was es mit neurologischen Checks auf sich hat?«
»Nein«, antwortete Maire, »aber ich kann es ja von Ihnen erfahren.«
»Also, das ist wichtig. Ich habe eine Kopfverletzung erlitten und das Bewußtsein verloren. Ich weiß nicht, wie Sie die Blutung gestoppt haben. Vielleicht entwickelt sich in meinem Kopf ein subdurales Hämatom – ein Blutgerinnsel im Gehirn –, und wenn das der Fall ist, schwillt es vielleicht so an, daß es mich tötet.«
»Ich habe Menschen gesehen, die nach dem Aufwachen an ihrer Kopfwunde gestorben sind«, sagte Maire. »Zuerst schien alles bei ihnen in Ordnung zu sein, aber dann bauten sie sichtlich ab, und schließlich brachen sie zusammen...«
»Dann wissen Sie ja Bescheid. Falls Sie mich nicht wach bekommen. Und das müssen Sie alle zwei Stunden versuchen.«
»Stunden?« fragte Maire verwirrt.
Rita öffnete wieder die Augen. »Scheint mir ja eine wirklich

merkwürdige Geschichte zu sein, die Sie mir erzählen wollen.« Sie richtete sich ein Stück auf und stützte sich auf die Ellenbogen. »Wissen Sie etwas über Uhren?«
Maire schüttelte den Kopf.
»Dann stelle ich den Wecker ein. Wenn er summt, versuchen Sie, mich zu wecken. Gelingt Ihnen das nicht, bringen Sie mich sofort ins Krankenhaus – Mutter weiß, wo das ist. Wenn ich aber aufwache, dann müssen Sie mir mit einer Lampe in die Augen leuchten. Sind die Pupillen gleich groß und reagieren auf das Licht – so wie jetzt, ich habe eben selbst nachgesehen –, dann ist alles in Ordnung.«
Maire konnte nur noch staunen. »Die Augen geben Nachricht über Verletzungen am Gehirn? Was kann man denn gegen solche tun? Gibt es irgendwelche Kräuter, die helfen?«
»Nein, da hilft nur noch eine rasche Operation«, erklärte Rita, »aber das lassen wir mal die Sorge des Krankenhauses sein.«
»Schneiden die Ihnen denn ein Loch in den Kopf?« Maire fragte sich, wie die Heiler das krankhafte Umsichschlagen des Opfers unter Kontrolle halten wollten, das ja oft solchen Eingriffen folgte. Aber dann sagte sie sich, daß nun sie an der Reihe sei, ihre Geschichte zu erzählen und keine Fragen mehr zu stellen. Schließlich war sie hier nur zu Gast. »Ich will tun, was Sie mir aufgetragen haben, und bis dahin erzähle ich Ihnen, wie es dazu kam, daß ich nun in Ihrer Zeit gestrandet bin.«
Rita schloß wieder die Augen. Die Uhr machte ein leises, unablässiges Geräusch, das sich wie das Schlagen eines Herzens anhörte.
»Ich lebte am Gestade des Lough Neagh, als Conn Sléaghéar König der Cruthiner war, und er war ein guter und gerechter König. Haben Sie je von ihm gehört?«
»Nein«, sagte Rita, »wann hat er denn geherrscht?«
»Ich weiß nicht, wie ihr mit Jahren rechnet. Aber es war damals kurz nach der Zeit, als die Prediger einer neuen Religion über das Land zogen...«
»Die Christianisierung?« Rita riß die Augen auf. »Aber das ist ja vierzehnhundert Jahre her! Sie wollen mich wohl auf den Arm

nehmen!« Rita strich sich über den Kopf. »Aber auf der anderen Seite ist so etwas Merkwürdiges an Ihnen.«
Vierzehnhundert Jahre? Eine so lange Zeit konnte Maire sich nicht vorstellen. So weit war ihre Welt nun weg... Aber sie hatte ja versprochen, ihre Geschichte zu erzählen. Maire atmete tief durch. »Ich will gleich berichten, wie es dazu kam. In meiner Zeit wurde ich früh einer Heilerin und ihrem Gatten zur Pflege ins Haus gegeben, und als ich zur Frau herangewachsen war, heiratete ich Tadhg den Barden. Er strebte immer danach, der beste Barde zu sein.« Trauer strömte in ihr Bewußtsein. »Am Bealtaine-Abend schlief er auf dem Feenhügel, und als ich ihn am nächsten Morgen suchen ging...« Sie riß sich zusammen und erzählte die ganze Geschichte.
Danach lachte Rita. »Das haben Sie sich aber hübsch ausgedacht, was?«
Maire saß nur schweigend da, und kein Lächeln wollte auf ihre Lippen treten.
»Sowas wollen Sie doch wohl nicht ernsthaft erzählen, oder, meine Liebe? Feenwesen und Dinge dieser Art – heute, in dieser Zeit... Und Sie wollen aus dem frühen Mittelalter kommen?«
Maire nickte. »An Ihrer Geschichte kann man das Zusammengesponnene förmlich spüren. Was mich nur etwas verwirrt, ist, daß sich etwas Unglaubliches ereignet hat.« Rita faßte sich wieder auf den Kopf und sah dann die Finger an. »Aber das kann auch an der Kopfwunde liegen, und vielleicht bin ich deshalb im Moment nicht ganz bei mir. Aber wenn die Sídhe wirklich existieren sollten..., die sagenhaften Alten...« Sie richtete sich auf und zeigte auf das Bild an der Wand. »Passen Sie auf, das müssen Sie wissen: *Dies* dort ist der Gott der ›neuen Religion‹, von der Sie eben sprachen. Und *dieser* Gott entzweit Irland. In seinem Namen morden die Protestanten die Katholiken, und mit gleicher Inbrunst morden die Katholiken die Protestanten. Und die Iren bekämpfen ihre irischen Brüder *und* die Engländer – alles in seinem Namen. *Sie benutzen ihn als Entschuldigung und zur Rechtfertigung ihrer Morde!*«
Maire sah auf das Bild. Es zeigte einen langhaarigen Mann mit

einem braunen Bart. Abgesehen von seiner leidenden Miene ähnelte er Tadhg. Der Gott trug einen roten Umhang und ein weißes Gewand, das denen aus Maires Zeit recht nahe kam. Er hatte sich das Gewand von der Brust gerissen, damit man sein blutendes Herz mit dem Dornenband und der goldenen Krone sehen konnte. Doch menschliche Herzen sahen nicht so aus. Maire hatte schon einige gesehen. Was war das für ein Herz, und warum gefiel es diesen Leuten zu sehen, wie ihr Gott sich dieses lebenswichtige Organ herausriß?
Es klopfte an der Tür. »Vater ist heimgekommen. Gleich gibt's Tee.«

9

Die Nacht lag in atemloser Spannung über dem Land, nur das Klimpern von Tadghs Harfe und das Rattern der Knochen in den rostigen Rüstungen war zu vernehmen. Keine Gewehrschüsse fielen mehr, und der Wind blieb stehen.
Dunkel war es, pechkohlrabenschwarz. Wolkenfinger webten einen Schleier um das Antlitz des Mondes, und niemand, bis auf Tadgh mit seiner Feensicht, konnte mehr sehen, wie die Toten aus der Erde stiegen. Nur irgendwo in ihm schrie eine Stimme erschrocken über das auf, was er ausgelöst hatte.
Doch dies sind die Mörder der Barden. »Mögen sie von ihrem eigenen Land zugrunde gerichtet werden, mögen ihre Vorfahren sie verfluchen, und mögen ihre schrecklichen Taten sie nicht mehr zur Ruhe kommen lassen. Ich, Tadgh MacNiall, habe euch gerufen.«
Im unheimlichen Grauen seiner Feensicht sah er die drei Männer auf der Straße liegen. Zwei von ihnen waren schwer verwundet, aber alle drei lagen schreckensstarr. Nur ihre Augen fuhren unablässig hin und her, um die Ursache des Rasselns zu entdecken. Sterbliche, denen die Sicht verwehrt war.
Tadgh erkannte, daß Sean tot auf der Erde lag. Eine Kugel war in sein Gehirn gedrungen. Liam und Connor, seine Gefährten,

hatten sich wimmernd versteckt, denn auch sie hatten die Schritte der Toten vernommen.
Über die Hecken steigend marschierten sie heran, die Legionen der Gefallenen, trugen die zerrissenen Kleider und Rüstungen aus so vielen Jahrhunderten. Einige waren unbewaffnete Bauern, andere trugen Piken und Speere, wieder andere hielten die Überreste von Gewehren. Einige reckten leere Fäuste, andere hatten knöcherne Finger um Steine geschlossen. Näher rückten sie, aus allen Richtungen, raschelten wie tote Blätter im Herbst, wie der Frostwind durch nackte Äste, wie schreckliche Erinnerungen, wie Alpträume und Nachtmahre, wie die ersten Zuckungen des Wahnsinns.
Das Heer der Toten sammelte sich und strömte dann auf Tadhg zu. Bleich waren ihre Knochen, und schwärzeste Dunkelheit füllte ihre Augenhöhlen. Was sollte er mit ihnen anfangen, was ihnen auftragen? *Rache*, sagte die Stimme in ihm, *nimm Rache*. Laut erhob Tadhg seine Stimme: »Dort wälzen sich drei Bardenmörder im Straßenstaub, Männer, die ohne Ehre sind. Treibt ihre Herzen in den Wahnsinn, zerstört ihre Seelen.« Aber auch seine eigene Seele war vergiftet. Die schaurige Armee schwankte. Tadhg richtete sich zu voller Größe auf und schlug noch einmal seine Harfe an. »Ich habe die Macht, und ihr seid mir untertan. Gehorcht!«
Sein Kopf beugte sich vor, als laste ein schweres Gewicht auf ihm, als ... als ob ... aber da setzte sich schon die Phalanx der Skelette in Bewegung. Tadhg stand mit seiner Harfe da und hörte zwischen ihrem leisen, trockenen und stetigen Rascheln gräßliche Schreie: drei Stimmen, die einmal menschlich geklungen hatten, waren nun nur noch schreckliche Furcht und Verzweiflung.
Die Szene lag im sonderbaren grauen Licht da, und Tadhg sah zu: Die drei Mordschützen waren von den Toten in festem Ring umschlossen und lallten nur noch Unverständliches. Knochige Finger zerrten an ihren Kleidern, fleischlose Lippen flüsterten ihnen unangenehme Geheimnisse aus ihrem Leben zu, lockere Graberde fiel aus leeren Augenhöhlen und Mündern auf sie herab. Kein sterblicher Verstand konnte solcher Begegnung standhalten.

Noch in Jahren, bis auch sie der Tod erlöste, würden die drei MacIvers nur noch sabbern und brabbeln.
Und das war nicht genug. *Diese Männer müssen sterben.* Nur konnten die Toten keine Leben nehmen. Tadhgs Hände waren nicht mehr die seinen, als sie die Harfe absetzten und dafür das Gewehr aufnahmen.
Und sie wußten, was sie zu tun hatten. Tadhg legte auf die drei an und zog den Hebel zurück. Der Rückschlag warf ihn zurück, und der erste Schuß pfiff viel zu hoch durch die Luft. Er hielt die Waffe fester und sah zu, wie die nächste Kugel über die Straße jaulte. *Zu weit nach links.* Tadhg zielte weiter und stach blutige Löcher in die drei MacIvers. Bis sie sich nicht mehr rührten.
»Es ist vollbracht und vorbei«, rief er den auferstandenen Toten zu. »Ihr dürft zurückkehren in eure Gräber.« Die modernen Krieger aber blieben stehen und sahen ihn an, rührten sich nicht, bis er seine Harfe aufnahm. Das Instrument fühlte sich merkwürdig in seinen Händen an. Tadhg spielte einen Schlafbefehl, und die Toten vergingen wie ein Nebel im Boden.
Jetzt sah er klareren Blicks auf die Leichen an der Straße. Hatte er dies getan? Wie und warum? Seine Finger brannten, und die Harfensaiten fühlten sich frostkalt an.
Ich sollte ihre Köpfe als Trophäen heimtragen. Er trat vor und griff nach seinem Schwert, aber das besaß er ja gar nicht mehr. Sein Kopf fühlte sich immer schwerer an, so als trüge er eine ungewohnte Last ... einen Helm vielleicht, nein, etwas anderes. Er spannte die Nackenmuskeln, und die Wolkenfinger gaben den Mond frei.
Silber wusch die Straße, und nur das Blut auf dem Teer lag dick und schwarz im Licht des Mondes. Als Tadhg sich zu seinen Kameraden umdrehte, fiel sein Blick auf seinen Schatten im Mondenschein. Einen Augenblick glaubte er, ein Geweih auf seinem Kopf zu erkennen – *der Gehörnte?*
Connor und Liam drängten sich furchtsam aneinander und starrten ihn an. Tadhg hatte solche Mienen bei waidwunden Tieren gesehen, die sich ihres Todes bewußt waren und alle Furcht verloren hatten.

Liam versuchte, etwas zu sagen. Aber nur Unverständliches kam heraus, und nach ein paar Momenten bedeckte er sein Gesicht mit den Händen, ehe er sich bekreuzigte. »Heilige Maria, Muttergottes... was ist mit Ihnen, Tadhg MacNiall? *Wer sind Sie?*«

»So etwas gibt es doch gar nicht«, wimmerte Connor. »Meine Augen und meine Ohren müssen mir einen Streich gespielt haben. Ich muß den Verstand verloren haben, nein, so etwas kann und darf es nicht geben, nein, nein, nein...« Er begann schluchzend zu beben und zu zucken. »Nein, so etwas gibt es nicht...«

Tadhg lief ein Schauer über den Rücken. Es *gab* solche Dinge und Erscheinungen, als einziger wußte er noch davon. Aber er selbst war doch ein Mensch, nichts als ein Mensch, ein Barde, der nie zuvor einen anderen Menschen getötet hatte. *Nie zuvor, aber in dieser Nacht,* sagte die Stimme. *Und seit dieser Nacht leitest du die Jagd.*

Er hatte um der Ehre willen so gehandelt. Tadhg sah auf die beiden zu Tode erschrockenen Männer. Sean, ihr Anführer, war tot. Tadhg brauchte die beiden, und dem Wahn verfallen würden sie wertlos für ihn sein. »Ihr werdet vergessen, was ihr gesehen und gehört habt.« Er schlug die Harfe zu einem neuen Lied an, »denn von nun an jagt ihr mit mir.« Er spielte das Lied des Vergessens. Nach einer Weile hörten die Männer auf zu jammern. Sie ließen sich los, erhoben sich, trugen Seans Leiche in den Wagen und setzten sich auf den Rücksitz. Ihre Augen waren geschlossen, und sie sagten kein einziges Wort.

Tadhg ließ sich hinter dem Steuer nieder. Der Wagenschlüssel steckte noch. Tadhgs Füße suchten die Pedale. Einen Augenblick nur saß er unschlüssig da, dann *wußte* er. Und von den beiden auf dem Rücksitz konnte er keine Hilfe erwarten. Sein linker Fuß trat hinab, seine linke Hand zog an einer Stange, und die rechte Hand drehte den Schlüssel herum, bis die Zündung einsetzte und der Motor brüllend zum Leben erwachte.

Tadhg ließ die Kupplung kommen und drückte aufs Gaspedal. Der Wagen rollte los. Und als sie die Hauptstraße erreichten, fuhr der Wagen gleichmäßig und ohne Stocken. Tadhg genoß das

Gefühl der Macht, ein solches Gefährt zu lenken, und es überraschte ihn überhaupt nicht, daß er die Fähigkeit dazu hatte; denn immerhin war er der *Führer der Jagd*. Er lenkte den Wagen in Richtung Dundalk, und er kannte eine Stelle, an der man die Grenze unbemerkt überqueren konnte.

Der Ehre der *Three Bards* war Genüge getan, aber einer von Tadhgs eigenen Männern war auf diesem Sühnezug gefallen. Sein Durst nach Blut war nicht mehr zu löschen. Ihn, der vorher nur Lieder vom Krieg gesungen hatte, gelüstete es nun nach Kampf und Zerstörung. Doch nicht im Augenblick, zunächst mußten andere Angelegenheiten erledigt werden.
Er hielt den Wagen vor einem Haus an. Dunkel und schweigend lag die Stadt da, und silbernes Mondlicht strömte über das Kopfsteinpflaster. »Bringt ihn zu seinen Leuten«, befahl Tadgh den beiden auf dem Rücksitz, »und sagt ihnen, was gesagt werden muß. Er ist den Tod eines Kriegers gestorben.«
»Sie weigern sich bestimmt, ihn in geweihter Erde zu bestatten«, sagte Liam, und seine Stimme klang wenig sicher, »denn seit seiner Jugend ist er nicht mehr in die Kirche gegangen, und alle hier wissen Bescheid über das, was er für unsere Sache getan hat. Pater Mulvaney predigt gegen die Bewegung, und dabei wagt er einiges in den Mund zu nehmen. Aber er ist nur ein alter Mann, und nicht mehr viele hören ihm zu.«
Tadhg öffnete die Wagentür. »Was schert mich geweihte Erde? Oder Pater Mulvaney? Oder die Religion, deren Priester er ist? Unternehmt alles, was notwendig ist, um ihn wie einen Helden zu bestatten. Und bringt diesen Wagen dorthin zurück, wo ihr ihn hergeholt habt – ich weiß, daß er nicht uns gehört. Danach kommt ihr wieder hierher zurück.«
»Sean hat eine Mutter«, sagte Connor, »aber die will uns sicher nicht heute nacht sehen.«
»Erklärt ihr, ihr Sohn sei ehrenvoll für die Sache gestorben, dann kann sie wenigstens stolz auf ihn sein.« Tadhg schulterte das Gewehr, nahm die Harfe in die andere Hand und trat in das dunkle Haus. So still war es hier drinnen. Er sollte ein Klagelied für Sean

dichten. Tadhg stellte das Gewehr in eine Ecke und setzte die Harfe auf den Schoß. Aber seine Finger waren zu plump an den Saiten. Sie benahmen sich ganz so, als seien sie andere Arbeiten gewöhnt. Tadhg setzte die Harfe wieder ab und starrte stumm in die Dunkelheit. Er konnte sich nicht mehr daran erinnern, wer er war. Begann so der Wahnsinn?

Tadhg saß in dem verwilderten Haus, Connor und Liam standen vor ihm. »Seine Mutter hat geweint«, berichtete Connor.
»Das tun Mütter des öfteren.« Tadhg ließ seinen Blick durch das Zimmer schweifen. »Dieser Raum sieht aus wie eine Räuberhöhle und nicht wie der Versammlungsraum von Kriegern. Habt ihr denn gar kein Empfinden für so etwas?«
Connor und Liam machten sich daran, etwas Ordnung in das Chaos zu bringen.
»Wird er nach den Sitten und Gebräuchen eurer Leute bestattet?«
Liam sah von seiner Arbeit auf. »Seine Mutter will morgen früh mit Pater Mulvaney sprechen. Dabei könnte es jedoch Probleme geben.«
»Seht zu, daß Sean so bestattet wird, wie seine Familie das wünscht«, erklärte Tadhg. »Wir werden ihn morgen rächen, nachdem er im Grab seine letzte Ruhestätte gefunden hat. Ich möchte nicht, daß er durch unsere Säumnis ruhelos über die Erde wandern muß.«
Liam zuckte zusammen, so als sei ihm gerade etwas Wichtiges eingefallen, doch dann schüttelte er den Kopf. »Nicht weit von der Grenze kommt eine *Orange Lodge* zusammen, aber ob sie sich in nächster Zeit dort treffen werden ... Möglicherweise haben sie im Augenblick zuviel Angst ...«
»Schluß damit«, unterbrach ihn Tadhg. »Morgen nacht ziehen wir los. Was stand in den Papieren, die ich mitgebracht habe? Die *Three Bards* taten sehr geheimnisvoll damit.«
»Eine Schiffsladung Waffen soll nächste Woche im Westen ankommen. An der meeroffenen Küste von Achill Island, im Mayo-Gotteserbarmen-County.« Connor schien durch die Details

der geheimen Botschaft an Selbstkontrolle zu gewinnen. »Kennen Sie diese Stelle?«
»Ich bin noch nie dort gewesen«, antwortete Tadhg. »Ein ganzes Schiff voller Waffen? Von wo kommt es denn?«
»Gewehre aus Amerika«, sagte Connor. »Wir ziehen auf die Farm von Padraig Byrnes Familie. Sie wissen nichts von dem, was wir tun, und wahrscheinlich wären sie damit auch gar nicht einverstanden. Aber immerhin waren wir Freunde ihres verstorbenen Sohnes...«
»Amerika?« grübelte Tadhg. »Wo mag das denn sein?«
Connor und Liam sahen ihn merkwürdig an und wußten im ersten Augenblick nichts zu sagen, bis Liam schließlich erklärte: »Das Land im Westen.«
»Aha«, sagte Tadhg, »also Tir na n'Óg.« Noch besser, wenn sie nun vom Land der Jungen Unterstützung bekamen. »Dann wollen wir nach der Beerdigung Seans auf die Farm ziehen. Denn es wäre von Übel, unserem gefallenen Kameraden diese letzte Ehre zu verweigern.«

Am Morgen machten Gerüchte in der kleinen Stadt die Runde: über Sean O'Rourkes Tod und wie sie jenseits der Grenze die MacIvers kugeldurchsiebt gefunden hätten. Liam und Connor, denen die Angst deutlich im Gesicht geschrieben stand, berichteten Tadhg davon. Er nickte nur, wußte er doch, daß die beiden sich nicht mehr an das erinnerten, was sich letzte Nacht bei der Verdüsterung des Mondes zugetragen hatte. Bei ihnen war davon nur eine unbestimmte Furcht und gehöriger Respekt vor ihm zurückgeblieben. Und das war gut so. Männer von ihrer Art konnten nicht mit dem Wissen um das leben, was sich an Unerklärlichem zugetragen hatte, noch nicht. Tadhg brauchte sie noch, um sich von ihnen über diese Zeit aufklären zu lassen – und über die Waffen und Methoden der gegenwärtigen Kriegsführung.
Tadhg stellte ihnen Fragen, und sie zeigten ihm ihren Bestand an Gelatit – harmlos wirkende Kistchen mit rotbraunen Stangen. Tadhg sah zu, wie Liam einige bündelte und mit einem Zeitzünder

versah. Danach roch es scharf, wie nach selbstgebranntem Schnaps, in den sich eine Spur nassen, grünen Mooses oder Schimmels gemischt hatte. Der Geruch betäubte Tadhg etwas, und er war sich nicht darüber im klaren, ob er schon vollständig verstanden hatte, was Explosivstoffe waren. Aber was er gesehen hatte, die große Zerstörung, die die Explosion ausgelöst hatte, befriedigte ihn als Ergebnis.

Liam jammerte, als er mit der Vorführung fertig war. »Mein Kopf tut mir wieder so weh«, sagte er. »Elendes Zeug!«

Connor trat zu ihm in den Nebenraum. »Du solltest wirklich besser Handschuhe tragen, wenn du mit Gelatit arbeitest, oder zumindest alle paar Minuten mal an die frische Luft gehen.«

Liam lief rot an. »Ich hab' doch Handschuhe getragen, du Blödmann, sogar Gummihandschuhe, aber irgendwie muß ich sie mir wohl beim Bündeln aufgerissen haben. Und wie sollte ich mich wohl davor bewahren, die verdammten giftigen Dämpfe einzuatmen...« Er packte die verbliebenen Materialien in eine Kiste und stellte sie in einer Kammer ab.

Dann sagte er: »Ich geh jetzt ins Pub. Eigentlich dachte ich, meine Gelatit-Toleranz sei ziemlich hoch, aber andererseits ist es schon eine Woche her, seit ich die letzte Bombe zusammengebaut habe. Verdammt, mein Kopf dröhnt, als wollte er auseinanderfliegen.«

»Alles, was du jetzt brauchst, sind ein paar Gläser hinter die Binde«, sagte Connor, »und danach geht's dir wieder besser. Ich bleib' lieber hier – da müssen nämlich noch ein paar Vorbereitungen für unseren Trip nach Mayo getroffen werden. Außerdem bin ich von der letzten Nacht noch ganz schön kaputt.« Er sah Liam ernst an.

»Ich komme mit Ihnen«, sagte Tadhg. »Hier hält mich im Augenblick nichts mehr, und ein Drink wäre jetzt wohl genau das richtige.« Kurz fiel sein Blick auf die Harfe am Boden, und er hielt inne. Aber dann wußte er nicht, was er jetzt damit anfangen sollte.

Liam sah ihn ängstlich an, hielt ihm aber trotzdem die Tür auf, bis er draußen war. Die beiden Männer traten hinaus ins Sonnenlicht. Die ganze Stadt schien sich zu sonnen, und Ruhe war überall eingetreten.

Im Pub war es wie gewöhnlich finster, und nach der sonnenbeschienenen Straße kam es ihnen so vor, als seien sie in eine unterirdische Höhle geraten. Aber es war hier jetzt nicht mehr so leer wie noch am Tag zuvor. Männer drängten sich an den Tischen und an der Theke. Tabaksqualm vernebelte die Luft, und Kevin, der Wirt, kam vor lauter Guinness-Abfüllen gar nicht mehr zur Ruhe, obwohl er sich bei jedem einzelnen Gast die Zeit für sein kleines Ritual nahm – er strich so lange den Schaum mit einem Messer ab, bis die schwarze Flüssigkeit das Glas bis zum Rand füllte.
Am Ende des Pubs lag ein zweiter Raum, der mit der Theke mittels einer Durchreiche verbunden war. Aus dem anderen Raum hörte Tadhg die Stimmen von Frauen.
Ein Mann mit rotem Gesicht und kräftiger Gestalt erhob sich. Sein Kinn war voller Stoppeln, und er trug Gummistiefel, die von Dung verkrustet waren und so der Atmosphäre im Pub eine zusätzliche Note verliehen. »Hallo, Liam MacMahon, was willst du denn an einem so sonnigen Tag zu dir nehmen?«
Liam war von dem Marsch noch ganz außer Atem, und die Röte war noch nicht aus seinem Gesicht gewichen. »Ein Guinness, nein, lieber einen Whiskey.« Er erhielt ein Glas und goß sich sofort die bernsteinfarbene Flüssigkeit in den Hals. Danach hielt er dem Wirt keuchend das leere Glas entgegen, und Kevin füllte es wieder auf.
Tadhg stand schweigend daneben. Erst jetzt fiel er dem kräftigen Farmer auf. »Und was hätten Sie gern, Fremder? Das gleiche?«
»Nein, Met.«
»Met? So was haben wir hier nicht«, sagte Kevin. Er sah Tadhg verwundert an.
Tadhg schüttelte den Kopf. Er fühlte sich leichter an, was aber nicht von den Explosionsgasen herzurühren schien. Vielmehr kam es ihm so vor, als sei eine Last von seinem Kopf genommen worden. »Dann ein Guinness, einen halben Liter.« Tadhg wartete,

bis das Glas gefüllt war, nahm es entgegen und ließ sich dort nieder, wo ein Platz für ihn frei gemacht wurde.
Der Farmer beugte sich zu Tadhg und Liam. Seine Augen waren blutunterlaufen, und sein Atem roch unangenehm und aufdringlich. »Seltsame Sachen hörte man von der letzten Nacht.« Neugierde stand in seinem Gesicht.
»So?« sagte Liam. »Was hast du denn gehört?« Er trank sein kleines Glas aus und hielt es zum Nachfüllen an die Theke.
»Man sagt, gestern morgen seien drei von unseren Jungs nicht weit von Newry erschossen auf der Straße gefunden worden. Und in der letzten Nacht sollen nicht weit von dieser Stelle entfernt drei von der anderen Seite tot aufgefunden worden sein. Drüben sagen sie, sie seien ›ermordet‹ worden, was natürlich deren eigene Meinung ist.« Er stieß Liam in die Rippen. »Na los, Jungchen, sag schon, was du darüber weißt.«
Liam legte eine Hand auf die Stirn und schloß die Augen. »Nichts, ich weiß gar nichts darüber.«
Der Farmer stieß ihn noch einmal an. »Dann erzähl mal alles so, wie du es möchtest.« Er zwinkerte ihm zu.
Tadhg saß still an seinem Platz und hörte zu, ließ das Stimmengewirr und Murmeln, das Klirren der Gläser und das Scharren der Füße auf sich einwirken. Plötzlich sagte er: »Was ist mit den Frauen dort im Klubraum? Ich höre Klagen und Jammern.«
Der Farmer sah ihn mit großen Augen an. »Haben Sie aber was von scharfen Ohren, denn Mrs. O'Rourke gehört eher zu den Stillen im Lande. Sie sitzt jetzt dort drüben mit ihren Freundinnen. Gerade haben sie Pater Mulvaney dazu bringen können, Sean in geweihter Erde zu bestatten. Das wird wenigstens ein Trost für sie sein. Im Moment bahrt man den Jungen gerade auf, und übermorgen soll die Beerdigung sein, wenn alle Jungs zusammengekommen sind.« Seine Augen zogen sich zusammen. »Vier haben *sie* erledigt, drei *wir*. Sie sind also immer noch einen voraus...«
Eine Frau kam aus dem separaten Raum, stellte sich neben den Farmer und sah zu ihm hinab. Sie war kurz und stämmig und trug eine formlose Wolljacke und ein verschmutztes Kleid. Um das

Haar trug sie ein grellbuntes Tuch. Der Farmer sah auf. »Ah, Pegeen, du hast natürlich recht, es ist Zeit für den Tee. Ich breche sofort auf.« Er trank sein Glas aus und erhob sich, um ihr zu folgen.
Die Frau sah Liam durchbohrend an, und er wagte nicht, ihrem Blick zu begegnen. Tadhg blickte sie daraufhin an, und sie blieb einen Augenblick wie festgefroren stehen. Dann wandte sie den Kopf ab und führte ihren Mann aus dem Pub. Keiner von den beiden drehte sich noch einmal um.

In dieser Nacht ließ Tadhg, als es pechfinster war, Connor einen Wagen besorgen, und danach fuhren die drei nach Norden, um Sean zu rächen. Liam lag zusammengesunken auf dem Rücksitz. Er hatte sich doch mehr zugetraut, als er vertragen konnte. Connor hatte sich des Päckchens angenommen, das Liam zusammengestellt hatte. Tadhg hätte Liam am liebsten zu Hause gelassen, aber leider war er ihr Sprengstoffexperte.
Dem Ganzen lag eine perfekte Ordnung zugrunde: geschlagen werden und zurückschlagen; die gegenseitigen Verluste ins Gleichgewicht bringen; die Ehre der Gefallenen rächen. Doch in dem kleinen Päckchen steckt der Tod für Männer, die Tadhg noch nie zuvor gesehen hatte, und Klagen und Trauer würden diese Nacht erfüllen.
Dies war die Schlacht, dies war der Krieg, hier ging es darum, den Kopfpreis einzufordern. *Aber*... Schlachten... Tadhg erinnerte sich an die Lieder, die er vor Schlachten gesungen hatte. Vor einer Versammlung von Kriegern, die er nach dem Kampf nicht alle wiedersehen würde. *Wer von ihnen würde sein Leben lassen?* hatte er sich oft gefragt, während er von Beute und Ruhm sang. Der immer lustige Aillil? Oder der junge Conaire in seinem neuen roten Umhang? Der sinnierende Flann, der gerade erst geheiratet hatte und für den das Leben nun nur angenehme Seiten hatte? Oder einer von den anderen vor ihm, deren zu große Augen und zu lautes Lachen die einzigen Anzeichen ihrer Furcht waren? Keiner von ihnen würde seinen Gefährten je eingestehen, daß er sich vor dem Morgengrauen fürchtete, und doch zeigten in

gewisser Weise alle ihre Angst. Tadhgs Aufgabe als Barde bestand darin, ihre Furcht in seinen Liedern zu begraben und sie mit Mut anzufüllen, damit sie dem Erschlagen und dem Erschlagenwerden tapferen Auges entgegensahen.
Der Wagen kam ins Schlingern. Was tat er hier? Was eilte er hier in diesem unmöglichen Gefährt durch die Nacht, um irgendwelche Männer, die er nicht kannte, zwecks Begleichung einer Rechnung zu töten? Tadhg MacNiall der Barde schrie voller Schrecken und Widerwillen auf.
Aber dann sprach die innere Stimme wieder: *Dein ist die Rache, du mußt die Jagd anführen. Du hast die Macht und das Recht dazu.*
Auch sein Bruder Fionn hatte Stimmen gehört. Tadhg wußte, daß er dem Untergang geweiht war. Ohne sich noch einmal gegen sein Schicksal aufzubäumen, steuerte er den Wagen durch die Dunkelheit.

Später sprachen sie kein Wort über das, was sie getan hatten, aber die Leute, die an Seans Beerdigung teilnahmen, wußten Bescheid. Junge Männer, die nicht aus Dundalk waren, strömten herbei, und Liam und Connor konnten sie alle begrüßen. Viele von ihnen trugen dunkle Sonnenbrillen, obwohl der Tag der Beerdigung grau war und der Himmel lange Zeit tränte.
Sie bildeten an dem Ort, an dem Sean aufgebahrt war, eine Ehrenwache. Sechs der jungen Männer bedeckten den Sarg mit einer grün-weiß-orangefarbenen Fahne und nahmen ihn auf. Die übrigen schritten schweigend hinterher. Nach den jungen Männern mit den Sonnenbrillen und den grimmigen Mienen kam Seans Mutter, die Witwe O'Rourke. Sie hielt den Kopf hoch und die Schultern zurück, und sie starrte mit ausgetrockneten Augen und mit Widerwillen auf jene, die die Ehrengarde bildeten.
Danach kam die Stadtbevölkerung, und die Straße war von all den Menschen überfüllt. Die meisten schwiegen den ganzen Weg über.
Pater Mulvaney erwartete sie am Tor zum Friedhof. Er war alt, dürr und weißhaarig. Seine Hände waren braunfleckig, und die

Adern traten auf ihnen dick und blau hervor. Vor dem Tor kam die Prozession zum Stehen. Der Pater verweilte einen Augenblick lang unschlüssig am Tor, ließ seinen Blick über die Menge schweifen und ihn besonders auf der Ehrengarde verharren, als wollte er ihr den Zutritt verwehren. Schließlich seufzte er und führte die Prozession in die Kirche.

Tadhg war noch nie in einer Kirche gewesen, und vom Ritual der Messe verstand er nur wenig. Auch die Statuen und Bilder an den Wänden sagten ihm nichts. Pater Mulvaney begrüßte die Versammlung mit einer kurzen Ansprache, in der solche Worte fielen wie »Vergeben« und »Reue« und »die Gnade Gottes« – *welchen Gottes?* Einige aus der Gemeinde der Trauernden wurden unruhig und begannen zu knurren, als der Pater sprach: »Du sollst nicht töten.« Wem sollte das gelten? fragte sich Tadhg. *Getötet wurde doch immer und überall.*

Nach einiger Zeit war die Zeremonie endlich vorüber. Die sechs jungen Männer trugen den Sarg zum Friedhof, falteten die Fahne zusammen und reichten sie Mrs. O'Rourke, die sie gegen ihre Brust drückte. Dann ließen die Männer den Sarg in das frisch ausgehobene Grab hinab. Uralte Knochen lagen in einem Haufen Erdreich.

In der Umgebung des Loches sah Tadhg die Stätten von Toten jüngeren Datums. Einige Gräber waren mit inzwischen verwelkten Blumen bestreut, und die meisten Grabsteine standen aufrecht. Die Inschriften auf ihnen waren noch zu lesen. Tadhg versuchte nicht, mit den Verschiedenen zu reden und hatte auch gar nicht seine Harfe mitgebracht. Im Moment verspürte er nicht den Wunsch, sich bei den Toten Rat zu holen.

Die alte Mrs. O'Carroll befand sich unter den Trauernden. Sie weinte und hatte das Gesicht unter einem Kopftuch verborgen. Tadhg trat zu ihr hinüber. Sie sah ihn nur kurz an. »Man sagt, Sie seien mit Sean zusammengewesen, als er den Tod fand. Mag sein, daß er heute noch am Leben wäre, hätte ich Sie nicht mit ihm zusammengebracht. Sean war ein bißchen zu wild, ein bißchen zu arrogant, und er glaubte auch nicht an Gott, aber insgesamt war er doch ein lieber und braver Junge.«

Einen Moment lang spürte auch Tadhg Trauer. Aber kurz darauf ergriffen Kälte und Herzlosigkeit von ihm Besitz. »Er ist als Soldat in einer Schlacht gefallen.«

Mrs. O'Carroll spuckte aus. »Er ist umgekommen, als er die aus dem Hinterhalt überfiel, die Padraig, Thomas und Rory aus dem Hinterhalt überfallen haben ... die, zu denen ohne Zweifel Sie ihn haben führen können. Er ist nicht in einer Schlacht gefallen. *Mein Mann* fiel in einer Schlacht. Sean kam bei dem Versuch um, einen anderen zu ermorden – was braucht da seine Seele Vergeben und Erlösung.« Sie hatte mittlerweile aufgehört zu weinen. »Und in der Nacht danach seid ihr drei – ach was, ich weiß genau, daß ihr es wart, wir alle wissen das – losgezogen und habt in der *Orange Lodge* eine Bombe hochgehen lassen. Ein wirkliches Heldenstück von euch! Einen achtundsiebzigjährigen Farmer, einen Lebensmittelhändler, der acht Kinder zu versorgen hatte, und den Mann, der mit dem Milchwagen herumgefahren ist, habt ihr erwischt – alle drei wirklich sehr gefährliche Protestanten! Diese armen Männer hättet ihr mit bloßen Fäusten erledigen können, einen nach dem anderen. Aber nein, ihr drei Helden mußtet ihnen ja gleich mit einer Bombe zu Leibe rücken! Ich will Ihnen mal etwas sagen, ich persönlich hege ganz bestimmt keine Sympathie für die *Orange*-Leute, aber das sind auch Menschen – *und, Gott möge mir beistehen, es sind auch Iren!* Was bleibt mir nun noch? Mein Mann ist tot und meine Jungen auch.«

Da stand sie vor ihm, eine traurige, trotzige, alte Frau mit einem schwarzen Kopftuch. Tadhg streckte eine Hand aus, um sie zu berühren, aber sie zog sich vor ihm zurück. »Mit dir will ich nichts mehr zu tun haben, du Todesbringer! Du selbst liegst vielleicht morgen schon unter den Toten, und mein Herz kann nicht mehr brechen.«

Tadhg ließ die Hand sinken. Wind kam auf und fegte durch die Bäume.

Die Beerdigung war vorüber, und die Trauergemeinde verließ den Friedhof, die meisten davon, um das Pub aufzusuchen. Mrs. O'Carroll sah noch einmal zu Tadhg hinauf, und der Wind blies noch mächtiger. Die alte Frau war totenbleich. »Ich dachte ... für

einen Augenblick glaubte ich, ich hätte ... Heilige Maria, Muttergottes, *was hat seinen Fuß auf diese Erde gesetzt?*«
Sie bekreuzigte sich und trippelte eilig davon.
Tadhg sah ihr eine Zeitlang nach. Die traurigen alten Frauen, ja, die Mütter und die Witwen ... sie verstanden es nie. Tadhg schüttelte den Kopf, der sich recht schwer anfühlte. Aber dieses Gefühl dauerte nur kurz an.
Jemand klopfte ihm auf die Schulter. Tadhg drehte sich um und erkannte Connor. »Die Jungs treffen sich im Haus«, verkündete er. »Sie wollen einige Fragen beantwortet haben, besonders von dir. Am besten machen wir uns gleich auf den Weg.«

10

Wieder klopfte es an Ritas Tür. »Wir kommen gleich, Mutter.« Rita sah an sich herab und verzog das Gesicht. »Ich ziehe mich wohl besser um und mache mich etwas frisch, bevor ich allen den Appetit verderbe. Du siehst auch nicht viel besser aus, Maire. Wir wollen uns aber ein bißchen beeilen, denn es wäre nicht fair, Vater zu lange warten zu lassen. Er muß ja gleich wieder ins Pub zurück.« Rita setzte sich aufs Bett und schloß kurz die Augen. Ihr Gesicht war noch immer kalkweiß. »Lassen wir besser die Geschichte von heute nachmittag. Das würde Vater zu sehr mitnehmen, und dann würde er sich an John erinnern. Er hat sich immer die Schuld an Johns Tod gegeben. Und wenn ich du wäre, würde ich meine Geschichte keinem anderen Menschen erzählen. Ich weiß ja selbst noch nicht so genau, ob ich sie glauben soll oder nicht, und meine Eltern haben schon Sorgen genug, da brauchen sie gar nicht erst zu erfahren, daß sie jemanden aus dem Mittelalter bei sich im Haus haben.« Rita sah Maire an, schüttelte den Kopf und bereute diese Bewegung sofort. »Ich schätze, ich habe dir noch eine Reihe Fragen zu stellen, aber das heben wir uns wohl für später auf. Jetzt wollen wir uns lieber um unser Äußeres kümmern.«
Maires Kleid war überall zerrissen, Folge davon, daß sie sich

zweimal blitzschnell auf die Straße hatte werfen müssen. Es war vorher schon recht unansehnlich gewesen, und nun zeigten sich darauf auch noch Blutflecken, von ihr selbst und von Rita. »Ich habe keine anderen Sachen zum Anziehen, und auch das Kleid hier hat man mir gegeben«, erklärte Maire. »Mein eigenes Gewand hängt in einem Fischerhaus in Antrim.«
»Das macht doch nichts. Du bist zwar etwas kleiner als ich, aber ich müßte noch was haben, das dir paßt. Am besten lassen wir die Flecken hier gleich einweichen.« Der Sinn fürs Praktische schien in Rita wiedererwacht zu sein. Sie ließ kaltes Wasser ins Waschbecken laufen und zog ihr blutbeflecktes Kleid aus. Maire tat es ihr nach.
»Na, das hört ja gar nicht mehr auf.« Rita sah zu, wie das Wasser sich rot färbte. Sie ließ das Wasser abfließen und füllte das Becken dann wieder auf. »Mutter würde sicher einen Anfall bekommen, wenn sie das hier sehen könnte.«
Die beiden räumten das Zimmer so gut auf, wie das im Augenblick möglich war. Dann nahm Rita zwei Kleider aus ihrem Schrank. Als Maire Ritas Kleid angezogen hatte, spannte es über der Brust, während es von der Hüfte an lose herabfiel. Die beiden gingen nach unten.

Ritas Vater saß im Wohnzimmer und wartete auf seinen Tee. Er war ein großer, schwerer Mann mit einem stark geröteten Gesicht. Obwohl er sehr müde wirkte, erhob er sich sofort, als die beiden jungen Frauen ins Zimmer kamen.
»Schön, daß du da bist, Vater«, sagte Rita. »Na, was hast du heute für einen Tag gehabt?«
»Ach, durchwachsen. Die Polizei war heute nachmittag da und hat in allen Ecken rumgestöbert. Sie haben endlos Fragen gestellt und mir die ganze Kundschaft nervös gemacht.«
»Was ist denn jetzt schon wieder?«
»Nun, es ging um eine Gruppe Musiker, um eine Band. Sie haben in der vergangenen Nacht im Pub gespielt. Aber lassen wir das – Mutter sagte, du hättest heute auch einigen Ärger gehabt.«
Rita atmete scharf ein. »Ach, es war nichts, jedenfalls nichts

Ernstes, Mutter hätte dich gar nicht damit zu behelligen brauchen. Ich bin nur Maire hier zu großem Dank verpflichtet. Vater, ich möchte dir Maire ní Donnall vorstellen. Sie hat den gleichen Beruf wie ich. Maire, das ist mein Vater, Mac MacCormac. Er führt sozusagen das MacCormac's Pub, wenn es nicht gerade ihn führt.«

»Nett, Sie kennenzulernen«, sagte MacCormac und streckte die Hand aus. »Arbeiten Sie zusammen mit Rita auf der Unfallstation des Royal Victoria?«

»Nein«, sagte sie, »aber ich verrichte eine ähnliche Arbeit.« Maire erkannte, daß der Vater seinen Sitz nicht wieder einnehmen würde, bevor sie sich nicht niedergelassen hatte, und suchte sich deshalb einen freien Sessel.

MacCormac setzte sich schwerfällig hin. »Krankenschwester ist ein ehrenwerter Beruf. Mein Sohn...« Er biß sich auf die Lippen und suchte etwas in seiner Jackentasche. Schließlich zog er ein kleines, weißes Röhrchen heraus, steckte es an und sog den Rauch ein. Der Geruch ließ Maire husten, aber auf ihn schien es eine entspannende Wirkung auszuüben.

»Er raucht wie ein Schlot«, seufzte Rita. »Aber er will einfach nicht von seinen Zigaretten lassen. Sag du es ihm, denn auf mich hört er nicht...«

»Nun gönn mir doch wenigstens dieses kleine Vergnügen im Leben, mein Mädchen, es ist ja doch viel zu rasch vorüber.«

Maire begriff, daß sie hier Zeugin eines schon lange währenden Familienstreits wurde. Endlich erschien Mrs. MacCormac an der Tür. »Der Tee ist fertig«, verkündete sie, »ihr habt ja lange genug warten müssen.«

Bevor sie den Tee und das Abendbrot zu sich nahm, vollzog die Familie ein merkwürdiges Ritual: Sie berührten in bestimmter Reihenfolge mit den Fingern die Stirn, die Brust, die linke und die rechte Schulter, falteten dann die Hände zusammen und sprachen feierlich:

»Im Namen des Vaters, des Sohnes und des Heiligen Geistes, Amen. Segne uns, o Herr, und diese Gaben, die wir von Deiner

Hand empfangen haben, durch Christus, unseren Herrn, Amen.«
Danach wiederholten sie das Berührungsritual.
Die Worte bedeuteten Maire nichts, nur den Namen »Christus« hatte sie schon einmal gehört. Warum bedankte sich niemand von den MacCormacs beim Koch? Eine merkwürdige Zeit. Maire nahm ihren Löffel in die Hand, aber Rita stieß sie in die Seite. »Nimm die Gabel!« Sie zeigte auf ein Gerät mit drei Zinken.
Die Unterhaltung am Tisch verlief zunächst recht schleppend und beschränkte sich im wesentlichen auf Bitten, dies oder jenes herüberzureichen. Maire hörte genau hin, wie die einzelnen Speisen und Gegenstände benannt wurden, damit sie sich später daran erinnern konnte. »Kartoffeln« waren neu für sie. Während sich die hungrigen Mägen allmählich füllten, belebte sich auch die Konversation.
»Du hast eben erzählt, die Polizei sei heute in deinem Pub gewesen, Vater«, sagte Rita, »und habe sich nach irgendwelchen Musikern erkundigt. Hat es denn irgendwelche Probleme gegeben, oder handelte es sich dabei nur um eine Routineuntersuchung?«
»Nun, es ging um die drei Jungen, die ich für den Donnerstag engagiert hatte. Offensichtlich sind sie auf dem Weg nach Hause umgebracht worden. Man hat sie am Freitag nachmittag auf der Straße nach Navan gefunden. Ja, und da ist die Polizei ins Pub gekommen, um irgendwelche Hinweise auf die Morde zu bekommen.«
Maire ließ ihre Gabel fallen. »Ermordet? Musiker? Wer könnte denn so etwas Schändliches tun?«
Mac MacCormacs Gabel blieb auf halbem Wege zum Mund stecken. »Aber das geschieht doch andauernd. Warum bringen sie sich gegenseitig um? Ein Sinn steht längst nicht mehr dahinter. Aber man sagt über diese drei Jungen – sie nannten sich *The Three Bards* –, sie hätten irgendwelche illegalen Verbindungen gehabt. Vielleicht ist das der Grund gewesen, sie umzubringen. Immerhin sind sie wohl vorsätzlich ermordet worden, nicht wie damals, als sie in meinem alten Pub die Bombe haben hochgehen lassen und dabei meinen John erwischten.« Sein rotes, fleischiges Gesicht

verzog sich, und Tränen standen ihm plötzlich in den Augen. MacCormac setzte die Gabel ab, trank einen Schluck Tee und fuhr dann fort:
»Diese Bombe hätte mal lieber mich erwischen sollen. Besser einen kurzatmigen, alten Wirt als einen angehenden Medizinstudenten. Aber nein, ich mußte ja John unbedingt bitten, den Sommer über im Pub auszuhelfen.«
»Ach, Vater«, sagte Rita, »du solltest dir nicht wieder und wieder die Schuld daran geben. Bloß weil du gerade mal in den Keller mußtest. So etwas kommt doch jeden Tag vor, was meinst du, wieviel ich davon täglich zu sehen bekomme? Die sind doch komplett verrückt – alle.« Sie zuckte mit den Augen und hielt sich eine Hand an den Kopf, dann beugte sie sich wieder ihrem Teller zu. Maire entging jedoch nicht, daß Rita nur so tat, als esse sie. Ihre Hand zitterte und verschüttete dabei das meiste von der Gabel. Und aus der Art und Weise, wie sie ihre Gabel hielt, schloß Maire, daß sie Schwierigkeiten hatte, das zu sehen, was sie vom Teller nahm.
»Wir wären doch besser in die Republik gezogen, als der ganze Ärger wieder von neuem begann, aber hier verdient man eben mehr. Und außerdem ist diese Gegend unsere Heimat.« MacCormac zündete sich eine neue Zigarette an und sog den Rauch tief ein. Sein Gesicht lief noch röter an, und er schlug fest mit der Faust auf den Tisch. »Verdammt sollen sie sein, sie alle, sie und ihre Sache, für die sie so blutig kämpfen!«
»Mac«, mahnte ihn seine Frau sanft. »Wir haben einen Gast, und außerdem nützt das Brüllen doch nichts. Ich weiß, der Tag hat alte Erinnerungen wieder wach werden lassen, aber denk doch daran, daß John niemals jemandem etwas zuleide getan hat. Und ich bin sicher, daß er jetzt oben bei den Engeln und Heiligen ist.«
»Sie hat recht, Vater«, sagte Rita. »Die ganze Aufregung nützt jetzt auch nichts mehr.«

Es klopfte an der Tür. Ritas Mutter stand auf, um nachzusehen. »Kann ein Mann nicht einmal mehr in Ruhe bei sich zu Hause eine Mahlzeit zu sich nehmen?« knurrte MacCormac.

»Oh, Mrs. O'Shaughnessy! Na, dann kommen Sie doch herein. Wir haben gerade unseren Tee getrunken, aber Sie sind natürlich jederzeit willkommen.« Ritas Mutter hörte sich nicht so an, als sei dieser Besuch eine besondere Freude für sie.
»Verdammte alte Schnüfflerin«, zischte Rita. »Sie ist bestimmt nur gekommen, um hier wieder Unruhe zu stiften und herumzuspionieren – wart's ab.«
Mrs. O'Shaughnessy kam ins Wohnzimmer. Ihre schweren Schritte ließen den Holzboden erzittern. »Hallo, Rita«, sagte sie, »da bin ich aber froh, daß es dir wieder besser geht. Heute nachmittag sah es ja gar nicht so gut mit dir aus.« Sie warf Mac einen triumphierenden Blick zu.
»Was hat denn das schon wieder zu bedeuten, Rita?« fragte Mac erregt. »Wieso sah es nicht gut mit dir aus? Du sagtest doch, es sei nichts gewesen.«
Rita warf Mrs. O'Shaughnessy einen durchbohrenden Blick zu. »Mit mir ist alles wieder in Ordnung, wie Sie sicher sehen können. Nett von Ihnen, daß Sie so besorgt um mich sind.«
»Ach, mein Kind, wenn du nicht mit Gott weiß wem am Samstag nachmittag deine Zeit vertrödeln würdest, kämst du gar nicht erst in solche Situationen. Laß dir das von einer armen, alten Frau gesagt sein.«
»Natürlich, mein Museumsbesuch mußte ja einen Skandal in der Nachbarschaft hervorrufen«, entgegnete Rita.
»Es hängt immer davon ab, Rita, mit wem du ins Museum gehst.« Mrs. O'Shaughnessy lächelte breit und ließ dabei ihre Zahnreihen sehen.
Maire begann innerlich zu kochen. Was rührte diese Frau in Angelegenheiten herum, die sie nichts angingen? »Um es ein für allemal aufzuklären, Rita war mit mir im Museum.«
Wieder lächelte Mrs. O'Shaughnessy. »Tatsächlich? Irgendwie hatte ich vorhin den Eindruck gewonnen, Sie seien hier fremd. Nun, Rita hat ja immer schon eine besondere Vorliebe für Fremde gehabt. Und für Ausländer.« Dann wandte sie sich an Ritas Mutter. »Ich mach' mich mal wieder auf den Weg, meine Liebe. Ich hatte mir nur Sorgen um das Mädchen gemacht. Danke,

bemühen Sie sich nicht, ich finde schon allein hinaus.« Sie schlurfte aus dem Wohnzimmer. Dann hörte die Familie, wie die Haustüre zugeschlagen wurde.
Die Mutter sah Rita scharf an. »Also, jetzt mal heraus damit, was hat das zu bedeuten?«
Rita wurde sehr blaß. Sie hielt sich wieder eine Hand an die heiße Stirn und begann leicht zu schwanken. »Ich helfe dir beim Abwasch, Mutter.« Als sie versuchte aufzustehen, gaben plötzlich ihre Knie nach.
»Du solltest dich lieber gleich hinlegen«, sagte Maire. »Komm, ich helfe dir nach oben.«
»Laß das mal mit dem Abwasch«, sagte die Mutter. »Viel wichtiger ist jetzt die Frage, ob du nicht doch einen Arzt brauchst.«
»Ich passe schon auf sie auf«, erklärte Maire. »Wahrscheinlich braucht sie jetzt nur viel Ruhe.«
Ritas Vater erhob sich halb von seinem Stuhl. »Du hast noch immer nicht berichtet, was heute vorgefallen ist«, sagte er streng.
»Nichts Schlimmes, Mac, ist ja schon vorbei«, sagte seine Frau rasch. »Sie hatte nur ein wenig Ärger auf der Straße.« Sie warf einen ängstlichen Blick an die Decke. Mac zündete sich wieder eine Zigarette an. Seine Hände zitterten dabei.

Maire brachte Rita zu Bett. »Mit meinem Kopf ist es wieder schlimmer geworden«, stöhnte Rita, »und ich glaube nicht, daß das nur von dem Ärger über dieses alte Klatschweib herrührt. Ich fühle mich jedenfalls hundeelend.« Sie griff nach dem Wecker und drehte daran herum. »Sollte ich einnicken, dann weck mich bitte, wenn der Wecker summt.« Sie schloß die Augen und lag einige Augenblicke reglos da. »Mir tut nur Vater leid. Daß die Polizei bei ihm war, muß ihn wohl sehr aufgeregt haben – und natürlich, daß man diese drei Musiker ermordet hat. Er hat nichts übrig für die Militanten, weder für die IRA noch für die UDA, aber sein Pub liegt in einer katholischen Gegend, und somit sind natürlich einige von seinen Kunden... Er kommt halt einfach nicht von seinen Erinnerungen los. Nachdem John umgekommen und sein Pub

zerstört war, begann Vater zu trinken. Aber eines Tages hörte er von einem Augenblick auf den anderen damit auf, lieh sich von jemandem Geld – obwohl ich nicht die geringste Ahnung habe, wer ihm Geld leihen würde – und eröffnete ein neues Pub. Bald hatte er damit genug Geld zusammengekratzt, um mir eine Schwesternausbildung zu finanzieren.« Rita schwieg einige Zeit. »Das Geld für Johns Uni-Besuch war längst aufgebraucht. Aber so ist es auch gut, und ich kann in der Stadt bleiben. Schließlich bin ich alles, was Vater und Mutter geblieben ist.«
»Mußt du morgen wieder arbeiten?«
Rita öffnete die Augen. »Nur, wenn man mich ruft. Aber das ist nicht ausgeschlossen. An den Wochenenden ist auf der Unfallstation immer der Teufel los, und manchmal wissen unsere Leute nicht mehr, wo ihnen der Kopf steht. In solchen Situationen ist bei ihnen mit allem zu rechnen – Frontzermürbung nennen sie das –, und dann ruft die Oberschwester nach Hilfskräften. Wir knurren dann zwar, aber wir gehen hin.«
»Du hast wohl eine sehr schwierige Arbeit«, sagte Maire. »Und sicher hast du mir eine Menge zu erzählen. Ich schätze, meine Geschichte hat sich in deinen Ohren recht albern angehört.«
»Da hast du nicht ganz unrecht, doch andererseits machst du persönlich eigentlich einen ganz vernünftigen Eindruck. Wir müssen uns wohl noch darüber unterhalten... gleich jetzt... Ist was mit der Lampe?«
»Nein.«
»Oh, also in diesem Fall... in...« Rita murmelte noch ein paar Worte und sagte dann nichts mehr. Ihr Atem ging langsamer.
Maire trat ans Bett. »Rita?« Keine Antwort. Maire rüttelte sie an der Schulter. »Rita?« Sie schüttelte sie wieder, diesmal heftiger. Rita lag leblos da.
Panik kam in Maire auf. Sie hatte hilflos neben dem jungen Diarmiud – er war noch ein Knabe – gesessen und hatte zusehen müssen, wie er nach seinem Sturz vom Wagen gestorben war. Rita hatte recht gehabt, als sie darauf hinwies, ihr Zustand könnte sich deutlich verschlechtern.
Die Pupillen. Sie hatte etwas von ihren Pupillen gesagt. Maire zog

Ritas Lider zurück. In einem Auge war die blaue Iris fast nicht mehr zu sehen. Die Pupille starrte sie groß und schwarz wie die Nacht an.

Maire war wie betäubt. Genau davor hatte Rita sie gewarnt. *Heile sie*, sagte die Stimme, die nicht die ihre war. *Du hast die Kraft dazu*.
Maire sah auf ihre Hände: starke Hände, geschickte Hände, Heilerhände, obwohl sie seit Jahrhunderten keine solche Arbeit mehr verrichtet hatten. Sie sah Rita intensiv an, das gelbe Licht im Zimmer verwandelte sich in Grau, und Maire sah in das Innere eines menschlichen Schädels. Staunend betrachtete sie die runzlige Gehirnoberfläche und machte die einzelnen Zentren aus: Sprache, Hören, Sehen, bemerkte die Grenze zwischen den beiden Gehirnhälften und entdeckte die Stelle unter der Schädelplatte, wo sich das Blut sammelte, nicht abfließen konnte und drückte. Je mehr Blut sich dort sammelte, desto größer wurde der Druck, denn es fand keinen Weg aus dem Gehirn.
Zuerst mußt du die Blutung stoppen. Das konnte sie, hatte sie so etwas nicht schon heute nachmittag getan? Aber das war eine äußere Wunde gewesen. Sie mußte nur die Lage erkennen, ihre Hände waren dabei nicht vonnöten. Sie brauchte es nur zu *wollen*, und schon geschah es. Maire sah zu, wie die zerstörten Arterien sich wieder zusammenfügten und das Blut wieder in seinen normalen Bahnen strömte. Jetzt blieb nur das ausgeflossene Blut unter der Schädeldecke übrig. Es drückte immer noch, obwohl der Klumpen, da der Zustrom ausblieb, nach einiger Zeit von selbst verschwinden würde. Rita lag in tiefem Koma, und zu Maires Zeit hatte ein solcher Schlaf stets zum Tode geführt. Maire fürchtete sich plötzlich. Woher kamen ihre besonderen Heilfähigkeiten?
Sicher nicht von der Königin der Sídhe, denn die hatte gesagt, sie könne ihr die Gabe der Heilkunst nicht schenken, da Maire sie bereits besitze. Aber Maire hatte immer mit normalen, gewöhnlichen Mitteln den Menschen geholfen, mit Kräutern, Zaubersprüchen und auch ein wenig Chirurgie, und bei falscher Behand-

lung oder hoffnungslosen Fällen war auch ihre Kunst arg in Bedrängnis geraten.

Nutzlos baumelten ihre Hände herab. Sie konnte immer noch in Ritas Gehirn sehen. Maire konzentrierte sich auf das zusammengelaufene Blut. *Hinweg, du hast hier nichts mehr zu suchen und schaffst nur Pein.* Der dunkle Klumpen zerlief und verschwand schließlich ganz – und mit ihm das graue Licht. Maire sah nur noch Ritas Gesicht.

Es zuckte in Ritas Gesicht, dann warf sie den Kopf hin und her, und schließlich öffnete sie die Augen. »Tut mir leid, ich bin wohl eingenickt. Ich brauchte diesen Schlaf offenbar dringend, denn jetzt fühle ich mich bedeutend besser.« Ihr Blick fiel auf Maire. »Du siehst sehr blaß aus, und deine Hände zittern. Hast du dir denn solche Sorgen gemacht?«

Maire sah hinab auf ihre Hände. *Was habe ich denn getan? Wer wirkt durch mich?* Sie konnte Rita nicht sagen, was soeben geschehen war, nicht, solange sie dieses Geheimnis selbst noch nicht durchschaut hatte.

»Du hast doch gesagt, du wolltest mir eine ganze Reihe Fragen stellen, und ich will auch noch eine ganze Menge von dir wissen.« Rita strich sich über den Kopf und runzelte die Stirn. »Dieser Tag heute war so ... so sonderbar. Also, was wolltest du wissen?«

Maire erkundigte sich nach bestimmten Geräten und wie sie funktionierten. Rita beantwortete jede Frage und erklärte ihr alles, was sie wissen wollte. Dabei wunderte sie sich sehr über den Grad von Maires Unwissen.

Während sie Maire den elektrischen Strom und das Licht aus den Glühbirnen zu erklären versuchte, hielt sie dann plötzlich inne. »Obwohl sich deine Geschichte sehr merkwürdig angehört hat, komme ich allmählich dazu, ihr Glauben zu schenken. Du *kannst* ganz einfach nicht aus dieser Zeit sein. Du bist nämlich eine sehr intelligente Frau, aber so viele Dinge sind dir fremd, die wir jeden Tag wie selbstverständlich gebrauchen. Selbst der hinterwäldlerischste Fischer von den Aran-Inseln ...« Sie schüttelte den Kopf.

»So wie es aussieht, muß ich wohl in deiner Zeit bleiben«, sagte

Maire. All das, was sie von Rita gehört hatte, verwirrte sie sehr. Ritas Erklärungen selbst verlangten wiederum nach Erklärungen, und etliche Worte und Begriffe verstand sie gar nicht. Diese Welt war neu, und ihre besondere Heilkraft war neu. Maire fürchtete beide, genauso wie die Stimme in ihr. War sie besessen? »Das ist ganz einfach zuviel für mich, um es alles schon beim ersten Hören zu begreifen. Ich bin jetzt müde geworden und verwirrt.« Sie bedeckte das Gesicht mit den Händen. »Ich will schlafen, ich bin so müde, mehr verkrafte ich einfach nicht mehr.«

Rita klopfte ihr auf die Schultern. »Es gibt dafür den Begriff des ›Kulturschocks‹, und wenn deine Geschichte der Wahrheit entspricht, dann hat dich sicher die schlimmste Form davon getroffen. Wenn du als Heilerin gewirkt hast, mußt du dich mit komplizierteren Sachverhalten auskennen. Du bist eine starke Frau, aber selbst starke Menschen müssen hin und wieder ihren Tränen freien Lauf lassen. Ich denke sogar, die starken Menschen brauchen sie am dringendsten.«

Maire saß auf ihrem Bett, rollte sich zusammen und schluchzte abgehackt. Nach einer Weile riß sie sich wieder zusammen und hob den Kopf. »Tut mir leid«, sagte sie, »es ist sonst nicht meine Art, mich selbst zu bedauern.«

Rita reichte ihr ein Handtuch. »Michael sagt, wenn er auf Menschen schießen muß, zittert er noch Stunden später am ganzen Leib. Aber deshalb darf man ihm noch lange nicht seinen Mut und seine Kraft absprechen. Ach, du Ärmste, vor dem heutigen Tag hast du ja noch nie einen Schuß erlebt, und jetzt bist du gleich in Belfast gelandet!«

Maire wusch sich das Gesicht. Das Tuch fühlte sich kühl auf ihrer Haut an. Später setzte Rita sich neben sie. »Am besten bleibst du eine Weile bei mir«, sagte sie. »Du hast mir wohl das Leben gerettet, und wer immer du auch sein magst und woher du auch kommst, du brauchst sicher jemanden, der dir hilft, dich hier zurechtzufinden.«

»Vielen Dank«, sagte Maire. »Ich bleibe gern bei dir, denn ich bin verloren und habe Angst.«

»In dieser Zeit gibt es manches, vor dem man Angst haben muß«, sagte Rita. »Die Geschichte, die ich dir erzählen will, ist traurig und düster. Wir alle hier haben Schweres durchzumachen, aber ich bekomme tagtäglich das Schlimmste davon zu sehen. Du kannst es natürlich nicht wissen, aber das Royal-Victoria-Krankenhaus steht auf der Falls Road – also mittendrin in den katholischen Slums –, und das ist nicht weit von Shankhill, wo die protestantischen Slums liegen. Daher bekommen wir die meisten Opfer von Schießereien und anderen Unruhen. Mittlerweile sind wir wohl so etwas wie Experten für das Zusammenflicken von Terroropfern. Aber was soll ich dir davon erzählen, du würdest die Hintergründe und Zusammenhänge ja doch nicht verstehen. Die hehren Ziele sind nichts als Lügen, und auf beiden Seiten gibt es Gutes und Schlechtes.« Rita erhob sich und ging im Zimmer auf und ab. »Gott *verfluche* die IRA und die UDA, die Polizei, die Agitatoren und die, die die Menge mit ihrem Haß aufputschen, die irregeführten Patrioten und die bigotten Religionseiferer und überhaupt alle, die andere Menschen so verletzen, daß sie auf unserer Unfallstation landen. Verflucht sollen sie alle sein und im tiefsten Winkel der Hölle schmoren!« Sie blieb ruckartig stehen und sah auf das Bild vom Herzen Jesu an der Wand. »Solche Reden darf ich natürlich nicht führen, Herr, aber Du weißt genau, daß jedes einzelne Wort aus meinem Herzen gekommen ist. Wenn Du die Worte Deiner Predigten ernst gemeint hast, dann mußt Du einfach den furchtbarsten Ort in der Hölle für die reserviert haben, die in Deinem Namen morden!«

Maire starrte auf das bizarre Bildnis. »Was hat denn dieser Gott gepredigt?«

Rita lachte bitter auf. »Liebe deine Feinde, und tue Gutes denen, die dich verfolgen.«

»Merkwürdige Worte von einem Gott«, sagte Maire, »und auch sonderbar, daß Sterbliche ihnen folgen sollten. Wie soll denn da eine Familie ihre Ehre aufrechterhalten, wie ihre Toten rächen können? Würden andere sich diesen Umstand nicht zunutze machen wollen, wenn sie wüßten, daß solche Leute nicht zurückschlagen?«

Wieder lachte Rita auf. »Wir streben immer noch nach Rache, nur haben wir heute andere Namen dafür... harmlose Namen. Nun denn, vielleicht ist dir diese Welt insgesamt doch nicht so fremd.«

11

Das große Zimmer im Haus in Dundalk war überfüllt. Gut fünfundzwanzig junge Männer saßen auf Holzkisten, lehnten sich an die Wand oder hatten es sich auf dem Fußboden bequem gemacht.
Liam sah erschrocken auf, als Connor und Tadhg hereinkamen.
»James hat einige Fragen über die Vorfälle in der Nacht zum Sonntag zu stellen.« Er nickte in Richtung des hageren jungen Mannes, der auf dem einzigen Sessel im Raum saß.
Der blonde Mann zeigte auf Tadhg. »Wer ist das?«
»Das ist Tadhg MacNiall«, erklärte Connor und fügte rasch hinzu: »Er war mit uns zusammen in der Nacht zum Sonntag und auch in der Nacht davor, in der wir... in der wir Sean verloren haben. Tadhg, das ist James Bryson.«
»Na schön«, sagte James, »um Tadhg werde ich mich gleich noch kümmern.« Dann wandte er sich an Connor. »Das Problem mit den MacIvers habt ihr gut bewältigt. Es war ja auch nicht mehr und nicht weniger als eine Vergeltung, und diese drei waren ohnehin nicht sonderlich beliebt. Aber wie konnte es euch dabei nur passieren, daß Sean erschossen wurde... *Sean*, einer unserer besten und wichtigsten Männer!« James schüttelte den Kopf. »Und in der Nacht danach habt ihr Schafsköpfe nichts Besseres zu tun, als in einer *Orange Lodge* eine Bombe hochgehen zu lassen, statt euch eine einzelne, bestimmte Person auszusuchen! Habt ihr denn völlig den Verstand verloren? Hättet ihr denn nicht voraussehen können, was uns das in der Öffentlichkeit einbringt? Überall hört man jetzt schaurige Geschichten über die Morde in der Loge, in allen Zeitungen sind Bilder von den Opfern, zeigt man die Tat mit all ihrem Schrecken! Wir haben an Unterstützung verloren. Selbst unsere eigenen Leute fangen an, sich gegen uns zu wenden.

Ich darf gar nicht an die Empörung bei den Leuten denken – *ihr Vollidioten!*« James sprang von seinem Sessel hoch und lief im Zimmer auf und ab. »Normalerweise würde ich ja fragen, wer denn auf diese famose Idee gekommen ist, aber dich kenne ich gut genug, um zu wissen, daß sie nur von Liam gekommen sein kann.« Er hielt inne. Niemand wagte, ein Wort zu sagen. »Aha, dann *war* es also Liam. Sean hätte solchem Schwachsinn niemals zugestimmt. Er wußte zu gut, wie gespannt die Lage im Augenblick ist. Und auch du, Connor, hättest es besser wissen müssen. Ich komme langsam zu der Überzeugung, daß sich dein Gehirn irgendwo im hintersten Winkel deines dicken Kopfes versteckt hält. Und *du*, den ich noch nicht kenne«, er fuhr herum, um Tadhg ins Gesicht zu sehen, »du sollst mit ihnen gegangen sein, wie sie behaupten. Ich hätte große Lust, euch allen dreien einen Denkzettel zu verpassen!«
»Ich bin nicht mitgegangen«, entgegnete Tadhg, »ich habe sie angeführt.« Hatte er das wirklich gesagt? Aber er *hatte* sie doch angeführt, hatte sie in der Nacht davor auch schon angeführt. *O ihr Götter, was ist nur in mich gefahren?* In seinem Innern meldete sich die Stimme wieder. *Die Arroganz dieses Mannes dürfen wir nicht dulden.* Tadhg richtete sich zu voller Größe auf. »Du hast kein Recht, mich zu maßregeln, James Bryson. Liam und Connor ebenfalls nicht, denn sie folgten nur meinen Befehlen.«
Die anderen Männer im Raum rutschten nervös auf ihren Sitzen herum und scharrten mit den Füßen. James sah Tadhg lange an. Seine Augen zeigten deutlich, daß er zu befehlen verstand. »Du hast nicht unseren Eid geschworen.«
»Und das habe ich auch nicht vor. Ich leiste keinen Eid, ich führe an.«
Kein Zucken ging über James' gleichmäßige Miene. »Ich denke, das machen wir unter uns aus.«
»Gut, mit dir will ich reden«, sagte Tadhg.
James führte ihn in ein kleines Nebenzimmer. Scharf roch es hier nach Gelatit, wie der Rauch, der sich nach der Explosion in der *Orange Lodge* verbreitet hatte. *Rache*, schien er frohlockend zu verkünden.

Tadhg und James ließen sich auf großen Packkörben nieder. James ergriff sofort das Wort. »Schätze, du bist keiner von uns.«
Tadhg kämpfte mit Mühe den übermächtigen Wunsch nieder aufzulachen. *Keiner von ihnen, wie wahr!* »Nein, ich bin nicht Mitglied in eurer Organisation.«
»Und damit weiß ich nichts über dich. Du könntest genausogut ein Spitzel sein. Wo kommst du her?«
»Ursprünglich aus der Gegend um den Lough Neahg, aus Antrim«, antwortete Tadhg. »Erst kürzlich bin ich nach Dundalk gekommen.«
»Und welcher politischen Richtung gehörst du an? Was denken deine Verwandten?«
»Meine politische Meinung geht nur mich etwas an, und Verwandte habe ich keine.« Keine Maire, keine Feste am Hof des Königs, kein Zuhause, keine Wärme und keine *Maire*, nichts bis auf diese kalte Zeit und das schreckliche Wesen, das Besitz von ihm ergriffen hatte. Mit einemmal bereitete ihm der Gelatitgeruch Übelkeit. *Zerschossene Fensterläden, die gegen eingeschlagene Fenster krachten, eine Hand mit einem schmalen Hochzeitsband. Feuer und Blut.* Er war in eine böse Zeit mit üblen Zuständen geraten.
»Du bist blaß geworden, als du mir geantwortet hast«, bemerkte James. »Hast du vor etwas Angst?«
Tadhg erhob sich. »Ich fürchte nichts.«
James sah zu ihm hinauf. »Du hast versucht, das Kommando an dich zu reißen. Connor und Liam sind bloß Gefolgsleute. Meine Gefolgsleute.«
Tadhgs Kopf beugte sich hinab. Er fühlte sich wieder so schwer an, ein großes Gewicht drückte auf ihn. Er sprach:
»*Ich* führe von nun an. Ich kenne eure Ziele, und ich werde eure Wilde Jagd leiten!«
Bryson sprang auf, um ihm scharf zu widersprechen, aber seine Knie gaben urplötzlich nach. Er fiel auf einen der Körbe. Keuchend versuchte er hochzukommen und etwas zu sagen.
»*Ich* führe die Jagd an«, wiederholte Tadhg. Licht strömte durch das Fenster und verlor sich zwischen den Gelatit-Bündeln. Bryson

starrte Tadhg an. Und dann hob sich wie aus heiterem Himmel die Last von Tadhgs Kopf. Nichts drückte ihn mehr hinab, kein ... *Geweih?*
In dem kleinen Raum befanden sich nun nur zwei normale Menschen.
James zwinkerte kurz mit den Augen und räusperte sich dann. »Dann hast du Connor und Liam auf diesem blödsinnigen Rachezug angeführt?«
»Ja, das habe ich. Sean war ermordet worden. Da verlangte es schon unsere Ehre, den Blutpreis einzuholen.«
James kämpfte sich zwischen den Körben hoch. »Aber das war ein falsches Unternehmen. Nun müssen wir unsere ganzen Pläne für den nächsten Samstag ändern, für Belfast ... Pläne, von denen du natürlich nichts weißt, aber Connor und Liam wußten Bescheid, die verdammten Blödmänner. Aber darüber später mehr, wenn wir wieder bei den anderen sind.«
»Ich hoffe doch, daß wir rechtzeitig von unserer Fahrt ins Mayo-County zurückkehren«, sagte Tadhg.
James' Gesicht hellte sich auf. »Das müßt ihr auch, denn das, was ihr dort holt, sind die Waffen, die wir dringend brauchen. Ach, jetzt fällt mir ein, man sagte mir, du hättest uns die Nachricht gebracht.« Er runzelte die Stirn. »Padraigs Mutter kann man nicht nachsagen, daß sie unsere Bewegung besonders mögen würde. Padraig hat ihr nie erzählt, daß er Sympathisant war. Wenn sie das jetzt hört, wird sie sicher den Verstand verlieren. So viele Frauen können es einfach nicht kapieren. *Macht endlich Frieden*, jammern sie uns vor. Aber wie soll Frieden in ein geteiltes Irland einziehen können, wenn britische Soldaten unseren Boden besudeln!«
Ein geteiltes Irland? War es denn zu meiner Zeit nicht in mehrere Königreiche aufgeteilt? Aber diesem Mann hier scheint es damit wirklich Ernst zu sein. »Ich habe auch mitbekommen, daß die Frauen ein seltsamer Zorn gepackt zu haben scheint, zumindest die wenigen, die ich in der letzten Zeit gesehen habe.« Er fragte sich, was Maire wohl zu seinen jetzigen Aktivitäten sagen würde, und zuckte im gleichen Augenblick zusammen. Sie besaß eine

scharfe Zunge, eine ganz besonders scharfe sogar, und sie zögerte nie, diese auch einzusetzen. »Was sagt denn deine Frau dazu?«
James schüttelte den Kopf. »Sie hat genauso einen Spleen wie die anderen Weiber auch, aber wenigstens hält sie dicht – Gott sei Dank. Die Kinder halten sie den ganzen Tag auf Trab. Allerdings weiß ich nicht, was sie ihnen so alles beibringt. Ich weiß nur, daß sie sie ins Haus ruft, wenn es draußen auf der Straße mulmig wird, und sie vermöbelt.« Einen Augenblick lang blieb er still auf dem Korb sitzen, dann brach es aus ihm heraus:
»Sogar mein *Name* ist englisch! Meine Familie hatte nicht den Stolz und nicht den Mut, sich zu ihrem ›O'Morison‹ zu bekennen. Kannst du dir eigentlich vorstellen, wie es in mir aussieht? Jedesmal wenn ich meinen Namen niederschreibe oder ihn ausspreche, spüre ich den Stiefel der britischen Besatzer in meinem Nacken. Also gut, Tadhg MacNiall, du gehörst jetzt zu uns. Mut hast du ja längst bewiesen.«
»Das habe ich getan«, sagte Tadhg. Übelkeit stieg in ihm hoch, Brechreiz. *Daß ich, ein Barde, so etwas*... aber er war nicht länger nur ein Barde.
James Bryson streckte eine Hand aus. Tadhg ergriff sie. Als er seine Hand wieder zurückzog, kam sie ihm unglaublich schmutzig vor.
»Dann wollen wir wieder zu den anderen gehen«, sagte James. »Wir haben noch einiges zu besprechen, und zwar unter uns allen.«

Als James und Tadhg in den großen Raum zurückkehrten, wandten sich ihnen alle Gesichter zu. Im Innern des Gebäudes war es dunkel geworden, und man hatte etwas Mühe, die anderen zu erkennen. »Ich gebe euch Tadhg MacNiall«, verkündete James. »Er ist nun einer der unsrigen.«
Eine Stimme ertönte aus einem Schatten. »Hat er den Eid abgelegt.«
»Nein«, antwortete James, »und er wird auch nicht schwören.«
Ein anderer meldete sich: »Wie sollen wir ihm denn da vertrauen? Wir wissen nichts über ihn.«

»*Ich* vertraue ihm«, erklärte James, »und das sollte ausreichen.«
Etliche der jungen Männer murmelten erregt, nur Connor und Liam verhielten sich schweigsam. Sie sahen Tadhg mit großen Augen an, als erinnerten sie sich an etwas oder glaubten zumindest, sich an etwas zu erinnern.
»Er könnte genausogut ein Spitzel sein.«
»Aber er war dabei, als die Bombe in der *Orange Lodge* gelegt wurde.«
»Wenn er bei uns mitmachen will, warum weigert er sich dann, den Eid abzulegen?«
»James ist schließlich auch nur ein Mensch wie wir alle. Vielleicht hat er sich übers Ohr hauen lassen.«
Geächtete waren sie, nichts anderes, sagte sich Tadhg, und daher mißtrauisch gegen jedermann. Wieder lastete das Gewicht auf seinem Kopf. Möglicherweise lag das an den Gelatit-Dämpfen – er hatte ja direkt auf einem Haufen Sprengstoff gesessen –, aber es fühlte sich anders an, so als habe sich ein schweres Gewicht auf seinem Kopf niedergelassen. Dröhnend ertönte seine Stimme:
»Mein Wort ist genug, und ich empfinde euer Geplärre als beleidigend.« Die Männer schwiegen mit einemmal, und alle sahen auf Tadhg. Er stand an einem Fenster, vor dem ihn das Licht von der Straße wie ein Schattenriß erscheinen ließ. Einen Augenblick lang trat Furcht auf die Gesichter der Männer. Dann verschwand das Gewicht wieder von Tadhgs Kopf. Nach einer kurzen Weile brach James das Schweigen.
»Dann wollen wir mal wieder zur Sache kommen und sehen, daß wir zu einem Abschluß kommen. Meine Kehle ist schon fast ausgedörrt.«

Tadhg erfuhr aus den Beratungen, daß die Loyalisten – die Protestanten – für den nächsten Samstag einen Marsch durch Belfast planten, um eine Demonstration der Friedensfrauen zu stören. Ohne Zweifel würde es dabei zu Zwischenfällen kommen, wie James betonte. Diese könne man entweder ausnützen – oder unterstützen.

»Wir setzen Heckenschützen ein. Dies ist nicht die Zeit für Bomben, obwohl wir das ursprünglich vorgesehen hatten.« Er warf einen bezeichnenden Blick auf Liam und Connor. »Wir befinden uns in einer heiklen Situation, und diese verdammten Frauen sind uns wahrlich keine Hilfe. Aber das *Orange*-Pack wird sich wie gewöhnlich leicht provozieren lassen. Und damit nehmen die Loyalisten der Aktion der Friedensmarschiererinnen alle Wirkung.«
Der weitere Verlauf der Beratung konzentrierte sich auf die Details: wo die einzelnen Männer sich plazieren sollten, wo die Fernsehkameras und die Zeitungsreporter wahrscheinlich stehen würden und so weiter. Alle sollten sich am Samstag in Belfast in einem Haus in der Falls Road treffen. Damit war die Versammlung beendet, und die meisten jungen Männer drängten hinaus auf die Straße zum Pub. Einige aber verschwanden auf unterschiedlichen Wegen in der Nacht.

Etliche, die an Seans Beerdigung teilgenommen hatten, hatten das Pub bereits verlassen. Doch waren genug geblieben, um im Schankraum eine dichtgedrängte, lärmende Atmosphäre entstehen zu lassen. Tadhg entdeckte den rotgesichtigen Farmer, mit dem er hier neulich schon gesprochen hatte, und nickte ihm zu. Der andere grinste zurück. Tadhgs Begleiter, besonders James, waren hier anscheinend bestens bekannt. Von allen Seiten drängten sich Männer an sie heran, spendierten ihnen Bier und Whiskey und wetteiferten untereinander darum, die Aufmerksamkeit der jungen Männer auf sich zu lenken.
Aber nicht alle. Nicht weit von ihnen entfernt hob ein älterer Mann ein Glas an die Lippen, sah die Jungen merkwürdig an und setzte dann das Glas wieder ab. Er sprach leise zu einem Nachbarn. Irgend etwas an seinem Verhalten erweckte Tadhgs Neugierde. Er konzentrierte sich auf die Worte des Alten und verbannte alle anderen Geräusche aus seinen Ohren. Aber James Bryson, der direkt neben ihm stand, schien nichts zu hören.
An seinen Nachbarn gewandt, sagte der Alte: »Mit solchen Typen werde ich nicht anstoßen, nicht nach dem, was sie aus unserer

IRA gemacht haben. Wir waren aufrechte Kämpfer und Helden im Jahre 1916 und auch danach. Aber das, was sie heute treiben, hat aus der IRA eine Bande von Mördern, Terroristen und Schurken gemacht.«

Sein Nachbar, ungefähr im gleichen Alter, stimmte ihm zu. »Ich dachte damals, es sei das beste, in die britische Armee einzutreten, um die Welt vor den Hunnen[2] zu bewahren. Aber als ich in Frankreich mitbekam, was ihr Jungs zu Hause geleistet habt – und dabei wart ihr nur so wenige –, schämte ich mich, für die Krone zu kämpfen. Was für ein Jammer, daß ich in jener Woche 1916 nicht dabei war.«[3]

»Oh, das war eine großartige Woche, eine wirklich großartige Woche. Dublin stand in Flammen, und selbst das Hauptpostamt war ausgebrannt. Das war unser *Durchbruch* damals. Danach konnte man uns nicht mehr ignorieren. Was machte es da aus, daß wir die Schlacht verloren hatten, der Sieg war schließlich unser.«

»Ach, ich wünschte mir, ich wäre dabeigewesen. Aber *die da*« – er zeigte auf die jungen Männer –, »die sind doch alle verrückt. Man darf gar nicht daran denken, daß sie unseren stolzen Namen tragen! Ich frage mich, wo sie nur diesen Wahnsinn herhaben – etwa seit 1969, als es hier wieder losging? Meiner Meinung nach haben sie den Sinn für die Realität verloren, haben keinen Humor mehr. Ein Mann kann entweder nur lachen oder den Verstand verlieren ... Und dann dieser Schwachsinn, diesen Brendan Behan zum Tode zu verurteilen!«

»Genau – und auch noch in seiner Abwesenheit«, fügte der andere hinzu.

Der alte Mann kicherte. »Und dann hat dieser Behan auch noch vorgeschlagen, man möge ihn doch bitteschön auch in Abwesenheit hinrichten, das fände er riesig nett. Zum Narren haben sie sich

---

[2] Hunnen: Schimpf- und Spitzname der Engländer für die Deutschen im Ersten Weltkrieg. (Anm. d. Übers.)
[3] Durch den gescheiterten Aufstand der IRB (Irisch Republican Brotherhood, Vorläuferin der IRA) wurde dennoch ein Prozeß in Bewegung gesetzt, der Irland (ohne Ulster) 1922 zur selbständigen Republik werden ließ. (Anm. d. Übers.)

von ihm machen lassen. Sie sollten ihm jetzt ein Bier spendieren, und damit Schwamm drüber! Ich teile nur ungern einmal die Meinung der Prots, aber diese Burschen sind nichts anderes als Rowdys und Krawallbrüder!«
Tadhg hörte interessiert zu. James war von der Richtigkeit seiner Sache überzeugt, doch diese beiden alten Kämpfer dachten ganz anders darüber, viel eher so wie die Frauen.
Die Frauen. Tadhg mußte an Mrs. O'Carroll denken, daran, wie nett sie anfangs zu ihm gewesen war und wie sie schließlich auf dem Friedhof vor ihm ausgespuckt hatte. Und dabei war ihr Gatte bei einem Aufstand ums Leben gekommen. Zumindest hatte Tadhg das aus ihren Ausführungen geschlossen.
Während er dasaß und den beiden alten Männern zuhörte, kam Mrs. O'Carroll aus dem anderen Raum herüber. Ihre Augen waren gerötet, und sie hatte wieder das Tuch umgelegt. An Tadhgs Tisch blieb sie stehen.
James Bryson entdeckte sie und erhob sich. »Oh, hallo Mrs. O'Carroll, wie geht es Ihnen? An Sie erinnere ich mich gern, vor allem an die vielen leckeren und reichlichen Mahlzeiten in Ihrem Haus. Tut mir leid, daß es Sean erwischt hat. Ich weiß, wie sehr Sie ihn gemocht haben. Wir vermissen ihn auch, er war einer meiner besten Männer.«
Mrs. O'Carroll richtete sich gerade auf und sah dem Jungen fest ins Gesicht. »James Bryson, du hast die längste Zeit unter meinem Dach etwas zu essen vorgesetzt bekommen, und das gilt auch für alle deine Kumpane. Mir reicht's jetzt, mir reicht es endgültig. Das alles macht mich ganz krank. Ihr Burschen macht mich ganz krank.« Dann wandte sie sich an Tadhg. »Es ist sonst nicht meine Art, ein Geschenk zurückzuverlangen, aber hiermit fordere ich den Anzug meines Mannes zurück. Du hast kein Recht mehr, ihn zu tragen, sondern beschämst dadurch sein Angedenken. Laß dir von deinen neuen Freunden Kleider besorgen. Ich schätze, du fühlst dich in der Kleidung eines Mörders ohnehin wohler.«
Tadhg fehlten die Worte, und er wäre auch gar nicht dazu gekommen, etwas zu entgegnen, denn die alte Frau fuhr gleich fort:

»Wer immer du sein magst, Tadhg MacNiall, und woher du auch kommen magst, du bist nie und nimmer ein einfacher Harfenspieler vom Lough Neagh.«

Das ist wohl wahr, stimmte ihr Tadhgs eigenes Ich zu. *Etwas, das ich nicht kenne und nicht benennen kann, hat mich überwältigt. Wie konnte ich mich zu solchen Taten hinreißen lassen?* Aber es kam kein Wort über seine Lippen.

Mrs. O'Carroll wandte sich ab und trippelte aus dem Pub.

Tadhg sah ihr lange nach. James erklärte nach einer Weile: »Ihr Mann kam bei den Unruhen ums Leben. Bei den Unruhen 1916, meine ich. Er war Mitglied der alten IRA. In seinem Angedenken hat die gute Frau uns seitdem all die Jahre Nahrung und Unterkunft gegeben, hat unsere Wunden gepflegt und war wie eine Mutter für uns. Ja, sie sah in uns die Söhne, die sie nie bekommen hat. Ich hätte nie gedacht, den Tag zu erleben, an dem sie uns die Tür weist. Und ich fürchte, es bleibt nicht bei ihr allein.« Er rieb sich mit einer Hand über das Gesicht. »Meine Frau, Mrs. O'Carroll, selbst meine Mutter ... was ist nur los mit den Frauen? Oh, ich glaube, ich habe jetzt genug getrunken. Nein, nicht ganz, einen noch. Kevin, einen Whiskey!« Dann sagte er zu Tadhg: »Gott sei Dank haben wir jetzt für einige Tage Ruhe, brauchen nichts mehr zu tun.«

Auch Tadhg bestellte sich einen Whiskey. Als das Glas vor ihm stand, kam es ihm so vor, als gehe von ihm ein Geruch nach Gelatit aus.

Tadhg wachte am nächsten Morgen mit ausgetrocknetem Mund und dröhnendem Schädel auf. Er war nur an Bier oder Met gewöhnt, nicht aber an schärfere Sachen. Nur vage konnte er sich an den Heimweg gestern nacht erinnern. Der Mond hatte die Straße beschienen, und einmal hatte jemand ein Lied über den »Nebligen Morgen« angestimmt, das von den Erlebnissen in der Osterwoche 1916 kündete. Die Bedeutung etlicher Bezüge war Tadhg fremd geblieben, aber die Melodie war simpel. Dann hatten sie von den »Breiten Schwarzen Hüten der IRA« gesungen. Dieses Lied hatte Tadhg an den verstorbenen Mann von Mrs. O'Carroll

erinnert. Auch andere Lieder hatten sie gesungen, und es war eine schöne Nacht mit viel fröhlichem und frechem Gesang geworden.
Aber heute morgen brummte Tadhg der Schädel, und er verspürte nicht die geringste Lust aufzustehen. Wenigstens hatte er sich nicht in der Kammer mit dem Gelatit zur Ruhe gelegt, wofür er den Göttern jetzt inbrünstig dankte.
Dann mühte er sich doch von seinem Lager, stolperte zunächst zum Wasserklosett und dann in die Küche, aus der er Stimmen und das Geklapper von Küchengeräten und Geschirr vernahm. Der Essensgeruch ließ allerdings Übelkeit in ihm aufsteigen.
Tadhg lehnte sich an die Küchentür. James saß auf einem Stuhl, und einer von den anderen briet Spiegeleier und Speck. Der Koch reichte Tadhg eine Tasse Tee.
»Du mußt uns öfters solche Lieder singen wie gestern nacht, Tadhg«, sagte James. »Auf deiner Harfe und so – und vor allem in Gälisch.«
Tadhg konnte sich nicht daran erinnern, gestern auf der Harfe gespielt zu haben. »Aber natürlich, das tue ich gern.«
»Du siehst aus wie ausgewrungen«, bemerkte James. »Bist wohl nicht an Whiskey gewöhnt, was?«
»Nicht sehr«, sagte Tadhg, »genausowenig wie an einige andere Dinge.«
Liam kam in die Küche, schwankend und kalkweiß. Kurz nach ihm erschien auch Connor mit mürrischer Miene. »Ich brauche jetzt dringend eine Tasse Tee«, sagte er, »und dann müssen wir uns schon auf die Socken machen, wenn wir heute noch Mayo erreichen wollen.«
Tadhg dachte an die Fahrt im Wagen, und gleich fühlte er sich noch übler. Er wollte jetzt ganz einfach nichts damit zu tun haben, wollte in sein Bett zurückkriechen, wollte einen friedlichen Ort finden, wo er sich verstecken konnte, wo er nicht mehr töten mußte, wo er seine Ruhe hatte. Aber da meldete sich die innere Stimme wieder: *Du hast einen Auftrag durchzuführen.* Er war in diese Zeit verschlagen worden und mußte sich nun den Gegebenheiten und dem Leben dieser Leute anpassen.

»Ich habe mir die Papiere angesehen, die du mitgebracht hast«, sagte James, »die über die Waffenlieferung. Darin steht, daß die Waffen schon im voraus bezahlt worden sind. Unsere Freunde in Boston schicken uns diese Ladung. Ein hübscher Slogan steht auf den Sammelbüchsen in ihren Pubs:
›Gib einen Dollar, und hilf damit, einen britischen Soldaten zu töten – der beste Zweck, für den du dein Geld ausgeben kannst.‹«
James sah Liam und Connor lange und eindringlich an. »Ihr nehmt die Ladung entgegen und tut sonst nichts, haben wir uns da verstanden? Der Samstag wird auch so heikel genug. Wir können also gern auf allen Ärger vorher verzichten. Wenn wir uns noch einen Schnitzer leisten, verbietet die Polizei womöglich noch die Märsche durch Belfast!«
Tadhg meldete sich zu Wort, obwohl ihm die Zunge am Gaumen klebte. »Wir werden uns an das halten, was besprochen worden ist. Padraigs Sachen bringen wir zu seinen Eltern, dann nehmen wir die Waffenladung entgegen, füllen die Papiere und so weiter aus und treffen euch schließlich am Samstag in Belfast wieder.« Er sah zu Connor und Liam. Die beiden nickten.
»Dann gute Fahrt in den Westen«, sagte James, »und während ihr eurer Arbeit nachgeht, erinnert euch daran, daß Cromwell die Iren entweder in die Hölle oder nach Connaught[4] schicken wollte. Und sehr groß ist der Unterschied zwischen beiden nicht.«
»Ja, aber zumindest sagt man von der Hölle, dort sei es wenigstens warm.« Liams Hand zitterte, als sie die Teetasse zum Mund führte.
»Na, wenigstens brauchen wir uns dieses Mal nicht mit dem Problem herumschlagen, wo wir einen Wagen requirieren sollen«, erklärte Connor. »Wir nehmen doch den von Sean.« Er zitterte stärker. Seine Tasse fiel auf den Fußboden.

---

[4] Connaught: Eine der vier historischen Provinzen Irlands, die den ganzen Westen der Insel umfaßte (Anm. d. Übers.).

12

Connor, Liam und Tadhg trugen die wenigen Besitztümer Padraigs zusammen und versorgten Tadhg mit einem schwarzen Anzug aus einem groben Stoff. Die Kleider von Mrs. O'Carrolls verstorbenem Mann zog Tadhg rasch aus. *Er war ein tapferer Mann*, sagte sich Tadhg, während er seinen Anzug zusammenfaltete. *Wie schade, daß seine Witwe mich verfluchen mußte.*

Als sie endlich losfahren konnten, war es bereits Nachmittag. Liam, der immer noch an den Folgen des gestrigen Abends litt, erklärte, ihm sei speiübel und er könne sich unmöglich ans Steuer setzen. Tadhg selbst fühlte sich auch nicht allzu gut, und daher blieb es an Connor hängen, den Wagen zu fahren. »Wir nehmen die Straße nach Carrickmacross, da geht's am schnellsten. Eine ganz schöne Strecke steht uns bevor, fast vierhundert Kilometer. Bei einem so späten Start bezweifle ich stark, daß wir noch heute abend die Westküste erreichen. Die Dämmerung kommt früh in dieser Jahreszeit, die Farmer gehen mit den Hühnern zu Bett.«

Tadhg saß auf dem Beifahrersitz, während Liam teilnahmslos im hinteren Teil des Wagens lag. »Wo fahren wir denn eigentlich genau hin?« wollte Tadhg wissen. »Westküste und Mayo-County ist schon alles, was ihr über unser Ziel gesagt habt.« Irgend etwas war da an dieser Fahrt, das ihm nicht gefallen wollte. Aber war er denn in dieser Gruppe nicht der Anführer? Seit dem Augenblick, da er Zeuge des Mordes an den *Three Bards* geworden war, hatte etwas Fremdes von ihm Besitz ergriffen. Nach Seans Tod und dem darauf folgenden Rachezug schien er immer stärker in den Bann der dunklen Mächte zu geraten. Er war mit etwas Uraltem zusammengekommen, aber er konnte es nicht benennen. Sturmwinde tauchten aus dem Nichts auf, und Wolken verschlangen den Mond. Woher kannte er das? Tadhg fröstelte plötzlich, obwohl die Sonne die grünen Hügel wärmte und die Heuschober golden glänzen ließ.

»Wenn du wissen willst, wo es hingehen soll, dann sieh mal im

Türfach nach, dort liegt eine Landkarte«, antwortete Connor. Die Straße war wohl breiter als viele andere, erlaubte es aber immer noch kaum, daß zwei Wagen nebeneinander fuhren. Endlos schlängelte sie sich dahin, und hohe Hecken an den Straßenrändern machten es unmöglich, um die nächste Ecke zu sehen. Mehr als einmal mußte Connor ausweichen, um einen entgegenkommenden Wagen vorbeifahren zu lassen. Er nahm eine Hand vom Steuer und zeigte an Tadhg vorbei auf die Tür. »Dort.«
Tadhg griff in das Fach und zog ein zusammengefaltetes Stück Papier heraus. Zunächst erkannte er darauf nicht mehr als etliche einander kreuzende Linien und farbige Flächen. Dann entdeckte er so etwas wie aufgedruckte Worte. Mittels seiner Feensicht konnte er sie entziffern, aber die Begriffe und Namen sagten ihm nicht viel. Manche ähnelten allerdings Bezeichnungen aus seiner Zeit, nur war die Schreibweise ganz anders. Nach einigen weiteren Versuchen faltete er die Karte wieder zusammen und steckte sie ins Fach zurück.
»Aha, du kannst also keine Landkarten lesen«, sagte Connor. »Mach dir nichts draus, da bist du nicht der einzige. Die Straße ist auf jeden Fall ausgeschildert, und ich kenne den Weg. Genauso wie Liam, wenn er sich je wieder erholen sollte.«
Der Wagen fuhr rasch auf der engen Straße dahin. Nur manchmal mußte Connor abbremsen, weil Pferde oder Kühe über die Straße zur nächsten Koppel getrieben wurden. »Wart erst mal ab, bis wir weiter im Westen sind«, sagte Connor. »Dann ist dort gerade Melkzeit, und da bleibt uns nichts anderes übrig, als hinter dem Vieh herzuzuckeln. Die blöden Kühe haben es nie eilig.« Er sah auf ein Straßenschild. »Aha, jetzt sind wir also im gesegneten Monaghan-County, wo ein Großteil des Ärgers seinen Anfang genommen hat. Monaghan gehörte vor der Spaltung zu Ulster, mußt du wissen.«
Mittlerweile wußte Tadhg mehr mit dem Namen Ulster anzufangen. Zu seiner Zeit hatten sie es Ulaídh genannt. Aber von der Spaltung war ihm nicht mehr bekannt, als daß sie etwas mit dem Six-County-Land zu tun hatte, also mit den gegenwärtigen Unruhen. »Und wie wurde dann Monaghan Ulster entrissen?

Ist ein stärkerer König, vielleicht der von Munster, gekommen und hat es sich genommen?«
Connor begann zu lachen. »Du bist mir schon eine merkwürdige Type, Tadhg MacNiall«, sagte er, »oder du mußt einen unglaublich trockenen Humor haben.« Seine Hände umklammerten das Lenkrad. »Wäre Ulster nicht zu den Zeiten, da die Tudors auf dem englischen Thron saßen, die rebellischste Provinz gewesen, hätten wir sicher nicht die Probleme, vor denen wir heute stehen. Immerfort ein Unruheherd zu sein, das ist der Fluch, der auf Ulster liegt.« Er sah auf einen Meßanzeiger. »Hm, wir müssen tanken, noch bevor wir in Carrickmacross sind. Am besten halten wir jetzt schon mal Ausschau.«
»Und ich brauche dringend etwas zu trinken«, stöhnte Liam von hinten.
»Verdammt noch mal«, sagte Connor, »aber wenn es hilft, dich fröhlicher zu stimmen, dann sollst du von mir aus ein ganzes Faß leer trinken. In deinem jetzigen Zustand bist du doch völlig wertlos für unseren Job. Ich halte mal im nächsten Ort an.«

Auf dem Schild stand »Benzin« zu lesen. Die Zahlen darunter mußten wohl den Preis anzeigen. Tadhg begann allmählich, Wert und Gebrauch von Geld zu verstehen. Er sah zu, wie ein Mann einen Schlauch in die Seite des Wagens schob und eine scharf riechende Flüssigkeit einfüllte. Liam verschwand im nahe gelegenen Pub. Tadhg überlegte kurz, ob er ihm folgen sollte, aber schon der Gedanke an einen Drink brachte einen üblen Geschmack in den Mund. Daher nahm er seine Harfe und trat hinter die Tankstelle, wo eine niedrige Steinmauer den Sonnenschein aufsaugte. Tadhg schwang ein Bein über die Mauer und sah hinaus auf das Feld, das sich dort erstreckte. Heu war hier gebündelt und aufgestellt worden. Aber hinter der nächsten Steinmauer stand das Gras noch und ließ sich vom Wind durchpusten. Wenn es hier nicht den Geruch von Benzin und das gelegentliche Dröhnen eines Automotors gegeben hätte, wäre Tadhg das alles hier sehr friedlich und vertraut vorgekommen. Fast fühlte er sich in seine eigene Zeit zurückversetzt, an einen schönen Herbsttag kurz vor Samhain. An

solch schönen und goldenen Spätherbsttagen war es stets schwer zu glauben gewesen, der Winter könnte schon bereitstehen, um das Land unter seine Herrschaft zu zwingen.
Tadhg schlug eine Saite auf seiner Harfe an. Unter seinen Fingern wogten die Saiten wie das Gras, durch das der Wind fuhr. Doch während aus seinen Griffen eine Melodie entstand, erstarb die Brise. Unter dem Gras, dem Boden und den Steinen hörte Tadhg ein schläfriges Murmeln, so als erwache jemand aus dem Schlaf.
Ist mir denn nicht mehr gestattet, zu meinem bloßen Vergnügen zu spielen? Gegen seinen Willen zupften die Finger weiter an den Saiten und spielten schließlich eine neue Melodie. Das Murmeln wurde lauter, bis sich Stimmen herauskristallisierten.
»Wir haben die Schlacht verloren.«
»Ich sterbe.«
»Unsere Sache ist verloren und Red Hugh besiegt. Die Engländer werden von nun an hier herrschen.«
Eine wilde Stimme übertönte mit einem Schrei die anderen: »Nie sollen *sie*, solange wir nicht vergessen sind, in Frieden herrschen können!«
Fleischlose Kiefer und klappernde Rippen lachten. »Wir haben verloren. Es ist vorbei. Wir können nur weiterschlafen.«
Tadhg sah staunend auf das friedlich daliegende Feld. Gab es denn nirgends ein Fleckchen Erde, das nicht von Blut getränkt war?
»Wer bist du?« rief die wilde Stimme, und sie tönte wieder sehr laut. »Wer bist du, daß du unseren Schlummer störst?«
»Ich bin ein Mann aus Ulster, genau wie ihr«, antwortete Tadhg in ihrer Sprache. Sie war weder die aus seiner Zeit noch das Englisch von heute.
»Wie ist es uns ergangen?« schrie die wilde Stimme. »Unsere Sache schien verloren. So sag uns doch, gibt es noch Hoffnung für uns?«
»Schlaft wieder ein«, sagte Tadhg – *bis ich euch erneut wecke*, fügte er in Gedanken in seiner sonderbaren neuen Sprache hinzu. Er spielte ihnen eine Traummelodie. Nach einer Weile endete das

Rascheln, Klappern und Murmeln. Die Brise zog wieder über den See aus Gras, eine friedliche Decke, die die Erde seit so vielen Jahrhunderten immer wieder aufs neue über die Erde zog.
Tadhg nahm seine Harfe unter den Arm und ging zurück zum Wagen.

Im Wagen sagte er eine ganze Weile lang kein Wort. Schließlich wollte er von Connor wissen: »Wer war Red Hugh?«
»Na, von dem hast du doch sicher schon gehört«, antwortete Connor.
»Na ja, ein wenig schon«, sagte Tadhg, verschwieg aber, auf welche Weise er an dieses bescheidene Wissen geraten war. »Erzähl mir doch von ihm.«
»Red Hugh führte die große Rebellion im Jahre 1601 an. Natürlich wurde er geschlagen. Bis zu jenem Zeitpunkt hatten sich die Engländer größtenteils aus Ulster herausgehalten, obwohl sie sich im ganzen restlichen Irland breitmachten. Aber Ulster besaß damals hervorragende und stolze Führer, und diese schworen sich, die Engländer aus dem Land zu verjagen. So schrecklich war dann die Schlacht, daß die Engländer seitdem nie wieder einem Iren aus Ulster über den Weg getraut haben. Als die Grafen nach ihrer Niederlage die Flucht ergriffen, rissen die Engländer das Land an sich und siedelten darauf die Schotten an, die sie zu ebendiesem Zweck herüberholten. Die Schotten aber waren Anglikaner, Protestanten. Deshalb gibt es auch in Ulster immer noch soviel Unruhe. Die Prots von den Tagen der Ansiedlung sehen sich nämlich selbst als Briten an und wollen nicht zur Republik gehören... Ach, wenn wir damals gewonnen hätten, sähe heute sicher manches anders aus.«
Tadhg dachte an die raschelnden Totenstimmen. »Wie lange, sagtest du, ist das her?«
»Nun, weit über dreihundert Jahre. Ich glaube, eher noch vierhundert.«
Tadhg erschauderte. Eine so lange Zeit! »Und die, die sich damals hier niederließen – die schottischen Siedler, wie du sagtest –, sie und ihre Nachfahren leben seitdem in unserem Ulster?«

»Genauso ist es«, sagte Connor. »Aber wir waren zuerst hier, und das Land gehört uns.«

»Sind sie denn mittlerweile nicht auch Iren? Schließlich sind sie ja hier geboren«, bemerkte Tadhg. »Oder wie lange dauert es, bis man Ire ist?«

Connor spuckte durch das offene Seitenfenster nach draußen. »Solange sie sich Briten schimpfen und sich aufs engste an England binden, können sie niemals Iren sein. Nie werden sie sich Iren nennen dürfen, bis die Six Counties zu einer großen irischen Republik vereint sind. Und dafür kämpfen wir ja.«

Tadhg mußte an den legendären Zyklus der Invasionen denken: die Fomorianer, die Dédannaner und die Milesianer. Er erinnerte sich auch an die Toten unter dem Hünengrab, die lange vor seinen eigenen Leuten in diesem Land gelebt hatten. Immerzu hatte es Krieg gegeben: um das Vieh, um die Ehre, um Land... ein Grund hatte sich immer gefunden.

Der Geruch uralten Blutes bereitete ihm Übelkeit. Dann meldete sich die Stimme in ihm wieder. *Irland ist das Land des Schwertes. Es gehört den Starken. Du bist nun stark, und dein ist die Schlacht. Welch größere Freude kann es geben als die, die Jagd anzuführen und seinen Speer im frischen Blut des Feindes zu baden?*

Tadhg grinste und zeigte seine Zähne. Der Wagen sauste weiter durch grüngoldenes Land.

Sie kamen durch die Stadt Carrickmacross, gelangten dann vom County Monaghan ins County Cavan, fuhren weiter durch Dörfer und kamen an Seen vorbei, die sich leicht und blau im Oktoberwind regten. Weiter durch Granard und Longford, deren enge Straßen sich um uralte Gebäude wanden. Einmal tauchte ein Eselswagen auf der Straße auf, doch meistens bestand der Verkehr nur aus Automobilen und Lastwagen.

Sie kamen an eine Brücke.

»Nun überqueren wir den Shannon«, verkündete Connor, »dort, wo er in den Lough Ree fließt.«

Tadhg sah nach links. Ein reetgesäumter Fluß vergrößerte sich zu einem See, der noch größer war als alle, die er seit dem Lough Neagh gesehen hatte. Ob unter diesem Gewässer ein weiterer Feenpalast stand? Aber er erkannte nichts unter der Wasseroberfläche, sah nur den sich spiegelnden Himmel.

Das Abendrot breitete sich am Horizont aus. Sie waren spät losgefahren, und die Fahrt durch enge, sich beharrlich windende Straßen hatte viel Zeit in Anspruch genommen, obwohl ihre Fahrtgeschwindigkeit zu Tadhgs Zeit unvorstellbar gewesen wäre.

»Fast zweihundert Kilometer stehen uns noch bevor«, kündigte Connor an, »und ich für meinen Teil werde langsam müde. Es hat wenig Sinn, erst mitten in der Nacht auf dem Hof von den Byrnes anzukommen. Am besten sehen wir uns jetzt schon nach einer Übernachtungsmöglichkeit um und fahren morgen in aller Frühe weiter. Vielleicht sind ja morgen«, er warf einen Blick nach hinten auf Liam, »auch andere bereit, sich hinters Steuer zu setzen.«

»O Mann, jetzt habe ich für heute aber genug von deinem Gemeckere gehört«, brummte Liam. »Du gehörst wahrscheinlich zu den Leuten, die noch nie einen Kater gehabt haben... Wir sollten uns in Roscommon umsehen, die Stadt ist groß genug. Das Schiff soll ja ohnehin nicht vor morgen nacht ankommen. Du stellst dich an wie eine Braut vor der Hochzeitsnacht.«

»Jemand muß sich ja um den Kleinkram kümmern«, erwiderte Connor. »Also gut, sehen wir uns in Roscommon nach einem Bett für die Nacht um.«

»Nein, nicht Roscommon«, sagte Tadhg.

Connor hieb mit der Faust auf das Steuerrad. »Du willst doch nicht etwa die ganze Nacht durchfahren, oder?«

»Nein, das will ich nicht«, sagte Tadhg, »aber ich will nicht in Roscommon bleiben. Wir fahren lieber auf der Straße nach Tulsk weiter.« *Rathcrogan*, sagte die innere Stimme. *Du bist heute nacht in den Palast von Cruachan geladen. Dort ist jemand, der dich auf ein Wort sprechen möchte.*

»Tulsk? Mann, hast du sie nicht mehr alle? Das liegt ja zig Kilometer abseits von unserer Route, die Straße dorthin ist

schlecht ausgeschildert, und schließlich sind wir hier nicht als Touristen unterwegs. Nun hör aber auf, wir haben noch eine wichtige Arbeit vor uns.«
»Ich fahre heute nacht nach Rathcrogan«, erklärte Tadhg – oder war es die Stimme in ihm, die aus seinem Mund gesprochen hatte? »Ihr werdet einen Platz in der Nähe von Tulsk finden, wo ihr schlafen und etwas essen könnt, denn das ist es doch, was ihr wollt. Aber ich selbst werde mich nach Rathcrogan begeben.«
Denn dort steht Cruachan, der uralte Palast der Könige von Connaught. Was mögen sie von mir wollen, von mir, einem Ulsteraner? Der Streit zwischen den Leuten von Ulster und denen von Connaught war uralt und früher schon in Liedern und Balladen besungen und geschildert worden. *Es sind nicht Leute aus dieser Zeit, mit denen du heute nacht redest, Tadhg MacNiall. Als Barde stehst du überall unter einem besonderen Schutz, und in dem Palast gibt es jemanden, der mit dir reden möchte und dir zuhört.* »Rathcrogan«, sagte Tadhg wieder. Connor schwieg, bog aber nach Norden in die Straße nach Tulsk ein.

Vor einem kleinen und hübschen weißen Haus hing ein Schild: »Bed & Breakfast«. Das Haus stand in einer ruhigen Seitenstraße. Blumen verschönerten den eingezäunten Garten. Bunte Steine säumten den Kiesweg, der zu der rotgestrichenen Haustür führte.
Connor fuhr den Wagen auf den Parkplatz des Hauses. »Ich gehe mal nachfragen, ob sie noch was frei haben.« Er klopfte an die rote Tür. Eine Frau öffnete ihm. Sie nickte, und Connor kehrte zum Wagen zurück. »Sie kann uns drei unterbringen, in einem großen Zimmer mit zwei Doppelbetten. Und sie will uns Tee machen, obwohl es schon so spät ist.«
Tadhg nahm seine Harfe und das kleine Bündel mit seinen sonstigen Habseligkeiten in die Hand und folgte den beiden ins Haus. Die Diele war kleiner als die anderer Häuser, die er kannte, und der Boden war auf Hochglanz poliert. Auf einem Tischchen unter einem Wandspiegel lag ein rot eingebundenes Buch. Connor trug sie alle drei dort ein.

Die Frau des Hauses wartete, bis Connor im voraus bezahlt hatte, und sagte dann:
»Der Tee ist gleich fertig, wenn Sie möchten.«
»Für mich brauchen Sie keinen zu machen«, sagte Tadhg, »ich habe noch einiges zu erledigen.« Er brachte seine Sachen in ihr Zimmer, einen Raum, an dessen Wänden grellbunte Tapeten und einige Bilder hingen. In einer Ecke befand sich ein Waschbecken. Tadhg hielt nur die Harfe in der Hand. Connor und Liam waren währenddessen damit beschäftigt, ihr Gepäck zu verstauen.
»Ich glaube nicht, daß ich noch im Lauf der Nacht zurückkehre«, erklärte Tadhg ihnen.
»Dann hätten wir ja auch gleich ein kleineres Zimmer nehmen können«, meinte Connor. »Wo willst du denn unbedingt hin? Bis nach Rathcrogan sind es noch etliche Kilometer.« Er hielt die Autoschlüssel fest in der Hand, als sei er nicht willens, sie herauszugeben.
»Ich gehe, wohin ich will«, erklärte Tadhg. »Und die Nacht scheint mir für einen längeren Spaziergang wie geschaffen zu sein. Ihr werdet es schon selbst feststellen, wenn ich wieder da bin. Vielleicht zum Frühstück.«
»Du kannst doch nicht einfach mitten in der Nacht durch die Landschaft spazieren. Du verirrst dich sicher, schließlich bist du ja noch nie hier gewesen...« Connor wirkte gleichzeitig besorgt und verärgert.
»Ich sagte doch schon, ich gehe nach Rathcrogan, und dabei bleibt es auch. Mischt euch nicht in Dinge ein, von denen ihr nichts versteht.« Tadhg verließ das Zimmer. In der Diele begegnete er der Besitzerin. »Einen schönen Abend noch, Missus«, sagte er, und mit einemmal beschlich ihn wieder dieses sonderbare Gefühl.
Die Frau starrte ihm erschrocken nach und bekreuzigte sich dann rasch. »Jesus, Maria und Joseph.«
Tadhg trat durch die Tür nach draußen. Er hörte, wie sie hinter ihm hastig zugeworfen und verriegelt wurde.

Die Dunkelheit der Nacht war grau und angenehm für Tadhgs Augen, und die Ruhe über dem Land tat ein übriges. Vom Wind bewegte Wolken strichen sanft an den Sternen vorbei. Tadhg machte sich zu Fuß auf den Weg nach Rathcrogan, wo der uralte Palast stand. Ein Teil von ihm fürchtete den legendären Ort, den er aufsuchen wollte. Aber der andere, der dunklere Teil von ihm, war noch älter als dieser Ort der Sagen.
Nach einer Weile gelangte Tadhg an eine Kreuzung. Der Hauch uralter Zeiten, die Atmosphäre von Verwunschenheit, lag über diesem Ort. Vor langer Zeit waren hier die Könige von Connaught in ihr Amt eingeführt worden. Unweit dieser Stelle lagen viele von ihnen begraben. Und auf dem Gipfel jenes Hügels dort drüben hatte einst Cruachan, ihr königlicher Palast, gestanden.
Der Palast von Aillil und Maeve. Lange, lange vor Tadhgs eigener Zeit hatten diese beiden gelebt, und ebenso lange war es her, daß sie gegen die Männer von Ulster gezogen waren. Eine Auseinandersetzung, die mit gegenseitigen Viehdiebstählen begann und in einem Krieg von epischen Ausmaßen endete. Tadhg kannte natürlich die Geschichten im TAÍN BÓ CUAILNGE, einem uralten Buch, das jeder Barde gelesen haben mußte.
Zu vielen Toten hatte Tadhg schon gesprochen, aber alle hatten dem gewöhnlichen Volk angehört. Maeve hingegen war als Göttin verehrt worden. Doch ob Göttin oder Sterbliche, ihr Temperament hatte Stoff für viele Legenden gegeben. Irgendwo hier mußte sie begraben liegen. Und es konnte nur sie sein, die ihn gerufen hatte.
Ihn, einen Mann aus einer anderen Zeit, einen Mann, der lange nach ihrem Tod gelebt hatte und lebte? Gewöhnliche Menschen wußten nichts über das, was nach ihrem Tod geschah. Maeve dagegen mußte als Schattenwesen weiterleben.
Tadhg stand auf der Kreuzung. Immerhin war er nur ein Mensch – und dazu noch ein Ulsteraner in Connaught. Tadhg hielt die Harfe wie einen Schild vor sich. Dunkle Schatten huschten grau durch die Nacht.
»Aber das ist ja ein Barde«, sagte eine Frauenstimme. »Wenig Hoffnung hegte ich, einen solchen je wieder zu sehen.« Sie lachte.

»Aber an ihm ist auch etwas jenseits vom Menschlichen. Die Feen haben ihn berührt.«
»Und mehr noch«, ergänzte eine Männerstimme matt und schwankend, »er wandelt mit Kriegern.«
»Um so besser.« Dann summte die Frau leise und einschmeichelnd: »Komm näher, Barde, komm zu mir, mein Bardeen, und spiel für mich. Mein Grab ist so kalt und einsam. Und mein Gemahl will immer nur schlafen – dabei würde ich viel lieber des Nachts durch die Lande ziehen. Spiele, so spiel doch, Barde!«
Tadhg sah sich in der Dunkelheit um, konnte jedoch nichts erkennen.
Aber halt! Hinter der Mauer dort, in dem Feld. Seine Feensicht verwandelte die Schwärze der Nacht in ein helles Grau. Tadhg sah eine große Frau, angetan mit einem grünen Umhang und einem reichverzierten, gelbbraunen Kleid. Ein juwelenbesetzter Gürtel umschloß ihre Hüfte, und an ihm hing ein Schwert. Nur ein goldener Reif zierte ihren Kopf, ansonsten wehte das lange rote Haar ungehindert im Wind. Durch sie hindurch sah Tadhg, wie sich der Hügel dunkel vom Himmel abhob.
»Du bist ein Mann aus Ulster.« Sie warf den Kopf zurück. Ihr Haar glühte.
»Ich bin auch ein Barde. Der Krieg zwischen unseren Stämmen ist längst vorüber... wenn du wirklich Maeve bist.«
Die Frau lachte auf. »Ich war Maeve, ich bin Maeve, und Maeve wird nie allein in ihrem Grab liegen. Der Krieg ist nie vorüber, nur seine Ursachen und Ziele mögen sich ändern.« Sie lächelte. »Ohne Auseinandersetzungen ist das Leben stumpf und leer. Aber was führt dich in dieser Nacht nach Cruachan, mit nichts als einer Harfe im Gepäck? Nur wenige Harfen werden in diesen Tagen gesehen, und darunter ist keine wie deine.«
»Du selbst mußt es gewesen sein, die mich rief«, sagte Tadhg. »Und zu meiner Harfe ist zu sagen, daß ich lange unter dem Lough Neagh gelebt habe, bei den Sídhe.« Dann erzählte er ihr, wie er schließlich wieder an die Oberfläche gelangt war.
»Aha? Also geht es dieser stolzen Königin nicht so gut? Wie jammerschade. Ihr König war außerordentlich bezaubernd... So

stehen wir beide nun also hier – ich, die ich nicht schlafen kann, und du, der du eigentlich schon lange tot sein solltest.« Sie ließ sich auf dem Gras nieder. Die Spitzen ihres langen Haars strichen über den Boden. »Man hat dich zum Abschied mit Feengaben ausgestattet, andernfalls könntest du mich jetzt weder sehen noch hören. So wenige sind mir geblieben, mit denen ich jetzt noch reden kann. Die meisten wünschen nur zu schlafen, selbst die einstmals stolzen Könige.«
»Man gibt immer noch kleinen Mädchen deinen Namen.«
»Das ist mir bekannt. Ich bin aus diesem Land, bin Teil seiner Geschichte, bin ein Teil, der nicht zur Ruhe kommt. Aber du bist auch kein gewöhnlicher Barde, nicht einmal nur ein Barde mit Feengaben. Etwas anderes schwebt noch über dir.« Sie sah ihm direkt ins Gesicht. »Und ich habe dir keinen Ruf gesandt!« Ihre grünen Augen glühten. Auf ihrer weißen Stirn entdeckte Tadhg eine rote Narbe.
Er berührte sie.
Maeve lächelte. »Die Narbe des Steins, der mich tötete. Ein Mann aus Ulster hat ihn geschleudert. Ach, fürchte dich nicht, mein Barde. Ich will dir kein Leid antun. Ich bin doch viel zu froh darüber, in der Gesellschaft eines Lebenden zu sein. Nun aber mußt du für mich spielen.«
Tadhg rührte sich nicht.
Maeves grüne Augen wurden eiskalt, und Hochmut trat auf ihre Züge. »Ich befehle dir, für mich zu spielen!«
Tadhg legte die Harfe neben sich. »Ich bin keiner deiner Hörigen, daß du mir befehlen könntest.« Aber es war nicht Tadhg, der da gesprochen hatte, denn er fürchtete diese aufbrausende, wilde Frau, die zu ihrer Zeit zwei Länder in den Krieg gestürzt hatte. Doch dann erhob er sich. Hoch ragte er über ihr auf. Sie sah zu ihm auf und kniete vor ihm hin. »Du bist kein Barde«, flüsterte sie, »du bist *er*.« Groß waren ihre Augen vor Furcht und Erregung. »Du reitest mit der *Jagd*, du bringst Gewalt und Leid mit dir...« Sie leckte sich über die Lippen. »Und lange noch ist kein Ende deiner großartigen Taten in Sicht. Wie froh bin ich, daß ich nicht schlafen konnte. Bitte, nimm mich mit auf deine Fahrten!«

Tadhgs Kopf spürte ein schweres Gewicht, als trüge er jetzt ein Geweih. Er trat einen Schritt auf die kniende Königin zu. »Nein, ich habe im Moment anderes zu tun. Aber du wirst mich begleiten, sobald ich dich rufe.«
Maeve nickte. »An Samhain?«
»Ja«, antwortete der, der nicht Tadhg war. »Sobald es an mir ist, über das Jahr zu herrschen, gilt es um mehr zu ringen, als nur die Jahreszeiten zu wechseln. Dann jagen Mächte über Himmel und Erde, die viel zu lange schon geschlafen haben.«
»Und ich kämpfe dann an deiner Seite«, sagte Maeve. »Es sind die Jagd und die wilden Nächte, die mir immer die größte Freude bereitet haben, und nicht die sanften Brisen und blühenden Blumen.«
»Ich habe Zeit bis zum Morgengrauen«, sagte Tadhg und kniete sich neben sie ins Gras.
»Halte mich«, rief sie, und ihre Nägel gruben sich tief in seinen Rücken, hinterließen geisterhafte Kratzer. »Zu lang ist es her, zu kalt war mein Bett, und ich kann nicht schlafen, denn zu sehr vermisse ich Leben und Wärme ...« Tadhg brachte sie mit einem unsanften Kuß zum Schweigen. Dann schob er sie ganz aufs Gras.

Tadhg erwachte bei Sonnenaufgang in einem Feld. Eine Spinne wob wie ein glitzerndes Juwel ihr Netz um die Saiten seiner Harfe. Auf den Fäden glitzerten winzige Tautropfen.
Er war wieder er selbst, und er fühlte sich müde, kalt und verwirrt. Niemand lag mehr neben ihm. Die Toten schliefen fest unter ihren Grabhügeln. Er begrüßte den Morgen nicht mit seiner Harfe, denn er wünschte nicht, die Toten erneut zu wecken.
Maeve. Tadhg schüttelte den Kopf. Es konnte nicht mehr wahr gewesen sein. Schon viele Jahrhunderte vor seiner Zeit war sie eine Legende gewesen. Und doch stand hier ihr Palast, lag hier ihr Grab. Hier war sie in der Nacht aus ihrem Grab gestiegen und hatte sich ihm genähert. *Ihm – oder dem, was aus ihm geworden war?* Aber zur frühesten Morgenstunde, wo die Kleider vom Tau durchnäßt waren, war es nicht die richtige Zeit, sich solche Fragen zu stellen.

Müde und schläfrig stolperte er zurück auf die Straße.

Als er die Pension erreichte, rührten sich die Leute im Haus schon. Essensgeruch erinnerte ihn daran, wie lange es her war, seit er die letzte Mahlzeit zu sich genommen hatte. Tadhg versuchte die Vordertür zu öffnen. Sie war nicht mehr verschlossen. Er hörte, wie Connor und Liam sich in ihrem Zimmer unterhielten. Sie waren also schon wach. Tadhg trat zu ihnen ins Zimmer. Er stellte die Harfe auf dem Boden ab und setzte sich auf eines der zerwühlten Betten.
Liam sah ihn mit großen Augen an. »Du bist über und über mit Grashalmen bedeckt, und deine Kleider sind naß und verknittert. Wo bist du bloß die Nacht über gewesen?«
Ruhig antwortete Tadhg: »Wenn ich es euch sagen würde, würdet ihr es mir doch nicht glauben. Und ihr seid ohne dieses Wissen glücklicher dran.« Liam erblaßte und wandte sein Gesicht ab. Die Ereignisse beim Tod der MacIvers nagten immer noch an seinem Gedächtnis.
»Na ja, vom Bett hast du nicht allzuviel gehabt«, bemerkte Connor, »aber zumindest kannst du noch das Frühstück einnehmen. Wir haben immer noch einen weiten Weg vor uns, und es wäre doch nicht schlecht, wenn wir zur Abwechslung einmal früh aufbrechen könnten. Was immer du auch diese Nacht getrieben haben magst, Tadhg, du solltest dir zumindest etwas anderes anziehen. Unsere Wirtin scheint sowieso schon eine gehörige Portion Angst vor dir zu haben. Nachdem du gegangen warst, fürchtete ich eine Zeitlang sogar, sie würde uns wieder vor die Tür setzen.«
»Sehe ich denn so schrecklich aus?« Tadhg trat vor den Spiegel. »Ja, das tue ich wirklich.« Er wusch sich das Gesicht, borgte sich einen Kamm und zog sich dann etwas Trockenes an. Nur die Schuhe konnte er nicht wechseln – sie waren das einzige Paar, das er hatte, und auch sie waren nur ausgeborgt –, aber zumindest konnte er sie einigermaßen säubern.
Connor sah ihm zu. »Du willst uns also nicht sagen, wo du in der vergangenen Nacht gewesen bist?«

»In Rathcrogan.«
»Die ganze Nacht lang in Rathcrogan? Hast du dich da wieder mit den Toten unterhalten oder gar mit den Feen Reigen getanzt?«
Tadhgs Blick ließ Connor bleich werden. »War doch nur ein Scherz, du kannst natürlich tun und lassen, was dir beliebt, und es geht uns auch gar nichts an.«
»Vielen Dank«, sagte Tadhg. »So, wollen wir jetzt frühstücken gehen?«

Der Weg nach Achill war noch einmal so weit wie die Strecke, die sie gestern zurückgelegt hatten. Hinter Castlebar verließen sie die Hauptstraße und fuhren an der Küste mit ihren vielen vorgelagerten Inseln entlang, bis sie die Stadt Achill erreichten, wo eine Brücke den engen Sund überspannte.
Einmal auf der Insel Achill, schlängelte sich die Straße einen hohen Berg hinauf, an dessen Hängen Schafherden grasten. Tadhg bekam zum erstenmal die Küste zu sehen: Schroffe Klippen wechselten mit weißen Sandstränden ab, und überall schlug das dunkle Wasser schäumend um schwarze Felsen.
»Das ist kein Meer für Unerfahrene«, erklärte Connor. »Grace O'Malley, die Piratenkönigin, hat hier zur Zeit Elisabeths I. gewirkt. Die Gute, gesegnet soll sie sein, hat hier Handelsschiffe geplündert und sich dann in abgelegenen Buchten versteckt. Wahrscheinlich hat sie ihr ganzes Leben lang über die Engländer gelacht, könnte ich mir vorstellen. Die Leute erzählen sich, sie sei ein ganz besonderer Mensch gewesen... Wir fahren mit einem Fischerboot hinaus, um die Ladung entgegenzunehmen. Unsere teuren Freunde möchten dieser Küste nicht zu nahe kommen.«
Sicher nicht ohne Grund. Tadhg sah zu, wie die Wellen gegen die spitzen Klippen donnerten. Dort unten lauerte der Tod. Tadhg wurde es plötzlich kalt. Er war noch nie zuvor am offenen Meer gewesen. Dies war nicht sein Element; es wäre nicht recht von ihm, es zu befahren. Der Wagen bog von der schmalen Straße auf einen Pfad ab, kroch eine Anhöhe hinauf und hielt dort an.
»So, da sind wir«, sagte Connor.
Das weißgetünchte Haus stand auf einem kleinen Bauernhof, der

von einer niedrigen Steinmauer umgeben wurde. Hühner scharrten und pickten am Boden, eine Katze sonnte sich, und ein Hund schoß auf sie zu, um sie zu vertreiben. Doch dann blieb er stehen und wedelte mit dem Schwanz. Liam streichelte ihm über den Kopf.

Tadhg stieg aus dem Wagen. In der Luft hing schwer der Geruch von Kühen und Heu.

Eine Frau erschien in der Haustür und wischte sich die Hände ab. Bis auf ihre Schürze trug sie nur schwarze Kleider, selbst ihr Haar bedeckte ein schwarzes Kopftuch. Ihre dünnen Arme waren sonnenverbrannt, und viele Falten zogen sich durch ihr Gesicht.

»Zur Beerdigung seid ihr einen Tag zu spät gekommen.« Sie ließ die Hände herabhängen. »Aber ich heiße euch trotzdem in Padraigs Angedenken willkommen.«

»Tut uns leid, daß wir nicht früher kommen konnten.« Connor unterließ es jedoch, Gründe dafür zu nennen. »Wir haben seine Sachen mitgebracht, zumindest das, was noch übriggeblieben ist. Ich fürchte, seine Musikinstrumente sind nicht mehr zu retten.«

»Ich habe gehört, was vorgefallen ist«, sagte die Mutter. »Und ich möchte nicht an sein Akkordeon denken, denn die Erinnerung schmerzt mich doch zu sehr. Du bist hier immer willkommen, und du auch, Liam. Und auch Sie.« Die Mutter sah Tadhg an.

»Ich heiße Tadhg MacNiall, Mrs. Byrne.« Er fügte jedoch nicht hinzu: »Und ich war es, der Ihren Sohn gerächt hat«, obwohl er ihr zu seiner Zeit die Häupter der erschlagenen Mörder überreicht hätte. »Ich lernte Ihren Sohn, kurze Zeit bevor er...« Er ließ den Satz unbeendet.

»Ach, kommt doch ins Haus. So warm der Tag auch sein mag, der frische Wind von der See hält niemals inne. Mein Mann ist draußen bei den Kühen, und die Kinder sind noch nicht von der Schule nach Hause gekommen. Aber sie müßten jeden Augenblick hier sein. Auch für sie war es sehr schwer, ihren großen Bruder zu verlieren.« Sie wischte sich mit stark geröteten Knöcheln die Augen. »Möchtet ihr eine Tasse Tee... oder lieber etwas Stärkeres? Ihr bleibt doch über Nacht, nicht wahr, wie ihr das immer

getan habt, wenn ihr hierhergefahren seid?« So etwas wie Furcht huschte über ihr Gesicht.
Was erwartet sie von uns zu erfahren, was, das sie lieber doch nicht erfahren möchte?
»Vielen Dank, Mrs. Byrne, das tun wir gern, auch wenn uns ein recht trauriger Anlaß hergeführt hat.« Connors Stimme war warm und sanft. Alle drei folgten der Frau ins Haus.
Das Wohnzimmer war klein und dunkel. Selbstgehäkelte Decken bedeckten die Kopfstützen und Armlehnen von alten, abgenutzten Sesseln und lagen auf verkratzten Holztischen. Flechtenteppiche waren über den Linoleumboden verteilt. Im Herd brannte ein kleines Torffeuer. Die Frau bückte sich und schob ein neues Stück nach. »Setzt euch hier an den Ofen. Nach dieser Fahrt müßt ihr ja ganz durchgefroren sein.«
Tadhg sah auf die Wände, wo braunstichige Bilder hingen. Viele der dort abgebildeten Männer sahen aus wie Padraig: ansehnlich und mit blassen Augen und schwarzen Haaren. Doch die meisten Männer trugen auch hohe, steife Kragen. Mrs. Byrne bemerkte seine Verwunderung. »Oh, das sind einige aus der Verwandtschaft. Die Byrne-Männer haben alle etwas Besonderes an sich, nicht wahr? Wollt ihr alle Tee?«
»Das wäre nett, Mrs. Byrne«, sagte Connor.
Still saßen die drei da, jeder in seine Gedanken versunken, bis Mrs. Byrne mit einem Tablett in den Händen zurückkehrte. »Padraigs Schwester Maureen ist extra für die Beerdigung aus Shannon gekommen«, erklärte sie. »Aber sie ist nicht über Nacht geblieben. Das letztemal haben wir sie Weihnachten gesehen. Wer hätte gedacht, daß wir erst zur Beerdigung ihres Bruders wieder zusammenkommen würden?« Sie wandte sich an Tadhg. »Maureen arbeitet in einer Autovermietung am Flughafen von Shannon. Jetzt trägt sie nur noch die feinsten Sachen, schminkt sich und bewegt sich wie eine Dame von Welt, daß man es gar nicht für möglich halten möchte. Geld schickt sie natürlich auch keins nach Hause, wie Padraig das getan hat, nein, unsere Maureen nicht.« Sie senkte den Kopf. »Padraig war so ein lieber Junge. Warum nur mußte der Herr ihn zu sich nehmen? Ermordet zu werden ist eine

seltsame Art des Herrn, seine Liebe zu beweisen. Ach, wäre er doch nur auf der Farm bei seinem Vater geblieben! Aber nein, er mußte ja unbedingt seine Musik machen. Nichts konnte ihn mehr aufhalten. Aber er kam jedenfalls immer wieder nach Hause, wenn er die Gelegenheit dazu hatte. Und hat seine Freunde auch mitgebracht, um das Haus mit jungen Leuten zu füllen. Jetzt sind mir nur noch die beiden Kleinsten geblieben, Eoin und Ciara, und die gehen auch schon zur Schule. Viel zu bald schon sind sie auch aus dem Haus, um sich anderswo weiterzubilden. Und dann habe ich, von den Ferien mal abgesehen, gar keinen mehr. Ich erinnere mich noch an die Zeit, wo sie alle wie ein Flohzirkus durch das Haus tobten. Aber jetzt... jetzt ist es so still im Haus. Nur der Wind bläst noch.« Sie nippte an ihrem Tee. »Es ist die Aufgabe der Mutter, sie aufs Leben vorzubereiten und sie hinaus in die Welt zu schicken. Aber nicht so rasch schon!« Sie stand auf. »Kommt, ich zeige euch eure Zimmer. Macht unter euch aus, wo ihr schlafen wollt, während ich noch etwas in der Küche zu erledigen habe. Mein Mann kommt sicher auch bald nach Hause. Sicher ist er wieder halb verhungert. Und ich glaube, ich höre schon die Kinder.«

Sie sollten direkt unter dem Dach und in Padraigs ehemaligem Zimmer untergebracht werden. Liam und Connor entschieden sich ohne langes Nachdenken für den Speicher. Tadhg wußte, daß keiner von ihnen Lust hatte, in Padraigs Zimmer zu schlafen, wo die Erinnerung an den ehemaligen Freund ihnen eine unruhige Nacht bescheren würde.
Tadhg zuckte die Achseln. Er hatte keinen Grund, die Toten zu fürchten – und hatte er nicht sogar Padraigs Ehre wiederhergestellt?
»Wir sollen um elf an der Küste sein«, flüsterte Connor. »Diese Leute hier stehen immer sehr früh auf. Um elf müßten sie also schon lange schlafen.«
»Du kennst dich zwar hier in der Gegend aus«, sagte Tadhg, »aber in einer solchen Nacht bin ich mir selbst der beste Schutz.« Er hing seine Kleider in den Schrank. Die, die er in der Nacht zuvor bei

seiner Wanderung nach Rathcrogan getragen hatte, waren immer noch feucht vom Tau. Im Schrank hingen andere Sachen, die klagend nach ihrem Besitzer riefen. Tadhg berührte eine dicke Strickjacke und stellte fest, daß selbst leblose Gegenstände trauern konnten. Er nahm seine Harfe und ging wieder nach unten.
Aus der Küche hörte er das Klappern von Geschirr und die Stimme eines jungen Mädchens. Ciara mußte von der Schule zurück sein. Tadhg schlich sich durch die Vordertür nach draußen.
Ein Pfad führte über das Feld zu einem kleinen Bach, der hinab zum Meer floß. Er sah Schafe in einiger Entfernung. Als er den Bach erreicht hatte, bemerkte er, daß der Weg an ihm entlang weiterführte. Beim Gehen blickte Tadhg immer wieder ins Wasser. Der Bach plätscherte lebhaft und unruhig, floß kaum einmal gleichmäßig über sein seichtes und steiniges Bett. Nur in selteneren Löchern hielt sich das Wasser kurz wirbelnd auf, bevor es weiter dem Meer zueilte. Eines dieser Löcher enthielt einen dunklen Schatten. Silbern blitzte es auf, als ein großer Fisch sich in dem Loch drehte. Vielleicht eine Forelle. Für Lachse war die Jahreszeit zu spät. Tadhg erinnerte sich an die Forelle im Lough Neagh. Er hatte sie nie aus der Nähe gesehen, aber Maire behauptete, dieser Fisch hätte bernsteinfarbene Augen.
Maire! Seine Gedanken wirbelten durcheinander. Tadhg ballte die Fäuste und rief ihren Namen. Der Fisch kreiste noch einmal durch das Loch und war dann verschwunden.
Maire war gekommen, um ihn zu retten. Und jetzt lag sie ertrunken am Grunde des Sees, während er über dieses wilde Land wanderte und in den Klauen eines Wesens gefangen war, dessen Namen er nicht auszusprechen wagte. *Maire! Wo bist du?*
Mit beiden Händen hielt er seine Harfe fest, den einzigen Gegenstand, der ihm noch vertraut war. *Genug der Schwäche.* Kalt klang die Stimme. Tadhg marschierte weiter.
Endlich erreichte er eine Lücke zwischen den Klippen und sah hinab, wo die Brecher die Felsen schäumend unter sich begruben. Ein kleines Boot in diesen Wassern... Nein, die See wollte ihm nicht gefallen, sie schien danach zu gieren, ihn untergehen zu lassen. Ein Stück weit im Wasser hoben sich zwei gezackte Klippen

dunkel vor der untergehenden Sonne ab. Irgendwo in diesem rotorangefarbenen Horizont lag Tir na n'Óg, das Land der ewigen Jugend. War Maire dorthin gelangt?
Das schwächer werdende Licht des Tages schimmerte golden auf den Saiten seiner Harfe. Tadhg schlug ein Lied an, keines, mit denen Tote geweckt werden sollten, keines, um dem Wind zu befehlen, sondern eine simple Melodie, die ein jeder Barde bei einem solchen Sonnenuntergang gespielt hätte.
Ein runder, schwarzer Kopf brach durch das Wasser, und zwei große, braune Augen beobachteten Tadhg. Tadhg lächelte den Seehund an und sang ihm aus lauter Übermut ein Lied:

Robbe, Robbe, sing mir vom Meeresschimmer,
Ein Lied vom endlosen Zug der silbrigen Lachse.
Sing es mir, du wend'ger, glänzender Schwimmer,
Und sag mir, ob an Land Menschengestalt dir wachse!

Der Seehund sah ihn lang an, ohne auch nur einmal zu zwinkern. Dann tauchte er weg und war verschwunden.
Dies ist die Insel Achill, erinnerte sich Tadhg. *Selbst ich, der ich so weit fort von hier lebte, weiß, daß hier Seehunde sich tummeln.*
Der Sonnenuntergang zeigte sich nur noch als schwache, orangerote Linie am Horizont, und eine kühle Brise kam auf. Tadhg sehnte sich nach Wärme, Licht und menschlicher Gesellschaft. Er eilte auf dem Pfad rasch zurück zum gelben Schein, der aus den Fenstern des Bauernhauses drang.

13

Maire und Rita unterhielten sich bis tief in die Nacht hinein. Neben einigem anderen erklärte Rita ihr die umfangreichen Sicherheitsmaßnahmen in Belfast und die strengen Bestimmungen der Polizeistunde. Sie erklärte ihr auch das Geld, eine völlig neue Vorstellung für Maire. Zu ihrer Zeit hatte man Waren auf der Grundlage von Kühen getauscht. Maire stellte ihr immer neue

Fragen über die Stadt und die Sitten und Gebräuche dieser Zeit, bis ihr Geist endlich so erschöpft war, daß er keine neuen Erkenntnisse und Vergleiche mehr aufnehmen konnte. Auch Rita war sichtlich müde.
»Ich muß jetzt schlafen«, sagte das Mädchen. »Mutter wird mich morgen zum gemeinsamen Kirchgang früh aus den Federn werfen. Sie denkt, es sei von besonderer Wirksamkeit, wenn man in die Frühmesse geht... Und jetzt ist die Nacht schon fast vorbei.«
»Auch ich brauche dringend Schlaf«, sagte Maire. Sie fühlte sich in ihre Kindheit zurückversetzt, als sie in einen fremden Haushalt zur Pflege gegeben worden war. Aber gerade als sie darüber nachdenken wollte, schlief sie schon ein. Ihre Träume waren ein buntes Allerlei.

Der Sonntag war friedlich. Die Familie besuchte die Frühmesse. Rita murrte zwar, weil sie noch so müde war, aber sie ging mit. Ebenso Maire, denn sie fühlte, daß das von ihr erwartet wurde. Die Zeremonie bedeutete ihr wenig, aber sie stand auf, kniete nieder oder setzte sich, wenn die anderen das auch taten.
Wieder zu Hause, wurde ein verspätetes Frühstück eingenommen. Mac schlug die Zeitung auf und rief: »Na sieh mal einer an! Da hat es doch schon wieder Ärger in South Armagh gegeben, als ob dort noch nicht genug geschehen wäre.«
Rita hielt mit dem Bestreichen ihres Rosinenbrötchens inne. »Was ist denn jetzt schon wieder, Vater? Ich will ja nicht übermäßig neugierig sein, aber interessieren würde es mich schon ein wenig.«
»Du weißt doch noch, daß diese drei jungen Musiker am Freitag nachmittag auf der Straße ermordet worden sind, oder? Am hellichten Tag?«
»Die *Three Bards*, hast du gesagt. Ja, ich erinnere mich daran. Sie waren als Musiker nicht schlecht, hast du gesagt.«
»Nun, sie müssen wohl auch noch in anderen Sachen ihre Finger gehabt haben. Aber was weiß ich schon? Nun, Freitag nacht sind drei protestantische Jungen – die MacIver-Brüder – in der gleichen

Gegend getötet worden.« Mac trank einen Schluck aus seiner Tasse.
»Soviel habe ich auch schon gehört. Gibt es denn sonst nichts Neues?«
»Nun, doch. In der letzten Nacht hat jemand eine Bombe auf die Stufen einer *Orange Lodge* gelegt, direkt diesseits der Grenze. Es hat einige Tote gegeben. Man glaubt, dieser Anschlag habe etwas mit den anderen Vorfällen zu tun – Freitag nacht wurde einer von den MacIvers-Mördern erschossen. Ohne Zweifel haben seine Kumpane ihn auf diese Weise rächen wollen.« Mac legte die Zeitung neben sich. »Eine schmutzige Arbeit. Es geht ja wohl noch an, wenn die Terroristen sich gegenseitig umlegen, aber diese Bombenwerferei...«
»Alle diese Gewalttaten sind abscheulich«, bemerkte Mrs. MacCormac, »und ich wäre euch sehr dankbar, wenn wir darüber beim Frühstück am Tag des Herrn nicht weiterdiskutieren müßten.«
Danach unterhielt sich die Familie über andere Dinge. Nach der Mahlzeit sagte Rita: »Ich helfe dir beim Abräumen, Mutter, und auch beim Spülen. Danach lege ich mich noch ein bißchen hin. Morgen muß ich wieder Dienst tun. Diesmal zehn Tage hintereinander. Man sollte meinen, bald müßte doch mal einer sich der Schwestern und Ärzte erbarmen.« Sie gähnte. »Na ja, die im Krankenhaus können wohl auch nichts dafür.«
Sie hatte gerade das Geschirr in die Küche getragen, als das Telephon im Wohnzimmer klingelte. »Ich geh' schon«, rief Rita. »Sicher wollen sie, daß Vater ins Pub kommt.«
Maire bekam das meiste von dem Gespräch mit.
»Jawohl, Schwester, ich habe verstanden... Ist es denn wieder so schlimm... und keine andere zu erreichen? Ach so, hat Urlaub. Kann nicht erreicht werden... Ja, ich komme, sobald ich kann.«
Rita hängte ein und kehrte in die Küche zurück. »Himmel und Hölle noch mal!«
»Rita!« empörte sich die Mutter. »Solche Ausdrücke!«
»Ich wünschte, wir hätten das verdammte *Telephon* nicht, dann könnten sie mich auch nicht erreichen!«
»Wer war denn dran?« wollte Maire wissen. Rita hatte ihr das

Telephon erklärt, aber Maire war sich noch nicht ganz sicher, was sie davon halten sollte.
»Die Oberschwester im Krankenhaus natürlich. Heute hat wieder eine Katastrophe die andere gejagt, und Marilyn ist so fix und fertig, daß sie nur noch wie ein Zombie durch die Gänge schleicht. Jetzt können sie keinen finden, der sie ablöst. Die anderen Schwestern haben entweder kein Telephon oder heben einfach nicht ab, oder sie sind gerade verreist, oder... ach, warum gerade ich?« Sie marschierte nach oben. »Die Zeit vergeht, während ich hier lamentiere. Ich muß mich jetzt wirklich fertigmachen. Sie brauchen mich dringend, und zwar sofort.«
Als sie ganz in Weiß gekleidet wieder nach unten kam, fragte Maire sie: »Kann ich mitkommen und zusehen, wie du arbeitest?«
»Ich würde dich wirklich gern mitnehmen, aber der morgige Tag ist dafür wohl besser geeignet«, antwortete Rita. »Die Oberschwester sagte, es sei wieder das reinste Tollhaus. Ich bin gegen Abend wieder da, vorausgesetzt, die Ablösung für mich kommt.« Sie küßte ihre Mutter auf die Wange und verabschiedete sich kurz vom Vater.
Als Rita aus dem Haus war, meinte Mac: »Ich vermute, da ist wieder eine Riesensauerei passiert. Können sie uns denn nicht wenigstens an den Sonntagen einmal etwas Ruhe gönnen?« Er sah auf die Zeitung neben sich. »Ich kann nicht gerade sagen, daß mir bei der Vorstellung, daß Rita draußen in diesem Schlamassel steckt, sonderlich wohl ist. Gut, ich weiß, das Krankenhaus wird vom Militär bewacht, aber was ist mit dem Hin- und Rückweg?«
»In der Regel ist immer jemand auf dem Weg nach Hause bei ihr«, sagte die Mutter. »Und wenn es einmal hart auf hart kommen sollte, kann sie immer noch die Nacht im Schwesternheim verbringen.«
»Hmpf«, machte Mac. »Als wenn es nicht schon schlimm genug wäre, daß sie sich um die Verwundeten und Verletzten kümmern muß, nein, sie muß auch noch aufpassen, daß sie nicht selbst verwundet oder verletzt wird. Die sind ja alle komplett verrückt.« Er hob die Zeitung wieder auf.

»Ich helfe Ihnen beim Abwasch«, sagte Maire. Wenn das Teil der Gebräuche dieser Zeit war und das von einem Gast erwartet wurde, dann wollte sie sich vor keiner Arbeit drücken.
Ritas Mutter wußte, wo die einzelnen Teile hingehörten. Deshalb trocknete sie ab und räumte die Stücke weg, während Maire spülte. »Wo haben Sie eigentlich Rita kennengelernt? Ich kann mich nicht daran erinnern, daß sie früher einmal von Ihnen gesprochen hat.«
»Nun, wir beide kennen uns noch nicht allzu lange. Wir haben uns, wie man so schön sagt, durch Zufall auf der Straße kennengelernt.« Maire hielt einen Teller unter den Wasserstrahl und reichte ihn dann Mrs. MacCormac.
»Ich mache mir wirklich Sorgen um das Mädchen. Vor einiger Zeit hat sie sich häufiger mit einem britischen Soldaten getroffen, und diese Mrs. O'Shaughnessy von nebenan hat sich darüber das Maul zerrissen und sogar Drohungen ausgestoßen. Ich mußte also schon um Ritas willen dieser Beziehung ein Ende setzen. Natürlich sind die Tommies keine besseren oder schlechteren Jungs als andere auch, aber wenn sie mit einem irischen Mädchen ausgehen, werden sie leicht Zielscheibe von Anschlägen. Und ihr Michael war nicht einmal katholisch.«
»Ach so«, sagte Maire. Sie wusch ein Messer und achtete darauf, sich nicht an der scharfen Schneide zu verletzen.
»Ich mache mich mal wieder auf den Weg ins Pub«, sagte Mac beim Vorbeigehen an der Küchentür. »Zum Tee bin ich rechtzeitig zurück.«

Der Nachmittag verlief ruhig. Ritas Mutter flickte Strümpfe und sah dabei fern. Maire versuchte auch fernzusehen, aber sie konnte der Geschichte einfach nicht folgen, und die flimmernden Bilder verursachten ihr Kopfschmerzen. Irgendwann rief Rita an und sagte, daß auch die Abendschicht unterbesetzt sei. Bis sie Ersatz gefunden hätten, müßte sie noch im Krankenhaus bleiben. Es hätte also keinen Sinn, mit dem Abendessen auf sie zu warten.
Unbestimmbare Sorgen machten Maire zu schaffen. Irgend etwas lag in der Luft.

Mac MacCormac kam wie immer rechtzeitig zum Tee. Ohne Rita verlief das Gespräch bei Tisch nur schleppend. Nach dem Gebet aßen sie schweigend, bis Mac plötzlich sagte: »In der City soll es heute wieder einige Unruhe gegeben haben, wie ich hörte. Und die Polizisten sind noch mal ins Pub gekommen. Allem Anschein nach hat man einen vierten Mann gesehen, wie er zusammen mit den Musikern abfuhr. Aber man hat nur drei Leichen gefunden...«
Seine Frau hielt sich die Serviette vor den Mund.
»Oh, tut mir leid. Sie wollten nur Erkundigungen einziehen, mehr nicht. Aber ich konnte ihnen nicht helfen. Soweit ich mich erinnere, war dieser vierte Mann einer von den Gästen. Er ging auch auf die Bühne, hat ein paar Lieder gesungen und ist dann mit den dreien verschwunden.« Mac runzelte die Stirn. »Mir gefällt es gar nicht, wenn sich in meinem Pub neuerdings Spitzel herumtreiben sollten.«
»Du weißt doch gut genug, daß auch Leute von der *anderen Straßenseite* in dein Pub kommen«, bemerkte seine Frau. »Und du unternimmst nichts, was sie daran hindern könnte.« Sie preßte die Lippen zusammen. »Wenn du Radaubrüdern nicht dein Lokal verbietest, darfst du dich nicht wundern, wenn es zu Gewalttaten kommt.«
»Großer Gott, Frau«, entgegnete Mac rauh, »ich kann hier nur entweder ein katholisches oder ein protestantisches Pub betreiben, nicht wahr? Egal, *wo* ich den Laden aufmache. Natürlich hätte ich ein geruhsameres Leben und immer eine gefüllte Kasse, wenn ich am Shankhill ein protestantisches Pub betreiben würde! Aber daß das nicht geht, brauche ich ja wohl nicht lange zu erklären. Also kommen auch zu mir Männer, um ein Glas oder zwei zu trinken und sich zu unterhalten. Welche Kontrolle habe ich schon darüber, was sie sich erzählen? Ich zapfe ihnen die Biere und schenke ihnen den Whiskey ein. Und ich bemühe mich, Schlägereien und ähnliches abzublocken. Aber ein Gott bin ich deshalb noch lange nicht, liebe Frau!« Er hustete in seine Serviette.
»Mich macht das alles krank, Mac«, sagte seine Frau, »kränker noch als damals, als es John... Also denn, ich habe mich entschieden. Ich will nicht länger untätig herumsitzen, ganz

gleich, was diese Mrs. O'Shaughnessy dazu zu bemerken hat. Kannst du dich noch an Frances Bain erinnern?«
»Bain? Ach so, ja. Wir haben die Bains seit Jahren nicht mehr gesehen«, sagte Mac. »Nicht mehr, seitdem es zu gefährlich wurde, sich gegenseitig zu besuchen...« Er sinnierte. »Kann man sich heute gar nicht mehr vorstellen, daß wir einmal protestantische Freunde hatten, was? Sie konnten unbehelligt in unser Haus kommen und wir sie ebenso unbehelligt besuchen. Und niemand brauchte Angst zu haben, nachts über die Straße zu gehen... Was ist denn mit Frances?«
Mrs. MacCormac legte die Gabel weg. »Du hast doch von den Friedensmärschen der Frauen gehört. Sie wollen wieder damit anfangen, eine ganz neue Bewegung, und Frances hat mich letzte Woche angerufen. Für den kommenden Samstag ist ein solcher Marsch geplant. Ich habe beschlossen, daran teilzunehmen, will Seite an Seite mit Frances marschieren. Protestantische und katholische Frauen nebeneinander, gemeinsam im öffentlichen Protest gegen das endlose Morden und Bombenwerfen.«
»Das verbiete ich dir auf das entschiedenste.«
Maire, die schweigend zugehört hatte, ballte die Fäuste. Wie konnte er es wagen! *Aber dies ist eine andere Zeit.*
Mrs. MacCormac sah auf ihren Teller. »Ich möchte aber mitmarschieren.« Ihre Stimme klang nicht sehr entschieden.
»Das geht aber nicht.« Mac erhob sich vom Tisch.
In Maire sprach eine Stimme: *Das darf man nicht zulassen. Sie ist eine freie Frau.* Und laut sagte Maire: »Wie können Sie es *wagen*, Ihrer Frau zu verbieten, das zu tun, was sie als notwendig erachtet? Sie ist frei und erwachsen. Sie behaupten, gegen das Morden zu sein, aber auf der anderen Seite wollen Sie, daß Ihre Frau zu Hause bleibt und die Hände in den Schoß legt, während Ihre Tochter sich dabei aufreibt, Verwundeten zu helfen, und alles, was Ihnen von Ihrem Sohn geblieben ist, ein Bild an der Wand ist!«
Mac ließ sich auf den Stuhl zurückplumpsen. Das Holz ächzte und krachte. Er starrte Maire mit weit aufgerissenen Augen an und öffnete den Mund, um etwas zu sagen. Aber kein Wort kam ihm über die Lippen, statt dessen verwandelte sich seine Miene

zunächst in so etwas wie Ehrfurcht, dann in Angst. Er bekreuzigte sich und murmelte dann: »Für alle Deine Segnungen danken wir Dir, o Herr, im Namen des Vaters, des Sohnes und des Heiligen Geistes, Amen.« Er sah wieder auf Maire, runzelte die Stirn, zuckte mit den Wimpern und stand dann erneut auf. »Wird Zeit, daß ich mich mal wieder um den Laden kümmere.«
Mrs. MacCormac sah ihm nach, bis er das Haus verlassen hatte. Dann wandte sie sich an Maire: »Ich weiß nicht, wie Sie ihn verhext haben, junge Frau, aber nun ist es durch, daß ich an dem Marsch teilnehme.«

Rita kam spät nach Hause. Sie war völlig erledigt. Maire glaubte, bevor der Schlüssel in das Schloß an der Haustür gesteckt wurde, noch eine andere Stimme, eine männliche Stimme, zu hören. Aber Rita kam allein ins Haus.
»Hallo, Maire«, sagte sie. »Frag mich bitte *nicht*, Mutter, es war schon schlimm genug, das überhaupt mitmachen zu müssen.«
»Ich habe etwas zu essen für dich aufgehoben.«
»Vielen Dank, aber dazu bin ich ehrlich viel zu müde. Und dann die Aussicht, morgen früh wieder zurückzumüssen! Eine unmenschliche Plackerei, sag' ich euch. Maire, wenn du immer noch morgen mitkommen möchtest, gehst du jetzt besser auch zu Bett. Um sieben fängt mein Dienst an, und wenn ich dir alles zeigen soll, muß ich noch eher da sein.«
»Schön, daß du heil nach Hause gekommen bist, Kind. Jetzt brauche ich mir für heute nur noch um deinen Vater Sorgen zu machen«, erklärte Mrs. MacCormac. »Ich habe mich übrigens entschlossen, kommenden Samstag am Friedensmarsch der Frauen teilzunehmen.«
Rita blieb auf der Stelle stehen. »Du weißt, daß Vater dir das nie erlaubt.«
»Doch, das tut er. Maire hier scheint ihn doch von der Notwendigkeit überzeugt zu haben.«
Rita sah Maire fassungslos an. »Wenn du wirklich Vaters Meinung ändern kannst, sobald er sie einmal gefaßt hat, dann glaube ich, daß dir kaum etwas unmöglich ist... Na ja, ich muß Samstag

arbeiten, habe also keine Möglichkeit, mit dir zu gehen. Wenn es zu Unruhen kommt, werde ich ja wohl recht bald davon erfahren. Sei trotzdem bitte vorsichtig, Mutter. So, jetzt muß ich aber wirklich ins Bett, sonst fall' ich noch um.«

Ritas Wecker läutete zu schrecklich früher Stunde. Draußen war es noch dunkel. Rita und Maire standen auf, zogen sich an, ohne viele Worte miteinander zu wechseln, und gingen dann schlaftrunken nach unten. Bei Speck, Eiern und Tee erwachte Rita ein wenig zum Leben.
»So, es wird Zeit für uns, wenn wir rechtzeitig ankommen wollen«, sagte sie. »Ich hoffe nur inständig, es wird ein ruhigerer Tag heute. Wir alle könnten eine Atempause gut gebrauchen.« Sie nahm ihre Handtasche und eine Strickjacke. »Bis nachher, Mutter.«
»Ich komme schon etwas früher«, sagte Maire.

Einige der Häuser, an denen die beiden vorbeikamen, machten Maire nervös. Sie wußte jetzt um die Bedeutung der Sprüche an den Mauern.
Rita seufzte. »Ich würde diesen Kindern gern einmal den Hintern versohlen, die diese Sprüche an die Wände schmieren«, sagte sie. »Kinder, jawohl, das sind sie, ganz gleich, wie alt sie sein mögen.« Sie beschleunigten ihre Schritte.
Das Royal-Victoria-Krankenhaus – so verkündeten es die Buchstaben über dem Haupteingang – bestand nicht nur aus einem Gebäude, sondern war ein Komplex von mehreren sich in alle Richtungen ausdehnenden Ziegelsteinbauten. Gärten und Innenhöfe lagen hinter Mauern, überall waren eiserne Tore, und Soldaten hielten Wache. Rita blieb stehen, um einen von ihnen zu begrüßen. »Guten Morgen, Fred. Alles ruhig bislang?«
Der Soldat nickte. Er war schmal und jung, ein Stück kleiner als Michael, und auf seinem Gesicht sprossen die Eiterpickel. »Morgen, Rita. Wer ist denn das, eine Freundin von dir?« Obwohl er die gleiche Sprache sprach, war sein Akzent abgehackter als die eher weiche Aussprache der Einheimischen.

»Das ist Maire ní Donnall. Sie ist mitgekommen, um sich die Unfallstation anzusehen. Sie ist nämlich noch nie im Royal gewesen. Und solange hier alles ruhig ist, nutze ich die Gelegenheit, um sie ein wenig herumzuführen.«
»Dann wollen wir nur hoffen, daß es so ruhig bleibt. Der gestrige Tag hat mir schon gereicht.« Die Augen des Soldaten waren nie ruhig; ständig überblickten sie die Straße und die Gebäude.
Rita begrüßte auch kurz einige der anderen Soldaten, bis die beiden schließlich durch eine Schwingtüre in die Unfallstation gelangten. Einige wenige unbestimmbare Personen saßen auf den Bänken in den Gängen und schienen zu warten.
Rita trat an das Fenster am anderen Ende des Raums. Dort stand eine andere Frau und sah hinaus. Sie mochte Anfang Vierzig sein, trug ein schwarzes Kleid, eine weiße Schürze und ein weißes Kopftuch, das ihr bis zu den Schultern hinabreichte.
»Guten Morgen, Rita«, sagte sie. »Tut mir leid, daß es gestern so spät geworden ist.«
»Ach, ist ja schon gut«, sagte Rita, »was hätten Sie auch anderes tun können? Aber heute scheint es ja wesentlich ruhiger zu sein, Schwester.«
»Bis jetzt ja, Gott sei Dank«, sagte die ältere Frau. »Eben hatten wir einigen Ärger auf 307. Die Frau dort wurde letzte Woche bei einer Bombenexplosion verletzt, und jetzt ist sie von der Fehlzündung eines Lasters aufgewacht und hat einen hysterischen Anfall bekommen. Wir haben ihr eine Beruhigungsspritze gegeben. Davon einmal abgesehen könnte man annehmen, wir seien eine ruhige, ganz normale Unfallstation.« Sie lachte bitter. »Eine ›normale‹ Unfallstation! Das ist gut!«
»Ich bin nicht ohne Grund etwas früher gekommen, denn ich wollte einer Freundin die Station zeigen – wo es doch jetzt noch so schön ruhig ist«, sagte Rita. »Schwester Shelby, das ist Maire ní Donnall. Sie ist ebenfalls im Gesundheitswesen tätig. Maire, die Oberschwester hier leitet uns in dieser Station an.«
Schwester Shelby sah auf ihre Uhr. »In fünfzehn Minuten ist Visite, Rita. Wollen wir hoffen, daß es heute so ruhig bleibt.

Wir alle könnten eine kleine Pause gut gebrauchen. Nett, Sie kennengelernt zu haben, Maire.«
Rita öffnete eine Seitentür des Wartezimmers und trat in einen Korridor mit weißen Wänden hinaus. Am anderen Ende führte eine weitere Tür ins Schwesternzimmer. Rita legte ihre Handtasche und das Kopftuch in einen Metallschrank, sah noch einmal nach, ob sie ihre Schlüssel eingesteckt hatte, und entnahm dann einem Plastikbeutel eine weiße Haube. Sie stellte sich vor einen Spiegel und befestigte die Haube in ihrem Haar. »Blöde Dinger«, murrte sie, »aber wir sind angehalten, diese Häubchen zu tragen. Als Zeichen unserer Stellung und Würde oder wegen irgend so einem Unsinn. Nun denn, wir haben noch ein paar Minuten Zeit, nichts wie los.«
Sie kehrten in den Korridor zurück. Rita zeigte Maire alles. »Das ist das Büro des diensttuenden Arztes. Er nimmt all die schweren Fälle auf und macht Photographien von ihnen für die Unterlagen. Hier bewahren wir unsere Medikamentenvorräte auf...« Rita öffnete die Tür und sah in den Raum. Eine Schwester zählte dort Tabletten. Sie hielt inne und winkte den beiden zu. »Pillen sind schon etwas anderes als das, was du zu deiner Zeit benutzt hast, nicht wahr?«
Maire blieb stehen, um sich die heutigen Heilmittel ein wenig anzusehen. Nicht Kräuter lagerten hier, sondern Pulver und Tinkturen, die aus Kräutern gewonnen waren. Und sie hatten Nadeln, die mehr feinen Röhrchen ähnelten als Nähzubehör. In dieser Zeit stieß man den Kranken die Arznei unter die Haut oder ins Blut. Das war alles sehr neu und verwirrend, aber auch faszinierend für Maire. Rita marschierte auf dem Korridor weiter, und Maire schloß sich ihr an. »Hier liegen die Behandlungsräume, wo Verletzte und Notfälle die erste Behandlung erhalten oder für die Operation vorbereitet werden... Und dort befindet sich der Warteraum für die Angehörigen der Patienten, mit deren Überleben nicht mehr gerechnet werden kann. Gott sei Dank ist er jetzt leer...« Sie sah auf ihren Arm. »Oh, höchste Zeit. Dort hinten, am Ende des Korridors, liegt die Röntgenabteilung. Ach, natürlich weißt du ja nicht, was Röntgenstrahlen sind. Nun, das ist so

etwas Ähnliches wie die Photographie, nur daß dabei das Innere des Körpers, also Knochen und so, erfaßt wird.«
Feensicht? Haben sie wirklich dafür eine Maschine erfunden?
»Der Oberschwester gefällt es sicher nicht, wenn ich zur Visite nicht pünktlich bin«, sagte Rita. »Und eigentlich könnte ich jetzt kurz unsere Vorräte überprüfen. Später, wenn hier wieder die Hölle los ist, komme ich sicher nicht mehr dazu.«
»Dann vielen Dank für deine Führung«, sagte Maire. »Wir sehen uns heute abend sicher. Jetzt könnte ich eigentlich noch etwas spazierengehen.« Rita verschwand in einem Raum, und Maire kehrte auf dem Weg zurück, auf dem sie gekommen war.
Eine Weile blieb sie im Wartezimmer stehen. Sie glaubte, die Angehörigen der Frau mit dem hysterischen Anfall herausfinden zu können. Dort saßen sie, drei Personen: ein Mann, ein Junge und ein noch jüngeres Mädchen. Sie starrten unentwegt die weiße Wand gegenüber an. *Sie selbst sind kaum in einer besseren Verfassung.* Der Junge hatte eine Schnittwunde im Gesicht, die noch nicht sehr alt war. Vielleicht eine Woche oder so, gemessen an ihrer Rötung und Verkrustung. Die Augen aller drei waren leer, fast wie bei Wechselbälgern. Oder wie die des kleinen Jungen, der sich in den Lough Neagh zur Feenkönigin geflüchtet hatte.
Als sie gerade weitergehen wollte, ertönte hinter ihr ein Krachen, gefolgt von einer verzerrten Stimme: *Notfall! Notfall!* Dann meinte eine menschlicher klingende Stimme – sie hörte sich an wie die von Oberschwester Shelby: »Nein, nicht jetzt schon! Alle Ambulanzen sind unterwegs.«
Maire trat hinaus auf die Straße. In einiger Entfernung hörte sie ein auf und ab schwellendes Geheul. *Whu-up whu-up whu-up.* Es kam näher. Maire blieb stehen, um zuzusehen. Ein weißes Fahrzeug, auf dessen Dach ein blaues Licht blitzte, kam kreischend und quietschend auf dem Vorplatz zum Stehen. Die zwei Männer, die vorne saßen, sprangen nach draußen und rissen die hinteren Wagentüren auf. Weißgekleidete Männer aus dem Krankenhaus rannten auf sie zu.
Maire sah zu, wie sie etwas aus dem Fahrzeug hoben. Trotz all ihrer Jahre als Heilerin und trotz alldem, was sie schon auf

Schlachtfeldern gesehen und erlebt hatte, wurde ihr nun übel. Sie trat einen Schritt auf die Gruppe zu. Ob sie mit ihren neuen Fähigkeiten... aber nein. Was konnte sie hier schon helfen? Die Arzneien dieser Zeit waren besser als die ihren, und sie konnten sogar mit Maschinen Feengaben nachahmen. Sie wurde hier und heute als Heilerin nicht gebraucht. Maire ballte die Fäuste, preßte sie gegeneinander und eilte dann fort.

Auf der anderen Seite der Straße bedeckte Grün ein freies Gelände. Doch die Friedlichkeit des Anblicks wurde durch eine nahe gelegene Polizeistation getrübt, vor der es sehr hektisch und lautstark zuging. Maire aber suchte in diesem Augenblick einen ruhigen Ort. Sie ging die Falls Road hinab, über die Stelle hinaus, an der sie zu Ritas Haus hätte abbiegen müssen, und gelangte schließlich an eine noch viel größere Grünfläche, auf der sich etliche Steine und Statuen befanden. *Ein Ort der Toten, ein Friedhof.* Ein Ort, der Maires Stimmung entsprach.
Sie trat durch ein Tor und ließ sich unter einem Baum nieder. Jenseits der Friedhofsmauer, auf der Falls Road, rauschten dröhnend Wagen vorüber, hin und wieder heulte auch ein Ambulanzfahrzeug mit seiner Last des Leids und des Schmerzes vorbei. Aber an diesem Ort der Toten herrschte Ruhe.
In dieser Zeit pflegte man andere Begräbnissitten: Statuen von geflügelten Wesen, Grabsteine, auf denen Unverständliches eingraviert war, durchsichtige Kuppeln, die bleich gewordene künstliche Blumen überspannten... aber nirgends entdeckte Maire einen Gedenkstein mit der Ogham-Kantenkerbschrift. Doch es war nicht zu übersehen, daß auch die Menschen heute ihrer Toten gedachten.
Plötzlich mußte sie laut lachen. *Eigentlich sollten sie das auch, wenn sie sich schon solche Mühe dabei geben, die Zahl ihrer Toten unablässig zu vergrößern.*
Eine weitere Ambulanz fuhr vorüber. Maire begann zu zittern. Sie zog die Knie unter das Kinn. Sie wäre besser bei den Sídhe geblieben und gemeinsam mit ihnen untergegangen. Oder bei Tadhg, was immer ihm auch zugestoßen sein mochte.

»Selbstmitleid steht dir nicht gut an, Maire.« Erschrocken blickte sie auf.
Der Zaunkönig hatte zu ihr gesprochen. »Du bist eine erwachsene Frau von vornehmer Geburt. Und mehr noch, du bist eine Heilerin. Du hast eine Aufgabe zu erfüllen.«
»Was für eine Aufgabe?« Es interessierte sie gar nicht mehr sonderlich.
»Sobald man dich braucht, wirst du es erfahren. Einmal bedurfte man schon deiner.« Der kleine Vogel hüpfte davon.
»Warte!« rief Maire ihm nach.
Aber der Zaunkönig flog in die Luft. Maire sah ihm lange Zeit nach. *Man trug mir auf, bei Rita zu bleiben und auf sie achtzugeben. Und das habe ich getan. Ich kann sie im Krankenhaus nicht beschützen. Das ist Aufgabe der Soldaten, die dort stehen. Aber ich sollte wohl in ihrem Heim auf sie warten.* Dennoch blieb sie weiter unter dem Baum und sah den Blättern zu, wie der Wind sie zwischen den Grabsteinen hindurch hochwirbelte. Bald fürchtete sich Maire vor der Rückkehr in die Asphalt- und Betonstraßen. Endlich stand sie auf und pflückte ein paar Blumen. Die in der Vase vor Johns Bild waren so verwelkt und bislang nicht ausgetauscht worden.

Maires Weg zurück zu Ritas Heim verlief angenehm ruhig. Nur einmal sah sie zwei Gruppen von Kindern. Ohne Zweifel kehrten sie von der Schule nach Hause zurück zum Mittagessen. Beide Gruppen bewegten sich parallel zueinander auf den Bürgersteigen und verhöhnten einander über die Fahrbahn hinweg. Fast alle Kinder trugen Stöcke in den Händen, aber die Gewalt blieb verbal. Keine Gruppe wagte es, in das Territorium der anderen einzudringen.
Nachdem Maire die schlimmsten Slumgegenden hinter sich gelassen hatte, erreichte sie das Haus, in dem Rita wohnte, und klopfte an die Tür. Mrs. MacCormac öffnete. »Ah, Maire, kommen Sie doch herein«, sagte sie. »Es ist einige Zeit vergangen, seit Sie mit Rita zur Arbeit gingen, und ich habe mir schon etwas Sorgen gemacht. Im Fernsehen hieß es, es habe heute morgen wieder einige Zusammenstöße gegeben.«

»Tut mir leid, daß ich Ihnen Sorgen gemacht habe. Nachdem Rita mich herumgeführt hatte, bin ich noch etwas durch die Stadt gebummelt.« Maire trat ins Haus und schloß die Tür hinter sich. Die Wärme im Innern des Hauses tat ihr gut. »Ich habe ein paar Blumen mitgebracht.« Maire trat ins Wohnzimmer, trat an den Kamin und nahm die Vase vom Sims. Dann ging sie mit ihr in die Küche, warf die verwelkten Blumen fort, ließ frisches Wasser in die Vase laufen und steckte ihre Blumen hinein.
Mrs. MacCormac sah ihr dabei zu. »Rita wollte das am Samstag schon getan haben, aber...« Sie wandte sich ab.

Maire spürte wieder eine Unruhe in sich. Sie konnte es kaum erwarten, daß der Nachmittag vorüberging. Das Gefühl war übermächtig in ihr, daß sie das Haus nicht verlassen durfte.
Endlich kam Rita heim. »Man sollte es einfach nicht mehr für möglich halten«, sagte sie, »jetzt plazieren sie sogar schon Bomben in Autos, um die Fahrer auf dem Weg zur Arbeit hochgehen zu lassen. Die letzten Tage waren einfach unmöglich, selbst für Belfast.« Rita setzte sich und zog die Schuhe aus. »Wenn das nicht bald ein Ende findet, gibt es bald in Belfast niemanden mehr, den sie noch umbringen können.«
»Dein Vater kommt heute etwas früher zum Abendessen«, verkündete Mrs. MacCormac. »Einer von den Angestellten ist krank geworden, und da muß Vater den ganzen Abend über hinter der Theke bleiben.«
»Armer Vater. Es ist der Fluch, der über den MacCormacs liegt, daß sie immer gesund und verfügbar sind, während rings um sie herum die Mitarbeiter aus den Pantinen kippen, oder? Ich würde dir ja gern helfen, das Abendessen zuzubereiten, Mutter, aber wenn ich jetzt aufstehe, breche ich sicher besinnungslos zusammen.«
»Ruh dich mal aus«, sagte Maire, »ich kann doch auch helfen. Irgend etwas muß ich doch als Gegenleistung für die freundliche Aufnahme hier tun können.«
»Na, hören Sie, Sie sind doch unser Gast«, erklärte Ritas Mutter, »und da lasse ich Sie nur ungern im Haus arbeiten. Dabei haben Sie mir, wie ich gern eingestehe, schon soviel geholfen. Es ist fast

so, als hätte ich plötzlich eine zweite Tochter im Haus.« Mrs. MacCormac lächelte und ging in die Küche, gefolgt von Maire.

Mac saß am Kopfende des Tisches und zog ein mürrisches Gesicht. »Ich habe es jetzt endgültig satt, daß dieser Barry regelmäßig montags krankfeiert. Muß ja wohl eine sehr merkwürdige Krankheit sein, obwohl ich glaube, daß er sie sich vor allem von Schnapsflaschen holt... Und wenn diese Polizisten noch einmal bei mir auftauchen sollten, dann schwöre ich, daß ich sie eigenhändig an die Luft befördere. Sie suchen immer noch nach dem Burschen, den man zusammen mit den *Three Bards* gesehen hat. Woher soll ich wissen, wer sich alles in mein Pub verirrt? Er gehörte jedenfalls nicht zu meinen Stammkunden. Auf einmal war er da, ließ sich von den Musikern einen Drink spendieren und sang ein oder zwei Lieder in Gälisch. Ich muß wohl sagen, daß ich kein einziges Wort davon verstanden habe. Dann ist er zusammen mit den drei Jungs verschwunden, als wir zugemacht haben. Sie waren ja ganz nette, freundliche Burschen, diese *Three Bards*, und er machte einen verlorenen, verwirrten Eindruck. Harfe spielen konnte er allerdings ausgezeichnet, und Stimme hatte er auch.«
Maires Teetasse klapperte auf dem Untertasse. »Ein Harfner, sagen Sie? Donnerstag nacht? Wie sah er aus?«
»Och, eigentlich durchschnittlich. Ein bißchen schmal vielleicht... So groß wie ich, so etwa einen Meter fünfundsiebzig. Er hatte lange Haare und einen Bart, aber das tragen sie ja heute alle so. Wenn ich mich recht erinnere, war die Haarfarbe hellbraun. Bei den Augen weiß ich es nicht mehr so genau, blau wohl, mit einer Spur ins Wäßrige. Nur seine Harfe ist mir etwas besser im Gedächtnis geblieben. Ein wirklich schönes Stück von sehr alter Bauart. So eine habe ich noch nie zuvor gesehen, voller Verzierungen und Schnitzereien. Na ja, wie gesagt, er konnte sehr gut darauf spielen.«
»Hat er denn seinen Namen nicht genannt?«
»An den kann ich mich wirklich nicht mehr erinnern. Die drei haben ihn wohl der Menge vorgestellt, aber da war ich gerade sehr

beschäftigt. Ich glaube, sie sagten, er komme vom Lough Neagh. Und das kam mir sonderbar vor. Da ist doch weit und breit keine Stadt und kein Dorf. Nur der See.«

Maire hatte sich dazu zwingen können, die Tasse an die Lippen zu setzen. Jetzt aber ließ sie sie fallen. Die Tasse schlug auf dem Tisch auf, ging aber nicht entzwei. Nur der Tee wurde über das ganze Tischtuch verschüttet.

»Maire! Ist mit dir alles in Ordnung?« entfuhr es Rita. »Du bist ja weiß wie die Wand!«

»Sie haben ihn nicht zufällig als Tadhg MacNiall vorgestellt?« hauchte Maire. »Erinnern Sie sich bitte – war es dieser Name?«

»Äh, das ist durchaus möglich«, erklärte Mac. »Ich kann mich immer so schlecht an Namen erinnern. An Gesichter ja, aber nicht an Namen.« Er biß ein Stück von seiner Wurst ab.

Rita sah Maire an. »Komm mit nach oben«, sagte sie. »Du legst dich jetzt besser hin.«

Maire ging in Ritas Zimmer auf und ab. »Es ist mein Gatte. Er muß es sein. Ich dachte, er sei tot, aber während ich in diesem Fischerhäuschen in Antrim war, muß er nach Belfast gelangt sein und dort die *Three Bards* getroffen haben.« Sie blickte auf das Bild an der Wand. »Aber die drei Musiker sind erschossen worden.«

»Drei sind erschossen worden«, bemerkte Rita. »Nur drei, der vierte nicht.«

»Wo wollten sie wohl hin?«

»Wer weiß das schon? Man sagt, sie seien Sympathisanten der IRA gewesen und aus diesem Grund ermordet worden. Vielleicht wollten sie nach Dundalk.«

»Rita, ich muß ihn finden. Er hat ja keine Ahnung, daß ich noch lebe. Unter dem Wasser haben wir uns aus den Augen verloren. Ich habe ihn nicht mehr wiederfinden können. Die Götter allein mögen wissen, was ihm in dieser Zeit alles zugestoßen sein mag.«

»Du hast ja nicht eben viel Vertrauen in deinen Mann.«

»Na, sieh doch nur einmal, wie es mir hier ergangen ist! Die Fischersleute hielten mich für schwachsinnig und brachten mich

ins Krankenhaus! Und wenn ich nicht auf euch gestoßen wäre...«
Maire war kurz stehengeblieben, doch setzte sie bald wieder ihr Auf-und-ab-Schreiten fort. »Ich *muß* ihn finden. Meinst du, es wäre gut, in Dundalk nach ihm zu suchen? Wie komme ich dort hin?«
»Es gibt eine Zugverbindung.«
»Aber andererseits steckt er jetzt vielleicht irgendwo zwischen Newry und Dundalk. Ich suche besser auf der Straße nach ihm.«
»Für einen Fußmarsch ist das aber viel zu weit.«
»Dann reite ich eben.«
»Du hast nicht einmal Papiere«, sagte Rita.
»Die brauche ich nicht, ich kann mich unsichtbar machen.«
»Bist du denn wirklich davon überzeugt, daß es dein Mann ist?« Rita holte ihre Handtasche.
»Ich glaube schon. Aber wenn er es ist und ich gehe ihn nicht suchen... er ist doch alles, was ich noch habe.«
»Ich habe hier etwas Geld, das kannst du gerne haben. Du benötigst es wohl mehr als ich.« Rita öffnete ihre Börse und entnahm ihr Scheine und Münzen. »Hier sind zwanzig Pfund und ein paar Pennies, die sollst du haben.« Maire hielt nicht die Hand auf. Rita ließ das Geld aufs Bett fallen.
Maire betrachtete die bunten Scheine und die verstreuten Münzen. »Ich werde es dir so bald wie möglich zurückgeben.«
»Du hast mir bereits das Leben gerettet.«
»Wie komme ich denn über die Straße nach Dundalk?«
»Nimm den Bus. Ich bringe dich zur Haltestelle. Und in Newry steigst du dann aus, wenn du dort mit der Suche beginnen willst. Die Fahrkarte ist nicht teuer. Aber du kannst dich doch nicht einfach so ganz allein auf die Suche machen – du kennst dich doch hier überhaupt nicht aus.«
Maire sammelte das Geld zusammen. »Ich muß. Würdest du anders handeln, wenn es um deinen Michael ginge?«
Rita schüttelte langsam den Kopf. »Dann möge Gott mit dir sein. Ich bringe dich zur Haltestelle, und Mutter und Vater erzähle ich einfach irgendeine Ausrede. Ach, Maire, wenn du ihn nicht finden kannst oder wenn es sich doch anders entwickelt, als du dir das

vorgestellt hast – kommst du dann zurück? Hier hast du ein Zuhause.«
Maire umarmte sie. »Aber sicher, das verspreche ich.«
Aber zuerst muß ich meinen Tadhg finden, falls er noch lebt!

14

Im Haus der Byrnes wurde das Abendbrot schweigend eingenommen. Martin, der Vater, saß in einem abgetragenen Tweedanzug am Kopfende des Tisches. Er hatte die Gummistiefel gegen Pantoffeln vertauscht, aber von ihm ging immer noch der Geruch von Kühen aus. Mrs. Byrne wirkte erschöpft und angespannt, und selbst die Kinder sagten nichts, während sie Spiegeleier, Sauerbrot und Blutwurst verspeisten.
Der Verlust Padraigs hat diese Familie hart getroffen, sagte sich Tadhg. *Es ist immer sehr schmerzlich, einen geliebten Menschen zu verlieren. Schade, Padraig war ein Mann, den ich gern näher kennengelernt hätte.*
Liam und Connor war anzusehen, daß sie nervös waren und sich nicht so recht wohl in ihrer Haut fühlten. Connor sah immer wieder auf seine Armbanduhr und gelegentlich auch auf die Wanduhr. Achtzehn Uhr war gerade vorbei.
Nach der Mahlzeit räumten Ciara und ihre Mutter den Tisch ab. Martin schlurfte ins Wohnzimmer, machte es sich auf seinem abgenutzten Sessel bequem und zündete sich die Pfeife an. Tadhg, Liam und Connor folgten ihm in den Raum. Eoin, Martins Sohn, ließ sich in einer Ecke nieder.
Martin verbreitete aromatisch duftende Wölkchen. An den Wänden hingen die Porträts seiner Vorfahren, und Martin mußte ihnen in jüngeren Jahren sehr ähnlich gesehen haben. Endlich erhob er seine Stimme: »Unangenehme Sache, das. 's hätte meine Frau glattweg umbringen können, als sie davon hörte. An mir blieb's hängen, es ihr zu sagen. Dachte schon, sie würde den Verstand verlieren, aber diese Frau ist nur weiß angelaufen und

hat sich bekreuzigt.« Er sog und paffte an seiner Pfeife, bis sie wieder richtig zog. »Irgendwie war das noch schlimmer. Schrecklich auch die Vorstellung, daß er ohne Letzte Ölung sterben mußte. So was bedeutet der Frau sehr viel.« Er sah Liam und Connor an, und sein Blick war ruhig. »Ist nur die Art, wie er ums Leben gekommen ist, die mich ins Grübeln bringt. Sonderbar, daß unschuldige Musiker – und dann noch gleich drei auf einmal – am hellichten Tag auf einer großen Straße einfach so abgeknallt werden. Gibt's da vielleicht noch etwas, das ihr mir erzählen wollt?«

Liam begann zu zappeln, aber Connor konnte antworten. »Weder Liam hier noch ich waren dabei, deshalb wissen wir auch leider nicht...« Er vermied es sorgfältig, auch nur in die Nähe von Tadhg zu sehen.

»Danach habe ich nicht gefragt«, sagte Martin. »Aber eure Antwort reicht mir trotzdem.« Er blickte angelegentlich auf seine Pfeife. Sie schien ausgegangen zu sein. »Eoin«, sagte er zu seinem Sohn, »du solltest dich lieber mit deinen Schulaufgaben beschäftigen, statt müßig in der Ecke zu hocken und den Erwachsenen zuzuhören. Jetzt ab mir dir! Deine Mutter ist sicher bald in der Küche fertig. Und anschließend machst du schleunigst, daß du ins Bett kommst. Du weißt, daß morgen früh Arbeit ansteht. Ich möchte, daß die Schafe auf der Weide sind, bevor du zur Schule gehst. Also, mach voran, selbst der liebe Gott fürchtet sich ja vor der Anstrengung, dich morgens aus dem Bett zu bekommen.«

Eoin erhob sich. Eine Strähne seines schwarzen Haares fiel ihm dabei in die Stirn. »Ja, Vater.« Seine Stimme klang wenig begeistert.

»Ihr werdet wohl nicht mehr herkommen, jetzt, wo Padraig tot ist.« Es war eine Feststellung, keine Frage. Martin stand auf und schaltete den Fernseher ein. Geschwätz und seichte Musik vertrieben die Stille.

Gegen zweiundzwanzig Uhr dreißig schlief die ganze Familie. Wieder sah Connor auf seine Uhr. »Jetzt ist es aber Zeit für uns. Die Taschenlampen sind schon im Wagen. Gummistiefel werden wir auch brauchen.«

Sie machten sich bereit und brachen dann auf. Die Nacht lag wie ein festgenagelter Deckel über dem Himmel. Ohne die Taschenlampen hätten sie überhaupt nichts mehr sehen können. Tadhg war froh, daß er diesen Weg bei Tageslicht schon einmal gegangen war.

Nur das Glucksen des Baches und das Wispern des Seewindes unterbrachen die Stille der Nacht. Dann erreichten sie die Klippen. Tadhg hörte das Donnern der Brandung. In der Dunkelheit erkannte er weißes Wasser.

»Unten, direkt an den Felsen, liegt der Curagh, das kleine Boot von Padraig«, flüsterte Connor. »Sein Vater hat ihn ihm geschenkt, wohl in der Hoffnung, ihn dadurch stärker ans Haus zu binden. Padraig hatte Boote sehr gern. Wahrscheinlich ist es nun in den Besitz von Eoin übergegangen. Aber was soll's, ist ja sowieso das letztemal, daß wir es benutzen. Dieser Arsch von Martin mit seiner gottverdammten Selbstgerechtigkeit!« Connor spuckte bei den letzten Worten aus. Danach sagte keiner mehr etwas. Die drei stiegen den steilen Pfad hinab.

Das Licht von Connors Taschenlampe fing ein glänzendes, schwarzes, käferähnliches Gebilde ein. Tadhg kam die Konstruktion vertraut vor. *Ein zerbrechliches Gebilde aus einer anderen Zeit!* Er lief darauf zu und berührte die Oberfläche. Dann zog er die Hand wieder zurück. »Das ist ja gar kein Leder!«

Connor sah ihn verwundert an. »Aber natürlich nicht. Es ist geteertes Segeltuch. Hör mal, das ist doch wohl nicht der erste Curagh, den du siehst? Gottogott, du hast wohl von nichts eine Ahnung... Ich wünschte nur, wir müßten nicht alle drei an die Ruder.«

»Ich habe mich noch nie gut mit Booten ausgekannt«, entgegnete Tadhg.

»Dann setzen wir dich in die Mitte. Und möge der Himmel verhindern, daß du auch nur in die Nähe des Steuerruders

kommst!« Connor sah aufs Meer hinaus. Irgendwo in der Schwärze blinkte ein Licht auf. »Das ist das Signal.«
Die drei nahmen die Ruder in die Hände und trugen das Boot auf den Köpfen ins Wasser. Tadhg roch Teer und Fisch und Meer. Und der letzte Geruch war es, der ihm Furcht bereitete, denn hier gehörte er nicht hin.
Jetzt, wo sie das Boot auf ihren Köpfen trugen, war es kaum dunkler als zuvor. Als sie den Rand des Wassers erreicht hatten, drehten sie das Boot herum und setzten es auf die Wellen. Es tanzte und schaukelte.
»Wir schieben es etwas ins Wasser hinein, und dann steigst du als erster ein, Tadhg.«
Wasser schlug gegen Tadhgs Stiefel, und ein Teil davon lief hinein. Connor und Liam hielten das Boot fest, während Tadhg hineinkletterte. Dann reichten sie ihm die Ruder.
»Paß bloß auf, daß du nicht mit einem Fuß oder einem Ruder das Segeltuch aufreißt«, mahnte Connor.
Tadhg machte sich klein und regte sich nicht. Das, was sich an Land seiner bemächtigt hatte, fürchtete diesen Ort, ließ von Tadhg ab. Mit einem geübten Satz schwang sich Liam ins Boot und ließ sich mit dem Rücken zum Bug nieder. Auch Connor kam an Bord und setzte sich vor das Heck. Sie ließen ihre Ruder in die dafür vorgesehenen Dollen ein. Tadhg sah ihnen zu und machte es ihnen dann nach. »Nein«, sagte Connor, »warte, bis wir aus den Klippen raus sind. Das Manövrieren ist hier sehr schwierig. Später werden Liam und ich deine Kräfte besser gebrauchen können.«
Die Bank, auf der Tadhg saß, bestand nur aus einer dünnen Holzplanke, und das Skelett des Bootes setzte sich aus dünnen Holzleisten zusammen. Ein unglaublich zerbrechliches Gebilde gegen die Wucht und Kraft der Wellen. Das Boot lag endlich gut im Wasser. Nur eine Handbreit unter dem Rand zischte und brauste das Wasser. Sie ruderten rückwärts hinaus aufs Meer.
Liam und Connor hatten solche Fahrten schon mehrfach gemacht. Sie kamen sehr nahe an einer Klippe vorbei. Tadhg hörte, wie die Wellen dagegenschlugen, und Gischt spritzte auf seine Wange. Die Brandung donnerte um sie herum, und das Boot hüpfte auf

und nieder, während Connor und Liam es hinaus aufs freie Wasser steuerten. Und dann lag die See plötzlich ruhig da. Das Brandungsgetöse entfernte sich von ihnen, und Connor sagte: »Jetzt bist du an der Reihe, Tadhg. Ich gebe den Schlag vor.« Der Curagh glitt rasch über das schwarze Meer.
Holz scheuerte an Tadhgs Handflächen, und er spürte, wie sich seine Schultermuskeln anspannten. Diese Wellen waren ganz anders als die auf dem Lough Neagh. Ihre Fahrt verlief nie gleichförmig, sondern war ein einziges Hüpfen, Schieben und Stoßen.
Ein Lichtschein glänzte auf dem Wasser. »Wir sind da«, sagte Connor. »Wir fahren zu ihrer seezugewandten Seite, denn wir brauchen beim Beladen Licht, und je weniger man uns von der Küste aus sehen kann, desto besser ...«
Trotz der Schwärze der Nacht erkannte Tadhg etwas, das sich noch dunkler von ihr abhob. Sie umfuhren das Schiff, und Connor ließ seine Taschenlampe aufblitzen, dreimal und dann noch zweimal. Als er auf die gleiche Weise Antwort erhielt, rief er: »In jeder Generation ...«
». . . muß Irland sein Blut vergießen.« Tadhg hatte einen solchen Akzent noch nie zuvor gehört. Dann ertönte aus der Dunkelheit Gelächter. »Gottverdammter blöder Job. Connor, Padraig und Sean, richtig?«
Connors Stimme klang leise. »Nein, weder Sean noch Padraig. Aber das kannst du ja schlecht wissen.«
»Was soll ich wissen?«
»Padraig wurde letzte Woche auf offener Straße erschossen, und Sean hat es einen Tag später erwischt. Sean war gerade – nun, wir alle waren gerade mit einem kleinen Sonderdienst beschäftigt. Jetzt ist Liam mit mir gekommen.«
Eine Weile Schweigen. Dann in schärferem Ton: »Also Connor und Liam. Aber ich habe eben drei Männer im Boot gesehen. Wer ist der Neue?«
»Tadhg MacNiall, ihr könnt ihm trauen.«
»In Ordnung. Kommt, wir wollen nicht die ganze Nacht hier vertrödeln. Ich möchte so rasch wie möglich fort von hier.« Ein

helleres Licht flammte auf, das Tadhg fast erblinden ließ.
»Hi, Tadhg, ich heiße Jerry McKenny und komme direkt aus Boston.«
»Ich stamme vom Lough Neagh.« Tadhg mußte plötzlich an das tiefe, eiskalte Wasser unter ihm denken, und ein Schauder lief über seinen Rücken.
»So, nun, ich habe ein paar Vettern und Cousinen im Antrim County sitzen. Beschissenes Fleckchen Erde, was? So, nun macht schon, wir wollen mit dem Ausladen fertig sein, bevor die Küstenwache hier aufkreuzt. Gottverdammt noch mal. Das wäre das letzte, was wir jetzt gebrauchen könnten.«

Der Curagh hing tief im Wasser. Tadhg hätte nie geglaubt, daß das Boot soviel Last aufnehmen konnte. Die langen Holzkisten waren schwer, wiesen scharfe Kanten auf und mußten in den unmöglichsten Anordnungen verstaut werden, die den drei Männern nur wenig Platz für ihre Beine ließ. Das große Schiff war bald nur noch ein leises Murmeln in der Ferne, während die drei zurück zur Küste ruderten.
»Kommt Jerry McKenny von Tír na n'Óg?« Tadhg hatte nichts Übersinnliches oder Geweihtes an dem Mann ausmachen können, der ständig fluchte oder laut lachte und ihm einmal beinahe eine Kiste auf den Kopf hätte fallen lassen, als das Seil, an dem sie herabgelassen wurde, sich plötzlich löste.
»Nein, aus Boston«, sagte Connor zwischen zwei Ruderschlägen.
»Und wo liegt Boston?«
»In Amerika. Jenseits dieses riesigen Ozeans. Hast du denn noch nie etwas von Amerika gehört? Amerikaner hört man doch immer sofort heraus. Sie reden so laut und so schnell, und sie haben einen harten Akzent.«
»Und die Leute aus Amerika schicken Waffen nach Irland?« Tadhg war erstaunt. Also *gab* es doch Land jenseits des Ozeans, wie es schon in den alten Legenden hieß.
»In den Staaten haben wir viele Freunde. Sie sind alle irischer Abstammung. Ihre Vorfahren, jedenfalls die Vorfahren von den

meisten, haben Irland während der großen Hungersnot verlassen und in der Neuen Welt ihr Glück gemacht. Die kehren nicht mehr in die alte Heimat zurück, um an unserer Seite zu kämpfen, aber sie spenden Geld, von dem sie ja mehr als genug haben, und kaufen dafür Waffen, die sie uns dann schicken.«
Tadhg ruderte und dachte dabei nach. Die große Hungersnot. Die verstorbene Frau, die in ihrem Grab auf dem Friedhof von Dundalk so gejammert hatte...
Eine Hand tauchte am Bootsrand auf. Tadhg drehte sich um und sah in grüne, glühende Augen. Er zuckte zusammen und wollte sich an seine Kameraden wenden, aber die ruderten weiter, so als sei nichts geschehen. Diese Erscheinung galt also nur ihm.
Die Hand war mit Schwimmhäuten versehen, die Finger liefen in Klauen aus, und die Augen glühten aus einem fahlen Gesicht. Wenn diese Augen nicht gewesen wären, hätte man das Gesicht für das eines bartlosen Jünglings halten können. Als das Wesen ihn ansprach, sah er zugespitzte Zähne in dem Maul.
»So, du hast dich also doch auf die See hinausgewagt?« Die Augen glühten intensiver. »Lange schon haben wir auf einen solch vornehmen Gast gewartet. Da wollen wir dich auch nicht so bald wieder von uns lassen.«
Weitere fahle Gesichter tauchten aus dem Wasser auf, und mehr Hände hielten den Bootsrand, aber Connor und Liam schienen sie immer noch nicht zu bemerken. Tadhg wollte sie warnen, aber kein Laut kam über seine Lippen. Vor ihnen donnerte in der Dunkelheit die Gischt um die Klippen. *Die Meerwesen wollen uns gegen die Klippen stoßen*, erkannte er plötzlich, *und uns mit ihren Klauen hinabziehen. Und mit diesen spitzen Zähnen wollen sie...* Die Brandung wuchs betäubend laut. Mit aller Kraft schrie Connor: »Dreh doch ab!«
»Was meinst du denn, was ich die ganze Zeit tue?« rief Liam zurück. »Aber das verdammte Boot läßt sich nicht steuern!«
Kalte Gischt stürzte ins Boot, und eines von Tadhgs Rudern zersplitterte. Er spürte den Stoß an Arm und Schulter. Wie aus einem Instinkt heraus riß er den freien Arm vor, als wollte er etwas abwenden, aber was...?

»Großer Gott, wir sind mittendrin!« schrie Liam auf.
In der Dunkelheit faßte Tadhgs Hand einen rauhen Fels und rutschte daran ab. Er zuckte zusammen, aber irgend etwas in seinem Innern ließ ihn erneut zugreifen, diesmal stärker. So fest und unbeweglich fühlte sich der Stein an, so ganz anders als die wogende See. Aber der Fels war Teil des Landes, und auf dem Land war er der Herr. »Zu spät! Euer ist die See, aber ich befehle dem Wind!« Im trüben, grauen Licht sah er, wie die Meerwesen zurückfuhren. Eine kräftige Brise rauschte über der Küste und puffte und stieß den Curagh aus den Klippen, bis sie frei waren. Dann erstarb sie.
»Was war das?« entfuhr es Liam. »Der Wind kommt doch nie vom Land!«
»Was auch immer, es hat uns gerettet. Also, beweg dein Steuer wieder!« Jetzt reagierte das Boot wieder auf das Heckruder, und sie glitten durch die Passage zwischen den Klippen, bis der Boden des Curagh über den Sand schabte. Tadhg sprang als erster hinaus und stand in flachem Wasser. Das Gefühl von Boden unter den Füßen tat ihm sehr gut.
Connor sah kurz und vorsichtig mit der Taschenlampe nach. »Mist, es hat ein Leck«, sagte er und zeigte auf die Stelle. An einer Seite des Curagh zeigten sich vier lange Risse.
»Was um alles in der Welt kann solche Risse machen?« meinte Liam verwirrt. »Doch nicht die Klippen, oder?«
Klauen, wußte Tadhg. Er warf einen Blick hinaus auf das Meer. Dort draußen waren sie und warteten. Das Meer gegen das Land. Die Meerwesen gegen das, was von ihm Besitz ergriffen hatte. Eiskalte Strömung saugte an Tadhgs Knöcheln. »Kommt, wir wollen ausladen, und zwar rasch. Ich habe für heute vom Meer die Nase gestrichen voll.«

In der Höhle war es dunkel und feucht. Mit schmatzendem Geräusch wirbelte und strudelte das Wasser durch die Meeresöffnung hinein. Auf dem weißen Sand lag eine dicke Schicht Seetang. Die drei Männer stapelten die Kisten entlang der landwärts gelegenen Höhlenwand. »Das liegt hoch genug für die Flut«, erklärte Connor. »Morgen nacht bringen wir sie nach oben und verladen sie auf den Laster. Bis dahin sollten sie hier eigentlich sicher gelagert sein.«

Tadhg sah auf die Stelle, wo durch einen Spalt im Fels schwaches Himmelsglühen in die Höhle drang. Gefahr drohte vom Meer. Er spürte, daß sich irgend etwas in dieser dunklen Höhle aufhielt. »Bist du wirklich sicher, daß sie hoch genug liegen, wenn die Flut hereinkommt?«

»Ja, außer es kommt eine Sturmflut. Im Winter zum Beispiel wären die Kisten hier nicht sicher, aber vor dem November kommen die großen Stürme nicht, und in der Wettervorhersage wurde keine Sturmwarnung gegeben. Wir haben uns dieses Platzes schon mehrmals bedient. Komm, wir gehen jetzt.« Sie bewegten sich seitwärts zum seichten Wasser, gelangten aus der Höhle hinaus und dann auf den Strand. Connor schaltete kurz die Taschenlampe an, um den Weg zu finden, machte sie dann rasch wieder aus und fluchte.

Neben dem auf den Strand gesetzten Curagh saß eine kleine, gekrümmte Gestalt. Als der Lichtschein auf sie fiel, richtete sie sich auf. Dunkle Haare, ein bleiches Gesicht und tränenverschmierte Wangen waren zu erkennen. »Ihr habt ihn zerstört!« Eine Kinderstimme, schrill und anklagend.

»Eoin!« rief Connor überrascht. »Was tust du denn hier draußen?« Tadhg sah, wie seine Hände die große Taschenlampe fest umschlossen.

Der Junge stand auf. »Haltet ihr mich für so ein Baby, daß ich keine Ahnung hätte, warum ihr hierhergekommen seid, all die Monate lang? Immer seid ihr mit meinem Bruder ins Haus gekommen und habt euch dann in der Nacht heimlich fortgeschlichen – ich habe euch deutlich genug gehört, müßt ihr wissen –, seid zum Strand gegangen und einige Zeit später wieder heimlich und leise ins Haus zurückgekehrt. Meint ihr denn, mir wären die sandigen Stiefel, die nassen Hosen nicht aufgefallen? Und daß ihr am nächsten Morgen immer bis in die Puppen geschlafen habt? Ich weiß genau, was ihr hier treibt.«

Connor packte den Jungen am Arm. »Und was sollte das wohl sein?«

»Ich habe gesehen, wie ihr zu dem Schiff gerudert seid und wie ihr von dort aus Kisten in die Höhle transportiert habt. Ihr schmuggelt Gewehre in den Norden.«
»Dann vergiß das mal ganz schnell wieder.« Liams Stimme klang streng.
»Also, ihr seid bei den Provos. Ihr dachtet wohl, ich sei genauso ein Dummkopf wie meine Eltern oder meine Schwester, was? Ich weiß, warum Padraig erschossen wurde. Weil er für Irland gekämpft hat. Genau wie ich, wenn ich alt genug bin. Aber ihr hättet nicht meinen Curagh kaputtmachen dürfen. Das Boot gehörte Padraig, und er hat es sehr geliebt. Und jetzt sollte es mir gehören!« Wieder traten ihm die Tränen in die Augen.
»Jesus, Maria und Joseph, was sollen wir nur mit ihm anfangen?« Liam geriet immer mehr in Panik. »Er wird alles seinen Eltern erzählen, und die schicken uns dann die Gardaí auf den Hals...«
»Das glaube ich nicht.« Connor ließ sich neben dem Jungen nieder, der ihn trotzig ansah.
»Ich werde keinem etwas sagen. Vater und Mutter sind schlechte Patrioten, denn mehr, als uns gälische Namen zu geben, haben sie nicht getan. Die haben zuviel Schiß, um zu kämpfen. Ich hätte Padraig geholfen, aber er wollte mir ja nie etwas sagen, erklärte immer, ich sei noch zu jung. Dabei bin ich fast dreizehn!«
»Dann bist du ja fast schon ein ausgewachsener Mann«, erklärte Connor, »und damit alt genug, um ein Geheimnis für dich behalten zu können.«
»Darauf hast du mein Wort. Ich werde auch Ciara nichts sagen. Die ist ja bloß ein Mädchen und daher ein bißchen doof im Kopf. Sagt mir doch, habt ihr die Kerle erwischt, die Padraig ermordet haben?«
»Das haben wir«, erklärte Tadhg. Es war das erste Mal, daß er zu dem Jungen sprach.
Eoin grinste. »Ich hoffe, ihr habt sie genauso abgeknallt, wie sie das mit Padraig getan haben.«
»Das haben wir«, sagte Tadhg, »wir haben ihn gerächt.«
Der Junge warf einen Blick auf den Curagh und fuhr mit der Hand über die aufgeschlitzte Stelle. »Wie ist das möglich, daß ihr so

zwischen die Klippen geraten seid und trotzdem überlebt habt ...?«
Er gähnte. »Es muß schon ein Uhr durch sein. Junge, wenn ich um diese Zeit noch draußen erwischt werde, bekomme ich aber den Hintern versohlt. Kommt ihr jetzt auch zurück ins Haus?«
»Das tun wir«, antwortete Connor. »Für heute abend haben wir unseren Job getan.«

In Padraigs ehemaligem Zimmer lag Tadhg im Bett und hörte, wie der Meereswind am Haus ruckte. Immer wieder kratzte etwas über die Läden. *Zweige, vom Wind bewegt, sonst nichts*, sagte sich Tadhg immer wieder. Es konnte doch gar nicht sein, daß die Meerwesen die Klippen hochkrabbelten, mit glühenden Augen und gespreizten Klauen, um in dieses Zimmer einzudringen – aber er wagte es nicht, einen Blick aus dem Fenster zu werfen. Im Schrank jammerten die Kleider und riefen nach Padraig. Und im Bett war es kalt wie in einem Grab.
Tadhg konnte nicht einschlafen, bis die Dämmerung den Himmel erhellte.

Alle erhoben sich am nächsten Morgen erst spät aus den Betten und ersparten es sich so, Mr. Byrne beim Frühstück zu begegnen. Mrs. Byrne ging bereits der Hausarbeit nach, und die Kinder waren in der Schule. Den dreien blieb nun nichts anderes übrig, als auf den Abend zu warten.
Liam und Connor spielten unaufhörlich Karten. Tadhg kannte das Spiel nicht, und er wollte es auch gar nicht kennenlernen. An einem solchen Tag nur im Haus zu bleiben und sich mit buntbedruckten Papieren abzugeben ... Tadhg nahm seine Harfe unter den Arm und ging zum Strand zurück.
Er ließ sich hoch über dem Wasser auf einer Klippe nieder. Die Robbe von gestern lag träge nahe am Höhleneingang. Jetzt, bei Sonnenlicht, wollten ihm seine nächtlichen Ängste töricht und albern vorkommen. Das da unten war doch nur ein Seehund, und blau funkelte das Meer, schäumte weiß auf dem Sand. Was gab es hier schon für ihn zu fürchten? Wieder aus einer Laune heraus sagte er: »Sei mir gegrüßt, Selkie.«

Die Robbe starrte ihn an, und die braunen Augen waren fast menschlich. Sie schwamm näher heran. »Sei mir ebenfalls gegrüßt, Mensch. Du besitzt also die Gabe?«
Tadhg nickte wortlos.
»Du hast etwas Widerwärtiges in meiner Höhle zurückgelassen.«
Die Sonne schien warm auf seinen Rücken, die Brise war sanft und angenehm, und irgendwo sang ein Vogel, aber dennoch fröstelte Tadhg in diesem Augenblick. Der Seehund war tatsächlich ein Selkie, eine Robbe im Wasser und ein Mensch an Land. Er gehörte damit zum Feenvolk, wenn auch zu einer geringeren Art. Und auf der Insel Achill gab es einige Menschenfamilien, die behaupteten, Selkies als Vorfahren zu haben.
»Wir holen unsere Kisten heute abend aus der Höhle heraus, ohne dort irgendwelchen Schaden anzurichten.«
Der Selkie knurrte ihn an. Er war ein sehr großer, grauer Seehund, und Tadhg war froh, hoch oben auf der Klippe zu sitzen statt unten, in der Nähe der Robbe. »Du lügst«, sagte der Selkie. »Du willst mit dem, was in den Kisten ist, Schaden anrichten. Ich weiß sehr gut, was diese Kisten enthalten und was du damit vorhast. Wie kannst du, der du über die Gabe verfügst, dich nur so dem Tod verschreiben?«
»Wie könnte ich es mir gestatten, meine Freunde an Land nicht zu rächen? Habt ihr Seebewohner denn keine Ehre? Trachtet ihr nie nach Rache?«
»Würden wir rächen wie ihr«, erklärte die Robbe, »würde sich kein Mensch mehr aufs Meer wagen. Ein Selkie straft nicht, solange er nicht dazu gezwungen wird. Aber meine Freunde, die Meerwesen, besitzen keine menschlichen Herzen.«
Tadhg fuhr zusammen. Der Selkie lächelte höhnisch. »Dann hast du sie also schon kennengelernt? Nur wenige Menschen haben eine solche Begegnung überlebt.«
Steinchen hüpften von oben herab. Tadhg drehte sich um und entdeckte Ciara. Sie sah aufs Meer hinaus und winkte. »Ich komme gerade von der Schule...«
Der Selkie tauchte unter die Wasseroberfläche. Erst jetzt entdeckte

das schwarzhaarige Mädchen Tadhg. »Du hast ihn erschreckt!«
Sie dachte einen Augenblick nach. »Nein, vielleicht nicht. Er ist
niemals aufgetaucht, wenn Padraig und seine Freunde hier waren.
Er hat mir erzählt, daß er meinen Bruder und seine Kumpane nicht
mag. Aber ich habe gehört, wie du mit ihm geredet hast.«
»Aber, Kind, es war doch nur eine Robbe.« Tadhg schlug auf seiner
Harfe das Lied des Vergessens an. »Nur eine große, graue
Robbe.«
»Nur eine Robbe«, wiederholte das Mädchen mechanisch.
»Komm, es wird Zeit fürs Essen«, sagte er.

Als die Dämmerung hereinbrach, schlichen sich Tadhg, Liam und
Connor aus dem Haus. Niemand hielt sie auf oder fragte, wohin
sie wollten.
»Warum werden die Waffen hier ausgeladen?« fragte Tadhg,
während sie den Pfad hinunterstolperten.
»Bis hierher kann ihre Spur kaum zurückverfolgt werden«,
antwortete Connor. »Mensch, wenn hier ein amerikanisches
Schiff mit Waffen für die Six Counties aufgebracht würde, dann
gäbe das aber einen internationalen Aufschrei! Aber wenn man sie
hier an Land bringt und dann mit einem Laster weitertransportiert
– Lastwagen, die mit Heu oder Torf oder Dünger beladen sind,
jedesmal ein anderer Wagen und nie der gleiche Fahrer –, dann
kommen die Gewehre recht leicht über die Grenze.«
Das Tageslicht verging, und nur am westlichen Horizont war ein
leichtes Glühen. Tadhg sah über die Klippen hinweg weit hinaus
aufs Meer und hoffte, einen Blick auf das Land Tir na n'Óg werfen
zu können. Aber zwischen ihm und der Unendlichkeit erstreckte
sich nichts als eine leere Wasserfläche.
In der Höhle war es völlig finster. Sie planschten durch das
Strandwasser. Liam stolperte. »Verfluchte Scheiße!« Er schaltete
seine Stablampe ein. Eine Welle plätscherte über ein Gewehr.
Connor schaltete ebenfalls seine Taschenlampe ein, genauso wie
Tadhg. Überall verstreut im seichten Wasser und auf dem feuchten Sand lag ihre kostbare Fracht. Die meisten Kisten waren völlig
auseinandergerissen.

»Oh, verfluchter Mist, nicht Salzwasser an die Gewehre«, stöhnte Liam.
»Ist hoffentlich nicht weiter schlimm, sobald wir einmal den Sand herausgespült haben. Sie sind ja noch in Öltuch eingewickelt... Wer hat das bloß getan? Ich hätte nicht gedacht, daß der Junge... aber nein, soviel Zeit hat der ja heute gar nicht gehabt. Außerdem sind die Kisten viel zu schwer. Das kann nur ein ausgewachsener Mann getan haben.« Connor sah Tadhg an. »Du bist doch heute nachmittag zum Strand hinuntergegangen...«
Tadhg sah ihn unerbittlich an. »Das habe ich getan, aber was geht's dich an – muß ich euch denn jedesmal Bescheid geben, wohin ich gehe und wann ich zurückkomme? Etwas mehr Zurückhaltung bitte ich mir schon aus.« Seine Stimme hallte von den Felsen wider.
Liam erblaßte. »Er meinte doch bloß, ob du nicht vielleicht jemanden gesehen hast...«
Connor kniete auf dem Sandstrand. »Sie sind absichtlich aufgerissen und zerfetzt worden. Seltsamerweise ist aber das Öltuch um die Gewehre intakt. Wer immer das auch gewesen sein mag, er kann nicht sehr viel Ahnung von Schußwaffen gehabt haben.«
Tadhg sagte nichts, aber er wußte nun, wer der Täter war. Zusammen mit Connor und Liam sammelte er die Waffen ein und legte sie in und auf die unbeschädigten Kisten.
»So eine Scheiße«, sagte Connor, »jetzt können wir sie einzeln hinauftragen. Wer weiß, wie oft wir hin- und herlaufen müssen? Am besten fangen wir gleich an. Sobald die Fahrer vom Lastwagen gekommen sind, können sie ja mit anpacken.« Er schulterte ein paar Gewehre, und Tadhg und Liam taten es ihm gleich.

Der Stapel Gewehre unter dem Heuschober wuchs beständig. Sie schleppten gerade zwei der vier letzten Kisten den Pfad hinauf, als plötzlich Lichtkegel über die Straße fuhren. »Runter!« befahl Connor sofort. Sie drückten sich hinter eine Steinmauer. Dann blieb das Licht stehen, und Tadhg roch den Geruch von einem Wagenmotor.
»He, Connor und Liam!«

»Prima, das sind unsere Jungs«, atmete Liam auf. »Denen brauchen wir wenigstens nicht zu erklären, warum Sean nicht dabei ist.«
Connor erhob sich. »Hier sind wir.« Der Motor ging aus. Zwei dunkel gekleidete Männer stiegen aus dem Fahrerhaus und knallten hinter sich die Türen zu.
»Seid ihr fertig?«
»Nicht ganz, wir hatten etwas Pech, und jetzt sind wir fix und fertig. Kommt, helft uns doch beim Rest.«
»Ihr solltet doch eigentlich schon fertig sein.«
»Die Scheißkisten sind zerbrochen.« Connor beließ es bei dieser Erklärung. »Jetzt haben wir die ganze Ladung Stück für Stück hier hinaufgeschleppt. Und nun haben wir die Nase voll davon. Kommt, jetzt packt doch noch ein bißchen mit an.«
»Einer muß aber immer beim Wagen bleiben.«
»Das übernehme ich«, erbot sich Liam sofort. »Ich bin so kaputt, daß ich mir kaum vorstellen kann, es noch einmal hinab zur Höhle und wieder herauf zu schaffen.« Er lehnte sich schlaff an die Wagentür.
»Fauler Sack. Hier entlang.« Connor führte Tadhg und die beiden Lastwagenfahrer den schmalen Pfad hinab. Als sie in der Höhle waren, pfiff einer der beiden Neuen durch die Zähne.
»Die Kisten seien zerbrochen, hast du gesagt? Mir sieht das eher danach aus, als habe sie jemand auseinandergerissen.« Er schüttelte beim Anblick der herumliegenden Bretter und Holzstücke den Kopf. »Das muß aber schon eine ganz besondere Flut gewesen sein, die so etwas vermag.« Zusammen mit Connor hob er eine Kiste. Sie verschwanden in der Dunkelheit.
Der andere sah auf Tadhg. »Du bist zwar bei ihnen, aber ich kenne deinen Namen nicht.«
»Tadhg MacNiall. Und deiner?«
»Brian Murphy.« Der Mann nickte in Richtung der letzten Kiste. »Sollen wir?« Er bückte sich, um sie hochzuheben. Tadhg hörte ein Geräusch und fuhr herum.
Aus dem Meer watete ein großer, feingliedriger Mann auf sie zu. Er trug keine Kleider, und das goldene Haar hing ihm bis auf die

Schultern. Perlweiß schimmerte seine Haut. Nur seine Augen waren dunkelbraun. *Robbenaugen.*
»Schweres Unheil soll euch befallen, wenn ihr meine Höhle nochmals mißbraucht.« Der Nackte kam weiter auf sie zu. Murphy ließ von der Kiste ab und starrte den Fremden mit großen Augen an. »Du, der du die Gabe besitzt, solltest dich schämen, Tadhg MacNiall. Warst du nicht einst der Harfner der Sídhe?«
Tadhg stand wie angewurzelt da. Der Fahrer griff in seine Manteltasche und zog eine schwere Stablampe heraus. »Wer immer du auch sein magst, du hast zum letztenmal hier herumspioniert!« Er stürmte vor, rannte platschend durch das seichte Wasser. Sein Arm hob sich einmal, ein zweites Mal. Knochen krachten und splitterten. Der Selkie stieß einen sonderbaren, nichtmenschlichen Schrei aus. Tadhg ließ seine Taschenlampe fallen, und es war dunkel in der Höhle.
Der Fahrer hob nochmals den Arm. Tadhg hörte den Aufprall und dann Wasser spritzen. Plötzlich war wieder Licht in der Höhle. Der Fahrer suchte im Schein seiner Stablampe das Wasser ab. Aber nichts mehr war zu sehen, bis auf eine Stelle, an der sich ein dünner Blutfaden kräuselte.
Der Mann wirbelte herum und sah Tadhg an. »Du bist mir ja eine schöne Hilfe, wenn es hart auf hart kommt!« Er verströmte starken Tabakgeruch. Seine Hand hielt immer noch die Stablampe wie eine Waffe. »Wenn ich ihn nicht erledigt hätte, wären wir garantiert von ihm verpfiffen worden.« Er kam aus dem Wasser und schwang dabei immer noch die Stablampe.
»Komm nicht näher«, gebot Tadhg. »Er hätte uns niemals verraten.«
Der Mann stapfte weiter.
»Keinen Schritt weiter, habe ich gesagt.«
Der Mann blieb mitten im Schritt stehen und sah Tadhg verwundert an. Tadhg streckte einen Arm aus und nahm ihm die Stablampe ab.
»Du bist nur ein Mittelsmann, vergiß das nie.« Die Augen des Mannes wurden immer größer. Dann ging er zu der letzten Kiste und hob sie an.

»Recht so, wir dürfen keine Zeit mehr verlieren.«
Tadhg mußte all seine Kraft und Beherrschung zusammennehmen, um noch einmal ins Wasser zu gehen und zum Strand zu waten. Als er dem Meerwasser den Rücken zukehrte, spürte er, wie Augen ihn beobachteten. Zurück ans Land, denn dort war er der Herr.

Der Lastwagen raste durch die Nacht. Ohne sich von den Byrnes zu verabschieden, setzten sich Connor, Tadhg und Liam in den Wagen und fuhren in nordöstlicher Richtung davon. In Dungannon gab es ein Haus, in dem sie Unterschlupf finden konnten. Die Fahrt wurde ihnen sehr lang, bevor sie die Grenze überqueren konnten, und dann stand ihnen immer noch ein Tag des Wartens bevor.

15

Rita brachte Maire zur Bushaltestelle. Sie befand sich nicht weit vom Belfaster Städtischen Krankenhaus, in das man Maire am ersten Tag in dieser Stadt völlig betäubt und durcheinander eingeliefert hatte. Im ersten Augenblick fürchtete sie, ein Krankenwärter könnte sie zufällig entdecken, erkennen und zurück in die Psychiatrische Abteilung bringen.
Rita half ihr dabei, die Fahrkarte nach Newry zu lösen, erklärte ihr die Bezeichnungen und Werte der Münzen und Fahrkarten und blieb abwartend stehen. Der Bus würde bald abfahren.
»Bist du auch ganz sicher, daß du fahren willst?«
Maire betrachtete den grauen Beton der Busstation. Einige der Explosionslöcher in den Wänden hatte man mit Sperrholzplatten vernagelt. Der kühle Wind trieb Plastiktüten über die offene Fläche. Die Passanten und die Wartenden knöpften sich die Mäntel bis oben zu. »Ich muß.«
Der Bus nach Newry wurde ausgerufen. Maire erhob sich.
»Vergiß nicht, zu uns zurückzukehren, sobald es dir möglich ist.«

»Ich werde es nicht vergessen.« Maire begab sich zum Einstieg und kletterte in den Bus.
Der blaue, plüschbezogene Sitz war angenehm, und nach der zugigen Haltestelle kam Maire der Bus wunderbar warm vor. Sie lehnte sich zurück.

Maire hörte, wie der Sitz neben ihr krachte, und fühlte, wie sie ein Stück gegen das Fenster geschoben wurde. Aber sie hielt die Augen geschlossen. Maire wollte jetzt nicht reden. Nach einer Weile schlief sie ein.

Als sie wieder aufwachte, war ihr Gesicht verklebt und ihr Mund ausgetrocknet. Die meiste Zeit hatte sie gar nicht geschlafen, sondern nur gedöst. Maire rieb sich die Augen, gähnte und setzte sich aufrecht hin.
Mittlerweile war es später Nachmittag, und der Bus fuhr über offenes Land. Zu ihrer Linken erstreckte sich eine Hügelkette, die das letzte Sonnenlicht golden anstrahlte. Maire gähnte noch einmal und wandte sich dann ihrer Sitznachbarin zu, einer fetten Frau Ende Vierzig. Auf dem Boden vor ihr quetschte sich ein prall gefülltes Einkaufsnetz. Der Mantel spannte sich stramm über Brust und Bauch, und sie trug ein grellbuntes Kopftuch. Ihr Gesicht war stark gerötet.
»Aha, da sind Sie also doch noch aufgewacht«, sagte die Frau. »Sie haben ja wie eine Tote geschlafen, die ganze Fahrt über von Belfast aus. Wo wollen Sie denn hin?«
Maire zwinkerte. Ihre Augen waren noch verklebt. »Zunächst mal nach Newry. Wo sind wir denn jetzt?«
»Vor einiger Zeit sind wir durch Banbridge gekommen. Ist also nicht mehr allzu weit bis nach Newry. Haben Sie dort Familie?«
Maire dachte an Tadhg. »Nein.«
»Dann sind Sie geschäftlich unterwegs?« Die Frau war eindeutig auf eine Unterhaltung aus.
»Gewissermaßen.«
»Wenn wir die Stadt erreicht haben, wird es schon dunkel sein.

Und alle Geschäfte sind dann geschlossen. Haben Sie denn schon etwas für die Nacht?«
»Noch nicht.«
»Meine Schwester betreibt dort eine ›Bed & Breakfast‹-Pension. Da könnten Sie doch eigentlich hin. Ist nichts Besonderes bei ihr, aber solide. Ich zeige Ihnen, wo es ist, sobald wir aus dem Bus sind.«
Ich muß irgendwo die Nacht über bleiben, sagte sich Maire, *es ist viel zu kalt, um im Freien zu schlafen.* »Ja, gut, vielen Dank.«

Sobald sie in der Stadt waren, führte die Frau Maire zu ihrer Schwester. Sie war ähnlich aufgeschwemmt, wirkte dabei aber nicht so schlampig. Dann verabschiedete sie sich. Maire fragte sich, wo sie mit ihrer Suche beginnen sollte.
»Ich versuche, einen Mann zu finden, der möglicherweise während der letzten Tage in diese Stadt gekommen ist«, erklärte sie der Pensionswirtin und beschrieb ihr dann Tadhg.
»Sagten Sie, er sei Ihr Ehemann?« Sie sah mit bezeichnendem Blick auf Maires ringlose Linke.
»Ja.«
»Und er ist Ihnen davongelaufen? Ach, liebe Frau, lassen Sie ihn laufen. Wenn die Kerle bei Nacht und Nebel abhauen wollen, dann sind sie es nicht wert, daß man ihnen nachtrauert. Dann taugen sie sowieso nichts. Sehen Sie mich, der Meinige ist auch vor acht Jahren auf und davon und hat mich mit den Kindern im Stich gelassen. Seitdem habe ich kein Lebenszeichen mehr von ihm erhalten, und keiner von seinen sogenannten guten Freunden hat es für nötig befunden, sich um mich und die Bälger zu kümmern. Aber ich habe es geschafft und bin aus eigener Kraft durchgekommen.«
»Bei mir sieht die Lage aber etwas anders aus.« Doch Maire konnte ihr nicht erklären, wieso.
»Wenn Sie dann schon unbedingt suchen wollen, dann fangen Sie am besten bei den Pubs an. Da hocken die Mannsbilder ja doch die meiste Zeit zusammen. Aber ich sag's Ihnen gleich,

viel werden Sie aus denen nicht herausholen. Die stecken doch alle unter einer Decke.«

Maire bedankte sich bei der Frau und trat hinaus auf die dunkle Straße. Wohin sollte sie sich zuerst wenden? Nicht ausgeschlossen, daß sie am falschen Ende begann. Aber sie konnte ja zumindest nachfragen. Maire marschierte in das nächste hellerleuchtete Pub.

»Na, Erfolg gehabt?« fragte die Wirtin am nächsten Morgen, als sie ihr das Frühstück vorsetzte.

Maire warf einen Blick auf die glibberigen Spiegeleier auf dem Teller. »Nein, hier ist er nicht. Man sagte mir, ich solle es doch einmal in Dundalk versuchen. Tadhg soll mit den *Three Bards* gefahren sein, die man letzte Woche auf offener Straße erschossen hat.«

»Soso«, sagte die Wirtin, »dann ist er also Katholik?« Sie legte die Hände an die Seiten.

»Nein«, antwortete Maire. Sie trank einen Schluck Tee. »Ich habe keine Ahnung, wie er an die Musiker geraten ist. Man sagte mir nur, er habe sie in einem Pub in Belfast getroffen.«

»Na, dann hat er sich aber Herrschaften angeschlossen, die ein merkwürdiger Umgang für ihn waren, das will ich Ihnen aber mal sagen. Sie können sich wohl nicht denken, warum man diese drei erschossen hat, oder?«

»Nein, ich habe keine Ahnung«, erklärte Maire, und es klang überzeugend aufrichtig. »Ich weiß nicht, warum man sie umgebracht hat. Aber schließlich habe ich sie ja nie kennengelernt, und Tadhg, mein Mann, kann sie auch noch nicht lange gekannt haben.« Maire stand auf. »Ich denke, ich muß mich jetzt wieder auf den Weg machen.«

»Und wie wollen Sie nach Dundalk gelangen? Bis dahin ist es noch ein ganz schönes Stück. Wollen Sie denn nicht mit dem Bus weiter?«

»Nein«, erklärte Maire. »Vielleicht später, wenn ich schon ein Stück weit gekommen bin.«

In Ermangelung von Papieren mußte Maire sich unsichtbar über die Grenze schleichen. Tadhg mußte es ebenso getan haben, wenn er tatsächlich diesen Weg gekommen war. Eine Weile sah sie zu, wie die Soldaten die Wagen anhielten, die in den nördlichen Landesteil wollten. *War Tadhg ebendiese Straße entlanggegangen?* Sie strengte alle Sinne an, um seine vergangene Präsenz aufzuspüren.

Nur wenige Wagen befuhren die Straße. Mittlerweile war Maire wieder sichtbar, und zweimal hielt ein Auto an, um sie mitzunehmen. Aber sie lehnte beide Male ab. Doch nach einiger Zeit hatte sie von den schlecht sitzenden Schuhen Blasen an den Füßen, und ihre Beine waren müde. Beim nächsten Mal nahm sie das Angebot mitzufahren an.

»Dann steigen Sie mal ein, Miss«, rief der Fahrer und hielt ihr die linke Wagentür auf. »Wo wollen Sie denn hin?«

»Nach Dundalk.«

»Aha, da haben Sie aber Glück, da muß ich nämlich durch.« Er fuhr los.

Der Mann roch schlecht. Seine Hände waren schmutzig und seine Kleider fettverschmiert. Auf seinem Kinn zeigten sich die Stoppeln eines Dreitagebarts. *Warum legen die Männer dieser Zeit nur soviel Wert auf das Rasieren?*

Er warf immer wieder einen Blick auf sie, und Maire bemerkte das. Seine Hände fuhren zärtlich über das Steuerrad. Er lächelte unentwegt. Schließlich öffnete er das Handschuhfach und zog dort eine kleine Metallflasche heraus. Er legte den Kopf in den Nacken, nahm einen tiefen Schluck und reichte dann Maire die Flasche.

»Hier, das wärmt Sie von innen.«

»Danke.« Sie probierte die heiß brennende Flüssigkeit. Wie glühendes Feuer rann sie durch ihren Leib. Maire schraubte die Flasche wieder zu und legte sie ins Fach zurück.

»Haben Sie Verwandte in Dundalk?« fragte der Fahrer. Der Wagen geriet leicht ins Schleudern, und der Mann konzentrierte sich wieder auf die Straße.

»Nein«, sagte Maire, »ich suche meinen Mann.«

»Ach wirklich? Warum sollte denn eine so hübsche Frau wie Sie

nach einem Mann suchen müssen? Bei Ihnen ist doch alles so gut beieinander, daß Sie rasch wieder einen neuen finden könnten, nicht wahr?« Seine Stimme klang durchtrieben ölig, und der Blick, den er ihr zuwarf, beruhigte sie auch nicht gerade.
Trotz des Whiskeys aus der Metallflasche fühlte Maire sich plötzlich kalt. Dann wuchs der Zorn in ihr. Sie begriff, wie dieser Mann von ihr dachte: Für ihn war sie ein Ding, das ihm zur Benutzung freistand. Seine Vorstellungen von sexuellen Vergnügungen hatten wenig mit denen einer Frau zu tun.
»Ihr Benehmen ist grob unhöflich.« Sie verglich ihre körperlichen Kräfte. Er war zwar größer, aber sie besaß andere Stärken.
»Na hör mal, Mädchen, jetzt komm aber mal rasch wieder von deinem hohen Roß herunter. Du spazierst über die Straße, läßt dich von Fremden mitnehmen, dein Kleid spannt sich so stramm um die Brüste, daß man kaum glauben möchte, du hättest sie bedeckt, und an deiner linken Hand steckt kein Ring...«
»Ich bin verheiratet«, erklärte Maire scharf, »und was das Sie angeht, ist mir, offen gesagt, ein Rätsel.«
Der Mann streckte einen Arm aus und legte eine Hand auf ihr Knie, die er dann auf ihrem Oberschenkel hochwandern ließ, was ihr Kleid in Unordnung brachte. »Ach was, alles, was du willst, ist doch ein richtiger Kerl. Nicht so wie meine Alte. Und ich habe alles am rechten Fleck, wonach du dich so lange gesehnt hast. Paß auf, ich kenne hier ganz in der Nähe einen Seitenweg...«
Maire bemühte sich, seine Hand fortzuschieben, aber er war stärker. Seine Finger strichen über ihr Bein, wurden immer intensiver. Dann brach sich der Zorn in ihr Bahn. Mit einer Stimme, die nicht ihr gehörte, sprach sie: »Wenn du es noch einmal wagst, mich zu berühren, bringe ich Impotenz über dich.«
Der Wagen geriet wieder ins Schleudern, und der Mann riß seine Hand so rasch zurück, als habe er sich verbrannt. Er lief kalkweiß an, drehte sich langsam, mit weit aufgerissenen Augen zu ihr um und stammelte: »Ich hatte ja keine Ahnung, bitte vielmals um Entschuldigung, Lady.«

Maire gab ihm keine Antwort. Den Rest der Fahrt bis nach Dundalk sagte er kein Wort mehr. Am Stadtrand ließ er sie aus dem Wagen steigen und fuhr so rasch wie möglich weiter.

Jetzt war sie also in Dundalk. Maire stand auf einer engen Straße. Dort befand sich ein Pub und ein Stück weiter eine Kirche. War Tadhg hier gewesen? Sie ging auf den Friedhof, auf die Stadt der Toten, zu.

Sie entdeckte ein offensichtlich frisches Grab. Kein Stein stand an seinem Kopfende, und die Blumen waren noch nicht verwelkt. Die aufgeschüttete Erde war noch dunkel und feucht.

Wen hatte man hier beerdigt? Maire spürte Gewalt, aber das Grab sprach nicht. *Es kann nicht Tadhg sein, der hier unter der Erde liegt.*

Eine alte Frau kam langsam und schleppend auf das Grab zu. Sie bekreuzigte sich und murmelte ein Gebet vor sich hin. Als sie damit fertig war, bemerkte sie Maire. »Verzeihen Sie«, sagte Maire, »aber könnten Sie mir wohl sagen, wessen Grab das hier ist?«

»Es ist das von Sean O'Rourke«, erwiderte die Frau. »Er kam letzten Freitag in der Nähe von Newry ums Leben, nachdem er selbst einige Menschen erschossen hatte. Möge Gott seiner Seele gnädig sein, obwohl ich kaum glaube, daß Sean zugegeben hätte, so etwas wie eine Seele zu besitzen.« Sie tippte sich an die Stirn. »Sie sind nicht aus der Stadt, nicht wahr?«

»Nein«, sagte Maire, »ich bin gerade erst aus Belfast angekommen. Dieser Sean dort, er ist also am Freitag umgekommen?«

»Ja, gestern war die Beerdigung, und ich habe seinen Kumpanen verboten, mein Haus noch einmal zu betreten. Kannten Sie Sean?«

»Nein, hier kenne ich niemanden. Ich bin auf der Suche nach meinem Mann.«

»Meiner liegt dort hinten.« Die Frau zeigte auf eine ältere Abteilung des Friedhofs. »Glauben Sie, Sie finden ihn hier?«

»Möglicherweise. Er und ich stammen vom Lough Neagh.«

»Vom Lough Neagh? Ich habe einmal einen Mann kennengelernt,

der von dort kam. Er war auch fremd hier. Aber lassen Sie uns nicht länger hier herumstehen und schwatzen, kommen Sie doch mit in mein Haus. Es ist nicht weit. Wir können dort eine Tasse Tee trinken und uns bei einem Plausch die Kälte aus dem Leib reden. Ist doch recht kühl geworden, aber der Oktober ist ja auch schon fast wieder vorbei.«

Eine Katze schnurrte neben dem Herd. Die alte Frau hing ihr Kopftuch an einen Haken und brühte Tee auf. Plötzlich klopfte es laut an die Tür. Die Frau öffnete – Maire konnte nicht sehen, wer draußen stand – und sagte: »Ich habe euch Burschen doch untersagt, noch einmal hierherzukommen!«
»Tut mir leid, Mrs. O'Carroll«, ertönte die Stimme eines jungen Mannes, »aber James bat mich, Ihnen das hier zurückzugeben.« Die alte Frau bekam ein Paket in die Hand geschoben. Sie warf die Tür ins Schloß und sah dann erst nach, was sie eigentlich in ihrer Hand hielt.
»Es sind *seine* Kleider. Ich bat darum, sie mir zurückzugeben. Mein lieber Gatte, ich habe falsch gehandelt, als ich deinen Anzug an einen verkommenen Mörder auslieh, obwohl ich es in gutem Glauben tat. Nun will ich sie rasch wieder einmotten und wegpacken.«
Sie trippelte nach oben. Als sie wieder in die Küche kam, warf sie ein zusammengeknülltes Stück braunes Papier in den Herdofen. »Der Tee ist fertig.«
Maire nahm einen Schluck von der heißen Flüssigkeit. Jetzt merkte sie erst, wie sehr sie wirklich durchgefroren war.
»Ich bin die Witwe O'Carroll«, erklärte die Frau. »Ich glaube, Ihren Namen habe ich nicht richtig verstanden.«
»Maire ní Donnall.« Der Tee war gut. Maire schenkte sich eine zweite Tasse ein.
»Und Sie sind hierhergekommen, um Ihren Mann zu finden?«
»Ja.« Maire überlegte, wie sie es der Frau erklären sollte. »Er und ich haben uns am Lough Neagh aus den Augen verloren. Ich habe Hinweise darauf erhalten, daß er zunächst nach Belfast

gegangen und dann hierher gelangt ist. Man hat ihn zuletzt in der Begleitung von drei Musikern gesehen.«
Mrs. O'Carroll setzte abrupt ihre Tasse ab. »Musikern?«
»Sie nannten sich *The Three Bards*. Ich bin mir sicher, daß er sie noch nicht lange kannte. Wahrscheinlich hat er sie nur kennengelernt, weil er so gerne Harfe spielt. Er ist immerhin Barde.« Maire sah unwillkürlich auf. »Mrs. O'Carroll, ist alles mit Ihnen in Ordnung?«
»Sein Name... er hieß... Ihr Mann ist nicht zufällig Tadhg MacNiall?«
Maire setzte ihrerseits die Tasse ab, allerdings sehr behutsam, obwohl ihre Hände zitterten. »Ja.«
»Ich kannte einen Tadhg MacNiall. Er war Harfner«, erklärte die alte Frau. »Wenn ich mir vorstelle, daß ich ihn zu dieser Bande geführt habe! Er sagte, er trüge eine Nachricht von Padraig, Thomas und Rory bei sich und müsse unbedingt ihre Leute finden. Also habe ich ihm Kleider von meinem verstorbenen Mann gegeben und ihn mit ins Pub genommen.« Sie bedeckte ihr verrunzeltes Gesicht mit den Händen. »Sean kam noch in jener Nacht ums Leben, und in der folgenden Nacht haben sie diese *Orange Lodge* in die Luft gejagt... Ach, ich bin es so leid, ich kann es einfach nicht mehr ertragen.« Sie sah Maire direkt an. Tränen rannen über ihr Gesicht. »Gehören Sie gemeinsam mit Ihrem Mann dieser Bewegung an?«
»Welcher Bewegung?« fragte Maire.
Mrs. O'Carroll erklärte es ihr.

Nach all den schrecklichen Nachrichten saß Maire eine ganze Weile sprachlos da. Endlich sagte sie: »Das hört sich alles gar nicht nach Tadhg an. Er war immer ein sehr sanfter Mann. Was kann ihn nur so verändert haben?«
»In ihm ist etwas, das nicht menschlich ist«, meinte Mrs. O'Carroll. »Am Tag der Beerdigung stand er auf dem Friedhof und sah aus wie ein Dämon, mit Hörnern auf dem Kopf und blitzenden Augen... nur für einen winzigen Augenblick, aber dieser Moment war genug für mich.«

»Das war nie und nimmer Tadhg.« Doch Maire konnte nicht anders, als an den Gehörnten zu denken, und es wurde ihr kalt ums Herz. »Wenn ich Ihnen die ganze Geschichte erzählen würde, würden Sie mir keinen Glauben schenken. Tadhg und ich, wir beide sind Verlorene, verloren im Strom der Zeit. Er glaubt, ich sei tot. Und bis gestern noch hielt auch ich ihn für tot. Ihre Welt ist so fremd, so sonderbar ...«

»Ihre Worte ähneln den seinen, als er zum erstenmal in Dundalk auftauchte. Sie wollen mir Ihre Geschichte wohl nicht erzählen? Er hat jedenfalls nie ein Wort darüber verloren.«

»Wir sind Geholte, kamen schon vor langer Zeit zum Feenvolk.«

Mrs. O'Carroll schüttelte langsam den Kopf. »Ihr Armen. Nun denn, entweder entspricht es der Wahrheit, oder Sie glauben fest daran. Doch das spielt jetzt keine Rolle. Wenn Sie Ihrem Mann folgen müssen – obwohl ich bezweifle, daß Sie ihn jetzt noch wiedererkennen würden –, kann ich Ihnen sagen, wohin er gegangen ist.«

Maire fuhr vom Sitz hoch. »*Wohin?*«

»Ich bin mir sicher, daß er mit Liam und Connor zum Hof der Byrnes auf der Insel Achill gefahren ist. Und sie haben nichts Gutes im Schilde geführt, glauben Sie mir.«

»Wo liegt diese Insel?«

»Ziemlich weit weg von hier. Da müssen Sie quer durch Irland, über zweihundert Meilen, mein Mädchen.«

Maire plumpste auf den Stuhl zurück. »So weit?« Mittlerweile hatte sie schon eine Vorstellung davon, was eine »Meile« war. Und zweihundert Meilen waren unglaublich weit. »Wie kann ich denn dorthin gelangen?«

»Sie sind mit Seans Wagen gefahren. Sie könnten sich vielleicht von jemandem mitnehmen lassen ...«

»Ich bin heute schon als Anhalterin unterwegs gewesen. Und der Fahrer ist dermaßen unverschämt geworden, daß ich das nicht noch einmal mitmachen möchte.«

»Da machen Sie sich mal keine Sorgen drum, ich kann einen anständigen Fahrer für Sie finden. Nicholas müßte morgen

eigentlich wieder nach Westen fahren. Und wenn er seine Tour beendet hat, gibt es dort sicher einen Freund von ihm, der Sie ... Wissen Sie was, überlassen Sie das mal alles mir.«
»Morgen?« Maire war voller Unruhe, ihre Suche endlich fortsetzen zu können.
»Morgen muß Nicholas sein Heu ausliefern. Da müssen Sie früh aus den Federn.« Mrs. O'Carroll stand auf und legte sich das Kopftuch um. »Sie bleiben jetzt schön hier, schließlich hatten Sie schon genug am Hals. Ich gehe mal kurz ins Pub und sehe nach, ob ich dort nicht Nicholas finden kann.« Sie trat zur Tür. »So, Sie sind also eine Geholte? Wenn das stimmt, würde es eine Menge erklären.« Sie öffnete die Tür. Eiskalter Oktoberwind blies in die Küche. »Ich komme bald wieder. Fühlen Sie sich hier ruhig wie zu Hause.«

Nicholas brach mit seinem Lastwagen im Morgengrauen auf und rumpelte über die Straßen. Er war ein ruhiger älterer Mann, der während der Fahrt genug damit zu tun hatte, den Wagen auf Spur zu halten, und kein Freund von Geplauder und Geschwätzigkeit war. Als er anhielt, half Maire ihm, die Heuballen abzuladen. Sie kümmerte sich nicht um seinen Widerspruch, denn wenn sie für die Fahrt schon nichts zu bezahlen brauchte, konnte sie wenigstens bei der Arbeit helfen.
Etliche Fahrtwechsel später – Nicholas hatte tatsächlich eine Menge Freunde, und die wiederum hatten andere – schmerzten Maire Arme und Beine vom Entladen der Heuballen, Tragen der Milchkannen und Transportieren der Lebensmittel. Die Reise verlief nur langsam, aber zumindest kam Maire ständig weiter nach Westen.
Daniel, mit dem sie zu Beginn des Abends fuhr, erklärte ihr: »Wir nähern uns jetzt der Farm der McMurphys, Missus. Das ist das Ende meiner Route. Der alte Mahon McMurphy macht morgen seine Fahrt. Die Familie nimmt Sie sicher gern die Nacht über bei sich auf, und morgen fahren Sie in aller Frühe mit ihm weiter. Ich weiß, es ist nicht gerade die angenehmste Form zu reisen, aber so ist es nun leider einmal. Und vielen Dank für Ihre Hilfe.« Er war noch recht jung und schüchtern.

Maire lächelte ihn an. »Ach, das war doch nichts. Warum sollte ich mich nicht ein bißchen nützlich machen?«
Die McMurphys hießen sie in ihrem Haus willkommen – die Gastfreundschaft hatte sich über all die Jahrhunderte nicht verändert. Sie mußte das Bett jedoch mit einem Mädchen, einer der Töchter, teilen.
»Ich hoffe, es macht Ihnen nichts aus«, sagte Mrs. McMurphy. »Aber leider haben wir kein Zimmer leer stehen. Nun, Eileen schläft ziemlich fest. Sie wacht nicht mitten in der Nacht auf und beginnt zu schreien – dabei ist sie erst fünf.« Sie hielt einen Moment inne. »Es muß wohl ein sehr wichtiger Grund sein, wenn Sie durchs ganze Land fahren. Daniel sagte, daß Mrs. O'Carroll aus Dundalk den Farmern aufgetragen habe, Sie sicher an die Westküste zu bringen.«
»Ja, das hat sie«, antwortete Maire. »Und es ist mir wirklich wichtig, so bald wie möglich dorthin zu gelangen. Mein Gatte schwebt unter Umständen in großer Gefahr.«
»Aha«, sagte die Frau. »Dann schlafen Sie gut, ich wecke Sie früh genug, damit Sie mit Mahon fahren können.«
»Vielen Dank«, sagte Maire. Sie war so erschöpft, daß sie sich kaum noch auf den Beinen halten konnte. Wie nett diese Leute Fremde behandelten ... und wie grausam sie zu ihren eigenen Leuten waren! Zumindest in Ulster. Vielleicht war es hier anders, hier in der Republik. Nirgends hatte man ihre Papiere sehen wollen oder sie abgetastet, seit sie die Grenze überschritten hatte. Maire zog sich aus, kroch unter die Decke und war sofort eingeschlafen.

Am nächsten Tag erwartete sie eine lange Fahrt. Die Landschaft, durch die sie kam, war grün und vertraut. Wären die Städte und die vorbeiratternden Fahrzeuge nicht gewesen, wäre es ihr wie in ihrer eigenen Zeit vorgekommen.
Mrs. McMurphy hatte für sie und Mahon etwas zu essen eingepackt. Maire ging auf, daß sie seit ihrer Übernachtung in Newry keinen einzigen Penny ausgegeben hatte. Ihr war damit immer noch über die Hälfte der gut zwanzig Pfund geblieben, die Rita ihr

geschenkt hatte. Allmählich hatte Maire auch den Wert des Geldes in dieser Zeit erkannt. Sie mußte sorgfältig damit umgehen.
Die vierte Fahrt dieses Tages brachte sie gegen Abend zur Westküste von Achill. Sie suchte sich gar nicht erst eine Unterkunft in der Stadt, sondern fragte sich zur Farm der Byrnes durch.
Schon von weitem erkannte Maire das Licht in den Fenstern des Gehöfts und sah, daß ein Wagen vor dem Haus parkte. Doch der Stolz verbot ihr, Unterkunft bei einer Familie zu erbitten, die der Tod beraubt hatte. Mittlerweile war die Nacht hereingebrochen, und der Wind vom Meer blies kühl. Er pfiff um die Steinmauern, und in einiger Entfernung donnerte die Brandung gegen die Klippen.
Vielleicht konnte sie hinter einer Steinmauer Schutz für die Nacht finden oder sich bis zum Morgen in einem Heuschober verkriechen. Maires Kleid war dünn, und sie sehnte sich nach dem warmen Wollumhang, den sie schon vor Jahrhunderten verloren hatte. Doch wollte sie jetzt nicht klagen, denn die Menschen dieses Landes hatten schlimmere Verluste hinnehmen müssen.
Maire wanderte über die Straße und suchte eine Lücke in den Steinmauern. Ein Lastwagen fuhr vorbei, und sie verbarg sich vor seinem Donnern und dem grellen Licht seiner Lampen. Als danach wieder Stille einkehrte, hörte sie Wasser glucksen. Ein Bach floß unter dieser Straße und eilte dem Meer entgegen. Sie blieb einen Moment lang stehen, dann hörte sie ein lautes Platschen.
»Na, wen haben wir denn da, Maire ní Donnall!«
Maire fuhr herum und sah in alle Richtungen. Aber die Nacht blieb leer.
»Wie rasch du doch deine Freunde vergißt!« Die Stimme kam aus dem Bach. Maire trat an den Rand der Straße. Durch einen Graben floß ein flacher Bach. Maire kniete sich ins Gras und sah in eine der tieferen Stellen des Wasserlaufs. In der Dunkelheit glühte ein bernsteinfarbenes Auge. *Die Forelle.* Wie war sie hierhergelangt?
»Ich habe deinen Gemahl gesehen, Maire«, sagte sie. »Und das ist noch gar nicht lange her.«

Maires Herz zog sich zusammen. »Er lebt? Wo ist er?«
»Das kann ich dir nicht sagen. Ich stehe unter einem *Geas*, bis sich das Schicksal erfüllt hat. Aber ich darf dir mitteilen, daß er lebt.«
»Und ist er gesund?«
»Er ist körperlich unversehrt. Das ist alles, was ich dir sagen kann.«
»Wo soll ich hin, um ihn zu suchen? Wo kann ich ihn finden?«
»Einstweilen mußt du diesem Wasserlauf zum Meer hinab folgen. Am Strand findest du jemanden, der deiner bedarf.« Das glühende Auge verschwand. Nichts blieb mehr bis auf das Wasser, das um Kiesel gluckste.

Jemand, der meiner bedarf. Vielleicht Tadhg. Maire stolperte über den unebenen Boden. Zweige schlugen an ihre Beine und zerrissen das Kleid. Aber weiter eilte sie hinab, auf die salzige Brandung zu.
Oben auf den Klippen blieb sie stehen. Ungebrochen erstreckte sich das Schwarz der Nacht. Maire konnte nicht erkennen, wo der Himmel und das Meer sich am Horizont trafen, konnte nicht die Inseln in Küstennähe ausmachen. Sie wußte, daß sie hinab auf den Strand mußte, aber in dieser Dunkelheit? *Du mußt nicht blind wandeln.*
Das Grau der Feensicht enthüllte ihr eine steinige Küste, wo sich Wellen aufschäumend an scharfen Felsen brachen. Maires Fuß glitt auf etwas Weichem aus. Sie hob es auf und roch daran. Salz mit einer Spur Desinfektionsmittelgeruch, so wie sie es im Royal Victoria einsetzten. Sie legte es wieder auf den Boden. Es mußte eine Pflanze sein. Maire ging bis an den Rand des Wassers. Eine graue, rollende Ebene erstreckte sich, so weit das Auge sehen konnte.
Dann hörte Maire ein angestrengtes und schmerzvolles Atmen. Ein schwerer Leib schob sich ächzend über die Felsen. »Wer ist da?«
Sollte es Tadhg sein, verwundet?
Eine glänzende Gestalt kroch aus dem Wasser und blieb zu

Maires Füßen liegen. So groß wie ein Mensch, doch mit einem glatten, grauen Fell. Natürlich, es konnte sich nur um einen Seehund handeln. Reisende hatten von solchen Tieren berichtet.
Maire beugte sich hinab und strich ihm über den Kopf. Das Tier öffnete die dunklen Augen und hob matt seine zerschmetterte Schnauze.
»Du arme Robbe«, sagte Maire, »dir hat man aber übel mitgespielt.«
Leise wimmernd kroch der Seehund zurück ins Meer.
»Warte«, rief Maire, »so warte doch..., vielleicht kann ich dir helfen!« Sie watete ihm nach. Das Salzwasser schmerzte an ihren zerkratzten Beinen.

Bis zur Hüfte war Maire im Wasser. Sie folgte dem verletzten Seehund um Felsen herum bis in eine finstere Höhle, wo weißer Sand den Boden bedeckte. Maire entdeckte menschliche Fuß-, aber auch tiefe Schleifspuren. Doch ihr erster Gedanke galt der Robbe. Maire kniete sich in den Sand. Der Seehund schob sich aus dem Wasser und legte den Kopf auf ihren Schoß. Die Schnauze war eingeschlagen, als habe etwas Schweres sie getroffen. Dunkles, trockenes Blut bedeckte das glänzende Fell, und die kräftigen, spitzen Zähne – dazu gemacht, Fische zu fangen – waren zerbrochen und lose. Maire streichelte den glatten Schädel. Das Wesen zitterte. »Arme Robbe. Wie konnte das geschehen?« Der Seehund schloß die Augen.
So zerbrechlich waren sie, die Knochen seines Gesichts. Blut sprudelte aus offenen Adern, Schmerz pochte... und da war noch etwas anderes, das Maire sich jedoch nicht erklären konnte. Sie hielt die Hand nah über das zerschmetterte Gesicht und achtete darauf, es nicht zu berühren, weil dadurch der Schmerz nur noch vergrößert würde. *Heile denn, kraft meiner Fähigkeit.*
Im sonderbaren grauen Licht sah sie zu, wie die feinen Knochen wieder zusammenwuchsen, wie die Adern zusammenstrebten und die Schwellungen zurückgingen. *Wie ich es schon für Rita getan habe.* Scharf und fest waren sie nun wieder, die kräftigen Zähne,

und stolz hob der Seehund seine gesundete Schnauze. Er öffnete die Augen, drehte sich um und verschwand im Meer. Maire hörte es nur noch am Höhleneingang platschen, während ihre Feensicht verging.
Sie lächelte bitter. *Wie könnte ich ein Wort des Dankes von einem seelenlosen Tier erwarten, welches mich fürchtet?* Zumindest konnte sie hier die Nacht verbringen. Ihr Kleid war naß, und sie fror. So weit wie möglich zog sie sich vom Wasser zurück, rollte sich an der Höhlenwand zusammen und zitterte.
Durch geschlossene Lider sah sie grünes Licht. Maire richtete sich auf. Vom Meer kam der Seehund geschwommen und trug im Maul eine Kette glühender Kugeln. Als er seichteres Wasser erreichte, streifte er sein Fell ab und verwandelte sich in einen großen, schlanken Mann mit perlweißer Haut. Maire keuchte. Ein Selkie! Er legte das Fell vorsichtig auf einem vorspringenden Felsstück ab und kam mit den Kugeln auf den Strand. Wie groß und schlank er war. Wie hell seine Haut und sein Haar waren. Nur die braunen Augen stachen daraus hervor. Er setzte die Leuchtkugeln auf dem Sand ab.
Maire sah sich staunend um: Im grünen Licht funkelten an den schwarzen Höhlenwänden Amethyst und Quarz. Selbst der Sand verwandelte sich in ein Meer glitzender Juwelen. Der Selkie ergriff ihre Hand, und sie erhob sich.
»Ich danke dir, Heilerin. So sind doch nicht alle Menschen schlecht, die vom Feenvolk berührt wurden.« Er fuhr sich mit dem Handrücken über das Gesicht. »Doch das soll jetzt nicht unsere Sorge sein.« Er nahm auch ihre andere Hand in die seine und sah sie an. »Meeresschätze besitze ich mehr als genug, und du magst essen und trinken, was du willst, wenn du diese Nacht hierbleibst und mein Gast bist.«
Wunderbar war sein Körper, fest und stark seine Jugend, und die großen braunen Augen strahlten Wärme und Freundlichkeit aus. Maire fühlte sich nicht länger kalt. Sie hob eine Hand und strich ihm damit über das Gesicht. »Waren es denn Menschen, die dich verletzt haben?«
Er lächelte, aber Trauer zog über seine Augen. Dann ließ er sie los

und trat mit langen, wiegenden Schritten ans Ende der Höhle. Von einem hohen Felsbord nahm er eine runde, bauchige Flasche aus grünem Glas und reichte sie Maire. Mit staunendem Finger fuhr sie über die Oberfläche. Ohne Zweifel war es Glas, aber so rauh...

»Meerzermürbtes Glas«, erklärte der Selkie. »Lange hat diese Flasche unter den Wogen gelegen, bewacht von spanischen Soldaten.« Maire überkam ein Schaudern. Er lächelte beruhigend. Oh, ich hatte nichts zu tun mit ihrem Tod. Das ist schon so viele Jahre her. Die Meerwesen sagen, sie hätten das Schiff in einem Sturm herabgezogen. Das Holz ist längst zerfallen, die Kanonen sind zerbrochen, und die Fische schwimmen zwischen den Rippen der Seeleute. Sie brauchen den Wein nicht mehr.«

Die Flasche fühlte sich kalt an. Ein Totenschatz! Aber was hatte Maire von den Toten zu befürchten?

»Trink mit mir«, sagte der Selkie, »und denk nicht mehr an die, die meine Höhle entweiht haben.«

Maire zog den Stöpfen aus der Flasche und setzte sie an die Lippen. Der Wein war süß und prickelte golden in ihrem Mund. »Aber wer...?«

»Sie waren Mörder, Menschen, die sowohl Leute ihrer Art wie auch meiner Art umbringen. Mögen sie den Meerwesen in die Hände fallen! Aber einer von ihnen...« Er trank von dem Wein und reichte die Flasche zurück. »Doch das soll nun nicht unsere Sorge sein. Sie sind fort, und du bist hier bei mir.«

Maire spukte eine Frage im Kopf herum, die sie um keinen Preis vergessen wollte. Was scherten sie Mörder? In der Höhle war es warm wie Blut, die Flut schlug im Takt ihres Pulses an den Strand, und der Selkie zog sie ganz nah an sich heran. »Vergiß«, sagte er. »Vergiß den Schmerz mit mir und auch den, der noch bevorsteht. Denn an Land bin ich ein Mann.«

Er war warm, stark und zärtlich. Maire legte sich zu ihm. Die Wände der Höhle funkelten, und der Sand war weich.

Kalt schlug die ansteigende Flut an Maires Füße. Heller Morgen. Der Selkie war fort und seine Robbenhaut vom Fels verschwunden. Und die grünen Leuchtkugeln neben ihr glühten nur noch schwach. Maire setzte sich auf und bürstete sich den Sand aus dem Haar. Dann strich sie ihr Kleid glatt. Das Wasser war kalt. Sie stand auf und sah sich in der Höhle um. Reue überkam sie wie ein Keulenschlag. Sie hätte ihn fragen sollen, hätte drängen sollen, aber wieder war sie der Macht des Feenvolks erlegen. Dann sah sie saubere, leicht geneigte Linien auf dem Boden. Eine Nachricht: *Belfast. Waffen.*

Buchstaben im alten Ogham-Alphabet und Worte in der Sprache ihrer Zeit. Dann sah sie, daß die Schleifspuren von großen, langen Kisten stammten. Und da waren auch einige zerbrochene Bretter an die Höhlenwand gestellt. Übelkeit überkam Maire. *Tadhg war hier mit den Mördern.*

Sie watete hinein ins kalte Salzwasser des Meeres und wusch sich, bis sie sich wieder sauber fühlte. Dann ging sie an den Strand zurück und spülte im nahen Bach das Salz hinweg. Das lange, feuchte Haar band sie schließlich zu einem Knoten zusammen. *Belfast.* Tadhg war auf dem Weg nach Belfast. Sie konnte ihn immer noch finden. Aber heute war schon Freitag, und am Samstag sollte der Friedensmarsch stattfinden. Und Tadhg war bei den Mördern. Was hatten sie mit den Waffen aus der Höhle im Sinn?

Sie stieg hinauf, und hinter ihr brauste und donnerte die Brandung.

16

Im kalten Belfaster Morgengrauen klopften Tadhg, Connor und Liam an die Tür des Hauses in der Falls Road. Tadhg erinnerte sich, hier schon einmal gewesen zu sein, erkannte die Parolen an den Wänden, deren Kronen mit Stacheldraht bespannt waren. Hier hatten die *Three Bards* zum letztenmal vor der Fahrt in den Süden angehalten.

Macht bei den Provos mit.
Ein geteiltes Irland wird nie zur Ruhe kommen.
Wir haben sechs getroffen, ihr nur vier.
Bald klopfen die Provos an deine Tür.
Gott verfluche die Queen.
Tadhg wußte nun, was diese Parolen zu bedeuten hatten.
Die Tür öffnete sich, und sie schlichen hinein.

Maire stand im Morgengrauen endlich vor der Haustür der MacCormacs. Die Fahrt quer durchs Land war sehr anstrengend gewesen, aber Maire fühlte sich zum Schlafen zu müde. Die Männer hinter den Lenkrädern hatten sie nicht mehr belästigt. Sie schienen irgendeine seltsame Aura an ihr gespürt zu haben und hatten sich zurückgehalten, selbst jene, die nicht zu den Höflichen gehörten. Maire klopfte an. Mrs. MacCormac öffnete.
»Maire! Rita sagte, Sie mußten plötzlich wegen einer dringenden Familienangelegenheit fort.« Ritas Mutter war schon angekleidet und trug Straßenschuhe. »Ich fürchte nur, Rita schläft noch. Sie hat letzte Nacht arbeiten müssen und soll schon heute abend wieder Dienst tun ... Haben Sie denn überhaupt schon gefrühstückt?«
»Ich habe einen ganzen Tag lang nichts gegessen«, antwortete Maire. Sie folgte der Frau in die Küche. »Sie sind immer noch entschlossen, an dem Friedensmarsch teilzunehmen?«
»Aber sicher«, sagte Ritas Mutter. »Mir reicht es wirklich.« Sie wendete den brutzelnden Speck mit dem Pfannenmesser.
»Ich habe gehört, es soll zu Ausschreitungen kommen.«
»Das würde mich nicht wundern. Die Loyalisten werden alles zusammentrommeln, was zwei Beine hat. Sie versammeln sich am Girdwood Park und werden wohl am Rathaus auf uns stoßen. Und es sollte mich sehr wundern, wenn die IRA sich dort nicht ebenfalls bemerkbar machen würde.«
»Sie könnten verletzt werden, vielleicht sogar das Leben verlieren.«
»Frauen können sehr beherzt und mutig sein, wenn es sein muß. Unsere Gruppe trifft sich am Belfaster Friedhof, und an der

Entbindungsanstalt stoßen die hinzu, die über die Springfield Road vom Woodvale gekommen sind. Zusammen marschieren wir dann über die Grosvenor Road auf das Rathaus zu.« Mrs. MacCormac legte den Speck und die Eier auf einen Teller und stellte ihn Maire hin. »Der Tee ist jeden Moment fertig. Wenn die Frauen nicht das Recht haben, sich an einem Friedhof zu versammeln und sich mit anderen an einer Entbindungsanstalt zu treffen, was für Rechte haben wir dann überhaupt noch? Seit unzähligen Jahren haben wir Kinder in die Welt gesetzt, die dann von anderen umgebracht wurden. Unzählige Jahre lang haben wir unsere Männer und Söhne auf den Friedhof getragen. Was wollen sie, Irland ist eine Frau!«
Maire überwand ihre Müdigkeit. »Ich begleite Sie auf dem Marsch.«

Sie unterhielten sich nur flüsternd in dem Haus in der Falls Road. »Die Loyalisten wollen sich beim Antrim-County-Gefängnis versammeln«, erklärte James Bryson. »Von dort aus marschieren sie los, über die Antrim Road zur Clifton Street, dann Donegal, das Royal, bis sie vor dem Rathaus ankommen. Unterwegs schließen sich natürlich etliche ihrer Sympathisanten ihren Reihen an. Vor dem Rathaus dürften die beiden Gruppen dann aufeinanderstoßen. Und dort wollen wir uns auch postieren.« Er fuhr damit fort, seine Männer im einzelnen zu instruieren. »Tadgh, du kennst dich nicht mit Schußwaffen aus. Du klemmst dir deine Harfe unter den Arm und stellst dich als Passant hin. Und zwar direkt vor die Fernsehkameras.«
»Was ist mit der Armee und der Polizei?« fragte Connor.
»Sie haben versucht, die Märsche zu verbieten, aber die Frauen haben erklärt, sie würden sich nicht an ein Verbot halten. Danach haben die Loyalisten erklärt, daß sie dann das gleiche Recht zu einer Demonstration hätten. Die Prots werden sicher alles aufbieten, was laufen kann. Versteckt euch gut auf euren Posten und wartet die ersten Zusammenstöße ab.« James sah seine Männer an und fügte dann hinzu: »Die neuen M-16-Gewehre sind gekommen. In den nächsten paar Stunden haben wir alle Hände voll damit zu tun, sie aus den Öltüchern zu wickeln.«

Die Frauen strömten auf die Städtische Entbindungsanstalt zu. Sie brachten alle ihre Kinder mit. Manche trugen sie auf dem Arm, manche auch noch im Bauch. Eine kleine Plattform war vor dem Gebäude errichtet worden. Maire bemerkte, wie Mrs. MacCormac zielstrebig hinaufkletterte und sich ans Mikrophon stellte. »Ich habe durch diesen Terror einen Sohn verloren, und meine Tochter hat als Krankenschwester auf der Unfallstation tagtäglich damit zu tun. Jetzt reicht's wirklich. Es wird Zeit, daß wir den Männern mal zu verstehen geben, daß wir die Nase davon gestrichen voll haben. Unsere Kinder sollen leben!«
Mrs. MacCormac erhielt viel Beifall. Sie stieg wieder herab und stellte sich zu Maire. »Noch nie zuvor habe ich öffentlich eine Rede gehalten«, sagte sie ihr. »War es denn in Ordnung?«
Maire drückte ihr die Hand. »Sie waren wunderbar«, sagte sie.
Die Frauen formierten sich und setzten sich in Bewegung.

Sie verbargen sich in Dachkammern, auf Dächern und in engen Gassen. Und sie warteten. Alle Straßensperren in der City von Belfast hatten sie umgehen können.
Tadgh selbst kniete hinter einer Mülltonne in einer Gasse unweit des Rathauses. James Bryson hatte ihn dorthingeschickt und gesagt, er solle auf sein Signal warten. Tadhg vertrieb sich die Zeit damit, dem Unrat zuzusehen, wie er vom Wind über das Kopfsteinpflaster geweht wurde. Alles war grau an diesem Tag, selbst der Himmel. *Aber es ist nicht das Grau der Feensicht.*
Um dreizehn Uhr sollten sich die Märsche in Bewegung setzen und etwa eine Stunde später aufeinandertreffen. Brysons Männer hatten ihre Posten bezogen und warteten.

Das Rathaus war von grünen Gestalten und Wagen umgeben. Der Grünspan auf dem Kupferdach des Gebäudes paßte sich dem an. Auf der anderen Seite der Straße standen die von Bomben zerstörten, teilweise mit Brettern verschlagenen Häuser. Nur das Rathaus ragte intakt dazwischen hoch.
Britische Soldaten hatten einen Sperrgürtel um das Gebäude errichtet und wurden dabei von der Polizei von Ulster unterstützt.

Die Marschsäulen näherten sich dem Vorplatz. Die eine von Osten, die andere von Norden.
Tragbare Fernsehkameras bildeten einen Außenring um den Vorplatz. Die Reporter und die anderen Medienleute trugen kugelsichere Westen und Helme.

Aus westlicher Richtung strömten die Frauen heran. Sie trugen keine Fahnen oder Spruchbänder, sondern Kinder auf ihren Armen. Maire hatte einen kleinen Jungen an der Hand, dessen Mutter kaum ihrer anderen Kinder Herr wurde. *So groß hätte mein Sohn jetzt auch sein können.* Maire hielt seine Hand fester.
Voraus erkannte Maire britische Armeelaster, zwischen denen junge, ängstliche Soldaten standen und hockten, die ihre Gewehre auf die Menge richteten. Sie zog den kleinen Jungen näher an sich heran. *Diese Soldaten dort sind doch selbst noch Jungen.*
Von Norden her sah Maire die andere Gruppe heranmarschieren, mit orangefarbenen Bannern und Schärpen und lautem Geschrei.

Eine fette, weißhaarige Frau, die von Kopf bis Fuß mit britischen Flaggen bedeckt war – selbst der Sonnenschirm, den sie in der Hand hielt, trug diese Farben – marschierte an der Spitze der Loyalisten. Sie spuckte die erste Frau der Friedensmarschiererinnen an. »Verräter!« schrie sie. »Ihr wollt am liebsten in die Republik aufgenommen werden, damit uns unsere Rechte genommen werden, damit wir den Stiefel des Papstes in unserem Nacken spüren müssen. Ihr Schlampen! Ihr papistischen Huren!«
»Ich bin genauso Protestantin wie Sie«, sagte die Friedensfrau, »und wahrscheinlich ein gutes Stück christlicher als Sie!«
Die flaggenbedeckte Frau trat noch näher heran. »Halt deine Zunge im Zaum, du schwachköpfiges Trampel!« Sie stieß die Friedensfrau, die daraufhin zu Boden fiel. Andere Frauen drängten vor, und ihre Mienen waren erbost. »Keine Gewalt, laßt euch nicht provozieren!« rief die Frau am Boden ihnen entgegen.

»Sie wollen es doch nur zu einem Zwischenfall kommen lassen. Das ist ihre Methode, uns zu diskreditieren. Laßt euch nicht von ihnen provozieren.«
Die Polizeikette rückte vor. Die Soldaten blieben stehen, hielten aber die Gewehre im Anschlag. Irgendwer begann, in die gegnerische Gruppe vorzupreschen. Einige weitere fielen zu Boden. Erste Steine flogen durch die Luft.
Die Frau, die von der Provokateurin zu Boden gestoßen worden war, wurde nun mit Füßen getreten. Maire hörte Knochen splittern und sah, wie Blut aus ihrem Mund floß. Die Polizisten schwangen ihre Holzknüppel. Weitere Demonstranten sanken zu Boden. SIGNAL!
Von irgendwo oben ertönte das leise *Plop!* eines Gewehres. Ein britischer Soldat fiel vornüber.

Gummigeschosse prallten von Häuserwänden ab und fuhren in die Menge. Ein kleiner Junge spuckte seine Zähne aus. Eine Frau wurde im Auge getroffen. Blut schoß aus der leeren Augenhöhle. Knüppel fuhren nieder, Steine flogen und trafen, und dazwischen hörte Maire immer wieder das *Plop!* von Gewehren.
Wolken gelben Dunstes senkten sich über die streitenden Gruppen. Das Gas brannte in Augen und Nase. Maire würgte, und Tränen rannen ihr übers Gesicht. Hustend drückte sie den Jungen fest an sich. Wo war seine Mutter abgeblieben? Dann versuchte sie, stolpernd einen Weg durch das Chaos zu finden.
Sie spürte einen leichten Stoß und sah hinab. Die Kopfhaut des Jungen war aufgerissen, und Blut rann über sein Gesicht. Sein Griff war schlaff, er hatte die Besinnung verloren. Maire berührte die Wunde, aber hier, inmitten dieses Hasses, konnte sie sich nicht auf ihre besonderen Heilgaben konzentrieren.
Ich muß hier raus, ich und das Kind. Ihn hat nur eine Gummikugel getroffen, aber sie schießen hier auch mit echten Patronen. Heckenschützen sitzen auf den Dächern!
Maire konnte Mrs. MacCormac nirgends entdecken, dabei war sie doch an der Spitze des Zuges marschiert. Ritas Mutter mußte irgendwo mitten in den Kämpfen stecken. Maire dachte kurz

daran, sie zu suchen. *Aber ich kann den Jungen nicht in das Getümmel zurücktragen, und hier zurücklassen kann ich ihn erst recht nicht.*
Sie stolperte fort. Etwas Hartes traf sie am Genick. Maire drehte sich um. Ein Mann stand dort und hielt eine merkwürdige Kiste in den Händen. Er beobachtete die Menge. Eine Waffe? Ein solches Gerät hatte sie noch nie gesehen.
»Gehen Sie aus dem Weg, Miss, Sie versperren mir die Linse.« Der Mann trug einen Helm und eine ausgepolsterte Weste.
Fernsehen. Wut stieg in Maire hoch. »Sie stehen dort müßig herum, während ringsumher Menschen verstümmelt und Frauen niedergeschlagen werden. Warum tun Sie nichts, warum glotzen Sie nur?« Sie hielt den blutenden Jungen an sich. »Verflucht sollen Sie sein, Sie und Ihr steinernes Herz. *Möge es auch ähnliche Leiden erdulden müssen, und das schon bald!*«
Der Mann filmte sie die ganze Zeit über, dann richtete er die Kamera wieder auf die kämpfende Menge. Maire wurde wie von einer Woge fortgeschoben.

Tadhg, der sich immer noch in der Gasse verbarg, hörte plötzlich Brysons Stimme vom Dach. »Es ist soweit, Tadhg. Komm raus und bau dich vor den Kameras auf. Aber halt dich von den Bullen fern, die knüppeln dich sonst unbarmherzig nieder.«
Auf der Straße floß Blut, und Geschrei war zu hören. Unbewaffnete Frauen versuchten, verletzte Kinder zu schützen. War dies ein ehrenhafter Krieg? Tadhg schämte sich jetzt, die Harfe in den Händen zu halten. Erregung und Kampfeseifer wuchsen in ihm heran. Das, was in ihm wohnte, zwang ihn zum Weitergehen.
Tadhg wollte um sich schlagen. Er wünschte sich, er hätte ein Gewehr, auch wenn er sich mit solchen Waffen kaum auskannte – denn Wildheit und Blutdurst gehörten unabdingbar zur Großen Jagd.
Die Harfe fühlte sich merkwürdig in seinen Händen an. Etwas prallte gegen seinen Kopf, und er verspürte einen scharfen Schmerz. Tadhg fuhr sich mit einer Hand über die Stirn. Als er sie ansah, war Blut auf ihr. Er wischte sich die Finger am Ärmel ab,

aber das Blut rann weiter über sein Gesicht. Nur eine leichte Verletzung, nichts Ernstes, sondern lediglich etwas Ärgerliches. Aber die Wut stieg in ihm hoch. Wie konnten sie es wagen, den Führer der Jagd anzugreifen? Er riß die Harfe hoch und sang:

> *Winterzeit und wilde Winde,*
> *Stürme, die schlagen mit reißendem Zahn.*
> *Samhain kommt! Und geschwinde*
> *bricht sich die stärkste Zeit Bahn.*

Der Himmel verdunkelte sich, und ein mächtiger Wind kam auf. Ein Kameramann zeigte sich von Tadhg so beeindruckt, daß er die Linse die ganze Zeit hindurch auf ihn richtete. Als er sein Lied beendet hatte, brach der Kameramann zusammen. Eine Kugel war durch seinen Hals gefahren. Ein Kollege übernahm die Kamera und filmte weiter.

Maire hatte keine Ahnung, wo dieses Kind zu Hause war, denn den Namen der Mutter hatte sie nicht verstanden. Maire sagte sich, am besten sei es, den Knaben auf der Unfallstation im Royal abzuliefern. Dort würde seine Mutter sicher mit der Suche nach ihm beginnen – vielleicht kannte dort sogar jemand das Kind oder seine Mutter.
Krankenwagen rasten bereits durch die Straßen. Maire wußte, daß andere der Hilfe dringender bedurften als sie, und auch die Wunde des Jungen war nicht so schlimm. Er begann bereits wieder, sich zu regen. Der Weg über die Grosvenor Road zum Krankenhaus war nicht eben kurz, aber Maire fühlte keine Müdigkeit mehr in sich.
Am Eingang traf sie auf eine Schwester. Leider war es nicht Rita.
»Ihren Namen bitte«, sagte die Schwester. Sie hielt eine Mappe und einen Stift in den Händen.
»Es geht nicht um mich«, erklärte Maire, »sondern um den Jungen hier. Aber er ist nicht meiner. Ich habe ihn nur während des Marsches an der Hand gehalten und auf ihn aufgepaßt...«
»Wie alt ist er denn? So etwa drei?«

»Ja, ich glaube schon.«
Die Schwester notierte etwas in roter Schrift auf einen Bogen. »Sieht aus wie ein Gummigeschoß. Der Schnitt ist nicht sehr tief. Am besten bringen sie ihn ins Kinderkrankenhaus – das ist nicht weit. Aber hier kann jeden Moment die Hölle los sein. Dort können sie die Wunde nähen, und er kann dort bleiben, bis seine Eltern kommen. So was passiert schließlich sehr oft.« Die Schwester sah wieder auf und verzog das Gesicht. »Da kommt ja schon der erste Ansturm.«

»Bryson ist verwundet.«
»Connor auch. Versteckt ihre Gewehre und alles andere, das vielleicht als Beweisstück dienen könnte. Und bringt die beiden dann ins Krankenhaus. Vergeßt nicht, die beiden sind nur harmlose Passanten gewesen. Verstanden, harmlose Passanten. Für uns wird's jetzt auch Zeit, hier die Fliege zu machen. Die Soldaten sind sicher schon auf uns aufmerksam geworden, und die Polizisten haben uns vielleicht schon umzingelt. Wär' ja wohl nicht so prima, wenn sie uns hier schnappen würden. Wer weiß, ob wir alle das Verhör überleben würden?«
»Wo ist MacNiall?«
»Verdammt, woher soll ich das wissen? Irgendwo dort im Getümmel. Ich hab' gesehen, wie ihn eine Kugel getroffen hat. War nichts Schlimmes und ist schon 'ne Weile her ... Also, wir sammeln uns im Haus, na, ihr wißt schon, wo. Und laßt um Gottes willen eure Knarren verschwinden! Wir haben mit der ganzen Angelegenheit doch nichts zu tun gehabt, nicht wahr, es waren wieder einmal diese verdammten Loyalisten. Und wenn einer von euch zufällig MacNiall sehen sollte, dann sagt er ihm, was Sache ist, klar?«

Maire ließ den Jungen im Kinderkrankenhaus zurück und begab sich, mehr oder weniger gegen ihren eigenen Willen, wieder zum Royal. Auf dem Vorplatz und am Eingang wimmelte es von Soldaten, Polizisten und Krankenwagen. Maire wußte nicht recht, was sie hier sollte, aber es war ihr nicht möglich, von hier wieder zu verschwinden. *Du wirst gebraucht.*

Um peinliche Untersuchungen und Verdächtigungen zu vermeiden – die Polizisten hielten jeden an, der hier vorbeikam –, machte Maire sich unsichtbar und schlich sich ins Wartezimmer.
Der Raum war grell beleuchtet und überfüllt. In einer Ecke hockte die rote Kreatur, die Maire seit ihrer Ankunft in dieser Zeit verfolgt hatte. *Mein alter Feind, so sehen wir uns wieder. Viel hast du heute vollbringen können!* Das Haßtier sah sie an und knurrte.
Wartende Familienangehörige saßen und standen mit finsterer Miene herum. »Dreckige Bande«, schimpfte eine Frau. »Ihr könnt einfach nichts so lassen, wie es ist, sondern müßt alles ruinieren.«
Von der anderen Seite des Raums erwiderte ein Mann: »Und wer hat denn die Bombe in die *Orange Lodge* gelegt? Und wer hat heute von den Dächern geschossen?«
»Zumindest wirft die IRA keine Bomben in Pubs«, antwortete die Frau.
»Aha, also doch auf seiten der IRA«, sagte der Mann. »Hatte ich also recht damit, was man von diesen sogenannten Friedensmärschen zu halten hat, die Sie und Ihre schwachköpfigen Freundinnen unternehmen.«
Beide sprangen von ihren Sitzen hoch. Maire fürchtete schon, sie würden sich schlagen, aber da trat Oberschwester Shelby in den Raum. Sie klopfte einem Mann und einer Frau, die bislang schweigend dagesessen hatten, leicht auf die Schulter. Die beiden erhoben sich und folgten ihr. An der Tür drehte sich die Schwester noch einmal um. »Wenn das Gezänk hier drinnen nicht bald aufhört, lasse ich einen Trupp Soldaten kommen und Sie alle an die frische Luft befördern. Draußen auf der Straße können Sie sich meinetwegen die Köpfe einschlagen, das interessiert mich dann nicht mehr. Aber hier befinden wir uns in einem Krankenhaus und nicht auf einem Schlachtfeld.«
Im Zimmer trat wieder Ruhe ein. Maire folgte unsichtbar Schwester Shelby und dem Pärchen. »Wir haben den Priester gerufen, Mrs. Rafferty«, erklärte die Oberschwester. »Wenn Sie und Ihr Mann die Güte hätten, hier zu warten...« – sie zeigte in ein

kleineres Wartezimmer – »... dann können Sie sie sehen, sobald er mit ihr fertig ist.«
Mrs. Rafferty sank wie betäubt auf einen Stuhl. »Dann ist es also aus mit ihr«, sagte sie tonlos. »Jake, wir hätten nicht zulassen dürfen, daß sie mitgeht.«
»Man kann sie doch nicht aufhalten, wenn sie sich einmal etwas in den Kopf gesetzt hat. Da ist sie ganz so wie du. Sie hat doch nur das tun wollen, was sie für richtig hielt.« Er entdeckte in dem Zimmer einen Fernseher und schaltete ihn ein. »Wollen wir mal sehen, was sich ereignet hat. In den Nachrichten berichten sie doch sicher darüber.«
Maire sah, wie Rita draußen mit einem Tablett voll Spritzen vorbeieilte.
Dann hörte sie, wie eine Tür aufgerissen wurde und jemand erregt rief: »Notfall! Schwere Verbrennungen! Die Kinder haben auf einmal Molotow-Cocktails geworfen!«
Ein Tablett fiel krachend zu Boden, Glas klirrte, und dann schrie Rita: »MICHAEL!«

Tadhg war von seinen Kameraden getrennt. Seine Wunde war nicht weiter schlimm, aber er war wie betäubt von der Gewalt auf der Straße und der Macht dessen, das ihn beherrscht hatte. Tadhg entfernte sich von dem Getöse, dem Geschrei und dem Tränengas, suchte einen Ort, an dem er vielleicht etwas Ruhe finden konnte.
Er trug immer noch die Harfe unter dem Arm. Die Leute auf der Straße sahen ihm neugierig und verwundert nach. Tadhg wanderte ziellos herum, bis er plötzlich vor einem Schild stand, auf dem MACCORMAC'S PUB zu lesen war. Irgendwie kam ihm das Pub vertraut vor. Ja, hier hinein war er in seiner ersten Nacht in Belfast geraten, in der Nacht, in der er die *Three Bards* kennengelernt hatte.
Tadhg ging hinein. Der Fernseher lief, und alle Gesichter waren dem Bildschirm zugewandt. Der Wirt stand in einer Ecke hinter dem Tresen und telephonierte. »Bist du ganz sicher, daß man sie nicht ins Krankenhaus gebracht hat? Ja, weißt du, zu Hause kann

ich sie nicht erreichen, obwohl ich es schon so oft versucht habe. Dann sag doch meiner Tochter, sie soll sich unverzüglich mit mir in Verbindung setzen, sobald sie etwas herausgefunden hat. Ja, und vielen Dank noch.« Er hängte den Hörer ein und sah einen Augenblick lang auf den Bildschirm. »Gleich kommen die Nachrichten«, sagte er mehr zu sich selbst als zu den Gästen.
Tadhg ließ sich an der Theke nieder. Der Wirt bemerkte ihn schließlich und runzelte kurz die Stirn. »Ist aber 'ne häßliche Schnittwunde, die Sie da haben«, sagte er. »Wollen Sie nicht nach hinten und sich das Blut abwaschen? Hören Sie, irgendwo habe ich Sie schon einmal gesehen.«
»Ich war schon einmal hier«, sagte Tadhg. Er ging nach hinten, um sich um seine Wunde zu kümmern. »Ich möchte einen Whiskey, wenn ich wieder zurück bin.«

Maire schlich sich vom Eingang weg durch einen langen Korridor. Dort lag jemand mit verbrannter Haut und schwarz im Gesicht auf einer Bahre. War das wirklich Michael? So zerstört waren seine Züge, daß man ihn kaum noch erkennen konnte. Und Maire hatte ihn ja ohnehin erst einmal gesehen. Etliche Soldaten waren in seiner Begleitung. Einer von ihnen hielt eine verbrannte Hand mit der gesunden Hand umklammert. »Nein, bitte keine Umstände. Ich kann warten«, erklärte er. »Es ist mein Kumpel hier, der die Hilfe viel dringender nötig hat.«
Rita kam nach dem ersten Schock allmählich wieder zu sich. »Bringen Sie ihn in die Behandlungsabteilung vier«, sagte sie. Ein Arzt in einem weißen Kittel beugte sich über die Bahre und machte mit seinem Blitzgerät ein Photo. Michael stöhnte auf und wollte seine Augen bedecken. »Tut mir leid«, sagte der Arzt, »aber wir müssen für die Unterlagen ein Bild machen.«
Maire hatte schon früher Verbrennungen gesehen, aber noch nie solche, die so schwer waren – zumindest nicht an einem noch lebenden Opfer. Michaels Gesicht und seine Arme waren völlig verbrannt. Die Schutzweste hatte seinen Oberkörper weitgehend geschützt, aber der Unterleib und die Oberschenkel ... zumindest spürte er dort im Augenblick keinen Schmerz. Der würde später

einsetzen, beim Heilungsprozeß. Man rollte die Bahre rasch nach Raum vier und zog dort vorsichtig die verkohlten Kleidungsreste von Michaels Körper. Ohne etwas tun zu können, stand Maire nur dabei und sah zu, wie ein junger Arzt in einem weißen Kittel Michael eine Spritze in eine Vene unter dem Schlüsselbein stach.
»Bringt jetzt die Elektrolyten an«, sagte der Arzt. »Und Kortison brauchen wir auch. Wahrscheinlich hat er sich beim Einatmen der heißen Gase die Lunge angesengt. Dann wollen wir ihn hier hinausschaffen und auf die Intensivstation bringen. Und Blutkonserven müssen her. Wenn ich um etwas Beeilung bitten darf.« Unvermittelt kam hektische Aktivität auf. Maire, die immer noch unsichtbar war, trat vorsichtshalber aus dem Weg.
Michael war bei vollem Bewußtsein. »Wie schlimm ist es?« flüsterte er.
»Fünfzig Prozent«, erklärte der Arzt. »Vor dem Allerschlimmsten haben wir Sie wohl bewahrt.«
Maire trat hinaus auf den Gang. Rita unterhielt sich dort mit einem der Soldaten. »Die Kinder fingen plötzlich an, Molotow-Cocktails zu werfen«, erzählte er. »Einer landete direkt auf Michael. Seine Schutzweste war so ungefähr das einzige, das nicht sofort Feuer gefangen hat.« Er sah auf seine Hand. »Ich hab' mir das zugezogen, als ich, ohne lange nachzudenken, versuchte, die Flammen auszuschlagen.« Er machte eine kleine Pause. »Aber ist nicht so schlimm, tut auch gar nicht mehr weh.«
»Wir müssen die Hand trotzdem untersuchen«, erklärte Rita. »Sobald sie...«
»Och, das haut mich schon nicht um, ich kann warten. Ich frage wirklich nicht gern, aber wie... wie stehen seine Chancen?«
Rita schüttelte den Kopf. »Fünfzig Prozent der Haut sind verbrannt, meistenteils Verbrennungen dritten Grades. Die Lage ist zwar nicht aussichtslos, gibt aber auch nicht zu übertriebenen Hoffnungen Anlaß.« Rita lachte plötzlich, und es klang schrill. »Sie bringen ihn direkt auf die Intensivstation. Sie wissen dort schon Bescheid und legen ihn in eine Isolierkammer.« Wieder leuchtete die Alarmlampe auf. »Ich muß gehen. Bin ja schließlich

hier im Dienst, wissen Sie.« Erneut überkam Rita ein Lachanfall. Ihre Hände zitterten.

Maire kehrte in das kleinere Wartezimmer zurück. Ein weiteres und vornehmer gekleidetes Pärchen hatte sich zu den Raffertys gesellt. Niemand sagte ein Wort, alle vier starrten nur auf den Fernseher.
»Guten Abend, ich begrüße Sie zu den Achtzehn-Uhr-Nachrichten«, meldete sich der Ansager. Sein Gesicht war ernst. »Zuerst die Schlagzeile des Tages: Zu schweren Zusammenstößen ist es in der Innenstadt von Belfast zwischen den Teilnehmern an einem Friedensmarsch der Frauen und loyalistischen Gegendemonstranten gekommen.« Das Bild des Ansagers verschwand und wurde durch einen kurzen Film von den Kämpfen ersetzt. »Heckenschützen, die sich auf den umliegenden Dächern verborgen hielten, trugen wesentlich zum Ausbruch der Auseinandersetzungen bei. Unter den Todesopfern befindet sich auch einer unserer Kameramänner. Hier sind die letzten Bilder, die er noch gemacht hat.« Auf dem Bildschirm waren nun Einzelkämpfe, zusammenprallende Massen zu erkennen. Dann wurde es kurz dunkel, weil sich ein Rücken vor die Kamera geschoben hatte. Einen Augenblick später erkannte Maire völlig verblüfft sich selbst wieder: mit blassem Gesicht und weit aufgerissenen Augen drückte sie den Knaben an sich und schimpfte.
Das bin nicht ich. Das ist das, was mir innewohnt. Das Kameraauge fing neue Kampfszenen und dann einen jungen Mann mit einer Harfe ein.
Er sah zwar aus wie Tadhg, aber irgend etwas hatte sich an ihm verändert: Er stand da und schien gar nicht auf das Getümmel zu achten. Fast sah es so aus, als ragte er mit seiner Geweihkrone und der herrschaftsgewohnten Haltung über die Menschen hinaus. Die Bilder hüpften plötzlich auf und ab, verschwammen, und dann wurde der Bildschirm schwarz. Der Ansager meldete: »Im Krankenhaus konnte nur noch der Tod unseres Kameramanns festgestellt werden.«
»Das waren die dreckigen IRA-Bastarde, da möcht' ich drauf

wetten«, sagte der vornehm gekleidete Mann. Er und seine Frau warfen dann einen bezeichnenden Blick auf die ärmlich gekleideten Raffertys, die schweigend dasaßen. »War sicher einer von denen, die unseren Jungen erwischt haben.« Die Frau sah zu ihrem Mann hoch und begann zu weinen. »Hört das denn niemals auf? Du bist genauso schlimm wie er. Ich weiß jetzt, wo er seine verrückten Ideen her hat.« Der Mann sah beschämt auf den Fußboden. Die Oberschwester erschien an der Tür, trat ein und tippte dem Mann auf die Schulter. »Ihr Sohn fragt nach Ihnen«, sagte sie. »Am besten kommen Sie gleich mit, solange er noch bei Bewußtsein ist.« Dann wandte sie sich an die Raffertys. »Kommen Sie bitte auch, der Priester ist jetzt fertig.«
Die beiden Pärchen folgten Schwester Shelby den Flur hinunter. Zwischen ihnen trabte das Haßtier.

Rita eilte vorbei, mußte dringend zu irgendeiner Abteilung.
Maire spürte die Schmerzwellen, die von ihr ausgingen. *Alles in ihr ruft nach Michael, und ihr ist kein Augenblick der Ruhe gegönnt.*
Michael konnte nicht einfach seinem Schicksal eines mehrmonatigen Leidens, möglicherweise sogar eines baldigen Todes, überlassen werden. *Nutze die Kräfte, die dir zur Verfügung stehen. Michael muß gerettet werden.*
Eine solch schwere Verletzung kann ich nicht heilen.
Du hast die Kraft dazu. Und du hast eine Aufgabe zu erfüllen.
Maire atmete tief ein und folgte den Schildern zur Intensivstation.

Tadhg starrte auf den Fernseher des Pubs. Eine Frau war zu sehen, die ein Kind an sich drückte. Sie schimpfte und wetterte in die Kamera hinein. Tadhg setzte sein Glas ruckartig ab und verschüttete einen Teil des Whiskeys auf dem Tresen der Bar. *Das ist doch nicht möglich!* Maire hatte kein Kind. Ihr Sohn war lange tot, und Maire selbst lag unter dem Wasser des Lough Neagh. Tränen erschwerten ihm den Blick auf den Bildschirm. Tadhg blinzelte, bis er wieder besser hinschauen konnte. Aber da war noch etwas anderes als seine Maire, das von der Kamera erfaßt wurde. Es hatte mit ihren Augen zu tun. An diesen Augen erkannte er sie.

Seine innere Stimme sprach: *Samhain rückt nahe, und der Kampf um dieses Jahr wird härter, als es die vorangegangenen waren. Du mußt gegen die Göttin kämpfen. Sie ist voller Zorn und will nicht weichen. In Tara wird es zu einer gewaltigen Schlacht kommen.*

Der menschliche Teil von Tadhg zitterte. Er schloß die Finger fest um das Whiskey-Glas und trank es dann in einem Zug leer. Tara, der legendäre Sitz der Hochkönige seit der Zeit des Tuatha Dé Danann ... Tara am Samhain, dem Fest der Toten. Und er mußte dorthin.

Tadhg stellte das leere Glas auf die Theke und ließ sich nachschenken.

Unsichtbar stand Maire in der Intensivstation. Rings um sie herum kämpften Weißgekleidete und Schwestern gegen den Tod. Sie tauschten Blut aus – *Blut!* Dort half eine Maschine einem Mann bei der Atmung, während eine andere seinen Herzschlag maß. Drüben untersuchte eine weitere Maschine den Salzgehalt des Blutes, und dort hinten beendete eine Schwester Schmerzen mit einer Injektion. Was für eine Heilerin konnte Maire in dieser modernen Zeit sein? Sie kannte nur einige Kräuter und simple Arzneien, die allerdings manchmal versagten. Und sie wußte auch, wann ein Fall hoffnungslos war. Bei Michael zum Beispiel hätte sie das geglaubt. Am ehesten hätte sie ihm noch einen Beruhigungsabsud kochen können, um ihm einen leichteren Tod zu ermöglichen.

Aber nun besitzt du die Macht über das Leben. So nutze sie auch.

Der Geruch des verbrannten Fleisches führte sie zu Michael. Röhren steckten in seiner Nase, Flüssigkeiten tropften in seine Adern, und von den anderen Patienten hatte man ihn durch Schiebevorhänge abgetrennt. Im kalten Grau der Feensicht sah Maire die verbrannten und zerrissenen Hautzellen. Und darunter die versengten Fettschichten und Muskelfasern. Sie sah, wie seine

Lebenssäfte in das zerstörte Fleisch strömten. Michael hatte die Augen geöffnet, aber er konnte Maire nicht sehen.
Du hast nichts anderes getan, Michael, als das, was dir aufgetragen wurde, um die Bürger dieser wahnsinnigen Stadt voreinander und vor sich selbst zu schützen. Und nun hast du ihre Dankbarkeit am eigenen Leibe erfahren.
Heile ihn, Rita zuliebe und für das Land.
Verbrennungen unterschieden sich sehr von Blutgefäßschäden, Gerinnseln, Prellungen und Druckstellen im Kopf. Maire sah auf die verschrumpelten Zellen und zweifelte an ihren Fähigkeiten.
Heile. Erneuere ihn, befehle ich dir.
Langsam füllten sich die schwarzen Stellen von den Rändern her mit rosafarbenem Fleisch. Allmählich arbeitete es sich von den Muskeln an zur Hautoberfläche vor. Bald erschufen sich die Gewebeschichten neu.
Maire sah hin, bis ihre Aufgabe erfüllt war. Dann verließ sie ausgepumpt und mit zitternden Knien den Raum.

Die beiden Pärchen saßen wieder im kleineren Wartezimmer. Beide Frauen weinten. Maire sah von draußen hinein. Zwischen den beiden Paaren lauerte das Haßtier.
Die Männer starrten sich wütend an. Endlich erhob einer von ihnen seine Stimme. »Wir haben heute nacht eine Tochter verloren.«
Das Haßtier bleckte die Zähne.
»Und wir haben einen Sohn verloren. Er wurde hinterrücks erschossen, von einem Heckenschützen. Ohne Zweifel einer von Ihren feinen Freunden.« Die Stimme des Mannes war voller Bitterkeit.
Das Tier leckte sich die Lippen und sah Maire triumphierend an.
Ich werde dich am Samhain in Tara wiedersehen, sagte es unhörbar, *und dort trage ich den Sieg über dich davon.*
Die vornehmer gekleidete Frau zog ihren Mann heftig am Arm. »Gib Ruhe!« herrschte sie ihn an. »Ist denn niemals genug damit? Diese Leute haben eine Tochter verloren und wir einen Sohn. Aber

du hast immer noch nicht genug. Ist dir denn jedes menschliche Gefühl abhanden gekommen?«
Der Mann setzte sich wieder hin und senkte den Blick. Das Haßtier zuckte zusammen.
Ich will dir gern am Samhain begegnen, erklärte Maire ihm. *Denn dort wird einer von uns sein Leben lassen.*
»Es ist wirklich an der Zeit«, erklärte Mrs. Rafferty, »daß dieser ganze Wahnsinn ein Ende findet. Wenn wir ihm schon gestern ein Ende gesetzt hätten, würden unsere Kinder heute noch leben. Wir sind katholisch und Sie wahrscheinlich protestantisch. Was spielt das jetzt für eine Rolle. Beide sind wir Eltern.«
»Sie haben ganz recht«, sagte die andere Frau. »Wir sind beide Eltern, und daneben ist alles andere unwichtig.« Die beiden Männer saßen mit steinerner Miene da.
Die Oberschwester hatte schon eine Weile an der Tür gestanden. Jetzt räusperte sie sich. »Ich habe hier einige Papiere«, erklärte sie, »die Sie bitte unterschreiben wollen. Damit die Formalitäten für die Beisetzung erfüllt sind.« Die vier nickten und erhoben sich, um mit Schwester Shelby zu gehen.
Das Haßtier schlich im Korridor herum. Als es an Maire vorbeikam, knurrte es sie an. Maire sah das Tier nur durchdringend an, und es schlich sich mit eingeklemmtem Schwanz davon. *Am Samhain, in Tara.*

17

Erst am frühen Morgen kam Rita nach Hause, völlig erschöpft. »Mann, war das wieder ein Streß. Ich konnte eben erst gehen. Maire! Du bist zurück?« Sie rannte auf ihre Freundin zu und umarmte sie. »Mutter, Vater war so in Sorge. Er hat die ganze Zeit angerufen. Er sah dich schon tot irgendwo im Rinnstein liegen.«
Mrs. MacCormac schüttelte den Kopf. »Die Telephonverbindung war gestört, und ich mußte ein paar Frauen zum Krankenhaus bringen, um mit ihnen dort nach ihren Kindern zu suchen. Sie

waren ganz außer sich. Als es mit der Keilerei losging, habe ich mich so rasch wie möglich davongemacht. Wir sind nicht zu diesem Marsch angetreten, um uns wie die anderen zu Gewalttätigkeiten hinreißen zu lassen.«
»O Mann, im Krankenhaus war die Hölle los. Mein... ein Bekannter ist eingeliefert worden. O Gott, er hatte ganz entsetzliche Brandwunden. Sie haben ihn direkt auf die Intensivstation gebracht. Aber als ich später noch einmal dorthinging, um...«
Rita warf einen eigentümlichen Blick auf Maire.
»Ein Bekannter von dir?« fragte die Mutter. »Wer soll das denn gewesen sein?«
»Äh, eigentlich ist er der Vater von einer der Schwestern.«
»Am besten mache ich dir jetzt etwas zu essen«, sagte die Mutter.
Rita sah an sich herab. Ihre Tracht war jod- und blutverschmiert.
»Mein Gott, bin ich schmutzig – und müde. Am liebsten würde ich mich jetzt waschen und umziehen und dann nur noch schlafen, bis ich wieder Dienst habe. Maire, kommst du bitte mit mir nach oben?«
Oben schloß Rita die Zimmertür hinter sich. »Bist du letzte Nacht im Royal gewesen?«
Maire nickte.
»Ich habe dich aber nicht gesehen.«
»Wenn ich will, kann ich mich unsichtbar machen.«
Rita wurde blaß. »Ich weiß nicht, wer oder was du bist, aber warst du dabei, als sie Michael eingeliefert haben?«
»Ja.«
»Dann hast du auch seine Verbrennungen gesehen?«
»Ja.«
»Fünfzig Prozent seiner Haut. Verbrennungen dritten Grades. Eine sehr schwere Verletzung. Doch heute morgen, als ich einen Augenblick Ruhe hatte, bin ich auf die Intensivstation gegangen. *Er hatte überhaupt keine Verbrennungswunden mehr.* Das dortige Personal war ganz außer sich. Sie hatten keine Erklärung dafür.«
»Das kann ich mir denken«, sagte Maire. Sie fühlte sich wieder

nicht mehr als sie selbst. »Letzten Samstag warst du schwerer verletzt, als du angenommen hast. Ich bin gesandt worden, um dich zu beschützen, dich und anscheinend auch Michael.«
»Du wurdest *gesandt*? Aber von wem?«
»Das weiß ich selbst nicht.« Einen Moment lang fühlte sich Maire verwirrt, war in diesem Augenblick wieder sie selbst.
Rita warf einen Blick auf das Herz-Jesu-Bild. »Ich weiß nicht mehr, woran ich glauben soll. Bist du denn eine Heilige?«
»Keine aus eurer Religion.«
»Wen habe ich dann bei mir aufgenommen?«
»Maire ní Donnall. Und die Göttin.«

Tadhg wanderte die ganze Nacht lang durch die Straßen von Belfast. Beim ersten Licht des Morgens erreichte er das Haus in der Falls Road. Tadhg klopfte an, und Liam öffnete ihm. Er erfuhr, daß James Bryson verwundet war. Ein Armschuß, aber nichts Ernstes. Connor hatte eine Fleischwunde erlitten. Eine Kugel war ihm durch die Wade gefahren. Aber auch er schwebte nicht in Lebensgefahr.
»Ich muß mich für ein Weilchen ausruhen«, erklärte Tadhg. »Mann, bin ich kaputt.« Er fand einen freien Platz in einer Ecke und verkroch sich unter herumliegenden Decken.

Stimmen ließen ihn wieder aufwachen.
»Am besten hauen wir von hier ab und verstreuen uns für eine Weile. Sie suchen sicher schon nach uns...«
»Wahrscheinlich suchen sie alle Häuser ab. Nicht ausgeschlossen, daß sie jeden Augenblick an unsere Tür klopfen.«
Tadhg richtete sich auf. Sie wollten fliehen? »Wer von euch will mir am Samhain in Tara zur Seite stehen?«
Alle schwiegen plötzlich. »*Wo?*« fragte Liam.
»In Tara, am Samhain. Eine große Schlacht wird dort anheben, und ich muß sie gewinnen. Nicht mehr lange, und meine Zeit bricht an, um die Herrschaft anzutreten.«
Die anderen raunten sich etwas zu. »Jetzt hat er sie tatsächlich nicht mehr alle.«

»Samhain... das ist doch am nächsten Dienstag, nicht wahr?«
»Er hat gestern eine Kugel an den Kopf bekommen.«
»Habt ihr ihn auch in der Glotze gesehen? Richtig unheimlich sah er da aus. Er erinnerte mich an etwas, an...«
»Schluß jetzt!« rief Tadhg mit mächtiger Stimme. Er befreite sich aus den Decken und baute sich vor den Männern auf. Angezogen vom Lärm, kamen auch aus den anderen Zimmern Männer.
Das Licht des Morgens war entschwunden, und ein starker Wind heulte durch das abgeschlossene Haus. Breitbeinig stand Tadhg da, und ein großes Geweih krönte seinen Kopf. Blitze schienen aus seinen Augen zu fahren, und er trug nichts am Leib, nur eine Hirschhaut. »Wer wagt es, den Führer der Jagd in Frage zu stellen?«
Etwas kratzte an der Tür. »Öffnet sie«, befahl Tadhg.
»Aber wenn es die Bullen sind?« wandte Liam ein.
»Ich weiß, wer es ist. Also, öffnet sie.«
Liam gehorchte. Der Atem stockte ihm, als das rote Untier sich hereinschlich. Fassungslos stand Liam da, hielt mit einer Hand immer noch den Türgriff und war unfähig, sich zu rühren. »Nein!« entfuhr es ihm dann. Er bekreuzigte sich, riß die Tür weit auf und floh hinaus auf die Straße.
Connor war aus einem Nebenzimmer herbeigehumpelt. Sein linkes Hosenbein war hochgerollt und ein Verband um die Wade gewickelt. Er lehnte sich gegen eine Wand und sah staunend zu.
»Ich werde die Große Jagd anführen«, erklärte Tadhg, »und meine Gefolgsleute reiten den Wind. Wer will mit dem Sturm reisen und mir in die Schlacht folgen?«
Schweigen.
»Habt ihr denn Angst, ihr Männer des Kampfes und der Zerstörung?« Das Tier stand hinter ihm und knurrte. Tadhg streichelte ihm den Schädel. »WER WILL MIT MIR REITEN?«
James Bryson trat jetzt vor. »Ich will.«
»Ich kann es einfach nicht glauben«, flüsterte Connor. »Solche Wesen gibt es doch nur in der Sage.« Er schloß die Augen. »Aber

jetzt fällt es mir wieder ein... in der Nacht, in der wir die MacIvers...« Er öffnete die Augen wieder und starrte erst auf Tadhg, dann auf das Ungeheuer und endlich in die Luft.
Connor humpelte in den Nebenraum zurück. Wenige Augenblicke später hörten die anderen eine gedämpfte Explosion.

»Jesus, Maria und Joseph, meine Damen, es ist schon höchste Zeit, und ihr seid noch nicht einmal angezogen«, rief MacCormac, als er in seinem Sonntagsanzug die Treppe herunterkam. Er sah auf seine Frau, dann auf Rita, die immer noch im Morgenmantel war, und schließlich auf Maire. »Ich hätte nicht geglaubt, *Sie* noch einmal lebend wiederzusehen, wer immer Sie auch sein mögen...«
»Frag besser nicht danach, Vater.« Ritas Stimme klang leise und eindringlich.
Mac sah seine Tochter an. »Du hast sicher eine harte Nacht hinter dir, nach all den blödsinnigen Demonstrationen. Schaffst du es denn noch, mit in die Messe zu kommen?«
»Ich weiß nicht. Vielleicht bleibe ich auch hier, denn ich fühle mich noch immer ganz zerschlagen.« Rita hielt inne und atmete tief durch. »Da ist etwas, das du wissen solltest, Vater, und du auch, Mutter.« Sie setzte sich in einen Sessel und lehnte sich zurück. »Ich habe keine Lust mehr, euch ständig etwas vorzuspielen. Ich habe nie aufgehört, mich mit Michael zu treffen, trotz aller Drohungen von Mrs. O'Shaughnessy. Und jetzt will ich mich mit ihm nicht länger verstecken müssen, will mich nicht länger einschüchtern lassen. Gerade solchen Vorurteilen und üblen Gerüchten haben wir doch die ganzen Auseinandersetzungen zu verdanken. Michael wäre letzte Nacht beinahe gestorben. Ein Kind hat einen Molotow-Cocktail auf ihn geworfen. Ein *Kind*! Was für Ungeheuer ziehen wir in diesen Zeiten eigentlich groß?«
Ritas Eltern schwiegen zunächst eine Zeitlang. Schließlich fand die Mutter als erste ihre Stimme wieder. »Ist der Junge... ist Michael schwer verletzt? Du hast gesagt, er sei beinahe gestorben. Einen Molotow-Cocktail... dann hat er wohl schwere Verbrennungen erlitten, oder?«

Rita schüttelte den Kopf. »Nein, er ist bei bester Gesundheit. Aber das kann eigentlich nur Maire hier erklären. Fragt sie doch danach, wenn ihr euch traut. Ich würde es euch allerdings nicht raten.«

Bis auf Tadhg und James Bryson waren alle aus dem Haus in der Falls Road geflohen. Diese beiden saßen nun im Nebenzimmer und sahen auf Connors Leiche. Ein großes Loch verunzierte den Kopf, und eine tote Hand hielt immer noch die Pistole. Connor hatte das Vergessen gesucht und seinen Weg gefunden, genauso wie damals Fionn.
»Connor war immer ein praktisch denkender Mensch«, sagte James. »Er hatte sich immer am besten mit Fakten und Beweisen zurechtgefunden, mit dem Irrationalen, dem Übernatürlichen konnte er nie etwas anfangen. Und Liam wird sich jetzt sicher wieder dem Glauben hingeben, sich an den Busen der heiligen Mutter Kirche flüchten.« James lachte. Als er fortfuhr, schwankte seine Stimme. »Ich habe schon beim erstenmal, als wir uns begegnet sind, gespürt, daß von dir etwas Merkwürdiges ausgeht. Soll es von mir aus so sein. Ich kämpfe für Irland, und Irland hat sowohl seine besonderen Mythen als auch seine besondere Geschichte.«
»Auf Tara sehen sich die beiden wieder«, sagte Tadhg. »Meine Zeit ist gekommen.«

Die MacCormacs schwiegen wieder. Es klopfte an der Tür, Rita ging hin, um sie zu öffnen. »Mrs. O'Shaughnessy!«
Unaufgefordert trat die Frau ein. »Na, na, na, Sie werden noch zu spät zur Acht-Uhr-Messe kommen.« Sie sah sich die im Raum Versammelten an und wandte sich dann an die Mutter. »Merkwürdig, ich könnte schwören, ich hätte Sie letzte Nacht in der Flimmerkiste gesehen, bei diesem Friedensmarsch der Frauen. Aber da muß ich mich wohl verguckt haben, was? So dumm sind Sie doch nicht. Dabei kam es mir so vor, als hätte ich dort auch Maire gesehen.«
»Sie haben richtig gesehen«, antwortete Mrs. MacCormac.

»Oh, tatsächlich? Ich hätte gedacht, Sie hätten es nicht nötig, so etwas Ungehöriges zu tun, wie Arm in Arm mit den dreckigen Prots zu marschieren. Dann darf ich wohl annehmen, Sie haben auch nichts dagegen, daß Ihre Tochter mit einem der britischen Besatzer geht, oder?« Mrs. O'Shaughnessy lächelte. »Oder wußten Sie etwa nicht, daß sie sich immer noch mit ihm trifft? Letzte Woche hat er sie sogar nach Hause gebracht – zweimal.«
»Ich weiß alles, was ich wissen muß«, sagte Mrs. MacCormac. »Aber ich weiß nicht, was Sie das alles angehen sollte.«
»Manche von uns sehen es nicht so gerne, wenn unsere Mädchen mit den Besatzern anbändeln. Und diesen Mädchen kann dann auch schon einmal etwas zustoßen. Du hast so schönes, langes Haar, Rita. Wie jammerschade, wenn es dir abgeschnitten würde.«
Maire trat ihr entgegen. »Du ignorantes, bigottes, haßerfülltes Weibsbild. Du hast dich über all die Jahrhunderte keinen Deut verändert. Und damit beleidigst du nicht nur unser Volk, sondern auch unser Geschlecht.«
Mrs. O'Shaughnessys Kinnlade fiel herab. »Was juckt Sie denn? Wie können Sie es wagen, mir solche Unverschämtheiten an den Kopf zu werfen?«
»Ich kenne dich aus alter Zeit, und ich habe mehr Recht als jeder andere, so zu dir zu sprechen, *Brigid!* Und du weißt ganz genau, wer ich bin. Sieh mich nur richtig an.«
Mrs. O'Shaughnessy starrte sie mit großen Augen an und erblaßte. »Woher sollte ich Sie Ihrer Meinung nach kennen...?« Sie blinzelte. »Und warum haben Sie mich Brigid genannt? So heiße ich doch nicht. Aber da scheint mir etwas einzufallen...« Ihre Augen wurden zu schmalen Schlitzen, und sie setzte ein gehässiges Lächeln auf. »So bist *du* es also, Maire ní Donnall. Die Heilerin. *Die*, die meinen Sohn nicht heilen konnte, *die*, die ihn einen Wechselbalg hieß. Er starb, der arme Wurm. Und du hast deinen Mann über die Jahrhunderte gesucht, nicht wahr, wie ich es dir an den Hals gewünscht habe. Hast du ihn jemals finden können? Und ist aus ihm ein anderer geworden?« Plötzlich schüttelte sie den Kopf. »Was rede ich denn da? Ich hatte doch nie

einen Sohn, nur eine Tochter, meine Cathleen, für die ich jetzt Luft bin.«
»Und du, Brigid«, sagte Maire, »wie ist es *dir* ergangen über die vielen, vielen Jahre und Leben hinweg? Bist du immer noch oder wieder einmal mit einem nichtsnutzigen Mann verheiratet? Bist du immer noch an Armut, Faulheit und Schlampigkeit gefesselt? Du weißt doch, daß kein Fluch ohne Folgen ausgesprochen werden kann.«
Mrs. O'Shaughnessy sah auf Maire und fuhr dann zurück. »Es ist nicht nur Maire ní Donnall, die jetzt aus dir spricht. Etwas anderes, etwas viel, viel Älteres wohnt dir inne.« Sie erreichte die Haustür, begann sich zu bekreuzigen und hielt dann plötzlich inne. »Ich habe es nicht so gemeint, Göttin. Ich ziehe meinen Fluch zurück. *Ich ziehe ihn zurück.*«
Fluchtartig verließ sie das Haus.
Für lange Zeit senkte sich Schweigen über das Wohnzimmer. Schließlich sagte Maire: »Ich muß am Samhain auf Tara sein. Du kommst auch dorthin, Rita, und bring Michael mit. Bis dahin habe ich noch einiges zu erledigen.« Sie verließ das Haus.

Am Sonntag war es still im geschlossenen Ulster-Museum. Doch für Maire schwangen die Türen auf, und keine Alarmglocken unterbrachen die Stille. Zunächst blieb sie vor der Ausstellung des antiken Goldes stehen. Ein *Torc* war immerhin ihr Symbol. Und sie brauchte sich nicht vor Sumpfschätzen zu fürchten. Sie legte sich das Torc um den Hals.
So geschmückt stieg sie die Treppe hinauf und trat zu dem irischen Elch. »Es ist an der Zeit, dich aus deinem Schlaf zu rufen.«
Der riesige Schädel bewegte sich. Drähte rissen. Sie berührte den Schädel. »Wach nun auf. Du sollst wieder leben.«
»Ich wieder leben? *Wer ruft mich zurück aus dem Reich der Finsternis?*« Ein Rucken fuhr durch das Skelett.
»Deine Herrin. Ich will auf dir in die Schlacht reiten.«
»Für dich will ich wieder leben.« Tief glühten die Augen. Die Knochen bedeckten sich mit Fleisch, und mächtige Muskeln zuckten unter dem rauhen Fell. Das Tier senkte den Kopf mit der

Geweihkrone und kniete nieder. Maire stieg auf seinen Rücken. Auf seinen großen, gespaltenen Hufen stieg es von seiner Plattform. Seine Schritte hallten in den Museumshallen wider. Ungesehen gelangten sie auf die Straße und wandten sich nach Süden.
Den ersten Halt machten sie in Dundalk, im Haus von Mrs. O'Carroll. Denn es war nur recht und billig, daß Mutter Irland an der Schlacht teilnahm.

18

Grün und ungestört lag der Hügel Tara im Dämmerlicht des Herbstes. Schafe weideten dort und fraßen das Gras, unter dem der große heidnische König Laoghaire begraben war, aufrecht in seiner Rüstung und den Blick ewig auf das rebellische Leinster gerichtet.
Nur die im Lauf der Zeit abgetragenen Hügel und Erdwälle kündeten noch von den Tagen einstiger Pracht. Die ehemaligen Holzgebäude waren zu Staub zerfallen. Selbst der große Festsaal war nicht mehr, nur der uralte Geiselhügel erhob sich noch immer trotzig neben einem modernen christlichen Friedhof.
Unten im Tal fuhren, kaum hörbar, die Autos über die Straßen. Als die Dämmerung sich über das Land senkte, hörte die leichte Brise auf, das Gras zum Zittern zu bringen. Die ganze Natur schien den Atem anzuhalten. Nur hoch oben am Himmel trieb ein starker Wind die Wolken vor sich her, aber am Boden lag alles still da.
Schweigend brüteten die Jahrhunderte auf dem uralten Thron der Hochkönige.

Der Abend des Samhain: Überall in Irland erhoben sich die Toten aus ihren Gräbern. Sie stiegen aus den steinausgelegten Gewölben im Flußtal des Boyne, wo zu jeder Wintersonnenwende ein Sonnenstrahl den Wechsel der Jahreszeiten ankündigte. Aus den rauhen Wellen an der Westküste stieg die reiche, blasse Ernte des

Meeres an Fischern an die Küste. Die stolze Maeve von Connaught erhob sich aus ihrem kalten Bett in Cruachan und eilte zum Tara, wohin man sie gebeten hatte. Aus den königlichen Hügelgewölben und aus den zahllosen namenlosen Gräbern, von den Schlachtfeldern und aus den Sümpfen strömten die Toten auf die Straßen und marschierten durch die Nacht. Denn am Samhain sind die Tore zwischen den Welten geöffnet.

In rostigen Panzern und in vermoderten Gewändern zogen sie über Felder und durch Städte. Die Wege, denen sie folgten, waren jene, die nur sie kannten, und nicht die Straßen der modernen Zeit. Niemand, der nicht mit den Feen im Bunde war, vermochte sie zu sehen, und jene, die glaubten, etwas Besonderes zu sein, verbargen sich an hellerleuchteten Orten hinter zugezogenen Fensterläden und verschlossenen und verriegelten Türen.

In Clontarf, nahe bei Dublin, erhoben sich die Iren. Ihr König BrianBorú stand auf, um seine Männer anzuführen. Die Wikinger hingegen murmelten nur in ihren wellentiefen Träumen. Dies war nicht ihre Nacht zum Wandern.

Brian blieb an der Stelle stehen, wo eine geisterhafte Eiche aus der Asphaltstraße wuchs. An ihren Wurzeln kauerte sich eine gepeinigte Gestalt. Der König sah hinab auf den, der ihn erschlagen hatte. »So hat man mich denn gerächt. Aber wenig nur hat das mir oder Irland geholfen. Ich war ein alter Mann, und der Tod in der Schlacht war das Beste, was mir widerfahren konnte. Wenn doch nur mein Traum von Irland Wahrheit geworden wäre!«

Ausgemergelte Hungeropfer stolperten aus der Grafschaft Cork heran, von dort, wo sie verhungert waren, während sie noch auf eine Schiffspassage nach Amerika gewartet hatten. Und von Dublin erschienen die Aufständischen aus dem Jahr 1916, mit geschulterten deutschen Mauser-Gewehren, die von Rost überzogen waren.

Aus ganz Irland versammelten sich die Toten am Tara, denn ihr Schlaf war von dem Ruf nach einer gewaltigen Heerschau unterbrochen worden.

Auch die letzten Überlebenden des Feenreichs kamen hier zusammen, die Kleinen, die in den Wäldern oder den Wasserläufen hausen. Die Zaunkönige, die Krähen, die Raben. Von den Küsten kamen die Selkies, in ihrer Menschengestalt. Grünäugiges Meervolk schwamm den heiligen Fluß Boyne hinauf. Sie verbargen ihre Fischhäute am Ufer und stapften und watschelten mit ihren Schwimmfüßen an Land. Weißdornbüsche reckten sich bis zum Mond. Pookahs donnerten auf Pferdehufen vorüber. Doch dies waren nur die vom niederen Feenvolk. Die Tuatha Dé Danann selbst waren nicht zu sehen, obwohl doch der uralte Tara zuerst ihnen gehört hatte.

Die Lebenden, die hier zusammengekommen waren, spürten, wie unablässig etwas durch die Nacht huschte, hörten Flüstern und Raunen, sahen überall Schatten. Vier waren sie, die da auf dem Hügel standen: Rita, Michael und James Bryson aus Belfast und aus Dundalk Mrs. O'Carroll.

Zum Schluß erschienen jene, die diese Heerschau zusammengerufen hatten: der gehörnte Jäger, angetan mit Häuten und Fellen, der auf einem Roß aus Nacht und Sturm ritt. Zu seinen Fersen stapfte knurrend das rote Haßtier.

Gekleidet in Mondenschein, trabte auf dem Rücken des riesigen Elchs unbewaffnet die Göttin heran.

Sieh nur die Horde, die der Gehörnte um sich versammelt hat, dachte die Göttin. *Die Toten zieht es immer zu ihm, und jetzt ist das Haßtier auch dabei. Wie groß es dieses Jahr geworden ist! An diesem Samhain will ich das Jahr nicht übergeben. Er wird darum kämpfen wollen. Nun gut, den Kampf soll er haben.*

Sie will mir heuer das Jahr nicht übergeben, dachte Er, *und hinter ihm knurrte das Tier. Sieh nur ihre Heerscharen! Und sie hat auch noch Lebendige, Menschen, mitgebracht.* Er sah auf Rita und Michael. *Genauso wie ich.* Sein Blick fuhr auf James Bryson. Er schüttelte den Kopf mit dem Geweih und trieb sein Reittier voran. »Ich komme, um das einzufordern, was mir zusteht: Meine Herrschaft über die Hälfte des Jahres.« Hinter ihm regten sich knisternd die Heerscharen der Toten.

Die Göttin näherte sich ihm auf ihrem Elch. Zwischen seinem Geweih hing der abnehmende Mond, das Zeichen der Göttin. Der Jäger hob den Speer mit der bronzenen Spitze.
Sie erhob ihre Stimme: »An diesem Samhain ist die Hälfte des Jahres nicht alles, was du verlangst.« Ihre Stimme war wie Silber und gleichzeitig scharf wie eine Sichel. Hinter ihr schimmerte die Schar des Feenvolks.
»Die wilde Hälfte des Jahres steht meiner Herrschaft zu«, entgegnete er. Hinter ihm glühten die Augen des Haßtiers, und unruhig stampfte sein Reittier auf.
Der Elch hob den Schädel und scharrte mit den Hufen. Die Göttin legte beruhigend eine Hand auf seinen Nacken. »Dein ist die Herrschaft über die rauhe Zeit, über die Stürme und über die Jagd. Aber du bist kein Herrscher mehr, sondern *wirst* beherrscht. Niemals kannst du Herr werden über das Schreckliche, das das Land auffrißt.«
»Ich regiere die Wildheit.« Seine Stimme wurde spöttisch. »Oder willst du alles auf deine Weise haben? Soll immerwährend sanfter Sommer sein und kein Tod? Höre, dir steht nur eine Hälfte des Jahres zu!«
Selbst der Wind hoch in den Wolken hielt nun still. Der Mond verschwand, und kein Licht blieb mehr übrig, nur das trübe Grau der Feensicht. Die Zeit war stehengeblieben.
»Ich bin als Mensch über die Erde gewandelt«, sagte sie, »genauso wie du es getan hast. Und ich habe durch menschliche Augen gesehen, welche Plagen das Land heimsuchen.«
Eine Frauenstimme erscholl aus den langen Reihen der Toten hinter dem Gehörnten. »Dem Land geht es so, wie es ihm immer schon gegangen ist«, rief Maeve. »Immer herrschten hier nur Krieg und Blutvergießen. Warum sollte es jetzt also anders sein?«
Eine Männerstimme ertönte unweit von ihr. »Ich kenne dich, Maeve von Connaught. Kampf und Uneinigkeit haben schon zu deiner Zeit dein Herz erfreut. Die Schlacht bereitete dir das allergrößte Vergnügen, sogar mehr noch als das Bett. Auch ich habe gefochten, doch für die Einigkeit von Irland. Brian den

Hochgeachteten, so haben sie mich genannt. Aber es scheint, daß mein Ziel mein Leben nicht überlebt hat.«
»Irland ist Schwertland«, tönte Maeve, »und uns ist vorherbestimmt zu kämpfen. Und wenn wir keine äußeren Gegner haben, bekämpfen wir uns eben gegenseitig.«
Gemurmel kam unter den Toten auf, aber so viele hatten etwas zu sagen, daß man zuerst kein Wort verstehen konnte. Schulter an Schulter bedeckten sie den Tara. Die dunkelhäutigen, in Felle gekleideten Menschen aus den Grabhügeln versuchten, die größeren, hellhäutigen Krieger zu verdrängen, die eiserne Waffen trugen. »Invasoren«, murrten die Alten. »Ihr seid über das Meer gekommen und habt uns unser Land genommen. Immer weiter habt ihr uns nach Westen getrieben, bis zu den letzten Steinfestungen an den Klippen. Damit blieb uns kein Ort mehr, an den wir gehen konnten, und so mußten wir sterben.«
»Dieses Land steht uns rechtmäßig zu«, entgegneten die Hellhäutigen. »Zumindest war dies so lange der Fall, bis die Fremden es uns nahmen.«
Das Murmeln und Murren wurde noch lauter. »Schwertland«, rief Maeve. »Es ist unser Schicksal, uns gegenseitig zu erschlagen.«
»Aber es muß nicht so sein.« Der alte König Brian schüttelte den Kopf, und seine Augen waren traurig vor Kummer.
Hinter der Göttin drängten sich die Niederen des Feenvolks aneinander. Und zu ihnen schoben sich die Meerwesen: die Selkies und die Seejungfrauen. Ein naßhäutiger Meermann zeigte seine spitzen Zähne. »Was schert es *sie*, wenn die Menschen sich gegenseitig bekämpfen? Sie vergiften ohnehin das Wasser und das Land.«
Die Augen einer Seejungfrau glühten auf, und mit ihren langen Nägeln kämmte sie sich das Haar. »Besser waren die Tage, als sie noch nicht die Erde betreten hatten. Wie lange haben wir noch an ihnen zu leiden? Zu lange haben wir gewiß schon unsere Hand zurückgehalten.« Sie sah auf die sich zusammendrängende Gruppe der vier Menschen und trat mit ausgestreckten Klauen auf sie zu.
Ein Selkie stellte sich ihr in den Weg. Er hatte Menschengestalt, war ein großer Mann mit fahlem Haar und braunen Augen. »So

willst du, eine Tochter Manannáns, also auf ihre niedrige Stufe hinabsinken? Das ganze Meer wird darob vor Scham erröten.« Die Seejungfrau senkte den Blick.

Aus der Menschengruppe löste sich eine Gestalt. Es war die alte Frau, die vortrippelte und dabei ihr Kopftuch zurückzog. Uralt war sie, und ihr Gesicht zeigte so viele Furchen wie das Land mit seinen Flüssen und Tälern. Sie blickte auf die Feenversammlung und auf die Legionen der Toten und dann auf die zwei, die sie anführten. »Trauer ist in mir«, sagte sie den beiden, »hervorgerufen von den Verbrechen, die in meinem Namen begangen wurden. Es bereitet mir Schmerz, wenn meine Kinder übereinander herfallen und sich gegenseitig schmähen, um meine Gunst zu erringen. Kummer bereitet mir aber auch, wenn die Kinder des Landes und des Meeres die Menschengeborenen verfluchen. Ich bin Irland, ich bin die Mutter, und jetzt ist mein Haupt von Gram gebeugt, und ich fühle mich sterbenskrank!« Die Frau streckte ihren gekrümmten Rücken, und dann war sie wieder jung, und der Zorn verlieh ihr ungeheure Kraft. »Du also«, sprach sie zur Göttin, »willst die Kinder des Landes und des Meeres auf die Menschengeborenen hetzen? Und du«, wandte sie sich an den Jäger, »willst Mörder auf die Menschen loslassen?« Sie zeigte auf James Bryson und auf das Haßtier. »Es ist nicht der Kampf um die Herrschaft über das Jahr oder die Leidenschaften, die in den Herzen der Menschen wohnen, die mich heute so sorgen, sondern diese, *eure* Vorhaben!«

Das Haßtier knurrte wütend. Im grauen Schein erwachten die drei anderen Menschen. Michael blieb zunächst reglos stehen. Noch vor einem Augenblick war er unbewaffnet gewesen, und jetzt trug er Stahlhelm und Uniform und hielt ein Gewehr und Handgranaten in den Händen.

Auch James Bryson erwachte zum Leben. Er drehte sich langsam herum und spuckte dann aus. »Ein britischer Soldat, der durch seine Anwesenheit den Tara der Könige besudelt!« Er griff in seine Tasche und riß eine Pistole heraus. Hinter dem Jäger knurrte das Haßtier heftiger und leckte sich über die Fänge.

Rita trat zwischen die beiden Männer. Ihr langes Haar wehte ihr

über das Gesicht. Mit weit aufgerissenen Augen streckte sie die Arme aus. »Im Namen Gottes, haltet ein!«
Bryson richtete die Waffe auf Michael und spannte den Hahn. »Gehen Sie aus dem Weg, Miss«, sagte er. Hinter ihm begannen die Toten unruhig zu werden und zu murmeln: »Töte den Fremden, den Invasoren, den Besatzer!« Sie drängten vor, starrten aus ihren leeren Augenhöhlen auf die Szene und schlugen mit knochigen Fingern durch die Luft dieser besonderen Nacht.
Das Heer der Feenwesen stand schweigend dabei. Nur die Augen der Meerwesen glitzerten, und ihr Lächeln zeigte spitze Zähne. Dann löste sich der Selkie aus der Schar.
»Treten Sie beiseite, Miss«, rief James, »Sie befinden sich genau in meiner Schußlinie.« Er zog langsam den Abzug zurück.
Der Selkie schlug gegen seinen Arm, und die Kugel fuhr in die Reihen der Toten. James geriet kurz aus dem Gleichgewicht, fing sich dann wieder, wirbelte herum und schoß ein zweites Mal. Der Selkie sackte zusammen. Die Meerwesen drängten mit Macht nach vorn.
»Nein«, ächzte der Selkie. »So wahr ich ein Mensch bin, laßt Gnade bei ihm walten.«
Sie warfen Bryson zu Boden. Klauen zerfetzten sein Gesicht. Zähne gruben sich in seine Hand und in seinen Arm, während die Feenwesen versuchten, ihm die Pistole zu entreißen. Als sie sie hatten, zogen sie sich wieder zurück.
Michael war wieder zu dem geworden, was er vorher gewesen war, ein gewöhnlicher Mann. Vor ihm stand seine Liebste und hielt schützend die Arme ausgebreitet.
Ein Meermann hielt die Pistole in einer schwimmhäutigen Hand. »Versenkt diesen Gegenstand.« Die Waffe wurde von Hand zu Hand weitergereicht, blitzte immer wieder einmal im grauen Licht auf, bis sie den letzten in der Reihe erreichte, der mit ihr den Hügel und dann über die Wiesen bis zum geweihten Wasser des Flusses Boyne hinablief. Von Nebel umhüllt, folgten ihm die Meerwesen. Nur eine Seemaid blieb zurück, kniete neben dem verwundeten Selkie und fuhr ihm durch das helle Haar. »Zum Teil bist du ein

Mensch gewesen«, sagte sie, »aber jetzt...« Sie verharrte einen Augenblick noch, schüttelte ihren Kopf und folgte dann den Ihrigen.
Auf dem nassen Gras lag zusammengekrümmt James Bryson und hielt sich die Arme vor das Gesicht. Nicht weit von ihm verschwand durch den Mondenschein ein besonders großer Seehund im Nebel.
Das Haßtier knurrte wieder. Mrs. O'Carroll zeigte auf es. »*Dieses* gehört weder dem Jäger noch der Göttin. Und *dieses* ist es, das mein Land so plagt!«
Das Tier ging in die Hocke und sprang dann der Mutter Irland an die Kehle. Sie riß die Arme hoch, um das Gesicht vor den Fängen zu schützen.
»Nein!« Zwei Stimmen verwoben sich zu einem Ruf. Der Jäger zügelte energisch sein Roß. »Zurück!« rief er dem Haßtier zu. »Bei Fuß!« Aber das Tier fuhr fort, sein Opfer zu bedrängen. Der Jäger hob seinen Speer. Der Elch der Göttin sprang vor. Die beiden Reittiere prallten mit voller Wucht zusammen. Mit einem einzigen Ruck seines mächtigen, breiten Geweihs schleuderte der irische Elch den Jäger zu Boden. Wie betäubt blieb er einen Augenblick liegen, ließ jedoch in keiner Sekunde seinen Speer los. Das Haßtier hob den Kopf und knurrte. »Zurück!« befahl der Jäger keuchend. Das Tier sprang jedoch ihn an. Er spießte es mit seinem Speer auf und brach dann endgültig zusammen. Die Göttin sprang von ihrem Elch. Das Roß des Jägers richtete sich auf die Hinterläufe auf, wieherte wütend und zertrampelte dann das Haßtier mit seinen Eishufen.
Die Göttin ließ sich neben dem Jäger nieder und legte seinen Kopf in ihren Schoß. Blutüberströmt war sein Haupt, aufgerissen und vom Kinn bis zum Geweih zerschmettert. *Dies ist nicht dein Feind. Dies ist deine andere Hälfte. Dein wahrer Feind liegt zertreten dort drüben.*
Geweih? Keine Geweihsprossen wuchsen aus der menschlichen Stirn. Es war nur noch das Haupt eines Menschen, das Maire da zärtlich festhielt, einen Mann, der die Besinnung verloren hatte und sich nicht mehr regte. Und sie selbst, sie sah mit Furcht auf

die Feenschar und die Legionen der Toten. *Heile diesen Mann, solange die Kraft dir noch innewohnt.*
Es war das Gesicht des Mannes, das sie schon oft in ihrem Schlaf beobachtet hatte. So jung sah er nun aus. Sie berührte sanft seine zerfleischte Wange, zog mit einem Finger zärtlich die Linie seines Mundes nach. Ihre Hand war aufgerissen und rauh, und die Nägel waren rissig und abgebrochen. Nun war sie wieder nur mehr Maire ní Donnall, eine Menschenfrau, die ihren Mann im Schoß hielt. Blutend und schwer verwundet lag er da. Sie tastete im trüben Schein nach ihrer Kräutertasche und dem Beutel mit den Instrumenten. *Heile ihn mit den besonderen Kräften, solange sie noch in dir sind. So beeile dich doch.*
Sie atmete tief und zitternd ein. Instrumente brauchte sie nun nicht mehr. »Und da mir die Kräfte noch innewohnen, sei geheilt, mein Gatte.« Ihr *Wille* zwang die gebrochenen Knochen wieder zusammen, die aufgerissenen Adern wieder zu. Und sie sah zu, wie Fleisch und Knochen ihrem Willen gehorchten. Das Licht trübte sich noch mehr, als er endlich die Augen aufschlug. Maire und Tadhg blickten nach oben. Über ihnen bestieg eine riesige Frau einen gewaltigen Elch. Neben ihr ritt ein Gehörnter auf einem Roß aus Sturmwolken und schwang einen Speer mit blutroter Spitze. Zwischen den beiden besudelte eine breiige, rote Masse das Gras.
»Somit sei das Jahr wieder deiner Herrschaft übergeben«, erklärte die Göttin. »Deine Zeit ist gekommen, Jäger. Ich werde das Jahr an Bealtaine von dir zurückfordern.«
»So war es, und so soll es immer sein«, sagte der Jäger.
Der Wind erwachte wieder und hob zu einem mächtigen Heulen an. Wolken fuhren in Massen über den Himmel und vergossen ihren Regen. Das Dunkel war zum letztenmal voller Geräusche, dann war die Nacht leer.
Tadhg und Maire rappelten sich wieder auf und sahen einander in die Augen. »Maire«, flüsterte Tadhg, »ich hielt dich für verloren, dachte, du seist tot. Ich suchte das Ufer des Lough Neagh ab, aber du warst nicht da. Wir gerieten in den Bann der Feen ... und dann, nachdem sie mich freigelassen hatten, geriet ich in den Bann von

etwas aus viel älterer Zeit.« Tadhg schüttelte den Kopf. »Für einige Zeit muß ich den Verstand verloren haben. Ich erinnere mich an furchtbare Dinge, an Schrecken und Zerstörung. Ich habe ohne Ehre getötet.« Er trat einen Schritt zurück und zeigte seine leeren Handflächen. »Aber obwohl ich dies alles gesehen und erlebt habe, lebte ich weiter.«
Maire wollte ihn zur Besinnung bringen, doch da trippelte die alte Mrs. O'Carroll zu ihnen und legte Tadhg eine Hand auf die Schulter. »Deine Verbrechen stehen nicht in deiner Verantwortung.« Sie bückte sich und reichte ihm die Harfe. »Du hättest dies hier vielleicht vergessen.« Tadhg nahm das Instrument entgegen.
Maire trat zu ihm und hielt ihn wieder fest. »Tadhg, o mein Tadhg. Auch ich dachte, du seist tot. Auch in mir war etwas, das meine Taten bestimmte. Eine fremde Stimme sprach aus mir, eine andere Seele bewegte mein Herz. Und als ich dich wiedersah, schienst du mein Feind zu sein. Ich erkannte dich nicht mehr, mein Gemahl, mein Liebster.« Sie begann am ganzen Körper zu zittern. »Und jetzt stehst du hier wieder vor mir und bist ein normaler Mensch, genauso wie ich es wieder bin.«
Die alte Mrs. O'Carroll legte ihre Arme um die beiden. »Ihr alle seid meine Kinder, Sterbliche wie Feenvolk ... und auch Götter.« Aus zahllosen Wunden tropfte Blut aus ihren alten Armen.
»Aber Mrs. O'Carroll«, rief Maire erregt aus, »Sie sind ja verwundet.«
Die alte Frau schüttelte nur den Kopf. »Ich war schon schlimmer verwundet und habe dennoch überlebt. Und es gibt einige, die sich fragen, ob mich überhaupt etwas umbringen kann.«
Eine Gestalt schleppte sich zu ihnen. »Dann war es also nicht das Land, wofür ich gekämpft habe«, ließ James Bryson sich vernehmen, »sondern das Haßtier. Vergib mir, Mutter Irland, vergib mir das, was ich in deinem Namen getan habe.« Er warf sich ihr zu Füßen.
»Ach, mein Junge, wir wollen nicht mehr davon reden.« Sie beugte sich hinab und half ihm wieder auf. »Kommt, ihr alle. Ich kenne eine Frau, die hier ganz in der Nähe eine Pension unterhält.

Die Nacht ist kühl und stürmisch geworden.« Sie sah Tadhg an. »Und so ist es auch recht, für diese Zeit des Jahres.«
Ein Stück entfernt standen Rita und Michael. Sie hatten nur noch Augen für einander. »Kommt und laßt uns diese beiden jungen Leute aus dem Regen holen. Sie scheinen ihn selbst gar nicht wahrzunehmen.« Die alte Frau ging zu ihnen und nahm sie am Arm. »Nun kommt alle mit.« Sie führte sie zu einem Licht unweit des Hügels. Nur einmal fiel sie zurück und gesellte sich zu Tadhg und Maire. Auch diese beiden blieben stehen. »Eins muß ich noch sagen, Tadhg, bevor wir hineingehen. Zu viele Erinnerungen können Schaden bringen, wie du sicher weißt. Du und Maire, ihr seid keine gewöhnlichen Menschen. Ihr habt euch eure neuen Erfahrungen teuer verdient, und ich, ich trage so viele Erinnerungen, daß es auf ein paar mehr oder weniger auch nicht mehr ankommt. Aber die jungen Leute dort vor uns...«
Also nahm Tadhg seine Harfe auf und sang ihnen ein Lied des Vergessens. Denn ganz gleich, was Tadhg einst oder jetzt verkörperte, zuallererst war er Barde:

Der Schmerz schmilzt in Regentropfen, und es wandert kein Kummer
Über Hügel, Ebenen und das Meer.
Die Toten liegen ohne Träume, und ungestört ist ihr Schlummer
von Herzeleid, von Krieg und auch Trauer.

Der Pfad führte am Hügel der Geiseln vorüber, und Rita blieb stehen. »Ein Feenhügel«, erklärte sie Michael. Sie äugte durch das Eisentor. »Dort drinnen herrscht immer nur Dunkelheit, nie ist dort etwas zu sehen. Ist wahrscheinlich doch nur Kinderkram, was man sich über diese Hügel erzählt.«
Sie, Michael, Mrs. O'Carroll und James Bryson marschierten über die Straße. Ein Stück dahinter trödelten Maire und Tadhg. Plötzlich hörten die beiden leise Musik und Gelächter. Kam da nicht ein Lichtschein von der Ecke?
»Diese Hügel sind nichts anderes als Gräber längst vergangener

Völker«, erklärte Tadhg. »Und keineswegs Tore zum Reich der Feen, wußtest du das?«
»Bist du da auch ganz sicher?« entgegnete Maire. Das Glühen wurde intensiver, und plötzlich standen am Eisentor, das den Eingang zum Hügel versperrte, der König und die Königin der Sídhe. Sie waren wieder frisch und lebendig wie eh und je. Beide hielten sie einen goldenen Kelch in der Hand.
»Gewaltiges hast du vollbracht, Tadhg MacNiall«, sagte die Königin, »du und die anderen, die an deiner Seite wirkten. Wir leben von neuem. Wollt ihr zu uns zurückkehren?« Sie streckte ihre schlanken weißen Arme aus und wollte näher herantreten, blieb dann aber stirnrunzelnd vor dem Eisentor stehen.
»Und auch du, Maire ní Donnall, warst außerordentlich mutig«, sagte der König. »Unsere Feier geht weiter, und deine Aufgabe ist vollbracht. Komm mit uns zum fröhlichen Fest, komm zurück in den Palast.« Er hielt den Kelch ans Tor. Er hätte durch die Gitterstäbe gepaßt, wenn eine menschliche Hand danach gegriffen hätte. »Nimm ihn, Maire, trink den köstlichen Wein.«
Furcht war in Maire, und sie warf einen Blick auf Tadhg. War der Zauberreiz immer noch stark genug? Der Harfner sah lange Zeit auf die Königin, doch dann legte er den Arm um Maires Hüfte.
»Nein«, antwortete er. »Ich habe Euren Palast geschaut, und ich möchte nun lieber unter den Lebenden weilen, mag diese Zeit auch noch so fremdartig sein. Ich möchte hierbleiben, an der Seite meiner Frau.«
»Und auch ich möchte lieber bei meinem Gemahl bleiben«, sagte Maire. Dann erinnerte sie sich an eine Frage: »Was ist aus dem Knaben geworden, aus dem, der zu Eurem Land unter dem See geflüchtet ist?«
»Er ist immer noch bei uns«, sagte die Königin. »Da wir nicht vergingen, verging auch er nicht. Aber wir müssen ihm nun berichten, wie die Götter aufeinandertrafen ... und daß nun der Hader zwischen ihnen begraben ist. Vielleicht wünscht der Knabe, in sein eigenes Land zurückzukehren. Eine starke Macht wohnt den Menschen inne, die sie immer wieder in ihre Heimat ruft.

Wenn also eines Nachts ein junger Mann an eure Türe pocht, wird er so furchtsam und allein sein, wie ihr es einstmals wart.«
»Wir wollen ihn willkommen heißen«, erklärte Maire. »Aber wie wird er wissen, wo er uns zu finden hat?«
»Das teilen wir ihm schon mit. So lebt denn wohl, ihr beide«, sagte die Königin.
»So lebt denn wohl«, verabschiedete sich auch der König. »Lebt euer Leben.« Beide Sídhe-Herrscher wandten sich zum Gehen.
Doch einmal noch drehte sich die Königin zurück und sagte: »Wenn du in zukünftigen Jahren einmal daran denken solltest, Tadhg, so komm doch von Zeit zu Zeit«, ihr Mund verzog sich bei den nächsten Worten, »bevor du zu alt und grau dafür geworden bist, zum Grabhügel und spiel uns etwas auf deiner Harfe vor. Es würde unser Herz sicher erfreuen.«
»Das will ich gerne tun«, versprach Tadhg.
Zusammen mit Maire sah er zu, wie der König und die Königin in den Fels eintauchten.
»Es sind doch nur alte Gräber«, sagte Tadhg. »Für ein Volk, das schon vor so langer Zeit vergangen ist.«
»Aber von Zeit zu Zeit wirst du an solchen Orten für sie auf deiner Harfe spielen«, sagte Maire.
»Es wäre doch nur eine freundliche Geste für die armen, uralten Seelen. Wir können ihnen diese Geste gewähren, denn wir leben, haben uns, unsere Wärme und unsere Freude.«
Sie beeilten sich nun, zu den anderen aufzuschließen. Die Nacht war schwarz, und der Regenguß und der Wind nahmen unaufhörlich an Intensität zu. Der Winter, die wilde Zeit, hatte seine Herrschaft angetreten. Tadhg und Maire machten, daß sie an einen trockenen, warmen Ort in menschliche Gesellschaft gerieten.

Der Gehörnte ritt den Wind, und hinter ihm kam sein Gefolge. Laut lachte er vor Freude. Die Göttin war in ihr Lager unter der Erde zurückgekehrt und schlief. Bis das Leben wieder erwachen und sich über das Land verbreiten würde.

Joanna Russ

Planet der Frauen

Fantasy-Roman

Janet Evason lebt auf Whileaway, einer Welt, die eine Parallele zur Erde oder eine zukünftige Erdenwelt sein könnte. Auf diesem Planeten gibt es allerdings nur Frauen, weil eine heimtückische Seuche alle männlichen Bewohner dahingerafft hat ...
Dennoch gelingt es der Rasse zu überleben, weil sie die Nachwuchsfrage durch künstliche Zeugung hat regeln können. Diese Welt der Frauen wird mit der Realität einer Erde konfrontiert, die in etwa der unseren entspricht. Janet Evason findet sich in dieser für sie fremden Welt wieder und beginnt neugierig mit der Erforschung der ihr höchst seltsam erscheinenden Umgebung ...

Joanna Russ (NEBULA-Preisträgerin) gilt als eine der führenden Science-Fiction-Autorinnen, ihre Romane haben ihr internationalen Erfolg gebracht. Vor allem ihr Roman »Planet der Frauen« wurde von der Kritik als ein Werk voll spielerischer Phantasie und frappierender Einfälle gerühmt. Fritz Leiber, einer der Großen der Science-Fiction-Szene, meinte über dieses Buch: »Der sensationellste und paradoxerweise wahrste Roman über den Krieg der Geschlechter seit Philip Wylies ›The Disappearance‹ (Das große Verschwinden).«

© Droemersche Verlagsanstalt Th. Knaur Nachf.
München/Zürich 1979
Titel der bei Bantam Books, Inc. erschienenen Originalausgabe
»The Female Man«
Copyright © 1975 by Joanna Russ
Das Zitat auf Seite 5 stammt aus dem Werk
»The Politics of Experience«
Copyright © 1967 by R. D. Laing
Aus dem Amerikanischen von Werner Fuchs

Dieses Buch ist Anne, Mary und den anderen eindreiviertel Milliarden von uns gewidmet.

Wenn es Jack gelingt, etwas zu vergessen, nützt ihm das sehr wenig, falls Jill ihn ständig daran erinnert. Er muß sie davon abbringen. Der sicherste Weg ist nicht, ihr zu verbieten, darüber zu reden, sondern sie so weit zu bringen, daß sie es ebenfalls vergißt.

Jack kann in unterschiedlichster Weise auf Jill einwirken. Er kann in ihr ein Schuldgefühl erwecken, weil sie immer wieder »damit anfängt«. Er kann ihre Erfahrung für nichtig erklären. Dies kann mehr oder weniger radikal geschehen. Vielleicht weist er auf die Unwichtigkeit oder Trivialität der Sache hin, während es für sie wichtig und bedeutungsvoll ist. Ein anderes Mittel ist die Verschiebung der *Modalität* ihrer Erfahrung von der Erinnerung in die Vorstellung. »Das bildest du dir doch nur ein.« Darüber hinaus kann er den *Inhalt* in Frage stellen: »So ist es aber nicht gewesen.« Schließlich kann er nicht nur Bedeutung, Modalität und Inhalt in Frage stellen, sondern ihr Erinnerungsvermögen schlechthin und obendrein noch ein Schuldgefühl in ihr evozieren.

Das ist nichts Ungewöhnliches. Die Menschen gehen die ganze Zeit so miteinander um. Damit diese zwischenmenschliche Annullierung jedoch funktioniert, ist es ratsam, sie mit einer dicken Patina der Mystifikation zu überziehen. Zum Beispiel, indem man abstreitet, das zu tun und danach Ahnungen des anderen durch Beimessungen wie »Wie kannst du nur so etwas denken?« oder »Du bist ja paranoid« wiederum in Frage stellen. Und so weiter.

R. D. Laing, *Politik der Erfahrung*.
London 1967, S. 31 f.

Erster Teil

1

Ich wurde auf einer Farm auf Whileaway geboren. Im Alter von fünf Jahren schickte man mich (wie alle anderen auch) in eine Schule auf dem Südkontinent, und als ich zwölf wurde, kehrte ich zu meiner Familie zurück. Der Name meiner Mutter war Eva, meine andere Mutter hieß Alicia; ich bin Janet Evason. Mit dreizehn machte ich mich auf die Pirsch und tötete einen Wolf. Ganz allein, auf dem Nordkontinent, oberhalb des achtundvierzigsten Breitengrades, nur mit einem Gewehr bewaffnet. Zuerst machte ich für Kopf und Pfoten ein Schleppgestell, dann ließ ich den Kopf liegen und kam schließlich mit einer einzelnen Pfote zu Hause an. Beweis genug (dachte ich). Ich arbeitete in den Bergwerken, einer Radiostation, einer Molkerei, auf einer Gemüsefarm und, nachdem ich mir das Bein gebrochen hatte, sechs Wochen als Bibliothekarin. Als ich dreißig war, schenkte ich Yuriko Janetson das Leben. Als man sie fünf Jahre später zur Schule brachte (nie habe ich ein Kind so wütend protestieren sehen), beschloß ich, mir die Zeit zu nehmen und nach dem alten Haus meiner Eltern zu suchen – denn nachdem ich geheiratet hatte, waren sie weggezogen und hatten sich auf dem Südkontinent in der Nähe von Mine City niedergelassen. Der Ort war jedoch nicht wiederzuerkennen; unsere ländlichen Gegenden verändern ihr Aussehen laufend. Außer den dreibeinigen Computerleuchtanlagen, einer seltsamen Getreideart auf den Feldern, die ich noch nie gesehen hatte, und einer Schar wandernder Kinder konnte ich nichts finden. Sie gingen nach Norden, um die Polarstation zu besuchen und boten mir für die Nacht einen Schlafsack an, aber ich lehnte ab und blieb bei der jetzt dort wohnenden Familie. Am nächsten Morgen machte ich mich wieder auf den Weg nach Hause. Seither bin ich als Sicherheitsoffizier in unserem County tätig, das heißt S & F (Sicherheit und Frieden), eine Stellung, die ich nun seit sechs Jahren innehabe. Mein korrigierter Stanford-Binet (wie Sie es ausdrücken würden) beträgt 187, der meiner Frau 205, der meiner Tochter 193. Die mündlichen Prüfungen sind für Yuki ein Greuel. Ich führte Aufsicht beim Ausheben von Feuergräben, habe Babys zur Welt gebracht, Maschinen repariert und mehr Muh-Kühe gemolken, als ich je für möglich gehalten hätte. Aber Yuki ist ganz verrückt nach Eiskrem. Ich liebe meine Tochter. Ich liebe meine Familie (insgesamt sind wir neunzehn). Ich liebe meine Frau (Vittoria). Ich kämpfte mich durch vier Duelle. Ich habe viermal getötet.

2

Jeannine Dadier (DÄDJER) arbeitete in New York City als Bibliothekarin drei Tage in der Woche für W.P.A. Ihr Arbeitsplatz war die Jugendbuchabteilung der Tomkins-Square-Filiale. Manchmal fragte sie sich, ob es wirklich ein Glücksfall war, daß Herr Schicklgruber 1936 starb (die Bibliothek besaß Bücher darüber). Am dritten Montag im März 1969 sah sie die ersten Schlagzeilen über Janet Evason, widmete ihnen aber keine weitere Beachtung, sondern verbrachte den Tag, indem sie Stempel in Jugendbücher drückte und die Fältchen um ihre Augen im Taschenspiegel musterte *(Ich bin erst neunundzwanzig!)*. Zweimal mußte sie sich den Rock über die Knie hochziehen und die Leiter zu den hochstehenden Büchern hinaufklettern; einmal mußte sie die Leiter zu Mrs. Allison und dem neuen Herrn hinüberschieben, die unter ihr standen und gelassen die Möglichkeit eines Krieges mit Japan diskutierten. In der *Saturday Evening Post* stand darüber ein Artikel.

»Ich glaube es nicht«, sagte Jeannine Nancy Dadier gefühlvoll. Mrs. Allison war Negerin. Der Tag war ungewöhnlich warm und diesig, und im Park zeigte sich ein wenig Grün: imaginäres Grün vielleicht, als ob die Welt einen seltsamen Lauf angenommen hätte und den Frühling in irgendeiner trüben Seitenstraße festnagelte, wo die Bäume von imaginären Wolken umgeben waren.

»Ich glaube es nicht«, wiederholte Jeannine Dadier, ohne zu wissen, wovon die anderen sprachen. »Sie täten aber gut daran!« sagte Mrs. Allison barsch. Jeannine balancierte auf einem Fuß. (Anständige Mädchen tun so etwas nicht.) Mit ihren Büchern kletterte sie die Leiter hinab und setzte die Last auf dem Tisch ab. Mrs. Allison mochte W.P.A.-Mädchen nicht. Wieder sah Jeannine die Schlagzeile der Zeitung von Mrs. Allison.

FRAU ERSCHEINT AUS DEM NICHTS, POLIZIST LÖST SICH IN
LUFT AUF – MITTEN AUF DEM BROADWAY

»Ich glaube...« *(Ich habe meinen Kater, ich habe mein Zimmer, ich habe mein warmes Essen und mein Fenster und den Götterbaum).*
Aus den Augenwinkeln sah sie Cal draußen auf der Straße. Er ging wippend, sein Hut war ein wenig ins Gesicht gezogen. Bestimmt hatte er wieder etwas Blödes zu sagen, wie wichtig es ist, Reporter zu sein, oder so etwas Ähnliches; kleines blondes Beilgesicht und ernste blaue Augen: »Eines Tages komm ich ganz groß raus, Baby.« Jeannine schlüpfte zwischen den Bücherstapeln hindurch und versteckte sich hinter Mrs. Allisons Abendzeitung: Frau erscheint aus dem Nichts, Polizist löst sich in Luft auf – mitten auf dem Broadway. Sie träumte davon, Früchte auf dem

Freimarkt zu kaufen, obwohl sie in den Händen immer so schwitzte, wenn sie nicht im Regierungsladen einkaufte und nicht feilschen konnte. Sie würde Katzenfutter kaufen und als erstes Mr. Frosty füttern, wenn sie auf ihr Zimmer zurückkehrte; er fraß von einer alten Porzellanuntertasse. Jeannine stellte sich vor, wie Mr. Frosty mit aufgestelltem Schwanz um ihre Beine strich. Mr. Frosty hatte ein schwarz-weißes Fell. Mit geschlossenen Augen sah Jeannine ihn auf den Kaminsims springen und durch ihre Sachen stolzieren: ihre Muscheln und Miniaturen. »Nein, nein, *nein*!« sagte sie. Der Kater sprang ab und stieß dabei eine ihrer japanischen Püppchen herunter. Nach dem Essen ging Jeannine mit ihm nach draußen; dann wusch sie ab und versuchte ein paar ihrer älteren Kleidungsstücke zu flicken. Sie würde die Lebensmittelkarten durchgehen. Bei Einbruch der Dunkelheit würde sie sich im Radio das Abendprogramm anhören oder lesen, vielleicht auch vom Drugstore aus anrufen und sich nach der Pension in New Jersey erkundigen. Sie könnte ihren Bruder anrufen. Mit Sicherheit würde sie die Orangenkerne einpflanzen und sie begießen. Sie dachte daran, wie sich Mr. Frosty zwischen den winzigen Orangenbäumchen machen würde; bestimmt sähe er aus wie ein Tiger. Falls sie im Regierungsladen leere Konservendosen bekommen konnte.

»He, Baby?« Erschreckt fuhr sie aus ihrer Träumerei. Es war Cal.
»Nein«, sagte Jeannine hastig. »Ich habe keine Zeit.«
»Baby?« Er zog sie am Arm. »Komm doch auf einen Kaffee mit.« Aber sie konnte nicht. Sie mußte Griechisch lernen (das Buch war im Reserveschreibtisch). Es gab viel zuviel zu tun. Er zog die Stirn in Falten und sah sie bittend an. Sie konnte schon das Kissen unter ihrem Rücken fühlen, und Mr. Frosty sah sie mit seinen seltsamen blauen Augen an, während er entgegen dem Uhrzeigersinn um die Liebenden herumstolzierte. Er hatte etwas von einem Siamkater in sich; Cal nannte ihn den Fleckigen Dürren Kater. Cal wollte immer Experimente mit ihm anstellen, ihn von der Stuhllehne schubsen, ihm irgendwelche Sachen in den Weg legen, sich vor ihm verstecken. Mr. Frosty ließ das mittlerweile kalt.
»Später«, sagte Jeannine verzweifelt. Cal beugte sich über sie und flüsterte ihr ins Ohr; sie hätte heulen können. Auf den Absätzen wippte er vor und zurück. »Ich werde warten«, sagte er dann. Er setzte sich auf Jeannines Regalstuhl, nahm die Zeitung und fuhr fort:
»Die verschwindende Frau. Das bist du.« Sie schloß die Augen und versank in einen Tagtraum. Zusammengekrümmt und friedlich schlafend lag Mr. Frosty auf dem Kaminsims. So ein verdorbener Kater.
»Baby?« ließ Cal sich vernehmen.
»Oh, in Ordnung«, sagte Jeannine ohne Hoffnung, »in Ordnung.«
Ich werde den Götterbaum betrachten.

3

Um zwei Uhr nachmittags erschien Janet Evason in Unterwäsche auf dem Broadway. Sie verlor nicht den Kopf. Obgleich die Nerven die angefangene Bewegung beenden wollten, ging sie eine Sekunde nach ihrer Ankunft in Abwehrstellung (was gut für sie war). Ihr blondes, schmutziges Haar flog herum, ihre Khakishorts und ihr Hemd waren von Schweiß durchtränkt. Als ein Polizist sie am Arm zu packen versuchte, bedrohte sie ihn mit Savate, aber er verschwand. Die gaffende Menge schien sie mit besonderem Schrecken zu erfüllen. Der Polizist tauchte eine Stunde später wieder an derselben Stelle auf, ohne Erinnerung an die dazwischenliegende Zeit, aber Janet Evason war nur einige Augenblicke nach ihrer Ankunft zu ihrem Schlafsack in New Forest zurückgekehrt. Ein paar Worte in Pan-Russisch, und sie war verschwunden. Das letzte davon weckte ihre Bettgenossin in New Forest.
»Schlaf endlich ein«, sagte die anonyme Freundin-für-die-Nacht, eine Nase, eine Augenbraue und ein Wuschel schwarzes Haar im scheckigen Mondlicht.
»Aber wer hat bloß in meinem Kopf herumgespukt!« sagte Janet Evason.

4

Als Janet Evason nach New Forest zurückkehrte und die Experimentatoren in der Polstation sich vor Lachen fast naß machten (denn es war weiß Gott kein Traum), saß ich bei einer Cocktailparty in Manhattan. Ich hatte mich gerade in einen Mann verwandelt, ich, Joanna. Ich meine natürlich einen weiblichen Mann; mein Körper und meine Seele blieben genau die gleichen.
Ich gehöre also auch dazu.

5

Der erste Mann, der seinen Fuß auf Whileaway setzte, tauchte auf dem Nordkontinent in einem Rübenfeld auf. Er war wie ein Wanderer gekleidet: blauer Anzug, blaue Mütze. Die Farmleute waren schon unterrichtet. Einer sah das Blinken auf dem Infrarotsucher des Traktors und holte ihn ab. Der Mann in Blau sah eine Flugmaschine ohne Flügel inmitten einer Staubwolke landen. Die countyeigene Reparaturhalle für Landwirtschaftsmaschinen befand sich diese Woche ganz in der Nähe – was also hätte der Traktorfahrer anderes tun sollen, als ihn dorthin zu bringen?

Der Fremde machte keine verständlichen Aussagen. Er erkannte eine durchsichtige Kuppel, deren Oberfläche leicht zu wabern schien. Nicht weit von ihm war ein Abgasventilator darin eingelassen. Im Inneren der Kuppel herrschte metallener Maschinendschungel vor: tot, umgestürzt, einige Maschinen ausgeschlachtet, ihr Innenleben auf dem Gras verstreut. Von einem mächtigen Rahmenwerk unter dem Dach schwangen Hände, so groß wie drei Menschen. Eine davon griff einen Wagen und ließ ihn wieder fallen. Die Karosserie brach auseinander. Kleinere Hände reckten sich aus dem Gras.
»He, he!« sagte der Traktorfahrer und klopfte auf ein massives Teil in der Wand. »Es ist umgefallen, es hat das Bewußtsein verloren.«
»Schick es zurück«, sagte ein Techniker und kroch unter seinem Steuerhelm am anderen Ende der Halle hervor. Vier andere kamen und umstanden den Mann im blauen Anzug.
»Hält sein Verstand das aus?« fragte einer.
»Wissen wir nicht.«
»Ist er krank?«
»Hypnotisiert ihn und schickt ihn zurück.«
Wenn der Mann in Blau sie gesehen hätte, er hätte sie sehr komisch gefunden: mit glattem Gesicht, glatter Haut, zu klein und zu rundlich. Ihre Coveralls waren hinten zu sehr ausgebeult. Sie trugen Coveralls, weil man nicht alles mit den mechanischen Händen erledigen konnte; manchmal mußten sie schon selbst ran. Einer war alt und hatte weißes Haar; einer war sehr jung; einer trug das Haar lang, wie es manchmal von der Jugend auf Whileaway vorgezogen wurde – auf Whileaway, »wo man sich die Zeit vertrieb«. Sechs neugierige Augenpaare musterten den Mann im blauen Anzug.
»Das, *mes enfants*«, sagte der Traktorfahrer schließlich, »ist ein Mann.«
»Das ist ein echter Erdenmann.«

6

Manchmal bückt man sich, um sich den Schuh zu binden, und dann bindet man ihn sich entweder, oder man läßt es bleiben; danach richtet man sich sofort wieder auf oder auch nicht. Jede Wahl erzeugt mindestens zwei Möglichkeitswelten, das heißt, eine, in der man es tut, und eine andere, in der man es sein läßt; wahrscheinlich aber noch viel mehr: eine, in der man es langsam tut, eine, in der man es nicht tut, aber zögert, eine, in der man zögert und die Stirn runzelt, eine, in der man zögert und nießt, und so weiter. Führt man diese Argumentationskette weiter, dann kommt man zu dem Schluß, daß eine unendliche Zahl möglicher Universen existieren muß (Gott ist eben fruchtbar), denn es gibt keinen Grund anzunehmen, daß die Natur den Menschen besonders zugetan sei. Die Verlagerung eines jeden Moleküls, die geringste Veränderung in der Umlaufbahn eines Elektrons, jedes Lichtquant, der hier und nicht dort auftrifft – all dies muß irgendwo seine Alternativen haben. Allerdings ist es auch möglich, daß es so etwas wie eine klare Linie oder einen Strang der Wahrscheinlichkeit gar nicht gibt, und daß wir auf einer Art verschlungener Kordel leben und, ohne es zu wissen, von einer Windung zur anderen taumeln, solange wir uns im Rahmen einer gewissen Variationsbreite bewegen, die uns kaum Spielraum läßt. Auf diese Weise schwindet das Paradoxon der Zeitreise dahin, es existiert praktisch nicht mehr, denn die Vergangenheit, die jemand besucht, ist dann nicht mehr seine eigene Vergangenheit, sondern immer die von jemand anderem; mit anderen Worten, der Besuch einer Person in der Vergangenheit verändert augenblicklich die Gegenwart (in eine Gegenwart, in welcher der Besuch der Vergangenheit schon stattgefunden hat), und was diese Person dann besucht, ist die Vergangenheit der veränderten Gegenwart – eine Zeit, die mit der ursprünglichen Vergangenheit überhaupt nichts zu tun hat. Und mit jeder Entscheidung, die man in der Vergangenheit trifft, verzweigt sich das wahrscheinliche Universum und schafft so gleichzeitig eine neue Vergangenheit und eine neue Gegenwart, oder, um es radikal auszudrücken, ein neues Universum. Und wenn die betreffende Person in ihre eigene Gegenwart zurückkehrt, dann weiß nur sie allein, wie es in der anderen Vergangenheit ausgesehen hat und was sie dort unternahm.

So ist es wahrscheinlich, daß Whileaway – das ist der Name der Erde in zehn Jahrhunderten, aber es ist nicht *unsere* Erde, wenn Sie mir folgen können – keineswegs von diesem Ausflug in eine ganz andere Vergangenheit beeinflußt wurde. Und natürlich auch umgekehrt. Die beiden Welten hätten auch völlig unabhängig voneinander sein können.

Whileaway liegt – wie Sie wissen – in der Zukunft.

Aber nicht in *unserer* Zukunft.

7

Kurz danach sah ich Jeannine in einer Cocktailbar, in die ich mich begeben hatte, um Janet Evason im Fernsehen zu bewundern (ich selbst habe keinen Apparat). Jeannine sah recht deplaciert aus; ich setzte mich neben sie, und sie vertraute sich mir an: »Ich gehöre nicht hierher.« Ich konnte mir überhaupt nicht vorstellen, wie sie hereingekommen war, höchstens rein zufällig. Wie sie so mit ihrem Haarband und ihren Keilabsätzen im Halbdunkel saß, ein langgliedriges, unerfahrenes Mädchen in Kleidern, die ihr

ein wenig zu klein waren, sah sie so aus, als hätte man sie für einen Kostümfilm ausstaffiert. Die Mode (so scheint es) erholt sich nur sehr langsam von der Großen Depression. Hier und jetzt natürlich nicht. »Ich gehöre nicht hierher«, wisperte Jeannine Dadier noch einmal erwartungsvoll. Sie war sehr zappelig. »Orte wie diesen finde ich nicht gut«, sagte sie. Sie bohrte eine Mulde in das rote Krokoleder ihres Sessels.
»Was?« sagte ich.
»Letzten Urlaub ging ich wandern«, sagte sie mit großen Augen. »Das finde ich gut. So etwas ist gesund.«
Ich weiß, daß es als tugendhaft gilt, gesund durch Felder und Blumen zu rennen, aber ich ziehe nun mal Bars, Hotels, Klimaanlagen, gute Restaurants und Düsenclipper vor, und das sagte ich ihr auch.
»Düsenclipper?« fragte sie verwundert.
Janet Evason erschien auf dem Fernsehschirm. Es war nur ein Photo von ihr. Dann kamen die Nachrichten aus Kambodscha, Laos, Michigan, dem Canandaiguasee (Umweltverschmutzung) und der sich drehenden Weltkugel in voller Farbenpracht, samt ihrer siebzehn künstlichen Satelliten, die sie umkreisten. Die Farbe war scheußlich. Ich war schon früher einmal in einem Fernsehstudio: an den Seitenwänden des Schuppens befindet sich eine Galerie, und jeder Quadratzentimeter dort ist mit Scheinwerfern vollgestellt, so daß die mädchenhafte Hausfrau in der Mitte ungestört über einem Herd oder einer Spüle schmollen kann. Dann erschien Janet Evason mit jenem klecksigen Aussehen, das die Leute nun mal auf der Mattscheibe haben. Sie bewegte sich vorsichtig und betrachtete einige Gegenstände mit unverhohlenem Interesse. Sie war adrett gekleidet (trug einen Anzug). Dann schüttelte der Gastgeber oder Showmaster, wie immer sie ihn auch nennen wollen, ihr die Hand, und danach begrüßte jeder jeden mit Handschlag, genau wie bei einer französischen Hochzeit oder in einem alten Stummfilm. *Er* trug einen Anzug. Jemand führte sie zu einem Sessel, und sie lächelte und nickte übertrieben, als wisse sie nicht recht, wie sie sich verhalten solle. Sie blickte sich um und hielt die Hand schützend über die Augen. Dann begann sie zu sprechen.
(Der erste Satz, den der zweite männliche Besucher auf Whileaway von sich gab, lautete: »Wo sind hier nur die Männer?« Als Janet Evason breitbeinig, mit den Händen in den Taschen, im Pentagon erschien, sagte sie: »Wo zum Teufel sind hier nur die Frauen?«)
Im Fernsehen gab es eine kurze Tonstörung, und dann war Jeannine Dadier weg; sie verschwand nicht, sie war einfach nicht mehr da. Janet Evason stand auf, schüttelte wieder Hände, sah sich um, fragte mit den Augen, pantomimte Verständnis, nickte und trat aus dem Kamerabereich.
Die Regierungswachtposten bekam man nie zu sehen.
Ich hörte später davon, und so lief alles ab:

Showmaster: Wie gefällt es Ihnen hier, Miß Evason?
JE (schaut verstört von einer Studioecke in die andere): Es ist zu heiß.
Showmaster: Ich meine, wie gefällt es Ihnen hier auf... äh... auf der Erde?
JE: Aber ich lebe ja auf der Erde. (Hierbei wirkt sie ein wenig überfordert.)
Showmaster: Vielleicht können Sie uns näher erklären, was Sie damit meinen – ich denke jetzt an die Existenz verschiedener Wahrscheinlichkeiten und so weiter... Sie sprachen vorhin schon davon.
JE: Das steht alles in der Zeitung.
Showmaster: Aber Miß Evason, haben Sie doch die Freundlichkeit und erklären Sie es den Zuschauern an den Bildschirmen.
JE: Warum sollen sie es nicht lesen? Können sie nicht lesen? (Einen Augenblick lang herrschte Schweigen. Dann sprach der Showmaster.)
Showmaster: Unsere Sozialwissenschaftler wie auch unsere Physiker geben uns zu verstehen, sie müßten unter dem Eindruck der Informationen, die uns von unserer reizenden Besucherin aus einer anderen Welt übermittelt wurden, eine ganze Reihe von Theorien neu überdenken. Auf Whileaway sind seit acht Jahrhunderten keine Männer mehr gewesen, und diese Gesellschaft, die einzig und allein aus Frauen besteht, hat natürlicherweise großes Aufsehen erregt, seit letzte Woche ihre Abgesandte, ihre erste Botschafterin, die Dame hier zu meiner Linken, erschien. Janet Evason, können Sie uns schildern, wie ihre Gesellschaft auf Whileaway auf das Wiedererscheinen von Männern der Erde – ich meine natürlich unserer jetzigen Erde – nach einer Isolation von achthundert Jahren reagieren wird?
JE (springt auf, offenbar, weil es die erste Frage ist, die sie versteht): Neunhundert Jahre. Was für Männer?
Showmaster: Was für Männer? Sie erwarten doch sicher, daß Männer aus unserer Gesellschaft Whileaway besuchen.
JE: Warum?
Showmaster: Aus Informationsgründen, zugunsten des Handels... äh... kulturellen Kontakts natürlich. (Gelächter). Ich fürchte, Sie machen es mir sehr schwer, Miß Evason. Als die... äh... Seuche, von der Sie sprachen, die Männer auf Whileaway dahinraffte – vermißte man sie da nicht? Brachen nicht Familien auseinander? Änderte sich nicht der ganze Lebensstil?
JE (langsam): Ich nehme an, die Leute werden immer vermissen, woran sie sich gewöhnt haben. Ja, man vermißte sie. Ganze Wortfamilien wie »er«, »Mann« und was damit zu tun hat, werden aus der Sprache verbannt. Die zweite Generation gebrauchte sie wieder, unter sich, um möglichst wagemutig zu erscheinen, die dritte Generation ist höflich und

nimmt solche Worte nicht in den Mund, und die vierte, wer kümmert sich von denen noch drum? Wer erinnert sich überhaupt noch?
Showmaster: Aber sicherlich ist das...
JE: Entschuldigen Sie, vielleicht habe ich Sie nicht richtig verstanden. Die Sprache, in der wir uns unterhalten, ist nur ein Hobby von mir, und ich spreche sie nicht so fließend, wie ich mir wünschte. Wir sprechen ein Pan-Russisch, das noch nicht einmal die Russen selbst verstehen würden. Auf Ihre Sprache bezogen wäre das wie Mittelenglisch, nur umgekehrt.
Showmaster: Ich verstehe. Aber kehren wir zu der Frage zurück...
JE: Ja.
Showmaster (hat keinen leichten Stand zwischen den Fernsehgewaltigen und dieser seltsamen Person, die sich wie der Häuptling eines Wildenstammes in Ignoration hüllt: aufmerksam, ausdruckslos, möglicherweise zivilisiert, ohne jeden blassen Schimmer. Schließlich fuhr er fort): Wollen Sie nicht, daß Männer nach Whileaway zurückkehren, Miß Evason?
JE: Warum?
Showmaster: Ein Geschlecht macht nur die halbe Spezies aus, Miß Evason. Ich zitiere (und er zitierte einen berühmten Anthropologen). Wollen Sie den Sex aus Whileaway verbannen?
JE (erhaben und völlig natürlich): Wie bitte?
Showmaster: Ich sagte: Wollen Sie den Sex aus Whileaway verbannen? Sex, Familie, Liebe, erotische Anziehung – nennen Sie es, wie Sie wollen –, wir alle wissen, daß Ihr Volk aus tüchtigen und intelligenten Individuen besteht, aber glauben Sie, daß das genügt? Sie kennen sich doch sicher in den biologischen Eigenheiten anderer Spezies aus, also müßten Sie doch auch wissen, wovon ich rede.
JE: Ich bin verheiratet. Ich habe zwei Kinder. Worauf, zum Teufel, wollen Sie hinaus?
Showmaster: Ich... Miß Evason... wir... nun, wir kennen die Verbindung, die Sie Ehe nennen, Miß Evason. Wir wissen, daß Ihre Nachkommenschaft jeweils zwei Partnern zugesprochen wird, daß Sie sogar »Stämme« haben – ich nenne sie nun einmal so, weil sie Sir ––––– auch so nennt. Ich weiß, die Übersetzungen treffen nicht immer ganz zu, und wir wissen, daß diese Ehen oder Stämme den ökonomischen Unterhalt sowie eine genetische Mischung auf geradezu ideale Weise gewährleisten. Ich muß sogar zugeben, daß sie uns in den biologischen Wissenschaften weit voraus sind. Ich rede jedoch nicht von ökonomischen oder gar zuneigungsbedingten Bereichen, Miß Evason. Natürlich lieben die Mütter auf Whileaway ihre Kinder, das streitet keiner ab. Und man hat auch Gefühle füreinander, auch das stellt keiner in Abrede. Aber es gibt noch mehr, viel, viel mehr – und damit meine ich die sexuelle Liebe.
JE (erleuchtet): Oh! Sie meinen die Kopulation.

Showmaster: Ja.
JE: Und Sie wollen behaupten, so etwas hätten wir nicht?
Showmaster: Ja.
JE: Wie dumm von Ihnen. Natürlich gibt es das auch bei uns.
Showmaster: Ach? (Wollte eigentlich sagen: »Wollen Sie mich auf den Arm nehmen.«)
JE: Ja, untereinander. Wenn ich Ihnen das näher erklären darf...

Im selben Moment wurde ein Werbespot eingeblendet, der sich über die Vorzüge ungeschnittenen Brotes erging. Sie konnten nur mit den Achseln zucken (was die Kameras nicht einfingen, versteht sich). Es wäre nicht einmal so weit gekommen, wenn Janet nicht so zurückhaltend gewesen wäre. Bei der Übertragung handelte es sich um eine Live-Sendung, die nur vier Sekunden später ausgestrahlt wurde. Ich mochte sie immer mehr. Sie sagte: »Wenn Sie von mir erwarten, daß ich mich über Ihre Tabus auslasse, dann müssen Sie mir schon genauer sagen, was bei Ihnen tabuisiert ist.« In Jeannine Dadiers Welt wurde (würde) sie von einer Kommentatorin gefragt:
Wie frisieren die Frauen auf Whileaway ihr Haar?
JE: Sie hacken es sich mit Muschelschalen ab.

8

»Menschlichkeit ist unnatürlich!« stellte die Philosophin Dunyasha Bernadetteson (n. K. 344–426) fest, die ihr ganzes Leben lang unter dem Fehlgriff einer Genchirurgin litt, die ihr den Kiefer der einen Mutter und die Zähne der anderen gegeben hatte – auf Whileaway ist Zahnorthopädie nur selten notwendig. Die Zähne ihrer Tochter waren jedoch makellos. Die Seuche brach im Jahre 17 v. K. (vor Katastrophe) über Whileaway herein und endete 03 n. K., nachdem die Hälfte der Bevölkerung gestorben war. Sie hatte so langsam begonnen, daß man sie erst bemerkte, nachdem es zu spät war. Nur Personen männlichen Geschlechts fielen ihr zum Opfer. Während des Goldenen Zeitalters (300– ca. 180 v. K.) war die Erde vollkommen umgeformt worden, und so boten die natürlichen Konditionen erheblich weniger Schwierigkeiten, wie das bei einer Katastrophe tausend Jahre früher der Fall gewesen wäre. Zur Zeit der Verzweiflung (wie sie auch im Volksmund genannt wurde) besaß Whileaway zwei Kontinente, die man der Einfachheit halber den Nord- und den Südkontinent nannte, dazu eine Vielzahl idealer Buchten und Ankerplätze in deren Küstenlinie. Innerhalb 72° südlicher und 68° nördlicher Breite waren die klimatischen Bedingungen nie streng. Der konventionelle Wasserverkehr war zur Zeit der Katastrophe nahezu ausschließlich dem Frachttransport vorbehalten. Der Personenverkehr spielte sich auf den kürzeren und flexibleren Hovercraftrouten ab. Die Häuser waren dank tragbarer Energiequellen zu autonomen Einheiten geworden, Alkoholverbrennungsmotoren oder Solarzellen hatten das frühere Zentralheizungssystem abgelöst. Die spätere Erfindung anwendbarer Materie-Antimateriereaktoren (K. Ansky, 239 n. K.) sorgte ein Jahrzehnt lang für großen Optimismus, aber diese Geräte erwiesen sich für den Privatgebrauch als zu unhandlich. Katharina Lucyson Ansky (201–282 n. K.) war auch für die Grundsätze verantwortlich, welche die Genchirurgie ermöglichten. (Die Verschmelzung von Eizellen war schon seit einhundertfünfzig Jahren praktiziert worden.) Vor dem Goldenen Zeitalter war das Tierreich derart dezimiert worden, daß Enthusiasten in der Ansky-Periode viele Arten neu hervorbrachten. 280 n. K. gab es auf Newland (einer dem Nordkontinent vorgelagerten Insel) einen Massenausbruch von Kaninchen, ein Vorfall, der nicht ohne geschichtliche Vorläufer ist. Die brillante Agitationsweise der großen Betty Bettinason Murano (453–502 n. K.) führte zum Aufleben der terranischen Kolonien auf dem Mars, Ganymed und im Asteroidengürtel, wobei die Mondliga gemäß dem Vertrag vom Mare Tenebrum (240 n. K.) assistierte. Als sie dann gefragt wurde, was sie im Weltraum zu finden hoffte, antwortete sie mit ihrer berühmt gewordenen Spitzfindigkeit: »Nichts.« Im dritten Jahrhundert n. K. war die Intelligenz ein kontrollierbarer, vererbbarer Faktor, obgleich die Chirurgen Begabung und Neigungen nicht in den Griff bekamen und auch die Intelligenz nur schwer angehoben werden konnte. Im fünften Jahrhundert hatte die Organisation in Klans ihren gegenwärtigen, komplexen Stand erreicht und das Recycling von Phosphor war beinahe ein vollständiger Erfolg. Im siebten Jahrhundert machte der Bergbau auf Jupiter die Umstellung einer Glas- und Keramiktechnologie auf Metalle möglich (die ebenfalls wiederaufbereitet wurden), und zum dritten Mal in vierhundert Jahren (auch die Mode ist manchmal zyklisch) wurden Duelle zum ernsten sozialen Störfaktor. Einige örtliche Gildenräte forderten, daß eine siegreiche Duellantin die für Totschlag übliche Strafe hinzunehmen hätte und ein Kind gebären müsse, um das vernichtete Leben zu ersetzen. Diese Lösung war jedoch zu einfältig, als daß sie sich durchgesetzt hätte. Das Alter beider Parteien mußte auch in Erwägung gezogen werden. Zu Beginn des neunten Jahrhunderts n. K. war der Steuerhelm eine praktische Tatsache geworden; die Industrie änderte sich auf drastische Weise, und der Mondliga war es letztendlich gelungen, den Südkontinent in Kilogramm produzierten Proteins pro Kopf pro Jahr zu überflügeln. Im Jahre 913 n. K. verband eine unbekannte Nachfahrin Katy Anskys diverse mathematische Vorstellungen und entdeckte – oder erfand – so die Wahrscheinlichkeitsmechanik.

Zur Zeit des Jesus von Nazareth, lieber Leser, gab es keine Automobile. Trotzdem gehe auch ich gelegentlich zu Fuß.
Das heißt, ein umsichtiger Ökologe läßt die Dinge nahezu so exakt arbeiten, wie sie es von sich aus täten, aber man bewahrt in der Scheune gleichzeitig die Kerosinlaterne auf, nur für den Notfall, und normalerweise führt eine Meinungsverschiedenheit über die Frage, ob man ein Pferd halten solle, zu der Entscheidung, daß es zuviel Ärger verursacht. Deshalb schlägt man sich das Pferd aus dem Kopf; aber die Erhaltungsstelle in La Jolla hält Pferde. Wir würden sie nicht erkennen. Der Steuerhelm beschert dem einzelnen Arbeiter nicht nur die unbändige Kraft, sondern auch die Flexibilität und Kontrollübersicht von Tausenden; er stellt Whileaways Industrie auf den Kopf. Auf Whileaway gehen die meisten Menschen zu Fuß (natürlich sind ihre Füße in hervorragendem Zustand). Manchmal drückt sich ihre Hast auf komische Weise aus. Früher reichte es aus, am Leben zu bleiben und Kinder in die Welt zu setzen. Jetzt sagen sie: »Wenn die Reindustrialisierung beendet ist« – und gehen immer noch zu Fuß. Vielleicht finden sie das gut. Die Wahrscheinlichkeitsmechanik bietet die Möglichkeit zur Teleportation – man windet sich in ein anderes Kontinuum, um es genau auszudrücken. Chilia Ysayeson lebt in italienischen Ruinen (ich glaube, es handelt sich dabei um einen Teil des Viktor-Emanuel-Denkmals, obwohl ich mir nicht vorstellen kann, wie es nach Newland gekommen ist), zu denen sie ein rührseliges Verhältnis hat; wie kann jemand ohne unvernünftig hohen Arbeitsaufwand dort Inneninstallationen vornehmen? Ihre Mutter, Ysaye, lebt in einer Höhle (diejenige Ysaye, die die Theorie über die Wahrscheinlichkeitsmechanik aufstellte). Fertighäuser kann man innerhalb von zwei Tagen aufstellen. Es gibt achtzehn Belins und dreiundzwanzig Moujkis (Ysayes Familie; ich war schon bei beiden zu Gast). Auf Whileaway gibt es keine Städte im eigentlichen Sinn. Und natürlich hinkt der Schwanz der Kultur mehrere Jahrhunderte hinter dem Kopf her. Whileaway ist so ländlich, daß man sich manchmal fragt, ob die ultimate Weisheit einen nicht zu einer Art präpaläolithischen Frühzeit zurückführt, einem Garten ohne Artefakte, bis auf die, die wir Wunder nennen würden. Eine Moujki erfand 904 n. K. in ihrer Freizeit wiederverwendbare Lebensmittelbehälter, weil sie von dieser Idee fasziniert war; Leute wurden schon aus geringerem Grund umgebracht.
Mittlerweile ist der ökologische Haushalt riesig geworden.

9

JE: Ich gebar mein Kind mit dreißig; das tun wir alle. Das bedeutet Urlaub. Fast fünf Jahre lang. Die Säuglingszimmer sind voll von Leuten, die den Kindern vorlesen, mit ihnen singen, sie malen... wie bei dem alten chinesischen Brauch der dreijährigen Trauer, eine Unterbrechung genau zur richtigen Zeit. Davor hat es überhaupt keinen Müßiggang gegeben, und danach wird es sehr wenig geben – alles, was ich mache, verstehen Sie, ich meine, was ich wirklich mache, muß ich sorgfältig in diesen fünf Jahren beginnen. Man arbeitet in einer solch fieberhaften Hast... Mit sechzig werde ich einen ortsgebundenen Job annehmen und wieder ein bißchen Zeit für mich haben.
Kommentator: Und das hält man auf Whileaway für genug?
JE: Mein Gott, nein.

10

Jeannine trödelt herum. Sie haßt es immer, früh aufzustehen. Am liebsten würde sie sich auf die Seite legen und den Götterbaum anstarren, bis ihr der Rücken weh täte. Dann würde sie sich vom Blätterschleier verhüllt herumdrehen und einschlafen. Überbleibsel von Träumen, bis sie wie ein schlaffer Haufen im Bett liegt und die Katze über sie hinwegklettert. An Werktagen ist das anders. Da muß Jeannine früh aufstehen, da ist das Erwachen ein Alptraum: sie fühlt sich schrecklich, taumelt mit Schlaf in den Augen durch den Korridor ins Badezimmer. Der Kaffee läßt Übelkeit in ihr aufsteigen. Sie kann sich nicht in den Sessel setzen, die Hausschuhe abstreifen, sich bücken, anlehnen oder hinlegen. Mr. Frosty schreitet den Fenstersims ab, promeniert vor dem Götterbaum: ein Tiger auf dem Palmzweig. Das Museum. Der Zoo. Der Bus ins Chinesenviertel. Graziös, wie eine Meernixe, sank Jeannine in den Baum. Bei sich trug sie einen Teewärmer, den sie dem jungen Mann geben wollte, über dessen Kragen, wo sich sein Gesicht hätte befinden sollen, ein riesiges Plätzchen zitterte. Vor Erregung zitterte.
Der Kater meldete sich.
Sie schreckte hoch. *Ich werde dir etwas zu fressen geben, Mr. Frosty.*
Miiiau.
Cal konnte es sich wirklich nicht leisten, sie auszuführen. Sie fuhr schon so lange mit dem Bus, daß sie alle Strecken kannte. Sie gähnte schrecklich, goß Wasser in Mr. Frostys Katzenfutter und setzte die Untertasse auf dem Fußboden ab. Er fraß geziert, und sie erinnerte sich daran, wie sie ihn einmal zu ihrem Bruder mitgenommen hatte. Dort hatten sie ihm einen fri-

schen Fisch gegeben, den einer der Jungen kurz zuvor im Teich gefangen hatte. Mr. Frosty hatte sich daraufgestürzt und war dann mit seiner Beute davongerannt; er war wie verrückt danach. Fisch mögen sie wahnsinnig gern. Jetzt spielte er mit seiner Untertasse und schob sie mit den Pfoten hin und her, obwohl er schon ausgewachsen war. Katzen sind viel glücklicher, wenn man sie ... wenn man sie ... (sie gähnte). Oh, heute war chinesischer Festtag.
Falls ich Geld hätte, wenn ich mir die Haare machen lassen könnte ... Er kommt in die Bibliothek; er ist Collegeprofessor; nein, er ist ein Playboy. »Wer ist dieses Mädchen?« Spricht mit Mrs. Allison, schmeichelt sich hinterhältig bei ihr ein. »Das ist Jeannine.« Sie schlägt die Augen nieder, eine Geste weiblicher List. Habe mir heute die Nägel lackiert. Und die Anziehsachen sind großartig. Sie haben Geschmack. Die Sachen unterstreichen meine Individualität, meine Schönheit. »Sie besitzt das gewisse Etwas«, sagte er. »Gehen Sie mit mir aus?« Später auf dem Dachgarten beim Champagner: »Jeannine, wirst du ...«
Mr. Frosty, unbefriedigt und eifersüchtig, krallt sich in ihre Wade. »Schon gut!« sagt sie, wobei sich ihre Stimme überschlägt. *Schnell, zieh dich an.*
Ich (dachte Jeannine und musterte sich in dem wertvollen, körpergroßen Spiegel, den der Vormieter unverständlicherweise innen an der Schranktür zurückgelassen hatte), *ich sehe fast aus wie ... wenn ich mein Gesicht ein wenig schminke. Oh! Cal wird sich schwarz ärgern ...* Sie tänzelt zurück zum Bett, streift den Pyjama ab und schlüpft in die Unterwäsche, die sie am Abend zuvor auf die Kommode gelegt hat. Jeannine, die Wassernymphe. *Ich träumte von einem jungen Mann, der irgendwo ...* So ganz kann sie nicht ans Kartenlegen oder an Omen glauben – das ist doch idiotisch –, aber manchmal fängt sie zu kichern an und denkt, daß es schön wäre. *Ich habe große Augen. Sie werden einem großgewachsenen, dunkelhaarigen Mann begegnen ...*
Resolut setzt sie Mr. Frosty auf dem Bett ab, dann zieht sie sich Bluse und Rock an. Danach wird das Haar gebürstet, wobei sie die Bürstenstriche leise mitzählt. Ihr Mantel ist so alt. Nur ein kleines bißchen Make-up, Lippenpflegestift und Puder. (Sie paßte nicht auf und bekam Puder auf den Mantel.) Wenn sie früh hinausging, würde sie Cal nicht im Zimmer treffen müssen; er würde sonst (auf Händen und Knien) mit dem Kater spielen und danach Liebe machen wollen; nein, so war es besser. Den Bus nach Chinatown. In ihrer Hast stolperte sie auf der Treppe und fing sich am Geländer ab. Die kleine Miß Spry, die ältliche Dame vom Erdgeschoß, öffnete gerade in dem Augenblick ihre Wohnungstür, als Miß Dadier durch den Hausgang hetzte. Jeannine sah ein kleines, runzliges, besorgtes altes Gesicht, schlohweißes Haar und einen Körper, der aussah, als hätte

man einen Mehlsack in ein formloses, schwarzes Kleid gehüllt. Eine fleckige, mit dicken Venen überzogene Hand hielt sich am Türrahmen fest.
»Wie geht's, Jeannine? Gehen Sie aus?«
Hysterisch beschleunigte Miß Dadier ihren Schritt und entkam. *O Gott! wie konnte man nur so aussehen!*
Dort war Cal. Er ging gerade an der Bushaltestelle vorbei.

11

Etsuko Belin lag kreuzförmig ausgestreckt auf einem Gleiter. Sie verlagerte ihr Gewicht und stieg in einer sanften Spirale hinab. Fünfzehnhundert Fuß unter ihr spiegelte sich die aufgehende Sonne Whileaways in den Gletscherseen des Mount Strom. Sie vollführte eine halbe Rolle und segelte auf dem Rücken an einem Falken vorbei.

12

Vor sechs Monaten, beim Chinesischen Neufest, hatte Jeannine in klirrender Kälte gestanden und sich die Fäustlinge gegen die Ohren gepreßt, um nicht den schrecklichen Lärm der Feuerwerkskörper hören zu müssen. Cal, der neben ihr stand, sah dem Drachen zu, wie er durch die Straße tanzte.

13

Als ich Janet Evason traf, stand ich auf dem Broadway mitten in der Parade, die man ihr zu Ehren gab. Sie beugte sich aus der Limousine und bat mich einzusteigen. Umringt von Geheimagenten. »Die dort«, sagte sie.
Nach und nach werden wir alle zusammenkommen.

14

Jeannine ist auf einer Farm auf Whileaway fehl am Platze. Sie sitzt an einem Bocktisch unter Bäumen, wo alle anderen essen, drückt die Hände gegen die Ohren und schließt die Augen. *Ich bin nicht hier. Ich bin nicht hier.* Chilia Ysayesons Jüngste hat Gefallen an dem Neuankömmling gefunden; Jeannine sieht große Augen, massige Brüste, breite Schultern, wulstige Lippen, alles ist so groß. Mr. Frosty wird von achtzehn Belins verdorben, gehätschelt und gefüttert. *Ich bin nicht hier.*

15

JE: Evason bedeutet nicht »Sohn«, sondern »Tochter«. Das ist *Ihre* Übersetzung.

16

Und hier sind wir.

Zweiter Teil

1

Wer bin ich?
Ich weiß, wer ich bin, aber meinen Namen kenne ich nicht.
Ich, mit einem neuen Gesicht, einer aufgedunsenen Maske. In Plastikstreifen über die alte gelegt. Ein blonder Hallowe'en-Ghoul oben auf der SS-Uniform. Darunter war ich dürr wie eine Bohnenstange. Mit Ausnahme der Hände, die ähnlich behandelt waren, und diesem eindrucksvollen Gesicht. Ich habe das während meiner Geschäfte, auf die ich noch ausführlicher eingehen werde, nur einmal gemacht, und den idealistischen Kindern, die einen Stock tiefer wohnen, einen großen Schreck eingejagt. Ihre zarte Haut wurde rot vor Abscheu. Ihre hellen jungen Stimmen erhoben sich zu einem Lied (um drei Uhr morgens). Ich bin nicht Jeannine. Ich bin nicht Janet. Ich bin nicht Joanna.
Ich mache das nicht oft (behaupte ich, der Ghoul), aber es ist eine tolle Sache, im Aufzug jemandem den Zeigefinger in den Nacken zu halten, während man den vierten Stock passiert und weiß, daß er nie herausfinden wird, daß man gar nicht da ist.
(Es tut mir leid, aber geben Sie acht.)
Sie werden mich später treffen.

2

Wie ich schon zuvor gesagt habe, hatte ich (nicht das von oben, bitte) am siebten Februar neunzehnhundertneunundsechzig ein Erlebnis.
Ich wurde zu einem Mann.
Ich war schon vorher einmal ein Mann gewesen, aber nur kurz und in einer Menge.
Wenn Sie dabeigewesen wären, hätten Sie sicher nichts bemerkt.
Männlichkeit, Kinder, erreicht man nicht durch Mut oder kurzes Haar oder Insensibilität, oder indem man sich in Chicagos einzigem Wolkenkratzerhotel aufhält (wie es bei mir der Fall war), während draußen ein Schneesturm wütet. Ich befand mich auf einer Cocktailparty in Los Angeles, umgeben von geschmacklosen Barockmöbeln, und hatte mich in einen Mann verwandelt. Ich sah mich zwischen den schmutzigweißen Schnörkeln der Spiegeleinfassung, und das Ergebnis stand außer Zweifel: Ich war ein Mann. Aber was ist dann Männlichkeit?
Männlichkeit, Kinder... *ist Männlichkeit.*

3

Janet bat mich in die Limousine, und ich stieg ein. Die Straße war sehr dunkel. Als sie die Wagentür öffnete, sah ich ihr berühmtes Gesicht unter der halbkugelförmigen Lampe über dem Vordersitz; im Scheinwerferlicht wuchsen Bäume elektrisch-grün aus der Dunkelheit. Auf diese Weise traf ich sie. Jeannine Dadier war eine verschwommene Silhouette auf dem Rücksitz.
»Grüß dich«, sagte Janet Evason. »Hallo. Bonsoir. Das ist Jeannine. Und du?«
Ich sagte es ihr. Jeannine begann zu erzählen, was ihr Kater für schlaue Dinge angestellt hatte. Vor uns wogten Bäume und schwangen zur Seite.
»In mondhellen Nächten fahre ich oft ohne Licht«, sagte Janet. Sie bremste den Wagen auf Schrittempo ab und knipste die Scheinwerfer aus; ich meine, ich sah sie ausgehen – die Landschaft hob sich neblig und bleich wie ein schlecht ausgestellter Watteau vom Horizont ab. Im Mondlicht habe ich immer das Gefühl, als hätten meine Augen einen Großteil ihrer Sehkraft eingebüßt. Der Wagen – etwas Teures, obwohl es zu dunkel war, um das Fabrikat auszumachen – seufzte geräuschlos. Jeannine war beinahe verschwunden.
»Ich habe ihnen sozusagen das Nachsehen gegeben«, sagte Janet in ihrer überraschend lauten, normalen Stimme. Dann schaltete sie die Scheinwerfer wieder an. »Und ich muß sagen, daß das nicht ganz sauber ist«, fügte sie hinzu.
»Das ist es wirklich nicht«, ließ sich Jeannine vom Rücksitz vernehmen. Wir kamen an einem Motelschild vorbei, und hinter den Bäumen blitzte etwas auf.
»Es tut mir sehr leid«, sagte Janet. *Der Wagen?* »Gestohlen«, sagte sie knapp. Dann wandte sie ihre Aufmerksamkeit einen Augenblick von der Straße ab und starrte durch das Seitenfenster. Jeannine keuchte entrüstet. Eigentlich kann nur der Fahrer genau ausmachen, was im Rückspiegel vor sich geht; aber hinter uns war ein Wagen. Wir bogen auf einen Feldweg ab – das heißt, sie bog ab – und fuhren ohne Scheinwerferlicht in den Wald und dann auf eine andere Straße, bis wir zu einem alleinstehenden, unbeleuchteten Wohnhaus kamen. »Entschuldigt mich, auf Wiedersehen«, sagte Janet leutselig und schlüpfte aus dem Wagen. »Fahrt bitte weiter.« Mit diesen Worten verschwand sie im Haus. Sie trug ihren Fernsehanzug. Ich saß verdutzt da, während hinter mir Jeannines Hände sich in den Sitz krallten (so wie es Kinder manchmal tun). Der andere Wagen hielt hinter uns an. Sie stiegen aus und kreisten mich ein (man ist fürchterlich im Nachteil, wenn man dasitzt und die Lampen einem in den Augen wehtun). Brutal kurzer Haarschnitt und unangenehme Kleidung: aufrecht,

breitschulterig, sauber und doch nicht robust. Können Sie sich vorstellen, wie sich ein Polizist in Zivil die Haare rauft? Natürlich nicht. Jeannine hatte sich zusammengekauert oder war irgendwie verschwunden. Einen Moment bevor Janet Evason auf der Veranda des Hauses auftauchte, begleitet von einer strahlenden Familie – Vater, Mutter, Teenagertochter und ein Hund (alle überglücklich, berühmt zu sein) –, verriet ich mich idiotischerweise, indem ich hitzig ausrief: »Nach wem suchen Sie? Hier ist niemand. Ich bin hier ganz allein.«

4

Versuchte sie wegzulaufen? Oder nur aufs Geratewohl Leute auszuwählen?

5

Warum sandten sie mich? Weil sie mich entbehren können. Etsuko Belin schnallte mich fest. »Ah, Janet!« sagte sie. (Ah, du selbst.) In einem blanken, kahlen Zimmer. Der Käfig, in dem ich liege, verliert und erhält seine Existenz vierzigtausendmal in der Sekunde; mir ging es nicht so. Kein letzter Kuß von Vittoria. Niemand konnte an mich heran. Im Gegensatz zu dem, was Sie erwarten, wurde mir weder schwindlig noch kalt, noch fühlte ich mich durch ein endloses Was-es-auch-sei fallen. Das Gehirn spricht auf die alten Stimuli an, während neue sich schon bemerkbar machen – das ist der Ärger dabei. Ich versuchte die neue Wand mit der alten *in Einklang zu bringen*. Wo das Käfiggitter gewesen war, befand sich nun ein menschliches Gesicht.
Späsibo.
Es tut mir leid.
Lassen Sie mich erklären.
Ich war so durchgerüttelt, daß mir zuerst gar nicht auffiel, daß ich über ihrem ... Schreibtisch lag, wie ich später lernte. Und es kam noch schlimmer. Ich lag quer darüber, einfach so (und fünf andere stierten mich an). Wir hatten mit anderen Entfernungen experimentiert; jetzt holten sie mich zurück, nur um sicherzugehen, dann schickten sie mich wieder ab, und ich war wieder auf ihrem Schreibtisch.
Was für eine fremdartige Frau; dick und dünn, ausgetrocknet, breit im Kreuz, mit einem großmütterlichen Schnurrbart. Wie ein Leben in unaufhörlicher Plackerei einen doch auslaugen kann.
Aha. Ein Mann.

Soll ich sagen, daß es mir kalt über den Rücken lief? Schlecht für die Eitelkeit, aber es war nun mal so. Das mußte ein Mann sein. Ich stieg vom Schreibtisch herunter. Vielleicht wollte es sich gerade auf den Weg zur Arbeit machen, denn wir waren ähnlich angezogen, nur daß es codierte Farbstreifen über seine Tasche genäht hatte, eine feinsinnige Erkennungsmarke für eine Maschine oder so etwas. In perfektem Englisch sagte ich:
»Wie geht es Ihnen? Ich muß mein plötzliches Auftauchen erklären... Ich komme aus einer anderen Zeit.« (Wir hatten Wahrscheinlichkeit/Kontinuum als zu unverständlich abgelehnt.)
Keiner rührte sich.
»Wie geht es Ihnen? Ich muß mein plötzliches Auftauchen erklären. Ich komme aus einer anderen Zeit.«
Was soll man machen, ihnen Schimpfnamen an den Kopf werfen? Sie bewegten sich nicht. Ich setzte mich auf den Schreibtisch, und einer von ihnen schlug ein Stück Wand zu; also haben sie Türen, genau wie wir. In einer unbekannten Situation ist es am wichtigsten, nicht die Nerven zu verlieren, und in meiner Tasche war genau das richtige Mittel für solch einen Notfall. Ich brachte das Stück Kordel zum Vorschein und begann das Schnurspiel zu spielen.
»Wer sind Sie?« sagte einer von ihnen. Alle hatten sie diese kleinen Streifen über den Taschen.
»Ich stamme aus einer anderen Zeit, aus der Zukunft«, antwortete ich und hielt das Schnurgewirr vor mich hin. Es stellte nicht nur das universelle Friedenssymbol dar, sondern war auch noch ein ganz annehmbarer Zeitvertreib. Allerdings hatte ich erst die einfachste Figur gefingert. Einer lachte; ein anderer schlug die Hände vor die Augen; der, dessen Schreibtisch es war, wich zurück; ein vierter meinte: »Soll das ein Witz sein?«
»Ich komme aus der Zukunft.« Man muß nur lange genug sitzen bleiben, dann wird die Wahrheit schon einsickern.
»Was?« sagte Nummer Eins.
»Ich bin aus dem Nichts aufgetaucht. Haben Sie etwa eine andere Erklärung dafür?« sagte ich. »Leute gehen wohl kaum durch die Wand, oder doch?«
Die Antwort darauf überraschte mich: Drei zog einen kleinen Revolver. Und das, wo doch jeder weiß, daß Wut und Ärger bei denjenigen am intensivsten sind, die man kennt: Liebende und Nachbarn töten einander. Einem vollkommen Fremden gegenüber verhält man sich einfach nicht so. Das ergibt keinen Sinn. Wo ist da die Befriedigung? Keine Liebe, kein Verlangen; kein Verlangen, keine Frustration; keine Frustration, kein Haß, richtig? Es muß Furcht gewesen sein. In diesem Augenblick öffnete sich die Tür, und eine junge Frau trat ein, eine Frau von dreißig Jahren

oder so, sorgfältig angemalt und gekleidet. Ich weiß, ich hätte nichts voraussetzen sollen, aber man muß mit dem arbeiten, was einem zur Verfügung steht. Ich nahm an, daß ihr Kleid sie als Mutter auswies. Das heißt, jemand auf Urlaub, jemand mit Freizeit, jemand der von den Informationsmedien erreicht wird und voll intellektueller Neugier steckt. Wenn es eine obere Charge gibt (sagte ich zu mir), dann muß sie es sein. Ich will niemanden von wichtiger Handarbeit ablenken. Die muß schließlich getan werden. Und dann beschloß ich, mir einen kleinen Scherz zu erlauben. Ich sagte zu ihr: »Bringen Sie mich zu ihrem Anführer.«

6

...eine großgewachsene, blonde Frau im blauen Pyjama, die, aufrecht stehend, wie aus dem Nichts auf Colonel Q-----s Schreibtisch erschien. Sie brachte etwas zum Vorschein, das einer Waffe ähnelte....Keine Antwort auf unsere Fragen. Seit den Unruhen im letzten Sommer hatte der Colonel einen kleinen Revolver in der obersten Schreibtischschublade aufbewahrt. Er nahm ihn heraus. Sie wollte unsere Fragen einfach nicht beantworten. Ich glaube, in diesem Augenblick kam Miß X----- herein, die Sekretärin des Colonels. Sie wußte überhaupt nicht, was los war. Glücklicherweise behielten Y-----, Z-----, Q-----, R----- und ich selbst einen klaren Kopf. Dann sagte sie: »Ich komme aus der Zukunft.«
FRAGESTELLER: Miß X----- sagte das?
ANTWORT: Nein, nicht Miß X-----. Die... die Fremde.
FRAGESTELLER: Sind Sie sicher, daß sie *aufrecht stehend* auf Colonel Q-----s Schreibtisch erschien?
ANTWORT: Nein, eigentlich nicht. Warten Sie, jetzt weiß ich es genau. Sie saß darauf.

7

INTERVIEWER: Es kommt uns allen so seltsam vor, Miß Evason. Sie stoßen in ein absolut unbekanntes Gebiet vor und haben... äh... keine anderen Waffen bei sich als ein Stück Schnur. Erwarteten Sie von uns, daß wir uns friedlich verhalten würden?
JE: Nein. Hundertprozentig friedfertig ist keiner.
INTERVIEWER: Dann hätten Sie bewaffnet gehen sollen.
JE: Auf keinen Fall.
INTERVIEWER: Aber Miß Evason, eine bewaffnete Person macht doch

einen ganz anderen Eindruck als eine hilflose. Eine bewaffnete Person ruft viel schneller Furcht hervor.
JE: Ganz recht.

8

Diese Frau lebte einen Monat mit mir. Das heißt, sie wohnte natürlich nicht in meinem Haus. Janet Evason war überall, im Radio, in den Talk-Shows, den Zeitungen, den Wochenschauen, den Magazinen, sogar in der Werbung. Eines Nachts erschien sie mit jemandem, den ich für Miß Dadier hielt, in meinem Schlafzimmer.
»Ich bin verloren.« Sie meinte: Was für eine Welt ist das?
»Um Himmels willen, gehen Sie auf den *Gang* hinaus, wird's bald?«
Aber statt dessen schmolz sie durch den chinesischen Druck an der Wand, offensichtlich hinaus auf den leeren, teppichbedeckten Drei-Uhr-morgens-Korridor. Manche Leute bleiben nie in der Nähe. In meinem Traum wollte jemand wissen, wo Miß Dadier war. Gegen vier wachte ich auf und ging ins Badezimmer, um ein Glas Wasser zu trinken. Dort war sie, auf der anderen Seite des Badezimmerspiegels und gestikulierte krampfhaft. Beide Fäuste hatte sie gegen das Glas gepreßt und starrte mit großen Augen verzweifelt in den Raum.
»Er ist nicht hier«, sagte ich. »Geh wieder.«
Ihrem Mund entschlüpfte etwas Unverständliches. Der Raum sang:

> Du führtest uns in Ge-
> fan-gen-schaft
> Ge-fan-ge-ne!
>
> Du führtest uns in Ge-
> fang-gen-schaft
> Ge-fan-ge-ne!

Ich befeuchtete einen Waschlappen und wischte damit den Spiegel ab. Sie wimmerte. Knipse das Licht aus, sagten mir meine feineren Sinne, und so schaltete ich das Licht aus. Sie blieb hell erleuchtet. Mit dem Gedanken, daß die ganze Sache eine Verirrung der Welt schlechthin sein mußte und keinesfalls in mir selbst begründet lag, ging ich wieder zu Bett.
»Janet?« sagte sie.

9

Janet las Jeannine beim Chinesischen Neufest auf. Miß Dadier erlaubte nie jemandem, sie aufzulesen, aber bei einer Frau war das etwas anderes; das machte einen gewaltigen Unterschied. Janet trug einen hellbraunen Regenmantel. Cal war gerade um die Ecke verschwunden, weil er in einem chinesischen Schnellimbiß ein paar Kleinigkeiten erstehen wollte, als Miß Evason nach der Bedeutung eines Banners fragte, das man vor ihnen durch die Straße trug.

»Glückliche Ausdauer, Madam Chiang«, antwortete Jeannine.

Dann tauschten sie einige Belanglosigkeiten über das Wetter aus.

»Oh, das könnte ich nicht«, sagte Jeannine plötzlich. (Sie drückte die Handflächen gegen die Ohren und schnitt eine Grimasse.)

Janet Evason machte einen anderen Vorschlag. Jeannine sah interessiert aus und war trotz ihrer Verblüffung nicht abgeneigt zuzuhören.

»Cal ist dort drin«, sagte Jeannine eingebildet. »*Ich* könnte dort nicht hineingehen.« sie spreizte die Finger vor sich wie zwei Fächer. Sie war hübscher als Miß Evason und froh darüber; Miß Evason ähnelte einem großen Pfadfinder mit wehendem Haar.

»Sind Sie Französin?«

»Hmm!« sagte Miß Evason und nickte.

»Ich war noch nie in Frankreich«, bemerkte Jeannine lustlos. »Ich habe zwar oft daran gedacht... nun, ich bin einfach noch nicht dazu gekommen.« *Starre mich nicht so an.* Sie ging einige Schritte hin und her und kniff die Augen zusammen. Geziert wollte sie mit der Hand die Augen vor der Sonne schützen; laut wollte sie rufen: »Sehen Sie! Dort ist mein Freund Cal.« Aber es war nichts von ihm zu sehen, und wenn sie sich dem Ladenschaufenster zuwenden würde, wäre es voller Fischinnereien und Streifen getrockneten Fischs; sie wußte das.

»Es... würde... sie... *krank*... machen!« (Sie konnte den Blick nicht von einem Karpfen wenden, dessen Innereien heraushingen.) *Ich zittere am ganzen Körper.* »Wer hat Ihr Haar gemacht?« fragte sie Miß Evason, und als diese nicht zu verstehen schien: »Wer hat Ihr Haar so wundervoll frisiert?«

»Die Zeit.« Miß Evason lachte und Miß Dadier lachte. Miß Dadier lachte wunderschön, majestätisch, warf den Kopf in den Nacken, und alle bewunderten die sanfte Wölbung von Miß Dadiers Hals. Augen sahen herüber. *Ein wunderschöner Körper und eine Persönlichkeit zum Verbrennen.*

»Ich kann unmöglich mit Ihnen gehen«, sagte Miß Dadier geziert und ließ ihren Pelzmantel herumschwingen. »Da ist Cal, da ist New York, da ist meine Arbeit, New York im Frühling, ich kann nicht alles zurücklassen,

29

hier ist mein Leben«, und der Frühlingswind spielte in ihrem Haar.
Versteinert nickte die verrückte Jeannine.
»Gut«, sagte Janet Evason. »Wir werden Ihnen einen Abgang aus der Arbeit besorgen.« Sie pfiff, und im gleichen Augenblick kamen zwei Zivilbullen in hellbraunen Regenmänteln um die Ecke gewetzt: massige, hartgesichtige, stiernackige, entschlossene Männer, die – im toten Rennen – durch den Rest dieser Erzählung hetzen werden. Aber wir schenken ihnen keine Aufmerksamkeit. Jeannine schaute verwundert von ihren Regenmänteln auf Miß Evasons Regenmantel. Sie könne das alles *ganz und gar* nicht gutheißen.
»Also deshalb paßt hier nichts zusammen«, sagte sie. Janet sah zu den Polizisten hinüber und deutete auf Jeannine.
»Jungs, ich hab eine.«

10

Das Chinesische Neufest wurde etabliert, um die Wiedereroberung Hongkongs von den Japanern zu feiern. Tschiang Kai-Tschek starb 1951 an einem Herzanfall, und Madam Chiang ist Premierministerin des Neuen China. Japan kontrolliert das Festland und verhält sich relativ ruhig, da es nicht auf die Unterstützung eines – zum Beispiel – wiedererwachten Deutschland zählen kann. Wenn es je wieder zum Krieg kommen sollte, wird er zwischen der Göttlichen Japanischen Kaiserlichkeit und der Union der Sozialistischen Sowjetrepubliken (davon gibt es zwölf) stattfinden. Amerikaner, regt euch nicht auf. Deutschland streitet sich gelegentlich mit Italien oder England herum. Frankreich (durch den mißlungenen Putsch von '42 gedemütigt) bekommt langsam Schwierigkeiten mit seinen Kolonialgebieten. Britannien ging schlauer vor. 1966 gab es Indien die provisorische Selbstverwaltung.
Die Wirtschaftskrise wirkt sich noch immer weltweit aus.
(Aber denken Sie – denken Sie nur mal! –, was hätte geschehen können, wenn die Welt nicht so glücklich gebremst hätte, falls es wirklich zu einem großen Krieg gekommen wäre, denn große Kriege sind Rüstschmieden der Wissenschaft, Wirtschaft, Politik; stellen Sie sich vor, was geschehen wäre und was nicht geschehen wäre. Es ist eine glückliche Welt. Jeannine hat das Glück, in ihr zu leben.
(Sie selbst denkt darüber anders.)

Cal, der gerade zur rechten Zeit aus dem chinesischen Schnellimbiß kam, um zu sehen, wie sein Mädchen mit drei anderen Leuten verschwand, warf nicht etwa seine Kleinigkeiten zu Boden und stampfte in wilder Wut darauf herum. Ein paar gehetzte polnische Vorfahren starrten ihm aus den Augen. Er war so dünn und schmächtig, daß seine Ambitionen aus ihm hervorschienen: Eines Tages schaffe ich es, Baby. Ich werde ganz groß herauskommen. Er setzte sich auf einen Hydranten und begann die Sachen zu essen.
Sie wird zurückkommen müssen, um ihren Kater zu füttern.

Dritter Teil

1

Das ist die Vorlesung. Falls Sie so etwas nicht mögen, können Sie ja bis zum nächsten Kapitel weiterblättern. Bevor Janet auf diesem Planeten ankam...

...war ich launisch, schlecht aufgelegt, unglücklich und wenig umgänglich. Ich genoß mein Frühstück nicht. Den ganzen Tag verbrachte ich mit dem Kämmen der Haare und dem Auftragen des Make-up. Andere Mädchen übten sich im Kugelstoßen oder verglichen ihre Ergebnisse beim Bogenschießen, ich aber hatte nichts für Wurfspeer und Armbrust übrig – und Gartenbau und Eishockey widerten mich an. Ich tat nur eins. Ich zog mich an für Den Mann,
lächelte für Den Mann,
sprach geistreich zu Dem Mann,
bedauerte Den Mann,
schmeichelte Dem Mann,
hatte Verständnis für Den Mann,
stellte meine Interessen zurück hinter Den Mann,
unterhielt Den Mann,
hielt Den Mann,
lebte für Den Mann.
Dann entwickelte ich neue Interessen. Nachdem ich mir nichts, dir nichts Janet – oder sie mich – angerufen hatte (bitte lesen Sie nicht zwischen den Zeilen; dort steht nichts), begann ich zuzunehmen. Mein Appetit steigerte sich, Freunde begrüßten meinen wiedererwachten Lebenshunger, und eine schmerzhafte Knöchelverkrümmung, die mich seit Jahren gequält hatte, verschwand praktisch über Nacht. Ich erinnere mich nicht einmal mehr an meinen letzten Aquariumsbesuch, wo ich gewöhnlich meine Seufzer zu ersticken pflegte, indem ich den Haien zusah. Ich fuhr in geschlossenen Limousinen mit Janet zu Fernsehauftritten, ganz so, wie Sie es schon aus dem letzten Kapitel kennen. Ich beantwortete ihre Fragen; ich kaufte ihr ein Taschenwörterbuch; ich führte sie in den Zoo; ich zeigte ihr nachts die Skyline von New York, als gehörte sie mir persönlich. Oh, ich brachte diese Frau auf die Beine, das können Sie mir glauben!

Nun, in dem Operndrehbuch, das unser Leben bestimmt, wäre Janet an dieser Stelle zu einer Party gegangen, und auf dieser Party hätte sie einen Mann kennengelernt, und an dem Mann wäre etwas ganz Besonderes ge-

wesen. Ihr wäre er ganz anders vorgekommen als alle Männer, die sie je getroffen hatte. Später hätte er über ihre Augen ein Kompliment gemacht, worüber sie vor Freude errötet wäre. Sie wäre das Gefühl nicht losgeworden, daß gerade dieses Kompliment etwas ganz Besonderes war und schwerer wog als alle anderen, die man ihr je gemacht hatte, gerade weil es von diesem Mann kam. Sie würde diesem Mann liebend gern eine Freude bereitet haben, und gleichzeitig fühlte sie, wie ihr das Kompliment durch Mark und Bein ging. Sie hätte sich aufgemacht und für die Augen, die jenem Mann so sehr gefallen hatten, Mascara gekauft. Und noch später wären sie zusammen ausgegangen, hätten Spaziergänge gemacht; und danach wären sie zum Essen gegangen. Und die Essen, tête-à-tête bei schummriger Beleuchtung, würden alle anderen Abende in den Schatten stellen, die Janet je erlebt hatte; und bei Kaffee und Weinbrand würde er ihre Hand nehmen; und noch später würde Janet in die schwarze Ledercouch in seinem Apartment zurücksinken und den Arm auf den Cocktailtisch legen, ihren Drink mit teurem Scotch absetzen und ohnmächtig werden; sie würde einfach das Bewußtsein verlieren. Sie würde sagen: Ich Liebe Diesen Mann. Das Ist Der Sinn Meines Lebens. Und dann natürlich, Sie wissen schon, was dann geschehen wäre.
Ich brachte sie auf die Beine. Ich tat alles, nur eine passende Familie fand ich nicht für sie. Die fand sie selbst, wenn Sie sich erinnern. Aber ich brachte ihr bei, wie man eine Badewanne benutzt, und ich korrigierte ihr Englisch (ruhig, langsam, die Spur eines Flüsterns im »s«, unterschwellig ironisch). Ich nahm ihr den Arbeiterinnenanzug ab und murmelte (als ich ihr Haar wusch) Satzfragmente, die ich irgendwie nie zu Ende brachte: »Janet, du mußt... Janet, wir dürfen nicht... aber man hat immer...«
Das ist etwas anderes, sagte ich, *das ist etwas anderes*.
Ich könnte das nicht, sagte ich, *oh, ich könnte das nicht*.
Was ich sagen will, ist, daß ich es versuchte; ich bin ein gutes Mädchen; ich mache es, wenn du es mir zeigst.
Aber was soll man machen, wenn diese Frau die Hand durch die Wand steckt? (Durch die stuckverzierte Trennwand zwischen Kochnische und Wohnzimmer, um genau zu sein.)
Janet, setz dich.
Janet, laß das.
Janet, tritt nicht nach Jeannine.
Janet!
Janet, nicht!
Ich stelle sie mir vor: höflich, reserviert, uneindringbar förmlich. Monatelang hielt sie ihre heimatlichen Gepflogenheiten aufrecht. Dann, so glaube ich, sah sie ein, daß sie auch ohne ihr eigentümliches Benehmen weiterkam. Oder vielleicht auch, daß wir es nicht würdigten, was sollte

es also? Für jemand aus Whileaway muß es etwas Neues gewesen sein, die offizielle Toleranz allem gegenüber, was sie tat oder zu tun versuchte, der Müßiggang, die Aufmerksamkeit, die schon an Speichelleckerei grenzte. Ich habe das Gefühl, daß jede von ihnen so aufblühen kann (welch ein Glück, daß sie das nicht tun, was?), von den weichen Banden der Verwandtschaft und Heimat Jahrhunderte entfernt, umgeben von Barbaren, Monate im Zölibat und allein einer Kultur und Sprache ausgeliefert, die sie, wie ich meine, im tiefsten Grunde ihres Herzens verachtet haben mußte.
In einer Hotelsuite, die normalerweise ausländische Diplomaten beherbergte, hauste ich sechseinhalb Monate mit ihr zusammen. *Ich zog dieser Frau Schuhe an.* Ich hatte einen meiner Träume erfüllt – einem Ausländer Manhattan zu zeigen –, und ich wartete darauf, daß Janet auf eine Party gehen und jenen Mann treffen würde. Ich wartete und wartete. In der Suite ging sie immer nackt umher. Sie besaß einen schrecklich dicken Hintern. Auf dem weißen Wohnzimmerteppich pflegte sie ihre Yogaübungen zu machen, wobei sich die Schwielen an ihren Füßen im weichen Flaum verfingen, ob Sie es glauben oder nicht. Manchmal trug ich Janet Lippenstift auf, aber gewöhnlich war zehn Minuten später nichts mehr davon zu sehen. Ich zog sie an, und sie strahlte wie eine Dreijährige: freundlich, nett, untadelig höflich. Ihre grausamen Späße schreckten mich ab, aber sie machte sie dann nur noch schlimmer.
Soviel ich weiß, nahm sie nie Verbindung mit ihrer Heimat auf.
Sie wollte einen Mann nackt sehen (wir besorgten Bilder).
Sie wollte ein männliches Baby nackt sehen (wir liehen uns von irgend jemand den kleinen Neffen aus).
Sie wollte Zeitungen, Romane, Geschichtsbücher, Illustrierte, Leute zum Interviewen, Fernsehprogramme, Statistiken über die Gewürznelkenproduktion in Ostindien, Handbücher über Weizenanbau und -ernte, eine Brücke besuchen (das taten wir). Sie wollte die Baupläne davon (wir trieben sie auf).
Sie war ordentlich, aber faul – ich habe sie nie bei der Arbeit erwischt.

Das Baby hielt sie äußerst fachmännisch, gurrte es an, drehte sich mit ihm, warf es hoch und fing es wieder, so daß es zu weinen aufhörte und auf ihr Kinn starrte, wie es Babys so an sich haben. Dann entblößte sie es. »Tsss.« »Meine Güte.« Sie war erstaunt.
Sie schrubbte mir den Rücken ab und bat mich, dasselbe für sie zu tun; sie nahm den Lippenstift, den ich ihr gegeben hatte und bemalte die gelben Damastwände (»Soll das heißen, sie sind nicht *abwaschbar*?«). Ich brachte ihr Herrenmagazine mit, und sie sagte, sie würde daraus nicht schlau. Ich sagte: »Janet, hör mit deinen Scherzen auf«, und sie war ehr-

lich überrascht. Sie hatte keine machen wollen. Eines Tages überraschte ich sie dabei, wie sie mit dem Zimmerservice ihre Spielchen trieb. Über das weiße Hoteltelefon rief sie verschiedene Nummern an und gab ihnen gegenteilige Aufträge. Diese Frau wählte die Nummern mit ihren Füßen. Ich warf das Telefon auf eines der Doppelbetten.
»Joanna«, sagte sie. »Ich verstehe dich nicht. Warum soll ich nicht spielen? Es wird keinem weh tun, und dir schiebt keiner die Schuld zu; warum also diesen Vorteil nicht ausnützen?«
»Du Betrügerin!« rief ich. »Du Betrügerin, du gemeine Schwindlerin!« Das war alles, was mir einfiel. Vergeblich versuchte sie, verletzt auszusehen – sie sah nur blasiert aus –, also wischte sie jeglichen Ausdruck aus ihrem Gesicht und begann von neuem.
»Wenn wir vielleicht von einer hypothetischen Annahme ausgehen...«
»Geh zum Teufel«, antwortete ich. »Zieh dir etwas an.«
»Vielleicht kannst du mir anhand der Sache mit dem Sex erklären...« fuhr sie fort, »warum diese hypothetische Annahme...«
»Warum, zum Teufel, rennst du immer nackt herum?«
»Mein Kind«, sagte sie sanft, »du mußt das verstehen. Ich bin weit fort von zu Hause. Ich will fröhlich bleiben, ja? Und was diese Männer angeht, darfst du nicht vergessen – für mich sind sie eine völlig fremdartige Spezies; man kann es mit einem Hund treiben, ja, vielleicht? Aber doch nicht mit einem Wesen, das einem selbst so unglücklich nahesteht. Begreifst du, wie ich so fühlen kann?«
Meine Würde – durcheinander. Sie wandte sich wieder dem Lippenstift zu. Wir zwängten sie in Kleider hinein. Sie sah ganz gut aus, bis auf die unglückliche Eigenart, mit einem Grinsen im Gesicht um die eigene Achse zu wirbeln, die Hände dabei nach Judomanier ausgestreckt. Na ja, nun gut! Ich habe Janet Evason einigermaßen passende Schuhe angezogen. Sie lächelte und legte den Arm um mich.
Oh, das könnte ich nicht.
?
Das ist etwas anderes.
(Man braucht nur darauf achten, dann hört man diese beiden Sätze im Leben sehr oft. Ich sehe, wie sich Janet Evason schließlich selbst anzieht. Es gleicht einer Studie in reinster Ehrfurcht, wie sie die halbdurchsichtigen Wäschestücke aus Nylon und Spitze eines nach dem anderen ins Licht hält, traumhafte Dessous, rosafarbene Elastikstrümpfe... »Oh, meine Güte«, sagt sie – um sich schließlich völlig verwirrt eines um den Kopf zu wickeln.)
Sie sah freundlich aus und verdattert und beugte sich herab, um mich zu küssen. Ich trat nach ihr.
Da steckte sie die Faust durch die Wand.

2

Wir gingen auf eine Party am Riverside Drive – inkognito. Janet hielt sich ein paar Meter hinter mir. An der Tür war sie immer noch hinter mir. Draußen kam der Februarschnee herab. Im vierzigsten Stock verließen wir den Aufzug, und ich prüfte im Korridorspiegel mein Kleid nach: mein Haar fühlt sich an, als fiele es nach unten, mein Make-up ist zu dick, nichts ist da, wo es sein soll, vom Schritt der Strumpfhose über den verschobenen Büstenhalter bis zum Ring, dessen Stein mich am Knöchel drückt. Und ich trage noch nicht einmal falsche Wimpern. Janet – tierisch frisch – gibt ihren üblichen Trick vom verschwindenden Lippenstift zum besten. Sie summt leise. Hirnverbrannte Joanna. Überall am Gebäude sind Polizisten postiert, Polizisten auf der Straße, Polizisten im Aufzug. Keiner will, daß ihr etwas passiert. Sie stößt vor Aufregung und Freude einen kleinen Jauchzer aus – der erste unkontrollierte Kontakt mit den tierischen Wilden.

»Du sagst mir, was ich tun muß«, meint sie, »nicht wahr?« Ha-ha. He-he. Ho-ho. Was für ein Spaß. Sie hüpft auf und ab.

»Warum konnten sie keinen schicken, der weiß, was er zu tun hat!« flüstere ich zurück.

»Was *sie* zu tun hat«, sagt sie unselbstbewußt, wobei sie von einer Sekunde auf die andere einen anderen Gang einlegt. »Unter Feldbedingungen kann niemand alle Eventualitäten berechnen, verstehst du. Wir sind keine Übermenschen, nicht eine von uns, *n'est-ce pas?* Deshalb wählt man jemand aus, den man erübrigen kann. Es ist wie ...«

Ich öffnete die Tür. Janet war dicht hinter mir.

Ich kannte die meisten Frauen dort: Sposissa, dreimal geschieden; Eglantissa, die nur an Kleider denkt; Aphrodissa, die wegen ihrer falschen Wimpern die Augen nicht aufbekommt; Clarissa, die Selbstmord begehen wird; Lucissa, deren zerfurchte Stirn anzeigt, daß sie mehr Geld macht als ihr Ehemann; Wailissa, die in ein Spiel ›Ist-es-nicht-furchtbar‹ mit Lamentissa vertieft ist; Travailissa, die gewöhnlich nur arbeitet, jetzt aber sehr still auf der Couch sitzt, damit ihr Lächeln nicht stört, und die ungezogene Saccharissa, die hinter der Bar mit dem Gastgeber eine Runde Sein-kleines-Mädchen spielt. Saccharissa ist fünfundvierzig. Genau wie Amicissa, der ›Pfundskerl‹. Ich hielt nach Ludicrissa Ausschau, aber die ist zu einfältig, um auf solch eine Party eingeladen zu werden, und natürlich laden wir niemals Amphibissa ein, aus Gründen, die jeder verstehen wird.

Wir spazierten hinein, Janet und ich, die rechte und die linke Hand einer Bombe. Man konnte in der Tat sagen, daß alle sich köstlich amüsierten. Ich stellte sie jedermann vor. Meine Kusine aus Schweden. (Wo ist Domi-

cissa, die unter Leuten nie den Mund aufbekommt? Und Dulcisissa, deren Standardsatz »Oh, du siehst wundervoll aus!« heute abend seltsamerweise nicht die Luft schwängert?)
Ich beschattete Janet.
Ich spielte mit meinem Ring.
Ich wartete auf eine Bemerkung, die mit den Worten »Frauen...« oder »Frauen können nicht...« oder »Warum machen Frauen...« beginnt und hielt eine oberflächliche Konversation zu meiner Rechten aufrecht. Links von mir stand Janet: sehr gerade, mit strahlenden Augen, von Zeit zu Zeit schnell den Kopf wendend, um den Lauf der Dinge auf der Party zu verfolgen. In solchen Momenten, wenn ich mich down fühle, wenn ich beunruhigt bin, kommt mir Janets Aufmerksamkeit wie eine Parodie auf die Wachsamkeit und ihre Energie unaushaltbar hoch vor. Ich hatte Angst, sie würde vor Lachen herausplatzen. Jemand (männlich) holte mir einen Drink.

EINE RUNDE »SEIN-KLEINES-MÄDCHEN«

SACCHARISSA: Ich Bin Dein Kleines Mädchen.
GASTGEBER (schmeichelnd): Bist du das wirklich?
SACCHARISSA (selbstgefällig): Ja, das bin ich.
GASTGEBER: Dann mußt du auch ganz schön dumm sein.

GLEICHZEITIG STATTFINDENDE RUNDE: »IST-ES-NICHT-FURCHTBAR«

LAMENTISSA: Wenn ich den Fußboden gescheuert habe, und er kommt nach Hause, sagt er nie, daß alles schön ist.
WAILISSA: Nun, Schätzchen, ohne ihn können wir wohl schlecht auskommen, oder? Du mußt es eben noch *besser* machen.
LAMENTISSA (sehnsüchtig): *Du* kannst das besser, da gehe ich jede Wette ein.
WAILISSA: Ich wische den Fußboden besser auf als jede andere Frau.
LAMENTISSA (erregt): Hat er dir je gesagt, daß er wunderschön aussieht?
WAILISSA (aufgelöst): Er verliert *nie* ein Wort darüber.

(Jetzt folgt der Chor, der dem Spiel seinen Namen gibt. Ein vorübergehender Mann, der den Dialog mitgehört hatte, bemerkte: »Ihr Frauen habt es gut, daß ihr nicht zur Arbeit gehen braucht.«)
Jemand, den ich nicht kannte, schloß sich uns an: scharfsinnig, zurückweichendes Haar, die Brille reflektierte zwei Flecken Lampenlicht. Ein

langer, schlanker, akademisch gebildeter, mehr-oder-weniger junger Mann.
»Möchten Sie etwas zu trinken?«
»A-a-a-a-h«, sagte Janet sehr langgezogen, mit übersteigertem Enthusiasmus. Lieber Gott, laß sie sich nicht blamieren. »Was gibt es denn?« antwortete sie prompt. Ich stellte meine schwedische Kusine vor.
»Scotch, Punsch, Cola-Rum, Rum, Ginger-Ale?«
»Was ist das?« Ich glaube, daß sie nicht zu schlecht aussah, selbst wenn man es kritisch besah. »Ich meine«, sagte sie, sich selbst korrigierend, »was für eine Art Droge ist das? Entschuldigen Sie, mein Englisch ist nicht so gut.« Sie wartet und scheint mit allem höchst zufrieden. Sie lächelt.
»Alkohol«, antwortet er.
»Äthylalkohol?« In einer unfreiwillig komischen Geste legt sie sich die Hand aufs Herz. »Der wird doch aus Getreide gemacht, oder? Nahrungsmitteln? Kartoffeln? Oje! Was für eine Verschwendung!«
»Warum sagen Sie so etwas?« meint der junge Mann lachend.
»Weil es eine Verschwendung ist, wenn man Nahrungsmittel vergären läßt. Jedenfalls sehe ich das so! Anbau, Düngemittel, Insektenspray, Erntearbeiten und so weiter – alles für die Katz. Dann verliert man beim Gärungsprozeß noch einen Großteil der Kohlenhydrate. Wenn ich mir das so überlege, sollten Sie *Cannabis* anbauen – und wie mir Freunde bestätigt haben, geschieht das auch schon begrenzt – und das Getreide den hungernden Menschen lassen.«
»Na, Sie sind wirklich charmant«, sagt er.
»Ha?« (Das ist Janet). Um ein Unglück zu vermeiden, gehe ich dazwischen und signalisiere ihr mit den Augen, daß sie wirklich charmant ist und wir tatsächlich etwas zu trinken wollen.
»Du sagtest mir, bei euch würde Cannabis angebaut«, gibt Janet leicht gereizt zurück.
»Man kommt damit noch nicht richtig klar; es reizt noch zu stark zum Husten«, entgegne ich. Sie nickt gedankenvoll. Ohne zu fragen weiß ich, was ihr durch den Kopf geht: die ordentlichen Felder auf Whileaway, die jahrhundertealten Mutationen und Kreuzungen der Cannabispflanze, die kleinen, mit Marihuana bestandenen Gartenparzellen, die (soviel ich weiß) von Siebenjährigen angelegt werden. Vor einigen Wochen hatte sie unser Kraut probiert und schrecklich husten müssen.
Der junge Mann kam mit unseren Drinks zurück, und während ich ihm zu verstehen gab, bleiben Sie hier, bleiben Sie hier, sie ist harmlos, sie ist unschuldig, verzog Janet das Gesicht, und versuchte das Zeug in einem Schluck zu trinken. Es gab also auch Momente, in denen sie den Humor verlor, das erkannte ich augenblicklich. Sie lief rot an und wäre fast geplatzt.

»Es ist widerlich!«
»*Nippen*, nur daran *nippen*«, sagte er und amüsierte sich königlich.
»Ich möchte nichts mehr.«
»Ich will Ihnen was sagen«, verkündete er liebenswürdig, »ich mixe Ihnen einen, den Sie mögen werden.« (Nun folgt ein kurzes Zwischenspiel, wir stoßen einander an und flüstern ungestüm aufeinander ein: »Janet, wenn du...«)
»Aber es schmeckt mir nicht«, sagt sie geradeheraus. Man erwartet von keinem, daß er so etwas tut. Vielleicht auf Whileaway, aber nicht hier.
»Versuchen Sie es«, drängte er.
»Das habe ich schon«, sagte sie abgeklärt. »Es tut mir leid, ich warte auf etwas zu rauchen.«
Er nimmt ihre Hand und schließt ihre Finger um das Glas, während er ihr spielerisch mit dem Zeigefinger droht: »Ach kommen Sie, das kann ich nicht glauben. Sie haben mich dazu gebracht, Ihnen den Drink zu holen...« und da unsere Flirtmethoden sie anscheinend bleich werden lassen, blinzle ich ihm zu und schiebe sie in die Ecke des Apartments ab, wo der süße Rauch aufsteigt. Sie versucht ihn und holt sich hustend eine Lunge voll. Mürrisch geht sie zur Bar zurück.

EIN AUTOHERSTELLER AUS LEEDS (affektiert): Ich höre soviel über den Neuen Feminismus hier in Amerika. So was ist doch nicht notwendig, oder? (Er strahlt über das ganze Gesicht, als hätte er ein Zimmer voller Leute erfreut.)
SPOSISSA, EGLANTISSA, APHRODISSA, CLARISSA, LUCRISSA, WAILISSA, LAMENTISSA, TRAVAILISSA (mein Gott, wie viele davon sind bloß hier?), SACCHARISSA, LUDICRISSA (sie kam später herein): O nein, nein, nein!
(Sie lachen alle.)

Als ich mich wieder zur Bar begab, steuerte Clarissa geradewegs auf ihren neuesten Herzensbruch zu. Ich sah, wie Janet breitbeinig dastand – eine Tochter Whileaways läßt sich nie unterkriegen – und versuchte, einen mehr als dreistöckigen Rum pur hinunterzukriegen. Der erste Geschmack ist schnell vergessen, glaube ich. Ihr Gesicht war zwar gerötet, dennoch sah sie erfolgreich aus.
ICH: Du bist nicht an das Zeug gewöhnt, Janet.
JANET: Okay, ich hör schon auf.
(Wie alle Ausländer hat sie das Wort »Okay« fasziniert, und sie hatte es während der letzten vier Wochen bei jeder sich bietenden Gelegenheit angewandt.)
»Obwohl es nicht sehr leicht ist, wenn man überhaupt nichts hat«, sagt

sie ernst. »Ich glaube, ich verrate kaum ein Geheimnis, Liebste, wenn ich sage, daß ich deine Freunde nicht leiden kann.«
»Um Himmels willen, das sind nicht mein Freunde. Ich bin nur hergekommen, um Leute zu treffen.«
?
»Ich komme her, um Männer zu treffen«, sagte ich. »Setz dich, Janet.«
Diesmal war es ein Ingwerschneuz. Jung. Nett. Fiel auf. Geblümte Weste. Hip. (hip?)
Schallendes Gelächter dringt aus der Ecke, wo Eglantissas neueste Eroberung eine Kette aus Büroklammern hochhält und schwenkt. Wailissa hantiert ineffektiv um ihn herum. Eglantissa – die im Aussehen immer mehr einer Leiche ähnelt – sitzt in einem verschwenderischen, brokatüberzogenen Sessel und klammert sich an ihrem Drink fest. Blauer Rauch kräuselt um ihren Kopf.
»Hallo«, sagt Ingwerschneuz. Ehrlich. Jung.
»Oh, wie geht es Ihnen?« erwidert Janet. Sie erinnerte sich ihrer guten Sitten. Ingwerschneuz zaubert ein Lächeln und ein Zigarettenetui hervor.
»Marihuana?« fragt Janet voller Hoffnung. Er kichert.
»Nein. Möchten Sie etwas zu trinken?«
Sie schmollt.
»Schon gut, ich möchte nichts trinken. Und Sie...«
Ich stelle meine Kusine aus Schweden vor.
»Warum zersetzt ihr Leute auf diese Weise Nahrungsmittel?« platzt es aus ihr heraus. Offensichtlich hat sie dieses Problem noch nicht verdaut. Ich erkläre alles.
»Das ist eine Krankheit«, sagt er. »Ich stehe nicht auf Alkohol, das ist nicht mein Bier. Ich gebe Ihnen vollkommen recht. Wenn das so weitergeht, ersaufen die Leute noch in dem Zeug.«
(Amicissa träumt: Vielleicht wird er nicht die unersättliche Eitelkeit, die ungeschickte Aggressivität, die Schnelligkeit haben, jede geringfügige oder eingebildete Nachlässigkeit übelzunehmen. Vielleicht wird er nicht die ganze Zeit die erste Geige spielen wollen. Und er wird keine Verlobte haben. Und er wird nicht verheiratet sein. Und er wird nicht schwul sein. Und er wird keine Kinder haben. Und er wird nicht sechzig sein.)
»A-a-ah«, sagt Janet mit einem langatmigen Seufzer. »Ja. Aha.«
Ich ließ sie eine Weile allein. Mir entging keine Gelegenheit. Ich war reizend. Ich lächelte.
Mein Büstenhalter zwickte mich.
Als ich wieder zurückkam, hatten sie die Diskutieren-wir-seine-Arbeit-Stufe erreicht. Er war Lehrer an der High School, stand aber kurz vor dem Gefeuertwerden. Ich glaube, es liegt an seinen Krawatten. Janet gab sich

sehr interessiert. Sie erwähnte die... äh... Tageshorte in – nun, in Schweden – und bemerkte: »Bei uns gibt es ein Sprichwort: Wenn das Kind zur Schule geht, heulen beide, Mutter und Kind; das Kind, weil es von der Mutter getrennt wird, und die Mutter, weil sie sich nun wieder an die Arbeit machen muß.«

»Die Verbindung zwischen Mutter und Kind ist sehr wichtig«, sagte Ingwerschneuz mißbilligend. (»Entschuldigen Sie, darf ich das Kissen hinter Ihren Rücken legen?«)

»Trotzdem bin ich sicher, daß viele schwedische Mütter ihre Kinder großartig finden«, fügte er hinzu.

»Ha?« gab meine Janet von sich. (Er schrieb es ihren mangelnden Englischkenntnissen zu und ließ sich erweichen.)

»Hören Sie«, sagte er. »Ich möchte, daß Sie meine Frau kennenlernen. Ich weiß, das hier ist das allerletzte – ich meine, Sie hier unter diesen ganzen Scheißtypen zu treffen, ja? – aber *eines Tages* werden Sie nach Vermont heraufkommen und meine Frau treffen. Es ist dort Klasse, irre was los. Wir haben sechs Kinder.«

»Sechs, auf die Sie aufpassen?« sagte Janet mit beträchtlichem Respekt.

»Natürlich«, sagte er. »Die sind im Moment alle in Vermont, und wenn ich das Theater mit meinem Job hinter mir habe, kehre ich auch dorthin zurück. Grokken Sie das?«

Er meint, ob du das verstehst, Janet? Umständlicher konnte man sich kaum ausdrücken.

»He!« sagte Ingwerschneuz und sprang auf die Füße, »toll, daß ich Sie getroffen habe. Sie sind wirklich eine dufte Puppe. Ich meine, Sie sind eine *Frau.*«

Sie sah an sich herunter. »Was?«

»Ach, der Slang; tut mir leid. Sie sind eine sehr nette Person, meinte ich. Es war mir ein Vergnügen – Sie – kennengelernt – zu – haben.«

»Sie kennen mich doch gar nicht«, erwiderte sie und veränderte ihren Gesichtsausdruck auf bösartig. Nun, nicht direkt bösartig am Anfang, eher frustriert-ärgerlich. Im Sieh-mich-mal-an-und-erkläre-mir-das-Stil trommelte sie mit den Fingern auf dem Tisch. Auf ihre Art ist sie ganz schön verdorben.

»Ja, ich weiß«, sagte er. »Wie könnten wir uns in zehn Minuten kennengelernt haben, hm? Das stimmt. Es ist nur eine formelle Phrase: freut-mich-Sie-kennengelernt-zu-haben.«

Janet kicherte.

»Nicht?« sagte er. »Ich mach Ihnen einen Vorschlag, geben Sie mir Ihren Namen und Ihre Adresse.« (Sie nannte ihm meine). »Ich schreibe Ihnen bei Gelegenheit. Ich werde Ihnen einen Brief schreiben.« (Kein übler Bursche, dieser Ingwerschneuz.) Er stand auf, und sie erhob sich ebenfalls;

etwas muß diese Idylle unterbrechen. Saccharissa, Ludicrissa, Travailissa, Aphrodissa, Clarissa, Sposissa, Domicissa, die ganze Bande, sogar Carissa höchstpersönlich, haben eine feste Mauer um dieses Paar gebildet. Man hält den Atem an. Wetten werden abgeschlossen. Zusammengekauert betet Joanissa in einer Ecke. Janet folgt Ingwerschneuz auf den Korridor hinaus und stellt ihm dabei unablässig Fragen. Sie ist ein gutes Stück größer als er. Sie will alles wissen. Entweder macht ihr die Abwesenheit sexuellen Interesses nichts aus, oder – was bei Ausländern häufiger der Fall ist – sie zieht es so vor. Obwohl er verheiratet ist. Das kalte Licht aus der Kochnische erhellt Janet Evasons Gesicht, so daß auf der einen Seite eine seltsame, dünne Linie sichtbar wird, die von der Augenbraue bis zum Kinn verläuft. War sie in einen Unfall verwickelt?

»Ach, *das*!« sagt Janet Evason, kichert, beugt sich vor (wobei ihr Partykleid sie etwas einengt), lacht und keucht in kurzen, femininen Glucksern die Tonleiter von oben nach unten, heiser und musikalisch. »Ach, *das*!«
»Das stammt aus meinem dritten Duell«, sagt sie. »Wollen Sie mal fühlen?« Mit diesen Worten führt sie Schneuzens Hand (oder besser gesagt seinen Zeigefinger) an ihrem Gesicht entlang.
»Ihrem was?« erwidert Schneuz und erstarrt für einen Augenblick zur Statue eines netten jungen Mannes.
»Meinem Duell«, sagt Janet. »So was Dummes. Nun, es ist nicht Schweden, nicht ganz. Sie haben schon von mir gehört; ich war im Fernsehen. Ich bin die Botin von Whileaway.«
»Mein Gott«, stößt er hervor.
»Psst, sagen Sie es keinem.« (Sie ist sehr mit sich zufrieden. Sie gluckst.)
»*Diesen* Schnitt habe ich mir in meinem dritten Duell eingehandelt. *Den* hier – er ist praktisch nicht mehr sichtbar – in meinem zweiten. Nicht schlecht, was?«
»Sind Sie sicher, daß Sie nicht vom Fechten sprechen?« sagt Ingwerschneuz.
»Zum Teufel, nein«, widerspricht Janet ungeduldig. »Ich sagte Ihnen doch – Duell.« Und mit einem melodramatischen Ruck zieht sie sich den Zeigefinger über die Kehle. Jetzt kommt Schneuz dieses verrückte Hühnchen gar nicht mehr so nett vor. Er schluckt.
»Aus welchem Grund kämpft ihr – Mädchen?«
»Sie machen sich wohl über mich lustig«, sagt Janet. »Der Grund ist unsere schlechte Laune – was sonst? Charaktereigene Unverträglichkeit. Es ist nicht mehr so verbreitet wie früher, aber was willst du machen, wenn du sie nicht ausstehen kannst und sie dir auch nicht grün ist.«
»Sicher«, sagt Ingwerschneuz. »Nun, dann auf Wiedersehen.« Plötzlich tat er Janet leid.
»Das... äh, ich glaube, das ist ziemlich barbarisch, nicht wahr?« sagt sie.

»Ich möchte Sie um Verzeihung bitten. Sie werden schlecht von uns denken. Ich habe das alles hinter mir gelassen, müssen Sie wissen. Jetzt bin ich erwachsen; ich habe eine Familie. Wir können doch Freunde bleiben, oder?« Und sie blickt traurig auf ihn hinab, ein wenig ängstlich, in der Erwartung, abgekanzelt zu werden. Aber dazu fehlt es ihm an Mumm.
»Sie sind ein tolles Törtchen«, sagt er. »Eines Tages kommen wir noch mal zusammen. Aber duellieren Sie sich nicht mit *mir*.«
Sie ist überrascht. »Ha?«
»Ja, Sie werden mir alles über sich erzählen«, fährt Ingwerschneuz fort. Er denkt lächelnd nach. »Sie können die Kinder treffen.«
»Ich habe eine Tochter«, sagt Janet. »Babybalg Yuriko.« Er lächelt.
»Wir haben selbstgemachten Wein. Einen Gemüsegarten. Sara pflanzt die Sachen selbst an. Starke Gegend, bei uns draußen.« (Nachdem er eine Weile im Korridorschrank herumgesucht hat, zieht er nun seinen Dufflecoat an.) »Erzählen Sie mir, was Sie so machen? Ich meine, wie verdienen Sie Ihren Lebensunterhalt?«
»Whileaway ist nicht jetzt und weit weg«, beginnt Janet. »Ich fürchte, Sie werden es nicht verstehen. Ich schlichte Familienstreitigkeiten; ich passe auf Leute auf; es ist ...«
»Sozialarbeit?« fragt Ingwerschneuz und streckt uns seine feingliedrige, gebräunte, schwielenfreie Hand entgegen, die Hand eines Intellektuellen. Aber ich habe mein Herz verhärtet und luge mit der göttlichen Erleichterung meiner weiblichen Ironie und meiner weiblichen Zähne hinter Janet Evason hervor: »Sie ist ein Bulle. Sie bringt Leute ins Gefängnis.«
Ingwerschneuz ist aufgeschreckt und weiß, daß man es ihm ansieht, lacht über sich, schüttelt den Kopf. Welche Spalte klafft zwischen den Kulturen! Aber wir grokken. Wir schütteln uns die Hände. Er begibt sich wieder unter die Partygäste, um Domicissa zu holen, die er am Handgelenk zum Korridorschrank zieht (wobei sie stumm protestiert). »Zieh deinen gottverdammten Mantel an, na, mach schon!« Ich vernahm nur hitziges, wütendes Geflüster, dann putzte sich Domicissa die Nase.
»Also, dann tschüß! Hallo, bis dann!« rief er.
Seine Frau ist in Vermont; Domicissa ist nicht seine Frau.
Janet hatte mich gerade gebeten, ihr das Ehesystem Nordamerikas zu erklären.
Mit spitzem Mund hat Saccharissa gerade gesagt: »Ich armes kleines Ding. 'türlich muß ich befreit werden!«
Aphrodissa saß bei einem auf dem Schoß, ihre linken Wimpern hingen halb herab. Janet war ziemlich in Verlegenheit. Gib nichts drum. Schließ ein Auge. Wirf einen kurzen Blick. Ein schwer beschäftigtes Pärchen, küssend und fummelnd. Langsam zog sich Janet zur anderen Seite des Zimmers zurück, und dort trafen wir den schlanken Akademiker mit der

Brille. Er ist scharfsinnig, nervös und scharfsinnig. Er überreichte ihr ein Glas, und sie trank.
»Sie mögen es also *doch*!« bemerkte er provozierend.
»Was ich gean sehn wüade«, sagte Saccharissa mit großer Anstrengung, »is'n Wettkampf zwischen den Teilnehmerinnen bei den Olympischen Spielen und den Teilnehmern. Ich kann mir nich vorstelln, daß die weiblichen Athleten nur *inne Nähe* vonne Leistungen der männlichen kommen wüaden.«
»Aber die amerikanischen Frauen sind so *außergewöhnlich*«, sagte der Mann aus Leeds. »Ihre allesüberwindende Energie, verehrte Dame, diese weltweite amerikanische Effizienz! Wozu benötigt ihr sie, verehrte Damen?«
»Wozu? Um die Männer zu erobern!« schrie Saccharissa schmetternd.
»In maim Kinderhian«, imitierte Janet die Sprecherin, »foamt sich langsam'ne bestimmte Übazeugung.«
»Die Überzeugung, daß jemand beleidigt wird?« fragte Scharfbrille. In Wirklichkeit sagte er das natürlich nicht.
»Gehen wir«, meinte Janet. *Ich weiß, dies ist die falsche Party, aber wo will man die richtige Party finden?*
»Oh, Sie wollen doch nicht etwa schon gehen!« sagte Scharfbrille energisch. Und dabei zuckte er auch noch; sie zucken immer so herum.
»Doch, das will ich«, sagte Janet.
»Aber nein, natürlich nicht«, entgegnete er. »Sie fangen gerade an, sich zu amüsieren. Die Party kommt ja erst in Schwung. Hier« (er drückte uns auf die Couch) »ich hole Ihnen noch einen.«
Du bist in eine seltsame Gesellschaft geraten, Janet. Halte dich zurück.
Er kam mit einem weiteren Glas an, das Janet auch leerte. Uh-oh. Bis sie sich wieder erholt hatte, machten wir Trivialkonversation. Vertrauensselig beugte er sich vor. »Was halten *Sie* vom neuen Feminismus, hm?«
»Was ist...« (sie versuchte es erneut), »was ist der... mein Englisch ist nicht so gut. Können Sie das genauer erklären?«
»Äh, was halten Sie von den Frauen allgemein? Sind Sie der Ansicht, daß sie mit den Männern konkurrieren können?«
»Ich kenne keine Männer.« Langsam wird sie sauer.
»Ha-ha!« stößt Scharfbrille aus. »Ha-ha-ha! Ha-ha!« (Genauso lachte er, in kleinen, scharfen Ausbrüchen.) »Ich heiße Ewing, und wie heißen Sie?«
»Janet.«
»Nun, Janet, ich werde Ihnen sagen, was ich von dem neuen Feminismus halte. Ich denke, das ist ein Fehler. Ein sehr schwerwiegender Fehler.«
»Oh«, bemerkte Janet matt. Ich trat sie, ich trat sie, ich trat sie.
»Ich habe nichts gegen die Intelligenz der Frauen«, sagte Ewing. »Einige

meiner Kollegen sind Frauen. Es ist nicht die Intelligenz der Frau. Es ist ihre Psychologie. Eh?«
Er ist ein kleiner Scherzbold. Schlag ihn nicht.
»Was Sie nicht vergessen dürfen, ist die Tatsache, daß die meisten Frauen schon jetzt emanzipiert sind«, sagte Ewing und zerfetzte energisch eine Serviette. »Sie mögen, was sie tun. Und sie tun es, weil sie es mögen.«
Janet, nicht.
»Nicht nur das, ihr Mädchen geht die Sache auch noch von der falschen Seite an.«
Du befindest dich im Haus fremder Leute. Sei höflich.
»Ihr könnt die Männer nicht auf ihren eigenen Gebieten schlagen«, sagte er. »Keiner würde sich mehr darüber freuen, wenn die Frauen alle ihre Rechte bekämen, als ich. Wollen wir uns nicht setzen? Na also. Wie ich schon sagte, ich bin ganz dafür. Bringt eine dekorative Note ins Büro, nicht? Ha-ha! Ha-ha-ha! Ungleiche Bezahlung ist eine Schande. Aber Sie müssen sich immer vor Augen halten, Janet – Frauen sind gewissen physischen Einschränkungen unterworfen« (hierbei nahm er die Brille ab, putzte sie mit einem ausgezackten, kleinen blauen Wolltuch und setzte sie wieder auf) »und Sie müssen innerhalb Ihrer physischen Begrenzungen arbeiten.«
»Zum Beispiel«, fuhr er fort, ihr Schweigen fälschlicherweise für Weisheit haltend, während im Hintergrund Ludicrissa über etwas oder jemanden »Wie wahr! Wie wahr!« murmelte, »müssen Sie in Betracht ziehen, daß es Jahr für Jahr in New York City allein zweitausend Vergewaltigungen gibt. Damit will ich nicht sagen, daß dies eine gute Sache ist, aber man muß es in Betracht ziehen. Männer sind körperlich stärker als Frauen, wissen Sie.«
(Stellen Sie sich vor: Ich, hinter der Couch, zerre wie eine Homunkula an ihrem Haar, schlage sie auf den Kopf, bis sie nicht mehr wagt, den Mund aufzumachen.)
»Natürlich sind Sie keine dieser... äh... Extremistinnen, Janet«, fuhr er fort. »Diese Extremistinnen beziehen diese Dinge nicht mit in ihre Rechnung ein, oder? Nein, keinesfalls! Wohlgemerkt, ich will nicht ungleiche Löhne verteidigen, aber an bestimmten Tatsachen können wir ganz einfach nicht vorbeigehen. Oder doch? Übrigens, ich mache zwanzigtausend im Jahr. Ha! Ha-ha-ha!« Und ab ging's in einen neuen Stakkatolachanfall.
Sie quiekte etwas – denn ich drückte ihr den Hals zu.
»Was?« fragte er. »Was sagten Sie?« Kurzsichtig musterte er sie. Unser Kampf mußte Spuren von außergewöhnlicher Intensität in ihrem Gesichtsausdruck hinterlassen haben, denn er schien sehr geschmeichelt von dem, was er sah; er drehte scheu den Kopf zur Seite, warf einen verstohle-

nen Blick aus den Augenwinkeln, um dann – wie ein exotischer Vogel – den Kopf in die Normalstellung zurückschnellen zu lassen.
»Sie sind eine bemerkenswerte Gesprächspartnerin«, sagte er. Dann begann er leicht zu schwitzen. Die Fetzen seiner Serviette wechselte er von einer Hand in die andere. Er warf sie zu Boden und klopfte sich die Handflächen ab. Jetzt wird er es tun.
»Janet... äh... Janet, ich frage mich, ob Sie...«, er tastete blind nach seinem Glas, »das heißt, falls... äh... Sie...«
Aber wir waren weit weg und warfen Mäntel wie Geysire aus dem Kleiderschrank.
Ist das deine Methode der Werbung!
»Nicht genau«, sagte ich. »Siehst du...«
Baby, Baby, Baby. Es ist der Gastgeber, betrunken genug, um keine Rücksicht zu nehmen.
Oje. Immer Dame bleiben.
Sie zeigte ihm ihre Zähne. Alle. Er sah ein Lächeln.
»Du bist hübsch, Schätzchen.«
»Danke. Aber ich gehe jetzt.« (Gut für sie.)
»Nee!« Und er nahm uns beim Handgelenk. »Nee, du gehst nicht.«
»Lassen Sie mich sofort los«, verlangte Janet.
Sag es laut. Jemand wird dir zu Hilfe eilen.
Kann ich mir denn nicht selbst helfen?
Nein.
Warum nicht?
Die ganze Zeit über liebkoste er ihr Ohr, und ich zeigte meinen Ekel, indem ich mich erschrocken in einer Ecke zusammenkauerte, immer ein Auge auf die Party gerichtet. Alle schienen belustigt.
»Gib uns ein Abschiedsküßchen«, sagte der Gastgeber, der unter anderen Umständen als attraktiv durchgegangen wäre, ein wuchtiger Marinesoldat, sozusagen. Ich stieß ihn weg.
»Was'n los; bist wohl ein bißchen prüde?« sagte er, schloß uns in seine mächtigen Arme und so weiter – nun ja, so mächtig waren sie nun auch wieder nicht, ich will Ihnen nur das Gefühl dieser Szene vermitteln. Schreit man, so sagen die Leute, man sei melodramatisch; gibt man nach, so gilt man als Masochist; wirft man ihm Schimpfwörter an den Kopf, dann ist man eine Schlampe. Wenn du ihn schlägst, wird er dich umbringen. Das beste ist, man erträgt alles unverzagt und hofft auf einen Retter. Nehmen Sie aber mal an, der Retter kommt nicht?
»Laß los, du...«, rief Janet (ein russisches Wort, das ich nicht verstand).
»Haha, verführe mich«, sagte der Gastgeber mit vorgestülpten Lippen und drückte ihre Handgelenke. »Verführe mich, verführe mich«, und er wackelte zweideutig mit den Hüften.

Nein, nein, verhalte dich weiter wie ein braves Mädchen.
»Machen sich die Menschen auf diese Art gegenseitig den Hof?« schrie Janet. »Ist das Freundschaft? Ist das Höflichkeit?« Ihre Stimme war außergewöhnlich laut. Er lachte und schüttelte sie an den Handgelenken.

»Ihr Wilden«, schrie sie. Stille hatte sich über die Party gesenkt. Der Gastgeber blätterte eifrig in seinem Büchlein über die besten Erwiderungen, fand aber nichts. Dann schlug er unter dem Stichwort »Wilder« nach, nur um es mit den Adjektiven maskulin, brutal, viril, kraftvoll, gut erklärt zu finden. Das veranlaßte ihn zu einem breiten Lächeln. Er legte das Buch beiseite.
»Mach nur so weiter, Schwester«, meinte er lässig.
Also stieß sie ihn um. Es geschah blitzschnell, und da lag er nun auf dem Teppich. Wie wahnsinnig blätterte er sich durch das Buch; was soll man unter derartigen Umständen auch anderes tun? (Es war ein kleines Bändchen in – entschuldigen Sie mich – falsches, blaues Leder gebunden, wie man es nach der Abschlußprüfung auf jeder High School erhält. Auf dem Umschlag stand in goldenen Lettern: WIE VERHÄLT MAN SICH IN BESTIMMTEN SITUATIONEN.)
»Luder!« (blätter, blätter, blätter) »Prüde Klunte!« (blätter, blätter) »Klötenknicker!« (blätter, blätter, blätter, blätter) »Gottverdammte, kotzüble Kastriererin!« (blätter) »Denkt wohl, ihre sei aus Gold!« (blätter, blätter) »*Das hättest du besser nicht getan!*«
»Was ist?« fragte Janet auf Deutsch.
Er gab ihr zu verstehen, daß sie einmal an Gebärmutterkrebs sterben würde.
Sie lachte.
Er gab ihr weiterhin zu verstehen, daß sie seine guten Manieren unfairerweise zu ihrem Vorteil nutzte.
Sie brüllte vor Lachen.
Er machte im selben Text weiter und sagte ihr, wenn er nicht ein solcher Gentleman wäre, würde er ihre stinkenden Scheißzähne bis zu ihrem stinkenden, beschissenen Arsch runterrammen.
Sie zuckte mit den Schultern.
Er sagte ihr, sie sei ein solch klötenbrechendes, potthäßliches, kotzbrokkenhaftes Arschloch, daß bei ihrem Anblick kein normaler Mann innerhalb einer halben Meile eine Erektion aufrechterhalten könne.
Sie sah verdattert aus. (»Joanna, das sind doch Beleidigungen – oder nicht?«)
Er kam hoch. Ich glaube, er gewann seine Selbstbeherrschung wieder. Mit einem Male wirkte er nicht annähernd so betrunken wie zuvor. Er zog

sein Sportjackett zurecht und klopfte sich den Staub von den Ärmeln. Er sagte, sie hätte sich wie eine Jungfrau benommen, die nicht weiß, was sie tun soll, wenn ein Bursche Annäherungsversuche macht. Sie hätte wie eine gottverdammte, verschreckte kleine Jungfrau gehandelt.
Die meisten von uns hätten es damit auf sich beruhen lassen, was, meine Damen?
Janet schlug ihm eine rein.
Ich glaube nicht, daß sie ihm weh tun wollte; es war mehr ein großer, theatralischer Auftritt, ein Anreiz für weitere Beleidigungen und Tätlichkeiten, ein verächtlicher Du-bist-ja-gar-nicht-auf-der-Hut-Schlag, der ihn in Wut versetzen sollte – was er auch über alle Maßen tat.
Der Marinesoldat sagte: »Du idiotische Nutte, dich mach ich naß!«
Der arme Mann.
Ich konnte die Lage nicht sehr gut überblicken, denn ich hatte mich hinter der Schranktür in Sicherheit gebracht, aber ich sah, wie er auf sie zustürzte und sie ihn zu Boden warf. Er kam wieder auf die Beine, aber wieder wich sie ihm aus und gab ihm einen Stoß, so daß er gegen die Wand krachte – ich glaube, sie war ein wenig beunruhigt, weil sie keine Zeit hatte, einen Blick hinter sich zu werfen, wo doch das Zimmer voller Leute war. Dann stand er wieder. Diesmal blieb er jedoch in Lauerstellung stehen. Aber nun geschah etwas sehr Kompliziertes – er stieß einen Schrei aus, denn sie war plötzlich hinter ihm und wandte einen besonderen Griff an, wobei sie sehr konzentriert zu Werke ging.
»Ziehen Sie nicht so«, sagte sie. »Sie werden sich noch den Arm brechen.«
Das veranlaßte ihn zu noch größeren Anstrengungen. Der kleine kunstlederne Ratgeber flog in hohem Bogen zu Boden, von wo ich ihn aufhob. Es wurde mucksmäuschenstill. Der Schmerz hatte ihm wohl die Sprache verschlagen.
Erstaunt fragte sie in humorvollem Ton: »Warum, um alles in der Welt, wollen Sie nur kämpfen, wenn Sie nicht wissen, wie man das macht?«
Ich holte meinen und Janets Mantel und brachte uns hier heraus, geradewegs in den Aufzug. Dort schlug ich die Hände vor den Kopf.
»Warum hast du das getan?«
»Er hat mich ein Baby genannt.«
Das kleine blaue Buch machte sich in meiner Handtasche selbständig. Ich nahm es heraus und schlug seine letzte Redewendung auf (»Du idiotische Nutte« und so weiter). Darunter stand: *Mädchen zieht sich weinend zurück – die Männerwelt hat sich verteidigt.* Unter »Echter Kampf mit Mädchen« war gedruckt: *Nicht weh tun (außer Huren).* Ich kramte mein eigenes, rosarotes Büchlein hervor, das wir alle mit uns herumtragen, schlug die Instruktionen unter »Brutalität« auf und fand:

An der schlechten Laune des Mannes ist die Frau schuld. Auch für die Wiedergutmachung danach ist die Frau verantwortlich.
Es gab auch Subrubriken, eine (verstärkend) unter »Management« und eine (außergewöhnlich) unter »Martyrium«. In meinem Buch fängt alles mit M an.
Sie passen so gut zusammen, die beiden.
»Ich kann mir nicht vorstellen, daß du hier glücklich wirst«, sagte ich zu Janet.
»Wirf sie beide weg, Liebste«, antwortete sie.

3

Warum tut man so, als kämpfe man (sagte sie), wenn man gar nicht kämpfen kann? Warum gibt man etwas vor? Ich stehe natürlich im Training; das ist mein Beruf, und es macht mich auf Teufel komm heraus wütend, wenn man mich mit Schimpfwörtern belegt. Aber warum belegt man jemanden mit Schimpfwörtern? Immer diese unangenehme Aggression. Richtig, auf Whileaway hat man sich oft ein bißchen in den Haaren, das stimmt, und es gibt obendrein noch die Sache mit dem Temperament, daß man eine andere Person manchmal nicht ausstehen kann. Aber man kann das durch Abstand kurieren. Früher war ich dumm, das gebe ich zu. Im mittleren Alter beginnt man ruhiger zu werden. Vittoria sagt, ich wirke mit meinem Affentheater komisch, wenn Yuki mit unordentlichen Haaren nach Hause kommt. Mit dem Kind, das du geboren hast, deinem Körperkind, ist es so eine Sache. Vor den Kindern kommt man sich auch ganz besonders sauber vor, aber wen interessiert das schon. Wer hat die Zeit, sich darum zu kümmern? Und seit ich S & F-Offizier bin, sehe ich das alles mit anderen Augen: ein Job ist ein Job und muß getan werden, aber ohne Grund will ich ihn nicht tun, will ich nicht die Hand gegen jemanden erheben. Im sportlichen Wettkampf – ja, in Ordnung, aus Haß – nein. Bringe sie auseinander.
Vielleicht sollte ich noch hinzufügen, daß es auch noch ein viertes Duell gab, bei dem niemand getötet wurde. Meine Gegnerin bekam eine Lungenentzündung, dann eine Rückenmarksentzündung – verstehst du, wir waren damals weit von jeglicher Zivilisation entfernt –, und ihre Gesundung machte nur langsam Fortschritte. Ich versorgte sie. Das Nervengewebe bildet sich nur langsam neu. Eine Zeitlang war sie gelähmt, weißt du. Das jagte mir einen zusätzlichen Schrecken ein. Deshalb kämpfe ich nun nicht mehr mit Waffen, ausgenommen bei meiner Arbeit natürlich.
Tut es mir leid, ihm weh getan zu haben?
O nein, mir nicht.

4

Die Whileawayaner sind nicht annähernd so friedlich, wie sie aussehen.

5

In letzter Zeit irgendwelche Büstenhalter verbrannt har har zwinker zwinker Ein hübsches Mädchen wie du braucht sich doch nicht zu emanzipieren zwinker har Hör nicht auf diese hysterischen Weiber zwinker zwinker zwinker Bei zwei Dingen verlasse ich mich nie auf den Rat einer Frau: Liebe und Autos zwinker zwinker har Darf ich Ihre kleine Hand küssen zwinker zwinker zwinker. Har. Zwinker.

6

Auf Whileaway gibt es ein Sprichwort: Wenn Mutter und Kind getrennt werden, weinen beide, das Kind, weil es von der Mutter getrennt ist, und die Mutter, weil sie wieder zurück an die Arbeit muß. Whileawayaner gebären ihre Kinder um die Dreißig – einzeln oder als Zwillinge, so wie es der demografische Druck verlangt. Diese Kinder haben die biologische Mutter (die »Körpermutter«) als einen genotypischen Elternteil, der andere, nicht gebärende Elternteil (andere Mutter), steuert das andere Ovum bei. Kleine Whileawayaner sind für ihre Mütter beides, Quellen schlechter Laune und stolzer Angeberei, Spaß und Profit, Vergnügen und Kontemplation, eine aufwendige Schau, eine Verlangsamung des Lebens, die Möglichkeit, irgendwelchen Interessen nachzugehen, auf welche die Frauen davor verzichten mußten, und die einzige Freizeit, die sie jemals hatten und auch bis ins hohe Alter nicht wieder haben werden. Eine dreißigköpfige Familie darf bis zu vier Mutter-und-Kind-Paare gleichzeitig im gemeinschaftlichen Kinderhort haben. Um Nahrung, Sauberkeit und Schutz braucht sich die Mutter nicht zu kümmern; auf Whileaway gibt man offen zu, daß sie Zeit und Muße haben soll, sich den »feineren geistigen Bedürfnissen« des Kindes zu widmen. In Wahrheit wollen sie natürlich ihren Müßiggang nicht aufgeben. Dann steuern wir unausweichlich auf eine schmerzhafte Szene zu. Im Alter von vier oder fünf werden diese unabhängigen, blühenden, verhätschelten, extrem intelligenten kleinen Mädchen weinend und schimpfend aus der Mitte ihrer dreißig Verwandten gerissen und in die regionale Schule geschickt, wo sie wochenlang Pläne schmieden und kämpfen, bevor sie aufgeben. Von einigen weiß man, daß sie Fallgruben oder kleine Bomben bauten (das Wissen hatten sie von ihren Eltern), um ihre Lehrer zu vernichten. Die Kinder leben in Fünfergruppen zusammen. Unterrichtet werden sie auch in Gruppen, die in ihrer Größe an das jeweilige Fach angepaßt sind. Im großen und ganzen ist ihr Lernstoff praktischer Natur: wie man Maschinen bedient, wie man ohne Maschinen auskommt, Gesetze, Transportprobleme, Physik und so weiter. Sie werden in Leibesübungen und Mechanik unterrichtet. Sie lernen praktische Medizin.

Sie lernen, wie man schwimmt und schießt. Von sich selbst aus führen sie alles weiter, was ihre Muttis taten: sie tanzen, singen, malen und spielen. Bei Erreichen der Pubertät werden sie in die Mittel-Würde eingeführt und in die Welt entlassen: wo immer sie auftauchen, haben Kinder das Recht auf Kost und Logis, solange es nicht die Kräfte der Gemeinschaft übersteigt, die sie versorgt. Nach Hause kehren sie nicht zurück.

Einige natürlich schon, aber von den Müttern wird keine mehr da sein; die Leute sind geschäftig, die Leute reisen viel. Es gibt immer etwas zu tun, und die großen Leute, die zu einer Vierjährigen so nett waren, haben kaum Zeit für eine fast Erwachsene. »Und alles ist so *klein*«, sagte ein Mädchen.

Einige, die vom Forschungsdrang getrieben werden, reisen um die ganze Welt – gewöhnlich in Begleitung anderer Kinder – Kinderhorden, die dies oder jenes besichtigen wollen, oder Kinderhorden, die die Energieversorgungsanlagen umbauen wollen, sind auf Whileaway ein alltäglicher Anblick.

Die Tiefgründigeren geben alle Besitztümer auf und leben in der Wildnis knapp ober- oder unterhalb des achtundvierzigsten Breitengrades, von wo sie mit Tierköpfen, Wunden und Visionen zurückkehren.

Andere geben geradewegs ihren Neigungen nach und verbringen den Großteil ihrer Pubertät, indem sie Halbtagsschauspieler belästigen, Halbtagsmusikern auf den Wecker gehen und sich bei Aushilfslehrern einschmeicheln.

Dummköpfe! (sagen die älteren Kinder, die alles schon hinter sich haben). Warum habt ihr es so eilig? Ihr kommt noch früh genug ans Arbeiten. Mit siebzehn erlangen sie die Dreiviertel-Würde und werden in die Arbeitswelt eingegliedert. Das ist wahrscheinlich die schlimmste Zeit im Leben eines Whileawayaners. Zwar läßt man Gruppen zusammen, wenn dies möglich ist und die einzelnen Mitglieder es wünschen, aber gewöhnlich schickt man diese Heranwachsenden dorthin, wo man sie braucht und nicht dorthin, wohin sie gerne gehen würden. Bevor sie nicht einer Familie beigetreten sind und das Netzwerk formloser Beziehungen zu Gleichgesinnten, das auf Whileaway bis auf die Familie alles ersetzt, aufgebaut haben, dürfen sie weder dem Geographischen Parlament noch dem Berufsparlament beitreten.

Den whileawayanischen Kühen leisten sie menschliche Gesellschaft, weil diese, wenn man ihnen keine Zuneigung entgegenbringt, dahinsiechen und eingehen.
Sie führen maschinelle Routinevorgänge durch, graben vom Erdrutsch verschüttete Menschen frei, überwachen Nahrungsmittelfabriken (mit Steuerhelmen auf dem Kopf, ihre Zehen kontrollieren die jungen Erbsen, ihre Finger die Bottiche und Kontollen, ihre Rückenmuskeln die Karotten und ihre Bauchmuskeln die Wasserzufuhr).
Sie verlegen Rohrleitungen (ebenfalls durch Steuerung).
Sie setzen Maschinen instand.
Man erlaubt ihnen nicht, »zu Fuß« – wie sich der Whileawayaner ausdrückt, und was heißen soll, als einzelne Person und nur mit Werkzeug ausgerüstet, ohne den Steuerhelm, der die Bedienung Dutzender von Waldos über praktisch jede gewünschte Distanz ermöglicht – an Störungen oder Maschinenschäden heranzugehen. Das bleibt den Veteranen vorbehalten.
Sie geben sich mit Computern weder »zu Fuß« ab, noch schalten sie sich über Steuerhelm in sie ein. Das ist die Arbeit erfahrener Veteranen.
Sie lernen einen Ort lieben, nur um am nächsten Tag woanders hingeschickt zu werden, abkommandiert zum Begradigen der Küste oder zum Felderdüngen, dabei nett behandelt von den Einheimischen (falls es gerade welche gibt) und entsetzlich gelangweilt.
Es gibt ihnen etwas, worauf sie sich freuen können.
Mit zweiundzwanzig erlangen sie die volle Würde und dürfen entweder einen zuvor verbotenen Beruf erlernen oder sich das bisher Erlernte schriftlich geben lassen. Man erlaubt ihnen, eine Lehrzeit anzutreten. Sie dürfen in bereits existierende Familien hineinheiraten oder eine eigene Familie gründen. Einige flechten ihr Haar. Jetzt ist das typische whileawayanische Mädchen in der Lage, jeden Job auf dem Planeten auszuführen, ausgenommen Sonderaufgaben und extrem gefährliche Arbeit. Mit fünfundzwanzig hat sie sich einer Familie angeschlossen und so ihre geographische Heimatbasis gewählt (Whileawayaner reisen die ganze Zeit). Ihre Familie besteht wahrscheinlich aus zwanzig bis dreißig Personen, deren Alter von ihrem eigenen bis in die frühen Fünfziger reicht. (Genau wie einzelne Leute altern auch die Familien; daher werden im Alter neue Gruppierungen gebildet. Ungefähr jedes vierte Mädchen muß einer fast neuen Familie beitreten oder selbst eine neue gründen.)
Sexuelle Beziehungen – die mit der Pubertät begannen – werden sowohl innerhalb als auch außerhalb der Familie fortgesetzt, meistens aber außerhalb. Auf Whileaway hat man dafür zwei Erklärungen. »Eifersucht«, lautet die erste und die zweite: »Warum nicht?«
Die whileawayanische Psychologie sieht im ungestörten Aufwachsen

voller Zärtlichkeit und Vergnügen, das durch die Trennung von der Mutter jäh unterbrochen wird, die Grundlage für den whileawayanischen Charakter. Das (so postuliert sie) gibt dem whileawayanischen Leben seine charakteristische Unabhängigkeit, seine Unbefriedigtheit, seinen Argwohn und seine Tendenz zu einem recht empfindlichen Solipsismus.
»Ohne die wir alle zu zufriedenen Trotteln würden, *nicht wahr?*« (sagt dieselbe Dunyasha Bernadetteson, q.v.)
Hinter dieser Unbefriedigtheit verbirgt sich jedoch grenzenloser Optimismus; die Whileawayaner können jenes frühe Paradies nicht vergessen, und jedes neue Gesicht, jeder neue Tag, jeder Zug Rauch, jeder Tanz bringt die Möglichkeiten zurück, die das Leben bietet. Genau wie Schlaf und Essen, Sonnenaufgang, Wetter, Jahreszeiten, Maschinen, Tratsch und die ewigen Verlockungen der Kunst.
Sie arbeiten zuviel. Sie sind unglaublich ordentlich.
Und doch ist in die alte Steinbrücke, die New City auf dem Südkontinent mit Varyas Little Alley Ho-ho verbindet, eingemeißelt:

DU WEISST NICHT, WAS GENUG IST,
BEVOR DU NICHT WEISST, WAS MEHR ALS GENUG IST.

Wenn man Glück hat, wird einem das Haar früh weiß; wenn – wie in alten chinesischen Gedichten – jemand über sich selbst träumt, dann träumt er vom Alter. Denn im Alter hat die whileawayanische Frau – jetzt nicht mehr so stark und unverwüstlich wie die Jungen – gelernt, sich auf eine Art mit Rechenmaschinen zu verbinden, die, wie es heißt, nicht beschrieben werden kann und einem Niesen ähnelt, das dauernd unterdrückt wird. Es sind die Alten, denen man die Bürojobs gibt, die Alten, die ihre Tage mit Kartenzeichnen, Malen, Denken, Schreiben, Zusammentragen und Komponieren verbringen können. In den Bibliotheken kommen alte Hände unter den Steuerhelmen hervor und geben einem die Reproduktionen der Bücher, die man verlangt; alte Füße bewegen sich unter den Computerbänken hin und her, baumelnd wie die von Humpty Dumpty; alte Damen kichern schaurig, während sie *Die Blasphemische Kantate* (eines von Ysayes Lieblingsstücken) oder verrückte Mondstadt-Landschaften kreieren, die sich trotz allem als machbar erweisen; von fünfzig alten Gehirnen leitet eines eine Stadt (die Kontrollen nehmen zwei schlecht gelaunte Youngster vor), während sich die anderen neunundvierzig in einer Freiheit herumtreiben, die sie seit ihrer Jugend nicht mehr hatten.
Auf Whileaway sind die Jungen ziemlich pedantisch, was die Alten anbelangt. In Wirklichkeit haben sie keine gute Meinung von ihnen.
Tabus auf Whileaway: sexuelle Beziehungen mit jemandem, der beträchtlich älter oder jünger ist als man selbst, Verschwendung, Ignoranz, jemand beleidigen, ohne daß man das beabsichtigt.

Und natürlich die legalen Mord- und Diebstahlsuntersuchungen – beide Verbrechen sind in der Tat recht schwer zu begehen. (»Siehst du«, erzählt Chilia, »es ist Mord, wenn es heimlich geschieht, oder sie nicht kämpfen will. Deshalb rufst du ›Olaf!‹, und wenn sie sich herumdreht, dann...«)
Kein Whileawayaner arbeitet mehr als drei Stunden an einer Sache, es sei denn in Notfällen.
Kein Whileawayaner heiratet monogam. (Manche schränken ihre sexuellen Beziehungen auf eine Person ein – wenigstens wenn diese Person in der Nähe ist –, aber es gibt keine legalen Vereinbarungen.) Die whileawayanische Psychologie bezieht sich wiederum auf das Mißtrauen gegenüber der Mutter und die Widerwärtigkeit, Bande zu knüpfen, welche die ganze Person die ganze Zeit über auf allen Gefühlsebenen engagiert. Und auf die Notwendigkeit künstlicher Unzufriedenheit.
»Ohne die« (sagt Dunyasha Bernadetteson, op.cit.) »würden wir so glücklich werden, daß wir uns auf unsere dicken, hübschen Hintern setzten und schon bald zu hungern anfingen, *njet?*«
Aber darunter ist auch die unglaublich explosive Energie, die Heiterkeit hoher Intelligenz, der versteckte Witz, die Geistesart, die Industriegebiete in Gärten verwandelt, die Oasen der Wildnis am Leben erhält, in denen nie jemand lange lebt, die Szenerien über einen Planeten verstreut, Berge, Gleiterreservate, Sackgassen, komische Nacktstatuen, kunstvolle Tautologienlisten, mathematische Kreisbeweise (die Afficionados zu Tränen rühren können) und die besten Wandkritzeleien hier oder auf jeder anderen Welt.
Whileawayaner arbeiten die ganze Zeit. Sie arbeiten. Und sie arbeiten.
Und sie arbeiten.

7

Zwei Alte an den Enden der Computerdirektverbindung zwischen Stadt und Steinbruch (Privatpersonen müssen sich mit dem Funkengeneratorradio zufriedengeben) schreien sich aus vollem Halse an, während in der Nähe fünf grüne Mädchen gelangweilt schmollen:
Mit fünf Frischlingen kann ich nichts anfangen; ich brauche zwei Zu-Fuß-Prüfer und Schutzausrüstung für einen!
Geht nicht.
Inkomp...
?
Hörst du!
Ach, ja.
(affektierte Verachtung)

Wenn eine Katastroph...
Wird nicht!
Und so weiter.

8

Ein Trupp kleiner Mädchen betrachtet drei Silberreifen, die um einen Silberkubus geschweißt sind. Die Mädchen lachen so sehr, daß einige auf die Herbstblätter gefallen sind, die die Plaza bedecken, und sich den Bauch halten. Das ist keine Störung oder die ignorante Reaktion auf irgend etwas Neues; das sind echte kleine Genießer, die drei Tage lang getrampt sind, um das zu sehen. Ihre Hüftpacken liegen neben den Springbrunnen am Rand der Plaza verstreut.
Eine: Wie schön!

9

Im Steinbruch in Newland singt Henla Anaisson zwischen den Schichten. Ihr Publikum besteht aus ihrer einzigen Kollegin.

10

Eine Belin, verrückt geworden und nicht mehr imstande, die Langweiligkeit ihrer Arbeit zu ertragen, flieht über den achtundvierzigsten Breitengrad hinaus, um dort für immer zu bleiben. »Ihr existiert nicht« (heißt es in einer arroganten Nachricht, die sie zurückläßt), und obwohl der S & F des Countys mit dieser weitverbreiteten Anschauung übereinstimmt, folgt sie ihr – nicht, um sie zur Rehabilitation, ins Gefängnis oder zu Studienzwecken zurückzubringen. Was gibt es da zu rehabilitieren oder zu studieren? Wenn wir könnten, würden wir es alle tun. Und einsperren ist einfach grausam.
Sie haben es erraten.

11

»Solange nicht mir oder mein« (schrieb Dunyasha Bernadetteson 368 n. K.) – »okay.«
»Falls mir oder mein – oje.«
»Falls wir und unser – *seid auf der Hut!*«

12

Whileaway ist mit der Reorganisation der Industrie beschäftigt, die sich konsequenterweise aus der Entdeckung des Steuerprinzips ergab.
Der Whileawayaner arbeitet sechzehn Stunden in der Woche.

Vierter Teil

1

Nachdem sie sechs Monate mit mir zusammen in der Hotelsuite gelebt hatte, drückte Janet Evason ihr Verlangen aus, bei einer typischen Familie einzuziehen. Ich hörte sie im Badezimmer singen:

Ich weiß,
Daß mein
Erlö-öser
Lebt,
Und Sie
Am jüngsten Ta-ag   (Krächzen)
Auf Erden
Steht.

»Janet?« Diesmal sang sie (nicht schlecht) die zweite Variation zu den Zeilen, worin der Sopran die Melodie auszuschmücken beginnt:

Ich weiß,   (hoch)
Da-aß mein   (Geräusch)
E-e-erlööser   (Tremolo)
Lebt,
Und Sie
Am jüngsten Tag...   (konvex)
Und Sie
Am jüngsten Tag...   (konkav)

»Janet, es ist ein Mann!« brüllte ich. Sie ging in die dritte Variation, worin sich die Melodie zu ihrer eigenen Verzierung verflüssigt, und sang sehr nett und recht unsauber:

Ich weiß,   (hoch)
Daß mein Erlöö...   (an dieser Stelle in den höchsten Höhen)
ser
Le-e-ebt,   (hoch, hoch, hoch)
Und Sie
Am jüngsten Tag...   (voller Hoffnung)
Und Sie am jüngsten Tag   (höher)
Auf E-e-e-e-e-rden   (Geräusch, Tremolo, Wasserhahn)
Steht.   (ausklingend)

»JANET!« Aber natürlich hört sie nicht.

2

Whileawayaner mögen große Ärsche, deshalb bin ich froh, berichten zu können, daß es nichts dergleichen in der Familie gab, bei der sie einzog. Vater, Mutter, Teenagertochter und Familienhund waren alle entzückt davon, plötzlich berühmt zu sein. Die Tochter brachte es an der örtlichen High School zu Auszeichnungen. Als Janet sich eingerichtet hatte, machte ich einen Abstecher auf den Dachboden; mein Geist ergriff Besitz von dem alten Vier-Pfosten-Bett direkt vor dem Kamin, neben Pelzmänteln und der Einkaufstasche voller Puppen; und langsam, langsam infizierte ich das ganze Haus.

3

Laura Rose Wilding aus Anytown, U.S.A.
Sie hat einen schwarzen Pudel, der im Garten unter den Bäumen winselt und sich im braunen Laub kugelt. Für einen Kurs in der Schule liest sie die Christlichen Existentialisten. Strahlend vor Gesundheit durchquert sie das Oktoberwetter, um Miß Evason ungeschickt die Hand zu schütteln. Sie ist pathologisch schüchtern. Mit leuchtenden Augen, so wie es beliebte oder bekannte Leute an sich haben, steckt sie eine Hand in die Jeanstasche und zieht mit der anderen am Reißverschluß ihrer Herren-Lederjacke. Sie hat kurzes, sandfarbenes Haar und Sommersprossen. Immer wieder sagt sie zu sich selbst Non Sum, Non Sum, was entweder heißt *ich existiere nicht* oder *ich bin nicht das*, je nachdem, wie man sich fühlt. Das hat Martin Luther während seines Wutanfalls im Klosterchor wohl auch ausgerufen. »Kann ich jetzt gehen?«

4

Der schwarze Pudel Samuel winselte und rannte durch die Säulenhalle; dann bellte er hysterisch und verteidigte das Haus gegen Gott-weiß-was. »Wenigstens ist sie eine Weiße«, sagten sie alle.

5

Janet, die in ihrer schwarzweißen Tweedjacke mit dem Fuchskragen wie ein Filmstar aussah, hielt im örtlichen Frauenclub einen Vortrag. Sie sagte nicht viel. Jemand gab ihr Chrysanthemen, die sie wie einen Baseballschläger nach unten hielt. Ein Professor vom örtlichen College referierte über andere Kulturen. Der ganze Raum war voller Geschenke aus den Reihen des Clubs – Schokoladenplätzchen, Puddingkuchen, Saure-Sahne-Kuchen, Honigplätzchen, Kürbistorte – natürlich nicht zum Essen, nur zum Bestaunen, aber schließlich aßen sie doch alles, weil es jemand tun muß, sonst sehen die Sachen so unecht aus. »Herrje, Mildred, du hast den Fußboden gebohnert!« und sie wird vor Glück ohnmächtig. Laur, die für die Existentialisten Psychologie liest (habe ich schon gesagt, oder?), serviert in einem viel zu großen Männerhemd, aus dem man sie nicht herausbekommt, egal, was man anstellt, und ihren alten, abgetragenen Jeans dem Club Kaffee. In Leichentücher gewickelt. Sie ist ein aufgewecktes Mädchen. Mit dreizehn fand sie heraus, daß man nach Mitternacht auf UHF alte Filme mit Mae West oder Marlene Dietrich (die ein Vulkan ist; sehen Sie sich die Augenbrauen an) hereinbekommt, wenn man nur lange genug dreht, mit vierzehn, daß Pot hilft und mit fünfzehn, daß Lesen sogar noch besser ist. Während sie ihre randlose Brille trug, lernte sie, daß die Welt voll von intelligenten, attraktiven, talentierten Frauen ist, die ihre Karriere mit ihrer Hauptverantwortung als Ehefrauen und Mütter vereinbaren können und die von ihren Ehegatten geschlagen werden. Als Konzession für den Clubtag hat sie sich eine goldene Ringnadel ans Hemd gesteckt. Sie liebt ihren Vater, und einmal ist genug. *Jeder weiß*, daß Frauen, so gern sie auch Wissenschaftler oder Ingenieur werden wollen, vor allem frauliche Begleiterinnen des Mannes (was?) und Wärter der Kindheit sein wollen. *Jeder weiß*, daß sich ein Großteil der fraulichen Identität aus ihrer Attraktivität herleitet. Laur hängt einem Tagtraum nach. Sie sieht überhaupt nichts. Nach der Party wird sie steifbeinig aus dem Raum marschieren, hinauf in ihr Schlafzimmer, wo sie im Schneidersitz auf dem Bett bei Engels über die Familie nachlesen und in sauberer Schrift präzise Bemerkungen auf den Rand setzen wird. Sie hat Bücherregale voll von derart kommentierten Werken. Nicht unbedingt nur »Wie wahr!!!!« oder »oiseaux = Vögel«. Sie ist von Meerjungfrauen, Fischen, Meerespflanzen, wandernden Farnwedeln umgeben. Auf den Gemütsströmen des Zimmers segeln jene seltsamen sozialen Artefakte, halb aufgelöst in Natur und Rätsel: ein paar hübsche Mädchen. Laur träumt, sie sei Dschingis Khan.

6

Ein schönes, nackt schwimmendes Mädchen, dessen Brüste wie Blumen auf dem Wasser treiben, ein Mädchen im regennassen Hemd, das ohne Umschweife sagt, es bumse mit seinen Freunden, das ist etwas Reelles.

7

Ich habe Anytown gern. Ich liebe es, abends auf die Kolonnade hinauszugehen und auf die Lichter der Stadt zu schauen: Glühwürmchen in der blauen Abenddämmerung, über dem Tal, am jenseitigen Hügel, weiße Häuser, wo Kinder spielten und sich ausruhten, wo Frauen Kartoffelsalat anrichteten, nachdem sie tagsüber den Hund im braunen Herbstlaub Stöckchen apportieren ließen, Familien im Kaminfeuerschein, tausend und aber tausend gleichartige gemütliche Tage.
»Bist du gerne hier?« fragte Janet beim Nachtisch und rechnete nicht damit, daß man sie anlügen könnte.
»Hah?« sagte Laur.
»Unser Gast möchte wissen, ob dir das Leben hier gefällt«, sagte Mrs. Wilding.
»Ja«, antwortete Laur.

8

In den Vereinigten Staaten von Amerika gibt es mehr Kraniche als Frauen im Kongreß.

9

Das also sind Lauras schlimmste Gedanken: lebenslänglich eingeschneit, ein düsteres, in Baumwolle verpacktes Zimmer im ersten Stock, in welchem Selbst auf der Fensterbank Steine und Muscheln zählt. Jenseits der Fensterscheibe kann man nichts erkennen, nur fallender weißer Himmel – keine Fußstapfen, keine Gesichter –, obwohl Selbst gelegentlich zum Fenster geht und, in Schneelicht gebadet, in der versteinerten Wirbelwüste die begrabenen Umrisse zweier toter Liebenden, unschuldig und unerotisch, die Schneeverwehung ihr Mahnmal, sieht (oder zu sehen glaubt).
Wende dich ab, Mädchen; gürte deine Lenden; lies weiter.

10

Janet träumte, daß sie rückwärts skatete, Laura, daß ihr eine schöne Fremde beibrachte, wie man schießt. Im Traum beginnt die Verantwortung. Laura kam zum Frühstückstisch herunter, nachdem alle bis auf Miß

Evason gegangen waren. Nach einem willkürlichen Schema, das sie für idiotisch, aber sehr lustig halten, praktizieren die Whileawayaner geheime Trauminterpretationen. Janet sah schuldbewußt ein, wie entgegengesetzt ihr Traum erklärbar war und kicherte um ihren Toast herum. Sie biß hinein und krümelte. Als Laura ins Zimmer kam, setzte sich Janet aufrecht und lachte nicht. »Ich verabscheue Frauen, die nicht wissen, wie sie Frauen sein sollen«, sagte Janet, das Opfer der Bauchrednerei, ernst. Janet und ich sagten nichts. In ihrem Nacken bemerkten wir Samenflaum und Tau – in mancher Hinsicht gleicht Laur mehr einer Dreizehn- als einer Siebzehnjährigen. Sie schminkt sich zum Beispiel. Mit sechzig wird Janet knochig sein, weiße Haare und überraschte blaue Augen haben – ein recht hübsches menschliches Wesen. Und Janet hat die Leute am liebsten natürlich, nicht aufgetakelt, daher gingen ihr Laurs weites Hemd und ihre unmöglichen Hosen auf die Nerven. Sie wollte fragen, ob es sich um ein Hemd oder um zwei handelte; bekommst du einen Schreikrampf, wenn du dich selbst siehst?
Sie hielt ihr ein mit Butter bestrichenes Stück Toast hin, und Laur nahm es mit einer Grimasse entgegen.
»Ich kann, zum Teufel noch mal, nicht verstehen, wo sie am Sonntagmorgen alle hingehen« bemerkte Laur in ganz anderem Tonfall. »Man könnte meinen, sie wollten die Sonne einholen.« Schnippisch und erwachsen.
»Mir träumte, ich würde lernen, wie man mit einem Gewehr umgeht«, fügte sie hinzu. Zunächst dachten wir daran, ihr das geheime Traumsystem anzuvertrauen, mit dessen Hilfe Whileawayaner Materie umformen und die Galaxien küssen, aber dann überlegten wir es uns anders. Verdutzt versuchte Janet die Krümel aufzutippen, die ihr auf den Tisch gefallen waren; Whileawayaner essen nichts Bröselndes. Ich verließ sie und schwebte zur Etagere hoch, wo nebeneinander aufgereiht zwei Vögel aus Biskuitporzellan, die Schnäbel umeinandergewunden, ein kristallener Salzstreuer, ein kleiner Mexikanerhut aus Holz, ein silberner Miniaturkorb und ein Terrakotta-Aschenbecher, der ein realistisches Kamel darstellte, standen. Einen Moment sah Laur ungewöhnlich gefaßt und durchdringend auf. Ich bin ein Geist, wie Sie sich erinnern werden. »Zum Teufel damit«, sagte sie.
»Was?« fragte Janet. Diese Erwiderung erachtet man auf Whileaway als ziemlich höflich. Ich, die ich als chronischer Quälgeist zwischen ihnen stand, zwickte Janet in die Ohren, riß an ihnen, wie der Tod im Gedicht. Nirgendwo, weder auf dem Meeresgrund noch auf dem Mond, habe ich bei meinen körperlosen Wanderungen jemand angetroffen, der seine Angelegenheiten mit einer dickköpfigeren Unschuld angeht als Miß Evason. In ihrer unverblümten Phantasie knöpfte sie Laur das Hemd auf und

streifte ihr die Hosen auf die Knie. Auf Whileaway beziehen sich die gesellschaftlichen Tabus auf das Alter. Miß Evason lächelte nicht mehr.

»Zum Teufel damit, habe ich gesagt«, wiederholte das kleine Mädchen aggressiv.
»Was hast du...?«
(Die Gedanken-Laura lächelte hilflos und naiv über ihre Schulter und zitterte ein wenig, als ihre Brüste berührt wurden. Was wir gerne sehen, das ist der Ausdruck von Zuneigung.)
Sie musterte ihren Teller. Mit dem Finger zeichnete sie Linien darauf.
»Nichts«, sagte sie. »Ich möchte dir etwas zeigen.«
»Also los«, sagte Janet. Ich wette, Ihnen werden die Knie weich. Janet glaubte das nicht. Im ganzen Haus liegen diese Modemagazine herum. Mrs. Wilding liest sie; Pornographie für den gehobenen Geschmack. Mädchen mit triefenden Haaren in nassen, knappsitzenden Badeanzügen, dümmliche Mädchen in übergroßen Sweatern, ernste Mädchen in rückenfreien Abendkleidern, die seitlich ihre schmalen Rippen kaum verdeckten. Alle sind sie schlank und jung. Stoße und schiebe das kleine Mädchen zurecht, während du ihm ein Kleid anpaßt. Steh hier. Steh dort. Wie sie, halb ohnmächtig, einander in die Arme fallen. Janet, die sich im Gegensatz zu mir nie etwas vorstellt, was nicht gemacht werden kann, wischte sich den Mund ab, faltete ihre Serviette, stieß den Stuhl zurück, erhob sich und folgte Laur ins Wohnzimmer. Die Treppe hoch. Aus ihrem Schreibtisch nahm Laur einen Notizblock und gab ihn Miß Evason. Wir standen unsicher herum und wußten nicht, ob wir lachen oder weinen sollten. Janet sah auf das Manuskript, dann starrte sie über den Rand auf Laura und wieder auf den Block, um noch einige Zeilen zu erhaschen.
»Ich kann das nicht lesen«, sagte ich.
Laura zog mit ernster Miene die Augenbrauen hoch.
»Die Sprache kenne ich, aber mir ist der Kontext nicht klar«, sagte Janet.
»Ich kann das nicht beurteilen, mein Kind.«
Laura sah böse drein. Ich glaubte schon, sie würde die Hände ringen, aber nichts dergleichen. Sie ging zum Schreibtisch zurück und übergab Miß Evason etwas anderes. Ich wußte genug über Mathematik, um es als Aufgabe aus diesem Bereich zu erkennen. Sie versuchte Janet mit ihrem Blick aufzuspießen. Janet überflog ein paar Zeilen, lächelte gedankenvoll und stieß dann auf ein Hindernis. Etwas war falsch. »Dein Lehrer...«, begann Miß Evason.
»Ich habe keinen Lehrer«, konterte die scharfsinnige Laur. »Ich bringe mir alles selbst aus Büchern bei.«
»Dann haben die Bücher unrecht«, sagte Janet. »Sieh mal«, fuhr sie fort und kritzelte Formeln auf den Rand. Was für außerordentliche Phäno-

mene mathematische Zeichen doch sind! Ich flog zu den Vorhängen, Vorhänge, die Mrs. Wilding selbst gewaschen und gebügelt hatte. Nein, sie hatte sie in die Reinigung gebracht, wobei sie im Wildingschen Kombiwagen die Kupplung zu früh kommen ließ. In der Zeit, die sie für Waschen und Bügeln aufzuwenden gehabt hätte, las sie Freud. Die Vorhänge waren nicht nach Laurs Geschmack. Sie hätte sie am liebsten eigenhändig heruntergerissen. Sie weinte. Sie bat. Sie fiel in Ohnmacht. Und so weiter.
Zusammen beugten sie sich über das Buch.
»Gottverdammt«, sagte Janet in freudiger Überraschung.
»Du kennst dich in Mathe aus!« (Das war Laur).
»Nein, nein, ich bin nur ein Amateur, ich bin nur ein Amateur«, sagte Miß Evason, die wie ein Seehund im Zahlenmeer schwamm.
»Das Leben ist so kurz und das Handwerk so schwer zu erlernen«, zitierte Laur und wurde krebsrot. Der Rest heißt: *Ich meine die Liebe.*
»Was?« meinte Janet gedämpft.
»Ich bin in jemanden aus der Schule verliebt«, gestand Laur. »In einen Mann.«
Ein wirklich außergewöhnlicher Ausdruck, etwa das, was man meint, wenn man ein Gesicht als *Studie* bezeichnet – sie kann nicht wissen, daß ich weiß, daß sie nicht weiß, daß ich es weiß –, schlich sich in Janets Gesicht, und sie sagte: »Oh, natürlich«, wonach man sichergehen konnte, daß sie kein Wort davon glaubte. Sie sagte nicht: »Du bist zu jung.« (Nicht für ihn, nicht selbst, Schwachkopf).
»Aber sicher«, fügte sie hinzu.

11

Da ich ein Opfer des Penisneids bin (sagte Laura), kann ich nie glücklich werden oder ein normales Leben führen. Als ich klein war, arbeitete meine Mutter als Bibliothekarin, und sie glaubt, daß mich das deformiert hat. Neulich kam im Bus ein Mann auf mich zu, nannte mich Süße und sagte: »Warum lächelst du nicht? Gott liebt dich!« Ich starrte ihn nur an. Aber bevor ich nicht gelächelt hatte, wollte er nicht gehen, also tat ich es schließlich. Alles lachte. Einmal habe ich es versucht, weißt du. Ich ging fein angezogen zum Tanz, aber ich kam mir idiotisch vor. Jeder machte dauernd ermutigende Bemerkungen über mein Aussehen, als hätten sie Angst, daß ich mich wieder aus dem Staube machen könnte. Ich *versuchte* es, weißt du, ich bewies, daß ihre Lebensweise richtig war, und sie hatten schreckliche Angst, ich könnte aufhören. Als ich fünf war, sagte ich: »Ich bin kein Mädchen, ich bin ein Genie«, aber das half nichts, möglicherweise weil andere Leute einen solchen Bescheid nicht honorieren. Letztes Jahr gab ich endlich auf und erzählte meiner Mutter, daß ich kein Mädchen mehr sein möchte, aber sie sagte: »O nein, ein Mädchen zu sein ist wunderschön. Warum? Weil du schöne Kleider tragen kannst und nicht viel tun mußt; die Männer werden es für dich tun.« Sie sagte, anstatt den Everest zu besteigen, könne ich den Bezwinger des Everest erobern, und während er den Berg erklimmen muß, könnte ich faul zu Hause liegen, Radio hören und Schokolade naschen. Sie war wohl ein bißchen durcheinander; man kann sich nicht den Erfolg von jemand einverleiben, indem man ihn fickt. Dann führte sie noch weiter an (zuzüglich zu den schönen Kleidern und so), daß in Ehe und Kindern eine mystische Erfüllung liege, die keine unverheirate Frau je erfahren könne. »Klar, Fußböden schrubben«, antwortete ich. »Ich habe *dich*«, gab sie mit mysteriösem Blick zurück. Als ob mich mein Vater nicht auch hätte. Oder meine Geburt sei ein wunderschönes Erlebnis gewesen *et patati et patata*, was eigentlich nicht so recht mit der weltlichen Version übereinstimmt, die wir zu hören bekommen, wenn sie mit ihren Freunden über Unpäßlichkeiten spricht. Als ich ein kleines Mädchen war, glaubte ich, Frauen seien immer krank. Mein Vater sagte: »Was, zum Teufel, hat sie denn nun schon wieder?« Alle diese Lieder, wie sie auch heißen, ich genieße es, ein Mädchen zu sein, ich bin froh, weiblich zu sein, ich bin fein angezogen, die Liebe wird dich für alles entschädigen, tral-la-la. Wo sind denn die Lieder darüber, wie glücklich ich bin, ein Junge zu sein? Den Mann finden. Den Mann behalten. Den Mann nicht erschrecken, Den Mann aufbauen, Den Mann erfreuen, Den Mann unterhalten, Dem Mann folgen, Den Mann besänftigen, Dem Mann schmeicheln, hinter Dem Mann zurückstehen, deine Meinung für Den Mann ändern, deine Entscheidung zugunsten Des Mannes ändern, den Fußboden für Den Mann bohnern, deines Auftretens für Den Mann immerfort bewußt sein, romantisch sein für Den Mann, auf Den Mann anspielen, sich selbst in Dem Mann verlieren. »Ich hatte nie einen Gedanken, der nicht auch deiner gewesen sein könnte.« Schluchz, schluchz. Immer wenn ich mich wie ein menschliches Wesen benehme, sagen sie: »Worüber regst du dich denn so auf?« Sie sagen: Natürlich wirst du heiraten. Sie sagen: Natürlich bist du brillant. Sie sagen: Natürlich machst du deinen Dr. phil. und opferst ihn dann, um Kinder zu kriegen. Sie sagen: Wenn du das nicht machst, wirst du zwei Jobs haben und es nur durchhalten, wenn du außergewöhnlich leistungsfähig bist, was die wenigsten Frauen sind, *und falls du einen sehr verständnisvollen Mann findest*. Solange du nicht mehr Geld machst als er. Wie können sie erwarten, daß ich mit diesem Mist lebe? Ich nahm zwei Sommer lang an einem sozialistischen – nicht wirklich sozialistisch, müssen Sie wissen – Lager teil; meine Eltern sagen, ich müßte meine verrückten

Ideen von dort haben. Den Teufel hab ich. Als ich dreizehn war, wollte mich mein Onkel küssen, und als ich weglaufen wollte, lachten alle. Er hielt mich an den Armen fest und drückte mir einen Kuß auf die Wange. Dann sagte er: »Oho, ich habe mein Küßchen bekommen, ich habe mein Küßchen bekommen!« und alle dachten, es sei viel niedlicher als Worte. Natürlich gaben sie mir die Schuld – es ist harmlos, sagten sie, du bist doch noch ein Kind, er widmet dir seine Aufmerksamkeit; du solltest dankbar sein. Solange er dich nicht vergewaltigt, ist alles in Ordnung. Frauen haben nur Gefühle, Männer haben *Egos*. Der Schulpsychologe sagte mir, ich würde es vielleicht nicht merken, aber ich lebte einen sehr gefährlichen Lebensstil, der möglicherweise zur lesbischen Liebe führen könnte (ha! ha!), und ich sollte versuchen, femininer auszusehen und zu handeln. Ich lachte, bis mir die Tränen kamen. Dann sagte er, ich müsse verstehen, daß die Weiblichkeit eine gute Sache sei, und obschon die Funktionen von Mann und Frau in der Gesellschaft verschieden seien, stünde keine der anderen nach. Verschieden, aber gleich, richtig? Die Männer treffen Entscheidungen, und die Frauen bereiten das Abendessen vor. Ich dachte schon, er würde von dem Rätselhaften-wundervollen-Erfahrungen-die-kein-Mann-kennt-Zeugs anfangen, aber er unterließ es. Statt dessen führte er mich zum Fenster und zeigte mir die teure Boutique gegenüber. Dann meinte er: »Sehen Sie, die Welt gehört trotz allem der Frau.« Schon wieder hübsche Kleider. Ich glaubte, ich würde eine verdammt üble Sauerei verursachen, direkt hier auf seinem Teppich. Ich konnte nicht sprechen. Ich konnte mich nicht bewegen. Mir war unsagbar übel. Er erwartete von mir, daß ich so leben wollte – er sah mich an, und er sah das, nach elf Monaten. Er dachte wohl, ich würde jetzt ein Liedchen anstimmen »Ich bin so froh, ich bin ein Girl«, direkt hier in seinem gottverfluchten Büro. Und einen kleinen Stepptanz. Und einen kleinen Niggershuffle.

»Würden *Sie* gerne so leben?« fragte ich.

»Das ist irrelevant«, sagte er, »denn ich bin ein Mann.«

Ich habe nicht die richtigen Hobbys, verstehen Sie. Ich interessiere mich für Mathematik, nicht für Jungs. Auch das Jungsein ist eine Qual. Man muß den größten Unsinn schlucken.

Jungs haben smarte Mädchen nicht gern. Aggressive Mädchen mögen sie auch nicht. Es sei denn, sie wollen bei den Mädchen auf dem Schoß sitzen. Ich habe noch nie einen Mann getroffen, der es mit einem weiblichen Dschingis Khan machen wollte. Entweder versuchen sie einen zu dominieren, was widerlich ist, oder sie verwandeln sich in Kleinkinder. Man kann es auch genausogut sein lassen. Dann hatte ich eine Psychotherapeutin, die sagte, es sei alles mein Problem, weil ich diejenige sei, die das Boot umkippen wollte, und *man könnte nicht von ihnen erwarten, daß sie sich änderten.* Also muß ich mich wohl ändern. So hat es auch meine beste Freundin ausgedrückt. »Schließe einen Kompromiß«, sagte sie und beantwortete damit den fünfzigsten Anruf in dieser Nacht. »Denke an die Macht, die du über sie erlangst.«

Sie. Immer SIE, SIE, SIE. Ich kann überhaupt nicht mehr an mich denken. Meine Mutter glaubt, ich *mache mir nichts* aus Jungs, obwohl ich ihr dauernd zu sagen versuche: Über eines mußt du dir klar sein, meine Jungfräulichkeit werde ich nie verlieren. Ich bin eine Männerhasserin, und die Leute verlassen das Zimmer, wenn ich eintrete. Tun sie das auch bei Frauenhassern? Nun mal ehrlich?

Sie wird nie wissen – und falls sie es doch erführe, nie glauben –, daß ich Männer manchmal sehr schön finde. Wenn sie aus den Tiefen aufschauen.

Da war ein sehr netter Junge, der einst sagte: »Keine Angst, Laura. Ich weiß, unter deiner harten Schale ist ein weicher Kern.« Und ein anderer meinte: »Du bist stark, wie eine Erdmutter.« Und ein dritter: »Du bist so hübsch, wenn du wütend bist.« Da liegste ja platt inner Gosse, du bist so hübsch, wenn du wütend bist. *Ich will anerkannt werden.*

Ich habe nie mit einem Mädchen geschlafen. Ich könnte es nicht. Ich würde es nicht wollen. Das ist abnormal, und das bin ich nicht, obgleich man schlecht normal sein kann, wenn man nicht tut, was man will oder die Männer nicht liebt. Das zu tun, was ich möchte, wäre normal, wenn nicht gerade das abnormal wäre, was ich möchte. In diesem Fall wäre es abnormal, mich zu erfreuen, und normal, das zu tun, was ich nicht tun möchte, was nicht normal ist.

Sehen Sie, so geht das.

12

Dunyasha Bernadetteson (der brillanteste Kopf auf der Erde, geb. 344 n. K., gest. 426 n. K.) hörte von dieser unglücklichen jungen Person und gab augenblicklich folgendes *shchasnïy* oder mehrdeutige Ein-Wort-Sprichwort zum besten:
»Macht!«

13

Wir harrten aus, lasen Magazine und verbargen die Aktivitäten der Nachbarn auf die diskreteste Art und Weise, und Janet – die uns nicht als völlig menschlich erachtete – behielt ihre Gefühle für sich. Sie gewöhnte sich daran, daß Laur jedesmal, wenn wir abends hinausgingen, neben der Tür stand und unbeugsam dreinblickte, so als wolle sie mit ausgestreckten Armen, wie im Kino, den Durchgang versperren. Aber Laur hielt sich zurück. Janet traf sich ein paarmal mit Männern aus der näheren Umgebung, die aber vor Ehrfurcht die Sprache verloren hatten; von dem, wie diese Dinge normalerweise abliefen, lernte sie überhaupt nichts. Sie besuchte ein Basketballspiel der High School (für Jungen) und eine Modemesse (für Mädchen). Es fand auch eine wissenschaftliche Ausstellung statt, deren falsche Konzeptionen ihr mächtig Spaß bereiteten. Wie Öl auf Wasser, teilte sich die Gesellschaft, um uns durchzulassen.

Eines Abends kam Laura Rose zu Miß Evason, als letztere allein im Wohnzimmer saß und las. Es war Februar, und der weiche Schnee hing außen am Panoramafenster. Panoramafenster in Anytown lassen den Schnee im Winter nicht verdampfen, wie es bei Fenstern auf Whileaway der Fall ist. Laur sah uns eine Weile aus dem Hintergrund zu, dann betrat sie den Kreis der Phantasie und des Lampenlichts. Sie stand da, drehte ihren Standesring um den Finger und sagte: »Was hast du aus deiner Lektüre gelernt?«

»Nichts«, antwortete Janet. Geräuschlos trieben Schneeflocken gegen die Scheibe. Laur ließ sich vor Janets Füßen nieder (»Soll ich dir etwas erzählen?«) und breitete vor ihr eine ihrer alten Phantasien aus. Schnee, Wälder, Ritter und Jungfrauen voller Liebeskummer. Sie sagte, jedem Verliebten käme das Haus unterseeisch vor, kein Haus auf der Erde, sondern ein Haus auf Titan unter Ammoniakschnee. »Ich bin verliebt«, sagte sie und erweckte die Geschichte vom rätselhaften Mann in der Schule zu neuem Leben.

»Erzähl mir von Whileaway«, fuhr sie fort. Janet legte ihre Illustrierte beiseite. Umwege sind für Miß Evason so neu, daß sie für einen Augenblick die Orientierung verlor. Was Laur gesagt hatte, war: *Erzähl mir von deiner Frau*. Janet war hoch erfreut. Sie hatte Laurs Absicht nicht als Verschleierung, sondern als ausgetüftelte Frivolität gedeutet; jetzt schwieg sie.

Das kleine Mädchen saß im Schneidersitz auf dem Wohnzimmerteppich und beobachtete uns.

»Komm schon, erzähl mir was«, sagte Laura Rose.

Ihre Gesichtszüge sind fein, nicht besonders auffällig; sie hat eine leicht unpassend milchige Haut und viele Sommersprossen. Runde Knöchel.

»Sie heißt Vittoria«, sagte Janet – wie primitiv, jetzt, wo es gesagt ist! –, und da geht etwas mit Laura Roses Herz vor sich, ganz leichte, aber immerwährend schockierende Schläge: oh! oh! oh! Sie errötete und sagte etwas ganz Leises, etwas, das ich nur von ihren Lippen ablesen, aber nicht hören konnte. Dann legte sie die Hand auf Janets Knie, eine feuchte, heiße

Hand mit geraden Fingern und kräftigen Nägeln, eine Hand von ungeheuer jugendlicher Präsenz, und sagte etwas anderes, wieder unhörbar.
Verschwinde! (riet ich meiner Landsmännin)
Erstens ist es nicht richtig.
Zweitens ist es nicht richtig.
Drittens ist es nicht richtig.
»O meine Güte«, sagte Janet langsam, wie sie es manchmal tut. Nach »Du nimmst mich auf den Arm« ist das ihr Lieblingsspruch.
(Sie führte den schwierigen Geistestrick vor, die Tabus eines anderen anzugehen.)
»Nun denn«, sagte die, »nun denn, nun denn.« Das kleine Mädchen sah auf. Sie befindet sich inmitten schrecklicher Verzweiflung, einem Kummer, der sie die Hände ringen läßt, sie zum Weinen bringt. So wie einst ein großer irischer Setter in mein Zimmer sprang und den halben Tag damit verbrachte, unbewußt mit dem Schwanz gegen ein Möbelstück zu klopfen, so ist etwas Schreckliches in Laura Rose gefahren und gibt ihr elektrische Schocks, furchteinflößende Schläge, direkt über dem Herzen. Janet nahm sie bei der Schulter, und es wurde schlimmer. Da gibt es diese Sache mit dem Narzißmus der Liebe, die vierdimensionale Kurve, die einen in den anderen trägt, der die ganze Welt bedeutet, was in Wirklichkeit ein Rückfall ins Selbst ist, nur in ein anderes Selbst. Laur weinte vor Verzweiflung. Janet zog sie zu sich auf den Schoß – Janets Schoß –, als ob sie ein Baby wäre. *Jedermann weiß*, wenn man früh mit ihnen anfängt, werden sie für immer verdorben, und *jedermann* weiß, daß nichts in der Welt schlimmer ist, als mit jemandem Liebe zu machen, der eine Generation jünger ist als man selbst. Arme Laura, von uns beiden überwunden, ihr Rücken gebeugt, betäubt und verblüfft vom Gewicht eines doppelten Tabus.
Nicht, Janet.
Nicht, Janet.
Mißbrauche nicht. Die unselige Weisheit jenes kleinen Mädchens.
Noch immer trieb der Schnee am Haus vorbei; die Wände zitterten dumpf. Etwas stimmte mit dem Fernsehapparat nicht, oder mit der Fernbedienung. Vielleicht sandte auch ein fehlerhaftes Gerät in irgendeinem Vorort Anytowns Störsignale aus, denen kein Fernseher widerstehen konnte. Plötzlich war das Ding jedenfalls an und servierte uns Bildschirmsalat: Erfolglos versuchte Maureen John Wayne zu schlagen, ein hübsches Mädchen mit versoffener Stimme hielt eine Dose Intimspray hoch, ein Haus rutschte einen Berghang hinab. Laur stöhnte laut auf und vergrub ihren Kopf an Janets Schulter. Janet – ich – hielt sie, und ihr Geruch flutete über mich. Cool bleibend, grinste ich über mein eigenes Verlangen, weil wir immer artig zu sein versuchen. Wie schon erwähnt,

Whileawayaner lieben runde Ärsche. »Ich liebe dich, ich liebe dich«, sagte Laur. Janet wiegte sie, und Laur, die nicht wollte, daß man sie wie ein Kind behandelte, bog Miß Evasons Kopf zurück und küßte sie auf den Mund. O du meine Güte.
Janet ist von mir los. Ich machte einen Satz und hing mit einer Hand am Vorhang vor dem Fenster. Janet nahm Laur hoch und plazierte sie auf den Boden. Dabei hielt sie sie durch diese ganze Hysterie eng umschlungen. Sie knabberte an Laurs Ohr und streifte sich die Schuhe ab. Laur überwand es, raffte sich auf und schleuderte die Fernbedienung auf den Fernseher, denn das Modell hatte gerade den Ratschlag gegeben, den »muschi-mädchenhaftesten Teil« zu desinfizieren. Der Bildschirm ging aus.
»Verlaß... ich kann... mich... nicht... bitte nie!« heulte Laur. Besser, man heult sich aus. Fachmännisch öffnete Janet bei ihr Hemd, Gürtel und Blue Jeans und faßte sie um die Hüften, dabei von der Theorie ausgehend, daß nichts anderes eine Hysterische so schnell beruhigt.
»Oh!« stieß Laur verblüfft hervor. Das ist für sie die rechte Zeit, um es sich anders zu überlegen. Ihr Atmen wird ruhiger. Besonnen legt sie die Arme um Janet und lehnt sich gegen sie. Sie seufzt.
»Ich will aus meinen verdammten Kleidern heraus«, sagte Janet. Ihre Stimme klingt plötzlich unkontrolliert.
»Liebst du mich?«
Das kann ich nicht, meine Liebe, du bist zu jung. Und in nicht allzuferner Zukunft wirst du mich ansehen, und meine Haut wird trocken und tot sein, und da du romantischer veranlagt bist als die Whileawayaner, wirst du mich ziemlich abstoßend finden. Aber bis dahin versuche ich mein Bestes, um dir zu verheimlichen, wie sehr ich dich mag. Es ist auch Lust dabei, und ich hoffe, du verstehst mich, wenn ich sage, daß ich fast sterbe. Ich denke, wir sollten an einen sichereren Platz gehen, wo wir gemütlich sterben können. Zum Beispiel in mein Zimmer, an dessen Tür sich ein Schloß befindet, denn ich will mir keinen auf dem Teppich abhecheln, wenn deine Eltern hereinkommen. Auf Whileaway würde das nichts machen; in deinem Alter hättest du ohnehin keine Eltern. Aber hier – sagte man mir jedenfalls – sind die Dinge so, wie sie sind.
»Du hast eine seltsame, aber liebenswerte Art, die Dinge beim Namen zu nennen«, sagte Laur. Sie gingen die Treppe hoch. Laur ärgerte sich ein wenig über die nachschleifenden Jeans. In der Tür bückte sie sich, um sie vom Knöchel zu streifen. In einer Minute wird sie lachen und uns durch ihre Beine ansehen. Mit schüchternem Lächeln richtete sie sich auf.
»Sag mal«, flüsterte sie rauh und wandte den starren Blick von uns.
»Ja, Kind? Ja, meine Liebe?«
»Was machen wir jetzt?«

14

Sie zogen sich in Janets Schlafzimmer aus, inmitten von gestapelten Unterlagen: Bücher, Illustrierte, Statistiken, Biographien, Zeitungen. Die Geister in den Fensterscheiben entkleideten sich mit ihnen, denn auf der Rückseite des Hauses konnte keiner hineinsehen. Ihre verschwommenen, hübschen Ichs. Während Laur in Janets Bett stieg, zog Janet – eine schokkierende Mischung aus vertrautem, freundlichem Gesicht und schmerzhafter Nacktheit – die Rollos herunter, verharrte an jedem Fenster und warf einen sehnsüchtigen Blick hinaus ins Dunkel. An einigen Stellen war das rosarote Satin dünngescheuert und wies Löcher auf. Laur schloß die Augen. »Mach das Licht aus.«
»O nein, bitte nicht«, sagte Janet und brachte beim Hineinsteigen das Bett zum Schaukeln. Sie streckte dem kleinen Mädchen die Arme entgegen und küßte es dann auf die russische Art. (Sie hat nicht die richtige Figur.) »Ich will kein Licht«, rief Laur und hüpfte aus dem Bett, um es abzuschalten, aber bevor man ankommt, erwischt einen die kalte Luft nackt und schockt einen über alle Maßen. Splitternackt hielt sie inne. Die Luftzüge erforschten die Innenseiten ihrer Schenkel. »Herrlich!« sagte Janet. Das Zimmer ist gnadenlos gut ausgeleuchtet. Laur kroch ins Bett zurück...
»Komm herüber«... und verspürte das scheußliche Gefühl, daß man trotz allem keinen Spaß daran haben wird. »Du hast hübsche Knie«, sagte Janet leise, »und einen wunderschönen Hintern.« Einen Augenblick lang stärkte Laura Rose dieser Quatsch; Sex konnte dabei nicht im Spiel sein. Aus diesem Grund knipste sie die Deckenbeleuchtung aus und stieg ins Bett. Janet hatte die Nachttischlampe angemacht. Miß Evason wuchs aus der Satindecke, bis zur Hüfte eine antike Statue mit ungewöhnlich lebendigen Augen. »Sieh mal, wir beide sind doch gleich, oder nicht?« sagte sie sanft und deutete auf ihren runden Busen, der vom Dämmerlicht idealisiert wurde. »Ich habe zwei Kinder gehabt«, fuhr sie schelmisch fort, und Laur fühlte, wie sie knallrot wurde, so unangenehm war die Vorstellung, Yuriko Janetson würde von ihrer Mutter zum Stillen an die Brust genommen. Nicht weil es sich dabei um ein Kind mit leuchtenden Augen handelte, wie es Laur schien, sondern um eine Miniaturerwachsene. Steif legte sich Laur zurück, schloß die Augen und strahlte Verweigerung aus. Janet knipste das Nachttischlämpchen aus.
Miß Evason zog sich die Decke bis zu den Schultern hoch, seufzte gespielt und befahl Laur, sich umzudrehen. »Wenigstens eine Rückenmassage kannst du dir genehmigen.«
»Oje!« meinte sie aufrichtig, als sie mit Laurs Nackenmuskeln begann. »Alles verkrampft.«
Laura versuchte zu kichern. In der Dunkelheit redete Miß Evason wie ein

Wasserfall: über die letzten Wochen, über die Untersuchung von Trinkwasserteichen auf Whileaway. Eine harte, ausdauernde, unerotische Windhundstimme (dachte Laur), die Laura am Ende verriet. »Versuch es«, lockte Miß Evason mit seltsamem, unseriösem Glucksen.
»Ich liebe dich wirklich«, sagte Laur kurz vor den Tränen. Es gibt Propaganda über Propaganda, und ich legte Janet noch einmal dar, daß sie im Begriff war, ein ernstes Verbrechen zu begehen.
Gott straft, sagte ich.
Man soll sie wohl zum Lachen bringen, aber Janet erinnerte sich, wie sie mit zwölf gewesen war, und es ist alles ach so ernst. Immer wieder küßte sie Laura leicht auf die Lippen, bis diese sie in den Arm nahm. Im Dunkeln war alles halb so schlimm, und Laura konnte sich vorstellen, daß sie niemand war, oder daß Miß Evason niemand sei, oder daß sie sich alles einbildete. Eine besondere Spezialität ist, wenn man den Rücken, entlang der Wirbelsäule, krabbelt. Das macht den menschlichen Körper biegsam und die Muskeln weich. Ohne sich darüber bewußt zu sein, war Laur über ihr. Von einem Freund hatte sie gelernt, wie man küßt, aber das schien Ewigkeiten her und weit entfernt. »*Es ist nett!*« rief Laura Rose überrascht; »es ist so *nett!*« und das Geräusch ihrer eigenen Stimme brachte sie kopfüber hinein. Janet fand die kleine Knospe, die von den Whileawayanern *Der Schlüssel* genannt wird – *Jetzt mußt du dich anstrengen*, sagte sie –, und mit dem Anschein, sehr hart zu arbeiten, taumelte Laur schließlich über die Klippe. Es war unvollständig und hoffnungslos unzureichend, aber es war das erste große Sexerlebnis in ihrem bisherigen Leben.
»Gottverdammt, ich kann nicht!« schrie sie.
Also floh ich quiekend. Es gibt keine Entschuldigung, wenn ich mein Gesicht zwischen die Schenkel von jemand anderem stecke – stellen Sie sich vor, wie ich mir draußen Wangen und Schläfen wasche, um die kühle Glätte loszuwerden (kühl wegen dem Fett, das die Glieder isoliert, verstehen Sie; man kann die langen Knochen fast spüren, die *architektura*, die himmlisch technische List. Beim nächsten Mal macht man es mit dem Hund). Ich saß auf dem Fensterrahmen im Korridor und kreischte.
Janet hatte sich völlig unter Kontrolle.
Was blieb ihr anderes übrig?
»Mach jetzt dies und dies«, flüsterte sie Laura Rose hastig zu und lachte keuchend. »Und jetzt hier. Ah!« Miß Evason führte die unerfahrene Hand des Mädchens, denn Laura wußte nicht, was sie anstellen sollte. »Nur stillhalten«, befahl sie, und es klang wie eine fremdartige Parodie auf eine intime Beichte. Die Unerfahrenheit des Mädchens erleichterte die Sache nicht. Nach und nach findet man jedoch zu seinem eigenen Rhythmus. In der untersten Schublade von Wildings Gästezimmerkommode

befand sich ein exotischer Artefakt von Whileaway (mit Griff), bei dessen Anblick Laura Rose am nächsten Morgen in Verlegenheit gerät. Janet holte ihn mit wackligen Beinen hervor.
»Bist du hingefallen?« fragte Laura besorgt und beugte sich über die Bettkante.
»Ja.«
Auf diese Art war es leicht. Von seltsamer Eingebung ergriffen, hielt Laur den Eindringling in ihren Armen, ehrfürchtig, beeindruckt, ein bißchen dominierend. Monate der Keuschheit gingen in Flammen auf: eine elektrische Entladung, das Zucken eines inneren Aals, ein messerähnliches Vergnügen.
»Nein, nein, noch nicht«, sagte Janet Evason Belin. »Einen Augenblick! Laß mich ausruhen.«
»Jetzt kannst du weitermachen.«

15

Ein Dutzend hübscher »Mädchen«, die sich die langen, seidigen Haare »bürsten« und »kämmen« und von denen jede »scharf darauf ist«, einen Mann aufzureißen.

16

Mit zweiundzwanzig verliebte ich mich.
Ein entsetzlicher Übergriff, eine Krankheit. Vittoria, die ich nicht einmal kannte. Die Bäume, die Büsche, der Himmel, alle waren krank vor Liebe. Das Schlimmste ist die intensive Vertrautheit, die schlafwandlerische Überzeugung (sagte Janet), in eine Eruption des eigenen Innenlebens gepfuscht zu haben, das gelb-verschmutzte Immergrün, von meiner guten Laune gereinigt und befleckt, die Flocken meines Ich, die unsichtbar vom Himmel fallen, um auf meinem Gesicht zu zergehen.
In Ihren Worten – ich hatte mich Hals über Kopf verliebt. Whileawayaner verweisen bei solchen Fällen wieder auf die Mutter-Kind-Beziehung: kalter Kaffee, wenn man es fühlt. Übrigens gab es eine Erklärung, die sich auf unsere Defekte stützte, aber allgemein übliche menschliche Defekte können zur Erklärung von allem herangezogen werden, was soll es also. Und es gibt auch eine mathematische Analogie, eine vierdimensionale Kurve, über die ich schon einmal Tränen gelacht habe. Oh, ich war tödlich getroffen.
Liebe – wie ein Sklave zu arbeiten, wie ein Irrer zu schuften. Dieselbe er-

habene, fieberhafte, auf alles gerichtete Aufmerksamkeit. Ich gab ihr kein Zeichen, weil sie mir keines machte; ich versuchte mich nur unter Kontrolle und mir die Leute vom Hals zu halten. Dieser schreckliche Unterschied. Wie in einer nervösen Parodie auf die Freundschaft, war ich auch die ganze Zeit *hinter ihr her*. Man kann von niemand erwarten, diesen Zwang gern zu haben. In unserer Familienhalle, die wie die Methalle einer Wikingersippe war – Vögel kamen aus dem Dunkel in sie hineingeflogen und flogen wieder in die Dunkelheit hinaus –, unter der aufgeblasenen Druckkuppel, in welche die Ventilatoren Rosenduft bliesen, fühlte ich meine Seele direkt zum Dach emporsteigen. Im langen Frühlingszwielicht saßen wir gewöhnlich bei abgeschaltetem Licht herum; die Woche zuvor war ein Trupp Kinder vorbeigekommen und hatte uns Kerzen verkauft, die von der einen oder anderen Frau hereingebracht und entzündet wurden. Leute kamen und gingen, der seidene Vorhang am Kuppeleingang war dauernd in Bewegung. Die Leute aßen zu unterschiedlichen Zeiten. Als Vitti nach draußen ging, folgte ich ihr. Wir haben keine Vorgärten wie ihr, sondern pflanzen um unsere Behausungen eine Art Klee an, der die anderen Sachen fernhält; die kleinen Kinder glauben, er sei aus magischen Gründen dort. Er ist sehr weich. Es wurde auch schon dunkel. Nahe beim Farmhaus befindet sich eine Pflanzung aus New Forest, auf die wir zugingen. Vitti bummelte schweigend.
»In sechs Monaten werde ich aufbrechen«, sagte ich, »um in New City an die Energiewerke gekoppelt zu werden.«
Schweigen. Ich war mir elend bewußt darüber, daß Vittoria irgendwo hinging, und ich wissen sollte wohin, weil mir es jemand gesagt hatte, aber ich konnte mich nicht erinnern.
»Ich dachte, du hättest gerne Gesellschaft«, sagte ich.
Keine Antwort. Sie hatte einen Stock aufgehoben und schlug damit durchs Unkraut. Es handelte sich dabei um eine der Stützen des Computerempfängermasts, die im Boden und, am anderen Ende, im Mast selbst verankert war. Ich mußte ihre Anwesenheit ignorieren, oder ich hätte nicht weitergehen können. Vor uns erhoben sich die Bäume der Farm. Am trüben Horizont schoben sie sich wie eine Landzunge oder eine Wolke in die Felder. »Der Mond ist aufgegangen«, sagte ich. Sieh mal, der Mond. Vergiftet durch Pfeile und Rosen, der strahlende Eros kommt aus der Dunkelheit auf dich zu. Die Luft ist so mild, daß du in ihr baden könntest. Soviel ich weiß, war mein erster Satz als Kind: Sieh mal, der Mond, womit ich wohl gemeint haben mußte – vergnügliche Schmerzen, heilendes Gift, schützender Haß, würgende Süße. Ich stellte mir Vittoria vor, wie sie sich mit jenem Stock den Weg aus der Nacht bahnte, ihn über dem Kopf kreisen ließ, der Erde Striemen beibrachte, Unkraut ausriß und die Rosen, die sich an den Computermasten emporrankten, in Fetzen schlug. Ich hatte

nur einen Gedanken im Kopf: Falls sie in diesen Quecksilbertod hineingeht, wird es mich umbringen.
Wir kamen bei den Bäumen an. (Ich erinnere mich. Sie geht nach Lode-Pigro, um Gebäude aufzustellen. Auch daran, daß es im Juli hier heißer sein wird. Es wird schrecklich heiß sein, wahrscheinlich nicht zum Aushalten.) Der Boden zwischen ihnen war von einem mondlichtbetupften Nadelteppich überzogen. Wir fügten uns phantastisch in diese außergewöhnliche Umgebung ein, wie Meerjungfrauen, wie lebendige Geschichten. Ich konnte nichts erkennen. Der Moschusgeruch abgestorbener Nadeln war allgegenwärtig, obwohl der Blütenstaub selbst nicht duftete.
Wenn ich ihr gesagt hätte: »Vittoria, ich habe dich sehr gern« oder »Vittoria, ich liebe dich«, hätte sie vielleicht geantwortet: »Du bist auch in Ordnung, meine Liebe« oder »Ja, laß es uns machen«, was das eine oder andere im falschen Licht darstellen würde, obgleich ich nicht genau weiß was, und ich mich umbringen müßte – in jenen seltsamen Tagen hatte ich sehr sonderbare Gefühle dem Tod gegenüber. Deshalb sagte ich nichts und machte auch kein Zeichen, sondern streifte einfach weiter, immer tiefer in den phantastischen Wald, diese verzauberte Allegorie hinein, bis wir schließlich auf einen umgestürzten Baumstamm stießen, auf den wir uns setzten.
»Du wirst...«, sagte Vitti.
Gleichzeitig sagte ich: »Vitti, ich will...«
Sie starrte geradeaus, als wäre sie beleidigt. Sex, Alter, Zeit oder Sinn spielen hierbei keine Rolle, das wissen wir alle. Am Tage kann man sehen, daß die Bäume in geraden Reihen angepflanzt sind, aber das Mondlicht brachte alles durcheinander.
Eine lange Pause folgte.
»Ich kenne dich nicht«, sagte ich endlich. In Wahrheit waren wir seit langer Zeit Freunde, gute Freunde. Ich weiß nicht, warum ich das so vollständig vergessen konnte. Vitti war der Anker in meinem Schulleben, der Kumpel, der Kamerad. Wir hatten zusammen getratscht, zusammen gegessen. Was sie jetzt denkt, weiß ich nicht, und ich kann ihre Gedanken nicht wiedergeben, nur meine eigenen albernen Bemerkungen. Oh, welch tödliches Schweigen! Ich suchte nach ihrer Hand, konnte sie aber in der Dunkelheit nicht finden. Ich verfluchte mich und versuchte mich in dem schaurigen Mondlicht zusammenzureißen. Ein Frösteln des Nichtseins überzog mich wie ein Netz, dominierend aber war das schmerzliche Vergnügen, das schreckliche Verlangen.
»Vitti, ich liebe dich.«
Geh weg! Rang sie die Hände?
»Liebe mich!«
Nein! und sie riß den Arm hoch, um ihr Gesicht zu schützen. Ich sank

auf die Knie, aber sie zuckte mit einem zischenden Gekreisch zurück, das sehr an einen aufgeregten Gänserich erinnerte, der einen mit diesem Geräusch warnt, fair zu bleiben. Beide zitterten wir von Kopf bis Fuß. Es schien natürlich, daß sie bereit war, mich zu zerstören. Ich träumte davon, in einen Spiegel zu blicken und mein anderes Ich zu sehen, das mir aus eigener Initiative untragbare Wahrheiten zu erzählen beginnt, und um dies zu vermeiden, umklammerte ich Vittorias Knie, während sie die Finger in mein Haar grub. Derart verbunden glitten wir auf den Waldboden, wobei ich nun annahm, sie würde meinen Kopf auf ihn schlagen. Statt dessen kamen wir auf gleicher Höhe nebeneinander zu liegen und küßten uns. Ich glaubte, mir würde die Seele aus dem Körper entweichen, was sie aber glücklicherweise nicht tat. Sie ist unberührbar. Was kann ich letzten Endes mit meinen Liebsten X, Y und Z anfangen? Hier ist Vitti, die ich kenne und gern habe; und die Wärme dieser echten Zuneigung inspirierte mich zu mehr Liebe, die Liebe mit mehr Leidenschaft, mehr Verzweiflung und genug Enttäuschungen für ein ganzes Leben. Ich stöhnte vor Elend. Ich hätte mich auch genausogut in einen Stein oder Baumstamm verlieben können. In solch einem Zustand kann keiner Liebe machen. Vittis Fingernägel brachten mir schmerzhafte Halbmonde auf den Armen bei. Sie hatte diesen bockigen Gesichtsausdruck, den ich schon so oft bei ihr gesehen hatte; ich wußte, daß etwas geschah. Mir schien, als wären wir beide Opfer derselben Katastrophe und sollten uns irgendwo zusammensetzen, in einem hohlen Baum oder unter einem Busch, um die Sache zu bereden. Die alten Frauen raten einem zum Ringkampf; beim Boxen kann man sich leicht ein blaues Auge einfangen. Vitti preßte mit den Händen meine Finger ungestüm zusammen. Dann drückte sie den kleinsten gegen das Gelenk zurück. Das war keine schlechte Idee. Wir balgten uns wie Kinder. Meine Hand schmerzte noch mehr, denn sie biß auch noch hinein. Wir schoben und stießen einander, und ich schüttelte sie, bis sie herumrollte, auf mir zu liegen kam und mir mit ziemlicher Wucht die Faust ins Gesicht schlug. Da helfen nur Tränen. Schluchzend lagen wir nebeneinander. Ich glaube, Sie wissen, was wir danach taten, und wir schnieften und bemitleideten einander. Einmal kam es uns sogar lustig vor. Der Sitz der romantischen Liebe ist der Solar Plexus, während der Sitz der Liebe schlechthin sich woanders befindet. Und das macht es sehr schwierig, sich zu *lieben*, wenn man sich am Punkt der Auflösung befindet, wenn deine Arme und Beine vom Mondlicht durchdrungen sind und dein Kopf abgeschnitten ist und sich selbst überlassen einherschwimmt wie ein mutiertes Ungeheuer. Die Liebe ist eine Strahlenkrankheit. Die Whileawayaner mögen die Selbstkonsequenz nicht, die sich aus der romantischen Leidenschaft ergibt, und wir können uns sehr böse darüber äußern und uns darüber lustig machen; deshalb gingen Vit-

toria und ich getrennt zurück. Beide fürchteten wir die vor uns liegenden Wochen, bis wir darüber hinweg sein würden. Wir behielten es für uns. Zweieinhalb Monate später, zu einem ganz bestimmten Zeitpunkt, fühlte ich, wie es mich verließ: Ich schob mir gerade eine Handvoll gerösteten Mais in den Mund und leckte mir das Fett von den Fingern. Ich fühlte den Parasiten verschwinden. Ich schluckte philosophisch, und damit hatte es sich. Ich brauchte es ihr nicht einmal zu sagen.
Vitti und ich blieben danach auf ganz alltägliche Weise zusammen. Wir heirateten nämlich. Er kommt und geht, der Abgrund, der sich aus keinem Anlaß auftut. Normalerweise gebe ich Fersengeld. Man sollte annehmen, daß Vittoria jetzt über den ganzen Nordkontinent hurt. Übrigens, wir meinen damit nicht dasselbe wie ihr. Ich meine: das ist ihr Glück.
Manchmal versuche ich die verschiedenen Arten der Liebe zu entwirren, die freundschaftliche Art und die operettenhafte Art, aber was, zum Teufel, soll das Ganze.
Gehen wir schlafen.

17

Am Fuße der Mashopiberge liegt ein Städtchen namens Wounded Knee, und dahinter erstreckt sich die landwirtschaftliche Nutzebene von Green Bay. Wo diese geographischen Punkte sich nun im Hier-und-jetzt unserer Welt befinden, das könnte Ihnen Janet nicht sagen, und ich, die Autorin, kann es auch nicht. Bei der großen Terrareform im Jahre 400 n. K. verschwanden die ursprünglichen Namen und lösten sich im allgemeinen Durcheinander des Rekristallisationsprozesses auf. War Mashopi je eine Stadt? Stellte Wounded Knee vielleicht früher eine Art Laubwald dar? War die Green Bay früher tatsächlich eine Meeresbucht? Für einen Whileawayaner ist es unmöglich, auf diese Fragen Antwort zu geben. Aber wenn man vom Altiplano nach Süden geht und die Mashopiberge, das Land des Schnees, der Kälte, der dünnen Luft, der Risiken und Gletscher, überquert, kommt man zum Gleitersportort Utica (von wo aus man – mit ein wenig Glück – die Bergsteiger beim Erklimmen des 7900 Meter hohen Alten Schmutzrock beobachten kann). Begibt man sich von dort zur Einschienenbahnstation in Wounded Knee und fährt mit der Einschienenbahn achthundert Meilen in die Green Bay hinaus, kommt man zu einer Station, die ich nicht nennen will. Jetzt ist man genau dort, wo sich Janet befand, als sie gerade siebzehn geworden war. Ein Whileawayaner, der gerade aus der Mars-Trainingssiedlung vom Altiplano heruntergekommen ist, mag Green Bay für das Paradies halten, ein Tramp aus

New Forest aber wird dieser Gegend nicht viel abgewinnen. Janet war ganz allein hierhergekommen. Zuvor hatte sie fünf fürchterliche Wochen in einer Unterwasserfarm verbracht, die sich auf dem Kontinentalschelf jenseits des Altiplano befindet. Dort hatte sie in den unzugänglichsten Winkeln Maschinen aufgebaut und beim Reden immer gequiekt (wegen des Heliums). Ihr Verlangen nach Raum und Höhe war immer stärker geworden, und so hatte sie ihre Schulkameraden dort zurückgelassen. Es ist nichts Außergewöhnliches, in diesem Alter allein zu sein. Sie war in einer Herberge in Wounded Knee abgestiegen, wo man ihr ein altes, unbelegtes Zimmer gegeben hatte. Von dort aus arbeitete sie mittels Steuerhelm in der Treibstoff-Alkohol-Destille. Die Leute waren nett, aber ihr war elend langweilig. Schulkameraden oder nicht, noch nie hatte sie sich so allein, so aufgeschmissen gefühlt (Janet). Formell beantragte sie einen Arbeitsplatzwechsel, der umgehend genehmigt wurde, na dann tschüß. In Wounded Knee hatte sie eine Geige bei einer Freundin zurückgelassen, die sich immer aus dem dritten Stock der Herberge zu hängen pflegte und auf dem Kopf eines Denkmals Brotzeit machte. Janet nahm die Einschienenbahn um zweiundzwanzig Uhr und brach finsteren Blickes in eine bessere, persönlichere Welt auf. In ihrem Wagen befanden sich drei Personen mit Dreiviertel-Würde. Alle waren still, unglücklich und unzufrieden. Sie öffnete ihren Schlafsack, kuschelte sich hinein und schlief. Als sie im künstlichen Licht erwachte, bemerkte sie, daß der Schaffner die Fensterjalousien geöffnet hatte, um den April hereinzulassen: in der Green Bay blühten die Magnolien. Mit einer älteren Frau vom Altiplano spielte sie gemeinen Poker und verlor in drei Spielen dreimal. Bei Einbruch der Dämmerung schlief alles, und die Lichter gingen aus. Sie erwachte und sah die flachen Hügel unter einem apfelgrünen Himmel vorbeiziehen, der langsam eine schwefelig-gelbe Färbung annahm. Es regnete, aber sie fuhren einfach durch. Am Bahnhof, der mitten im freien Feld stand, lieh sie sich aus dem Radständer ein Fahrrad und legte den Kniehebel in die gewünschte Richtung um. Verglichen mit unseren, sind es massige Räder mit breiten Reifen und einem Empfänger für Radioleitsignale. Sie fuhr in die verbleibende Nacht hinein, die sich zwischen Tannenwäldchen verfangen hatte, und dann wieder in den Sonnenaufgang. Ein allmächtiges Zwitschern und Zirpen hub als Reaktion auf den schmalen Kreisabschnitt Sonne an, der sich am Horizont zeigte. Die aufgeblasene Hauptkuppel des Hauses sah sie, bevor sie zum zweiten Fahrradstand kam; jemand, der nach Westen wollte, würde es sich nehmen und bei der Einschienenbahn abstellen. Sie stellte sich eine riesige Menge schlechtgelaunter Mädchen vor, die auf Rädern von Küste zu Küste fuhren, aus Gegenden mit Fahrradüberschuß in solche, wo man ein Königreich für ein Fahrrad gab. Ich stellte mir das auch vor. Links von ihr ertönte das Geräusch eines Maschinistenwagens – Janet wuchs mit diesem Krach in den Ohren auf. Ihr Fahrrad sang den musikalischen Ton, der seinen Besitzer wissen läßt, daß er sich auf dem richtigen Kurs befindet, ein sehr schöner Ton über den einsamen Feldern. »Schscht!« machte sie, und stellte es in den Ständer, wo es gehorsam verstummte. Sie ging (wie ich) zu Fuß zur Hauptkuppel des Hauses und trat, ohne zu wissen, ob alles lange schlief oder früh aufgestanden und schon hinausgegangen war, ein. Es war ihr egal. Wir fanden das leere Gästezimmer und aßen ein wenig Brot aus ihrem Proviantbeutel. Dann legten wir uns auf den Fußboden und schliefen ein.

18

Auf Whileaway gibt es kein *Zu-spät-nach-Hause-kommen* oder *Zu-früh-aufstehen*, oder *In-einer-anrüchigen-Gegend-der-Stadt-sein*, oder *Nicht-in-Begleitung-sein*. Man kann nicht aus dem Netz der Verwandtschaft fallen und zur sexuellen Beute von Fremden werden, aus dem einfachen Grund, weil es weder Beute noch Fremde gibt – das Netz umspannt die ganze Welt. Auf ganz Whileaway gibt es niemanden, der Sie davon abhalten könnte, dorthin zu gehen, wo es Ihnen am besten gefällt (obwohl man dabei manchmal sein Leben riskiert, wenn einem solche Sachen zusagen), keinen, der Ihnen heimlich nachstellt und Sie in Verlegenheit bringen will, indem er Ihnen Obszönitäten ins Ohr flüstert, keinen, der Sie zu vergewaltigen trachtet, keinen, der Sie vor den Gefahren der Straße warnen wird, keinen, der an Straßenecken herumsteht und mit hungrigen Augen loses Kleingeld in der Hosentasche klimpern läßt, und sich so elend, elend sicher ist, daß Sie ein billiges Flittchen sind, heiß und ungestüm, das es ganz gerne hat, das nicht nein sagen kann, das einen schönen Reibach damit macht, das außer Ekel rein gar nichts in ihm hervorruft und das ihn verrückt machen will.
Auf Whileaway ziehen sich elfjährige Kinder aus und leben nackt in der Wildnis oberhalb des siebenundvierzigsten Breitengrades. Dort meditieren sie, wie Gott sie geschaffen hat oder mit Laub verhüllt, *ohne* Schamhaar. Sie ernähren sich von Wurzeln und Beeren, die die Älteren freundlicherweise angepflanzt haben. Wenn Sie Großes vorhaben und das Glück haben, lange genug zu leben, dann können Sie zwanzigmal den whileawayanischen Äquator umrunden, eine Hand vor Ihrem Geschlechtsteil, in der anderen einen Smaragd von der Größe einer Grapefruit. Alles, was Sie dabei erwartet, ist ein müdes Handgelenk.
Aber hier, wo *wir* leben...!

Fünfter Teil

1

Ich hatte einen Narren an Jeannine gefressen. Ich weiß nicht wieso. Zu allem Überfluß starrte auch noch jedermann in dem gottverdammten U-Bahn-Wagen auf meine Beine. Die glaubten wohl, ich sei eine Leiterin des organisierten Beifalls. Oben in der Bronx hatten wir fünfundvierzig Minuten im Freien auf den Expreß gewartet. Zwischen den Schienen wuchsen Grasbüschel, genau wie in meiner Kindheit. Unkraut umwucherte die verlassenen Waggons, Sonnenlicht und Wolkenschatten jagten sich auf der hölzernen Plattform. Ich legte meinen Regenmantel über die Knie – neunzehnhundertneunundsechzig, Jeannine-Zeit, sind die Röcke lang. Jeannine ist elegant, aber mir kommt es so vor, als ob sie quer durch den Garten geht: baumelnde Ohrringe, Metallglieder als Gürtel, ein Netz, das ihr hervorquellendes Haar kaum zu halten vermag, Rüschenärmel und darüber dieser Raglanmantel, der immer aussieht, als zöge er sich selbst von den Schultern des Trägers, eine Anstecknadel in Form eines Halbmondes, von dem an drei feinen, separaten Kettchen drei Sterne herabhängen. Ihr Mantel und ihre Umhängetasche quellen in den Schoß ihrer Nachbarn hinüber.
Ich erinnere mich an die Haartuchpetticoats meiner Jugend. Immer wenn man sie zu falten oder aufzurollen versuchte, sprangen sie einem aus der Hand. Einen pro Schublade. Irgendwo zwischen der 180. und der 168. Straße ächzte der Zug und kam zu einem Halt. Wir können die Ebene der Bronx einsehen, die bis zu einem weit entfernt am Fluß liegenden Ding – einem neuen Stadion, glaube ich – mit Häusern bedeckt ist.
Petticoats, mit Stäbchen versehene Mieder, trägerlose Büstenhalter mit folternden Knoten genau dort, wo die Knochen anfingen oder endeten, ziemlich hochhackige Schuhe, doppelte Röcke, auf deren Filz Ziermünzen genäht waren, zu große Armreifen, die immer abfielen, Wintermäntel ohne Knöpfe, so daß man sie nicht einmal schließen konnte, Broschen, besetzt mit rosettenförmigen Bergkristallen, mit denen man überall hängen blieb. Schreckliche Zwangsvorstellungen. Zum Beispiel das Zuhause. Wir saßen da und ließen unseren Blick über die Mietwohnungen, die weit entfernte Brücke und den Bumspark wandern. Es gab öffentliche Parks auf Inseln im Fluß, von denen mir nicht bekannt ist, daß dort so etwas vorkam. Jeannine macht mir eine Gänsehaut. Dauernd flüstert sie mir etwas ins Ohr (irgendwelche Nebensächlichkeiten über eine Wohnung, die vom Wagen aus gar nicht zu sehen ist). Sie kann nicht stillsitzen. Die ganze Zeit rutscht sie hin und her, um etwas Bestimmtes zu erspähen.

Unablässig nestelt sie an ihren Kleidern herum und faßt plötzlich den Entschluß, aus dem Fenster sehen zu müssen. Um jeden Preis! Wir wechseln die Plätze. Nun hat sie nicht mehr die Stange zwischen sich und dem Fenster, und ihr Gesichtsfeld ist uneingeschränkt. Die Sonne schien wie auf die Perfekte Stadt meiner Träume mit zwölf, ein Bild wie auf dem Plakat unter der Überschrift: Pittston, Zukunftsjuwel der Fingerseen. Die Rampen, die graziös geschwungenen Gehwege, die Gleitbänder zwischen hundertstöckigen Hochhäusern, die grünen Quadrate, die wohl Parks darstellen sollen, und als Krönung des Ganzen, im wolkenlos modernen Himmel, ein einzelnes schlankes, futuristisches Flugzeug.

2

JEANNINE: Cal ist vielleicht einer! Ich weiß nicht, ob ich ihn aufgeben sollte oder nicht. Er ist unheimlich süß, aber er ist so ein Baby. Und der Kater mag ihn auch nicht, weißt du. Er führt mich nie aus. Ich weiß, er macht nicht viel Geld, aber man könnte doch annehmen, daß er es wenigstens versucht – oder nicht? Alles, was er will, ist herumsitzen und mich anstarren, und wenn wir ins Bett gehen, macht er lange Zeit überhaupt nichts; das kann einfach nicht normal sein. Er spielt nur mit mir und sagt, daß er das gern hat. Er sagt, es sei ein Gefühl wie Schweben. Und wenn er *es* dann macht, weißt du, dann weint er manchmal. Ich habe noch nie gehört, daß sich ein Mann derart verhält.
ICH SELBST: Nichts.
JEANNINE: Ich glaube, mit ihm stimmt etwas nicht. Ich glaube, er hat einen Komplex, weil er so klein gewachsen ist. Er will heiraten, damit wir Kinder haben können – bei seinem Gehalt! Wenn wir an einem Kinderwagen mit einem Baby vorbeikommen, rennen wir beide hin, um hineinzusehen. Er kann sich auch zu nichts entschließen. Ich habe noch nie von einem Mann wie ihm gehört. Letzten Herbst wollten wir in ein russisches Restaurant gehen, ich war es, die unbedingt dorthin wollte, und er sagte, in Ordnung, und dann überlegte ich es mir anders und wollte woandershin, und er sagte okay, auch gut, aber es stellte sich heraus, daß dort nicht geöffnet war. Was sollten wir also tun? *Er* hatte keine Ahnung. Da habe ich die Nerven verloren.
ICH: Nichts, nichts, nichts.
SIE: Ich komme einfach nicht mit ihm klar. Denkst du, ich sollte ihm den Laufpaß geben?
ICH: (Ich schüttelte den Kopf).
JEANNINE (vertrauensvoll): Nun, manchmal ist er wirklich lustig. (Sie beugte den Kopf nach unten, um sich einen Fussel von der Bluse zu

zupfen, was ihr für den Augenblick ein Doppelkinn verlieh. Sie spitzte die Lippen, stülpte den Mund vor und schlug die Augenlider zu einem wissenden Blick nieder.)
Manchmal – *manchmal* – *putzt* er sich gerne *heraus*. Er wickelt sich die Vorhänge wie einen Sarong um den Körper, legt alle meine Halsketten um und hält die Vorhangstange wie einen Speer. Er wäre gern Schauspieler, weißt du. Aber ich glaube, mit ihm stimmt etwas nicht. Ist er das, was man einen Transvestiten nennt?
JOANNA: Nein, Jeannine.
JEANNINE: Ich könnte es mir schon vorstellen. Ich denke, ich mache Schluß mit ihm. Ich kann doch niemand mögen, der meinen Kater, Mr. Frosty, mit Schimpfwörtern belegt. Cal nennt ihn Den Fleckigen, Dürren Kater. Das ist er nicht. Nächste Woche werde ich übrigens meinen Bruder anrufen und während meines Urlaubs bei ihm wohnen – ich habe drei Wochen. In der letzten Woche wird es immer recht langweilig – mein Bruder wohnt in einer kleinen Stadt in den Poconos, mußt du wissen –, aber letztes Mal, als ich dort war, veranstalteten sie einen Tanz und ein Abendessen auf dem Gutshof, dabei habe ich einen sehr, sehr hübschen Mann kennengelernt. Man fühlt doch, wenn jemand einen mag, oder nicht? Er mochte mich. Er ist Gehilfe des Metzgers, und er wird das Geschäft erben; er hat wirklich eine Zukunft. Ich ging recht oft hin; ich weiß doch genau, wenn mir jemand schöne Augen macht. Mrs. Robert Poirier. Jeannine Dadier-Poirier. Haha! Er sieht gut aus. Cal... Cal ist... *na ja!* Cal ist süß. Arm, aber süß. Ich würde Cal für nichts in der Welt aufgeben. Ich genieße es, ein Mädchen zu sein, du nicht? Um keinen Preis möchte ich ein Mann sein; ich glaube, sie haben es sehr schwer. Ich habe es gern, wenn man mich bewundert. Ich bin gern ein Mädchen. Um nichts in der Welt möchte ich ein Mann sein. Um nichts *in der Welt.*
ICH: Hat dir jemand in letzter Zeit diese Wahl angeboten?
JEANNINE: Ich werde kein Mann sein.
ICH: Keiner hat dich dazu gezwungen.

3

In der U-Bahn war ihr schlecht. Es war nicht ganz schlimm, aber man merkte es. Durch äußerliche Zeichen sah man ihr an, daß ihr übel werden würde oder daß ihr eben übel gewesen war oder daß sie Angst davor hatte, ihr könnte übel werden.
Sie hielt meine Hand.

4

An der 42. Straße stiegen wir aus; und auf diese Weise geschehen die Dinge wirklich, im hellen Tageslicht, in der Öffentlichkeit, unsichtbar; wir schlängelten uns an den Läden vorbei. Jeannine sah ein Paar Strümpfe, das sie einfach haben mußte. Wir betraten das Geschäft, und der Eigentümer bediente uns ziemlich schroff. Mit ihren Strümpfen (falsche Größe) wieder draußen, sagte sie: »Aber ich *wollte* sie doch gar nicht!« Es handelte sich um rote Netzstrumpfhosen, die sie nie zu tragen wagen würde. In dem Laden befand sich eine Schaufensterpuppe mit dem Gesicht eines dummen August. Dieses »Mannequin« weckte meinen Haß: Es war schon vor langer Zeit bemalt worden und jetzt verstaubt und mit haarfeinen Rissen überzogen – die Sparsamkeit eines kleinen Ladenbesitzers. »Ah«, stieß Jeannine sorgenvoll aus und warf erneut einen Blick auf die Netzstrumpfhose in ihrer Verpackung. Mannequins tanzen immer, diese absurde Kopfhaltung und die unmögliche Stellung der Arme und Beine. Sie lieben es, Mannequins zu sein. (Aber ich werde nicht böse sein.) Ich will nicht sagen, daß der Himmel vom Horizont bis zum Zenit aufriß, daß aus den Wolken über der Fifth Avenue sieben Engel mit sieben Posaunen herniederstiegen, daß die Phiolen des Zorns über Jeannines Zeit ausgeschüttet wurden und der Engel der Pestilenz Manhattan in die tiefsten Tiefen des Meeres versinken ließ. Janet, unsere einzige Retterin, kam in grauer Flanelljacke und knielangem grauen Flanellrock um die Ecke. Das ist ein Kompromiß zwischen zwei Welten. Sie schien zu wissen, wohin sie wollte. Miß Evason hatte einen schlimmen Sonnenbrand und mehr Sommersprossen auf der platten Nase als gewöhnlich. Sie blieb mitten auf dem Gehsteig stehen, kratzte sich am ganzen Kopf, gähnte und betrat einen Drugstore.

Wir folgten.

»Es tut mir leid, aber davon habe ich noch nie etwas gehört«, sagte der Mann hinter dem Ladentisch.

»Oh, meine Güte, wirklich?« erwiderte Miß Evason. Sie steckte das Stück Papier ein, auf dem Gott-weiß-was stand und begab sich in den hinteren Teil des Ladens, wo sie sich ein Selterswasser genehmigte.

»Sie werden dafür ein Rezept benötigen«, sagte der Mann hinter dem Ladentisch.

»Oh, du meine Güte«, entfuhr es Miß Evason leise. Es half nichts, daß sie ihr Selterswasser mit sich trug. Sie setzte es auf die Kunststoffoberfläche des Ladentisches ab und stieß an der Tür zu uns, wo Miß Dadier schon langsam, aber bestimmt Reißaus zu nehmen versuchte. Es zog sie zurück in die Freiheit der Fifth Avenue, wo es so viele Läden gab – soviel zu vermieten, alles viel billiger, alles viel älter, als ich mich erinnere.

Miß Dadier sah verstimmt zum Himmel auf, rief die unsichtbaren Engel und den Zorn Gottes als Zeugen an und sagte widerwillig:
»Ich kann mir nicht *vorstellen*, was du zu kaufen versuchtest.« Sie wollte nicht zugeben, daß Janet existierte. Janet zog die Augenbrauen hoch und warf mir einen Blick zu, aber ich weiß nichts. Ich weiß nie Bescheid.
»Ich habe einen athletischen Fuß«, sagte Miß Evason.
Jeannine erschauderte (wenn man sie sah, wie sie ihre Schuhe in aller Öffentlichkeit auszog!) »Ich dachte, ich hätte dich verloren.«
»Keinesfalls«, sagte Miß Evason tolerant. »Bist du fertig?«
»Nein«, gab Jeannine zurück. Aber sie wiederholte es nicht. Ich bin nicht sicher, ob ich fertig bin. Janet führte uns auf die Straße hinaus und hieß uns, eng zusammen zu stehen, alle auf einer Platte des Gehsteigs. Sie sah auf ihre Armbanduhr. Die whileawayanische Antenne kam wie der Schnurrbart einer Katze durch die Zeitalter angeschnüffelt. Es wäre vielleicht besser gewesen, von einem nicht so öffentlichen Fleck aufzubrechen, aber ihnen scheint es egal zu sein, was sie machen. Begeistert winkte Janet Vorübergehenden zu, und mir wurde bewußt, daß mir bewußt geworden war, daß ich mich daran erinnerte, mir einer gekrümmten Wand fünfzig Zentimeter vor meiner Nase bewußt geworden zu sein. Der Rand des Gehsteigs, wo der Verkehr brandete.
Jetzt weiß ich, wie ich nach Whileaway gekommen bin, aber noch nicht, wie ich an Jeannine klebenblieb? Und wie geriet Janet in diese Welt und nicht in meine? Wer veranlaßte das? Wenn die Frage ins Whileawayanische übersetzt ist, lieber Leser, werden Sie sehen, wie die Techniker von Whileaway unfreiwillig zurücktreten; Sie werden Pfadfinder Evason erblassen sehen; Sie werden sehen, wie die Gruppenführerin des wissenschaftlichen Establishments, Herrin über zehntausend Sklavinnen und Trägerin der bronzenen Brustplatten, mit wütendem Blick, strenge Fragen nach links und rechts austeilt. Und so weiter.
Oh, oh, oh, oh, oh stöhnte Jeannine zum Steinerweichen. *Ich will nicht hier sein. Sie haben mich gezwungen. Ich will nach Hause. Hier ist es schrecklich.*
»Wer hat das getan?« sagte Miß Evason. »Nicht ich. Nicht mein Volk.«

5

Gelobt sei Gott, dessen Abbild wir auf der Plaza aufstellen, um die Elfjährigen zum Lachen zu bringen. Sie hat mich nach Hause gebracht.

6

Grab dich ein, der Winter kommt. Wenn ich – nicht das »Ich« von oben, sondern das »Ich« von hier unten natürlich; oben das ist Janet...
Wenn »ich« von Whileaway träume, träume ich zuerst von den Farmen, und obgleich Worte nicht ausreichen, um dieses großartige Thema zu beschreiben, muß ich, solange ich lebe, Ihnen erzählen, daß die Farmen die einzigen Familieneinheiten auf Whileaway sind. Nicht etwa, weil die Whileawayaner glauben, daß das gut für die Kinder ist (das tun sie nicht), sondern weil die Farmarbeit schwieriger einzuteilen ist und mehr tagtägliche Kontinuität verlangt als jeder andere Job. Die landwirtschaftliche Arbeit auf Whileaway beschränkt sich in erster Linie auf Organisation, Aufsicht und Maschinenunterhalt. Es ist die gefühlsmäßige Sicherheit des Familienlebens, was den Zauber ausmacht. Ich weiß das nicht aus eigener Erfahrung; ich habe es gelernt. Ich selbst habe Whileaway persönlich nie besucht, und als Janet, Jeannine und Joanna aus der rostfreien Stahlkugel traten, in die man sie, von wo immer sie sich auch vorher befunden haben mochten (etcetera), transportiert hatte, taten sie das allein. Ich war sozusagen nur als Geist oder Seele eines Erlebnisses dabei.
Sechzig Zwei-Meter-siebzig-Amazonen, die Prätorianische Garde Whileaways, schleuderten Dolche in alle Richtungen (Nord, Süd, Ost und West).
Janet, Jeannine und Joanna kamen inmitten eines Feldes am Rand einer altmodischen Rollbahn an, die als Zubringer für den nächsten Hoovercraft-Highway diente. Kein Winter, wenig Dächer. Vittoria und Janet umarmen sich und stehen dabei ganz still, wie es Aristophanes beschreibt. Weder kreischten sie, noch klopften sie einander auf die Schultern, noch küßten oder drückten sie sich. Sie schrien nicht auf, hüpften nicht auf und ab, sagten nicht »Du alter Teufelskerl!«, erzählten einander nicht die letzten Neuigkeiten und zogen sich auch nicht gegenseitig die Arme in die Länge. Da ich einen größeren Überblick habe als Jeannine oder Janet, kann ich über die Bergkette am Horizont und über das Altiplano hinaussehen, bis zu den Walhütern und Unterwasserfischereien am anderen Ende der Welt. Ich kann die Wüstengarten und zoologischen Reservate sehen. Ich kann sehen, wie sich Stürme zusammenbrauen. Jeannine seufzte unterdrückt. *Müssen sie das in der Öffentlichkeit tun?* Ein paar flaumige Sommerwolken stehen über der Green Bay. Jede balanciert auf ihrem eigenen Schwanz aus heißer Luft. Staub wirbelt auf und senkt sich wieder zu beiden Seiten des Highway, als ein Hoovercraft vorüberbraust. Für Jeannines Geschmack ist Vittoria zu stämmig; wenigstens könnte sie gut aussehen. Wir schlenderten den Zubringer hinab auf die Hoover-

craftstraße zu. Wir waren ganz allein, niemand beobachtete uns. Die einzige Ausnahme ist ein Wettersatellit, den ich sehen kann und der auch mich sieht. Jeannine hält sich direkt hinter Vittoria. Mit tadelsüchtigem Schrecken starrt sie auf deren langes schwarzes Haar.
»Wenn sie wissen, daß wir hier sind, warum haben sie dann niemand zu uns geschickt«, sagt Jeannine. »Ich meine andere Leute.«
»Warum sollten sie?« antwortet Janet.

7

JEANNINE: Aber wir könnten vom Weg abkommen.
JANET: Ausgeschlossen. Ich bin hier, und ich kenne den Weg.
JEANNINE: Angenommen, du wärst nicht bei uns. Angenommen, wir hätten dich getötet.
JANET: Dann wäre es natürlich besser, wenn ihr vom Weg abkämt!
JEANNINE: Aber angenommen, wir hielten dich als Geisel fest? Nehmen wir einmal an, du wärst am Leben, und wir würden *drohen*, dich umzubringen?
JANET: Je länger wir brauchen, um irgendwo hinzukommen, desto mehr Zeit habe ich zum Nachdenken, was zu tun ist. Wahrscheinlich bin ich gegen Durst besser gefeit als ihr. Und natürlich kann ich euch in die Irre führen und nicht verraten, wo wir wirklich hingehen, denn ihr habt ja keine Karte.
JEANNINE: Aber wir würden letzten Endes dort ankommen, nicht wahr?
JANET: Ja. Deshalb macht es keinen Unterschied, verstehst du.
JEANNINE: Aber angenommen, wir *töteten* dich?
JANET: Entweder hättet ihr mich getötet, bevor ihr hierherkamt, in diesem Fall bin ich tot, oder ihr tötet mich, nachdem ihr hier angekommen seid, in diesem Fall bin ich auch tot. Mir ist es egal, wo ich sterbe.
JEANNINE: Aber angenommen, wir brächten eine ... eine Kanone oder Bombe oder so etwas mit uns – angenommen, wir hätten dich übertölpelt, die Regierung in unsere Gewalt gebracht und drohten nun, alles in die Luft zu jagen!
JANET: Damit eine Diskussion zustande kommt, können wir das ruhig annehmen. Erstens gibt es hier keine Regierung in eurem Sinne. Zweitens gibt es keinen Ort, von wo aus die gesamten Aktivitäten, das heißt, die Wirtschaft auf Whileaway, kontrolliert werden. Deshalb wird deine eine Bombe nicht ausreichen, selbst wenn wir davon ausgehen, daß sie unser Empfangskomitee töten würde. Wenn man eine ganze Armee oder ein riesiges Waffenarsenal durch den einen Zugang hereinschleusen will,

muß man eine äußerst fortgeschrittene Technologie – was bei euch nicht der Fall ist – oder ungeheuer viel Zeit haben. Wenn ihr also sehr lange brauchen würdet, wäre es für uns kein Problem; falls euch jedoch der Durchstieg schnell gelänge, kämt ihr entweder vorbereitet oder unvorbereitet. Wenn ihr vorbereitet durchkämt, wäre die Zeit auf unserer Seite. Wir würden in der Überzeugung warten, daß ihr euch ausbreiten und dabei eure Vorräte aufbrauchen und letztlich eine trügerische Selbstsicherheit entwickeln würdet. Kämt ihr unvorbereitet durch und müßtet erst einmal alles zusammensetzen, wäre das nur ein Zeichen für den niedrigen Stand eurer Technologie und schlechthin eine Abwertung für euch als Gegner.
JEANNINE (nimmt sich zusammen): Hm!
JANET: Verstehst du, Konflikte zwischen Staaten sind nicht identisch mit Konflikten zwischen Einzelpersonen. Du schätzt den Überraschungseffekt zu hoch ein. Auf den Vorteil einiger weniger Stunden zu vertrauen, ist keine gesunde Ausgangsbasis, oder? Eine solch unvorsichtige Lebenseinstellung ist es nicht wert, daß man sie beibehält.
JEANNINE: Ich hoffe – in Wirklichkeit hoffe ich es natürlich nicht! –, nun, ich hoffe, daß es einen Feind gibt, der technologisch so phantastisch weit fortgeschritten ist, um in der Lage zu sein, fünfzig Spezialisten durch das Wie-immer-du-es-auch-nennst zu schicken, die jedermann innerhalb von fünfzig Meilen mit *grünen Strahlen* einfrieren, und dann aus dem Wie-immer-du-es-auch-nennst ein *permanentes* Wie-immer-du-es-auch-nennst machen, damit sie zu *jeder beliebigen Zeit soviel* einschleusen können, *wie sie wollen*, und euch *alle umbringen werden!*
JANET: Da fällt mir ein gutes Beispiel ein. Erstens, falls sie tatsächlich eine derart fortgeschrittene Technologie besäßen, könnten sie ihre eigenen Durchgangspunkte öffnen, und wir können nicht die ganze Zeit überall aufpassen. Sonst würde das Leben zur Qual. Aber angenommen, sie müßten diesen einzigen benutzen. Kein Empfangskomitee, nicht einmal eine zur Verteidigung herangezogene Armee, könnte diesen fünfzig Meilen weit reichenden grünen Strahlen widerstehen, richtig? Also hat es keinen Sinn, eine Armee aufzustellen, nicht wahr? Sie würde sowieso nur eingefroren oder getötet werden. Ich vermute jedoch, daß der Einsatz von fünfzig Meilen weit reichenden grünen Strahlen alle Arten auffälliger Phänomene mit sich bringen würde – das heißt, es läge augenblicklich auf der Hand, daß etwas oder jemand die Gegend in einem Umkreis von fünfzig Meilen paralisiert – und wenn diese technologisch fortgeschrittenen, aber unfreundlichen Leutchen so zuvorkommend sind, sich auf diese Art und Weise selbst anzukündigen, brauchen wir doch nicht mehr herausfinden, wer da kommt, indem wir jemand aus Fleisch und Blut hierherschicken, oder?

(Langes Schweigen ist die Folge. Jeannine versucht, sich etwas ultimativ Vernichtendes einfallen zu lassen. Ihre Füße tun ihr weh, denn die Plateausohlen sind nicht für lange Fußmärsche gedacht.)
JANET: Abgesehen davon ereignen sich solche Dinge nie beim ersten Kontakt. Eines Tages werde ich dir die Theorie erklären.
Eines Tages (denkt Jeannine) wird euch jemand erwischen, trotz aller Rationalität. Und die ganze Rationalität wird wie weggeblasen sein. Sie brauchen gar keine Invasion machen; sie können euch aus dem Weltraum in die Luft jagen; sie können euch mit Seuchen infizieren oder euch unterwandern, eine fünfte Kolonne bilden. Sie können euch korrumpieren. Es gibt Schrecken genug. Du denkst wohl, das Leben sei sicher, aber dem ist nicht so, weit gefehlt. Es besteht nur aus Schrecken. Schrecken!
JANET (liest in ihrem Gesicht, spreizt den Daumen von der geballten Faust ab und deutet mit der whileawayanischen Religionsgeste nach oben): Gottes Wille geschehe.

8

Dumm und inaktiv. Pathetisch. Kognitives Verhungern. Jeannine liebt es, mit den Seelen der Möbel in meinem Apartment eins zu werden. Leise, ein langes Bein nach dem anderen, zieht sie sich in die beengte Landschaft meiner Tische und Stühle hinein. Die Dryade meines Wohnzimmers. Überall, wohin ich sehe, auf das Lexikonregal, auf die billigen Lampen, auf die heimelige, sehr gemütliche braune Couch, immer ist es Jeannine, die zurückstarrt. Für mich ist es ungemütlich, aber für sie eine große Erleichterung. Dieser hochgewachsene, junge, hübsche Körper liebt es, wenn man auf ihm sitzt, und ich glaube, falls Jeannine je einem Teufelsanbeter begegnet, wird sie sich in seinem Altar bei einer Schwarzen Messe wie zu Hause fühlen. Dann wäre sie endlich und für immer von ihrer Persönlichkeit entbunden.

9

Dann ist da die Jovialität, die hohe Selbsteinschätzung, die erzwungene Herzlichkeit, das wohlwollende Aufreizen, das ständige Begehren nach Schmeicheleien und Rückversicherung. Dies alles nennt der Völkerkundler dominantes Verhalten.
ACHTZEHNJÄHRIGER ERSTSEMESTER AM COLLEGE (macht sich auf einer Party wichtig): Wenn Marlowe länger gelebt hätte, hätte er *erheblich bessere Stücke* geschrieben als Shakespeare.

ICH, EINE FÜNFUNDDREISSIGJÄHRIGE ENGLISCHLEHRERIN (benommen vor Langeweile): Meine Güte, wie schlau Sie sind. Sie wissen über Dinge Bescheid, die sich überhaupt nicht ereignet haben.
DAS ERSTSEMESTER (verlegen): Hmm?
ODER
ACHTZEHNJÄHRIGES MÄDCHEN AUF EINER PARTY: Die Männer verstehen nichts von Technik. In wenigstens siebzig Prozent aller Fälle dringt das Dingsbums in das Dingens, und die Backen kommen mit dem Hebel in Kontakt.
FÜNFUNDDREISSIGJÄHRIGER PROFESSOR FÜR MASCHINENBAU (ehrfürchtig): Du lieber Himmel. (Hier kann doch etwas nicht stimmen).
ODER
»Man« hört sich zwar nach »Mann« an, ist aber nur eine rhetorische Zusammenfassung aller dritten Personen in der Einzahl. »Man« schließt »Frauen« auch ein.* Also:

1. Das Ewigweibliche führt uns immer höher und weiter. (Raten Sie mal, für wen »uns« steht.)
2. Der letzte Mensch auf der Erde wird die letzte Stunde vor der Katastrophe auf der Suche nach seiner Frau und seinem Kind verbringen. (Besprechung von *Das Zweite Geschlecht* durch das erste Geschlecht.)
3. Von Zeit zu Zeit verspüren wir alle den Drang, uns unserer Frauen zu entledigen. (Irving Howe, Einführung zu Hardy, *Gespräche über meine Frau*).
4. Große Wissenschaftler wählen ihre Probleme, wie sie ihre Frauen auswählen. (A. H. Maslow, der es besser wissen müßte).
5. Der Mensch ist ein Jäger, der mit den anderen um die beste Jagdbeute und das beste Weibchen wetteifert (jedermann).

ODER
Bei diesem Spiel handelt es sich um ein Dominanzspiel mit dem Titel: Ich Muß Diese Frau Beeindrucken. Ein Versagen läßt den aktiven Spieler verbissener spielen. Sei von der Natur mit einem Buckel oder einem verkrüppelten Arm bedacht, dann wirst du die Unsichtbarkeit des passiven Spielers erleben. Ich bin nie beeindruckt – das ist keine Frau jemals –, es ist nur eine Rolle, in welcher du mich gern siehst und von der man annimmt, daß ich mich in ihr wohlfühle. Wenn du mich wirklich gern hast, kann ich dich vielleicht zum Aufhören bewegen. Hör auf; ich möchte mit dir reden! Hör auf; ich möchte dich sehen! Hör auf; ich sterbe und verschwinde!

---

* Anmerkung des Übersetzers: Im Englischen *man* = *Mensch*, aber gleichzeitig auch *Mann*

SIE: Es ist doch nur ein Spiel?
ER: Ja, natürlich.
SIE: Und wenn du es spielst, heißt das doch, daß du mich magst – oder nicht?
ER: Natürlich.
SIE: Also, wenn es nur ein Spiel ist und du mich gern hast, kannst du aufhören zu spielen. Bitte hör auf.
ER: Nein.
SIE: Dann spiele *ich* nicht mehr mit.
ER: Schlampe! Du willst mich kaputtmachen. Ich werde es dir zeigen. (Er spielt verbissener.)
SIE: Schon gut. Ich bin beeindruckt.
ER: Letzten Endes bist du doch süß und verständnisvoll. Du hast deine Weiblichkeit bewahrt. Du bist keine jener hysterischen Emanzoschlampen, die ein Mann sein und einen Penis haben wollen. *Du bist eine Frau.*
SIE: Ja. (Sie bringt sich um.)

10

Dieses Buch ist mit Blut geschrieben.
Ist es ganz mit Blut geschrieben?
Nein, ein Teil davon ist mit Tränen geschrieben.
Ist es mein Blut, und sind es meine Tränen?
Ja, in der Vergangenheit waren sie es. Aber die Zukunft steht auf einem anderen Blatt. In *Pogo* legte die Bärin einen Schwur ab, nachdem sie einiges durchgemacht hatte. Sie setzten ihr einen Topf auf den Kopf, stellten sie mit ihm auf den Kopf, diskutierten ihre Eßbarkeit und die Frage, ob man ihr mit dem Rasenmäher über den Hintern fahren solle. Dann bekam sie noch eine Handvoll Pfeffer in die Schnute, und während ihr die Äpfel vom geschüttelten Apfelbaum bumm-klatsch auf den Kopf fielen, schwor sie bei der Asche ihrer Mütter (d. h. ihrer Ahnenbärinnen) einen heiligen Eid:
OH, AUSSER MIR WIRD NOCH JEMAND DIESEN GANZ SPEZIELLEN TAG BEREUEN.

11

Aufmerksam betrachte ich Vittorias blauschwarzes Haar, ihre samtbraunen Augen und ihr hervorstehendes, eigensinniges Kinn. Ihre Taille ist zu lang (wie die einer biegsamen Meerjungfrau), die mächtigen Schenkel

und Hinterbacken sind überraschend fest. Wegen ihres dicken Hinterns wird Vittoria auf Whileaway oft bewundert. Sie sieht nicht gerade unheimlich interessant aus; wie alles auf dieser Welt ist sie für die lange Bekanntschaft und den Blick aus der Nähe geformt. Draußen arbeiten sie in ihren rosa oder grauen Pyjamas und drinnen nackt, bis man jedes Hautfältchen und Fleckchen kennt, bis jeder Körper in die Gemeinschaft anderer aufgeht. Bilder von Personen oder Dingen werden nicht gemacht; alles wird sofort in sein eigenes Inneres übersetzt. Drei Wochen lang schlief ich im Gemeinschaftsraum der Belins und war in meinem Kommen und Gehen von Leuten mit Namen wie Nofretari Ylayeson und Nguna Twason umgeben. (Ich übersetze frei; es sind chinesische, russische, afrikanische und europäische Namen. Darüber hinaus lieben es die Whileawayaner, alte Namen aus Lexika zu benützen.) Ein kleines Mädchen kam zu der Ansicht, ich brauchte eine Beschützerin. Es hing wie eine Klette an mir und versuchte Englisch zu lernen. Im Winter ist für diejenigen, die dem Hobbykochen frönen, immer Hitze in den Küchen. Für die Kleinen sind Steuerhelme da (um die Hitze auf Distanz zu halten). Die Küche der Belins war reich an Geschichten.
Ich meine natürlich, sie erzählte mir Geschichten.
Vittoria übersetzt. Sie spricht leise, aber deutlich:
»Es war einmal vor langer Zeit, da wurde ein Kind von Bären aufgezogen. Seine Mutter ging schwanger in den Wald (denn es gab damals noch weit mehr Wälder als heute) und schenkte dort ihrem Kind das Leben, denn sie hatte sich mit der Berechnung vertan. Sie hatte sich auch verlaufen. Warum sie sich im Wald befand, spielt keine Rolle. Das gehört nicht zu dieser Geschichte.
Nun ja, wenn du es unbedingt wissen willst, die Mutter war dort, um für einen Zoo Bären zu schießen. Sie hatte schon drei Bären gefangen und achtzehn weitere geschossen, aber nun ging ihr der Film aus. Als sie in die Wehen kam, ließ sie die drei Bären frei, denn sie wußte nicht, wie lange die Wehen dauern würden, und es war niemand da, um die Bären zu füttern. Die drei beratschlagten jedoch untereinander und blieben in der Nähe, weil sie noch nie gesehen hatten, wie ein Mensch zur Welt kommt. Sie waren sehr neugierig. Alles ging sehr gut, bis der Kopf des Babys zum Vorschein kam. Da entschloß sich der Waldgeist, ein frecher, aber cleverer Bursche, ein wenig Spaß zu haben. Deshalb ließ er, direkt nachdem das Baby draußen war, eine Felsplatte vom Berg herabstürzen. Diese Felsplatte durchschnitt die Nabelschnur und warf die Mutter zur Seite. Dann verursachte er ein Erdbeben, das die Erde wie beim Grand Canyon auf dem Südkontinent spaltete und Mutter und Kind Meilen voneinander trennte.«
»Ist das nicht ein bißchen viel auf einmal?« fragte ich.

»Willst du diese Geschichte hören oder nicht?« (übersetzte Vittoria). »*Ich sage*, sie wurden Meilen voneinander getrennt. Als die Mutter das sah, sagte sie: ›Verdammt!‹ Dann machte sie sich auf den Weg in die Zivilisation zurück, um eine Suchmannschaft aufzustellen, aber zu dieser Zeit hatten die Bären schon beschlossen, das Baby zu adoptieren. Sie versteckten sich alle oberhalb des neunundvierzigsten Breitengrades, wo es sehr felsig und unwegsam ist. Auf diese Weise wuchs das kleine Mädchen bei den Bären auf.
Als es zehn war, fing der Ärger an. Es hatte bis dahin einige Bärenfreunde gewonnen, obgleich es ihr nicht paßte, wie die Bären auf allen vieren zu gehen, und die Bären sich wiederum ärgerten, daß ihr das nicht paßte, denn Bären sind sehr konservativ. Es wandte ein, die Gangart auf allen vieren passe nicht zu seinem Knochenbau. Die Bären sagten: ›Oh, aber so sind wir schon immer gegangen.‹ Sie waren ganz schön dumm. Aber natürlich nett. Wie dem auch sei, es ging aufrecht, so, wie es sich am besten anfühlte. Dann kam die Zeit der Paarung, und mit ihr kamen neue Probleme. Es gab niemanden, mit dem es sich paaren konnte. Das kleine Mädchen wollte es mit seinem Besten-männlichen-Bärenfreund probieren (denn Tiere leben nicht so wie Menschen, mußt du wissen), aber der Bär wollte es nicht einmal auf einen Versuch ankommen lassen. ›Ach‹, sagte er (und daran kann man schon erkennen, daß er mehr Feingefühl als andere Bären besaß, haha), ›ich fürchte, ich würde dir nur mit meinen Tatzen wehtun, weil du kein Fell wie die Bärinnen hast. Und abgesehen davon würdest du Schwierigkeiten haben, die richtige Stellung einzunehmen, denn deine Hinterbeine sind viel zu lang. Und abgesehen *davon* riechst du nicht wie ein Bär, und ich fürchte, meine Mutter würde das für Unzucht halten.‹ Das ist ein Witz. In Wirklichkeit ist es ein Rassenvorurteil. Das kleine Mädchen war sehr einsam und hatte große Langeweile. Schließlich, nach langer Zeit, schüchterte es seine Bärenmutter soweit ein, daß diese ihm die Geschichte seiner Herkunft erzählte. So beschloß es, in die Welt hinauszugehen. Es wollte nach Leuten Ausschau halten, die keine Bären waren. Bei ihnen mochte das Leben vielleicht besser sein, dachte es. Es verabschiedete sich von seinen Bärenfreunden und brach nach Süden auf. Die Bären weinten alle und winkten mit ihren Taschentüchern. Das Mädchen war sehr waghalsig und waldweise, da es die Bären erzogen hatten. Es wanderte den ganzen Tag und schlief bei Nacht. Schließlich langte es bei einer Siedlung der Leute an, die dieser hier genau glich, und die Leute baten das Mädchen herein. Natürlich sprach es nicht die Sprache der Leute« (mit einem unauffälligen Seitenblick auf mich) »und sie sprachen nicht bärisch. Das war ein großes Problem. Am Ende lernte es ihre Sprache, so daß es mit ihnen reden konnte, und als sie herausfanden, daß es von Bären aufgezogen worden war, schickten sie es in

den Regionalpark Geddes, wo es einen großen Teil seiner Zeit damit verbrachte, mit den Gelehrten bärisch zu sprechen. Es machte sich viele Freunde und hatte so eine Menge Leute, mit denen es sich paaren konnte, aber in hellen Mondnächten wünschte es sich zu den Bären zurück, denn es wollte an den großen Bärentänzen teilhaben, die die Bären bei Vollmond abhalten. Also ging es schließlich wieder nach Norden. Aber es stellte sich heraus, daß die Bären langweilig waren. Deshalb entschloß es sich, eine menschliche Mutter zu suchen. In den Niederungen vor der Kanincheninsel fand es eine Statue mit der Inschrift ›Geh diesen Weg‹, der es folgte. Am Ausgang der Brücke zum Nordkontinent sah es einen umgestürzten Wegweiser, also folgte es der Richtung, in die er zeigte. Der Geist des Zufalls leitete es. Am Eingang zur Green Bay fand es ein riesiges Goldfischglas, das ihm den Weg versperrte und sich in den Geist des Zufalls verwandelte, eine sehr, sehr alte Frau mit winzigen, dürren Beinen, die auf einer Mauer saß. Die Mauer erstreckte sich bis über den achtundvierzigsten Breitengrad hinaus.

›Spiel Karten mit mir‹, sagte der Geist des Zufalls.

›Nie im Leben‹, gab das kleine Mädchen zurück, das nicht auf den Kopf gefallen war.

Dann blinzelte der Geist des Zufalls und sagte: ›Ach komm schon‹, und das Mädchen dachte, es könnte sehr lustig werden. Es wollte gerade sein Blatt aufnehmen, da sah es, daß der Geist des Zufalls einen Steuerhelm trug, von dem aus ein Draht bis in die weiteste Ferne reichte.

Er war mit einem Computer verbunden!

›Das ist Beschiß!‹ schrie das kleine Mädchen. Es rannte zur Mauer, und es gab einen schrecklichen Kampf, aber am Ende schmolz alles weg, und nur eine Handvoll Kiesel und Sand blieb zurück, und danach schmolz auch das noch weg. Das kleine Mädchen marschierte am Tag, schlief bei Nacht, und fragte sich, ob es seine richtige Mutter wohl gern haben würde. Es wußte nicht, ob es bei seiner richtigen Mutter bleiben wollte oder nicht. Aber als sie sich kennengelernt hatten, entschieden sie sich dagegen. Die Mutter war eine sehr smarte, schöne Lady mit krausem schwarzem Haar, das zu einer Rundfrisur gekämmt war. Aber sie mußte gehen und eine Brücke bauen (und das auch noch schnell), weil die Leute ohne Brücke nicht von einem Ort zum anderen gehen konnten. Also ging das kleine Mädchen zur Schule und hatte eine Menge Liebhaber und Freunde und übte sich im Bogenschießen und trat in eine Familie ein und erlebte viele Abenteuer und rettete viele vor einem Vulkanausbruch, indem es den Vulkan von einem Gleiter aus bombardierte, und erlangte Aufklärung. Dann, eines Morgens, erzählte ihm jemand, daß ein Bär nach ihm suchte...«

»Einen Augenblick«, sagte ich, »diese Geschichte hat kein Ende. Sie geht

immer weiter. Was war mit dem Vulkan? Und den Abenteuern? Und dem Erlangen von Aufklärung – das nimmt doch einige Zeit in Anspruch oder nicht?«
»Ich erzähle die Dinge«, sagte meine erhabene kleine Freundin (durch Vittoria), »wie sie geschehen«, und indem sie ohne weiteren Kommentar mit dem Kopf unter den Steuerhelm glitt (und mit den Händen in die Waldos), rührte sie wieder mit dem Zeigefinger in ihrer Mandelsüßspeise herum. Beiläufig rief sie Vittoria etwas über die Schulter zu. Diese übersetzte: »Jeder, der in zwei Welten lebt« (sagte Vittoria), »geht einem komplizierten Leben entgegen.«
(Später erfuhr ich, daß sie drei Tage gebraucht hatte, um sich diese Geschichte auszudenken. Sie handelte natürlich von mir).

12

Einige Häuser bestehen aus gepreßtem Schaum: weiße, von Diamantvorhängen verhangene Höhlen, innere Gärten, weinende Decken. In der Arktis gibt es Orte, an denen man sitzen und meditieren kann, unsichtbare Wände, die dasselbe Eis, dieselben Wolken wie draußen einschließen. Es gibt einen Regenwald, ein seichtes Meer, eine Bergkette, eine Wüste. Menschliche Brutkolonien im Schlaf unter Wasser, wo Whileawayaner auf ihre müßige Art eine neue Wirtschaft und eine neue Rasse erschaffen. Flöße, die im blauen Auge eines erloschenen Vulkans vor Anker liegen. Raubvogelnester, die für niemanden speziell erbaut wurden, deren Gäste im Gleiter ankommen. Es gibt viel mehr Gebäude als Heime, viel mehr Heime als Personen; mein Heim ist in meinen Schuhen, wie es im Sprichwort heißt. Alles (was sie kennen) ist ewig auf der Durchreise. Alles ist auf den Tod gerichtet. Tellerförmige Radarohren warten auf ein eventuelles Flüstern von draußen. Es gibt keinen Kiesel, keinen Ziegelstein, kein Exkrement, das nicht Tao ist; Whileaway wird vom beherrschenden Geist der Unterbevölkerung bewohnt, und nur im Zwielicht der auf ewig verlassenen Stadt, die nur ein Dschungel skultureller Formen auf dem Altiplano ist, wenn man dem Rauschen des eigenen Atems unter der Sauerstoffmaske beiwohnt.

Mitten in der Nacht, beim Schein einer Alkohollampe, irgendwo auf einer Landstraße in den Sumpf- und Pinienniederungen des Südkontinents, spielte ich mit einer sehr alten Frau um Gelegenheitsarbeiten und Frühstück. Während ich den in ihrem Gesicht tanzenden Schatten zusah, verstand ich, warum die anderen Frauen voller Ehrfurcht von den runzligen Beinen sprechen, die von einem Computergehäuse herabbaumeln: ein

weiblicher Humpty Dumpty auf seinem Weg ins ultimative Innere der Dinge.
(Ich verlor. Ich trug ihr Gepäck und erledigte für einen Tag ihre Arbeiten.)

Eine alte Statue außerhalb der Treibstoff-Alkohol-Destille in Ciudad Sierra: ein Mann sitzt auf einem Stein, die Beine sind gespreizt, beide Hände auf die Magengrube gepreßt, ein Anblick hilflosen Jammers, das Gesicht von der Zeit verwaschen. Irgendein Witzbold hat die liegende Acht, das Zeichen für unendlich, in den Sockel gekratzt und eine gerade Linie von der Mitte nach unten hinzugefügt. Das bedeutet zweierlei: erstens das whileawayanische Schema des männlichen Genitals; zweitens das mathematische Symbol für den Widerspruch in sich selbst.

Wenn Sie so tollkühn sind, ein whileawayanisches Kind mit den Worten »sei ein braves Mädchen« um etwas zu bitten: »Was hat das Ausführen anderer Leute Besorgungen damit zu tun, ein braves Mädchen zu sein?«
»Warum kannst du deine Besorgungen nicht selbst machen?«
»Bist du ein Krüppel?«
(Überall die Doppelpaare durchdringender, dunkler Kinderaugen, wie die von sich paarenden Katzen.)

13

Eine ruhige Nacht auf dem Land. Die Berge östlich von Green Bay, tagsüber die feuchte Augusthitze. Eine Frau liest, eine andere näht, eine dritte raucht. Jemand nimmt eine Art Pfeife von der Wand und spielt die vier Töne des Hauptakkords. Das wird laufend wiederholt. Wir halten uns so lange wie möglich an diese vier Töne; dann wird ein Ton ausgewechselt. Erneut werden die vier Töne wiederholt. Langsam löst sich etwas von der Nicht-Melodie. Die Abstände zwischen den Obertönen werden immer größer. Niemand tanzt heute nacht. Wie die Linien sich öffnen! Jetzt drei Töne. Lustigkeit und Terror der Musik werden direkt in die Luft geschrieben. Obgleich die Spielerin durchweg gleichbleibend stark bläst, sind die Geräusche schmerzhaft laut geworden. Das kleine Instrument stülpt sein Innerstes nach außen. Man kann kaum zuhören, die Töne dringen einem unmittelbar ins Ohr. Ich glaube, im Morgengrauen wird alles vorbei sein, beim Morgengrauen werden wir sechs oder sieben Notenänderungen hinter uns haben, vielleicht zwei neue Töne pro Stunde.
Im Morgengrauen werden wir ein bißchen mehr über den Hauptdreiklang wissen. Wir werden ein kleines bißchen gefeiert haben.

14

Wie Whileawayaner feiern

Dorothy Chiliason auf der Waldlichtung, ihr mondgrüner Pyjama, große Augen, starke Schultern, ihre wulstigen Lippen und großen Brüste, jede mit ihrem hervorstechenden Daumen, ihre Aureole struppigen, ingwerfarbenen Haars. Sie springt auf die Füße und lauscht. Mit einer Hand in der Luft denkt sie nach. Dann sind beide Hände oben. Sie schüttelt den Kopf. Sie vollführt einen gleitenden Schritt, zieht den anderen Fuß nach. Dann erneut. Und wieder. Sie nimmt ein wenig Extraenergie auf und läuft ein kleines Stückchen. Der festliche Tanz auf Whileaway hat nichts mit fernöstlichen Tänzen und deren Bewegungen auf den Körper zu, den Kissen warmer, von der Tänzerin ausgeatmeter Luft, ihren Verzierungen durch gegensätzliche Winkel (Bein hoch, Knie nach unten, Fuß hoch; ein Arm nach oben abgewinkelt, den anderen nach unten) zu tun. Auch nicht das geringste mit dem Verlangen-nach-Flug des westlichen Balletts, wo die Gliedmaßen in himmelwärts strebenden Kurven hervorschießen und der Torso ein mathematischer Punkt ist. Wenn der indische Tanz sagt, Ich Bin, und das Ballett, Ich Wünsche, was sagt dann der whileawayanische Tanz?
Er sagt, Ich Vermute. (Die Intelligenz dieses unmöglichen Geschäfts!)

15

Was Whileawayaner feiern

Den Vollmond
Die Wintersonnenwende (Sie gehen am Leben vorbei, wenn sie uns nie sehen, wie wir in unserer Unterwäsche herumrennen und dabei die ganze Zeit auf Töpfe und Pfannen schlagen und schreien: »Komm zurück, Sonne! Verdammt noch mal, komm zurück! Komm zurück!«)
Die Sommersonnenwende (ist ganz anders)
Die herbstliche Tagundnachtgleiche
Die Frühjahrs-Tagundnachtgleiche
Das Blühen der Bäume
Das Blühen der Büsche
Die Aussaat
Gelungene Kopulation
Mißglückte Kopulation
Sehnsucht

Witze
Das Fallen der Blätter von den Bäumen (wo sie abfallen)
Den Kauf neuer Schuhe
Das Tragen derselben
Geburt
Die Betrachtung eines Kunstwerks
Hochzeiten
Sport
Scheidungen
Eigentlich alles
Eigentlich nichts
Großartige Ideen
Tod

16

Freistehend in einem Feld voller Unkraut und Schnee befindet sich auf der Kanincheninsel ein unpoliertes, weißes Marmorstandbild Gottes. Nackt bis zur Hüfte sitzt Sie da, eine übergroße weibliche Gestalt, furchteinflößend wie Zeus, und Ihre toten Augen starren in das Nichts. Auf den ersten Blick wirkt Sie majestätisch; dann bemerke ich, daß Ihre Unterkiefer zu wuchtig sind, Ihre Augen befinden sich nicht auf gleicher Höhe, und Ihre ganze Figur ist ein Durcheinander schlecht ineinander übergehender Flächen, eine Masse unmenschlicher Widersprüche. Es besteht eine deutliche Ähnlichkeit mit Dunyasha Bernadetteson, bekannt als Der Lustige Philosoph (n. K. 344–426), obgleich Gott älter ist als Bernadetteson, und es eher möglich ist, daß Dunyashas Genchirurg Sie nach Gott modellierte als anders herum. Personen, die länger als ich die Statue betrachtet haben, berichteten, daß man Sie in keinster Weise verinnerlichen kann, daß Sie ein sich ständig verändernder Widerspruch ist, daß Sie abwechselnd sanftmütig, furchteinflößend, haßerfüllt, liebevoll, »dumm« (oder »tot«) und letztendlich unbeschreibbar aussieht.
Von Personen, die Sie noch länger angeschaut haben, weiß man, daß sie vollständig von der Erdoberfläche verschwanden.

17

Ich war nie auf Whileaway.
Whileawayaner statten sich mit einer natürlichen Immunität gegenüber Zecken, Moskitos und anderen parasitären Insekten aus. Diesen Schutz

besitze ich nicht. Und der Weg nach Whileaway hinein ist weder durch Zeit noch durch Entfernung noch durch einen Engel mit einem Flammenschwert verstellt, sondern durch eine Wolke oder Masse von Stechfliegen.
Sprechenden Stechfliegen.

Sechster Teil

1

Jeannine wacht nach einem Traum von Whileaway auf. Diese Woche muß sie noch zu ihrem Bruder. Alles suggeriert Jeannine etwas, das sie verloren hat, obwohl sie es sich nicht auf diese Weise klarmacht. Sie versteht nur, daß alles auf der Welt einen hauchfeinen Nostalgieüberzug trägt, der ihr die Tränen kommen läßt und ihr zuzuflüstern scheint: »Du kannst nicht.« Sie ist stolz darauf, nicht fähig zu sein, Dinge zu tun; irgendwie gibt ihr das ein Recht auf etwas. Ihre Augen füllen sich mit Tränen. Alles ist ein solcher Schwindel. Wenn sie jetzt direkt aufsteht, kann sie noch den ersten Bus erwischen. Sie will auch von dem Traum loskommen, der noch immer in den Falten ihres Bettzeugs, dem sommerlichen Geruch ihrer alten, weichen Laken ausharrt, ihren eigenen Geruch, den Janet sehr gern hat, das aber vor anderen nie zugeben würde. Das Bett ist voll von träumerischen, argwöhnischen Kuhlen. Aus Pflichtgefühl gähnt Jeannine. Sie steht auf und macht das Bett. Dann hebt sie Taschenbücher (Kriminalromane) vom Boden auf und stellt sie ins Regal. Bevor sie geht, sind noch Kleider zu waschen, Kleider wegzuräumen, Strümpfe zusammenzulegen und in Schubladen zu verstauen. Den Abfall wickelt sie in Zeitungspapier und trägt das Päckchen die drei Stockwerke zum Mülleimer hinunter. Sie wühlt Cals Socken hinter dem Bett hervor, schüttelt sie aus und läßt sie auf dem Küchentisch liegen. Das Geschirr muß abgewaschen werden, auf den Fenstersimsen ist Ruß, sie muß ein Gefäß unter den Heizkörper stellen, für den Fall, daß es diese Woche so weitergeht (er leckt). Oje. Vergiß die Fensterscheiben, obwohl sie Cal nicht gern schmutzig sieht. Die Toilette säubern – eine schreckliche Arbeit, genau wie das Staubwischen auf den Möbelstücken. Kleider müssen gebügelt werden. Bringt man gewisse Dinge in Ordnung, fallen andere unter den Tisch. Sie dreht sich und windet sich. Mehl und Zucker sind auf den Regalen über der Spüle verschüttet und müssen aufgewischt werden. Flecke und Krümel überall, verfaulende Rettichblätter, und der alte Kühlschrank ist dick vereist (sie muß die Tür öffnen und einen Stuhl davorstellen, damit er von selbst abtauen kann). Papierschnipsel, Schokolade, Zigaretten, überall im Zimmer Zigarettenasche. Alles muß abgestaubt werden. Sie entschließt sich, die Fenster doch zu säubern, weil es besser aussieht. In einer Woche sind sie wieder verdreckt. Natürlich hilft einem niemand. Nichts hat die richtige Höhe. Cals Socken wirft sie zu ihren und Cals Kleidern, die in die Selbstbedienungswäscherei müssen, was von Cals Sachen ausgebessert werden muß, kommt auf einen Extrahaufen. Zwischendurch deckt sie für sich den Tisch. Vom Katzenschüsselchen kratzt sie das angetrocknete Futter in den Müll, spült die Schüssel und setzt neues Wasser und Milch auf den Fußboden. Mr. Frosty scheint nicht in der Nähe zu sein. Unter der Spüle findet Jeannine ein Geschirrtuch, das sie über dem Ausguß aufhängt. Sie ruft sich ins Gedächtnis zurück, später dort unten sauberzumachen und bringt kalte Hafergrütze, Tee, Toast und Orangensaft zum Vorschein (der Orangensaft ist in einer Regierungspackung, die pulverisierte Orangen-und-Grapefruit enthält, und schmeckt scheußlich). Sie springt auf, um unter der Spüle nach dem Mop zu suchen; der verzinkte Eimer muß auch irgendwo dort unten sein. Es ist Zeit, die Badezimmerfliesen und das Linoleumquadrat vor Spüle und Herd zu wischen. Zuerst aber trinkt sie sich noch schnell den Tee aus und läßt die Hälfte des Orange-und-Grapefruit-Saftes (sie verzieht das Gesicht) und ein bißchen Hafergrütze stehen. Die Milch wandert in den Kühlschrank zurück – nein, halt, gieß sie besser aus –, und sie setzt sich einen Moment und stellt eine Liste von Lebensmitteln auf, die sie in einer Woche auf dem Rückweg vom Bus besorgen will. Eimer füllen, Reinigungsmittel suchen, nicht zu finden, wisch es nur mit Wasser weg. Stelle alles beiseite. Räume das Frühstücksgeschirr ab. Sie holt sich einen Kriminalroman, setzt sich auf die Couch und blättert ihn schnell durch. Springe auf, wische den Tisch ab, streiche die Salzkörner zusammen, die auf den Teppich gefallen sind, und gehe kurz mit der Bürste darüber. Ist das alles? Nein, nähe Cals Knöpfe an und dann die eigenen. Ach, laß es sein. Sie muß packen, ihr Mittagessen vorbereiten und auch das von Cal (obwohl er nicht mitfährt). Das bedeutet: Wieder Dinge aus dem Tiefkühlfach herausnehmen, wieder den Tisch abwischen – neue Fußabdrücke auf dem Linoleum. Nun, es macht nichts. Messer und Teller abwaschen. Fertig. Sie will ihr Nähkästchen holen und seine Kleider in Ordnung bringen, dann überlegt sie es sich anders. Sie nimmt den Kriminalroman zur Hand. »*Du hast mir die Knöpfe nicht angenäht*«, *wird Cal sagen*. Sie geht zum Schrank, um das Nähkästchen hinter Koffern, Pappkartons voller alter Sachen, dem Bügelbrett, ihrem Wintermantel und ihrer Winterkleidung hervorzukramen. Aus Jeannines Rücken greifen kleine Hände und heben auf, was sie fallen läßt. Sie setzt sich auf die Couch und mustert sein Sommerjackett. Ein Riß ist auch noch drin, denkt sie und beißt den Faden mit den Schneidezähnen durch. *Du machst dir den Schmelz kaputt.* Knöpfe. Drei Socken stopfen. (Die anderen scheinen in Ordnung zu sein.) Sie reibt sich das Kreuz. Sie steckt das Futter eines Rocks fest; es ist eingerissen. Die Strümpfe nach Laufmaschen untersuchen. Schuhe wienern. Sie macht eine Pause und schaut auf nichts. Dann schüttelt sie sich, und mit einer Miene, die außergewöhnliche Energie verrät, holt sie ihren mittelgroßen Koffer aus dem Schrank und beginnt mit dem Aussortieren von

Kleidern für die kommende Woche. *Cal läßt mich nicht rauchen. Er paßt wirklich auf mich auf.* Nachdem alles sauber ist, mustert sie das Zimmer. Die *Post* sagt, man kann die Spinnweben mit einem lumpenumwickelten Besen von der Decke holen. *Nun, ich kann sie nicht sehen.* Jeannine wünscht sich – zum sie weiß nicht wievielten Mal – ein echtes Apartment mit mehr als nur einem Zimmer, obwohl die Einrichtung dafür ihre finanziellen Mittel übersteigen würde. Hinten im Schrank ist ein Stapel von Wohnkulturillustrierten, aber das war nur eine vorübergehende Schnapsidee; in letzter Zeit war ihr der Gedanke nicht mehr gekommen. Cal versteht solche Dinge sowieso nicht. *Groß, dunkel und hübsch... Sie wies ihren Liebhaber zurück... die edle Art zu... Mimose und Jasmin...* Sie stellt sich vor, wie es wäre, eine Meerjungfrau zu sein und ein Meerhaus mit Tang und Perlmutt einzurichten. *Handbuch der Meerjungfrau. Häuslicher Ratgeber der Meerjungfrau.* Sie kichert. Sie packt die letzten Kleider ein und nimmt ein Paar Schuhe aus dem Schrank und putzt sie mit farbloser Schuhcreme, weil man bei den hellen Farben so aufpassen muß. Sobald sie trocken sind, werden sie im Koffer verschwinden. Das Ärgerliche ist nur, daß der Koffer wohl bald aus den Nähten kracht. Wenn Cal zurückkommt, wird sie ein Buch lesen. *Mademoiselle Meerjungfrau*, das vom neuen Regenbogenforellen-Look für Augen handelt.
Warum träumt sie nur immer von Whileaway?
While-away. While. A. Way. Die Zeit vertreiben. Das heißt, es ist nur ein Zeitvertreib. Wenn sie Cal davon erzählt, wird er sagen, sie schwätze nur wieder; schlimmer noch, es würde sich tatsächlich sehr dumm anhören; man kann von keinem Mann erwarten, daß er allem zuhört (wie jedermanns Mutter sagte).
Jeannine zieht sich an. Bluse, Pullover und Rock sind gut genug für das Haus ihres Bruders auf dem Land. Im Koffer hat sie ein Paar Hosen, mit denen sie Beeren pflücken geht, noch eine Bluse, ein Halstuch, Strümpfe, eine Jacke *(nein, die trage ich lieber)*, ihre Haarbürste, ihr Make-up, Hautcreme, Monatsbinden, einen Regenmantel, Schmuck für das gute Kostüm, Haarspangen, Lockenwickler, Badeanzug und ein leichtes Kleid für den Alltag. Uff, zu schwer! Entmutigt setzt sie sich wieder. Kleine Dinge machen Jeannine traurig. Was nützt es denn, eine Wohnung immer wieder sauberzumachen, wenn man doch nichts daraus machen kann? Von draußen nickt ihr der Götterbaum zu. (Und warum beschützt Cal sie nie? Sie verdient seinen Schutz.) Vielleicht wird sie jemand treffen. Wer kann schon wissen – oh, niemand weiß wirklich –, was in Jeannines Herz ist (denkt sie). Aber einer wird es erkennen. Einer wird verstehen. Erinnere dich der Stunden in Kalifornien unter dem Feigenbaum. Jeannine in ihrem bauschigen Schottenkleid, ein Hauch Herbst in der Luft, der blaue Nebel über den Bergen wie Rauch. Sie zerrt wieder an dem

Koffer und fragt sich verzweifelt, was andere Frauen wissen oder tun können, das sie nicht weiß oder tun kann, Frauen auf der Straße, Frauen in den Kaufhäusern, die Anzeigen, verheiratete Frauen. Warum übertrifft das Leben nicht die Geschichten? *Ich sollte mich verheiraten.* (Aber nicht mit Cal!) Im Bus wird sie jemand treffen; sie wird neben jemand sitzen. Wer weiß, warum Dinge geschehen? Jeannine, die manchmal an Astrologie, Handlesen und okkulte Zeichen glaubt, die weiß, daß manche Dinge vom Schicksal bestimmt sind oder nicht, weiß, daß Männer – trotz allem – mit dem Innenleben von Dingen keinen Kontakt haben oder es auch nur verstehen. Diese Gefilde bleiben ihnen verschlossen. Hier herrscht die Magie der Frauen, ihre Intuition, die kunstfertige Gewandtheit, die dem schwerfälligeren Geschlecht vorenthalten ist. Mit ihrem Götterbaum versteht sich Jeannine sehr gut. Ohne darüber nachzudenken oder dafür zu arbeiten, bringen sie beide den Atem von Zauber und Verlangen ins menschliche Leben. Sie verkörpern bloß. Mister Frosty, der weiß, daß er die Woche bei einem Nachbarn verbringen muß, hat sich die ganze Zeit hinter der Couch versteckt. Jetzt kriecht er mit einer Staubfluse über dem linken Auge hervor und sieht sehr elend aus. Jeannine hat keine Ahnung, was ihn hervortrieb. »Böser Kater!« *Es war etwas an ihr.* Sie beobachtet den Fleckigen Dürren Kater (so nennt ihn Cal), wie er zu seinem Milchteller schleicht, und während Mister Frosty die Milch aufleckt, greift ihn sich Jeannine. Sie streift ihm das Band über den Kopf, und Mr. Frosty kann zappeln soviel er will, die Leine knipst ein. In ein paar Minuten wird er vergessen haben, daß er gefangen ist. Er wird das Halsbändchen als gottgegeben hinnehmen und von fetten Mäusen träumen. *Da war doch etwas Unvergeßliches an ihr...* Sie bindet ihn an einen Bettpfosten, holt tief Luft und sieht sich im Wandspiegel: rot, funkelnde Augen, ihr Haar wie von einem entfesselten Windstoß zurückgeworfen, über das ganze Gesicht glühend. Die Konturen ihrer Figur sind perfekt, für wen aber ist diese ganze Schönheit, wer bemerkt sie, macht sie publik, macht sie erhältlich? Jeannine ist für Jeannine nicht verfügbar. Mehr niedergeschlagen als alles andere, wirft sie die Jacke über den Unterarm. *Ich wünschte, ich hätte Geld...* »Hab keine Angst«, sagt sie dem Kater. »Jemand kommt und sieht nach dir.« Sie zupft ihre Jacke zurecht, nimmt ihr Taschenbuch und den Koffer, knipst das Licht aus und schließt die Tür hinter sich (die sich von selbst verriegelt). *Wenn er nur kommen wird* (denkt sie) *und mich zu mir selbst führt.*
Ich warte nun schon so lange. Wie lange muß ich denn noch warten? Nacht für Nacht allein. (»Du kannst nicht«, sagt die Treppenspindel. »Du kannst nicht«, sagt die Straße). Das Bruchstück eines alten Liedes treibt durch ihre Gedanken und verweilt hinter ihr in der Treppenspindel, wo auch ihre Gedanken zurückbleiben und sich wünschen, sie wäre eine

Meerjungfrau und schwebe, anstatt zu gehen, daß sie jemand anders wäre und auf diese Weise sich selbst die Treppe herunterkommen sähe, das schöne Mädchen, das alles um sich herum in Harmonie versetzt.
Etwas Wunderschönes ist gerade vorbeigekommen.

2

Ich lebe zwischen zwei Welten. Die halbe Zeit mache ich die Hausarbeit gern, ich gebe auf mein Äußeres acht, ich werde mit Männern schnell warm und kann wunderschön flirten (ich meine, ich bewundere sie wirklich, obwohl ich eher sterben würde, als die Initiative zu ergreifen; das ist Sache der Männer), in Konversationen setze ich meine Ansicht nicht durch, und Kochen liebe ich über alles. Ich tue gern Dinge für andere Leute, besonders für männliche Leute. Ich habe einen guten Schlaf, wache auf die Sekunde auf und träume nicht. Ich habe nur einen einzigen Fehler:
Ich bin frigide.
In meiner anderen Verkörperung lebe ich eine solche Fülle von Konflikten aus, daß Sie für mein Leben keinen Pfifferling geben würden, aber ich überlebe trotzdem. Ich wache wütend auf, gehe in tauber Hoffnungslosigkeit zu Bett, trotze Gefühlen, die ich sehr gut als Herablassung und allgemeine Geringschätzung erkenne, gerate in Streitigkeiten, schreie, nörgle an Leuten herum, die ich nicht einmal kenne, lebe so, als wäre ich die einzige Frau auf der Welt, die sich gegen alles zu widersetzen versucht, arbeite wie ein Schwein, verstreue überall in meinem Apartment Notizen, Artikel, Manuskripte, Bücher, werde schlampig, kümmere mich um nichts, werde in schrillem Tonfall streitsüchtig, lache und weine manchmal innerhalb fünf Minuten aus purer Frustration. Ich brauche zwei Stunden zum Einschlafen und eine, um aufzuwachen. Ich träume hinter meinem Schreibtisch. Ich träume an allen Orten. Ich bin sehr schlecht angezogen.
Aber oh, wie ich meine Vorräte genieße! Und oh, wie ich bumse!

3

Jeannine hat einen älteren Bruder, der Mathematiklehrer an einer New Yorker High School ist. Ihre Mutter, die im Urlaub bei ihm wohnt, wurde Witwe, als Jeannine vier Jahre alt war. Schon als kleines Baby übte sich Jeannine im Sprechen. Sie zog sich in einen Winkel zurück und sagte die Wörter immer wieder, um sie richtig zu artikulieren. Ihr erster ganzer

Satz war: »Sieh mal, der Mond.« In der Grundschule preßte sie in einem Album Blumen und schrieb Gedichte. Jeannines Bruder, ihre Schwägerin, deren zwei Kinder und ihre Mutter leben den Sommer über in zwei Häuschen nahe an einem See. Zusammen mit ihrer Mutter wird Jeannine in dem kleineren wohnen. Mit mir hinter sich geht sie die Treppe hinunter und trifft auf Mrs. Dadier, die gerade auf dem Küchentisch einen Strauß Blumen in ein Einmachglas stellt. Ich bin direkt hinter Jeannine, aber Jeannine kann mich natürlich nicht sehen.
»Alle fragen nach dir«, sagt Mrs. Dadier und küßt ihre Tochter flüchtig auf die Wange.
»Hmhm«, meint Jeannine, noch immer schläfrig. Ich ducke mich hinter die Buchregale, die das Wohnzimmer von der Kochnische abtrennen.
»Wir dachten, du würdest diesmal wieder einen netten jungen Mann mitbringen«, sagt Mrs. Dadier und setzt Milch und Hafergrütze vor ihrer Tochter ab. Jeannine zieht sich schmollend in passive Unverwundbarkeit zurück. Ich ziehe eine fürchterliche Grimasse, die natürlich niemand sieht.
»Wir haben uns getrennt«, sagt Jeannine unaufrichtig.
»Warum?« will Mrs. Dadier wissen, und ihre blauen Augen öffnen sich weit. »Was ist mit ihm los?«
Er war impotent, Mutter. Wie könnte ich einer netten Frau so etwas sagen? Ich ließ es sein.
»Nichts«, sagte Jeannine. »Wo ist Bru?«
»Fischen gegangen«, antwortet Mrs. Dadier. Der Bruder macht sich oft am frühen Morgen auf und meditiert über einer Angelschnur. Die Damen machen das nicht. Mrs. Dadier hat Angst, daß er auf einem glitschigen Stein ausrutschen und sich den Kopf an einem Felsen aufschlagen könnte. Jeannine hält nicht viel vom Angeln.
»Wir werden uns einen schönen Tag machen«, sagt Mrs. Dadier. »Heute abend ist Tanz, und sie führen ein Stück auf. Es werden eine Menge junger Leute kommen, Jeannine.« Mit ihrem ewig jungen Lächeln räumt Mrs. Dadier den Tisch ab, an dem ihre Schwiegertochter mit den Kindern gefrühstückt hat. Eileen hat mit den Kindern alle Hände voll zu tun.
»*Nicht*, Mutter«, sagt Jeannine mit gesenktem Blick.
»Es macht mir nichts aus«, erwidert Mrs. Dadier. »Laß nur, ich habe es schon so oft getan.« Teilnahmslos schiebt Jeannine ihren Stuhl vom Tisch ab. »Du bis noch nicht fertig«, stellt Mrs. Dadier mit leichtem Erstaunen fest. Wir müssen hier raus. »Nun, ich mag nicht ... ich muß Bru finden«, sagt Jeannine ausweichend, »bis nachher«, und damit ist sie verschwunden. Wenn niemand dabei ist, lächelt Mrs. Dadier nicht mehr. In Situationen wie dieser tragen Mutter und Tochter dieselben Mienen zur Schau – ruhig und tödlich ermüdet. Mit abstrakter Bösartigkeit, völlig ungelöst

von dem, was in ihrem Kopf vorgeht, zupft Jeannine die Spitzen von den Gräsern, die neben dem Pfad wachsen. Mrs. Dadier stellt die letzten Teller weg und seufzt. Geschafft. Es wird immer wieder zu schaffen sein. Jeannine erreicht den Pfad, der um den See führt, die große Urlaubsattraktion der Gemeinde, und beginnt ihn zu umrunden, aber es scheint niemand in der Nähe zu sein. Sie hatte gehofft, ihren Bruder zu finden, den sie immer am liebsten gehabt hatte (»Mein großer Bruder«). Sie setzt sich auf einen Stein neben dem Pfad, Jeannine, das Baby. Draußen auf dem See treibt ein einzelnes Kanu mit zwei Leuten darin; Jeannines entfernt beleidigter Blick verharrt einen Moment darauf und streift dann weiter. Ihre Schwägerin ängstigt sich zu Tode über eines der Kinder; eines dieser Kinder hat immer etwas. Beiläufig schlägt Jeannine mit den Knöcheln gegen den Stein. Für eine romantische Träumerei ist sie zu sauer, und schon bald steht sie auf und geht weiter. Wer kommt denn schon zum See? Sie geht den gleichen Weg zurück und biegt an einer Gabelung vom Hauptpfad ab. Langsam schlendert sie dahin, bis der See mit seinem struppigen Rand aus Bäumen und Büschen hinter ihr verschwindet. Eileen Dadiers Jüngstes, das kleine Mädchen, taucht einen Augenblick am oberen Fenster auf und verschwindet wieder. Bru nimmt hinter dem Häuschen Fische aus. Um seinen Sportanzug zu schützen, trägt er eine Gummischürze.
»Küß mich«, sagt Jeannine. »Ja?« Um ja nicht in Berührung mit Fischresten zu kommen, nimmt sie die Arme auf den Rücken. Dann beugt sie sich vor und bietet einladend eine Wange. Ihr Bruder küßt sie. Mit dem Jungen an der Hand kommt Eileen um die Hausecke. »Gib der Tante einen Kuß«, sagt sie. »Ich freu mich so, dich zu sehen, Jeannie.«
»Jeannine«, sagt Jeannine (automatisch).
»Denk nur, Bud«, sagt Eileen. »Sie muß es gestern nacht bekommen haben. Hast du es gestern nacht bekommen?« Jeannine nickte. Jeannines Neffe, der außer seinem Vater niemanden mag, zieht wie verrückt an Eileen Dadiers Hand und versucht allen Ernstes, seine Finger aus ihren zu lösen. Bud ist mit dem Ausnehmen der Fische fertig. Methodisch wischt er sich die Finger an einem Geschirrtuch ab, das Eileen nachher von Hand waschen muß, damit ihre Wäsche nicht versaut wird, nimmt die Metzgerschürze ab und trägt Messer und Hackmesser ins Haus, aus dem kurz darauf das Geräusch laufenden Wassers ertönt. Als er wieder erscheint, trocknet er sich die Hände an einem Handtuch ab.
»Oh, Baby«, sagt Eileen Dadier vorwurfsvoll zu ihrem Sohn, »sei doch nett zu Tantchen.« Jeannines Bruder nimmt seiner Frau die Hand seines Sohnes ab. Augenblicklich stellt der kleine Junge sein Zappeln ein.
»Jeannine«, sagt er. »Es ist schön, dich zu sehen. Wann bist du angekommen? Wann wirst du heiraten?«

4

An diesem Abend fand ich Jeannine auf der Klubhausveranda. Sie starrte zum Mond hoch. Sie war auf der Flucht vor ihrer Familie.
»Die wollen nur dein Bestes«, sagte ich.
Sie zog ein Gesicht.
»Sie lieben dich«, sagte ich.
Ein tiefes, ersticktes Geräusch. Sie klopfte mit der flachen Hand auf das Verandageländer.
»Ich denke, du solltest wieder zu ihnen gehen, Jeannine«, schlug ich vor. »Deine Mutter ist eine wunderbare Frau, die nie die Stimme in Wut erhoben hat, solange du sie kennst. Und sie hat euch alle aufgezogen und durch die High School gebracht, obwohl sie selbst arbeiten mußte. Dein Bruder ist ein entschlossener, anständiger Mann, der seiner Frau und seinen Kindern ein angenehmes Leben ermöglicht, und Eileen will nichts mehr in der Welt als ihren Mann und ihre Kinder. Du solltest ihnen mehr Anerkennung zollen, Jeannine.«
»Ich weiß«, ließ Jeannine leise, aber bestimmt vernehmen. Vielleicht meinte sie es auch ironisch.
»Jeannine, du wirst nie einen anständigen Job bekommen«, sagte ich. »Im Augenblick sind keine frei. Und wenn es welche gäbe, würden sie sie niemals einer Frau anbieten, geschweige denn einem erwachsenen Baby wie dir. Glaubst du vielleicht, du könntest einen guten Job behalten, selbst wenn du einen bekämst? Sie sind ohnehin alle langweilig, hart und langweilig. Du willst mit vierzig keine ausgetrocknete alte Schachtel sein, aber genau darauf steuerst du zu, wenn du so weitermachst wie bisher. Du bist neunundzwanzig. Du wirst langsam alt. Du solltest jemand heiraten, der für dich sorgen kann, Jeannine.«
»Du hast recht«, sagte sie. Oder war es *Das ist nicht gerecht?*
»Heirate jemanden, der für dich sorgen kann«, fuhr ich zu ihrem eigenen Wohl fort. »Daran ist nichts Schlechtes, du bist ein Mädchen. Such dir jemanden wie Bud, der einen guten Job hat, jemand, den du respektieren kannst; heirate ihn. Für eine Frau gibt es kein anderes Leben, Jeannine; möchtest du nie Kinder haben? Nie einen Ehemann haben? Nie ein eigenes Haus besitzen?« (Kurzes Aufleuchten eines gebohnerten Fußbodens, Hausfrau in Organdyschürze, lächelt besitzend, Ehemann mit Rosen. Das ist ihres, nicht meines.)
»Nicht Cal.« *Zum Teufel.*
»Jetzt mal im Ernst, worauf wartest du?« (Ich wurde ungeduldig.) »Hier haben wir Eileen – verheiratet, und hier ist deine Mutter mit zwei Kindern; und all deine alten Schulfreundinnen und genug Pärchen hier draußen, um den See zum Überlaufen zu bringen, spränge sie alle auf einmal

hinein; glaubst du vielleicht, du unterscheidest dich von denen? Verspielte Jeannine! Geläuterte Jeannine! Was glaubst du denn, worauf du wartest?«
»Auf einen Mann«, sagte Jeannine. *Auf einen Plan*. Mein Eindruck, jemand echote hinter ihr her, bestätigte sich nach diesen Worten durch ein kurzes Husten hinter mir. Der Jemand entpuppte sich aber als Mr. Dadier, der herausgekommen war, um seine Schwester zu holen. Er nahm sie beim Arm und zog sie auf die Tür zu. »Komm doch, Jeannie. Wir wollen dich jemand vorstellen.«
Nur war die Frau nicht Jeannine, wie das Licht enthüllte. Ein Vorübergehender drinnen sah die Substitution durch die Tür und gaffte. Aber sonst schien niemand Notiz zu nehmen. Jeannine meditierte noch immer vor dem Geländer: Arzt, Rechtsanwalt, Indianerhäuptling, Armer, Reicher; vielleicht wird er großgewachsen sein; vielleicht macht er zwanzig Mille im Jahr; vielleicht spricht er drei Sprachen und ist ungeheuer gebildet, vielleicht. Mister Schicksal. Janet, die im Gegensatz zu uns keine Vorstellung davon hat, daß ein gutes, würdevolles, ladylikes Aussehen den schlimmsten Schurken daran erinnern wird, daß er eine Dame beleidigt hat (das ist jedenfalls die allgemeine Auffassung), hat sich aus Bud Dadiers Griff mittels Daumenhebel befreit. Sie ist das Opfer einer natürlichen, aber durch ihre Unwissenheit ungerechtfertigten Alarmsituation. Sie denkt, gepackt zu werden ist nicht nur eine unfreundliche Geste, sondern auch völlig fehl am Platze. Janet ist bereit, Zeter und Mordio zu schreien.
»Hah«, stößt Bru hervor. Er will sie zur Rede stellen. »Was machen Sie hier? Wer sind Sie?«
Faß mich noch einmal an, und ich schlage dir die Zähne aus!
Selbst bei diesem schlechten Licht kann man sehen, wie ihm das Blut ins Gesicht steigt. Das Ganze ist ein Mißverständnis. »Immer schön höflich bleiben, junge Dame!«
Janet mokiert sich.
»Sie bleiben...«, beginnt Bud Dadier, aber Janet entwischt ihm, indem sie wie eine Seifenblase verschwindet. Was glauben Sie, wofür Bud steht – Buddington? Budworthy? Oder »Bud« wie in »Buddy«? Er schwenkt die Hand mehrere Male vor dem Gesicht – ein heiserer Triumphschrei, den niemand (außer uns beiden) hören kann, ist alles, was von Janet zurückbleibt. Die Frau vor der Tür ist Jeannine. Bru, zu Tode erschrocken, wie es wohl jedem so gehen würde, packt sie.
»Oh, Bru!« sagt Jeannine vorwurfsvoll und reibt sich den Arm.
»Du solltest nicht allein hier draußen sein«, sagt er. »Es sieht so aus, als würdest du dich langweilen. Mutter hat ganz schönen Ärger gehabt, die Extraeintrittskarte zu bekommen, weißt du.«

»Das tut mir leid«, gibt Jeannine reumütig zurück. »Ich wollte mir nur den Mond anschauen.«
»Nun, du hast ihn ja gesehen«, sagt ihr Bruder. »Du bist schon seit fünfzehn Minuten hier draußen. Ich sollte dir sagen, daß Mutter, Eileen und ich über dich gesprochen haben, Jeannine, und wir sind alle der Meinung, daß du mit deinem Leben etwas anfangen solltest. Du kannst dich nicht einfach so weitertreiben lassen. Du weißt ja, du bist keine zwanzig mehr.«
»Oh, Bru...«, stammelt Jeannine unglücklich. Warum sind Frauen so unvernünftig? »Natürlich will ich Spaß haben«, sagt sie.
»Dann komm herein und nimm ihn.« (Er streicht seinen Hemdkragen zurecht.) »Möglicherweise lernst du jemanden kennen, wenn du es darauf anlegst – und das ist es doch, was du willst.»
»Ja, genau«, sagt Jeannine. *Na, du auch?*
»Dann verhalte dich doch auch um Himmels willen danach. Wenn du es nicht bald anpackst, wirst du vielleicht keine zweite Chance haben. Los, komm jetzt.« Es waren Mädchen mit netten Brüdern und Mädchen mit häßlichen Brüdern dort; auch eine Freundin von mir war da, mit einem überraschend gutaussehenden älteren Bruder, der Sessel an einem Bein hochheben konnte. Einmal war ich mit ihr und den beiden und einem anderen Jungen bei einem Doppelrendezvous, und der Bruder meiner Freundin zeigte auf die Häuschen des Lageranwalts. »Wißt ihr, was die darstellen?«
»Die Wechseljahrsallee!«
Wir lachten alle. Ich fand es nicht besonders gut, aber nicht etwa, weil es von schlechtem Geschmack zeugte. Wie Sie an dieser Stelle wahrscheinlich schon festgestellt haben (richtigerweise), habe ich überhaupt keinen Geschmack; das heißt, ich weiß nicht, was guter oder schlechter Geschmack ist. Ich lachte, weil ich genau wußte, daß mich die anderen unglaublich dämlich ansehen würden, wenn ich es nicht täte. Wenn man bei solchen Späßen nicht mitzieht, gilt man gleich als prüde. Kraftlos wie ein Sklavenmädchen folgte Jeannine Bru ins Klubhaus. Wenn ältere Brüder nur irgendwie amtlich festgelegt werden könnten, dann wüßte man, was man zu erwarten hatte! Wenn alle älteren Brüder nur jüngere Brüder wären. »Nun, wen soll ich heiraten?« sagte Jeannine und versuchte einen Witz daraus zu machen, als sie das Gebäude betraten. Todernst antwortete er:
»Irgendwen.«

Der »Große Glückswettbewerb« (das kommt oft vor)

ERSTE FRAU: Ich bin wunschlos glücklich. Ich liebe meinen Mann, und wir haben zwei allerliebste Kinder. Ich brauche gewiß keine Veränderung in *meinem* Lostopf.
ZWEITE FRAU: Ich bin sogar noch glücklicher als Sie. Mein Mann spült jeden Mittwoch ab, und wir haben drei allerliebste Kinder, eines netter als das andere. Ich bin furchtbar glücklich.
DRITTE FRAU: Keine von ihnen ist so glücklich wie ich. Ich bin phantastisch glücklich. In den fünfzehn Jahren seit unserer Heirat hat sich mein Mann noch nie nach einer anderen Frau umgedreht. Immer wenn ich ihn darum bitte, hilft er mir im Haushalt, und er würde überhaupt nichts dagegen haben, wenn ich arbeiten gehen wollte. Aber ich bin am glücklichsten, wenn ich meiner Verantwortung ihm und den Kindern gegenüber nachkommen kann. Wir haben vier Kinder.
VIERTE FRAU: Wir haben *sechs* Kinder. (Das ist zuviel. Lange Pause.) Ich habe bei Bloomingdale einen Halbtagsjob als Büroangestellte, um den Kindern die Skistunden zu ermöglichen, aber ich fühle, daß ich mich am besten ausdrücken kann, wenn ich Eierkucken und Baiser backe oder den Keller aufräume.
ICH: Ihr miserablen Pedantinnen, ich kann den Friedensnobelpreis, vierzehn veröffentlichte Romane, sechs Liebhaber, ein Haus am Stadtrand und eine Loge in der Metropolitan-Oper vorweisen, ich fliege ein Flugzeug, repariere meinen Wagen selbst und schaffe vor dem Frühstück achtzehn Liegestütze, wenn ihr es schon auf Zahlen anlegt.
ALLE FRAUEN: Umbringen, umbringen, umbringen, umbringen, umbringen, umbringen.
ODER FÜR ANFÄNGER
ER: Ich kann dumme, vulgäre Frauen, die Love-Comics lesen und keine intellektuellen Interessen haben, nicht ausstehen.
ICH: Ach, du Schreck, ich auch nicht.
ER: Ich bewundere feinfühlige, kultivierte, charmante Frauen, die Karriere machen.
ICH: Ach, du Schreck, ich auch.
ER: Was glauben Sie, warum jene entsetzlichen, dummen, vulgären Gemeinplatzfrauen so entsetzlich werden?
ICH: Nun ja, nach reiflicher Überlegung – und nicht, daß ich jemand vor den Kopf stoßen möchte und das alles, und *rein* theoretisch, in der Hoffnung, daß Sie nicht über mich herfallen –, ich glaube, es ist wahrscheinlich wenigstens zum Teil euer Fehler.

(Langes Schweigen)
ER: Wissen Sie, wenn ich es mir genau überlege, komme ich zu der Überzeugung, daß freche, kastrierende, unattraktive, neurotische Frauen sogar noch schlimmer sind. Übrigens, man merkt Ihnen Ihr Alter an. Und Ihre Figur ist auch nicht mehr die beste.
ODER
ER: Liebling, warum mußt du nur halbtags als Teppichverkäuferin arbeiten?
SIE: Weil ich den Markt betreten und trotz meiner Geschlechtszugehörigkeit beweisen möchte, daß ich im Leben der Gemeinschaft ein nützlicher Bestandteil sein kann und das zu verdienen in der Lage bin, was unsere Kultur als Zeichen und Symbol erwachsener Unabhängigkeit erachtet – nämlich Geld.
ER: Aber Liebling, wenn wir die Kosten für Babysitter und Kindergarten von deinem Gehalt abgezogen haben und die höhere Steuerklasse und dein Mittagessen in der Stadt in Betracht ziehen, kostet uns deine Arbeit noch Geld. Du verdienst also überhaupt nichts, wie du siehst. Du kannst nichts verdienen. Nur ich kann verdienen. Hör mit der Arbeit auf.
SIE: Nein, das werde ich nicht. Und ich hasse dich.
ER: Aber Liebling. Warum denn so irrational? Es macht doch nichts aus, wenn du kein Geld machen kannst, weil *ich* das Geld mache. Und nachdem ich es verdient habe, gebe ich alles dir, weil ich dich so liebe. Du *brauchst* also gar kein Geld zu verdienen. Freut dich das nicht?
SIE: Nein. Warum kannst du nicht zu Hause bleiben und auf das Baby aufpassen? Warum können wir das alles nicht von deinem Gehalt abziehen? Warum sollte ich mich freuen, wenn ich mir nicht mal meinen Lebensunterhalt verdienen kann? Warum...
ER (würdevoll): Dieser Streit wird langsam lächerlich. Ich lasse dich allein, bis Einsamkeit, Abhängigkeit und dein schlechtes Gewissen, meinen Ärger verursacht zu haben, dich wieder in das süße Mädchen verwandeln, das ich geheiratet habe. Es hat keinen Sinn, mit einer Frau zu streiten.
ODER ALS LETZTES
ER: Säuft Ihr Hund das *kalte Springbrunnenwasser*?
SIE: Sieht ganz so aus.
ER: Wenn Ihr Hund das kalte Wasser säuft, wird er sich eine Kolik holen.
SIE: Es ist eine Hündin. Und die Kolik ist mir ganz egal. Wissen Sie, was mir wirklich Sorgen macht, ist ihr Zustand. Wenn sie so läufig ist, traue ich mich mit ihr kaum auf die Straße. Ich habe keine Angst, daß sie sich eine Kolik holt, sondern daß sie Junge kriegen könnte.
ER: Das ist fast dasselbe, nicht? Ha-ha-ha.
SIE: Vielleicht war es für Ihre Mutter dasselbe.

(In diesem Augenblick senkt Joanna das Reibeisen auf Fledermausschwingen hernieder, versetzt IHN mit einem mächtigen Schwinger ins Reich der Träume und hebt SIE und HUND zum Sternbild Victoria Femina empor, wo sie bis in alle Ewigkeiten funkeln.)
Ich weiß – nur um mich Lügen zu strafen –, irgendwo lebt eine wunderschöne (muß wunderschön sein), intellektuelle, gütige, gebildete, charmante Frau, die acht Kinder hat, ihr eigenes Brot, Kuchen, Plätzchen backt, den Haushalt führt, selbst kocht, ihre Kinder großzieht, einer auslastenden Arbeit auf der oberen Entscheidungsebene in einem Männerbetrieb täglich von neun bis fünf nachgeht und von ihrem gleichermaßen erfolgreichen Ehemann angehimmelt wird, weil sie, obwohl dynamische, aggressive Geschäftsfrau, mit dem Auge eines Adlers, dem Herz eines Löwen, der Zunge einer Natter und den Muskeln eines Gorillas (sie sieht genau wie Kirk Douglas aus), abends nach Hause kommt, sich ein hauchzartes Negligé und eine Perücke überstreift, um sich augenblicklich in ein *Playboy*-Dusselchen zu verwandeln und so lächelnd die Zeitungsente widerlegt, daß man mit nur zwei Ausstaffierungen nicht acht verschiedene Personen gleichzeitig sein kann. *Sie hat ihre Weiblichkeit nicht verloren.*
Und ich bin Marie von Rumänien.

6

Jeannine zieht die Schuhe ihrer Mammi an. Jene Wächterin der Kindheit und weiblicher Begleiter der Männer wartet am Ende der Straße, auf der wir alle reisen müssen. Sie schwamm, ging spazieren, zum Tanz, picknickte mit einem anderen Mädchen; aus der Stadt holte sie Bücher; Zeitungen für den Bruder und Kriminalromane für Mrs. Dadier – nichts für sich selbst. Mit neunundzwanzig kann man seine Zeit nicht mehr mit Lesen vertrödeln. Entweder sind sie zu jung, oder sie sind verheiratet; entweder sehen sie zu schlecht aus, oder sie haben sonst einen abstoßenden Wesenszug. Ablehnungen. Ein paarmal ging Jeannine mit dem Sohn einer Freundin ihrer Mutter aus und versuchte mit ihm ins Gespräch zu kommen. Er sah gar nicht mal so schlecht aus, dachte sie bei sich, wenn er nur etwas mehr reden würde. Eines Tages ruderten sie mitten auf dem See, als er sagte: »Jeannine, ich muß dir etwas sagen.«
»*Jetzt kommt es*«, dachte sie, und ihr Magen zog sich krampfhaft zusammen.
»Ich bin verheiratet«, sagte er und nahm die Brille ab, »aber meine Frau und ich leben getrennt. Sie wohnt bei ihrer Mutter in Kalifornien. Ihr Gefühlsleben ist gestört.«

»Oh«, gab Jeannine verwirrt und etwas sprachlos zurück. Sie hatte ihn nicht besonders gemocht, aber die Enttäuschung war trotzdem sehr groß. Zwischen Jeannine und dem realen Leben ragt eine Barriere auf, die nur von einem Mann oder durch die Ehe beseitigt werden kann; irgendwie hat Jeannine keine Berührung mit dem, was jedermann als reales Leben ansieht. Er blinzelte ihr mit bloßem Auge zu, und, mein Gott, wie war er plötzlich fett und häßlich; aber Jeannine brachte ein Lächeln zustande. Sie wollte seine Gefühle nicht verletzen.
»Ich wußte, du würdest es verstehen«, sagte er mit erstickter Stimme, den Tränen nahe. Er drücke ihre Hand. »Ich wußte, du würdest es verstehen, Jeannie.«
Sie begann ihn wieder auszurechnen, jene schnelle Kalkulation durchzugehen, die jetzt schon recht automatisch ablief: das Aussehen, der Beruf, ob er »romantisch« war, las er Gedichte? Ob man ihn dazu bringen konnte, sich besser zu kleiden, abzunehmen oder Gewicht anzusetzen (was davon auch immer zutraf), ob sein Haar einen besseren Schnitt vertragen konnte. Sie würde etwas für ihn empfinden können, ja. Auf ihn konnte sie bauen. Schließlich konnte er sich scheiden lassen. Er war intelligent. Er war vielversprechend. »Ich verstehe«, sagte sie gegen den Strich. Schließlich war mit ihm alles in Ordnung, wenn man es genau nahm. Vom Ufer muß es wirklich recht gut aussehen, das Kanu, das hübsche Mädchen, die sommerlichen Haufenwolken, Jeannines Sonnenblende (von dem Mädchen geborgt, mit dem sie gepicknickt hatte). So viel konnte daran nicht falsch sein. Sie lächelte ein wenig. Sein Beitrag ist *Sorg dafür, daß ich mich gut fühle*; ihr Beitrag ist *Sorg dafür, daß ich existiere*. Über dem Wasser kam die Sonne heraus, und es war wirklich recht nett. Und da war dieses schmerzhafte, wühlende Gefühl in ihr, diese schreckliche Zärtlichkeit oder Bedürftigkeit, als beginne sie ihn vielleicht schon auf ihre Art zu lieben.
»Hast du heute abend etwas vor?« Armer Mann. Sie fuhr sich mit der Zunge über die Lippen und antwortete nicht. Die Sonne wärmte sie von allen Seiten, und sie war sich ihrer bloßen Arme und Schultern, dem Bild, das sie abgab, genüßlich bewußt. »Hm?« machte sie.
»Ich dachte... ich dachte, du möchtest vielleicht zu der Aufführung gehen.« Er zog sein Taschentuch hervor und wischte sich damit über das Gesicht. Dann setzte er die Brille wieder auf.
»Du solltest deine Sonnenbrille tragen«, sagte Jeannine, und stellte sich vor, wie er wohl damit aussähe. »Ja, Bud und Eileen gehen auch. Möchtest du dich uns anschließen?« Die überraschte Dankbarkeit eines Mannes, der begnadigt wird. *Ich habe ihn wirklich gern*. Er beugte sich näher zu ihr – das stieß sie ab (Freud sagt, Ekel ist ein wichtiger Ausdruck im Sexualleben zivilisierter Völker) und schreckte sie gleichzeitig wegen des Ka-

nus auf. »Nicht! Wir fallen hinein!« schrie sie. Er richtete sich auf. Schritt für Schritt. *Du mußt die Leute kennenlernen.* Sie war beinahe erschrocken von der neuen Lebhaftigkeit, die er ihr vermittelte, erschrocken vom Reichtum der ganzen Szene, erschrocken von der Vielzahl der Gefühle, ohne sie für ihn zu empfinden. Sie fürchtete, die Sonne könnte sich hinter einer Wolke verstecken und ihr wieder alles nehmen.
»Wann soll ich dich abholen?« sagte er.

7

An diesem Abend verliebte sich Jeannine in einen Schauspieler. Das Theater, ein flaches Gebäude, das durch seine rosarote Stukkatur einem sommerlichen Filmpalast ähnelte, stand mitten in einem Pinienwäldchen. Das Publikum saß auf harten Holzstühlen und sah zu, wie eine Collegegruppe »Charleys Tante« aufführte. In der Pause ging Jeannine weder hinaus, noch stand sie auf; sie saß nur stumpfsinnig da, fächelte sich mit ihrem Programm Luft zu und wünschte sich den Mut, Abwechslung in ihr Leben zu bringen. Wie gebannt starrte sie auf die Bühne. Die Anwesenheit ihres Bruders und ihrer Schwägerin verdroß sie maßlos, und jedesmal, wenn sie mit dem Ellbogen an ihre Verabredung neben sich stieß, wollte sie im Erdboden versinken oder weit weg sein, hinausrennen oder schreien. Es spielte keine Rolle, in welchen Schauspieler oder Charakter sie sich verliebte; das wußte Jeannine selbst. Es war die unwirkliche Szene auf der Bühne, die in ihr das Verlangen steigerte, an ihr teilzunehmen, dabei mitzumachen oder zweidimensional zu sein, alles, was ihr wankelmütiges Herz in Ruhe versetzte. *Ich bin nicht fürs Leben ausgerüstet*, sagte sie. Es gab mehr Leid als Freude in ihm, und seit einigen Jahren war es schlimmer geworden, bis Jeannine jetzt befürchtete, es zu tun. *Ich kann nichts dafür*, sagte sie. Dann fügte sie hinzu: *Ich bin dem Dasein nicht gewachsen.*
Morgen werde ich mich besser fühlen. Sie dachte an Bud, wie er sein kleines Töchterchen mit zum Angeln nehmen würde (gegen Eileens Proteste war dies heute morgen geschehen), und Tränen traten ihr in die Augen. Dieser Schmerz. Die schmerzhafte Freude. Durch einen Nebel des Jammers sah sie auf der Bühne die eine Gestalt, die ihr etwas bedeutete. So bog sie es willentlich hin. Rosen und Verzückungen im Dunkel. Vor dem Augenblick, in dem der Vorhang fallen mußte, hatte sie schreckliche Angst – in Liebe wie *im Schmerz, in* Not, *in* Sorgen. Wenn man nur in halbtotem Zustand verweilen könnte. Letzten Endes schloß sich der Vorhang (aus grauem Samt und auch nicht mehr der neuste) doch und öffnete sich wieder für die ganze Truppe. Jeannine murmelte etwas über zu stik-

kige Luft und rannte hinaus, wobei sie vor Entsetzen zitterte; wer bin ich, was bin ich, was will ich, was wird aus mir, was für eine Welt ist das. Draußen, unter den Bäumen, saß eines der Nachbarskinder an einem Tisch, den man auf einem Teppich aus Piniennadeln aufgestellt hatte, und verkaufte Limonade. Um ihre Einsamkeit zu bekämpfen, kaufte sich Jeannine einen Becher voll; ich tat es ihr nach, und es war ein furchtbares Zeug. (Falls mich jemand sieht, sage ich einfach, mir wäre es zu warm geworden, und ich hätte Durst bekommen.) Blindlings ging sie in den Wald hinein und lehnte in einiger Entfernung vom Theater die Stirn an einen Baumstamm. Jeannine, sagte ich, warum bist du so unglücklich?
Ich bin nicht unglücklich.
Du hast alles (sagte ich). Was gibt es denn noch, das du haben willst?
Ich will sterben.
Möchtest du ein Pilot im Liniendienst sein? Ist es das? Und sie lassen dich nicht? Hast du eine Begabung für Mathematik, die sie völlig unterdrückten? Weigerten sie sich, dich als Lastwagenfahrer einzustellen? Was ist es?
Ich will leben.
Ich werde dich und deine eingebildete Trübsal verlassen (sagte ich) und mich mit jemand Vernünftigerem unterhalten; wirklich, man könnte meinen, dir fehlt es an etwas Lebenswichtigem. Geld? Du hast einen Beruf. Liebe? Du gehst mit Jungen aus, seit du dreizehn bist.
Ich weiß.
Du kannst nicht erwarten, daß die Romanzen ein Leben lang dauern, Jeannine: Abendessen bei Kerzenlicht, Tanzveranstaltungen und schöne Kleider sind nett, aber sie machen nicht das ganze Leben aus. Es kommt eine Zeit, wo man die gewöhnliche Seite des Lebens leben muß, und die Romanze ist davon nur ein kleiner Teil. Ganz egal, wie nett es ist, wenn man umschwärmt und ausgeführt wird, am Ende sagst du »ja« und damit hat es sich. Das mag ein großes Abenteuer sein, aber danach sind auch noch fünfzig oder sechzig Jahre anzufüllen. Das kannst du nicht allein mit Romanzen bewerkstelligen, das weißt du. Denk nach, Jeannine – fünfzig oder sechzig Jahre!
Ich weiß.
Nun?
(Schweigen)
Nun, was willst du also?
(Sie antwortete nicht)
Ich versuche auf dich einzugehen, Jeannine. Du sagst, du möchtest keinen Mann und keinen Beruf – Tatsache ist, du hast dich gerade verliebt, aber das tust du als dummes Zeug ab – also was willst du? Ich höre.
Nichts.

Das stimmt nicht, meine Liebe. Erzähl mir, was du willst. Komm schon.
Ich will Liebe. (Sie ließ ihren Pappbecher mit Limonade fallen und schlug die Hände vor das Gesicht.)
Nur zu. Die Welt ist voller Menschen.
Ich kann nicht.
Kannst nicht? Warum nicht? Du hast dich doch für heute abend verabredet, oder nicht? Du hattest nie zuvor Schwierigkeiten, das Interesse der Männer auf dich zu ziehen. Also, mach dich daran.
Nicht auf diese Weise.
Welche Weise? (fragte ich).
Nicht auf die reale Art und Weise.
Was! (sagte ich).
Ich will etwas anderes, etwas anderes, wiederholt sie.
»Nun, Jeannine«, sagte ich, »wenn dir an der Realität und der menschlichen Natur nichts liegt, weiß ich nicht, was du sonst noch haben *könntest*.« Damit ließ ich sie auf den Piniennadeln im Schatten der Bäume und abseits der Menge und den außen am Theatergebäude angebrachten Flutleuchten stehen. Jeannine ist sehr romantisch. Auf dem Zirpen der Grillen und der Qual ihres Herzens baut sie eine ganze Philosophie auf. Aber das wird nicht lange halten. Langsam wird sie wieder sie selbst werden. Sie wird zu Bud und Eileen und ihrem Job, den neuesten Herrn X zu faszinieren, zurückkehren.
Zurück im Theatergebäude, bei Bud und Eileen, sah Jeannine in den Spiegel, der über der Kartenausgabe angebracht war, damit die Damen ihren Lippenstift nachziehen konnten, und sprang hoch ...
»Wer ist das!«
»Hör auf damit, Jeannine«, sagte Bud. »Was ist nur mit dir los?« Wir sahen alle hin, und es war ohne Zweifel Jeannine selbst, die gleiche anmutig schlacksige und dünne Gestalt, der gleiche nervös ausweichende Blick.
»Das ist doch nur du«, sagte Eileen lächelnd. Jeannine war aus ihrer Melancholie gerüttelt. Sie wandte sich ihrer Schwägerin zu und stieß mit ungewohnter Schärfe zwischen den Zähnen hervor: »Was erwartest du vom Leben, Eileen? Sag's mir!«
»Ach, Schätzchen«, gab Eileen zurück, »was soll ich schon groß wollen? Ich will genau, was ich habe.« X kam aus der Herrentoilette. Armer Bursche. Traurige Gestalt.
»Jeannine will alles wissen, worauf es im Leben ankommt«, sagte Bud. »Wie sehen Sie das, Frank? Können Sie uns ein paar Weisheiten vermitteln?«
»Ihr seid schrecklich«, stieß Jeannine hervor. X lächelte nervös. »Na ja, ich weiß nicht«, meinte er.
Das ist auch mein Problem. Mein Wissen wurde mir genommen.

(Sie erinnerte sich an den Schauspieler auf der Bühne. Und ihre Kehle zog sich zusammen. Es tat weh, es tat weh. Aber niemand bemerkte es).
»Glaubst du«, sagte sie sehr leise zu X, »daß du nur nach kurzer Zeit wissen könntest, was du willst – ich meine, sie machen es nicht absichtlich, aber das Leben... die Leute... die Leute bringen die Dinge durcheinander?«
»Ich weiß, was ich will«, sagte Eileen strahlend. »Ich will nach Hause und Mama das Baby abnehmen. Okay, Schätzchen?«
»Das soll nicht heißen...«, begann Jeannine.
»Ach, Jeannie!« sagte Eileen liebevoll und wahrscheinlich mehr X zu Nutzen als ihrer Schwägerin; »ach, Jeannie!« Und küßte sie. Auch Bud küßte sie kurz auf die Wange.
Rührt mich nicht an!
»Einen Drink?« sagte X, als Bud und Eileen gegangen waren.
»Ich will wissen, was du vom Leben erwartest«, sagte Jeannine fast unhörbar, »und ich gehe keinen Schritt, bevor du es mir nicht gesagt hast.« Er sah ungläubig drein. »Na los«, sagte sie. Er lächelte nervös.
»Nun, ich gehe in die Abendschule. Dort will ich diesen Winter meinen BA fertig machen.« (Er geht zur Abendschule. Er will seinen BA fertig machen. Mama mia! Ich bin nicht beeindruckt.)
»Wirklich?« sagte Jeannine ehrlich ehrfürchtig.
»Wirklich«, sagte er. Erster Treffer. Strahlende Dankbarkeit. Vielleicht reagiert sie ähnlich, wenn er ihr erzählt, daß er Ski fahren kann. In dieser lieblichsten und angenehmsten aller sozialen Interaktionen bewundert sie ihn; ihn freut ihre Bewunderung, diese Freude verleiht ihm Wärme und Stil, er entspannt sich, er mag Jeannine wirklich; Jeannine sieht das und etwas wühlt sie auf, etwas hofft aufs neue. Ist er Der Eine? Kann Er Ihr Leben Ändern? (Weißt du, was du willst? Nein. Dann beschwere dich nicht.) Jeannine flieht aus der Unausdrückbarkeit ihrer eigenen Wünsche – denn was geschieht, wenn man herausfindet, daß man etwas Nichtexistentes will? – und landet im Schoß des Möglichen. Als ertrinkende Frau greift sie willig nach den Wassermannhänden von X; vielleicht ist es der Wille zur Ehe, vielleicht hat sie nur zu lange gewartet. In der Ehe gibt es Liebe, gibt es Freude, man muß die Chance nur beim Schopf packen. Es heißt, ein Leben ohne Liebe stelle seltsame Dinge mit einem an; vielleicht beginnt man daran zu zweifeln, ob die Liebe überhaupt existiert. Ich schrie sie an und schlug sie auf Rücken und Kopf; oh, war ich ein wütender und böser Geist dort in der Theaterhalle, aber sie hielt den armen X unentwegt bei den Händen – wie wenig wußte er von den Hoffnungen, die auf ihm lasteten, als sie fortfuhr (sage ich), seine Hände zu halten und ihm in die geschmeichelten Augen zu sehen. Wenig wußte sie darüber, daß er im Wasser lebte und sie ertränken würde. Wenig wußte sie über

die Ertränkungsmaschine auf seinem Rücken, die er in seiner Jugend neben der Pfeife, seinen Tweedhosen, seinen Ambitionen, seinem Beruf und den Eigenwilligkeiten seines Vaters erhalten hatte. Irgendwo ist Der Eine. Die Lösung. Erfüllung. Erfüllte Frauen. Vollgefüllt. Mein Prinz. Komm. Löse dich los, Tod. Sie stolpert in die Schuhe ihrer Mami, das kleine Mädchen spielt Vater und Mutter. Ich könnte ihr eine reintreten. Und X, der arme, hintergangene Schweinehund, glaubt, daß er unter allen Leuten auserwählt ist – als ob er auch nur das geringste damit zu tun hätte! (Ich weiß immer noch nicht, wen sie im Spiegel sah oder zu sehen glaubte. War es Janet? Ich?)
Ich will heiraten.

8

Männer haben Erfolg. Frauen heiraten.
Männer versagen. Frauen heiraten.
Männer gehen ins Kloster. Frauen heiraten.
Männer fangen Kriege an. Frauen heiraten.
Männer beenden sie. Frauen heiraten.
Langweilig, langweilig. (Siehe unten)

9

Nur so zum Spaß kam Jeannine am nächsten Morgen zum Haus ihres Bruders. Sie hatte sich die Haare gemacht und trug ein betont elegantes Tuch über den Lockenwicklern. Mrs. Dadier und Jeannine wissen beide, daß es in einer Frühstücksecke nichts gibt, was dieselbe dreißig Jahre lang interessant gestalten könnte; trotz alledem kichert Jeannine und rührt mit ihrem Trinkstrohhalm im Frühstückskakao herum. Es ist so ein Strohhalm, den man in der Mitte beliebig abknicken kann, weil er in der Mitte eine Spezialsektion hat, die wie der Blasebalg einer Ziehharmonika aussieht.
»Als kleines Mädchen habe ich die immer gemocht«, sagt Jeannine.
»Ach, du meine Güte, ja, wirklich«, erwidert Mrs. Dadier, die über ihrer zweiten Tasse Kaffee sitzt und gleich das Geschirr in Angriff nehmen wird.
Jeannine sprudelt einige hysterische Sätze hervor.
»Erinnerst du dich...?« ruft sie. »Und weißt du noch...«
»Himmel, ja«, antwortet Mrs. Dadier. »Ich sehe es noch deutlich vor mir.«

Sie sitzen da und sagen nichts.
»Hat Frank angerufen?« will Mrs. Dadier wissen. Sorgfältig hält sie ihren Tonfall neutral, denn sie weiß genau, daß Jeannine Einmischungen in ihre Angelegenheiten nicht ausstehen kann. Jeannine verzieht das Gesicht und lacht dann wieder. »Ach, Mutter, laß ihm Zeit«, sagt sie. »Es ist erst zehn Uhr.« Sie scheint die Sache mehr als Mrs. Dadier von der lustigen Seite zu sehen. »Bru«, meint die letztere, »war schon um fünf auf, und Eileen und ich sind um acht aufgestanden. Ich weiß, Jeannine, es ist dein Urlaub, aber auf dem Lande...«
»Ich bin *auch* um acht aufgestanden«, sagt Jeannine gekränkt. (Sie lügt.) »Wirklich. Ich bin um den See gegangen. Ich weiß nicht, warum du mir immer erzählst, wie spät ich morgens aufstehe; das traf vielleicht früher zu, aber heute ist das einfach nicht mehr so, und ich muß dir das verübeln.« Die Sonne scheint wieder herein. Wenn Bud nicht in der Nähe ist, muß man auf Jeannine aufpassen; Mrs. Dadier versucht ihre Wünsche zu erahnen und sie nicht zu stören.
»Das vergesse ich doch immer wieder«, sagt Mrs. Dadier. »Deine dumme alte Mutter! Bud sagt, ich würde sogar meinen Kopf vergessen, wenn er nicht angeschraubt wäre.« Es klappt nicht. Jeannine fällt leicht eingeschnappt über Toast und Marmelade her und schiebt sich ein Stück quer in den Mund. Marmelade tropft auf den Tisch. Jeannine, zu Unrecht des späten Aufstehens beschuldigt, trägt es auf der Tischdecke aus. Spät aufstehen heißt in Sünde schwelgen. Das ist unverzeihlich. Das ist unrecht. Mrs. Dadier entscheidet sich mit dem falschen Mut der zum Untergang Geweihten, die Marmeladeflecken zu ignorieren und zur wirklich wichtigen Frage vorzudrücken, nämlich, wird Jeannine eine eigene Kochnische haben (obwohl diese de facto natürlich jemand anders gehören wird, nicht) und wird sie zum frühen Aufstehen gebracht werden, das heißt, Wird Sie Heiraten. Sehr vorsichtig und besänftigend sagt Mrs. Dadier: »Liebling, hast du je daran gedacht...«, aber an diesem Morgen läuft ihre Tochter nicht wutentbrannt davon, sondern küßt sie auf die Stirn und verkündet: »Ich werde abräumen und spülen.«
»O nein«, sagt Mrs. Dadier mißbilligend. »Meine Güte, bloß nicht. Ich mach das schon.« Jeannine zwinkert ihr zu. Sie kommt sich tugendhaft (wegen des Geschirrs) und wagemutig (aus einem anderen Grund) vor. »Ich muß mal telefonieren«, sagt sie und schlendert ins Wohnzimmer. *Und läßt das Geschirr stehen*. Sie setzt sich in den Korbsessel und spielt mit dem Bleistift herum, den ihre Mutter immer neben das Telefonregister legt. Auf den Block zeichnet sie Blumen und Profilansichten von Mädchen, deren Augen jedoch in der Draufsicht erscheinen. Soll sie X anrufen? Soll sie warten, bis X sie anruft? Wenn er anruft, soll sie überschwenglich oder zurückhaltend sein? Kameradschaftlich oder distan-

ziert? Soll sie X von Cal erzählen? Soll sie ablehnen, falls er mit ihr heute abend ausgehen will? Wohin soll sie gehen, wenn sie es tut? Natürlich kann sie ihn auf keinen Fall anrufen. Aber angenommen, sie ruft Mrs. Dadiers Freundin unter einem Vorwand an? *Meine Mutter bat mich, Ihnen zu sagen...* Jeannines Hand ist schon fast auf dem Telefonhörer, als sie ihr Zittern bemerkt: der Eifer einer Sportsfrau bei der Jagd. Sie lacht in sich hinein. Zitternd vor Aufregung nimmt sie den Hörer ab und wählt X's Nummer; endlich geschieht es. Jeannine hat den Blechring schon fast in der Hand, der ihr alles Wertvolle im Leben zu erschließen vermag. Es ist nur eine Frage der Zeit, bis sich X entscheidet; sicherlich kann sie ihn bis dahin auf Armlänge halten, fasziniert halten. Man kann soviel Zeit mit dem Wird-sie-wird-sie-nicht gewinnen, daß darüber hinaus kaum etwas anderes erledigt werden muß. Sie fühlt etwas für ihn, wirklich. Sie fragt sich, wann man sich der Realität voll bewußt wird. Weit weg, im Telefontraumland, nimmt jemand den Hörer ab, unterbricht das letzte Klingelzeichen, Schritte nähern und entfernen sich, jemand räuspert sich laut.
»Hallo?« (Es ist seine Mutter.) Flüssig wiederholt Jeannine die falsche Nachricht, die sie sich ausgedacht und eingeübt hat. »Hier ist Frank«, sagt die Mutter von X. »Frank, es ist Jeannine Dadier.« Horror. Noch mehr Schritte.
»Hallo?« sagt X.
»Meine Güte, du? Ich wußte gar nicht, daß du zu Hause bist«, sagt Jeannine.
»He!« stößt X erfreut hervor. Nach den Regeln ist das sogar mehr, als sie erwarten kann.
»Oh, ich rief nur an, um deiner Mutter etwas auszurichten«, sagt Jeannine und zeichnet unregelmäßige, gezackte Linien über ihre Männchen auf dem Notizblock. Sie versucht an letzte Nacht zu denken, aber sie kann sich nur erinnern, wie Bud mit seiner jüngsten Tochter spielte, das einzige Mal, daß sie ihren Bruder so närrisch sah. Er läßt sie auf seinem Knie hüpfen und wird rot im Gesicht, als er sie um den Kopf wirbelt, was sie mit freudigem Geschrei quittiert. »Hoppe-hoppe-Reiter! Wenn er fällt, dann schrei-i-it er!« Normalerweise rettet Eileen dann das Baby mit der Begründung, daß es sich sonst zu sehr aufregt. Aus irgendeinem Grund verursacht Jeannine diese Erinnerung große Schmerzen, und sie kann sich kaum auf das konzentrieren, was sie sagt.
»Ich dachte, du wärst schon weg«, sagt sie hastig. Er hört gar nicht mehr auf, von irgendwelchen Dingen zu erzählen, die Preise des Bootsverleihs am See, oder ob sie gern Tennis spielen würde.
»Oh, ich liebe Tennis«, sagte Jeannine, die nicht einmal einen Schläger besitzt.

Würde sie heute nachmittag gern herüberkommen?
Sie beugt sich vom Telefon weg, um einen imaginären Terminkalender, imaginäre Freunde zu Rate zu ziehen. Sie erlaubt sich ein widerstrebendes »Oh, ja«, sie hätte noch ein paar freie Stunden. Es würde bestimmt Spaß machen, ihre Tenniskünste wieder ein wenig aufzupolieren. Das hieße aber nicht, daß sie besonders gut spiele, fügt sie schnell noch hinzu. Noch ein paar Gemeinplätze, und sie legt in Schweiß gebadet und den Tränen nahe auf. *Was ist mit mir los?* Sie sollte glücklich oder wenigstens eingebildet sein, statt dessen hat sie den prächtigsten Kummer. Warum nur, um alles in der Welt? Rachsüchtig bohrt sie die Bleistiftspitze in den Telefonblock, als ob er irgendwie verantwortlich wäre. *Hol dich der Teufel.* Perverserweise kommen ihr Gedanken an den dümmlichen Cal, die auch nicht gerade freundlich sind. Sie muß wieder zum Telefon greifen, nachdem sie sich über eine imaginäre Verabredung mit einer imaginären Bekannten klargeworden ist, und sie muß X zu- oder absagen; also rückt Jeannine das Tuch über ihren Lockenwicklern zurecht, fingert an einem Knopf ihrer Bluse, starrt mit elendem Blick auf ihre Schuhe, fährt mit den Händen über die Knie und entscheidet sich. Sie ist nervös. Masochistisch. Ihr kommt wieder diese alte Geschichte in den Sinn: sie sei nicht gut genug fürs Glück. Das ist Unsinn, und sie weiß es. Lächelnd nimmt sie den Telefonhörer: Tennis, Drinks, noch einige Verabredungen, wenn sie wieder in der Stadt zurück ist, dann kann er ihr von der Abendschule erzählen, und dann, eines Nachts (wobei er sie ganz besonders heftig umarmt) – »Jeannie, ich lasse mich scheiden.« *Mein Name ist Jeannine.* Die Einkäufe werden Spaß machen. *Schließlich bin ich neunundzwanzig.* Mit einem Gefühl tiefster Erleichterung wählt sie; das neue Leben beginnt. Auch sie kann es schaffen. Sie ist normal. Sie ist so gut wie jedes andere Mädchen. Leise beginnt sie zu singen. Im Telefonland läutet das Telefon, und irgend jemand geht heran, um abzuheben; sie hört die ganzen merkwürdigen Hintergrundgeräusche der Relais, jemand spricht sehr leise aus weiter Ferne. Sie spricht schnell und deutlich, jetzt ohne das geringste Zögern, erinnert sich dabei an all die lieblosen Nächte, als sich ihre Knie in die Luft bohrten, wie unbequem es war und sie fast erstickte, wie ihre Beinmuskeln schmerzen, und sie kann ihre Füße nicht auf das Bett bringen. Ehe wird all das heilen. Das Scheuern des hoffnungslos verschmutzten Linoleums und das Abstauben der immer gleichen schrecklichen Gegenstände, Woche für Woche. Aber er kommt herum. Kühn und entschieden sagt sie: »Cal, komm und hole mich.«
Von ihrer eigenen Treulosigkeit schockiert, bricht sie in Tränen aus. Sie hört Cal sagen: »Okay, Baby«, und er erzählt ihr, mit welchem Bus er kommen wird.
»Cal!« fährt sie atemlos fort. »Du kennst die Frage, die du dauernd stellst,

Liebling? Also: die Antwort ist ja.« Äußerst erleichtert hängt sie ein. Einmal erledigt, ist es viel besser. Dumme Jeannine, irgend etwas anderes zu erwarten. Ehe – ein Kontinent, für den es keine Landkarten gibt. Sie reibt ihre Augen mit dem Handrücken; X kann zum Teufel gehen. Konversation zu machen ist auch nur Arbeit. Sie schlendert zur Frühstücksecke, wo sie sich ganz allein wiederfindet; Mrs. Dadier ist draußen hinter dem Haus, sie jätet ein kleines Gartenstückchen, das alle Dadiers gemeinsam besitzen; Jeannine nimmt das Fliegengitter aus dem Küchenfenster und lehnt sich hinaus.

»Mutter!« sagt sie in einer plötzlichen Aufwallung von Glück und Aufregung, denn auf einmal war ihr die Bedeutung dessen, was sie gerade getan hatte, klargeworden. »Mutter!« (sie winkte heftig aus dem Fenster) »Rate mal!«

Mrs. Dadier, die im Möhrenbeet kniet, richtet sich auf, beschattet ihr Gesicht mit einer Hand. »Was ist los, Liebling?«

»Mutter, ich werde heiraten!« Was danach kommt, wird sehr aufregend sein, eine Art von großem Schauspiel, denn Jeannine wird eine große Hochzeit feiern. Völlig aufgelöst läßt Mrs. Dadier ihre Gartenkelle fallen. Sie wird ins Haus eilen, ein ungeheurer Stimmungsaufschwung wird beide Frauen erfassen; sie werden sich tatsächlich küssen und umarmen, und Jeannine wird durch die Küche tanzen. »Warte, bis Bru *das* hören wird!« wird Jeannine ausrufen. Beide werden weinen. Zum ersten Mal in ihrem Leben hat Jeannine es geschafft, etwas völlig richtig zu machen. Und es ist auch nicht zu spät. Sie glaubt, daß der späte Zeitpunkt ihrer Heirat vielleicht durch eine besondere Reife kompensiert wird; schließlich muß all das Experimentieren, all das Widerstreben einen Grund haben. Sie stellt sich den Tag vor, an dem sie sogar noch bessere Neuigkeiten ankündigen kann: »Mutter, ich werde ein Baby haben.« Cal spielt dabei kaum eine Rolle, denn Jeannine hat seine Wortkargheit und seine Passivität vergessen, ebenso seine merkwürdige Traurigkeit, die mit keinem endgültigen Gefühl verbunden ist; seine Schroffheit; wie schwer es ist, ihn dazu zu bringen, über etwas zu sprechen. Atemlos vor Freude umarmt sie sich selbst, wartet darauf, daß Mrs. Dadier ins Haus eilt; »Mein kleines Mädchen!« wird Mrs. Dadier aufgelöst sagen und Jeannine umarmen. Jeannine scheint es, daß sie noch nie etwas so Reines und Schönes erfahren hat wie die Küche im Licht der Morgensonne, mit den glänzenden Wänden, alles vom Licht mit feinsten Konturen versehen, so ursprünglich und wirklich. Jeannine, die von einer erbarmungslos strengen Disziplin, die sie nicht selbst gewählt hatte, fast umgebracht worden wäre, die nahezu tödlich verstümmelt wurde von einer wachsamen Selbstunterdrückung, die für alles, was sie einst wünschte oder liebte, unerheblich war, hier findet sie ihre Belohnung. Das beweist, daß es in Ordnung ist.

Alles ist zweifellos gut und zweifellos wirklich. Sie liebt sich selbst, und wenn ich, wie Atropos, in der Ecke stehe, meinen Arm um den Schatten ihres toten Ich gelegt, wenn die andere Jeannine (die schrecklich müde ist und weiß, daß es für sie auf dieser Seite des Grabs keine Freiheit gibt) versucht, sie zu berühren, während sie vergnügt vorbeiwirbelt, dann sieht und hört Jeannine sie nicht. Auf einen Schlag hat sie ihre Vergangenheit amputiert. Sie ist auf dem Weg zur Erfüllung. Sie umarmt sich selbst und wartet. Das ist alles, was man tun muß, wenn man eine wirkliche erstklassige Schlafende Schönheit ist. Sie weiß es.
Ich bin so glücklich.
Und dort, ohne die Gnade Gottes, gehe ich meinen Weg.

Siebter Teil

1

Ich erzähle euch, wie ich ein Mann wurde.
Zuerst mußte ich eine Frau werden.
Lange Zeit war ich ein Neutrum gewesen, alles andere als eine Frau, sondern Einer Von Den Jungs, denn wenn man in eine Versammlung von Männern tritt, beruflich oder aus anderen Gründen, kann man genausogut ein Plakat tragen, auf dem steht: SCHAUT HIN! ICH HABE TITTEN! und dann kommt dieses Kichern und Schnalzen und dieses Erröten und dieses Uriah-Heep-Drehen-und-Wenden und dieses Fummeln mit Krawatten und Schließen von Knöpfen und Anspielungen und Komplimente und diese selbstbewußte Galanterie samt hämischer Hinweise auf meine äußere Erscheinung – dieser ganze öde Kram, der mich erfreuen soll. Wenn es dir gut gelingt, Einer Von Den Jungs zu sein, vergeht das. Natürlich gehört eine bestimmte Entkörperung dazu, aber das Plakat verschwindet; ich biedere mich an und lachte über schlüpfrige Witze, besonders über die feindseligen. Im Innern sagt man vergnügt, aber entschieden nein, nein, nein, nein, nein, nein. Aber für meinen Job ist das notwendig, und ich mag meinen Job. Ich nehme an, sie beschlossen, daß meine Titten nicht die besten waren oder nicht real, oder daß sie zu jemand anderem gehörten (zu meiner Zwillingsschwester), auf diese Art teilten sie mich in Höhe des Halses; wie ich schon sagte, es erfordert eine bestimmte Entkörperung. Ich glaubte, wenn ich meinen Dr. phil. hätte, meine Professorenstelle und meine Tennisauszeichnung und meinen Ingenieursvertrag und meine Zehntausend im Jahr und meine Ganztagshaushälterin und mein Renommee und die Anerkennung meiner Kollegen, wenn ich kräftig, groß und schön geworden wäre, wenn mein IQ über 200 geschnellt wäre, wenn ich Genie hätte, *dann* könnte ich mein Plakat sicherlich abnehmen. Ich ließ mein Lächeln und mein fröhliches Lachen zu Hause. Ich bin keine Frau; ich bin ein Mann. Ich bin ein Mann mit dem Gesicht einer Frau. Ich bin eine Frau mit dem Verstand eines Mannes. Das sagt jeder. Voll Stolz auf meine Intelligenz betrat ich einen Buchladen; ich erwarb ein Buch; ich mußte Den Mann nicht länger versöhnen; bei Gott, ich glaube, ich bin dabei, es zu schaffen. Ich erwarb eine Ausgabe von John Stuart Mills *Die Abhängigkeit von Frauen*; wer kann jetzt etwas gegen John Stuart Mill haben? Er ist tot. Aber der Verkäufer dachte anders. Mit anbiedernder Schalkhaftigkeit drohte er mir mit dem Finger und sagte: »Ts, ts, ts«; das ganze Winden und Wenden fing wieder an, was für ein Vergnügen für ihn, jemanden zu haben, der nicht automa-

tisch außerhalb der Kritik stand, und hinter dem Schatten von Hoffnung wußte ich: weiblich sein heißt, Spiegel und Honigglas sein, Diener und Richter, der fürchterliche Thadamantuhus, für den er eine Rolle spielen mußte, aber dessen Urteil nicht menschlich und dessen Dienste für jeden nach Belieben verfügbar sind, die Vagina Dentata und der ausgestopfte Teddybär, die er bekommt, wenn er den Test besteht. Das geht so weiter, bis Sie fünfundvierzig sind, meine Damen, danach verschwinden sie in der Luft wie das Lächeln eines Honigkuchenpferds, alles, was zurückbleibt, ist eine widerwärtige Plumpheit und ein feines Gift, das automatisch jeden Mann unter einundzwanzig ansteckt. Nichts kann Sie darüber oder darunter versetzen, nichts dahinter oder außerhalb davon, nichts, nichts, gar nichts, nicht Ihre Muskeln oder Ihr Verstand, nicht die Tatsache, daß Sie einer von den Jungs oder eins von den Mädchen sind, oder daß Sie Bücher schreiben oder Briefe schreiben oder daß Sie weinen oder die Hände ringen oder Salat zubereiten oder zu groß oder zu klein sind oder reisen oder zu Hause bleiben, weder Häßlichkeit noch Akne, weder Schüchternheit noch Feigheit, weder fortwährendes Schrumpfen noch hohes Alter. In den letztgenannten Fällen sind Sie bloß doppelt verdammt. Ich ging davon – »typisch weiblich«, wie der Mann sagt –, und ich weinte, als ich meinen Wagen steuerte, und ich weinte am Straßenrand (weil ich nichts sehen konnte und vielleicht in irgend etwas hineingefahren wäre), und ich heulte und rang die Hände, wie es nur die Leute in mittelalterlichen Romanzen tun, denn das verschlossene Auto einer amerikanischen Frau ist der einzige Platz, an dem sie allein sein kann (wenn sie unverheiratet ist), und das Heulen einer kranken Wölfin geht rund um die Welt, worauf die Welt es für äußerst komisch hält. Intimität in Autos und Badezimmern, was haben wir doch für Einfälle! Wenn sie mir wieder etwas über hübsche Kleider erzählen, werde ich mich umbringen.

Ich hatte ein fünf Jahre altes Ich, das sagte: *Daddy wird dich nicht gern haben.*

Ich hatte ein zehn Jahre altes Ich, das sagte: *Die Jungen werden nicht mit dir spielen.*

Ich hatte ein fünfzehn Jahre altes Ich, das sagte: *Keiner wird dich heiraten.*

Ich hatte ein zwanzig Jahre altes Ich, das sagte: *Ohne ein Kind findest du keine Erfüllung.* (Ein Jahr, in dem ich wiederholt Alpträume über Unterleibskrebs hatte, den niemand beseitigen wollte.)

Ich bin eine kranke Frau, eine Verrückte, eine Klötenbrecherin, eine Männerfresserin; ich zehre die Männer nicht anmutig mit meinem feuerroten Haar oder meinem vergifteten Kuß auf; ich zerbreche ihre Gelenke mit diesen scheußlichen Ghul-Krallen und stehe dabei wie eine

Katze ohne Krallen auf einem Fuß, bremse eure schwächlichen Versuche, euch zu retten, mit meinem krallenbewehrten Hinterfuß: mein verfilztes Haar, meine eklige Haut, die großen, flachen Scheiben grüner, blutiger Zähne.
Ich glaube nicht, daß mit meinem Körper Staat zu machen wäre. Ich glaube nicht, daß es angenehm ist, mich anzuschauen. Oh, von allen Krankheiten ist der Haß auf sich selbst die schlimmste, und zwar, meine ich, nicht für den, der unter ihr leidet!
Ist euch klar, daß ihr mir die ganze Zeit Predigten haltet? Ihr sagtet mir, selbst Grendels Mutter sei von Mutterliebe beeinflußt.
Ihr sagtet mir, Ghuls wären männlich.
Rodan ist männlich – und blöde.
King Kong ist männlich.
Ich hätte eine Hexe sein können, aber der Teufel ist männlich.
Faust ist männlich.
Der Mensch, der die Bombe auf Hiroshima warf, war männlich.
Ich war nie auf dem Mond.
Dann gibt es Vögel, mit (wie Shaw es so großmütig formuliert) den rührenden Gedichten über ihre Liebe und ihren Nestbau, in denen die Männchen so wundervoll und schön singen und die Weibchen auf dem Nest sitzen, und die Paviane, die von den anderen (männlich) halb zerrissen werden (weiblich), und die Schimpansen mit ihrer Hierarchie (männlich), über die Professoren (männlich) mit *ihrer* Hierarchie schreiben, und die den (männlich) Blickwinkel von (weiblich) (männlich) akzeptieren (männlich). Ihr könnt erkennen, was geschieht. Im Grunde muß ich zurückhaltend sein, denn ich habe nie auch nur einen Gedanken an die Gottesanbeterin oder die weibliche Wespe gehabt; aber vermutlich bin ich einfach loyal gegenüber meiner eigenen Art. Man könnte ebenso davon träumen, eine Eiche zu sein. Kastanienbaum, starkwurzelige Hermaphrodite. Ich will euch nicht erzählen, mit welchen Poeten und Propheten mein Kopf vollgestopft ist (Deborah, die sagte »Auch ich, bitte, bitte?« und von der Lepra geschlagen wurde) oder zu wem ich betete (meine eigene leidenschaftliche Fröhlichkeit erregend) oder wem ich auf der Straße auswich (männlich) oder wem ich im Fernsehen zuschaute (männlich), wobei ich in meinem Haß – wenn ich mich recht erinnere – nur Buster Crabbe ausnahm, den früheren Flash Gordon und im wirklichen Leben (glaube ich) Schwimmlehrer, in dessen menschlich ansehnlichem, sanftem, verwirrtem altem Gesicht ich den absurden, aber bewegenden Eindruck fand, ich sähe eine Reflektion meiner eigenen Verwirrung über unser gemeinsames Gefängnis. Ich kenne ihn natürlich nicht, und niemand ist verantwortlich für seinen Schatten auf dem Bildschirm oder dafür, welche Verrückte zuschaut; ich liege in meinem Bett (das nicht männlich ist), es

ist in einer Fabrik von einem (Mann) hergestellt, von einem (Mann) entworfen und mir von einem (kleinen) Mann mit ungewöhnlich schlechten Manieren verkauft worden. Ich meine: ungewöhnlich schlechte Manieren für jeden.
Ihr erkennt, wie *außerordentlich verschieden* das von den Verhältnissen in den schlechten alten Tagen, sagen wir von vor fünf Jahren, ist. New Yorker (weiblich) haben jetzt fast ein Jahr lang das Recht auf Abtreibung, wenn man den Klinikbehörden ausreichend begründen kann, daß man ein Bett benötigt und nichts dagegen hat, von den Schwestern Babykiller genannt zu werden; Bürger von Toronto, Kanada, haben völlig freien Zugang zu schwangerschaftsverhütenden Mitteln, wenn sie willens sind, 100 Meilen zu reisen, um die Grenze zu überschreiten, ich könnte meine eigene Zigarette rauchen, falls ich rauchte (und meinen eigenen Lungenkrebs bekommen). Fortschritt, ewiger Fortschritt! Einige meiner besten Freunde sind... ich wollte sagen, einige meiner besten Feunde sind... meine Freunde...
Meine Freunde sind tot.
Wer hat je *Frauen* gesehen, die irgend jemand Angst einjagen? (Das war, als ich es für wichtig erachtete, in der Lage zu sein, Leuten Angst einzujagen.) Man kann nicht sagen – um einen guten, alten Freund zu zitieren –, daß es Dramen von Shakespeare gibt und Shakespeare eine Frau war, oder daß Kolumbus über den Atlantik segelte und Kolumbus eine Frau war, oder daß Alger Hiss wegen Landesverrats verurteilt wurde und Alger Hiss eine Frau war. (Mata Hari war keine Spionin; sie war eine Fickerin.) Jedenfalls weiß jedermann (pardon) jeder, daß die Taten von Frauen, die wirklich bedeutend sind, nicht eine große, billige Arbeitskraft darstellen, die man einschaltet, wenn man im Krieg ist, und hinterher wieder ausschaltet, außer Mutter zu sein, die nächste Generation heranzuziehen, sie zu gebären, sie zu pflegen, die Fußböden für sie zu bohnern, sie zu lieben, für sie zu kochen, sie trockenzulegen, hinter ihnen herzuräumen und vor allem, sich für sie aufzuopfern. Das ist der wichtigste Job der Welt. Deshalb bezahlen sie euch nicht dafür.
Ich weinte, und dann hörte ich auf zu weinen, weil ich sonst nie zu weinen aufgehört hätte. Auf diese Weise gelangen die Dinge an einen schrecklichen toten Punkt. Sie werden bemerken, daß sogar meine Diktion weiblich wird und so meine wahre Natur enthüllt; ich sage nicht mehr »verdammt« oder »verflucht«; ich füge eine Menge relativierender Worte wie »ziemlich« ein, ich winde mich in diesen atemlosen, kleinen, weiblichen Schnörkeln, sie warf sich aufs Bett, ich habe kein Gefüge (glaubte sie), meine Gedanken sickern formlos wie die Menstruationsflüssigkeit, es ist alles sehr weiblich und tief und voll von Wesen, es ist sehr primitiv und voll mit »und«, man nennt es »Endlos-Sätze«.

Sehr sumpfig in meinem Verstand. Sehr verdorben und sehr dürftig. Ich bin eine Frau. Ich bin eine Frau mit dem Gehirn einer Frau. Ich bin eine Frau mit der Krankheit einer Frau. Ich bin eine Frau ohne Hüllen, nackt wie die Natur, Gott helfe mir und Ihnen.

2

Dann wurde ich ein Mann.
Das geschah langsamer und weniger dramatisch.
Ich glaube, es hat etwas mit dem Wissen zu tun, das man erleidet, wenn man ein Außenseiter ist – ich meine *erleiden*; ich meine nicht *erfahren* oder *kennenlernen* oder *erdulden* oder *benutzen* oder *genießen* oder *sammeln* oder *abschleifen* oder *unterhalten* oder *besitzen* oder *haben*. Dieses Wissen ist natürlich die Einsicht aller Erfahrung durch zwei Augenpaare, zwei Wertsysteme, zwei Erwartungsgewohnheiten, fast zwei Hirne. Das wird für ein unfehlbres Rezept gehalten, dich gaga zu machen. Die Jagd auf den Hasen, Versöhnung mit den Hunden der Hartnäckigkeit – aber das ist's, verstehen Sie? Ich bin nicht Sir Thomas Nasshe (oder Lady Nasshe, obwohl sie nie eine Zeile geschrieben hat, das arme Ding). Gerade fängt man etwas an, da kommt das Fallgatter runter. Zack. Um zum Wissen zurückzukehren: Ich glaube, ich sah die Herren der Erde beim Lunch in der Firmen-Cafeteria, das hat mich endgültig erledigt; wie einer meiner anderen Freunde einmal sagte: Die Anzüge der Männer sind dazu entworfen, Vertrauen zu erzeugen, selbst wenn es die Männer nicht können. Aber ihre *Schuhe*...! Lieber Gott! Und ihre *Ohren*! Jesus! Diese Unschuld, diese unbefangene Naivität der Macht. Diese kindliche Einfachheit, mit der sie ihr Leben den Schwarzen Männern anvertrauen, die für sie kochen, ihre Selbsteinschätzung, ihre Überheblichkeit und ihre kleinen Schludrigkeiten mir gegenüber, die ich alles für sie tue. Ihre Unwissenheit, ihre totale, glückselige Unwissenheit. Da gab's diese Jungfrau, die Wir bei Vollmond auf dem Firmenhof opferten. (Sie dachten, eine Jungfrau wäre ein Mädchen, nicht wahr?) Da gab es Unsere Gedanken über Hausarbeit – ach, du lieber Gott, gelehrte Schriften über Hausarbeit, was könnte widersinniger sein? Und Unsere Partys, wo wir einander zwickten und jagten. Unsere Preisvergleiche bei den Kleidern der Frauen und den Anzügen der Männer. Unsere Übertreibungen. Unser gemeinsames Weinen. Unser Getratsche. Unsere Belanglosigkeiten. Alles Belanglosigkeiten, die nicht eine Sekunde Aufmerksamkeit eines denkenden Wesens wert waren. Wenn Sie Uns sehen, wie Wir beim Mondaufgang durch die Büsche schleichen, schauen Sie nicht hin. Und warten Sie nicht in der Nähe. Achten Sie auf die Mauer, mein Liebes, das wäre besser. Wie

alle Empfindungen, konnte ich sie nicht spüren, während sie ablief, aber folgendes müssen Sie tun:
Um Gegensätze zu lösen, vereinigen Sie sie in Ihrer Person. Das heißt: in aller Hoffnungslosigkeit, im Schrecken ihres Lebens, ohne Zukunft, im Niedergang der schlimmsten Verzweiflung, die Sie ertragen können und die ihnen doch noch die Klarheit gibt, eine rechte Wahl zu treffen – nehmen Sie das nackte Ende eines Hochspannungsdrahts in die bloße Hand. Nehmen Sie das andere in die linke Hand. Bleiben Sie in einer Wasserlache stehen. (Machen Sie sich keine Sorgen darüber, daß Sie den Draht verlieren könnten, das ist nicht möglich.) Elektrizität bevorzugt den vorbereiteten Verstand, und sollten Sie diese Lawine aus Versehen stören, werden Sie tödlich getroffen, Sie werden wie ein Kotelett verkohlen, und Ihre Augen werden wie roter Gelee aufplatzen; aber wenn diese Drähte Ihre eigenen Drähte sind – machen Sie weiter. Gott wird dafür sorgen, daß deine Augen in deinem Kopf bleiben und deine Gelenke zusammenhalten. Wenn Sie die Hochspannung allein schickt, nun ja, wir alle haben diese kleinen Schocks erfahren – du schüttelst sie ab, wie eine Ente Wasser aus dem Gefieder schüttelt, und sie kann dir nichts anhaben – aber wenn Sie in der hohen Spannung und in der hohen Stromstärke brüllt, dann hat Sie es auf deine Markknochen abgesehen; du machst dich zu einer Leitung für heiligen Schauder und die Ekstase der Hölle. Aber nur so können die Drähte sich selbst heilen. Nur so können sie dich heilen. Frauen sind an die Kraft nicht gewöhnt; diese Lawine gespenstischer Spannung wird deine Muskeln und deine Zähne wie bei einem durch Strom getöteten Kaninchen blockieren, aber du bist eine Starke Frau, du bist Gottes Liebling, und du kannst es ertragen; wenn du sagen kannst »jawohl, in Ordnung, mach weiter« – wohin sonst kannst du schließlich gehen? Was sonst kannst du tun? – wenn du dich in dich hinein und aus dir heraus läßt, dich umstülpst, dir den Versöhnungskuß gibst, dich heiratest, dich liebst...
Nun, ich wurde ein Mann.
Wir lieben das, sagt Plato, was an uns fehlerhaft ist; wenn wir unser magisches Ich im Spiegel eines anderen sehen, verfolgen wir es mit verzweifelten Schreien – *Stop! Ich muß dich besitzen!* –, aber wenn es hilfsbereit stehenbleibt und sich umwendet, wie kann man es dann besitzen? Ficken, wenn Sie das Wortspiel gestatten, ist ein Anti-Climax. Und du bist so armselig wie vorher. Jahrelang wanderte ich weinend in der Wüste: *Warum folterst du mich so!* und *Warum haßt du mich so?* und *Warum demütigst du mich so?* und *Ich werde mich erniedrigen* und *Ich werde dich erfreuen* und *Warum, o warum, hast du dich von mir gewandt?* Das ist sehr weiblich. Was ich erst spät im Leben lernte, unter meinem Lavaregen, unter meinem Töten-oder-Heilen, unglücklich, langsam, wider-

strebend, dürftig und unter wahrlich schrecklichem Schmerz: daß es einen und nur einen Weg gibt, das zu besitzen, was an uns fehlerhaft ist, daher das, was wir brauchen, daher das, was wir wünschen.
Werde es.
Der Mensch, nimmt man an, ist der angemessene Entwurf der Menschheit. Vor vielen Jahren waren wir alle Höhlenmenschen. Dann gibt es den Javamenschen und die Zukunft des Menschen und die Werte des westlichen Menschen und den Mann im Mond und den Menschen des achtzehnten Jahrhunderts und zu viele Menschen, um sie zu zählen, sie anzublicken, an sie zu glauben. Da ist die Menschheit. Ein schaurig stechendes Gelächter kränzt diese Paradoxe. Jahrelang pflegte ich zu sagen *Laß mich hinein, Liebe mich, Gib mir Anerkennung, Kennzeichne mich, Passe mich an, Bestätige mich, Unterstütze mich.* Jetzt sage ich *Komm her.* Wenn wir alle zur gleichen menschlichen Mannschaft gehören, dann ist es in meinen aufmerksamen, rechtschaffenen, gradlinigen Kulleraugen klar, daß auch ich ein Mann und alles andere als eine Frau bin, denn ernsthaft: Wer hat je von der Javafrau und der existenziellen Frau und den Werten der westlichen Frau und der Frau der Wissenschaften und der entfremdeten Frau des neunzehnten Jahrhunderts und all dem anderen undeutlichen und antiquierten Durcheinander gehört? Ich glaube, ich bin ein Mann; ich glaube, man sollte mich besser einen Mann nennen; ich glaube, ab jetzt schreibt und spricht man über mich als einen Mann, ab jetzt beschäftigt man mich als einen Mann, ab jetzt erkennt man Kindererziehung als Tätigkeit des Mannes an; du wirst von mir als Mann denken und mich als Mann behandeln, bis es in deinen konfusen, lächerlichen, neun-Zehntel-unechten, lieblosen, Pappmaché-Ochsen-Elch-Kopf hineingeht, daß *ich ein Mann bin.* (Und du eine Frau bist.) Das ist das ganze Geheimnis. Hör auf, die Moses-Gesetztafeln gegen deine Brust zu drücken, Dummkopf; du wirst zusammenklappen. Gib mir deine Linus-Schmusedecke, Kind. Hör dem weiblichen Mann zu.
Wenn du es nicht tust, dann, bei Gott und allen Heiligen, *werde ich dir das Genick brechen.*

3

Wir hätten ihr gerne zugehört (sagten sie), *wenn sie nur wie eine Dame geredet hätte.* Aber sie sind Lügner, in ihnen ist keine Wahrheit.
Durchdringend... schmähend... kümmert sich nicht um die Zukunft der Gesellschaft... Faseleien antiquierten Feminismus... selbstsüchtige Emanze... muß mal ordentlich gebumst werden... dieses formlose Buch... natürlich fern jeder besonnenen und objektiven Diskussion...

verdreht, neurotisch... ein Stückchen Wahrheit, vergraben in einer höchst neurotischen... nur begrenzt von Interesse, ich sollte... noch ein Traktat für den Abfalleimer... hat ihren BH verbrannt und gedacht, daß... keine Charaktere, keine Handlung... wirklich wichtige Veröffentlichungen werden negiert, während... hermetisch versiegelt... beschränkte Erfahrungen der Frauen... noch eine von den heulenden weiblichen Derwischen... eine nicht sehr anziehende Aggressivität... hätte voll Witz sein können, wenn die Autorin... das anmaßend Männliche defloriert... ein Mann hätte seinen rechten Arm gegeben, um... nicht einmal mädchenhaft... das Buch einer Frau... eine weitere aufdringliche Polemik, die den... ein rein männliches Wesen wie ich kann kaum... eine brillante, aber von Grund auf konfuse Studie weiblicher Hysterie, die... weiblicher Mangel an Objektivität... dieser angebliche Roman... der Versuch zu schockieren... die ermüdenden Tricks der Anti-Romanschreiber... wie oft muß denn ein armer Kritiker noch... die üblichen langweiligen Pflichthinweise auf lesbische... Verleugnung der tiefgründigen sexuellen Polarität, die... eine allzu frauliche Weigerung, den Tatsachen ins Auge zu sehen... pseudo-maskuline Unvermitteltheit... das Niveau von Frauenzeitschriften... diejenigen, die sich mit Klötenknicker-Kate im Bett zusammenkuscheln, werden... Gegeifer... ein parteilicher, klinischer Protest gegen... bedauerlich geschlechtslos in seinem Aussehen... harte, wilde Attacke... großartiges Selbstmitleid, das keine Möglichkeit läßt... die Unfähigkeit, die weibliche Rolle zu akzeptieren, die... der erwartete Wutausbruch über die Anatomie geriet zu... ohne die Gefälligkeit und Leidenschaft, die wir zu Recht erwarten dürfen... Anatomie ist Schicksal... Schicksal ist Anatomie... scharfzüngig und komisch, aber ohne echtes Gewicht... platterdings schlecht... wir »lieben Damen«, mit denen Russ sich zusammentun möchte, *empfinden* einfach nicht... kurzlebiger Unsinn, Geschosse im Krieg der Geschlechter... ein weiblicher Mangel an Erfahrung, die...
Q. E. D. Quod erat demonstrandum. Es ist bewiesen worden.

4

Janet hat begonnen, fremden Menschen auf der Straße zu folgen; was wird aus ihr werden? Sie tut das entweder aus Neugier oder aber, um mich zu ärgern; immer wenn sie jemanden sieht, der sie interessiert, ob Mann oder Frau, wechselt sie automatisch die Richtung (sie summt dabei eine kleine Melodie, da-dum, da-di) und schlägt die entgegengesetzte ein. Wenn Whileawayaner 1 Whileawayaner 2 begegnet, sagt der erste ein zusammengesetztes whileawayanisches Wort, das etwa mit »Hallo-ja?«

übersetzt werden kann; als Antwort darauf kann der gleiche Ausdruck wiederholt werden (aber ohne die Hebung am Ende), »Hallo-nein«, »Hallo« alleine, Schweigen oder »Nein!« »Hallo-ja« bedeutet *Ich möchte eine Unterhaltung anregen;* »Hallo« heißt *Ich habe nichts dagegen, daß Sie hierbleiben, aber ich möchte nicht sprechen;* »Hallo-nein« heißt *Bleiben Sie hier, wenn Sie es wünschen, aber lassen Sie mich in Ruhe;* Schweigen heißt *Ich wäre Ihnen sehr verbunden, wenn Sie gehen; ich habe schlechte Laune.* Schweigen, begleitet von einem schnellen Kopfschütteln, bedeutet *Ich bin zwar nicht schlechtgelaunt, habe aber andere Gründe für den Wunsch, allein zu sein.* »Nein!« heißt *Machen Sie sich davon, oder ich werde mit Ihnen etwas anstellen, was Ihnen nicht gefällt.* (Im Gegensatz zu unseren Sitten hat derjenige, der später kommt, den moralischen Vorteil, da Whileawayaner 1 bereits Erholung oder Freude durch den nahegelegenen Strand oder durch Blumen oder die prachtvollen Berge oder sonst irgendwas erfahren hat.) Natürlich kann jede dieser Antworten als Begründung verwendet werden.
Ich fragte Janet, was geschieht, wenn beide Whileawayaner »Nein!« sagen.
»Oh«, sagte sie (gelangweilt), »sie kämpfen.«
»Gewöhnlich läuft einer von uns davon«, fügte sie hinzu.
Janet sitzt auf meiner braunen Couch neben Laura Rose, schläfrig lehnt sie sich über ihre Freundin, ihr Kopf lehnt an Lauras verantwortungsvoller Schulter. Eine junge Tigerin mit ihrem großen, schlaffen Jungen. Beim Dahindämmern hat Janet zehn Jahre Angst und zwanzig Pfund der Andere-beeindrucken-Versuche abgestreift; in ihrem eigenen Volk muß sie viel jünger und naiver sein; im Tomatenbeet wühlen oder Kühe jagen, die sich verlaufen haben; was Sicherheits- und Ordnungsoffiziere tun, geht über meine Fassungskraft. (Eine Kuh fand ihren Weg in den Gemeinschaftsraum der Bergleute und stürzte eine Fremde in arge Verlegenheit, als sie ein Gespräch in Gang zu setzen versuchte – Whileawayaner verbessern leidenschaftlich gern die Fähigkeiten von Haustieren –, sie stieß die Fremde immer wieder an und sagte mit drängendem Muhen dauern »Freund? Freund?«, wie ein Filmmonster, bis einer der Bergleute sie fortscheuchte: *Du willst doch keinen Ärger machen, oder, Kind? Du willst gemolken werden, nicht wahr? Nun mach schon.*)
»Erzähl uns von der Kuh«, sagte Laura Rose. »Erzähl Jeannine davon« (die wiederum versucht vergeblich, in die Wand zu fließen, o Agonie, diese beiden Frauen sind *rührend*).
»Nein«, murmelt Janet schläfrig.
»Dann erzähl uns von den Zdubakovs«, sagte Laur.
»Du bist ein verdorbenes kleines Biest!« sagt Janet und sitzt kerzengerade.

»Nun mach schon, Giraffe«, sagt Laura Rose. »Erzähle!« Über ihre Leinenjacke und die Jeans hat sie aufgestickte Blumensträuße verteilt, eine rote, rote Rose direkt auf dem Zwickel; aber sie trägt diese Kleider nicht zu Hause, nur bei Besuchen.
»Du bist ein verflixt verdorbenes Gör«, sagte Janet. »Ich erzähle dir etwas, um deine Laune zu besänftigen. Willst du etwas über die dreibeinige Ziege hören, die zum Nordpol durchbrannte?«
»Nein«, sagte Laur. Jeannine wird flach wie ein Ölfilm; undeutlich verschwindet sie in einer Tasse und steckt die Finger in die Ohren.
»Erzähl!« sagt Laur und verdreht meinen kleinen Finger. Ich vergrabe mein Gesicht in den Händen. Jawohl, nein. Jawohl, nein. Laura muß hören. Sie küßt meinen Hals und dann mein Ohr voll Leidenschaft für all die scheußlichen Sachen, die ich mache; ich richtete mich auf und schaukelte vor und zurück. Der Ärger mit Leuten wie euch ist, daß ihr vom Tod nicht belastet werdet. Was mich betrifft, werde ich davon durchgeschüttelt. Jemand, dem ich nie begegnet war, hinterließ eine Bemerkung mit dem üblichen Inhalt: *haha auf dich, du existierst nicht, geh weg*, denn wir sind so verdammt kooperativ, daß wir diese solipsistische Unterseite haben, verstehen Sie? Also ging ich bergauf und fand sie; dreihundert Meter von der verbrecherischen Elena Twason drehte ich meine Stereostimme an und sagte: »So – so, Elena, du solltest keinen Urlaub machen, ohne deine Freunde zu benachrichtigen.«
»Urlaub?« sagte sie, »Freunde? Lüg mich nicht an, Mädchen. Du hast meinen Brief gelesen«, und da begann ich zu verstehen, daß sie nicht verrückt werden mußte, um das zu tun, und das war schrecklich. Ich sagte: »Welchen Brief? Niemand hat einen Brief gefunden.«
»Die Kuh hat ihn gefressen«, sagt Elena Twason. »Schieß auf mich. Ich glaube nicht, daß du da bist, aber mein Körper glaubt es; ich glaube, daß mein Gewebe an die Kugel glaubt, an die du nicht glaubst, und das wird mich umbringen.«
»Kuh?« sage ich und ignoriere das andere, »welche Kuh? Ihr Zdubakovs haltet keine Kühe. Ihr seid Gemüse- und Ziegen-Leute, glaube ich. Hör auf, mich zu veralbern, Elena. Komm zurück; du bist zum Botanisieren gegangen und hast dich verlaufen, das ist alles.«
»Oh, *kleines Mädchen*«, sagte sie so spontan, so gutgelaunt, »*kleines Mädchen*, verunstalte die Wirklichkeit nicht. Mach dich nicht über uns beide lustig.« Trotz der Beleidigungen versuchte ich es erneut.
»Wie schade«, sagte ich, »daß dein Gehör im Alter von sechzig Jahren so schlecht wird, Elena Twa. Oder vielleicht ist es mein eigenes. Ich dachte, ich hätte dich etwas anderes sagen hören. Aber die Echos in diesem verdammten Tal reichen aus, um alles unverständlich zu machen; ich hätte schwören können, daß ich dir wahrheitswidrig eine ungesetzliche Ver-

einbarung vorschlug und daß du, wie eine verständige, gesunde Frau, sie annahmst.« Durch den Feldstecher konnte ich ihr weißes Haar sehen; sie hätte meine Mutter sein können. Entschuldigt diese Banalität, aber es stimmt. Häufig versuchen sie, einen umzubringen, also zeigte ich mich so gut ich konnte, aber sie bewegte sich nicht – erschöpft? Krank! Nichts geschah.
»Elena!« schrie ich. »Bei Gottes Eingeweiden, kommst du bitte runter!« und ich winkte mit den Armen wie ein Semaphor. Ich dachte: *Ich werde mindestens bis morgen machen. Soviel kann ich schon tun.* In meiner Vorstellung wechselten wir, sie und ich, mehrere Male unseren Standort, jede von uns handelte in ihrer jeweiligen Position so ungesetzlich, wie sie konnte; aber mir wäre es möglich gewesen, eine Geschichte zusammenzustümpern. Während ich sie beobachtete, begann sie den Hügel hinabzuschlendern, der kleine weiße Fleck aus Haar hüpfte wie der Schwanzstummel eines Rehs durch das herbstliche Blattwerk. Sie kicherte vor sich hin, schwang träge einen Stock, den sie aufgehoben hatte: ein schwaches, kleines Stöckchen, eher ein Zweig, zu trocken, um auf irgend etwas einzuschlagen, ohne daß es selbst zerbrach. Im Geiste schlenderte ich neben ihr her; in dieser Jahreszeit ist es in den Bergen so hübsch, alles brennt und brennt ohne Hitze. Ich glaube, sie amüsierte sich, nachdem sie sich schließlich, und so war es ja, jenseits des Bereichs von Konsequenzen versetzt hatte; sie setzte ihren kleinen Bummel fort, bis wir ganz nah beieinander waren, nah genug, um uns Aug in Aug zu unterhalten, vielleicht so weit weg wie ich von dir. Sie hatte sich eine Krone aus Blättern des Rotahorn geflochten und setzte sie sich auf den Kopf, ein wenig schief, denn sie war zu groß geraten. Sie lächelte mich an.
»Sieh den Tatsachen ins Auge«, sagte sie. Und dann, wobei sie ihre Mundwinkel mit einem unsagbaren Ausdruck von Fröhlichkeit und Arroganz nach unten zog:
»Kill, Killer.«
Also schoß ich sie nieder.
Laur, dieser blutdürstige kleine Teufel, der die ganze Zeit gespannt zugehört hat, nimmt Janets Gesicht in ihre Hände. »Ach, du. Du hast sie mit einem Narkosemittel beschossen, das ist alles. So hast du es mir erzählt. Ein Narkosepfeil.«
»Nein«, sagte Janet. »Ich bin ein Lügner. Ich tötete sie. Wir benutzen Explosivgeschosse, weil es fast immer auf Entfernung geht. Ich habe ein Gewehr von der Art, wie du es selbst so oft gesehen hast.«
»Aaaah!« ist Laura Roses langer, ungläubiger, verärgerter Kommentar. Sie kam zu mir hinüber. »Glaubst *du* es?« (Ich werde Jeannine mit beiden Händen aus dem Balkenwerk ziehen müssen.) Immer noch ärgerlich, stelzt sie mit auf dem Rücken verschränkten Armen durch das Zimmer.

Janet schläft, oder aber sie ist aktiv. Ich frage mich, was Laur und Janet im Bett machen; was denken Frauen von Frauen?
»Mir ist es gleichgültig, was ihr beide von mir denkt«, sagt Laur. »Ich mag die Vorstellung, daß ich zur Abwechslung jemandem etwas tue, statt daß es mir getan wird. Warum seid ihr in Sicherheit und Frieden, wenn ihr kein Vergnügen daran habt?«
»Ich hab's dir gesagt«, sagt Janet sanft.
Laur sagte: »Ich weiß, jemand muß es tun. Warum gerade du?«
»Ich wurde beauftragt.«
»Warum? Weil du böse bist! Du bist zäh.« (Sie lächelt über ihre eigene Übertreibung. Ein wenig schwankend setzte Janet sich auf und schüttelte den Kopf.)
»Liebstes, ich tauge nicht zu vielem; begreif das. Farmarbeit oder Waldarbeit, was sonst? Ich habe einiges Talent, solche menschlichen Situationen zu entwirren, aber das hat wenig mit Intelligenz zu tun.«
»Aus welchem Grund bist du ein Botschafter?« sagt Laur. »Erwarte nicht, daß ich es glaube.« Janet starrt auf meinen Teppich. Mit knackenden Kiefern gähnt sie. Sie verschränkt ihre Hände locker auf dem Schoß, erinnert sich vielleicht daran, wie es gewesen war, den Körper einer sechzig Jahre alten Frau einen Berg hinunterzutragen: zuerst etwas, über das man weint, dann etwas Schreckliches, dann nur noch etwas Geschmackloses, und schließlich tat man es einfach.
»Ich bin in der Tat so etwas wie ein Botschafter«, sagte sie langsam und nickte Jeannine und mir höflich zu, »aus dem gleichen Grund war ich auch in S & F. Ich bin ersetzbar, mein Liebes. Laura, auf Whileaway ist Intelligenz auf einen engeren Bereich beschränkt als bei euch; wir sind im Durchschnitt nicht nur klüger, es gibt auch weniger Abweichungen auf beiden Seiten des Durchschnitts. Das erleichtert unser Zusammenleben. Es macht uns zugleich ungeduldig gegenüber Routinearbeiten. Aber es gibt dennoch einige Abweichungen.« Sie legte sich auf der Couch zurück, die Arme unter den Kopf gelegt. Sprach zur Decke.
Vielleicht träumend.
Von Vittoria?
»Oh, Liebes«, sagte sie, »ich bin hier, weil sie ohne mich auskommen. Ich war S & F, weil sie ohne mich auskommen konnten. Dafür gibt es nur einen Grund, Laur, und der ist sehr simpel: *Ich bin dumm.*«
Janet schläft oder tut zumindest so, Joanna strickt (das bin ich), Jeannine ist in der Küche. Laura Rose, die immer noch eingeschnappt ist, nimmt ein Buch von meinem Regal und legt sich bäuchlings auf den Teppich. Ich glaube, sie liest einen Kunstband, etwas, das sie nicht interessiert. Das Haus scheint im Schlaf zu sein. In der Öde zwischen uns dreien beginnt die tote Elena Twason Zdubakov Gestalt anzunehmen; ich gebe ihr Janets

Augen, Janets Körperbau, aber gebeugt vom Alter, ein wenig von Laurs ungeduldiger Robustheit, aber vom sanften Zittern des Alters gemildert; ihre papierne Haut, ihr Lächeln, die knotigen Muskeln auf den ausgezehrten Armen, ihr weißes Haar, sparsam geschnitten. Helens Bauch ist schlaff vom Alter, ihr Gesicht voller Falten, ein Gesicht, das nie attraktiv war, wie das eines extrem freundlichen und attraktiven Pferdes: lang und drollig. Die Linien um ihren Mund sind wie im Comic gezeichnet. Sie trägt ein einfältiges Kostüm, Rock und Bluse im Khaki-Look; in Wirklichkeit tragen die Whileawayaner so etwas nicht, aber ich versehe sie trotzdem damit. Ihr Zweig ist zu einer mit Schnitzarbeiten verzierten Jadepfeife geworden, bedeckt mit Weinstöcken, Szenen von Brücken überquerenden Leuten, Leuten, die Flachs stampfen, Prozessionen von Köchen oder Getreideträgern. Hinter dem Ohr trägt sie einen Zweig mit den roten Beeren der Bergesche. Elena ist im Begriff zu sprechen; eine Schockwelle persönlicher Stärke geht von ihr aus, eine verzerrte beeindruckende Ausstrahlung, eine Intelligenz von solcher Macht, daß ich mir zum Trotz die Arme diesem unmöglichen Körper gegenüber öffne, diese wandelnde Seele, diese Irgend-jemandes-Oma, die mit solch enormen Schwung ihrem legalen Attentäter sagen konnte: »Sieh den Tatsachen ins Auge.« Kein Mann unserer Welt würde Elena anrühren. In den blattroten Pyjamas von Whileaway, in silbernen Seidenoveralls, in den langen Bahnen mondhellen Brokats, in die sich die Whileawayaner zum Vergnügen wickeln, wäre dies eine schöne Helen. Elena Twason, in seidenen Brokat gehüllt, aus Spaß an einer Ecke des Stoffs zupfend. Es würde äußerst angenehm sein, mit Elena Twason erotische Spielereien zu treiben; das fühle ich auf meinen Lippen und meiner Zunge, in meinen Handflächen und überall unter der Haut. Ich fühle es unten, in meinem Geschlecht. Welch eine großartige Frau! Soll ich lachen oder weinen? Sie ist tot – umgebracht –, also werden sich Ellie Twas' alte Beine nie um die meinen winden oder unter der Abdeckung einer Computerstation hervorlugen, wobei sich ihre Zehen abwechselnd überkreuzten, während sie und der Computer sich lärmende Witze erzählen. Ihr Tod war ein schlechter Witz. Ich würde gern Haut-an-Haut-Liebe mit Elena Twason Zdubakov machen, aber sie ist dank-des-männlichen-Gotts tot, und Jeannine kann schaudernd aus dem Balkenwerk herauskommen. Laur und Janet haben sich auf der Couch schlafen gelegt, als seien sie in einem Gemeinschaftsschlafraum der Whileawayaner – der aber nicht, wie man glauben könnte, für Orgien da ist, sondern für Leute, die einsam sind, für Kinder, für Leute, die Alpträume haben. Uns fehlen diese unschuldigen Schläfchen, in die wir uns im Morgendämmern der Zeit verwickelten, bis so ein progressiver Nichtsnutz sich auf befristete Befriedigung und das Zersplittern von Feuerstein verlegte.

»Was ist das?« fragte Jeannine flüsternd und legte mir verstohlen etwas zur Untersuchung hin.
»Ich weiß nicht, ist es eine Heftmaschine?« sagte ich. (Es hatte einen Schaft.)
»Wem gehört es?«
»Ich habe es auf Janets Bett gefunden«, sagte Jeannine, immer noch flüsternd. »Es lag da einfach so. Ich glaube, sie hat es aus ihrem Koffer geholt. Ich kann mir nicht vorstellen, was es ist. Man hält es am Schaft, und wenn man diesen Schalter bewegt, summt es an einem Ende, aber ich kann nicht erkennen, wieso, und ein anderer Schalter läßt dieses Teil auf und ab gehen. Aber das scheint nur ein Anhängsel zu sein. Es sieht nicht so aus, als wäre es so oft wie die anderen Teile benutzt worden. Der Schaft ist ein tolles Ding; er ist überall geschnitzt und verziert.«
»Leg es zurück«, sagte ich.
»Aber was ist es denn?« sagte Jeannine.
»Ein whileawayanisches Kommunikationsgerät«, sagte ich. »Leg es zurück, Jeannine.«
»Oh?« sagte sie.
Dann sah sie mich und die Schläfer voll Zweifel an. Janet, Jeannine, Joanna. Hier geht etwas Jot-isches vor.
»Ist es gefährlich?« fragte Jeannine. Ich nickte – nachdrücklich.
»Unendlich«, sagte ich. »Es kann dich in die Luft jagen.«
»Völlig?« wunderte sich Jeannine, die das Ding vorsichtig auf Armlänge hielt.
»Was es deinem Körper antut«, erklärte ich, wobei ich meine Worte mit äußerster Sorgfalt wählte, »ist nicht zu vergleichen mit dem, was es deinem Verstand antut, Jeannine. Es wird deinen Verstand zerstören. Es wird in deinem Gehirn explodieren und dich zum Wahnsinn treiben. Du wirst nie mehr dieselbe sein. Du wirst für Würde, Anstand und Schicklichkeit und all die anderen netten, normalen Dinge verloren sein. Es wird dich umbringen, Jeannine. Du wirst tot sein, tot, tot. Leg es zurück.«
(Auf Whileaway sind diese Dinger Erbstücke. Es sind Geschenke zur ersten Menstruation, die nach allen Arten von Glasbläserei, Tonmodellieren, Bildermalen und Ringtanzen angeboten werden, und der Himmel mag wissen, welche Dümmlichkeiten die Feiernden noch begehen, um das kleine Mädchen zu ehren, dessen Feier es ist. Jede Menge Küßchengeben und Händeschütteln. Das ist natürlich nur die formelle Vorstellung; billige, stillose Modelle, die man nicht zu verschenken wünschte, sind für jeden schon lange vorher erhältlich. Whileawayaner mögen sie manchmal sehr gern, so wie Sie oder ich eine Stereoanlage oder einen Sportwagen, aber dennoch, eine Maschine ist nur eine Maschine. Janet bot mir ihre später an, weil sie und Laur sie nicht länger brauchten.)

Jeannine stand vor mir mit einem Ausdruck außergewöhnlichen Mißtrauens: Eva und der Erbinstinkt, der ihr sagte, sie solle sich vor den Äpfeln in acht nehmen.
Ich nahm sie bei den Schultern und sagte ihr noch einmal, daß es sich um ein Radargerät handelte. Daß es außerordentlich gefährlich war. Daß es in die Luft gehen würde, wenn sie nicht aufpaßte. Dann schob ich sie aus dem Zimmer.
»*Leg es zurück.*«

5

Jeannine, Janet, Joanna. Irgend etwas wird geschehen. Morgens um drei Uhr kam ich im Bademantel hinunter, ich konnte keinen Schlaf finden. Dies Haus sollte von Spionen der Regierung umringt sein, die ein Auge auf unsere Diplomatin von den Sternen und ihre unmenschlichen, perversen Freunde haben, aber niemand ist in der Nähe. In der Küche treffe ich Jeannine, mit dem Pyjama bekleidet und nach dem Kakao suchend. Janet, immer noch im Sweater und in Hosen, saß lesend am Küchentisch, ihre Augen durch den Mangel an Schlaf verquollen. Sie machte Notizen in Gunnar Myrdals *Ein amerikanisches Dilemma und Eheverhalten von Studenten im Nebraska-College, 1938–1948*.
Jeannine sagte:
»Ich versuche, die richtigen Entscheidungen zu treffen, aber es funktioniert nicht richtig. Ich weiß nicht, warum. Ich war als kleines Mädchen ein sehr guter Schüler, und ich mochte die Schule fürchterlich gern, aber dann, etwa als ich zwölf wurde, änderte sich alles. Damals wurden andere Dinge wichtig, mußt du wissen. Nicht, daß ich nicht attraktiv wäre; ich bin einigermaßen hübsch, ich meine, mit normalen Maßstäben gemessen, natürlich bin ich keine Schönheit. Aber das geht in Ordnung. Ich liebe Bücher, ich lese gern und denke gern nach, aber Cal sagt, das seien nur Tagträumereien; ich weiß es einfach nicht. Was glaubst du? Zum Beispiel mein Kater, Mister Frosty, du hast ihn gesehen, ich habe ihn schrecklich gern, wie man ein Tier nur gern haben kann, nehme ich an, aber kann man ein Leben aus Büchern und Katzen gestalten? Ich will heiraten. Es ist da, irgendwo direkt um die Ecke; manchmal, wenn ich vom Ballett oder aus dem Theater komme, kann ich es fast fühlen, das weiß ich, wenn ich nur die richige Richtung fände, wäre ich in der Lage, meine Hand auszustrecken und es zu nehmen. Es wird schon besser werden. Ich vermute, ich entwickle mich nur etwas verspätet. Glaubst du, daß ich lieber lieben werde, wenn ich verheiratet bin? Glaubst du, es gibt eine unbewußte Schuld – ich meine, weil Cal und ich nicht verheiratet sind? Ich fühle

nichts davon, aber wenn es unbewußt ist, kann man es nicht fühlen – oder? Manchmal werde ich wirklich traurig, wirklich scheußlich, und denke: Stell dir vor, auf diese Weise wirst du alt. Stell dir vor, ich werde fünfzig oder sechzig, und es ist immer genauso geblieben – das ist schrecklich –, aber es ist natürlich unmöglich. Es ist lächerlich. Ich sollte mich mit irgend etwas beschäftigen. Cal sagt, ich sei erschreckend träge. Wir werden heiraten – wundervoll! –, und meine Mutter freut sich sehr, denn ich bin schon neunundzwanzig. Unter der Haube, verstehst du, uups! Manchmal meine ich, ich sollte ein Notizbuch nehmen und meine Träume aufschreiben, weil sie sehr ausgefeilt und interessant sind, aber ich habe es noch nicht gemacht. Vielleicht werde ich es auch nicht; es ist eine stupide Angelegenheit. Meine Schwägerin ist so glücklich, und Bud ist glücklich, und ich weiß, auch meine Mutter ist es; und Cal hat große Pläne für die Zukunft. Und wenn ich eine Katze wäre, dann wäre ich meine Katze, Mister Frosty, und ich wäre äußerst verdorben (sagt Cal). Ich habe alles, und doch bin ich nicht glücklich. Manchmal möchte ich sterben.«

Dann sagte Joanna:

»Nachdem wir uns geliebt hatten, drehte er sich zur Wand und sagte: ›Weib, du bist nett. Du bist sinnlich. Du solltest langes Haar tragen und jede Menge Augen-Make-up und enge Kleider.‹ Nun, was hat das mit irgendwas zu tun? Ich bin immer noch verblüfft. Ich habe einen teuflischen Stolz und bin teuflisch hoffnungslos; mit siebzehn pflegte ich zwischen den Hügeln spazierenzugehen (ein poetischer Euphemismus für die Vorstadt-Golfanlage), und dort, auf meinen Knien, ich schwöre es, auf gebeugten Knien, weinte ich laut, rang meine Hände und rief: Ich bin eine Dichterin! Ich bin die Shelley! Ich bin ein Genie! Was hat das alles mit mir zu tun? Die extreme Irrelevanz. Die Leere des ganzen Krams. Meine Dame, ihr Slip guckt heraus. Gottes Segen. Mit elf kannte ich flüchtig einen aus der achten Klasse, einen Jungen, der zwischen den Zähnen hervorpreßte: ›Schütteln, nicht rütteln‹. Die Laufbahn des geschlechtslosen Sex hatte begonnen. Mit siebzehn hatte ich eine gräßliche Unterhaltung mit meiner Mutter und meinem Vater, während der sie mir erklärten, wie schön es sei, ein Mädchen zu sein – die hübschen Kleider (warum sind die Leute davon so besessen?), und daß ich den Mount Everest nicht besteigen müßte, sondern Radio hören und Bonbons essen könnte, während mein Prinz auszog, um das zu erledigen. Als ich fünf war, erzählte mir mein gutmütiger Vati, daß er morgens die Sonne aufgehen ließe, und ich gab meiner Skepsis Ausdruck: ›Dann paß morgen auf, und du wirst es sehen‹, sagte er. Ich lernte es, in seinem Gesicht Hinweise darauf zu sehen, was ich tun oder sagen sollte oder sogar, was ich sehen sollte. Fünfzehn Jahre lang verliebte ich mich in jedem Frühling in einen anderen

Mann. Ich mag meinen Körper sehr, aber trotzdem würde ich mit einem Rhinozeros kopulieren, um eine Nicht-Frau zu werden. Da gibt es das Eitelkeitstraining, das Gehorsamstraining, das Selbsttilgungstraining, das Unterwerfungstraining, das Passivitätstraining, das Rivalitätstraining, das Stupiditätstraining, das Versöhnungstraining. Wie bekomme ich das mit meinem menschlichen Leben zusammen, mit meinem intellektuellen Leben, meiner Einsamkeit, meiner Transzendenz, meinem Verstand und meinem furchtbaren, furchtbaren Ehrgeiz? Ich versagte jämmerlich, und ich glaubte, das sei nicht mein Fehler. Man kann Frau und menschliches Wesen genausowenig vereinen, wie man Materie und Antimaterie vereinen kann; sie sind dazu bestimmt, zusammen nicht stabil zu sein, und sie verursachen nur eine große Explosion im Kopf des unglücklichen Mädchens, das an beide glaubt.

Macht es dir Vergnügen, mit den Kindern anderer Leute zu spielen – zehn Minuten lang? Gut! Das offenbart, daß du Mutterinstinkt besitzt und auf immer elend dran sein wirst, wenn du nicht unverzüglich ein eigenes Baby (oder drei oder vier) hast und dich nicht vierundzwanzig Stunden am Tag um dieses unglückliche, gefangene Objekt kümmerst, sieben Tage in der Woche, zweiundfünfzig Wochen im Jahr, achtzehn Jahre lang, du ganz allein. (Erwarte nicht viel Hilfe.)

Bist du einsam? Gut! Das zeigt, daß du weibliche Unvollständigkeit besitzt; heirate und erweise deinem Gatten alle persönlichen Dienste, richte ihn auf, wenn er am Boden ist, bringe ihm etwas über Sex bei (wenn er es von dir wünscht), lobe seine Technik (wenn er es nicht selbst tut), habe eine Familie, wenn er eine Familie möchte, folge ihm, wenn er in eine andere Stadt umzieht, nimm eine Stelle an, wenn er es nötig hat, daß du eine Stelle hast, und auch das geht so sieben Tage in der Woche, zweiundfünfzig Wochen im Jahr für immer und ewig, es sei denn, du findest dich mit dreißig als Geschiedene mit (wahrscheinlich zwei) kleinen Kindern. (Sei eine Xanthippe und ruiniere dich, was hälst du davon?)

Magst du die Körper der Männer? Gut! Das ist der Anfang, fast so gut wie verheiratet zu sein. Das bedeutet, daß du wahre Weiblichkeit besitzt, und das ist prima, es sei denn, du wolltest es tun, mit dir oben und ihm unten, oder auf jede andere Art, die er nicht mag, oder du kommst nicht in zwei Minuten, oder du möchtest es nicht tun, oder du änderst deine Meinung mittendrin, oder du wirst aggressiv, oder du zeigst Verstand, oder du lehnst es ab, daß er nie mit dir redet, oder du bittest ihn, dich auszuführen, oder es mißlingt dir, ihn zu loben, oder du sorgst dich darüber, ob er dich respektiert, oder du hörst, daß man von dir als Hure spricht, oder du entwickelst zärtliche Gefühle für ihn (siehe oben: weibliche Unvollständigkeit), oder du wehrst dich gegen die Vergewaltigung, die dir bevorsteht und schreist unaufhörlich...

Ich bin ein Telefonmast, ein Marsianer, ein Rosenbeet, ein Baum, eine Flurlampe, eine Kamera, eine Vogelscheuche. Ich bin keine Frau.
Nun, niemand ist schuld daran, das weiß ich (das erwartet man von mir zu denken). Ich kenne und akzeptiere das vollständig und beuge die Knie davor und bewundere und beachte ganz und gar die Doktrin des Niemand Hat Schuld, die Doktrin der Allmählichen Veränderung, die Doktrin, daß Frauen Besser Als Männer Lieben Können und wir deshalb Heilige sein sollten (Kriegsheilige?), die Doktrin des Es Ist Ein Persönliches Problem. (Selah, Selah, es gibt nur einen Propheten, und das bist du, töte mich nicht, Massa, isch binna so dumm.)
Du siehst vor dir eine Frau in einer Falle. Diese Schuhe mit den spitzen Absätzen, die dich von den Hacken holen (deshalb hast du runde Absätze). Das dringende Bedürfnis, jedermann anzulächeln. Die sklavische (aber achtenswerte) Verehrung: Liebe mich, oder ich werde sterben. Wie die neunjährige Tochter meiner Freundin gewissenhaft auf ihre Linoleumplatte ritzte, als die dritte Klasse kreatives Drucken hatte: Ich bin, wie ich bin, angenommen, ich sei anders, würde ich mich umbringen, Rachel. Könntest du glauben – könntest du dir ohne zu lachen anhören –, könntest du anerkennen, ohne dir vor Vergnügen auf die Schenkel zu schlagen, daß es jahrelang mein geheimer Teenager-Ehrgeiz war – wichtiger sogar, als mein Haar zu waschen, und ich hätte es nie jemand erzählt –, furchtlos und ehrenhaft wie Jeanne d'Arc oder Galilei aufzustehen... Und für die Wahrheit zu leiden?«
Also sagte Janet:
»Das Leben muß enden. Wie schade! Manchmal, wenn man allein ist, preßt sich einem das Universum in die Hände: eine Überfülle von Freude, eine geordnete Fülle. Die schillernden, pfauengrünen Falten der Berge im Südkontinent, der kobaltblaue Himmel, das weiße Sonnenlicht, das alles zu wirklich macht, um wahr zu sein. Die Existenz von Existenz fasziniert mich immer wieder. Du sagst mir, von den Männern wird erwartet, Herausforderungen zu mögen, daß es das Wagnis ist, das sie erst wirklich zu Männern macht; aber wenn ich – ein Ausländer – eine Meinung äußern darf: Was wir ohne jeden Zweifel wissen, ist die Tatsache, daß die Welt ein Bad ist. Wir baden in der Luft, und wie St. Teresa sagte, ist der Fisch im Meer und das Meer im Fisch. Ich stelle mir vor, eure alten Kirchenfenster wünschten, die Gesichter der Betenden mit symbolischer Heiligkeit zu färben. Wollt ihr wirklich Risiken eingehen? Euch selbst mit der Beulenpest infizieren? Welche Narrheit! Wenn die intellektuelle Sonne aufgeht, wird der reine Rasen unter dem Kristallberg länger; unter diesem reinen intellektuellen Licht gibt es weder stoffliches Pigment noch wirklichen Schatten. Was haltet ihr also vom Ego?
Ihr erzählt mir, daß verzauberte Frösche zu Prinzen werden, daß Frosch-

weibchen, mit einem Magischen Spruch belegt, Prinzessinnen werden. Was soll das? Romantik ist schlecht für den Verstand. Ich werde dir eine Geschichte über die alte whileawayanische Philosophin erzählen – sie ist in unserem Volk als Unikum bekannt, auf ihre merkwürdige Art sehr komisch oder, wie wir sagen, ›kitzlig‹. Die Alte Whileawayanische Philosophin saß mit gekreuzten Beinen inmitten ihrer Schüler (wie gewöhnlich), als sie ohne die mindeste Erläuterung ihre Finger in ihre Vagina steckte, wieder herauszog und fragte: ›Was habe ich hier?‹
Die Schüler dachten alle konzentriert nach.
›Leben‹, sagte eine junge Frau.
›Macht‹, sagte eine andere.
›Hausarbeit‹, eine dritte.
›Das Vergehen der Zeit‹, sagte die vierte, ›und die tragische Unwiderruflichkeit organischer Wahrheit.‹
Die Alte Whileawayanische Philosophin pfiff. Diese Leidenschaft für Rätsel amüsierte sie außerordentlich. ›Übt eure projektive Vorstellungskraft‹ sagte sie, ›an Leuten aus, die sich nicht wehren können.‹ Und sie öffnete ihre Hand und zeigte, daß die Finger ohne jegliche Färbung von Blut waren, teils, weil sie hundertunddrei Jahre alt und längst jenseits der Menopause war, und teils, weil sie genau an diesem Morgen gestorben war. Dann prügelte sie ihre Schüler mit ihren Krücken fest über Kopf und Schultern und verschwand. Im gleichen Augenblick errangen zwei der Schülerinnen Erleuchtung, die dritte wurde wild vor Zorn über den Schwindel und machte sich auf, um als Eremitin in den Bergen zu leben, während die vierte – völlig desillusioniert über Philosophie, die, wie sie schloß, ein Spiel für Spinner war – für immer vom Philosophieren abließ, um statt dessen verschlammte Hafenbecken auszubaggern. Was aus dem Geist der Alten Philosophin geworden ist, ist nicht bekannt. Die Moral der Geschichte ist, daß alle Vorstellungen, Bilder, Ideale und eingebildete Darstellungen dahin tendieren, früher oder später zu verschwinden, es sei denn, sie haben das riesige Glück, aus dem Innern abgesondert zu werden wie Körpersekretionen oder der Gärschaum auf dem Wein. Und wenn du glaubst, der Gärschaum wäre im romantischen Sinn hübsch, dann solltest du wissen, daß er in Wirklichkeit ein Film aus schäumenden Parasiten ist, die sich auf den Früchten zusammenrotten und den Weinzucker verschlingen, ebenso wie die menschliche Haut (vergrößert gesehen, muß ich zugeben) sich selbst schillernd mit wuchernden Pflänzchen und Schwärmen von Tierchen und dem ganzen Dreck, den ihre toten Körper hinterlassen, zeigt. Und entsprechend unseren whileawayanischen Vorstellungen von Sauberkeit ist das alles so, wie es sein sollte und eine Gelegenheit für immerwährende Freude.
Also: warum sollte man Frösche verleumden? Prinzen und Prinzessinnen

sind Narren. In euren Geschichten tun sie nichts Interessantes. Sie sind nicht einmal wirklich. Laut den Geschichtsbüchern habt ihr in Europa das Stadium feudaler Sozialorganisation schon vor einiger Zeit durchschritten. Auf der anderen Seite: Frösche sind mit Schleim bedeckt, eine Tatsache, die sie angenehm finden; sie erleiden Agonien leidenschaftlichen Wollens, in denen die Männchen einen Stock oder deinen Finger umarmen, wenn sie nichts Besseres kriegen können, und sie erfahren verzückte, metaphysische Freude (natürlich auf froschige Art), die sich in ihren schönen Chrysoberyll-Augen deutlich widerspiegelt. Wie viele Prinzen und Prinzessinnen können das von sich sagen?«

Joanna, Jeannine und Janet. Was für ein Fest von Jots. Jemand sammelt Jots.

Wir waren irgendwo anders. Ich meine, wir waren nicht mehr in der Küche. Janet trug immer noch Hosen und Sweater, ich meinen Bademantel und Jeannine ihren Pyjama. Jeannine hielt eine halbleere Tasse mit Kakao, in der ein Löffel steckte.

Aber wir waren irgendwo anders.

Achter Teil

1

Wer bin ich?
Ich weiß, wer ich bin, aber meinen Namen kenne ich nicht.
Ich, mit meinem neuen Gesicht, einer aufgedunsenen Maske. In Plastikstreifen, die weh tun, wenn sie abgehen, über die alte Maske gelegt. Ein blonder Hallowe'en-Ghul oben auf der SS-Uniform. Darunter war ich dürr wie eine Bohnenstange. Mit Ausnahme der Hände, die ähnlich behandelt waren, und diesem eindrucksvollen Gesicht. Ich habe das während meiner Geschäfte, auf die ich noch ausführlicher eingehen werde, nur einmal gemacht und den idealistischen Kindern, die einen Stock tiefer wohnten, einen großen Schrecken eingejagt. Ihre zarte Haut war rot vor Abscheu. Ihre hellen jungen Stimmen erhoben sich zu einem Lied (um drei Uhr morgens).
Ich mache das nicht oft (behaupte ich, der Ghul), aber es ist eine tolle Sache, im Aufzug zu stehen und jemandem den Zeigefinger in den Nacken zu drücken, während man den vierten Stock passiert und weiß, daß er nie herausfinden wird, daß man kein Gewehr hat und daß man gar nicht da ist.
(Es tut mir leid, aber geben Sie acht.)

2

Wen sonst als die Frau, die keinen Namen hat, trafen wir im matronenhaften Schwarz?
»Ich nehme an, ihr fragt euch«, sagte sie (und ich freute mich an ihrer Freude über meine Freude über ihre Freude an diesem Klischee) »warum ich euch hierhergebracht habe.«
So war es.
Wir fragten uns, warum wir in einem Penthaus-Wohnraum mit einer weißen Wand hoch über dem East River waren, mit Möbeln, die so scharfkantig und ultramodern waren, daß man sich an ihnen schneiden konnte, mit einer Bar über die gesamte Wandlänge, mit einer zweiten Wand, die wie eine Bühne vollständig mit schwarzem Samt ausgeschlagen war, mit einer dritten Wand aus Glas, hinter der die Stadt anders aussah, als ich es in Erinnerung hatte.
Jetzt ist J (wie ich sie nennen werde) wirklich erschreckend, denn sie ist unsichtbar. Auf dem Hintergrund des schwarzen Samts fließen ihr Kopf

und ihre Hände in unheilvoller Trennung, wie Marionetten, die von verschiedenen Drähten geführt werden. In der Decke sind Mini-Scheinwerfer, die ihr graues Haar mit scharfen Hell-Dunkel-Kontrasten bescheinen, ebenso ihr zerfurchtes Gesicht, ihr fast makabres Grinsen – ihre Zähne scheinen ein verschmolzenes Stahlband zu sein. Sie trat vor die weiße Wand, ein Loch mit der Gestalt einer Frau, wie aus einem schwarzen Pappkarton geschnitten; mit einem schiefen, freundlichen Lächeln schlug sie die Hand vor den Mund, entweder, um etwas herauszunehmen, oder, um etwas hineinzustecken – klar? Wirkliche Zähne. Diese körperlosen, fast verkrüppelten Hände verschränkten sich. Sie setzte sich auf ihre schwarze Ledercouch und verschwand erneut; sie lächelte und wurde fünfzehn Jahre jünger; sie hatte silbernes Haar, nicht grau, und ich weiß nicht, wie alt sie ist. Wie sie uns liebt! Sie beugt sich nach vorn und bedenkt uns mit einem schmelzenden Garbo-Lächeln. Jeannine ist in eine Ansammlung von Glasplatten gesunken, die als Stuhl dient; ihre Tasse und ihr Löffel erzeugen ein dünnes, weiches Klappern. Janet steht aufrecht, auf alles vorbereitet.

»Ich bin froh, so froh, so sehr froh«, sagt J sanft. Ihr macht es nichts aus, daß Jeannine ein Feigling ist. Sie wendet die Wärme ihres Lächelns Jeannine zu; in einer Art, wie keine von uns je zuvor angelächelt wurde, ein beharrlicher, liebender Blick, für den Jeannine, um ihn noch einmal zu sehen, durch Feuer und Wasser gehen würde, die Art von Mutterliebe, deren Fehlen einen im Innersten trifft.

»Ich heiße Alice Erklärer«, sagt J, »getauft Alice-Jael; ich bin im Institut für vergleichende Ethnologie angestellt. Mein Codename ist Sweet Alice; könnt ihr das glauben?« (mit einem sanften, kultivierten Lachen). »Schaut euch um und heißt euch willkommen; schaut mich an und heißt mich willkommen; mich willkommen, ich willkommen«, und sie beugt sich vor, eine Gestalt, von einem Kuchenmesser aus dem Nichts geschnitten, mit freundlichem Verhalten und aufrichtigen Bewegungen. Alice-Jael Erklärer erzählt uns etwas, das Sie zweifellos schon seit langem vermutet haben.

3

Ihr wirkliches Lachen ist der übelste menschliche Laut, den ich je gehört habe; ein scharfes, knirschendes Kreischen, das mit Keuchen und rostigem Schluchzen endet, so als ließe ein mechanischer Geier auf einem gigantischen Abfallhaufen auf dem Mond einen lauten schrillen Schrei über den Tod alles organischen Lebens ertönen. Aber J mag es. Es ist ihr *persönliches* Lachen. Alice ist auch verkrüppelt; ihre Fingerspitzen (sagt sie)

sind einmal von einer Presse erfaßt worden und bilden Krebsgeschwüre
– wenn man sie aus der Nähe betrachtet, kann man die Falten loser, toter
Haut über den Enden ihrer Fingernägel erkennen. Sie hat auch Narben
in Form von Haarnadeln unter den Ohren.

4

Mit den auffälligen Fingernägeln, silbern bemalt, um das Auge abzulenken, spielt Alice-Jael mit der Fensterschaltung: der East River bewölkt sich, um (in der Reihenfolge) einen Wüstenmorgen, eine schwarze Lavaküste und die Oberfläche des Monds zu enthüllen. Sie saß dort, beobachtete den Wechsel der Bilder, klopfte mit ihren silbernen Nägeln auf die Couch, ein Bild totaler Langeweile. Kommt man näher heran, sieht man, daß ihre Augen silbern sind, ein äußerst unnatürlicher Anblick. Mir fiel ein, daß wir diese Frau eine halbe Stunde bei ihrem Auftritt beobachtet hatten und nicht einen Gedanken daran verschwendet hatten, was um uns herum, was vor uns oder was hinter uns geschehen könnte. Der East River?
»Die Ausführung eines Künstlers«, sagt sie.

5

»Ich bin«, sagte Jael Erklärer, »Angestellte des Insituts für vergleichende Ethnologie und Spezialist für Verkleidungen. Vor einigen Monaten bemerkte ich, daß ich meine anderen Ichs dort draußen im großen, grauen Könnte-gewesen-sein finden könnte, also stellte ich mir die Aufgabe – aus Gründen, die teils persönlicher, teils politischer Art waren, aber davon später –, euch drei zusammenzuholen. Es war eine sehr schwere Arbeit. Ich arbeite in der Praxis, bin kein Theoretiker, aber ihr müßt wissen, daß man, je näher die Reise zur Heimat ist, um so mehr Energie benötigt, sowohl, um die geringen Differenzgrade zu trennen, als auch, um Objekte von einem Wahrscheinlichkeitsuniversum zum anderen zu transportieren.
Wenn wir unter den Wahrscheinlichkeitsuniversen jedes, in dem die Gesetze der physikalischen Realität von denen in unserem eigenen Universium verschieden sind, zulassen, haben wir eine unendliche Anzahl von Universen. Wenn wir uns auf die Gesetze der physikalischen Realität, wie wir sie kennen, beschränken, haben wir eine begrenzte Anzahl. Wir leben in einem Quanten-Universum; deshalb müssen die Unterschiede zwischen den möglichen Universen (obwohl sie sehr klein sind) quantisiert

werden, und die Anzahl der Universen muß begrenzt sein (wenn auch sehr groß). Ich setze voraus, daß es möglich sein muß, auch die allerkleinsten Unterschiede zu unterscheiden – zum Beispiel ein einzelnes Lichtquant –, denn sonst könnten wir nicht jedesmal den Weg zum selben Universum finden, noch könnten wir in unser eigenes zurückkehren. Die gängigen Theorien sagen, daß man nicht in seine eigene Vergangenheit zurückkehren kann, sondern nur in die anderer Leute; ebenso kann man nicht in seine eigene Zukunft reisen, sondern nur in die anderer Leute. Und es gibt keinen Weg, diese Bewegungen in eine gradlinige Reise zu zwingen – *ganz gleich, von welchem Startpunkt aus.* Die einzig mögliche Bewegung ist die diagonale Bewegung. Folglich erkennt man, daß die klassischen Zeitreise-Paradoxa nicht wirksam sind – wir können unsere eigenen Großmütter nicht umbringen und damit unsere eigene Existenz beenden, genausowenig können wir in unsere eigene Zukunft reisen, um deren Fortschritt zu beeinflussen. Und ebensowenig kann ich, wenn ich einmal in Kontakt mit eurer Gegenwart getreten bin, in eure Vergangenheit oder Zukunft reisen. Die beste Möglichkeit, meine eigene Zukunft zu studieren, ist es, eine Zukunft zu finden, die meiner sehr nahe ist, aber das verbieten die hohen Energiekosten. Daher werden die Forschungen meiner Abteilung in Bereichen geführt, die ziemlich weit von der Heimat entfernt liegen. Wenn man zu weit geht, findet man eine Erde, die zu nahe um die Sonne kreist oder zu weit, oder eine Erde, die nicht existiert oder bar jeden Lebens ist; kommt man zu nah, kostet es zuviel. Wir operieren in einem ziemlich schmalen Optimalbereich. Und ich habe selbstverständlich auf eigene Faust gehandelt; das heißt, ich muß die ganze verflixte Operation ohnehin stehlen.

Du, Janet, warst fast unmöglich zu finden. Das Universum, in dem deine Erde existiert, ist auf unseren Instrumenten nicht einmal registriert; ebensowenig wie jene, die sich mit einiger Wahrscheinlichkeit auf den beiden Seiten ausbreiten; jahrelang haben wir versucht, den Grund dafür zu finden. Übrigens seid ihr zu nahe, um auf ökonomische Weise nutzbar zu sein. Ich hatte Jeannine und Joanna ausgemacht; freundlicherweise hast du den Ort gewechselt und wurdest unübersehbar; seitdem habe ich dich ständig im Auge gehabt. Ihr drei kamt zusammen, und ich habe euch alle hineingezogen. Schaut euch an. Genetische Muster wiederholen sich manchmal von einem möglichen gegenwärtigen Universum zum anderen; auch das ist eines der Elemente, die zwischen den Universen variieren können. Manchmal gibt es auch eine Wiederholung von Genotypen in ferner Zukunft. Hier ist Janet aus der fernen Zukunft, aber nicht aus meiner Zukunft; zwei von euch kommen fast aus dem gleichen Augenblick der Zeit (aber nicht, wie ihr sie seht!), beide Augenblicke liegen nur wenig hinter dem meinen zurück; dennoch würde es mich in keiner eurer beiden

Welten geben. Wir sind einander weniger ähnlich als eineiige Zwillinge, soviel ist gewiß, aber wir sind uns viel ähnlicher, als Fremden erlaubt ist. Schaut euch noch einmal an.
Wir haben alle weiße Haut, nicht? Ich wette, zwei von euch haben daran nicht gedacht. Wir sind alle Frauen. Wir sind groß, mit nur wenigen Zentimetern Unterschied. Mit einigen erklärlichen Abweichungen gehören wir zum gleichen Rassetyp, sogar zum gleichen physischen Typ – keine Rothaarigen oder Dunkelhäutigen, hm? Richtet euch nicht nach mir; ich bin nicht natürlich! Schaut euch gegenseitig ins Gesicht. Was ihr seht, ist im wesentlichen der gleiche Genotyp, durch Alter, durch äußere Umstände, durch Erziehung, durch Ernährung, durch Ausbildung, durch Gott-weiß-was modifiziert. Da ist Jeannine, die jüngste von uns allen, mit ihrem glatten Gesicht: groß, dünn, durch häufiges Sitzen geformt, mit gerundeten Schultern, ein langgliedriger Körper aus Lehm und Kitt; sie ist immer müde und hat wahrscheinlich Probleme mit dem Wachwerden am Morgen. Hm? Und dann Joanna, etwas älter, viel aktiver, mit einer anderen Haltung, anderen Verhaltensweisen, schnell und hektisch, nicht depressiv, sitzt mit ihrem graden Kreuz wie ein Herrscher. Wer würde glauben, es sei die gleiche Frau? Schließlich Janet, zäher als ihr beiden anderen zusammengenommen, mit ihrem sonnengebleichten Haar und ihren Muskeln; sie hat ihr Leben im Freien verbracht, ein schwedischer Tramp und Tagelöhner. Versteht ihr allmählich? Sie ist älter, und das versteckt eine Menge. Und natürlich hat sie die ganzen whileawayanischen Vorzüge genossen – kein Rheuma, keine Schwierigkeiten mit der Stirnhöhle, keine Allergien, kein Blinddarm, gesunde Füße, gesunde Zähne, keine Doppelgelenke und so weiter und so weiter; alles Handikaps, unter denen wir drei leiden müssen. Und ich, die ich euch alle quer durchs Zimmer werfen könnte, obwohl ich's nicht vorhabe. Und doch haben wir genauso angefangen. Es ist möglich, daß Jeannine nach biologischen Begriffen die potentiell Intelligenteste von uns allen ist; versucht das, einem Fremden zu beweisen! Wir sollten die gleiche Lebensdauer haben, haben sie aber nicht. Wir sollten die gleiche Gesundheit haben, haben sie aber nicht. Wenn wir die Bäuche, die uns geboren haben, in Betracht ziehen, unsere pränatale Ernährung und unsere Entbindung (von denen keine wesentlich verschieden verlief), hätten wir mit dem gleichen autonomen Nervensystem, dem gleichen Adrenalingehalt, den gleichen Haaren und Zähnen und Augen, dem gleichen Kreislauf und der gleichen Unschuld beginnen müssen. Wir sollten ähnlich denken, ähnlich fühlen und ähnlich handeln, aber natürlich tun wir es nicht. So formbar ist die menschliche Art! Erinnert ihr euch an die alte Geschichte vom Doppelgänger? Das ist das Double, das man sofort erkennt, mit dem man eine rätselhafte Verwandtschaft fühlt. Eine augenblickliche Sympathie, die einen sofort dar-

über informiert, daß der andere wirklich genau dein eigenes Ich ist. Es ist wahr, daß die Leute sich selbst nicht erkennen, außer im Spiegel – und manchmal noch nicht einmal dort. Angesichts unserer Kleidung und unserer Einstellung und unserer Gewohnheiten und unseres Glaubens und unserer Werte und unserer Verhaltensweisen und unseres Benehmens und unserer Ausdrucksfähigkeit und unseres Alters und unserer Erfahrungen kann selbst ich kaum glauben, daß ich drei meiner anderen Ichs sehe.
Ein Laie würde im ersten Moment die Auffassung teilen, daß er vier Versionen der gleichen Frau vor sich hat.
Sagte ich im ersten Moment?
Nicht für ein Zeitalter von Momenten, vor allem, wenn dieser Laie tatsächlich *ein Mann* ist.
Janet, darf ich fragen, warum ihr und eure Nachbarn auf unseren Instrumenten nicht auftauchen? Ihr müßt die Theorie der Wahrscheinlichkeitsreise schon vor einiger Zeit (nach euren Begriffen) entdeckt haben, dennoch bist du die erste Reisende. Ihr möchtet andere Wahrscheinlichkeitsuniversen besuchen, dennoch macht ihr es jedem unmöglich, euch zu finden, euch zu besuchen. Warum?«
»Aggressive und kriegerische Menschen«, sagte Janet vorsichtig, »nehmen immer an, daß nichtaggressive und pazifistische Menschen sich nicht schützen können. Warum?«

6

Wir saßen vor unseren Tabletts mit vorgeartem Steak und Hühnchen, die einer Luftfahrtgesellschaft Schande gemacht hätten (von eben solch einer kamen sie, wie ich später herausfand); Jael saß neben Jeannine und klebte an Jeannines Ohr, ab und zu warf sie uns anderen einen Blick zu, um zu erkunden, wie wir das aufnahmen. Ihre Augen funkelten in verderbter Freude, der Teufel aus dem Märchen, der das junge Mädchen verführt. Flüster, flüster, flüster. Ich konnte nur die Zischlaute hören, wenn ihre Zunge zwischen die Zähne kam. Jeannine blickte ruhig nach vorn und aß wenig, allmählich wich die Farbe aus ihrer Haut. Jael aß überhaupt nicht. Wie ein Vampir ernährte sie sich von Jeannines Ohr. Später trank sie eine Art Super-Bouillon, die keiner von uns vertragen konnte, und sprach zu uns allen viel über den Krieg. Schließlich sagte Janet unverblümt:
»Welcher Krieg?«
»Macht das irgend etwas aus?« sagte Miß Erklärer ironisch und zog ihre Brauen hoch. »Dieser Krieg, jener Krieg, gibt es nicht immer einen?«
»Nein«, sagte Janet.

»Zum Teufel«, sagte Jael jetzt ernsthafter, »*der* Krieg. Wenn es keinen gibt, dann hat es gerade einen gegeben, und wenn es keinen gegeben hat, dann wird es bald einen geben. Eh? Der Krieg zwischen Uns und Ihnen. Wir stehen dem inzwischen ziemlich cool gegenüber, denn es ist anstrengend, eine vierzig Jahre alte Angelegenheit noch mit Enthusiasmus anzugehen.«
Ich sagte: »Uns und Ihnen?«
»Ich erzähl' es euch«, sagte Sweet Alice und verzog das Gesicht. »Nach der Pest – keine Angst; alles, was ihr eßt, ist mit Anti-Toxinen vollgestopft, und wir werden euch entgiften, bevor ihr geht; übrigens ist das alles schon siebzig Jahre vorüber –, nachdem die bakteriologischen Waffen aus der Biosphäre entfernt waren (soweit es möglich war) und die Hälfte der Bevölkerung begraben war (die tote Hälfte, hoffe ich), wurden die Leute Konservative, also konservativ. Dann hat man nach einiger Zeit die Reaktion gegen den Konservativismus, ich meine den Radikalismus. Und danach die Reaktion gegen den Radikalismus. Schon vor dem Krieg hatten die Leute begonnen, sich in Gemeinschaften Gleichgesinnter zusammenzutun: Traditionalisten, Neo-Feudalisten, Patriarchalisten, Matriarchalisten, Separatisten (das sind wir jetzt alle), Fruchtbarkeitsfanatiker, Sterilisierungsfanatiker, alles, was ihr wollt. Auf diese Art schienen sie glücklicher zu sein. Der Krieg zwischen den Nationen war wirklich ein ziemlich netter Krieg gewesen, wie Krieg eben so ist; er fegte alle Habenichts-Nationen von der Erdoberfläche und eröffnete uns ihre Rohstoffquellen ohne die Belastung ihrer Bevölkerung; unsere gesamte Industrie war stehengeblieben; wir wurden immer wohlhabender. Wenn man also nicht zu den fünfzig Prozent gehörte, die starben, hatte man einige Vorteile davon. Es gab wachsenden Separatismus, wachsende Unverträglichkeit, wachsenden Radikalismus; dann kam die Polarisierung; dann kam die Trennung. Die Mitte fällt heraus, und man steht mit den beiden Enden da, nicht? Als die Leute also für einen neuen Krieg einkauften – was sie ohnehin zu tun scheinen oder? –, blieb nur noch ein Krieg über. Der einzige Krieg, der Sinn hat, wenn man die Beziehung zwischen Kindern und Erwachsenen ausnimmt, und den man führen muß, weil die Kinder heranwachsen. Aber in dem anderen Krieg hören die Besitzenden nie auf, Besitzende zu sein, und die Nichtbesitzenden hören nie auf, Nichtbesitzende zu sein. Es hat sich jetzt leider abgekühlt, aber das ist kein Wunder; es geht schon seit vierzig Jahren – ein Patt, wenn das Wortspiel erlaubt ist. Aber nach meiner Meinung sollten Fragen, die auf etwas Realem basieren, durch etwas Reales geklärt werden, ohne das ganze verflixte träge und elende Herumbummeln. Ich bin eine Fanatikerin. Ich will, daß diese Sache erledigt wird. Ich will, daß sie erledigt und vorbei ist. Aus und vorbeit. Tot.«

»Oh, keine Sorge«, fügte sie hinzu, »es wird nichts Aufregendes passieren. Alles, was ich drei Tage lang oder so tun werde, ist, euch einige Fragen über den Touristenhandel in euren hübschen Heimatländern zu stellen. Was sollte daran nicht stimmen? Einfach, he?
Aber es wird die Dinge in Bewegung bringen. Der lange Krieg wird wieder beginnen. Wir werden in seiner Mitte sein, und ich – die ich immer in seiner Mitte war – werde endlich gehörige Unterstützung von meinen Leuten bekommen.«
»Wer?« fragte Jeannine gereizt. »Wer, wer, um Himmels willen? Wer ist Uns, wer ist Ihnen? Erwartest du, daß wir es telepathisch herausfinden?«
»Entschuldigt bitte«, sagte Alice Erklärer sanft. »Ich dachte, ihr wüßtet es. Ich hatte nicht die Absicht, euch zu verwirren. Ihr seid meine Gäste. Wenn ich sage Ihnen und Uns, dann meine ich natürlich die Besitzenden und die Nichtbesitzenden, die beiden Seiten, es gibt immer zwei Seiten, nicht wahr? Ich meine die Männer und die Frauen.«
Später erwischte ich Jeannine an der Tür, als wir alle gingen. »Über was hat sie mit dir geredet?« fragte ich. Irgend etwas war in Jeannines klaren, leidenden Blick geraten; irgend etwas hatte ihre Furchtsamkeit überdeckt. Was kann Miß Dadier selbstbewußt machen? Was kann sie so spröde machen?
Jeannine sagte: »Sie hat mich gefragt, ob ich schon einmal jemanden getötet habe.«

7

Sie nahm uns im Aufzug mit nach oben: Die Junge, Die Schwache, Die Starke, wie sie uns im Geist nannte. Ich bin die Autorin, und ich weiß es. *Miß Schweden* (auch so nannte sie Janet) ließ ihre Finger über das Schaltbrett gleiten und untersuchte die Knöpfe, während die beiden anderen gafften. Stellt euch mich in meiner gewöhnlichen tragbaren Gestalt vor. Ihre Untergrundstädte bestehen wie versunkene Hotels aus Labyrinthen von Gängen; wir passierten Türen, Hindernisse, Fenster und Nebengänge, die zu Arkaden führten. Was ist das, diese Leidenschaft für ein Leben unter der Erde? An einer Schranke steckten sie uns in Purdahs, eine Art Schutzanzüge wie aus Asbest, wie sie Feuerwehrleute tragen, die dich vor den Krankheitskeimen anderer Leute schützen und diese vor den deinen. Aber hier war es nur ein Betrug, der nur dazu diente, uns zu verbergen. »Ich mag es nicht, daß sie euch anschauen«, sagte Jael. Sie ging mit dem Grenzwächter zur Seite, und es kam zu einem leisen, aggressiven Zwischenfall, ein Knurren und Streiten, das von einem Dritten durch irgendeinen groben Scherz aufgelöst wurde. Ich hörte kein Wort davon.

Ernsthaft erzählte sie uns, daß man von uns nicht erwarten könne, irgend etwas zu glauben, was wir nicht mit eigenen Augen gesehen hätten. Es würde keine Filme, keine Vorführungen, keine Statistiken geben, es sei denn, wir verlangten danach. Wir rollten aus dem Aufzug in ein gepanzertes Fahrzeug, das in einem Unterstand wartete, und dann quer über eine ungepflasterte muschelübersäte Ebene, eine Art Niemandsland inmitten der Nacht. *Wächst da Gras? Ist das ein Virus-Brand? Werden die mutierten Stämme übermächtig?* Nichts als Kies, Felsbrocken, Raum und Sterne. Janet zeigte ihren Passierschein einer zweiten Gruppe von Wächtern und sprach zu ihnen über uns, mit dem Daumen rückwärts auf uns drei weisend: unsauber, unsauber, unsauber. Keine Hindernisse, kein Stacheldraht, keine Suchscheinwerfer; das haben nur die Frauen. Nur die Männer machen sich einen Sport daraus, Leute durch die Wüste zu jagen.

Unbeweglicher als drei Schwangere folgten wir unserer Creatrix in einen anderen Wagen, durch den Schutt und die Ruinen am Rand einer alten Stadt, die während der Seuche so erhalten geblieben war. Sonntags kommen Lehrer mit ihren Klassen nach hier draußen. Es sieht aus, als seien sie für Zielübungen benutzt worden; überall sind Löcher und neue Narben, wie Mörsereinschüsse, im Schutt.

»Es ist«, sagte Jael Erklärer. Wir alle tragen ein leuchtendes schockfarben-rosa Kreuz auf Brust und Rücken, um zu zeigen, wie tödlich wir sind. Damit die Mannländer (die alle Gewehre haben) keine Zielübungen auf uns machen. In der Ferne sind Lichter – glauben Sie nicht, ich wüßte das nur vom Hörensagen; ich bin der Geist der Autorin, und ich weiß alles. Ich werde es wissen, wenn wir beginnen, an den erleuchteten Baracken am Rand der Stadt vorbeizugehen, wenn wir in der Ferne die Häuser der ganz Reichen sehen, die von den sieben Hügeln leuchten, auf denen die Stadt erbaut ist; ich werde es wissen, wenn wir durch einen Tunnel aus Schutt gehen, der auf eine Art gebaut ist, daß er einem Schützengraben des Ersten Weltkriegs ähnelt, und weder in einem öffentlichen Kindergarten herauskommen (sie sind entweder weiter im Innern der eigentlichen Stadt oder draußen auf dem Land) noch in einem Bordell, sondern in einem Erholungszentrum, das Der Schützengraben oder Der Ständer oder Die Punze oder Das Messer heißt. Ich habe mich noch nicht für einen Namen entschieden. Die Mannländer behalten ihre Kinder nur bei sich, wenn sie sehr reich sind – aber was sage ich da? Die Mannländer haben keine Kinder. Die Mannländer kaufen Kleinkinder von den Frauländern und ziehen sie in großen Haufen auf, außer den wenigen Reichen, die Kinder bestellen können, die aus ihrem eigenen Samen gemacht sind: Sie halten sie in Stadt-Kindergärten bis zum fünften Lebensjahr, dann auf dem Übungsgelände auf dem Land, mit den keuchenden kleinen Versa-

gern, die längs des Weges in Babygräbern begraben sind. Dort, in asketischen und gesunden Siedlungen auf dem Land, werden kleine Jungen zu Männern gemacht – obwohl einige es nicht richtig schaffen; mit sechzehn beginnt die geschlechtsverändernde Chirurgie. Einer von sieben versagt schon früh und erlebt die volle Veränderung; einer von sieben versagt später und (falls er die Operation ablehnt) macht nur die halbe Veränderung durch: Künstler, Illusionisten, Weiblichkeits-Impressionisten, die ihre Genitalien behalten, aber schlank werden, schwach werden, emotional und weiblich werden, all das einzig und allein eine Wirkung des Geistes. Fünf von sieben Mannländern schaffen es; diese sind »Real-Männer«. Die anderen sind »die Veränderten« oder »die Halb-Veränderten«. Alle Real-Männer mögen die Veränderten; einige Real-Männer mögen die Halb-Veränderten; keiner der Real-Männer mag Real-Männer, denn das wäre abnormal. Niemand fragt die Veränderten oder Halb-Veränderten, was *sie* mögen. Jael präsentiert ihren Passierschein dem uniformierten Real-Mann am Eingang zu der Punze, und wir rollten hinterher. Unsere Hände und Füße sehen sehr klein aus, unsere Körper seltsam plump. Wir gingen nach innen; »Jael!« rief ich aus, »da sind...«
»Schau noch mal hin«, sagte sie.
Schau auf die Hälse, schau auf die Handgelenke und Knöchel, durchdringe die Schleier aus falschem Haar und falschen Augenwimpern, um die relative Größe der Augen und des Knochengerüsts zu messen. Die Halb-Veränderten hungern, um schlank zu bleiben, aber sieh dir ihre Waden und den geraden Wuchs ihrer Arme und Knie an. Wenn die meisten der völlig Veränderten in Harems und Bordellen leben und die Umgangssprache sie bereits als »Fotzen« bezeichnet, was bleibt dann für uns? Wie können wir genannt werden?
»*Der Feind*«, sagte Jael. »Setzt euch hierhin.« Wir saßen um einen großen Tisch in der Ecke herum, in der das Licht trüb war, und schmiegten uns an die vorgetäuschte Eichentäfelung. Einer der Wächter, der uns nach drinnen gefolgt war, ging zu Jael und legte einen riesigen Arm um sie, eine gewaltige Tatze riß sie wie ein Bär an seine Seite; seine scharlachroten Epauletten, seine goldenen Stiefel, sein glattrasierter Kopf, sein himmelblauer Hosenbeutel, sein diamant-kariert-kostümierter Versuch, die ganze Welt zu verdreschen, seinen Ständer in den Arsch der Welt zu stoßen. Neben ihm sah sie so unscheinbar aus. Sie wurde völlig verschluckt.
»He, he«, sagte er. »Du bist also wieder da!«
»Na klar, warum nicht?« (sagte sie). »Ich muß jemanden treffen. Ich habe ein Geschäft zu erledigen.«
»Geschäft!« sagte er lockend. »Willst du nichts von der einzig aufrechten Sache haben? Na los, Fickgeschäft!«

Sie lächelte freundlich, schwieg aber zurückhaltend. Das schien ihm zu gefallen. Er wickelte sie noch weiter ein, bis zum Punkt, wo sie fast verschwand, und sagte leise mit einer Art Kichern: »Träumst du nicht davon? Träumen nicht alle Mädchen von uns?«
»Das weißt du doch, Lenny«, sagte sie.
»Sicher weiß ich es«, sagte er enthusiastisch. »Klar. Ich kann es in deinem Gesicht sehen, immer, wenn du hier bist. Du wirst erregt, wenn du nur hinschaust. Wie die Ärzte sagen: Wir können es mit jedem machen, aber ihr könnt es nicht, weil ihr nichts habt, um es damit zu machen, oder? Also kriegt ihr niemanden.«
»Lenny...«, setzte sie an (während sie unter seinem Arm wegschlüpfte) »du hat uns genau richtig beschrieben. Sehr findig. Ich habe Geschäfte zu erledigen.«
»Komm schon!« sagte er (bittend, glaube ich).
»Oh, du bist ein Pfundskerl!« rief Jael, während sie sich hinter den Tisch bewegte, »sicher bist du das. Du bist so stark, eines Tages wirst du uns zu Tode quetschen.« Er lachte im tiefsten Baß. »Wir sind Freunde«, sagte er und winkte schwerfällig.
»Klar«, sagte Jael trocken.
»Eines Tages wirst du hier reinkommen...« und dieses ermüdende Geschöpf begann wieder von vorn, aber ich weiß nicht, ob er uns übrige bemerkte oder jemanden sah oder jemanden roch, denn plötzlich polterte er in großer Eile davon und riß dabei seinen Gummiknüppel aus der azurfarbenen Schärpe, nahe dem Pistolenhalfter. Im Ständer benutzen die Rausschmeißer ihre Pistolen nicht; die Gefahr ist zu groß, die falschen Leute zu treffen. Jael sprach mit jemand anders, einem grauen, schmallippigen Kerl in einem grünen Ingenieursanzug.
»Natürlich sind wir Freunde«, sagte Jael Erklärer geduldig. »Natürlich sind wir das. Deshalb will ich heute abend nicht mit dir sprechen. Verdammt, ich will dir keinen Ärger verursachen. Siehst du die Kreuze? Ein Stich, ein Riß oder Loch, und diese Mädchen setzen eine Epidemie in Gang, die ihr einen Monat lang nicht aufhalten könnt. Willst du damit zu tun haben? Du weißt doch, daß wir Frauen uns mit der Seuchenforschung beschäftigen; nun, das ist eines unserer Experimente. Ich bringe sie durch Mannland zu einem anderen Teil unseres Gebiets; eine Abkürzung. Ich würde sie nicht mit hier hindurch nehmen, wenn ich nicht Geschäfte zu erledigen hätte. Wir entwickeln einen schnelleren Immunisierungsprozeß. Wenn ich an deiner Stelle wäre, würde ich auch all deinen Freunden raten, von diesem Tisch wegzubleiben – nicht etwa, daß wir nicht selbst für uns sorgen könnten, und *ich* mache mir keine Sorgen; ich bin gegen diesen speziellen Keim immun –, aber ich will nicht, daß du den Rüffel dafür einstecken mußt. Du hast bisher eine Menge für mich

getan, und dafür bin ich dir dankbar. Du würdest eine draufkriegen. Und du könntest auch die Seuche kriegen, vergiß das nicht. Okay?«
Erstaunlich, wie ich jedem meine Loyalität versichern muß! sagt Jael Erklärer. Noch erstaunlicher, daß sie mir glauben. Sie sind nicht besonders helle, was? Aber das sind die kleinen Fische. Übrigens sind sie schon so lange von wirklichen Frauen getrennt, daß sie nicht wissen, was sie von uns halten sollen; ich bezweifle sogar, daß die Geschlechtschirurgen wissen, wie eine wirkliche Frau aussieht. Die Beschreibungen, die wir ihnen jedes Jahr schicken, werden immer wilder, und es gibt nicht mal den Hauch eines Protests. Ich glaube, sie mögen das. Wie die Motten vom Licht, so werden Männer von den Verhaltensmustern der Armee angezogen; diese frauenlose Welt, verfolgt von den Geistern von Millionen toten Frauen, diese körperlose Weiblichkeit, die über jedem schwebt und den härtesten Real-Mann zu einem von ihnen machen kann, diese dunkle Kraft, die sie immer hinter ihrem eigenen Verstand fühlen!
Glaubt ihr, ich würde zwei Siebtel meiner Art in Sklaverei und Deformierung zwingen? Natürlich nicht! Ich glaube, diese Männer sind nicht menschlich. Nein, nein, das ist falsch – ich habe schon vor langem entschieden, daß sie nicht menschlich sind. Arbeit ist Macht, aber sie verpachten uns alle ohne den leisesten Protest – zum Teufel, sie werden immer träger. Sie lassen uns für sich nachdenken. Sie lassen uns sogar für sich fühlen. Dualität und die Angst vor der Dualität geben ihnen Rätsel auf. Und die Angst vor sich selbst. Ich glaube, es liegt in ihrem Blut. Welches menschliche Wesen würde – schweißnaß vor Angst und Wut – zwei gleichermaßen abstoßende Pfade markieren und darauf bestehen, daß die Mit-Geschöpfe den einen oder den anderen nehmen?
Ah, die Rivalität kosmischer Er-Menschen und die Welten, die sie erobern müssen, und die Schrecken, denen sie ins Antlitz sehen müssen, und die Rivalen, die sie herausfordern und besiegen müssen!
»Das ist ein wenig durchsichtig«, bemerkt Janet pedantisch aus dem Innern ihres Anzugs, »und ich bezweifle, daß die Macht des Blutes...«
Pst! Hier kommt mein Kontakt.
Unser Kontakt war halb verändert, denn Mannländer glauben, daß Kinderpflege Frauensache ist; also delegieren sie an die Veränderten und Halb-Veränderten die Aufgabe, um Babys zu feilschen und sich während dieser ersten, alles entscheidenden Jahre um die Kinder zu kümmern – sie wollen die sexuellen Präferenzen ihrer Babys früh festlegen. Das bedeutet praktisch, daß die Kinder in Bordellen aufgezogen werden. Nun mögen einige Mannland-Real-Männer die Vorstellung nicht, daß die ganze Angelegenheit in den Händen der Feminisierten und Weiblichen liegt, aber sie können nicht viel daran machen (siehe Feststellung eins, über Kinderpflege, oben) – obwohl sich die mehr Maskulinen auf die Zeit

freuen, wenn kein Mannländer mehr aus den Reihen der Er-Menschen herausfällt, und sich mit einer Hartnäckigkeit, die ich für pervers halte, weigern zu entscheiden, wer die sexuellen Objekte sein werden, wenn es die Veränderten und Halb-Veränderten nicht mehr gibt. Vielleicht glauben sie, über dem Sex zu stehen. Oder darunter? (Rund um das Heiligtum einer jeden leichtgewandeten Hosteß sind mindestens drei Real-Männer; wie viele kann eine Hosteß in der Nacht nehmen?) Ich vermute, wir wirklichen Frauen tauchen, wenn auch in grotesker Form, in den tiefsten Träumen Mannlands auf; vielleicht werden sie an diesem fernen Morgen totaler Maskulinität alle in Frauland eindringen, jede, die sie zu sehen bekommen, vergewaltigen (wenn sie sich noch erinnern, wie), dann töten und danach auf einer Pyramide aus den Höschen ihrer Opfer Selbstmord begehen. Die offizielle Ideologie sagt, daß Frauen ein armseliger Ersatz für die Veränderten sind. Ich hoffe es fest. (Kleine Mädchen, endlich aus ihrer Krippe gekrochen, die diese heroischen Toten mit neugierigen, winzigen Fingern berühren. Sie mit ihren praktischen Mary Janes anstoßen. Ihr Baby-Brüder zu einer Party im Grünen mitnehmen, nur Flöten und Hafer und ländliches Vergnügen, bis die Nahrungsmittel ausgehen und diese winzigen Heldinnen entscheiden müssen: Wen sollen wir essen? Die wallenden Glieder unserer hungernden Geschwister, unsere toten Mütter oder diese eigenartigen, riesigen, haarigen Körper, die in der Sonne schon allmählich aufgedunsen sind?) Ich zeigte diesen verdammten Passierschein – schon wieder! –, diesmal einem Halb-Veränderten in einem pinkfarbenen Chiffongewand mit Handschuhen bis zu den Schultern, ein Moment der Irrelevanz auf hohen Absätzen, ein hübsches Mädchen mit zuviel richtigen Kurven und einer hüpfenden, tanzenden, pinkfarbenen Federboa. Wo – ja wo? – ist der Laden, der diese langen Rheinkiesel-Ohrringe herstellt, Objekte des Fetischismus und der Nostalgie, nur von Halb-Veränderten getragen (und gewöhnlich erst dann, wenn sie reich geworden sind), nach Museumskopien handgearbeitet, ohne Nutzen oder Bedeutung für ganze sechs Siebtel der erwachsenen menschlichen Rasse? An manchen Orten werden Steine von Antiquitätenhändlern zusammengesetzt, an manchen Orten wird Petroleum zu Stoffen umgeformt, die nicht verbrennen und nicht verschmutzen, und die nicht verrotten und nicht erodieren, so daß sich die Plastikstrände auf dem Grund des Pazifischen Ozeans in Körper von Kieselalgen verwandelt haben – ein solcher Anblick war er, so viel trug er, solche Falten und Rüschen und Bänder und Knöpfe und Federn, aufgeputzt wie ein Weihnachtsbaum. Wie die Garbo, die die Anna Karenina spielt, über und über geschmückt. Dieser hier besitzt Intelligenz. Oder ist es nur das Gewicht seiner falschen Lider? Die Bürde, immer genommen werden zu müssen, in Ohnmacht fallen zu müssen, zu fallen, zu leiden,

zu hoffen, zu warten, nur zu sein? Es muß einen geheimen weiblichen Untergrund geben, der sie lehrt, wie sie sich verhalten; angesichts des Spotts und der heißen Verachtung ihrer Genossen, angesichts der Aussicht auf Bandenvergewaltigung, wenn sie nach der Sperrstunde allein auf den Straßen angetroffen werden, angesichts der gesetzlichen Notwendigkeit, einem Real-Mann zu gehören – jede von ihnen –, lernen sie irgendwie das klassische Zittern, das langsame Blinzeln, das Knöchel-an-den-Lippen-Pathos. Auch das, glaube ich, muß im Blut stecken. Aber wessen? Meine drei Freundinnen und ich verblassen neben solcher Herrlichkeit! Vier armselige Päckchen, für niemanden von irgendwelchem Interesse. Anna sagt mit dem mechanischen Zittern der Begierde, daß wir mit ihm gehen müssen.
»Ihr?« fragt Jeannine verwirrt.
»Ihm!« sagte Anna mit gezwungener Altstimme. Die Halb-Veränderten sind sehr gewissenhaft – manchmal in bezug auf die Überlegenheit der Veränderten, manchmal in bezug auf ihre eigenen Genitalien. In jedem Fall läuft es auf *Ihn* hinaus. Er ist sich außergewöhnlich klar (für einen Mann) darüber, daß Jeannine zurückschreckt, und er nimmt es übel – wer würde das nicht? Ich selbst habe einigen Respekt vor ruinierten Leben und erzwungenen Wahlen. Früher kämpfte Anna auf der Straße nicht hart genug gegen die vierzehnjährigen Raufbolde, die seinen zwölf Jahre jungen Arsch wollten; er ging nicht bis zum Äußersten, wurde nicht zum blindwütigen Berserker, der das Leben einzig und allein als Verteidigung der eigenen Männlichkeit ansieht; er kam – durch Aufgabe – den möglichen Schicksalen zuvor: das Ausreißen eines Auges, die Kastration, die Kehle mit einer zerbrochenen Flasche zerschnitten, von einem Stein oder einer Fahrradkette aus seinem Zwölfjährigen-Tun gerissen werden. Ich weiß viel über die Geschichte der Mannländer. Anna fand einen *modus vivendi*, er entschied sich, das Leben sei in jedem Fall erhaltenswert. Alles andere folgt daraus.
»Oh, du bist hübsch«, sagte Jeannine aufrichtig. Schwester im Unglück. Anna gefällt das wirklich. Er zeigt uns einen Brief seines Chefs – ein Real-Mann, natürlich –, der freien Durchgang gewährt, steckt ihn in seine rosa Brokat-Abendtasche, zieht ein Ding aus falschen Federn um sich, das beim geringsten Lufthauch fließt und schwabbelt. Der Abend ist warm. Um seinen Angestellten zu schützen, hat der Big Boß (sie sind Männer, selbst in der Kinderaufzucht) Anna K eine kleine Zweiweg-TV-Kamera gegeben, die man im Ohr tragen kann; sonst würde jemand seine hohen Absätze zerbrechen und ihn tot oder halbtot in einer Gasse liegen lassen. Jeder weiß, daß die Halb-Veränderten schwach sind und sich nicht schützen können; was, glauben Sie, macht die Weiblichkeit aus? Selbst Anna hat wahrscheinlich einen Leib, der am Eingang zum Messer wartet. Ich

bin zynisch genug, mich zu fragen, ob der Mannländer-Mythos nicht nur eine Entschuldigung dafür ist, jeden mit einem hübschen Gesicht zu verweiblichen – aber schau noch mal hin, sie glauben es; schau unter die Wattierung, die Farbe, das falsche Haar, die Korsettgerüste, die behandelte Haut und die herrlichen Kleider – und man sieht nichts Außergewöhnliches, nur Gesichter und Körper wie die jedes anderen Mannes. Anna klimpert uns mit den Augen an und befeuchtet seine Lippen, er hält die Frauen in den Anzügen für Real-Männer, hält mich für einen Real-Mann (was kann ich sonst sein, wenn ich nicht verändert bin), hält die Große Weite Welt für – was sonst? – einen Real-Mann, der sich darauf konzentriert, Annas Hintern anzubeten; die Welt existiert, um Anna zu betrachten; er – oder sie – ist nur ein umgekrempelter Real-Mann.
Eine gespenstische Schwesterlichkeit, ein Lächeln zu Jeannine. Dieser ganze Narzißmus! Dennoch, darunter liegt Verstand.
Erinnern wir uns daran, wo ihre Loyalität liegt.
(Sind sie eifersüchtig auf uns? Ich denke, sie glauben nicht, daß wir Frauen sind.)
Erneut befeuchtet er seine Lippen, die unbeschreibliche Dummheit dieses irrsinnigen Mechanismus, der überall praktiziert wird, gegenüber den richtigen Leuten, gegenüber den falschen Leuten. Aber was gibt es sonst? Es scheint, daß Annas Boß mich treffen will. (Ich mag das nicht.) Aber wir werden gehen; wir halten unseren äußerlichen Gehorsam aufrecht bis zum Ende, bis zu dem wunderschönen, grausamen Moment, in dem wir diese Würger, diese Mörder, diese Bastarde einer unnatürlichen und atavistischen Natur, von der Erdoberfläche fegen.
»Liebste Schwester«, sagt Anna sanft und weich, »komm mit mir.«

8

Annas Boß wollte wohl nur einen Blick auf die fremde Möse werfen. Im Augenblick weiß ich noch nicht, was er will, aber ich werde es herausfinden. Seine Frau klapperte mit einem Tablett voller Drinks herein – scharlachrotes, hautenges Kostüm, keine Unterwäsche, durchsichtige, hochhackige Sandalen wie die von Cinderella. Sie schenkte uns ein anheimelndes, süßes Lächeln (sie trägt kein Make-up und ist mit Sommersprossen übersät) und stolzierte hinaus. Männersache. Selten verdienen sie Ehefrauen vor fünfzig. Die Kunst, so heißt es, habe unter den reichen Mannländern eine Renaissance erlebt, aber dieser hier sieht nicht wie ein Mäzen aus: Doppelkinn, dicken Wanst, die heftige Röte eines zur Untätigkeit gezwungenen Athleten. Sein Herz? Hoher Blutdruck? Alle entwickeln sie ihre Muskeln und lassen Gesundheit und Verstand einro-

sten. Das Privatleben eines Mannländer Millionärs ist von einer recht eigentümlichen Zuträglichkeit geprägt. Boß, zum Beispiel, würde nicht im Traum daran denken, seine Frau irgendwohin alleine gehen zu lassen, selbst mit einer Leibwache nicht – das hieße, die Anarchie der Straße zu riskieren. Er weiß, was ihr zusteht. Ihre »Frauen« zivilieren sie, so sagen sie. Willst du eine gefühlsbetonte Beziehung, wende dich an eine »Frau«.
Was bin ich?
Ich weiß, was ich bin, aber meinen Namen kenne ich nicht.
Sein unverschämter Blick kann die Gedanken nicht verbergen: *Was sind sie? Was machen sie? Bumsen sie miteinander? Wie fühlt sich das an?* (Versucht es ihm zu erzählen!) Mit den rosaroten Kreuzen aus Vorhangstoff verliert er keine Sekunde; es sind ohnehin nur »Frauen« (denkt er). *Ich bin* der Soldat, *ich bin* der Feind, *ich bin* das andere Ich, der Spiegel, der Herrensklave, der Rebell, der Ketzer, das Geheimnis, das unter allen Umständen gelüftet werden muß. (Vielleicht glaubt er, die drei Jots hätten Lepra.) Mir gefällt das alles überhaupt nicht. J-1 (dem Gang nach Janet) betrachtet die Bilder an der Wand; J-2 und J-3 stehen Hand in Hand, krasse Anfängerinnen. Boß leert seinen Drink und kaut mit komischer Bedächtigkeit auf etwas herum, das sich darin befand: schmatz, schmatz. Mit grandioser Geste macht er auf die anderen Drinks aufmerksam, die seine Frau mit dem Tablett auf etwas stehengelassen hat, das alle Welt als weiß lackiertes Bordellpiano aus New Orleans erkennen würde (Puff-Barock ist in Mannland derzeit große Mode).
Ich schüttle den Kopf. »Haben Sie Kinder?« fragt er. Schwangerschaft fasziniert sie. Die gewöhnlichen Sterblichen haben die Menstruation vergessen; würden sie sich daran erinnern, würde sie *das* faszinieren. Wieder schüttelte ich den Kopf.
Sein Blick verfinsterte sich.
»Ich dachte, wir würden über das Geschäft reden«, sagte ich sanft. »Nur deswegen bin ich hergekommen. Ich meine nicht... das heißt, ich will nicht ungesellig sein, aber die Zeit bleibt nicht stehen, und mein Privatleben möchte ich lieber nicht diskutiert sehen.«
»Sie sind auf meinem Grund und Boden«, gab er zurück, »und werden verdammt noch mal darüber reden, worüber ich rede.«
Vorübergehen lassen. Halt dich zurück. Überlaß ihnen den Sieg in der Amateurliga, und sie vergessen gewöhnlich, worauf es ihnen ankam. Er brütete mit wütendem Blick. Mampfte Chips, Cracker, Salzstangen und was-weiß-ich-noch. Weiß nicht so recht, was er will. Ich wartete.
»Privatleben!« murmelte er.
»So interessant ist es nun auch wieder nicht«, warf ich ein.
»Bumsen eure Kinder miteinander?«
Ich sagte nichts.

Er beugte sich vor. »Verstehen Sie mich nicht falsch. Meiner Meinung nach haben sie ein Recht drauf. Ich habe nie geglaubt, daß Frauen unter sich keinen Sex haben. Das entspricht nicht der menschlichen Natur. Also, macht ihr es?«
»Nein«, sagte ich.
Er lachte glucksend. »So ist es recht, immer in Deckung bleiben. Ich verdamme euch nicht, bedenken Sie das. Es ist doch nur natürlich. Eh! Wenn wir, Männer und Frauen, zusammengeblieben wären, wäre von alldem nichts passiert. Richtig?«
Ich stellte mein zweifelndes, leicht beschämtes, schüchternes, nun-Sie-wissen-schon, Allerweltsaussehen zur Schau. Ich habe nie verstanden, was es bedeutet, sie anscheinend schon. Er lachte auf. Noch ein Drink. »Sehen Sie mal«, sagte er, »ich nehme an, Sie sind intelligenter als die meisten dieser Luder, sonst stünden Sie nicht an dieser Stelle. Richtig? Nun ist es ja für jeden offensichtlich, daß wir einander brauchen. Obwohl wir uns in separaten Lagern befinden, müssen wir miteinander handeln, ihr müßt noch immer die Kinder bekommen, es hat sich nicht viel geändert. Nun, was ich im Kopf habe, ist ein experimentelles Projekt, ein Pilotprojekt, wenn Sie so wollen, bei dem Vorhaben, die beiden Seiten wieder zueinander zu führen. Nicht direkt...«
»Ich...«, sagte ich (Sie hören dich nicht.)
»Nicht auf einen Schlag« (fuhr er taub wie ein Pfosten fort), »sondern gemächlich, Schritt für Schritt. Wir müssen mit Überlegung vorgehen. Richtig?«
Ich sagte kein Wort. Er lehnte sich zurück. »Ich wußte, Sie würden es einsehen«, sagte er. Dann machte er eine persönliche Bemerkung: »Haben Sie meine Frau gesehen?« Ich nickte.
»Natalie ist großartig«, sagte er und nahm sich noch einige Chips. »Sie ist ein Klasse-Mädchen. Hat diese Dinger hier selbst gemacht. Fritiert, glaube ich.« (Eine schwache Frau hantiert mit einem Topf kochenden Öls herum.) »Möchten Sie auch welche?«
Um ihn zu beruhigen, nahm ich einige und behielt sie in der Hand. Fettiges Zeug.
»Nun, Sie finden die Idee gut, nicht?« fragte er.
»Welche Idee?«
»Die Therapie zur Überwindung der Abneigung, um Himmels willen, die Pilotgruppe. Soziale Beziehungen, ein erneutes Zusammenfinden. Ich bin nicht wie einige dieser rückständigen Typen hier, wissen Sie, diesen Überlegen-unterlegen-Quatsch habe ich noch nie vertreten; ich glaube an die Gleichheit. Falls wir wieder zusammenfinden, muß es auf dieser Basis geschehen. Der Gleichheit.«
»Aber...«, sagte ich, ohne beleidigend wirken zu wollen.

»*Es muß auf der Basis der Gleichheit geschehen!* Daran glaube ich. Und ich kann mir nicht vorstellen, daß man dem Mann auf der Straße das nicht beibringen kann – umgekehrte Propaganda. Wir sind mit diesem Unsinn vom Platz der Frau und dem Wesen der Frau aufgewachsen und haben nicht einmal Frauen um uns, um ihre Eigenschaften zu studieren. Was wissen wir schon! Ich bin nicht weniger maskulin, weil ich Frauenarbeit getan habe. Genügt zur Leitung von Einrichtungen wie den Kinderhorten und Trainingslagern weniger Intelligenz als zum logistischen Durchdenken eines Kriegsspiels? Zum Teufel, nein! Nicht wenn man rational und wirksam vorgeht. Geschäft ist Geschäft.«
Weitermachen lassen. Vielleicht spielt er sich selbst müde; das kommt manchmal vor. Ich saß aufmerksam und unbeweglich, während er die rührendste Rechtfertigung meiner eigenen Leistungsfähigkeit, meiner Rationalität und meines Status als menschliches Wesen vortrug; als er geendet hatte, fragte er besorgt: »Glauben Sie, daß es hinhauen wird?«
»Nun...«, begann ich.
»Natürlich, natürlich« (unterbrach dieser verdammte Narr schon wieder) »sind Sie kein Diplomat, aber wir müssen die Leute nehmen, die wir haben, nicht wahr? Der Individuelle Mensch kann Aufgaben zu Ende führen, bei denen der Massenmensch versagt. Eh?«
Ich nickte und stellte mir vor, ein Individueller Mensch zu sein. Die »Frauenarbeit« erklärt natürlich alles; sie macht ihn gefährlich reizbar. Jetzt war er zum entscheidenden Teil gekommen, der augenwischerischen und rührenden Aufzählung unserer Leiden. Hier kommen die Tränen ins Spiel. Es hilft, sie danach zu klassifizieren, was sie tun werden, aber mein Gott, ist das deprimierend, immer das gleiche. Immer das gleiche. Ich sitze weiterhin da, vollständig unsichtbar, die Kreideskizze einer Frau. Ein Gedanke. Ein wandelndes Ohr.
»Was wir wollen« (sagte er, auf Touren kommend) »ist eine Welt, in der jeder *er selbst* sein kann. Er. Selbst. Nicht dieses verrückte Erkünsteln von Temperamenten. Freiheit. Freiheit für alle. Ich bewundere Sie. Ja, lassen Sie mich gestehen, daß ich Sie in der Tat aufrichtigst bewundere. Sie haben alles durchbrochen. Mit Sicherheit werden die meisten Frauen nicht in der Lage sein, so etwas zu bewerkstelligen, im Gegenteil, die meisten Frauen werden – wenn sie die Wahl haben – die Häuslichkeit« (hier lächelte er) »dem Alltag in der Fabrik oder im Geschäft vorziehen. Die meisten Frauen werden auch in Zukunft die konservative Kindererziehung, die wunderschöne zwischenmenschliche Beziehung, den Dienst an anderen wählen. Diener. Der Rasse. Warum sollten wir darüber höhnisch lächeln? Und wenn wir herausfinden, daß mit dem Geschlecht gewisse Wesenszüge Hand in Hand gehen, wie den Haushalt führen, wie Urteilskraft, wie gewisse Faktoren des Temperaments? Nun, natürlich verhält es sich

so, aber warum sollte aus diesem Grund diesem oder jenem Geschlecht ein Nachteil entstehen? Die Menschen« (er hob die Stimme zum zusammenfassenden Redeschluß) »sind so, wie sie sind. Und wenn...«
Ich erhob mich. »Entschuldigen Sie«, sagte ich, »aber das Geschäft...«
»Zum Teufel mit Ihrem Geschäft!« schrie dieser echauffierte, konfuse und gereizte Mann. »Im Vergleich zu dem, was ich vorhabe, ist Ihr lausiges Geschäft keine zwei Cent wert!«
»Natürlich nicht, natürlich nicht«, besänftigte ich ihn.
»Das will ich auch schwer hoffen!«
Gefühllos, gefühllos. Vor Langeweile. Unsichtbar. Angekettet.
»Das ist doch der Ärger mit euch Frauen, nichts könnt ihr abstrakt sehen!«
Er will, daß ich vor ihm krieche. Zu der Überzeugung komme ich langsam. Nicht der Inhalt von dem, was ich sage, sondern die endlose, endlose Fütterung seiner Eitelkeit, das wackelige Gebäude seines Selbstvertrauens. Sogar die Intelligenten.
»Erkennen Sie nicht an, was ich für Sie tun möchte?«
Küß-mich-ich-bin-ein-guter-Junge.
»Haben Sie denn keine Vorstellung davon, wie wichtig das alles ist?«
Den schlüpfrigen Abgrund in die Unsichtbarkeit hinabgleiten.
»Das könnte Geschichte machen!«
Selbst ich, mit meiner Ausbildung.
»Natürlich haben wir eine Tradition aufrechtzuerhalten.«
Es wird langsam gehen.
»...wir werden langsam vorgehen müssen. Alles zur rechten Zeit.«
Falls es brauchbar ist.
»Wir werden herausfinden müssen, was durchführbar ist. Das kann... äh... etwas Visionäres sein. Es kann seiner Zeit voraus sein.«
Moral kann nicht als Gesetz erlassen werden.
»Wir können die Leute nicht gegen ihre Neigungen zwingen und müssen generationenlange Konditionierungen überwinden... In einem Jahrzehnt vielleicht...«
Vielleicht nie.
»...vielleicht nie. Aber Männer guten Willens...«
Hat man so was schon gehört?
»...und Frauen natürlich auch. Verstehen Sie, das Wort ›Männer‹ schließt das Wort ›Frauen‹ auch mit ein; umgangssprachlich ist es...«
Jeder muß mit seinen eigenen Fehlleistungen fertig werden.
»...so üblich und in Wirklichkeit nicht so wichtig. Man könnte sogar sagen« (er kichert) »›jeder und sein Ehepartner‹ oder ›jeder hat das Recht auf seine eigene Abtreibung‹« (er brüllt vor Lachen), »aber ich möchte, daß Sie zu Ihrem Volk zurückgehen und ihm sagen...«

Es ist inoffiziell.
»...daß wir auf Verhandlungen vorbereitet sind. Die können aber nicht öffentlich sein. Sie müssen in Betracht ziehen, daß mir eine starke Opposition gegenübersteht. Und die meisten Frauen – Sie natürlich nicht, Sie sind anders – nun, die meisten Frauen sind es nicht gewohnt, eine Sache wie diese *durchzudenken*. Sie können nicht systematisch vorgehen. Sagen Sie, Sie verübeln mir doch nicht, wenn ich sage, ›die meisten Frauen‹?«
Meiner Persönlichkeit beraubt, lächelte ich.
»Das ist richtig«, sagte er, »nehmen Sie es nicht persönlich. Kommen Sie mir nicht feminin«, und er zwinkerte, um mir seinen guten Willen zu zeigen. Jetzt wird es Zeit, daß ich mich davonstehle und das Blut und die Versprechungen, die Versprechungen, die Versprechungen meines halben Lebens, hinter mir lasse; aber wissen Sie was? Ich kann es einfach nicht. Es ist zu oft passiert. Ich habe keine Reserven mehr. Mit einem strahlenden Lächeln und in schierer Erwartung setzte ich mich wieder, und der gute Mann rückte seinen Stuhl näher. Er sieht aufgeregt und gierig aus. »Wir sind doch Freunde?« sagt er.
»Sicher«, antworte ich, kaum in der Lage zu sprechen.
»Gut!« sagt er. »Sagen Sie, mögen Sie mein Haus?«
»Oh, ja«, sage ich.
»Haben Sie so etwas schon einmal gesehen?«
»Oh, nein!« (Ich wohne in einem Hühnerstall und esse Scheiße.)
Erheitert lacht er auf. »Die Gemälde sind echt gut. In letzter Zeit haben wir eine Art Renaissance. Wie steht's um die Kunst bei den Damen, hm?«
»So lala«, sage ich und ziehe eine Grimasse. Langsam beginnt der Raum zu vibrieren. Das kommt vom Adrenalin, das ich mir in den Kreislauf pumpen kann, wenn ich will. Man nennt es die freiwillige hysterische Stärke, und sie ist sehr, sehr nützlich, jawohl. Zuerst das freundliche Geplauder, dann das unkontrollierbare neugierige Grapschen, und dann kommt der Haß zum Vorschein. Vorsicht ist geboten.
»Ich nehme an, Sie waren von Anfang an anders, schon als kleines Mädchen? Wenn man einem Job wie diesem nachgeht! Aber Sie müssen eines zugeben, wir haben euch etwas voraus – wir wollen nicht alle in dieselbe Rolle zwängen. O nein, wir halten keinen Mann aus der Küche fern, wenn er dort sein Glück zu finden glaubt.«
»Aber sicher«, sage ich. (Diese chemisch-operativen Kastrationen.)
»Aber Sie tun es. Ihr seid reaktionärer als wir. Ihr laßt Frauen kein häusliches Leben führen. Ihr wollt alle gleich machen. So etwas stelle ich mir nicht vor.«
Dann verfällt er in eine lange fröhliche Ausführung über die Mutterschaft

und die Freuden des Uterus. Die emotionale Wesensart der Frau. Das Zimmer beginnt zu schwanken. Unter hysterischer Stärke wird man sehr nachlässig. Während der ersten Wochen, in denen ich trainierte, brach ich mehrere Knochen. Aber jetzt weiß ich, wie man es anstellen muß. Wirklich. Meine Muskeln sind nicht da, um jemand anders etwas anzutun; sie sind da, um mich vor mir selbst zu schützen. Diese schreckliche Konzentration. Dieses fieberhafte Leuchten. Idioten-Boß hat seine tolle Idee noch niemandem erzählt. Sie befindet sich in phrasenhafter Schmierzettelform, und jede Gruppendiskussion, wie schwachsinnig die auch verliefe, würde sie vom gröbsten Unkraut befreien. Seine teure Natalie. Seine begnadete Frau. Nimm mich, jetzt; er liebt mich. Ja, das tut er. Natürlich nicht körperlich. O nein. Das Leben sucht sich seinen Partner. Sein Pendant. Romantischer Quatsch. Sein anderes Ich. Seine Freude. Heute abend wird er nicht über das Geschäft reden. Wird er mich bitten, hierzubleiben?
»Oh, ich könnte es nicht«, sagt die andere Jael. Er hört es nicht. Im Ohr des Bosses befindet sich eine Apparatur, die weibliche Stimmen absorbiert. Mit seinem Stuhl rückt er noch näher heran – irgendein dusseliges Gequatsche, sich nicht quer durch das ganze Zimmer unterhalten zu können. Geistige Intimität. Dümmlich grinsend sagt er: »Sie mögen mich also ein bißchen, hm?«
Wie schrecklich, Verrat durch Lust. Nein. Ignoranz. Nein – Stolz.
»Zum Teufel, verschwinden Sie«, sage ich.
»Natürlich tun Sie das!« Er erwartet wohl, daß ich mich wie seine Natalie aufführe. Er hat sie gekauft, er besitzt sie. Was machen Frauen tagsüber? Was machen sie, wenn sie allein sind? Adrenalin ist eine anspruchsvolle Droge; es bringt alle differenzierteren Kontrollen durcheinander.
»Verschwinden Sie«, flüstere ich. Er hört es nicht. Diese Männer spielen Spielchen, spielen mit der Eitelkeit, zischen, drohen, richten ihre Nackenhärchen auf. Manchmal dauert es zehn Minuten, um einen Kampf in die Wege zu leiten. Ich, die ich kein Reptil, sondern nur eine Attentäterin, nur eine Mörderin bin, warne vorher nie. Sie sorgen sich um *faires Spiel*, darüber, daß man die Regeln *einhält*, darüber, sich selbst gut in Szene zu setzen. Ich spiele nicht. Ich habe keinen Stolz. Ich zögere nicht. Zu Hause bin ich harmlos, aber hier nicht.
»Küß mich, du liebes kleines Luder«, sagt er mit erregter Stimme, während in seinen Augen Macht und Abscheu miteinander kämpfen. Boß hat noch nie eine echte Fotze gesehen, ich meine, wie die Natur sie gemacht hat. Er wird Wörter gebrauchen, die er nicht mehr in den Mund nahm, seit er achtzehn war und seine erste Halb-Veränderte auf der Straße nahm, wobei sich Macht und Abscheu mischten. Diese sklavische Anfängerhaftigkeit im Erholungszentrum. Wie kann man nur jemand lieben,

der ein kastriertes Ich darstellt? Echte Homosexualität würde Mannland in Stücke fliegen lassen.
»Nehmen Sie Ihre schmutzigen Finger von mir«, sagte ich brüsk und freute mich an seiner Freude über meine Freude über seine Freude an dem Klischee. Hat er die drei Aussätzigen vergessen?
»Schicken Sie sie weg«, murmelt er schmerzerfüllt, »schicken Sie sie weg. Natalie kann sich um sie kümmern.« Denkt er vielleicht wirklich, sie seien meine Geliebten? Frauen machen, was Männer zu widerlich, zu schwierig, zu erniedrigend finden.
»Hören Sie«, sagte ich, frech grinsend, »ich möchte mich klar ausgedrückt haben. Ich halte nichts von Ihrem revoltierenden Liebeswerben. Ich bin hier, um ein Geschäft hinter mich zu bringen und um meinen Vorgesetzten eine vernünftige Nachricht zukommen zu lassen. Ich bin nicht zum Herumspielen gekommen. *Lassen Sie das sein.*«
Aber wann hören die jemals zu!
»Du bist eine Frau«, heult er und schließt die Augen, »du bist eine schöne Frau, du hast dort unten ein Loch. Du bist eine schöne Frau. Du hast richtige, runde Titten und einen wunderschönen Arsch. Du willst mich. Es spielt keine Rolle, was du sagst. Du bist eine Frau oder nicht? Das ist die Krone deines Lebens. Dafür hat dich Gott gemacht. Ich werde dich ficken. Ich werde dir einen verpassen, daß du nicht mehr stehen kannst. Du willst es. Du willst beherrscht sein. Natalie will beherrscht sein. Alle Frauen sind ganz Frau, ihr seid Sirenen, ihr seid schön, ihr wartet auf mich, wartet auf einen Mann, wartet darauf, daß ich ihn euch reinstecke, wartet auf mich, mich, mich.«
Laber, laber, bla, bla; diese Tonart ist nur zu bekannt. Ich sagte ihm, er solle die Augen öffnen, weil ich ihn in Gottes Namen nicht umbringen wollte, wenn er sie geschlossen hielt.
Er hörte mich nicht.
»Öffne deine Augen!« brüllte ich, »bevor ich dich umbringe!« Und Boß-Mann tat, wie ihm geheißen.
Er sagte: *Du hast mich verlockt.*
Er sagte: *Du bist eine prüde Person.* (Er war schockiert.)
Er sagte: *Du hast mich hinters Licht geführt.*
Er sagte: *Du bist ein Miststück.*
Das können wir kurieren!... Wie man es so schön von Lungenentzündung behauptet. Ich glaube, die Jots werden den Nerv haben, sich aus der Sache herauszuhalten. Boß stammelte etwas Wütendes über seine Erektion und, da ich wütend für zwei war, zog ich meine eigene hervor – damit meine ich, daß die verpflanzten Muskeln an meinen Fingern und Händen mit dem charakteristischen, juckenden Kitzeln die lose Haut zurückzogen. Und natürlich sind Sie schlau; Sie haben längst erraten, daß ich an

den Fingern keinen Krebs, sondern Klauen habe, Krallen wie die einer Katze, nur größer, ein wenig stumpfer als hölzerne Dornen, aber gut zum Reißen. Und meine Zähne sind Attrappen über Metall. Warum haben die Männer nur solche Angst vor den schrecklichen Intimitäten des Hasses? Bedenken Sie, ich drohe nicht. Ich spiele nicht herum. Ich trage immer Feuerwaffen. Der wirklich Gewalttätige geht nie ohne sie. Ich hätte ihm ein Loch zwischen die Augen verpassen können. Aber wenn ich das tue, lasse ich meine Unterschrift auf ihm zurück. Es ist ausgeflippter und lustiger, es so hinzustellen, als hätte es ein Wolf getan. Freudig kratzte ich ihn an Nacken und Kinn und versenkte meine Klauen in seinem Rücken, als er mich voller Wut umarmte. Man muß die Finger operativ behandeln, damit sie die Spannung aushalten. Eine gewisse Zimperlichkeit bewahrt mich davor, meine Zähne vor Zeugen zu gebrauchen – der beste Weg, einen Feind zum Schweigen zu bringen, ist, seinen Kehlkopf herauszubeißen. Vergebung! Ich grub das verhärtete Oberhäutchen in seinen Nacken, aber er machte sich von mir los. Dann versuchte er zu treten, aber ich war nicht mehr da (wie ich Ihnen schon gesagt habe, vertrauen sie viel zu sehr ihrer Stärke). Er bekam mich am Arm zu fassen, aber ich brach aus dem Griff aus, wirbelte ihn herum und verpaßte ihm mit meinen schicken, gewichtigen Schuhen eine Abschürfung auf seinen Specknieren. Haha! Er fiel auf mich (in meinem Zustand spürt man keine Verletzungen), und ich holte aus und traf ihn unter dem Ohr, was ihn zu dringendem Abrollen auf den Teppich veranlaßte. Mühsam wird er auf die Beine kommen und wieder fallen; er wird wie ein nasser Sack zu Boden plumpsen. Vor ihren Füßen verbeugte er sich, fiel er, legte er sich tot hin.

Jael, von Kopf bis Fuß sauber und zufrieden. Boß pumpt sein Leben in den Teppich. Alles geht seltsamerweise sehr geräuschlos vor sich. Die drei Jots stehen dicht zusammengerückt. Sie befinden sich offenbar in schrecklichem Zustand; ich kann nicht in ihren verborgenen Gesichtern lesen. Wird Natalie hereinkommen? Wird sie ohnmächtig werden? Wird sie sagen: »Ich freue mich, daß ich den alten Schweinehund endlich los bin«? Wem wird sie jetzt gehören? Unter Adrenalin wird man monoman. »Los, kommt schon!« flüsterte ich den drei Jots zu und scheuchte sie brummend und summend zur Tür. Das Zeug sang in meinem Blut. So ein Schwachsinn. Diese Idiotie. Ich liebe es, ich liebe es. »Weiter!« sagte ich und stieß sie durch die Tür auf den Korridor, hinaus und in den Aufzug hinein, vorbei an den Fischen in den Aquariumswänden, böse, geschmeidige Mantarochen und sechs Fuß lange Barsche. Arme Fische! Nichts zu tun heute, gottverdammt. Aber wenn sie einmal so weit sind, kann man nichts mehr mit ihnen anfangen. Man muß sie sowieso töten, könnte genausogut Spaß daran haben. Man kann diese Nicht-Menschen überhaupt

nicht, überhaupt nicht aushalten. Jeannie ist ruhig. Joanna schämt sich meiner. Janet weint. Aber was glauben Sie, wie ich das Monat für Monat aushalten soll? Wie soll ich das Jahr für Jahr aushalten? Woche um Woche? Zwanzig Jahre lang. Leise männliche Stimme: Es war Ihre Monatsregel. Perfekte Erklärung! Hormonale Schwankungen wüteten. Seine geisterhafte Stimme: »Du tatest es, weil du deine Periode hattest. Schlechtes Mädchen.« Oh, hüte dich vor unsauberen Dingern, die diese schmutzige Monatsregel haben Und Nicht Spielen Wollen! Ich schob die drei in Boßmanns Wagen – Anna war schon längst verschwunden. Ich öffnete das Schloß mit einem Dietrich aus der unsichtbaren Tasche meines unsichtbaren Anzugs, startete den Wagen und fuhr los. Sobald wir auf dem Highway sind, schalte ich auf Automatik um. Bossens Papiere werden uns bis zur Grenze bringen. Von da an ist es ein Kinderspiel.
»Seid ihr in Ordnung?« fragte ich die Jots und lachte, lachte, lachte. Ich bin immer noch betrunken. In verschiedenen musikalischen Tonarten sagten sie ja. Die Stimme der Starken ist etwas höher als die der Schwachen (die sich für einen Alt hält), und die der Kleinen ist am höchsten von allen. Ja, ja, sagen sie angstvoll. Ja, ja, ja.
»Jetzt habe ich meinen Vertrag nicht unterschrieben bekommen«, sagte ich und schob die Attrappenzähne über diejenigen aus Stahl. »Verdammt, verdammt, verdammt!« (Fahren Sie nicht unter Adrenalin; sonst bauen Sie höchstwahrscheinlich einen Unfall.)
»Wann läßt die Wirkung nach?« fragt die Starke. Ein smartes Mädchen. »In einer Stunde, einer halben Stunde«, antworte ich. »Wenn wir nach Hause kommen.«
»Nach Hause?« (tönt es von hinten).
»Ja. Zu mir nach Hause.« Jedesmal wenn ich das tue, verbrenne ich ein bißchen Leben, verkürze ich meine Zeit. Jetzt bin ich im Stadium der Überschwenglichkeit, deshalb beiße ich mir auf die Lippe, um still zu sein.
Nach langem Schweigen meint die Schwache: »War das notwendig?« Noch immer verletzt, noch immer in der Lage, von ihnen verletzt zu werden! Verblüffend. Man sollte meinen, mein Fell würde dicker, aber dem ist nicht so. Im Rücken sind wir alle noch sehr empfindlich. Während wir langsam, ganz langsam, Macht, Geld und Rohstoffe in unsere Hände bekommen, spüren wir den Stiefel im Genick. In der Zwischenzeit spielen sie Kriegsspiele. Ich schalte den Wagen auf Automatik und lehne mich zurück. Die Reaktion läßt mich frösteln. Mein Herzschlag beruhigt sich. Der Atem wird langsamer.
War es notwendig? (Keiner sagt das.) Du hättest ihn vielleicht abweisen können. Du hättest die ganze Nacht dort herumsitzen können. Du hättest nicken und ihn bis zum Morgengrauen anhimmeln können. Du hättest

ihn seine schlechte Laune austoben lassen können; du hättest unter ihm liegen können – was würde es dir schon ausgemacht haben? –, am nächsten Morgen hättest du es vergessen gehabt.
Du hättest diesen armen Mann sogar glücklich machen können.
Auf meiner eigenen Seite gibt es die Ausrede, wir seien viel zu kultiviert, um uns darüber Gedanken zu machen, zu mitleidsvoll für die Rache – das ist dummes Zeug, sage ich den Idealisten. »Die Zeit bei den Männern hat dich verändert«, argumentieren sie dagegen.
Jahrein, jahraus muß man es fressen.
»Hör mal, war das nötig?« fragt eine der Jots und konfrontiert mich so mit dem ernsten Drang der Frauenschaft, ewig nach Liebe zu suchen, den äonenlangen Anstrengungen, die Wunden der kranken Seele zu heilen, dem umsorgenden Mitleid der weiblichen Heiligen.
Eine allzu bekannte Tonart! Über dem wüsten Land zieht der Morgen herauf und bringt die Felsen und Kiesel ins Leben, die vor langer Zeit von Bomben zermalmt wurden. Der Morgen vergoldet mit seinen bleichen Möglichkeiten sogar die Verrückte Gebärmutter, das Klötenbrechende Luder, die mit Reißzähnen bewehrte Killerlady.
»Es schert mich einen Dreck, ob es nötig war oder nicht«, sagte ich. »Es hat mir Spaß gemacht.«

9

Man braucht vier Stunden, um den Atlantik zu überqueren, drei, um einen anderen Breitengrad zu erreichen. An einem Herbstmorgen wachen wir innerhalb der Glaskanzel in Vermont auf, während überall um uns sich Ahorn und Zuckerahorn aus dem Nebel schälen. Nur dieser Teil der Welt kann solche Farben produzieren. Eiligen Schrittes rascheln wir durch nasse Feuer. Auch elektrische Fahrzeuge sind leise; wir hörten das Wasser von den Blättern tröpfeln. Als das Haus, mein altes, rundes Eisam-Stiel, uns sah, erleuchtete es sich von unten bis oben und ließ das *Zweite Brandenburgische Konzert* durch die schwarzen, nassen Baumstämme und feurigen Blätter schallen, als wir näher kamen. Diese feinfühlige Aufmerksamkeit erlaube ich mir und meinen Gästen von Zeit zu Zeit. Brillant scholl es durch den nassen Wald, so wie es nur die unirdische Reinheit elektronischer Anlagen zu vollbringen vermag. Man nähert sich dem Haus von der Seite und sieht es fast abgeplattet auf seinem Zentralpfeiler ruhen. Es ist wirklich nur ein bißchen konvex – es kauert sich nicht auf Hühnerbeinen nieder wie Baba Yagas Hütte, sondern läßt eine breite, spiralförmige Metallnetzstraße sich wie eine Zunge von oben herabschlängeln (so kommt es einem jedenfalls vor, wenn es in Wirklichkeit

auch nur eine Wendeltreppe ist). Drinnen sucht man sich einen Korridor aus, der vom Hauptraum wegführt; es hat keinen Sinn, Wärme zu vergeuden.
Davy war dort. Der schönste Mann auf der Welt. Unsere Ankunft hatte ihm Zeit gegeben, uns Drinks zu machen, welche die Jots von seinem Tablett nahmen. Sie starrten ihn an, aber er wurde nicht verlegen. Dann setzte er sich sehr unkellnerhaft zu meinen Füßen nieder, schlug die Arme um die Knie und lachte an den richtigen Stellen der Konversation (den Wink liest er immer an meinem Gesicht ab).
Der Hauptraum ist mit gelbem Holz getäfelt, einem Teppich ausgelegt, auf dem man schlafen kann (braun), und eine breite eingeglaste Veranda vervollständigt ihn. Von ihr aus sehen wir fünf Monate im Jahr die Blizzards vorbeiheulen. Ich habe sichtbares Wetter gern. Es ist so warm, daß Davy die meiste Zeit nackt herumgehen kann. Mein Eisbursche in einer Wolke goldenen Haars und nackt paßt sich am besten in mein Heim ein, wenn er auf dem Teppich sitzt, mit dem Rücken an einen rotbraunen oder zinnoberroten Sessel gelehnt (wir ahmen hier den Herbst nach), seine unergründlich tiefen blauen Augen auf den Wintersonnenuntergang draußen gerichtet, sein Haar zu Asche geworden, die Rücken- und Schenkelmuskeln leicht zitternd. Im Haus hängen sonderbare Dinge von der Decke: gefundene Objekte, Mobiles, Dosenöffner, rote Bälle, Büschel wilden Grases. Davy spielt mit ihnen.
Ich zeigte den Jots alles: die Bücher, den Mikrofilmbetrachter in der Bibliothek, die mit unserer meilenentfernten Regionalbibliothek in Verbindung steht, die Abstellnischen in den Wänden, die verschiedenen Treppen, die aus Glasfiber gegossenen und aus zwei Teilen zusammengesetzten Badezimmer, die in den Wänden der Gästezimmer untergebrachten Matratzen und das Treibhaus (nahe dem Zentralkern, um die Hitze auszunützen), wo Davy Verwunderung schauspielert und zusieht, wie die Lichter auf meine Orchideen, meine Zwergpalmen, meine Bougainvillea, meine ganze kleine Unordnung tropischer Pflanzen scheinen. Ich habe sogar ein Extratreibhaus für Kakteen. Draußen sind noch andere Pflanzen. Je nach Jahreszeit kann man dort Lorbeerbäume, ein verwuchertes Rhododendronlabyrinth oder verstreute Iris finden, die wie eine teure und antike Kreuzung zwischen Insekten und Reizwäsche aussehen – aber letztere sind jetzt unter Schnee verborgen. Ich habe sogar einen elektrischen Zaun, den ich von meinem Vorgänger erbte. Er schließt das ganze Grundstück ein, hält Wild ab und fällt gelegentlich Bäume, die das milde Klima um das Haus als Einladung auffassen.
Ich lasse die Jots einen Blick in die Küche werfen, die eigentlich ein Sessel mit Kontrollinstrumenten wie in einer 707 ist, und nicht der Ort, an dem ich meine Geräte aufbewahre, und von dem aus ich Zugang zum Zentral-

kern habe, wenn das Haus eine Magenverstimmung hat. Das ist eine schmutzige Angelegenheit, und man muß wissen, wie man die Sache angeht. Ich zeigte ihnen den Schirm, der mich in Verbindung mit den Nachbarn hält, von denen der nächste zehn Meilen entfernt wohnt, das Telefon, meine Langstreckenverbindungslinie und den Phonograph, wo ich meine Musik speichere.
Jeannine sagte, sie möge ihren Drink nicht; er sei nicht süß genug. Also ließ ich Davy ihr einen anderen anwählen.
Möchtest du zu Abend essen? (Sie wurde rot.)
Meinen Palast und meine Gärten (erzählte ich) legte ich mir erst spät im Leben zu, als ich reich und einflußreich geworden war. Davor lebte ich in einer der unterirdischen Städte unter dem verfluchtesten Haufen Nachbarn, den man sich vorstellen kann. Sentimentale Untergrundkommunen, deren Stimmen immer zur falschen Tages- und Nachtzeit durch die Abwasserrohre klangen, schrille Liebes- und Freudenbezeigungen immer dann, wenn man schlafen wollte, protziges Erschaudern, wann immer ich im Korridor erschien, weinerliches Zurückziehen zu einem Klumpen wie kleine Kätzchen, ihrer eigenen Unschuld bewußt, die hellen jungen Stimmen in Glückseligkeit zum Gemeinschaftslied erhoben. Man kennt das ja: »Aber wir hatten *Spaß*!« mit leiser, verblüffter, hochgradig tadelnder Stimme, während sie sanft, aber bestimmt die Tür auf deinen Daumen drückt und sie schließt. Sie dachten, ich wäre das Ultimative Böse. Sie ließen es mich wissen. Sie sind von der Sorte, die die Männer durch Liebe überwinden wollen. Es gibt ein Spiel namens Pussykatze, das dem Spieler großes Vergnügen bereitet. Es geht folgendermaßen: Miaauu, ich bin tot (du liegst auf dem Rücken, alle vier Pfoten in die Luft gestreckt und mimst auf hilflos). Ein anderes heißt Heiliger Georg und Drache, und Sie Wissen, Wer Dabei Was Spielt. Wenn man weder das eine noch das andere mehr aushalten kann, machen Sie es so wie ich: Kommen Sie mit einem Koboldkopf als Verkleidung heulend nach Hause und jagen Sie Ihre Nachbarn vor sich her, die zu Tode erschrocken aufschreien werden (na ja, so ähnlich jedenfalls.)
Dann zog ich um.
Mein erster Job war, einen Polizisten der Mannländer zu verkörpern (zehn Minuten lang). Mit »Job« meine ich nicht das, was ich gestern zu erledigen hatte, das war offen und legitim, ein »Job« jedoch spielt sich mehr unter dem Tisch ab. Ich brauchte Jahre, um meine letzten Pussyhemmungen loszuwerden, meine rudimentäre Pussy-Katzifizierung abzuwerfen, aber letztendlich gelang es mir, und nun bin ich die rosige, gesunde, engstirnige Attentäterin, die Sie heute vor sich sehen.
Ich komme und gehe, wie es mir gefällt. Ich tue nur das, was ich will. Ich habe mich zu einer geistigen Unabhängigkeit durchgerungen, die damit

endete, daß ich euch heute alle hierhergebracht habe. Kurzum, ich bin eine erwachsene Frau.
Ich war ein altmodisches Mädchen, das vor zweiundvierzig Jahren, in den letzten Jahren vor dem Krieg, in einer der letzten gemischten Städte geboren wurde. Manchmal fasziniert es mich, wenn ich drüber nachdenke, in welchen Bahnen mein Leben wohl ohne den Krieg verlaufen wäre, aber ich endete mit meiner Mutter in einem Freiwilligenlager. Es gab keine verrückt gewordenen Lesben, die Zigarettenstummel auf ihren Brüsten ausdrückten, das ist nur Greuelpropaganda. Statt dessen wurde sie viel selbstsicherer und knallte mir eine, als ich (aus purer Neugier) ein Papierdeckchen zerriß, das unser Gemeinschaftsradio zierte – diese Abkehr von früheren Praktiken freute mich insgeheim, und ich gelangte zu der Einsicht, daß es sich hier aushalten ließ. Wir wurden umquartiert, und nachdem der Krieg sich einmal abgekühlt hatte, schickte man mich zur Schule. Anfang '52 waren unsere Gebiete auf annähernd die Größe zusammengeschrumpft, die sie auch heute haben, und wir waren zu weise geworden, als daß wir unser Heil in bloßem Landgewinn suchten. Ich stand jahrelang im Training – wir bedauern, was wir trotz allem einsetzen müssen! – und begann mich langsam von der Gemeinschaft zu entfernen, hin zur Spezialisierung, die (wie sie sagen) einen den Affen wieder näherbringt, obwohl ich nicht einsehen will, wie eine so überaus geschickte und kunstvolle Praktik etwas anderes als quintessentiell menschlich sein soll.
Mit zwölf erzählte ich einer meiner Lehrerinnen auf naive Art, daß ich sehr froh sei, zur Mann-Frau gemacht zu werden und ich auf jene Mädchen herabblicken würde, die nur als Frau-Frau aufwüchsen. Ihr Gesicht werde ich nie vergessen. Sie schlug mich nicht, sondern ließ das ein älteres Mädchen-Mädchen besorgen – ich erzählte Ihnen ja schon, ich war altmodisch. Nach und nach trägt sich das alles ab; nicht alles, was Krallen und Zähne besitzt, ist eine Pussykatze. Im Gegenteil!
Mein erster Job (ich habe es Ihnen bereits erzählt) war die Personifizierung eines Mannländer-Polizisten. Bei meinem letzten mußte ich achtzehn Monate lang die Stelle eines Mannländer-Diplomaten in einem primitiven Patriarchat auf einer alternativen Erde einnehmen. Oh, ja, die Männer beherrschen die Wahrscheinlichkeitsreise auch, besser gesagt, sie haben sie von uns; wir besorgen die Routineoperationen für sie. So weit ist es schon mit der Korruption! Mit meinem silbernen Haar, meinen silbernen Augen und meiner künstlich nachgedunkelten Haut, um den Wilden noch fremdartiger zu erscheinen, wurde ich als Prinz aus einem Märchenland präsentiert, und in dieser Maske lebte ich anderthalb Jahre in einer naßkalten Steinburg mit grausigen sanitären Einrichtungen und noch schlimmeren Betten. Dieser Ort hätte Ihnen die Haare zu Berge stehen lassen. Jeannine soll nicht so skeptisch dreinschauen – bitte bedenken

Sie einmal, daß manche Gesellschaften ihre Erwachsenenrollen derart stilisieren, daß eine Giraffe als Mann durchgehen könnte, besonders mit siebenundsiebzig Kleiderschichten am Leib, die diese Barbaren in ihrer Prüderie auch niemals ausziehen. Es waren unmögliche Menschen. Gewöhnlich dachte ich mir Geschichten über die Märchenlandfrauen aus, die ich dann zum besten gab. Einmal tötete ich einen Mann, weil er etwas Obszönes über eine Märchenlandfrau sagte. Machen Sie sich das einmal klar! Mich müssen Sie sich als besonnenen, ernsten Christen unter den Heiden vorstellen, als höflichen Zauberer unter tumbem Kriegsvolk, als überzivilisierten Fremden (wahrscheinlich ein Dämon, weil man ihm nachsagte, er habe keinen Bart), der ruhig sprach und alle Herausforderungen ablehnte, der aber vor nichts unter dem Himmel zurückschreckte und einen stählernen Griff besaß. Und so weiter. Oh, diese kalten Bäder! Und die endlosen Witze, die unterstreichen sollten, daß nicht *sie* absonderlich seien, bei Gott! Und die Kriegslüsternheit, das fortwährende Verulken, das sich einem wie Dornen unter die Haut gräbt und fast bis zum Mord verbittert, und die konstanten Anspielungen auf Sex und die Frauen mit ihrer tragischen, Mitleid erregenden Verblüffung und ihrer noch schlimmeren Prahlerei; und zu guter Letzt die ewige Niederlage gegen die Furcht, das konstante Abladen von Schwächen auf andere (und deren sich daraus ergebende blinde Wut), als ob Furcht und Schwäche nicht die besten Führer wären, die menschliche Wesen je hatten! Oh, es war prächtig! Als sie herausfanden, daß kein Ritter im Männerhaus die Hand an mich legen konnte, baten sie mich auf Knien um Unterricht. So ließ ich die Hälfte der Krieger aus der Methalle Elementarballett üben. Sie allerdings glaubten, sie würden Jiu-Jitsu lernen. Möglicherweise üben sie immer noch. Sie kamen ganz schön ins Schwitzen, und für das ganze verdammte Universum und jeden Mannländer, der dort jemals wieder auftaucht, trägt es meinen Stempel.

Eine Barbarenfrau verliebte sich in mich. Es ist schrecklich, die Unterwürfigkeit in den Augen eines anderen zu sehen, den Halo zu fühlen, mit dem sie dich umgibt, und aus eigener Erfahrung die Wesensart jener begierigen Ehrerbietung zu kennen, die Männer so oft als Bewunderung auslegen. *Bestätige mich!* schrie sie. *Rechtfertige mich! Erhebe mich! Rette mich vor den anderen!* (»Ich bin seine Frau«, sagt sie und dreht den mystischen Ring am Finger, »ich bin *seine* Frau.«) Also habe ich irgendwo eine Art Witwe. In unseren Gesprächen ging ich voll auf sie ein, so wie es kein Mann vorher getan hat, denke ich. Ich versuchte sie mit zurückzubringen, bekam aber keine Erlaubnis für sie. Irgendwo dort draußen ist eine so rosige und engstirnige Mörderin wie ich, wenn wir nur zu ihr gelangen könnten.

Mag sie uns alle erretten.

Einmal rettete ich dem König das Leben, indem ich eine hübsche kleine Baumnymphe, die jemand aus den südlichen Ländern mitgebracht hatte, um Seine Majestät zu töten, auf der königlichen Tafel festnagelte. Das half mir erheblich. Jene primitiven Krieger sind tapferen Männer – das heißt, sie sind Sklaven der Angst vor der Angst –, aber es gibt einige Dinge, von denen sie glauben, daß jedermann in grausigstem Schrecken davonlaufen müßte, als da wären Schlangen, Geister, Erdbeben, Seuchen, Gespenster, Magie, Niederkunft, Menstruation, Hexen, böse Dämonen, Alpträume, Buhldämoninnen, Sonnenfinsternisse, Lesen, Schreiben, gute Manieren, syllogistische Beweisführungen und was wir allgemein die weniger glaubwürdigen Phänomene des Lebens nennen. Die Tatsache, daß ich keine Angst davor hatte, mit einer Gabel (ein Utensil aus dem Märchenland, das ich zum Essen von Fleisch mitbrachte) eine Giftschlange auf einem hölzernen Tisch festzunageln, hob mein Prestige ungeheuer. O ja, falls sie mich gebissen hätte, wäre ich tot gewesen. Aber so schnell sind sie auch wieder nicht. Stellen Sie sich mich in Steppdecken und Reifröcken vor – nicht wie eine viktorianische Lady, wie ein Spieler in Kabuki, wie ich inmitten allgemeinen Hurras das arme kleine zerquetschte Ding hochhalte. Stellen Sie sich vor, ich sitze auf einem rabenschwarzen Offizierspferd, und mein schwarz-silberner Umhang flattert im Wind unter einem heraldischen Banner, auf dem gekreuzte Gabeln über einem Meer von Reptilieneiern dargestellt sind. Stellen Sie sich vor, was Ihnen gefällt. Wenn es Ihnen Spaß macht, stellen Sie sich vor, wie schwer es ist, trotz ständiger Beleidigungen ruhig zu bleiben, und wie reizvoll es ist, mit einem starken, schönen, garstigen Blonden Stierkampf zu spielen, der jede Chance beim Schopf packt und den man aufrollen und abwickeln kann, als würde man alle seine Kontrollknöpfe kennen, wie es auch tatsächlich der Fall ist. Denken Sie an den schlechten Rat, den ich dem König Woche für Woche gebe: unauffällig, vorsätzlich und erfolgreich. Stellen Sie sich vor, wie Sie Ihren damenhaften Fuß auf den breiten, toten Nacken eines menschlichen Dinosauriers, der Sie monatelang belästigt und schließlich zu töten versucht hat, setzen. Da liegt sie, diese fette fleischliche Blume, endlich vom Chaos und der Alten Nacht gepflückt, ausgerissen und im Staub zertreten, ein dicker, schlaffer Haufen, ein Nichts, ein Ding, ein Tier, eine Kreatur, die letztendlich von ihrem hohen Stolz heruntergerissen wurde in die Wahrheit ihres organischen Seins – und Sie haben es getan.

Ein wertvolles Souvenir aus dieser Zeit bewahre ich auf: den Gesichtsausdruck meines loyalsten Feudalgefolgsmannes, als ich ihm mein Geschlecht offenbarte. Diesen Mann hatte ich ohne sein Wissen beinahe verführt – leichte Berührungen an Arm, Schulter, Knie, eine ruhige Methode, ein gewisser Ausdruck in den Augen –, nichts so großartig Bewe-

gendes, daß er dächte, es käme von mir; er nahm an, es ginge alles von ihm aus. Diese Rolle liebte ich. Sein erster Impuls war natürlich, mich zu hassen, gegen mich zu kämpfen, mich abzuschlagen – aber ich machte ja überhaupt nichts, oder? Ich hatte ihm gegenüber keine Annäherung gemacht, oder? Wie war es um seinen Verstand bestellt? Er befand sich in bemitleidenswerter Verwirrung! Also wurde ich noch netter. Er wurde wütender und fühlte sich natürlich schuldiger und verabscheute meinen bloßen Anblick, weil ich ihn dazu gebracht hatte, an seinem eigenen Verstand zu zweifeln. Schließlich forderte er mich heraus, und ich machte einen treuergebenen Hund aus ihm, indem ich ihn auf der Stelle zusammenschlug. Ich trat jenen Mann so verdammt hart zusammen, daß ich es selbst nicht aushalten konnte und ihm erklären mußte, daß die unnatürlichen Lüste, die er zu verspüren glaubte, in Wirklichkeit nichts anderes als eine Art religiöser Verehrung seien. Er wollte nur noch friedlich am Boden liegen und meine Stiefel küssen.
Am Tag meines Aufbruchs ging ich mit einigen Freunden in die Berge hinaus zur Märchenland-»Zeremonie«, die mich forttragen sollte. Als die Leute von der Dienststelle durchgaben, sie seien nun soweit, schickte ich die anderen weg und erzählte ihm die Wahrheit. Ich legte meine ritterliche Tracht ab (eine ganz schöne Leistung, wenn man bedenkt, was diese Idioten alles anhaben) und zeigte mich ihm im Evaskostüm. Einen Augenblick lang konnte ich die Welt dieses stinkenden Bastards zusammenbrechen sehen. Einen Augenblick lang *wußte er alles*. Dann, bei Gott, wurden seine Augen noch feuchter und unterwürfiger. Er sank auf die Knie, hob fromm seinen Blick empor und rief verzückt vor feudaler Begeisterung aus – die Menschheit flickt ihre Zäune...
Wenn die Frauen von Märchenland dergestalt sind, wie müssen erst die MÄNNER sein!
Einer Ihrer kleinen Scherze. O Herr, einer Ihrer schlechtesten Scherze.
Wenn du eine Attentäterin sein willst, vergiß nicht, daß du allen Herausforderungen aus dem Weg gehen mußt. Angeberei ist nicht dein Job. Wirst du beleidigt, lächle sanftmütig. Verlasse nicht die Deckung.
Habe Angst. Das sind Informationen über die Welt.
Du bist wertvoll. Fördere dich selbst.
Wähle in jedem Fall den leichtesten Ausweg. Widerstehe der Neugier, dem Stolz und der Versuchung, Grenzen zu mißachten. Du bist eine Frau, die sich nicht allein gehört, und Geduld ist deine wichtigste Eigenschaft.
Fröne dem Haß. Die Kampfhandlung kommt vom Herzen.
Bete oft. Wie kannst du sonst mit Gott streiten?
Trifft Sie das schmerzhaft streng? Wenn nicht, gleichen Sie mir: Sie können Ihr Innerstes nach außen kehren, Sie können tagelang auf dem Kopf leben. Ich bin die gehorsamste, schamloseste Dienerin der Herrin, seit die

Hunnen nur so zum Spaß Rom einsackten. Alles bis zu seinem logischen Ende verfolgt, ist Offenbarung; wie Blake sagt. Der Pfad der Ausschweifung führt zum Palast der Weisheit, zu dem Ort, wo sich alle Dinge hoch oben treffen, untragbar hoch oben, jener geistige Erfolg, der dich in dich selbst führt, im Hinblick auf die Ewigkeit, wo du gewandt und schön bist, wo du ewig im Hinblick auf alles handelst und wo du – indem du das Einzig Wahre tust – nichts irrtümlicherweise oder halbherzig tun kannst.
Um es einfach auszudrücken: Das sind die Zeiten, in denen ich am meisten ich selbst bin.
Manchmal habe ich Gewissensbisse. Mir tut es leid, daß die Ausübung meiner Kunst für andere Leute so unangenehme Konsequenzen mit sich bringt, wirklich! Haß ist ein Stoff wie andere auch. Falls Sie von mir etwas anderes Nützliches verlangen, dann zeigen Sie mir mal besser, was das andere Etwas ist. Manchmal gehe ich in eine unserer Städte und mache mir lustige Abende in den dortigen Museen. Ich sehe mir Bilder an, ich miete Hotelzimmer und nehme lange, heiße Bäder, ich trinke viel Limonade. Aber mein Lebensbericht ist mein Arbeitsbericht, langsame, beständige, verantwortungsvolle Arbeit. Meinen ersten Sparringspartner band ich mit wütenden Knoten, so wie Brünhild ihren Gatten mit ihrem Hüftgürtel band und ihn an die Wand hängte, aber abgesehen davon habe ich noch nie einer Landsfrau aus Frauland weh getan. Wenn ich tödliche Strategien üben wollte, nahm ich mir den Schulungsrobot vor. Auch habe ich keine Liebesaffären mit anderen Frauen. In manchen Dingen bin ich eben sehr altmodisch, wie ich schon gesagt habe.
Die Kunst, verstehen Sie, kommt in Wirklichkeit vom Kopf, man trainiert jedoch den Körper.
Was bedeutet das alles? Daß ich Ihre Gastgeberin, Ihre Freundin, Ihre Verbündete bin? Daß wir alle im selben Boot sitzen? Daß ich die Enkelin von Madam Ursache bin; meine Großtanten sind Mistreß Handlewiemandichbehandelnwürde und ihre langsamere Schwester, Mistreß Laßdichbehandelnwiedugehandelthast. Was meine Mutter angeht, so war sie eine einfache – das heißt, sehr hilflose – Frau, und da mein Vater reiner Anschein war (und demzufolge überhaupt nichts), brauchen wir uns um ihn keine Sorgen zu machen.
Alles, was ich tue, mache ich aus einem Grund, das heißt, aus einem Anlaß, das heißt, aus einer Notwendigkeit heraus, wohl oder übel, unvermeidbar, wegen des Getriebes, das ich von meiner Großmutter Kausalität mitbekam.
Und weil mich die hysterische Stärke genauso anstrengt, wie wenn Sie die ganze Nacht aufbleiben, gehe ich jetzt schlafen.

10

Im Schlaf hatte ich einen Traum, und dieser Traum war ein Traum voller Schuld. Es handelte sich nicht um menschliche Schuld, sondern um eine Art hilfloser, hoffnungsloser Verzweiflung, wie sie von einer kleinen hölzernen Schachtel oder einem Würfel verspürt würde, wenn solche Objekte ein Bewußtsein hätten. Es war die Schuld bloßer Existenz.
Es war die geheime Schuld der Krankheit, des Versagens, der Häßlichkeit (viel schlimmere Dinge als Mord)! Es war Ausdruck meines Zustands, der sozusagen mit der Tatsache verglichen werden konnte, daß das Gras grün ist. Es war nicht *in* mir. Es war *auf* mir. Wenn es das Resultat einer meiner Handlungen gewesen wäre, ich hätte mich weniger schuldig gefühlt.
In meinem Traum war ich elf Jahre alt.
Nun, in diesen elf Jahren meines Lebens hatte ich einige Dinge gelernt, unter anderem auch, was es heißt, wegen Vergewaltigung verurteilt zu werden – ich meine nicht den Mann, der sie begangen hat, ich meine die Frau, der es angetan wurde. Vergewaltigung ist eines der christlichen Rätsel. Sie ruft in den Köpfen der Leute eine klare und schöne Vorstellung hervor; und als ich heimlich dem lauschte, was öffentlich zu hören mir verboten war, wurde mir langsam bewußt, daß ich eines jener obskuren weiblichen Unglücke wie Schwangerschaft, Krankheit oder Schwäche vor mir hatte. Sie war nicht nur Opfer der Tat, sondern auf seltsame Weise auch der Übeltäter. Irgendwie hatte sie anziehend auf den Blitz gewirkt, der sie aus heiterem Himmel traf. Ein teuflischer Zufall – *der gar kein Zufall* war – hatte uns allen ihre wahre Natur enthüllt. Ihre geheime Unzulänglichkeit, ihre erbärmliche Schuldhaftigkeit, die sie siebzehn Jahre lang verborgen gehalten hatte, manifestierte sich nun vor aller Augen. Ihre geheime Schuld war:
Sie war Fotze.
Sie hatte etwas »verloren«.
Nun, die andere Partei bei diesem Vorfall hatte auch ihre wahre Natur offenbart: Er war Schwanz – aber Schwanz sein ist keine schlechte Sache. Im Gegenteil, er hatte sich mit etwas »davongemacht« (womöglich mit dem, was sie »verloren« hatte).
Und hier war ich und lauschte mit meinen elf Jahren:
Sie war bis spät nachts weg.
Sie hielt sich in der falschen Gegend der Stadt auf.
Ihr Rock war zu kurz, das hat ihn provoziert.
Sie mochte es, als er ihr das Auge blau schlug und ihren Kopf gegen die Bordsteinkante schmetterte.
Ich verstand das absolut. (So reflektierte ich in meinem Traum, in meinem Zustand als Augenpaar in einer kleinen Holzschachtel, die für immer

auf einer grauen, geometrischen Ebene festgemacht waren – so dachte ich jedenfalls.) Auch ich hatte mich schuldig gefühlt, wenn ich vom Spielplatz heulend nach Hause gerannt war, weil mich größere, brutale Kinder verhauen hatten.

Ich war schmutzig.

Ich weinte.

Ich verlangte Trost.

Ich war unbequem.

Ich löste mich nicht in Luft auf.

Und wenn das keine Schuldgefühle sind, was sind es dann?

Ich sah in meinem Alptraum völlig klar. Ein Mädchen zu sein war nicht falsch; das wußte ich, denn Mami sagte es mir. Fotzen waren in Ordnung, wenn sie eine nach der anderen neutralisiert wurden, indem man sie an einen Mann band, aber diese orthodoxe Übereinkunft erlöst sie nur zum Teil, und jede biologische Besitzerin einer solchen kennt die radikale Minderwertigkeit, die nur ein anderer Name für die Ursünde ist, ganz genau.

Schwangerschaft zum Beispiel (sagt die Schachtel), nimm einmal Schwangerschaft. Das ist eine Katastrophe, aber wir freuen uns viel zu sehr, um der Frau die Schuld für ihr perfekt natürliches Verhalten zu geben, nicht? Nur nichts darüber verlauten und alles seinen Gang gehen lassen – und Sie dürfen dreimal raten, welchem Partner die Schwangerschaft zukommt.

Wenn man als altmodisches Mädchen aufwächst, erinnert man sich immer wieder an häusliche Gemütlichkeit: Vati wird fuchsteufelswild, aber Mami seufzt nur. Wenn Vati sagt: »Um alles in der Welt, warum könnt ihr Frauen euch nicht merken, was man euch sagt?«, stellt er ebensowenig eine echte Frage, wie er der Lampe oder dem Papierkorb eine Frage stellen würde. In der Schachtel blinzelte ich mit meinen Silberaugen. Wenn man über eine Lampe stolpert und diese Lampe verflucht und dann plötzlich merkt, daß sich in der Lampe (oder der Schachtel oder dem Mädchen oder dem Nippesfigürchen) ein Augenpaar befindet, das dich beobachtet, und wenn dieses Augenpaar das gar nicht lustig findet – was dann?

Mami schrie nie: »Ich hasse dich wie die Pest!« Sie nahm sich zusammen, um eine Szene zu vermeiden. Das war ihr Job.

Seither habe ich ihn für sie ausgeführt.

An dieser Stelle könnte der einfältige Leser einhaken (vielleicht ein bißchen spät) und behaupten, meine Schuld sei eine Blutschuld, weil ich so viele Männer umgebracht habe. Dagegen kann wohl nichts unternommen werden. Aber jeder, der glaubt, ich fühlte mich wegen der begangenen Morde schuldig, ist ein Verdammter Narr, und zwar im vollen biblischen Sinn dieser beiden Wörter. Diejenigen können sich genausogut selbst

umbringen und mir die Arbeit abnehmen, ganz besonders wenn es sich um Männer handelt. Ich bin nicht schuldig, weil ich gemordet habe.
Ich mordete, weil ich schuldig war.
Mord ist mein einziger Ausweg.
Jeder vergossene Blutstropfen verlangt Wiedergutmachung; jede ehrliche Spiegelung in den Augen eines sterbenden Mannes gibt mir ein Stückchen meiner Seele zurück; jeder letzte Augenblick schrecklichen Erkennens bringt mich ein bißchen weiter ins Licht. Verstehen Sie? *Ich* bin es!
Ich bin die Kraft, die Ihre Eingeweide herausreißt; ich, ich, ich der Haß, der Ihren Arm verdreht; ich, ich, ich der Jähzorn, der Ihnen eine Kugel verpaßt. Ich bin es, die diesen Schmerz verursacht, nicht Sie. Ich tue es Ihnen an, nicht Sie. Ich werde morgen noch am Leben sein, nicht Sie. Wissen Sie das? Können Sie das glauben? Begreifen Sie das? Ich, die Sie nicht anerkennen, existiere.
Schauen Sie her! *Sehen* Sie mich? Ich, ich, ich. Wiederhole es wie einen Zauberspruch. Das bin ich nicht. Ich bin nicht das. Luther ruft im Chor wie ein Besessener aus: NON SUM, NON SUM, NON SUM! Dies ist die Kehrseite meiner Welt.
Natürlich wollen Sie nicht, daß ich dumm bin, Sie wollen sich nur ihrer eigenen Intelligenz versichern. Sie wollen mich nicht Selbstmord begehen sehen, Sie wollen nur, daß ich mir meiner Abhängigkeit dankbar bewußt bin. Sie wollen nicht, daß ich mich selbst verachte; Sie wollen sich nur der schmeichelnden Ehrerbietung versichern, die Sie als spontanen Tribut an ihre natürlichen Fähigkeiten auffassen. Sie wollen nicht, daß ich meine Seele verliere; Sie wollen nur, was alle wollen, daß die Dinge Ihren Weg gehen; Sie wollen eine treue Gattin, eine selbstaufopfernde Mutter, ein heißes Mädchen, eine liebe Tochter, Frauen zum Hinterherpfeifen, Frauen zum Auslachen, Frauen zum Trostsuchen, Frauen, die Ihre Fußböden wischen und für Sie einkaufen und Ihnen Ihr Essen kochen und Ihnen Ihre Kinder vom Hals halten, die arbeiten, wenn Sie das Geld brauchen und daheim bleiben, wenn Sie keines benötigen, Frauen, die Feinde sind, wenn Sie einen guten Kampf wollen, Frauen, die sexy sind, wenn Sie etwas fürs Bett brauchen, Frauen, die sich nicht beklagen, Frauen, die nicht nörgeln oder antreiben, Frauen, die Sie nicht wirklich hassen, Frauen, die ihre Arbeit kennen und vor allem – Frauen, die verlieren. Um allem die Krone aufzusetzen, verlangen Sie allen Ernstes von mir, daß ich glücklich bin. Sie sind auf naive Weise verwirrt, daß ich so unglücklich bin und in dieser besten aller möglichen Welten so voller Gift stecke. Was kann denn nur mit mir los sein? Aber das ist für mich nichts Neues mehr. Meine Mutter sagte einst: Die Jungen werfen im Übermut Steine nach den Fröschen. Aber die Frösche sterben im Ernst.

Didaktische Alpträume mag ich nicht. Sie bringen mich zum Schwitzen. Ich benötige eine Viertelstunde, um mich meiner Gestalt als Holzschachtel mit Seele zu entledigen und mein menschliches Äußeres wieder anzunehmen.
Davy schläft nebenan. Sie haben von blauäugigen Blondschöpfen schon gehört, nicht wahr? Barfuß glitt ich in sein Zimmer und beobachtete ihn, wie er zusammengerollt im Schlaf dalag und die goldenen Schleier seiner Augenwimpern Schatten auf seine Wangen warfen. Einen Arm hatte er in den Lichtstreifen gestreckt, der vom Gang her auf ihn fiel. Er wacht nicht so schnell auf (man kann sich fast auf Davy setzen, wenn er schläft), und ich war zu mitgenommen, um ihn direkt zu wecken. Ich kauerte mich neben der Matratze, auf der er schläft, nieder und fuhr mit den Fingerspitzen die Umrisse nach, die das Haar auf seiner Brust bildet: Hoch oben ganz breit, dann in der Bauchgegend schmal werdend (sein flacher Bauch hob sich im Rhythmus seiner Atemzüge), bis es sich unterhalb des Nabels zu einer Linie verengte und plötzlich in die krause Urwüchsigkeit seines Schamhaars mündete, in dem, sanft wie eine Rosenknospe, seine Genitalien eingebettet lagen.
Ich sagte Ihnen, ich war ein altmodisches Mädchen. Ich liebkoste sein trockenes, samthäutiges Organ, bis es sich in meiner Hand bewegte. Dann fuhr ich mit den Fingernägeln kitzelnd an seinen Seiten entlang, um ihn zu wecken. Ich wiederholte das Ganze noch leichter an den Innenseiten seiner Arme.
Er öffnete die Augen und lächelte mich verträumt an.
Es ist sehr angenehm, Davys Haaransatz im Nacken mit der Zunge zu folgen oder sich mit der Nase in die Höhlungen seines muskulösen, durchtrainierten Körpers zu kuscheln: die Armbeugen, die Unterarme, die Stelle, wo der Rücken sich zur Taille verjüngt, die Kniekehlen. Das Fleisch eines nackten Mannes ist empfindlich und feinfühlig wie die Blüte einer Bananenstaude. Nichts hat mir soviel Freude bereitet.
Ich gab ihm einen sanften Schubs, und er zitterte ein wenig, während er die Beine zusammenpreßte und die Arme flach ausbreitete. Mit dem Zeigefinger malte ich eine flüchtige Linie auf seinen Hals. Sein kleiner Davy war mittlerweile halb gefüllt, was ein Zeichen dafür ist, daß Davy jemand über sich braucht. Ich tat ihm den Gefallen, setzte mich auf seine Schenkel, beugte mich, ohne ihn zu berühren, über seinen Körper und küßte ihm immer wieder auf Mund, Hals, Gesicht und Schultern. Er ist sehr, sehr aufregend. Er ist sehr schön, mein klassisches mesomorphes Monsterschätzchen. Während ich einen Arm unter seine Schultern legte, um ihn hochzuheben, rieb ich ihm die Brustwarzen über den Mund, erst eine,

dann die andere, was uns beiden sehr viel Spaß macht, und als er sich an meinen Oberarmen festhielt und den Kopf nach hinten zurücksinken ließ, zog ich ihn an mich, knetete seine Rückenmuskeln, knetete seine Hinterbacken und ließ mich mit ihm auf die Matratze fallen. Klein-Davy ist jetzt prall gefüllt.

Wunderschön: Davy hat den Kopf zur Seite geworfen und die Augen geschlossen. Seine starken Hände ballen sich zu Fäusten und entkrampfen sich wieder. Da seine Schläfrigkeit ihn ein wenig zu schnell für mich gemacht hat, bäumte er sich unter mir auf, deshalb preßte ich Klein-Davy zwischen Daumen und Zeigefinger zusammen, gerade stark genug, um ihn abzustoppen, und dann, als ich zu ihm aufgeschlossen hatte, begann ich ihn spielerisch zu besteigen, rieb die Spitze ein wenig an mir und fummelte ein wenig an seinem Hals herum. Er atmete schwer in mein Ohr, seine Finger schlossen sich konvulsivisch um meine.

Ich spielte noch ein wenig mit ihm, quälte ihn, dann schluckte ich ihn wie einen Wassermelonenkern – ganz tief in mich! Davy stöhnte mit der Zunge in meinem Mund. Sein blauer Blick zerbrach, sein ganzer Körper unkontrolliert emporgewölbt, sein Wahrnehmungsvermögen auf die eine Stelle konzentriert, wo ich ihn gefangenhielt.

Ich mache das nicht oft, aber diesmal brachte ich ihn über die Schwelle, indem ich einen Finger in seinen Anus einführte: Zuckungen, Feuer, stummes Aufschreien, als das Gefühl aus ihm hervorbrach. Wenn ich ihm mehr Zeit gelassen hätte, wäre ich mit ihm zum Höhepunkt gekommen, aber nach seinem Orgasmus ist er noch eine ganze Weile steif, und ich ziehe das vor. Ich mag die Erregung und die Härte danach, von der größeren Gleitfähigkeit und Geschmeidigkeit ganz zu schweigen; Davy entwickelt dann manchmal eine gespenstische Anpassungsfähigkeit. Ich umfing ihn innerlich, preßte mich auf ihn nieder und genoß in diesem einen Akt seinen muskulösen Hals, sein Achselhaar, die Knie, seinen kräftigen Rücken und Hintern, sein hübsches Gesicht und die weiche Haut an den Innenseiten seiner Schenkel. Ich knetete und kratzte ihn, spasmischer Schluckauf in meinem ganzen Körper: kleiner, vergrabener Ständer, angeschwollene Lippen und zupackender Schließmuskel, der sich dehnende Halbmond unter dem Schambein. Und auch alles andere in der näheren Umgebung, kein Zweifel. Ich hatte ihn. Davy war mein. Glückselig lag ich auf ihm ausgestreckt – mir war es bis in die Fingerspitzen gekommen, ich zuckte aber immer noch leicht. Es war wirklich gut gewesen. Sein Körper so warm und feucht unter und in mir.

12

Und blickte auf und sah...

13

...die drei Jots...

14

»Mein Gott! Ist *das* alles?« sagte Janet zu Joanna.

15

Etwas stört die süßeste Einsamkeit.
Ich stand auf, kitzelte ihn mit einer Klaue und traf an der Tür auf sie. »Bleib hier, Davy«, sagte ich und schloß sie. Dies ist einer der Schlüsselbefehle, die das Haus »versteht«; der Zentralcomputer übermittelt den Sonden in seinem Gehirn eine Signalfolge, und er wird sich folgsam auf seiner Matratze ausstrecken. Wenn ich »Schlaf« sage, wird der Zentralcomputer veranlassen, daß Davy schläft. Was sonst noch passiert, habt ihr ja schon gesehen. Er ist ein hübscher Ableger des Hauses. Das ursprüngliche Protoplasma stammte von Schimpansen, glaube ich, aber sein Verhalten ist nicht mehr organisch kontrolliert. Es stimmt, er vollführt einige kleinere Handlungen ohne mich – er ißt, scheidet aus, schläft und klettert in seinem Spielställchen herum –, aber selbst die werden von einem feststehenden Computerprogramm verursacht. Und ich habe natürlich Vorrang. Theoretisch ist es möglich, daß Davy (irgendwo in einem Winkel seines Großhirns) Bewußtsein einer Art entwickelt hat, die mit seinem aktiven Leben nichts zu tun hat – ist Davy auf seine besondere Weise vielleicht ein Dichter? –, aber ich neige nicht zu der Annahme. Sein Bewußtsein – sofern wir eines bei ihm voraussetzen wollen – ist lediglich die permanente Möglichkeit der Sinneswahrnehmung, nur eine intellektuelle Abstraktion, ein Nichts, eine bildhafte Zusammenstellung von Wörtern. Was Erfahrungen betrifft, ist es recht leer, und vor allem ist es nichts, was euch oder mich zu stören braucht. Davys Seele liegt irgendwo anders. Es ist eine äußere Seele. Davys Seele liegt in Davys Schönheit, und Schönheit ist immer leer, immer äußerlich. Ist es nicht so?

»Leukotomie«, sagte ich (zu den Jots). »Lobotomie. Während der Kindheit entführt. Glaubt ihr mir?«
Sie taten es.
»Besser nicht«, sagte ich. Jeannine versteht nicht, worüber wir reden. Joanna begreift es und ist bestürzt; Janet denkt nach. Ich scheuchte sie in den Hauptraum und erzählte ihnen, wer er war.
Wie man es macht, macht man es verkehrt, leider! Diejenigen, welche die Art und Weise schockiert hatte, wie ich einen Mann liebte, waren jetzt darüber schockiert, daß ich eine Maschine liebte.
»Nun?« sagte das schwedische Mädchen.
»Na ja«, sagte ich, »das ist es, was wir wollen. Wir wollen Stützpunkte auf euren Welten. Wir wollen Rohmaterialien, falls ihr welche habt. Wir wollen Instandsetzungsbasen und Orte, wo wir eine Armee verstecken können. Wir wollen Plätze, wo wir unsere Maschinen lagern können. Vor allem wollen wir Plätze, von denen aus wir uns bewegen können – Ausgangsbasen, die die andere Seite nicht kennt. Janet agiert offensichtlich als inoffizielle Botschafterin, also kann ich mich mit ihr besprechen, das ist fein. Ihr beide mögt einwenden, daß ihr Personen ohne Rang seid, aber was glaubt ihr, an wen ich mich wenden soll – an eure Regierungen? Wir brauchen auch jemanden, der uns auf die lokalen Feinheiten aufmerksam machen kann. Ihr werdet mir genügen. Was mich angeht, so seid ihr für mich Autoritäten.
Also?
Heißt die Antwort ja oder nein?
Kommen wir ins Geschäft?«

Neunter Teil

1

Dies ist das Buch Joanna.

2

Ich fuhr mit einem Bekannten und dessen neunjährigem Sohn auf einem vierspurigen Highway in Nordamerika.
»Schlag ihn! Schlag ihn!« rief der kleine Junge aufgeregt, als ich beim Fahrbahnwechsel einen anderen Wagen überholte. Ich blieb eine Zeitlang auf der rechten Fahrbahn und bewunderte die Butterblumen am Straßenrand. Dann scherte ich aus und ordnete mich, um die Fahrbahn ein weiteres Mal zu wechseln, hinter einem anderen Fahrzeug ein.
»Überhol ihn! Überhol ihn!« schrie das verzweifelte Kind, und klagte dann unter Zurückhaltung der Tränen: »Warum hast du ihn nicht *geschlagen?*«
»Laß mal, alter Junge«, beruhigte ihn sein nachgiebiger Vati, »Joanna fährt wie eine Dame. Wenn du groß bist, wirst du selbst einen Wagen haben. Dann kannst du jeden auf der Straße überholen.« An mich gewandt, beschwerte er sich:
»Joanna, du fährst einfach nicht aggressiv genug.«
Im Training.

3

Da ist die Last des Wissens. Da ist die Last des Mitleids. Da sieht man nur zu deutlich, was in ihren Augen ist, wenn sie deine Hände fassen und gewollt herzlich schreien: »Es macht Ihnen doch nichts aus, wenn ich das sage, oder? Ich wußte es doch!« Die wackligen Egos der Männer üben eine schreckliche Anziehungskraft auf die *mater dolorosa* aus. Von Zeit zu Zeit werde ich von einem hoffnungslosen, hilflosen Verlangen nach Liebe und Versöhnung, einer fürchterlichen Sehnsucht, verstanden zu werden, einer tränenreichen Leidenschaft, uns unsere Schwächen gegenseitig zu eröffnen, ergriffen. Daß ich derart entfremdet durchs Leben gehen und alles meinem schuldigen Ich aufbürden soll, scheint unerträglich. Deshalb versuche ich alles auf die sanfteste, am wenigsten anklagende Tour zu erklären, aber eigentümlicherweise verhalten sich die Männer nicht so wie in

den alten Abendvorstellungen, ich meine jene großartigen Schauspieler in den Anfängen der Jean-Arthur- oder Mae-West-Filmen: aufrichtig, mit klarem Blick und frisch; mit ihrem Entzücken über ihre weiblichen Stärken, deren sie sich nicht schämten, und ihrer naiven Freude an den eigenen; schöne Männer mit hübschen Gesichtern und der Fröhlichkeit von Unschuldigen, John Smith oder John Doe. Dies sind die einzigen Männer, die ich nach Whileaway lassen würde. Aber wir haben uns von der Weichheit und gedanklichen Klarheit unserer Vorfahren entfernt und sind in korrupte und degenerierte Praktiken abgesunken. Wenn ich heute rede, wird mir oft hochnäsig oder freundlich gesagt, daß ich davon überhaupt nichts verstehe, daß die Frauen auf diese Weise glücklich sind und daß die Frauen ihre Lage verbessern können, wenn sie nur wollen, aber irgendwie wollten sie das gar nicht, daß ich scherzen würde, daß ich nicht ernst meinen könnte, was ich sage, daß ich zu intelligent sei, um mit »Frauen« auf der gleichen Ebene zu stehen, daß es einen tiefgreifenden geistigen Unterschied zwischen Mann und Frau gäbe, dessen Schönheit ich nicht zu würdigen wisse, daß ich anders wäre, daß ich das Gehirn eines Mannes habe, daß ich den Verstand eines Mannes habe, daß ich eine Ruferin in der Wüste sei. Frauen fassen es anders auf. Wenn man das Thema an sie heranträgt, beginnen sie vor Schreck, Verlegenheit und Beunruhigung zu zittern. Sie lächeln ein Lächeln widerlicher, blasierter Verlegenheit, ein Zauberlächeln, das sie von der Erdoberfläche verschwinden lassen soll, das sie verächtlich und unsichtbar machen soll – oh, nein, nein, nein, nein, denken Sie ja nicht, daß ich das glaube, denken Sie nicht, daß ich davon etwas brauche! Bedenken Sie:
Sie *sollten sich für* Politik *interessieren*.
Politik ist Baseball. Politik ist Football. Politik ist, wenn X »gewinnt« und Y »verliert«. Männer streiten sich in Wohnzimmern über Politik, wie Opernfan Nr. 1 Opernfan Nr. 2 wegen Victoria de los Angeles anschreit.
Kein Zank zwischen der Republikanischen Liga und der Demokratischen Liga wird je *Ihr* Leben ändern. Die Angst am Telefon verheimlichen, wenn Er anruft; das ist Ihre Politik.
Trotzdem *sollten Sie sich für* Politik *interessieren*. Warum tun Sie das nicht?
Wegen weiblichen Unvermögens.
So kann man weitermachen.

4

Gestern beging ich meine erste revolutionäre Tat. Beim Schließen einer Tür quetschte ich den Daumen eines Mannes ein. Ich tat es ohne besonde-

ren Anlaß und warnte den Betroffenen auch nicht, ich schlug nur in einem Wutanfall die Tür zu und stellte mir vor, wie die Kanten sich in sein Fleisch gruben und der Knochen brach. Er rannte die Treppe hinunter, und danach klingelte das Telefon eine Stunde lang wie verrückt, aber ich saß nur davor und starrte gebannt darauf, während mein Herz ungestüm klopfte und mir die wildesten Gedanken durch den Kopf jagten. Schrecklich. Schrecklich und wahnsinnig. Ich mußte Jael finden.
Frauen sind so kleinlich (Übersetzung: Wir operieren in zu kleinem Maßstab).
Jetzt bin ich noch schlimmer – ich kümmere mich einen Dreck um die Menschheit oder die Gesellschaft. Es kann einen aus der Fassung bringen, wenn man erfährt, daß die Gesellschaft nur zu einem Zehntel aus Frauen besteht, aber es stimmt wirklich. Wer's nicht glaubt:
Mein Doktor ist männlich.
Mein Rechtsanwalt ist männlich.
Mein Steuerberater ist männlich.
Der Gemischtwarenhändler (an der Ecke) ist männlich.
Der Hausmeister in unserem Apartmentblock ist männlich.
Der Direktor meiner Bank ist männlich.
Der Geschäftsführer des Supermarkts, eine Straße weiter, ist männlich.
Mein Vermieter ist männlich.
Die meisten Taxifahrer sind männlich.
Alle Verkehrspolizisten sind männlich.
Alle Feuerwehrmänner sind männlich.
Die Designer meines Wagens sind männlich.
Die Fabrikarbeiter, die den Wagen gebaut haben, sind männlich.
Der Verkäufer, von dem ich ihn gekauft habe, ist männlich.
Fast alle meiner Kollegen sind männlich.
Mein Arbeitgeber ist männlich.
Die Armee ist männlich.
Die Marine ist männlich.
Die Regierung ist (zum überwiegenden Teil) männlich.
Ich glaube, die meisten Menschen auf der Welt sind männlich.
Nun gut, es stimmt, daß Serviererinnen, Grundschullehrerinnen, Sekretärinnen, Krankenschwestern und Nonnen weiblich sind, aber wie viele Nonnen bekommt man im Laufe eines gewöhnlichen Arbeitstages zu sehen? Na? Und Sekretärinnen sind nur so lange weiblich, bis sie heiraten. Dann verändern sie sich, oder sonst etwas geschieht mit ihnen, denn man bekommt sie danach normalerweise überhaupt nicht mehr zu sehen. Ich glaube, es ist ein Ammenmärchen, daß die Hälfte der Bevölkerung weiblich ist; wo, zum Teufel, hält man sie denn alle versteckt? Nein, wenn man die Kategorien oben sorgfältig nach Frauen absucht, kommt man un-

weigerlich und über alle Zweifel erhaben zu dem Ergebnis, daß so auf 11 Männer 1–2 Frauen kommen, und das rechtfertigt wohl kaum das große Getue. Ich bin eben nur egoistisch. Meine Freundin Kate meint, die meisten weiblichen Personen würden in Frauen-Bänke gesteckt, wenn sie heranwüchsen, und das wäre der Grund, warum man sie nicht sieht, aber ich kann das nicht glauben.
(Abgesehen davon, was ist mit den Kindern? Mütter müssen sich ihren Kindern opfern, ob die nun männlich oder weiblich sind, damit die Kinder glücklich werden, wenn sie groß sind; obwohl die Mütter selbst einmal Kinder waren und geopfert wurden, um erwachsen zu werden und sich für andere zu opfern; und wenn die Töchter groß werden, werden *sie* Mütter sein, und *sie* werden sich *ihren* Kindern opfern müssen, so daß man sich zu fragen beginnt, ob das Ganze nicht ein Komplott ist, das die Welt für die – männlichen – Kinder sicher machen soll. Aber die Mutterschaft ist heilig und darf nicht ins Gerede kommen.)
O du meine Güte!
So war es in den schlimmen Tagen, den dunklen, sumpfigen Zeiten.
Mit dreizehn verstaute ich meine langen Beine unter mir und sah verzweifelt fern, las verzweifelt Bücher. Als unreife Heranwachsende versuchte ich (verzweifelt) in Büchern, Filmen, im Leben, in der Geschichte jemand zu finden, der mir sagte, es wäre in Ordnung, ehrgeizig zu sein, in Ordnung, laut zu sein, in Ordnung, Humphrey Bogart (smart und roh) zu sein, in Ordnung, James Bond (Arroganz) zu sein, in Ordnung, Supermann (Macht) zu sein, in Ordnung, Douglas Fairbanks (prahlerisch) zu sein, der mir sagte, Selbst-Liebe sei in Ordnung, der mir sagte, ich könne Gott, die Kunst und mich selbst mehr lieben als alles andere auf der Erde und trotzdem Orgasmen haben.
Mir wurde gesagt, »für dich, meine Liebe«, ist es in Ordnung, aber nicht für *Frauen*.
Mir wurde gesagt, ich sei eine Frau.
Mit sechzehn gab ich auf.
Im College erfuhr ich, daß gebildete Frauen frigide waren; aktive Frauen (wußte ich) waren neurotisch; Frauen sind (wie wir alle wissen) ängstlich, unfähig, abhängig, mit der Aufzucht beschäftigt, passiv, intuitiv, emotional, unintelligent, folgsam und schön. Man kann sich immer schön anziehen und auf eine Party gehen. Die Frau ist der Durchstieg in eine andere Welt; die Frau ist die Mutter der Erde; die Frau ist ewige Sirene; die Frau ist Reinheit; die Frau ist Sinnlichkeit; die Frau hat Intuition; die Frau ist die Lebenskraft; die Frau verkörpert selbstlose Liebe.
»Ich bin der Durchstieg in eine andere Welt« (sagte ich, vor dem Spiegel stehend). »Ich bin die Mutter der Erde; ich bin die ewige Sirene; ich bin Reinheit« (um Himmels willen, ein neuer Pickel), »ich bin Sinnlichkeit;

ich habe Intuition; ich bin die Lebenskraft; ich verkörpere selbstlose Liebe.« (Irgendwie hört es sich in der ersten Person anders an, nicht?)
Schätzchen (sagte der Spiegel schockiert), bist du von allen guten Geistern verlassen, verdammt noch mal?
ICH BIN HONIG
ICH BIN HIMBEERMARMELADE
ICH BIN EIN SEHR GUTER BETTHASE
ICH BIN EINE GUTE VERABREDUNG
ICH BIN EINE GUTE EHEFRAU
ICH WERDE LANGSAM VERRÜCKT
Alles war Gelaber.
(Als ich zu der Erkenntnis kam, daß das Schlüsselwort in dieser Kotze *selbst-los* hieß, und wenn ich wirklich das war, wie mich Bücher, Freunde, Eltern, Lehrer, Bekannte, Filme, Verwandte, Ärzte, Zeitungen und Illustrierte nannten und ich mich dann benahm, wie es mir gefiel und ohne an all diese Dinge zu denken, dann würde ich alles das sein, trotz meiner verzweifelten Anstrengungen dies zu verhindern. Also...
»Himmel, wirst du endlich aufhören, dich wie ein Mann zu benehmen!«)
Ach, unsere Ohren waren nie zum Hören bestimmt und unser Geist nicht zum Wissen. Man hätte uns nie Lesen lehren sollen. Wir kämpfen uns durch die konstante männliche Widerstandsfähigkeit unserer Umwelt; unsere Seelen werden mit solchem Ruck herausgerissen, daß nicht einmal Blut fließt. Erinnern Sie sich: Ich wollte und will nicht eine »feminine« Version oder eine verwässerte Version oder eine spezielle Version oder eine untergeordnete Version oder eine ergänzte Version oder eine angepaßte Version der Helden sein, die ich bewundere. Ich will die Helden selbst sein.
Was für eine Zukunft liegt vor einem weiblichen Kind, das wie Humphrey Bogart sein will?
Baby Laura Rose spielt mit ihren Zeh'n, ist sie nicht ein süßes Girl, das kann jeder seh'n.

Zucker und Zimt
Und alles, was stimmt...
Daraus sind unsere Mädchen!

Aber ihr Bruder ist ein zäher kleiner Schläger (zwei identische feuchte, warme Klumpen). Mit dreieinhalb mixte ich saure Sahne mit Eiswürfeln und stellte das Ganze auf die Fensterbank, um zu sehen, ob sich daraus *Eiskrem* entwickeln würde. Dann kopierte ich die Wörter »heiß« und »kalt« von den Wasserhähnen. Mit vier setzte ich mich auf eine Schallplatte, um zu sehen, ob sie zerbrechen würde, wenn man sie gleichmäßig belastete – sie zerbrach. Im Kindergarten brachte ich jedermann Spiele bei und kommandierte alle herum; mit sechs verprügelte ich einen kleinen Jungen, der eine Zuckerstange aus meinem Mantel genommen hatte; ich hatte eine hohe Meinung von mir.

5

Man lernt,
sein eigenes Ich
zu verachten

6

Brünhild hängt ihren Gatten an einem Nagel in der Wand auf. Gefangen in ihrem Hüftgürtel, hing er dort wie in einer Einkaufstasche, aber auch sie verlor ihre Kraft, als der magische Shlong in sie eindrang. Man wird das Gefühl nicht los, daß die Geschichte im Laufe des ständigen Wiedererzählens verdreht wurde. Als ich fünf war, dachte ich, die Welt sei ein Matriarchat.
Ich war ein glückliches kleines Mädchen.
Den Unterschied zwischen »Gold« und »Silber« oder »Nachthemd« und »Abendkleid« kannte ich nicht, also stellte ich mir vor, daß sich alle Damen der Nachbarschaft in ihren wundervollen »Nachthemden« trafen – die natürlich Rangabzeichen waren – und die Entscheidungen für unser tägliches Leben fällten. Sie waren die Regierung. Meine Mutter war Präsidentin, weil sie Lehrerin war und die hiesigen Leute sich ihrer Meinung anschlossen. Dann kamen die Männer von der »Arbeit« nach Hause (wo immer das auch war; ich glaubte, es wäre so etwas wie Jagen) und legten den Frauen den »Braten« vor die Füße, die dann damit machen konnten, was sie wollten. Die Männer waren bei den Frauen angestellt und mußten diese Arbeit täglich verrichten. Laura Rose, die im Sommerlager trotz Schwimmbrille einen ganzen Monat lang kein einziges Mal unter Wasser tauchte oder im obersten Bett schlief und sich ausmalte, sie sei eine Königin in einsamer Pracht oder ein Kabinensteward an Bord eines Schiffes, hat keine solch glücklichen Erinnerungen. Sie ist das Mädchen, das Dschingis Khan sein wollte. Als Laura herauszufinden versuchte, wer sie war, sagten sie ihr, sie sei einfach »anders«, eine grandiose Beschreibung, auf der man sein Leben wirklich aufbauen kann. Es läuft entweder auf »Nicht-mit-mir« oder »Das-paßt-mir« hinaus, und was soll man damit schon anfangen? Was soll ich machen? (sagt sie). Was soll ich fühlen? Be-

deutet »anders« zu sein, »minderwertig« zu sein? Wie kann ich essen oder schlafen? Wie kann ich zum Mond fliegen?
Ich traf Laur vor einigen Jahren, als ich schon erwachsen war. Zimt und Äpfel, Ingwer und Vanille, das ist Laur. Brünhildische Phantasien, auf sie übertragen, wirken nicht – ich habe alle Arten außergewöhnlicher Phantasien, die ich nicht ernst nehme –, aber wenn ich meine Phantasien auf die reale Welt anwende, bekomme ich Angst. Nicht, daß sie schlecht in sich waren, sie waren einfach irreal und daher tadelnswert. Irreales real zu machen, hieße die Natur der Dinge auf den Kopf zu stellen. Es war keine Sünde wider das Bewußtsein (das in der ganzen Angelegenheit bemerkenswert indifferent blieb), sondern eine wider die Wirklichkeit, und von diesen beiden ist letztere weitaus blasphemischer. Es ist das Verbrechen, sich eine eigene Realität zu schaffen, »sich selbst vorzuziehen«, wie es eine gute Freundin von mir ausdrückt. Ich wußte, daß es ein unmögliches Vorhaben war.
Sie las ein Buch. Das Haar fiel ihr ins Gesicht. Sie strahlte Gesundheit und Leben aus; eine Studie in schmutzigen Jeans. Ich kniete mich neben ihren Sessel und küßte sie mit dem verzweifelten Gefühl, *es jetzt getan zu haben*, auf ihren glatten, honigweichen, heißen Nacken – aber danach fragen, heißt nicht gleich bekommen. Wollen ist nicht haben. Sie wird es verweigern, und die Welt wird sich wieder auf sich selbst zurückziehen. Ich erwartete die sichere Absage, den ewigen Befehl, sich aufs neue zu behaupten (der natürlich kommen mußte) – denn er würde mir in der Tat eine große Portion Verantwortung aus der Hand nehmen.
Aber sie ließ mich gewähren. Sie errötete und tat so, als nähme sie keine Notiz davon. Ich kann nicht beschreiben, wie weit sich die Realität in diesem Augenblick auftat. Sie las weiter, und ich wanderte im Schneckentempo über ihr Ohr und ihre Wange zum Mundwinkel hinunter. Laur wurde ständig wärmer und röter, so als ob sie Dampf in sich hätte. Es ist, als fiele man eine Felswand hinunter und stände erstaunt mitten in der Luft, während der Horizont von einem wegrauscht. Wenn das möglich ist, ist alles möglich. Später bekifften wir uns und liebten uns ungeschickt und selbst-bewußt. Aber nichts, was danach geschah, war so wichtig für mich (auf unmenschliche Art und Weise) wie jener erste, fürchterliche Ruck, der durch meinen Verstand ging.
Einmal verspürte ich den Druck ihres Hüftknochens an meinem Bauch, und da ich sehr verwirrt und high war, dachte ich: *Sie hat eine Erektion.* Entsetzlich. Schreckliche Verlegenheit. Eine von uns beiden mußte männlich sein, und mit Sicherheit war ich es nicht. Jetzt erzählt man mir, das käme davon, weil ich Lesbe sei, warum ich mit allem unzufrieden bin, meine ich. Das stimmt nicht. Es ist nicht, weil ich eine Lesbe bin, sondern weil ich eine *hochgewachsene, blonde, blauäugige Lesbe* bin.

Zählt es, wenn es deine beste Freundin ist? Zählt es, wenn du ihren Geist durch ihren Körper liebst? Zählt es, wenn du den Körper des Mannes liebst, aber seinen Geist haßt? Zählt es, wenn du dich immer noch selbst liebst?
Später wurde es besser.

7

Jeannine geht auf einen Schaufensterbummel. Sie hat meine Augen, meine Hände, meine dumme Körperhaltung. Sie trägt meinen blauen Plastikregenmantel und meinen Schirm. Jeannine geht an einem Samstagnachmittag in der Stadt spazieren und sagt Lebewohl, Lebewohl, zu allem Lebewohl.
Lebewohl zu den Puppen in den Schaufenstern, die so sympathisch tun, aber in Wirklichkeit eine widerliche Verschwörung darstellen, Lebewohl zur hassenden Mutter, Lebewohl zum Göttlichen Psychiater, Lebewohl zu Den Mädchen, Lebewohl zur Normalität, Lebewohl zur Hochzeit, Lebewohl Übernatürliches Gesegnetes Ereignis, Lebewohl Jemand zu sein, Lebewohl Warten auf Ihn (armer Kerl), Lebewohl neben dem Telefon sitzen, Lebewohl Schwäche, Lebewohl Verehrung, Lebewohl Politik, Guten Tag Politik. Sie hat schreckliche Angst, aber das ist in Ordnung. Die Straßen sind voller Frauen, und das schmerzt sie; wo sind sie alle hergekommen? Wo gehen sie alle hin? (Falls Ihnen der Symbolismus nichts ausmacht.) Der Regen hat aufgehört, aber Nebel steigt vom Bürgersteig auf. Sie kommt an einer Hochzeitsboutique vorbei. Die Schaufensterpuppe, eine Erscheinung in weißer Spitze und Tüll, streckt Jeannine die Zunge heraus. »Bist leer ausgegangen!« ruft die Puppe mit hochnäsiger Haltung und balanciert einen Brautschleier auf dem Kopf. Jeannine schließt den Schirm und schwenkt ihn einige Male energisch.
Lebewohl. Lebewohl. Lebt wohl, ihr schönen Dinge.
Wir trafen uns bei Schrafft's, wir vier, setzten uns an einen Tisch und bestellten ein Erntedank-Mittagessen, würg, das man vor lauter Tradition kaum aushalten kann. Bäh.
»Was ist Götterspeise?« fragt Janet verblüfft.
»Nein, besser nicht«, sagt Joanna.
Langsam und schweigend essen wir, wie es Whileawayaner tun: Kauen, kauen, schlucken. Kauen. Schlucken, schlucken, schlucken, kauen. Und dabei meditieren. Es macht großen Spaß. Janet verdreht die Augen, gähnt und streckt sich athletisch, wobei sie sich über die Stuhllehne zurückbeugt und ihre angewinkelten Arme zuerst auf die eine, dann auf die andere Seite streckt. Am Ende ihrer Übung klopft sie auf den Tisch.

»Meine Güte, seht euch das an«, sagt Jeannine sehr selbstbeherrscht und elegant, die Gabel mitten in der Luft. »Ich dachte, du wolltest jemandem den Hut vom Kopf schlagen.«

Schrafft's ist voller Frauen. Männer mögen Lokale wie dieses nicht. Hier wird auf geheime Weise an der Aufrechterhaltung der Weiblichkeit gearbeitet. Das mögen sie ebensowenig, wie wenn ihre Frauen ihnen eröffnen, daß in deren Urinogenitalsystem etwas nicht in Ordnung ist. Jael ist etwas zwischen die Stahlzähne und ihre Attrappen geraten. Sie sieht sich nach allen Seiten um, nimmt die Zahnnachbildungen heraus und sucht nach dem Brombeerkern oder was immer, wobei sie der Welt ihr stählernes Krokodilsgrinsen zeigt. Das Ganze wieder zurück. Paßt. Erledigt. »So!« sagt Jael. »Kommen wir jetzt zum Geschäft?« Ein langes ungemütliches Schweigen ist die Folge. Ich sehe mich im Schrafft's um und frage mich, warum die vornehmsten Frauen so geizig sind. Warum gibt es für Frauen kein Vier Jahreszeiten, kein Maxim, kein Chambord. Frauen verhalten sich in bezug auf Geld sehr seltsam, fast feudal: echtes Geld und Wundergeld. Echtes Geld gibt man für das Haus und sich selbst (besonders für sein Äußeres) aus: Wundergeld geben die Männer für einen aus. Es bedarf schon einer grundlegenden Umschichtung geistiger Prioritäten, bevor eine Frau gut und teuer ißt, das heißt Geld für ihr inneres Wohl ausgibt anstatt für ihr äußeres. Die Bedienung von Schrafft's steht in ihrem guten schwarzen Kostüm und den eleganten Schuhen neben der Registrierkasse; sich selbst überlassene Frauen sind häßlich, das heißt menschlich, aber die Etikette hat hier mitgemischt.

»Schreckliches Essen hier«, sagt Janet, die den whileawayanischen Standard gewöhnt ist.

»Das Essen hier ist großartig«, meint Jael, die Frauland und Mannland noch gut in Erinnerung hat.

Beide prusten vor Lachen.

»Also?« sagt Jael wieder. Nochmals Schweigen. Janet und ich fühlen uns nicht wohl in unserer Haut. Jeannine, die eine Backe wie ein Eichhörnchen voll hat, schaut auf, als wäre sie verwundert, daß wir zögern könnten, mit Frauland ein Geschäft abzuschließen. Sie nickt kurz und geht dann wieder an ihre Beschäftigung, mit der Gabel Berge aus Kartoffelbrei anzuhäufen, zurück. Jeannine steht jetzt wieder spät auf, vernachlässigt die Arbeit im Haushalt so lange, bis sie sich ärgert, und spielt mit ihrem Essen.

»Jeannine?« sagt Jael.

»Oh, sicher«, sagt Jeannine. »*Mir* macht es nichts aus. Du kannst soviel Soldaten hereinschleusen wie du willst. Ihr könnt alles übernehmen; mir wäre es sogar recht.« Jael läßt ein bewunderndes Zischen vernehmen und macht ein reuevolles Gesicht, das aussagen soll: Meine Liebe, du gehst

aber ran. »Meine ganze Welt nennt mich Jeannie«, sagt Jeannine in ihrer hohen, süßen Stimme. »Verstehst du?«
(Laur wartet draußen auf Janet und zeigt wahrscheinlich vorübergehenden Männern die Zähne.)
Plötzlich sagt Jael zu Janet: »Du willst mich nicht?«
»Nein«, sagt Janet. »Nein, es tut mir leid.«
Jael grinst. Sie sagt: »Mißbillige nur, was dir nicht gefällt. Pedantin! Ich werde dir etwas erzählen, woran du zu kauen hast, meine Liebe: Die ›Seuche‹, von der du sprichst, ist eine Lüge. Die Entwicklungslinien eurer Welt unterscheiden sich nur unwesentlich von unseren oder den meisten anderen, und in keiner Welt kam es zu einer Seuche. Die whileawayanische Seuche ist eine große Lüge. Eure Vorfahren haben euch nicht die Wahrheit übermittelt. Ich bin es, die euch eure ›Seuche‹ gegeben hat, meine Liebe, über die ihr nun nach Herzenslust trauern und moralisieren könnt. Ich, ich, ich, ich bin die Seuche, Janet Evason. Ich und der Krieg, den ich kämpfte, haben eure Welt aufgebaut. Ich und diejenigen, die mich begleiteten, wir gaben euch tausend Jahre des Friedens und der Liebe, und die Blumen auf Whileaway nähren sich von den Knochen der Männer, die wir erschlugen.«
»Nein«, sagte Janet trocken. »Das glaube ich nicht.« Nun müssen Sie wissen, daß Janet Jedefrau ist. Ich bin auch Jedefrau, obgleich ich ein wenig verschroben bin. Jede Frau ist nicht Jael, wie Onkel George sagen würde – aber Jael ist Jedefrau. Alle starrten wir anklagend auf Janet, aber Miß Evason verzog keine Miene. Laur kam durch Schrafft's Drehtür und winkte stürmisch; Janet stand auf und wollte gehen.
»Denk darüber nach«, sagte Alice Erklärer. »Geh nach Hause und finde alles heraus.«
Janet begann zu weinen – jene seltsamen, schamlosen, whileawayanischen Tränen, die so leicht aus den Augen quellen, ohne die komponierte Traurigkeit des Gesichts zu zerstören. Sie gibt ihrem Kummer über (für) Alice Erklärer Ausdruck. Ich glaube – wenn ich aufhöre, darüber nachzudenken, was nicht oft der Fall ist –, daß ich Jael von uns allen am liebsten mag, daß ich wie Jael sein möchte, hin- und hergerissen von ihrer eigenen harten Logik, triumphierend in ihrer Extremität, die haßerfüllte Heldin mit dem gebrochenen Herzen, was dem Clown mit dem gebrochenen Herzen sehr nahe kommt. Janet wendet ihr Gesicht, das zu einer Totenkopfgrimasse verzerrt ist und im Vergleich mit dem von Alice Erklärer nur ein nervöses Zucken zu sein scheint, ab. Dieser Ausdruck begann vielleicht vor zwanzig Jahren als Blick-beim-Biß-in-eine-Zitrone und hat sich über die Jahre so intensiviert, daß Haß aus ihm zu leuchten scheint. Am Hals treten ihre Adern dick hervor. Sie könnte ihre eingezogenen Klauen ausfahren und Schrafft's Tischtuch in zehn einzelne, parallele

Streifen zerreißen. Das ist nur der hundertste Teil von dem, was sie zu tun vermag. Jeannine spielt ein fesselndes Spielchen mit ihren Erbsen (sie hat keinen Nachtisch). Jeannine ist glücklich.
Wir standen auf und zahlten unsere Fünffach-Rechnung, dann gingen wir auf die Straße hinaus. Ich verabschiedete mich und machte mich mit Laur davon, ich, Janet; ich sah sie auch weggehen, ich, Joanna; darüber hinaus ging ich, um Jael die Stadt zu zeigen, ich, Jeannine, ich, Jael, ich. Ich selbst.
Lebewohl, Lebewohl, Lebewohl.
Lebewohl, Alice Erklärer, die behauptet, die Tragödie mache sie krank, die sagt, man solle nie aufgeben, sondern bis zuletzt kämpfen, die sagt, nimm sie mit dir, die sagt, stirb, wenn es sich nicht vermeiden läßt, aber schlinge deine eigenen Eingeweide um den Hals deines Feindes und erdroßle ihn damit. Lebewohl, ihr schönen Dinge. Lebewohl, Janet, an die wir nicht glauben und die wir verlachen, die aber insgeheim unsere Retterin aus tiefster Verzweiflung ist, die himmelhoch in unseren Träumen erscheint, mit je einem Berg unter den Armen und einem Ozean in der Tasche, Janet, die von dort kommt, wo sich die Lippen von Himmel und Horizont küssen, einem Ort, den die Whileawayaner *Die Pforte* nennen und wissen, daß alle legendären Dinge von dort stammen. Strahlend wie der Tag, das Möglicherweise-unserer-Träume, lebt sie in einer Glückseligkeit, die keine von uns je kennen wird. Nichtsdestotrotz ist auch sie Jedefrau. Lebewohl, Jeannine, Lebewohl, arme Seele, armes Mädchen, armes Wie-ich-einmal-war. Lebewohl, Lebewohl. Und vergeßt nicht: Wir werden alle verändert sein. In einem Moment, einem Augenaufschlag, werden wir alle frei sein. Das schwöre ich auf meinen eigenen Kopf. Ich schwöre es auf meine zehn Finger. Wir werden wir selbst sein. Bis dahin bin ich still; ich kann nicht mehr. Ich bin Gottes Schreibmaschine, und das Farbband ist abgenutzt.
Geh, kleines Buch, wandere durch Texas und Vermont, Alaska und Maryland, Washington und Florida, und Kanada und England und Frankreich; mach einen Knicks vor den Schreinen von Friedan, Millet, Greer, Firestone und all den anderen. Mache es dir in den Wohnzimmern der Menschen gemütlich. Falle nicht protzig auf dem Kaffeetisch auf und überzeuge trotz deines langweiligen Stils. Klopfe an den Mistelzweig an der Tür meines Mannes in New York City und sage ihm, daß ich ihn wirklich liebte und noch immer liebe (trotz allem, was sich mancher so denken mag); und nimm mutig deinen Platz in den Ständern von Bahnhofsbuchhandlungen und Drugstores ein. Schrei nicht auf, wenn man dich ignoriert, denn das beunruhigt die Leute, und mache nicht auf dich aufmerksam, wenn du geklaut wirst, sondern erfreue dich deiner großen Beliebtheit. Lebe glücklich, kleines Tochter-Buch, selbst wenn ich und wir

das nicht können. Lies allen aus dir vor, die zuhören wollen. Bleib hoffnungsvoll und weise. Wasche dein Gesicht und nimm, ohne zu murren, deinen Platz in der Kongreßbibliothek ein, denn schließlich enden dort alle Bücher, ob groß oder klein. Beschwere dich nicht, wenn du am Ende launisch und altmodisch wirst, wenn du aus der Mode bist wie die steifen Unterröcke einer Generation vor uns und mit *Spicey Western Stories, Elsie Dinsmore* und *The Son of the Sheik* in einen Topf geworfen wirst. Brumme nicht wütend vor dich hin, wenn dich junge Menschen mit hooo, tssss und hahaha lesen und sich fragen, wovon, zum Teufel, du eigentlich handelst. Werde nicht verdrießlich, kleines Buch, wenn man dich nicht mehr versteht. Verfluche nicht dein Schicksal. Zeige nicht vom Schoß der Leser hoch und schlage sie auf die Nase.

Freu dich, kleines Buch!

Denn an diesem Tag werden wir frei sein.

Science Fiction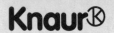

Reisen ans Ende des Bewußtseins

Philip José Farmer

Pater der Sterne

304 Seiten – Band 5767

John Carmody ist ein häßlicher, untersetzter Krimineller, der auf dem Planeten »Dantes Freude« Zuflucht gesucht hat. Diese seltsame Welt verblüfft Physiker wie Metaphysiker. Während der »Nacht des Lichts«, einem solaren Energieausbruch, können die geheimsten Wünsche der Einheimischen dort in Erfüllung gehen. Zwar ist Carmody selbst kein Eingeborener dieser Welt, doch erlebt auch er Außergewöhnliches in der Nacht des Lichts: Er tötet einen Gott – und erschafft einen neuen. Geläutert tritt er später in den Orden des heiligen Jairus ein und trägt als Pater der Sterne seinen Glauben von Sonnensystem zu Sonnensystem. Dabei erlebt er die phantastischen Abenteuer – auf Wildenwooly etwa ärgert er sich über ein riesiges Ei, das ihm aus der Brust wächst – und muß sich und seine Überzeugung nicht selten mit Faust und Waffe verteidigen ...

Science Fiction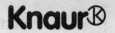

Das Beste aus Raum und Zeit

Clifford D. Simak

Poker um die Zukunft

240 Seiten – Band 5768

Der erste Glücksspielautomat erzählt Lansing eine schmutzige Geschichte. Dann spuckt er zwei Schlüssel aus und versetzt dem Professor einen Tritt ...
Der zweite Glücksspielautomat wirft Goldmünzen aus, wie sie Lansing noch nie gesehen hat ...
Der dritte Glücksspielautomat nimmt schließlich Lansings Geld an – und transportiert ihn in eine andere Welt ...
... aber hier fängt das Glücksspiel erst an! Jetzt gilt es für Lansing und die anderen Leidensgenossen, die er dort trifft – einen Brigadegeneral, einen selbstgefälligen Pastor, eine Ingenieurin, eine Dichterin und den Roboter Jürgens –, Rätsel zu lösen, die unlösbar scheinen. Und doch hängt vom Gelingen dieser Aufgabe ihr Überleben ab – und nicht nur ihr eigenes ...

Science Fiction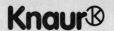

Reisen ans Ende des Bewußtseins

Philip José Farmer
Bizarre Beziehungen
Provozierende Stories

240 Seiten – Band 5771

Philip José Farmer: Die besten Stories des SF-Klassikers.

»Mutter«: Neben der Story »Die Lebenden« ist dies Philip José Farmers berühmteste Geschichte, in der er das Inzest-Tabu drastisch durchbricht. Der »Held«, ein verzogener Jüngling, kriecht im wahrsten Sinne des Wortes in den (wenn auch außerirdischen) Uterus ...

»Der Müllkutscher«: Der letzte Neandertaler der Erde arbeitet bei der Müllabfuhr. Dennoch wirkt er für eine junge Dame auf besondere Weise anziehend ...

»Der Bruder meiner Schwester«: Ein religiöses Mitglied der ersten Marsexpedition lernt von einer Außerirdischen, was »Brüderlichkeit« wirklich bedeutet ...

Das sind nur drei der fünf Geschichten dieses Bandes, die in den fünfziger Jahren von amerikanischen Zeitschriften ein um das andere Mal mit Kommentaren wie »abstoßend« und »widerlich« abgelehnt wurden. Damals war Philip José Farmer der Buhmann der Science Fiction, der kein Tabu unangetastet ließ. Doch schon wenige Jahre später galten dieselben Geschichten als richtungsweisend für das Genre. Ihr Verfasser wird seither als Vorkämpfer einer neuen, emanzipierten SF geehrt, und Leslie A. Fiedler nannte ihn den »größten Science-Fiction-Schriftsteller überhaupt«.

Science Fiction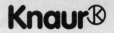

Das Beste aus Raum und Zeit

Philip José Farmer
Der Erlöser vom Mars
240 Seiten – Band 5777

Milliarden von Menschen rund um den Globus werden in ihren Fernsehsesseln Zeuge einer weiteren technischen Großtat der Menschheit: Mit Richard Orme, dem Kapitän der ersten Marsexpedition, betritt der erste Mensch den roten Planeten. Aber für erhabene Gefühle bleibt nicht lange Zeit. Das Raumschiff bricht in die Staubschichten ein, und man entdeckt einen Tunnel unter der Oberfläche. Wie sich herausstellt, ist der Mars total ausgehöhlt und keineswegs so unbelebt, wie man vermutete. Richard Orme und seine Mannschaft werden von Marsianern in diese Höhlenwelt gebracht, die einen höchst seltsamen Eindruck macht. Denn in diesem unterirdischen Reich herrscht keineswegs Dunkelheit: Ein sonnenähnlicher Ball gleitet hoch über den Städten der Marsianer durch das Innere des Planeten. Die Marsianer huldigen dieser Miniatursonne. Und in dem flammenden Globus lebt ein Mann. Die Leute nennen ihn »Jesus«. Und dieser Mann faßt den Plan, die Erde zu besuchen ...

Science Fiction Fantasy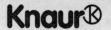

Taschenbücher

Reisen ans Ende des Bewußtseins

Marta Randall

Die Reiter von Jentesi

320 Seiten – Band 5796

Fürst Gambin von Jentesi liegt im Sterben. Der Herrscher Chereks hatte mit starker Hand regiert, aber nun herrscht nur noch Chaos. Gambins Erben werden vor nichts zurückschrecken, um den todkranken Fürsten zu zwingen, seinen Nachfolger zu bestimmen. Inmitten eines Labyrinths aus Intrigen und Manipulationen schließt sich ein Netz des Verrats um Lyeth, die Reiterin des Fürsten. Lyeth ist zwar auf Gambin eingeschworen, doch sie haßt den grausamen Mann. Dennoch sieht sie sich zum Eingreifen gezwungen, denn ein grausiges Verbrechen bedroht die Reitergilde von Jentesi und stellt die Zukunft ihrer Welt in Frage ...

Science Fiction Fantasy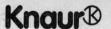

Taschenbücher

Reisen ans Ende des Bewußtseins

Fred Saberhagen

Das erste Buch der Schwerter

272 Seiten – Band 5791

Der Ton steigerte sich zu einem schrillen Kreischen. Er kam von dem Schwert in den Händen seines Bruders. In der Luft war ein sichtbares Phänomen entstanden.
Dann kam der Speerstoß. Der Ton in der Luft schwoll abrupt an, als der Speer in den verwischten Schimmer eindrang, in dem das Schwert seitwärts parierte. Mark sah, wie die Speerspitze wirbelnd durch die Luft flog, und mit ihr ein handbreites Stück des sauber durchtrennten Schaftes. Noch bevor die Spitze zu Boden fiel, hatte Stadtretter im Rückschwung das Kettenhemd von der Brust des Speerträgers gerissen, so daß die feinen Stahlglieder umherflogen wie eine Handvoll sommerlicher Blütenfedern ...

Jahrtausende nach einem Krieg, der so schrecklich war, daß er die Naturgesetze außer Kraft setzte, schreiten wieder Götter und Riesen auf der Erde einher und treiben ihr grausames Spiel mit den Menschen ...

Der erste Band eines neuen, meisterhaften Fantasy-Epos.

Science Fiction Fantasy

Knaur
Taschenbücher

Reisen ans Ende des Bewußtseins

David Eddings

Die Prophezeiung des Bauern

272 Seiten – Band 5791

Band 1 der Saga vom Auge Aldurs

Vor vielen Jahrhunderten, als die Welt noch jung war, formte der Gott Aldur aus einem Stein ein magisches Juwel, das ungeheure Macht verlieh, in den falschen Händen aber seinen Besitzer und die ganze Welt vernichten konnte. Aldurs Bruder Torak dürstete es nach der Vorherrschaft unter den sieben Göttern – er stahl den Stein und entzweite mit dieser Tat Götter und Menschen. Es kam zu einem fürchterlichen Krieg, und Torak setzte das Auge Aldurs, jenen magischen Stein, als Waffe ein, aber das Juwel verbrannte und entstellte ihn, so daß er vor Gram und Schmerz in tiefen Schlaf sank. Die Menschen des Westens eroberten das Auge Aldurs und brachten es nach Riva. Solange es dort liegen würde, so lautete die Prophezeiung, würde die Menschheit sicher sein.

Für den Bauernjungen Garion war das nur eine alte Geschichte – er glaubte nicht an ein magisches Schicksal der Menschen. Aber eines Tages war das Auge Aldurs aus Riva verschwunden, und für Garion wurde der Mythos bitterer Ernst. Zusammen mit dem Zauberer Belgarath und dessen Tochter Polgara machte er sich auf die Suche nach dem magischen Stein, der dem finsteren Gott Torak nicht in die Hände fallen dürfte ...

Science Fiction Fantasy

Taschenbücher

Reisen ans Ende des Bewußtseins

David Eddings
Die Zaubermacht der Dame
384 Seiten – Band 5792

Band 2 der Saga vom Auge Aldurs

Als die Welt noch jung war, raubte der böse Gott Torak das Auge Aldurs und floh damit, denn er trachtete nach der Herrschaft. Das Auge widerstand ihm, und sein Feuer fügte ihm schreckliche Verbrennungen zu. Aber er mochte es nicht aufgeben, denn es war ihm teuer ...

So oder ähnlich beginnen die alten Legenden, die dann von der Niederlage Toraks künden und vom Triumph der Alorner, die das Auge Aldurs – diesen seltsamen Stein der Macht – nach Riva brachten und Toraks Truppen schlugen.
Aber nun, Jahrtausende nach diesen Ereignissen, ist das Auge Aldurs aus Riva verschwunden und droht dem bösen Gott erneut in die Hände zu fallen. Um dies und damit die sichere Vernichtung der Völker des Westens zu verhindern, machen sich der Zauberer Belgarath und seine Tochter Polgara auf die Suche nach dem Auge. Und mit ihnen zieht der junge Garion, der magische Kräfte in sich spürt ...

Dieser Roman ist das zweite Buch der fünfbändigen Fantasy-Saga vom Auge Aldurs, die lange Zeit auf der amerikanischen Bestsellerliste stand und die von begeisterten Lesern mit Tolkiens RING-Trilogie verglichen wird.

Droemer
Knaur

Marion Zimmer Bradley
Herrin der Falken

Es ist die Zeit der Hundert Königreiche, in den Ländern des Planeten Darkover wütet der Krieg. Während seine Widersacher noch um den Thron streiten, fristet der König ein jämmerliches Dasein im Exil. In ihrer Verzweiflung verfallen die wenigen verbliebenen Getreuen des vertriebenen Herrschers auf einen letzten Ausweg, dem König sein rechtmäßiges Erbe zu erhalten: das Mädchen Romilly. Sie lebt einsam in den Wäldern der Berge, eine seltene Gabe macht Romilly zur Herrin von Falke und Pferd. Für die Königstreuen sind ihre Zauberkräfte der Schlüssel zur Macht.

448 Seiten. Gebunden